Joyce Carol Oates

Blond

Roman

Aus dem Amerikanischen von
Uda Strätling, Sabine Hedinger und
Karen Lauer

S. Fischer

Blond ist ein Roman. Zwar lassen sich zu etlichen Romanfiguren reale Entsprechungen finden, aber die Charaktere und Ereignisse, von denen im vorliegenden Buch berichtet wird, sind Schöpfungen der Autorin. *Blond* ist daher unbedingt als Roman zu lesen und keinesfalls als Biographie von Marilyn Monroe.

4. Auflage Januar 2001
Uda Strätling und Sabine Hedinger wurden für ihre Übersetzung
mit einem Arbeitsstipendium des Deutschen Übersetzerfonds e. V. ausgezeichnet.

Die Gedichtübertragungen auf den Seiten 346 und 350 stammen von
Thomas Eichhorn, Leipzig.

Die amerikanische Originalausgabe erschien 2000 unter dem Titel ›Blonde‹
bei Ecco/HarperCollinsPublishers, New York.
Copyright © 2000 The Ontario Review, Inc.
Deutsche Ausgabe:
Alle deutschsprachigen Rechte vorbehalten
© S. Fischer Verlag GmbH, Frankfurt am Main 2000
Satz: Fotosatz Otto Gutfreund GmbH, Darmstadt
Druck und Bindung: Clausen & Bosse, Leck
Printed in Germany
ISBN 3-10-054000-X

Für Eleanor Bergstein und für Michael Goldman

Vorbemerkung

Blond ist ein literarisch verdichtetes »Leben« und die Anverwandlung trotz des Buchumfanges synekdochisch. Anstelle der zahlreichen Pflegefamilien etwa, in denen das Kind Norma Jeane zu verschiedenen Zeiten untergebracht war, kommt nur eine, fiktive, vor; anstelle der zahlreichen Liebhaber, gesundheitlichen Beschwerden und Krisen, Schwangerschaftsabbrüche, Selbstmordversuche und Leinwandauftritte kommen nur einige wenige von symbolischem Gehalt vor. Die wahre Marilyn Monroe hat tatsächlich eine Art Journal geführt, und es finden sich darin von ihr verfasste Gedichte oder Gedicht-Fragmente. Von diesen wurden lediglich zwei Zeilen im Schlusskapitel (Helft! Helft!) verwendet, die übrigen Gedichte sind Schöpfungen der Autorin. Eine Reihe von Bemerkungen im Kapitel »Marilyn Monroes Gesammelte Werke« entstammen Interviews, die übrigen sind erfunden; die Zeilen am Ende des Kapitels sind die Schlussworte von Charles Darwins *Über die Entstehung der Arten.* Biographische Informationen sollte der Leser nicht im vorliegenden Buch suchen, das sich keinesfalls als Lebenszeugnis versteht, sondern in einschlägigen Biographien. (Von diesen hat die Autorin selbst herangezogen *The Life and Death of Marilyn Monroe* von Fred Guiles aus dem Jahr 1985; *Marilyn Monroe. Die Wahrheit über ihr Leben und Sterben* von Anthony Summers aus dem Jahr 1986 und *Marilyn Monroe: A Life of the Actress* von Carl E. Rollyson jr. aus dem Jahr 1986. Sehr persönliche Darstellungen des Mythos Marilyn Monroe haben Graham McCann mit *Marilyn Monroe* [1987] und Norman Mailer mit *Marilyn Monroe. Eine Biographie* [deutsch 1992] vorgelegt.) Von zahlreichen zur amerikanischen Politik und Zeitgeschichte konsultierten Büchern, insbesondere den vierziger und fünfziger Jahren in Hollywood, sei hier vor allem *Naming Names* von Victor Navasky empfohlen. Zitate zur Schauspielkunst entstammen zum Teil existierenden Werken wie *The Thinking Body* von Mabel Todd; *Werkgeheimnisse der Schauspielkunst* von Michael Tschechow und *Die Arbeit des Schauspielers an sich selbst* sowie *Mein Leben in der Kunst* von Konstantin Stanislawski, zum Teil werden sie fiktiven Werken wie dem *Lehrbuch des Schauspielers und Leben des Schauspielers* oder *Paradoxon der Schauspielkunst* zugeschrieben. *Das Buch des amerikanischen*

Patrioten ist ebenfalls ein fiktiver Titel. Es wird zweimal eine Passage aus H. G. Wells *Zeitmaschine* angeführt, und zwar einmal im Kapitel »Kolibri« und einmal in »Sie alle gingen in das Reich des Lichtes ein«. Ferner finden sich hier und da Strophen und Zeilen aus Gedichten von Emily Dickinson, und zwar in »Das Bad«, »Die Waise« und in »An der Zeit zu heiraten«. In dem Kapitel »Rumpelstilzchens Tod« wird aus Schopenhauers *Die Welt als Wille und Vorstellung* zitiert, im Kapitel »Der Scharfschütze« aus Freuds *Das Unbehagen in der Kultur*. In »Roslyn 1961« finden sich Sentenzen aus Blaise Pascals *Gedanken*.

Auszüge aus dem vorliegenden Roman sind, in leicht abweichender Fassung, zuvor in *Playboy, Conjunctions, Yale Review, Ellery Queen Mystery Magazine, Michigan Quarterly Review* und *TriQuarterly* erschienen. Den Herausgebern dieser Publikationen sei an dieser Stelle nochmals herzlich gedankt.

Dank gebührt auch Daniel Halpern, Jane Shapiro und C. K. Williams.

Gerät man bei vollständiger Dunkelheit in einen Lichtkreis, fühlt man sich sofort von allem isoliert... Der Zustand heißt in unserer Sprache ›öffentliche Einsamkeit‹... Während der Vorstellung, unter den Blicken einer tausendköpfigen Menge, können Sie sich immer in Ihre Einsamkeit zurückziehen wie die Schnecke in ihr Gehäuse... Sie können immer den kleinen Kreis der Aufmerksamkeit mit sich herumtragen, nicht nur auf der Bühne, sondern auch im täglichen Leben.

> Konstantin Stanislawski
> *Die Arbeit des Schauspielers an sich selbst*

Die Bühne ist gleichsam das Allerheiligste... dort ist der Schauspieler vor dem Tode sicher.

> Michael Goldman
> *The Actor's Freedom*

Genie ist weniger eine Gabe denn aus blanker Not geborener Erfindungsreichtum.

> Jean-Paul Sartre

INHALT

Prolog 3. August 1962

Das Kind 1932–1938

Das Mädchen 1942–1947

Prolog
3. August 1962

Per Boten

Da kam er, der Tod, flog im schwindenden Sepialicht über den Boulevard.

Da kam er, der Tod, Katapultflieger, komische Zeichentrickfilmfigur auf seinem robusten Lieferfahrrad.

Da kam der unbeirrbare Tod. Der nicht aufzuhaltende Tod. Der Eillieferungs-Tod. Der wild in die Pedale tretende Tod. Der Tod mit dem *PER BOTEN – VORSICHT ZERBRECHLICH* zuzustellenden Päckchen im stabilen Drahtkorb auf dem Gepäckträger.

Da kam der Tod, wischte mit seinem schlichten Gebrauchsrad gekonnt durch den Verkehr an der Kreuzung Wilshire und La Brea, wo sich wegen einer Baustelle zwei Fahrbahnen Richtung Westen zu einer verengten.

Ein Teufelskerl, der Tod! Der den hupenden Spießern eine lange Nase drehte.

Der Tod, der laut lachte. *Kannst mich mal!* Und du. Der Tod, der wie Bugs Bunny an den glänzenden, glitzernden Karosserien sündteurer neuer Straßenkreuzer vorbeiflog.

Da kam der Tod, unangefochten von der stickigen, schmutzstarrenden Luft von Los Angeles. Der warmen radioaktiven Luft von Südkalifornien, der Heimat des Todes.

Ja, ich habe den Tod gesehen. Ich hatte in der Nacht vom Tod geträumt. Wie schon in vielen Nächten. Ich fürchtete mich nicht.

Da kam der Tod, ganz geschäftsmäßig. Da kam der Tod, über den roststippigen Lenker seines ungeschlacht soliden Fahrrads gekrümmt. Da kam der Tod, mit einem T-Shirt von der Cal Tech und sauberen, aber ungebügelten khakifarbenen Shorts, die nackten Füße in Tennisschuhen. Der Tod mit seinen kräftigen Waden, dunkel behaarten Beinen. Der rundgebuckelten, knöcheligen Wirbelsäule. Den pubertären Pickeln und Pusteln im Gesicht. Der adrenalinselige Tod mit einem leichten Stich von den sonnenblitzenden Krummsäbeln der vielen Windschutzscheiben und Chromleisten.

Und wieder markiert zorniges Hupen seinen tollkühnen Weg. Der Tod mit dem stacheligen Bürstenschnitt. Kaugummikauend.

Der Tod ganz routinemäßig, fünf Tage die Woche, dazu sonnabends und sonntags – bei entsprechendem Zuschlag. *Hollywood Messenger Service.*

Vom Tod persönlich überbrachte Lieferungen.

Da kam also der Tod ganz unerwartet nach Brentwood! Flog durch die schmalen, im brütenden August nahezu verlassenen Straßen der Villengegend. Radelte stramm an den rührend, weil vergeblich gepflegten »Anwesen« von Brentwood vorbei. Geschäftsmäßig. Alta Vista, Campo, Jacumba, Brideman, Los Olivos. Zum Fifth Helena Drive, einer Sackgasse. Palmen, Bougainvilleen, rote Kletterrosen. Der Geruch nach verrottenden Blüten. Der Geruch nach verbranntem Rasen. Umfriedete Gärten, Glyzinien. Im Bogen herumgeführte Auffahrten. Gewissenhaft gegen die Sonne verschlossene Fenster.

Der Tod mit einem Geschenk ohne Absender für

»MM« BEWOHNERIN
12 305 FIFTH HELENA DRIVE
BRENTWOOD KALIFORNIEN
USA
»ERDE«

Auf dem Fifth Helena Drive angelangt, radelte der Tod langsamer. Spähte mit zusammengekniffenen Augen nach den Hausnummern. Der Tod hatte das Päckchen mit der ungewöhnlichen Anschrift nicht weiter beachtet. Die ungewöhnliche Verpackung: zuckerstangengestreiftes Glanzpapier, das aussah, als wäre es schon mal benutzt worden. Die mit durchsichtigem Klebefilm auf der Schachtel befestigte Fertigschleife.

Das Päckchen war etwa schuhkartongroß und sehr leicht, vielleicht leer? Mit Seidenpapier ausgestopft?

Nein. Wenn man schüttelte, merkte man schon, dass etwas darin war. Etwas Weiches, Stoff möglicherweise.

Da kam also, am frühen Abend des 3. August 1962 der Tod, und klingelte an der Haustür der Nummer 12 305 Fifth Helena Drive. Wischte sich mit der Baseballmütze den Schweiß von der Stirn. Kaute ungeduldig sein Kaugummi. Hörte drinnen keine Schritte. Und kann das verdammte Ding nicht vor der Tür liegen lassen, er braucht eine Unterschrift. Hörte nur das Brummen eines am Fenster montierten Klimagerätes. Oder Radios? In dem flachen, im »Hacienda«-Stil erbauten Haus. Mauern aus Steinplatten, die den Adobes der Puebloindianer nachempfunden sind, leuchtend orangerote Dachziegel, hinter allen Fenstern herabgelassene Jalousien, und über allem

18

eine Art Grauschleier. Eng und klein wie ein Puppenhaus, für Brentwood wirklich nichts Besonderes. Der Tod klingelte noch mal, lange. Und diesmal wurde ihm geöffnet.

Aus der Hand des Todes nahm ich das Geschenk entgegen. Was, wusste ich – glaube ich. Und von wem. Als ich Name und Anschrift las, musste ich lachen, und ich unterschrieb ohne Zögern.

Das Kind

1932–1938

Der Kuss

Dieser Film, den ich schon mein Leben lang sehe, nur nie ganz.
Dieser Film, könnte sie fast sagen, *der mein Leben ist.*

Das erste Mal nahm ihre Mutter sie mit, da war sie zwei oder drei. Ihre früheste Erinnerung, und so aufregend! Grauman's Egyptian Theatre am Hollywood Boulevard. Jahre, bevor sie auch nur das Geringste von der Film-Story verstand, doch sie folgte wie gebannt der Bewegung, dem endlosen Fluten flirrender Bewegung auf der gewaltigen Leinwand über ihrem Kopf. Lange bevor sie imstande war zu denken: *Hier entfaltet sich ein ganzes Universum von Projektionen ungezählter und unnennbarer Lebensformen.* Wie oft sollte es sie im Laufe ihrer verlorenen Kindheit und Jungmädchenzeit voll Sehnsucht zu diesem Film zurückziehen, sollte sie ihn augenblicklich wiedererkennen, trotz der Fülle seiner Titel, der vielen Darsteller. Gab es doch immer die Goldene Prinzessin. Immer den Dunklen Prinzen. Die Wechselfälle des Lebens führten sie zusammen und rissen sie auseinander, führten sie erneut zusammen und rissen sie abermals auseinander, bis sie zu guter Letzt, wenn sich der Film seinem Ende näherte und die Filmmusik entschwebte, doch noch zusammengeführt wurden, um sich in die Arme zu sinken.

Obwohl damit nicht immer alles gut war. Das ließ sich vorher nie sagen. Denn manchmal kniete der eine am Sterbebett des anderen und der Kuss war Vorbote des Todes. Und selbst wenn er (oder sie) den Tod der großen Liebe überlebte, war klar, dass das Leben allen Sinn verloren hatte.

Denn außerhalb der Film-Story gibt es keinen Sinn im Leben.
Und außerhalb des dunklen Filmtheaters gibt es keine Film-Story.

Nur, wie ärgerlich, nie das Ende des Films zu sehen! Immer ging irgendetwas schief: entstand Unruhe im Saal und das Licht ging an, gab es Feueralarm (aber kein Feuer? oder doch Feuer; einmal hätte sie schwören können, dass sie Rauch roch) und alle mussten raus, oder sie selbst hatte eine Verabredung und musste früher gehen, oder sie schlief im Kinosessel ein, verpasste den Schluss und schrak benommen hoch, wenn das Licht aufging und die Fremden rings um sie herum sich von ihren Plätzen erhoben.

Vorbei? Schon vorbei? Wie kann es vorbei sein?

Noch als erwachsene Frau zog es sie immer wieder in diesen Film. Schlüpfte sie in entlegenen Winkeln der Stadt oder gänzlich fremden Städten in Kinotheater. Es kam vor, dass sie sich, weil sie keinen Schlaf fand, eine Karte für die Spätvorstellung kaufte. Es kam vor, dass sie sich eine Karte für die Matineevorstellung kaufte. Nicht, dass sie ihrem eigenen Leben entfliehen wollte (auch wenn dieses Leben ihr selbst unbegreiflich wurde, wie es das Erwachsenenleben für die wird, die es leben), vielmehr setzte sie sich innerhalb dieses Lebens in Klammern, hielt die Zeit an, wie vielleicht ein Kind die Zeiger einer Uhr anhält – mit Gewalt. Betrat den dunklen Kinosaal (der möglicherweise nach altem Popcorn roch, dem Haarwasser von Fremden, nach Desinfektionsmittel) und blickte erwartungsvoll und fiebernd wie ein Backfisch zur Leinwand hoch, wo wieder einmal, *noch mal! noch mal!*, die bildschöne blonde Frau erscheint, die ewig jung bleibt, Fleisch und Blut wie jede andere Frau und doch anmutig, wie es keine andere Frau sonst sein kann, von einer Leuchtkraft, die nicht nur die Augen strahlen lässt, sondern die ganze Haut. *Denn meine Haut ist meine Seele. Es gibt keine Seele außer dieser einen. Ihr seht vor euch die Verheißung irdischer Freuden.* Sie, die in den Kinosaal schlüpft und einen Sitzplatz dicht vor der Leinwand wählt, lässt sich ganz von diesem Film hinreißen, der zugleich fremd und vertraut ist wie ein wiederkehrender Traum, an den man sich nur dunkel erinnert. Die Kostüme der Schauspieler, die Frisuren, ja selbst Gesichter und Stimmen der Leute im Film verändern sich mit den Jahren und erinnern sie, zwar nicht deutlich, aber in Bruchstücken, an die eigenen verlorenen Gefühle, die Einsamkeit ihrer Kindheit, die auch die flimmernde Leinwand nur vorübergehend zu lindern vermochte. *Ein Leben in einer anderen Welt. Wo?* Es kam der Tag, die Stunde, da sie erkannte, dass die Goldene Prinzessin, die so schön ist, weil sie so schön ist und weil sie die Goldene Prinzessin ist, dazu verdammt sein muss, den Beweis ihrer eigenen Existenz in den Augen der anderen zu suchen. *Denn wir sind nicht das, was man von uns sagt, wenn man es uns nicht sagt. Oder?*

Erwachsenes Unbehagen und wachsender Schrecken.

Die Film-Story ist verwickelt und verwirrend, dabei aber vertraut oder fast vertraut. Vielleicht ist sie nachlässig zusammengeschnitten. Vielleicht soll sie uns blenden. Vielleicht gibt es Rückblenden in der Filmgegenwart. Oder Vorblenden! Großaufnahmen der Goldenen Prinzessin wirken fast zu intim. Wir möchten draußen bleiben, nicht in andere hineingezogen werden. *Wenn ich doch sagen könnte: Da! Das bin ich! Die Frau, das da auf der Leinwand, bin ich.* Aber sie kann nicht bis zum Ende vorsehen. Nie hat sie die letzte Szene gesehen, nie den Abspann. Und das, obwohl sie doch weiß, dass darin, jenseits vom letzten Filmkuss, der Schlüssel zum Verständnis des Filmrätsels liegt. Ähnlich wie sich in den Organen des menschlichen Körpers bei der Autopsie der Schlüssel zum Rätsel des Lebens findet.

Doch die Zeit wird kommen, vielleicht noch heute Abend, da sie sich, etwas atemlos, in einem trostlosen Viertel der Stadt in der zweiten Reihe eines alten Kinotheaters in einen schäbigen, schmuddeligen Plüschsessel sinken lässt, wo sich der Boden unter ihren Füßen wölbt wie die Erdkugel und an den Sohlen ihrer teuren Schuhe klebt; und es sind nur ein paar versprengte Zuschauer da, einsame Gestalten zumeist, und sie ist erleichtert, denn in ihrer Verkleidung (Sonnenbrille, todschicke Perücke, Trenchcoat) wird sie niemand erkennen, und von ihren Bekannten weiß niemand, dass sie hier ist, und würde niemand sie hier vermuten. *Diesmal bleibe ich bis zum Ende dabei. Diesmal bestimmt!* Warum? Sie kann es nicht sagen. Und eigentlich wird sie längst woanders erwartet, seit Stunden, vielleicht hätte sie abgeholt und zum Flughafen gebracht werden sollen, es sei denn, sie hat sich um Tage, um Wochen verspätet, denn als Erwachsene rebelliert sie gegen die Zeit. *Was ist die Zeit schließlich anderes als das, was andere von uns erwarten? Diesem Spiel können wir uns verweigern.* Auch die Goldene Prinzessin, fällt ihr auf, hat Probleme mit der Zeit. Mit der Film-Story. Andere geben einem Einsatzzeichen. Was aber, wenn kein Einsatzzeichen kommt? In diesem Film ist die Goldene Prinzessin nicht mehr die eben erblühte junge Schönheit, obwohl sie selbstverständlich nach wie vor bildschön ist; lichtschimmernd und milchig weiß entsteigt sie auf der Leinwand an einer windigen Straßenecke einem Taxi, sie hat sich verkleidet, trägt Sonnenbrille, eine perfekt sitzende braune Perücke und einen eng gegürteten Trenchcoat; in einer langen Fahrt begleitet die Kamera sie, als sie nun ins Kino schlüpft, sich eine Karte kauft, den dunklen Saal betritt und sich in der zweiten Reihe niederlässt. Weil sie die Goldene Prinzessin ist, sehen andere Kinobesucher flüchtig zu ihr hin, doch niemand erkennt sie, vielleicht ist sie eine Allerweltsfrau, bildschön natürlich, aber niemand, den man kennt. Der Film hat begonnen. Sie setzt die Sonnenbrille ab und ist gleich hingerissen. Die Nähe zur Leinwand zwingt sie, den Kopf in den Nacken zu legen, und sie schaut mit bangem kindlichem Staunen hoch. Wie Spiegelungen im Wasser spielt das Filmlicht auf ihrem Gesicht. Sie ist so versunken, dass sie den Dunklen

Prinzen nicht bemerkt, der ihr in den Saal gefolgt ist; das Auge der Kamera ruht lauernd auf ihm, der minutenlang hinter dem schäbigen Samtvorhang eines Nebenausgangs verharrt. Ein Schatten liegt auf dem markanten Gesicht. Seine Haltung verrät große Dringlichkeit. Er trägt einen dunklen Anzug, keine Krawatte, er hat sich den Filzhut tief ins Gesicht gedrückt. Dann gibt die Filmmusik das Einsatzzeichen, er tritt rasch vor und beugt sich über sie, die Frau allein in der zweiten Reihe. Er raunt ihr etwas zu, und sie fährt überrascht herum. Ihr Staunen wirkt echt, obwohl sie das Drehbuch ja kennen muss, bis hierhin jedenfalls, und noch ein Stück weiter.

Mein Herz!

Du Liebe meines Lebens.

Im schimmernden Widerschein der monumentalen Leinwand sind die Gesichter von den erhabenen, den großen Gefühlen vergangener Epochen ergriffen. Als müssten nun sie, zwar geringer und sterblich, die Szene spielen. *Sie werden sie spielen.* Er schiebt ihr die Hand in den Nacken, um ihren Kopf zu stützen. Um sein Besitzrecht anzumelden. Sie zu besitzen. Sie heimzuführen. Wie stark seine Finger sind, wie eisig; seltsam, das glasige Glitzern seiner Augen, nah wie nie zuvor.

Und wieder seufzt sie und hebt ihr makelloses Gesicht dem Kuss des Dunklen Prinzen entgegen.

Das Bad

Ob wir es mit einem geborenen Schauspieler zu tun haben, zeigt sich bereits in frühester Kindheit, denn in diesem zarten Alter wird die Welt noch als geheimnisvoll, als Mysterium erfahren. Und alle Schauspielkunst entspringt der Fähigkeit, angesichts des Geheimnisvollen zu improvisieren.

T. Navarro
Das Paradoxon der Schauspielkunst

1

»Siehst du? Der Mann dort ist dein Vater.«

Es kam der Tag, Norma Jeanes sechster Geburtstag, der erste Tag des Juni 1932, ein verzauberter Morgen in Venice Beach, Kalifornien: gleißend grell-weiß außer Atem. Eine frische, kühlende Brise wehte vom pazifischen Ozean her, prickelnd und von nur einem Hauch soliger Fäule und dem üblichen Geruch nach Strandgut begleitet. Und dieser selbe Wind, so schien es, trug Mutter herbei. Hohlwangige Mutter mit den sattroten Lippen und den gezupften, nachgezogenen Brauen, die Norma Jeane aus dem großelterlichen Apartment, dem heruntergekommenen Wohnblock mit dem verwitterten Putz am Venice Boulevard, holen kam – »Norma Jeane, komm!«: und was lief Norma Jeane, lief zu Mutter! Das kleine Patschhändchen in Mutters schmaler Hand, so wunderbar fremd vom schwarzen Tüllhandschuh umschlossen. Denn Grandma hatte raue Altfrauenhände, und Grandmas Geruch war ein Altfrauengeruch, während Mutter so gut roch, dass einen schwindelte, wie prickelnde zuckrige Zitrone auf der Zunge. »Norma Jeane, Herzchen, *komm.*« Mutter war »Gladys«, und »Gladys« war *des Kindes wahre Mutter*. Wenn ihr danach war. Wenn sie die Kraft hatte. Wenn es die Anforderungen der Produktionsgesellschaft erlaubten. Denn Gladys' Leben spielte in »drei Dimensionen an der Schwelle zur vierten«, es war eben nicht mit anderer Leute Leben zu vergleichen, nicht »flach wie ein Parcheesi-Brett«. Grandma Dellas aufgeplusterte Missbilligung strafte Mutter mit Verachtung, im Triumph entführte sie Norma Jeane aus dem nach Zwiebeln, Seifenlauge, Hühneraugentinktur und Grandpas Pfeifentabak riechenden Apartment im dritten Stock, überging schlicht die vor Entrüstung schrille

27

Stimme der alten Frau, eine Radiokomikerstimme – »Gladys, wo hast du diesmal wieder den Wagen her! Sieh mich gefälligst an, wenn ich mit dir rede, Mädchen: Bist du *bedudelt? Drogenbeschwipst?*« – »Wann bringst du mir meine Enkelin wieder?« – »Verdammt, warte doch, bis ich die Schuhe anhabe, ich komme mit runter! *Gladys!*« Doch ungerührt trillerte Mutter in glockenhellem Sopran: »*Qué sera, sera.*« Und schon flogen Mutter und Tochter gackernd wie ungezogene Ausreißer die Treppe hinunter, als wäre diese ein Berghang, außer Atem und Hand in Hand, hinaus, hinaus! auf den Venice Boulevard und geradewegs hin zum jedes Mal aufregenden, weil nie vorhersehbaren Gladys-Wagen; da wartete er am Kantstein: an diesem grellgleißenden Morgen des ersten Juni 1932 stand Norma Jeane andächtig vor einem buckligen Nash in der Farbe von dreckigem Spülwasser, dessen Beifahrerfenster wie ein Spinnennetz gesplittert und mit Klebeband geflickt war. Aber was für ein herrlicher Wagen, und wie jung und wie munter Gladys doch war, denn sie, die Norma Jeane selten berührte, hob das Kind nun mit beiden behandschuhten Händen auf den Beifahrersitz – »Hoppla, Herzchen!« –, so, als hebe sie es in die Gondel des Riesenrads am Santa Monica Pier, damit es mit vor Staunen aufgerissenen Augen in den Himmel entschwebte. Warf den Autoschlag zu, ordentlich fest. Vergewisserte sich, dass er geschlossen war. (Denn es gab eine alte Angst, eine Angst der Mutter um die Tochter, dass bei solchen Fluchten eine Autotür aufspringen mochte, so wie im Stummfilm eine Falltür auffliegt, und dann wäre es um die Tochter geschehen!) Stieg auf der Fahrerseite in den Wagen wie Lindbergh in die Kanzel der *Spirit of St. Louis.* Ließ den Motor aufheulen, schob den Gang rein und fädelte sich in dem Moment in den Verkehr ein, da die arme dicke Grandma Della mit hektischen Flecken im Gesicht in ihrem verschossenen Kattunmorgenmantel, den fleischfarbenen Stützstrümpfen und ihren Altfrauenschuhen verzweifelt fuchtelnd auf die Veranda des Apartmentblocks platzte wie Charlie Chaplin als Film-Tramp.

»Halt! Warte doch! Du Wahnsinnige! Fretzkopf! Ich verbiete es! Ich rufe die Polizei!«

Aber es gab kein Halten mehr, nein, nein.

Es gab kaum Zeit, Luft zu holen!

»Achte nicht auf deine Großmutter, Herzchen. Sie ist Stummfilm, und wir haben Ton.«

Denn Gladys, die *des Kindes wahre Mutter* war, dachte nicht daran, sich an diesem besonderen Tag um den Genuss der Mutterliebe bringen zu lassen.

Heute, wo sie »die Kraft hatte«, endlich, und ein paar Dollar übrig, war Gladys gekommen, um ihre Norma Jeane an deren sechstem Geburtstag (wirklich schon der sechste? oh Gott, deprimierend) zu holen, wie sie es hoch und heilig versprochen hatte. »Bei Wind und Wetter, gesund oder krank, bis dass uns der Tod scheide, ich schwör's.« Wenn sie in dieser Stimmung war, würde nicht einmal ein Rumoren der San-Andreas-Störung Gladys zurückhalten. »Du gehörst mir. Du gleichst mir. Dich nimmt mir keiner weg, Norma Jeane, wie meine anderen Töchter.«

Diese schrecklichen siegesgewissen Worte hörte Norma Jeane nicht, hörte sie nicht, nein, gar nicht, vom rauschenden Fahrtwind verweht.

Dieser Tag, dieser Geburtstag würde der erste sein, an den sich Norma Jeane deutlich erinnerte. Dieser wunderbare Tag mit Gladys, die manchmal Mutter war, oder Mutter, die manchmal Gladys war. Eine zierliche vogelflattrige Frau mit lauerndem Blick und von ihr selbst so bezeichnetem »Habichtlächeln«, mit Ellbogen, die sich dir in die Rippen bohrten, wenn du ihnen zu nahe kamst. Der der schimmernde Rauch wie Elefantenstoßzähne aus den Nasenlöchern wuchs, sodass du dich nicht trautest, ihr überhaupt einen Namen zu geben, schon gar nicht »Mama« oder »Mommy« – diese »spuckzuckrigen« Namen hatte sich Gladys längst verbeten –, die du lieber auch nicht zu lange ansahst – »Glotz nicht, du! Großaufnahmen bitte nur nach vorheriger Ankündigung.« Weil Gladys' nervöses Lachen sonst schartig klingen konnte – wie wenn man Eisblöcke für Drinks zerstieß. Dieser Tag der Offenbarung sollte Norma Jeane die ganzen sechsunddreißig Jahre und dreiundsechzig Tage ihres Lebens unvergesslich bleiben, eines von der eigenen Mutter überlebten Lebens; so wie kleine Puppen bequem in größeren, zu eben diesem Zweck ausgehöhlten Puppen Platz finden. *Sehnte ich mich nach einem anderen Glück? Nein, nur danach, bei ihr zu sein. Mich anzuschmiegen und bei ihr im Bett zu schlafen, wenn sie mich ließ. Ich liebte sie so.* Und es gab schließlich Beweise, dass Norma Jeane schon früher Geburtstage mit der Mutter verlebt hatte, jedenfalls ihren ersten, an den sich das Kind allerdings nicht erinnern konnte, oder nur dank der Schnappschüsse – HAPPY 1st BIRTHDAY BABY NORMA JEANE! –, dank der von Hand beschrifteten Papierbanderole, die dem abgelichteten blinzelnden Baby mit dem schimmernden Blick und dem niedlichen Mondgesicht, den Grübchen, den dunkelblonden Locken mit schlappohrigen Satinschleifchen nach Art der Schärpen bei Schönheitswettbewerben umgehängt war; gleich verblassenden Träumen waren diese Schnappschüsse verschwommen, zerknittert, aufgenommen offenbar von einem »Onkel«; sie zeigten eine sehr junge, sehr hübsche, aber übernervös wirkende Gladys mit Pagenkopf, Herrenwinkern und vollen, wie nach einem Wespenstich geschwollenen Lippen à la Clara Bow, die ihr ein Jahr altes Baby »Norma Jeane« unbeholfen auf dem Schoß hielt wie einen kostbaren und zerbrechlichen Gegenstand, mit Ehrfurcht, wenn auch nicht sichtbarem Vergnügen, mit eisernem Stolz, wenn auch nicht Liebe, und auf die Rückseite der paar wenigen Schnappschüsse war das Datum gekritzelt: 1. Juni 1927. Daran erinnerte sich die sechsjährige Norma Jeane ebenso wenig wie an ihre Geburt – zu gern hätte sie Gladys oder Grandma gefragt: Wie *macht* man das, geboren werden? Macht man das selbst? – auf der den Wohlfahrtsempfängerinnen vorbehaltenen Entbindungsstation des Los Angeles County General Hospital, nach zweiundzwanzig Stunden »ausgewachsener Höllenqualen« (Gladys' Kommentar zu dieser Prüfung), ebenso wenig wie an die acht Monate und elf Tage in dem »Spezial-Tragebeutel« unter Gladys' Herzen. Sie konnte sich nicht erinnern! Wann immer sie aber gebannt diese Schnappschüsse betrachtete – sofern Gladys Lust hatte, sie ihr auf dem gerade aktuellen Bettüberwurf auf dem gerade aktuellen Bett ihres gerade aktuellen »Domizils« auszubreiten –, zweifelte sie keinen Augenblick daran, dass das Baby im Bild sie selbst war, *denn mein Leben lang sollte ich mir selbst nur durch das Zeugnis und die Namen anderer fassbar sein. So wie Jesus im Evangelium nur von anderen gesehen und bezeugt wird. Ich sollte mein Dasein und den Wert dieses Daseins im Blick der anderen lesen, auf den ich eher vertrauen zu können glaubte als auf meinen eigenen.*

Gladys musterte die Tochter, die sie seit – nun ja – Monaten nicht gesehen hatte. In scharfem Ton sagte sie: »Zappel nicht so. Guck nicht so verkniffen, als würde ich jeden Augenblick mit jemand zusammenstoßen, da brauchst du bald eine Brille, und was machst du dann? Und winde dich nicht wie eine kleine Schlange, die Pipi machen muss. Wo hast du nur diese Unarten her, von *mir* bestimmt nicht. Ich stoße schon mit niemandem zusammen, wenn du dir deswegen Sorgen machst, wie deine alberne alte Grandma. *Ich schwör's.*« Gladys' Augen glitten zu dem Kind hin, streng und zugleich kokett, denn so war Gladys: sie stieß dich weg, sie lockte dich; jetzt senkte sie vertraulich die Stimme und sagte in kehligem Ton: »Denk dir nur, Mutter hat eine Geburtstagsüberraschung für dich. Wir sind auf dem Weg dorthin.«

»Eine Ü-überraschung?«

Gladys am Steuer spitzte vergnügt den Mund.

30

»W-wohin fahren wir denn, M-mutter?«

Glück so scharf, dass es in Norma Jeanes Mund zu Glasscherben wurde.

Trotz des schwül-warmen Wetters trug Gladys wegen ihrer empfindlichen Haut todschicke schwarze Tüllhandschuhe. Übermütig schlug sie mit beiden behandschuhten Händen aufs Lenkrad. »Wo wir hinfahren? Na, hör mal. Du warst doch schon in Mutters Hollywood-Domizil!«

Norma Jeane lächelte unsicher. Sie dachte angestrengt nach. War sie das? Das hieße dann aber, dass sie, Norma Jeane, etwas Wichtiges vergessen hätte, dass dies eine Art Verrat darstellte, eine Enttäuschung. Allerdings schien Gladys häufiger umzuziehen. Manchmal setzte sie Della davon in Kenntnis, manchmal nicht. Ihr Leben war kompliziert und rätselhaft. Es gab Probleme mit Vermietern und Nachbarn, es gab »Finanzprobleme«, gab »Unterhaltsprobleme«. Im letzten Winter hatte ein kurzes, heftiges Erdbeben in ausgerechnet jenem Teil von Hollywood, in dem Gladys ihr Domizil hatte, sie zwei Wochen lang obdachlos gemacht und gezwungen, bei Freunden unterzuschlüpfen und ohne Verbindung zu Della zu bleiben. Immer aber lag Gladys' jeweiliges Domizil in Hollywood. Oder West-Hollywood. Ihre Arbeit für die Produktionsgesellschaft verlangte es. Da sie vertraglich an die Produktionsgesellschaft »gebunden« war (die Produktionsgesellschaft war das größte der Hollywood-Studios, also der Welt, und rühmte sich, mehr »Stars unter Vertrag zu haben, als Sterne am Firmament stehen«), gehörte ihre Zeit nicht *ihr* – »so wie katholische Nonnen eben ›Bräute Christi‹ sind«. Gladys hatte ihre Tochter Norma Jeane bereits als zwölf Tage alten Säugling *in Pflege geben* müssen, meist bei der Großmutter, gegen fünf Dollar die Woche plus Auslagen; das Leben war verflucht hart, es war die Hölle, es war *ein Trauerspiel*, aber was sollte sie machen, wo sie doch bis spät abends für die Produktionsgesellschaft zu tun hatte, oft Überstunden schob, manchmal sogar eine Doppelschicht einlegte, schon sprang, wenn der Chef nur mit dem Finger winkte – wie sollte sie da die Verantwortung für ein kleines Kind tragen können?

»Den möchte ich sehen, der das Recht hätte, mich zu verurteilen. Es sei denn, er steckte in meinen Schuhen. Oder *sie*. Jawohl, oder *sie!*«

Das sagte Gladys überraschend heftig. Vielleicht haderte sie ja mit der eigenen Mutter, mit Della.

Wenn sie sich stritten, nannte Della Gladys einen »Hitzkopf« – oder »Fretzkopf«? –, und dann empörte sich Gladys, das sei gelogen, sei übelste Verleumdung, in ihrem ganzen Leben habe sie an Marihuana nicht einmal geschnuppert, geschweige denn davon geraucht – »Und das gilt doppelt für

Opium! Nie!« Della hätte zu viele wüste und fragwürdige Geschichten über die Leute beim Film gehört. Zugegeben, manchmal war Gladys aufgedreht. *Dieses Feuer in mir! Herrlich.* Zugegeben, manchmal fiel sie »ins Loch« und war »ganz unten« oder »am Ende«. *Als wäre meine Seele aus flüssigen Blei, ausgelaufen und hart geworden.* Aber Gladys war jung und sah blendend aus, Gladys hatte unzählige Freunde. Männerfreunde. Die ihr Gefühlsleben durcheinander brachten. »Wenn mich die Kerle nur in Ruhe lassen würden, ginge es der guten alten Gladys prächtig.« Aber das taten sie nicht, und deshalb brauchte Gladys ihre Mittel. Verschreibungspflichtige oder auch solche, mit denen ihre Männerfreunde sie versorgten. Sie lebte geradezu von Bayers Aspirin, die Mengen, die sie vertrug, waren erstaunlich; in schwarzem Kaffee aufgelöst wie kleine Zuckerwürfel – »schmeckt man überhaupt nicht«.

An diesem Tag aber sah Norma Jeane sogleich, dass Gladys »obenauf« war: fahrig, feurig, lustig, unberechenbar wie eine Kerzenflamme, die im Zug flackert. Von ihrer wachsbleichen Haut stieg eine Hitze auf wie im Sommer von den Gehwegen, und ihre Augen!: kokettierend, klimpernd, geweitet. *Diese geliebten Augen. Deren Blick mir unerträglich war.* Gladys fuhr unkonzentriert, und sie fuhr schnell. Im Auto mit Gladys war es wie im Boxauto auf dem Jahrmarkt: man musste sich gut festhalten. Sie fuhren ins Hinterland, weg von Venice Beach, weg vom Meer. Zunächst auf dem Venice Boulevard nach Norden Richtung La Cienega, dann auf den Sunset Boulevard, den Norma Jeane von anderen Autofahrten mit ihrer Mutter wiedererkannte. Wie der rundbucklige Nash, von Gladys' ungeduldigem Fuß auf dem Gaspedal getrieben, klappernd dahinsauste! Sie ratterten über die Trambahnschienen, bremsten in letzter Sekunde bei Rot, Gladys und eine kichrige und zähneklappernde Norma Jeane. Manchmal schlitterte der Wagen hinaus auf die Mitte einer Kreuzung, dann gab es wie im Film ein Hupkonzert, Rufe, drohend erhobene Fäuste, außer es waren Männer, die allein in ihren Wagen saßen, dann fielen die Zeichen freundlicher aus. Mehr als einmal ignorierte Gladys die Trillerpfeife eines Verkehrspolizisten und entkam – »Siehst du! Ich habe gar nichts verbrochen! Ich lasse mich nicht einschüchtern!«

Auf ihre halb grimmige, halb scherzende Weise ließ Della öfter die Bemerkung fallen, Gladys habe ihren Führerschein »verloren«, was so viel hieß wie – ja, was? Dass sie ihn verloren hatte, wie Leute eben Dinge verloren? Verlegt? Oder hatte ihn ihr einer dieser Polizisten zur Strafe irgendwann abgenommen, als Norma Jeane nicht dabei war?

Norma Jeane wusste nur eines ganz sicher: Dass sie sich nicht traute, Gladys zu fragen.

Vom Sunset bogen sie erst in eine, dann noch eine Nebenstraße, und schließlich auf die La Mesa, eine enge, enttäuschende Straße mit kleineren Geschäften, Diners, »Cocktailbars« und Apartmenthäusern; Gladys bezeichnete dies als ihr »neu entdecktes, gleich so *anheimelndes* Viertel«. Gladys erklärte, zur Produktionsgesellschaft habe sie es ganz nah, »mit dem Auto nur sechs Minuten«. Sie wohne aus »persönlichen Gründen« hier, die zu kompliziert seien, als dass sie sie erklären könne. Aber Norma Jeane würde schon sehen – »das gehört mit zur Überraschung«. Gladys parkte den Wagen vor einem schäbigen Gebäude im spanischen Stil mit zerschlissenen grünen Markisen und hässlichen Feuertreppen. THE HACIENDA. MÖBLIERTE ZIMMER & APARTMENTS WOCHEN/MONATSBASIS INFORM. BÜRO. Die Hausnummer war 387. Norma Jeane besah sich alles genau und merkte es sich gut: sie wurde zur Kamera, die knipst und knipst; sie könnte sich ja irgendwann verlaufen und an diesen Ort zurückfinden müssen, den sie bis zu diesem Moment nie gesehen hatte, und mit Gladys hatten solche Momente immer etwas Dringliches, etwas Elektrisierendes und Rätselhaftes, von dem einem der Puls hämmerte wie von Aufputschmitteln. *Wie ein Amphetamin war das, wie unter Strom. Mein Leben lange würde ich danach suchen. Mich wie eine Schlafwandlerin aus meinem Leben in die Hacienda auf der La Mesa oder in die Highland Avenue zurückstehlen, wo ich wieder Kind war, in ihrer Obhut, in ihrem Bann, vor dem Albtraum.*

Gladys sah den Ausdruck auf Norma Jeanes Gesicht, den Norma Jeane selbst ja nicht sehen konnte, und lachte. »Geburtstagskind! Man wird nur einmal sechs. Und wer weiß, ob du deinen siebten erlebst. Also *los*.«

Norma Jeanes kleine Hand war verschwitzt, Gladys mochte sie nicht nehmen, sie stupste das Kind stattdessen mit einer behandschuhten Faust vor sich her, sanft natürlich, wie im Scherz, schob sie die bröckelnden Stufen der Hacienda hoch und in die Backofenglut drinnen, dann eine mit Linoleum belegte, vor Sand knirschende Treppe hinauf – »Los, los, wir werden erwartet, und bestimmt schon ganz ungeduldig.« Sie liefen. Sie stürmten. Galoppierten hinauf. Gladys auf eleganten Absätzen plötzlich in Panik – oder tat sie nur so? war dies eine ihrer Szenen? Oben waren Mutter und Tochter beide außer Atem. Gladys schloss die Tür zu ihrem »Domizil« auf, das sich nicht merklich vom vorigen Domizil unterschied, an das sich Norma Jeane dunkel erinnerte. Es gab drei enge Zimmer mit verfleckten Tapeten und Decken, schmalen Fenstern, losem Linoleum auf blanken Dielen, ein paar bunten mexikanischen Läufern, einem undichten, stinkigen Eisschrank, einem Kocher mit zwei Platten, Abwasch im Spülstein und Kakerlaken, schwarzglänzend wie Wassermelonenkerne, die bei ihrem Erscheinen knispernd verschwanden. An den Küchenwänden hingen Plakate der Filme, an denen Gladys mitgewirkt hatte und auf die sie stolz war – *Kiki* mit Mary Pickford, *Im Westen nichts Neues* mit Lew Ayres, *Lichter der Großstadt* mit Charlie Chaplin, dessen seelenvolle Augen Norma Jeane in Bann zogen, weil sie glaubte, Chaplin sehe *sie*. In welcher Weise Gladys an diesen berühmten Filmen mitgewirkt hatte, blieb unklar, aber die Gesichter der Schauspieler verzauberten Norma Jeane. *Hier bin ich zu Hause! An diesem Ort in meiner Erinnerung.* Vertraut war auch die stickige Hitze im Apartment, denn Gladys hielt nichts davon, Fenster aufzulassen, wenn sie fortging, nicht mal einen Spaltbreit, und alles, was sich da an Gerüchen mischte – Essensreste, Kaffeesatz, Zigarettenasche, Brandflecken, Parfum und der rätselhaft beißende Chemiegestank, den Gladys nie ganz loswurde, auch wenn sie noch so schrubbte, mit Arztseife an ihren Händen herumschrubbte, bis sie wund waren und bluteten. Die Gerüche empfand Norma Jeane als tröstlich, *denn sie verkörperten ein Zuhause. Wo Mutter war.*

Aber diese neue Wohnung! Sie war noch voller, unordentlicher und fremder als die vorigen. Oder konnte Norma Jeane jetzt, wo sie älter war, einfach besser *sehen*? Gleich beim Eintreten gab es diese lange Schrecksekunde – wie zwischen erstem fast unmerklichen Vorbeben und der nächsten, weit stärkeren Erschütterung, die unverkennbar und unentrinnbar wäre. Man wartet, man wagt kaum zu atmen. Es gab zig aufgeklappte, aber nicht ausgepackte Kartons mit der Aufschrift EIGENTUM DER PRODUKTIONSGESELLSCHAFT. Es gab Kleiderberge auf der Arbeitsfläche in der Küche und Kleider an Drahtbügeln an einer improvisierten, quer durch die Küche gespannten Wäscheleine, sodass es zunächst aussah, als drängten sich viele Menschen in der Küche, Frauen in »Kostümen« – Norma Jeane wusste, dass es einen Unterschied gab zwischen »Kleidern« und »Kostümen«, auch wenn sie nicht hätte sagen können, worin dieser bestand. Manche Kostüme waren glitzrig und glanzvoll: kurze Hänger mit schmalen Schulterbändern. Manche waren streng mit langen Trompetenärmeln. Es gab Schlüpfer und Büstenhalter und fein säuberlich zum Trocknen auf die Leine gehängte Strümpfe. Gladys beobachtete, wie Norma Jeane mit offenem Mund die Kleider über ihrem Kopf bestaunte, und lachte über die Verwirrung des Kindes. »Was hast du? Passt dir nicht, was du da siehst? Passt es Della nicht? Sollst du etwa für sie *spionieren*? Na los, los, weiter. Dort hinein. *Los*.«

Mit einem spitzigen Ellbogen schob sie Norma Jeane ins angrenzende Schlafzimmer. Einen kleinen Raum mit schlimmen Wasserflecken an Decke und Wänden, einem einzigen Fenster, das notdürftig von einer zerschlissenen, schmuddeligen Jalousie verhängt war. Und da standen auch das vertraute Bett mit dem angelaufenen gelben Messingkopfteil und den Daunenkissen, die Kiefernkommode, der Nachttisch mit den Pillenfläschchen und dem wackligen Stapel von Taschenbüchern und Zeitschriften wie dem *Hollywood Tatler*, auf dem ein randvoller Aschenbecher balancierte; und auch hier überall Kleider, auch hier auf dem Fußboden aufgeklappte, aber nicht ausgepackte Kartons und an der Wand neben dem Bett ein prunkvolles Standbild aus der *Hollywood Revue* von 1929: Marie Dressler in einem durchscheinenden weißen Abendkleid. Gladys war aufgedreht, ihr Atem ging schnell, sie beobachtete Norma Jeane scharf, während das Kind sich ängstlich umsah – wo war nur der »Überraschungsmensch«? Versteckt, vielleicht? Unter dem Bett? Im begehbaren Kleiderschrank? (Aber es gab keinen, nur einen wackligen Wandschrank aus Hartfaserplatten.) Eine Fliege brummte. Von dem einen Fenster aus sah man nichts als die nackte schmutzige Wand des Nachbarhauses. Norma Jeane fragte sich: *Wo denn? Wer kann es sein?*, doch da versetzte ihr Gladys schon einen sanften Stoß zwischen die Schulterblätter und meinte streng: »Also ehrlich, Norma Jeane, manchmal bist du stockblind, und – ein *Dummchen* obendrein. Hast du denn gar keine *Augen* im Kopf? Kannst du sie nicht *aufmachen*? Der Mann dort ist dein Vater.«

Jetzt erst sah Norma Jeane, wohin Gladys zeigte.

Es war gar kein Mann. Es war ein Bild von einem Mann und hing an der Wand neben dem Kommodenspiegel.

2

Mein sechster Geburtstag – und zum ersten Mal sein Gesicht zu sehen.

Ohne bis zu diesem Tag geahnt zu haben, dass es einen Vater gab! Dass ich wie alle anderen Kinder einen Vater hatte.

Immer gedacht zu haben, sein Fehlen habe mit mir zu tun. Dass irgendetwas mit mir nicht stimmte, dass irgendetwas an mir schlecht war.

Hatte es mir denn vorher niemand gesagt? Meine Mutter nicht, meine Großmutter und der Großvater auch nicht. Gar niemand.

Und ihn doch nie von Angesicht zu Angesicht sehen zu können, leibhaftig.
Und ich würde vor ihm sterben.

3

»Sieht er nicht fabelhaft gut aus, Norma Jeane? Dein Vater?«

Gladys' Stimme, die auch ganz leblos sein konnte, tonlos, eine Idee spöttisch, klang schwärmerisch erregt wie die eines jungen Mädchens.

Sprachlos bestaunte Norma Jeane den Mann, der ihr Vater sein sollte. Den Mann auf dem Foto. Den Mann an der Wand neben dem Kommodenspiegel. *Vater?* Ihr wurde heiß und flau, wie von einem Schnitt im Daumen.

»Da. Aber fass ihn lieber nicht mit deinen klebrigen Fingern an.«

Schwungvoll nahm Gladys den Bilderrahmen von der Wand. Es war ein wirkliches Foto, sah Norma Jeane, glänzig, nicht gedruckt wie die Werbefotos oder eine aus einer Zeitschrift gerissene Seite.

Andächtig präsentierte Gladys das Porträt in ihren elegant behandschuhten Händen, hielt es Norma Jeane etwa auf Augenhöhe, aber außer Reichweite hin. Als hätte Norma Jeane diese Kostbarkeit in einem so wichtigen Moment berühren wollen! wo sie doch aus Erfahrung wusste, dass man Gladys besondere Sachen nicht berührte.

»Das – das ist mein V-vater?«

»Und ob. Du hast seine blauen Schlafzimmeraugen.«

»Aber –? Wo –?«

»Pscht. *Gucken!*«

Es war eine Filmszene. Beinahe hörte Norma Jeane die aufgeregt wuselnde Musik.

Und wie lange standen Mutter und Tochter da, in diesen Anblick versunken! Ehrfürchtig schweigend betrachteten sie das Bild-von-einem-Mann, diesen Mann-der-Norma-Jeanes-Vater-War, diesen gut aussehenden dunklen Fremden, diesen Mann mit den geölten Schwingen aus glattem Rabenhaar, den Mann mit dem Menjoubärtchen, den Mann mit den bleichen, wissenden, fast schlupfigen Lidern. Den Mann mit den vollen halb lächelnden Lippen, den Mann, dessen Blick so aufreizend dem ihren auswich, den Mann mit einem Kinn, das einer geballten Faust glich, mit einer stolzen Adlernase und einer Kerbe in der linken Wange, die vielleicht nur ein Grübchen war, wie Norma Jeane es auch hatte. Oder eine Narbe.

Den Mann, der älter war als Gladys, aber nicht viel. Mitte dreißig. Der ein

36

Schauspielergesicht hatte, diese gespielte Nonchalance. Der den Kopf hoch trug und den Filzhut verwegen schief, und dessen weißes Hemd einen weiten, weich fallenden Kragen hatte wie bei einem Kostüm aus früheren Zeiten. Den Mann, der auf Norma Jeane wirkte, als wollte er gleich sprechen – es aber nicht tat. *So angestrengt hinzuhören. Als wäre ich plötzlich taub geworden.*

Norma Jeanes Herz schlug so flattrig wie Kolibrischwirren. Und laut, es dröhnte im Zimmer. Aber Gladys merkte nichts und schimpfte nicht. Vor lauter Überschwang, dem Hunger, mit dem sie das Bild-von-einem-Mann anhimmelte. Und im dramatisch vibrierenden Ton einer Sängerin sagte: »*dein* Vater. Er trägt einen wunderschönen, einen bedeutenden Namen, aber ich darf ihn nicht preisgeben. Nicht einmal Della kennt ihn. Della mag zwar glauben, dass sie Bescheid weiß – aber das stimmt nicht. *Und Della darf auch nichts wissen.* Nicht einmal, dass du das hier gesehen hast. Es gibt in unserer beider Leben Komplikationen, verstehst du. Als du geboren wurdest, war dein Vater fort; er ist auch jetzt noch weit weg, und ich mache mir Sorgen. Ihn treibt eine Wanderlust, die ihn in früheren Zeiten zum Krieger prädestiniert hätte. Und tatsächlich hat er sein Leben schon für die Demokratie aufs Spiel gesetzt. Im Herzen sind er und ich vermählt – sind wir Mann und Frau. Doch wir geben nichts auf Konventionen, und ich würde mich ihnen nicht beugen wollen. ›Ich liebe dich und unsere Tochter, und eines Tages werde ich nach Los Angeles zurückkehren und euch heimführen‹ – dein Vater hat es versprochen, Norma Jeane. Uns beiden versprochen.« Gladys schwieg einen Augenblick und befeuchtete sich die Lippen.

Obwohl sie mit Norma Jeane sprach, war sie sich der Anwesenheit des Kindes offenbar kaum bewusst, sie hatte den Blick starr auf die Fotografie gerichtet, von der, so schien es, das Licht in Splittern abstrahlte. Ihre Haut glühte schweißnass, ihr Mund wirkte wegen des leuchtend roten Lippenstifts wie geschwollen, wie zerbissen, ihre Tüllhandschuhe zitterten etwas. Norma Jeane würde sich später erinnern, dass sie sich alle Mühe gab, auf die Worte ihrer Mutter zu achten, trotz des Brausens in ihren Ohren und einer aufgeregten Übelkeit, ihr war, als müsste sie dringend auf Toilette, aber sie wagte nicht, einen Mucks zu tun, geschweige denn sich zu rühren. »Dein Vater war bei der Produktionsgesellschaft unter Vertrag, als wir uns kennen lernten – am Tag nach Palmsonntag vor acht Jahren, das werde ich nie vergessen! –, und er gehörte zu den vielversprechendsten neuen Filmtalenten. Aber leider – weißt du, trotz seiner Begabung und seiner Präsenz auf der Leinwand –

einen ›zweiten Valentino‹ hat ihn Mr. Thalberg genannt – war er zu undiszipliniert, zu ungeduldig und zu draufgängerisch, um einen guten Filmschauspieler abzugeben. Denn es kommt nicht allein aufs Aussehen an, auf Stil und Persönlichkeit, nein, Norma Jeane, man muss auch folgen können. Man muss demütig sein. Man muss sich vor falschem Stolz hüten, man muss sich schinden. Frauen fällt das leichter. *Ich* war auch unter Vertrag – eine Zeit lang. Als junge Schauspielerin. Aber ich wechselte – freiwillig – in eine andere Abteilung! Denn ich sah ein, dass es nicht sein sollte. *Er* rebellierte natürlich. Er war eine Zeit lang Double für Chester Morris und Donald Reed. Bis er schließlich einfach alles hinwarf. ›Wenn ich zwischen Seele und Karriere wählen muss‹, hat er gemeint, ›wähle ich die Seele.‹«

Vor Aufregung musste Gladys husten. Wenn sie hustete, verströmte sie irgendwie noch stärker Parfumduft und den sauer-zitronigen Chemiegeruch, mit dem ihre Haut durchtränkt zu sein schien.

Norma Jeane fragte, wo ihr Vater jetzt sei.

Ärgerlich meinte Gladys: »Fort, Dummerchen. *Sage ich doch.*«

Gladys' Stimmung war umgeschlagen. Das ging oft so. Auch die Filmmusik wechselte plötzlich. Jetzt klang sie rau wie die Zähne eines Sägeblatts, wie die wilden Wellen, die sich auf den Strand warfen und einem wehtun konnten, das kannte Norma Jeane von den Malen, wenn sie mit einer vor »Blutdruck« und Schimpfen keuchenden Della »für den Kreislauf« über den festgebackenen Sand stapfte.

Nie im Leben hätte ich gefragt, warum. Warum mir niemand davon erzählt hatte.

Warum ich es jetzt erfuhr.

Gladys hängte das Foto wieder an die Wand. Nur, dass der Nagel jetzt tiefer in den Gipskarton sank und nicht mehr so gut hielt. Die Fliege brummte weiter, sie warf sich wieder und wieder hoffnungsvoll gegen die Scheibe. »Das ist die verfluchte Fliege, die ›brummte‹, als ich starb‹«, bemerkte Gladys dunkel. Es war eine Angewohnheit von Gladys, in Norma Jeanes Anwesenheit dunkle Bemerkungen zu machen, obwohl die nicht unbedingt an das Kind gerichtet waren. Vielmehr wurde Norma Jeane Zeuge, war auserwählt, indem sie, einem Kinobesucher gleich, dem Geschehen folgen durfte, während die Protagonisten im Film so taten, als merkten sie es nicht – vielleicht merkten sie es wirklich nicht. Als schließlich der Nagel wieder hielt, bedurfte es einigen Hin- und Herrückens, bis der Rahmen auch saß. In solchen Haushaltsdingen war Gladys pingelig; sie schimpfte mit Norma Jeane, wenn das Kind die Handtücher schief hinhängte oder Bücher nicht wieder bündig ins Regal schob. Sobald das Bild-von-einem-Mann wieder an der Wand neben dem Kommodenspiegel in Sicherheit war, trat Gladys zurück und entspannte sich ein wenig. Norma Jeane konnte den Blick immer noch nicht von dem Foto lösen. »Da hast du also deinen Vater. Aber es ist ein Geheimnis, Norma Jeane, das bleibt unter uns. Du weißt, dass er fort ist – derzeit – das genügt. Und eines Tages nach Los Angeles zurückkehren wird. *Er hat es versprochen.*«

4

Später würde es heißen, ich sei als Kind unglücklich gewesen, ich hätte eine schlimme Kindheit gehabt, aber eines will ich mal klarstellen, unglücklich war ich nie. Solange meine Mutter da war, war ich nicht unglücklich, und dann gab es eines Tages ja auch noch einen Vater zum Liebhaben.

Und es gab Grandma Della! Norma Jeanes Mutters *Mutter.*

Eine stämmige Frau, vom Typ her dunkel, mit borstigen Augenbrauen und einem verstohlenen Anflug von Damenbart. Della hatte eine unnachahmliche Art, sich, Hände in die Hüften gestemmt, wie ein Krug mit zwei Henkeln in der Tür oder auf der Veranda vorm Haus aufzupflanzen. Die Ladenbesitzer fürchteten ihren durchdringenden Blick und ihre scharfe Zunge. Sie verehrte William S. Hart, den noblen Westernhelden, sie schwärmte für den Meistermimen Charlie Chaplin, und sie brüstete sich, aus »bestem amerikanischen Pionierholz« geschnitzt zu sein: in Kansas geboren, nach Nevada und schließlich Südkalifornien verzogen, wo sie ihren Mann kennen lernte, Gladys' Vater, der 1918 in den Ardennen »das Gas abgekriegt« hatte, wie Della vorwurfsvoll sagte, aber er hatte »immerhin überlebt. Da muss man unseren Politikern direkt dankbar sein, oder?«

Ja, es gab einen Grandpa Monroe, Dellas Mann. Er lebte mit ihnen in derselben Wohnung, und Norma Jeane gab man zu verstehen, er möge sie nicht, aber irgendwie war Grandpa gar nicht richtig *da.* Auf Nachfrage zuckte Della bloß mit den Achseln und meinte: »Immerhin überlebt.«

Grandma Della! Ein in der ganzen Nachbarschaft bekanntes »Original«.

Von Grandma Della hatte Norma Jeane alles, was sie über Gladys wusste oder zu wissen glaubte.

Das Unumstößliche an Gladys war das Unergründliche an Gladys: Sie konnte Norma Jeane keine *richtige Mutter* sein. *Derzeit* nicht.

Warum nicht?

»Gebt ja nicht mir die Schuld!«, rief Gladys und zündete sich mit fliegenden Händen eine Zigarette an. »Gott hat mich schon genug gestraft.«

Gestraft? Inwiefern?

Wenn Norma Jeane es wagte, solche Fragen zu stellen, blinzelte Gladys sie aus schönen graublauen blutunterlaufenen Augen an, in denen immer ein nassschimmernder Rand stand. »*Untersteh* dich. Nach dem, was mir Gott angetan hat. Verstanden?«

Norma Jeane lächelte. Lächeln hieß nicht etwa, dass du verstanden hattest, aber du warst es zufrieden, nicht zu verstehen.

Andererseits: Offenbar hatte Gladys vor Norma Jeane schon »andere kleine Mädchen« gehabt – »zwei kleine Mädchen«. Wo waren diese Schwestern geblieben?

»Gebt ja nicht mir die Schuld, *verflucht*.«

Es stand offenbar auch fest, dass Gladys, die mit einunddreißig noch sehr jung aussah, schon die Frau von zwei Männern gewesen war.

Es stand *eindeutig* fest, und Gladys gab es nach Art einer Filmfigur mit einer liebenswerten Marotte auch freimütig zu, dass ihr Nachname sich häufiger änderte.

Die Geschichte hatte Della erzählt, es war eine ihrer mütterlichen Leidensgeschichten, dass nämlich Gladys 1902 in Hawthorne, Los Angeles County auf den Namen Gladys Pearl Monroe getauft worden war. Mit siebzehn hatte sie (entgegen Dellas Wunsch) einen Mann namens Baker geheiratet und wurde somit Mrs. Gladys Baker, aber das war (natürlich!) schief gegangen, nach nicht einmal einem Jahr waren die beiden wieder geschieden, und Gladys hatte den »Gasmann Mortensen« (Vater der zwei verschwundenen Schwestern?) geheiratet, was jedoch (natürlich!) ebenfalls schief gegangen war, und Mortensen war aus Gladys' Leben verschwunden und niemand weinte ihm eine Träne nach. Nur: Dummerweise war Gladys' Name auf einigen Papieren immer noch mit Mortensen angegeben, sie hatte ihn nicht ändern lassen und würde das auch nicht tun, weil ihr alles Angst machte, was mit Registern und Gesetzen zu tun hatte. Mortensen war natürlich nicht Norma Jeanes Vater; Mortensen hatte Gladys zur Zeit von Norma Jeanes Geburt eben geheißen. Und zu allem Überfluss – eine weitere Tatsache, die Della zur Weißglut trieb, weil das Ganze so absurd war – lautete Norma Jeanes Nachname offiziell Baker und nicht Mortensen.

»Und wieso?«, ereiferte sich Della gegenüber jedem aus der Nachbarschaft, der willens war, sich solche Narrheiten anzuhören. »Weil meine verrückte Tochter Baker als ›das kleinere Übel‹ von beiden betrachtete.« Della geriet zunehmend in Aufruhr. »Und *ich* liege nachts wach und mache mir Sorgen um das Kind; wie soll die Kleine denn noch wissen, wer sie ist? Ich sollte das Kind *adoptieren* und dafür sorgen, dass es einen guten, anständigen sauberen Namen bekommt – ›Monroe‹.«

»Mein kleines Mädchen adoptiert niemand!«, erklärte Gladys mit Nachdruck. »Jedenfalls nicht, solange ich *lebe*.«

Leben. Norma Jeane wusste, wie wichtig es war zu *leben*.

So kam es also, dass Norma Jeane amtlich als Norma Jeane Baker registriert war. Mit sieben Monaten war sie von der bekannten Evangelistin Aimee Semple McPherson (zu deren Glaubensgemeinde Della damals gehörte) im Angelus Temple of the International Church of the Foursquare Gospel getauft worden, und sie würde weiterhin so heißen, und zwar bis zum Tage, an dem sie von einem Mann einen neuen Namen bekam, einem Mann, der sich Norma Jeane zur Frau nahm, ebenso wie sich ihr Name eines Tages kraft Männerbeschluss ganz und gar ändern würde. *Ich tat, was von mir verlangt wurde. Verlangt wurde, dass ich lebe.*

Eine seltene Anwandlung mütterlicher Vertraulichkeit veranlasste Gladys dazu, Norma Jeane zu verraten, dass ihr Name ein besonderer sei: »›Norma‹ heißt du nach der großen Norma Talmadge, und ›Jeane‹ nach – wem wohl? – der Harlow.« Die Namen bedeuteten dem Kind nichts, aber es sah Gladys schon beim Klang dieser Namen erschauern. »Deine Bestimmung ist es, beide in einem zu verkörpern.«

5

»Also, Norma Jeane. Nun weißt du Bescheid.«

Erkenntnis hell wie die Sonne. Prägnant wie ein Schlag mit dem Handrücken. Gladys' lippenstiftroter Raubtiermund, der so selten lächelte – jetzt lächelte er. Ihr Atem ging schwer, als sei sie gerannt.

»Du hast sein *Gesicht* gesehen. Das Gesicht deines wahren Vaters, der nicht Baker heißt. Aber du darfst es niemandem erzählen, hörst du? Auch nicht Della.«

»J-ja, Mutter.«

Zwischen Gladys' sorgfältig nachgezogenen Brauen erschien die steile Falte.

»Wie bitte, Norma Jeane?«

»Ja, Mutter.«

»Na also.«

Das Stottern war Norma Jeane nicht ausgetrieben. Aber es hatte sich von ihrer Zunge ins Kolibriherz verlagert, wo es nicht auffiel.

In der Küche streifte Gladys einen ihrer eleganten schwarzen Tüllhandschuhe ab und zog ihn Norma Jeane am Hals entlang, eine kitzelige Liebkosung.

Was für ein Tag! Ein Nebel aus Glück, wie milder, feuchter Dunst auf einer flachen Stadtlandschaft. Glück mit jedem Atemzug. Gladys murmelte: »Happy Birthday, Norma Jeane!« und: »Habe ich dir nicht gesagt, Norma Jeane, dass dies ein besonderer Tag werden würde, *dein* Tag?«

Das Telefon klingelte. Aber Gladys lächelte still und hob nicht ab.

Die Jalousien waren bis auf die Fensterbänke heruntergezogen. Gladys sprach von »neugierigen« Nachbarn.

Gladys hatte den linken Handschuh abgestreift, nicht aber den rechten. Den rechten schien sie vergessen zu haben. Norma Jeane fiel auf, dass die leicht gerötete Haut ihrer entblößten linken Hand von dem eng anliegenden Handschuh mit kleinen Rauten bedruckt war. Gladys trug ein hochgeschlossenes, in der Taille eng gegürtetes Kleid aus rotbraunem Crêpe mit weitem Rock, der ein atemlos wisperndes Geräusch machte, wenn sie sich bewegte. Es war ein Kleid, das Norma Jeane noch nicht kannte.

Jeder Augenblick war bedeutungsgeladen. Jeder Augenblick wie ein Herzschlag, eine Warnung.

Am Tisch in der Essecke der Küche füllte Gladys angeschlagene Kaffeetassen: Traubensaft für Norma Jeane und für sich selbst eine streng riechende »Medizin«. Die Überraschung war eine luftige Biskuittorte für Norma Jeane! Mit einer vanilleweißen Creme überzogen, mit sechs kleinen rosa Kerzen gespickt, mit sirupdünn kleckrigen knallroten Lettern, die verkündeten:

HAPPY BIRTDAY
NORMAJEAN

Der Anblick der Torte und ihr köstlicher Duft ließen Norma Jeane das Wasser im Mund zusammenlaufen. Obwohl Gladys schimpfte. »Dieses besoffene Aasstück von Bäcker! Geburtstag falsch schreiben, und deinen Namen obendrein – dabei habe ich ihm den extra buchstabiert!«

Mit einiger Mühe gelang es Gladys, trotz ihrer zittrigen Hände – oder vielleicht wackelte ja das Zimmer oder die Erde tief innen drin (in Kalifornien wusste man nie recht, was »wirklich« war und was in einem selbst) –, die sechs winzigen Kerzen anzuzünden. An Norma Jeane war es jetzt, die blassen, fickrigen Flämmchen auszupusten. »Und dabei musst du dir etwas wünschen, Norma Jeane«, drängte Gladys sie und beugte sich eifrig vor, bis ihr Gesicht das warme Kindergesicht fast berührte. »Du musst dir wünschen, dass Duweißtschon bald zu uns zurückkehrt. Los!« Also schloss Norma Jeane die Augen ganz fest, wünschte es sich und pustete mit einmal Luftholen alle kleinen Kerzen aus bis auf eine. Die übernahm Gladys. »Na siehst du. Brav.« Es dauerte etwas, bis Gladys ein Messer fand, mit dem sich die Torte gut schneiden ließ, sie kramte in einer Schublade und fand schließlich ein »Schlachtermesser – nicht erschrecken!«, und die Klinge dieses langen scharf blitzenden Messers glitzerte wie die Sonne auf der Brandung in Venice Beach, bis die Augen wehtaten, aber nicht hinsehen ging auch nicht, obwohl ja Gladys nichts weiter machte, als mit angestrengt gerunzelter Stirn die Klinge in die Torte zu versenken, und sie drückte zur besseren Führung die bloße linke Hand auf die behandschuhte rechte und schnitt für sie beide große Stücke heraus; die Torte war in der Mitte etwas klitschig, und die Stücke ragten weit über die Ränder der Untertassen, die Gladys als Teller benutzte. *So gut! Die Torte war so gut. Wirklich, in meinem ganzen Leben hat keine Torte so gut geschmeckt wie die.* Mutter und Tochter schlangen gierig; für beide war dies das Frühstück, und es war längst zwölf vorbei.

»Und nun, Norma Jeane: die Geschenke.«

Wieder klingelte das Telefon. Und wieder schien es die strahlende Gladys nicht zu hören. Sie erklärte soeben, weshalb sie keine Zeit gehabt hatte, Norma Jeanes Geschenke richtig einzupacken. Das erste war eine hübsche Häkeljacke aus feiner rosafarbener Baumwolle mit winzigen gestickten Rosenknospen als Knöpfen, eine Jacke für ein jüngeres Kind vielleicht, weil sie bei Norma Jeane, die zart war für ihr Alter, etwas eng saß, aber Gladys, die die Jacke wortreich bewunderte, schien es nicht zu bemerken – »Entzückend! Wie eine Prinzessin.« Es folgten kleinere Geschenke, Anziehsachen: weiße Söckchen, Unterwäsche (an denen noch die Preisschilder aus dem Dime store klebten). Gladys hatte ihre Tochter schon sehr lange nicht mehr mit solchen notwendigen Dingen ausstaffiert – Gladys lag auch mit den Zahlungen an Della etliche Wochen im Rückstand –, und Norma Jeane freute, dass es Della freuen würde. Sie bedankte sich bei der Mutter, und

Gladys schnippte mit den Fingern und meinte: »Ha! Das ist doch erst der Anfang. *Los*.« Triumphierend rauschte Gladys mit Norma Jeane nach nebenan ins Schlafzimmer, der Domäne des Bild-von-einem-Mann, und zog aufreizend langsam die obere Kommodenschublade auf – »Voilà, Norma Jeane! Für *dich*.«

Eine Puppe?

Norma Jeane stellte sich auf die Zehenspitzen und hob so hastig wie unbeholfen die Puppe, eine Puppe mit Goldhaar, mit blauen Glaskulleraugen, mit rosa Knospenmund heraus, da sagte Gladys: »Weißt du noch, Norma Jeane, wer hier mal geschlafen hat, in dieser Schublade?« Norma Jeane schüttelte den Kopf, nein. »Nicht in dieser Wohnung, aber in dieser Schublade. In genau dieser Schublade. Weißt du nicht mehr, wer hier einmal geschlafen hat?« Wieder schüttelte Norma Jeane den Kopf. Ihr wurde unbehaglich. Gladys starrte so, die Augen geweitet, als äffte sie die Puppe nach, nur waren Gladys' Augen von einem verwaschenen Graublau und ihre Lippen blutrot. Gladys lachte. »*Du. Du*, Norma Jeane. Du hast früher in dieser Schublade geschlafen! Ich war damals so arm, dass ich mir kein Bettchen leisten konnte. Also bekamst du die Schublade als Bettchen, als du noch winzigklein warst; und das war uns gut genug, *nicht wahr?*« Gladys' Stimme wurde schrill. Wenn zu dieser Szene Musik gehörte, dann ein schnelles Stakkato. Norma Jeane schüttelte den Kopf, nein, ihr Gesicht nahm einen unwilligen Ausdruck an, der Blick trübte sich plötzlich vor Nichterinnernkönnen, Nichterinnernwollen: sie konnte sich auch nicht erinnern, Windeln getragen zu haben, oder wie Della und Gladys darum gerungen hatten, sie sauber zu kriegen. Wäre Zeit gewesen, die obere Schublade der Kommode genauer zu untersuchen, und auch, *wie sich die Schublade ganz reinschieben ließ*, wäre ihr übel geworden, hätte sie die Angst-Übelkeit ganz tief im Bauch verspürt, die sie oben auf einer Treppe überkam oder wenn sie aus einem sehr hoch gelegenen Fenster schaute oder wenn sie zu nah am Brandungssaum entlanglief und eine große Welle sich brach, denn wie sollte sie, ein großes Mädchen von sechs Jahren, jemals in so wenig Raum gepasst haben? – *und hatte vielleicht jemand die Schublade zugeschoben, damit man ihr Schreien nicht hörte?* –, aber es blieb keine Zeit für solche Gedanken, jetzt, da sie doch ihre Geburtstagspuppe in den Armen hielt, die schönste Puppe, die sie je aus der Nähe gesehen hatte, so schön wie Dornröschen im Bilderbuch, mit dem schulterlangen welligen Goldhaar, so seidenweich wie echtes Haar, viel schöner als Norma Jeanes welliges hellbraunes Haar und so ganz anders als das künstliche Haar anderer Puppen. Die Puppe trug ein Spitzenhäubchen und ein geblümtes Flanellnachthemd, und ihre Haut war eine gummiglatte, zarte ebenmäßige Haut, und ihre winzigen Finger waren wunderschön ebenmäßig! Und an den kleinen Füßen trug sie weiße Baumwollschühchen mit rosa Bändern! Norma Jeane quietschte vor Aufregung, und um ein Haar wäre sie ihrer Mutter um den Hals gefallen, doch Gladys versteifte sich fast unmerklich, und so wusste das Kind, dass es sie nicht berühren durfte. Gladys steckte sich eine Zigarette an und stieß genüsslich den Rauch aus; sie rauchte Chesterfields, wie Della auch (nur dass Della das Rauchen als schlimmes Laster betrachtete und fest vorhatte, es zu überwinden), und dann sagte Gladys in scherzhaftem Ton: »Es hat viel Umstand gemacht, dir diese Puppe zu beschaffen, Norma Jeane. Da erwarte ich auch, dass du die volle Verantwortung dafür übernimmst.« *Verantwortung für die Puppe* – die Worte blieben so seltsam im Raum stehen.

Wie heiß sollte Norma Jeane die blonde Puppe lieben! Eine der großen Lieben ihrer Kindheit.

Eines allerdings beunruhigte sie: wie offensichtlich knochenlos Arme und Beine der Puppe waren, wie sie sich hin und her schlenkern ließen. Wenn man die Puppe auf den Rücken legte, klappten die Füße einfach nach außen weg. Norma Jeane stammelte: »W-wie heißt sie denn, Mutter?« Gladys hatte ein Fläschchen Aspirin hervorgesucht, schüttelte sich mehrere Tabletten in die Hand und schluckte sie gleich so. Die gezupften Augenbrauen übertrieben hochgezogen, verkündete sie in kehligem Harlow-Ton: »Das liegt ganz bei dir, Kindchen. Es ist *deine* Puppe.«

Was mühte sich Norma Jeane, auf den Namen der Puppe zu kommen. Sie mühte sich wirklich, aber es war wie in Gedanken stottern: ihr fielen überhaupt keine Namen mehr ein. Das machte ihr Kummer, sie begann, am Daumen zu lutschen. Namen war doch so wichtig! – Die Leute brauchten doch Namen, wie solltest du sonst an sie denken, und sie brauchten auch einen Namen für dich, denn was *wurde* sonst aus dir?

Norma Jeane bettelte: »Mutter, wie heißt die P-puppe? *Bitte*.«

Eher belustigt als ärgerlich, oder so schien es jedenfalls, rief Gladys von nebenan: »Mein Gott, nenn das Ding eben Norma Jeane – ist ja so helle wie du, ehrlich, so wie du dich manchmal anstellst.«

Die viele Aufregung, das Kind war erschöpft.

Zeit für Norma Jeanes Mittagsschlaf.

Aber: das Telefon klingelte. Als aus Nachmittag langsam Abend wurde. Und das Kind dachte sorgenvoll: *Warum geht Mutter nicht ans Telefon? Wenn es Vater ist? Oder weiß sie, dass es nicht Vater sein kann, und woher weiß sie das, wenn es das ist, was sie weiß?*

In den Märchen von den Gebrüdern Grimm, die Grandma Della Norma Jeane vorlas, geschahen Dinge, die ebenso gut Träume hätten sein können, so seltsam und beängstigend waren sie, nur waren es keine Träume. Da wäre man lieber wach geworden, aber das ging nicht.

Wie müde Norma Jeane war! Sie hatte solchen Hunger gehabt und hatte so viel Torte gegessen, der kleine Vielfraß hatte zu viel Geburtstagstorte gegessen, und das zum Frühstück, sodass ihr jetzt übel war und die Zähne wehtaten, und vielleicht gab Gladys ja ein bisschen von ihrem besonderen farblosen Trank in Norma Jeanes Traubensaft – »nur einen Fingerhut, nur zum Spaß« –, jedenfalls konnte sie die Augen nicht mehr offen halten, der Kopf sackte weg, als wäre er aus Holz, und Gladys musste sie ins heiße, stickige Schlafzimmer führen und auf das durchgelegene Bett heben, obwohl Gladys es nicht gern sah, wenn sie da auf der Chenille-Tagesdecke schlief, also zerrte Gladys dem Kind die Schuhe von den Füßen und schob ihr, in diesen Dingen stets pingelig, ein Handtuch unter den Kopf, »damit du mir das Kissen nicht vollsabberst«. Die kürbisgelbe Tagesdecke aus Chenille, die erkannte Norma Jeane von früheren Besuchen in früheren Domizilen ihrer Mutter wieder, auch wenn sie inzwischen verschossen war; sie war ganz stippig vor Brandlöchern, übersät mit rätselhaften Schmierflecken und Stellen, die nach Rost oder getrocknetem Blut aussahen.

Von der Wand neben der Kommode sah Norma Jeanes Vater auf sie herab. Bei halb geschlossenen Augen behielt sie ihn im Blick. Sie flüsterte: »Dad-*dy*.«

Zum ersten Mal! An ihrem sechsten Geburtstag.

Zum ersten Mal sagte sie das Wort »Dad-*dy*«!

Gladys hatte die Jalousie auch hier bis auf die Fensterbank heruntergezogen, aber es war eine alte, zerschlissene Jalousie und der grellen Nachmittagssonne nicht gewachsen. Dem sengenden Auge Gottes. Dem Zorn Gottes. Grandma Della sah sich von Aimee Semple McPherson und der Church of the Foursquare Gospel bitter enttäuscht, und doch glaubte sie nach wie vor an das, was sie das Wort Gottes nannte, die Heilige Schrift – »Schwer verdauliche Lehren, und sie fallen auf taube Ohren, aber *es ist alles, was wir haben.*« (Wirklich? Gladys hatte doch auch andere Bücher, und von der Bibel

46

sprach Gladys nie. Wovon Gladys mit Leidenschaftlichkeit und Ehrfurcht sprach, waren Filme.)

Die Sonne stand schon ziemlich tief, als Norma Jeane vom Telefon nebenan halb geweckt wurde. Von dem schrillen Ton, dem spöttischen, dem zornig-erwachsenen Ton, dem männlichen Vorwurfston. *Ich weiß, dass du da bist, Gladys, ich weiß, dass du mich hörst; mir entkommst du nicht.* Bis Gladys schließlich im Zimmer nebenan abhob und mit hoher, nuschelnder Stimme sprach – fast flehte. *Nein! Es geht nicht, nicht heute Abend, das habe ich dir doch gesagt, ich habe dir doch gesagt, dass meine Kleine heute Geburtstag hat, ich möchte den Tag mit ihr verbringen* – dann eine Pause und noch dringlichere, gequälte Aufschreie wie von einem verwundeten Tier: *Doch, doch, das habe ich dir gesagt, ich habe eine kleine Tochter, mir egal, was du denkst, ich bin ein Mensch wie jeder andere, eine richtige Mutter, und ich habe dir gesagt, dass ich Kinder bekommen habe, ich bin eine ganz normale Frau, und ich brauche dein verfluchtes Geld nicht, nein, ich sage doch, heute Abend geht es nicht, ich will dich nicht sehen, heute nicht, morgen nicht, auch morgen Abend nicht, lass mich zufrieden! Wehe, du benutzt deinen Schlüssel, dann rufe ich die Polizei, Kanaille!*

6

Ich wurde am 1. Juni 1926 im Los Angeles County Hospital auf der Entbindungsstation für die Wohlfahrtsmütter geboren, und meine Mutter war nicht da.

Wo meine Mutter war, wusste keiner!

Dann fand man sie, sie hatte sich versteckt, alle waren entsetzt und schalten sie: *Aber Sie haben doch jetzt ein wunderschönes Baby, Mrs. Mortensen, wollen Sie Ihr hübsches Baby denn nicht in den Arm nehmen? Es ist ein Mädchen, Sie müssen die Kleine stillen.* Meine Mutter drehte das Gesicht zur Wand. Aus ihren Brüsten quoll die Milch wie Eiter, aber nicht für mich. Es war eine Fremde, eine Krankenschwester, die meiner Mutter beibrachte, wie sie mich hochnehmen und halten musste. Wie man den zarten Hinterkopf eines Säuglings mit der einen Hand stützt, und mit der anderen das Rückgrat.

Was, wenn ich es fallen lasse?

Sie werden sie schon nicht fallen lassen!

Es ist so schwer, so heiß. Es ... strampelt.

Sie ist ein normales, kerngesundes Baby. Bildschön. Sehen Sie sich nur die Augen an!

In der Produktionsgesellschaft, die Gladys Mortensen seit ihrem neunzehnten Lebensjahr beschäftigte, gab es die Welt-die-du-mit-eigenen-Augen-Siehst und die Welt-durch-das-Auge-der-Kamera. Die eine galt nichts, die andere alles. Also lernte Mutter, mich im Spiegel zu sehen. Sogar anzulächeln. (Nicht Aug in Aug! Niemals.) Im Spiegel, das ist wie das Auge der Kamera, fast kann man so lieben.

Den Vater des Kindes, den habe ich vergöttert. Der Name, den er mir nannte, existiert nicht. Er gab mir 225 Dollar und die Telefonnummer einer ENGELMACHERIN. Bin ich wirklich die Mutter? Manchmal kann ich es nicht glauben.

Wir lernten Spiegelsehen.

Für mich gab es die Spiegelgefährtin. Sobald ich groß genug war zu sehen. Mein Spiegel-Double.

Das hatte etwas so Reines. Nie habe ich mein Gesicht und meinen Körper von innen gespürt (da war nur Taubheit, wie Schlaf), dafür aber im Spiegel, der Schärfe und Klarheit verlieh. Sodass ich mich sehen konnte.

Gladys lachte. *Na, die Kleine sieht gar nicht übel aus, wie? Ich glaube, ich werde sie doch behalten.*

Ein täglich neu gefasster Entschluss. Nie endgültig.

Im blauen Zigarettendunst wurde ich herumgereicht. Drei Wochen alt, in einer Decke. Eine angetrunkene Frau rief: *Oh, passt auf den Kopf auf! Ihr müsst den Kopf mit der Hand stützen.* Und eine andere: *Himmel, ist das verqualmt hier; wo steckt denn Gladys?* Männer riskierten einen Blick und grinsten. *Mädchen, wie? Unten wie ein kleines Seidentäschchen. So zaaart.*

Später, bei anderer Gelegenheit, half einer von ihnen Mutter, mich zu baden. Dann sie und sich! Gelächter, Kreischen, weiße Badezimmerkacheln. Wasser auf dem Fußboden. Duftende Badeperlen. Mr. Eddy war reich! Besaß drei erstklassige Nachtlokale in L. A., wo die Filmstars dinierten und tanzten. Mr. Eddy war im Radio zu hören. Mr. Eddy war ein Witzbold, er versteckte Zwanzig-Dollar-Scheine an witzigen Orten: auf einem Eisblock im Eisschrank, in der aufgerollten Jalousie, zwischen den zerlesenen Seiten von *The Little Treasury of American Verse*, innen an den bespritzten Klodeckel geklebt.

Mutter lachte schrill und schneidend wie zerspringendes Glas.

7

»Aber erst kommst du in die *Badewanne*.«

Das Wort *Badewanne* dehnte sie genüsslich.

Gladys war mit ihrer Medizin beschäftigt, sie konnte nicht stillsitzen. Auf dem Grammophonteller »Mood Indigo«. Norma Jeanes Gesicht und Händchen waren vom Geburtstagskuchen ganz klebrig. Es war fast Abend an diesem sechsten Geburtstag. Dann Abend. Im winzigen Bad klatschte Wasser geräuschvoll aus beiden Hähnen in die rostfleckige Wanne auf Klauenfüßen.

Die bildschöne blonde Puppe saß auf dem Eisschrank und glotzte, die glasigen blauen Augen weit aufgerissen, der rosa Knospenmund beinahe lächelnd. Wenn man sie schüttelte, wurden die Augen noch größer. Der rosa Knospenmund aber blieb unverändert. Die winzigen Füße in den schmuddeligen weißen Schühchen waren so komisch nach außen verdreht!

Mutter brachte Norma Jeane die Wörter bei. Wiegte sich im Takt und summte.

You ain't been blue
No no no
You ain't been blue
Till you got that Mood Indigo

Dann wurde Mutter die Musik langweilig, sie suchte eines ihrer Bücher. So viele Bücher, noch unausgepackt. Gladys hatte von der Produktionsgesellschaft Sprechunterricht bekommen. Norma Jeane fand es so schön, wenn ihr Gladys vorlas, denn das bedeutete größere Ruhe. Nicht plötzliches wildes Lachen, nicht Fluchen, nicht Tränen. Das war etwas, was die Musik anrichten konnte. Aber jetzt blätterte Gladys mit andächtigem Gesicht in *The Litte Treasury of American Verse*, ihrem Lieblingsbuch. Straffte die mageren Schultern und hielt, Kopf stolz erhoben wie eine Leinwanddarstellerin, das Buch vor sich hoch.

Weil ich vorm Tod nicht halten konnt
Hielt er vor mir zur Zeit
Die Fuhre nahm uns beide auf
Und die Unsterblichkeit

Norma Jeane lauschte bange. Denn oft wandte sich Gladys, wenn sie so ein Gedicht vorgelesen hatte, mit glitzernden Augen Norma Jeane zu. »Und wovon handelt das, Norma Jeane?« Norma Jeane wusste es nicht. Gladys sagte: »Eines Tages, wenn deine Mutter nicht da ist und dich nicht retten kann, *wirst du es schon wissen.*« Dann goss sie sich noch etwas von der klaren strengen Flüssigkeit in die Kaffeetasse und trank.

Norma Jeane hoffte auf weitere Gedichte, Gedichte mit Reimen, Gedichte, die sie verstehen könnte, aber Gladys schien an diesem Abend genug von Gedichten zu haben. Auch schien sie nicht aus der *Zeitmaschine* oder aus *Krieg der Welten* lesen zu wollen, den »prophetischen« Büchern – Büchern, »die bald schon Wirklichkeit sein werden« –, wie sie es manchmal mit Inbrunst und bebender Stimme tat.

»Und jetzt kommt das Kindchen in die *Wanne.*«

Das war eine Filmszene. Das Wasserrauschen aus den Hähnen mischte sich mit einer Musik, die man fast hören konnte.

Gladys beugte sich über Norma Jeane, um das Kind auszuziehen. Aber das konnte Norma Jeane doch alleine! Sie war sechs. Gladys hatte es eilig, sie schob Norma Jeanes Händchen weg. »Pfui. Von oben bis unten bekleckert.« Das Warten darauf, dass die Wanne voll lief, das dauerte so lange. So eine große Wanne. Als sich Gladys das Crêpe-Kleid über den Kopf zog, richteten sich einzelne Haarsträhnen schlängelig auf. Blasse Haut, schweißglänzend. Mutters geheimnisvollen Körper bloß nicht zu lange betrachten: blasse, sommersprossige Haut, darunter die Knochen, die vorstachen, kleine feste Brüste, die sich wie geballte Fäuste gegen die Spitzenbordüre des Unterkleids schoben. Norma Jeane meinte, Gladys' aufgeladenes Haar Funken sprühen zu sehen. Auch die feuchten, starren zitronigen Augen.

Der Wind draußen in den Palmen vorm Fenster. Stimmen der Toten, sagte Gladys. Die immerzu *herein* wollten.

»In uns herein«, erklärte Gladys. »Weil es nie genug Körper gibt. Egal, zu welchem Zeitpunkt in der Geschichte, es gibt nie genug *Leben.* Und seit dem Krieg – du kannst dich an den Krieg nicht erinnern, weil du da noch nicht auf der Welt warst, aber ich erinnere mich, ich bin deine Mutter und ich bin vor dir zur Welt gekommen –, seit dem Krieg, in dem so viele Männer und auch Frauen und Kinder umgekommen sind, sind Körper Mangelware, kann ich dir sagen. Die ganzen armen toten Seelen, sie drängen *rein.*«

Norma Jeane bekam Angst. Wo rein?

Gladys tigerte auf und ab, die Wanne war noch immer nicht voll. Sie war nicht bedudelt, auch nicht drogenbeschwipst. Sie hatte inzwischen den rechten Handschuh abgestreift, und nun waren beide schmalen Hände bloß und hier und da gerötet und schuppig; sie leugnete, dass es an ihrer Arbeit für die Produktionsgesellschaft lag, manchmal sechzig Stunden pro Woche, den Chemikalien, die selbst durch die Gummihandschuhe in ihre Haut drangen, ja und auch in die Haare, bis in die Follikeln ihrer Haare, und in ihre Lungen, ach, sie würde daran noch zugrunde gehen! Amerika brachte sie um! Wenn sie husten musste, konnte sie nicht mehr aufhören. Und weshalb rauchte sie da noch? Na ja, in Hollywood rauchten alle, die ganzen Filmleute rauchten, eine Zigarette beruhigte die Nerven, ja, aber bei Marihuana oder dem *Koks*, von dem die Zeitungen berichteten, war für Gladys Schluss; verflucht, damit es Della ja wusste: Sie war kein *Fretzkopf*, keine Rauschgiftsüchtige; sie war kein *leichtes Mädchen*, verflucht, und sie hatte es noch *nie für Geld getan*, oder fast nie.

Und das auch nur damals, als die Produktionsgesellschaft sie acht Wochen lang nicht beschäftigt hatte. Nach dem Krach, Oktober 1929.

»Weißt du, was das war, der große Krach?«

Norma Jeane schüttelte verwundert den Kopf. Nein. Was denn?

»Damals warst du drei Jahre alt, Baby. Ich war verzweifelt. Was immer ich getan habe, Norma Jeane, ich habe es getan, damit *du* nicht leiden musst.«

Riss Norma Jeane in ihre dünnen, sehnig-muskeligen Arme hoch, hob das erschrockene Kind, das strampelte und um sich trat, grunzend ins dampfende Wasser. Norma Jeane wimmerte, Norma Jeane wagte nicht zu schreien, das Wasser war so heiß! Kochend heiß, siedend heiß schoss es aus dem Hahn, den Gladys zuzudrehen vergessen hatte, beide Hähne hatte sie vergessen zuzudrehen, genauso wie sie vergessen hatte, die Wassertemperatur zu prüfen. Norma Jeane wollte aus der Wanne klettern, aber Gladys drückte sie wieder rein. »Stillhalten. Es muss sein. *Schmutzfink*. Ich komme auch. Wo ist die Seife?« Gladys kehrte dem schniefenden Kind den Rücken zu und legte rasch ihre restliche Kleidung ab, Unterkleid, Büstenhalter, Schlüpfer – ließ alles frivol wie eine Tänzerin zu Boden gleiten. Nackt, unerschrocken stieg sie in die große alte Wanne mit den Klauenfüßen, glitt aus, fing sich und ließ die schmalen Hüften ins Wasser herab, das vom Badesalz herb roch, nach Kiefern, nahm mit gespreizten Knien dem verängstigten Kind gegenüber Platz, als wollte sie das kleine Wesen umschlingen oder bergen, das sie sechs Jahre zuvor unter Qualen geboren hatte, in einem Nebel der Verzweiflung und unter bitteren Vorwürfen, gerichtet an die Adresse des Liebhabers – *Wo bist du?*

Warum hast du mich verlassen? –, dessen Namen sie selbst unter der Wucht der Wehen nicht preisgegeben hatte. Wie linkisch, Mutter und Tochter in ihrer Wanne, dem Wasser, das in kurzen steilen Wellen über den Wannenrand schwappte; Norma Jeane, von Mutters Knie umgestoßen, versank bis zur Nase, verschluckte sich, japste, sodass Gladys sie rasch an den Haaren hochzog und schimpfte: »Nun hör schon auf, Norma Jeane! Lass das!« Gladys tastete nach der Seife und schäumte sie in ihren Händen auf. Seltsam, dass ausgerechnet sie, die sich von der Tochter nicht berühren lassen mochte, sich mit dieser Tochter in eine Wanne drängte, seltsam auch der stiere, verzückte Ausdruck auf ihrem vor Hitze geröteten Gesicht. Wieder wimmerte Norma Jeane, das Wasser war zu heiß, *bitte Mutter*, das Wasser war so heiß, so heiß, dass ihre Haut nichts mehr spürte, aber Gladys meinte nur streng: »Ja, es muss heiß sein, bei dem vielen Schmutz. Außen und innen.«

Weit weg, in einem anderen Zimmer, übertönt vom Wasserplatschen und Gladys' strenger Stimme, drehte sich ein Schlüssel im Schloss.

Es war nicht das erste Mal. Es sollte nicht das letzte Mal sein.

Stadt aus Sand

1

»Norma Jeane, *schnell*, wach auf!«

Feuersaison. Herbst 1934. Die Stimme, Gladys' Stimme, bebte vor Angst und Erregung.

Mitten in der Nacht roch es nach Rauch – nach Asche! –, wie der Müll, der früher bei Della Monroe in Venice Beach hinter dem Wohnblock in dem speziellen Ofen verbrannt worden war, aber hier war nicht Venice Beach, hier war Hollywood, Highland Avenue in Hollywood, wo Mutter und Tochter endlich allein zu zweit lebten, nur sie beide, *wie es nur recht und billig ist, bis er nach uns schickt,* und da kam nun Sirenengeheul auf und der Geruch von kokelndem Haar, von altem Fett in der Bratpfanne, von feuchter Wäsche, die beim Bügeln aus Unachtsamkeit angesengt worden ist. Es war ein Fehler gewesen, das Fenster offen zu lassen, denn nun war der Geruch überall: ein erstickender Geruch, ein aschiger Geruch, ein Geruch, der in den Augen brannte, als wäre Dreck reingeflogen. Ein Geruch wie der, der von der Kochplatte stieg, wenn Gladys' Teekessel darauf festbuk, nachdem alles Wasser restlos verdampft war, ohne dass es Gladys bemerkt hätte. Ein Geruch wie die Asche von Gladys' ewigen Zigaretten, die Brandflecken im Linoleum, im Teppich mit dem Rosenmuster, auf dem Doppelbett mit dem Messingkopfteil und den Daunen hinterließen, das sich Mutter und Tochter teilten, der unverkennbare Geruch von angesengtem Bettzeug, den das Kind selbst im Schlaf noch erkannte; eine glühende Chesterfield, die Gladys aus der Hand fiel, wenn sie spät abends noch wie besessen las, weil sie nicht schlafen konnte, dann aber doch einnickte und jäh – für ihr Gefühl aus unerfindlichen Gründen – hochschreckte, wenn ein Funken Kopfkissen, Laken oder Federbett in Brand setzte und Flammen züngelten, die rasch mit einem Buch, einer Zeitschrift oder, bei einer Gelegenheit, mit einem von der Wand gerissenen *Laurel and Hardy*-Kalender ausgeschlagen werden mussten, notfalls versuchte es Gladys sogar mit bloßen Händen, und wenn es dann trotzdem munter weiterbrannte, stürzte Gladys fluchend ins Bad, um ein Glas Wasser zu holen und in die Flamme zu schleudern und natürlich Bettzeug und

Matratze zu tränken. »*Verflucht* noch mal! Das *fehlte* noch!« Diese Episoden hatten eine ganz eigene slapstickhafte Choreographie, wie Stummfilm.
Norma Jeane, die bei Gladys im Bett schlief, wäre inzwischen längst hoch-
geschreckt, wäre sogleich atemlos keuchend aus dem Bett gewieselt wie ein
von blindem Instinkt getriebenes Tier, und oft war es sogar das Kind, das
nach dem Wasser rannte. Denn auch wenn es sich um wirkliche Notfälle und
nächtliche Aufregungen handelte, waren es doch inzwischen Routine-Not-
fälle mit einem immer gleichen Ablauf. *Wir passten schon auf, dass wir nicht
bei lebendigem Leibe im Bett verbrannten. Wir kamen zurecht.*

»Ich habe doch gar nicht geschlafen. Dazu bin ich viel zu unruhig. In meinem Hirn ist helllichter Tag. Wahrscheinlich sind meine Finger plötzlich
wieder taub geworden. Das passiert in letzter Zeit öfter. Neulich saß ich
abends am Klavier, und es *kam* nichts. Ich arbeite im Labor nie ohne Handschuhe, aber die Chemikalien sind heutzutage einfach schärfer. Vielleicht ist
der Schaden längst nicht mehr gutzumachen. Sieh nur, die Nervenenden in
meinen Fingerspitzen sind so gut wie tot, die Hand *zittert* nicht mal.«

Und Gladys hielt der Tochter die verräterische Hand hin, die rechte, und
es sah ganz so aus, als habe sie Recht, denn Gladys' schmale Hand zitterte
trotz der Aufregung um schwelendes Bettzeug und nächtlichen Schreck kein
bisschen, sondern hing leblos herab, als gehörte sie nicht zum Rest, wäre
nicht Gladys' Willen unterworfen, nichts, wofür sie Verantwortung trug, die
flache hohle Hand fein gefurcht, mit heller, aber doch rauer und geröteter
Haut, eine wunderschöne Hand, leer.

Es gab auch andere Rätsel in Gladys' Leben, unzählige. Sie alle im Blick zu
behalten verlangte größte Wachsamkeit und zugleich das genaue Gegenteil,
eine philosophische Entrücktheit – »Es ist wirklich so, wie es die großen Den-
ker von Plato bis John Dewey lehren: du bist erst dran, wenn du dran bist,
und wenn du dran bist, bist du *dran*.« Gladys schnippte mit den Fingern und
lachte. Sie nannte das Optimismus.

Deshalb bin ich Fatalist. Zwangsläufig.
Und deshalb bin ich krisenfest. Oder gewesen.
Nur mit dem täglichen Leben kam ich nicht zurecht.

Aber in dieser Nacht brannte es wirklich.

Nicht winzige Brandherde im Bett, die man ausschlagen oder mit Zahn-
putzgläsern Wasser löschen konnte, sondern Feuerbrünste, die nach einer
fünfmonatigen Dürre- und Hitzeperiode in ganz Südkalifornien »wüteten«.

Waldbrände, die eine »ernste Bedrohung für Leib und Leben«, für »Hab und Gut« darstellten, und das bis in die Randbezirke von Los Angeles hinein. Später würden die Santa-Ana-Winde dafür verantwortlich gemacht werden, die über die Mojave-Wüste hinwegstrichen, als Hauch zunächst nur, als Liebkosung, dann drängender schon, kräftiger, hitziger, bis nach wenigen Stunden Feuerstürme an den Ausläufern und in den Canyons der San-Gabriel-Berge gemeldet wurden, die sich westwärts auf den Pazifik zuwälzten. Binnen vierundzwanzig Stunden wurden Hunderte von Bränden gezählt, begrenzte wie großflächige. Im San Fernando und Simi Valley erreichten glühend heiße Winde Geschwindigkeiten von bis zu hundert Meilen pro Stunde. Riesenhaft sich aufbäumende Flammenwirbel übersprangen laut Augenzeugenberichten den Küsten-Highway wie Raubtiere. Wenige Meilen vor Santa Monica gab es Flammenmeere, Flammen-Canyons, kometenzischende Feuerbälle. Ob in Thousand Oaks, Malibu, Pacific Palisades oder Topanga, überall ging der Funkenflug auf wie flammende Drachensaat. Man erzählte sich, Vögel hätten sich im Fluge entzündet. Man erzählte sich, in gewaltigen, donnernden Herden seien die zu lebenden Fackeln gewordenen Rinder dahingestürmt, bis alle fielen. Gewaltige Bäume, Hunderte Jahre alt, seien in Flammen aufgegangen und innerhalb von Minuten verkohlt. Selbst wassergetränkte Dächer fingen Feuer; Gebäude implodierten in der Glut wie Bomben. Trotz des heroischen Einsatzes Tausender Brandbekämpfer »wüteten« Lauf- und Gipfelfeuer unkontrolliert weiter, und schwerer schwefelgelber Rauch verfinsterte ringsum auf Hunderte von Meilen den Himmel. Wenn man diesen am helllichten Tag verdüsterten Himmel sah und die auf eine dünne kränkelnde Sichel geschmolzene Sonne, konnte man meinen, es sei die ewige Sonnenfinsternis angebrochen, konnte man meinen, sagte die Mutter zur verängstigten Tochter, das Ende der Welt sei, wie in der Offenbarung verheißen, nahe: »›Und den Menschen ward heiß von großer Hitze, und sie lästerten den Namen Gottes.‹ Dabei lästert der Herrgott doch *uns*.«

Zwanzig Tage und zwanzig Nächte würden die tückischen Santa-Ana-Winde fauchen, würden Grus, Sand, Asche und erstickenden Rauch mit sich führen, und als der Regen einsetzte und die Waldbrände endlich verloschen, würden in der Los Angeles County siebzigtausend Morgen Land verwüstet sein.

Zu dem Zeitpunkt würde Gladys Mortensen schon an die drei Wochen in der staatlichen Heilanstalt in Norwalk verbracht haben.

Sie war ein kleines Mädchen, und kleine Mädchen sollen nicht *feste nach-denken* müssen, erst recht sollen niedliche kleine Lockenköpfchen sich nicht *ängstigen, sorgen und fragen* müssen, und doch legte sie die Stirn in Falten wie eine Zwergerwachsene und bedachte Fragen wie die folgenden: Wie entsteht Feuer? Gibt es den einen einzelnen Funken, der als erster da ist, als allererster, aus dem *Nichts*? Der nicht von einem Streichholz kommt oder einem Feuerzeug, sondern aus dem *Nichts*? Aber *wieso*?

»Weil es von der Sonne kommt. Feuer kommt von der Sonne. Die Sonne *ist* Feuer. Und dasselbe gilt für Gott – *Feuer*. Vertraue auf Gott, und du verkohlst. Greif nach ihm, und deine Hand verkohlt. Es gibt keinen ›Gottvater‹; da glaube ich schon eher an W. C. Fields. *Den* gibt es. Ich bin christlich getauft, weil meine Mutter leichtgläubig war, aber *ich nicht*. Ich bin Agnostikerin. Ich glaube an die Wissenschaft; sie wird die Menschen erlösen – vielleicht. Heilmittel für Tb und für Krebs, Eugenik zur Veredlung der Art und für die hoffnungslosen Fälle Euthanasie. Aber mein Glaube ist alles andere als unerschütterlich. Deiner wird es auch nicht sein, Norma Jeane. Es ist nämlich einfach so, dass wir für diesen Teil der Welt nicht geschaffen sind. Für Südkalifornien. Wir hätten uns nie hier niederlassen dürfen. Dein Vate« – und an dieser Stelle wurde Gladys' raue Stimme viel weicher, wie immer, wenn sie von Norma Jeanes abwesendem Vater sprach, als hielte sich der Genannte in nächster Nähe auf und hörte mit – »nennt Los Angeles die ›Stadt aus Sand‹. Sie ist auf Sand gebaut, sie besteht aus nichts anderem. Wüste. Jahresniederschlag nicht der Rede wert. Oder es gibt viel zu viel Regen, wahre Sintfluten. Der Mensch ist für eine solche Umgebung nicht gemacht. Also werden wir gestraft. Für unseren Hochmut und unsere Dummheit. Erdbeben, Feuersbrünste und eine Luft zum Ersticken. Viele sind hier geboren und viele werden hier sterben. Es ist der Pakt, den wir mit dem Teufel geschlossen haben.« Gladys schwieg einen Augenblick, außer Atem. Beim Autofahren, wie jetzt, geriet Gladys rasch außer Atem, als wäre die schnelle Fortbewegung eine körperliche Anstrengung, dabei sprach sie aber ganz ruhig, sogar liebenswürdig. Sie waren auf dem dunklen Coldwater Canyon Drive oberhalb des Sunset Boulevard unterwegs, es war halb zwei Uhr nachts, die erste Nacht der ungebremst »wütenden« Los-Angeles-Feuer, und Gladys hatte Norma Jeane mit Geschrei geweckt, sie im Schlafanzug und ohne Schuhe mit den Worten *los, los, los* und *leise, damit die anderen Mieter nichts hören!* aus dem Bungalow in Gladys' Ford, Baujahr 1929, geschleift. Gladys selbst trug ein schwarzes Negligé, darüber hatte sie hastig einen zerschlissenen grünen Seidenkimono geworfen, ein Geschenk von Mr. Eddy vor etlichen Jahren; auch sie war barfuß, die Beine nackt, und ihr wildes Haar hatte sie mit einem Schal zurückgebunden, ihr schmales Gesicht wirkte unter der Schicht Coldcream, die von der umherwehenden Asche und dem Staub gerade erst einzudrecken begann, hoheitsvoll maskenhaft. Was für ein Wind! Was für ein trockener, hitziger böser Wind durch den Canyon fegte! Norma Jeane war zu erschrocken, um zu weinen. Die vielen Sirenen! Männerbefehle! Seltsam spitze Schreie wie von Vögeln oder wilden Tieren. (Koyoten?) Am nächtlichen Wolkenhimmel hatte Norma Jeane höhnischen Widerschein gesehen, dem Himmel hinter dem Sunset Strip, dem Himmel über den »heilenden Wassern des Pazifischen Ozeans – in unerreichbarer Ferne«, wie Gladys sagte; dem Himmel, vor dem sich die im Wind tosenden Palmen wie Schattenrisse abzeichneten, Palmen, deren trockene Wedel zerfetzt wurden, und schon seit Stunden roch sie Rauch (und zwar nicht Brandflecken in Gladys' Bett), aber sie hatte nicht begriffen, auch jetzt fiel es ihr nicht weiter auf, *denn ich war kein Kind, das groß fragte, eher würde man mich als ergebenes Kind bezeichnen können, besser gesagt als verzweifeltes, hoffendes Kind*, dass nämlich ihre Mutter den Ford in die falsche Richtung lenkte.

Nicht fort von den feuerscheckigen Hängen, sondern auf sie zu.

Nicht fort vom beißenden, erstickenden Rauch, sondern auf ihn zu.

Dabei hätte Norma Jeane die Zeichen erkennen müssen: Gladys sprach ganz ruhig. In diesem vernünftigen, liebenswürdigen Ton. Wenn Gladys sie selbst war, ganz und gar sie selbst, war ihre Stimme tonlos, leblos, waren aus ihrer Stimme alle Freude und alles Gefühl gewrungen wie der letzte Tropfen Wasser aus einem Waschlappen; dann mied sie deinen Blick, hatte sie die Macht, durch dich hindurchzusehen, so wie es eine Addiermaschine vielleicht täte, wenn eine Addiermaschine Augen hätte. Wenn Gladys nicht-sie-selbst war oder an der Schwelle zu diesem Nicht-sie-selbst-Sein, dann sprach sie sehr schnell, in Wortfetzen, die mit ihren galoppierenden, sich überschlagenden Gedanken nicht mithalten konnten, oder aber sie sprach ganz ruhig und vernünftig, so wie eine von Norma Jeanes Lehrerinnen, die Dinge von sich gaben, die alle wussten. »Es ist der Pakt, den wir mit dem Teufel geschlossen haben. Selbst diejenigen unter uns, die nicht an ihn glauben wollen.«

Gladys wandte sich abrupt Norma Jeane zu und fragte das Kind, ob es auch zuhörte.

»J-ja, Mutter.«

Teufel? Ein Pakt? Wie denn?

Am Straßenrand leuchtete etwas hell auf, nicht ein Menschenbaby, aber möglicherweise eine Puppe, eine weggeworfene Puppe, obwohl man im ersten Moment erschrocken dachte, es *wäre* ein Baby, das in der Aufregung zurückgelassen worden war, aber es konnte natürlich nur eine Puppe sein. Gladys schien nichts zu bemerken, als der Wagen daran vorbeiwischte, aber Norma Jeane ging es durch Mark und Bein – sie hatte ihre Puppe vergessen, im Bett! In der ganzen Aufregung, von der erregten Mutter aus dem Schlaf gerissen und in den Wagen gescheucht, in das Sirengeheul, die blitzenden Lichter und den Rauch, hatte Norma Jeane die Puppe mit dem Goldhaar den Flammen überlassen; eine Puppe, deren Haar nicht mehr so golden war wie einst, die blasse gummiglatte Haut nicht mehr so makellos, das Spitzenhäubchen längst verschwunden, das geblümte Nachthemd und die lose schlackernden Beinchen und die Babyschuhe schmuddelig, aber Norma Jeane liebte ihre Puppe, ihre einzige Puppe, ihre Geburtstagspuppe, der sie nie einen Namen gegeben hatte, die sie, wenn überhaupt, mit »Puppe« ansprach – meist aber nur, ganz zärtlich mit »du«: so wie man sich im Spiegel ansprach und auch keinen Namen brauchte. Jetzt rief Norma Jeane: »Oh! Wenn aber das Haus abbrennt, M-mutter? Ich habe meine Puppe vergessen!«

Gladys schnaubte verächtlich. »Diese dämliche Puppe! Wäre ein Segen, wenn sie verbrennt. Unnatürlich, wie sehr du daran hängst.«

Gladys musste sich aufs Fahren konzentrieren. Der stumpfgrüne Ford, Baujahr 1929, war zweiter oder dritter Hand für 75 Dollar von Bekannten von Bekannten erworben worden, die »mit« Gladys fühlten, einer allein stehenden geschiedenen Frau mit Kind; es war kein besonders zuverlässiger Wagen, die Bremsen waren heikel, und sie musste das Lenkrad mit beiden Händen oben am höchsten Punkt packen und sich vorrecken, um überhaupt richtig durch die von spinnwebfeinen Rissen durchzogene Windschutzscheibe und über die Kühlerhaube sehen zu können. Sie war ganz ruhig, ganz bedacht, sie hatte ein halbes Glas zur Stärkung gekippt, zur Beruhigung, *nicht* Gin, *nicht* Whiskey, *nicht* Wodka, trotzdem erforderte es heute Nacht alle Kraft, über den Strip hinauf in die Berge zu fahren, denn es waren Rettungswagen mit lautem Sirengeheul und grell kreiselnden Lichtern unterwegs, und auf dem schmalen Coldwater Canyon Drive wälzte sich ein Strom Autos in die entgegengesetzte Richtung hangabwärts; ihre Scheinwerfer waren so grell, dass Gladys fluchte und sich wünschte, sie hätte ihre Sonnenbrille aufgesetzt, und Norma Jeane, die durch die Finger blinzelte, erhaschte hinter Scheiben immer wieder einen Blick auf bleiche verstörte Gesichter. *Warum fahren wir bergauf, warum in die Berge hinauf, warum nur, in dieser Nacht der Brände?* war eine Frage, die das Kind nicht stellte, obwohl es daran gedacht haben mochte, dass seine Großmutter Della, als sie noch lebte, ihm immer wieder eingeschärft hatte, bei Gladys sehr genau auf »Stimmungsumschwünge« zu achten, und Norma Jeane das Versprechen abgenommen hatte, sofort ihre Großmutter anzurufen, wenn es »gefährlich« wurde. »Und dann komme ich, wenn's sein muss, sogar im Taxi, und wenn es mich fünf Dollar kostet«, hatte Della versichert. Die Nummer, die Norma Jeane bekam, war nicht direkt Grandma Dellas Telefonnummer, sondern die Nummer des Hausmeisters in Dellas Wohnblock, weil es in Dellas Wohnung selbst kein Telefon gab, und diese Nummer hatte Norma Jeane auswendig gelernt, als sie zu Gladys gezogen war, als sie vor über einem Jahr im Triumph davongetragen worden war, um bei Gladys zu leben, in Gladys' neuem Domizil an der Highland Avenue, ganz in der Nähe vom Hollywood Bowl, und diese Telefonnummer behielt Norma Jeane ihr Leben lang im Gedächtnis – *VB 3–2993* –, obwohl sie es in Wirklichkeit nie wagte, sie zu wählen, und ihre Großmutter in dieser Oktobernacht im Jahre 1934 auch schon viele Monate tot war und ihr Großvater Monroe sogar noch länger, und es unter dieser Nummer, selbst wenn sie es gewagt hätte, sie zu wählen, niemanden gab, den sie hätte rufen können.

Es gab niemanden, unter keinerlei Nummer, den Norma Jeane anrufen konnte.

Meinen Vater! Hätte ich seine Nummer gehabt, egal, wo er gewesen wäre, ich hätte ihn angerufen. Und gesagt: Mutter braucht dich, bitte, komm und hilf uns, und ich glaubte felsenfest, dass er gekommen wäre, ich glaubte es wirklich.

Voraus, an der Einfahrt zum Mulholland Drive, war die Straße gesperrt. Gladys fluchte – »*Verflucht* noch mal!« – und stieg voll auf die Bremse. Sie hatte ganz in die Berge fahren wollen, weit über die Stadt hinauf, ungeachtet der Brandgefahr, der Sirenen, der Flammenwirbel, der heiß fauchenden Santa-Ana-Winde, die selbst auf den geschützten Abschnitten des Coldwater Canyon Drive am Wagen gerüttelt hatten. In diesen vornehm abgeschiedenen Hügeln, Beverly Hills, Bel Air, Los Feliz, lagen die Anwesen der »Filmstars«, an deren Toreinfahrten Gladys, sofern sie das Geld für Benzin hatte, auf den gemeinsamen Sonntagsausflügen mit Norma Jeane schon so oft vorbeigefahren war, glückliche Stunden für beide, Mutter wie Tochter, *das, was wir statt Kirche zusammen unternahmen*, aber jetzt war es Nacht und die Luft schwarz vor Rauch, und Häuser sah man keine, und vielleicht brannten die Anwesen der Stars ja lichterloh und die Straße war deswegen gesperrt. Und das war wohl auch der Grund, weshalb Gladys, als sie wenige Minuten später Richtung Norden auf den Laurel Canyon Drive biegen wollte, wo man blakende Fackeln auf die Straße gesetzt hatte und wo Nothilfewagen standen, von uniformierten Männern angehalten wurde.

Barsch wurde sie gefragt, wo zum Teufel sie hinwolle, und Gladys erwiderte, sie habe ihr Domizil im Laurel Canyon, und es sei doch wohl ihr gutes Recht, heimzufahren, und als die Polizisten nach der genauen Lage des Hauses fragten, sagte Gladys: »Das geht Sie nichts an«, und da traten sie näher, leuchteten ihr mit der Taschenlampe praktisch direkt ins Gesicht, sie trauten der Sache nicht, fragten skeptisch, wen sie da im Wagen bei sich habe, und Gladys darauf lachend: »Na, Shirley Temple bestimmt nicht.« Nach kurzer Beratung wandte sich einer der Uniformierten, ein Deputy Sheriff der Los Angeles County, Gladys zu, die selbst mit schmieriger Coldcream-Maske fraglos eine stolze schöne Frau war, klassisch schön nach Art einer geheimnisvollen Garbo, wenn man nicht ganz genau hinsah; die Augen mit den geweiteten Pupillen im Gesicht riesig, die Nase lang und schmal mit wachsbleicher Spitze, die Lippen geschwollen und knallrot; ausgerechnet in dieser Nacht hatte sie, ehe sie ins Dunkel hinausfloh, Lippenstift aufgetragen, denn man konnte nie wissen, wo und wann man beobachtet und beurteilt wurde; und der Deputy Sheriff begriff, dass bei dieser aufgebrachten, notdürftig bekleideten Frau irgendetwas nicht stimmte, dieser eher noch jungen Frau, die unter dem verrutschten grünen Seidenkimono offenbar nichts als ein schäbiges schwarzes Negligé trug, in dem die kleinen Brüste flach und ungestützt herabhingen, und einem verstörten Kind mit verfilzten Locken auf dem Beifahrersitz, das ebenfalls ein Nachthemd trug und nichts an den Füßen; einem schmächtigen rundgesichtigen Kind mit tränen- und rußverschmierten Backen, das fiebrig wirkte. Kind wie Frau husteten, die Frau schimpfte leise vor sich hin – sie war empört, sie war wütend, sie kokettierte, gab ausweichende Antworten, sie bestand nun darauf, dass sie auf ein Privatanwesen am oberen Ende des Laurel Canyon gebeten worden sei: »Der Besitzer hat eine brandgeschützte Villa. Dort kann meiner Tochter und mir nichts passieren. Ich kann Ihnen den Namen dieses Mannes nicht verraten, Officer, aber Sie kennen ihn sicherlich. Er ist in der Filmbranche tätig. Die Kleine ist seine Tochter. Diese Stadt ist aus Sand, und es wird nichts überdauern, *wir aber fahren.*« In Gladys' tiefer Stimme schwang ein trotziger Ton mit.

Der Deputy Sheriff eröffnete Gladys, dass sie bedauerlicherweise werde umkehren müssen; heute Nacht dürfe niemand in die Berge hochfahren, sie hätten die Bewohner sämtlich ins Tal evakuiert, sicherer sei es für sie und ihre Tochter unten in der Stadt. »Fahren Sie heim, Ma'am, und beruhigen Sie sich, und bringen Sie die Kleine ins Bett. Es ist spät.« Gladys brauste auf. »Belehren Sie mich nicht, Officer. Ich lasse mir von Ihnen nicht sagen, was ich zu tun habe.« Der Deputy Sheriff wollte Gladys' Führerschein und die Autopapiere sehen, und Gladys sagte ihm, sie habe keine dabei – es brenne, was er sich eigentlich vorstelle –, aber sie händigte ihm den Studioausweis der Produktionsgesellschaft aus, den er kurz überprüfte und mit der Bemerkung zurückgab, an der Highland Avenue bestehe wenig Gefahr, zumindest derzeit, sie könne also von Glück reden und solle umgehend heimfahren; und Gladys lächelte ihn kalt an und sagte: »Aber verstehen Sie denn nicht, Officer, ich wollte die Hölle mal hautnah erleben. Eine Vorschau.« Das sagte sie in ihrem sexy-kehligen Harlow-Ton; der abrupte Wechsel war irritierend. Die Miene des Deputy Sheriff verfinsterte sich, als Gladys nun verführerisch lächelte, ihr Haar löste und schüttelte. Einst sehr auf perfekten Sitz ihrer Frisur bedacht, hatte Gladys sich die Haare seit Monaten nicht schneiden lassen; oberhalb der linken Schläfe leuchtete eine schneeweiße Strähne wie ein gezackter Comic-Blitzkeil. Der Deputy Sheriff, dem die Situation peinlich war, befahl Gladys, umzukehren, man werde sie, falls sie das wünsche, gern eskortieren, aber sie solle das getrost als Order auffassen, andernfalls werde sie festgenommen. Gladys lachte hell auf. »Festgenommen! Weil ich mein eigenes Auto fahre!« Dann, nüchterner: »Verzeihung, Officer. Bitte tun Sie das nicht.« Und schließlich, hingehaucht nur, damit es Norma Jeane nicht hörte: »Lieber wäre mir, Sie würden mich erschießen.« Der Deputy verlor die Geduld. »Lady, fahren Sie jetzt bitte nach Hause. Sie sind entweder betrunken oder berauscht, und für Sperenzchen hat heute Nacht niemand Zeit. Sie reden sich um Kopf und Kragen.« Gladys packte den Arm des Deputy Sheriff, der ein stinknormaler Mann mittleren Alters war, das sah man trotz blitzendem Blechstern und Uniform, schwerer Lederkoppel und der in ihrem Halfter verborgenen Pistole an den traurigen Tränensack-Augen und dem müden Gesicht; ihm tat die Frau mit dem Kind und der verschmierten Crememaske, den geweiteten Augen und der Alkoholfahne leid, die einem –

zusätzlich zu ihrem üblen Mundgeruch – entgegenschlug, aber er wollte die beiden weghaben, die anderen Deputys warteten, und sie hatten noch eine lange Nacht vor sich. Behutsam löste der Deputy Sheriff Gladys' Finger von seinem Arm, und Gladys bemerkte neckisch: »Selbst wenn Sie mich erschießen würden, Officer, etwa weil ich Ihre schöne Barrikade durchbreche, würden Sie deswegen doch nicht mein Töchterchen erschießen. Sie bliebe als Waise zurück. Sie *ist* Waise. Aber ich würde auch dann nicht wollen, dass sie es weiß, wenn ich sie geliebt hätte. Ich meine, nicht liebe. Es kann schließlich niemand etwas dafür, *dass er geboren ist*, das weiß jeder.«

»Sie sagen es, Lady. Und nun fahren Sie bitte, ja?«

Die L. A. County Deputys sahen zu, wie Gladys sich mühte, ihren stumpfgrünen Ford, Baujahr 1929, auf der engen Canyon-Straße zu wenden, sie schüttelten verwundert und mitleidig den Kopf, und es hatte, schimpfte Gladys, viel von einem Striptease, so von Männern begafft zu werden, »die ihre schmutzigen heimlichen Männergedanken denken«.

Aber es gelang Gladys, umzukehren und in südlicher Richtung auf der Laurel Canyon Road zurück auf den Sunset Boulevard in die Stadt zu fahren. Ihr Gesicht glänzte speckig, und ihre blutrot bemalten Lippen bebten vor Zorn. Auf dem Beifahrersitz kauerte Norma Jeane wie gelähmt. Sie hatte gehört, wenn auch nicht richtig gehört, was Gladys dem Deputy gesagt hatte. Sie glaubte, war sich aber nicht ganz sicher, dass Gladys »gespielt« hatte, wie es Gladys doch so oft tat in dieser flackernden Verfassung, wenn sie nicht sie selbst war. Und doch war es eine Tatsache – unleugbar, wie eine Filmszene, die schließlich auch andere sahen –, dass ihre Mutter, ihre Mutter Gladys Mortensen, die als stolze, unabhängige »neue Frau« soviel Wert auf die berufliche Karriere legte und der Produktionsgesellschaft so ergeben war und die sich nicht einfach abspeisen ließ, gerade eben so *bestaunt und bedauert worden war, so verrückt.* Es ließ sich nicht leugnen! Norma Jeane wischte sich die Augen, die vom vielen Rauch brannten, ja tränten, dabei weinte sie gar nicht, sie fühlte sich zwar in einer Weise beschämt, die ihrem Alter nicht entsprach, aber sie weinte nicht; sie überlegte: War es denkbar, dass ihr Vater sie zu sich in sein Haus hatte holen wollen? Die ganzen Jahre nur wenige Meilen entfernt gelebt hatte? Oben am Laurel Canyon Drive? Aber weshalb hatte Gladys dann über den Mulholland Drive fahren wollen? Hatte Gladys die Deputys abschütteln wollen, ihnen Sand in die Augen streuen (eine von Gladys gern gebrauchte Wendung – »Sand in die Augen streuen«). Auf ihren Sonntagsausflügen hatte Gladys, wenn sie an den Einfahrtstoren zu den Villen der

Leinwandidole und der »Leute aus der Filmbranche« vorbeifuhren, gelegentlich angedeutet, dass *dein Vater, wer weiß, vielleicht ganz in der Nähe wohnt, dass dein Vater, wer weiß, vielleicht dort in dem Haus zu Gast gewesen ist,* allerdings ohne das weiter auszuführen; es war so dahergesagt, nicht ganz ernst gemeint, so wie auch manche Warnungen und Vorhersagen von Grandma Della gemeint waren – zwar nicht unbedingt als Scherz, aber keinesfalls wörtlich –, es waren Andeutungen, wie ein Zwinkern; man sollte aufmerken, aber mehr nicht. Also war es Norma Jeane überlassen, die Wahrheit zu ergründen beziehungsweise ob es eine Wahrheit gab, denn das Leben war in Wirklichkeit kein bisschen wie ein einziges großes Puzzle: bei einem Puzzle passten die Stücke alle ineinander, fügten sich wie durch ein Wunder zusammen, es spielte eigentlich gar keine Rolle, ob die Puzzle-Landschaft schön war – eine Märchenlandschaft – oder nicht, entscheidend war, dass sich ein *Bild* ergab, das man sehen konnte, über das man staunte, das man sogar zerstören konnte, *aber es war da.* Im Leben hingegen, das begriff sie mit ihren nicht mal acht Jahren rapide, war nichts *da.*

Dabei konnte sich Norma Jeane erinnern, wie sich ihr Vater über ihr Bettchen gebeugt hatte. Ein weißes Weidenkörbchen mit rosa Schleifen. »Siehst du das da? So ein Körbchen hattest du als Baby auch. Weißt du noch?« Norma Jeane hatte stumm den Kopf geschüttelt, nein, sie wusste es nicht mehr. Aber später dämmerte es ihr, fast wie im Traum war das, einem Tagtraum in der Schule, wo man sie ohnehin häufig schalt (auf ihrer neuen Schule in Hollywood, wo niemand sie leiden mochte), dass sie sich sehr wohl an das Körbchen erinnerte und noch deutlicher den Vater, der sich, an Gladys' Arm, über sie gebeugt und gelächelt hatte. Ihr Vater hatte ein breites Gesicht mit charaktervollen Zügen, ansprechend und eine Idee spöttisch, ein Gesicht wie das von Clark Gable, und sein dichtes dunkles Haar lief oben in der Mitte der Stirn auch spitzig zu wie das von Clark Gable. Er trug ein elegantes Menjoubärtchen, seine Stimme war voll und tief, ein Bariton, und er versicherte ihr: »*Ich liebe dich, Norma Jeane, und eines Tages werde ich nach Los Angeles zurückkehren und dich heimführen.*« Mit einem Kuss auf die Stirn besiegelt. Unter den strahlenden Augen ihrer liebenden Mutter Gladys.

Sie sah es ganz deutlich vor sich!

Viel »wirklicher« als alles um sie herum.

Norma Jeane platzte heraus: »W-war er da? Vater? Die ganze Zeit? Warum ist er uns nicht besuchen gekommen? Warum sind wir nicht bei ihm?«

Gladys schien es nicht zu hören. Gladys inneres Feuer erlosch langsam. Sie schwitzte in ihrem Kimono, sie roch. Und irgendetwas war mit den Scheinwerfern vom Wagen nicht in Ordnung: das Licht war schwächer geworden, vielleicht waren die Scheinwerfer verdreckt? Auf der Windschutzscheibe lag ein feiner Aschefilm. Heiße Winde rüttelten am Wagen, wirbelnde Staubschlangen umpeitschten ihn. Nördlich der Stadt flackerten hoch aufgetürmte Wolken im feurigen Licht. Überall hing Brandgeruch in der Luft: versengtes Haar, verbrannter Zucker, verkohlter Müll, verschmortes Grün, Abfall. Sie hätte schreien mögen. *Sie ertrug es nicht!*

Ausgerechnet in diesem Moment stellte Norma Jeane erneut ihre Fragen, eindringlicher, in ängstlichem Kinderton, von dem sie doch hätte wissen müssen, dass ihre außer sich geratene Mutter ihn *nicht ertrug.* Fragte, wo ihr Vater war. Ob er die ganze Zeit so nah bei ihnen gewohnt hatte. Und warum – »Du! *Still* jetzt!« Schnell wie eine Klapperschlange zuckte Gladys' Hand vom Lenkrad, schlug Norma Jeane mit dem Handrücken ins erhitzte Gesicht. Norma Jeane duckte sich wimmernd, mit hochgezogenen Knien, an die Beifahrertür.

Am Ende des Laurel Canyon Drive gab es eine Umleitung, und etliche Straßenzüge weiter eine zweite, und als Gladys endlich, schluchzend, aufgelöst, auf eine breitere Straße biegen konnte, erkannte sie diese nicht wieder, wusste nicht, ob es der Sunset Boulevard war oder nicht, und wenn ja, auf welcher Höhe, und in welcher Richtung dann die Highland Avenue lag. Es war zwei Uhr geworden in dieser ungekannten Nacht. Dieser verzweifelten Nacht. Mit dem wimmernden, schniefenden Kind an ihrer Seite. Sie war vierunddreißig Jahre alt. Kein Mann würde sie jemals mehr voller Verlangen ansehen. Sie hatte der Produktionsgesellschaft ihre besten Jahre, ihre Jugend geopfert, und das war der Dank. Mitten auf der Kreuzung, das Gesicht schweißgebadet, wild nach links und rechts spähend – »oh Gott, wie finde ich bloß heim?«

2

Es war einmal. Am sandigen Saum des weiten Pazifik.

War einmal ein verschlafenes Städtchen, ein geheimnisvoller Ort. Wo goldenes Licht auf dem Meer tanzte. Wo Sterne am nachtschwarzen Himmel blinkten. Wo die Brise warm wie eine Liebkosung über alles hinwegstrich.

Wo ein kleines Mädchen an einen umfriedeten Garten gelangte! Umgeben

64

von einer haushohen Mauer aus Stein, an der die Bougainvilleen wie rot flammende Kaskaden herabstürzten. Dahinter hörte man Vögel im umfriedeten Garten zwitschern, Musik, einen Springbrunnen! Stimmen von Unbekannten und silbernes Lachen.

Die Mauer wirst du niemals erklimmen, dazu bist du nicht stark genug; Mädchen sind nicht stark genug; Mädchen sind nicht groß genug; dein Körper ist zart und zerbrechlich, wie der einer Puppe; dein Körper *ist* eine Puppe; dein Körper ist dazu da, von anderen bewundert und getätschelt zu werden; dein Körper ist dazu da, von anderen benutzt zu werden, nicht von dir selbst; dein Körper ist eine reife Frucht, in die andere beißen, von der andere kosten; dein Körper ist für andere da, nicht für *dich*.

Das kleine Mädchen weinte! Dem kleinen Mädchen brach das Herz.

Da kam die gute Fee und sagte ihr: Ich kenne aber einen geheimen Weg in den umfriedeten Garten!

Es gibt in der Mauer ein verborgenes Tor, nur musst du ganz brav sein, ein braves Mädchen, und warten, bis man dir öffnet. Du musst brav warten, ganz still. Du darfst nicht etwa frech klopfen wie ein unartiger Junge. Du darfst nicht rufen oder Theater machen. Du musst den Torwächter für dich gewinnen – einen hässlichen alten Gnom mit Froschhaut. Der Torwächter muss auf dich aufmerksam werden. Der Torwächter muss dich bewundern. Der Torwächter muss dich begehren. Dann wird er dich lieben und dir jeden Wunsch erfüllen. Lächle! Lächle und sei fröhlich! Lächle und zieh dich aus! Dein Spiegel-Double wird dir helfen. Denn dein Spiegel-Double ist etwas ganz Besonderes. Der hässliche alte Gnom mit der Froschhaut wird sich in dich verlieben, und dann springt das verborgene Tor zum Garten für dich auf, ganz allein für *dich*, und du wirst glückstrahlend eintreten; im Garten wirst du die schönsten Rosen blühen sehen, Kolibris, Prachtmeisen, Musik wird erklingen, ein plätschernder Brunnen, und die Augen werden dir übergehen, denn der hässliche alte Gnom mit der Froschhaut ist in Wahrheit ein verwunschener Prinz, und er wird vor dir auf die Knie sinken und um deine Hand anhalten, und du wirst bis ans Ende deiner Tage glücklich und zufrieden mit ihm in seinem Gartenkönigreich leben; *und du wirst nie wieder ein einsames, unglückliches kleines Mädchen sein.*

Solange du bei deinem Prinzen im Garten hinter der Mauer bleibst.

3

»Norma Je-eane. Komm endlich.«

Noch im vergangenen Sommer hatte Grandma Della Norma Jeane oft, zu oft, von der Veranda des Apartmenthauses aus gerufen. Hatte mit den Händen einen Trichter geformt und regelrecht trompetet. Die alte Frau schien sich immer größere Sorgen um die kleine Enkelin zu machen, als sehe sie etwas Unabänderliches auf sie beide zurollen, von dem niemand sonst wusste.

Und ich habe mich versteckt. Ich war ungezogen. Als Grandma mich das letzte Mal rief.

Es war ein Tag wie jeder andere. Fast. Norma Jeane spielte mit zwei kleinen Freundinnen am Strand; da stieß die Stimme wie ein Raubvogel aus dem Himmel herab – »Norma Je-eane! NORMA JE-EANE!« Die kleinen Freundinnen warfen Norma Jeane verstohlen einen Blick zu und kicherten, mitleidig vielleicht. Norma Jeane schob die Unterlippe vor und grub weiter im Sand. *Will aber nicht. Hol mich doch.*

In der ganzen Nachbarschaft war Della Monroe für ihre Dampfwalzenart bekannt. Pflichtgetreue Besucherin der Christian Church Reborn, wo sich (beteuerten Augenzeugen) ihre Bifokalbrille beschlug, wenn sie sang. Und wie unverfroren schob doch Della nach dem Gottesdienst Norma Jeane ganz nach vorne, damit der junge Geistliche Norma Jeanes Shirley-Temple-Locken und ihr braves Sonntagskleidchen gebührend bewundern konnte, was er auch tat. Lächelte und meinte: »Da hat es der Herrgott aber gut mit Ihnen gemeint, Della Monroe! Da haben Sie allen Grund, dankbar zu sein.«

Della lachte, und seufzte gleich darauf. Denn sie gehörte zu denen, die selbst ein aufrichtiges Kompliment nicht annehmen können, ohne zu mäkeln. »*Ich* bin es ja auch. Im Gegensatz zu Norma Jeanes Mama.«

Grandma Della fand, Kinder dürfe man keinesfalls verwöhnen. Kinder musste man vielmehr schon in jungen Jahren zur Arbeit anhalten: sie selbst hatte auch arbeiten müssen, ein Leben lang. Sogar nach dem Tode ihres Mannes arbeitete Della, denn die Rente war »mager« – »ein Almosen«. »Die Gottlosen kriegen die Neige!« Sie übernahm für eine Wäscherei an der Ocean Avenue die Feinbügelei und knifflige Näharbeiten für eine Schneiderin in der Nachbarschaft, und wenn es gar nicht anders ging, hütete sie in der eigenen Wohnung anderer Leute Kinder; sie *kam zurecht*. Sie war *Pionier*stochter und kein *zartes Pflänzchen* wie diese albernen Frauenzimmer in den Filmen und wie ihre eigene neurotische Tochter. »Amerikas Herzblatt« Mary Pickford war ihr ein Gräuel! Sie war immer für den Verfassungszusatz zum Frauenwahlrecht gewesen, und seit dem Herbst 1920 hatte sie keine Wahl ausgelassen. Sie war schlau, aufbrausend und scharfzüngig, und obwohl sie Filme eigentlich aus Prinzip ablehnte, weil sie unecht waren wie Falschgeld, hatte ihr James Cagney in *Der öffentliche Feind* sehr wohl gefallen, dreimal hatte sie sich den Film mit diesem zähen kleinen Kämpfer angesehen, der seine Feinde nicht schonte, aber auch in Kauf nahm, notfalls als zum Paket verschnürte Leiche vor der Tür abgelegt zu werden, wenn er nun mal dran war. Und sie fand auch Gefallen an Killerboy Edward G. Robinson, dem »kleinen Cäsar«, der aus dem Winkel seines weibischen Munds nuschelte. Die waren Manns genug, sich dem Tod zu stellen, wenn sie dran waren.

Wenn du dran bist, bist du dran. Diese Tatsache schien Grandma Della froh zu stimmen.

Manchmal, wenn Norma Jeane Della den ganzen Vormittag beim Saubermachen geholfen hatte, beim Spülen und Geschirrtrocknen, durfte sie mit der Großmutter Vögel füttern gehen. Das waren Norma Jeanes schönste Stunden! Dann streuten sie beide Brotkrumen auf den sandigen Boden eines Abrissgrundstücks und warteten in einiger Entfernung, bis die Vögel einschwebten, wachsam, aber gierig, aufgeregt flatternd und hastig pickend. Tauben, Wildtauben, Pirole, die lärmenden Buschhäher. Ganze Schwärme schwarzköpfiger Spatzen. Und zwischen den Blüten des wild wuchernden Geißblatts Kolibris, kaum größer als Hummeln. Von diesen winzigen Wesen wusste Della zu erzählen, dass sie – als Einzige unter den Vögeln – rückwärts und seitlich fliegen konnten, »raffinierte kleine Biester«, außerdem recht zahm waren, aber keine Krumen oder Saatkörner fraßen. Norma Jeane faszinierten die schillernden rot-grün gefiederten Vögelchen, die in der Sonne metallen glänzten und die so rasend mit den Flügeln schlugen, dass sich alles verwischte; sie schoben ihre langen nadelfeinen Schnäbel in die Trichter der Blüten und sogen, scheinbar in der Luft stehend, den Honig. Dann schossen sie blitzschnell davon! »Ach, Grandma! Wo fliegen sie denn *hin*?«

Grandma Della zuckte mit den Achseln. Die Freude daran, Großmutter zu sein und ein einsames Kind zu unterhalten, hatte sich verflüchtigt. »Wer weiß. Wo Vögel eben so hinfliegen.«

Nach ihrem Tod würde bemerkt werden, dass Della Monroe seit dem Hinscheiden ihres Mannes sichtlich gealtert war. Obwohl sie zu seinen Lebzeiten unentwegt geklagt hatte: über seine Trinkerei, »die schlimme Lunge«, »seine schlimmen Angewohnheiten«. Dabei hatte die beleibte Della mit ihrem vom Bluthochdruck geröteten Gesicht auf die eigene Gesundheit auch nicht sonderlich geachtet.

Rauschte auf der Suche nach der Enkelin mit Volldampf durch die Straßen. Rief Norma Jeane, kaum dass sie sie zum Spielen hinausgeschickt hatte, wieder rein. Behauptete, sie schütze das Kind vor seiner Mutter – »die ihrer eigenen Mutter das Herz gebrochen hat«.

An dem besagten Augustnachmittag brannte die Sonne erbarmungslos nieder, es war so heiß, dass sich niemand freiwillig draußen aufhielt, bis auf ein paar Kinder, die sich hinter dem Wohnblock herumtrieben. Grandma Della aber hatte plötzlich das komische Gefühl von drohendem Unheil, also begab sie sich hinaus in die Hitze und begann auf die ihr eigene Art, die dir durch Mark und Bein ging wie ein Metzgerbeil, ein-zwei-drei, ein-zwei-drei, zu rufen: »Norma Jeane! Norma Je-eane!«, wie ein Metzger, der sein Beil eins, zwei, drei niedersausen lässt, rief erst auf dem Gehweg, dann auf dem schmalen Fußweg zwischen den hohen Häusern, dann auf dem Abrissgrundstück, und Norma Jeane lief mit ihren Freundinnen kichernd davon und versteckte sich, *ich habe nicht geantwortet, war mir doch egal!* Norma Jeane liebte ihre Großmutter, den einzigen Menschen auf Erden, der sie wirklich liebte, den einzigen Menschen, der sie liebte, ohne verletzen zu wollen, der sie nur schützen wollte. Bloß nannten die Jungen in der Nachbarschaft Della Monroe *eine fette Elefantenkuh*, und Norma Jeane, die es hörte, schämte sich.

Norma Jeane versteckte sich. Dann, als sie Della gar nicht mehr rufen hörte, beschloss sie, doch lieber nach Hause zu laufen; also kam sie wie eine kleine Wilde vom Strand hochgespritzt, das Blut in den Ohren hämmernd, und eine alte Frau, ungefähr so alt wie Grandma, schimpfte mit ihr: *Da bist du ja endlich! Deine Grandma ruft schon eine ganze Weile nach dir, kleine Madam!* Norma Jeane stürzte hinein und flog die Treppen in den dritten Stock hoch, wie schon so oft, und doch wusste sie, dass es diesmal anders sein würde, denn es war alles so still, es herrschte die Art Stille, die im Kino Überraschungen ankündigte, und allzu oft Überraschungen, auf die gellende Schreie folgten und auf die du trotz allem nicht gefasst warst. Da, sieh nur! Bei Grandma stand die Wohnungstür offen. Das war verkehrt. Norma Jeane wusste, dass das verkehrt war. Und da wusste Norma Jeane, was sie drinnen erwartete.

Denn Grandma war schon mehrmals gestürzt, auch in meinem Beisein.

Hatte das Gleichgewicht verloren – ein plötzlicher Schwindel. Sodass ich sie auf dem Küchenboden fand, stöhnend, benommen, schwer atmend, und dann wusste sie nicht, was passiert war, und ich half ihr auf einen Stuhl hoch, ich brachte ihr die Pillen und ein Tuch, in das ich Eisstückchen wickelte, damit sie es sich an ihr heißes Gesicht halten könnte, und das war jedes Mal ein Schreck, aber nach kurzer Zeit lachte sie und ich wusste, dass alles wieder in Ordnung war.

Nur diesmal nicht. Diesmal klemmte ihre Großmutter als verschwitzter Fleischberg im Badezimmer auf dem Boden zwischen Wanne und Klo, die erst am Morgen geschrubbt worden waren, der Geruch der Putzmittel an menschliche Schwäche gemahnend, dort lag Grandma Della wie ein gestrandeter Fisch auf der Seite, das Gesicht riesig und voll roter Flecken, die Augen halb offen, aber nichts sehend, mit rasselndem Atem. »Grandma! Grandma!« Eine Filmszene und doch wirklich.

Blind griff Grandma Della nach Norma Jeanes Hand, als wollte sie sich aufhelfen lassen. Sie gab erstickte, kehlige Laute von sich, die zunächst nicht zu verstehen waren. Nicht böse, kein Schimpfen. Ach, das war erst recht verkehrt! Da war sich Norma Jeane ganz sicher. Sie kniete neben der Großmutter, roch die Ausdünstungen des hinfälligen Fleisches, den Schweiß und die Darmwinde, erkannte ihn augenblicklich, den Geruch des Todes, und da rief sie: »Grandma, nicht sterben!«, wo sich die klammernde Hand doch schon verkrampfte und die Großmutter mit Mühe – jedes einzelne Wort abgerungen und gesetzt wie ein mit aller Kraft eingetriebener Nagel – sagte: »*Gott segne dich Kind ich liebe dich.*«

4

Ich bin schuld! Ich bin schuld, dass Grandma gestorben ist.
  Sei nicht albern. Niemand ist schuld.
  Ich bin nicht gekommen, als sie mich rief! Ich war ungezogen.
  Hör mal, Gott ist schuld. Und jetzt schlaf.
  Mutter, kann sie uns hören? Kann Grandma uns hören?
  Na, hoffentlich nicht!
  Ich bin schuld, dass das passiert ist. Mommy –!
  Ich bin nicht ›Mommy‹, du kleines Biest! Sie war eben dran, und fertig.

Schob mit spitzen Ellbogen das Kind weg. Wollte es nicht ohrfeigen, weil sie die geröteten schuppigen Hände nicht gebrauchen wollte.

(Gladys' Hände! Sie wurde von der Angst verfolgt, dass mit den Chemikalien auch der Krebs bis in ihre Knochen gedrungen war.)
Und rühr mich nicht an, verflucht. Du weißt, ich kann es nicht ertragen.

Eine schwierige Zeit für alle im Sternzeichen der Zwillinge Geborene. Der tragischen Zwillinge.

Als der Anruf für Gladys Mortensen ins Kopierwerk durchgestellt wurde, musste man sie förmlich ans Telefon schleifen, solche Angst bekam sie. Ihr Vorgesetzter, Mr. X – der einmal in Gladys verliebt gewesen war; ja, er hatte sie angefleht, ihn zu heiraten, war bereit gewesen, ihr zuliebe seine Familie sitzen zu lassen, 29, als sie noch seine Assistentin war, bevor sie aus Krankheitsgründen, *dafür konnte ja sie nichts*, zurückgestuft wurde –, hielt ihr schweigend den Hörer hin. Die Telefonschnur ringelte sich wie eine Natter. Wie etwas Lebendiges, aber darüber sah Gladys stoisch hinweg. Die Augen tränten ihr von den beißenden Chemikalien, mit denen sie hantiert hatte (wegen einer Kleinigkeit, die eigentlich Sache einer untergebenen Laborkollegin gewesen wäre, aber Gladys dachte nicht daran, Mr. X den Gefallen zu tun, sich zu beschweren), und in ihren Ohren sauste es wie von Stimmen im Off, die *jetzt ist es so weit!* raunten, aber auch das ignorierte sie. Sie hatte es seit ihrem sechsundzwanzigsten Lebensjahr, dem Jahr der Geburt des letzten ihrer kleinen Mädchen, in dieser Kunst sehr weit gebracht, der des Ignorierens, des Ausblendens der zahlreichen aufdringlichen Stimmen in ihrem Kopf, die, wie sie wusste, nicht-wirklich waren; aber manchmal war sie müde, und dann übertönte eine der Stimmen plötzlich wie ein laut aufgedrehter Radiosender alles andere. Hätte man sie gefragt, hätte sie gesagt, dass der »Notfall« ihre Tochter Norma Jeane betraf. (Die anderen beiden Töchter, die in Kentucky beim Vater lebten, waren ja aus ihrem Leben verschwunden. Der Vater hatte sie einfach mitgenommen. Er hatte behauptet, sie sei »krank«, und vielleicht hatte er ja Recht.) *Es ist etwas passiert. Das Kind. Es tut mir so leid. Ein Unglück.* Stattdessen ging es um Gladys' Mutter! Della! Della Monroe! *Es ist etwas passiert. Ihre Mutter. Es tut mir so leid. Können Sie so schnell wie möglich herkommen?*

Gladys ließ den Schlangenhörer fallen. Mr. X musste die schwankende Gladys auffangen.

Großer Gott, an Della hatte sie gar nicht gedacht. Ihre eigene Mutter, Della Monroe. Indem sie sie ausgeblendet hatte, hatte sie Della stillschweigend ungeahnten Gefahren ausgesetzt. Della Monroe, im Zeichen des Stieres geboren. (Gladys' Vater war im vergangenen Winter gestorben. Gladys hatte zu der Zeit mit einer schweren Migräne darniedergelegen und nicht einmal zur Beerdigung gehen, nicht einmal nach Venice Beach zur Mutter kommen können. Irgendwie hatte sie Monroe, ihren Vater, einfach vergessen und sich dann gesagt, Della würde für zwei trauern. Und wenn Della ihr das übel nahm, so hätte es immerhin den Vorteil, dass Della über ihr Witwenlos nicht nachdenken müsste. »Mein armer Vater ist in den Ardennen gefallen. Hat in den Ardennen das Gas abgekriegt.« Jahrelang hatte Gladys ihren Bekannten diese Version verkauft. »Ich kannte den Mann so gut wie gar nicht.«) In den letzten Jahren hatte Gladys Della nicht lieben können, lieben ermüdete, es kostete so viel Kraft, aber sie hatte stillschweigend angenommen, dass Della sie, eben weil Della Della war, überleben würde. Della würde glatt noch die Waise Norma Jeane überleben, für die sie die Verantwortung trug. Gladys hatte Della nicht geliebt, denn sie fürchtete das Urteil der alten Frau. *Auge um Auge, Zahn um Zahn. Eine Mutter lässt ihre Kinder nicht ungestraft im Stich.* Oder, wenn sie Della geliebt hatte, dann war es eine zänkische Liebe gewesen, die ihre Mutter nicht vor Übel hatte bewahren können.

Denn darin bestand doch *Liebe*, oder nicht? Vor Leid und Übel zu bewahren.

Wo Leid und Übel waren, war demnach *unzulängliche Liebe*.

Dem Kind Norma Jeane, dem nichts anzulasten ihr schwer fiel, das seine sterbende Großmutter auf dem Boden gefunden hatte, war kein Leid widerfahren.

Als hätte Grandma der »Blitz getroffen«, sagte Norma Jeane.

Norma Jeane aber hatte der Blitz verschont, und Gladys nahm sich fest vor, dankbar zu sein.

Fasste es als Omen auf, ebenso wie es ein gutes Omen war, dass sie und Norma Jeane beide im Zeichen der Zwillinge geboren waren, im Monat Juni, während Della, mit der kein Auskommen war, vom Sternzeichen her Stier gewesen war, dem Zwillingszeichen also diametral entgegengesetzt. *Gegensätze ziehen sich an, Gegensätze stoßen sich ab.*

Ihre anderen beiden Töchter waren unter ganz anderen Sternzeichen geboren. Gladys war heilfroh, dass sie in Kentucky, über tausend Meilen weit weg, dem Einfluss ihrer kranken Mutter entzogen waren; dort gehörten sie ganz zur Sphäre des Vaters. Sie würden verschont bleiben!

Selbstverständlich nahm Gladys Norma Jeane bei sich auf. Sie dachte gar nicht daran, ihr eigen Fleisch und Blut irgendwelchen Pflegefamilien oder dem L. A. County Waisenhaus zu überlassen – ein Schicksal, hatte Della geunkt, das der Kleinen nur deshalb erspart blieb, weil *sie* davorstand. Fast würde es sich gelohnt haben, an ein christliches Jenseits zu glauben, an eine Della, die auf sie und Norma Jeane in ihrem Hotelapartment in dem Bungalow an der Highland Avenue hinabblickte und sich ärgerte, dass sie mit ihrer Prophezeiung nicht Recht behielt. *Siehst du? Ich bin keine Rabenmutter. Ich war schwach. Ich war krank. Von Männern ausgenutzt. Aber jetzt geht es mir gut. Ich bin stark!*

Trotzdem, die erste Woche mit Norma Jeane war ein Albtraum. So beengt im rückwärtigen Teil des muffigen Bungalows! In dem einen durchgelegenen Bett schlafen müssen. Überhaupt schlafen *können*. Es machte Gladys rasend, dass ihre eigene Tochter sie zu fürchten schien. Vor ihr zurückzuckte und sich krümmte wie ein getretener Köter. *Ich kann auch nichts dafür, dass deine heiß geliebte Grandma tot ist. Ich habe sie doch nicht umgebracht!* Sie konnte die Tränen des Kindes nicht ertragen, den Rotz und das Schniefen, wie sie sich, einer Filmwaise gleich, an ihre inzwischen sehr schäbige Puppe klammerte. »Dieses widerwärtige Ding! Das hast du immer noch? Ich verbiete dir, mit dem Ding zu reden! Das ist der Anfang vom –« Gladys verstummte, zitternd, sie mochte ihrer Furcht keinen Namen geben. (Warum, fragte sich Gladys, hasste sie diese Puppe mit solcher Inbrunst? Schließlich hatte sie sie dem Kind selbst geschenkt. War sie eifersüchtig, weil sich Norma Jeane so viel mit ihrer Puppe abgab? Oder etwa weil die Puppe mit dem Goldhaar und den leeren blauen Augen und dem festgefrorenen Lächeln Norma Jeane war? Eigentlich hatte Gladys ihrer Tochter die Puppe mehr im Scherz geschenkt; einer ihrer Männerfreunde hatte sie ihr mit dem Kommentar überreicht, er habe sie irgendwo aufgelesen, und so, wie sie diesen Fretzkopf kannte, hieß das so viel wie irgendwo aus einem Auto oder von einer Veranda geklaut: er war höchstwahrscheinlich mit der innig geliebten Puppe irgendeines kleinen Mädchens davonspaziert und hatte dem armen Kind das Herz gebrochen, gemein wie Peter Lorre in *M*!). Aber sie konnte Norma Jeane das widerwärtige Ding schlecht wegnehmen. Vorläufig jedenfalls.

5

Sie lebten also tapfer zusammen, Mutter und Tochter. Zur Zeit der Santa-Ana-Winde, der erstickend rauchtintigen Luft und der Höllenfeuer des Herbstes 1934.

Sie lebten in den drei Räumen ihres Hotelapartments im Bungalow an der Highland Avenue, Nummer 828 – »fünf Minuten vom Hollywood Bowl«, wie Gladys gern sagte. Obwohl sie dort nie hingingen.

Die Mutter war vierunddreißig Jahre alt, die Tochter acht.

In allem war eine fast unmerkliche Verzerrung, wie das bei einem Vexierspiegel ist, in dem die Dinge *fast* normal aussehen, sodass man sich auf den Schein verlässt, und das sollte man tunlichst nicht. Dass Gladys vierunddreißig Jahre alt war! Und das Leben hatte doch noch gar nicht begonnen. Drei Kinder hatte sie geboren, zwei waren ihr genommen worden und somit in gewisser Weise getilgt, und nun das: dieses achtjährige Kind mit den traurigen Augen, der jung-alten Seele, ein Vorwurf, den sie nicht ertrug und doch ertragen musste, *denn wir sind alles, was wir aneinander haben*, wie Gladys dem Kind wiederholt erklärte, *solange ich die Kraft habe, alles zusammenzuhalten.*

Die Feuersaison kam nicht unerwartet. Gerechte Strafen kommen nie unerwartet.

Doch schon lange vor den Los-Angeles-Feuern von 34 lag Unheil in der südkalifornischen Luft. Man brauchte nicht erst heiße Winde aus der Mojave-Wüste, um zu begreifen, dass bald das Chaos wüten würde. Das verrieten schon die fassungslosen, zerstörten Gesichter der Erwerbs- und Wohnungslosen auf den Straßen. Das stand bei Sonnenuntergang in die dämonischen Wolkengebilde überm Pazifik geschrieben. Das konnte man den kryptischen Andeutungen, dem Grinsen und schlecht kaschierten Hohnlachen gewisser Leute bei der Produktionsgesellschaft entnehmen, auf die einst Verlass gewesen war. Lieber kein Radio hören. Lieber den Nachrichtenteil der Zeitungen nicht einmal überfliegen, auch nicht die *Los Angeles Times*, die im Bungalow oft herumlag (absichtlich liegen gelassen? vielleicht um sensible Bewohner wie Gladys zu treffen), denn wer wollte schon gerne die schlimmen Statistiken zur Arbeitslosigkeit im Lande sehen, zu den landauf, landab im Zuge von Zwangsräumungen auf die Straße gesetzten Familien, zu den Selbstmorden der Bankrotteure und den Kriegsversehrten ohne Arbeit und ohne »Hoffnung«. Wer wollte schon die Nachrichten aus Europa hören. Aus Deutschland.

Den nächsten Krieg werden wir hier bei uns führen. Diesmal gibt es kein Entrinnen.

Gladys schloss gequält die Augen. Getroffen wie vom ersten stechenden Schmerz eines Migräneanfalls. Diese Überzeugung hatte eine Stimme geäußert, die nicht die ihre war, eine männliche Rundfunksprecherstimme von großer Autorität.

Deshalb holte Gladys Norma Jeane zu sich in ihr Hotelapartment im Bungalow an der Highland Avenue. Und das, obwohl sie für die Produktionsgesellschaft nach wie vor Überstunden schob und in der ständigen Angst lebte, gefeuert zu werden (in ganz Hollywood feuerten die Studios Beschäftigte oder stellten sie frei), und es gab Tage, da konnte sie sich nur mit Mühe aus dem Bett quälen, so sehr lastete das Gewicht der Welt auf ihrer Seele. Sie war fest entschlossen, dem Kind für die kurze Zeit, die noch blieb, eine »gute Mutter« zu sein. Denn sollten nicht Europa oder pazifische Mächte einen Krieg entfesseln, stand doch noch der Krieg aus dem All zu befürchten: immerhin hatte H. G. Wells dieses Grauen in seinem *Krieg der Welten* vorhergesagt, ein Werk, das Gladys aus unerfindlichen Gründen nahezu komplett auswendig konnte, ebenso ganze Passagen aus der *Zeitmaschine*. (Sie hatte sich eingeredet, Norma Jeanes Vater habe ihr, zusammen mit einigen Gedichtbänden, einen Sammelband mit diesen und anderen Novellen von Wells geschenkt, dabei hatte sie die Werke in Wirklichkeit »zur Erbauung« von einem Mann bekommen, der mit Norma Jeanes Vater befreundet und Mitte der Zwanziger seinerseits auch kurze Zeit bei der Produktionsgesellschaft unter Vertrag gewesen war.) Eine Invasion der Marsbewohner, warum nicht? Wenn sie besonders aufgedreht war, glaubte Gladys an die Astrologie, den mächtigen Einfluss der Sterne und Planeten auf die Geschicke der Menschen. Sie fand es ganz einleuchtend, dass es andere Wesen im All geben müsse und dass diese, nach des Schöpfers Ebenbild geschaffen, einem räuberischen Anschlag auf die Menschheit nicht abgeneigt waren. Eine solche Invasion würde gut zur biblischen Offenbarung passen, nach Gladys' Ansicht dem einzigen Buch der Heiligen Schrift, das glaubwürdig schien, jedenfalls im südlichen Kalifornien. Warum statt der Racheengel mit ihren Flammenschwertern nicht hässliche, pilzschimmlige Marsbewohner, mit unsichtbaren Hitzestrahlen bewaffnet, die erst in Flammen aufgingen, wenn sie menschliche Ziele trafen?

Aber glaubte Gladys wirklich an Marsmenschen? An eine Invasion von oben?

»Wir leben im zwanzigsten Jahrhundert. Die Zeiten haben sich seit Jahwe etwas geändert, und entsprechend auch die Heimsuchungen.«

Wenn Gladys dergleichen in verruchtem Harlow-Ton vorbrachte, Handrücken in die schlanken Hüften gestemmt, wusste man nie so recht, ob sie es

74

provozierend meinte oder todernst. Ihr unverwandter, glitzernder Blick wich nicht aus. Ihre Lippen wirkten geschwollen, schimmernd und feuchtrot. Norma Jeane stellte mit Unbehagen fest, dass andere Erwachsene, Männer besonders, von ihrer Mutter in ähnlicher Weise fasziniert waren, wie man fasziniert war, wenn jemand sich zu weit aus einem oberen Fenster lehnte oder mit den Haaren einer Kerze zu nahe kam. Ungeachtet der grauweißen Strähne, die von ihrer Schläfe aufsprang (und die Gladys sich färben zu lassen weigerte, »aus Verachtung«), ungeachtet der knittrigen schwarzen Ringe unter den Augen, der fieberhaften Rastlosigkeit ihres Körpers. Im Foyer des Bungalows, draußen auf dem Gehweg, auf der Straße, wo immer Gladys Zuhörer fand, spielte sie *Szenen*. Wenn man sich mit Filmen auskannte, sah man, dass Gladys *spielte*. Denn auch eine Szene zu spielen, die keinen erkennbaren Sinn ergab, hieß immerhin, Aufmerksamkeit erringen, und das beschäftigte und beruhigte den Geist. Aufregend auch, dass ein Großteil der Aufmerksamkeit, die Gladys erregte, erotischer Natur war.

Erotisch im Sinne von: begehrt.

Denn Wahnsinn ist verführerisch, ist sexy. Weiblicher Wahnsinn.

Solange das Weib jung und attraktiv ist.

Norma Jeane, ein scheues, ein oft unsichtbares Kind, gefiel es, dass andere Erwachsene, vor allem Männer, diese Frau, die ihre Mutter war, mit solchem Interesse betrachteten. Hätten Gladys' nervöses Lachen und fliegenden Hände sie nach anfänglichem Interesse nicht bald in die Flucht geschlagen, *hätte sie vielleicht noch mal einen Mann finden können, der sie liebte. Sie hätte vielleicht einen Mann finden können, der sie heiraten wollte. Wir hätten vielleicht erlöst werden können!* Norma Jeane gefiel nicht, dass Gladys, kaum waren sie von einer dieser berauschenden Spielszenen wieder daheim, eine Hand voll Pillen schluckte und sich aufs Messingbett warf, wo sie stundenlang zuckend und wie bewusstlos liegen blieb, nicht einmal schlafend, sondern mit starr geöffneten, weißlich verschleierten Augen. Wenn dann Norma Jeane versuchte, ihr die Kleidung zu lockern, konnte Gladys mit einem Fluch hochfahren und nach ihr schlagen. Wenn Norma Jeane versuchte, ihr die engen Pumps von den Fersen zu hebeln, konnte Gladys nach ihr treten. »Nicht! Hände weg! Stell dir vor, ich hätte Lepra! Lass mich zufrieden.«

Wenn sie sich mit diesen Männern mehr Mühe gegeben hätte. Vielleicht. Vielleicht wäre daraus etwas geworden!

6

Wo immer du bist, ich bin da. Noch ehe du dein Ziel erreichst, erwarte ich dich.

Ich bin in deinen Gedanken, Norma Jeane. Immer.

So schöne Erinnerungen! Sie konnte sich glücklich schätzen.

Sie war das einzige Kind an der Highland Elementary, das ein »Taschengeld« mitbekam – in einer kleinen erdbeerroten Satinbörse –, damit sie sich im Laden an der Ecke was zu Mittag kaufen konnte. Fruchttörtchen, Limonade. Manchmal Erdnussbuttercracker. Köstlich! Noch Jahre später lief ihr, wenn sie an diese Leckereien dachte, das Wasser im Mund zusammen. Manchmal durfte Norma Jeane, selbst im Winter, wenn es früh dunkel wurde, nach der Schule ganz allein die zweieinhalb Meilen zu Grauman's Egyptian Theatre auf dem Hollywood Boulevard gehen und sich für nur zehn Cents eine Doppelvorführung ansehen.

Die Goldene Prinzessin und der Dunkle Prinz! Wie Gladys standen sie stets bereit, um zu trösten.

»Diese ›Grauman-Tage‹ ... erzähl bloß niemandem davon«, ermahnte Gladys sie, denn es war auf niemanden Verlass, nicht einmal Freunde. Sie könnten etwas missverstehen und Gladys verurteilen. Aber Gladys arbeitete oft bis spät. Es gab Vorgänge beim »Entwickeln«, die nur Gladys Mortensen beherrschte, ihr Vorgesetzter zählte auf sie; ohne Gladys hätten Kassenknüller wie Dixie Lees *Happy Days* oder Mary Pickfords *Kiki* glatt durchfallen können. Außerdem, versicherte Gladys, könnte ihr in Grauman's Egyptian nichts passieren. »Setz dich einfach ziemlich weit hinten an den Gang. Schau immer nach vorn auf die Leinwand. Beschwer dich beim Platzanweiser, wenn dir jemand komisch kommt. Und sprich nicht mit Fremden.«

Wenn sie in der Dämmerung abends nach der Doppelvorführung nach Hause ging, noch ganz benommen, noch mitten im verzückenden Filmtraum, ging Norma Jeane, entsprechend der Anweisung ihrer Mutter »rasch, als wüsstest du genau, wo du hinwillst, dicht am Kantstein unter den Straßenlaternen. Sieh niemanden an und steig nie, nie zu Fremden ins Auto.«

Und mir ist nie etwas passiert. Nicht, dass ich wüsste.

Weil sie immer bei mir war. Und er auch.

Der Dunkle Prinz. Wenn überhaupt irgendwo, lebte dieser Mann im Filmtraum. Das Herz schlug schon höher, wenn du dich dem Egyptian Theatre,

diesem Filmpalast von der Größe einer Kathedrale, nur nähertest. Einen ersten Blick auf ihn konntest du erhaschen, wenn du die Plakate draußen sahst, prachtvolle Hochglanzfotos hinter Glas, wie Kunstwerke, die man bestaunte. *Fred Astaire, Gary Cooper, Cary Grant, Charles Boyer, Paul Muni, Fredric March, Lew Ayres, Clark Gable.* Und drinnen erschien er überlebensgroß auf der Leinwand, dabei so nah – fast zum Greifen! Er sprach mit anderen, er umarmte und küsste bildschöne Frauen, und doch bot er sich *dir* dar. Und die Frauen – auch sie waren zum Greifen nah, waren Traumbilder deiner selbst in einem Zauberspiegel. Spiegel-Doubles in fremden Körpern, mit Gesichtern, die irgendwie, auf rätselhafte Weise, dein eigenes waren. Oder eines Tages sein würden. *Ginger Rogers, Joan Crawford, Katharine Hepburn, Jean Harlow, Marlene Dietrich, Greta Garbo, Constance Bennett, Joan Blondell, Claudette Colbert, Gloria Swanson.* Wie ein kunterbunter Traumreigen verschmolzen ihre Geschichten. Waren beschwingte, bläserbestückte Musicals, waren todtraurige Dramen, waren Screwball-Komödien, erzählten von Abenteuern, Kriegen, historischen Zeiten – Traumvisionen, in denen die immer gleichen machtvollen Gesichter erschienen und wieder verschwanden. In immer neuer Verkleidung, in neuen Kostümen, neuen Schicksalen. Da kam er! *Der Dunkle Prinz!*
Mit seiner Prinzessin.

Wo immer du bist, ich bin da. Nur für die Schule stimmte das nicht immer.
Im Bungalow, Highland Avenue Nummer 828, gab es, mit Ausnahme der kleinen, bei allen beliebten Norma Jeane mit den Locken nur Erwachsene. (»Kaum der geeignete Umgang für Kinder, die schrägen Vögel, die hier ein- und ausgehen«, bemerkte eine andere Bungalow-Bewohnerin einmal zu Gladys. »Wieso ›schräge Vögel‹?«, meinte Gladys ungnädig. »Schließlich stehen wir alle bei der Produktionsgesellschaft unter Vertrag.« »Eben«, sagte die Frau und lachte vielsagend. »›Wir stehen alle bei der Produktionsgesellschaft unter Vertrag.‹« Aber in der Schule waren Kinder.
Vor denen hatte ich Angst! Die, die das Sagen hatten, musstest du ganz schnell für dich einnehmen. Eine zweite Chance gab's nicht. Und wenn du keine Brüder oder Schwestern hattest, warst du allein. Ich war eine Fremde. Ich wollte wahrscheinlich zu sehr gefallen. Sie nannten mich Pop Eyes und Big Head, warum, habe ich nie verstanden.
Freunden gegenüber äußerte sich Gladys besorgt über den »schlechten staatlichen Unterricht«, der ihrer Tochter zuteil wurde, aber während der

ganzen elf Monate, die Norma Jeane an der Highland Elementary verbrachte, ließ sie sich nur einmal dort blicken, und das nur, weil sie zu einem Gespräch gebeten wurde.

Der Dunkle Prinz trat dort nicht in Erscheinung.

Selbst in ihren Tagträumen, selbst mit geschlossenen Augen konnte Norma Jeane ihn sich nicht vorstellen. Aber er würde im Kinotraum auf sie warten; das war ihr heimlicher Trost.

7

»Ich habe Großes mit dir vor, Norma Jeane. Mit *uns*.«

Ein weißes Steinway-Pianino, so schön, dass Norma Jeane sprachlos davorstand und den blank schimmernden Deckel andächtig berührte: wie, für *sie*? »Du sollst Klavierstunden nehmen. Wie ich es mir immer gewünscht habe.« Das Wohnzimmer in ihrem Drei-Zimmer-Hotelapartment war klein und schon voll gestopft mit Möbeln, aber für das Pianino – »Vorbesitzer – Fredric March«, wie Gladys gern betonte – wurde Platz geschaffen.

Der große Mr. March, der in der Stummfilm-Ära zu Ruhm gelangt war, stand bei der Produktionsgesellschaft unter Vertrag. Eines Tages waren er und Gladys in der Kantine ins Gespräch gekommen; er hatte ihr, da er um ihre prekäre Finanzlage wusste, das Klavier zu einem »Freundschaftspreis« überlassen, beziehungsweise hatte es der große Mr. March, einer anderen Version der Geschichte des Erwerbs dieses besonderen Instruments zufolge, Gladys als »Zeichen seiner Wertschätzung« einfach geschenkt. (Gladys schleppte Norma Jeane in Fredric Marchs Film *I Love You Truly* mit Carole Lombard im Grauman's; insgesamt sahen Mutter und Tochter diesen Film dreimal. »Wenn das dein Vater wüsste, wäre er eifersüchtig«, bemerkte Gladys rätselhafterweise.) Da Gladys gerade kein Geld für einen professionellen Klavierlehrer hatte, vereinbarte sie mit einem Engländer namens Pearce, der als Double für eine ganze Reihe von Hauptdarstellern wie Charles Boyer und Clark Gable eingesetzt wurde und der ebenfalls im Bungalow wohnte, gelegentliche Unterrichtsstunden. Pearce war mittelgroß, sah gut aus und trug Menjoubärtchen. Nur hatte er keine Ausstrahlung, keine »Präsenz«. Ihm zu Gefallen übte Norma Jeane sehr fleißig, und wenn sie allein war, spielte sie auch schrecklich gern auf dem »Zauberklavier«, aber Mr. Pearces Seufzer und seine Grimassen verunsicherten sie. Bald hatte sie die

78

Unart entwickelt, Noten wie unter Zwang ein zweites Mal anzuschlagen. »Meine Liebe, dieses *Stottern* auf den Tasten geht aber nicht«, sagte dann Mr. Pearce in britisch knappem Tonfall. »Das *Stottern* beim Reden ist schlimm genug.« Gladys, die selbst ein bisschen »klimpern« konnte, mühte sich, ihr Wissen an Norma Jeane weiterzugeben, aber diese gemeinsamen Sitzungen am Pianino waren noch anstrengender als die mit Mr. Pearce. »*Hörst* du denn nicht, dass du falsch spielst?«, rief Gladys ungeduldig. »Dass du einen Halbton höher oder tiefer spielst? Hörst du bloß die Tonhöhe nicht, oder hörst du überhaupt nicht?«

Trotzdem gab es weiterhin unregelmäßig Stunden. Und gelegentlich auch Gesangsunterricht bei einer Freundin von Gladys – ebenfalls Bewohnerin des Bungalows, die in der Musikabteilung der Produktionsgesellschaft arbeitete. Miss Flynn sagte zu Gladys: »Die Kleine hat eine goldige, liebenswürdige Art. Sie gibt sich große Mühe. Mehr als so manche junge Sängerin, die bei uns unter Vertrag steht. Aber im Augenblick... « – und Jess Flynn senkte die Stimme, damit Norma Jeane möglichst nichts hörte – »... hat sie im Grunde überhaupt keine Stimme.«

»Das wird sich ändern«, sagte Gladys.

Es war das, was wir statt Kirche zusammen unternahmen. Unsere Andacht.
Sonntags, wenn Gladys genug Geld für Benzin hatte oder einen Verehrer, der dafür aufkam, fuhr sie mit Norma Jeane hinaus, um die Villen der »Filmstars« zu besichtigen. Nach Beverly Hills, Bel Air, Los Feliz oder in die Hügel von Hollywood hinauf. Das ganze Frühjahr und den Sommer 34 hindurch und noch bis in den unter der Dürre ächzenden Herbst. Gladys' Mezzosopran bebte vor Stolz. Das märchenhafte Anwesen von Mary Pickford. Das märchenhafte Anwesen von Pola Negri. Die märchenhaften Anwesen von Tom Mix und Theda Bara – »Die Bara hat einen Multimillionär geheiratet, einen Geschäftsmann, und sich zur Ruhe gesetzt. Kluges Kind.« Norma Jeane kriegte große Augen. Was für gewaltige Häuser! Sie glichen tatsächlich Palästen oder den Schlössern, die sie aus Märchenbüchern kannte. Selten waren Mutter und Tochter so glücklich wie während dieser magischen Spazierfahrten durch illustre Straßen. Es bestand gar keine Gefahr, dass Norma Jeane stottern und ihre Mutter verärgern könnte, denn Gladys' Redefluss war nicht aufzuhalten. »Hier wohnt Barbara La Marr, Die Frau, die zu schön war. (Kleiner Scherz, Schätzchen. Zu schön kann eine Frau gar nicht sein. Genauso wenig wie zu reich.) Hier W. C. Fields. Dort hat Greta

Garbo früher gewohnt – herrlich, nicht, aber bescheidener, als man meinen sollte. Und dort, hinter dem Tor, die spanische Prunkvilla der unvergleichlichen Gloria Swanson, und da das Anwesen von Norma Talmadge, ›unserer‹ Norma.« Gladys hielt an, damit sie und das Kind in Ruhe das vornehme Natursteinhaus in Los Feliz bewundern konnten, in dem Norma Talmadge mit ihrem Mann, dem Filmproduzenten gelebt hatte. Acht stolze Metro-Goldwyn-Mayer-Löwen aus Granit bewachten die Einfahrt! Norma Jeane konnte sich gar nicht satt sehen. Und der Rasen so grün, so strotzend. Dass Los Angeles eine Stadt aus Sand war, darauf wäre man in Beverly Hills, in Bel Air, Los Feliz oder in den Hügeln von Hollywood nie gekommen. Wochenlang war kein Tropfen Regen gefallen, und überall sonst war das Gras ganz oder fast ganz verbrannt, aber an diesen Märchenorten war der Rasen immer grün. Blutrote und violette Bougainvilleen immer in voller Blüte. Es gab spitz zulaufende Bäume, die Norma Jeane sonst nirgends sah – Mittelmeer-Zypressen, nannte sie Gladys. Und die Palmen waren hier nicht von der stummeligen, kümmerlichen Sorte, die sonst überall wuchs, sondern überragten stolz und schlank die höchsten Firste der höchsten Häuser. »Hier ehemals Buster Keaton. Dort: Helen Chandler. Hinter dem Eisentor: Mabel Normand. Und Harold Lloyd. John Barrymore. Joan Crawford. Und Jean Harlow – ›unsere‹ Jean.« Norma Jeane gefiel es, dass Jean Harlows Palast wie der von Norma Talmadge inmitten üppigen Grüns lag.

Auf solche Häuser lächelte die Sonne stets mild herab, ohne zu blenden. Wenn es hier Wolken gab, dann duftige weiß gezupfte Wolkenbausche weit oben am vollkommenen, gemalt blauen Himmel.

»Dort wohnt Cary Grant! So jung noch. Und dort: John Gilbert. Lillian Gish – nur eines ihrer zahlreichen ehemaligen Anwesen. Und dort, in dem Haus auf der Ecke, bis vor kurzem Jeanne Eagles – die Arme.«

Prompt fragte Norma Jeane, was mit Jeanne Eagles geschehen war.

Sonst hatte Gladys immer bloß bekümmert gesagt: *Sie ist gestorben.* Diesmal sagte sie verächtlich: »Eagles! Ein Fretzkopf. Am Schluss das reinste Skelett, heißt es. Mit fünfunddreißig Jahren richtig *alt*.«

Gladys fuhr. Die Tour ging weiter. Manchmal begann Gladys in Beverly Hills und kutschierte sie im großen Bogen gegen Abend zur Highland Avenue zurück; manchmal fing die Tour in Los Feliz an und endete in Beverly Hills; manchmal fuhr Gladys in die weniger dicht besiedelten Hügel von Hollywood hinauf, wo die jungen Filmtalente lebten, die Stars von morgen. Manchmal bog sie, einer Schlafwandlerin gleich, als geschähe es wider ihren Willen, in eine Straße, die sie bereits im Schritttempo abgefahren hatten, und wiederholte sich: »Siehst du dort, hinter dem Tor? Die spanische Prunkvilla von Gloria Swanson. Und dort: Myrna Loy. Vor uns: Conrad Nagel.« Auf diesen Touren wuchs die Spannung im selben Maße, wie Gladys die Fahrt verlangsamte und angestrengt durch die Windschutzscheibe des stumpfgrünen Ford starrte, die wie immer dringend hätte sauber gemacht werden müssen. Oder vielleicht gehörte der feine Staubfilm ja zur Scheibe. Die Touren schienen jedenfalls, wie die verwickelten Plots im Kino, einen tieferen Sinn zu bergen, der jeden Augenblick offenbart würde. In Gladys' Stimme schwang wie immer Ehrfurcht und Begeisterung mit, aber darunter schlummerte kalte Wut. »Und dort – das berühmteste Anwesen von allen: FALCON'S LAIR. Besitz des verstorbenen Rudolph Valentino. *Der* hatte keinen Funken schauspielerisches Talent. Und auch kein Talent zum Leben. Aber fotogen war er, und er ist zur rechten Zeit gestorben. Merk dir also, Norma Jeane – man muss *unbedingt zur rechten Zeit sterben*.«

Mutter und Tochter saßen in dem stumpfgrünen Ford, Baujahr 1929, starrten auf die bombastische Villa des großen Stummfilm-Idols Valentino und wollten nie, nie mehr von dort weg.

8

Für die Beerdigung kleideten sich Gladys und Norma Jeane mit Sorgfalt und Geschmack – obwohl sie vorm Wilshire Temple am Wilshire Boulevard im Gedränge der über siebentausend »Trauergäste« untergehen würden.

Ein Tempel war eine »jüdische Kirche«, erklärte Gladys Norma Jeane.

Und ein Jude war »ähnlich wie ein Christ«, nur gehörte er einem älteren, weiseren, leidgeprüften Volk an. Während die Christen im Westen als Pioniere ganz konkret Boden gewannen, hatten die Juden als Pioniere der Filmindustrie eine Revolution gemacht.

Norma Jeane fragte: »Können wir nicht auch Juden sein, Mutter?«

Gladys wollte schon nein sagen, zögerte aber und meinte lachend: »Wenn sie uns nehmen würden. Wenn sie uns für würdig erachten würden. Wenn wir ein zweites Mal zur Welt kommen könnten.«

Gladys, die seit Tagen davon sprach, dass ihr Mr. Thalberg »weniger persönlich denn als großes filmisches Genie nahe gestanden« habe, sah umwerfend aus in ihrem eleganten schwarzen Crêpe-Kleid mit tief angesetzter Taille und glockig schwingendem, bis zur Mitte der Wade reichenden Rock und dem raffinierten schwarzen Spitzenkragen. Dazu trug sie einen schwarzen Glockenhut mit einem Gesichtsschleier, der bei jedem warmen, beschleunigten Atemzug sanft auf- und abwogte. Die Handschuhe waren offenbar neu: schwarzer Satin bis zum Ellbogen. Rauchgraue Strümpfe, schwarze Lederpumps mit hohen Hacken. Ihr Gesicht war maskenhaft geschminkt, wächsern wie das einer Modepuppe, Augen und Brauen im dramatischen gestrigen Stil einer Pola Negri betont; sie trug ein süßliches, schweres Parfüm, das an die überreifen Orangen in ihrem meist eislosen Eisschrank erinnerte. Ihre Ohrringe, ob Diamanten oder Strass oder raffiniert geschliffenes Glas, blitzten bei der leisesten Kopfbewegung.

Ein würdiger Anlass rechtfertigt auch Schulden.

Der Tod eines großen Mannes ist immer ein würdiger Anlass.

(In Wirklichkeit hatte Gladys nur Accessoires erstanden. Das schwarze Crêpe-Kleid hatte sie aus dem Fundus der Produktionsgesellschaft »entliehen«, ohne Erlaubnis.)

Norma Jeane, der die vielen fremden Menschen Angst machten, auch die berittenen Polizisten, die feierlich ernste Kolonne schwarzer Limousinen und das über die Menge hinweg wogende Rufen, Kreischen und Schreien, ja gelegentlich auch Klatschen, trug ein mitternachtsblaues Samtkleidchen mit Spitzenkragen und -manschetten, weiße Spitzenhandschuhe, eine karierte Mütze, dunkle gerippte Strumpfhosen und schwarze Lackschuhe. Sie war von der Schule daheimbehalten worden. Sie war zurechtgezupft, ausgeschimpft und ermahnt worden. Gladys hatte ihr sehr früh am Morgen, noch vor Sonnenaufgang (unerbittlich und gründlich) das Haar gewaschen, denn es war eine von Gladys' schlechten Nächten gewesen: von dem verschreibungspflichtigen Mittel wurde ihr übel, ihre Gedanken »verknäulten sich wie Lochstreifen«, also hatte dafür Norma Jeanes verfilztes Haar mit einem gemein zahnlückigen Kamm gewaltsam entwirrt und dann gebürstet und gestriegelt und gestriegelt werden müssen, bis es glänzte – und mit Jess Flynns Hilfe (die das Kind um fünf Uhr früh weinen hörte) ordentlich geflochten und um den Kopf gewunden, bis sie trotz der verheulten Augen und des rotgeriebenen Kindermunds aussah wie eine Bilderbuchprinzessin.

Er wird da sein. Bei der Beerdigung. Als Sargträger oder in der Eskorte. Er wird uns nicht ansprechen. Nicht in der Öffentlichkeit. Aber er wird uns sehen. Er wird dich sehen, seine Tochter. Wann, wirst du nicht wissen, aber du sollst bereit sein.

82

Schon an der Kreuzung vorm Wilshire Temple bildeten sich zu beiden Seiten der Straße Menschentrauben. Dabei war es noch nicht halb acht, und die Trauerfeier sollte um neun Uhr erst beginnen. Es gab berittene Polizei und Streifen zu Fuß, es wimmelte von Fotografen, die darauf erpicht waren, das historische Ereignis festzuhalten. Straße und Gehwege waren abgeriegelt, und hinter den Absperrungen richtete sich eine wogende Menge von Männern und Frauen darauf ein, begierig und doch erstaunlich diszipliniert darauf zu warten, dass Filmstars und andere Berühmtheiten in schwarzen Limousinen mit Chauffeur vorfuhren, im Tempel verschwanden und nach neunzig langen Minuten, während deren die raunende Menge – von der Zeremonie ebenso ausgeschlossen wie von jedweder direkten Berührung oder gar Vertraulichkeit mit den Geladenen – am Straßenrand weiter anschwoll, sodass Gladys und Norma Jeane, gegen eine der Absperrungen gepresst, sich daran und aneinander festklammern mussten. Schließlich jedoch schwebte ein glänzender schwarzer Sarg zwischen den Säulen des Tempels hervor, von vornehm gekleideten und würdig dreinblickenden Sargträgern auf erhobenen Händen balanciert – und ihre Namen verbreiteten sich wie Lauffeuer unter den schaulustigen Heerscharen: *Ronald Colman! Adolphe Menjou! Nelson Eddy! Clark Gable! Douglas Fairbanks Jr.! Al Jolson! John Barrymore! Basil Rathbone!* Ihnen folgte die vor Leid halb ohnmächtige Witwe des Verstorbenen, Norma Shearer, der Filmstar, von Kopf bis Fuß in edles Schwarz gewandet, das schöne Gesicht hinter einem Schleier verborgen, und gleich hinter Miss Shearer quoll jetzt, angesichts des Todes ebenfalls ernst, wie goldene Lava der Strom der Berühmtheiten aus dem Tempel, deren Namen Gladys dem Kind feierlich vorbetete, das sich so aufgeregt wie bange an die Absperrung drückte und hoffte, nicht totgetrampelt zu werden: *Leslie Howard! Erich von Stroheim! Greta Garbo! Joel McCrea! Wallace Beery! Clara Bow! Helen Twelvetrees! Spencer Tracy! Raoul Walsh! Edward G. Robinson! Charlie Chaplin! Lionel Barrymore! Jean Harlow! Groucho, Harpo und Chico Marx! Mary Pickford! Jane Withers! Irvin S. Cobb! Shirley Temple! Jackie Coogan! Bela Lugosi! Mickey Rooney! Freddie Bartholomew* in dem Samtanzug aus dem *Kleinen Lord! Busby Berkeley! Bing Crosby! Lon Chaney! Marie Dressler! Mae West!* – und da platzten Fotografen und Autogrammjäger durch die Absperrungen, und berittene Polizisten drängten sie schlagstockschwingend und fluchend zurück.

Es entstand Aufruhr. Wütende Brüllereien, Rufe. Irgendjemand schien gestürzt zu sein. Irgendjemand war vielleicht von einem Knüppel getroffen oder von Pferdehufen niedergetrampelt worden. Die Polizei bellte durch Flüstertüten. Motoren sprangen an, heulten auf. Die Aufregung legte sich. Norma Jeane, zu erschrocken, um zu weinen, klammerte sich mit verrutschter karierter Mütze an Gladys' stocksteifen Arm, *und Mutter schüttelte mich nicht ab, sie ließ es zu.* Ganz allmählich verringerte sich nun im Getümmel der Druck. Der stattliche schwarze Leichenwagen, Streitwagen des Todes, und die zahllosen Limousinen mit Chauffeur verschwanden, und es blieben nur Schaulustige zurück, gewöhnliche Sterbliche, die sich füreinander so wenig interessierten wie im Schwarm die Spatzen. Die Menge verlor sich, man konnte frei umhergehen, sogar auf der Straße. Und selbst wenn man nicht wusste, wohin, wozu noch länger bleiben? Das historische Ereignis, die Beerdigung des großen Hollywood-Pioniers Irving G. Thalberg, war vorüber.

Hier und da betupften sich Frauen die Augen. Viele Zuschauer wirkten hilflos, als hätten sie einen schweren Verlust erlitten, ohne zu wissen, worin er bestand.

Auch Norma Jeanes Mutter gehörte zu ihnen. Ihr Gesicht sah hinter dem feucht eingefallenen Schleier verschmiert aus, die Augen wässrig und unscharf wie Fischlein, die in verschiedene Richtungen davonschießen. Sie flüsterte irgendetwas, starr lächelnd. Ihr Blick streifte Norma Jeane, ohne sie zu sehen. Dann stakste sie auf hohen Absätzen unsicher davon. Norma Jeane fielen zwei Männer auf, die Gladys unabhängig voneinander beobachteten. Der eine pfiff ihr hinterher, fragend, wie zum Auftakt einer plötzlichen Tanzeinlage in einem Film mit Ginger Rogers und Fred Astaire, nur dass keine Musik lospreschte, Gladys den Mann nicht zu bemerken schien und er fast sofort wieder das Interesse verlor und mit einem Gähnen davonschlenderte. Der andere Mann griff sich gedankenverloren in den Schritt, als wäre er mutterseelenallein, und entfernte sich in die entgegengesetzte Richtung.

Hufgetrappel! Norma Jeane sah erschrocken in das Gesicht eines uniformierten Mannes hoch, der auf einem schönen, stattlichen braunen Pferd mit großen, vorstehenden Augen zu ihr herabsah. »Na, Kleine, wo ist denn deine Mutter? Du bist doch wohl nicht allein gekommen, oder?« Verlegen schüttelte Norma Jeane den Kopf, nein. Sie lief hinter Gladys her und nahm Gladys' behandschuhte Hand, abermals dankbar, dass Gladys ihre Hand nicht wegschlug, denn der berittene Polizist sah ihnen wachsam nach. *Bald würde es soweit sein. Aber noch nicht.* Gladys, benommen, konnte sich anscheinend nicht erinnern, wo sie den Wagen abgestellt hatte, aber Norma

Jeane erinnerte sich, fast jedenfalls, und schließlich fanden sie den stumpfgrünen Ford, Baujahr 1929, in einer Einkaufsstraße, die den Wilshire Boulevard kreuzte. Norma Jeane überlegte, wie komisch und wie sehr wieder einem Film gleich, der schließlich zu einem guten Ende führt, dass man einen
Schlüssel zu nur einem ganz bestimmten Wagen besaß, nur zu einem von
Hunderten, Tausenden von Wagen passte der Schlüssel; ein Schlüssel zu
dem, was Gladys die »Zündung« nannte, und wenn man den Schlüssel
drehte, ließ die »Zündung« den Motor an. Und man war eben doch nicht
viele Meilen von zu Hause gestrandet.

Im Auto war es heiß wie in einem Backofen. Norma Jeane rutschte hin und
her, so dringend musste sie aufs Klo.

Gladys trocknete sich die Augen und bemerkte wehleidig: »Ich möchte
doch bloß nicht mehr traurig sein müssen, mehr verlange ich gar nicht. Und
auch das behalte ich für mich.« Und dann plötzlich sehr scharf zu Norma
Jeane: »Was zum Teufel hast du mit dem Kleid angestellt?« Der Saum hatte
sich am rauen Holz der Absperrung verfangen und war gerissen.

»Ich weiß nicht. *Ich* war es nicht.«

»Na, wer dann? Santa Claus?«

Gladys wollte zum »jüdischen Friedhof«, wusste aber nicht, wo der lag.
Auf dem Wilshire Boulevard, wo sie mehrmals anhielt und nach dem Weg
fragte, konnte es ihr niemand sagen. Sie fuhr weiter, jetzt mit einer
Chesterfield zwischen den Lippen. Sie hatte ihren Glockenhut mit dem
schlappen Schleier abgenommen und auf den Rücksitz zu allem anderen geworfen, was sich seit Monaten dort angesammelt hatte: Zeitungen, Film-
zeitschriften und Taschenbücher, steif geknüllte Taschentücher und diverse
Kleidungsstücke. Während Norma Jeane gequält zappelte, sinnierte sie:
»Vielleicht ist es anders, wenn man Jude ist wie Thalberg. Das muss eine ganz
andere Weltsicht sein. Sie haben ja sogar einen anderen Kalender als wir. Was
uns immer wieder von neuem überrascht, ist für sie gar nichts Neues. Sie
leben noch halb im Alten Testament, mit seinen ewigen Plagen und Prophe-
zeiungen. Wenn wir die Welt doch auch so sehen könnten.« Sie schwieg
einen Augenblick. Ihre Augen glitten zu Norma Jeane hin, die verzweifelt
gegen den Druck auf die Blase ankämpfte, obwohl es zwischen ihren Beinen
schon wehtat wie von spitzen Nadeln. »*Er* hat auch jüdische Vorfahren. Das
gehört zu dem, was uns trennt. Aber er hat uns heute gesehen. Er durfte
nichts sagen, doch sein Blick sprach Bände. Er hat *dich* gesehen, Norma
Jeane.«

Und da, wenige Straßenzüge von der Highland Avenue entfernt, machte sich Norma Jeane in die Hose. Sie wand sich vor Scham, konnte aber nicht mehr an sich halten. Gladys roch das Pipi sofort und begann noch im Fahren Norma Jeane zu schlagen und zu boxen; sie war außer sich. »Du Ferkel! Du kleines Ungeheuer! Jetzt ist das schöne Kleid verdorben, und es gehört nicht mal *uns*! Du machst das mit Absicht, ich weiß es!«

Vier Tage später setzten die Santa-Ana-Winde ein.

9

Weil sie das Kind liebte und ihm Leid ersparen wollte.

Weil sie vergiftet war. Und das Kind vergiftet war.

Weil die Stadt aus Sand in Flammen versank.

Weil der Brandgeruch alles durchdrang.

Weil die, die im Zeichen der Zwillinge geboren waren, jetzt laut Horoskop »entschlossen« handeln und »ihr Leben beherzt in die Hand nehmen« mussten.

Weil sie längst ihre Tage hätte haben müssen, aber kein Blut mehr floss. Und kein Mann sie mehr begehrenswert finden würde.

Weil sie dreizehn Jahre lang als Negativabzieherin der Produktionsgesellschaft treu gedient hatte und dreizehn Jahre lang eine zuverlässige und loyale Mitarbeiterin gewesen war und ihren Teil dazu beigetragen hatte, großartige Filme der Produktionsgesellschaft möglich zu machen, dank deren amerikanische Schauspieler groß geworden und Amerika eine tief greifende Wandlung erfahren hatte, nur um feststellen zu müssen, dass sie verblüht war und ihre Seele auf den Tod krank. Auf der Krankenstation der Produktionsgesellschaft belog man sie, der Arzt der Produktionsgesellschaft behauptete hartnäckig, ihr Blut sei nicht vergiftet, wo doch ihr Blut *sehr wohl* vergiftet war, wo chemische Gifte noch durch die extrastarken Gummihandschuhe in die Knochen ihrer Hände drangen, derselben Hände, die ihr Liebster geküsst und als engelhaft zarte »Trost spendende Hände« bezeichnet hatte, ins Mark ihres Skeletts, durch die Blutbahn ins Gehirn, und giftige Dämpfe strömten ungehindert in ihre Lungen. Und ihre Augen, die Unschärfe. Schmerzende Augen selbst im Schlaf. Kollegen, die sich weigerten, die eigenen Krankheitszeichen zur Kenntnis zu nehmen, aus Angst vor der Entlassung, davor, »auf der Straße zu sitzen«. Weil das Jahr 1934 im Zeichen der Vorhölle stand, der Scham und der Schande. Weil sie sich krankgemeldet hatte und krankgemeldet und krankgemeldet, bis eine Stimme ihr eröffnete, sie stehe fortan nicht mehr »auf der Gehaltsliste der Produktionsgesellschaft«, der Studiopass werde »eingezogen« und ihr »der Zutritt vom Wachpersonal verwehrt«. Nach dreizehn Jahren.

Weil sie nie wieder für die Produktionsgesellschaft arbeiten würde. Nie wieder für fast nichts, zum Leben zu wenig, zum Sterben zu viel, ihre Seele verkaufen würde. Weil sie sich und das befallene Kind reinwaschen musste.

Weil das Kind ihr innerstes Selbst war, entblößt.

Weil das Kind eine Ausgeburt war, Unnatur, wenn auch als hübsches kleines Mädchen mit Lockenhaar verkleidet. *Weil alles Betrug war.*

Weil der Vater des Kindes gewünscht hatte, dass es nicht geboren werde.

Weil er ihr gesagt hatte, er glaube nicht, dass das Kind von ihm sei.

Weil er ihr Geld gegeben, die Scheine aufs Bett geworfen hatte.

Weil die Scheine eine Summe von nur 225 Dollar ergaben, die Summe ihrer Liebe.

Weil er ihr gesagt hatte, er habe sie nie geliebt; sie habe ihn missverstanden.

Weil er ihr gesagt hatte, sie solle ihn nicht mehr anrufen, nicht auf der Straße hinter ihm herlaufen.

Weil alles Betrug war.

Weil er sie vor der Schwangerschaft geliebt hatte, danach aber nicht mehr. Weil er sie geheiratet hätte. Sie war sich ganz sicher.

Weil das Kind drei Wochen zu früh zur Welt gekommen war, damit es wie sie Zwilling wäre. Wie sie verdammt.

Weil keiner je ein Kind lieben würde, das so verdammt war.

Weil die Waldbrände in den Hügeln ein Ruf waren und ein Zeichen.

Nicht der Dunkle Prinz sollte meine Mutter holen kommen.

Den Rest meines Lebens diese Angst: dass eines Tages Fremde kommen und auch mich forttragen könnten, nackt und rasend, ein mitleiderregender Anblick.

Sie durfte nicht in die Schule gehen. Ihre Mutter weigerte sich, sie den Feinden auszuliefern. Jess Flynn war manchmal vertrauenswürdig, manchmal nicht. Denn Jess Flynn arbeitete für die Produktionsgesellschaft und war möglicherweise ein Spitzel. Zugleich war Jess Flynn auch eine Freundin und brachte ihnen zu essen. Kam mit einem fröhlichen Lächeln vorbei,

»um nach dem Rechten zu sehen«. Erbot sich, Gladys Geld zu leihen, wenn
Gladys Geld brauchte, oder den Teppichkehrer aus Jess' Hotelapartment.
Gladys blieb den Großteil des Tages im Bett liegen, nackt unter schmuddeligen Laken im abgedunkelten Zimmer. Auf dem Nachttisch eine Taschenlampe gegen Skorpione, vor denen Gladys eine Heidenangst hatte. In allen
Zimmern waren die Jalousien bis auf die Fensterbänke heruntergezogen,
und man wusste nicht, ob Tag oder Nacht war, Morgen oder Abend. Rauch
selbst bei strahlender Sonne. Krankengeruch. Ein Geruch nach schmuddeliger Bettwäsche, schmuddeliger Unterwäsche. Ein Geruch nach altem
Kaffeesatz, saurer Milch, Orangen in einem Eisschrank, in dem kein Eis war.
Ein Geruch nach Gin, nach Zigaretten, nach Schweiß, Zorn und Verzweiflung. Jess Flynn »schaffte ein wenig Ordnung«, wenn es recht war. Wenn
nicht, nicht.

Von Zeit zu Zeit klopfte Clive Pearce an die Tür. Sprach durch die geschlossene Tür mit Gladys oder dem kleinen Mädchen. Was gesagt wurde,
blieb unklar. Anders als Jess Flynn mochte er nicht hereinkommen. Die Sache
mit den Klavierstunden schlief im Laufe des Sommers ein. Er sprach von einer
»Tragödie«, die aber »schlimmer hätte sein können«. Einige Bewohner des
Bungalows berieten sich; was tun? Sie alle arbeiteten für die Produktionsgesellschaft. Als Doubles und Komparsen, aber es gab auch einen zweiten
Kamera-Assistenten, einen Masseur, eine Kostümbildnerin, zwei Script-Pro-
tokollanten, eine Gymnastiklehrerin, einen Labortechniker, eine Stenografin,
Kulissenbauer und mehrere Musiker. Unter ihnen galt als ausgemacht, dass
Gladys Mortensen »seelisch labil« war – oder zumindest »temperamentvoll,
exzentrisch«. Bei den meisten Mitbewohnern galt als ausgemacht, dass Mrs.
Mortensens Kleine ihr – bis auf die Locken natürlich – »zum Verwechseln«
ähnlich sah.

Nicht ausgemacht war allerdings, was oder ob irgendetwas unternommen
werden sollte. Niemand wollte hineingezogen werden. Niemand wollte den
Zorn der Mortensen auf sich ziehen. Und schließlich galt irgendwie als ausgemacht, dass Jess Flynn, als Freundin, sich schon kümmern würde.

Das Kind, nackt und schluchzend, widersetzte sich der Mutter, versuchte,
sich hinter dem Pianino zu verkriechen, der Mutter zu entkommen. Wieselte
dann über den Teppich wie ein gehetztes Tier. Da schlug die Mutter mit den
Fäusten in die Tasten, ein Aufschrei schriller Misstöne, ein Zittern wie von
flatternden Nerven. Auch das Slapstick. Nach der Art eines Mack Sennett.

Mabel Normand in *A Displaced Foot*, den Gladys als junges Mädchen gese-hen hatte.

Wenn du lachen musst, ist es Komödie. Auch wenn es wehtut.

Kochend heißes Wasser klatschte in die Wanne. Sie hatte das Kind ausge-zogen und war ebenfalls nackt. Sie hatte das Kind halb geschleppt, halb ge-tragen, hatte es in die Wanne zu heben versucht, aber das Kind wehrte sich, das Kind schrie. In ihrem wirren Kopf, wo sich die Gedanken mit dem beißenden Geruch von Rauch und höhnischen Stimmen mischten, die we-gen der Medikamente so gedämpft klangen, dass sie sie nicht richtig hören konnte, hatte sie das Kind für weit jünger und die Zeit für viel früher gehal-ten, das Kind erst für zwei oder drei und nur – wie viel wohl? – um die dreißig Pfund schwer und nicht misstrauisch gegen die eigene Mutter, nicht arg-wöhnisch, konnte nicht glauben, dass es sich ihr entwand, sie wegstieß und *nein! nein!* schrie; dieses Kind war schon so groß, so stark und so *trotzig*, wollte nicht so, wie die Mutter wollte, wollte sich nicht ins kochend heiße reinigende Wasser stecken lassen, riss sich los, entfloh dem wolkig verne-bel-ten Badezimmer und den nackten Armen der Mutter, die nach ihm griffen.

»Du. Du bist der Grund. Weshalb er fort ist. *Dich* wollte er nicht« – diese Worte, eiskalt geäußert, wurden dem zu Tode erschrockenen Kind wie eine Hand voll Steinchen hinterhergeschleudert.

Und das nackte Kind rannte blind den Flur hinab und hämmerte an die Tür eines Nachbarn: »Hilfe! Helfen Sie uns!«, bekam jedoch keine Antwort. Und das Kind rannte weiter und hämmerte an die nächste Tür: »Hilfe! Helfen Sie uns!«, bekam jedoch keine Antwort. Und das Kind rannte zur dritten Tür und hämmerte, und diesmal wurde ihm aufgetan, und ein überraschter jun-ger Mann, braun gebrannt und muskulös in Unterhemd und Hosen ohne Gürtel starrte herab; er hatte ein Schauspielergesicht, aber seine Verblüffung war nicht gespielt, als er auf das verstörte Kind herabblickte, das gänzlich nackt vor ihm stand, mit tränenverschmiertem Gesicht, und rief: »H-helfen Sie bitte, meine Mutter ist krank, Sie müssen ihr helfen, sie ist krank«, und als erstes riss der junge Mann eines seiner Hemden von einem Stuhl und wickelte das Mädchen darin ein, bedeckte ihre Blöße, dann sagte er: »Nun mal ganz ruhig, Kleine. Du sagst also, deine Mutter sei krank? Was hat denn deine Mutter?«

Aunt Jess und Uncle Clive

Sie hat mich geliebt; sie wurde mir genommen, aber sie hat mich immer geliebt.

»Deiner Momma geht es jetzt gut genug, dass du zu ihr kannst, Norma Jeane.«

Es war Miss Flynn, die es sagte. Und hinter ihr stand Mr. Pearce in der Tür. Wie Sargträger, die beiden. Gladys' Freundin Jess Flynn mit den geröteten Lidern und der zuckenden Karnickelnase und Gladys' Freund Clive Pearce, der sich das Kinn rieb, nervös das Kinn rieb und ein Pfefferminzbonbon lutschte. »Deine Momma fragt schon nach dir, Norma Jeane!«, verkündete Miss Flynn. »Die Ärzte sagen, dass du jetzt zu ihr kannst. Also. Dann wollen wir mal.«

Dann wollen wir mal. Das war Filmsprache; das Kind war gewarnt.

Aber wie im Film musstest du die Szene ja spielen. Du durftest dir nicht anmerken lassen, dass du Verdacht geschöpft hattest. Denn das wusstest du ja vorher gar nicht. Nur wenn du sitzen bleiben und den Film ein zweites Mal sehen konntest, wusstest du, was das bemühte Lächeln, der ausweichende Blick, die ungelenken Worte wirklich zu bedeuten hatten.

Das Kind strahlte freudig. Das Kind war ohne Arg, und das sollte man auch sehen.

Zehn Tage waren verstrichen, seit man Gladys Mortensen »weggebracht« hatte. Seit sie in die Heilanstalt in Norwalk südlich von L. A. eingeliefert worden war. In der Stadt war die Luft immer noch schwül-diesig, dass einem die Augen tränten, doch in den Canyons wüteten die Brände inzwischen nicht mehr gar so schlimm. Man hörte nachts seltener Löschzüge. Familien, die aus den Canyons nördlich der Stadt evakuiert worden waren, durften in ihre Häuser zurückkehren. Die meisten Schulen hatten den Unterrichtsbetrieb wieder aufgenommen. Norma Jeane war allerdings nicht wieder zur Schule gegangen, und sie würde auch nicht mehr in die vierte Klasse der Highland Elementary School zurückkehren. Sie weinte schnell und war »nervös«. Sie schlief in Miss Flynns Wohnzimmer auf Miss Flynns Ausziehcouch zwischen losen, nicht untergeschlagenen Laken aus Gladys'

Apartment. Manchmal schlief sie sogar sechs oder sieben Stunden durch. Wenn ihr Miss Flynn »nur eine halbe« von diesen weißen Tabletten gab, die auf der Zunge nach bitterem Mehl schmeckten, dann schlief sie bleiern und schwer und ihr kleines Herz schlug dumpf im verzögerten Takt eines Vorschlaghammers und ihre Haut wurde klamm wie die einer Nacktschnecke. Und wenn sie aus dieser Art Schlaf erwachte, wusste sie nichts mehr. *Ich konnte sie nicht sehen. Ich habe nicht gesehen, wie man sie fortbrachte.*

Es gab das Märchen, das Grandma Della dem Kind Norma Jeane erzählt hatte; vielleicht war es ein Märchen, das Grandma Della sich selbst ausgedacht hatte: von einem kleinen Mädchen, das zu viel sieht, einem kleinen Mädchen, das zu viel hört; also kommt eine Krähe und pickt ihr die Augen aus, also kommt ein »großer Fisch, der auf seiner Schwanzflosse geht« und schluckt ihre Ohren, und zu allem Überfluss beißt ihr noch ein Fuchs die kleine Stupsnase ab! Also aufgepasst, kleine Madam!

Der versprochene Tag. Und doch überraschend. Eine händeringende Miss Flynn, die nur mit diesem Mund lächelte, in dem die Zähne nicht ganz Platz hatten, erklärte, Gladys habe »schon nach ihr gefragt«.

Es war unschön von Gladys, Jess Flynn als fünfunddreißig Jahre alte Jungfrau zu bezeichnen. Jess war Sprech- und Gesangslehrerin für die Produktionsgesellschaft; sie war vor Jahren als Absolventin der San Francisco Choir School engagiert worden, ihrer wunderschönen Sopranstimme wegen, schön wie die von Lily Pons. Gladys sagte nur: »Aber Jess hatte das Pech, dass ›wunderschöne Sopranstimmen‹ in Hollywood so verbreitet waren wie Kakerlaken. Und wenn du nicht zwischen die Laken...« Doch lachen durftest du nicht, nicht die Miene verziehen, wenn Gladys »unanständig« wurde und Freunde der Lächerlichkeit preisgab. Du durftest dir nicht einmal anmerken lassen, dass du zugehört hattest, außer Gladys zwinkerte dir höchstpersönlich zu.

Und da kam nun an diesem Morgen Jess Flynn mit den feuchten traurigen Augen, der zuckenden Nase und dem lächelnden Mund. Sie hatte sich extra einen Tag frei nehmen müssen. Sagte, sie hätte mit den Ärzten telefoniert, und Norma Jeanes »Momma« ginge es gut genug, dass Norma Jeane zu ihr könnte, und sie und Clive Pearce würden sie hinfahren, und sie würde ein paar »Sachen in einen Koffer werfen«, sie, Jess Flynn, würde das machen, Norma Jeane könne solange hinters Haus gehen und spielen, sie brauche nicht zu helfen. (Nur, wie sollte man »spielen«, wenn die eigene Mutter im Krankenhaus lag?) Draußen rieb sich das Kind die Augen, die von der beißenden Luft brannten, und verbot sich allen Argwohn; *Momma* war ein ganz verkehrter Name für Gladys, das musste Jess Flynn doch wissen.

Habe nicht gesehen, wie sie weggetragen wurde, Arme in Ärmeln auf den Rücken gebunden. Nackt auf eine Bahre geschnallt, mit nur einer hastig übergeworfenen Decke. Wie sie spuckte, schrie und sich loszureißen versuchte. Von Sanitätern mit verschwitzten Gesichtern fortgetragen, die sie umgekehrt auch verfluchten.

Sie hatten Norma Jeane versichert, das habe sie nicht gesehen, sie sei ganz woanders gewesen.

Vielleicht hatte Miss Flynn Norma Jeane die Augen zugehalten? Das war doch viel netter als eine Krähe, die sie auspickte!

Miss Flynn, Mr. Pearce. Sie waren kein Paar, höchstens ein Filmpaar aus einer Komödie. Gladys' engste Freunde im Bungalow-Hotel. Sie hatten Norma Jeane schrecklich gern, doch, wirklich! Mr. Pearce betrübte, was geschehen war, sehr, und Miss Flynn versprach, sich um Norma Jeane zu »kümmern«, und das hatte sie auch, zehn schwierige Tage lang. Jetzt stand die Diagnose fest, jetzt war die Sache entschieden. Norma Jeane hörte Jess im Zimmer nebenan tränenreich und schniefend telefonieren. *Ich komme mir so schrecklich vor! Aber es ging so ja nicht weiter. Möge mir der Herrgott verzeihen; ich habe es doch versprochen. Und ich meinte es auch so, ich liebe die Kleine wie mein eigen Fleisch und Blut. Aber ich muss doch arbeiten, mein Gott, ich muss arbeiten, ich habe keine Rücklagen, ich sehe keine andere Lösung.* In dem beigefarbenen Leinenkleid, an dem sich unter den Achseln schon verschwitzte Halbmonde abzeichneten. Nachdem sie sich im Badezimmer ausgeweint hatte, hatte sie sich gründlich die Zähne geputzt, wie sie es immer tat, wenn sie nervös war; jetzt blutete das weißliche Zahnfleisch.

Clive Pearce kannte man im Bungalow als den »englischen Gentleman«. Als Vertragsschauspieler der Produktionsgesellschaft hoffte er mit Ende dreißig immer noch auf den großen Durchbruch, aber, wie Gladys mit ulkig herabgezogenen Mundwinkeln meinte: »Wieder ein Durchbruch, der sich als Schiffbruch erweist.« Clive Pearce trug einen dunklen Anzug, ein weißes Baumwollhemd und ein Halstuch. Kolossal fesch, nur hatte er sich beim Rasieren geschnitten. Sein Atem roch irgendwie streng und nach Pfefferminztalern, Norma Jeane hätte den Geruch mit verbundenen Augen erkannt. Da kam also »Uncle Clive« – wie er genannt werden wollte, aber sie hatte es nie über die Lippen gebracht, denn es kam ihr verkehrt vor, *er war ja nicht wirk-*

lich mein Onkel. Trotzdem, Norma Jeane mochte Mr. Pearce, sie mochte ihn sehr! Den Klavierlehrer, dem sie es so gerne recht machen wollte. Mr. Pearce ein Lächeln zu entlocken machte sie schon glücklich. Und sie mochte auch Miss Flynn sehr, Miss Flynn, die Norma Jeane in den vergangenen Tagen gedrängt hatte, sie »Aunt Jess« oder »Auntie Jess« zu nennen, aber die Wörter blieben Norma Jeane im Hals stecken, *sie war ja nicht wirklich meine Tante.*

Miss Flynn räusperte sich: »Dann wollen wir mal« – und dazu ihr gespenstisches Lächeln.

Mr. Pearce, schuldbewusst und geräuschvoll an seinem Pfefferminz lutschend, nahm Gladys' Koffer hoch, zwei kleine mit der einen kräftigen Hand, mit der anderen den dritten. Ohne Norma Jeane anzusehen, murmelte er: *Was soll man da machen, was soll man da machen, lieber Himmel, man kann ja nichts machen.*

Es gab einen Film, in dem Aunt Jess und Uncle Clive verheiratet waren und Norma Jeane ihr kleines Mädchen. Aber das hier war nicht dieser Film.

Der breitschultrige Mr. Pearce trug die Koffer zum Wagen am Kantstein hinaus, seinem Wagen. Munter plappernd folgte Miss Flynn mit Norma Jeane an der Hand. Es war ein brutwarmer Tag, und die Sonne, hinter diesigen Wolken versteckt, war irgendwie überall zugleich. Mr. Pearce würde natürlich fahren, denn immer fuhren die Männer die Autos. Norma Jeane bettelte, Miss Flynn möge sich nach hinten zu ihr und ihrer Puppe setzen, doch Miss Flynn setzte sich nach vorn zu Mr. Pearce. Die Fahrt würde etwa eine Stunde dauern, und zwischen Vorder- und Rücksitz wurden kaum Worte gewechselt. Das Motorenrattern, Luft, die zu den geöffneten Fenstern hereinbrauste. Miss Flynn schniefte, während sie Mr. Pearce von einem Blatt die Wegbeschreibung vorlas. Nur für den Moment war die Fahrt ein »Besuch bei der Mutter im Krankenhaus«, rückblickend hatte sie ein anderes Ziel. Wenn man den Film zweimal sah, natürlich nur.

Es ist immer wichtig, richtig angezogen zu sein, egal, um was für eine Szene es sich handelt. Norma Jeane trug ihre guten Schulsachen: einen karierten Faltenrock, eine (von Jess Flynn am Morgen höchstpersönlich gebügelte) weiße Bluse, einigermaßen saubere gestopfte weiße Söckchen und ihre neueste Unterhose. Ihr lockig-verfilztes Haar war gebürstet, aber nicht ausgekämmt worden. (»Zwecklos!«, seufzte Miss Flynn und warf die Bürste aufs Bett. »Wenn ich weitermache, reiße ich dir die Hälfte noch aus.«)

Peinlich berührt waren Miss Flynn und Mr. Pearce, dass Norma Jeane sich so verzweifelt an ihrer Puppe festhielt. Dieser schäbigen Puppe mit der versengten Haut, dem fast ganz weggebrannten Haar und den dümmlich schreckgeweiteten glasblauen Augen. Miss Flynn hatte Norma Jeane versprochen, ihr eine andere Puppe zu kaufen, aber entweder war dazu keine Zeit gewesen, oder Miss Flynn hatte es vergessen. Norma Jeane richtete sich darauf ein, ihre Puppe gut festzuhalten und nicht mehr loszulassen. – »Es ist *meine Puppe.* Von meiner Mutter.«

Die Puppe hatte den Brand in Gladys' Schlafzimmer überstanden. Der vor Zorn rasenden Gladys war es gelungen, im Bett ein Feuer zu entfachen, als Norma Jeane dem kochend heißen Bad entkam und zu den Nachbarn eilte; das war nicht recht, das wusste Norma Jeane ganz genau, es war verkehrt, »die eigene Mutter zu hintergehen«, wie Gladys dazu sagte, aber Norma Jeane wusste sich nicht anders zu helfen, und Gladys hatte hinter ihr die Tür verriegelt und mit Zündhölzern ein Feuer gelegt, hatte das elegante schwarze Crêpe-Kleid und das mitternachtsblaue Kleidchen, das Norma Jeane am Tag des Trauerzugs auf dem Wilshire Boulevard hatte tragen müssen, fast komplett verbrannt, außerdem mehrere zerfetzte Fotografien (ob die von Norma Jeanes Vater dabei war? Norma Jeane sollte das imposante Bild-von-einem-Mann nie wieder sehen), Schuhe, Schminke; in ihrem heillosen Zorn hätte sie gern ihre gesamte Habe verbrannt, einschließlich des Pianino, das einmal Frederic March gehört hatte und auf das sie so stolz war, und auch sich selbst hätte sie gern verbrannt, aber die Rettungssanitäter hatten die Tür aufbrechen und eben das verhindern können, während der Rauch aus dem Hotelapartment quoll und Gladys Mortensen, eine käsig weiße nackte Frau, so mager, dass die Knochen fast durch die Haut stachen, mit verzerrtem faltigen Hexengesicht, kratzte und nach ihren Rettern trat und sie unflätig beschimpfte, bis man sie überwältigte und ihr »zu ihrem eigenen Besten« eine Zwangsjacke anlegte – wie Norma Jeane Miss Flynn und andere Bungalow-Bewohner die Szene wiederholt schildern hören sollte –, was Norma Jeane selbst nicht gesehen hatte, weil sie nicht dabei gewesen war oder weil ihr jemand die Augen zugehalten hatte.

»Aber du weißt doch, dass du nicht da warst, Norma Jeane. Du warst bei mir in Sicherheit.«

Die Strafe, wenn du eine Frau bist. Nicht genug geliebt.

Es war dies also der Tag, an dem Norma Jeane ihre »Momma im Krankenhaus besuchen« sollte. Wo lag denn Norwalk? Südlich von Los Angeles, sagte man ihr. Sich räuspernd, las Miss Flynn die Wegbeschreibung vor, und Mr. Pearce wirkte besorgt und ärgerlich zugleich. Nicht sehr wie ein »Uncle

Clive«. Während der Klavierstunden war Mr. Pearce manchmal still und traurig-seufzend gewesen und manchmal lebhaft und lustig, das hing davon ab, wie sein Atem roch; wenn sein Atem *so* roch, konnte Norma Jeane sich auf eine spaßige Stunde gefasst machen, egal, wie schlecht sie spielte. Dann schlug Mr. Pearce mit einem Bleistift den Takt auf dem Klavier, *eins-zwei, eins-zwei, eins-zwei* und zwischendurch auch auf dem Kopf seiner kleinen Schülerin, und dann musste sie kichern. Oder Mr. Pearces warmer Whiskey-Atem senkte sich auf Norma Jeanes Ohr herab, und dann brummte Mr. Pearce laut wie eine Hummel, während er mit dem Bleistift noch lauter den Takt schlug, *eins-zwei, eins-zwei,* und dann fuhr eine schlängelige Zunge spielerisch in Norma Jeanes Ohr! – bis sie kreischte und kicherte und aus dem Zimmer gerannt wäre, hätte Mr. Pearce nicht geschimpft und gesagt, sie solle nicht albern sein –, sodass sie fröstelnd und gicksend zur Klavierbank zurückkehrte und der Unterricht fortgesetzt wurde. *Wie gern ließ ich mich kitzeln! Auch wenn es manchmal wehtat. Ich mochte so gern abgeschmatzt werden, wie es Grandma Della manchmal getan hatte, mir fehlte Grandma so sehr. Mir machte es nichts aus, wenn es im Gesicht kratzte.* Dann gab es die Klavierstunden, bei denen Mr. Pearce, hastig atmend und ängstlich, plötzlich den Deckel über den Tasten schloss (den Gladys nie schloss und der geschlossen auch wirklich ganz komisch aussah), »Schluss für heute« sagte und ohne auch nur zurückzusehen das Apartment verließ.

Komisch auch der Abend im Sommer, als Norma Jeane – länger auf als sonst – sich immerzu an Mr. Pearce gedrängt und gerieben hatte, der auf einen Drink vorbeigekommen war, sich auf dem Sofa zwischen Gladys und ihren Besucher zwängte und wie ein junges Hündchen auf seinen Schoß krabbeln wollte, bis Gladys stutzig wurde und in scharfem Ton sagte: »Norma Jeane, benimm dich. Wie führst du dich denn auf?« Und mit gesenkter Stimme zu Mr. Pearce: »Clive, was hat das zu bedeuten?« Und da wurde das ungezogene, kichernde kleine Mädchen ins Schlafzimmer geschickt, wo sie das Gespräch der Erwachsenen nicht mithören konnte, aber mitbekam, dass die Erwachsenen nach ein paar hitzigen Minuten wieder nett miteinander scherzten, und dann gab es das beruhigende Klirren von Flasche und Gläsern. Und fortan wusste Norma Jeane, dass Mr. Pearce nicht immer dieselbe Person war; es war dumm, so etwas zu erwarten, schließlich war Gladys auch nicht immer ein und dieselbe Person. Inzwischen erlebte Norma Jeane bei sich selbst auch so manche Überraschung: mal war sie fröhlich-albern, mal weinte sie beim geringsten Anlass, mal war sie abwesend und spielte als ob, mal »aufgedreht«, wie Gladys es nannte, oder »fürchtete sich vor ihrem eigenen Schatten, als könnte der beißen«.

Und dann gab es immer auch Norma Jeanes Spiegel-Double. Die ihr aus einem Winkel des Glases entgegensah oder aber Aug in Aug gegenüber. Der Spiegel schien oft wie ein Film, vielleicht *war* der Spiegel ein Film. Und das hübsche lockenköpfige Mädchen, sie *selbst*.

Ihre Puppe fest an sich gedrückt, starrte Norma Jeane auf die Hinterköpfe der Erwachsenen auf der vorderen Sitzbank von Mr. Pearces Wagen. Der »englische Gentleman« in dem eleganten dunklen Anzug mit dem Halstuch war nicht der Mr. Pearce, der auf der Klavierbank versunken und hingebungsvoll »Für Elise« spielte – »jede Note ein musikalischer Triumph«, wie Gladys überschwänglich erklärte –, noch war er der Mr. Pearce, der wie eine Hummel brummte und Norma Jeane auf der Klavierbank kitzelte, der mit Spinnenfingern auf ihrem fröstelnden Körper »Klavier spielte«; und auch Miss Flynn, die ihre Augen mit der Hand beschattete, aus Angst vor der Migräne, war nicht die Miss Flynn, die sie gedrückt und um sie geweint und sie gebeten hatte, sie »Aunt Jess« beziehungsweise »Auntie Jess« zu nennen. Und doch glaubte Norma Jeane nicht, dass diese Erwachsenen sie vorsätzlich getäuscht hatten, ebenso wenig wie Gladys sie getäuscht hatte. Die Zeiten und die Szenen wechselten. Im Film gibt es keine Zwangsläufigkeit, alles ist Gegenwart. Ein Film kann ebenso gut rückwärts wie vorwärts laufen. Einen Film kann man rigoros schneiden; man kann mit Masken arbeiten. Ein Film ist die Ablagerung all dessen, was, da nicht erinnerlich, unsterblich ist. Eines Tages, wenn es sich Norma Jeane endgültig im Reich des Wahns eingerichtet haben würde, würde sie sich daran erinnern, wie folgerichtig, wenn auch schmerzhaft, dieser Tag gewesen war. Sie würde sich, fälschlicherweise, erinnern, dass Mr. Pearce vor ihrem Aufbruch »Für Elise« gespielt hatte. »Ein letztes Mal, meine Liebe.« Bald würde sie in die Lehre der Christlichen Wissenschaft eingeführt werden, und ihr würde vieles begreiflich werden, was an jenem Tag unbegreiflich gewesen war. *Gemüt ist alles, Wahrheit macht uns frei, Täuschung und Lügen und Schmerz und das Böse sind nichts weiter als von uns selbst zur Strafe erzeugte menschliche Illusionen und nicht wirklich; nur aus Schwäche und Unwissenheit geben wir ihnen nach.* Denn es gibt immer Mittel und Wege der Vergebung, in Christi.

Wenn es dir nur gelang zu verstehen, worin die Verletzung bestand, konntest du gar nicht anders als zu vergeben.

Es war dies also der Tag, an dem Norma Jeane zu ihrer »Momma« ins Krankenhaus in Norwalk gefahren wurde, nur war es der Tag, an dem Norma Jeane stattdessen zu einem Ziegelbau an der El Centro Avenue gebracht wurde, über dessen Eingang auf einer Tafel die Worte standen, die sich für immer in Norma Jeanes Seele einbrennen würden, obwohl sie die Tafel, als sie sie sichtete, gar nicht »sah«.

LOS ANGELES ORPHANS HOME SOCIETY
EST. 1921

Kein Krankenhaus? Aber wo war dann das Krankenhaus? *Wo war Mutter?*
  Eine schniefende, schimpfende Miss Flynn, die Norma Jeane so reizbar schien wie noch nie zuvor, musste das verstörte Kind gewaltsam vom Rücksitz des Wagens zerren. »Norma Jeane, bitte. Sei ein braves Mädchen, bitte. Norma Jeane. Du trittst nach mir? *Untersteh dich*, Norma Jeane!« Mr. Pearce wiederum kehrte dem erbitterten Kampf den Rücken und entfernte sich mit raschen Schritten, um an der frischen Luft eine Zigarette zu rauchen. Er hatte so viele Jahre unbedeutende Nebenrollen gespielt – oft wurde nur ganz kurz sein Profil gezeigt, sein unergründliches Gentlemanlächeln –, dass er sich nun, bei einer wirklichen Szene, nicht zu verhalten wusste: zu seiner klassisch-britischen Ausbildung an der Royal Academy hatte die Improvisation nicht gehört. Miss Flynn herrschte ihn an: »Du könntest wenigstens die Koffer reintragen, Clive, verdammt!« Miss Flynns späterer Darstellung des traumatischen Vormittags zufolge hatte sie Gladys Mortensens kleine Tochter mit Gewalt ins Waisenhaus schleifen, ja, nahezu tragen müssen. Sie hatte abwechselnd gebettelt und geschimpft: »Bitte, verzeih mir, Norma Jeane, es gibt im Augenblick keinen anderen Platz für dich – deine Mutter ist krank, *sehr krank*, sagen die Ärzte; sie hat versucht, dir wehzutun, weißt du; sie kann dir im Augenblick keine Mutter sein; ich kann dir im Augenblick auch keine Mutter sein – Oh! Norma Jeane! Du bist ungezogen! Das tut *weh*!« Drinnen, im muffigen, luftlosen Gebäude begann Norma Jeane wie Espenlaub zu zittern, und im Zimmer der Heimleiterin weinte sie, stotternd erklärte sie der fülligen Frau mit dem hartgeschnitzten Gesicht, dass sie keine Waise sei, sie habe eine Mutter. *Sie war nicht Waise. Sie hatte eine Mutter.* Miss Flynn schnäuzte sich ein letztes Mal kräftig in ihr Taschentuch und entfernte sich hastig. Mr. Pearce hatte Gladys' Koffer im Vestibül abgestellt und sich ebenfalls hastig entfernt. Eine tränenüberströmte und verrotzte

Norma Jeane Baker (denn so lautete in den Papieren der Name des am 1. Juli 1926 im Los Angeles County General Hospital geborenen Kindes) wurde in der Obhut Dr. Mittelstadts zurückgelassen, die sogleich eine etwas jüngere Mitarbeiterin des Hauses, eine grimmig dreinblickende Frau in einem unreinlichen Kittel, hatte kommen lassen. Und noch immer wehrte sich das Kind. Sie war nicht Waise. *Sie hatte eine Mutter. Sie hatte einen Vater, der auf einem großen Anwesen in Beverly Hills wohnte.*

Dr. Mittelstadt musterte das achtjährige Mündel der County of Los Angeles durch ihre die Augen wacklig vergrößernde Bifokalbrille. Sie sagte, und es war nicht böse gemeint, vielleicht sogar gut, denn sie seufzte dabei so tief, dass sich ihr beachtlicher Busen einen Augenblick hob: »Spar dir deine Tränen, Kind. Vielleicht brauchst du sie noch.«

Die Verlorene

Wenn ich hübsch genug wäre, würde mein Vater kommen und mich heim-führen.

Vier Jahre, neun Monate und elf Tage.

Auf dem gesamten gewaltigen nordamerikanischen Kontinent brach eine Zeit der verlassenen Kinder an. Und nirgends waren es an der Zahl so viele wie in Südkalifornien.

Nachdem tagelang heiße trockene Winde aus den Wüsten geweht hatten, unerbittlich, ohne Gnade, fand man die ersten Babys: mit dem Sand und den Trümmern in verdörrte Abflusskanäle geweht, in Abflussrohre und an Bahn-dämme, vor die Steinstufen der Kirchen, Krankenhäuser und öffentlichen Bauten wurden sie geweht. Neugeborene mit blutigem, nicht abgebundenem Nabelschnur-Stummel wurden auf öffentlichen Toiletten entdeckt, auf Kir-chenbänken, Schuttablageplätzen und in Mülltonnen. Wie heftig der Wind heulte, Tage ohne Unterlass – bis sich das Heulen bei nachlassendem Wind als Heulen der Neugeborenen entpuppte. Und ihrer älteren Schwestern und Brüder, Kinder von zwei oder drei Jahren, die benommen durch die Straßen tappten, nicht wenige mit schwelenden Kleidern und Haaren. Es waren Kin-der ohne Namen. Es waren Kinder ohne Sprache, ohne Begriffsvermögen. Verletzte Kinder, gebrannte Kinder. Andere, die das Schicksal noch schwerer getroffen hatte, waren umgekommen oder umgebracht worden; ihre kleinen Leichen – oft bis zur Unkenntlichkeit verkohlt – wurden von der Stadtreini-gung rasch von den Straßen von Los Angeles gelesen, in Müllwagen fortge-schafft und in den Canyons in ungekennzeichneten Massengräbern ver-scharrt. Bloß nichts an Rundfunk und Presse dringen lassen! Niemand durfte es wissen.

Die »Verlorenen« hießen sie. Für die jede Hilfe zu spät kam.

Wetterleuchten über den Hügeln von Hollywood, wie der Zorn Jehovahs war ein Feuersturm über sie hinweggefegt, war als glühender Feuerball in eben jenem Bett explodiert, das Norma Jeane mit ihrer Mutter teilte, und ehe sie sich versah, fand sie sich mit versengtem Haar und ohne Wimpern, geblendet, als hätte man sie gezwungen, in die grelle Sonne zu schauen, mutterlos an diesem Ort wieder, für den sie keinen anderen Namen hatte als *dieser Ort.*

Aus dem schmalen Fenster unter der Dachtraufe, wie weit weg hätte sie nicht sagen können, sah sie, wenn sie sich (barfuß, im Nachthemd, nachts) auf die zugeteilte Eisenliege stellte, die pulsenden Neonlichter auf dem Turm der RKO Motion Pictures in Hollywood.

RKO   RKO   RKO

Eines Tages.

Wer sie an *diesen Ort* gebracht hatte, wusste das Kind nicht mehr. Sie erinnerte sich an keine Gesichter, keine Namen. Viele Tage lang war sie stumm gewesen. Ihr Hals rau und trocken, als hätte sie Feuer schlucken müssen. Sie konnte nicht essen, ohne zu würgen und oftmals zu speien. Sie sah so schlecht aus, wie es ihr ging. Sie wäre gern gestorben. Sie war alt genug, den Wunsch aussprechen zu können: *Ich schäme mich so, dass mich keiner will, am liebsten wäre ich tot.* Sie war nicht alt genug, die Wut zu erkennen, die sich hinter dem Wunsch verbarg. Erst recht nicht den wahnhaften Rausch, den diese Wut eines Tages anfachen würde, den wahnsinnigen Ehrgeiz, sich an der Welt dadurch zu rächen, dass sie sie eroberte, irgendwie, egal wie – wie immer eine beliebige »Welt« von einem Einzelnen »erobert« werden kann, wenn dieser Einzelne weiblich ist, elternlos, allein und offenbar so viel wert wie ein einzelnes Insekt unter wimmelnden Massen von Insekten. *Aber ich werde euch zwingen, mich zu lieben, und werde mich eurer Liebe zum Hohn selbst strafen* – lautete damals keineswegs Norma Jeanes Drohung, denn trotz ihrer seelischen Blessuren sah sie sehr wohl, dass sie von Glück sagen konnte, an diesen Ort gebracht und von ihrer rasenden Mutter im Hotelapartment des Bungalows an der Highland Avenue Nummer 828 weder verbrüht noch bei lebendigem Leibe verbrannt worden zu sein.

Es gab im Waisenhaus Kinder, die es schlimmer getroffen hatte als Norma Jeane. Selbst in ihrem größten Schmerz und in ihrer Verwirrung sah sie das durchaus. Zurückgebliebene Kinder, hirngeschädigte Kinder, behinderte Kinder – denen man ansah, weshalb ihre Mütter sie im Stich gelassen hatten: hässliche Kinder, zornige Kinder, tierhafte Kinder, gebrochene Kinder, die du nicht einmal anfassen mochtest, aus Angst, ihre klamme Haut könnte ansteckend sein. Es gab ein zehnjähriges Mädchen namens Debra Mae, deren Eisenliege im Mädchenschlafsaal im dritten Stock neben der von Norma Jeane stand, die war geschändet und geschlagen worden (was für ein grobes, hässliches Wort »geschändet« doch war, ein Erwachsenenwort, dessen Bedeutung Norma Jeane instinktiv erfasste, oder beinahe: ein *rasiermesserscharfer* Klang, etwas Schändliches, das mit dem zu tun hatte, was bei Mädchen zwischen den Beinen war, dem, was sie nie, nie herzeigen durften, dem, wo die Haut so zart ist, empfindlich, schnell verletzt, und Norma Jeane wurde ganz flau, wenn sie sich vorstellte, dort würde hingetroffen oder gar etwas Scharfes, Hartes *hinein*gesteckt); es gab die fünfjährigen Zwillinge, Jungen, die halb verhungert von der Mutter in einem Canyon in den Bergen von Santa Monica zurückgelassen worden waren, gefesselt wie »Abrahams Opfer in der Bibel« (hieß es in ihrem Brief); das ältere Mädchen, das sich Norma Jeanes annehmen würde, die elfjährige Fleece, deren wirklicher Name einst Felice gewesen sein mochte, die wieder und wieder mit schauriger Faszination von dem ein Jahr alten Schwesterchen erzählte, das der Liebhaber der Mutter »gegen die Wand geklatscht hat, bis das Gehirn rauskleckerte wie die Kerne bei den Melonen«. Norma Jeane trocknete ihre Tränen und musste einräumen, dass *man ihr gar nichts getan hatte.*

Jedenfalls konnte sie sich nicht erinnern.

Wenn ich hübsch genug wäre, würde mein Vater kommen und mich heimführen – das hing irgendwie mit der blinkenden RKO-Reklame weit weg in Hollywood zusammen, die Norma Jeane vom Fenster über der Liege aus und, bei anderer Gelegenheit, vom Dach des Waisenhauses sehen konnte, ein Leuchtfeuer draußen in finsterer Nacht, das sie gern als geheimes Zeichen aufgefasst hätte, nur dass es andere auch sahen und für sich beanspruchen könnten. *Ein Versprechen – aber welcher Art?*

Während sie darauf wartete, dass Gladys aus der Klinik kam, damit sie ihr voriges Leben wieder aufnehmen könnten. Mit verzweifeltem Kinderglauben wartete, dem eine reifere fatalistische Gewissheit beigemischt war: *sie wird nicht kommen, sie hat mich im Stich gelassen, ich hasse sie,* während sie sich dennoch sorgte, dass Gladys gar nicht wissen konnte, wohin man sie gebracht hatte, wo dieser Ziegelbau hinter dem übermannshohen Maschendrahtzaun lag – mit den vergitterten Fenstern, den steilen Stiegen, den endlosen Gängen; den Schlafsälen, wo reihenweise Eisenliegen (schlicht »Betten« genannt) in einem Gemisch von Gerüchen standen, in dem der

101

vorherrschende der von Pipi war; dem Speisesaal mit dem ähnlich starken Gemisch von Gerüchen (saure Milch, ranziges Fett und Scheuerpulver), in dem sie, stumm und scheu und verschreckt, essen sollte, essen ohne zu würgen oder speien, damit sie »bei Kräften blieb« und nicht etwa krank wurde und auf die Krankenstation musste.

El Centro Avenue: wo war das? Wie weit von der Highland?

Der Gedanke: *Wenn ich dorthin zurückfände. Vielleicht wäre sie dort und würde schon warten.*

Bereits wenige Tage nachdem sie unversehens zum Mündel des Los Angeles County geworden war, hatte Norma Jeane alle Tränen verweint, die ihr geblieben waren. Vorschnell. Konnte ebenso wenig weinen wie ihre angeschlagene blauäugige Puppe, die keinen Namen hatte außer Puppe. Die hässlichfreundliche Frau, die Leiterin des Waisenhauses war und die sie alle »Dr. Mittelstadt« nennen mussten, hatte sie ja gewarnt. Die älteren Mädchen – Fleece, Lois, Debra Mae, Janette – hatten sie ja gewarnt. »Sei keine Heulsuse! Du bist gar nichts Besonderes.« Man konnte fast sagen, wie es der Pastor mit dem speckigen freudestrahlenden Gesicht aus Grandma Dellas Kirche ja getan hatte, dass die anderen Kinder im Waisenhaus keineswegs die Fremden waren, die sie gefürchtet und geschmäht hatte, sondern vielmehr Schwestern und Brüder, von denen sie bis jetzt nichts geahnt hatte, *und die weite Welt von wie vielen noch bevölkert, ihrer mehr denn des Sandes am Meer, und alle mit Seelen versehen und Gott gleich lieb und teuer.*

Während sie darauf wartete, dass Gladys aus der Klinik kam und sie holte. Aber bis dahin war sie Waise unter einhundertundvierzig Waisen, eine der Jüngeren, einem Mädchenschlafsaal im dritten Stock zugeteilt (Altersgruppe sechs bis elf), wo sie ein eigenes Bett hatte, eine Eisenliege mit einer dünnen, verbeulten Matratze, die mit einem fleckigen Gummituch bezogen war und trotzdem nach Pipi roch, einen eigenen Platz unter der Dachtraufe des alten Ziegelbaus in einem großen rechteckigen und überfüllten Raum, der selbst bei Tag schlecht beleuchtet war, stickig und an heißen Sommertagen fast unerträglich, an regnerischen Tagen, wie sie für die Winter in Los Angeles typisch waren, ohne Sonne, klamm und kalt und zugig; sie teilte sich eine Kommode mit Debra Mae und einem dritten Mädchen; es standen ihr zweimal Sachen zum Wechseln zu: zwei blaue Baumwollkittel und zwei weiße Batistblusen, außerdem verwaschenes »Leinzeug« und »Wäsche«. Sie bekam Handtücher, Socken, Schuhe, Überschuhe. Einen Regenmantel und einen aus leichter Wolle. Sie hatte einen erheblichen – geradezu furiosen – Wirbel verursacht, als die Aufseherin an jenem schrecklichen ersten Tag Gladys' Koffer mit ihrem scheinbaren Glamour (jedenfalls solange man nicht so genau hinsah) in den Schlafsaal schleppte, mit der Fülle von seltsamen, ausgefallenen Kleidungsstücken: Seidenkleidchen, einem gerüschten Schürzenkleid, einem roten Taftrock, ihrer Mütze mit dem Schottenkaro und dem passenden satingefütterten Cape, kleinen weißen Handschuhen, blanken schwarzen Lackschuhen und anderen Dingen, schuldbewusst und in aller Hast von der Frau zusammengeklaubt und in ein paar Koffer gestopft, die darum gebeten hatte, »Aunt Jess« – oder »Auntie Jess«? – genannt zu werden, und der Großteil der Dinge kam der Neuen, obwohl alles verbrannt roch, innerhalb weniger Tage abhanden, es bedienten sich selbst die Mädchen, die von Norma Jeane sichtlich angetan waren und die nach und nach ihre Freundinnen wurden. (Im Waisenhaus, erklärte Fleece ohne Reue, müsse eben jeder »sehen, wo er bleibt«.) Norma Jeanes Puppe wollte allerdings niemand. Niemand stahl Norma Jeanes Puppe, jetzt kahl, nackt und verdreckt, die weit aufgerissenen glasblauen Augen und der rosa Knospenmund zu einer Grimasse koketten Entsetzens erstarrt; das »Grusel-Ding« (wie es Fleece, nicht einmal ungnädig, nannte), mit dem Norma Jeane jeden Abend einschlief und das sie tagsüber wie einen Teil ihrer selbst, ihrer Hoffnungen, in ihrer Liege vergrub, etwas, was in ihren Augen seltsam schön war, mochten die anderen noch so sehr darüber lachen und spotten.

»Wartet auf die Maus!«, rief Fleece den Freundinnen zu, und großmütig warteten alle auf Norma Jeane, die jüngste und kleinste und schüchternste ihrer Clique. »Komm schon, Maus, setz deinen niedlichen Hintern in Bewegung.« Die langbeinige Fleece mit der vernarbten Lippe und dem drahtigen dunklen Haar, dem dunklen Teint, den flinken scharf-grünen Augen und mit Händen, die wehtun konnten, sie hatte Norma Jeane unter ihre Fittiche genommen: aus Mitleid vielleicht, mit der Zuneigung einer großen Schwester und auch deren Ungeduld, denn Norma Jeane erinnerte sie wohl an ihre verlorene Baby-Schwester, deren Hirn so spektakulär zerronnen war, als würden »Melonenkerne an der Wand runterrutschen«. Fleece war die erste einer Reihe von Beschützerinnen, die Norma Jeane im Waisenhaus finden sollte, und zusammen mit Debra Mae diejenige, an die sie mit der größten Gemütsbewegung zurückdachte, einer Art ängstlichen Schwärmerei, denn bei Fleece wusste man nie, woran man wirklich war, und man wusste nie, welche gemeinen, unflätigen Worte Fleece rausrutschen konnten und ob ihre Hände, schnell wie die eines Boxers, nicht vorschießen würden, genauso sehr um der Aufmerksamkeit willen wie um wehzutun, wie ein Ausrufezeichen am Ende eines Satzes. Denn als Fleece Norma Jeane endlich die erste stotternde, zögernde Auskunft und ein Quäntchen Vertrauen entlockt hatte – »Ich bin eigentlich kein Waisenkind, meine M-mutter ist im Krankenhaus; ich habe eine Mutter und ich habe einen V-vater, mein Vater lebt in einer großen Villa in Beverly Hills« –, da lachte Fleece sie aus und kniff sie so fest in den Arm, dass der rote Fleck stundenlang noch zu sehen war, wie ein kleiner Kuss auf Norma Jeanes wachsbleicher Haut. »Blödsinn! Lügnerin! Deine Mutter und dein Vater sind tot wie alle anderen. *Alle sind tot*.«

Die Leihgeber

Sie kamen am Vorvorweihnachtsabend.

Kamen mit ihren Gaben zu den Waisenkindern der Los Angeles Orphans Home Society. Zwei Dutzend bratfertigen Putern für das Festessen am ersten Weihnachtstag und einem gewaltigen deckenhohen Christbaum, den Santa Claus' hilfreiche Elfen im Besucherzimmer des Waisenhauses schmückten, wo er eine schummrige Abseite zum strahlenden Schrein machte, zum magischen Ort. Einem so stolzen Baum, so dicht, so hell, so lebensvoll, nach fernen Wäldern duftend, dunkel und geheimnisvoll duftend, vor Glaskugelschmuck funkelnd – und auf der Baumspitze ein leuchtender blonder Engel mit himmelwärts gehobenem Blick und gefalteten Händen. Und unter diesem Baum: *Berge von lustig verpackten Geschenken.*

Das Ganze in gleißendem Licht. Inmitten laut aus dem Übertragungswagen in der Einfahrt hereinschallenden Weihnachtsliedern: »Silent Night«, »We Three Kings«, »Jingle Bells«. Musik, die so plötzlich losbrach, dass dein Herz stolpernd den Takt übernahm.

Die älteren Kinder wussten Bescheid, sie hatten die Bescherung in Vorjahren erlebt. Die Kleinen aber und die Neuen wunderten und ängstigten sich.

Ruhe! Ruhe! Schön in der Reihe bleiben! Stramm mussten die Kinder in Zweierreihen aus dem Speisesaal marschieren, wo man sie nach dem Abendessen ohne jede Erklärung über eine Stunde lang festgehalten hatte. Um einen Probealarm handelte es sich offenbar nicht, und um diese Zeit am Abend schickte man sie sicherlich auch nicht zum Spielen auf den Hof. Norma Jeane war verwirrt, ließ sich von hinten drängen und schubsen – Was war nur los? Wer war denn gekommen? –, bis sich ihr schließlich auf einer Bühne am Ende des Besucherzimmers ein Anblick bot, der sie sprachlos machte: der dunkle gut aussehende Prinz und die bildschöne blonde Prinzessin!

Hier, bei ihnen im Waisenhaus!

Ich dachte zuerst, sie wären meinetwegen gekommen. Ganz allein meinetwegen.

Hier, wo ein heilloses Durcheinander von Rufen, Lautsprecherstimmen, Lachen und den im munteren Stakkato dahinpreschenden Weihnachtsliedern herrschte, bei denen du unwillkürlich schneller atmen musstest. Und überall grelles, gleißendes Licht, denn zum Tross des königlichen Paares, das milde Gaben an die Bedürftigen verteilte, gehörten Filmleute, und zahlreiche Fotografen drängelten sich vor der Bühne. Da! Nun nahm die korpulente Heimleiterin Dr. Edith Mittelstadt von Prinz und Prinzessin einen *Geschenkgutschein* entgegen, auf dem rotfleckigen Gesicht im Blitzgewitter ein steifes, ein ungeübtes Lächeln, während Prinz und Prinzessin zu beiden Seiten der matronenhaften Frau ihr wunderschönes, vielfach geübtes Lächeln aufsetzten, sodass man den Blick gar nicht abwenden mochte, nur immerzu hinsehen. »Lie-be Kinderlein! Fröhliche Weihnachten!«, verkündete der Prinz freudig und hob die behandschuhten Hände wie ein Priester, der den Segen erteilt, und die Goldene Prinzessin zwitscherte: »Fro-he Weihnachten, Kinder! Wir haben euch ja so lieb.« Und als wären ihre Worte wahr, erhob sich ein glückseliges Brausen, wogte ihr die Verehrung entgegen.

Wie bekannt ihr der Dunkle Prinz und die Goldene Prinzessin vorkamen! Und doch hätte Norma Jeane nicht sagen können, wer sie waren. Der Dunkle Prinz ähnelte Ronald Colman, John Gilbert, Douglas Fairbanks jr. – war aber keiner von diesen. Die Goldene Prinzessin ähnelte Dixie Lee, Joan Blondell, einer vollbusigen Ginger Rogers – war aber keine von diesen. Der Prinz trug Smoking mit einem weißen Seidenhemd, im Knopfloch ein Zweiglein mit roten Beeren, und auf dem spiegelig pomadisierten Haar eine lustige Santa-Claus-Mütze: roter Samt mit flauschweißem Fellsaum. »Holt euch eure Geschenke ab, Kinder! Nicht so schüchtern!« (Zog sie der Dunkle Prinz auf? Denn die Kinder, besonders die älteren, die sich vordrängelten, wild entschlossen, ein Geschenk zu ergattern, solange der Vorrat reichte, waren alles andere als zimperlich.) »Ja, kommet nur, Kinderlein! Ihr lieben Kinderlein – *Gott segne euch.*« (Würde die Goldene Prinzessin gleich in Tränen ausbrechen? Ihre dick geschminkten Augen schimmerten glasig vor aufrichtiger Empfindung, und ihr gelacktes blutrotes Lächeln schlängelte und wand sich wie ein lebendes Tier.) Die Prinzessin trug ein leuchtend rotes, streng auf Taille geschnittenes Taftkleid mit weitem schimmerndem Rock und einem mit roten Pailletten besetzten Mieder, das ihren vollen Busen umschloss wie eine zweite Haut; in ihrem festgesprühten platinblonden Haar blitzte eine Tiara – aus Diamanten etwa? zu solch einem Anlass, einem Besuch im Los Angeles Orphans Home? Der Prinz trug weiße Handschuhe, die ebenfalls weißen der Prinzessin reichten bis zu den Ellbogen. Hinter und neben dem königlichen Paar standen Santas Elfen, manche mit weißen Schnurrbärten und aufgeklebten buschigen weißen Brauen, und die Helfer reichten von dem Berg unter dem Christbaum Geschenk um Geschenk an das königliche Paar weiter, und es war herrlich anzusehen, die reinste Zauberei, wie der Prinz und die Prinzessin die Gaben aus der Luft greifen konnten, ohne auch nur hinsehen, geschweige denn sich nach ihnen bücken zu müssen.

Die Stimmung im Besucherzimmer war ausgelassen, aber fieberhaft. Die Weihnachtslieder tönten, das Mikrofon des Prinzen knisterte und funkte, zu seinem Missfallen. Zusätzlich zu den Geschenken verteilten der Prinz und die Prinzessin Zuckerstangen und rot karamellisierte Äpfel, und der Vorrat ging rapide zur Neige. Im Jahr zuvor hatte es offenbar nicht genug Geschenke gegeben, das war der Grund für die Drängelei. *Zurück! Wartet, bis ihr dran seid!* Kurz entschlossen zerrten die Aufseherinnen Unruhestifter aus den Reihen, schüttelten und knufften sie und schickten sie hinauf in die Schlafsäle; zum Glück beachtete das königliche Paar das nicht weiter, noch taten es die Filmleute und Fotografen, oder wenn sie es bemerkten, sahen sie darüber hinweg: *Das außerhalb vom Scheinwerferlicht sieht man nicht.*

Endlich kam auch Norma Jeane an die Reihe! Sie war jetzt als Nächste dran und sollte vom Dunklen Prinzen ein Geschenk erhalten, der nun, aus der Nähe besehen, älter wirkte als von weiter weg, mit komisch rosiger, porenloser Haut, wie sie Norma Jeanes Puppe einst gehabt hatte; seine Lippen sahen aus wie geschminkt, und seine Augen glitzerten nicht minder glasig als die der Goldenen Prinzessin. Aber viel Zeit blieb Norma Jeane für solche Beobachtungen nicht, benommen vor Aufregung, mit einem Brausen in den Ohren und einem Ellbogen im Kreuz, stolperte sie nach vorne; scheu streckte sie die Hände nach ihrem Geschenk aus, und da rief der Dunkle Prinz: »Meine Kleine! Lie-be Kleine!«, und ehe sich Norma Jeane versah, griff er, wie in einer von Grandma Dellas Märchengeschichten, nach ihren Händen und hob sie neben sich auf die Bühne! Dort blendete das Licht wahrhaftig, man sah fast überhaupt nichts; die wogende Masse aus Kindern und Heimangestellten war ein einziger Nebel, wie aufgewühltes Wasser. Mit einer übertriebenen Verbeugung überreichte der Dunkle Prinz Norma Jeane eine rotweiß gestreifte Zuckerstange und einen Apfel, beide entsetzlich klebrig, und dazu eines der rot verpackten Geschenke, und dann drehte er sie ins Blitzgewitter, schenkte allen sein perfektes, vielfach erprobtes Lächeln und rief: »Merry Christmas, Kleine! Santa wünscht ein frohes Fest!« Die neunjährige Norma Jeane hatte vor Schreck wohl Mund und Augen weit aufgerissen, denn die Fotografen, alles Männer, lachten und riefen ihr zu: »Bleib so, Süße!«, und dann blitzte es – *piff! paff!* – und Norma Jeane sah nichts mehr und verpasste die Gelegenheit, in die Kameras zu lächeln (für *Variety*, die *Los Angeles Times*, *Screen World*, *Photoplay*, *Parade*, *Pageant* und *Prix*, für den Associated Press News Service), wie sie es hätte tun können, wie sie es für ihr Spiegel-Double tat, dem sie auf dutzenderlei Art zulächeln konnte, doch ihr Spiegel-Double ließ sie nun, überrumpelt, wie sie war, im Stich, und *ich schwor mir, mich nie wieder so überrumpeln zu lassen.* Im nächsten Moment hatte sie auch irgendwer schon von der Bühne, dem einzigen Ehrenplatz, heruntergezerrt, und sie war wieder Waise, eines der jüngeren, kleineren Kinder, und prompt schob eine Aufseherin sie unsanft in den nächsten drängelnden Pulk Kinder, der in die Schlafsäle hinaufgescheucht wurde.

Schon jetzt wurden die Weihnachtspäckchen aufgerissen, blieb eine Spur zerfetzten Glanzpapiers zurück.

In ihrem war ein Stofftier, das für ein Kind von zwei, drei, vielleicht vier Jahren gepasst hätte; Norma Jeane, doppelt so alt, war dennoch zutiefst gerührt von ihrem »gestreiften Tiger«: nicht größer als ein Kätzchen, aus einem weichen, flauschigen Stoff, der geradezu einlud, ihn sich ans Gesicht zu kuscheln, ihn zu drücken, drücken, drücken, im Bett, goldgelbe Knopfaugen, und die Nase ulkig platt, borstige, kitzlige Barthaare und orangerote und schwarze Tigerstreifen und ein langer Schweif mit Draht darin, sodass er sich nach oben, nach unten oder zum Fragezeichen biegen ließ.

Mein gestreifter Tiger! Mein Weihnachtsgeschenk von ihm.

Zuckerstange und Apfel nahmen die anderen Mädchen aus ihrem Schlafsaal ihr gleich ab. Verschlangen sie mit wenigen Bissen.

Es machte ihr nichts: ihr Herz hing an dem Tiger.

Aber auch der Tiger war nach wenigen Tagen weg.

Sie hatte ihn unter dem Bettzeug in ihrer Liege versteckt, bei ihrer Puppe, aber eines Tages, als sie nach dem Putzdienst nach oben kam, war ihr Bett zerwühlt und der Tiger weg. (Die Puppe nicht angerührt.) Seit der Weihnachtsbescherung bevölkerten, nebst Pandabären, Häschen, Hunden und Puppen, viele Tiger das Heim, den kleineren Waisenkindern zugedacht, während es für die älteren Stifte gegeben hatte, Federkästen und Spiele, und selbst wenn sie ihren gestreiften Tiger hätte wiedererkennen können, hätte sie niemals gewagt, ihn zurückzufordern, noch hätte sie ihn stehlen mögen, wie ihn ihr jemand gestohlen hatte.

Wozu andere verletzen? Es reicht doch schon, dass man selbst verletzt ist.

108

Die Waise

Die Zeichen aber, die da folgen werden denen, die da glauben, sind die:
In meinem Namen werden sie Teufel austreiben,
mit neuen Zungen reden,
Schlangen vertreiben,
und so sie etwas Tödliches trinken, wird's ihnen nicht schaden,
auf die Kranken werden sie die Hände legen, so wird's besser mit ihnen
werden.

> Christus der Herr

Die göttliche Liebe hat immer jede menschliche Not gestillt und wird sie
immer stillen.

> Mary Baker Eddy
> *Wissenschaft und Gesundheit mit Schlüssel zur Hl. Schrift*

1

»Norma Jeane, deine Mutter hat um einen weiteren Tag Bedenkzeit gebeten.«
Noch einen! Aber Dr. Mittelstadt gab sich zuversichtlich. Es entsprach nicht
ihrer Art, Schwäche, Besorgnis, Skepsis zu zeigen, in ihrer Gegenwart hatte
man zuversichtlich zu sein. Hatte man trübsinnige Gedanken zu verbannen.
Norma Jeane lächelte also, als Dr. Mittelstadt berichtete, der leitende Psychiater in Norwalk habe ihr signalisiert, Gladys Mortensen sei inzwischen deutlich weniger »von wahnhaften Vorstellungen und Rachegedanken geleitet«,
diesmal, bei diesem dritten Adoptionsantrag, bestand also durchaus Hoffnung, dass Mrs. Mortensen ein Einsehen haben und ihre Zustimmung geben
werde. »Denn natürlich liebt dich deine Mutter, Kind, und wird dich glücklich
sehen wollen. Sie wird – wie wir alle – das Beste für dich wollen.« Dr. Mittelstadt schwieg einen Augenblick, seufzte und sagte dann rasch mit belegter
Stimme, was sie die ganze Zeit hatte sagen wollen: »Wollen wir also gemeinsam beten, mein Kind?«
Dr. Mittelstadt war eine glühende Anhängerin der Christlichen Wissenschaft, machte sich jedoch nur bei besonders bevorzugten Mädchen die
Mühe, ihnen die eigenen Überzeugungen aufzudrängen, und das mit milder
Hand, eher so, wie man Verhungernden einen Happen hinhielte.

Vier Monate zuvor, an Norma Jeanes elftem Geburtstag, hatte Dr. Mittelstadt sie zu sich ins Büro gerufen und ihr eine Ausgabe von Mary Baker Eddys *Wissenschaft und Gesundheit mit Schlüssel zur Hl. Schrift* überreicht. Auf dem Titelblatt stand in Dr. Mittelstadts gestochener Handschrift:

Norma Jeane zum Geburtstag!
»Und ob ich schon wanderte im finsteren Tal, fürchte ich kein Unglück.«
Der Psalter 23,4.

Die Weisheit dieses großen amerikanischen Lehrbuchs wird dein Leben ebenso verändern wie das meine!
Edith Mittelstadt, Ph. D.
am 1. Juni 1937

Abend für Abend las Norma Jeane vorm Schlafengehen in dem Buch, Abend für Abend betete sie sich flüsternd die Widmung vor. *Ich liebe Sie, Dr. Mittelstadt.* Das Buch betrachtete sie als das erste wirkliche Geschenk, das sie in ihrem Leben erhalten hatte. Und ihren elften Geburtstag als den glücklichsten Tag seit ihrer Aufnahme im Waisenhaus.

»Wir wollen um die richtige Entscheidung beten, Kind. Und um die Kraft, die Entscheidung anzunehmen, wie immer sie nach dem Willen des Vaters ausfallen mag.«

Norma Jeane kniete sich auf den Teppich. Dr. Mittelstadt blieb, ihrer Arthritis wegen, hinter ihrem Schreibtisch sitzen und vertiefte sich mit gesenktem Haupt und gefalteten Händen ins Gebet. Dr. Mittelstadt war erst fünfzig, doch sie erinnerte Norma Jeane an ihre Großmutter Della: wegen des geheimnisvoll ausladenden Fleisches, das nur vom Korsett in Schranken gehalten wurde, des gewaltigen, eingesunkenen Busens, des gütigen rotfleckigen Gesichts, des ergrauten Haars, der dicklichen, unter den Stützstrümpfen vor Adern knotigen Beine. Aber vor Sehnsucht und Hoffnung brennende Augen. *Ich liebe dich, Norma Jeane. Wie mein eigen Fleisch und Blut.*

Hatte sie die Worte laut gesprochen? Hatte sie nicht.

Hatte sie Norma Jeane umarmt und geküsst? Hatte sie nicht.

Mit einem Seufzen beugte sich Dr. Mittelstadt auf ihrem knarzenden Stuhl vor und sprach mit Norma Jeane das Gebet des Herrn nach der Christlichen Wissenschaft, ihr größtes Geschenk an das Kind, das größte Geschenk Gottes an sie selbst.

Vater Unser, der du bist im Himmel.
Unser-Vater-Mutter Gott, all-harmonisch.

Geheiligt werde dein Name.
Einzig Anbetungswürdiger.

Dein Reich komme.
Dein Reich ist gekommen; du bist immergegenwärtig.

Dein Wille geschehe, wie im Himmel, also auch auf Erden.
*Befähige uns zu wissen, dass Gott – wie im Himmel, also auch auf Erden
– allmächtig, allerhaben ist.*

Unser tägliches Brot gib uns heute.
Gib uns Gnade heute, speise die darbende Liebe.

Und vergib uns unsere Schuld, wie wir vergeben unseren Schuldigern.
Und Liebe spiegelt sich in Liebe wider.

Und führe uns nicht in Versuchung, sondern erlöse uns von dem Übel;
*Und Gott führt uns nicht in Versuchung, sondern erlöst uns von Sünde,
Krankheit und Tod.*

Denn dein ist das Reich, und die Kraft und die Herrlichkeit, in Ewigkeit.
*Denn Gott ist unendlich, alle Kraft, alles Leben, alle Wahrheit, alle Liebe,
über allem und Alles.*

Amen!

Das »Amen« betete Norma Jeane mutig als sanftes Echo nach.

2

Wohin geht man, wenn man verschwindet?
Und ist man dort, wo immer man sein mag, allein?
Drei Tage Warten, Warten darauf, dass Gladys Mortensen ihre Entschei-
dung traf. Ob sie ihre Tochter zur Adoption freigeben würde. Tage, die sich

in Stunden oder gar Minuten zerlegen und aushalten ließen wie angehaltener Atem.

Mary Baker Eddy, Norma Jeane *Baker*. Das war doch ein unübersehbares Zeichen!

Fleece und Debra Mae, die wussten, welche Angst Norma Jeane ausstand, lasen ihr aus ihren gestohlenen Karten die Zukunft.

Fischen, Rommé und Schnapp durften sie im Heim spielen, nicht jedoch Poker oder Euchre, denn das waren Kartenspiele, die Männer um Geld spielten, und auch das Kartenlegen war verboten, war »Magie« und eine Beleidigung Christi. Also fand die Séance nach dem Löschen des Lichts statt, in aller schönschaurigen Heimlichkeit.

Eigentlich wollte Norma Jeane von den Freundinnen gar nicht die Zukunft gelesen haben, denn die Karten könnten ja den Gebeten in die Quere kommen, und außerdem wollte sie, wenn die Zeichen ungünstig wären, lieber so lange wie möglich nichts davon wissen.

Fleece und Debra Mae aber bestanden darauf. An die Zauberkraft der Karten glaubten sie weit mehr als an die Jesu Christi. Fleece mischte, ließ Debra Mae abheben, mischte ein zweites Mal und deckte dann vor Norma Jeane, die mit angehaltenem Atem wartete, die Karten auf: Karo-Königin, Herz sieben, Herz-Ass, Karo vier – »Alle rot, seht ihr? Rosige Aussichten für die Maus.«

Ob Fleece log? Norma Jeane vergötterte die Freundin, die sie oft aufzog und häufig sogar quälte, sie aber auch im Heim und in der Schule beschützte, wo die jüngeren Waisenmädchen auf Schutz angewiesen waren, aber vertrauen konnte sie Fleece nicht. *Fleece möchte, dass ich mit ihr hier in diesem Gefängnis bleibe. Denn Fleece wird keiner je adoptieren.*

Das war so. Traurig, aber wahr. Kein Adoptivelternpaar würde Fleece je nehmen, ebenso wenig Janette, Jewell oder Linda, nicht einmal Debra Mae, ein hübsches sommersprossiges Mädchen von zwölf Jahren mit rotem Haar: sie waren keine Kinder mehr, sie waren große Mädchen; zu alt schon, und außerdem Mädchen mit dem gewissen »Blick«, der verriet, dass Erwachsene ihnen unverzeihliches Leid zugefügt hatten. Aber vor allem schlicht zu alt. Sie waren in Pflegefamilien untergebracht und, als es »nicht klappte«, ins Waisenhaus zurückgeschickt worden, und nun würden sie Mündel der County bleiben, bis sie mit sechzehn alt genug wären, für sich selbst zu sorgen. Im Waisenhaus warst du mit drei oder vier schon alt. Adoptiveltern wollten Babys oder Kinder, die so klein waren, dass sie noch keine ausgeprägte Persönlichkeit, keine Sprache und daher keine Erinnerung hatten. Dass sich überhaupt jemand für Norma Jeane interessierte, war geradezu ein Wunder. Und doch hatte es, seit sie sich in der Obhut der County befand, drei Anträge gegeben. Die interessierten Paare hatten sich, wie sie versicherten, schlicht in sie vernarrt und waren deshalb bereit, darüber hinwegzusehen, dass sie schon neun, schon zehn, mittlerweile elf war, und auch, dass ihre Mutter lebte und ihr Aufenthalt bekannt war, nämlich die staatliche Heilanstalt in Norwalk, wo die offizielle Diagnose der Patientin auf »akute und chronische paranoide Schizophrenie mit vermutlich durch Alkohol und Medikamente bedingten neurologischen Beeinträchtigungen« lautete (denn künftigen Adoptiveltern wurde auf Wunsch Einblick in solche Akten gewährt).

Ja, ein Wunder. Es sei denn, man wusste – wie das Heimpersonal, das dies mit eigenen Augen gesehen hatte –, wie die kleine Maus Norma Jeane im Besucherzimmer aufblühte! Mochte sie kurz zuvor noch ein trauriges Gesicht gemacht haben, in der Gegenwart wichtiger Besucher strahlte Norma Jeane, als hätte jemand ein Licht angeknipst. Das liebe Gesichtchen, ein vollkommenes Mondgesicht, die aufrichtigen blauen Augen, das bereitwillige scheue Lächeln und das artige Benehmen, das an eine etwas zurückhaltendere Shirley Temple denken ließ – »Der reinste Engel!«

In diesen Augen lag ein Flehen: *Hab mich lieb! Ich liebe dich längst.*

Das erste Paar, das Norma Jeane Baker gern adoptieren wollte, kam aus Burbank; dort besaßen die braven Leute eine Obstfarm von tausend Morgen. Sie hatten sich, wie sie sagten, in die Kleine verguckt, weil sie ihrer Tochter Cynthia Rose so ähnelte, die mit acht an Polio erkrankt und von ihnen gegangen war. (Sie zeigten Norma Jeane Schnappschüsse des toten Kindes, und Norma Jeane glaubte bald, dass sie wirklich die kleine Tochter der beiden sein könnte, vielleicht war es ja möglich: wenn sie zu dem Paar käme, würde sie in Cynthia Rose umbenannt, und darauf freute sie sich! (Von dem Namen »Cynthia Rose« ging ein Zauber aus.) Das Paar hatte auf ein jüngeres Kind gehofft, aber kaum hatten die beiden Norma Jeane gesehen, war es, »als wäre Cynthia Rose wiedergeboren, zu uns zurückgekehrt. Ein Wunder!« Bis es aus Norwalk hieß, Gladys Mortensen weigere sich, die erforderlichen Papiere zur Freigabe der Tochter zu unterzeichnen. Dem Paar brach es schier das Herz: als »hätte man uns Cynthia Rose ein zweites Mal genommen«, aber es war nichts zu machen.

Norma Jeane versteckte sich und weinte. Sie hatte so furchtbar gern Cynthia Rose sein wollen! Und auf einer Obstfarm von tausend Morgen an einem Ort namens Burbank mit einer Mutter und einem Vater leben, die sie lieb hatten.

Das zweite Paar, aus Torrance, brüstete sich, trotz der wirtschaftlich miesen Lage »recht gut dazustehen«, weil der Mann nämlich Ford-Händler war, und dieses Paar war mit Kindern reich gesegnet – fünf Jungen! –, nur wünschte sich die Frau so sehr noch ein letztes, ein Mädchen. Auch diese Leute hatten eigentlich ein jüngeres Kind adoptieren wollen, als die Frau aber Norma Jeane erblickte, war der Fall klar: »Der reinste Engel!« Die Frau bat Norma Jeane sogleich, sie doch Mamita zu nennen – vielleicht das spanische Wort für »Momma«? –, und Norma Jeane tat es gern. Schon das Wort kam ihr vor wie Zauberei: Mamita! *Ich werde eine richtige Momma haben. Mamita!* Norma Jeane liebte diese dickliche Frau um die vierzig, die sich – aus Einsamkeit, wie sie gestand – auf die Suche nach Norma Jeane gemacht hatte, weil sie in ihrem vor Mannsbildern berstenden Haushalt so allein war; sie hatte ein sonnenverbranntes, knittriges Gesicht, aber ein Lächeln, das so hofffnungsvoll und strahlend war wie Norma Jeanes eigenes, sie berührte Norma Jeane gerne und oft, drückte dem kleinen Mädchen die Hand, machte ihr Geschenke: ein weißes, mit den Initialen NJ besticktes Kindertaschentuch, eine Schachtel Buntstifte, Fünf- und Zehn-Cent-Münzen, Schokotropfen in Aluminiumfolie, die Norma Jeane freigiebig mit Fleece und den anderen Mächen teilte, damit sie weniger neidisch waren.

Doch auch diese Adoption vereitelte Gladys Mortensen im Frühjahr 1936. Nicht persönlich, aber die Anstaltsleitung in Norwalk eröffnete Dr. Mittelstadt, dass Mrs. Mortensen sehr krank sei und gelegentlich von Wahnvorstellungen heimgesucht werde, darunter der, dass Marsmenschen in Raumschiffen gelandet seien, um Menschenkinder zu entführen, oder der, dass der leibliche Vater ihrer Tochter sie an einen geheimen Ort bringen wolle, wo sie, die leibliche Mutter des Kindes, sie nie wieder sehen würde. Halt finde Mrs. Mortensen einzig in der »Identität als Norma Jeanes Mutter, auf welche sie daher zurzeit außerstande ist zu verzichten«.

Abermals versteckte sich Norma Jeane und weinte. Aber diesmal war es mehr als ein gebrochenes Herz! Sie war zehn Jahre alt, alt genug, bitter zu sein und zornig, alt genug, die Ungerechtigkeit ihres Schicksals zu empfinden. Die grausame, kaltherzige Frau, die ihr nie gestattet hatte, sie Momma zu nennen, hatte sie um ihre Mamita und deren Liebe gebracht. *Selbst war sie mir keine Mutter. Aber sie gönnte mir auch keine richtige Mutter. Sie gönnte mir keine Mutter, keinen Vater, keine Familie, kein richtiges Zuhause.*

Von den Mädchen-Toiletten im dritten Stock aus gab es einen geheimen Weg aufs Dach des Waisenhauses, und dort konnte man sich hinter einem hohen, verdreckten Schornstein verkriechen. Nachts fiel der Schein der blinkenden RKO-Leuchtreklame direkt dorthin; man konnte ihre pulsierende Wärme auf den ausgestreckten Händen und geschlossenen Lidern spüren. Keuchend stieg Fleece Norma Jeane hinterher und nahm sie in die kräftigen Armen, die mehr wie die eines Jungen waren. Fleece, deren Achseln und fettiges Haar immer rochen, Fleece mit der tapsigen, tröstlichen Art eines großen Hundes. Norma Jeane begann wild zu schluchzen. »Ich wünschte, sie wäre tot! Ich *hasse* sie.«

Fleece rieb ihr warmes Gesicht an Norma Jeanes. »Ja! Ich hasse sie auch, die alte Ziege.«

Schmiedeten sie an jenem Abend den Plan, nach Norwalk zu trampen und die Klinik anzuzünden? Oder hatte Norma Jeane das falsch in Erinnerung? Vielleicht hatte sie es geträumt. Sie hatte es gesehen: die Flammen, die Schreie, die nackte fliehende Frau mit dem brennenden Haar, den verrückten und doch wissenden Augen. Die Schreie! *Ich konnte mir nur die Ohren zuhalten. Die Augen schließen.*

Jahre später, als sie Gladys in Norwalk besuchte und mit den Stationsschwestern sprach, sollte Norma Jeane erfahren, dass Gladys im Frühjahr 1936 einen Suizidversuch unternommen hatte, sie hatte sich die Pulsadern und den Hals mit Haarnadeln »aufgeritzt«, und »allerhand Blut« verloren, als man sie schließlich im Heizungskeller der Anstalt fand.

3

11. Oktober 1937

Liebe Mutter,

Ich bin Niemand! Wer bist du?
Noch ein Niemand dazu?
Dann sind wir ja ein Paar.
Still, sie verbannen uns, weißt du.

Das ist mein Lieblingsgedicht aus deinem Buch, weißt du noch: dem Gedichtebuch *Little Treasury of American Verse*? Aunt Jess hat es mir gebracht, und ich lese viel darin und denke an die Zeit, als du mir Gedichte vorgelesen hast, sie gefielen mir so. Wenn ich sie jetzt wieder lese, denke ich an dich, Mutter.

Wie geht es dir? Ich denke viel an dich, und ich hoffe, dass es dir schon wieder viel besser geht. Ich bin wohlauf, du würdest staunen, wie groß ich geworden bin! Ich habe hier im Heim viele Freunde gewonnen, und auch in der Schule, der Hurst Elementary. Ich gehe jetzt in die sechste Klasse und bin von den Mädchen eine der größten. Wir haben eine sehr nette Heimleiterin, und auch die anderen sind nett. Sie haben manchmal strenge Regeln, aber das geht nicht anders, wir sind so viele. Wir gehen in die Kirche, und ich bin jetzt im Chor. Dabei weißt du, wie unmusikalisch ich bin!

Manchmal kommt Aunt Jess mich besuchen und nimmt mich in einen Film mit, und die Schule ist für mich nicht ganz leicht, besonders Rechnen, aber macht Spaß. Bis auf Rechnen habe ich in allen Fächern ein B, was ich in Rechnen habe, sage ich gar nicht, da schäme ich mich. Ich glaube, Mr. Pearce war auch mal da, um mich zu besuchen.

Es gibt ein sehr nettes Ehepaar, Mr. und Mrs. Josiah Mount aus Pasadena, wo Mr. Mount Rechtanwalt ist und Mrs. Mount einen großen Garten hat mit hauptsächlich Rosen. Sie haben mich Sonntags auf Ausflüge mitgenommen und in ihr Haus, das sehr groß ist und auf einem Hügel über einem Teich steht. Mr. und Mrs. Mount möchten gerne, dass ich zu ihnen ziehe und wie eine Tochter bei ihnen lebe. Sie hoffen, dass du Ja sagst, und das hoffe ich auch.

Norma Jeane wusste nicht, was sie Gladys sonst noch schreiben sollte. Verlegen zeigte sie den Brief Dr. Mittelstadt, und Dr. Mittelstadt lobte sie und meinte, es sei ein ganz »wunderbarer« Brief und enthalte nur ein paar wenige Fehler, die sie verbessern werde, aber sie fand, Norma Jeane sollte den Brief doch mit einem kleinen Gebet abschließen.
Also fügte Norma Jeane noch hinzu:

Ich bete für uns beide, Mutter, in der Hoffnung, dass du zu einer Adoption Ja sagst. Ich werde es dir von Herzen danken, und Gott bitten, dich immer zu segnen. Amen.
Deine dich liebende Tochter Norma Jeane.

116

Die Antwort traf zwölf Tage später ein, es war der erste und letzte Brief, den Gladys Mortensen persönlich an Norma Jeane im Waisenhaus richten sollte. Auf einer losen, herausgerissenen Seite gelb linierten Papiers verfasst, in einer unsicheren, steilen Handschrift, die einer Prozession taumelnder Ameisen glich, stand da:

Liebe Norma Jeane, oder schämst du dich inzwischen dich vor aller Welt noch so zu nennen –

Habe deinen Drecksbrief bekommen & solange ich lebe und mich wehren kann wird es zu dieser Schmach nicht kommen als erlaube ich meiner Tochter, adoptiert zu werden! Wie könnte sie überhaupt »adoptiert« werden – sie hat eine MUTTER, die lebt & gesund werden wird & bald stark genug, sie mit nach Hause zu nehmen.

Also beleidige mich bitte nicht mehr mit solchen Ansinnen, denn sie schmerzen mich & sind zuwider. Ich brauche deinen beschissenen Gott & seinen Segen nicht, ebenso wenig seinen Fluch, ich zeige ihm eine lange Nase! Solange ich eine Nase habe & die Finger zum Zeigen! Ich nehme mir einen Anwalt, verlass dich, und behalte, was mir gehört bis dass der Tod.

»deine dich liebende Mutter« DU WEISST SCHON

Die Regel

»Und die da, die kleine Blonde, was die für einen Arsch hat!«

Hören, Rotwerden und trotziges Nichtgehörthaben. Auf der El Centro, auf dem Weg von der Schule ins Heim. In ihrer weißen Bluse, dem blauen Kittelkleid (das plötzlich, wie über Nacht, über Brust und Hüften spannte) und den weißen Söckchen. Zwölf Jahre alt. Doch im Herzen höchstens acht oder neun, als wäre sie nicht weitergewachsen, seit sie, aus Gladys' Schlafzimmer ausgesperrt, laut schreiend, splitternackt losgerannt war, um Fremde zur Hilfe zu holen. Davongerannt war vor dem Dampf, vor kochend heißem Wasser und einem brennenden Bett, das ihr als Scheiterhaufen zugedacht war.

Die Scham, die Schande!

Es kam der Tag. Es war die zweite Septemberwoche; sie war gerade in die siebte Klasse gekommen. Sie war nicht gänzlich unvorbereitet, wohl aber ungläubig. Hatte sie denn nicht schon seit Jahren die älteren Mädchen darüber tuscheln hören, die derben Witze der Jungen? War sie denn nicht von den hässlich blutgetränkten, in Klopapier eingewickelten, manchmal aber auch nicht eingewickelten Binden in den Abfallbehältern der Mädchenklos gleichermaßen abgestoßen wie fasziniert gewesen?

War ihr denn nicht, wenn sie den Abfall in den Hof hinters Heim hinuntertragen musste, von den üblen Ausdünstungen fast schlecht geworden?

Gibt keine Ausnahmen von der Regel, sagte Fleece gerne und grinste böse, *dem Fluch, dem keine entkommt.*

Norma Jeane aber frohlockte innerlich, wusste sie doch: *Und ob es das gab. Es gab einen Weg!*

Mit den Freundinnen im Heim und an der Schule (denn Norma Jeane hatte auch unter solchen Mädchen Freundinnen, die eine Familie, die ein »wirkliches« Heim hatten) sprach sie nicht über *den Weg*, den Weg nämlich der Heilslehre der *Christlichen Wissenschaft*, den ihr Edith Mittelstadt eröffnet hatte: Dass Gott »Gemüt« ist, und »Gemüt« alles ist und die »Materie« nichts.

Dass Gott uns durch Jesus Christus heilt. Wenn wir nur rückhaltlos glauben.

118

Doch an diesem Tag, einem Wochentag Mitte September, hatte sie beim Sport, als sie in ihrer Puffärmelbluse und den Pumphosen Volleyball spielte, so ein komisches dumpfes Ziehen tief unten im Bauch verspürt – in der siebten Klasse zählte Norma Jeane zu den größeren, den sportlicheren Mädchen, auch wenn sie etwas zögerlich war und sich manchmal aus Mangel an Zutrauen ungeschickt anstellte, sodass sie den Ball verlor und die anderen die Geduld; auf Norma Jeane war nicht unbedingt Verlass, aber sie tat alles, um dieses Urteil zu widerlegen, und das mit bewunderungswürdiger Verbissenheit – an diesem Nachmittag also hatte sie, als ein heißer Schwall den Zwickel ihrer Pumphose nässte, den Ball fallen lassen; plötzlich schmerzte ihr Kopf unerträglich, und als sie im Umkleideraum wieder Unterrock, Bluse und Kittel anzog, ignorierte sie einfach, was immer da passiert war, war schockiert, empört; *doch nicht ihr.*

»Norma Jeane, was hast du?«

»Wieso? Nichts.«

»Du siehst irgendwie« – das Mädchen meinte es nett, aber es klang so aufdringlich – »schlecht aus.«

»*Mir* fehlt nichts, *dir* vielleicht?«

Vor Entrüstung bebend hatte sie den Umkleideraum verlassen. *Die Scham, die Schande! Aber Gott nimmt keine Kenntnis von Scham.*

Macht sich eilig auf den Heimweg, mied die Freundinnen. Wo sie sich normalerweise ihrer kleinen Clique anschloss, vor allem Fleece und Debra Mae, achtete sie an diesem Tag sorgsam darauf, allein zu bleiben, ging rasch mit zusammengepressten Schenkeln und kurzen, engen Schritten in einer Art Watschelgang; der Schritt ihrer Unterhose klebte, aber das dumpfe Brennen im Leib schien aufgehört zu haben, *sie hatte es bezwungen! hatte nicht klein beigegeben!*, sie ging mit gesenktem Blick, überhörte das Pfeifen und die Rufe der Jungen, High-School-Jungen und auch der anderen, noch älteren, so um die zwanzig, die in ihren Schlitten an der El Centro Avenue entlangkrochen. »Nor-ma Jeane, heißt du nicht so, Kleine? He, Nor-ma Jeane!« Wünschte sich, dass ihr Kittel nicht plötzlich so spannte. Schwor sich, dass sie abnehmen würde. Fünf Pfund! Niemals würde sie dick sein wie andere Mädchen in ihrer Klasse, nicht füllig wie Dr. Mittelstadt, *aber das Fleisch ist Illusion, Norma Jeane. Fleisch ist nicht Gemüt, und Gemüt ist Gott.*

Wenn ihr Dr. Mittelstadt das sorgfältig erklärte, verstand sie. Wenn sie in Mrs. Eddys Buch las, besonders im Kapitel, das mit »Gebet« überschrieben war, verstand sie halbwegs. Aber wenn sie allein war, flogen ihre Gedanken durcheinander wie ein Puzzle, das jemand aus Versehen vom Tisch gewischt hatte. Es gab eine Ordnung, nur – wie sollte sie sie finden?

Jetzt, an diesem Nachmittag, wie sehr glichen da die Gedanken in ihrem Schädel einem Schauer fliegender Glassplitter. Was normale, unaufgeklärte Menschen Kopfschmerzen nannten, war nichts als Illusion, war Schwäche, doch als Norma Jeane die neun Blocks von der Hurt Junior High bis zum Waisenhaus zurückgelegt hatte, hämmerte in ihrem Kopf ein solcher Schmerz, dass sie kaum noch aus den Augen sehen konnte.

Jetzt ein Aspirin. Nur ein einziges.

Die Schwester auf der Krankenstation teilte immer Aspirin aus, wenn jemand krank war. Wenn die Mädchen ihre »Regel« hatten.

Aber Norma Jeane nahm sich fest vor, *nicht klein beizugeben.*

Dies war eine Glaubensprobe, eine Prüfung. Hatte nicht Jesus gesagt: *Euer Vater weiß, was ihr bedürfet, ehe denn ihr ihn bittet?*

Sie erinnerte sich mit Ekel daran, dass ihre Mutter Aspirin-Tabletten zerstückelt und in Fruchtsaft aufgelöst hatte, als das Kind Norma Jeane noch ganz klein gewesen war. Und aus ihren unetikettierten Flaschen mit Schwarzgebranntem den einen oder anderen Teelöffel »Heilwasser« in Norma Jeanes Glas gegeben hatte – bestimmt Wodka. Und das, als sie erst drei Jahre alt gewesen war – oder noch jünger! – und zu klein, sich gegen die Gifte zu wehren. Die Mittel, den Alkohol. Wer den Weg der Christlichen Wissenschaft beschritt, hatte alle üblen Angewohnheiten abzulegen. Eines Tages würde sie Gladys für ihre grausame Behandlung eines unschuldigen Kindes anprangern. *Sie wollte mich vergiften, wie sie sich selbst vergiftete. Nie werde ich irgendwelche Mittel nehmen, und ich werde niemals trinken.*

Beim Abendbrot brachte sie, obwohl sie sich vor Hunger schwach fühlte, von dem mit Käse verbackenen, unten angebrannten Makkaroniauflauf nichts herunter, aß nur von dem teigigen Weißbrot, kaute und schluckte ganz langsam. Und als sie anschließend abräumen half, ließ sie um ein Haar ein mit Tellern und Besteck beladenes Tablett fallen, im allerletzten Moment stürzte ein anderes Mädchen herbei. Dann in der stickigen Küche unter den Argusaugen der Köchin Töpfe und die fettstarrenden Platten schrubben, von allen Arbeiten die widerwärtigste, so schlimm wie Klos sauber machen. Für zehn Cents in der Woche.

Schande, Scham! Und werdet über die Schande euch erheben.

Als sie, endlich, im November desselben Jahres aus dem Waisenhaus frei- und zu einer Pflegefamilie in Van Nuys kam, betrug das Guthaben auf ihrem

»Konto« 20 Dollar und 60 Cents. Zum Abschied würde Edith Mittelstadt noch einmal so viel drauflegen. »Damit du uns in guter Erinnerung behältst, Norma Jeane.«

Manchmal ja, meist nein. Eines Tages würde sie ihre eigene Waisengeschichte erzählen. Sie hatte ihren Stolz. So billig war sie nicht zu haben.

In Wirklichkeit hatte ich überhaupt keinen Stolz! Kannte keine Scham! Ich war dankbar für jedes freundliche Wort, für jeden frechen Blick irgendeines Kerls. Mein junger Körper war mir so fremd wie eine Blumenzwiebel, die unter der Erde zum Platzen anschwillt. Natürlich war sie sich ihrer pummeligen kleinen Brüste und der schwerer werdenden Schenkel und Hüften bewusst, des »Arsches« – wie der betreffende Körperteil, sofern weiblich, anerkennend und mit einer gewissen derben Zärtlichkeit genannt wurde. *Was für ein Zuckerarsch. Sieh dir den Zuckerarsch an! Oh, Baby, Baby! Wer ist bloß die Kleine? Vorsicht, da hat der Staatsanwalt die Hand drauf!* Und sie erschreckten sie, diese Veränderungen ihres Körpers, denn wenn Gladys davon erführe, würde Gladys sie verachten, Gladys, die so rank und schlank, so todschick war, Gladys, die vor allem mondäne »weibliche« Filmstars wie Norma Talmadge, Greta Garbo, die junge Joan Crawford und Gloria Swanson bewunderte, nicht üppig-fleischige Vollweiber wie Mae West, Mae Murray, Margaret Dumont. Und da sie Norma Jeane doch so lange nicht mehr gesehen hatte, würde Gladys das *Wachsen* bestimmt nicht gutheißen.

Wie Gladys nach den langen Anstaltsjahren in Norwalk wohl aussehen mochte, fragte sich Norma Jeane nicht.

Auf Gladys' Brief mit der Weigerung, die Adoptionspapiere für Norma Jeane zu unterzeichnen, war kein weiterer mehr gefolgt. Und auch Norma Jeane hatte nicht geschrieben, abgesehen von den üblichen Weihnachts- und Geburtstagskarten. (Ohne ihrerseits welche zu erhalten! Aber das hatte schließlich schon Jesus gelehrt, dass Geben seliger ist denn Nehmen.)

Die Zornestränen einer sonst so gefügigen und wenig willensstarken Norma Jeane hatten Edith Mittelstadt überrascht. Wieso durfte eigentlich ihre gemeine Mutter, ihre kranke Mutter, ihre *gemeine kranke verrückte Mutter* ihr ganzes Leben zerstören? Wie konnte es derart dumme Gesetze geben, die sie in der Gewalt einer Frau in einer Nervenheilanstalt beließen, die höchstwahrscheinlich nie wieder herauskäme? Es war ungerecht, es war gemein, es lag nur daran, dass Gladys auf Mr. und Mrs. Mount eifersüchtig

121

war und sie *hasste*. »Und wo ich doch so darum gebetet habe!«, schluchzte Norma Jeane. »Ich habe genau getan, was Sie mir gesagt haben, und gebetet und *gebetet*.«

Da musste Dr. Mittelstadt doch tatsächlich ein wenig streng werden und Norma Jeane ins Gewissen reden, wie sie es bei jeder beliebigen Waise in ihrer Obhut getan hätte. Sie ob des »blinden, selbstsüchtigen« Gefühls tadeln, und weil sie nicht einsah, was doch in *Wissenschaft und Gesundheit* wunderbar klar dargelegt wurde: *Gebet kann die Wissenschaft des Seins nicht ändern, aber es dient dazu, uns mit ihr in Einklang zu bringen.*

Dann konnte man doch gleich auf Gebete verzichten, dachte Norma Jeane trotzig.

»Norma Jeane, ich weiß, dass du enttäuscht bist und natürlich sehr verletzt«, sagte Edith Mittelstadt. Sie seufzte. »Ich bin selbst enttäuscht. Die Mounts sind brave Leute, gute Christen, wenn auch keine Wissenschafter, und sie haben dich so ins Herz geschlossen. Nur sind die Sinne deiner Mutter leider noch getrübt, verstehst du. Sie entspricht dem ausgesprochen ›modernen‹ Typus des Neurotikers, sie ist krank, weil sie sich mit negativen Gedanken krank macht. *Dir* steht es dagegen frei, dich über solche Gedanken zu erheben, und dafür solltest du Gott jeden Tag auf Knien danken.«

Sie brauchte so einen beschissenen Gott nicht, weder seinen Segen noch seinen Fluch.

Und wischte sich doch, bei allem inneren Aufruhr, mit kindlicher Geste die Tränen aus dem Gesicht und nickte zu Dr. Mittelstadts eindringlichen Worten. Ja! Sie hatte ja Recht.

Die energische und doch warme Stimme der Heimleiterin. Ihr prüfender Blick. Seelenvolle Augen. Da merktest du kaum, dass das Gesicht so lose und faltig und verbraucht war; nur aus nächster Nähe sahst du die Altersflecken an ihren schlackrigen Armen, die sie nicht mit langen Ärmeln oder Schminke zu kaschieren suchte, wie es andere Frauen aus Eitelkeit wohl getan hätten; an ihrem Kinn stachen borstige Haare hervor. Wenn sie mit Filmaugen schaute, sah Norma Jeane diese verblüffenden Makel. Denn in der Filmlogik ersetzt die Ästhetik Ethik und Moral: nicht umwerfend schön zu sein ist traurig genug, jede Bemühung, Verschönerung zu unterlassen, unmoralisch. Dr. Mittelstadts Anblick hätte Gladys geschmerzt. Gladys hätte sie hinter ihrem Rücken verlacht – und was für ein breiter Rücken, in dem marineblauen Sergestoff. Norma Jeane hingegen bewunderte Dr. Mittelstadt. *Sie ist stark. Sie gibt nichts auf das, was die anderen denken. Warum sollte sie?*

122

Dr. Mittelstadt sagte jetzt: »Auch ich habe mir falsche Hoffnungen gemacht. Die Verantwortlichen in Norwalk haben ein falsches Bild gezeichnet. Vielleicht kann man niemandem einen Vorwurf machen. Aber weißt du, Norma Jeane, wir können dir immer noch eine gute Pflegefamilie suchen, dazu brauchen wir die Zustimmung deiner Mutter nicht. Ich werde Wissenschafter finden, die dir ein gutes Zuhause bieten, meine Liebe, ich verspreche es.«

Ja, ein Zuhause. Irgendeines, ganz egal.

Norma Jeane murmelte: »Vielen Dank, Dr. Mittelstadt.«

Trocknete sich die rot geweinten Augen mit dem Papiertaschentuch, das die Frau ihr hinhielt. Sie schien körperlich geschrumpft zu sein, war wieder brav, hielt sich und sprach wie ein Kind. Dr. Mittelstadt sagte: »Bis Weihnachten, Norma Jeane! Ich verspreche es, so Gott will.«

Sonnte sich erneut im Wissen, dass es doch einfach kein Zufall sein konnte, dass Mary Baker Eddys mittlerer Name *Baker* lautete, genau so wie ihr Nachname.

In einem Nachschlagewerk las Norma Jeane in der Schule über MARY BAKER EDDY nach und erfuhr, dass die Gründerin der Kirche Christi, Wissenschafter 1821 geboren und 1910 gestorben war. Zwar nicht in Kalifornien, aber das machte ja nichts; die Leute zogen mit Eisenbahn und Flugzeug doch ständig von einem Ende des Kontinents zum anderen. Gladys' erster Mann, »Baker«, war ja auch aus Gladys' Leben fortgezogen, und möglicherweise – wahrscheinlich? – war er mit Mrs. Eddy verwandt, denn warum sonst sollte Mrs. Eddy auch ein »Baker« in ihrem Namen haben, wenn sie nicht auch irgendwie eine Baker war?

Im göttlichen Universum gab es Zufälle so wenig wie beim Puzzlespiel.

Meine Großmutter war Mary Baker Eddy.
Meine Stiefgroßmutter, vielmehr.
Weil meine Mutter mit Mrs. Eddys Sohn verheiratet war.
Er war nicht mein wirklicher »Vater«, aber er hat mich adoptiert.
Mary Baker Eddy war die Mutter meines Stiefvaters und die Stiefschwiegermutter meiner Mutter,
aber sie hat Mrs. Eddy nicht gekannt.
Nicht persönlich.
Ich habe Mrs. Eddy nie kennen gelernt,
die Gründerin der

Kirche Christi, Wissenschafter.
Sie ist schon 1910 gestorben.

Ich bin am 1. Juni 1926 geboren.
Das weiß ich ganz sicher.

Sich für die Blicke der älteren Jungen zu schämen. So viele Blicke! Immer auf der Lauer. Die Junior High School lag neben der Senior High, und In-die-Schule-Gehen war jetzt ganz anders als noch in der sechsten Klasse.

Norma Jeane versteckte sich im Pulk der anderen Mädchen. Nur so ging es. In ihrem blauen Kittelkleid, das über Busen und Hüften spannte. Das sich auf ihren Oberschenkeln hochschob, bis der Saum schief war. Und wenn man ihren Unterrock sah? Sie mussten Unterröcke tragen, und die Träger verdrehten sich und wurden dreckig. Zweimal am Tag musste sie sich die Achselhöhlen waschen. Und manchmal reichte auch das nicht. In der Schule wurde gefrotzelt: *die Waisen stinken!*, und wer sich die Nase zuhielt und eine Grimasse schnitt, konnte damit immer einen Lacher ernten.

Selbst die anderen Heimkinder lachten. Die, die wussten, dass sie nicht gemeint waren.

Gemeine Witze über Mädchen. Deren besonderen Geruch. Der *die Regel* war, *der Fluch*. Keine Ausnahmen. Sie wollte nicht daran denken; es konnte sie niemand zwingen, daran zu denken.

Wochenlang schob sie es vor sich her, die Aufseherin um die nächst größere Kittelgröße zu bitten, weil die sich wie üblich eine hämische Bemerkung nicht würde verkneifen können. *Wird ein ganz ordentlicher Vorbau, wie? Liegt wohl in der Familie?*

Die Binden musstest du bei der Schwester auf der Krankenstation holen. Das taten die größeren Mädchen alle. Aber Norma Jeane wollte nicht. Ebenso wenig, wie sie um Aspirin bitten mochte. Sie würde die Ausnahme von der Regel sein.

Eines weiß ich wohl, dass ich blind war und bin nun sehend.

Dieses Wort aus dem Neuen Testament, dem Evangelium nach Johannes, sagte sich Norma Jeane oft im Flüsterton vor. Ähnlich wie ihr Dr. Mittelstadt in der Ungestörtheit ihres Büros zuerst die Geschichte von der Heilung des blinden Mannes durch Jesus vorgelesen hatte, die so einfach war. *Da er solches gesagt, spützte er auf die Erde und machte einen Kot aus dem Speichel und schmierte den Kot auf des Blinden Augen,* und dem Blinden wurden die Augen geöffnet. So einfach. Wenn man nur glaubte.

124

Gott ist Gemüt. Nur Gemüt heilt. Wer glaubet, dem wird alles gegeben.

Und doch – nie würde sie das Dr. Mittelstadt gestehen, ja, nicht einmal ihren Freundinnen! –: sie hatte einen Traum, einen Tagtraum, der in ihrem Kopf ablief wie ein Film, der kein Ende hat, und zwar, dass sie sich die Kleider vom Leib riss, damit man sie *sehe*. In der Kirche, im Speisesaal des Heims, in der Schule, auf der El Centro Avenue im brausenden Verkehr. *Seht mich an, seht mich an, seht mich an!*

Ihr Spiegel-Double war furchtlos. Fürchten tat sich nur Norma Jeane.

Die Spiegelgefährtin, die nackt Pirouetten drehte, Hula tanzte, mit den Hüften und Brüsten wackelte, deren Lächeln strahlte, strahlte, strahlte, die vor Gott in ihrer Nacktheit schwelgte, wie eine Schlange in ihrer geschmeidigen glitzrigen Haut schwelgt.

Denn dann fühlte ich mich weniger allein. Und wenn ihr mich alle schmähtet.

Ihr hattet Augen nur noch für MICH.

»He, seht euch bloß die Maus an. Oh, là là.«

Eine hatte eine Puderdose mit losem, duftenden pfirsichfarbenen Puder und schmieriger Quaste gefunden. Eine andere hatte einen Lippenstift aufgetrieben, leuchtend Korallenrot. Kostbarkeiten wie diese »fanden« sie in der Schule oder bei Woolworth, das war Glücksache. Schminke war im Heim für alle unter sechzehn verboten, aber die Mädchen tupften sich heimlich Puder auf die geschrubbten Gesichter und trugen Lippenstift auf. Nun bestaunte sich Norma Jeane im wolkigen Spiegel der Puderdose. Ein heftiges Schuldgefühl ging ihr wie ein Stich durch den Leib, ein schmerzliches Zucken zwischen den Beinen. Nicht dass sie das einzige hübsche Gesicht hatte, aber es war *ihr Gesicht*, das hübsch war.

Die anderen zogen sie auf. Sie errötete, es war ihr unangenehm, geneckt zu werden. Ach was, es war ihr sehr angenehm, geneckt zu werden. Aber das hier war neu, gänzlich unbekannt und machte ihr Angst. Zur Überraschung der Freundinnen, denn es sah der Maus gar nicht ähnlich, so aus der Haut zu fahren: »Das ist ja ekelhaft! Es sieht ekelhaft künstlich aus. Es *schmeckt* ekelhaft.« Schob die Puderdose weg und rubbelte sich das leuchtende Korallenrot von den Lippen.

Obwohl der wachsig süße Geschmack sich noch lange hielt, Stunden, die ganze Nacht.

Betete, betete, betete, *betete*. Dass der Schmerz in den Augenhöhlen und zwischen den Beinen aufhören möge. Dass das Bluten (wenn es Bluten war) aufhören möge. Wollte sich partout nicht ins Bett legen, weil es noch nicht Zeit war, schlafen zu gehen, weil das hieße klein beizugeben. Weil die anderen bestimmt erraten würden, was los war. Weil sie sie zu einer der ihren erklären würden. Weil sie aber nicht eine von ihnen war. Weil sie die Ausnahme war. Weil sie guten Glaubens war, und dieser Glaube war alles, was sie besaß. Weil sie Hausaufgaben zu machen hatte. So viele Hausaufgaben! Und sie war eine so langsame, zögerliche Schülerin. Sie lächelte selbst dann verzagt, wenn sie allein war und keine Lehrer da, die es zu beschwichtigen galt.

Sie ging jetzt in die siebte Klasse. Hatte Mathematik. Die Hausaufgaben bestanden aus einem ganzen Knäuel von Knoten, die zu entwirren waren. Und kaum hattest du einen gelöst, kam schon der nächste, und war der gelöst, wieder der nächste. Und jede Aufgabe war schwerer als die davor. »*Verflucht* noch mal.« Gladys hatte an Knoten, die nicht aufgingen, wütend gezerrt, sie hatte eine Schere gepackt und sie *ritsch! ratsch!* durchtrennt. Wie die verfilzten Locken ihres kleinen Mädchens, manchmal, verflucht noch mal: einfacher, kurzerhand die Schere zu packen, *ritsch! ratsch!*

Nur noch zwanzig Minuten, bis um neun das Licht gelöscht wurde. Sie konnte es kaum erwarten. Sobald sie mit dem Abräumen und Küchendienst fertig gewesen war, den ganzen widerwärtigen fettigen Pfannen, hatte sie sich auf einer der Toiletten verschanzt und sich Klopapier in die Unterhose gestopft, ohne hinzusehen. Aber inzwischen war das Klopapier mit dem durchweicht, was sie sich weigerte, als Blut anzuerkennen. Und sie dachte nicht daran, mit dem Finger nachzuprüfen! Das war doch eklig. Fleece, die ungestüme, angeberische, unmögliche Fleece, die sich in einer Ecke vom Treppenhaus, während eine Horde Jungen vorbeitrampelte, den Finger unter den Rock schob, ins Höschen – »He, Abbott!« – vorführte, dass sie die Regel hatte. Einen nassrot glitzernden Finger hatte Fleece hochgehalten, damit es die anderen Mädchen sahen, die verstört gackerten. Norma Jeane hatte die Augen geschlossen, weil ihr ganz flau wurde.

Aber ich bin nicht Fleece.

Ich bin keine von euch.

Norma Jeane schlich sich oft nachts auf die Toilette. Die anderen Mädchen im Saal schliefen. Sie fand es sehr aufregend, zu nachtschlafender Zeit wach zu sein. Wach und mitten in der Nacht ganz für sich. Wie Gladys ihrerseits vor Jahren nachts wie eine rastlose Raubkatze umhergestrichen war und nicht

126

hatte schlafen können oder wollen. Zigarette zwischen den Fingern, noch ein Glas vielleicht in der Hand, und oft war sie am Telefon gelandet. Das war eine auch hinter der Watte des Kinderschlafs begreifliche Filmszene. *Na du, hallo. Denkst du an mich? Ja, klar. Ja? Wollen wir dagegen etwas unternehmen? Hmm. Wo ein Wille ist, ist auch ein Weg. Bloß sind wir mit Baby zu dritt, wenn du verstehst, was ich meine.* In solchen Momenten wurde die schummrig beleuchtete, stinkende Toilette, wo sich Norma Jeane ganz bestimmt allein und ungestört wusste, ein Ort aufregender Geschehnisse, wie ein Kinotheater, bevor das Licht langsam erlischt, der Vorhang aufgeht und der Film beginnt. Dann streifte sie ihr Nachthemd in derselben Weise ab wie die Filmvamps Capes, Abendkleider und Stolen: und von unten steigt eine untergründig pulsende Filmmusik auf, und dann zeigt sich ihr Spiegel-Double, als hätte es sich in der Allerweltskleidung verborgen und nur auf seine Enthüllung gewartet. Die, die Norma Jeane und Nicht-Norma-Jeane war, eine Fremde. Eine, die soviel einzigartiger war, als es Norma Jeane je sein konnte.

Und das Verblüffendste: wo noch vor kurzem spillerige Arme und eine flache Knabenbrust gewesen waren, »entwickelte« sie sich jetzt, wie es anerkennend hieß, und die kleinen Knubbel wurden täglich größer, wackliger, die cremeweiße Haut so komisch weich. Sie wog die Brüste in den Händen, starrte und staunte: unglaublich, die Brustwarzen, die zarte braune Haut drumherum, und dass die Brustwarzen fröstelig werden konnten, wie Gänsehaut, und wie komisch, dass Jungen auch Brustwarzen hatten, keine Brüste zwar, aber Brustwarzen (die sie ja doch nie brauchen würden, denn nur Frauen stillten), und Norma Jeane wusste (zu oft war sie gezwungen worden, es zu sehen!), dass Jungen Penisse hatten – »Dinger«, hießen die, »Schwengel«, »Schwänze« – kordelige kleine Würste zwischen den Beinen, deswegen waren sie Jungen und in einer Weise wichtig, wie es Mädchen nicht sein konnten, und hatte man sie früher nicht auch gezwungen (obwohl sie sich nur dunkel erinnerte, sie war sich nicht sicher), die dicken, prallen, feucht-heißen »Dinger« von erwachsenen Männern zu sehen, Gladys' Männerfreunden?

Möchtest du ihn mal anfassen, Süße? Er beißt nicht.

»Norma Jeane? He!«

Debra Mae versetzte ihr einen Stoß in die Rippen. Während sie sich über die zerkratzte Tischplatte krümmte, mühsam durch den offenen Mund atmend. Vielleicht war sie für einen Moment ohnmächtig geworden. Vor Schmerz, den sie nicht spürte, und dem heißen Wallen des Bluts, das nicht zu ihr gehörte. Sie versuchte die Hand der Freundin wegzuschieben, aber Debra Mae sagte in scharfem Ton: »He, bist du verrückt? Du blutest, merkst du das nicht? Der ganze Stuhl ist voll. *Je-sus.*«

Rot vor Scham stemmte sich Norma Jeane hoch. Ihre Mathe-Aufgaben fielen auf den Boden. »Lass mich. Lass mich in Frieden.«

Debra Mae sagte: »Hör zu, das ist *echt*. Krämpfe sind *echt*. Die Regel ist *echt*. Blut ist *echt*.«

Norma Jeane stolperte halb blind aus dem Lernsaal, schwarze Flecken vor den Augen. Ein Rinnsal kroch an ihrem Innenschenkel herab. Sie hatte gebetet und auf ihrer Unterlippe gekaut, und sie war fest entschlossen, nicht klein beizugeben. Sich nicht anrühren, nicht bemitleiden zu lassen. Hinter sich hörte sie Stimmen. Versteckte sich unter der Treppe. Versteckte sich in einer Besenkammer. Versteckte sich auf einer der Toiletten. Kletterte aus dem Fenster, als niemand guckte. Kroch auf allen vieren zum Dachfirst. Wo sich der Nachthimmel auftat, wolkige Höhenzüge sich zeigten, ein blasser Viertelmond und in der frischen kühlen Luft weit weg, die blinkende RKO-Reklame. *Gemüt ist Wahrheit. Gott ist Gemüt. Gott ist Liebe. Die göttliche Liebe hat immer jede menschliche Not gestillt und wird sie immer stillen.* Rief jemand nach ihr? Sie hörte nicht, nein, sie hörte nicht. Sie war von Freude und tiefer Gewissheit durchdrungen. Sie war stark, und sie würde noch stärker werden. Sie wusste, dass sie allem Schmerz und aller Angst standzuhalten vermochte. Sie wusste, dass sie gesegnet war, ihr Herz mit göttlicher Liebe erfüllt.

Und gleich war der Schmerz, der in ihrem Körper zuckte, weniger wirklich – als gehörte er zu einem anderen, schwächeren Mädchen. Sie kroch ihm kraft ihres Geistes davon. Sie kroch das steile Dach hinauf in den Himmel, wo die Wolken sich aneinanderschoben wie Stufen, Stufen immer höher hinaus, die Kanten im Licht der fern am westlichen Horizont versinkenden Sonne erstrahlend. Ein falscher Tritt, ein Zögern, und sie könnte abstürzen und wie eine Puppe mit zerbrochenen Gliedern auf der Erde liegen bleiben, aber dazu würde es nicht kommen, *mein Wille geschehe und ich will es nicht,* also geschah es nicht. Sie sah: geleitet von göttlicher Liebe würde sie selbst ihre Rolle im Leben finden.

Spätestens Weihnachten, war ihr verheißen worden. Und welche Rolle?

Das Mädchen

1942 – 1947

Der Hai

Vor dem Hai gab es den Umriss des Hais. Gab es das Schweigen des tiefen grünen Wassers. Den durchs tiefe grüne Wasser gleitenden Hai. Ich muss reglos im Wasser gelegen haben, hinter der Brandung, meine Augen müssen offen gewesen sein, sie brannten vom Salz – ich war eine gute Schwimmerin damals, die Jungen fuhren mit mir gern an den Strand: Topanga Beach, Will Rogers, Las Tunas, Redondo, aber meine Lieblingsstrände waren Santa Monica und Venice oder »Muscle Beach«, wo die strammen Gewichtheber und Wellenreiter hingingen – und ich lag da und starrte ihn an, den Hai, seinen schwerelos durchs dunkle Wasser gleitenden Umriss, weder die Größe konnte ich schätzen noch mit letzter Sicherheit sagen, um was es sich handelte.

Ein Hai greift dann an, wenn du am wenigsten damit rechnest. Gott hat ihn mit einem Mördergebiss ausgestattet, dichten Reihen reißender, rasiermesserscharfer Zähne.

Einmal sahen wir in Hermosa einen bluttriefenden, lebend aufgehängten Hai auf dem Pier. Mein Verlobter und ich. Wir hatten uns eben erst verlobt, ich war fünfzehn, das reinste Kind. Gott, war ich glücklich!

Ja, aber die Mutter, du weißt schon, die Mutter ist in Norwalk.

Ich heirate ja nicht die Mutter, ich heirate Norma Jeane.

Ein gutes Mädchen. Jedenfalls macht sie den Eindruck. Aber es zeigt sich ja nicht unbedingt schon in jungen Jahren.

Was nicht?

Was später noch mit ihr sein könnte.

Ich habe es nicht gehört! Ich habe nicht zugehört. Eines will ich mal klarstellen, ich war im siebten Himmel, mit fünfzehn schon verlobt und von allen Mädchen, die ich kannte, glühend beneidet, gleich nach meinem sechzehnten Geburtstag würde ich heiraten, statt weitere zwei Jahre auf die High School zu gehen, und wo doch die USA im Krieg waren, wie in *Der Krieg der Welten*, wusste man doch sowieso nicht, ob es überhaupt noch eine Zukunft geben würde.

»An der Zeit zu heiraten«

1

»Norma Jeane, weißt du, ich finde, es ist für dich an der Zeit zu heiraten.«
Mit dieser unbedachten Äußerung platzte sie einfach fröhlich heraus, so als hätte jemand das Radio eingeschaltet und würde gerade jemand singen. Sie hatte sich das nicht zurechtgelegt, eigentlich. Sie gehörte nicht zu denen, die Bemerkungen planten. Was sie sagen wollte, wusste sie erst, wenn sie es sagte. Selten bereute sie, was sie gesagt hatte, denn schließlich war es doch darum gegangen, es zu sagen. Oder nicht? Und was einmal gesagt war, war eben gesagt. Stieß die Fliegengittertür zur hinteren Veranda auf, wo sie das Bügelbrett aufgebaut hatten und das Mädchen bügelte, Wäschekorb schon fast leer und Warrens kurzärmelige Hemden ordentlich auf Drahtbügel gehängt, und Norma Jeane blickte strahlend zu Elsie hoch, ohne richtig gehört zu haben, oder wenn sie gehört hatte, dann nicht richtig hingehört, in der Annahme, dass Elsie, wie so oft, Spaß machte; Norma Jeane in sehr knappen Shorts und einem schulterfreien Oberteil mit Polkatupfern, aus dessen Ausschnitt die kindlich-pummeligen weißen Brüste hervorguckten, barfuß, mit schweißschimmernder Haut, mit blondem Flaum an Unterarmen und Beinen, das krauslockige schmutzig-blonde Haar mit einem von Elsies alten Kopftüchern zurückgebunden. Was hatte dieses Mädchen doch für ein sonniges Gemüt, nicht wie manch andere, die wildäugig zurückzuckten, wenn man mit beherztem Lächeln auf sie zuging, als rechneten sie mit Schlägen, ja, sie hatte schon erlebt, dass kleinere Kinder, Jungen wie Mädchen, sich in die Hose machten, wenn man sich ihnen unerwartet näherte. So eine war Norma Jeane nicht. Norma Jeane war überhaupt anders als alle, die sie bisher aufgenommen hatten.
Das war ja das Problem. Norma Jeane war ein Sonderfall.
Achtzehn Monate teilte sie sich jetzt schon mit einer von Warrens jungen Kusinen, die bei der Radio Plane Aircraft arbeitete, das Zimmer unter dem Dach. Und sie hatten sie auf Anhieb gern gehabt. Fast, obwohl das vielleicht doch übertrieben war, aber fast konnte man sagen, dass sie sie liebten. So anders als die Kaliber, die ihnen die County sonst schickte. Still und doch auf-

merksam, eine, die das Lachen nicht verlernt hatte (und zu lachen gab es bei den Pirigs immer was, weil sie eben Spaß verstanden, na klar!), die ihre Haushaltspflichten immer gewissenhaft erledigte, und manchmal die anderer Kinder obendrein, die ihre Hälfte des Dachzimmers tipptopp in Ordnung hielt und das Bett machte, wie man es ihr im Heim beigebracht hatte, die vorm Essen die Augen senkte und ein Tischgebet sprach, obwohl es sonst niemand tat und Warrens Kusine Liz sie auslachte, denn so oft wie Norma Jeane abends vor ihrem Bett kniete, meinte sie, müsste doch das, worum sie so inständig betete, sich längst mal eingestellt haben. Elsie aber lachte Norma Jeane nicht aus. Das arme Kind war so ein Hasenherz, wenn nur eine Maus in der Küche die Falle quer über den Fußboden schleppte oder Warren eine Kakerlake zertrat oder Elsie selbst mit der Fliegenklatsche zuschlug, dann machte sie ein Gesicht, als ginge die Welt unter, ganz zu schweigen von anderen Malen, wenn sie fluchtartig das Zimmer verließ, weil die Rede von schlimmen Dingen war (etwa Kriegsmeldungen wie der von den Männern, die auf dem Todesmarsch nach der Einnahme von Corregidor lebendig begraben worden waren), und entsprechend wand sie sich, wenn sie Elsie helfen musste, Hühner zu rupfen, aber sie auslachen, nein, das tat Elsie nicht. Elsie war schließlich diejenige, die sich immer eine Tochter gewünscht hatte, und während Warren nie besonders erbaut gewesen war von der Sache mit den Pflegekindern, nur, dass sie eben das Geld gut gebrauchen konnten, denn Warren gehörte zu denen, die fanden, eigene Kinder oder keine Kinder, wusste selbst Warren über Norma Jeane nur Gutes zu sagen. Wie sollte sie es ihr also bloß beibringen?

Als müsste man ein Kätzchen erwürgen! Aber es half ja nichts.

»Nein, weißt du, ich finde wirklich – in deinem Fall. Dass es an der Zeit ist zu heiraten.«

»Aunt Elsie! Wie bitte?«

Aus dem kleinen Plastikradio auf dem Holzgeländer der Veranda schmetterte eine Stimme, die nach – wem eigentlich klang? – Caruso. Elsie tat etwas ganz und gar Untypisches, sie stellte das Radio ab.

»Schon mal daran gedacht? Ans Heiraten? Im Juni wirst du sechzehn.«

Norma Jeane lächelte Elsie verwirrt an, das schwere Bügeleisen in der erhobenen Hand. Nicht einmal vor Schreck vergaß das Mädchen, das heiße Eisen vom Bügelbrett zu nehmen.

»*Ich* war in deinem Alter auch schon verheiratet, oder fast. Waren auch besondere Umstände, bei mir.«

Norma Jeane meinte: »H-heiraten? Ich?«

»Na, von *mir* spreche ich nicht!« Elsie lachte.

»Aber – ich habe nicht einmal einen festen Freund.«

»Du hast zu viele Freunde.«

»Aber keinen *festen*. Und ich bin gar nicht *v-verliebt*.«

»Verliebt?« Elsie lachte. »Verlieben geht schnell. In deinem Alter geht das ganz schnell.«

»Du machst Spaß, nicht, Aunt Elsie? Du ziehst mich bestimmt bloß auf.«

Elsies Miene verfinsterte sich. Sie wühlte in ihren Taschen nach den Zigaretten. Stand in Schlappen da, ohne Strümpfe, die blassen, von Besenreisern verunzierten Beine um die Knie etwas schwammig, darunter aber noch recht flott. Ihr Kittel war vorne durchgeknöpft, aus billiger Baumwolle und nicht sonderlich sauber, er saß etwas spack. Sie fühlte sich unangenehm verschwitzt, roch aus den Achselhöhlen. Sie war es nicht gewohnt, in ihrem Haushalt irgendjemand Rede und Antwort zu stehen außer Warren Pirig, und deshalb juckte es sie jetzt in den Fingern. *Du fängst dir gleich eine, du hinterhältiges Luder mit deiner Unschuldsmiene.*

So urplötzlich eine solche Wut! Obwohl sie doch wusste, klar wusste sie das, dass Norma Jeane keine Schuld traf. Schuld war ihr Mann, und selbst der halbwegs unschuldig, das arme Schwein.

Nahm sie jedenfalls an. Soweit sie das mitgekriegt hatte. Aber vielleicht hatte sie eben nicht alles mitgekriegt.

Was sie mitgekriegt hatte, seit Monaten mitkriegte, bis sie es schließlich nicht mehr mitkriegen und noch ihre Selbstachtung wahren konnte, war, dass Warren kein Auge von dem Mädchen ließ. Und Warren Pirig war nicht der Typ, der ein Auge auf andere hatte: wenn er mit dir redete, glitten seine Augen an dir vorbei in die Zimmerecke, als lohnte das Hinsehen nicht, weil er deinen Anblick, dich, schließlich kannte. Selbst bei den Kumpeln, mit denen er gelegentlich einen hob, die er gut leiden konnte und achtete, sah er meist ganz woanders hin, als gebe es beim anderen nichts groß zu sehen, jedenfalls nichts, was die Mühe lohnte. Und das bei einem Mann, der zwar seit den glorreichen Tagen in der US Army, wo er sich auf den Philippinen als Amateurboxer hervorgetan hatte, auf dem linken Auge schlecht sah, auf dem rechten aber wie ein Adler, und der sich weigerte, eine Brille zu tragen, weil ihn die »störte«. Der Gerechtigkeit halber musste man aber zugeben, dass Warren auf sich selbst auch kein Auge hatte, oder kaum. Meist nicht die Zeit hatte, sich zu rasieren oder auch nur das Hemd zu wechseln, wenn Elsie es ihm nicht rauslegte und das alte so tief im Wäschekorb vergrub, dass er es nicht mehr rausfischte; für einen Vertreter – selbst wenn es bloß um Alteisen und Reifen ging, ein paar Gebrauchtwagen und Laster – nicht eben das, was man auf sein Äußeres bedacht nennen würde. Fescher Kerl damals, jung und drahtig und in Uniform, siebzehn Jahre, als ihn Elsie das erste Mal oben in San Fernando gesehen hatte, aber jung und drahtig und in Uniform war er schon eine ganze Weile nicht mehr gewesen.

Plinkern würde Warren Pirig vielleicht, wenn ihm Joe Louis oder Präsident Roosevelt leibhaftig unter die Augen trat. Aber doch nicht bei einem Normalsterblichen, und schon gar nicht einem halben Kind.

Und da musste Elsie nun mit ansehen, wie die Augen dieses Mannes dem Mädchen folgten wie Kugeln, die sich im Lager drehen. Mit ansehen, wie der Mann sein Auge auf sie richtete, wie er es sonst bisher auf keinen Fürsorgezögling der County gerichtet hatte, es sei denn, der machte Ärger oder drohte Ärger zu machen. Aber auf *Norma Jeane* richtete der Mann sein Auge.

Nicht beim Essen. Das war Elsie aufgefallen. Und sie hatte sich gefragt: mit Bedacht nicht? Immerhin war es die einzige Zeit, wo sie alle dicht beisammen um einen Tisch saßen. Warren war ein schwerer Mann, ein starker Esser und der Ansicht, beim Essen solle gegessen werden, nicht gequasselt, und Norma Jeane war sowieso eher schweigsam bei Tisch, kicherte zwar über Elsies Späße, sagte aber selbst wenig, sie hatte im Heim etepetete Tischmanieren gelernt, die in einem Haushalt wie dem der Pirigs urkomisch waren, fand Elsie; Norma Jeane war also eher still und scheu, obwohl sie kaum weniger kräftig zulangte als die anderen, mit Ausnahme natürlich von Warren. So dicht beisammen am Tisch hatte Warren ebenso wenig ein Auge auf Norma Jeane wie auf sonst wen, da las er seine der Länge nach gefaltete Zeitung; das war nicht unbedingt eine Unart, es war einfach Warren Pirigs Art. Aber sonst ließ Warren, selbst in Elsies Beisein, kein Auge von dem Mädchen, als wüsste er nicht, was er tat, und es war die Hilflosigkeit des Mannes, dieses rettungslos Verlorene in seinem Gesicht – einem ziemlich zugerichteten Gesicht, einem Gesicht, das an die Wiedergabe von Gebirgen auf Landkarten erinnerte –, das Elsie umtrieb, das in ihr rumorte und sie nicht mehr losließ, sodass sie sich beim Grübeln ertappte, selbst wenn sie gemeint hatte, an gar nichts Bestimmtes zu denken, und Elsie war eigentlich keine Grüblerin, zwar gab es ein paar Verwandte, mit denen sie seit zwanzig Jahren zerstritten war, und alte Busenfreundinnen, die sie auf der Straße schnitt, aber es wäre trotzdem nicht falsch gewesen zu sagen, dass sie über diese Menschen nicht nachgrübelte: sie dachte überhaupt nicht mehr an sie. Und nun gab es auf einmal diese unsaubere Stelle in ihrem Hirn, ihr Mann und das Mädchen, und das nahm sie übel, denn sie, Elsie Pirig, war nicht eigentlich eifersüchtig, sie hatte bloß auch ihren Stolz, und da ertappte sie sich auf einmal dabei, wie sie oben im Dachzimmer, wo schon im April eine Gluthitze war und Wespen unter der Traufe sirrten, die Sachen des Mädchens durchsuchte, dabei fand sie doch nur Norma Jeanes rotledernes Tagebuch, das ihr das Mädchen schon von sich aus gezeigt hatte, voller Stolz auf dieses Geschenk der Leiterin des Waisenhauses in L. A.; Elsie hatte im Tagebuch geblättert, mit Händen, die doch tatsächlich zitterten vor Angst (sie! Elsie Pirig! sie kannte sich nicht wieder!), etwas lesen zu müssen, was sie nicht lesen wollte, doch in Norma Jeanes Tagebuch stand nichts von Belang, oder jedenfalls nichts, worüber Elsie in ihrer Hast nachzudenken Zeit gehabt hätte. Es gab sorgfältig in Norma Jeanes Schulmädchenschrift eingetragene Gedichte, wahrscheinlich aus irgendwelchen Büchern abgeschrieben, oder vielleicht waren es Schulaufgaben:

> Ein Vogel war so hoch geflogen,
> konnt nicht mehr sagen: »Am Himmelsbogen.«
> Ein Fisch schwamm so tief ganz unten im Meer,
> konnt nicht mehr sagen: »Weiß nun weder hin noch her.«

Oder:

> Der Blinde ward sehend
> wo *ich* end?

Dieses Letzte gefiel Elsie, während sie aus den anderen nicht schlau wurde, weil sie sich gar nicht richtig reimten, wie es sich für Gedichte gehörte.

> Weil ich vorm Tod nicht halten konnt
> Hielt er vor mir zurzeit
> Die Fuhre nahm uns beide auf
> Und die Unsterblichkeit.

Noch unverständlicher waren die Gebete der Christlichen Wissenschaft, nahm Elsie jedenfalls an. Das arme Kind schien das Zeug, das sie da – ein Gebet pro Seite – abgeschrieben hatte, tatsächlich zu glauben:

Himmlischer Vater
Dein ist das vollkommene Sein
Alles – Ewige – Geistige – Harmonische
Und möge die Göttliche Liebe bewahren vor Übel
Denn Göttliche Liebe ist Ewig
Hilf mir zu lieben wie du liebst
Es gibt keinen SCHMERZ
Es gibt keinen TOD
Es gibt kein LEID
Es gibt nur IMMER UND EWIG GÖTTLICHE LIEBE.

Wie sollte man aus so etwas schlau werden, geschweige denn Glauben ziehen? Vielleicht war Norma Jeanes gemütskranke Mutter Anhängerin der
Christlichen Wissenschaft, und das Mädchen hatte das bei ihr aufge-
schnappt; da fragte man sich doch glatt, ob das Zeug hier die arme Frau in
den Wahnsinn getrieben hatte oder ob sie sich an das Zeug geklammert
hatte, weil sie schon einen Schlag weg hatte. Elsie blätterte um und las:

Himmlischer Vater
Ich danke dir für meine neue Familie!
Ich danke dir für Aunt Elsie, die ich so liebe!
Ich danke dir für Mr. Pirig, der so gut zu mir ist!
Ich danke dir für dieses neue Heim!
Ich danke dir für meine neue Schule!
Ich danke dir für meine neuen Freunde!
Ich danke dir für mein neues Leben!
Lass meine Mutter wieder Gesund werden
Und das immer während Licht ihr leuchten
Alle Tage
Und hilf meiner Mutter, mich zu lieben
So zu lieben, dass sie mir nicht wehtun muss!
Ich danke dir, himmlischer Vater, AMEN.

Rasch schlug Elsie das Tagebuch zu und stopfte es in Norma Jeanes Wäsche-
schublade zurück. Ihr war, als hätte man ihr einen Schlag in die Magengrube
versetzt. Es war nicht ihre Art, fremde Sachen zu durchwühlen, und Schnüffeln fand sie unmöglich, und verflixt noch mal, das nahm sie wirklich übel,

dass Warren und das Mädchen sie so weit gebracht hatten. Als sie die steile Treppe hinabstieg, flatterte sie so, dass sie um ein Haar gestürzt wäre. Sie hatte einen Entschluss gefasst: Sie würde Warren sagen, dass das Mädchen aus dem Haus müsse.

Und wohin?

Ist mir schnurzpiepegal. Hauptsache, aus dem Haus.

Bist du verrückt geworden? Du willst sie ohne Grund ins Heim zurück-schicken?

Soll ich vielleicht warten, bis es einen Grund gibt, du Hurenbock?

Das solltest du wagen, Warren Pirig Hurenbock zu nennen, selbst wenn dir die Schmach die Tränen in die Augen trieb, da konntest du dich auf einen Kinn-haken gefasst machen; sie hatte einmal erlebt (Warren war betrunken gewe-sen und provoziert worden; das waren die mildernden Umstände, um de-retwillen sie ihm verziehen hatte), wie er eine gegen ihn versperrte Tür eingetreten hatte. Bei seinem letzten Arztbesuch hatte Warren zweihundert-dreißig Pfund auf die Waage gebracht, Elsie, die kaum größer war als Norma Jeane, wog knapp hundertvierzig. Die Chancen konnte man sich ausrechnen.

Im Boxsport sprach man von einem ungleichen Kampf.

Also beschloss Elsie, lieber gar nichts zu sagen. Nach Art der »betrogenen Ehefrau« auf Abstand zu gehen. Wie in dem Song von Frank Sinatra, den man jetzt so oft im Radio hörte: »I'll Never Smile Again«. Doch Warren schuftete gerade seine zwölf Stunden am Tag, weil er in einer Tour verrot-tete Autoreifen nach East L. A. zum Goodyear-Werk karrte, wo sie eifrig ge-nau dasselbe Altgummi aufkauften, das am 6. Dezember 1941, am Vorabend von Pearl Harbor, keine fünf Cents das Pfund eingebracht hatte. (»Und was zahlen sie jetzt?«, fragte Elsie begierig, und Warren fixierte einen Punkt irgendwo über ihrem Kopf und erwiderte: »Gerade so viel, dass sich die Mühe lohnt.« Sechsundzwanzig Jahre waren sie verheiratet, und Elsie wuss-te immer noch nicht, was Warren im Jahr unterm Strich verdiente.) Warren war jedenfalls den ganzen Tag außer Haus, und wenn er abends rechtzeitig zum Essen zurückkehrte, war ihm nicht nach Gerede, wie er das nannte, son-dern dann wusch er sich die Hände und Arme bis zu den Ellbogen, holte sich ein Bier aus dem Eisschrank, setzte sich zum Essen hin, aß, schob den Stuhl zurück, wenn er fertig war, und schon wenige Minuten später hörte man ihn schnarchen, dann war er auf ihrem Bett eingeschlafen, kaum dass er die Ar-beitsstiefel von den Füßen hatte. Wenn Elsie also schmallippig und empört auf Abstand ging, merkte Warren davon nichts.

Am nächsten Tag war Waschtag, und das hieß, dass Elsie Norma Jeane vormittags ein paar Stunden aus der Schule daheimbehielt, damit sie ihr mit der undichten Kelvinator-Bottichmaschine und der Wäschemangel half, die immer klemmte, und körbeweise die Wäsche zu schleppen und auf die Leinen im Garten zu hängen (zugegeben, es verstieß gegen die Auflagen der County, Pflegekindern aus derlei Gründen den Schulbesuch zu verwehren, aber Elsie wusste, dass Norma Jeane nie ein Sterbenswörtchen sagen würde, im Gegensatz zu dem einen oder anderen undankbaren Luder, das Elsie in Vorjahren bei der County verpfiffen hatte), und das war dann auch nicht der geeignete Moment, ernste Themen anzuschneiden, nicht, wo Norma Jeane so fröhlich und verschwitzt und wie immer klaglos den Löwenanteil der Arbeit besorgte. Ja, sich sogar mit bezaubernd hauchiger Stimme die beliebtesten Songs vorsang, die in dieser Woche auf *Your Hit Parade* zu hören waren. Da schlug nun Norma Jeane mit ihren schlanken, überraschend muskulösen Armen mühelos die tropfnassen Laken aus und klammerte sie an die Leine, während Elsie, auf dem Kopf den Strohhut, der ihre Augen vor der Sonne schützen sollte, und zwischen den Lippen eine brennende Camel, keuchte wie ein alter Maulesel. Mehrmals musste Elsie das Mädchen einen Augenblick allein lassen, um drinnen auf die Toilette zu gehen oder sich einen Kaffee zu machen oder in der Küche, gegen die Arbeitsfläche gelehnt, zu telefonieren, den Blick stieräugig auf die Fünfzehnjährige gerichtet, die auf Zehenspitzen wie eine Tänzerin Wäsche aufhängte: Norma Jeane mit ihrem Zuckerarsch, das musste ihr selbst Elsie, die weiß Gott keine »Lesbierin« war, lassen.

Marlene Dietrich war Lesbierin, hieß es. Greta Garbo auch. Mae West?

Richtete den stieren Blick auf Norma Jeane, die sich hinten im Garten mit der Wäsche herumschlug. Zwischen zerfledderten Palmen, deren Unrat überall herumlag. Wie sorgfältig sie Warrens aufgeblähtes Polohemd zum Trocknen aufhängte. Und Warrens Unterhosen – so riesig, dass sie sich, wenn sie der Wind entsprechend packte, einmal ganz um den Kopf des Mädchens wickelten. Warren Pirig, dieser Dreckskerl! Was war zwischen ihm und Norma Jeane? Oder spielte sich alles nur in Warrens Kopf ab, erschöpfte sich in dem blöden, bodenlosen Blick, den Elsie seit zwanzig Jahren bei ihm – bei keinem mehr – gesehen hatte? Die Natur forderte ihr Recht, ganz einfach, und so ein Kerl tappte blind rein. Sollte man ihm das vorwerfen? Sich selbst hatte sie auch nichts vorzuwerfen. Und doch: sie war die Ehefrau, sie musste sich schützen. Vor einem Mädchen wie Norma Jeane musste eine Frau sich schützen. Denn da erscheint plötzlich Warren und nähert sich dem Mädchen von hinten, auf die überraschend anmutige Art, die man einem Mann seines Leibesumfangs gar nicht zutraute, wenn man sich nicht in Erinnerung rief, dass der Kerl Boxer gewesen war und Boxer leichtfüßig sein müssen. Umfing die Hinterbacken des Mädchens in seinen gewaltigen Pranken wie zwei Melonen, und sie fährt überrascht herum, und er vergräbt sein Gesicht an ihrem Hals, und ihr langes gelocktes schmutzig-blondes Haar fällt über seinen Kopf wie ein Vorhang.

Elsie krampfte sich der Magen zusammen. »Aber wie kann ich sie fortschicken?«, sagte sie laut. »So eine kriegen wir nie wieder.«

Als gegen halb elf alle Wäsche an den Leinen hing, schickte Elsie Norma Jeane mit einer Entschuldigung für den Direktor zur Van Nuys High School.

Bitte entschuldigen Sie die Verspätung meiner Tochter Norma Jeane, die ihre Mutter zum Arzt fahren musste, weil ich mich allein der Hin- und Rückfahrt nicht gewachsen fühlte.

Das war eine neue, originelle Ausrede, die Elsie noch nie benutzt hatte. Sie scheute sich, von Norma Jeanes gesundheitlichen Problemen übermäßigen Gebrauch zu machen; irgendjemand an der High School könnte argwöhnisch werden, wenn Norma Jeane zu oft wegen der von Elsie als *Migräne* oder *Krämpfen* umschriebenen Beschwerden fehlte. (Die Kopfschmerzen und die Krämpfe waren selten erfunden. Die arme Norma Jeane litt tatsächlich in einem Maß unter der Regel, wie es Elsie in ihrem Alter nicht gekannt hatte – oder überhaupt irgendeinem Alter. Eigentlich sollte sie mit dem Mädchen mal zum Arzt gehen. Wenn sie sich überreden ließe. Lag mit der Wärmflasche auf dem Unterleib – gegen Wärmflaschen hatte die Christliche Wissenschaft offenbar nichts einzuwenden – oben auf ihrem Bett oder, um Elsie näher zu sein, unten auf dem Korbsofa, ächzte und stöhnte und weinte manchmal leise, das arme Kind, dabei jubelte ihr Elsie im Orangensaft heimlich so viel zerstoßenes Aspirin unter, wie sie konnte, weil man dem armen dummen Ding doch eingeredet hatte, Arzneimittel seien »unnatürlich« und Jesus würde einen schon »heilen«, wenn man nur fest genug glaubte. Klar, genauso wie Jesus auch Krebs heilen konnte oder einem ein neues Bein wachsen lassen, wenn das alte dummerweise zerfetzt worden war, oder einem das Augenlicht wiedergeben, klar, selbst bei einem Auge mit beschädigter Netzhaut wie dem von Warren. Klar, so wie Jesus das mit den verstümmelten Kindern in *Life* wieder gutmachen würde, den Opfern von Hitlers Luftwaffe!)

Also zog Norma Jeane fröhlich ab in die Schule, und die Wäsche trocknete still an der Leine. Kaum Wind, aber eine heiß sengende Sonne. Es versetzte Elsie jedes Mal in Staunen, dass, kaum hatte Norma Jeane ihre Haushaltspflichten erledigt, unweigerlich einer ihrer Verehrer mit fahrbarem Untersatz um die Ecke bog und auf die Hupe tippte, und dann trabte Norma Jeane strahlend, mit hüpfenden Locken davon. Wie konnte der Kerl in seiner klapprigen Schleuder (der älter aussah als ein High-School-Junge, fand Elsie, als sie im vorderen Zimmer hinter der Jalousie hervorspähte) überhaupt wissen, dass Norma Jeane an dem Tag zu Hause geblieben war? Sandte das Mädchen telepathische Botschaften aus? Handelte es sich um eine Art Lock-Radar? Oder (eine Vorstellung, die Elsie gar nicht gefiel) verströmte sie wirklich eine Duftmarke wie ein Vierbeiner, eine läufige Hündin, bis jeder verdammte Rüde in der ganzen Nachbarschaft hechelnd und im Dreck scharrend auf der Bildfläche erschien.

Wie blind die Männer hineintappten. Sollte man ihnen daraus einen Vorwurf machen?

Manchmal kreuzten mehrere Jungen gleichzeitig in ihren Schlitten auf, um Norma Jeane abzuholen. Dann kicherte sie wie ein kleines Mädchen und warf einen Penny, um zu sehen, welchen Wagen, welchen Jungen sie nehmen sollte.

Komisch, dass in Norma Jeanes Tagebuch *nicht ein einziger männlicher Name auftauchte.* Eigentlich überhaupt kaum Namen, außer ihrer und Warrens, und was hatte das wieder zu bedeuten?

Gedichte, Gebete. Zeug, aus dem man nicht schlau wurde. War doch nicht normal bei einer Fünfzehnjährigen, oder?

Sie würden jetzt miteinander sprechen müssen. Es ließ sich nicht mehr umgehen.

Das Gespräch würde Elsie Pirig ihr Lebtag nicht vergessen. Und es machte sie verflixt sauer auf Warren; in der Welt, in der sie lebten, hatten die Männern das Sagen, was zum Teufel konnte da eine Frau, wenn sie die Dinge realistisch sah, schon machen?

Schüchtern und in einer Weise, die erkennen ließ, dass sie seit dem Morgen darüber nachgedacht hatte, brachte Norma Jeane vor: »Das war doch nur Spaß, das mit dem Heiraten – oder, Aunt Elsie?«, und Elsie klaubte sich einen Tabakkrümel von der Zunge und erwiderte: »Wo's ernst wird, spaße ich nicht.« Norma Jeane darauf besorgt: »Ich hätte aber nicht den Mut, jemand zu heiraten, Aunt Elsie. Dazu muss man einen Jungen doch schon ganz furchtbar gern haben.« Elsie leichthin: »Es wird doch wohl einer dabei sein, den du furchtbar gern haben könntest? Mir sind da ein paar Dinge zu Ohren gekommen, meine Liebe.« Und Norma Jeane beeilte sich zu sagen: »Meinst du Mr. Haring?«, und als Elsie sie verständnislos ansah, »Ach, du meinst Mr. Widdoes?«, und weil Elsie immer noch verständnislos guckte, sagte sie, und sie wurde rot dabei: »Die treffe ich nicht mehr! Ich wusste nicht, dass sie verheiratet sind, Aunt Elsie, ich *schwör's*.« Elsie schwieg und rauchte und musste schmunzeln. Wenn sie nur hübsch den Mund hielt, würde Norma Jeane von sich aus alles erzählen. Mit großen Augen, diesem niedlichen Kleinmädchenblick, den dunkel erscheinenden blauen, tränenverschleierten Augen, die Stimme unsicher, als hätte sie Mühe, nicht zu stottern. »Aunt Elsie –« – es klang so nett, wenn Norma Jeane das sagte. Elsie erwartete von all ihren Pflegekindern, dass sie sie »Aunt Elsie« nannten, und die meisten taten es auch, Norma Jeane aber hatte dazu fast ein Jahr gebraucht, sie hatte es immer wieder versucht und es nicht über die Lippen gebracht. Kein Wunder, dass man das Mädchen an der Schule nicht für die Theateraufführung genommen hatte, dachte Elsie. Sie war so grundehrlich – schauspielern konnte die Gute ums Verrecken nicht! Aber Weihnachten hatte Elsie ihr ein paar hübsche Geschenke besorgt, darunter einen Handspiegel aus Kunststoff, auf dem hinten im Relief ein Frauenprofil prangte, und seitdem nannte Norma Jeane sie nun »Aunt Elsie«, ganz so, als wären sie tatsächlich *verwandt*.

Weshalb sie das alles erst recht schmerzte.

Weshalb sie auf Warren erst recht sauer war.

Ganz vorsichtig sagte Elsie also: »Früher oder später bist auch du dran, Norma Jeane. Dann doch lieber früher. Wo jetzt dieser schreckliche Krieg ausgebrochen ist und sich die Jungs alle melden, solltest du dir lieber einen angeln, solange es noch Männer gibt, an denen noch alles dran ist.« Norma Jeane wollte nichts davon hören. »Das meinst du wirklich ernst, Aunt Elsie? du machst nicht nur Spaß?«, und Elsie rief ärgerlich: »Sehe ich etwa aus, als würde ich Spaß machen, Kind? Macht Hitler denn Spaß? Machen die Japsen Spaß?«, und Norma Jeane schüttelte darauf verwundert den Kopf, als müsste sie ihn frei machen: »Ich begreife das einfach nicht, Aunt Elsie, warum soll ich denn heiraten? Ich bin doch erst fünfzehn, ich habe noch zwei Jahre

High School vor mir. Ich möchte –«, aber da unterbrach Elsie sie erbost: »High School! *Ich* habe in meinem ersten High-School-Jahr geheiratet, meine Mutter ist vor der achten Klasse abgegangen. Zum Heiraten braucht man keine Zeugnisse.« Norma Jeane flehentlich: »A-aber ich bin noch zu jung, Aunt Elsie«, und Elsie darauf: »Das ist es ja gerade. Du bist fünfzehn, du ziehst mit Jungen und erwachsenen Männern herum, und auf einmal haben wir den Salat, und erst neulich sagt Warren morgens zu mir, wir Pirigs haben hier in Van Nuys schließlich einen Ruf zu verlieren. Seit zwanzig Jahren schickt uns die County Pflegekinder, und es waren immer mal Mädchen dabei, die sich in Schwierigkeiten gebracht haben, nicht unbedingt schlechte Mädchen, auch gute Mädchen, aber Mädchen die mit Jungen herumzogen, und das fällt doch auf uns zurück. Warren hat gemeint: ›Was höre ich da von Norma Jeane? zieht mit verheirateten Männern durch die Gegend?‹, und *ich* sage, das wäre mir neu, und *er*: ›Elsie, wir müssen Notmaßnahmen ergreifen.‹« Norma Jeane fragte entsetzt: »Was für Maßnahmen? Was für Notmaßnahmen? Ich bin nicht in Schwierigkeiten, Aunt Elsie! Ich –«, doch Elsie unterbrach sie erneut, wollte es heraus haben, als müsste sie etwas Verdorbenes ausspucken: »Es ist doch so: du bist fünfzehn, und es gibt bestimmt mehr als genug Kerle, die dich für achtzehn halten, aber bis zu deinem achtzehnten Lebensjahr bist und bleibst du dem Gesetz nach Mündel der County, wenn du also nicht heiratest, könnte es jederzeit passieren, dass du ins Heim zurück musst.«

Das brach in einem solchen Schwall hervor, dass Norma Jeane ganz benommen wirkte, wie jemand, der schlecht hört. Elsie wurde selbst ganz flau, als müsste sich der Boden unter ihren Füßen auftun, als bebte die Erde. *Aber es musste sein. Lieber Gott!*

Norma Jeane stammelte erschrocken: »Aber w-warum sollte ich ins Heim zurück müssen? Ich – warum sollte ich zurückgeschickt werden? Man hat mich doch *hierher* geschickt.« Und Elsie, die dem Mädchen jetzt nicht mehr in die Augen sehen konnte, sagte: »Das war vor achtzehn Monaten, jetzt sieht die Sache anders aus. Du weißt, dass alles anders ist. Als du zu uns kamst, warst du ein Kind, und jetzt, jetzt bist du – na ja, ein *großes Mädchen*. Manchmal benimmst du dich schon wie eine erwachsene *Frau*. Da ändert sich für alle was, wenn ein Mädchen sich so benimmt – Männern gegenüber.« »Aber ich habe doch nichts Schlimmes getan«, beteuerte Norma Jeane, und ihre Stimme wurde dünn und kicksig. »Ich schwör's, Aunt Elsie! Gar nichts! Sie sind einfach nett zu mir, Aunt Elsie, die meisten, wirklich!

Sie sagen, sie sind einfach gern mit mir zusammen und gehen gern mit mir aus – und weiter ist nichts! Wirklich. Aber ich kann ab sofort nein sagen, ich kann doch sagen, dass ihr, Mr. Pirig und du, mir nicht mehr erlaubt, wegzugehen. Ich sage es ihnen!« Darauf war Elsie nicht vorbereitet. »Aber, weißt du, wir brauchen das Zimmer. Oben unterm Dach. Meine Schwester zieht mit ihren Kindern aus Sacramento zu uns –« Norma Jeane sofort: »Ich brauche nicht unbedingt ein Zimmer, Aunt Elsie. Ich kann unten auf der Couch schlafen oder in der Waschküche oder – sonst irgendwo. Ich kann in einem von den Autos schlafen, die Mr. Pirig verkauft. Manche sind richtig bequem, mit Polstern hinten im Rücksitz«, doch Elsie schüttelte bekümmert den Kopf: »Norma Jeane, das würde die County nie erlauben. Du weißt doch, dass sie Leute zur Überprüfung schicken«, und Norma Jeane berührte Elsies Arm und flehte: »Ihr wollt mich doch nicht wirklich ins Heim zurückschicken, Aunt Elsie? Ich dachte, ihr mögt mich! Ich dachte, wir sind wie eine Familie! Oh, Aunt Elsie, bitte – ich bin so gern hier bei euch! Ich habe euch doch lieb!« Sie verstummte, sie rang nach Atem. Ihr bestürztes Gesicht war tränenüberströmt, in den geweiteten Augen stand die nackte Angst. »Bitte, schickt mich nicht fort! Ich bin auch ganz brav, ich schwör's! Ich tue noch viel mehr! Ich gehe nicht mehr weg! Ich könnte von der Schule abgehen, ich könnte zu Hause bleiben und dir helfen, ich könnte auch Mr. Pirig helfen, im Geschäft! Ich sterbe, Aunt Elsie, wenn ihr mich ins Heim zurückschickt. Ich kann nicht ins Heim zurück. Wenn ich ins Heim zurück muss, bringe ich mich um. Bitte, Aunt Elsie!«

Inzwischen lag Norma Jeane in Elsies Armen, schluchzend und zitternd und außer Atem und sehr warm. Elsie drückte sie fest an sich, spürte das Beben der Schultern, das vor Angst stockssteife Kreuz. Norma Jeane war Elsie inzwischen über den Kopf gewachsen, jetzt machte sie sich kleiner, mehr wie ein Kind. Elsie war sich in ihrem ganzen Erwachsenenleben noch nie so mies vorgekommen. Verdammt, kam sie sich mies vor! Hätte sie Warren hochkant rausschmeißen können und Norma Jeane behalten, hätte sie es getan – aber das ging natürlich nicht. *In der Welt hatten eben die Männer das Sagen, und eine Frau musste, um zu überleben, ihresgleichen verraten.*

Elsie hielt das schluchzende Mädchen in den Armen und biss die Zähne zusammen, damit sie nicht auch noch losflennte. »Norma Jeane, hör auf. Da hilft auch kein Weinen. Wenn dem so wäre, ginge es uns allen viel besser.«

2

Ich werde nicht heiraten, ich bin zu jung!

Ich möchte als Krankenschwester zum Womens' Army Corps gehen, ich möchte nach Übersee.

Ich möchte Not leidenden Menschen helfen.

Den kleinen englischen Kindern, die verletzt und verstümmelt wurden, manche sogar unter Schutt begraben. Und die Eltern tot. Und niemand, der sie lieb hat.

Ich möchte ein Gefäß sein für die göttliche Liebe. Dass Gott aus mir leuchtet. Ich möchte helfen, die Verletzten zu heilen, ich möchte ihnen helfen, zum Glauben zu finden.

Ich werde weglaufen. Ich werde mich in Los Angeles freiwillig melden. Gott wird mein Gebet erhören.

Gelähmt vor Entsetzen, mit offen stehendem Mund um Luft ringend und einem schrecklichen Brausen und Donnern in den Ohren, hatte sie auf die Fotografien in der neuen *Life* gestarrt, die jemand auf dem Küchentisch hatte liegen lassen: ein Kind mit verquollenen Augen und nur einem Arm, ein Säugling in blutgetränktem Verband, aus dem nur Mund und ein Teil der Nase herausguckten, ein kleines Mädchen von etwa zwei Jahren mit dunklen Ringen um die Augen und einem leeren, ausgemergelten Gesicht. Was hielt die Kleine da umklammert, eine Puppe? Eine blutbeschmierte Puppe?

Da kam Warren Pirig und nahm ihr die Zeitschrift weg. Riss sie ihr aus den tauben Fingern. Seine Stimme klang brummig, irgendwie zornig und zugleich vergebend, wie so häufig, wenn sie allein waren. »Das ist nichts für dich«, sagte er. »Das begreifst du nicht.«

Er sagte nie »Norma Jeane«.

3

Es waren Hawkeye, Cadwaller, Dwayne, Ryan, Jake, Fiske, O'Hara, Skokie, Clarence, Simon, Lyle, Rob, Dale, Jimmy, Carlos, Esdras, Fulmer, Marvin, Gruner, Price, Salvatore, Santos, Porter, Haring, Widdoes. Es waren Soldaten, ein Matrose, ein Marine, ein Rancher, ein Anstreicher, einer, der mit Kreditbürgschaften handelte, ein Trucker, der Sohn des Besitzers eines Vergnügungsparks in Redondo Beach, der Sohn eines Bankiers in Van Nuys, einer aus dem

Flugzeugwerk, diverse High-School-Sportler aus Van Nuys, ein Lehrer vom Burbank Bible College, einer aus der Zentralverwaltung der Los Angeles County Besserungsanstalten, ein Motorradreparateur, ein Agrarflieger, ein Metzgerbursche, ein Postangestellter, der Sohn und Assistent eines Buchmachers in Van Nuys, ein High-School-Lehrer aus Van Nuys, ein Ermittler der Culver City Police. Sie fuhren mit ihr an den Strand: Topanga Beach, Will Rogers Beach, Las Tunas, Santa Monica oder Venice Beach. Sie luden sie ins Kino ein. Zum Tanzen. (»Engtanzen« machte Norma Jeane verlegen, dafür legte sie, mit geschlossenen Augen, wie in Trance, die Haut perlschimmernd vor Schweiß, einen phantastischen Jitterbug hin. Und den Hula tanzte sie wie eine Hawaiianerin!) Sie besuchten mit ihr den Gottesdienst und Pferderennen in Casa Grande. Sie liefen mit ihr Rollschuh. Sie stiegen mit ihr ins Ruderboot oder ein Kanu und wunderten sich, dass ein Mädchen darauf bestand mitzurudern und sich dabei gar nicht mal ungeschickt anstellte. Sie gingen mit ihr kegeln. Sie spielten mit ihr Bingo und Billard. Sie nahmen sie zu Baseballspielen mit. Sie machten mit ihr sonntags Ausflüge in die San-Gabriel-Berge. Sie klapperten mit ihr die ganze Küstenstraße zwischen Santa Barbara im Norden und Oceanside im Süden ab. Sie überredeten sie zu romantischen Spritztouren im Mondschein, bei denen auf der einen Seite der Pazifik glimmerte und auf der anderen dunkel bewaldete Hänge schwiegen, der Wind in ihrem Haar spielte und von der Zigarette des Fahrers Funken in die schwarze Nacht stoben, allerdings würde sie diese Fahrten in späteren Jahren mit Filmszenen verwechseln, die sie gesehen hatte oder gesehen zu haben glaubte. *Nie hat mich einer irgendwo berührt, wo ich nicht berührt werden wollte. Sie haben mich nicht betrunken gemacht. Sie haben mich geachtet. Meine weißen Schuhe habe ich jede Woche geputzt, mein Haar roch nach Shampoo, meine Kleider frisch gebügelt. Wenn ich ihnen meinen Mund bot, dann nur geschlossen. Ich wusste, dass ich die Lippen fest geschlossen halten musste. Und auch die Augen, beim Küssen. Ich habe mich selten bewegt. Mein Atem ging schnell, aber nie stoßweise. Meine Hände behielt ich im Schoß, ich musste höchstens mal sanft mit dem Unterarm eine Hand wegschieben.* Der jüngste war sechzehn, ein Football-Spieler von der Van Nuys High. Der älteste, der Ermittler von der Culver City Police, von dem sie mit Verspätung erfuhr, dass er verheiratet war, vierunddreißig.

Police Detective Frank Widdoes! Ein Cop aus Culver City, der im Spätsommer des Jahres 1941 in der Gegend einen Mordfall aufzuklären hatte. Auf ödem Bahngelände am Ortsrand von Van Nuys war die von Kugeln durchsiebte Leiche eines Mannes abgeladen worden; es handelte sich bei dem Toten um einen Zeugen in einem Mordprozess in Culver City, also war Widdoes hochgefahren, um die Bewohner der umliegenden Häuser zu befragen, und besah sich gerade den Fundort an einer ungeteerten Straße, als ein Mädchen auf einem Fahrrad daherkam, ein dunkelblondes Mädchen, das ganz langsam und verträumt in die Pedale trat und den Polizeibeamten in Zivil nicht bemerkte, der sie begaffte und auf den ersten Blick für ungefähr zwölf hielt, bis er, bei genauerem Hinsehen, erkannte, dass sie älter war, vielleicht schon siebzehn Jahre, denn unter dem engen, senfgelben Jumper zeichnete sich der voll entwickelte Busen einer erwachsenen Frau ab, und dazu trug sie Shorts aus weißem Cordsamt, die ihren herzförmigen kleinen Hintern betonten wie auf dem Pin-up von Betty Grable im Badeanzug, und als er sie anhielt und fragte, ob ihr in der Gegend irgendjemand oder irgendetwas »Verdächtiges« aufgefallen sei, sah er, dass sie ganz erstaunliche blaue Augen hatte, wunderschön feuchtschimmernde schlafwandlerische Augen, Augen, die nicht ihn zu sehen schienen, sondern sein Innerstes, als würde er sie kennen und wüsste sie, dass er sie kannte und dass er, selbst wenn sie ihn nicht kannte, das Recht hatte, sie zu befragen, sie aufzuhalten und mit ihr so lange in seinem ungekennzeichneten Polizeiauto zu sitzen, wie er es wünschte, so lange, wie es die »Ermittlung« erforderte, und ihr Gesicht würde er so schnell nicht vergessen: auch herzförmig, mit spitzem Haaransatz und einer Nase, die eine Idee zu lang war, und Zähnen, die eine Idee schief standen, was aber ganz reizend war, fand er, weil es ihr etwas beruhigend Normales verlieh, denn schließlich war sie noch ein halbes Kind, auch wenn sie schon eine Frau war, ein Kind in einem Frauenkörper, ähnlich dem Spiel kleiner Mädchen, die sich in den Sachen ihrer Mütter verkleiden, ein Kind, das das wusste und damit kokettierte (der enge Jumper und wie sie in perfekter Pin-up-Haltung dasaß und tief atmete, damit sich der Brustkorb weitete, und dazu die makellosen goldgebräunten Beine in den kurzen Shorts, die ihr bis fast zum Schritt hochrutschten) und zugleich nicht-wusste. Hätte er ihr befohlen, sich frei zu machen, sie hätte es bereitwillig lächelnd getan und umso unschuldiger gewirkt und umso betörender, und wenn er so etwas täte – was er natürlich nie tun würde –, nur wenn doch, und die Strafe darin bestünde, zu Stein zu werden oder von Wölfen zerfleischt, dann wäre es das beinahe wert.

Gut, er hatte sich also ein paarmal mit dem Mädchen getroffen. War nach Van Nuys hochgefahren und hatte sie in der Nähe der High School aufgelesen. Er hatte das Mädchen nicht angerührt! Nicht so. Oder praktisch gar nicht. Weil er ja wusste, dass da der Staatsanwalt die Hand drauf hatte, wusste, in was für eine Klemme er, gerade in seinem Beruf, geraten könnte, ganz zu schweigen von der Ehe-Klemme, in die er geraten könnte, zumal er seine Frau schon mal betrogen hatte und erwischt worden war – beziehungsweise wütend gebeichtet hatte und insofern »erwischt« worden. Inzwischen war er ausgezogen, und er lebte allein und genoss es. Außerdem war Norma Jeane, das hatte er inzwischen herausgekriegt, Fürsorgezögling. Ein Mündel der L. A. County, untergebracht bei einer Pflegefamilie in der Reseda Street, Van Nuys, einer Straße mit schäbigen kleinen Bungalows und Vorderrasen ohne Rasen, Haushaltsvorstand Händler, der unter einer ewigen Dunstglocke stinkenden Gummis und bläulichem Qualm, der die ganze Nachbarschaft verpestete, auf einem halben Morgen Land Gebrauchtautos, -laster, Motorräder und anderen Schrott zum Verkauf anbot, und Widdoes konnte sich genau vorstellen, wie es in dem Haus aussah, verzichtete jedoch auf weitere »Ermittlungen«, lieber nicht, der Schuss würde womöglich nach hinten losgehen, und was war da schon groß zu machen, sollte er die Kleine etwa selbst adoptieren? Er hatte eigene Kinder, und die kosteten ihn ein Heidengeld. Die Kleine tat ihm leid, er steckte ihr Geld zu, mal einen, mal fünf Dollar, damit sie sich »was Nettes« kaufte. Alles ganz harmlos, eigentlich. Sie gehörte zu denen, die tun, was man ihnen sagt, oder es einem recht machen wollen, sodass man sich, wenn man nur einen Funken Verantwortungsgefühl besaß, sehr genau überlegte, was man ihnen sagt. Wenn sie einem vertrauten, war die Versuchung viel größer, als wenn sie einem misstrauten. Und dann das Alter. Und dieser Körper. Es war ja nicht nur die Hundemarke (die Marke gefiel ihr »fabelhaft gut«, und sie konnte sich nicht daran satt sehen, ebenso wenig an seiner Pistole; ehrfürchtig hatte sie gefragt, ob sie die Pistole mal anfassen dürfe, und Widdoes hatte gelacht und gemeint, klar, warum nicht, solange sie in ihrem Halfter blieb und gesichert), sondern dass er Autoritätsperson war, elf Jahre Cop, da erwarb man zwangsläufig eine gewisse Autorität: Leute verhören, Leute herumkommandieren, die wissen, dass es ihnen, wenn sie sich widersetzen, leid tun wird, das wissen sie instinktiv; wir spüren bei anderen, ob eine körperliche Überlegenheit vorliegt, die uns gefährlich werden kann, wenn wir zu weit gehen – und was zu weit ist, ist nicht verhandelbar. Aber eigentlich alles ganz harmlos. Die Dinge sind nie so, wie sie Außenstehenden erscheinen. Als Ermittler wusste Widdoes das. Norma Jeane war nur drei Jahre älter als seine Tochter. Aber es waren entscheidende drei Jahre. Sie war viel schlauer, als man zunächst dachte. Sie hatte sogar ihn ein paarmal richtig verblüfft. Ihre Augen und die Babystimme täuschten. Das Mädchen sprach genauso ernsthaft über alles Mögliche (den Krieg, den »Sinn des Lebens«) wie Widdoes' erwachsene Bekannte. Sie hatte Humor. Sie konnte über sich selbst lachen – sie wollte »bei Tommy Dorsey mitsingen«. Sie wollte zum WAC. Sie wollte zur Frauenausbildungseinheit der Air Force, von der sie in der Zeitung gelesen hatte. Sie wollte Ärztin werden. Sie erzählte ihm, sie sei die »einzig noch lebende Enkelin« der Gründerin der Kirche Christi Wissenschafter, und ihre Mutter, die 1934 mit einem Flugzeug über dem Atlantik abgestürzt war, sei Hollywood-Filmschauspielerin gewesen und bei der Produktionsgesellschaft unter Vertrag, als Zweitbesetzung für Joan Crawford und Gloria Swanson, und ihr Vater, den sie seit Jahren nicht mehr gesehen habe, sei eigentlich Hollywood-Produzent, derzeit aber Fregattenkapitän im südlichen Pazifik, und Widdoes glaubte ihren Worten keineswegs, hörte aber zu, als glaube er ihr oder wolle ihr glauben, und sie schien dankbar für diese Freundlichkeit. Sie ließ sich küssen, sofern er nichts mit der Zunge versuchte, und das tat er auch nicht. Sie ließ sich auf den Mund, den Hals und die Schultern küssen – aber nur, wenn sie schulterfrei ging. Wenn er an ihrer Kleidung nestelte oder versuchte, Knöpfe oder einen Reißverschluss zu öffnen, wurde ihr unbehaglich. Diese Kinderpingeligkeit fand er rührend, er kannte sie von der eigenen Tochter. *Es gibt Dinge, die erlaubt, und Dinge die nicht-erlaubt sind.* Immerhin ließ ihn Norma Jeane über den seidigen Flaum an ihren Armen streichen und bei den Beinen sogar mit der Hand bis zur Mitte des Oberschenkels hochfahren, sie ließ ihn über ihr langes lockiges Haar streichen oder es sogar bürsten. (Die Bürste brachte Norma Jeane selbst mit! Erklärte ihm, dass Haarebürsten etwas war, was ihre Mutter früher gemacht hätte, als sie noch klein war, und die Mutter fehlte ihr so.)

In diesen Monaten traf sich Widdoes mit einer ganzen Reihe von Frauen. Norma Jeane betrachtete er nicht als Frau. Zwar mochte Fleischeslust mit ein Grund gewesen sein, weshalb er sich zu ihr hingezogen fühlte, aber es war nicht Lust, die sie befriedigte. Oder jedenfalls nicht in irgendeiner Form, die sie hätte erkennen oder anerkennen müssen.

Wie es zum Bruch kam? Unerwartet. Abrupt. Widdoes wäre es alles andere als recht gewesen, hätte jemand von dem Vorfall erfahren, insbesondere die Polizeioberen in Culver City, deren Akte über Frank Widdoes bereits mehrere Beschwerden über »unnötige Gewaltanwendung« bei Festnahmen enthielt. Und es hatte sich nicht um eine Festnahme gehandelt. Im März 1942 hatte er Norma Jeane eines Abends an einer Straßenecke ein paar Blocks von der Reseda Street auflesen wollen, und zum ersten Mal war das Mädchen nicht allein. An ihrer Seite ging ein junger Mann, und es sah ganz so aus, als hätten die beiden Streit. Der Mann war um die fünfundzwanzig, sehr kräftig gebaut und seiner billigen, protzigen Aufmachung nach zu urteilen so etwas wie Automechaniker, und Norma Jeane weinte, weil dieser »Clarence« ihr nachstieg und sie nicht in Ruhe ließ, wie sie das verlangt hatte, also brüllte Widdoes diesen Clarence an und befahl ihm, Leine zu ziehen, worauf Clarence etwas sagte, was er sich, wenn er ganz nüchtern gewesen wäre und Gelegenheit gehabt hätte, sich Widdoes genauer anzusehen, vielleicht verkniffen hätte, und da war Widdoes wortlos ausgestiegen, hatte vor den Augen einer entsetzten Norma Jeane seelenruhig die Smith & Wesson aus dem Halfter gezogen und sie dem Dreckskerl links und rechts um die Ohren gehauen, ihm gleich beim ersten Hieb die Nase gebrochen, dass das Blut nur so spritzte; Clarence sank gleich dort auf dem Gehweg in die Knie, und Widdoes versetzte ihm noch einen Schlag ins Genick, und da fiel der Dreckskerl vornüber auf die Fresse und lag da mit zuckenden Beinen. Und Widdoes zerrt das Mädchen ins Auto und fährt los, aber das Mädchen hockt wie versteinert da, vollkommen reglos, buchstäblich wie erstarrt, sie hat solche Angst, dass sie kaum sprechen kann und nicht hört, was Widdoes sagt, Worte, die beruhigen sollen, aber doch vielleicht zornig klingen, trotzig. Später dann lässt sie sich nicht mehr anfassen, nicht einmal an der Hand. Und Widdoes muss zugeben, dass er es selbst mit der Angst zu tun kriegt, im Nachhinein. Es gibt erlaubte und nicht-erlaubte Dinge, und er hat, noch dazu in aller Öffentlichkeit, die Grenze überschritten, und was, wenn es Zeugen gegeben hat? wenn der Dreckskerl krepiert ist? Um keinen Preis wollte er, dass so etwas noch mal vorkam. Also traf er sich nicht mehr mit Norma Jeane.

Nicht mal ein letztes Mal, um Lebwohl zu sagen.

4

Allmählich vergaß sie.

Auf magische Art verband sie *vergessen* mit der Zeit im Monat, die sie weniger als Blutung betrachtete denn als Entgiftung. Alle paar Wochen war es so weit, und es war gut, es war notwendig, während die Kopfschmerzen und die fieberheiße Haut und die Übelkeit und die Krämpfe bloß Zeichen ihrer

Schwäche und *unwirklich* waren. Aunt Elsie hatte ihr erklärt, dass dieser Vorgang ganz natürlich war, dass dieser »Fluch« über allen Mädchen und Frauen lag. Norma Jeane sprach nicht von Fluch. Denn es kam alles von Gott und konnte deshalb nur ein Segen sein.

Sie sprach auch nicht von »Gladys«, sie sprach den Namen weder laut aus noch im Stillen zu sich. Wenn sie an diesem neuen Ort von ihrer Mutter sprach (und sie tat es selten und dann nur Aunt Elsie gegenüber), sagte sie ebenso unaufgeregt und neutral »meine Mutter«, wie sie »mein Englischlehrer« gesagt hätte oder »mein neuer Pullover«, »mein Knöchel«. Nichts dabei.

Schon bald würde sie morgens aufwachen und feststellen, dass jede Erinnerung an »meine Mutter« ebenso spurlos verschwunden war, wie die Regel nach drei oder vier Tagen so plötzlich aufhörte, wie sie angefangen hatte. *Alles Gift fort. Und wieder fröhlich. So froh!*

5

Norma Jeane *war* ein fröhliches, immerzu strahlendes Mädchen.

Ihr Lachen war allerdings komisch, unmelodisch: schrill und fiepsig, als habe man auf eine Maus getreten (hieß es spöttisch).

Machte nichts. Sie lachte viel, weil sie fröhlich war und weil andere lachten, also lachte sie, in deren Gegenwart, auch.

An der Van Nuys High School war sie eine durchschnittliche Schülerin.

Abgesehen von ihrem Äußeren ganz durchschnittlich.

Abgesehen von irgendetwas Angespanntem und Nervösem und Erregbarem und Loderndem in ihrem Gesicht ganz durchschnittlich.

Bewarb sich als Cheerleader. Nur die hübschesten und beliebtesten Mädchen mit guter Figur und guten sportlichen Leistungen wurden als Cheerleader genommen, und doch war sie da, Norma Jeane, plagte sich schwitzend mit schwachen Knien bei der Endauswahl in der Turnhalle ab. *Ich wagte nicht einmal zu beten: ich fand, wo jede Hoffnung vergeblich war, durfte man Gott nicht behelligen.* Wochenlang hatte sie sich die Cheers eingebläut, konnte alles auswendig, auch die Sprünge, die Drehungen aus der Hüfte, gespreizten Arme und Beine, all das beherrschte sie ebenso gut wie die anderen High-School-Mädchen, doch je näher der Termin rückte, desto kraft- und mutloser wurde sie, und die Stimme versagte ihr, bis sie keinen Pieps mehr hervorbrachte, und ihre Knie schlotterten so, dass sie auf der

Matte fast zusammenbrach. Die gut vierzig Mädchen, die sich an diesem Nachmittag in der Turnhalle eingefunden hatten, befiel ein unbehagliches Schweigen. Betont munter und ganz geschäftsmäßig rief die Mannschaftsführerin der Cheerleadergruppe: »Vielen Dank, Norma Jeane. Die Nächste, bitte.«

Bewarb sich beim Drama Club. Sprach für die Schulaufführung von Thornton Wilders *Unsere kleine Stadt* vor. Warum? Musste der Mut der Verzweiflung gewesen sein. Das brennende Verlangen, normal zu sein, oder mehr als normal, das brennende Verlangen, auserkoren zu sein. Und die Hoffnung, dass sie, Norma Jeane, dank dieses Stückes, das sie so wundervoll fand, und dank der Rolle, die ihr darin zufiele, eine Heimat fände, sie würde zu »Emily« und von anderen so gerufen werden. Sie hatte das Stück wieder und wieder gelesen und meinte, es verstanden zu haben; mit einem Teil ihrer selbst, ihrer Seele verstanden. Wiewohl Jahre von der Erkenntnis entfernt *ich habe mich mitten in den Schein des Lebens gestellt, ich lebe mitten in einem Scheinleben, einer Welt des Scheins, und das ist meine Rettung.* Als sie aber im gleißenden Licht auf der Bühne stand und mit zusammengekniffenen Augen in die erste Reihe blinzelte, wo die saßen, die ihr Urteil fällen würden, wurde sie von Angst überwältigt. Der Leiter der Theatergruppe rief: »Wer ist dran? Norma Jeane? Bitte, fang an.« Es ging nicht. Sie hielt ihren Text in der zitternden Hand, sah die Zeilen verschwimmen, spürte, wie es ihr die Kehle zuschnürte. Die Szene, die sie am Abend zuvor erst einstudiert hatte, schwirrte nun in ihrem Kopf wie ein toll gewordener Schwarm Fliegen. Schließlich begann sie hastig und heiser abzulesen. Ihre Zunge war plötzlich größer als der Mund! Sie stotterte und stockte und verlor den Faden. Der Theatergruppenleiter würgte sie mit einem »Danke, mein Liebe« ab. Norma Jeane sah von ihrem Text hoch und bat: »K-kann ich es noch mal probieren, bitte?« Es entstand eine ungemütliche Pause. Sie hörte Getuschel und unterdrücktes Lachen. »Ich bin sicher, dass ich die Emily spielen kann. Ich weiß es – ich b-bin Emily.« *Wenn ich mich nur ausziehen könnte. Wenn ich nackt vor euch stünde, wie der Herrgott mich erschaffen hat, dann – ja, dann würdet ihr mich sehen!* Aber der Leiter der Theatergruppe war unerbittlich. Voll beißender Ironie, damit die anderen Schüler, die Auserkorenen, sich an seinem Spott und an der Zielscheibe seines Spotts weiden mochten, sagte er: »Hmm. Wen haben wir denn da – Norma Jeane? Aha. Danke, Norma Jeane. Ich bezweifle nur, dass Mr. Thornton Wilder da mit dir einer Meinung wäre.«

Sie verließ die Bühne. Mit brennenden Wangen, aber wild entschlossen, Haltung zu bewahren. So würde man im Film in den Tod gehen müssen. Solange andere zusahen, musste man Haltung bewahren.

Ein einsamer anzüglicher Pfiff tönte hinter ihr her.

Sie bewarb sich beim Mädchenchor. Dass sie singen konnte, wusste sie, sie *wusste* es! – zu Hause sang sie doch immerzu, und in ihren Ohren klang ihre Stimme ganz melodisch, und hatte nicht Jess Flynn versichert, aus ihrer Stimme ließe sich etwas machen? Sie hatte eine Sopranstimme, da war sie sich sicher. »These Foolish Things« konnte sie am besten. Als die Chorleiterin sie jedoch bat, Joseph Reislers »Spring Song« zu singen, von dem sie noch nie gehört hatte, starrte sie auf das Notenblatt und konnte die Noten nicht lesen; als die Frau sich ans Klavier setzte, das Lied vorspielte und Norma Jeane dann aufforderte, mitzusingen, sank Norma Jeane der Mut, und ihre Stimme klang hauchig und zittrig, enttäuschend – gar nicht nach ihr!

Sie fragte, ob sie es noch mal probieren dürfe, bitte.

Das zweite Mal klang ihre Stimme etwas kräftiger. Aber nicht viel.

Höflich beschied ihr die Chorleiterin: »Vielleicht klappt es im nächsten Jahr, Norma Jeane.«

Für ihren Englischlehrer Mr. Haring hatte sie Aufsätze über Mary Baker Eddy geschrieben, die Gründerin der Christlichen Wissenschaft, über Abraham Lincoln, »Amerikas bedeutendsten Präsidenten«, und über Christoph Kolumbus, »der furchtlos ins Unbekannte aufbrach«. Sie hatte Mr. Haring einige der Gedichte gezeigt, die sie sorgfältig mit blauer Tinte auf lose unlinierte Blätter schrieb.

In den Himmel entschweben!
Will – nein werde! – ewig leben.

Und aller Kummer wär fort – vertrieben
könnt ich dich lieben.

Könnt ich es sagen
auszusprechen wagen –
»Ich liebe!«
Und das immer wahr bliebe.

Wie uns Gott immer liebt
wahre Liebe gibt
so viel uns BELIEBT.

Als Mr. Haring steif lächelte und das Gedicht »sehr gut« nannte, die Reime »gekonnt«, errötete Norma Jeane vor Freude. Sie hatte Wochen gebraucht, um sich ein Herz zu fassen und ihre Gedichte vorzuzeigen, und jetzt – wie reich entschädigt! Und sie hatte noch so viele Gedichte! Ihr Tagebuch quoll geradezu über vor Gedichten! Und sie hatte außerdem die Gedichte, die ihre Mutter vor langer Zeit als junges Mädchen, ganz allein in Nordkalifornien, geschrieben hatte, vor ihrer Heirat.

Die – rote – Glut – ist der Morgen –
Der Mittag – das Veilchenblau –
Das Gelbe – der Tag – der endet –
Danach – ist alles grau –

Doch Meilen von den Funken – am Abend –
Enthüllen wie weit es gebrannt –
Und das – noch nie versehrte
Silberglänzende Land –

Dieses eigenartige Gedicht las Mr. Haring stirnrunzelnd immer wieder. Ach, hoffentlich war es kein Fehler gewesen, es ihm zu zeigen! Norma Jeane schlug das Herz bis zum Hals, ihr Hasenherz. Mr. Haring war ein strenger Lehrer, obwohl er mit neunundzwanzig nicht alt war; der drahtig-dünne Mann, mit rotblondem, schon leicht schütterem Haar und einem von einem Kinderunfall zurückbehaltenen Hinken hatte ganz schön zu kämpfen, um seine junge Familie mit dem kärglichen Gehalt eines Lehrers an der staatlichen Schule durchzubringen. Man hätte ihn für eine schwächliche, weniger liebenswürdige Ausgabe von Henry Fonda in *Früchte des Zorns* halten können. Er war auch im Unterricht nicht immer gut gelaunt, und seine plötzlichen sarkastischen Anwandlungen waren gefürchtet. Bei Mr. Haring musste man auf alles gefasst sein, auf seltsame Äußerungen, aber man hoffte eben das Beste und auf wenigstens ein müdes Lächeln. Norma Jeane konnte meist auf ein Lächeln Mr. Harings zählen, dieses stille, schüchterne Mädchen, das umwerfend hübsch war und extrem gut entwickelt, mit Pullovern, die stets ein oder zwei

Nummern zu klein waren und einer unbewusst aufreizenden Art – jedenfalls nahm Haring an, dass sie ihr nicht bewusst war. *Ein fünfzehnjähriges Teufelsweib, das nichts davon wusste. Und diese Augen!*

Das Gedicht der Mutter Norma Jeanes, das ohne Titel geblieben war, hielt Haring für »unfertig«. Mit einem Stück Kreide gerüstet, demonstrierte er an der Tafel (es war nach Unterrichtsschluss; Norma Jeane hatte ihn um Rat gebeten), inwiefern das »Reimschema« zu wünschen übrig lasse. »Morgen« und »endet« hätten sich aa reimen müssen, und Norma Jeane sehe gewiss auch, dass sich da nichts reime. Bei den b-Reimen ging es ja. In der zweiten Strophe gab es wiederum keine c-Reime »Abend«, »versehrte« – nichts zu machen. Dabei ging es bei Gedichten aber doch, schließlich und endlich, um den Klang, die Musik, man rezipierte mit dem Ohr, nicht nur dem Auge. Und was, um Himmels willen, sollte ein »silberglänzendes Land« vorstellen? »Verrätselt« und »frivol«, nicht untypisch für die Schwächen weiblicher Dichtkunst. Starke Gedichte verlangten ein starkes Reimschema, und der Sinn eines Gedichts musste sich erschließen. »Sonst zuckt der Leser mit den Achseln und sagt sich: ›Pah. Das kann sogar *ich* besser.‹«

Norma Jeane lachte, weil Mr. Haring lachte. Die Unzulänglichkeit des Gedichts ihrer Mutter (obwohl sie trotzig darauf beharren wird, es weiterhin wunderschön, so seltsam, rätselhaft zu finden) beschämte sie, aber auch sie wusste nicht genau, was mit dem »silberglänzenden Land« gemeint war. Zur Ehrenrettung brachte sie vor, dass ihre Mutter keinen Collegeabschluss gemacht hatte. »Mom hat mit neunzehn geheiratet. Sie wollte eine richtige Dichterin sein. Sie wollte andere lehren – wie Sie, Mr. Haring.«

Haring war gerührt. Süß war die Kleine! Er blieb wohlweislich hinter seinem Schreibtisch.

Ein Unterton in Norma Jeanes bebender Stimme veranlasste ihn jedoch, behutsam zu fragen: »Wo ist denn deine Mutter jetzt, Norma Jeane? Du lebst doch nicht bei ihr?«

Norma Jeane schüttelte stumm den Kopf. Ihre Augen schimmerten verdächtig, und ihr junges Gesicht verhärtete sich, als müsste es sonst zerspringen.

Da fiel Haring ein, dass er gehört hatte, das Mädchen sei Fürsorgezögling, Mündel der L. A. County. Und lebe bei den Pirigs. Den Pirigs! Er hatte schon etliche Pflegekinder der Pirigs unterrichtet. Umso überraschender, dass dieses so gepflegt, gesund und aufgeweckt war. Das dunkelblonde Haar war nie fettig, ihre Kleider wirkten sauber und ordentlich, wenn auch etwas auffällig: unter dem billigen, engen roten Jumper zeichneten sich die erstaunlichen kleinen Brüste sehr deutlich ab, und unter dem billigen, engen grauen Sergerock – hätte er gewagt hinzusehen – ahnte man die Poritze.

Er hatte nicht hingesehen und würde es nicht. Er und seine erschöpfte junge Frau hatten eine vierjährige Tochter und einen Sohn von acht Monaten, und diese Tatsache, nackt und erbarmungslos wie die Wüstensonne, stand Haring vor Augen.

Und doch beeilte er sich zu sagen: »Hör zu, Norma Jeane. Du kannst jederzeit gerne Gedichte mitbringen – deine, die deiner Mutter. Ich schaue sie mir gerne an. Das ist schließlich mein Job.«

So geschah es, dass Sidney Haring, Norma Jeanes Lieblingslehrer an der Van Nuys High School, im Winter des Jahres 1941 begann, sich nach dem Unterricht mit ihr zusammenzusetzen, ein-, manchmal sogar zweimal in der Woche. Unermüdlich redeten sie von – tja, wovon eigentlich? – Romanen und Gedichten hauptsächlich, die Haring Norma Jeane zu lesen mitgab, *Sturmhöhe* von Emily Brontë, *Jane Eyre* von Charlotte Brontë, *Die gute Erde* von Pearl S. Buck, schmale Gedichtbändchen von Elizabeth Barrett Browning, Sara Teasdale, Edna St. Vincent Millay und dem von Haring besonders geschätzten Robert Browning. Er »analysierte« weiterhin ihre Schulmädchengedichte. (Von ihrer Mutter brachte sie – zum Glück – nie wieder etwas mit.) Und als Norma Jeane eines Winternachmittags mit Schrecken klar wurde, dass sie sich verspätet hatte, dass Mrs. Pirig und unerledigte Haushaltspflichten sie daheim erwarteten, da erbot sich Haring, sie abzusetzen, und seitdem fuhr er sie, wann immer Norma Jeane zu ihm in die Sprechstunde gekommen war, in aller Regel nach Hause, eine Entfernung von nur anderthalb Meilen. So blieb ihnen mehr Zeit zum Reden.

Alles ganz harmlos, würde er beteuert haben. Ganz unschuldig. Das Mädchen war Schülerin, er ihr Lehrer. Kein einziges Mal rühre er sie an. Allenfalls mochte er, wenn er ihr den Wagenschlag aufhielt, damit sie einsteigen konnte, mal ihre Hand gestreift haben, oder ihr langes Haar. Unbewusst mochte er ihr Parfum eingeatmet haben. Er mochte sie vielleicht eine Idee sehnsuchtsvoll betrachtet und gelegentlich, wenn er sich angeregt mit ihr unterhielt, den Faden verloren haben, ins Stocken geraten sein und sich wiederholt haben. Ungern würde er sich eingestanden haben, dass er in den erschöpften und überspannten Haushalt, dessen Vorstand er war, verstohlen die lebhafte Erinnerung an das kindhafte Lächeln des Mädchens und die Verheißung ihres jungen Körpers und den zum Verrücktwerden blauen Schimmerblick trug, der stets ein wenig nach innen gewandt schien, als gewähre er Einlass.

Ich lebe in deinen Träumen, oder nicht? Komm, leb in meinen!

Doch in den ganzen langen Monaten ihrer »Freundschaft« deutete in dem, was das Mädchen von sich gab, nichts auf den Versuch hin, ihn zu becircen oder auf Abwege zu führen. Sie schien wahrhaftig nur über die Bücher sprechen zu wollen, die Haring ihr lieh, und über ihre Gedichte, die er allen Ernstes für ganz vielversprechend zu halten schien. Wenn in diesen Gedichten von Liebe die Rede war und wenn sie an ein ungenanntes *du* gerichtet waren, so konnte Haring dennoch kaum davon ausgehen, dass mit diesem *du* Sidney Haring gemeint war. Ein einziges Mal überraschte Norma Jeane ihn, und da waren sie abgeschweift und auf ein ganz anderes Thema gekommen. Haring hatte beiläufig bemerkt, dass er F. D. R. nicht traue, dass er glaube, mit der Kriegsberichterstattung werde man eingewickelt, Politikern traue er schon aus Prinzip nicht, und da war Norma Jeane aufgebraust und hatte gemeint: nein, nein, da liege er falsch – »Präsident Roosevelt ist anders«. »So? Woher willst du das wissen?«, fragte Haring belustigt. »Du wirst den Herrn kaum persönlich kennen, oder?« »Natürlich nicht, aber ich vertraue ihm. Ich kenne seine Stimme, aus dem Radio.« Darauf Haring: »*Ich* kenne seine Stimme ebenfalls aus dem Radio, und ich behaupte, man wickelt mich ein. Alles, was wir im Radio zu hören oder im Kino zu sehen bekommen, wird genau nach Drehbuch geprobt und gespielt, nichts wird aus dem Stegreif gesagt, das ginge auch gar nicht. Das mag alles ganz schrecklich aufrichtig klingen, ist es aber nicht. Das geht gar nicht.« Norma Jeane echauffierte sich. »Aber Präsident Roosevelt ist ein bedeutender Mann! Genauso bedeutend vielleicht wie Abraham Lincoln.« »Woher willst du das wissen?« »Weil ich an ihn g-glaube.« Haring lachte. »Willst du meine Definition von Glaube hören, Norma Jeane? Glaube gilt allem, von dem wir wissen, dass es nicht wahr ist.« Norma Jeane legte die Stirn in Falten. »Das stimmt nicht! Man glaubt, weil man weiß, dass es wahr ist, auch wenn man es nicht beweisen kann.« »Aber was ›weißt‹ du denn schon von Roosevelt? Doch nur das, was du in der Zeitung liest oder im Radio hörst, stimmt's? Dass der Mann ein Krüppel ist, weißt du wahrscheinlich nicht?« »Was – ist er?« »Ein Krüppel. Roosevelt hat Kinderlähmung gehabt, heißt es. Seine Beine sind gelähmt. Er sitzt im Rollstuhl. Auf den Fotos, wenn du mal drauf achtest, ist er immer nur von der Taille aufwärts zu sehen.« »Das ist nicht wahr!« »Nun, ich weiß es aber zufällig aus sicherer Quelle, weil ein Onkel von mir nämlich in Washington D. C. arbeitet; es *ist* wahr.« »Das glaube ich nicht.« »Tja –«– Haring lachte, die Sache machte ihm Spaß – »dann nicht. F. D. R. kümmert herzlich wenig, was eine Norma Jeane Baker irgendwo in Van Nuys, Kalifornien, glaubt oder sich zu glauben weigert.«

Sie saßen am Ortsrand an einer ungeteerten Straße in Harings Wagen, fünf Minuten vom heruntergekommenen Haus der Pirigs in der Reseda Street entfernt. Vor ihnen lagen die Bahngleise, am Horizont die diesigen Hänge der Verdugo-Berge. Als habe sie die Meinungsverschiedenheit aufgerüttelt, sah Norma Jeane ihren Lehrer plötzlich mit ganz neuen Augen. Ihr Atem ging schnell, sie durchbohrte ihn mit ihrem Blick, und Haring verspürte den geradezu überwältigenden Drang, sie zu packen, sie an seine Brust zu ziehen und festzuhalten. Wildäugig stieß sie hervor: »Oh! Ich hasse Sie, Mr. Haring. Ich kann Sie nicht ausstehen.«

Haring lachte und drehte den Schlüssel im Zündschloss.

Erst, nachdem er Norma Jeane zu Hause abgesetzt hatte, sollte er feststellen, dass ihm der Schweiß aus allen Poren rann: sein Unterhemd war klitschnass, ihm dampfte der Kopf. Sein Glied erhob sich pochend und zornig wie eine Faust.

Ich habe sie nicht angerührt! Ich hätte es ja tun können, aber ich habe es nicht getan.

Als sie sich das nächste Mal sahen, war der Gefühlsausbruch vergessen. Beide erwähnten den Vorfall selbstverständlich mit keinem Wort. Ihre Gespräche beschränkten sich auf Bücher, auf Gedichte. Das Mädchen war Schülerin, er ihr Lehrer. Nie wieder sollten sie in der Weise miteinander sprechen, und ein Glück, sagte sich Haring; nicht, dass er in diesen Backfisch verliebt war, aber sicher war sicher. Sonst kostete ihn die Sache womöglich noch seinen Job, setzte er womöglich noch seine ohnehin wacklige Ehe aufs Spiel, und schließlich hatte er auch seinen Stolz.

Wenn ich sie aber doch anrührte? Was dann?

Sie hatte ihre Gedichte doch für ihn geschrieben – oder nicht? Sidney Haring war das geliebte *du* – oder nicht?

Und dann blieb Norma Jeane Ende Mai urplötzlich und ohne ersichtlichen Grund aus der Schule weg. Wo zum Abschluss der zehnten Klasse kaum drei Wochen fehlten. Ohne ihren Lieblingslehrer einzuweihen. Sie fehlte einfach eines Tages im Englischunterricht, und am Tag darauf erfuhr Haring, wie alle anderen Lehrer auch, von der Schulleitung, dass Norma Jeane »aus persönlichen Gründen« abgehe. Haring konnte nur mit Mühe und Not die Fassung wahren. Was war mit ihr? Weshalb brach sie ausgerechnet jetzt die Schule ab? Und ohne ihm ein Wort zu sagen?

Mehrfach hatte er den Telefonhörer schon in der Hand, war drauf und dran, bei den Pirigs anzurufen und nach ihr zu fragen, traute sich aber letztlich nicht.

Halt dich da raus. Wahre Abstand.

Es sei denn, du liebst sie? Ist dem so?

Schließlich fuhr er, besessen von dem Mädchen, das in seinem Leben ebenso fehlte wie im Klassenzimmer, in die Reseda Street, wo er hoffte, einen Blick auf Norma Jeane zu erhaschen, saß da und stierte zu dem arg heruntergekommenen Holzbungalow hinüber, der nackten Erde vorm Haus und dem Schandfleck des Schrottplatzes dahinter, wo dicker stinkender Qualm aufstieg. Welche Art »Pflege« konnten Kinder hier schon erfahren? Im schonungslosen Mittagslicht hatte die Schäbigkeit des Pirig-Hauses geradezu etwas Aufmüpfiges, die abblätternde graue Farbe und das marode Dach kamen Haring symbolträchtig vor, Sinnbild des armseligen Daseins, in das ein unschuldiges Mädchen durch das Los ihrer Herkunft geworfen war und aus dem sie nur durch das beherzte Eingreifen von jemandem wie ihm erlöst werden konnte. *Norma Jeane? Ich werde dich heimführen, dich retten.*

Da trat Warren Pirig aus der Garage neben dem Haus und hielt auf einen in der Einfahrt geparkten Pickup zu.

Haring gab Gas und fuhr rasch vorbei.

6

Nichts leichter, als sich kopfüber durch eine Glasscheibe zu stürzen.

Aber sie hatte im Laufe des Nachmittags vorsorglich zwei Bier getrunken, am dritten hielt sie sich jetzt fest.

Als sie sagte: »Sie muss weg.«

»Norma Jeane? Wieso denn?«

Elsie antwortete nicht gleich. Rauchte ihre Zigarette. Genoss den bitteren, erhebenden Tabakgeschmack.

Warren hakte nach: »Nimmt ihre Mutter sie wieder? Deswegen?«

Sie sahen einander nicht an. Nicht einmal annähernd. Elsie wusste, dass Warren sein gutes Auge vor ihr verschloss und sein schlechtes getrübt war. Elsie saß auf ihrem Stuhl am Küchentisch vor ihren Zigaretten und der lauwarmen Flasche Twelve-Horse-Bier, von der sie den Großteil des Etiketts schon abgezupft hatte. Warren, der eben hereingekommen war, stand in seinen Arbeitsstiefeln da. Der Mann hatte in solchen Momenten eine beängstigende Wucht, so war es immer, wenn schwergewichtige Männer enge, überheizte und nach Frau riechende Räume betraten. Warren hatte sein schmutziges Hemd ausgezogen und auf einen Stuhl geworfen, nun stand er im dünnen Baumwollunterhemd da und dünstete eine bollerige Hitze aus, einen beißenden Schweißgeruch. Schmiere-Pirig. Das waren einst Koseworte gewesen, als sie noch herumalberten wie die Kinder. Schmiere-Schweine-Pirig war wild aufs Wühlen, Schnüffeln, Rammeln, Schnauben und Quieken gewesen. Dicke Speckringe wie rohe Steaks in den gierigen Händen seiner jungen Frau. *Oh! oh! oh! oh! War-ren! Oh Gott.* Das war Jahre her, länger als sich Elsie eingestehen mochte. Mit den Jahren war ihr Mann noch massiger geworden: Schultern, Brust, Bauch. Die feisten Unterarme, der gewaltige Kopf. Drahtige grauschwarze Haarbüschel, wo du auch hinsahst. Selbst hinten am Buckel und auf den grobschlächtigen, zerschundenen Handrücken.

Elsie wischte sich die Augen und tarnte das als Naseputzen.

Warren sagte überlaut. »Ich dachte, die Mutter hätte einen Knall. Geht's ihr besser? Seit wann denn?«

»Nein.«

»Wie: nein?«

»Es geht nicht um Norma Jeanes Mutter.«

»Was dann?«

Elsie überlegte, wie sie es am besten sagen sollte. Sie gehörte nicht zu denen, die sich zurechtlegen, was sie sagen wollen, aber das hier hatte sie sich zurechtgelegt – so oft, dass ihr die Erklärung jetzt lahm und falschtönend vorkam.

»Norma Jeane muss aus dem Haus. Bevor etwas passiert.«

»Was zum Teufel –! Was soll denn passieren?«

Es lief nicht so, wie sie gehofft hatte. Koloss von einem Kerl, der da dräuend über ihr stand. Ohne Hemd schien sein pelziger Körper zu groß für die kleine Küche. Elsie tastete nach ihrer Zigarette. *Mistkerl. Du bist schuld.* Sie war nachmittags in der Stadt gewesen, sie hatte sich etwas Rouge auf die Wangen getupft, mit dem Kamm in ihrem Haar geharkt, aber aus dem Spiegel blickte bloß ein müdes, teigiges Gesicht. Und da musste Warren sie auch noch von der Seite mustern, das schätzte sie gar nicht: von der Seite, bei dem Schwabbelkinn und ihrem Schweinsrüssel.

Elsie sagte: »Sie zieht mit Jungen herum. Und älteren Kerlen. Zu vielen.«

»Älteren? Mit wem?«

Elsie zuckte mit den Achseln. Damit Warren verstand, dass es nicht gegen ihn ging.

»Ich frage sie nicht aus, Honey. Es handelt sich ja nicht um die Sorte Kerle, die ins Haus kommen und mal guten Tag sagen.«

»Vielleicht solltest du sie aber fragen«, meinte Warren streitlustig. »Vielleicht sollte ich mal fragen. Wo steckt sie?«

»Weg.«

»Wohin?«

Elsie mochte ihrem Mann nicht ins Gesicht sehen. In sein kaltes blutunterlaufenes Auge.

»Kurvt ein bisschen herum, soviel ich weiß. Wo die Kerle das Benzin hernehmen, ist mir ein Rätsel.«

Warren stieß bei geschlossenen Lippen den Atem aus. »Mädchen in ihrem Alter«, sagte er schleppend, verzögert wie jemand, dem der Wagen ausgebrochen ist und von der Straße abkommt, »ist doch klar, dass sie Verehrer hat. Das ist normal.«

»Nur sind es bei Norma Jeane zu viele. Und sie ist so vertrauensselig.«

»Wie vertrauensselig?«

»Sie ist zu *nett*.«

Das ließ Elsie erstmal sacken. Wenn er sich heimlich an Norma Jeane rangemacht hatte, dann war das nur deshalb möglich gewesen, weil Norma Jeane zu nett war, zu lieb, zu brav und zu folgsam, um ihn abzuwehren.

»Hör mal, sie ist doch nicht etwa in Schwierigkeiten, oder?«

»Noch nicht. Soviel ich weiß.«

Dabei wusste Elsie ganz genau, dass Norma Jeane erst in der Woche zuvor ihre Regel gehabt hatte. Krämpfe, die sie richtiggehend lahm legten, heftige Kopfschmerzen. Das arme Kind blutete immer wie ein angestochenes Schwein. Litt Todesängste, gab es aber nicht zu, sondern betete darum, mit Gottes Hilfe geheilt zu werden.

»Noch nicht – was soll das wieder heißen?«

»Warren, wir müssen an unseren guten Namen denken: die Pirigs.« Als müsste sie ihn an seinen eigenen Namen erinnern. »Da können wir es nicht darauf ankommen lassen.«

»Namen? Wieso?«

»Na, bei der County. Bei der Kinderfürsorge.«

»Schnüffeln die herum? Stellen Fragen? Seit wann?«

»Es hat ein paar Anrufe gegeben.«

»Anrufe? Von wem?«

Elsie wurde mulmig. Sie schnippte die Asche ihrer Zigarette in einen Aschenbecher, der die Farbe von Fensterkitt hatte. Es hatte zwar Anrufe gegeben, aber nicht von Seiten der L. A. County, und langsam kam ihr der böse Verdacht, Warren könne ihre Gedanken lesen. Große Boxer wie Henry Armstrong, behauptete Warren, den er in L. A. hatte antreten sehen, könnten die Gedanken ihrer Gegner lesen; mehr noch: Armstrong wüsste im Voraus, was der andere tun würde oder tun wollte, noch bevor der es selbst wusste. Jetzt flackerte in Warrens gutem Auge dieser gemeine, gerissene Ausdruck auf, der dir – da er sich schon die Mühe machte, dich direkt anzusehen – zu verstehen gab, jetzt wurde es gefährlich.

Stand jetzt über ihr, direkt über ihr. Die schiere Masse des Mannes. Sein schmutzig-schweißiger Geruch. Und dann diese Hände. Die Fäuste. Wenn sie die Augen schloss, konnte sie sich an die Wucht des Schlags rechts ins Gesicht erinnern. An das Gesicht, dick geschwollen, unförmig. Ein Denkzettel. Da kamst du ins Grübeln. Warst du beschäftigt.

Ein andermal hatte er ihr einen Hieb in die Magengrube verpasst. Dass sie den ganzen Boden vollgekotzt hatte. Die Kinder, die sie damals im Haus gehabt hatten (in alle Winde zerstreut inzwischen, Verbindung abgerissen), hatten die Beine in die Hand genommen und waren lachend in den Hof hinausgespritzt. Dabei hatte Warren gar nicht mal fest zugeschlagen, für seine Verhältnisse. *Wenn ich dir hätte wehtun wollen, hätte ich das. Habe ich aber nicht.*

Sie hatte es sich allerdings selbst zuzuschreiben gehabt. Die hohe nörgelige Stimme, die Warren nicht leiden konnte, und dann hatte sie, just als er zu einer Antwort ansetzte, Anstalten gemacht, aus dem Zimmer zu rauschen, und das konnte er erst recht nicht leiden.

Hinterher, nicht sofort, aber am Tag oder am Abend danach, war er immer die Güte selbst. Nicht, dass er sich jemals ausdrücklich entschuldigte, aber versöhnlich war er dann. Seine Hände, sein Mund. Fand für seinen Mund ganz ungewohnte Verwendung. Sagte nicht groß was, denn was gab es in solchen Momenten schon zu sagen?

Dass er sie liebte, hatte er auch nie gesagt. Aber sie wusste – oder nahm jedenfalls an –, dass dem so war.

Ich habe euch doch lieb, hatte das Mädchen gesagt. Feuchtschimmernde, erschrockene Augen. *Ach, Aunt Elsie, ich habe euch doch lieb, bitte schickt mich nicht fort.*

Elsie wählte ihre Worte mit Bedacht: »Wir müssen an die Zukunft denken, Honey. Man macht eben auch mal Fehler. Wir haben auch schon Fehler gemacht.«

»Quatsch.«

»Ich will sagen, es hat Fehler gegeben. In der Vergangenheit.«

»Scheiß auf die Vergangenheit. Jetzt ist nicht Vergangenheit.«

»Du weißt doch, wie das mit den jungen Dingern ist«, sagte Elsie, um Verständnis werbend. »Da ist es schnell passiert.«

Warren war an den Eisschrank getreten, hatte die Tür aufgerissen, sich ein Bier herausgeholt, die Tür zugeworfen, jetzt trank er in tiefen Zügen. Er lehnte sich gegen die Arbeitsfläche neben der schmierigen Spüle und kratzte mit dem dreckigen, verwachsenen Daumennagel an der Fugendichtung herum. Der Dichtung, die er erst im vergangenen Winter eigenhändig erneuert hatte und die sich, verdammt, schon wieder löste. Und die Ritzen voll winziger schwarzer Ameisen.

Warren wand sich, wie einer, der Anzüge anprobiert, die ihm nicht passen. »Das wird hart für sie. Sie hängt an uns.«

Elsie konnte den Mund nicht halten. »Liebt uns.«

»Mist.«

»Aber du weißt, was das letzte Mal war.« Und Elsie begann in einem Schwall von einem Mädchen zu reden, das vor ein paar Jahren bei ihnen gewesen war – Lucille, die auch das Zimmer unterm Dach gehabt hatte, auf die Van Nuys High gegangen war und dann mit fünfzehn »in Schwierigkeiten« war und nicht einmal wusste, wer der Vater des Kindes sein könnte. Als hätte die längst entschwundene Lucille irgendetwas mit Norma Jeane zu tun. Warren hörte nicht zu, hing irgendwelchen eigenen Gedanken nach. Elsie hörte selbst kaum zu. Und doch hielt sie ihren Sermon für angebracht.

Als Elsie fertig war, fragte Warren: »Du willst das arme Kind der County zurückschicken? Und dann? Wieder Waisenhaus?«

»Nein.« Elsie strahlte. Freute sich zum ersten Mal an diesem Tage aufrichtig. Jetzt konnte sie ihren Trumpf ausspielen, hatte ihn schließlich lange genug aufsparen müssen. »Ich werde dafür sorgen, dass das Mädchen aus dem Haus und unter die Haube kommt.« Und zuckte zusammen, als Warren sich abrupt abwandte und ohne ein Wort türenschlagend das Haus verließ. Sie hörte den Motor des Pickups vorm Haus anspringen.

Kehrte spät erst zurück, irgendwann nach Mitternacht, als Elsie und die Kinder schon im Bett lagen. Seine schweren Schritte rissen sie aus ihrem ungesund kribbligen Schlaf, die aufgestoßene Schlafzimmertür, sein keuchender, alkoholvernebelter Atem. Im Schlafzimmer war es stockfinster, und Elsie dachte, er würde nach dem Lichtschalter greifen, aber das tat er nicht, und als sie sich nach der Nachttischlampe reckte, war es schon geschehen. War er schon über sie hergefallen.

Ohne sie eines freundlichen oder überhaupt eines Wortes zu würdigen. Heiß, schwer vor knüppeldicker Begierde nach ihr, nach irgendeiner Frau, grabschte er, grunzte, zerrte an ihrem Rayonnachthemd, und sie so fassungslos, dass sie sich weder zu schützen suchte *(schließlich und endlich: sie war seine Frau)* noch ihm im durchgelegenen Bett entgegenzukommen.

Sie hatten sich – wie lange? – nicht mehr geliebt? Monate, obwohl *lieben* kaum der passende Ausdruck war, *treiben* eher, hatte zwischen ihnen doch von jeher eine erstaunlich verlegene Sprachlosigkeit geherrscht, so fordernd und gierig und genießerisch Warren als frisch gebackener Ehemann auch gewesen war, und Elsie, nicht minder scheu, hatte ihre Späße gemacht und ihn aufgezogen, unbeholfener sprachlicher Ersatz; dagegen: *Liebe* zu äußern, zu sagen *ich liebe dich*, das fiel schwer. Sie hatte es immer sehr eigenartig gefunden, dass es alles Mögliche gab, alltägliche Verrichtungen – wie aufs Klo gehen, in der Nase bohren, sich kratzen, sich und andere berühren (wenn man Menschen hatte, die einen berührten und die man auch berühren konnte) –, man aber gerade darüber nicht sprach, es dafür kaum geeignete Worte gab.

Wie das, was er ihr jetzt antat, wie sollte man davon sprechen oder es auch nur begreifen, Überfall, Notzucht, nur *war sie ja mit diesem Mann verheiratet, also war es in Ordnung*, und sie hatte ihn gereizt, also geschah es ihr doch irgendwie recht, oder nicht? An seinem Reißverschluss hatte Warren gezerrt und sich aus den Hosen gekämpft, ehe er übers Bett stieg, das stinkende Unterhemd aber anbehalten. Sie würde unter seiner pelzig behaarten Brust ersticken. Unter zuckenden Fleischmassen begraben werden. Er wog so viel wie nie zuvor, und nie war sein Gewicht so geballt, so böse gewesen. Sein Glied stocherte blind als dicker, stummeliger Stiel an ihrem Unterleib. Dann zwang er mit den Knien ihre welken Schenkel auseinander und packte und rammte sein Glied ungefähr so in sie hinein, wie sie ihn unzählige Male mit der Brechstange auf Unfallwagen hatte eindreschen sehen, die er mit Genuss in ihre Einzelteile zerlegte. Elsie wollte aufbegehren – »Lieber Himmel, Warren – so

164

warte doch —«, aber sein Unterarm saß unter ihrem Kinn, und nun wand sie sich verzweifelt und versuchte, sich zu befreien, denn was, wenn er sie in seiner trunkenen Rage erstickte, ihre Luftröhre zerquetschte, ihr den Hals brach? Da packte er ihre Handgelenke und zwang ihre fuchtelnden Arme im rechten Winkel aufs Bett hinunter, als kreuzigte er sie, hielt sie eisern fest und rammelte mit gleichermaßen wütenden wie bedachten Stößen, und im Dunkeln sah sie über sich das schweißnasse grimassierende Gesicht, Zähne gefletscht, wie sie es von ihm im Schlaf kannte, wenn er stöhnte und im Traum noch einmal die Boxkämpfe seiner Jugend durchlebte, er hatte seine Haut teuer verkauft. *Ich habe eingesteckt, aber auch ausgeteilt.* War das Glück zu nennen, Männerglück, sagen zu können: *Ich habe eingesteckt, aber auch ausgeteilt*, und zwar nicht einmal prahlerisch vorgebracht, sondern ganz sachlich? Elsie versuchte, sich so hinzudrehen, dass sie die mörderischen Stöße etwas abfedern könnte, aber er war zu stark, zu schlau. *Du bringst mich noch um. Fickst mich zu Tode. Nicht Norma Jeane.* Sie hielt es gerade noch aus, schrie nicht, rief nicht um Hilfe, schluchzte nicht einmal, obwohl sie fast erstickte und ihr Tränen und Spucke über das ebenfalls zur Grimasse verzerrte Gesicht liefen. Unten zwischen den Beinen war sie bestimmt aufgerissen, blutete. Noch nie war Warren so groß gewesen, geschwollen, teuflisch. *Rums! – rums! – rums!* schlug Elsies armer Kopf gegen das Kopfteil des Bettes, in dem sie alle ihre gemeinsamen Jahre gelegen hatten, und das Kopfteil wiederum rumste gegen die Wand, und selbst die Wand wackelte und zitterte, als bebte die Erde.

Sie hatte furchtbare Angst, dass er ihr den Hals brechen würde, aber dazu kam es nicht.

7

»Was habe ich dir gesagt, Süße? Heute ist unser Glückstag.«

Als wüsste sie – bittersüße Gewissheit –, dass dies ihr letzter gemeinsamer Kinoabend sein würde. Elsie war mit Norma Jeane in die Stadt gefahren, zur Donnerstagsvorführung im Sepulveda Theater – *Stage Door Canteen* und *Caught in the Draft*, plus die Vorschau zu dem neuen Spielfilm mit Hedy Lamarr –; und nach der Vorführung gab es noch eine Tombola, und was für ein Freudekreischen bei Elsie Pirig, als die Losnummer für den zweiten Preis ausgerufen wurde und es die Nummer auf Norma Jeanes Eintrittskarte war.

»Hier! Hier! Wir haben die Nummer! Meine Tochter hat die Nummer! Wir kommen!«

Der ungläubige Jubelschrei einer Frau, die in ihrem ganzen Leben noch nie gewonnen hat.

Elsie war in ihrer Freude so rührend, so kindlich, dass die Zuschauer gutmütig lachten und sogar klatschten, als die beiden zusammen mit den anderen Gewinnern auf die Bühne trippelten, und es gab ein paar lang gezogene Pfiffe für die Tochter. »Jetzt müsste uns Warren sehen!«, zischelte Elsie Norma Jeane ins Ohr. Sie trug ihr gutes blauweißes Rayonkleid mit den Polkatupfern und den dicken Schulterpolstern und ihr letztes Paar heile Strümpfe, und sie hatte auch etwas Rouge aufgetragen, sodass ihre Wangen nun förmlich glühten. Die rätselhaften Flecken und Striemen unter ihrem Kinn hatte sie mit Gesichtspuder abdecken oder fast abdecken können. Norma Jeane trug ihren Schulmädchenfaltenrock und roten Jumper mit einem Strang Glasperlen, das dunkelblonde Haar hatte sie mit einem Tuch zurückgebunden, sie war die Jüngste auf der Bühne und die, die alle Blicke auf sich zog. Sie trug kein Rouge, aber ihre Lippen waren sehr rot, so rot wie ihr Pullover. Ihre Fingernägel waren ebenfalls sehr rot. Obwohl ihr Herz so wild schlug, als wäre ein Vogel in ihren Brustkorb gesperrt, schaffte sie es, aufrecht und stolz dazustehen, während die anderen, auch Elsie, verlegen die Schultern hochzogen, an ihrem Haar nestelten oder sich ans Gesicht fassten und den Mund verdeckten. Norma Jeane trug den Kopf hoch, eine Idee geneigt, und strahlte, als wäre es das Selbstverständlichste von der Welt, unter der Woche abends auf die Bühne des Sepulveda Theater zu steigen, um dem ältlichen Geschäftsführer die Hand zu schütteln und ihren Preis entgegenzunehmen. Vor Jahren hatte im Waisenhaus der Dunkle Prinz mit weiß behandschuhten Händen ein verschrecktes kleines Mädchen auf eine gleißende Bühne gehoben, und dort hatte Norma Jeane dümmlich ins Scheinwerferlicht und die Menge dahinter geblinzelt, aber inzwischen wusste sie es besser. Sie widerstand der Versuchung, ins Publikum zu schauen, denn dort waren bekannte Gesichter, Menschen, für die sie keine Fremde war, sicher auch einige von der Van Nuys High School. *Sollen sie mich doch ansehen, sollen sie mich doch sehen.* So wenig wie die kurvenreiche Hedy Lamarr würde Norma Jeane den Filmschauspiel-Bann brechen und etwa die zur Kenntnis nehmen, denen der Part zufiel, sie anzustaunen.

Feierlich bekamen Elsie und Norma Jeane ihren Preis überreicht: je zwölf Ess- und Salatteller aus Plastik mit Lilienmotiv. Die fünf Gewinner, es waren bis auf einen rundlichen älteren Herrn mit zerschlissener Army-Kappe in Tarnfarben alles Frauen, ernteten recht viel Applaus. Elsie fiel Norma Jeane gleich dort auf der Bühne um den Hals und brach vor Freude in Tränen aus, so glücklich war sie.

»Es ist ja nicht bloß wegen der Teller! Es ist ein *Omen*.«

Elsie hatte Norma Jeane nichts davon gesagt, doch im Saal saß wahrscheinlich der Junge, mit dem sie das Mädchen bekannt machen wollte, der einundzwanzigjährige Sohn einer Freundin aus Mission Hills. Weil er so nämlich Gelegenheit hätte, sich Norma Jeane unverbindlich von weitem anzusehen und zu überlegen, ob er nicht mal mit ihr ausgehen wollte. Es gab da natürlich einen gewissen Altersunterschied, sechs Jahre zwar nur, aus der Sicht von Erwachsenen nicht der Rede wert – im Gegenteil, für das Mädchen wäre es letztlich von Vorteil, sechs Jahre jünger zu sein –, aber in seinem Alter, wand die Mutter des Jungen ein, waren sechs Jahre fast zu viel. »Gebt meiner Kleinen doch eine Chance. Seht sie euch an!«, hatte Elsie gebettelt. Und nun war für sie sonnenklar, dass der Junge, sofern er gekommen war, von einer Norma Jeane, die da wie eine Schönheitskönigin oben auf einer Bühne stand, angetan gewesen sein musste. Und es war doch auch für ihn ein gutes Omen.

Das Mädchen bringt Glück!

Draußen trödelte Elsie mit Norma Jeane noch in der Hoffnung unter dem inzwischen dunklen Vordach, dass ihre Freundin und der Junge sie ansprechen würden. Aber es geschah nichts. (Elsie hatte sie auch im Kinotheater nirgends gesehen. Wehe, wenn sie nicht gekommen waren!) Vielleicht hielten aber auch die vielen Leute sie ab, die sie umringten und sprechen wollten. Zum Teil Bekannte und Nachbarn, aber überwiegend Wildfremde. »Glück bringt Freunde, wie?« Elsie stieß Norma Jeane in die Rippen.

Langsam legte sich die Aufregung. Im Foyer ging das Licht aus. Bessie Glazer und ihr Sohn Bucky hatten sich nicht blicken lassen, und was hatte das nun wieder zu bedeuten? Elsie war zu aufgekratzt, um lange darüber nachzudenken. Sie und Norma Jeane fuhren Richtung Reseda Street zurück, den Karton voller Plastikgeschirr hinten auf dem Rücksitz von Warrens 39er Pontiac.

»Nun, Schatz, ehe wir es ganz vergessen. Wir wollten heute Abend ernsthaft über Duweißtschonwas reden.«

Norma Jeane seufzte mutlos: »Aunt Elsie, ich habe einfach *Angst*.«

»Angst, wovor? Vorm Heiraten?« Elsie lachte. »In deinem Alter haben die meisten Mädchen Angst, *nicht* zu heiraten.«

Norma Jeane schwieg. Sie zupfte an ihrem Daumennagel. Elsie wusste, dass das Mädchen Flausen im Kopf hatte, sich einbildete, sie könne weglaufen und sich dem WAC anschließen oder irgend so einen Schwesternkurs in L. A. anfangen, aber sie war schlichtweg zu jung. Ihr stand überhaupt nur ein Weg offen, und zwar der, den Elsie ihr vorgab.

»Pass auf, Süße. Du nimmst das zu tragisch. Du hast bei Jungen – ich meine Männern – doch schon ihr Ding gesehen, oder?«

Elsie kam so unverblümt zur Sache, dass Norma Jeane auflachte.

Sie nickte kaum merklich.

»Na ja, dann weißt du wahrscheinlich auch – dass es größer wird. Das weißt du doch.«

Wieder nickte Norma Jeane andeutungsweise.

»Das hat damit zu tun, dass sie dich ansehen. Da kriegen sie Lust – na, du weißt schon – auf den ›Liebesakt‹.«

Norma Jeane bemerkte ganz unschuldig: »Ich habe nie richtig hingesehen, Aunt Elsie. Im Waisenhaus, weißt du, da wollten uns die Jungen mit ihrem Ding mehr erschrecken, irgendwie. Aber hier in Van Nuys, manchmal, wenn ich ausgegangen bin. Wollte einer, dass ich sein Ding anfasse, irgendwie.«

»Wer?«

Norma Jeane schüttelte den Kopf. Nicht so, als verweigere sie sich, sondern als wäre sie wirklich verwirrt. »Ich weiß nicht mehr. Ich bringe sie durcheinander. Das war öfter. Verschiedene Male. Bei verschiedenen Verabredungen. Weißt du, wenn einer mal frech geworden ist, dann hat er sich entschuldigt und mich gebeten, ihm doch noch eine Chance zu geben, und das tue ich auch immer, und dann hat derjenige sich beim nächsten Mal zusammengenommen. Die meisten benehmen sich anständig, wenn du darauf bestehst. Wie Clark Gable und Claudette Colbert in *Es geschah in einer Nacht.*«

Elsie grunzte. »Nur wenn sie dich achten.«

Norma Jeane fuhr sehr ernsthaft fort: »Wenn einer wollte, dass ich – sein Ding anfasse – also, ich war nicht mal angewidert oder sauer, weil ich denke, so sind Jungen nun mal, sie kommen so zur Welt. Aber ich kriege es mit der Angst zu tun und werde zappelig und albern und muss kichern, als würden sie mich kitzeln!« Auch jetzt kicherte Norma Jeane nervös. Sie saß auf der äußersten Kante der Sitzbank, wie auf Nesseln. »Einmal, es war in Las Tunas,

168

da saß ich bei einem im Auto und bin rausgesprungen und zu einem anderen im Auto gerannt, der seinen Wagen am Strand ein Stück weiter weg abgestellt hatte, er saß da mit seiner Verabredung drin – wir kannten einander,
wir waren zusammen hingefahren –, und ich habe die beiden gebeten, mich
einsteigen zu lassen, und bin mit ihnen nach Van Nuys zurückgefahren, und
der andere Kerl, mit dem ich ausgegangen war, fuhr ganz dicht hinter uns
her und hat immer versucht, uns mit seiner Stoßstange zu rammen! Da habe
ich mich wohl zu sehr angestellt, irgendwie.«

Elsie grinste. Köstlich. Fünfzehnjähriges Dynamit, das reihenweise die
Männer umhaute. »Kleine! Du bist unglaublich. Wann war das denn?«

»Letzten Samstag.«

»*Samstag*!« Elsie gluckste. »Und der wollte, dass du ihn anfasst, hm? Hast
du aber nicht. Kluges Mädchen. Denn dabei bleibt es ja meist nicht...«
Elsie wartete einen Augenblick, aber wie es meist weiterging, fragte Norma
Jeane nicht. »Das Ding ist ein ›Penis‹, und der ist zum Kindermachen da. Das
weißt du sicher. So etwa wie ein Schlauch. Durch den der ›Samen‹ schießt.«

Da gickste Norma Jeane los. Elsie musste auch lachen. So gesehen gab es
über Hydraulik nicht viel zu sagen. Andererseits so viel, dass du gar nicht
recht wusstest, wo du anfangen solltest.

Im Laufe der Jahre hatte Elsie eine ganze Reihe Pflegetöchter aufklären
müssen (bei den Jungen ging sie einfach davon aus, dass sie schon Bescheid
wüssten), und mit jedem Mal fiel die Darstellung knapper aus. Manche
Mädchen starrten sie entgeistert und mit vor Schreck weit aufgerissenen
Augen an, manche bekamen hysterische Lachkrämpfe, manche musterten
sie ungläubig. Andere wanden sich bloß verlegen, weil sie schon mehr als genug wussten.

Eines der Mädchen, das – wie sich später herausstellte – von ihrem eigenen Vater und von ihren Onkeln geschändet worden war, schubste Elsie und
brüllte: »Halt's Maul, alte Hexe!«

Als aufgeweckte, wissbegierige Fünfzehnjährige war Norma Jeane doch
sicher ganz gut im Bilde. Selbst die Christliche Wissenschaft würde schwer-
lich leugnen können, dass es so etwas wie eine körperliche Vereinigung gab.

Weil Elsie noch zu unruhig, zu aufgedreht war, um gleich nach Hause zu
wollen, fuhr sie an der Reseda Street vorbei Richtung Stadtrand. Warren war
wahrscheinlich noch nicht da, und wenn Warren noch nicht da war, saß man
bloß wie auf heißen Kohlen und fragte sich, was für eine Laune er bei der
Heimkehr wohl hätte.

Elsie spürte förmlich den Ruck, der durch Norma Jeane ging, die kindliche Vorfreude. Sie hatte Elsie von den langen, träumerischen Sonntagsausflügen im Auto erzählt, die ihre Mutter einst mit ihr unternommen hatte, bevor sie krank wurde, Ausflüge, die zu ihren schönsten Kindheitserinnerungen gehörten.

Elsie ließ nicht locker: »Wenn du erst verheiratet bist, Norma Jeane, und das alles ganz in Ordnung ist, siehst du das anders. Dein Mann wird es dir beibringen.« Sie schwieg einen Augenblick, konnte es dann aber doch nicht für sich behalten. »Ich habe da schon einen für dich ausgeguckt, einen netten, anständigen Jungen, er hat Erfahrung, und er ist ein guter Christ.«

»Du h-hast einen ausgeguckt, Aunt Elsie? Wen denn?«

»Du wirst schon sehen. Das ist keine hundert Prozent sichere Sache. Wie gesagt, ein gesunder, ganz normaler Junge, High-School-Sportler, und er kennt sich aus.« Elsie schwieg. Wieder konnte sie nicht an sich halten. »Warren kannte sich auch aus. Oder hat es sich jedenfalls eingebildet. Mann o Mann.« Sie schüttelte heftig den Kopf.

Norma Jeane sah Elsie die Stelle unter ihrem Kinn betasten. Elsie hatte das Mädchen gebeten, ihr beim Abdecken der blauen Flecken behilflich zu sein, und behauptet, sie wäre nachts gegen die Badezimmertür gerannt. Norma Jeane hatte bloß »Ach, Aunt Elsie, du Ärmste« gemurmelt. Kein Ton sonst. Als wüsste sie ganz genau, woher die Striemen stammten. Und weshalb Elsie so steif durchs Haus waschelte – als hätte ihr jemand hinten einen Besen reingeschoben.

Und wäre auch im Besitz der anderen elementaren weiblichen Weisheit: nicht darüber zu sprechen.

Seit einigen Tagen vermied es Warren, Norma Jeane überhaupt noch anzusehen. Wenn er gezwungen war, sich mit dem Mädchen im selben Raum aufzuhalten, wandte er ihr sein blindes Auge zu. Wenn Norma Jeane ihn ansprach, lag in seinem Blick eine verletzte Zärtlichkeit, aber auch dann sah er sie nicht direkt an, was sie doch verwirren und verletzen musste. Er war in letzter Zeit auch abends nicht zum Essen gekommen, sondern hatte auswärts gegessen oder gar nicht.

Elsie sagte: »In der Hochzeitsnacht kannst du dich ja ein klein wenig betrinken. Nicht richtig, natürlich, nur so, dass dir der Sekt zu Kopf steigt. Normalerweise legt sich der Mann auf die Frau und schiebt sein Ding rein, und sie empfängt ihn, oder sollte es. Damit es nicht wehtut.«

Norma Jeane schüttelte sich. Ihre Augen glitten besorgt zu Elsie hin.

»Es tut nicht weh?«

»Nicht immer.«

»Ach, Aunt Elsie! Alle sagen aber, dass es *wehtut*.«

Elsie gab nach. »Na ja. Manchmal. Am Anfang.«

»Und das Mädchen blutet, oder nicht?«

»Wenn sie noch unberührt ist, dann vielleicht.«

»Dann muss es aber doch wehtun.«

Elsie seufzte. »Dann bist du wohl tatsächlich noch *unberührt*, wie?«

Norma Jeane nickte feierlich.

Elsie tat sich schwer. »Nun, der Mann bereitet dich ein bisschen vor. Da unten. Du wirst feucht und bereit, ihn zu empfangen. Hast du denn noch nie –?«

»Noch nie – was?« Norma Jeane versagte fast die Stimme.

»Lust empfunden?«

Norma Jeane überlegte. »Ich mag es, wenn sie mich küssen, meistens, und ich kuschel gern. Wie mit einer Puppe. Besonders, wenn ich die Puppe bin.« Sie kicherte auf ihre etwas schrille, schreckhafte, quieksige Art. »Wenn ich die Augen schließe, weiß ich nicht mal, wer es ist. Welcher.«

»Norma Jeane, wie kannst du so etwas sagen!«

»Wieso? Wenn es doch bloß Küssen und Knuddeln ist. Ist es denn so wichtig, wer es ist?«

Elsie schüttelte irritiert den Kopf. Ob es wichtig war? Gute Frage.

Warren hätte sie umgebracht. Wenn sie einen anderen auch nur geküsst hätte, ganz zu schweigen von Tändeleien. Klar, er war selbst oft genug untreu gewesen, und sie verletzt und fuchsteufelswild, und dann hatte sie ihm deutlich zu erkennen gegeben, was sie von ihm hielt: Eifersuchtsszenen, Tränen, und er hatte alles abgestritten, sich aber offenbar von der Reaktion seiner Frau geschmeichelt gefühlt. Das gehörte dazu, oder, zur Ehe? Jedenfalls einer jungen.

Elsie täuschte Empörung vor. »Du sollst doch dem einen Einzigen treu sein. ›Im Guten wie im Schlechten, bis dass der Tod euch scheide.‹ Muss von irgendwelchen Religionsgeboten kommen. Damit man auch sicher sein kann, dass die Kinder, die du kriegst, die Kinder von deinem Mann sind und nicht von einem anderen. Du sollst eine christliche Trauung haben, dafür werde ich sorgen.«

Norma Jeane kaute an ihrem Daumennagel. Elsie, die kaum mehr als Schritttempo fuhr, beugte sich seitlich hinüber und gab Norma Jeane einen

Klaps auf die Hand. Sofort ließ das Mädchen die Hände in den Schoß fallen und verschränkte sie fest.

»Ach, Aunt Elsie! Es tut mir leid. Ich habe wohl einfach irgendwie – Angst.«

»Schätzchen, ich weiß. Aber das gibt sich.«

»Was, wenn ich ein Baby kriege?«

»Na, so schnell geht das auch wieder nicht.«

»Aber wenn ich doch schon nächsten Monat heirate! Dann werde ich vielleicht noch diesem Jahr schwanger.«

Das stimmte, aber so weit hatte Elsie noch nicht vorausdenken wollen.

»Du kannst ihn ja bitten, etwas zu benutzen. Du weißt schon, diese Gummidinger.«

Norma Jeane zog die Nase kraus. »Die aussehen wie kleine Ballons?«

»Nicht schön«, stimmte Elsie ihr zu. »Aber das andere ist schlimmer. In seinem Alter wird dein Mann vermutlich zur Army oder Navy gehen, vielleicht hat er sich schon gemeldet, und da wird er genauso wenig auf eine schwangere Frau versessen sein, wie du darauf versessen bist, schwanger zu werden. Und wenn er erst in Übersee ist, kann dir nichts passieren.«

Norma Jeanes Stimmung hellte sich auf. »Er geht nach Übersee, meinst du? Ach ja. Er muss ja in den Krieg.«

»Sie gehen doch jetzt alle.«

»Ich würde auch gern gehen! Wenn ich doch auch ein Mann wäre!«

Da musste Elsie lachen. Norma Jeane, so wie die aussah, mit dem hübschen Gesicht und der kindlichen Art, die angesichts von Leid und Elend so schnell die Fassung verlor – die wollte ein Mann sein?

Wollen wir das nicht alle? Pech. Müssen mit unseren eigenen Pfunden wuchern.

Elsie war ans Ende einer ungeteerten Straße gelangt. Etwas weiter voraus, obwohl man das jetzt im Dunkeln nicht sah, lag eine erhöhte Bahntrasse. Im letzten Jahr war hier irgendwo die zerschossene Leiche eines Mannes von auswärts gefunden worden. Eine »offene Rechnung zwischen Gangstern« hatte es in der Zeitung geheißen. Jetzt strich der Wind durchs hohe Gras, als geisterten tote Seelen umher. Was sich Männer gegenseitig antaten. Was alle einsteckten und austeilten. Wenn das hier eine Filmszene wäre, dachte Elsie, nur sie und Norma Jeane hier allein im Auto in der Einöde, dann würde jetzt etwas passieren, die Musik würde es ankündigen. Im wirklichen Leben gab es keine Musik und keine Ankündigungen. Man geriet mitten in eine Szene hinein und wusste nicht, ob sie wichtig oder unwichtig war. Ob man sich ein Leben lang daran erinnern würde oder binnen einer Stunde alles vergessen hätte. Wenn im Film zwei allein zusammensaßen und die Kamera sie beobachtete, war schon klar, dass etwas ganz Entscheidendes passieren würde; allein die Kamera bedeutete, dass etwas passieren würde. Vielleicht, dass es an der Aufregung über den Tombolagewinn lag, über die Plastikteller (die sie gut gebrauchen konnte, und Warren würde schwer beeindruckt sein), jedenfalls schwirrten ihre Gedanken heute Abend in alle Richtungen, und sie musste den Impuls unterdrücken, Norma Jeanes Hand zu packen und zu drücken und drücken und drücken. Stattdessen sagte sie, als hätten sie sich die ganze Zeit nur darüber unterhalten: »Filme wie der heute Abend sind schon in Ordnung und machen Laune, aber sie sind nichts als ein Haufen Lügen, weißt du? Bob Hope ist zum Schreien komisch, weißt du, aber er ist nicht – wirklich. Gut fand ich *Der öffentliche Feind, Der kleine Cäsar* und *Scarface* – Jimmy Cagney, Edward G. Robinson, Paul Muni. Gemeine Kerle, ganze Männer, die am Ende das kriegen, was sie verdienen.« Elsie wendete und fuhr heim in die Reseda Street. Es hatte keinen Zweck, die Rückkehr weiter hinauszuzögern: es war spät, und sie brauchte ein Bier, aber nicht in der Küche, sie würde es mit nach oben ins Schlafzimmer nehmen, es ganz langsam austrinken und sich müde machen. In einem munteren Ton, als wären sie wirklich in einem Film und die Stimmung änderte sich jetzt schlagartig, sagte sie: »Wer weiß? Vielleicht findest du ja auch Gefallen an deinem Göttergatten, Norma Jeane! Und willst sogar Kinder. Bei *mir* war es mal so.«

Auch Norma Jeane schlug einen anderen Ton an. Sie meinte plötzlich: »Vielleicht hätte ich wirklich gern Kinder. Das ist das Normale, oder? Ein richtiges Baby. Wenn es erst geboren und aus deinem Körper raus ist. Wenn es dir nicht mehr wehtun kann. Ich knuddel Babys so gern. Es müsste ja nicht einmal von mir sein. Einfach irgendein Baby.« Sie schwieg einen Augenblick, fast atemlos. »Aber wenn es *mein* Baby wäre, dann hätte ich das Recht dazu. Rund um die Uhr.«

Elsies Augen glitten zu dem Mädchen hinüber; der Stimmungsumschwung überraschte sie. Aber das sah Norma Jeane mal wieder ähnlich, erst grüblerisch und in sich gekehrt, und plötzlich, wenn sie die Welt um sich wieder wahrnahm, war es, als würde ein Schalter betätigt, und dann sprühte sie vor Leben, war sonnig und überschlug sich förmlich, als liefe irgendwo eine Kamera.

Und nun schwärmte Norma Jeane geradezu. »Ja! Ein B-baby wäre schön. Vielleicht aber nur eins. Dann wäre ich nie allein – nicht?«

Elsie meinte leise: »Jedenfalls eine Zeit lang.« Sie seufzte. »Bis sie fortgeht und dich verlässt.«

»›Sie‹? Ich möchte kein Mädchen. Meine Mutter hatte Mädchen. Ich möchte einen *Jungen*.«

Das stieß Norma Jeane so heftig hervor, dass Elsie sie erschrocken ansah. *Ein sehr eigenartiges Mädchen. Vielleicht habe ich sie nie wirklich gekannt?*

Mit Erleichterung nahm Elsie zur Kenntnis, dass Warrens verbeulter Pickup nicht in der Einfahrt stand; nur hieß das natürlich, dass er spät nach Hause kommen würde, betrunken wahrscheinlich, und wenn er beim Kartenspielen verloren hätte, was in letzter Zeit häufiger vorkam, dann wäre mit ihm nicht zu spaßen, aber daran wollte Elsie jetzt noch nicht denken. Sie würde die butterblumengelben Plastikteller deutlich sichtbar auf den Küchentisch stellen, wo Warren sie sehen und sich fragen müsste: Was zum Teufel –! Na, der würde ein Gesicht machen. Und er würde die gute Nachricht gern hören. Vielleicht grinsen. Alles, was es umsonst gab, alles, was einem in den Schoß fiel, war doch Zucker, oder? Elsie gab Norma Jeane einen Gutenachtkuss. Und raunte ihr zu: »Was ich dir heute Abend gesagt habe, Norma Jeane – ist alles zu deinem eigenen Besten, Schätzchen. Es ist besser, du heiratest, weil bei uns kannst du ja nicht bleiben, und du willst doch weiß Gott nicht – dahin – zurück.«

Dieselbe Eröffnung, die Norma Jeane vor wenigen Tagen in Aufruhr versetzt hatte, schien das Mädchen jetzt seelenruhig hinzunehmen. »Ich weiß, Aunt Elsie.«

»Irgendwann werden wir alle erwachsen. Es bleibt nicht aus.«

Norma Jeane lachte auf ihre traurig quieksige Art: »Tja, Aunt Elsie, wenn du dran bist, bist du *dran*.«

Bestatterbursche

»Ich liebe dich! Nun ist das Glück vollkommen.«

Es kam der Tag, der 19. Juni 1942, knapp drei Wochen nach Norma Jeanes sechzehntem Geburtstag, da sie mit einem Jungen den heiligen Bund der Ehe schloss, dem sie auf den ersten Blick verfallen war, wie er ihr, kaum dass sie sich, verwundert und hingerissen, das erste Mal gegenüberstanden – *Hi! Ich heiße Bucky – Ich b-bin Norma Jeane –,* während Bess Glazer und Elsie Pirig aus diskreter Entfernung zusahen und strahlten und vor lauter Vorfreude auf den großen Tag gleich feuchte Augen bekamen. *Es lässt sich nicht leugnen, dass sämtliche Frauen anlässlich der Trauung in der First Church of Christ in Mission Hills, Kalifornien beim Anblick der bezaubernden blutjungen Braut weinten,* die kaum älter als vierzehn wirkte, und der hünenhafte stramme Bräutigam seinerseits nicht älter als achtzehn, dieser linkische und doch galante Junge mit seinen widerspenstigen dunklen Haaren, so kurz gehalten, dass die vor Aufregung geröteten Ohren abstanden, hübsch wie eine erwachsene Ausgabe von Jackie Coogan. Bucky war an der High School einer der besten Ringer und Footballspieler gewesen, und der würde die Kleine, die als Waise aufgewachsen war, schon beschützen. *Bei beiden Liebe auf den ersten Blick. Kaum einen Monat verlobt. So sind die Zeiten. Alles beschleunigt.*

Sieh dir die glückstrahlenden Gesichter an!

Das Gesicht der Braut schimmerte milchig wie Perlmutt, bis auf die dezent mit Rouge betonten Wangen. Das Licht tanzte in ihren Augen. Blankes, dunkelblondes Haar, teils in Ringellocken, teils in von der Mutter des Bräutigams eigenhändig geflochtenen und mit Maiglöckchen geschmückten Partien, rahmte das makellose Puppengesicht wie Sonnenglanz, und über allem schwebte wie ein Hauch der wolkige Brautschleier. Die Kirche durchdrungen von der süß-schmerzlichen Unschuld der Maiglöckchen, *ein Duft! mein Lebtag werde ich diesen Duft eingelösten Glücksversprechens nicht vergessen. Und die Angst, dass mir das Herz stehen bleiben und Gott mich heimholen könnte.*

Und erst das Brautkleid, ein Traum. Bahnen um Bahnen blanken weißen Satins, ein eng anliegendes Mieder, lange Handschuhe mit Rüschen oben an

175

der Absatzkante, endlose Bahnen blendenden Satins, weiß gebauscht und ge-
fältelt, mit Bändern und Spitzen und winzigen Schleifen und kleinen weißen
Perlknöpfen und einer Schleppe, in der man die Braut hätte einhüllen können, und niemals hätte man für möglich gehalten, dass das Kleid zweiter
Hand erworben und schon von Buckys Schwester Lorraine getragen worden
war; es war natürlich für Norma Jeane geändert und gereinigt worden und
schön wie neu, und auch die hochhackigen weißen Satinsandaletten waren
wie neu, obwohl auch sie für nur fünf Dollar im Wohlfahrtsladen in Van
Nuys erstanden worden waren. Das stahlgraue Dinnerjackett des Bräutigams spannte sich über seinen mächtigen Schultern, keine Frage, Bucky war
ein kräftiger, bulliger Bursche, mit dem nicht zu spaßen wäre, hatte mit Ach
und Krach seinen Abschluss an der Mission Hills High gemacht – Jahrgang
39 – und am ehesten durch Abwesenheit geglänzt: Bücherwissen, Klassenzimmer, Tafeln und sich stundenlang hinter Pulte klemmen zu müssen, die
für ihn zu klein waren, und das endlose Geleier alter Schrapnellen beiderlei
Geschlechts anhören zu müssen, als hätten die das Geheimnis des Lebens ge-
pachtet, was ja wohl nur ein Witz sein konnte. Aufgrund seiner sportlichen
Leistungen bekam Bucky Glazer von der University of California at Los
Angeles, Pacific University, San Diego State und noch anderen Stipendien
angeboten, aber er schlug alles aus, weil er es vorzog, endlich sein eigenes
Geld zu verdienen und unabhängig zu sein, also fing er beim ältesten und
angesehensten Bestattungsunternehmen in Mission Hills an, und die Glazers
liefen herum und prahlten, ihr Junge sei ja praktisch schon Bestatter, und
das sei ja praktisch so gut wie Doktor, weil der auch Autopsien machte, so
ein Pathologe, dabei stand Bucky nachts außerdem am Montageband bei der
Lockheed Aviation und setzte Wunderbomber wie die B-17 zusammen, die
Amerikas Feinden die Hölle heiß machen würden.

Ja, Bucky wollte in die Army und seinem Land dienen, und das hatte er seiner Verlobten Norma Jeane auch von Anfang an gesagt.

Alles beschleunigt! So sind die Zeiten.

Es würde nicht unkommentiert bleiben: dass der Löwenanteil der Hoch-
zeitsgäste zur Familie des Bräutigams gehörte. Die Glazers und ihre weit-
läufige Verwandtschaft waren grobknochige, gutmütige, gesunde Amerikaner, die sich bei allen Unterschieden in Alter und Geschlecht doch stark
ähnelten, und wie sie da brav aufgereiht in der kleinen, glatt verputzten
Kirche saßen, machten sie den Eindruck, als wären sie gerade von der Weide

hineingetrieben worden. Als würde sich auf ein Zeichen hin die ganze Herde erheben und wieder hinaustreiben lassen. Viele gehörten der First Church of Christ an, waren dort also sozusagen zu Hause, sie saßen und nickten während der Trauungszeremonie. Auf Seiten der Braut waren lediglich zugegen: die Pflegemutter, Elsie Pirig, sodann zwei grobschlächtige ungleiche Jungen, Pflegebrüder hieß es, eine stark geschminkte Riege High-School-Freundinnen und eine untersetzte Dame in blauem Serge mit krausen Haaren, die sich vor der Feier als »Doktor« eingeführt hatte und in heiseres Schluchzen ausbrach, als der Geistliche der Church of Christ die Braut in gestrengem Ton fragte: »Bist du, Norma Jeane Baker, gewillt, deinen künftigen Gatten, Buchanan Glazer, zu lieben, zu ehren und ihm die Treue zu halten, im Guten wie im Schlechten, bis dass der Tod euch scheide?«, und die Braut schluckte und flüsterte: »Oh! – *Ja, Sir.*«

Die bebende Stimme der Waise. Ein Leben lang.

Dr. Edith Mittelstadt schenkte den frisch Vermählten ein »Familienerbstück«, ein silbernes Teeservice – schwere, reich verzierte Teekanne, Sahnekännchen und Zuckerdose samt dazugehörigem Tablett –, das Bucky in Santa Monica für magere fünfundzwanzig Dollar versetzen würde.

Und er würde sich der Schande unterziehen müssen, sich unter den Augen einer kichernden und vor Verlegenheit rot anlaufenden Norma Jeane die Fingerabdrücke abnehmen zu lassen.

Als wäre ich ein Verbrecher oder was! Junge, da kriege ich aber eine Wut!

Wo aber war die Mutter der Braut? Weshalb kam die Mutter der Braut nicht zu Trauung ihrer Tochter? Und wo steckte der Vater? – es mochte keiner fragen.

Stimmte es, dass die Mutter der Braut in die staatliche Heilanstalt eingeliefert worden war? Stimmte es, dass die Mutter der Braut im staatlichen Frauengefängnis saß? Stimmte es, dass die Mutter der Braut diese als kleines Kind zu töten versucht hatte? Stimmte es, dass die Mutter der Braut sich in der Heilanstalt oder dem Gefängnis umgebracht hatte? Es mochte keiner fragen, an diesem großen Tag.

Wie Bucky es seiner künftigen Braut kurz vor der Hochzeit schon beteuert hatte: sie brauchte sich ihrer Umstände nicht zu schämen. *Vergiss es, Schatz. In meiner Familie schaut niemand aus Gründen auf andere herab, für die sie nichts können. Das versprech ich dir. Sonst kriegt derjenige von mir eins auf die Nase.*

Jetzt, da Norma Jeane hübsch genug geworden war, hatte ein Mann sie heimgeführt.

*Liebe auf den ersten Blick und diese Erinnerung ein Leben lang hochzuhal-
ten*, nur vielleicht entsprach das nicht ganz der Wahrheit?

In Wirklichkeit war Bucky Glazer gar nicht so wild darauf gewesen, das
Mädchen Norma Jeane Baker kennen zu lernen. An dem Abend im
Sepulveda Theater, als sie mit dieser alten Schreckschraube, der Pirig, auf die
Bühne geholt worden war, hatte die Kleine für Buckys verwöhnten Ge-
schmack wie jede andere High-School-Mieze ausgesehen – außerdem zu
jung –, und er hatte sich zum Kummer seiner Mom aus dem Vorführsaal ver-
drückt und auf dem Parkplatz auf sie gewartet, wie eine Filmfigur gegen die
Haube seines Wagens gelümmelt, Zigarette zwischen den Zähnen. Arme
Mrs. Glazer, die schimpfend auf hohen Absätzen dahergewankt kam, als wäre
Bucky nicht ein erwachsener Mann, sondern ein Bengel von zwölf Jahren.
»Buchanan Glazer! Was fällt dir ein! Wie ungezogen, deine Mutter so zu
beschämen! Was soll ich bloß Elsie sagen? Sie ruft mich garantiert gleich
morgen früh an. Ich musste mich vor ihr davonschleichen! Dabei ist das
Mädchen doch wirklich *goldig*.«
Bucky verfolgte eine trotzige Zermürbungstaktik, ließ seine Mutter zetern
und schimpfen und sich tränenreich schnäuzen, im Wissen natürlich, dass
sie am Ende ja doch ihren Willen bekäme, so wie eben meist die Frauen des
Glazer-Clans. So war es bei Buckys älterem Bruder und bei beiden älteren
Schwestern gewesen, die von der Mutter ebenfalls sehr früh in die Ehe gedrängt worden waren, weil es so am besten war, sonst gab es bloß unnötigen
Ärger, da waren Jungen genauso wenig gefeit wie Mädchen, und vor allem
war der armen Bess jedes Mittel recht, wenn nur Buckys skandalöse Verbindung mit einer neunundzwanzigjährigen geschiedenen Frau gelöst würde,
die er bei der Nachtschicht im Lockheed-Werk kennen gelernt hatte, Mutter
eines kleinen Kindes, ein aufgetakelter, eiskalter Vamp, der »meinem Jungen
den Kopf verdreht« hatte, wie Bess aller Welt vorjammerte. Bucky hatte
schon auf der High School immer seine Flammen gehabt, und er »zog« auch
jetzt mit einer Reihe Mädchen herum, darunter der Tochter seines Bestat-
tungsunternehmers, aber eine ernste Bedrohung stellte in Bess' Augen nur
die Geschiedene dar.
»Was hast du gegen Elsie Pirigs Mädchen? Was hast du an ihr auszusetzen? Elsie schwört Stein und Bein, dass es ein braves frommes Mädchen ist,

raucht nicht, trinkt nicht, liest ihre Bibel, ist sehr häuslich, bei Jungen zurückhaltend, eine, die sich nichts vergibt, und du weißt doch, Bucky, dass du langsam daran denken solltest, dich zu binden. An ein anständiges Mädchen, auf das Verlass ist. Wenn du nach Übersee musst, wirst du jemand brauchen, zu dem du zurückkehren kannst. Du wirst eine Liebste brauchen, die dir Briefe schreibt.«

Bucky konnte es sich nicht verkneifen: »Ach weißt du, Mom, Carmen kann mir Briefe schreiben. Sie schreibt sowieso schon mehreren Kerlen.«

Bess fing an zu weinen. Carmen war der geschiedene Vamp, der ihrem Jungen den Kopf verdreht hatte.

Bucky lachte und drückte seine Mutter reuevoll. »Mom, ich kann doch zu dir zurückkehren, oder? Du kannst mir doch schreiben, oder? Da brauche ich doch sonst niemand, oder?«

Wenig später versetzte Bucky eine ganze Runde weiblicher Verwandter in helle Aufregung, indem er, als er seine Mutter in ihrem leidenden Märtyrerinnenton hatte sagen hören: »Für meinen Goldjungen muss es natürlich schon eine Jungfrau sein –«, den Kopf zur Tür reinsteckte und mit Pokergesicht laut und deutlich fragte: »Woran erkennt man eine Jungfrau? Wie lässt sich das feststellen? Wie stellst *du* das fest, Mom?« und dann fröhlich pfeifend seines Weges ging. *Nein, dieser Bucky! Das ist eine Marke. Gehört ungelogen zu den Hellsten in der Familie.*

Aber irgendwie wurde es dann doch noch was. Bucky ließ sich breitschlagen, diese Norma Jeane kennen zu lernen. Es war einfacher, Bess nachzugeben, als ihre Nörgelei zu ertragen oder, noch schlimmer, ihr ewiges Seufzen und die Leidensmiene. Ihm war zwar klar gewesen, dass Norma Jeane noch sehr jung war, aber fünfzehn, das hatten sie ihm nicht gesagt, und so kriegte er erstmal einen gehörigen Schreck, als er ihr gegenüberstand. Unbeholfen und fast wie eine Schlafwandlerin kam sie auf ihn zu, blieb abrupt stehen, entsetzlich verlegen, und nannte mit einem zaghaften Lächeln stammelnd ihren Namen. *Das reinste Kind. Aber Junge, Junge, sieh dir das an. Die Figur!* Während er sich insgeheim noch vorstellte, wie er sich mit den Kumpels anschließend über diese »Verabredung« kaputtlachen würde, fühlte er sich so gewaltig zu dem Mädchen hingezogen, dass er im selben Moment schon in Gedanken vorwegnahm, wie er mit ihr angeben würde. Ihr Foto herumreichen. Sie selbst vorführen. *Meine neue Flamme, Norma Jeane. Ein bisschen jung, aber reif für ihr Alter.*

Die Gesichter – Bucky konnte sie sich bildhaft vorstellen.

Er ging mit ihr ins Kino. Er ging mit ihr tanzen. Er ging mit ihr Kanu fahren, wandern, angeln. Und war angenehm überrascht, weil sie trotz ihres Aussehens recht sportlich war. Seinen Freunden gegenüber, alles Leute in seinem Alter, verhielt sie sich still, sperrte Augen und Ohren auf, schmunzelte über die Witze und ihre Albereien, und dass Norma Jeane so ziemlich das hübscheste Mädchen war, das man außer im Film je gesehen hatte, das sah ein Blinder – mit ihrem herzförmigen Gesicht und dem spitzen Haaransatz, den recht dunklen blonden Locken, die ihr in Kaskaden über die Schultern herabfielen, und der Art, wie sie sich in ihren engen Pullovern, Röcken, Sporthosen bewegte; jetzt, wo die Hosenmode für Frauen durchaus schicklich war.

Dynamit wie Rita Hayworth, ein Vollweib. Und dabei eine Frau fürs Leben wie Jeanette MacDonald.

Sie lebten in den Zeiten-der-sich-überstürzenden-Ereignisse. Seit dem Schock von Pearl Harbor. Jetzt war jeder Tag wie ein Erdbebentag – du wachst auf und fragst dich, was denn noch! Schlagzeilen, Berichte im Radio. Aber es war auch aufregend.

Leid konnten einem die alten Knacker über vierzig tun, deren Soldatenzeit vorbei war und die jetzt als Kämpfer nicht mehr gefragt waren. Nicht aufgerufen, ihr Vaterland zu verteidigen. Beziehungsweise, wenn sie es bereits getan hatten, im Weltkrieg zum Beispiel, war das so lange her und ein so alter Hut, dass sich niemand überhaupt erinnerte. Was in Europa los war, im Pazifik, *das* zählte.

Norma Jeane hatte eine Art, sich zu ihm vorzubeugen, die glauben machte, sie fiebere dem entgegen, was er zu sagen hätte; berührte sein Handgelenk, hob ihm verträumte, unscharfe blaue Augen entgegen, während sich ihr Atem beschleunigte, als wäre sie gelaufen, und fragte, was seiner Meinung nach die Zukunft bringen würde? Ob die USA den Krieg gewinnen und die Welt vor Hitler und den Japanern retten würden? Wie lange der Krieg dauern würde, und ob auch hier bei ihnen Bomben fallen würden? Auf Kalifornien? Und wenn ja, was aus ihnen würde? Welches Schicksal sie erwartete? Bucky schmunzelte, in seiner Bekanntschaft käme niemand auf die Idee, so komisch von *Schicksal* zu reden. Aber das Mädchen wollte Antworten, und das gefiel ihm. Plötzlich hörte er sich selbst reden wie jemand im Radio und staunte. Er tröstete Norma Jeane, sagte ihr, sie brauche sich keine Sorgen zu machen: Wenn die Japsen es wagen sollten, über Kalifornien oder überhaupt »amerikanischem Territorium« irgendwo Bomben abzuwerfen, würden sie von amerikanischen Flugzeugabwehrraketen sofort vom Himmel geholt. (»Geheimwaffen, die wir bei Lockheed bauen, wenn du es genau wissen willst.«) Sollten sie es jemals wagen, Truppen anzulanden, würden sie noch vor der Küste versenkt. Und wenn es ihnen je gelingen sollte, einen Fuß auf US-amerikanischen Boden zu setzen, würde sich jeder körperlich unversehrte Amerikaner ihnen entgegenstellen und kämpfen bis zum Tode. *Aber so weit würde es gar nicht kommen.*

Eine ihrer Unterhaltungen war allerdings komisch. Norma Jeane sprach vom *Krieg der Welten* von H. G. Wells, einem Buch, das sie behauptete, gelesen zu haben, und Bucky sagte, aber nein, das wäre eine Radiosendung gewesen und zwar von Orson Welles, vor ein paar Jahren. Norma Jeane schwieg, und dann meinte sie, sie müsse da etwas verwechselt haben. Bucky konnte sich durchaus vorstellen, dass sich da im Kopf des Mädchens irgendetwas verdreht hatte. »Du hast die Sendung wahrscheinlich nicht gehört, oder? Du warst wahrscheinlich noch zu jung. Wir haben sie daheim gehört. Junge, Junge, das war vielleicht was! Mein Grandpa hat gedacht, es ist wahr, den hat fast der Schlag getroffen, und meine Mom, na, du kennst sie ja, sie hat zwar genau gehört, wie Orson Welles immer wieder gesagt hat, sie würden ›fingierte Nachrichten‹ über den Äther schicken, aber Mom hat es trotzdem mit der Angst zu tun gekriegt, alle haben die Nerven verloren, ich war noch ein Knirps und habe gedacht, wer weiß, könnte sein, obwohl ich es eigentlich besser wusste, weil ich ja wusste, es ist eine Radiosendung. Junge, Junge –!« – Bucky genoss, wie gebannt ihn Norma Jeane ansah, als wäre jede Silbe, die er von sich gab, unendlich kostbar – »Und alle, die das durchgemacht haben, diese Radiosendung damals an dem Abend, auch wenn es nicht wahr war, immerhin hattest du das Gefühl, es könnte doch wahr sein, und deshalb war es, als die Japsen ein paar Jahre später Pearl Harbor angriffen, gar nicht so viel anders, oder?« Er hatte irgendwie den Faden verloren. Er hatte etwas Bestimmtes sagen wollen, etwas Wichtiges, aber die Nähe des Mädchens, dieser Duft nach Seife oder Puder oder was immer es war, irgendwie blumig, lenkte ihn ab. Weil gerade niemand sonst da war, beugte er sich rasch vor und küsste sie auf den Mund, und prompt klappten ihre Augendeckel zu wie bei einer Puppe, und heiß schoss es ihm von der Brust bis in die Lenden, und da spreizten sich seine Finger hinter ihrem zurückgebogenen Kopf und er bauschte ihr Lockenhaar, und er küsste sie etwas heftiger, schloss selbst die Augen – verlor sich in einem parfümierten Traum, und wie ein Mädchen im Traum war sie weich, willig, ergeben, also küsste er sie noch heftiger und bedrängte ihre züchtig geschlossenen Lippen mit der Zunge, überzeugt, dass Norma Jeane sich ihm eines schönen Tages öffnen würde und Junge, Junge! hoffentlich kam es ihm dann nicht in der Hose.

Liebe auf den ersten Blick. Glaubte Bucky Glazer inzwischen selbst.

Erzählte den Kumpels bei Lockheed längst, er hätte das Mädchen zuerst auf der Bühne eines Kinotheaters gesehen. Sie hätte irgendeinen Preis gewonnen, und Junge, Junge, *sie war selbst der Hauptgewinn*, wie sie da ins Scheinwerferlicht hinaufstieg und das Publikum frenetisch Beifall klatschte.

»Wer auf sich hält, will ein unberührtes Mädchen zur Frau. Das ist man sich schuldig.«

Dachte viel an Norma Jeane. Im Mai waren sie einander vorgestellt worden, und am ersten Juni hatte sie Geburtstag; da wäre sie sechzehn. Mit sechzehn konnte ein Mädchen doch heiraten, gab Beispiele genug in der Glazer-Familie. *Nun, Bucky, du musst ja nichts überstürzen,* wandte seine Mutter ein, aber da war er schlauer: auf den Überlistungsversuch von Bess – sage Bucky, was er *nicht* tun soll, und Bucky würde genau das nicht lassen können – fiel er nicht herein. Und trotzdem beschäftigte ihn Norma Jeane in einem Maß, wie er das von seinen sonstigen Flammen nicht kannte. Selbst, wenn er mit Carmen zusammen war. Besonders wenn er mit Carmen zusammen war und Vergleiche anstellte. *Eine Schlampe, das lässt sich nicht leugnen. Zu trauen ist der nicht.* Dachte auch an den Nachmittagen, an denen er Mr. Eeley im Bestattungsinstitut half, wieder eine Leiche für den Aufbahrungsraum fertig zu machen, an Norma Jeane. Jedenfalls bei Frauen, die halbwegs jung waren. Da drängte sich ihm plötzlich auf, wie kurz doch das Leben war, und sie alle sterblich; konnte man schon in der Bibel nachlesen: *Asche zu Asche, Staub zu Staub.* Jede Woche waren in *Life* Fotos der Verwundeten und Gefallenen abgebildet, die Leichen der halb im Sand der Strände irgendwelcher gottverlassener Pazifikinseln vergrabenen GIs, ganze Stapel von toten Chinesen, Opfer japanischer Bombenangriffe. Im Tod waren alle nackt. *Wie Norma Jeane nackt wohl aussah?* Da überkam es ihn nahezu, rasch musste er sich vorbeugen, den Kopf zwischen die Knie drücken und sich von Mr. Eeley, einem kauzigen Junggesellen mit Schnauzer und ähnlich buschigen Augenbrauen wie Groucho Marx, als »Mimose« verlachen lassen. Er dachte während seiner Nachtschichten bei Lockheed im ohrenbetäubenden Lärm an Norma Jeane, fragte sich, ob sie vielleicht doch ausgegangen war, obwohl sie ihm versprochen hatte, zu Hause zu bleiben und nur an ihn zu denken. Es gab Kerle am Montageband, nur wenige Jahre älter als Bucky, die konnten es kaum erwarten, zu ihren Frauen nach Hause zu kommen und um sechs Uhr in der Früh zu ihnen ins Bett zu steigen. Was die alles erzählten – und rieben sich die Hände. Rollten vielsagend mit den Augen und grinsten. Manche ließen Schnappschüsse von ihren hübschen jungen Frauen und Verlobten herumgehen. Einer zeigte ihnen ein Foto von seiner Frau in Betty-Grable-Pose, kess über die Schulter in die Kamera zwinkernd, aber nicht etwa im Badezug wie Betty Grable, sondern nur Spitzenhöschen und hohen Absätzen. Jesus. Bucky knirschte innerlich mit den Zähnen. Sie brachte einen nicht halb so in Wallung, wie es Norma Jeane in der Pose täte. *Wenn ihr erst mein Mädchen seht.*

Hatte es ihn etwa erwischt? Teufel! Sah ganz so aus. Vielleicht war es an der Zeit. Er würde sie jedenfalls nicht gern einem anderen überlassen.

Nach Bucky Glazers Dafürhalten gab es zwei Sorten von Frauen: die »harten« und die »weichen«. Und er fiel immer auf die weichen rein, klar. Da kam also nun dieses süße kleine Ding daher und blickte mit großen Augen und so vertrauensvoll zu ihm hoch und gab ihm fast in allem Recht; na ja, er wusste natürlich auch wirklich viel mehr als sie, da war es nur logisch, dass sie ihm Recht gab; das gefiel ihm, er hielt nichts von Mädchen, die es den Kerlen zeigen mussten, die diese bestimmte Art von Flirt am aufregendsten fanden, wo sie einem Kerl auf die Nerven gingen wie Katharine Hepburn in ihren Filmen. Aufregen konnte das Bucky schon, aber die weiche, anschmiegsame Norma Jeane regte ihn in ganz anderer Weise auf, so, dass er sich dabei ertappte, wie er ihr im Schlaf, die Arme ums Bettzeug geschlungen, zuraunte, sie streichelte und küsste. *Ich tu dir nicht weh, ich schwör's! Ich bin doch verrückt nach dir.* Wachte mitten in der Nacht liebestoll in dem Bett auf, in dem er seit, weiß der Himmel, seit seinem zwölften Lebensjahr schlief und das ihm längst zu kurz war, sodass seine Fußknöchel und Quadratlatschen über das Ende der Matratze ragten. *Zeit, dir ein eigenes Bett zu besorgen. Ein Doppelbett.*

In dieser Nacht fiel die Entscheidung. Drei Wochen nach dem ersten arrangierten Treffen. Aber es waren ja die Zeiten-der-sich-überschlagenden-Ereignisse. Einer von Buckys jungen Onkeln galt seit der Einnahme von Corregidor als vermisst. Sein bester Freund aus dem Kreis der Mission-Hills-Ringer würde für die Navy in Südostasien demnächst seine ersten Einsätze als Jagdbomber fliegen. Norma Jeane weinte und sagte, ja, sie wolle ihn heiraten, sie wolle seinen Verlobungsring tragen, ja, sie liebe ihn; und als wäre das nicht genug, tat sie etwas, was er noch bei keiner erlebt hatte, ob Film oder Wirklichkeit: nahm seine rauen, grobknöcheligen Hände, die (wie er wusste, er kriegte es einfach nicht weg) nach dem Zeug stanken, das sie zum Einbalsamieren benutzten, eine Mischung aus Formaldehyd, Glycerin, Borax und Carbolsäure, in ihre kleinen zarten Hände, hob sie an ihr Gesicht und atmete tief ein, als wäre der Gestank Balsam für sie oder erinnere sie an einen lieb gewonnenen Duft, schloss verträumt die Augen und sagte halblaut: »Ich liebe dich! Nun ist das Glück vollkommen.«

Danke, Gott, danke, Gott, ich danke dir, Gott. Niemals wieder will ich an dir zweifeln, so lange ich auch lebe. Niemals wieder will ich mich selbst dafür zu bestrafen suchen, dass ich ungewollt und ungeliebt bin.

Die feierliche Zeremonie in der First Church of Christ in Mission Hills, Kalifornien, näherte sich ihrem Ende. Es betupften sich nicht nur sämtliche anwesenden Frauen, sondern auch ein paar Männer mit Taschentüchern die Augen. Der hünenhafte Bräutigam beugte sich herab und küsste die Kindbraut so scheu und begehrlich, wie kleine Jungen es angesichts ihrer Weihnachtsgeschenke sind. Er packte sie so fest um die Taille, dass sich ihr Satinkleid im Rücken bauschte und der Schleier ihr den Kopf in einem unschönen Winkel zurückzog.

Küsste die Braut, die soeben Mrs. Buchanan Glazer geworden war, mitten auf den Mund, und zitternd öffneten sich ihm ihre Lippen. Ein wenig.

Die Hauszierde

1

»*Meine* Frau hat es nicht nötig zu arbeiten. Punkt.«

2

Sie wollte vollkommen sein. Er verdiente es.

In ihrem Apartment im Komplex Verdugo Gardens, 2881 La Vista Street, Mission Hills, Kalifornien, der Nummer 5A zu ebener Erde.

In den traumgleichen ersten Monaten ihrer Ehe.

Das erste Mal, und so romantisch! Das weißt du nur noch nicht.

Es war einmal eine junge Braut. Junge Hausfrau. Die sich die Zeit stahl, in ihr Tagebuch zu schreiben: *Mrs. Bucky Glazer. Mrs. Buchanan Glazer. Mrs. Norma Jeane Glazer.*

Keine Spur mehr von »Baker«. Bald nicht einmal in der Erinnerung.

Bucky war nur fünf Jahre älter als Norma Jeane, aber in seinen starken Armen zufrieden seufzend, nannte sie ihn von Anfang an Daddy. Manchmal hieß er Big Daddy, stolzer Besitzer von Big Thing. Und sie war Baby, manchmal auch Baby-Doll, stolze Besitzerin von Little Thing.

Sie war tatsächlich noch unberührt gewesen. Auch darauf war Bucky stolz. Wie gut sie doch zusammenpassten! »Als hätten wir es erfunden, Baby.«

Komisch, wenn man sich überlegte, dass Norma Jeane mit sechzehn geschafft hatte, woran Gladys kläglich gescheitert war. Einen guten, treu ergebenen Mann zu finden, zu heiraten, eine *Mrs.* zu sein. Das war es doch, woran Gladys erkrankt war, da war sich Norma Jeane ganz sicher – keinen Mann zu haben und nicht auf die einzige Art geliebt zu werden, auf die es wirklich ankam.

Je länger sie darüber nachdachte, desto sicherer schien Norma Jeane, dass Gladys wahrscheinlich überhaupt nie wirklich verheiratet gewesen war. Wahrscheinlich hatte sie »Baker« und »Mortensen« erfunden, um das Gesicht zu wahren.

Und selbst Grandma Della war darauf reingefallen. Wahrscheinlich.

Komisch war es auch, an jenen Morgen zurückzudenken, da Gladys mit ihr zum Wilshire Boulevard gefahren war, um beim letzten Geleit des großen Hollywood-Produzenten dabei zu sein. Und Norma Jeane mit klopfendem Herzen darauf gewartet hatte, dass ihr Daddy sie heimführte. Wo doch noch Jahre vergehen sollten.

»Daddy, liebst du mich auch?«

»Baby, ich bin verrückt nach dir. Sieh doch.«

Norma Jeane hatte auch Gladys eine Einladung zu ihrer Hochzeit geschickt. Bange und freudig und besorgt und sehnsüchtig auf die Frau wartend, die Mutter war. Und doch entsetzt, wenn sie sich vorstellte, dass Mutter erschiene.

Großer Gott, wer ist die Irre da, sieh nur! Und alle würden glotzen und glotzen.

Natürlich war Gladys nicht zu Norma Jeanes Hochzeit erschienen. Nicht einmal einen Gruß oder gute Wünsche hatte sie ihnen zukommen lassen.

»Was kümmert es mich. Mir doch egal.«

Elsie Pirig gegenüber beteuerte sie, eine Schwiegermutter zu haben sei mehr als genug. Was brauchte sie da eine Mutter. Mrs. Glazer. Bess Glazer. Die Norma Jeane noch vor der Hochzeit drängte, sie »Mutter« zu nennen, nur blieb Norma Jeane das Wort im Hals stecken.

Manchmal schaffte sie es, die ältere Frau mit ganz weicher, nuscheliger Betonung und kaum hörbar »Mutter Glazer« zu nennen. Was für eine gutherzige Frau, Inbegriff christlicher Nächstenliebe. Man konnte es ihr ja nicht verdenken, wenn sie ihre neue Schwiegertochter kritisch beäugte. *Bitte nimm mir nicht übel, dass ich deinen Sohn geheiratet habe. Bitte hilf mir, ihm eine gute Frau zu sein.*

Sie würde schaffen, was Gladys nicht geschafft hatte. Das schwor sie sich.

Genoss es, wenn Bucky sie lustvoll und heftig liebte, sie Sweetie nannte, Honey, Baby, Baby-Doll, stöhnte und zuckte und wieherte wie ein Pferd – »Bist mein kleines Hoppe-Pferdchen, Baby! Hopp hopp!« –, dass die Sprungfedern des Betts quietschten wie Mäuse, die totgemacht wurden. Und danach einen Bucky in den Armen, Auf und Ab seines Brustkorbs, Körper ganz aalig vor Schweiß, und ein guter Geruch, Bucky Glazer, der sie wie eine abgehende Lawine ins Bett drückte. *Es gibt einen Mann, der mich liebt. Ich bin eines Mannes Frau. Und muss nie wieder allein sein.*

Ihre vorehelichen Befürchtungen hatte sie schon vergessen. Wie albern, was war sie doch für ein Kind gewesen.

186

Jetzt wurde sie von den unverheirateten Frauen und den nicht-verlobten Mädchen beneidet. Das las sie an deren Augen ab. Herrlich! Die Zauberringe am dritten Finger der linken Hand. Alte Glazer-»Familienstücke«. Der Ehering war ein etwas stumpfer, abgewetzter Goldreif. *Vom Finger einer Toten.* Der Verlobungsring hatte einen klitzekleinen Brillanten. Aber diese Zauberringe zogen vor Spiegeln und spiegelnden Flächen unweigerlich Norma Jeanes Blick an, und dann sah sie sie mit den Augen der anderen. *Ringe! Eine verheiratete Frau. Eine, die geliebt wird.*

Sie war die liebreizende unschuldige Janet Gaynor in *Jahrmarktsrummel*, *Small Town Girl*, *Sunny Side Up*. Sie war eine etwas jüngere June Haver, eine junge Greer Garson. Eine Schwester Deanna Durbins und Shirley Temples. Fast über Nacht hatte sie das Interesse an den Vamps und Glamour-Girls verloren, Crawford, Dietrich, allein die Vorstellung einer so offenkundig wasserstoffgebleichten Blondine wie die Harlow, so künstlich! Denn was ist Glamour anderes als Künstlichkeit. Hollywood-Künstlichkeit. Und erst Mae West – eine Witzfigur! Eine Frauendarstellerin.

Natürlich versuchten diese Frauen sich mit allen Mitteln zu verkaufen. Sie waren das, wovon Männer träumten. Die meisten. Kaum besser als Prostituierte. Nur waren sie kostspieliger, sie hatten »Karrieren«.

Nie werde ich es nötig haben, mich zu verkaufen! Solange ich geliebt werde, niemals.

In der Trambahn in Mission Hills bereitete es Norma Jeane Genuss, wenn der Blick von Fremden, Frauen wie Männern, an ihrer Hand, ihren Ringen, hängen blieb. Der Blick, der sie sofort adelte: *eine verheiratete Frau, und so jung!* Nie würde sie ihre Familienstücke ablegen.

Es wäre ihr Tod, wenn sie sie ablegte, da war sie sich sicher.

»Als wäre ich in den Himmel gekommen. Und dabei bin ich nicht einmal tot.«

Nur begann jetzt für Norma Jeane ein Albtraum, erst seit ihrer Hochzeit: eine gesichtslose Gestalt (Mann? Frau?) kauerte über einer gelähmt in einem Bett liegenden und fluchtunfähigen Norma Jeane, und die Gestalt wollte ihre Ringe haben, doch Norma Jeane weigerte sich standhaft, sie herauszurücken, und da packte die Gestalt ihre Hand und begann mit einem derart täuschend echt aussehenden Messer an ihrem Finger zu säbeln, dass Norma Jeane unbegreiflich war, warum sie nicht blutete, wenn sie wimmernd und um sich schlagend erwachte, und wenn Bucky dann neben ihr lag, falls er nicht gerade auf Nachtschicht war, fuhr er benommen hoch und tröstete sie, wiegte sie in seinen starken Armen. »Ist ja gut, Baby-Doll, nur ein Traum. Big Daddy ist ja da, dir kann nichts passieren.«

Aber es war nicht immer gut, jedenfalls nicht gleich. Manchmal konnte Norma Jeane vor Angst die ganze Nacht nicht mehr einschlafen.

Bucky fühlte ja durchaus mit ihr, und Bucky schmeichelte auch, wie sehr ihn seine junge Frau brauchte, aber Bucky wurde es auch irgendwie mulmig. Eigentlich war er es ja selbst noch gewohnt, Kind zu sein. Er war schließlich auch erst einundzwanzig! Und bei Norma Jeane wusste man nie, stellte er fest. Als sie sich kennen lernten und während der Verlobungszeit, war sie immer der reinste Sonnenschein gewesen, jetzt, in diesen wüsten Nächten, zeigte sie sich von einer ganz anderen Seite. Oder ihre »Krämpfe«, wie sie verschämt zu den Tagen sagte, die waren für Bucky, der von solchem Weiberkram – zu seinem eigenen Besten – größtenteils verschont worden war, eine erschreckende Neuheit; Norma Jeane blutete nicht nur (wie ein angestochenes Schwein, musste Bucky unwillkürlich denken) aus der Scheide, was ja genau die Stelle zum Eindringen war, sie war nicht nur zwei oder sogar drei Tage lang fix und fertig und praktisch nicht zu gebrauchen, lag mit einem Heizkissen auf dem Bauch und oft noch einem nassen Waschlappen auf der Stirn da (denn »Migräne« hatte sie dann außerdem), sondern sie weigerte sich hartnäckig, Arzneimittel zu nehmen, selbst Aspirin, wie es Buckys Mutter empfahl, bis er die Geduld mit ihr verlor – »Christliche Wissenschaft! Hokuspokus, den kein Mensch ernst nimmt«. Aber er wollte sich auch nicht mit ihr anlegen, denn davon wurde alles nur noch schlimmer. Also bemühte er sich um Mitgefühl, das tat er wirklich, er war ein verheirateter Mann und (wie sein älterer verheirateter Bruder trocken bemerkte) täte besser daran, sich zu gewöhnen, auch an den Geruch. Aber die Albträume! Bucky war todmüde und brauchte seinen Schlaf – er schlief mühelos zehn Stunden durch, wenn man ihn ließ –, und da rüttelte ihn nun Norma Jeane regelmäßig wach, machte ihm mit ihrem heillosen Schrecken – wirklich, das knappe Nachthemd klitschnass – eine Heidenangst. Dabei war er es nicht gewohnt, zusammen in einem Bett zu schlafen. Nicht die ganze Nacht. Nicht jede Nacht. Mit jemandem, bei dem man nie wusste, wie Norma Jeane. Als gäbe es zwei Norma Jeanes, Zwillingsschwestern, und würde manchmal der Nachtzwilling übernehmen, egal, wie sehr der Tagzwilling ihm ergeben und wie vernarrt er seinerseits war. Er hielt sie fest umschlungen und spürte das Herz flattern. Wie ein zu Tode geängstigter Vogel in seinen Armen, ein

Kolibri. Aber mein Gott, was konnte das Mädchen fest klammern. Eine Frau in Angst war fast so stark wie ein Kerl. Dem schlaftrunkenen Bucky war zumute wie früher bei High-School-Ringkämpfen, wenn er mit einem auf der Matte lag, der wild entschlossen war, ihm sämtliche Rippen zu brechen.

»Daddy, du wirst mich nie verlassen, oder?«, flüsterte ihm Norma Jeane zu, und wenn Bucky dann verschlafen sein Nein grunzte, flehte Norma Jane: »Versprich's mir, Daddy«, und Bucky murmelte: »Klar, Baby, ist ja gut«, was Norma Jeane aber immer noch nicht beruhigte, also sagte Bucky: »Baby, warum sollte ich *dich* verlassen? Was glaubst du, warum ich dich gerade geheiratet habe?« An dieser Antwort war irgendetwas faul, aber was, wusste keiner von beiden zu sagen. Norma Jeane schmiegte sich noch enger an Bucky, presste ihr heißes, verheultes Gesicht an seinen Hals, roch nach verschwitztem Haar und Puder, Achselhöhlen und etwas Undefinierbarem, was er für Angstschweiß hielt; »Versprichst du's mir, Daddy?«, und Bucky murmelte ja, er verspreche es und könnten sie jetzt bitte weiterschlafen? und mit einmal kicherte Norma Jeane – »Großer Indianerschwur, Hand aufs Herz?« – und legte ihre kleine Hand auf Buckys großes Bumperherz, was wegen der krausen Haare auf seiner Brust kitzelte, und plötzlich war Bucky erregt, Big Thing erwachte, Bucky packte Norma Jeanes Hand und tat so, als würde er ihre Finger abbeißen, und Norma Jeane trat und strampelte und kreischte vor Vergnügen und versuchte, sich ihm zu entwinden: »Nein! Daddy, *nein!*«, aber Bucky drückte sie auf die Matratze nieder, stieg rittlings über ihren schmalen Körper, vergrub sein Gesicht zwischen ihren Brüsten, stupste und zwackte, nach ihren Brüsten war er ganz verrückt, spielte mit der Zunge an ihnen, knurrte: »Daddy, *ja!* Daddy wird mit Baby-Doll machen, was er will, weil Baby-Doll ihm *gehört*. Das gehört Daddy, und das – und *das*.«

Und wenn er dann in mir drin war, war ich in Sicherheit.
   Hoffte ich, es würde nie enden.

3

Sie wollte vollkommen sein. Er verdiente es.
   Packte Bucky sein Mittagessen ein. Dicke doppellagige Sandwiches. Belegt mit dem, was Bucky am liebsten mochte. Mortadella, Käse und Senf auf weißem Brot. Gekochtem Schinken mit pikant gewürzter Kruste. Bratenreste mit Ketchup. Eine Valencia-Orange, diese besonders süße Sorte. Zum

Nachtisch Leckereien wie Kirschauflauf oder mit Apfelmus zubereitetes Gingerbread. Jetzt, da stärker rationiert wurde, hob Norma Jeane abends immer ihre Portion Fleisch für Buckys nächstes Lunchpaket auf. Das schien ihm nie aufzufallen, aber Norma Jeane zweifelte nicht daran, dass er es zu schätzen wusste. Bucky war ein strammer Bursche, er wuchs immer noch und hatte einen sehr gesunden Appetit. Wie ein Bär, »ein arg hungriger Bär«, neckte ihn Norma Jeane. Irgendetwas an dem frühmorgendlichen Ritual, diesem Aufstehen, um Bucky das Essen einzupacken, rührte sie zu Tränen. Sie legte ihm heimlich Liebesbriefchen dazu, die sie mit Girlanden roter Tintenherzen verzierte.

Wenn du das liest, Bucky-Schatz, denke ich gerade an DICH & daran, WIE SEHR ICH DICH LIEBE.

Oder:

Wenn du das liest, Big Daddy, denk an dein Baby-Doll & die INBRÜNS-TIGE LIEBE, mit der sie dich DAHEIM erwartet!

Bucky konnte es sich nicht verkneifen, diese Zettel bei Lockheed während der Schicht herumzureichen. Es gab da einen gut aussehenden Maulhelden, einen Möchtegern-Schauspieler, etwas älter als Bucky – Bob Mitchum –, und den hoffte er vor allem zu beeindrucken. Bei Norma Jeanes seltsamen kleinen Gedichten allerdings war sich Bucky nicht ganz sicher:

Wenn unsere Herzen vergehen
und Engel das sehen
sind sie neidisch.

War das überhaupt ein Gedicht, wenn es sich nicht reimte? Jedenfalls nicht *durchweg* reimte? Die Liebesgedichte behielt Bucky also lieber für sich, faltete sie ganz klein zusammen und steckte sie weg. (Oft verschlampte er sie dann und verletzte Norma Jeanes Gefühle, weil er vergaß, sich zu äußern.) Diese Seite an Norma Jeane, dieses komische schwärmerische Schulmädchen, war Bucky nicht ganz geheuer. Warum konnte sie nicht einfach hübsch und unkompliziert sein wie andere Zuckerpuppen; warum musste sie unbedingt auch noch »tiefsinnig« sein? Irgendwie, glaubte Bucky, musste das mit ihren Albträumen und ihren »Frauenleiden« zu tun haben. Zwar liebte er ja an ihr, dass sie anders, dass sie etwas Besonderes war, andererseits nahm er es ihr fast übel. Als würde Norma Jeane nur vorgeben, das Mädchen zu sein, das er kannte. Wie sie zum Beispiel unerwartet mit Dingen herausplatzte, oder ihr irritierend quieksiges Lachen oder was man eigentlich nur als morbides Interesse an seiner Arbeit bei Mr. Eeley bezeichnen konnte.

Aber die Glazers mochten Norma Jeane alle sehr, und das war Bucky wichtig. Er hatte das Mädchen schließlich seiner Mutter zuliebe geheiratet, in gewisser Weise. Aber nein, er war bis über beide Ohren verliebt. Doch, bestimmt! Wo sich die Kerle auf der Straße doch alle nach ihr umdrehten, wie hätte er sich da nicht in sie vergucken sollen? Und was für eine *gute Ehefrau* sie war, im ersten Jahr und auch danach noch. Die Flitterwochen nahmen gar kein Ende. Auf Karteikarten präsentierte Norma Jeane ihm die in Schönschrift notierten Menüvorschläge für die kommende Woche. Sie ließ sich von Mrs. Glazer Rezepte diktieren und schnitt weitere aus den aktuellen Ausgaben von *Ladies' Home Journal, Good Housekeeping, Family Circle* und anderen heraus, die Mrs. Glazer an sie weitergab. Selbst wenn ihr nach einem ganzen Tag Hausarbeit und Wäsche der Kopf schmerzte, himmelte Norma Jeane ihren Göttergatten an, während er gierig hinunterschlang, was sie ihm vorsetzte. *Wenn du einen Ehemann hast, brauchst du Gott nicht so.* Sie waren wie Gebete, die Hackbraten mit grob gehackten, rohen roten Zwiebeln, grüner Paprika, Paniermehl und einer dicken Ketchupsoße, die im Ofen eine leckere Kruste bildete. Rindereintopf (bloß bekam man kaum noch Rindfleisch, das nicht talgig und voller Knorpel war) mit Kartoffeln und Gemüse (beim Gemüse musste sie vorsichtig sein, Gemüse liebte Bucky nicht sehr) und dunkler Soße (mit »Mehlschwitze«) auf Mutter Glazers Maismehlkuchen. Paniertes Hähnchen mit Kartoffelbrei. Würstchen vom Rost auf dick mit Senf bestrichenem Brot. Und natürlich, sofern Norma Jeane Fleisch bekam, Buckys heiß geliebte Hamburger und Cheeseburger mit jeder Menge Pommes frites und viel, viel Ketchup. (Mutter Glazer hatte Norma Jeane gewarnt: Wenn sie Bucky nicht genug Ketchup aufs Essen tat, konnte er durchaus ungehalten werden, sich die Flasche schnappen und draufhauen, dass sich gleich die Hälfte davon in einem einzigen Schwall über alles ergoss!)

Es gab Aufläufe, Gerichte, die Bucky zwar weniger schätzte, aber wenn er Hunger hatte – und Bucky hatte immer Hunger –, dann aß er die mit fast ebenso großem Appetit wie seine Leibspeisen: Thunfischauflauf mit Käse und Makkaroni, Sahnelachs mit Konservenmais auf Toast, Hühnerfrikassee in weißer Soße mit Kartoffeln, Zwiebeln und Möhren. Mais-, Sago-, Schokoladenpudding. Wackelpeter mit Marshmallows. Kuchen, Plätzchen, Apple Pie. Eiscreme. Wenn nur nicht der Krieg wäre, die Rationierung! Fleisch, Butter und Zucker kriegte man nur schwer. Zwar wusste Bucky, dass Norma Jeane nichts dafür konnte, aber wie ein trotziges Kind schien er ihr insgeheim doch die Schuld zu geben: Männer gaben Frauen immer die Schuld für Mahlzeiten, die nicht voll und ganz befriedigend waren, so wie sie Frauen die Schuld gaben, wenn die geschlechtliche Liebe nicht voll und ganz befriedigend war, so war die Welt nun mal, und Norma Jeane Glazer, jungvermählt, nicht einmal ein Jahr, erfasste das instinktiv. Wenn es Bucky aber schmeckte, dann sah man es ihm an, und es war eine wahre Lust, ihm beim Essen zuzuschauen, genauso wie es für Norma Jeane damals, vor langer Zeit (so kam es ihr vor, dabei waren es erst wenige Monate) eine Lust gewesen war, ihrem High-School-Lehrer Mr. Haring zuzusehen, wenn er ihre Gedichte las, ob laut oder leise. Da saß nun Bucky am Küchentisch, das breite, fettverschmierte, grobknochige Gesicht beim Kauen tief über den Teller gebeugt. War er unmittelbar von der Arbeit gekommen, dann hatte er sich Gesicht, Unterarme und Hände gewaschen und die Haare nass zurückgekämmt. Hatte die verschwitzten Kleider ausgezogen und saß nun im frischen T-Shirt und Chinos da, manchmal auch nur Boxer-Shorts. Wie fremdartig Bucky Glazer seiner Norma Jeane schon deshalb vorkam, weil er ein Mann war. Dieser Schädel, der bei bestimmten Lichtverhältnissen aussah wie ein Tonkopf, das kräftige, kantige Kinn, der mahlende Kiefer, der jungenhafte Mund und die aufrichtigen, hellen haselnussbraunen Augen – schöner, fand eine hingerissene Norma Jeane, als die Augen aller Männer, die sie sonst bisher aus der Nähe gesehen hatte, außer im Film. Obwohl Bucky Glazer eines Tages von ihr, seiner ersten Frau, sagen sollte: *Die arme Norma Jeane hat sich wirklich Mühe gegeben, aber sie war eine miserable Köchin, schwere, mit Käse und Karotten überladene Aufläufe, und auf alles haute sie Unmengen Ketchup und Senf.* Unerbittlich sollte er erklären: *Geliebt haben wir uns nicht; wir haben ja viel zu jung geheiratet. Besonders sie.*

Nahm sich von allem zweimal. Bei seinen Leibgerichten auch dreimal.

»Honey, das schmeckt *köst*-lich. Wie du das immer machst.«

Riss sie in seine muskelbepackten Popeye-Arme hoch, bevor sie auch nur das Geschirr zum Einweichen in die Spüle stellen konnte, und Norma Jeane kreischte, als wäre ihr für den Bruchteil einer Sekunde entfallen, wer dieser junge Hüne mit dem Bärenappetit war, der nun krähte: »Ha! Hab ich dich!«

und sie schweren Schrittes ins Schlafzimmer trug, dass die Fußbodenbretter bebten – ob das nicht sämtliche Nachbarn oben, unten und nebenan spürten, zumindest Harriet und ihre Mitbewohnerinnen nebenan würden doch bestimmt wissen, was die frisch Vermählten wieder trieben –, während sie seinen Hals umklammerte, als wäre sie am Ertrinken, bis Bucky schnaubte wie ein Hengst, aber lachte dabei: sie drückte ihm die Luft ab, ein Würgegriff geradezu wie ein Ringer, und strampelte und trat, als er brüllend ihre Schultern aufs Bett drückte, ihr Hauskleid auf- oder ihren Pullover hochriss, das Gesicht zwischen ihren wundervollen nackten Brüsten vergrub, weichen, wackelnden Brüsten mit braunrosa Warzen wie Geleebonbons oder an ihrem kleinen, mit hellem Flaum bedeckten rundlichen Bauch, der immer so schön warm war, oder im kupferschimmernden Haar, das sich darunter feucht und kitzlig kräuselte, ein erstaunlicher Busch für ein Mädchen in ihrem Alter. »Oh, Baby-Doll. *Ohhhh.*« Oft genug war Bucky so erregt, dass es ihm gleich auf Norma Jeanes Schenkel kam: auch eine Art zu verhüten, wenn ihm nicht mehr die Zeit blieb, ein Kondom überzustreifen, denn selbst blind vor Lust würde sich Bucky Glazer hüten, ihr ein Kind zu machen. Doch gleich dem Hengst wurde er innerhalb von Minuten wieder hart, schoss das Blut in sein Big Thing, als drehte man einen Heißwasserhahn auf. Er hatte seine Teenager-Braut in die Liebeskunst eingeführt, und sie war eine gefügige, ja bald gelehrige Schülerin gewesen, sodass ihn ihre Leidenschaftlichkeit mittlerweile, das musste Bucky zugeben, fast erschreckte, ein bisschen jedenfalls: *so viel von mir zu wollen, von der Liebe.* Sie küssten und knuddelten und kitzelten sich, bohrten sich gegenseitig die Zungen in die Ohren. Packten, griffen nach einander. Wenn Norma Jeane aus dem Bett zu entkommen versuchte, fing sie Bucky mit einem triumphierend »Hab ich dich!« wieder ein. Rang sie aufs Bett nieder, ins zerwühlte Bettzeug, brüllend, lachend, stöhnend, stoßweise atmend, und auch Norma Jeane stöhnte und weinte, jawohl, und zur Hölle mit den neugierigen Nachbarn, ob nebenan oder oben oder denen, die draußen vorm Fliegengitterfenster auf dem Gehweg vorbeigingen, jenseits der hastig heruntergelassenen Jalousien. Sie waren schließlich verheiratet, oder? In einer Kirche getraut, oder? Sie liebten sich, oder? War ihr gutes Recht, sich zu lieben, wann immer und so oft sie wollten, oder? Und ob!

Sie war wirklich süß, aber schrecklich emotional. Wollte Liebe, Liebe, Liebe. Sie war unreif und unzuverlässig, und das war ich wohl auch; wir waren einfach zu jung. Wenn sie eine bessere Köchin gewesen wäre und nicht so emotional, ja dann wäre es vielleicht gegangen.

4

Meinem geliebten Mann:

Meine Liebe zu dir ist
so tief wie das Meer–.
Ohne dich, Liebster,
wär ich nicht mehr.

Dann stand es jedoch im Kriegswinter 42/43 in Europa und im Pazifik
schlecht, und Bucky Glazer wurde rastlos, er sprach immer häufiger davon,
sich melden zu wollen und zur Navy, zu den Marines oder zur Handelsmarine zu gehen. »Gott hat die USA nicht umsonst zur Nummer eins gemacht.
Wir haben eine Verpflichtung.«

Norma Jeane bedachte ihn mit einem starren Lächeln.

Bald würden die »kinderlosen« verheirateten Männer eingezogen. War es
da nicht klüger, dem zuvorzukommen und sich freiwillig zu melden? Bucky
arbeitete inzwischen vierzig Stunden die Woche bei Lockheed und ein bis zwei
Vormittage im Bestattungsunternehmen McDougal für Mr. Eeley. (»Aber es
ist ganz komisch: im Augenblick sterben wenig Leute. Viele Männer sind weg,
und die Alten harren aus, weil sie den Ausgang des Krieges erleben wollen.
Und bei der Benzinknappheit fährt keiner schnell genug für tödliche
Unfälle.«) Seine diesbezüglichen Fertigkeiten würden ihm in der Armee bald
zustatten kommen. Desgleichen seine High-School-Vorgeschichte als her-
ausragender Footballspieler, Ringer und Läufer: Bucky Glazer war eine
Sportskanone gewesen, er könnte die weniger durchtrainierten Rekruten auf
Vordermann bringen. Und er war auch in Mathe gut gewesen, jedenfalls wie
sie auf der Mission Hills High School verlangt war, konnte Radios reparieren
und Karten lesen. Jeden Abend hörte er die Berichterstattung über den Krieg,
und auch durch die *L. A. Times* quälte er sich. Einmal die Woche ging er mit
Norma Jeane ins Kino, hauptsächlich wegen der Wochenschau: *The March of
Time.* An die Wände des Apartments pinnte er Karten vom Kriegsverlauf in
Europa und im pazifischen Raum; Regionen, in denen Verwandte und Freunde
stationiert waren, markierte er mit bunten Stecknadeln. Er sprach nicht von
denen, die gefallen oder als vermisst gemeldet oder in Gefangenschaft geraten waren, aber Norma Jeane wusste, dass es ihn beschäftigte.

Weihnachten 42 schickte einer von Buckys Vettern, der auf der Aleuten-insel Kiska diente, als »Souvenir« eine japanische Schädeltrophäe. Das war vielleicht was! Als Bucky das Päckchen öffnete und den Schädel mit beiden Händen wie einen Basketball heraushob, pfiff er anerkennend und rief Norma Jeane extra aus dem Nebenzimmer herbei. Norma Jeane kam in die Küche geeilt. Sie kippte fast um vor Schreck. Was war das für ein abscheu-liches Ding? Ein Kopf? Ein Menschenkopf? Ein blanker, haar- und hautloser Menschenkopf? »Ein Japsenschädel. Deshalb ist es in Ordnung«, sagte Bucky. Er hatte vor Aufregung ganz rote Backen. Steckte den Finger in die großen, gähnend leeren Augenhöhlen. Auch das Loch, wo die Nase gewesen war, wirkte ungewöhnlich groß und klaffend. Im Oberkiefer saßen gerade mal drei oder vier gelbliche Zähne, der Unterkiefer fehlte ganz und gar. Glei-chermaßen begeistert wie neidisch sagte Bucky mehrmals: »Mann! Da hat der gute alte Trev mir aber jetzt ordentlich was voraus.« Norma Jeane be-dachte ihn mit ihrem starren Lächeln, wie jemand, der den Witz nicht be-greift oder sich im Gegenteil nicht anmerken lassen will, *dass* er begriffen hat: wie bei den hässlichen Witzen, die die Pirigs und ihre Freunde gern er-zählt hatten, um sie zum Erröten zu bringen, aber den Gefallen hatte sie ihnen nicht getan. Sie sah, wie aufgeregt ihr Mann war, und sie wollte ihm nicht die Stimmung vermiesen.

Der »alte Hirohito« bekam einen Ehrenplatz auf dem RCA-Victor-Radio-empfänger im Wohnzimmer. Bucky war darauf fast so stolz, als hätte er ihn selbst auf den Aleuten erbeutet.

5

Sie wollte vollkommen sein. Er verdiente es.

Und er hatte so strenge Maßstäbe! Und ein scharfes Auge.

Jeden Morgen machte sie das kleine Verdugo-Gardens-Apartment gründ-lich sauber. Alle drei nicht allzu geräumigen Zimmer, das Badezimmer mit Wanne, Waschbecken und Toilette, dieses ihr anvertraute Heiligtum putzte sie mit der Hingabe eines Bettelmönchs. Sie empfand die Ironie der Worte Buckys nicht. *Meine Frau hat es nicht nötig zu arbeiten. Punkt.* Sie wusste doch, dass die Arbeit der Frau im Heim nicht Arbeit war, sondern heiliges Vorrecht und heilige Pflicht. »Das Heim« heiligte die Mittel: guten Willen und alle Kraft. Es war eine von Seiten der Glazers häufig geäußerte Meinung und auf undurchsichtige Weise in Zusammenhang mit ihrer Frömmigkeit zu sehen, dass keine Frau, verheiratete Frauen schon gar nicht, »das Heim« verließen, um arbeiten zu gehen. Selbst damals während der Depression, als ein Teil der Familie (Bucky hielt sich da ziemlich bedeckt, weil er sich schämte, und Norma Jeane wollte natürlich nicht in ihn dringen) in Wohnwagen und Zelten irgendwo draußen im San Fernando Valley hatte hausen müssen, selbst damals hatten nur die Männer der Familie »gearbeitet«, wobei zu den Männern gegebenenfalls die Kinder gehörten, sicher auch Bucky, der keine zehn Jahre alt gewesen war.

Es war eine Frage des Stolzes, männlichen Stolzes, dass die weiblichen Mitglieder des Glazer-Clans »daheim« blieben. Unbekümmert hatte Norma Jeane gefragt: »Aber ist das jetzt, wo Krieg herrscht, nicht etwas anderes?« Ihre Frage blieb unbeantwortet, hing in der Luft.

Meine Frau nicht. Punkt!

Ich bin Objekt männlicher Lust, also *bin ich*! Dieser Blick. Das hart werdende Glied. Obwohl wertlos, wirst du begehrt.

Obwohl deine Mutter dich nicht wollte, wirst du begehrt.

Obwohl dein Vater dich nicht wollte, wirst du begehrt.

Der entscheidende Glaubenssatz meines Lebens, ob nun Wahrheit oder Travestie der Wahrheit, lautete: Wenn ein Mann dich begehrt, bist du in Sicherheit.

Deutlicher als an die hitzige Anwesenheit ihres jungen Ehemanns im gemeinsamen Apartment würde sich Norma Jeane später an die langen, tief befriedigenden Vormittage abgeschiedener Ruhe hinter den Jalousien erinnern, wenn auch nicht Stille (denn Verdugo Gardens war ein lärmender Ort, einer Kaserne vergleichbar, mit kreischenden Kindern draußen, schreienden Babys, Radios, die lauter aufgedreht waren als bei Norma Jeane), die sich bis in die frühen Nachmittagsstunden hinein erstreckten: den rhythmischen, immer gleichen, hypnotisierenden Freuden der Hausarbeit. Wie rasch doch das Primatenhirn sich beliebiger Werkzeuge bemächtigt: Teppichkehrer, Besen, Mopp, Topfschrubber. (Einen Staubsauger konnten sich die jungen Glazers noch nicht leisten. Aber auch das war nur eine Frage der Zeit, versprach Bucky!) Im Wohnzimmer gab es einen einzigen rechteckigen Teppich etwa von der doppelten Größe ihres Ehebetts, königsblau, ein Restposten, den sie für $ 8,98 ergattert hatten, und über diesen Teppich rollerte Norma Jeane selbstvergessen ihren Teppichkehrer. Ein Fussel wurde zur Herausforderung: eben noch da, ein Makel, und schon weg! Norma Jeane lächelte still.

Vielleicht erinnerte sie sich an eine Gladys, die in versonnener Stimmung, einer vagen, fast liebevollen Stimmung, mit irgendwelchen Handgriffen beschäftigt war (nicht Hausarbeit), betäubt, aber auch mehr als betäubt, denn mittlerweile verstand Norma Jeane, dass sich im Kopf ihrer Mutter eine ganz eigene und unbeirrbare Chemie zusammenbraute. So vollkommen im Moment aufzugehen. So mit dem eins zu werden, was man tat. *Was immer es ist, das Wunder, das vor mir liegt;* während sie den schweren Teppichkehrer vor und zurück schob, vor und zurück. Und das Gleiche im Schlafzimmer, auf einem noch kleineren Teppich, einem ovalen. Zur Radiomusik singend, einem beliebten Sender in Los Angeles. Mit leise hauchiger Stimme, und falsch, aber glücklich und zufrieden. Sie erinnerte sich an Gesangsstunden bei Jess Flynn und schmunzelte über Gladys' hochfliegende Pläne, Norma Jeane und singen! Zu komisch, genauso wie die Klavierstunden bei Clive Pearce. Der arme Mann, der stets schmerzlich das Gesicht verzogen und sich dennoch ein Lächeln abgerungen hatte, wenn Norma Jeane spielte oder vielmehr versuchte zu spielen. Heiß wurde ihr allerdings vor Scham, wenn sie an ihren weniger lange zurückliegenden Versuch dachte, für die Schulaufführung an der High School vorzusprechen – für welches Stück noch? *Unsere kleine Stadt.* Darüber konnte sie noch nicht ohne weiteres lachen. Die spöttischen Blicke, die Stimme der unumstößlichen Lehrerautorität: *Ich bezweifle, dass Mr. Thornton Wilder da mit dir einer Meinung wäre.* Der Mann hatte natürlich vollkommen Recht gehabt! Jetzt hatte sie diesen Teppichkehrer, das Hochzeitsgeschenk von einer von Buckys Tanten. Und einen Mopp hatte sie auch bekommen, mit Holzstiel, Hebelzug zum Auswringen und grünem Plastikeimer, ein weiteres nützliches Geschenk der angeheirateten Verwandten. Mittel, die alle dem Zweck dienten, vollkommen zu werden. Sie wischte und bohnerte den bös zerschrammten Linoleumfußboden in der Küche, sie wischte und bohnerte den verschossenen Linoleumfußboden im Bad. Mit ihrer guten Putzwolle der Marke Dutch Boy scheuerte sie behände und wie besessen Becken, Arbeitsflächen, Wanne und Klo. Nicht alles würde blitzen, manches nicht einmal annähernd sauber werden. Von Vormietern hoffnungslos verdreckt. Frohgemut bezog sie das Bett, »lüftete« Matratze und Kopfkissen. Jede Woche schleppte sie die Wäsche in den nächst gelegenen Laundromat. Brachte sie tropfnass zurück und hängte sie draußen an die Leine. Bügelte und stopfte leidenschaftlich gern. Bucky hatte einen »ordentlichen Verschleiß«, da hatte Bess Glazer ihre Schwiegertochter schon vorgewarnt, und Norma Jeane war wild entschlossen, dieser Herausforderung mit unermüdlichem Fleiß und Optimismus zu begegnen, den Socken, Hemden, Hosen und Unterhosen. An der High School hatte sie stricken gelernt, als Kriegsbeitrag, und jetzt arbeitete sie in jeder freien Minute an einer Überraschung für ihren Mann, einem jagdgrünen Sweater nach einem Muster, das Mrs. Glazer ihr überlassen hatte. (Diesen Sweater würde Norma Jeane nie fertig stellen, weil sie, stets unzufrieden mit dem bisherigen Ergebnis, immer wieder alles auftrennte.)

War Bucky nicht da, drapierte Norma Jeane einen Schal über den Japsenschädel auf dem Radio. Erst unmittelbar, bevor sie ihren Mann zurückerwartete, entfernte sie ihn wieder. »Was ist das denn?«, hatte Harriet eines Tages gefragt und eine Ecke des Schals gelupft, ehe Norma Jeane sie warnen konnte. Harriet rümpfte beim Anblick die knubbelige Nase. Ließ aber bloß den Schal wieder sinken. »Ach Gott. Eins von den Dingern.«

Liebevoll staubte Norma Jeane dafür aber die gerahmten Fotos und Schnappschüsse im Wohnzimmer ab. Größtenteils Hochzeitsbilder, in schweren Messingrahmen, auf glänzendem Papier und hübsch koloriert. Noch kein Jahr verheiratet, und schon jetzt teilten Bucky und Norma Jeane so viele schöne Erinnerungen. Ein gutes Omen? Die vielen Familienfotos, die bei den Glazers auf nahezu allen verfügbaren Flächen prangten, hatten auf Norma Jeane großen Eindruck gemacht. Ururgroßeltern von Bucky, und dann die vielen Kinder! Norma Jeane war entzückt zu sehen, dass man Buckys Werdegang von den Anfängen als pausbäckiges zahnloses Baby in den Armen einer jugendlichen Bess Glazer 1921 bis zu dem bulligen jungen Prachtburschen 1942 verfolgen konnte. Schlagender Beweis dafür, dass Bucky Glazer existierte und geliebt wurde! Von gelegentlichen Einladungen in die Häuser ihrer Klassenkameradinnen an der Van Nuys High School wusste sie, dass diese Familien ihre Konterfeis ebenfalls stolz auf Tischen, Klavieren, Fensterbänken und an Wänden präsentierten. Selbst Elsie Pirig besaß ein paar handverlesene Fotos des unverbrauchten jungen, fröhlichen Paares Pirig. Es hatte ihr einen Stich versetzt, dass Gladys die Einzige war, die keinerlei Familienfotos hatte rahmen und vorzeigen wollen, bis auf das eine eben von dem dunkelhaarigen Fremden, der ihren Worten nach Norma Jeanes Vater war.

Norma Jeane lachte hellauf. Wahrscheinlich hatte es sich um ein Standfoto der Produktionsgesellschaft gehandelt. Und dabei vielleicht gar nicht mal jemanden, den Gladys selbst kannte.

»Was kümmert es mich? Mir doch egal.«

Seitdem sie verheiratet war, dachte Norma Jeane selten an ihren verlorenen Vater oder den Dunklen Prinzen. Sie dachte selten an Gladys, allenfalls so, wie man eben an schwer kranke Verwandte denken mochte. Wozu auch?

Es gab ein Dutzend gerahmte Fotos. Einige Strandaufnahmen: Bucky und Norma Jeane eng umschlungen in Badeanzügen; Bucky und Norma Jeane beim Barbecue mit Freunden von Bucky; Bucky und Norma Jeane vorm Kühlergrill des neu erworbenen Packard, Baujahr 38. Aber vor allem die Hochzeitsfotos, die waren Norma Jeanes Ein und Alles. Die strahlende Kindbraut im weißen Satinkleid mit dem betörenden Lächeln, der Bräutigam in schmuckem Dinnerjackett mit Fliege, die Stirnlocke nass zurückgekämmt, im Profil wie eine erwachsene Ausgabe von Jackie Coogan. Alle hatten geschwärmt, wie hübsch das junge Paar aussehe und wie verliebt. Selbst der Geistliche hatte eine Träne verdrückt. *Dabei hatte ich eine solche Angst. Und man sieht gar nichts davon.* Wie in einem Nebel hatte sich Norma Jeane von einem Freund der Familie Glazer zum Altar führen lassen (da Warren Pirig der Trauung ferngeblieben war), mit flatterndem Magen, in den Ohren ein Brausen. Wankend hatte sie auf hohen Absätzen in Schuhen vor dem Altar gestanden, die drückten (eine halbe Nummer zu klein, zweiter Hand, aber eben besonders günstig), und dem Geistlichen der Church of Christ, der sein Sprüchlein auswendig mit näselnder Stimme herunterbetete, ein strahlendes Lächeln geschenkt und ihre Grübchen blitzen lassen, und ihr war plötzlich der Gedanke gekommen, dass Groucho Marx die Szene mit deutlich mehr Verve gespielt hätte, mit seinen albernen aufgeklebten Augenbrauen und dem Schnurrbart gewackelt hätte: *Bist du, Norma Jeane Baker, gewillt, deinem künftigen Gatten...?* Sie hatte die Frage nicht verstanden. Als sie sich dann aber drehte, oder gedreht wurde, denn wahrscheinlich hatte Bucky etwas nachgeholfen, hatte sie an ihrer Seite ihren Komplizen Bucky Glazer erblickt und gesehen, wie er sich nervös die Lippen befeuchtete, und da hatte sie es dann doch geschafft, dem Geistlichen ihre Antwort zuzuhauchen: *J-ja,* während Buckys Jawort energischer ausfiel und laut genug, dass es alle in der Kirche auch hörten: *Jawohl!* Dann wurde ungeschickt mit dem Ehering hantiert, der jedoch problemlos auf Norma Jeanes eisigen Finger glitt, und Mrs. Glazer hatte ja auf ihre übliche vorausschauende Art dafür gesorgt, dass Norma Jeane ihren Verlobungsring auf die rechte Hand umgesteckt hatte, sodass zumindest dieser Teil der Zeremonie klappte wie am Schnürchen. *Eine solche Angst. Am liebsten wäre ich davongelaufen. Aber wohin?*

Ein weiteres Lieblingsfoto zeigt Braut und Bräutigam beim Anschneiden der dreistöckigen Hochzeitstorte. Das war schon bei der Hochzeitsfeier in einem Restaurant in Beverly Hills. Buckys große ruhige Hand auf Norma Jeanes schlanken Fingern auf dem langen Messer, und die jungen Leute strahlten blind ins Blitzlicht. Da hatte Norma Jeane schon das eine oder andere Glas Sekt getrunken und Bucky sowohl Sekt als auch Bier. Es gab ein Foto von den Frischgetrauten beim Tanzen, und dann das Foto von dem winkenden Paar in Buckys mit Krepppapierbändern und JUST-MARRIED-Schildern verzierten Packard. Diese und andere Fotos hatte Norma Jeane Gladys in die staatliche Heilanstalt nach Norwalk geschickt. Dazu hatte sie ein in munterem Plauderton gehaltenes Brieflein auf blumigem Papier gelegt:

Wie schade, Mutter, dass du nicht zur Hochzeit kommen konntest. Aber alle haben es natürlich verstanden. Es war der allerallerschönste Tag in meinem Leben.

Gladys hatte nicht reagiert, aber mit einer Antwort hatte Norma Jeane auch kaum gerechnet.

»Was kümmert es mich. Mir doch egal.«

Sie hatte noch nie zuvor Sekt getrunken. Als Anhängerin der Christlichen Wissenschaft konnte sie Trinken nicht gutheißen, aber eine Hochzeit ist schließlich ein besonderer Anlass, oder nicht? Wie köstlich, der Sekt, wie zaubrisch dieses Perlen in der Nase, nur die Folgen, die umnebelten Sinne, das schwindlige Kichern und keine Beherrschung, die hatten ihr nicht gefallen. Bucky betrank sich an Sekt, Bier und Tequila, bis er sich beim gemeinsamen Tanz so plötzlich übergeben musste, dass er den Rock des wunderschönen weißen Satinkleids befleckte. Zum Glück sollte sich Norma Jeane ohnehin gleich umziehen, ehe sie und Bucky zu ihrem Honeymoon-Hotel in Morro Beach aufbrachen. Mrs. Glazer schritt mit nassen Servietten zur Tat und wischte die Bescherung größtenteils weg. »Bucky! Schäm dich. Das ist Lorraines Kleid.« Zerknirscht wie ein kleiner Junge stand Bucky da, und alles ward vergeben. Die Feier ging weiter. Die angemietete Band lärmte weiter. Und Norma Jeane, jetzt ohne Schuhe, tanzte erneut mit ihrem Ehemann. »Don't Get Around Much Anymore« – »This Can't Be Love« – »The Girl That I Marry«. Über die Tanzfläche schlingernd, andere Paare anrempelnd, laut kreischend. Blitzlichter knallten. Konfetti, Ballons und Reis regneten herab. Ein paar High-School-Kumpel von Bucky warfen mit Wasserbomben um sich, und Buckys Hemdbrust wurde klatschnass. Es wurden Erdbeertörtchen aufgetragen, mit Sahne. Bucky bekleckerte den weiten Rock des weißen Leinenkleids, das Norma Jeane eben erst statt des Brautkleids angelegt hatte, mit sirupigen Erdbeeren. »Bucky! *Schäm* dich.« Mrs. Glazer war hellauf empört, während alle anderen (einschließlich des jungen Paares) bloß lachten. Wieder wurde getanzt. Es vermischten sich allerhand erhitzte, festliche Gerüche. »Tea for Two« – »In the Shade of the Old Apple Tree« – »Begin the Beguine«. Es gab Applaus, als sich Bucky Glazer, Gesicht blank wie eine Radkappe, am Tango versuchte! *Wie schade, dass du nicht zur Hochzeit kommen konntest. Glaubst du wirklich, das macht mir was aus? – Kein Stück.* Bucky und sein älterer Bruder Joe steckten die Köpfe zusammen und lachten. Elsie Pirig im giftgrünen Taftkleid, mit verschmiertem Lippenstift, drückte Norma Jeane zum Abschied die Hand und nahm ihr das Versprechen ab, am nächsten Tag irgendwann anzurufen und mit Bucky bei ihr vorbeizuschauen, sobald sie von ihrem viertägigen Honeymoon zurück wären. Norma Jeane fragte noch einmal, weshalb Warren nicht zur Hochzeit gekommen war, obwohl ihr doch Elsie gesagt hatte, er wäre aus geschäftlichen Gründen verhindert – »Er lässt dich ganz herzlich grüßen, Schatz. Du wirst uns fehlen, weißt du.« Elsie, auch sie ohne Schuhe, war jetzt ein gutes Stück kleiner als Norma Jeane. Plötzlich reckte sie sich und küsste Norma Jeane mit Inbrunst auf den Mund. So war Norma Jeane von einer Frau noch nie geküsst worden. Sie bettelte: »Aunt Elsie, kann ich nicht mit dir heimfahren? Nur diese eine Nacht noch? Ich könnte Bucky doch sagen, ich hätte noch nicht alles gepackt. Ja? *Bitte.*« Elsie lachte, als wäre das ein gelungener Scherz, und schob Norma Jeane auf den Bräutigam zu. Es war Zeit, dass das frisch getraute Paar in sein Honeymoon-Hotel aufbrach. Bucky und Joe lachten gar nicht, sie hatten Streit. Joe wollte Bucky die Autoschlüssel abnehmen, während Bucky sich erregte: »Ich kann doch wohl noch selbst fahren – verdammt, ich bin ein verheirateter Mann!«

Die Küstenstraße war ein bisschen beängstigend. Vom Meer her kroch der Nebel über den Highway, und der Packard wanderte dauernd über den Mittelstreifen. Norma Jeane hatte jetzt wieder einen klaren Kopf, schmiegte sich eng an Bucky und bettete ihren Kopf auf seine Schulter, um notfalls ins Steuer greifen zu können.

Am Loch Raven Motor Court über dem vernebelten Meer half Norma Jeane in der Abenddämmerung ihrem Bucky aus dem fröhlich geschmückten Packard, und sie wankten und stolperten dort in der Einfahrt und wären auf dem Aschenbeton in ihren guten Sachen beinahe lang hingeschlagen. Die

Cabana roch nach Insektenspray, und langbeinige Weberknechte staksten über den Bettüberwurf. »Mann, die sind doch harmlos«, meinte Bucky gutmütig und schwang die Faust. »Skorpione – die sind tödlich. Oder bei den Spinnen Loxosceles. Wenn die zubeißt, bist du geknifffen.« Er lachte schallend. Er musste mal. Norma Jeane packte ihn um die Taille und schleppte ihn zum Klo. Es war ihr so peinlich. Das erste Mal, dass sie den Penis ihres Mannes sah, den sie bisher nur gespürt hatte, als Drängen und Reiben, und nun diese vom Urin aufgeschwemmte Wurst, Zischen und Dampfen in der Kloschüssel. Norma Jeane schloss die Augen. *Es gibt nur Gemüt. Gott ist Liebe. Liebe ist Heilkraft.* Kurz darauf wurde dieser selbe Penis in Norma Jeane hineingedrückt, in den engen Schlitz zwischen ihren Schenkeln. Bucky ging abwechselnd bedächtig und kopflos vor. Natürlich war Norma Jeane auf diesen Moment vorbereitet worden, zumindest theoretisch, und der Schmerz war tatsächlich nicht viel schlimmer als sonst ihre Krämpfe, genau wie es Elsie Pirig vorausgesagt hatte. Nur schärfer, wie ein bohrender Schraubenzieher. Sie schloss abermals die Augen. *Es gibt nur Gemüt. Gott ist Liebe. Liebe ist Heilkraft.* Es rann etwas Blut in die Lagen Toilettenpapier, die Norma Jeane vorsorglich unter sich ausgebreitet hatte, aber es war helles, frisches Blut, nicht das dunklere, das so unangenehm roch. Ach, jetzt ein Bad! Ein schönes, ganz heißes Bad! Aber Bucky drängte, Bucky wollte es noch mal probieren. Er hatte ein welkes Kondom, das ihm immer wieder aus der Hand fiel, und er fluchte: »*Verdammt* noch mal«, das Gesicht rot und aufgedunsen wie ein Ballon, den man zum Bersten voll aufbläst. Norma Jeane genierte sich zu sehr, um ihm mit dem Kondom zu helfen, schließlich war das hier ihre Hochzeitsnacht, und sie zitterte so und schlotterte so, sie verstand nicht, weshalb sie und Bucky sich ihrer Nacktheit so schämten und so unbeholfen waren – so ganz anders, als sie es erwartet hatte. Ganz anders, als wenn sie nackt vorm Spiegel stand. Ganz anders als alles, was sie sich ausgemalt hatte. Es war tollpatschig, Haut auf klatschender Haut, schwitzig. Es war *eng.* Als wären viel mehr Leute als nur sie und Bucky im Bett. Und das, nachdem sie sich so lange an dem Anblick ihres Spiegel-Doubles erfreut hatte, das sie angelacht, dem sie zugewinkert hatte, während sich ihr Körper zu einer gedachten Musik wiegte wie der von Ginger Rogers, nur hatte sie keinen Partner gebraucht, um zu tanzen und glücklich zu sein. Das hier war ganz anders. Es ging alles zu schnell. Sie sah sich selbst nicht und wusste nicht, was geschah. Ach, wenn es doch nur schon vorbei wäre und sie sich bei ihrem Mann ankuscheln könnte und schlafen, schlafen, schlafen, und vielleicht vom Hochzeitstag träumen und von ihm. »Schatz, kannst du mir nicht ein bisschen helfen? Bitte.« Bucky küsste sie wieder und wieder heftig, seine Zähne schrammten an ihren, als gelte es, einem Argument Nachdruck zu verleihen. Draußen in nicht allzu großer Ferne schlugen Wellen auf den Strand, wie Applaus mit einem höhnischen Unterton. »Oh, Baby, ich liebe dich. Du bist so süß, du bist so gut, du bist so schön. Komm!« Das Bett hopste. Die verbeulte Matratze krängte und begann bedenklich zu rutschen. Sie hätten eine neue Lage Klopapier gebraucht, aber Bucky nahm keine Notiz. Norma Jeane versuchte es mit kreischendem Gelächter, aber Bucky war nicht zum Lachen zumute. Ein letzter Rat, den Elsie Pirig Norma Jeane mit auf den Weg gegeben hatte, lautete: *Eigentlich reicht's, ihnen möglichst nicht in die Quere zu kommen.* Als Norma Jeane einwand, das klinge aber nicht sehr romantisch, war Elsies Antwort recht scharf ausgefallen: *Wer hat denn was von romantisch gesagt?* Allmählich ging Norma Jeane ein Licht auf. Buckys Leidenschaft hatte etwas seltsam Unpersönliches, ganz anders als die gierige, lustvoll ausgedehnte gegenseitige Erkundung, das »Petting« der zurückliegenden Wochen. Zwischen Norma Jeanes Beinen war alles ganz wund, an Buckys Schenkel klebte Blut; da sollte man doch meinen, es reichte für heute, doch Bucky wollte nicht ablassen. Er hatte sich wieder in den Schlitz zwischen ihre Schenkel gezwängt, zum Teufel mit dem Kondom, noch tiefer als beim ersten Mal, und nun rüttelte er mit dem ganzen Bett und stöhnte, dann bäumte er sich plötzlich auf wie ein im gestreckten Galopp von einer Kugel getroffenes Pferd. Verzerrte das Gesicht, verdrehte die Augen, bis nur noch das Weiße zu sehen war. Entrang sich ein wimmernd-wieherndes »Je-*sus*«.

Sank in Norma Jeanes Arme und in einen tiefen, feucht schnarchenden Schlaf. Norma Jeane tat alles weh, sie versuchte, sich unauffällig in eine etwas bequemere Lage zu bringen. Das Bett war *wirklich* zu klein. Dabei war es ja ein Doppelbett. Zärtlich strich sie Bucky über die schweißglänzende Stirn, die kräftigen Schultern. Die Nachttischlampe brannte, und das Licht schmerzte in ihren müden Augen, aber sie kam nicht an den Schalter heran, ohne Bucky zu stören. Ach, wenn sie doch nur baden könnte! Das war das Einzige, wonach ihr der Sinn stand, ein schönes heißes Bad. Und irgendetwas gegen das zerwühlte, nasse Laken tun. Im Laufe einer langen Nacht, die nur langsam in den milchig vernebelten Morgen des 20. Juni 1942 hinüberdämmerte, erwachte Norma Jeane mehrmals aus ihrem leichten, schädelpochenden Schlaf, und jedes Mal lag unverändert ein nackter, schnarchender erdrückender Bucky Glazer auf ihr. Sie hob mühsam den Kopf, um ihn in voller

Länge zu mustern. Ihren Mann. *Ihren Mann!* Er glich, wie er nackt dalag, einem gestrandeten Wal, und dazu diese behaarten, breit übers Bettzeug gespreizten Beine. Sie hörte sich lachen, ein ängstliches Kleinmädchenlachen, das sie an ihre verlorene Puppe von vor langer, langer Zeit erinnerte, die heiß geliebte Puppe-ohne-Namen, es sei denn, der Name lautete »Norma Jeane«, die Puppe mit den lose schlackernden Beinen und Füßen.

6

Erzähl mir von deiner Arbeit, Daddy. Und sie meinte damit nicht etwa die Schichten bei Lockheed.

Kauerte im knappen Nachthemd ohne etwas darunter wie ein Kätzchen auf Buckys Schoß, ihr warmer Atem in seinem Ohr, und lenkte ihn von der neuesten Ausgabe von *Life* ab, den doppelseitigen Fotos von ausgemergelten GIs auf den Solomon-Inseln und General Eichelberger und seinen noch ausgemergelteren Männern auf Neu-Guinea, dürr wie Stecken, unrasiert und zum Teil verwundet, außerdem doppelseitige Fotos von Hollywood-Stars, die zur »Hebung der Moral« in Übersee auf Truppenbesuch waren, Marlene Dietrich, Rita Hayworth, Marie McDonald, Joe E. Brown, Bob Hope. Die Kriegsbilder besah sich Norma Jeane nicht so genau, den anderen Bericht studierte sie eingehender, wurde aber zappelig, als Bucky seelenruhig weiterlas. *Erzähl mir von deiner Arbeit bei Mr. Eeley,* flüsterte sie, und Bucky schauderte es, vor Befremden und leiser Erregung, nicht, dass er unbedingt schockiert gewesen wäre, schließlich war er nicht prüde! doch nicht Bucky Glazer! und wie oft hatte er nicht schon irgendwelchen Kumpeln gruselige, zum Schreien komische Geschichten aus dem Bestattungsinstitut erzählt, aber weder seine Mädchen noch weiblichen Verwandten hatten je danach gefragt, das begriff man ganz schnell, dass die meisten Leute davon nichts wissen wollten – vielen Dank! Und da kam nun diese Kindfrau daher, zappelte auf seinem Schoß und raunte ihm ihr *Sag's mir, Daddy!* ins Ohr, als müsste sie das Schlimmste hinter sich bringen, also sprach Bucky möglichst neutral und ohne groß ins Detail zu gehen von der Leiche, die sie am Vormittag zur Aufbahrung fertig gemacht hatten, eine Frau Mitte fünfzig, die an Leberkrebs gestorben war, die Haut so gelb, dass sie sie mehrmals hatten bearbeiten müssen: mit einem kleinen Pinsel schichtweise Schminke auftragen, nur waren die Schichten ungleichmäßig getrocknet, sodass die arme Frau schließlich aussah wie eine abblätternde Wand, und da hatten sie noch mal von vorne anfangen müssen; die Wangen der Frau waren so eingefallen, dass sie sie von innen mit Baumwolle hatten auspolstern müssen und dann die Mundwinkel zu einem »friedlichen Ausdruck« zunähen – »Nicht ganz ein Lächeln, ein ›Beinahe-Lächeln‹, sagt Mr. Eeley dazu. Ein richtiges Lächeln, *das* geht ja auch nicht.« Norma Jeane fröstelte, aber sie wollte trotzdem genau wissen, wie sie die Augen der Toten behandelten, wurden die geschminkt? Worauf Bucky gestand, dass sie in die eingesunkenen Stellen mit einer Spritze meist einen Füllstoff gaben und dann die Lider zugipsten – »Man möchte ja nicht gern, dass ein Toter auf der Bahre plötzlich die Augen aufreißt.« Buckys Hauptaufgabe bestand darin, das Blut abzuzapfen und die konservierende Flüssigkeit in die Venen zu pumpen. Die eigentliche Gestaltung, wenn die Leiche erst mal »wiederhergestellt« war, war Sache von Mr. Eeley, er machte die Wimpern zurecht, malte die Lippen an, manikürte Hingeschiedene, denen im Leben oft nicht annähernd eine solche Pflege zuteil geworden war. Norma Jeane fragte, wie die Tote vorher ausgesehen habe, furchtsam oder traurig oder schmerzverzerrt, und da log Bucky ein wenig und sagte nein, sie hätte ausgesehen, als »würde sie schlafen – das ist bei den meisten so«. (In Wirklichkeit hatte die Frau ausgesehen, als würde sie jeden Moment schreien, Lippen über die Zähne zurückgezogen, Gesicht wie ein ausgewrungener Lumpen, Augen offen und verkleistert, und schon wenige Stunden nach ihrem Tod hatte sie begonnen, nach Verwesung zu stinken.) Norma Jeane klammerte sich so fest an Bucky, dass er kaum noch Luft bekam, aber er brachte es nicht über sich, ihren Griff zu lösen. Er brachte es nicht über sich, sie von seinem Schoß aufs Sofa zu schieben, obwohl sein linker Oberschenkel unter dem Gewicht ihres warmen Leibes eingeschlafen war.

So bedürftig. Er kriegte keine Luft. Er liebte sie, doch bestimmt. Lag wohl am Geruch des Formaldehyds, der ihm in die Poren drang, in die Haarwurzeln. Wohin sollte er sich auch retten?

Sie fragte ihn jetzt abermals, wie die Tote gestorben sei, und Bucky sagte es ihr. Sie fragte ihn, wie alt die Tote gewesen sei, und Bucky nannte auf gut Glück eine Zahl – »sechsundfünfzig«. Er spürte die Spannung im Körper seiner jungen Frau, als rechnete sie rasch im Kopf nach, zöge ihre eigenen Jahre von den sechsundfünfzig ab. Dann entspannte sie sich ein wenig und sagte, als hätte sie laut gedacht: »Also noch lange hin.«

Sie lachte, weil es so einfach war. Wie eine Aufgabe im Märchen, und sie kannte die Lösung. *Was bin ich? Eine verheiratete Frau bin ich. Was bin ich nicht? Eine Jungfrau bin ich NICHT.*

Den Kinderwagen mit den quietschenden Reifen durch den struppigen kleinen Park schieben. Oder vielmehr, nicht eigentlich Park. Überall zerzauste Palmwedel und anderer Abfall. Aber sie war so gern dort! Ihr ging vor Freude das Herz auf, weil sie wusste *das bin ich jetzt, ich bin, was ich tue.* Diese lieb gewonnene Frühnachmittagsangewohnheit. Der kleinen Irina in ihrem Kinderwagen vorsingen. Bekannte Melodien oder Fetzen von Wiegenliedern aus Mother Goose. Andernorts herrschte die grausame Zeitrechnung von Stalingrad: Februar 1943. Menschenschlächterei. Bei ihnen in Südkalifornien war einfach nur Winter: überwiegend kühl und trocken und grell-sonnig.

Was für ein bezauberndes Baby!, riefen entzückte Gesichter. Norma Jeane strahlte, errötete, murmelte: *Sehr freundlich.* Manchmal sagten die Gesichter: *So ein hübsches Kind und so eine hübsche Mutter.* Norma Jeane lächelte still. *Und wie heißt die Kleine?,* fragten sie dann, und Norma Jeane verkündete stolz: *Irina heißt der kleine Schatz, nicht wahr?* und beugte sich über das Kind, beugte sich tief herab und küsste es auf die Wange oder griff nach den patschigen, in der Luft harkenden Fingerchen, die sich so rasch und so fest um ihren eigenen Finger schlossen. Manchmal sagten die Gesichter freundlich: *Irina, ein ungewöhnlicher Name, stammt der aus dem Ausland?* Dann murmelte Norma Jeane: *Ja, kann sein.* Fast immer wollten sie wissen, wie alt das Kind war, und Norma Jeane sagte es ihnen: *Fast zehn Monate, im April wird sie ein Jahr.* Freudestrahlende Gesichter. *Sie müssen sehr stolz sein.* Und Norma Jeane versicherte: *Oh ja, das bin ich – das sind wir beide.* Manchmal fragten die Gesichter daraufhin aufdringlich, neugierig: *Ist Ihr Mann –?*‹ und Norma Jeane sagte rasch: *Er ist in Übersee. Weit weg – Neu-Guinea.*

Es stimmte, Irinas Vater war *wirklich* irgendwo an einem Ort, der Neu-Guinea hieß. Er war Leutnant der US-Army. Er galt, genau genommen, als »vermisst«. Seit Dezember galt er offiziell als »vermisst«. Es gelang Norma Jeane, nicht daran zu denken. Hauptsache, sie konnte Irina »Little Baby Bunting« und »Three Blind Mice« vorsingen. Hauptsache, das bezaubernde kleine blonde Mädchen strahlte zu ihr hoch, brabbelte und drückte ihre Finger, rief »Ma-ma« wie ein junger Papagei, der sprechen lernt.

Durch dich
entsteht die Welt für mich.

Vor dir –
ach nein, gab's nicht.

Mutter starrte das Kind an. Sie rang nach Worten, und ich hatte schon Angst, sie würde in Tränen ausbrechen oder sich abwenden und vor mir das Gesicht verbergen.

Dann sah ich, dass ihr Gesicht vor Freude strahlte. Staunenswerte Freude nach so vielen Jahren.

Wir standen im grünen Gras. Auf dem Rasen hinter der Anstalt, glaube ich. Es gab Bänke, es gab einen kleinen Teich. Das Gras war größtenteils schon braun. Viele verschiedene Brauntöne. Die Anstaltsgebäude schimmerten undeutlich in der Ferne. Mutter ging es so viel besser, dass sie unbeaufsichtigt auf dem Gelände herumgehen durfte. Sie saß gern auf einer Bank und las Gedichte, las sich flüsternd kostbare Worte vor. Oder wandelte umher, so lange wie man sie ließ. Ihre »Gefangenenwärter«, wie sie sie nannte. Aber ohne Bitterkeit. Sie räumte ein, dass sie krank gewesen war, dass die Elektrokrampfbehandlung geholfen hatte. Sie räumte ein, dass sie vielleicht noch nicht restlos genesen war.

Denn das Gelände war von einer hohen Mauer umgeben.

Ich kam an einem strahlenden windigen Wintertag, um Mutter mein Kind zu zeigen. Ich überließ ihr das Kind ohne Angst. Ich legte ihr das Kind resolut in die Arme.

Schließlich begann Mutter zu weinen. Drückte das Kind an ihre eingesunkene Brust. Aber es waren Tränen der Freude, nicht des Kummers. Ach, meine kleine Norma Jeane, sagte Mutter, *diesmal wird alles gut.*

In Verdugo Gardens gab es eine ganze Reihe jungverheirateter Frauen, deren Männer in Übersee waren. In England, Belgien, der Türkei, Nordafrika. Auf Guam, den Aleuten, in Australien, auf Birma und in China. Wohin sie entsandt wurden, war reine Glückssache. Es gab da keine Gesetzmäßigkeiten und ganz bestimmt keine Gerechtigkeit. Wieder andere wurden auf Stützpunkte beordert, zum Nachrichtendienst oder den Nachschubkräften, mussten in Krankenhäusern arbeiten oder als Köche. Vielleicht sogar Post sortieren. Vielleicht sogar in Militärgefängnissen Wache schieben. Je mehr Monate und schließlich Jahre ins Land gingen, desto deutlicher zeichnete sich ab, dass im Zweiten Weltkrieg zwei Kategorien von Männern dienten: die, die in den Kampf zogen, und die, die nicht kämpften.

Es würde sich auch abzeichnen, dass es im Gefolge des Krieges zwei Kategorien von Menschen gab: die, die Glück hatten, und die, die keins hatten.

Wenn du zu den Frauen gehörtest, die keins hatten, konntest du dir Mühe geben, nicht bitter zu sein, nicht zu verzweifeln, und das gereichte dir zur Ehre. Dann hieß es anerkennend: *Ist sie nicht tapfer?* Norma Jeanes Freundin Harriet interessierte das nicht mehr. Harriet war nicht tapfer, und Harriet gab sich keinerlei Mühe, nicht bitter zu sein. Oft, wenn Norma Jeane Irina im Kinderwagen spazieren fuhr, lag Irinas Mutter apathisch bei heruntergelassenen Jalousien und ohne Radio auf dem schäbigen Sofa im Wohnzimmer, das sie mit zwei weiteren Soldatenfrauen teilte.

Ohne Radio! Norma Jeane hielt es in ihrem Apartment ohne Radio und ohne Gesellschaft keine fünf Minuten aus. Und das, wo Bucky nur drei Meilen weiter bei Lockheed saß.

An Norma Jeane war es, fröhlich zu rufen: »Harriet, halli-hallo! Wir sind wieder da.« Harriet gab keine Antwort. »Irina und ich haben einen herrlichen Spaziergang gemacht«, berichtete Norma Jeane und bemühte sich weiter um einen munteren Ton, hob Irina aus dem Wagen und trug sie herein. »Stimmt's, Schätzchen?« Trug Irina zu Harriet hinüber, die reglos und bleiern auf der Couch lag, verheult vor Wut, wenn nicht unbedingt mehr vor Schmerz, denn den Schmerz hatte sie vielleicht schon hinter sich gelassen; Harriet, die seit Dezember zwanzig Pfund zugenommen hatte, das Gesicht bleich und teigig, die Augen gerötet. In der beklemmenden Stille hörte Norma Jeane sich selbst plappern – »Aber ja, das haben wir! Das haben wir, nicht wahr, Irina-Schätzchen?« Bis Harriet ihr schließlich Irina (die mittlerweile wimmerte und zu strampeln begann) so unbeteiligt abnahm, als wäre das Kind ein Bündel nasse Wäsche, das sie in die Ecke werfen könnte.

Lass doch mich Irinas Mama sein, wenn du sie nicht willst.

Ach, bitte.

Vielleicht war Harriet gar nicht mehr Norma Jeanes Freundin. Vielleicht war sie überhaupt nie eine Freundin gewesen. Den »albernen, trostlosen

Weibern«, mit denen sie sich das Apartment teilte, fühlte Harriet sich entfremdet, und oft genug weigerte sie sich, am Telefon mit ihrer wie mit der Familie ihres Mannes zu reden. Nicht, dass Harriet sich mit ihnen zerstritten hätte – »Wieso sollte ich? Es gibt keinen Grund.« Nicht, dass sie ihnen zürnte oder sich durch sie belastet fühlte. Sie war einfach zu erschlagen, um sich mit ihnen abzugeben. Sie sei diese vielen Gefühle so leid, sagte sie. Norma Jeane machte sich Sorgen, dass Harriet sich selbst oder Irina etwas antun könnte, aber als sie das Bucky gegenüber zögernd und etwas nebulös andeutete, hörte er kaum zu, das war »Weiberkram« und für einen Mann nicht von Interesse, und zu Harriet selbst mochte sie nichts sagen. Harriet auf Gedanken zu bringen war gefährlich.

Nach einem Muster für Stofftiere aus *Family Circle* nähte Norma Jeane für Irina aus orangeroten Baumwollsocken, schwarzen Filzresten (für die Streifen) und Baumwollfüllung einen kleinen Tiger. Der Schwanz des Tigers war raffiniert gemacht: aus einem mit Stoff bezogenen Drahtbügel. Die Augen waren blanke, schwarze Knöpfe, und die Schnurrhaare Pfeifenreiniger von Woolworth. Und was liebte Irina ihren Baby-Tiger! Norma Jeane lachte beglückt, als Irina die kleine Kreatur an sich drückte und freudekreischend damit auf dem Fußboden herumkroch, als wäre das Stofftier lebendig. Harriet rauchte gelangweilt. *Du könntest dich wenigstens bedanken,* dachte Norma Jeane. Stattdessen bemerkte Harriet trocken: »Was sind wir häuslich, Norma Jeane! Die vollkommene Hausfrau und Mutter.« Norma Jeane lachte, obwohl sie verletzt war. Sanft tadelnd, wie Maureen O'Hara im Film, sagte sie: »Harriet, es ist eine Sünde, unglücklich zu sein, wo du doch Irina hast.« Harriet lachte schallend. Hatte sie eben noch mit halb geschlossenen Lidern dagesessen, riss sie jetzt die Augen übertrieben weit auf, fixierte Norma Jeane, als hätte sie sie noch nie gesehen und als gefiele ihr das, was sie sehe, nicht sonderlich, und sagte: »Ja, eine Sünde, und ich eine Sünderin. Ich glaube doch tatsächlich, unser kleiner Sonnenschein geht jetzt lieber – und fährt heim zur Hölle.«

8

»Ich kenne da einen, weißt du, der Filme entwickelt. ›Diskretion Ehrensache‹. Drüben in Sherman Oaks.«

Im Laufe des drückend heißen Sommers 43 wurde Bucky immer rastloser. Norma Jeane verschloss davor so gut es ging die Augen. Jeden Tag machte der Beitrag der U. S. Air Force zu den alliierten Bombenangriffen Schlagzeilen. Heroische nächtliche Einsätze über Feindesgebiet. Ein Mitschüler Buckys von der Mission Hills High erhielt für die Einsätze, die er mit der B-24 Liberator bei Angriffen auf deutsche Ölraffinerien in Rumänien geflogen hatte und bei denen er abgeschossen worden war, posthum eine Tapferkeitsauszeichnung. »Also gut, er ist ein *Held*«, räumte Norma Jeane ein, »aber er ist *tot*, Schatz.« Bucky brütete über dem Foto des Piloten in der Zeitung. Der bittere Ton in seinem Lachen überraschte sie. »Mein Gott, Babe, man kann auch als Feigling schnell tot sein.«

Noch in derselben Woche legte sich Bucky eine gebrauchte Brownie Box-Kamera zu und begann, Fotos von seiner gefügigen jungen Frau zu machen. Zuerst Norma Jeane im Sonntagsputz: weiße Pillbox, weiße, mit Lochstickereien verzierte Handschuhe und weiße Pumps, dann von Norma Jeane in Hemd und Blue Jeans versonnen vor einem Gatter, zwischen den Zähnen einen Grashalm, Norma Jeane im zweiteiligen Badeanzug mit Polkatupfern am Strand bei Topanga. Bucky versuchte Norma Jeane zu einer Betty-Grable-Pose zu überreden, kokett über die rechte Schulter zurückklimpernd mit kess vorgerecktem kleinen Hintern, aber Norma Jeane zierte sich. (Sie waren am Strand, Sonntagnachmittag, die Leute guckten.) Bucky wollte ein Foto davon, wie Norma Jeane breit lächelnd einen Strandball auffing, aber ihr Lachen war so künstlich und gezwungen wie das Beinahe-Lächeln von Mr. Eeleys Leichen. Norma Jeane bat Bucky, jemand Aufnahmen von ihnen beiden zusammen machen zu lassen – »Es macht keinen Spaß hier ganz allein vor der Kamera, Bucky. Komm doch.« Aber Bucky zuckte mit den Achseln und meinte: »Was soll ich denn mit *mir*?«

Als Nächstes wollte Bucky Privatbilder von Norma Jeane im Schlafzimmer aufnehmen, »vorher« und »nachher«.

»Vorher«, das war Norma Jeane als sie selbst. Zuerst ganz bekleidet, dann halb entkleidet, dann nackt – oder, wie Bucky das nun nannte, als »Akt«. Als Akt in ihrem Ehebett, das Laken neckisch über die Brüste hochgezogen, bis ihr Bucky das Laken Stück für Stück wegzog und Aufnahmen einer bemüht koketten Norma Jeane in »verspielten« Posen machte. »Komm schon, Baby, lächle für Daddy. Du kannst das doch so schön.« Norma Jeane wusste nicht recht, ob sie sich geschmeichelt fühlen oder genieren sollte, Spaß haben oder Scham empfinden. Sie bekam einen Lachkrampf und vergrub das Gesicht. Als sie wieder auftauchte, lauerte Bucky ihr immer noch mit der Kamera auf und drückte ab *klick! klick! klick!* Sie flehte ihn an: »Daddy, *bitte*. Genug jetzt. Ohne dich ist es so einsam in diesem Riesenbett.« Aber als Norma Jeane ihrem Mann die Arme einladend entgegenstreckte, schoss er nur weitere Fotos.

Jedes *Klick!* ein Eissplitter mitten ins Herz. Als könnte er *sie*, wenn er durch den Sucher der Kamera blickte, gar nicht sehen.

Aber »nachher« war noch schlimmer. »Nachher« war erniedrigend. »Nachher« hieß, dass Norma Jeane eine aufreizende rotblonde Perücke im Stil einer Rita Hayworth aufsetzen und dazu »delikate« schwarze Spitzendessous tragen musste, die Bucky ihr mitbrachte. Zu ihrem Entsetzen schminkte er sie sogar, zog ihre Augenbrauen übertrieben nach, ihren Mund, »betonte« selbst ihre Brustwarzen mit Cherry Pink, einem Rouge, das er mit einem kitzligen kleinen Pinsel auftrug. Norma Jeane schnupperte argwöhnisch. »Ist das Totenschminke aus dem Bestattungsinstitut?«, fragte sie beklommen. Bucky schien vergrätzt. »Überhaupt nicht. Das habe ich extra in einem Spezialhygienegeschäft in Hollywood besorgt.« Dabei haftete der Schminke unverkennbar der Balsamiergeruch und von irgendetwas Süßlichem an, wie überreife Pflaumen.

»Nachher«-Bilder machte Bucky nie viele. Bald war er so erregt, dass er die Kamera hastig beiseite legte und sich die Kleider vom Leib riss. »Oh Baby. Baby-Doll. Je-*sus*.« Schwer atmend, als tauchte er in Topanga gerade aus der Brandung auf. Er wollte sie nehmen, sie sofort nehmen, er hantierte ungeduldig mit einem Kondom, während Norma Jeane ihm großäugig zusah wie eine Patientin bei den Vorbereitungen des operierenden Chirurgen. Ihr war, als erröte ihr ganzer Körper. Das dicke wellige rotblonde Perückenhaar, das ihr auf die nackten Schultern fiel, die aufreizende schwarze Wäsche, kaum mehr als ein paar Stofffetzen – »Daddy, ich mag das nicht. Ich komme mir komisch vor.« Noch nie hatte sie auf Buckys Gesicht einen Ausdruck gesehen wie den jetzigen. Wie auf dem berühmten Standbild von Rudolph Valentino als Scheich. Norma Jeane fing an zu weinen, und Bucky wurde ärgerlich: »Was hast du denn?« Norma Jeane sagte noch mal: »Ich mag das nicht, Daddy.« Und Bucky strich ihr über das Perückenhaar und zwickte eine rosa-schwellende Brustwarze durch die dünne schwarze Spitze, »Doch, es gefällt dir, Baby. Es *gefällt* dir.« »*Nein*. Ich will das nicht.« »Aber Little Thing, wetten? Little Thing ist schon ganz *feucht*, wetten?« Grob fuhr er ihr zwischen die Beine, Norma Jeane zuckte zusammen und stieß ihn weg. »Bucky! *Nicht!* Das tut *weh*.« »Komm schon, Norma Jeane. Es hat doch sonst auch nicht wehgetan! Du bist ganz wild darauf. Gib's zu.« »Auf

211

das hier nicht. Gar nicht.« »Hör mal, das ist doch nur Spaß.« »Mir macht es aber keinen Spaß! Ich schäme mich.« Mit gepresster Stimme sagte Bucky: »Aber wir sind verheiratet, Herrgott noch mal. Wir sind seit über einem Jahr verheiratet – eine halbe Ewigkeit! Andere Männer machen alles Mögliche mit ihren Frauen, da ist doch nichts dabei.« »Ich finde schon! Ich finde schon, dass etwas dabei ist!« »Aber wenn ich's dir doch sage!«, rief Bucky, am Ende seiner Geduld. »Leute tun so was nun mal!« »Wir sind nicht Leute. Wir sind wir.«

Mit hochrotem Gesicht machte Bucky erneut einen Versuch und streichelte Norma Jeane, drängender diesmal; normalerweise gab Norma Jeane, wenn sie Streit gehabt hatten und Bucky sie berührte, sofort Ruhe und wurde zahm wie ein Häschen, das man in Trance versetzen kann, wenn man es nur rhythmisch und energisch streichelt. Bucky küsste sie, und nach anfänglichem Zögern erwiderte sie seinen Kuss. Doch als Bucky an ihrem Büstenhalter und dem Höschen zupfte, schob Norma Jeane ihn weg. Sie riss sich die nach Kunststoff riechende Showperücke herunter und schleuderte sie auf den Boden, dann rieb sie wild an ihrem dick geschminkten Gesicht, bis ihre Lippen farblos und geschwollen aussahen. Die Wimperntusche lief ihr über die Wangen. »Ach, Bucky! Ich schäme mich so. Ich weiß nicht mehr, wer ich *bin*. Ich dachte, du liebst *mich*.« Sie zitterte. Bucky – Big Thing auf Halbmast samt dem blöden zipfeligen Kondom – hockte über ihr und starrte sie an, als sähe er sie zum ersten Mal richtig. Was glaubte das Luder eigentlich, wer sie war? Im Augenblick sah sie nicht mal besonders gut aus mit ihrem verheulten, verschmierten Gesicht. Eine Waise! Eine Verstoßene! Eines der Taugenichts-Pflegekinder dieser gewöhnlichen Pirigs! Und die Mutter entmündigt, eine Irre, was immer Norma Jeane auch für Geschichten erzählte, und kein Vater weit und breit, was spielte sie sich also so auf, hielt sich wohl für was Besseres, besser als *er*! Blitzartig erkannte Bucky, wie sie ihm neulich abends im Kino auf die Nerven gegangen war, als sie Abbott und Costellos *Pardon My Sarong* gesehen hatten und Bucky so lachen musste, dass die ganze Sitzreihe wackelte und er sich fast in die Hose gemacht hätte, da war nämlich Norma Jeane an seiner Schulter stocksteif geworden, hatte sich aufgespielt und in ihrer Kleinmädchenstimme gemeint, sie verstehe nicht, was an Abbott und Costello so komisch sei – »Ist der kleine Dicke nicht *zurückgeblieben*? Ist es nicht unrecht, über jemanden zu lachen, der *zurückgeblieben* ist?« Bucky war stinksauer gewesen, hatte aber die Frage seiner Frau mit einem Achselzucken abgetan. In Wirklichkeit hätte er sie am liebsten angebrüllt: *Was an Abbott und Costello so komisch ist, ist, dass sie saukomisch sind, verdammt noch mal! Hörst du denn nicht, wie alles grölt vor Lachen?*

»Vielleicht bin ich es ja leid, *dich* zu lieben. Vielleicht hätte ich gern mal eine Abwechslung.«

Wütend, verletzt und in seiner Mannesehre gekränkt, stieg Bucky vom Bett herunter und ungeschickt tänzelnd in seine Hose, warf sich ein Hemd über, stürmte aus dem Apartment und knallte die Tür hinter sich zu, sollten es die neugierigen Nachbarn doch seinetwegen alle mitkriegen. Nebenan gab es drei liebeshungrige Soldatenfrauen, die Bucky Glazer alle schöne Augen machten, wenn sie sich begegneten, und zweifellos standen sie jetzt mit dem Ohr an der Schlafzimmerwand da und lauschten – sollten sie doch. Verzweifelt rief Norma Jeane hinter ihm her: »Bucky! Ach, Schatz, komm zurück! Verzeih mir!« Doch ehe sie sich einen Morgenmantel überwerfen und ihm nachlaufen konnte, war er fort.

Im Packard davongebraust. Tankanzeige stand fast auf leer, aber es war ihm alles egal. Er wäre zu seiner alten Freundin Carmen gefahren, aber er hatte gehört, sie sei umgezogen, und er kannte die neue Adresse nicht.

Aber die Schnappschüsse, die waren erstaunlich. Bucky gingen die Augen über. *Das* sollte seine Frau Norma Jeane sein? Gewunden hatte sie sich vor Scham, als Bucky über dem Bett hing und wie ein Besessener knipste, und dennoch wirkte sie auf etlichen Bildern wie eine willige, ja, zügellose Gespielin, die einen mit einem unwiderstehlichen Lächeln lockte; obwohl also Bucky ganz genau wusste, dass Norma Jeane kreuzunglücklich gewesen war, fand er nun, es sehe, auf einigen Schnappschüssen jedenfalls, ganz so aus, als genieße sie ihren Auftritt – »Stellt ihren Körper zur Schau wie eine Edelnutte.«

Vor allem die »Nachher«-Posen verblüfften Bucky. Auf einem der Schnappschüsse lag Norma Jeane auf der Seite hingestreckt im Bett, das rotblonde Haar wie ein Fächer auf dem Kissen, die Augen halb geschlossen und die rosige Zungenspitze zwischen den Lippen sichtbar, die dank Buckys kleinem Schminkpinsel fleischig und voll wirkten. *Wie der Kitzler zwischen den Schamlippen.* Unter der durchsichtigen schwarzen Spitze des Büstenhalters waren Norma Jeanes aufgerichtete Brustwarzen deutlich zu erkennen, und eine erhobene Hand wischte unscharf am unteren Bauch vorbei, als wolle sich Norma Jeane berühren oder habe es gerade getan. Eigentlich wusste

Bucky, dass die Geste Zufall war, er hatte Norma Jeane für diese Aufnahme aufs Bett runterdrücken müssen und sie war im Begriff, sich wieder aufzurichten – na, und wenn schon.

»Je-*sus*.«

Bucky erregte der Anblick dieser ausgefallenen Schönen, dieser Fremden. Er stellte ein halbes Dutzend besonders gewagter Schnappschüsse zusammen und reichte sie bei Lockheed unter seinen Kumpeln herum. Im ohrenbetäubenden Lärm musste er die Stimme heben, um sich Gehör zu verschaffen – »Das bleibt unter uns, verstanden?« Die Männer nickten. Und dann die Gesichter! Sie waren von den Bildern *schwer* beeindruckt, ausnahmslos Schnappschüsse von Norma Jeane mit der rotblonden Hayworth-Perücke in schwarzer Spitze. »*Das* ist deine Frau? Deine *Frau*?« »*Deine* Frau?« »Glazer, du bist ein Glückspilz.« Pfiffe und neidvolles Lachen. Genauso, wie es sich Bucky erhofft hatte. Nur Bob Mitchum reagierte nicht wie erwartet. Bucky war sprachlos, als Mitchum sich mit finsterer Miene rasch die Fotos besah und dann meinte: »Was bist du für ein Armleuchter. Solche Bilder von deiner *Frau* herumzuzeigen.« Und ehe Bucky eingreifen konnte, hatte Mitchum die Fotos zerrissen.

Wäre der Vorarbeiter nicht in der Nähe gewesen, es hätte eine wüste Schlägerei gegeben.

Bucky zog mit eingezogenem Schwanz ab. Und einer Stinkwut im Bauch. Mitchum war ja bloß neidisch. Dieser Möchtegern-Hollywood-Schauspieler, der es nie zu etwas bringen würde, sondern immer der Malocher am Montageband bleiben. *Aber ich habe die Negative*, frohlockte Bucky. *Und ich habe Norma Jeane.*

9

Ohne Norma Jeanes Wissen hatte er sich angewöhnt, kurz im Haus seiner Eltern vorbeizuschauen, ehe er in sein eigenes Heim zurückkehrte. In der trauten elterlichen Küche war neuerdings wieder ganz wie in alten Zeiten ein querulierender Kleinjungenton zu hören. »Doch, klar liebe ich Norma Jeane! Ich habe sie schließlich geheiratet, oder? Aber sie ist so *bedürftig*. Sie ist wie ein Baby, das immer auf den Arm genommen werden muss, sonst brüllt es. Als wäre ich die Sonne, und sie eine Blume, die ohne Sonne nicht sein kann, und es ist einfach –...« – Bucky suchte nach dem richtigen Wort, die Stirn gequält in Falten gelegt – »...*ermüdend*.«

Mrs. Glazer rügte ihn betroffen. »Na, na, Bucky! Norma Jeane ist ein liebes, gutes Mädchen, eine fromme Christin. Sie ist eben noch *jung*.«

»Mann, ich bin auch jung. Ich bin zweiundzwanzig, verdammt noch mal. Sie braucht einen älteren Kerl, einen *Vater*.« Bucky funkelte seine besorgt dreinblickenden Eltern an, als wären sie schuld an dem Ganzen. »Sie saugt mich aus. Sie treibt mich aus dem Haus.« Er schwieg einen Augenblick; um ein Haar hätte er sich jetzt darüber beschwert, dass Norma Jeane immerzu kuscheln und mit ihm ins Bett wollte. Auf der Straße umarmt und geküsst werden. Manchmal gefiel es Bucky durchaus, manchmal aber eben auch nicht. *Und das Komische ist, ich glaube, im Grunde spürt sie nicht viel, so richtig im Körper. Wie sie das als Frau sollte.*

Als könnte sie die Gedanken ihres Sohnes lesen, beeilte sich Mrs. Glazer, auf deren Gesicht sich plötzlich wie von einem Ausschlag rote Flecken zeigten, zu sagen: »Natürlich liebst du Norma Jeane, Bucky. Wir alle lieben Norma Jeane, nicht nur als Schwiegertochter, sondern wie eine eigene Tochter. Ach, diese herrliche Hochzeit! – als wäre es erst letzte Woche gewesen.«

Empört fügte Bucky hinzu: »Und jetzt will sie auch noch eine Familie gründen. Mitten im *Krieg*. Der Zweite Weltkrieg, die Welt geht zum Teufel, und meine Frau will eine *Familie* gründen. Je-*sus*!«

Mrs. Glazer murmelte hilflos: »Bucky, bitte lästere den Herrn nicht. Du weißt, das schmerzt mich.«

Bucky daraufhin: »Was glaubst du, was *mich* schmerzt! Wenn ich nach Hause komme, *wartet* Norma Jeane schon. Dann hat sie wahrscheinlich den ganzen Tag aufgeräumt und gekocht und nur darauf gewartet, dass ich *nach Hause komme*. Als *gäbe* es sie ohne mich gar nicht. Als wäre ich Gott.« Er war die ganze Zeit auf und ab getigert, jetzt hielt er schwer atmend inne; Mrs. Glazer hatte ihm eine Portion Kirschauflauf gereicht, er aß gierig. Mit vollem Mund bemerkte er: »Ich will aber gar nicht Gott sein, *ich bin doch bloß Bucky Glazer*.«

Mr. Glazer, der bisher geschwiegen hatte, sagte unumwunden: »Nun, mein Sohn, du wirst bei dem Mädchen bleiben. Ihr habt in unserer Kirche geheiratet – ›bis dass der Tod euch scheide‹. Wofür hältst du die Ehe denn, ein Karussell? Man fährt ein paar Runden, dann steigt man runter und darf mit den anderen Jungen weiterspielen? Nein, mein Junge, das gilt *lebenslänglich*.«

Den Hals voller Kirschauflauf, heulte Bucky auf wie ein weidwundes Tier.

Vielleicht deine Generation, Alter. Aber nicht meine.

215

10

»Baby, ich muss einfach.«

Fast hörte sie nicht. Wochenschau-Maschinengewehrfeuer. Wochenschau-Filmmusik. *The March of Time.* Sie saßen im Kino. Freitags gab's immer Kino. Es war das billigste Vergnügen; sie konnten Hand in Hand wie verliebte Teenager in die Ortsmitte spazieren. Benzin war mittlerweile zu teuer geworden. Wenn man überhaupt welches bekam. Fast unhörbares fernes Donnergrollen aus den Bergen. Ein trockener Wind, der Augen und Nase ausdörrte. Lange würde man bei der unangenehm trockenen Luft nicht gehen wollen. Bis zum Mission Hills Capitol, das reichte. Vielleicht sahen sie gerade *Ich war ein Nazispion* – mit dem weltläufigen George Sanders und dem bekümmerten Bulldoggengesicht Edward G. Robinson. In Robinsons dunklen Schmelzaugen schwamm die Gemütsbewegung. Wer außer Edward G. Robinson konnte so unnachahmlich Verletzung, Zorn, Empörung, Entsetzen und Vergeblichkeit zum Ausdruck bringen? Nur war er leider etwas klein und daher als Liebhaber nicht ganz überzeugend. Kein Dunkler Prinz. Kein Mann, für den man sein Leben lassen würde. Oder vielleicht sahen sie auch *Einsatz im Nordatlantik* mit Humphrey Bogart. Bogart mit seiner grobporigen Haut und den Tränensäcken. Zwischen den Fingern unweigerlich eine Zigarette, und Rauchschwaden vor dem verlebten Gesicht. Und doch sah Bogart gut aus. In Uniform und auf der riesigen Leinwand sahen alle Männer gut aus. Oder vielleicht waren sie an dem Abend in *The Battle of the Beaches* gegangen, oder in *Hitler's Children*. Bucky wollte alle diese Filme sehen. Oder mal wieder eine Komödie mit Abbott und Costello, oder Bob Hope in *Caught in the Draft*. Norma Jeane hätte lieber Musicals gesehen: *Stage Door Canteen*, *Wiedersehen in St. Louis*, *All About Lovin' You*, doch Bucky fand Musicals langweilig, und Norma Jeane musste zugeben, dass sie zuckrig und albern waren, künstlich wie das Land Oz. »Im wirklichen Leben fangen die Leute nicht plötzlich an zu singen«, murrte Bucky. »Sie fangen nicht plötzlich an zu tanzen, Herrgott noch mal, *es gibt keine Musik.*« Norma Jeane mochte ihn ungern darauf hinweisen, dass es in allen Filmen Musik gab, selbst seinen Kriegsfilmen, ja, selbst bei der Wochenschau. Norma Jeane mochte ihrem Bucky, der neuerdings so leicht aus der Haut fuhr, ungern widersprechen. Nervös und reizbar wie ein großer, prächtiger Hund, den du gern streicheln wolltest, nur trautest du dich nicht.

216

Sie wusste, ohne zu wissen. Monatelang. Schon vor der Perücke und der schwarzen Spitzenwäsche und dem *klick! klick!* der Kamera hatte sie Bescheid gewusst. Sie hatte ja gehört, was Bucky vor sich hinmurmelte, seine Andeutungen. Allabendlich beim Essen die Kriegsberichte im Radio. Das gierige Verschlingen der Beiträge in *Life, Collier's, Time* und den Lokalzeitungen. Bucky, der sich mit dem Lesen so schwer tat, der mit dem Finger die Druckzeilen nachfuhr und dessen Lippen sich manchmal dabei bewegten. Nahm die überholten, aus den Zeitungen ausgeschnittenen Landkarten von den Apartmentwänden herunter und hängte neue auf. Steckte seine bunten Nadeln um. Beim ehelichen Verkehr war er zerstreut und ungeduldig. Kaum begonnen, schon vorbei. *Hey, Baby, tut mir leid! Gute Nacht.* Norma Jeane hielt ihn, während er in den Schlaf sank wie ein Stein auf den moddrigen Grund eines Sees. Sie wusste, bald würde er gehen. Das Land blutete aus, die Männer zogen fort. Herbst 43, und der Krieg währte schon eine halbe Ewigkeit. Winter 44, und die High-School-Abgänger fürchteten, dass der Krieg vorbei sein könnte, ehe sie noch dazu kämen, sich zu melden. Manchmal, aber schon viel seltener, verfiel Norma Jeane selbst noch in die alten Träumereien von ihrem Einsatz als Rotkreuzschwester oder Pilotin.

Pilotin! Frauen, die befähigt waren, Bomber zu fliegen, durften sie nicht fliegen. Frauen, die bei ihren Einsätzen umkamen, wurden – anders als den Männern – keine militärischen Ehren zugestanden.

Norma Jeane verstand es ja: Männer mussten dafür belohnt werden, dass sie Männer waren, dass sie als Männer ihr Leben riskierten, und die Belohnung für die Männer waren eben die Frauen. Frauen, die daheim auf ihre Männer warteten. Es ging nicht an, dass Frauen Seite an Seite mit Männern im Krieg kämpften, es durfte keine Frauen-Männer geben. Frauen-Männer waren nicht normal. Frauen-Männer waren unanständig. Frauen-Männer waren andersrum, waren »schwul«. Ein normaler Mann würde jede solche Frau am liebsten erdrosseln oder sie ficken, bis ihr das Hirn aus dem Kopf und Blut aus der Fut spritzte. Norma Jeane hatte Bucky und seine Freunde über schwule Frauen herziehen hören, die noch schlimmer waren als Schwuchteln, warme Brüder, »Preverse«. Solche kranken, widerlichen Missgeburten musste man ihrer gerechten Strafe zuführen, da juckte es Männer geradezu in den Fingern.

Bucky, bitte, tu mir nicht weh, oh bitte.

Den alten Hirohito auf dem Radioempfänger im Wohnzimmer sah Bucky gar nicht mehr. So wie er oft, fand jedenfalls Norma Jeane, *sie* nicht mehr sah. Aber Norma Jeane nahm das »Souvenir« sehr wohl wahr, und es schauderte sie jedes Mal, wenn sie den Schal entfernte. *Ich habe dich nicht getötet und geköpft. Ich war es nicht.*

Manchmal erschienen ihr die gähnend leeren Augenhöhlen des Totenkopfs im Schlaf. Das hässlich klaffende Nasenloch, der grinsende Oberkiefer. Der Geruch von Zigarettenrauch, das Geräusch zornig aus dem Kran schießenden heißen Wassers.

Hab ich dich, Baby!

In einer der hinteren Reihen im Mission Hills Capitol schob Norma Jeane ihre Hand in Buckys vom gebutterten Popcorn verschmierte. Als wären die Kinosessel eine Geisterbahngondel, die sie beide in Gefahr bringen könnte.

Komisch: seitdem sie Mrs. Bucky Glazer geworden war, schwärmte Norma Jeane gar nicht mehr so für Filme. Sie waren so – *hoffnungsvoll.* Wie eben unrealistische Dinge hoffnungsvoll waren. Man kaufte sich eine Eintrittskarte, nahm Platz und erblickte – was? Manchmal war sie während eines Films in Gedanken ganz woanders. Vielleicht war am folgenden Tag »große Wäsche«, und was sollte sie Bucky bloß abends vorsetzen? Und Sonntag – wenn sie Bucky doch nur überreden könnte, in die Kirche zu gehen, statt auszuschlafen. Bess Glazer hatte schon eine Bemerkung fallen lassen über die »jungen Leuten heutzutage«, die sonntags nicht mehr in den Gottesdienst kamen, und Norma Jeane begriff, dass ihre Schwiegermutter *sie* dafür verantwortlich machte, dass Bucky den Kirchgang versäumte. Neulich hatte Bess Glazer zufällig gesehen, wie sie die kleine Irina nachmittags im Kinderwagen herumschob, und prompt angerufen, um ihrer Verwunderung Ausdruck zu verleihen – »Norma Jeane, wo nimmst du die *Zeit* her? Für *fremde* Kinder? Hoffentlich bezahlt sie dich dafür, kann ich nur sagen.«

An diesem Abend donnerte *The March of Time*. Die Marschmusik war so laut und treibend, dass dir das Herz hämmerte. Alles war an Ort und Stelle aufgenommen. Alles *echt.* Bei den Kriegsnachrichten saß Bucky immer kerzengerade da, den Blick geradeaus auf die Leinwand gerichtet. Er hörte sogar auf, Popcorn zu futtern. Norma Jeane verfolgte das Geschehen gebannt und voller böser Vorahnungen. Da gab es den tapferen, knorrigen »Vinegar Joe« Stilwell, der unrasiert murmelte: »Wir haben ganz schön was auf die Mütze gekriegt.« Trotzdem entschwebte die Musik. Dann blitzten donnernde Flugzeuge über die Leinwand. Graukörniger Himmel, darunter fremder Erdboden. Zweikämpfe in der Luft über Birma! Die sagenumwobenen Flying-

218

Tigers! Jeder Mann, jeder Junge im Capitol wünschte sich in diesem Moment, Flying Tiger zu sein; jede Frau, jedes Mädchen sehnte sich nach einem Flying Tiger. Flying Tiger bemalten ihre alten Curtiss P-40er wie bunte Comicheft-Haifische. Sie waren Draufgänger, sie waren Kriegshelden. Sie nahmen es mit den schnelleren, technisch überlegenen Zeros der Japsen auf.

In einer einzigen Luftschlacht über Rangun holten die Tigers achtundsiebzig japanische Kampfflieger aus der Luft – sie selbst verloren keine einzige Maschine!

Die Zuschauer klatschten Beifall. Hier und da gab es Pfiffe. Norma Jeane stieg das Wasser in die Augen. Selbst Bucky wischte verstohlen eine Träne weg. Es war unglaublich, was da am Himmel los war. Luftabwehrsalven, getroffene Maschinen, die brennend in dunklen Rauchspiralen abschmierten. Man hätte doch meinen sollen, dergleichen sei verbotenes Wissen. Das Wissen vom Tod anderer. Man hätte doch meinen sollen, dass der Tod heilig wäre, privat, aber seit dem Krieg war alles anders. Seit dem Kino war alles anders. Nicht allein, dass man unbeteiligt Zeuge des Todes anderer wurde, sondern es wurde einem Einblick gewährt, wie ihn selbst die Sterbenden nicht hatten. *So wie uns Gott sehen muss. Wenn Gott überhaupt zusieht.*

Bucky drückte Norma Jeane so fest die Hand, dass sie beinahe aufschrie. In tiefem, dringlichem Tonfall sagte er etwas, das wie »Baby, ich muss einfach« klang.

»Musst was?«

Mal kurz austreten?

»Ich muss mich melden. Bevor es zu spät ist.«

Norma Jeane lachte: er scherzte natürlich. Sie küsste ihn heftig. Früher, bei ihren Kinoverabredungen, als sie sich gerade erst kennen lernten, hatten sie viel geknutscht. Die Flying Tigers waren von der Leinwand verschwunden; jetzt wurden GI-Hochzeiten gezeigt. Grinsende Soldaten auf Urlaub oder auf Stützpunkten. Zu den Klängen von Mendelssohn Bartholdys Hochzeitsmarsch. So viele Hochzeiten! So viele Bräute – jeden Alters. Das Tempo, in dem die Brautpaare über die Leinwand huschten, hatte etwas von einer Komödie. Kirchliche Trauungen, standesamtliche Trauungen. Vornehme Kreise, einfache Verhältnisse. So viele strahlende Gesichter, so viele innige Umarmungen. So viele leidenschaftliche Küsse. So viel *Hoff-*

nung. Und Heiterkeit im Saal. Krieg war ehrenvoll; Liebe, Ehe, Hochzeiten waren komisch. Norma Jeanes Hand krabbelte Bucky wie ein Mäuschen zwischen die Beine. Verdutzt raunte Bucky: »Hey, Baby, doch nicht jetzt. *Hey.*« Aber er wandte sich ihr zu und küsste sie ungestüm. Drängte ihre zum Schein geschlossenen Lippen auseinander, um ihr seine Zunge tief in den Mund zu schieben, und sie sog wimmernd an ihm, klammerte. Er packte ihre rechte Brust mit der Linken, wie er auch einen Football gepackt hätte. Ihre Sitze wippten. Sie hechelten wie Hunde. Hinter ihnen schlug eine Frau gegen die Sitze und zischte: »Wenn ihr darauf aus seid, dann geht doch nach Hause.« Norma Jeane fuhr fauchend herum: »Wir sind verheiratet. Lassen Sie uns bloß in Frieden. Gehen *Sie* doch nach Hause. *Oder fahren Sie zur Hölle.*«

Bucky platzte los; mit einmal verwandelte sich seine brave Kindfrau in eine Furie!

Und musste später einräumen: *Damit hat es angefangen, mit diesem Abend.*

11

»Aber wohin denn? Wo ist sie denn hin? Warum wisst ihr das nicht!«

Ohne jede Vorwarnung war Harriet aus dem Komplex Verdugo Gardens verschwunden. Im März 1944. Irina hatte sie mitgenommen. Den Großteil ihrer armseligen Habe zurückgelassen.

Norma Jeane geriet in Panik: was sollte sie jetzt ohne ihr Baby machen?

Sie hatte, ganz verschwommen, wie im Traum, die Vorstellung, sie hätte ihr Kind Gladys gebracht und Gladys' Segen erhalten. Aber jetzt gab es kein Kind. Also konnte es auch keinen Segen geben.

Ein halbes Dutzend Mal klopfte Norma Jeane bei den Nachbarn. Aber auch Harriets Mitbewohnerinnen verstanden die Welt nicht mehr. Und machten sich Sorgen.

Keiner schien zu wissen, wo die schwermütige Frau mit ihrer Kleinen hingegangen war. Nicht zu ihrer Familie in Sacramento und nicht zu den Verwandten ihres Mannes im Bundesstaat Washington. Harriet, beteuerten die Freundinnen Norma Jeane, habe sich weder verabschiedet noch einen Abschiedsbrief hinterlassen. Sie war einfach gegangen; ihr Anteil an der Miete war bis Ende des Monats bezahlt. Sie habe schon lange daran gedacht zu »verschwinden«. Ihr liege »die Witwenrolle« nicht, habe sie gesagt.

220

Auch, dass sie »krank« gewesen sei, erzählten die Nachbarinnen. Sie habe Irina Leid antun wollen. Und vielleicht habe sie Irina längst Leid angetan, das man nicht sehe.

Norma Jeane wich erschrocken zurück, die Augen zu schmalen Schlitzen verengt. »Das ist nicht wahr. Das hätte ich gemerkt. So etwas dürft ihr nicht sagen. Harriet war meine Freundin.«

Es wollte ihr nicht in den Kopf, dass Harriet fortgegangen sein sollte, ohne sich von ihr zu verabschieden. Ohne Irina Lebwohl sagen zu lassen. *Das würde sie nicht tun. Doch nicht Harriet. Gott würde das nicht zulassen.*

»H-hallo? Ich m-möchte eine V-vermisstenanzeige aufgeben. Eine M-mutter mit K-kind.«

Norma Jeane rief auf dem Polizeirevier in Mission Hills an, stotterte aber so, dass sie auflegen musste. Außerdem wusste sie, dass es ohnehin nicht viel Zweck hatte, weil doch Harriet offenbar aus freien Stücken gegangen war. Harriet war erwachsen, und Harriet war Irinas Mutter, und obwohl Norma Jeane Irina mehr liebte, als Harriet Irina liebte, und meinte, dass sie wiedergeliebt wurde, war nichts zu machen, gar nichts.

Harriet und Irina verschwanden aus Norma Jeanes Leben, als hätte es sie nie gegeben. Irinas Vater galt offiziell immer noch als »vermisst«. Seine sterblichen Überreste sollte man nie finden. Vielleicht hatten die Japsen seinen Schädel? Wenn sich Norma Jeane ganz furchtbar konzentrierte, sah sie in einem fernen Zimmer eine Geschichte spielen – es sei denn, es handelte sich um einen halb vergessenen Traum –, in der Harriet Irina in kochend heißem Wasser badete und Irina vor Schmerz und Angst schrie, aber es gab niemanden, der Irina hätte retten können außer Norma Jeane, und Norma Jeane hetzte auf der Suche nach dem Zimmer kopflos herum, rannte einen vor Dampf wolkigen Flur ohne Türen hinab und knirschte vor Verzweiflung und Zorn mit den Zähnen.

Norma Jeane fuhr hoch und schleppte sich in ihr winziges Bad ins grelle Licht der Deckenleuchte. Sie hatte eine solche Angst, dass sie sich in der Wanne verkroch. Mit klappernden Zähnen. Mit glühender Haut, die von dem heißen, heißen Wasser brannte. Dort fand Bucky sie um sechs Uhr in der Früh. Er hätte sie ja in die starken, muskulösen Arme genommen und ins Bett getragen, nur *sah sie mich mit großen Augen an, nur noch Pupillen wie ein Tier, und da wusste ich, ich rühre sie besser nicht an.*

12

»Das ist Geschichte. Was wir erleben.«

Es kam also der Tag. Norma Jeane war gewappnet, fast.

Bucky teilte ihr mit, dass er am Morgen in die Handelsmarine eingetreten sei. Sie würden wahrscheinlich irgendwann innerhalb der nächsten sechs Wochen auslaufen. Nach Australien, glaubte er. Japan würde eingenommen werden, und dann wäre der Krieg zu Ende. Er habe sich schon eine ganze Weile melden wollen, wie sie wohl wisse.

Er sagte ihr, dass das nicht bedeute, dass er sie nicht liebe, er liebe sie nämlich ganz schrecklich. Er sagte ihr, das bedeute nicht, dass er nicht glücklich sei, *er sei glücklich. Er sei glücklicher als je zuvor.* Bloß wolle er mehr vom Leben als nur Flitterwochen.

Man lebe in großen Zeiten, es werde Geschichte gemacht, als Mann müsse man seinen Teil beitragen. Man müsse seinem Land dienen.

Verdammt, er wisse selbst, dass das kitschig klinge. Aber so empfinde er das nun mal.

Er sah Norma Jeanes schmerzvolles Gesicht. Sah Tränen in ihre Augen schießen. Ihm war ganz flau, so schuldig fühlte er sich, und zugleich erfasste ihn ein innerer Jubel! Ein Rausch! Er hatte es geschafft, er würde in den Krieg ziehen; endlich frei! Es ging ja um mehr als nur Norma Jeane, es ging um Mission Hills, wo er sein ganzes Leben verbracht hatte, seine Eltern, die ihm ständig im Nacken saßen, das Lockheed-Werk, wo er in der Maschinenhalle festsaß, den beißenden, säuerlichen Gestank beim Einbalsamieren. *Ich dachte gar nicht daran, als Bestatter zu enden! Ich nicht!*

Norma Jeane bewies unerwartete Haltung. Sagte nur ganz traurig: »Ach, Bucky. Ach, Daddy. Ich versteh dich ja.« Er packte sie und hielt sie fest, und plötzlich mussten sie beide weinen. Bucky Glazer, der nie eine Träne vergoss! Nicht einmal als er sich auf dem Footballfeld im letzten High-School-Jahr den Knöchel gebrochen hatte. Gleich dort auf dem verbeulten Linoleumfußboden der Küche, den Norma Jeane so blank und gebohnert hielt, sanken sie auf die Knie und beteten gemeinsam. Dann zog Bucky Norma Jeane hoch und trug seine schluchzende Frau, die die Arme fest um seinen Hals geschlungen hatte, ins Schlafzimmer. Das war der erste Tag.

Aus dem tiefen Schlaf reiner Erschöpfung wachte Bucky nach seiner Lockheed-Schicht davon auf, dass Kinderfinger ungeschickt an seinem Glied herumspielten. Im Traum lachte das Kind über ihn, über sein angewidertes Gesicht, denn Bucky trug über dem blanken Hintern nur seine Footballjacke, und sie waren draußen unter lauter Menschen, es sahen ein Haufen Leute zu, also schubste Bucky das Kind weg und konnte sich losreißen, und plötzlich lag zu seinem Erstaunen dort neben ihm im Dunkeln eine keuchende Norma Jeane, streichelte und knetete Big Thing, hatte einen heißen Schenkel über seine Hüfte geworfen und rieb sich stöhnend an ihm, *Oh Daddy! Oh, Daddy!* Ein Kind wollte sie also: Bucky richteten sich die Nackenhaare auf, das stöhnende Weib an seiner Seite kannte nur ein Begehren, ein gänzlich unpersönliches Verlangen – so unerbittlich und eiskalt wie die Kräfte, die ihn fortrissen, seinem möglichen Tod in den unvorstellbaren dunklen Wassern entgegen, für die er kein besseres Wort wusste als: Geschichte. Bucky stieß Norma Jeane unsanft weg, sie solle ihn in Ruhe lassen, ihn schlafen lassen, Herrgott noch mal, er müsse um sechs Uhr aufstehen. Norma Jeane schien ihn nicht zu hören. Sie klammerte sich an ihn, küsste ihn ungestüm; er schüttelte sie ab, als wäre sie ein läufiges Tier, ein nacktes, läufiges Tier und ihm widerwärtig. Sein Glied, das im Traum hart geworden war, erschlaffte, Bucky schützte seine Scham mit der Hand, schwang die Beine vom Bett und machte Licht: 4.40. Er verfluchte Norma Jeane. Im Licht hockte sie keuchend auf dem Bett, die linke Brust aus dem Nachthemd gerutscht, das Gesicht gerötet, die Augen geweitet wie neulich nachts in der Wanne. *Als sähe ich ihre Nachtseite. Ihren Nachtzwilling, von dem ich nichts wissen durfte. Von dem sie selbst nichts wusste, den sie nicht sah.*

Er war schlaftrunken und er war erschüttert, und doch brachte es Bucky fertig, in fast vernünftigem Ton zu sagen: »Verdammt, Norma Jeane! Ich dachte, das hätten wir gestern geklärt. Ich habe mich *gemeldet*. Ich *gehe*.« Und Norma Jeane rief: »Nein, Daddy! Du darfst mich nicht verlassen. Ich muss sterben, wenn du gehst.« »Du musst nicht sterben, niemand muss sterben.« Bucky wischte sich mit dem Laken den Schweiß vom Gesicht und sagte: »Beruhige dich erst mal, dann geht es schon wieder.« Aber Norma Jeane hörte ihn nicht. Sie klammerte sich stöhnend an ihn, presste ihre Brüste an seine verschwitzte Brust. Bucky schauderte vor ihr. Fordernde, begehrliche Frauen hatte er noch nie leiden können, jedenfalls hätte er nie eine geheiratet; er war davon ausgegangen, dass er eine süße Unschuld bekam – »Und nun sieh dich an.« Dann versuchte Norma Jeane, ihn zu besteigen, ließ ihre Schenkel auf seine klatschen, hörte ihn nicht – oder wenn sie ihn hörte, ignorierte sie ihn – hockte zitternd halb auf seinem Schoß, sodass er sie, jetzt wirklich angeekelt, anschrie: »Elende Kuh! Hör auf! Du bist ja nicht normal!« Da floh Norma Jeane vor ihm in die Küche, wo er sie schluchzen und im Dunkeln herumrumpeln hörte, lieber Gott, also blieb ihm nichts anderes übrig, als ihr nachzugehen, Licht zu machen, und da stand sie, Messer in der Hand, wie eine Irre im Film-Melodram, nur glich sie nicht im Geringsten einer Figur aus einem Film, und wie sie auf sich selbst einstach, auf ihren nackten Unterarm, das würde man in keinem Film so zu sehen kriegen. Bucky, jetzt hellwach, warf sich auf sie und entwand ihr das Messer. »Norma Jeane! Je-*sus*.« Es war ihr ernst gewesen: sie hatte sich den Arm zerschnitten, er blutete, trug ein leuchtendes Armband aus Blut; staunenswert und in Buckys Erinnerung eine der erschreckendsten Erkenntnisse seines Zivilistenlebens, das bis zu diesem Augenblick das behütete Leben eines amerikanischen Vorstadtjungen gewesen war, unschuldig und scheinbar unverwundbar.

Mit einem Küchenhandtuch stillte Bucky das Blut. Ins Bad musste er Norma Jeane halb tragen, dort wusch er mit dem Staunen desjenigen, der kalte Körper gewohnt war, die beim besten Willen nicht bluteten, egal wie zerstochen, durchbohrt oder verletzt sie waren, behutsam die zwar nicht tiefen, aber schmerzhaften Wunden aus; er beruhigte Norma Jeane, wie man ein verzweifeltes Kind beruhigt, und bald weinte Norma Jeane nur noch still vor sich hin, alle Wildheit war verflogen, sie sackte gegen ihn und murmelte: »Oh, Daddy, Daddy, ich liebe dich so, Daddy, es tut mir so leid, ich werde ganz brav sein, Daddy, ich verspreche es, liebst du mich denn, Daddy, liebst du mich noch?« Und Bucky küsste sie und murmelte: »Klar liebe ich dich, Baby, das weißt du doch, ich habe dich schließlich geheiratet, oder?« Er tupfte etwas Jod auf die Schnittwunden, verband sie mit Gaze, und dann führte er seine, sich schwer auf ihn stützende, lammfromme Frau zum zerwühlten Bett mit den zerknautschten Kissen zurück, wo er sie in den Armen wiegte und auf sie einredete und sie tröstete, bis sie sich nach und nach wie ein erschöpftes Kind in den Schlaf geweint hatte, während Bucky wach lag, erfüllt von Gram, aber auch einem bangen Hochgefühl, bis es endlich sechs Uhr war und Zeit, sich vor ihr davonzustehlen – die mit offenem Mund weiterschlafen würde, schwer atmend wie im Koma –: welche Erleichterung! Welche Erleichterung, ihren Geruch wegduschen zu können, die Klebrigkeit ihres Körpers! Duschen und sich rasieren und in der belebend dämmrigen Frische der frühen Morgenstunden zum Stützpunkt der Handelsmarine auf Catalina Island aufmachen zu dürfen. So brach der zweite Tag an.

13

»Bucky, Liebster – auf ein Wiedersehen!«

An einem milden Tag Ende April brachten die Glazers und Norma Jeane Bucky auf den nach Australien auslaufenden Frachter *Liberty*. Die Einzelheiten von Buckys Auftrag waren Geheimsache, und wann er das erste Mal würde auf Urlaub kommen können, stand in den Sternen. Frühestens in acht Monaten. Von der Invasion Japans war die Rede. Jetzt würde Norma Jeane, wie andere Soldatenfrauen und -mütter auch, stolz einen blauen Stern ins Fenster hängen können. Sie strahlte, sie hielt sich tapfer. Sie sah in ihrem Hemdkleid aus blauer Baumwolle, den weißen hochhackigen Pumps und ihrer weißen Gardenie im gelockten Haar so »niedlich und so süß« aus, dass Bucky, dem die Tränen übers Gesicht rannen, sie immer wieder drücken musste, er sog ihren Duft ein und würde ihn an Bord seines Frachters, unter lauter Männern, als Inbegriff ihres Wesens in Erinnerung behalten.

Das ist Geschichte. Was uns widerfährt. Dafür kann keiner.

Nicht Norma Jeane war diejenige, die an diesem Morgen außer Fassung geriet, sondern Mrs. Glazer, die schon auf der Fahrt zur Catalina-Fähre in Mr. Glazers Wagen weinte und schniefte und klagte. Norma Jeane saß auf dem Rücksitz zwischen Buckys älterem Bruder Joe und seiner älteren Schwester Lorraine eingezwängt. Das Gerede der Glazers schwirrte ihr um den Kopf wie ein Schwarm Mücken. Von der benommenen, leise lächelnden Norma Jeane erwartete allerdings keiner, dass sie dem Gespräch folgte oder darauf reagierte. *Sie war süß, aber doch eher tumb. Wäre nicht ihr Äußeres gewesen, hätte man sie glatt übersehen.* Norma Jeane überlegte, dass in normalen Familien eigentlich kaum jemals ein Schweigen herrschte, das mit dem Schweigen zwischen Gladys und ihr vergleichbar war. Sie überlegte ungerührt, dass sie eigentlich nie einer richtigen Familie angehört hatte und dass sie auch zu den Glazers nie gehört hatte, wie sich jetzt zeigte, obwohl man höflicherweise so tat. Die Glazers würden sie, in ihrem Beisein, für ihre »Tapferkeit« loben. Dafür, dass sie »Bucky eine gute Frau« sei. Möglicherweise hatte Bucky ihnen von Norma Jeanes jüngsten Gefühlsausbrüchen berichtet, dem, was Bucky eiskalt Weiberhysterie nannte. Doch auf dem Prüfstand, unter ihren wachsamen Augen, das mussten die Glazers ihr lassen, bestand Norma Jeane glänzend. *Die Kleine ist verflixt schnell erwachsen geworden! Sie und Bucky, alle beide.*

In seiner schmucken Handelsmarineuniform nahm ein Bucky Glazer von seiner Norma Jeane Abschied, dem die Haare so kurz geschoren worden waren, dass sein jungenhaftes Gesicht fast hager ausah. Seine Augen leuchteten vor Aufregung und Angst. Er hatte sich beim Rasieren geschnitten. So kurz er auch nur im Trainingslager gewesen war, er wirkte schon jetzt älter, anders. Seine weinende Mutter umarmte er etwas förmlich, ebenso seine Schwestern, seinen Vater und seinen Bruder, dazwischen aber immer wieder gefühlvoll Norma Jeane. Flüsterte ihr fast gequält zu: »Baby, ich liebe dich. Baby, du musst mir jeden Tag schreiben, ja? Baby, du wirst mir furchtbar fehlen.« Heiß raunte er ihr ins Ohr: »Little Thing wird Big Thing fehlen!« Norma Jeane gab einen erstickten Laut von sich, ein Glucksen. Oh, wenn ihn nun aber die anderen hörten! Bucky sagte gerade, wenn der Krieg erst vorbei wäre, wenn er wieder zu Hause wäre, dann würden sie eine Familie gründen – »So viele Kinder, wie du willst, Norma Jeane. Was immer du willst.« Er gab ihr Küsse wie ein unerfahrener Junge, heiße, feuchte, schmatzende Küsse, ängstliche Küsse. Die Glazers rückten diskret etwas ab, um dem jungen Paar noch ein paar ungestörte Momente zu lassen, sofern man an diesem milden Morgen im April 44, an dem der Frachter *Liberty* als nur einer in einem ganzen Konvoi der Handelsmarine nach Australien auslaufen sollte, auf der Pier auf Catalina Island von Ungestörtheit sprechen konnte. Norma Jeane überlegte, was für ein Glück sie hatten, denn die Handelsmarine gehörte nicht, wie gemeinhin angenommen, zu den amerikanischen Streitkräften. Die *Liberty* war kein Kriegsschiff und trug keine Flugzeuge, und Bucky würde nicht bewaffnet sein, Bucky würde nie »an die Front« oder ins »Gefecht« geschickt. Was Harriets Mann passiert war und so vielen anderen Ehemännern, konnte ihm nicht passieren. Die Tatsache, dass die Frachter der Handelsmarine dauernd von feindlichen U-Booten und Flugzeugen angegriffen wurden, schien sie nicht zur Kenntnis zu nehmen. Auf Nachfrage würde sie stets sagen: »Mein Mann ist nicht *bewaffnet*. Die Handelsmarine ist nur für den *Nachschub* zuständig.«

Auf der Rückfahrt nach Mission Hills setzte sich Mrs. Glazer nach hinten zu Lorraine und Norma Jeane. Sie legte Hut und Handschuhe ab und griff nach Norma Jeanes eisigen Fingern, denn sie konnte sich denken, dass ihre Schwiegertochter noch ganz unter dem schrecklichen Eindruck der Trennung stand. Bess Glazer hatte aufgehört zu weinen, aber ihre Stimme klang noch aufgeraut und heiser, als sie sagte: »Am besten ziehst du zu uns, meine Liebe. Als unsere Tochter.«

226

Krieg

»Nein. Ich bin niemandes Tochter mehr. Das ist vorbei.«

Sie zog nicht zu den Glazers nach Mission Hills. Sie blieb nicht in Verdugo Gardens. Eine Woche, nachdem Bucky mit der *Liberty* ausgelaufen war, besorgte sie sich fünfzehn Meilen weiter östlich in Burbank bei der Radio Plane Aircraft Arbeit am Montageband. Sie mietete sich in einem Logierhaus nahe der Trambahnlinie ein und lebte zur Zeit ihres achtzehnten Geburtstags ganz allein, und da fiel ihr eines Abends, als sie erschöpft im Bett lag und im Begriff war, in einen traumlosen Schlaf hinüberzugleiten, ein, dass *Norma Jeane Baker nun nicht mehr Mündel der L. A. County* war. Am Morgen kehrte der Gedanke mit Macht zurück, wie Wetterleuchten vor dunklen Sturmwolken über den San-Gabriel-Bergen *Und habe ich deshalb Bucky Glazer geheiratet?*

Im donnernden Lärm der Maschinen in der Werkhalle der Flugzeugfabrik begann sie sich nun die Geschichte zu erzählen, weshalb sie sich schon mit fünfzehn verlobt und weshalb sie mit sechzehn die Schule abgebrochen hatte, um zu heiraten. Und weshalb sie jetzt, so bang wie beflügelt, mit achtzehn Jahren zum ersten Mal in ihrem Leben allein war, einem Leben, das für ihr Gefühl jetzt erst begann. Und alles wegen des Krieges.

Wenn es das Böse nicht gibt,
aber Krieg
ist dann Krieg nicht-böse?
Ist das Böse Nicht-Krieg?

Es kam der Tag bei Radio Plane, da sie, die aus Aberglaube selten Zeitung las, in der Mittagspause ein paar Kolleginnen von einem Ereignis sprechen hörte, über das in der *L. A. Times* berichtet worden war, immerhin eine der kleineren Titelgeschichten auf der ersten Seite, gleich unter den üblichen Kriegsschlagzeilen, und dazu gab es das Foto einer selig lächelnden Frau ganz in Weiß, und da stutzte sie und starrte gebannt auf die Zeitung, die eine der Frauen hochhielt, und sie machte wohl ein entsetztes Gesicht, denn die Frauen fragten, was sie denn habe, worauf sie stammelnd versicherte, nichts, gar nichts, während sie die Augen der Frauen auf sich fühlte, scharf wie Eispickel, abschätzend und wertend und ohne viel übrig zu haben für diese junge, verheiratete, irgendwie geheimniskrämerische Frau, deren Scheu für Arroganz, deren sorgfältig gepflegte Erscheinung, die Frisur, das mit Bedacht geschminkte Gesicht, die Garderobe, für Eitelkeit und deren verzweifeltes Bemühen, bei der Arbeit nicht zu versagen, für weibliche Berechnung und den durchsichtigen Versuch gehalten wurde, sich mit dem Vorarbeiter gutzustellen, also zog sie sich hastig und verlegen zurück, wohl wissend, dass die Frauen hinter ihrem Rücken über sie lachen würden, hämisch, ihr Stottern nachäffen und ihre hauchige Kleinmädchenstimme, lieber kaufte sie sich am Abend selbst eine Ausgabe der *Times* und las gebannt und schaudernd:

EVANGELISTIN MCPHERSON TOT
GERICHT BEFINDET: ÜBERDOSIS

Aimee Semple McPherson war tot! Gründerin der International Church of the Foursquare Gospel in Los Angeles, wo Grandma Della achtzehn Jahre zuvor Norma Jeane als Baby im christlichen Glauben hatte taufen lassen. Aimee Semple McPherson, längst als Scharlatan entlarvt und geschmäht, ihre vielen Millionen Dollar die Früchte von Korruption und Schwindelei. Aimee Semple McPherson, deren Name so schändlich in Verruf geraten war, obwohl sie doch einst zu den bekanntesten und meist bewunderten Frauen Amerikas gezählt hatte. Aimee Semple McPherson, eine Selbstmörderin! Norma Jeane hatte einen ganz trockenen Mund. Sie stand mit ihrem Artikel an der Trambahnhaltestelle und konnte nichts richtig aufnehmen. *Ich würde dem keine große Bedeutung zumessen, dass die Frau, die mich getauft hatte, sich das Leben nahm. Dass der christliche Glaube vielleicht nichts weiter war als ein Kleidungsstück, das man hastig überwarf und ebenso hastig wieder ablegte und vergaß.*

»Aber du bist Buckys *Frau*. Du kannst doch nicht einfach *allein* leben.«
Die Glazers waren entsetzt. Die Glazers missbilligten den Schritt entschieden und waren ihr gram. Norma Jeane schloss die Augen, sah wie im Traum endlose, hypnotische Tage sich in der Küche ihrer Schwiegermutter zwischen blitzenden Geräten auf einem blitzsauberen Linoleumfußboden inmitten der Düfte vor sich hinbrodelnder Fleischtöpfe und Suppen, garender Braten, aufgehender Brote und Kuchen aneinander reihten. Hörte das tröstliche Geplap-

228

per der älteren Frau. *Norma Jeane, meine Liebe, ob du mir wohl eben zur Hand gehen könntest?* Zwiebeln hacken, Formen fetten. Sonntags ganze Stapel dreckigen Geschirrs abkratzen, vorspülen, spülen, trocknen. Sie schloss die Augen und sah ein Mädchen, das freudig Geschirr spülte, die Arme bis zu den Ellbogen in luftigen, glitzernden Ivory-Schaum getaucht. Ein freudig und versonnen seinen Teppichkehrer über die Teppiche in Wohn- und Esszimmer rollerndes Mädchen, das willig unten im modrigen Keller ganze Haufen dreckiger Wäsche in die Bottichmaschine packte, das Mrs. Glazer half, die Wäsche auf die Leine zu spannen, die Wäsche von der Leine zu holen, zu bügeln, zu falten, in Schubladen und Schränke, auf Regale zu packen. Ein Mädchen im hübschen, frisch gestärkten Hemdkleid, mit Hut und weißen Handschuhen auf hochhackigen Pumps, aber ohne Seidenstrümpfe, stattdessen jedoch, in diesen Zeiten der kriegsbedingten Knappheit, sorgfältig mit dem Augenbrauenstift hinten auf die Waden aufgemalten »Nähten«. Die mit den angeheirateten Verwandten, es waren so viele, sonntags in der Church of Christ erschien. Den Glazers. *Ist das –? Ja, die Frau des jüngeren Sohns. Lebt bei den Schwiegereltern, solange er in Übersee ist.*

»Aber ich bin nicht eure Tochter. Ich bin niemandes Tochter.«

Trotzdem, die Glazer-Ringe trug sie. Sie hatte die feste Absicht, ihrem Mann treu zu bleiben.

Elende Kuh. Du bist ja nicht normal.

Nur, dass Norma Jeane dort ganz allein in ihrem möblierten Zimmer in Burbank, trotz der beengten Verhältnisse, der schäbigen Einrichtung, des mit anderen geteilten Badezimmers, trotzdem alles fremd und neu war und sie keiner kannte, manchmal vor Freude laut lachte. Sie war frei! Sie war allein! Zum ersten Mal in ihrem Leben wirklich und wahrhaftig allein. Nicht Waise. Nicht Pflegekind. Nicht Tochter oder Schwiegertochter oder Ehefrau. Sie schwelgte in diesem ungeahnten Luxus. Ihr war, als hätte sie gestohlen. Sie ging einer *Arbeit* nach. Sie brachte wöchentlich ihren Lohn nach Hause, einen Scheck, und ihre Schecks trug sie auf die Bank wie andere Erwachsene auch. Sie hatte sich bei etlichen kleinen, nicht gewerkschaftsgebundenen Betrieben vorgestellt, ehe sie von der Radio Plane Aircraft eingestellt wurde, und überall hatte man sie wegen ihres Alters und ihres Mangels an Erfahrung weggeschickt, obwohl sie gebettelt hatte: *Bitte, geben Sie mir doch wenigstens eine Chance! Bitte.* Sich unbeirrt, mit Herzklopfen zwar und weichen Knien, auf Zehenspitzen und kerzengerade aufgerichtet, ihren gesunden jungen Körper zur Schau gestellt. *Ich k-kann es b-bestimmt, ich bin kräftig und werde nie, nie müde. Ich schwör's!* Und sie war eingestellt worden, und damit stimmte es auch: die am Montageband erforderlichen Handgriffe lernte sie schnell, mechanische, roboterhafte Handgriffe, und wie sehr sie dem Einerlei der Hausarbeit ähnelten, nur eben inmitten einer lärmenden Welt da draußen unter Menschen, einer Welt, in der man, wenn man nur hart genug arbeitete, als tüchtiger, intelligenter und deshalb wertvoller angesehen wurde als die anderen Mitarbeiter – von den wachsamen Augen des Vorarbeiters und dahinter des Werksleiters und dahinter der Bosse, von denen man nur die Namen kannte und die von kleinen Werkhallenarbeiterinnen wie Norma Jeane nicht einmal ausgesprochen wurden. Und nach einer Schicht von acht, neun Stunden mit der Trambahn wieder heim, vor Erschöpfung wankend, aber im Kopf wie ein gieriges Kind das Geld zählend, das sie verdient hatte, keine sieben Dollar nach Abzug der Steuern und Sozialversicherung, aber immerhin ihres, Geld, das sie ausgeben konnte oder sparen, sofern sie das schaffte. Heim in ihr stilles Zimmer, wo niemand und nichts sie erwartete als ihre Spiegelgefährtin, leichte Kopfschmerzen und großer Hunger: nicht-zubereiten musste sie einem ausgehungerten Mann raffiniert ausgedachte riesige Mahlzeiten, meist machte sie sich einfach eine Dosensuppe heiß, köstlich, diese heißen Suppen von Campell's, aß dazu vielleicht noch eine Scheibe Weißbrot mit Gelee, eine Banane oder Orange, trank ein Glas warme Milch. Fiel dann ins Bett, eine schmale Liege eigentlich bloß, mit einer Matratze, die gerade fingerdick war, ein Mädchenbett wieder. Sie hoffte, dass sie zu müde wäre, um zu träumen, und oft war es auch so oder schien es so, nur manchmal wandelte sie verloren durch die unerwartet langen und fremden Flure des Waisenhauses, bis sie sich mit einmal schaukelnd auf dem sandigen Spielplatz wiederfand, von dem sie wahrscheinlich gesagt hätte, sie erinnere sich nicht mehr, und hinter dem Maschendrahtzaun: war er es? der Dunkle Prinz, der sie heimführen würde? nur dass sie ihn gar nicht bemerkt hatte, nicht begriffen; dann wieder irrte sie nackt bis auf ihren Schlüpfer die La Mesa hinab und suchte das Apartmenthaus, in dem sie mit ihrer Mutter wohnte, fand es aber nicht, kam nicht auf die Zauberformel, die sie hinführen würde – THE HACIENDA. Sie war ein Kind der Zeit des *Es war einmal eine Zeit.* Sie war Norma Jeane auf der Suche nach ihrer Mutter. Und doch war sie nicht wirklich Kind, denn sie war zu jemandes Frau gemacht worden. Die geheime Stelle zwischen ihren

Beinen war vom Dunklen Prinzen aufgerissen und mit Blut besudelt worden, als er sie heimführte.

Es brach mir das Herz. Ich weinte und weinte. Als er ging, sann ich nach, was ich mir tun könnte, wie die gerechte Strafe zuführen. Denn die Messerstiche am Arm heilten rasch; ich war so gesund. Doch jetzt, wo sie allein lebte, entdeckte sie, dass sie Handtücher nicht häufiger als einmal die Woche wechseln musste, eher seltener. Empfand nicht die Notwendigkeit, ihr Bett mehr als einmal in der Woche zu beziehen, eher seltener. Denn es gab keinen schwitzend virilen jungen Ehemann, der sie beschmutzte, und Norma Jeane achtete sehr auf sich, badete und wusch sich so oft es nur ging, wusch von Hand ihr Nachthemd, die Unterwäsche und Baumwollstrümpfe aus. Sie hatte keinen Teppich, brauchte also keinen Teppichkehrer, einmal in der Woche borgte sie sich von der Vermieterin einen Besen und brachte ihn anschließend auch immer gleich zurück. Es gab keinen Herd, keinen Ofen, die sie hätte scheuern müssen. Es gab in dem Zimmer, abgesehen von den Fensterbänken, überhaupt kaum Flächen, auf denen sich Staub hätte sammeln können, also gab es auch kaum Staub zu wischen. (Schmunzelnd dachte sie an den alten Hirohito. Sie war ihm entronnen!) Als sie die Wohnung in Verdugo Gardens aufgab, hatte sie den Großteil der Haushaltssachen dagelassen, damit sie die Glazers abholen könnten und mit nach Hause nähmen, um sie »einzulagern«, angeblich, bis Bucky zurückkehrte. Dabei wusste Norma Jeane ganz genau, dass Bucky nie zurückkehren würde. Jedenfalls nicht zu ihr.

Hättest du mich geliebt, hättest du mich nicht verlassen.
Da du mich verlassen hast, hast du mich nicht geliebt.

Außer dass Menschen starben und verletzt wurden und sich die Welt mit schwelenden Trümmern füllte, gefiel Norma Jeane der Krieg. Der Krieg war eine Konstante, so verlässlich wie Hunger und Schlaf. Der Krieg war immer *da*. Über den Krieg konnte man mit wildfremden Menschen reden. Der Krieg war eine Radiosendereihe mit unendlich vielen neuen Fortsetzungen. Vom Krieg träumten alle. Im Krieg warst du nie allein. In den ganzen Jahren seit dem 7. Dezember 1941, dem Tag des japanischen Angriffs auf Pearl Harbor, hatte es keine Einsamkeit mehr gegeben. In der Trambahn, auf der Straße, in den Geschäften, bei der Arbeit, jederzeit konnte man bang oder hoffnungsvoll oder ganz sachlich fragen: *Was gibt es Neues?* denn irgendetwas war immer geschehen oder würde bald geschehen. In Europa und im pazifischen Raum »standen« sie immerzu miteinander im Krieg. Die Nachrichten konnten gut oder schlecht sein. Da konnte man sich gleich mit dem anderen freuen oder mit ihm leiden. Fremde weinten zusammen. Jeder hörte zu. Jeder hatte eine Meinung.

Abends dämmerte die Welt für alle in einen Traum hinüber. Wie verzaubert, fand Norma Jeane. Die Scheinwerfer der Autos wurden abgedunkelt, erleuchtete Fenster waren verboten, auch lichterstrahlende Kino-Vordächer und Schaukästen. Es gab ohrenbetäubende Alarmsirenen. Es gab Fehlalarme, Gerede von einer unmittelbar bevorstehenden Invasion. Immer gab es die Lebensmittelknappheit und anderes, was knapp war, also immer Grund zur Klage. Es kursierten Gerüchte von einem Schwarzmarkt. Norma Jeane in ihrer üblichen Radio-Plane-Kluft aus Hosen, Hemd und Pullover, das Haar mit einem Tuch hochgebunden, stellte fest, dass sie überraschend leicht mit Leuten ins Gespräch kam. Bei der angeheirateten Verwandtschaft hatte sie sich immer so schrecklich auf dem Prüfstand gefühlt und schnell gestottert, manchmal sogar bei ihrem Mann, wenn er mal wieder an allem etwas auszusetzen hatte, aber bei freundlichen Fremden stotterte sie fast nie, und Fremde waren meist freundlich. Besonders fremde Männer waren freundlich. Norma Jeane merkte, dass sich Männer zu ihr hingezogen fühlten, selbst Männer, deren Enkelin sie hätte sein können; schon bald lernte sie den etwas starren, innig-warmen Blick zu erkennen, der Begierde verriet, und das tröstete sie. In der Öffentlichkeit jedenfalls. Denn wenn sie gefragt wurde, ob sie nicht mal zusammen essen gehen könnten? ins Kino?, dann deutete sie stumm auf ihre Ringe. Wenn sie nach ihrem Mann gefragt wurde, antwortete sie knapp: »Er ist in Übersee. In Australien.« Manchmal hörte sie sich sagen, er werde in Neu-Guinea vermisst, manchmal hörte sie sich sagen, er sei auf Iwo Jima gefallen.

Meist wollten die Fremden aber nur darüber reden, inwiefern der Krieg *ihr* Leben verändert habe. *Wenn nur endlich dieser verdammte Krieg vorbei wäre*, klagten sie bitter. Norma Jeane hingegen dachte: *Wenn nur dieser Krieg endlos so weitergehen könnte.*

Denn ihre Arbeit bei Radio Plane war ihr nur so lange sicher, wie es an männlichen Arbeitskräften fehlte. Wegen des Krieges fuhren Frauen Lastwagen, fuhren Frauen Trambahn, holten Frauen den Müll ab, bedienten Frauen Kräne, deckten Frauen sogar Dächer, gab es Frauen als Maler und Platzwärter. Wohin man auch blickte, überall sah man Frauen in Uniform.

Bei Radio Plane, errechnete Norma Jeane, kamen auf einen Mann acht oder neun Frauen – außer in der Betriebsleitung, natürlich, da gab es keine Frauen. Dem Krieg verdankte sie also ihren Job, dem Krieg verdankte sie ihre Freiheit. Dem Krieg verdankte sie ihren Lohn, und kaum drei Monate nach ihrer Einstellung bei Radio Plane war sie bereits befördert worden und bekam nun fünfundzwanzig Cents mehr die Stunde. Sie hatte sich am Montageband so geschickt angestellt, dass man ihr eine verantwortungsvollere Aufgabe zuteilte, und zwar musste sie die Flugzeugrümpfe mit einem flüssigen Plastik-»Stoff« überziehen. Der stank entsetzlich, buchstäblich übelkeitserregend. Der Geruch drang ihr ins Gehirn. Winzige Bläschen im Gehirn wie Sektperlen. Alles Blut wich aus Norma Jeanes Gesicht, sie sah nur noch schwarze Flecken. »Sie sollten lieber mal an die frische Luft gehen, Norma Jeane«, riet der Vorarbeiter, doch Norma Jeane sagte rasch: »Dazu habe ich keine Zeit! Keine Zeit –« Sie wischte sich glucksend die Augen. »Gar keine Zeit.« Ihre Zunge bereitete ihr Schwierigkeiten, sie schien plötzlich zu groß für den Mund. Nichts fürchtete sie so sehr, wie bei dieser neuen Arbeit zu versagen und zurück ans Montageband geschickt zu werden oder nach Hause. Sie hatte doch kein Zuhause. Ihr Mann hatte sie verlassen. *Elende Kuh.* Sie durfte nicht versagen, sie würde nicht versagen. Schließlich hakte sie der Vorarbeiter unter und zog sie aus der nach »Stoff« stinkenden Halle hinaus, und Norma Jeane atmete an einem Fenster ein paarmal tief durch, aber dann beteuerte sie fast sofort, es gehe schon wieder, und kehrte an die Arbeit zurück. Ihre Hände waren flink und besaßen eine eigene Verständigkeit, die mit den Stunden, Tagen, Wochen noch zunahm, während sie gegen den »Stoff« immer unempfindlicher wurde. Es war genauso, wie man es ihr prophezeit hatte: »Oft werden Sie von dem Gestank kaum was merken.« (Obwohl Haar und Kleider danach rochen, das wusste sie. Also musste sie besonders sorgfältig sein, sich gründlich waschen und ihre Kleider gut lüften.) Dass die Dämpfe in sämtliche Poren drangen, durch die Nase in die Lunge und in ihr Gehirn, darüber mochte sie nicht nachdenken. Sie war stolz darauf, so rasch befördert worden zu sein, und sie hoffte, wieder befördert zu werden und eine weitere Lohnerhöhung zu erreichen. Beim Vorarbeiter machte sie Eindruck als tüchtige Arbeiterin, als verantwortungsvolle junge Frau, der man verantwortungsvolle Arbeit anvertrauen konnte. Sie sah aus wie ein junges Ding, benahm sich aber nicht so. Nicht bei Radio Plane! Wo man im Auftrag der Navy Bomber baute, die gegen den Feind eingesetzt würden. Die Fabrik empfand sie als eine Art Wettlauf, und sich als Wettläuferin, und an der High School war sie eine der schnellsten Läuferinnen gewesen, sie hatte eine Medaille gewonnen, auf die sie sehr stolz war, auch wenn sie, als sie die Medaille Gladys geschickt hatte, von Gladys nie eine Antwort erhalten hatte. (In einem Traum hatte sie die Medaille als Anstecknadel an Gladys' grünem Anstaltskittel gesehen. Konnte der Traum wahr sein? *Sie würde nicht klein beigeben,* sie gab nicht klein bei.)

An einem Novembermorgen, als sie den Stoff aufspritzte und gegen leichte Schwindelgefühle ankämpfte, bereitete ihr Sorgen, dass ihre Regel früher einsetzen könnte als gewöhnlich, denn um ihre Anstellung nicht zu verlieren, nahm sie gegen die Krämpfe so viel Aspirin, wie sie meinte, vertreten zu können, und das war verkehrt, denn wenn sie solchen Schwächen nachgab, würde sie sich nie selbst heilen können, und trotzdem war sie zu ihrer Schande gezwungen, sich ein oder zwei Tage krankzumelden. An diesem Novembermorgen also verspritzte sie den Stoff und schwor sich, nicht krank zu werden und auch nicht ohnmächtig, obwohl die perlenden Bläschen in ihrem Kopf ihr störender erschienen als sonst, und plötzlich tat sich eine schwindelnde und verlockende Zukunft vor ihr auf. Sie strahlte.

Der Dunkle Prinz im vornehmen schwarzen Smoking und Norma Jeane als Goldene Prinzessin, in einer langen weißen Abendrobe aus schimmerndem Stoff. Spazierten Hand in Hand bei Sonnenuntergang über den Strand. Während der Wind in Norma Jeanes Haar spielte. Es war das helle platinblonde Haar einer Jean Harlow, die im Alter von nur sechsundzwanzig Jahren sterben musste, hieß es, weil ihre Mutter sich als Anhängerin der Christlichen Wissenschaft geweigert hatte, für ihre todkranke Tochter einen Arzt zu rufen, aber Norma Jeane wusste es besser, denn man starb nur an der eigenen Schwäche, und sie würde nicht schwach sein. Der Dunkle Prinz blieb stehen, um ihr seine Smokingjacke umzulegen. Zart küsste er sie auf den Mund. Es hob Musik an, romantische Tanzmusik. Der Dunkle Prinz und Norma Jeane tanzten, doch Norma Jeane überraschte ihren Geliebten. Sie schleuderte die Schuhe von den Füßen, und ihre bloßen Füße versanken im feuchten Sand, ein herrliches Gefühl, fand Norma Jeane, der nun die Brandung um die Beine schäumte! Der Dunkle Prinz konnte die Augen nicht abwenden, denn sie war schöner als alle Frauen, die er je gesehen hatte, und während er noch staunte, entschwebte sie, hob die Arme, und aus Armen wurden Flügel, und plötzlich stieg sie als herrlicher, weiß gefiederter Vogel höher und höher und höher, bis der Dunkle Prinz nur noch eine kleine Ge-

stalt an einem Strand war, der ihr aus der brausenden, brodelnden Brandung voll untröstlichem Verlangen nachschaute.

Blinzelnd sah Norma Jeane von ihren behandschuhten Händen hoch, die den Kanister mit dem Stoff umklammerten, und da erblickte sie einen Mann; er stand in der Tür und beobachtete sie. Es war der Dunkle Prinz, und er hielt eine Kamera.

Pin-up 1945

Wie Sie leben, wenn Sie nicht auf der Bühne stehen, ist nicht Zufall. Nennen wir es unausweichlich.

Lehrbuch des Schauspielers und Leben des Schauspielers

Während dieses ersten Jahres der Wunder, das über sie hereinbrach wie die peitschende Brandung am Strand von Santa Monica in ihrer Kindheit, hörte sie gleich einem Metronom eine Stimme wiederholen: *Wo immer du bist, ich bin da. Noch ehe du dein Ziel erreichst, erwarte ich dich.*

Da hatte Glazer aber geguckt! Seine Kumpel auf der *Liberty* würden den Jungen endlos damit aufziehen, wie er eben noch gelangweilt und mürrisch in der Dezemberausgabe der *Stars & Stripes* von 44 geblättert hatte, als ihm mit einmal die Augen fast aus dem Kopf fielen, während ihm der Kinnladen buchstäblich runterklappte. Was immer in dem Käseblatt stand, auf Glazer hatte es die Wirkung eines Stromschlags. Ein heiseres Krächzen: »Jesus. Meine Frau. D-das *ist ja meine F-frau!*« Irgendjemand entriss ihm die Zeitschrift. Und alle beugten sich über DIE GIRLS GEBEN ALLES FÜR UNSERE GIs und das ganzseitige Foto von diesem Engel mit dem unvorstellbar süßen, unschuldigen, von dunklen Locken gerahmten Gesicht und den schönsten, wehmütigsten Augen aller Zeiten und feuchten, scheu-hoffnungsfroh lächelnden Lippen; sie trägt einen Monteursanzug aus Denim, der stramm die beachtlichen jungen Brüste umschließt und die göttlichen Hüften; kindhaft ungelenk hält sie mit beiden Händen einen Kanister hoch, als wollte sie die Kamera ansprühen.

Norma Jeanes Arbeitstag bei Radio Plane Aircraft in Burbank, Kalifornien hat neun Stunden. Sie ist stolz auf ihren Kriegsbeitrag: – »Harte Arbeit, aber ich tu's ja für unsere Jungs!« Oben: Norma Jeane in der Rumpfmontagehalle. Links: Norma Jeane träumt; in Gedanken ist sie bei ihrem Mann, Rekrut Buchanan Glaser, derzeit mit der Handelsmarine im südlichen Pazifik.

236

Was ziehen sie den armen Jungen auf, hänseln ihn: Glaser stünde da, nicht Glazer, woher er überhaupt wissen will, dass es seine Frau ist?, dann prügeln sie sich nahezu um die Zeitschrift, fast wird sie zerfetzt, Glazer geht wild-äugig auf sie los – »Wichser! Hört auf! Her damit! *Sie gehört mir!*«

Es gab ferner, ebenfalls 1944, die Märzausgabe des *Pageant*, die einer Horde johlender Halbstarker in Sidney Harings Englischunterricht an der Van Nuys High School konfisziert und gleichgültig aufs Lehrerpult gewor-fen wurde, bis Haring dazu kam, sie später in einem ungestörten Moment zu studieren, und an der Stelle aufschlug, wo die Jungen, zweifellos in unsitt-licher Absicht, ein Eselsohr gemacht hatten; plötzlich schob Haring verdattert seine Brille hoch und machte große Augen – »Norma Jeane!« Er erkannte das Mädchen sofort, trotz der vielen Schminke und der aufreizenden Pose: Kopf neckisch auf die Seite gelegt, dunkel nachgezogene Lippen zu einem trunken-verträumten Lächeln geöffnet, Augen in einer Parodie von Hingabe halb geschlossen. Sie trug ein knappes, fast durchsichtiges Rüschennacht-hemd, das ihr nur bis zur Mitte der Schenkel reichte, dazu hochhackige Schuhe, und unterhalb der seltsam spitzen Brüste drückte sie etwas an sich, das aussah wie ein dümmlich grinsender Stoffpanda: *Und wer kuschelt an einem kalten Winterabend mit mir?* Haring atmete durch den offenen Mund. Sein Blick war plötzlich vernebelt. »Norma *Jeane*. Mein *Gott*.« Er konnte die Augen nicht losreißen. Heiß und kalt wurde ihm. Es war seine Schuld, er wusste es. Er hätte sie retten können. Hätte ihr vielleicht helfen können. Aber wie? Er hätte es versuchen können. Sich mehr Mühe geben. Er hätte irgendetwas *tun* sollen. Was denn? Sich gegen ihre Frühehe aus-sprechen? Vielleicht war sie schwanger gewesen. Vielleicht hatte sie heira-ten müssen. Hätte er sie selbst heiraten können? Er war schon verheiratet. Das Mädchen war damals fünfzehn gewesen. Und er machtlos, und er hatte gut daran getan, Abstand zu wahren. Er hatte sich klug verhalten. Sein Le-ben lang hatte er sich klug verhalten. Selbst Krüppel zu werden war klug ge-wesen; so war er seiner Einberufung entgangen. Er hatte kleine Kinder, und er hatte eine Frau. Er liebte seine Familie. Sie war auf ihn angewiesen. Es gab jedes Jahr in seiner Klasse Mädchen. Pflegekinder, Waisen. Misshandelte Mädchen. Schmachtende Mädchen. Mädchen, die sich von Mr. Haring Rat erhofften. Anerkennung. Liebe. Das ließ sich kaum vermeiden, als High-School-Lehrer, und noch dazu relativ jung. Der Krieg heizte alles noch an. Der Krieg war ein wilder erotischer Traum. Für einen Mann. Der als Mann galt. Er konnte sie schließlich nicht alle retten, oder? Dann würde er seine

Stelle verlieren. Norma Jeane war Fürsorgezögling gewesen. Das war verhängnisvoll. Ihre Mutter war krank gewesen – was genau, wusste er nicht mehr. Ihr Vater war – tja, was? Tot. Was hätte *er* schon ausrichten können. Nichts. Was er getan hatte, und er hatte nichts getan, war alles gewesen, was er hatte tun *können*. *Die eigene Haut retten*. *Du darfst sie auf keinen Fall anrühren*. Er war nicht stolz auf sich, aber er hatte auch keinen Grund, sich für irgendetwas zu schämen. Wieso schämen? Nein. Und doch glitten seine Augen ängstlich zur Klassenzimmertür (es war nach Schulschluss, es war nicht damit zu rechnen, dass jemand hereinplatzte, aber es konnte ja zufällig ein Schüler oder ein Kollege durch die Scheibe der Tür gucken), ehe er schnell die Seite aus der Zeitschrift herausriss und die Ausgabe von *Pageant* in einen alten braunen Umschlag schob (damit der Hausmeister nichts merkte) und in den Papierkorb warf. *Und wer kuschelt an einem kalten Winterabend mit mir?* Behutsam legte Haring das ganzseitige Foto seiner ehemaligen Schülerin zu dem halben Dutzend handgeschriebener Gedichte, die er in der untersten Schublade seines Pults aufbewahrte.

Und aller Kummer wär fort – vertrieben
könnt ich dich lieben.

Es gab ferner den Tag im Februar, da Detective Frank Widdoes von der Culver City Police den Schweinestall von einem Wohnwagen eines Mordverdächtigen durchsuchte – genauer des mutmaßlichen Täters in einem sensationellen Fall von Vergewaltigungsmord, Vergewaltigungs-Verstümmelungsmord, einer Vergewaltigungs-Verstümmelungsmordopfer-Zerstückelung. Widdoes und seine Kollegen waren sich sicher, dass er ihr Mann war, er war es, die Sau, es fehlten ihnen nur noch Indizien, Beweise, die den Kerl mit der Toten in Verbindung brachten (das Mädchen, ein Susan-Hayward-Verschnitt aus West Hollywood, die bei einem der Filmstudios unter Vertrag gewesen, aber vor kurzem gefeuert worden war, worauf sie irgendwie diesen Perversen kennen gelernt hatte, und das war's dann, mehrere Tage verschwunden, dann – zerstückelt – an einem Schuttberg bei Culver City entdeckt), und Widdoes hielt sich mit einer Hand die Nase zu und durchwühlte mit der anderen einen Stapel Herrenmagazine, da sah er in einer Ausgabe von *Pix*, die beim doppelseitigen Foto umgebogen war, mit einmal – »Teufel! Die Kleine.« Widdoes war einer von diesen legendären Ermittlern, wie man sie aus Filmen kennt, die nie ein Gesicht vergessen und nie einen Namen.

»Norma Jeane – wie noch? Baker.« Sie war in einem engen, einteiligen Badeanzug zu sehen, der mehr preisgab, als er verhüllte, und trotzdem der Phantasie noch genug Raum ließ, und absurd hohen Absätzen; eines der Fotos war von vorne, das andere in der berühmten Betty-Grable-Pose aufgenommen: kokett zwinkerte das Mädchen, Hände in die Hüften gestemmt, den Betrachter über die Schulter an; Badeanzug und Haar des Mädchens – ein eher dunkler Wust schellackblanker Locken – waren mit Schleifen verziert, und das immer noch kindliche Gesicht unter der dicken Schicht Schminke wie eingegipst. In der Frontalaufnahme hielt sie dem Betrachter mit übertriebenem Kussmund einen Strandball hin. *Was wirkt gegen Wintermüdigkeit? Miss Februar kennt ein bewährtes Hausmittel.* Widdoes traf es ins Herz. Nicht direkt wie eine Kugel träfe, eher die Pappgeschosse, die zu Übungszwecken verwendet wurden.

Sein Kollege fragte, was er da gefunden habe, und Widdoes fauchte: »Was glaubst du wohl? Was soll man in einem Schweinestall anderes finden als Dreck.«

Die *Pix*-Ausgabe rollte er unauffällig zusammen und schob sie sich in die Innentasche seines Mantels.

Und wenig später bekam Warren Pirig, dessen Zigarette erschrocken aufglimmte, in seinem Wohnwagenbüro am Ende des schwelenden Schrottplatzes an der Reseda Street angesichts der blank glänzenden Titelseite der neuen *Swank* Stielaugen. Auf der Titelseite! »Norma Jeane? Herrgott.« Sein Mädchen. Die, auf die er verzichtet hatte, die er nicht einmal angerührt hatte. An die er immer noch dachte, manchmal. Nur sah sie verändert aus, älter, starrte von der Titelseite, als wüsste sie Bescheid. Und gefiele ihr, was sie wüsste. Sie trug zu hochhackigen roten Schuhen ein wie angeklatschtes weißes T-Shirt mit dem Aufdruck *USS Swank*, und sonst nichts: nur das wie angegossen sitzende, bis zum Schenkelansatz reichende T-Shirt. Ihr dunkelblondes Haar war hoch gesteckt, ein paar Strähnen hatten sich gelöst und ringelten sich kess. Dass sie keinen Büstenhalter trug, war klar: die Brüste wirkten zu weich und rund. Und so, wie das T-Shirt an Hüften und Schamhügel klebte, musste man annehmen, dass auch der Schlüpfer fehlte. Warren stieg das Blut ins Gesicht. Mit einem Ruck richtete er sich an seinem alten, zerschrammten Schreibtisch auf und nahm polternd die Füße vom Tisch. Elsies letzten Angaben zufolge war die frisch verheiratete Norma Jeane nach Mission Hills gezogen, und der Mann in Übersee. Seither hatte Warren nicht mehr nach Norma Jeane gefragt, und Elsie hatte von sich aus nicht von ihr gesprochen. Und nun das! Das Titelbild auf der *Swank* und im Heft noch zwei gewagte Bilder in dem weißen T-Shirt. Stellte ihre Möpse und ihren Arsch zur Schau wie eine Hure. Warren empfand zugleich heftiges Verlangen und tiefe Abscheu, als hätte er in eine angefaulte Frucht gebissen. »Verdammt. Das ist *ihre* Schuld.« Er meinte Elsie. Elsie hatte ihre Familie zerstört. Ihn juckte es bös in den Fingern.

Und doch bewahrte er die besondere Ausgabe von *Swank*, das März-Heft 1945, sorgfältig auf: packte sie unter alte Rechnungen in die Schreibtischschublade.

Ohne Vorwarnung hörte Elsie eines Aprilmorgens, den sie so bald nicht vergessen würde (der Vorabend des Todes von Franklin Delano Roosevelt), in Mayer's Drugstore Irma aufgeregt rufen, und da ging sie hin, um sich die neue Ausgabe von *Parade* genauer anzusehen, die ihre Freundin da schwenkte – »Ist sie doch, oder? Eure Kleine von damals? Die, die vor ein paar Jahren geheiratet hat? Schau mal!« Elsie starrte fassungslos auf das aufgeschlagene Heft. Norma Jeane! Mit Zöpfen wie Judy Garland in *Das zauberhafte Land*, in knallengen Cordhosen und einer himmelblauen »handgestrickten Kombination« fröhlich lachend, beinebaumelnd auf einem Weidezaun; im Hintergrund grasten Pferde. Norma Jeane war immer noch sehr jung und sehr hübsch, aber bei genauerem Hinsehen, und Elsie sah genau hin, ahnte man hinter dem sonnigen Lächeln die Anstrengung. Grübchen hatte das Mädchen vor Anstrengung. *Frühling im schönen San Fernando Valley! Eine Strickanleitung für unsere reizende Baumwollkombination finden sie auf S. 89.* Elsie war so platt, dass sie aus dem Drugstore rannte, ohne die Zeitschrift zu bezahlen. Fuhr geradewegs nach Mission Hills zu Bess Glazer, ohne sich auch nur telefonisch angekündigt zu haben. »Bess! Sieh nur! Sieh dir das an! Hast du davon gewusst? Sieh nur, wer das ist!« – und schob der verdutzten älteren Frau die Ausgabe von *Parade* unter die Nase. Bess sah hin und verzog das Gesicht; überrascht, vielleicht, aber nicht sehr. »Die.« Zu Elsies Erstaunen sagte Bess sonst nichts, sondern führte sie durchs Haus in die Küche, wo sie aus einer Schublade neben dem Herd die Dezemberausgabe 44 von *Stars & Stripes* mit der Reportage DIE GIRLS GEBEN ALLES FÜR UNSERE GIs hervorholte. Und da war sie wieder – Norma Jeane! Elsie war – wieder einmal –, als hätte man ihr einen Schlag in die Magengrube versetzt. Sie sank auf einen Stuhl und fixierte Norma Jeane

– ihre eigene Tochter, ihre Norma Jeane! – in dem eng sitzenden Monteurs-anzug, die auf eine Art und Weise in die Kamera lachte, wie sie sonst nie ir-gendjemand angelacht hatte, im wirklichen Leben, soweit Elsie wusste. *Als wäre derjenige, der die Kamera auf sie richtete, wer immer es war, ihr bester Freund. Oder vielleicht war die Kamera ihr bester Freund.* Widerstrebende Gefühle bewegten Elsie: Verwirrung, Schmerz, Scham, Stolz. Warum hatte Norma Jeane ihr diese wunderbaren Neuigkeiten vorenthalten? Gerade sagte Bess mit säuerlicher Miene: »Die hat uns Bucky geschickt. Er ist of-fenbar auch noch stolz darauf.« Elsie staunte. »Bist du es *nicht*?« Bess schnaubte. »Auf so etwas stolz? Wo denkst du hin? Sie macht uns Glazers Schande.« Elsie schüttelte empört den Kopf. »*Ich* finde es wunderbar. *Ich* bin stolz auf sie. Norma Jeane wird noch Mannequin, Filmstar! Warte nur.« Bess entgegnete: »Sie soll aber meinem Sohn eine gute *Frau* sein. Das *Ehegelübde* geht vor.«

Elsie stürmte nicht gleich davon, sie blieb, und Bess kochte Kaffee, und dann redeten die Frauen und weinten ordentlich über ihre verlorene Norma Jeane.

Zu haben

Für den wahren Schauspieler ist jede Rolle eine Chance. Es gibt keine Nebenrollen.

Lehrbuch des Schauspielers und Leben des Schauspielers

In ihrer ersten Woche als Modell der Preene Agency war sie Miss Aluminium
Products 1945. Sie trug zu einem eng anliegenden, tief dekolletierten und
plissierten weißen Nylonkleid eine vielreihige Kunstperlenkette und Perl-
clips, hochhackige weiße Sandaletten, weiße Handschuhe, die bis zu den
Ellbogen reichen, und eine cremeweiße Gardenie im »getönten« schulterlangen Haar. Anlässlich eines viertägigen Kongresses in Downtown Los Angeles, wo sie stundenlang auf einem Sockel zwischen blitzenden Haushalts-
waren aus Aluminium stehen und Broschüren an Interessenten verteilen
musste – überwiegend Männer. Für zwölf Dollar am Tag, Verpflegung (bescheiden) und Fahrgeld inklusive.

In der zweiten Woche war sie Miss Paper Products 1945. In einer grellen
pinkfarbenen Kreation aus Krepppapier, die bei der leisesten Bewegung ra-
schelte und sich unter den Achseln alsbald auflöste, auf dem hochgetürmten
Haar eine goldene Krepppapierkrone. Und verteilte bei einer Tagung in der
Innenstadt sowohl Broschüren als auch Papierproben: Taschentücher, Toilet-
tenpapier, Binden (in schlichtem braunen Einwickelpapier ohne Aufschrift).
Für zehn Dollar am Tag, Verpflegung (bescheiden) und das Geld für die
Trambahn inklusive.

Bei einer Tagung rund um chirurgische Instrumente in Santa Monica
würde sie als Miss Hospitality auftreten. Als Miss Southern California Dairy
Products 1945 in einem weißen Badeanzug mit großen schwarzen Kuh-
flecken und hochhackigen Schuhen. Als Showgirl-Hostess bei der Eröffnung
des Luxe Arms Hotel in Los Angeles. Als Hostess auch bei der Eröffnung von
Rudys Steakhouse in Bel Air. Als Seemanns-Hostess in Matrosenbluse und
kurzem Rock, Seidenstrümpfen und hochhackigen Schuhen bei der Rolling
Hills Yacht Show. In zünftiger Cowgirlkluft mit Fransenweste und -rock,
Stiefeln mit hohen Absätzen, Stetson und Halfter samt versilbertem (nicht
geladenem) Revolver um die wohlgerundeten Hüften als Miss Rodeo 1945

in Huntington Beach (wo sie im grellen Scheinwerferlicht vom grinsenden Zeremonienmeister mit dem Lasso eingefangen würde).

Keine Verabredungen mit Kunden. Unter keinen Umständen Trinkgelder von Kunden. Kunden zahlen direkt an die Agentur. Bei Zuwiderhandlung erfolgt die sofortige Auflösung des Vertrags mit der Agentur.

Gegen die Regelschmerzen und das Fieber nahm sie Bayer-Aspirin. Wenn das nicht reichte, griff sie jetzt zu stärkeren Mitteln (Kodein? was war eigentlich Kodein?), wie sie der »beratende« Arzt der Preene Agency verschrieb. Das dumpfe Ebben des Menstruationsblutes. Das dumpfe Ebben der Kopfschmerzen. Oft sah sie auf einem oder beiden Augen nichts mehr. An den allerschlimmsten Tagen konnte sie nicht arbeiten. Jeder Verdienstausfall, und seien es nur zehn Dollar, schmerzte sie wie ein gezogener Zahn. Und wenn sie erblindete? Wenn sie sich zur Trambahn tasten musste, in den Wagen hochstolpern und hilflos taumelnd wie eine alte Frau wieder aussteigen? Sie lebte in der Angst, zu der verwahrlosten Frau zu werden, die ihre Mutter einst gewesen war. Sie lebte in der Angst, an den einfachsten Aufgaben zu scheitern. Sie lebte in der Angst, Hunde könnten ihr die Schnauzen in den Schritt stupsen. Mit etlichen Lagen Kleenex verstärkte Binden schon nach einer Stunde durchweicht. Und wo sollte sie sie wechseln? Und wann? Man würde sehen, wie steif sie umherwatschelte, ein Brett zwischen den Beinen. Sie verzweifelte schier; sie konnte doch nicht stöhnend im Bett vor sich hindämmern, wie sie es in Verdugo Gardens und bei den Pirigs getan hatte, wo Aunt Elsie ihr eine Wärmflasche und heiße Milch gebracht hatte. *Wie steht's, Schätzchen. Durchhalten.*

Es gab jetzt niemanden, der sie liebte. Sie war jetzt auf sich gestellt. Sie sparte auf den gebrauchten Wagen eines Bekannten von Otto Öse. Sie wohnte in einem möblierten Zimmer in West Hollywood zur Miete, nur wenige Minuten von Otto Öses Atelier entfernt. Sie schickte Gladys Fünf-Dollar-Noten in die Heilanstalt – »Als kleinen Gruß, Mutter!« Sie galt als eines der »vielversprechendsten« neuen Preene-Mädchen. Sie war »im Kommen«. Nur missfiel der Agenturchefin ihr mausblondes Haar. Oder sagte sie grausblondes Haar? Sie musste sich einen Termin im Schönheitssalon leisten – eine »Tönungswäsche«. Sie musste die Mannequinschule der Agentur bezahlen. Manchmal wurde die Garderobe für die Auftritte bereitgestellt, manchmal musste sie sie selbst mitbringen. Sie musste sich ihre

Strümpfe selbst kaufen. Sie musste sich Deodorant, Schminke und Wäsche selbst kaufen. Sie verdiente Geld und musste zugleich Geld borgen: von der Agentur, von Otto Öse und anderen. Ihr graute vor Laufmaschen; es konnte vorkommen, und dafür gab es Zeugen (auf der Trambahn, Wildfremde), dass sie in Tränen ausbrach, wenn sie eine winzige Stelle bemerkte, die der Anfang einer katastrophalen Laufmasche war. *Oh nein. Oh nein, bitte, lieber Gott, nein.* Jetzt, wo sie Preene-Mannequin war, war alles eine Katastrophe: die Gefahr, an einem schwülen Tag trotz Deodorant zu riechen oder ein Kleid durchzuschwitzen. Dass es alle sehen konnten. Denn alle sahen hin. Selbst wenn sie nicht im grausamen Schein der Lampen im Atelier unter Otto Öses kritischem Blick Modell stand, wurde sie beobachtet. Sie hatte die Kühnheit besessen, aus dem Spiegel herauszutreten, und nun beobachtete man sie. Es gab kein Verstecken mehr. Im Heim hatte sie sich in einer Toilettenkabine verstecken können. Sie hatte sich unter der Bettdecke verstecken können. Sie hatte aus dem Fenster klettern und sich in dem geschindelten Winkel auf dem Dach verkriechen können. Ach, wie sehnte sie sich nach dem Heim! nach Fleece. Sie hatte Fleece geliebt wie eine Schwester. Ach, wie sehnte sie sich nach ihren vielen Schwestern – Debra Mae, Janette, Maus. Nein, Maus war ja *sie* gewesen! Ach, wie sehnte sie sich nach Dr. Mittelstadt, der sie gelegentlich immer noch kleine Gedichte schickte. *Im Dunkel der Nacht sieht man Sterne hell strahlen. Wir treffen im Herzen die richtigen Wahlen.* Otto Öse, der sie bei Radio Plane Aircraft fotografiert und ihr ins Herz geblickt hatte, lachte über solche Regungen. Little-Orphan-Annie-Kulleraugen. Otto Öse hatte ihr unverblümt gesagt, sie bekomme »verdammt gutes Geld« dafür, etwas Besonderes zu sein, also solle sie gefälligst etwas Besonderes sein – jetzt heiße es »entweder – oder«. Das würde sie, sie würde was Besonderes sein! Und wenn es sie umbrachte. Hatte Gladys etwa nicht an sie geglaubt, immer schon? Gesangsstunden, Klavierstunden. Wunderschöne Kostümkleider für die Schule.

Otto Öse, der Dunkle Prinz. Er hatte sie in der Flugzeugbeschichtungshalle überrumpelt und diese vielen Fotos von ihr für *Stars & Stripes* gemacht, Norma Jeane in ihrem GIRL-GI-Monteursanzug, hatte sich über ihre Einwände hinweggesetzt, über ihre Scheu hinweggesetzt und die Scham, die sie seit Buckys Aufnahmen vor der Kamera empfand; er war ihr um die Flugzeugrümpfe nachgeschlichen und hatte sich nicht abwimmeln lassen. Er handele im Auftrag einer Zeitschrift der amerikanischen Streitkräfte, das sei eine große Verantwortung. Für ihn, aber auch für sie. Man müsse die Kampfmoral der GIs, die in Übersee den Kopf hinhielten, durch Fotos von hübschen Mädchen in Monteursanzügen heben – »du willst doch nicht, dass unsere Jungs verzweifeln, oder? Das grenzt ja an Hochverrat.« Otto Öse hatte Norma Jeane zum Lachen gebracht, obwohl sie noch nie einen so hässlichen Mann gesehen hatte. Tief über seine Kamera gekrümmt, fixierte er sie mit dem stieren Blick eines Hypnotiseurs, drückte er *klick klick klick* ab. »Rate mal, wer bei den *Stars & Stripes* mein Chef ist? Ron Reagan.« Norma Jeane schüttelte verständnislos den Kopf. Reagan? Der Schauspieler Ronald Reagan? Dieser drittklassige Tyrone-Power- oder Clark-Gable-Verschnitt? Es überraschte Norma Jeane, dass ein Schauspieler wie Reagan mit einer Militärzeitschrift zu tun hatte. Es überraschte sie, dass ein Schauspieler überhaupt etwas Wirkliches tat. »›Viel Busen und Bein, Öse, so lautet Ihr Auftrag‹, sagt Ron Reagan. Das Arschloch hat von Fabriken keine Ahnung, wenn der glaubt, dass da *Beine* aufzutreiben wären.« Der ungehobeltste, hässlichste Mann, der Norma Jeane je begegnet war!

Trotzdem, Otto Öse hatte Recht. Er hatte sie, wie er stolz sagte, der Bedeutungslosigkeit entrissen. Die Fremden, für die sie allabendlich zu haben war, erwarteten zu Recht etwas Besonderes und nicht bloß so eine kleine Mieze aus Van Nuys. Sie hatte inzwischen gelernt, es nicht persönlich zu nehmen, geschweige denn in Tränen auszubrechen, wenn sie begutachtet wurde wie eine Schaufensterpuppe. Oder ein Stück Vieh. »Der Lippenstift ist zu dunkel. Sie sieht aus wie ein Flittchen.« »Mann, Maurie, du bist hinterm Mond; der Farbton ist der letzte Schrei.« »Der Busen ist zu viel. Man sieht ja die Brustwarzen durch den Stoff.« »Mann, der Busen ist eine Wucht! Genau richtig! Was willst du, Konfektkörbchen? Was hast du gegen Brustwarzen, hast du was gegen Brustwarzen? Hör sich einer den Komiker an!« »Sag ihr, sie soll nicht so grienen, sieht ja aus, als wäre sie nicht ganz bei Trost.« »Amerikanische Girls müssen breit lächeln, Maurie. Wir haben doch keinen Trauerkloß bestellt.« »Sieht aus wie Bugs Bunny.« »Maurie, du wärst im Varieté besser aufgehoben als in der Damenkonfektion. Du machst das Mädchen nervös, mein Gott. Und das kostet uns einen Haufen Geld.« »Das brauchst du mir nicht erzählen.« »Maurie, verdammt! Soll ich sie zurückschicken? Diesen Unschuldsengel?« »Mel, spinnst du? Wir haben schon einen Zwanziger hingelegt, plus acht für den Wagen, die wären futsch; sind wir Krösusse? Das Mädchen bleibt.«

Darauf war sie stolz: Letzten Endes durfte sie immer, immer bleiben.

245

In ihrer ersten Woche bei Preene lief Norma Jeane eines Tages einem rothaarigen Vamp in die Arme, der die Agentur gerade in dem Augenblick verließ, da Norma Jeane eintraf; das andere Mädchen tackerte auf lauten, zornigen Absätzen die Treppe herunter, ein Mädchen mit kastanienrotem, im Stil von Veronica Lake ins Gesicht vorschwingendem Haar mit blutrotem Lippenstift und rougebetonten Wangen in einem engen schwarzen, unter den Armen verschwitzten Jerseykleid und umweht von einer so konzentrierten Duftwolke, dass einem die Augen tränten. Das Mädchen, das nicht viel älter war als Norma Jeane, nur dass sich bei ihr schon die ersten Risse im Lack zeigten, wollte sich bereits vorbeidrängeln und funkelte Norma Jeane an, dann blieb sie jedoch abrupt stehen und packte sie am Arm – »Maus! Mein Gott! Du *bist* es doch, Maus, oder? Norma Jane – Jeane?«

Es war Debra Mae aus dem Heim! Debra Mae, deren Eisenliege neben Norma Jeanes gestanden hatte und die sich jeden Abend in den Schlaf geweint hatte, es sei denn (und das ließ sich im Heim nie so genau sagen), es war Norma Jeane gewesen, die sich Abend für Abend in den Schlaf geweint hatte. Nur hieß Debra Mae jetzt »Lizbeth Short«, ein Name, wie sie bitter feststellte, den sie sich nicht ausgesucht hatte und der ihr nicht gefiel. Sie war ebenfalls Fotomodell der Preene Agency – derzeit beurlaubt. Oder war Debra Mae etwa (das war Norma Jeane nicht klar und sie mochte nicht fragen) vor die Tür gesetzt worden. Die Agentur schuldete ihr noch Geld. Sie warnte Norma Jeane, bloß nicht denselben Fehler zu machen, und da fragte Norma Jeane natürlich, was denn für einen Fehler, und da sagte Debra Mae: »Geld von Männern anzunehmen. Wenn du das machst, und die Agentur kommt dir auf die Schliche, wollen sie nichts anderes mehr von dir.« Norma Jeane verstand nicht. »Was wollen sie? Ich dachte, das erlaubt die Agentur gar nicht.« »Behaupten sie«, sagte Debra Mae und verzog höhnisch das Gesicht. »Ich wollte ein richtiges Mannequin sein und bei einem der Filmstudios vorsprechen, aber . . . « – sie schüttelte ihre rote Mähne – » . . . daraus ist nichts geworden.« Norma Jeane tastete sich behutsam vor: »Du willst damit sagen, du nimmst Geld von Männern? Dafür, dass du mit ihnen ausgehst?« Weil ihr der Ausdruck auf Norma Jeanes Gesicht nicht passte, fuhr Debra Mae gleich aus der Haut. »Ach, und das findest du *widerlich*, wie? Glaubst du, das wäre *neu*? Und? Nur, weil ich nicht verheiratet bin?« (Debra Mae schielte verstohlen zu Norma Jeanes Ringfinger hin, aber Norma Jeane hatte ihre Ringe natürlich abgelegt; denn von einem verheirateten Mannequin nähme man vielleicht an, sie wäre nicht jederzeit zu haben?) »Nein, nein –« »Darf nur eine verheiratete Frau Geld dafür kassieren, dass sie's treibt?« »Debra Mae, nicht –« »Wenn ich aber Geld brauche, ist das *widerlich*? Fahr zur Hölle.« Wutentbrannt rauschte Debra Mae an Norma Jeane vorbei, die Schultern durchgedrückt, das flammendrote Haupt hoch erhoben. Ihre Absätze klapperten auf den Stufen wie Kastagnetten. Blinzelnd, als hätte ihr Debra Mae eine schallende Ohrfeige verpasst, blickte Norma Jeane dieser Waisenschwester nach, die sie acht Jahre lang nicht gesehen hatte. Unter dem Eindruck der Kränkung würde es ihr später so erscheinen, als habe Debra Mae sie tatsächlich geohrfeigt. Norma Jeane rief ihr hinterher: »Debra Mae, warte – weißt du was von Fleece?« Und Debra Mae schoss gehässig zurück: »Fleece ist *tot*.«

Tochter und Mutter

Stolz war ich noch nicht, ich fieberte danach, stolz sein zu können. An Gladys Mortensen schickte sie sorgsam ausgewählte Fotos aus *Parade, Family Circle* und *Collier's* in die Heilanstalt. Nicht die freizügigen aus *Laff, Pix, Swank* und *Peek*, sondern brave Aufnahmen einer voll bekleideten Norma Jeane – in der handgestrickten Kombination; zünftig in Jeans und Karohemd, das Haar wie Judy Garland in *Das zauberhafte Land* zu Zöpfen geflochten, bei Zwillingslämmern kniend, denen sie glückstrahlend übers knubbelige weiße Fell strich; herbstlich gekleidet zum Schulbeginn: rot karierter Faltenrock, langärmeliger weißer Rollkragenpullover, zweifarbige Schuhe, weiße Söckchen, die honigblonden Locken zum Pferdeschwanz gebunden, die Hand zu einem Begrüßungswinken, *Hallo!* erhoben, das jemandem hinter der Kamera galt, oder *Wiedersehen!*

Aber von Gladys kam nie ein Lebenszeichen.

»Was kümmert es mich? Mir doch egal.«

Neuerdings hatte sie einen wiederkehrenden Traum. Oder vielleicht hatte sie ihn immer schon geträumt, nur vergessen. *Zwischen den Beinen hatte ich einen Schnitt. Einen tiefen Schlitz. Nur das – diesen Schlitz. Unendliche Leere, aus der das Blut floss.* In einer Variante dieses Traums, den sie als Schnitt-Traum bezeichnen würde, war sie wieder Kind, und Gladys hob sie ins dampfend heiße Wasser und versprach, sie zu reinigen, damit »alles gut wird«, und Norma Jeane hielt Gladys' Hände umklammert, wollte loslassen und fürchtete zugleich nichts mehr als das.

»Aber es ist mir nicht egal, irgendwie. Besser, ich gebe es zu!«

Jetzt, wo sie bei der Preene Agency und als Vertragsschauspielerin bei der Produktionsgesellschaft Geld verdiente, begann sie, Gladys in der Anstalt in Norwalk zu besuchen. In einem Telefonat hatte sie vom leitenden Nervenarzt erfahren, dass Gladys Mortensen »in einem Maß wiederhergestellt sei, wie bestenfalls zu erwarten«. Seit ihrer Einlieferung vor zehn Jahren war die Patientin mehrfach einer Elektrokrampftherapie unterzogen worden, die ihre »manischen Schübe« eingedämmt hatte; derzeit wurde sie medikamentös gegen »Erregungszustände« und »depressive Verstimmungen« behandelt. Ihrer Akte war zu entnehmen, dass sie schon sehr lange keinerlei Versuch mehr unternommen hatte, sich – oder anderen – zu schaden. Norma Jeane fragte ängstlich, ob ein Besuch zu belastend wäre, und da fragte der Nervenarzt: »Für wen, Miss Baker, Sie oder Ihre Mutter?«

Norma Jeane hatte ihre Mutter zehn Jahre nicht gesehen.

Aber sie erkannte die dürre, unscheinbare Frau im verschossenen grünen Kittel mit dem schiefen Saum – oder vielleicht war der Kittel falsch geknöpft – sofort wieder. »M-mutter? Ach, Mutter! Ich bin's, Norma Jeane.« Und hinterher glaubte Norma Jeane, die ihre Mutter ungeschickt umarmt hatte, während diese ihre Umarmung weder erwiderte noch abwehrte, sie und Gladys seien beide in Tränen ausgebrochen, in Wirklichkeit jedoch war nur Norma Jeane in Tränen ausgebrochen, überrascht, wie nah ihr alles noch ging. *Als ich mit dem Schauspielunterricht anfing, konnte ich nicht weinen. Nach Norwalk schon.* Sie standen in einem Besucherzimmer unter lauter Fremden. Norma Jeane lächelte in einem fort. Sie zitterte wie Espenlaub und kriegte kaum Luft. Atmete bewusst, wenn auch schuldbewusst, flach, denn Gladys stank, sie verströmte einen hefigen, säuerlich ungewaschenen Geruch. Gladys war kleiner, als Norma Jeane sie in Erinnerung hatte, deutlich kleiner als sie selbst. Sie trug schmuddelige Filzpantoffeln und gräuliche Söckchen. Der verschossene grüne Kittel war unter den Achseln verschwitzt. Ihm fehlte ein Knopf, und im Ausschnitt ahnte man unter einem schäbigen weißen Unterrock eine eingesunkene Brust. Gladys' Haar war verwaschen, ein stumpfgraues Braun und ganz strohig. Das Gesicht, das einst so lebhaft, so beweglich gewesen war, wirkte flach, die Haut fahl und wie zerknittertes Papier. Es war bestürzend, sehen zu müssen, dass Gladys sich offenbar fast sämtliche Brauenhaare und Wimpern ausgerissen hatte: ihre Augen wirkten dadurch nackt und ungeschützt. Und was waren es für misstrauische kleine wässrige Augen ohne Farbe. Die Lippen, die stets so mondän geschimmert hatten, so geheimnisvoll und verführerisch, waren einem schmalen Schlitz gewichen. Vom Alter her hätte Gladys alles zwischen vierzig und fünfundsechzig sein können. Sie hätte sonst wer sein können! Eine x-beliebige Fremde.

Nur die Stationsschwestern stellten Vergleiche an. Sie sahen es. Irgendjemand hatte ihnen erzählt, dass Gladys Mortensens Tochter Mannequin sei, auf Titelbildern zu bewundern, und nun hatten sie mit eigenen Augen sehen wollen, ob zwischen Mutter und Tochter eine Ähnlichkeit bestand.

»M-utter. Ich habe dir etwas mitgebracht.« Edna St. Vincent Millays *Selected Poems*, eine kleine gebundene Ausgabe, die sie in einem Antiquariat in Hollywood gekauft hatte. Dann einen wunderschönen taubenblauen Strickschal, Maschen so luftig wie Spinnweben, den Norma Jeane von Otto Öse bekommen hatte. Und eine Puderdose aus Schildpatt mit gepresstem Puder. (Wo hatte Norma Jeane nur ihren Verstand gelassen? Die Puderdose hatte natürlich innen einen kleinen Spiegel. Eine der luchsäugigen Schwestern sagte Norma Jeane sogleich, dass sie kein solches Geschenk machen dürfe – »Der Spiegel könnte zerschlagen und zu unschönen Dingen benutzt werden.«)

Aber nach draußen durfte Norma Jeane ihre Mutter begleiten. Gladys Mortensen ging es immerhin so gut, dass es ihr gestattet war, sich in den Anlagen aufzuhalten. Sie kamen nur qualvoll langsam voran, Gladys schob die geschwollenen Füße in den ausgetretenen Pantoffeln in einer Weise vor sich her, die Norma Jeane nur als übertrieben empfinden konnte, übertrieben fast bis zur Parodie. Wer war bloß diese säuerliche, kränkelnde alte Frau, die die Rolle von Norma Jeanes Mutter Gladys übernommen hatte? Sollte man über sie lachen oder weinen? War Gladys Mortensen nicht immer leichtfüßig gewesen, quecksilbrig, ohne jedes Verständnis für »Trödelei«? Norma Jeane wollte sich gern bei der Mutter unterhaken, wagte jedoch nicht, den dünnen, welken Arm zu berühren. Sie fürchtete, ihre Mutter könnte zurückzucken. Gladys hatte sich nie gern berühren lassen. Der säuerlich-hefige Geruch verstärkte sich, wenn sich Gladys bewegte.

Ihr Körper war ranzig geworden. Ich werde immer baden, mich sauber schrubben. Sauber! Das wird mir nicht passieren.

Endlich waren sie draußen an der hellen, windigen Luft. Norma Jeane rief: »Wie *nett* ihr es hier habt, Mutter!«

Die Stimme unnatürlich viel heller, kindlich.

Und sie musste gegen den fast unwiderstehlichen Drang ankämpfen, sich von der lästigen Mutter loszureißen und zu rennen, zu rennen!

Norma Jeane sah sich beklommen um, sah die verwitterten Bänke, das braune, von der Sonne versengte Gras. Ein komisches Gefühl bemächtigte sich ihrer: War sie nicht schon hier gewesen? Aber wann? Sie hatte Gladys nie zuvor in der Anstalt aufgesucht, und trotzdem kam ihr der Ort bekannt vor. Sie fragte sich, ob Gladys ihr ihre Gedanken geschickt hatte, im Traum vielleicht. Als Norma Jeane noch klein gewesen war, hatte das durchaus in Gladys' Macht gestanden. Norma Jeane hätte schwören können, dass sie das freie Gelände hinter dem Westflügel des alten roten Backsteingemäuers kannte. Den für LIEFERANTEN vorgesehenen asphaltierten Bereich. Die stummeligen Palmen, die struppigen Eukalyptusbäume. Das trockene Rascheln der Palmwedel im Wind. *Die Seelen der Toten. Die zurückwollten.* In Norma Jeanes Erinnerung war das Anstaltsgelände weitläufiger, hügeliger, lag nicht in einem dicht besiedelten Vorort, sondern draußen in der Weite der kalifornischen Landschaft. Doch der Himmel war der Himmel ihrer Erinnerung, mit leuchtenden Wolken, die wie Segel vom Meer her herantrieben.

Norma Jeane wollte Gladys gerade fragen, in welche Richtung sie gehen sollten, als sich Gladys wortlos losmachte und zur nächsten Bank schlurfte. Saß so plötzlich, als hätte man einen Regenschirm zusammengeklappt. Verschränkte die Arme vor der eingesunkenen Brust und zog die Schultern hoch, als wäre ihr kalt oder wollte sie gehässig werden. Augenlider steinern wie die einer Schildkröte. Ihr strohiges Haar hob sich steif im Wind. Fürsorglich breitete Norma Jeane der Mutter den taubenblauen Schal um die Schultern. »Ist es so besser, Mutter? Ach, der Schal steht dir *so gut!*« Norma Jeane hatte ihre Stimme nicht in der Gewalt. Saß neben Gladys und strahlte. Geriet allmählich in Panik, denn sie fand sich in einer Filmszene wieder, für die man ihr keinen Text gegeben hatte; sie musste improvisieren. Sie wagte nicht, Gladys zu sagen, dass der Schal das Geschenk eines Mannes war, dem sie nicht traute, eines Mannes, den sie zugleich vergötterte und fürchtete, eines Mannes, der ihr Erretter war. Er hatte Fotos von ihr in »Künstlerposen« gemacht, nur mit diesem über die bloßen Schultern drapierten Schal; sie hatte für ihn ein trägerloses rotes Kleid aus einer elastischen Kunstfaser getragen, ohne Büstenhalter darunter, die Brustwarzen deutlich sichtbar wie kleine Weinbeeren – mit Eiswürfeln abgerieben (»ein alter Trick, aber er zieht immer«, wie Öse meinte). Die Fotografien waren für ein neues, von Howard Hughes herausgegebenes Herrenmagazin namens *Sir!*

Otto Öse behauptete, er habe den Schal für Norma Jeane gekauft, sein erstes und einziges Geschenk an sie, aber irgendwie wusste Norma Jeane, dass der Fotograf den Schal anders aufgetan hatte, vom Rücksitz eines nicht verschlossenen Wagens gezogen, zum Beispiel. Oder einem seiner Modelle abgenommen. Als »überzeugter Marxist« fand Öse, dass ein Künstler das Recht habe, nach Belieben zu beschlagnahmen.

Was Otto Öse sagen würde, wenn er Gladys sähe!

Er würde uns zusammen aufnehmen. Dazu darf es nie kommen.

Norma Jeane fragte Gladys, wie es ihr gehe, und Gladys murmelte irgendetwas, was sie nicht verstand. Norma Jeane fragte, ob Gladys sie nicht ab und zu besuchen kommen wolle – »Der Doktor meint, das kannst du jederzeit. Du bist ›fast wiederhergestellt‹, sagt er. Du kannst bei mir übernachten oder auch nur den Nachmittag bleiben.« Norma Jeane hatte nur das eine kleine möblierte Zimmer, ein Einzelbett. Wo sollte sie denn schlafen, wenn Gladys im Bett schlief? Oder könnten sie beide in dem einen Bett schlafen? Die Vorstellung beflügelte und erschreckte sie, denn erst jetzt fiel ihr wieder ein, dass ihr Agent, I. E. Shinn, sie davor gewarnt hatte, irgendjemandem von ihrer »gemütskranken« Mutter zu erzählen – »Das färbt sonst auf *dich* ab.«

Aber Gladys schien gar nicht erpicht darauf, die Einladung ihrer Tochter anzunehmen. Sie grunzte bloß. Norma Jeane redete sich trotzdem ein, dass es Gladys Freude machte, eingeladen zu werden, auch wenn sie nicht zusagen mochte. Norma Jeane drückte ihrer Mutter die knochige, trockene, widerstandslose Hand. »Ach, Mutter, es ist s-so viel Zeit vergangen. Es tut mir so leid.« Wie sollte sie Gladys sagen können, dass sie während ihrer Ehe mit Bucky Glazer nicht zu kommen gewagt hatte? Sie hatte vor den Glazers solche Angst gehabt. Sie hatte Bess Glazers Ablehnung gefürchtet. Mit unsicheren Händen kramte Norma Jeane in ihrer Handtasche nach einem Papiertaschentuch und tupfte sich damit die Augen. Selbst an Tagen, an denen sie nicht als Mannequin arbeitete, musste sie sich die Wimpern dunkelbraun tuschen: Preene-Mädchen hatten stets und überall gut auszusehen; sie lebte in der ständigen Angst, dass ihr die Wimperntusche übers Gesicht laufen könnte wie Tinte. Ihr Haar war jetzt honiggelb und gewellt, nicht mehr gelockt; Norma Jeanes kleinmädchenhafte Korkenzieherlocken waren »passé«; in der Agentur hatte man ihr gesagt, sie sehe aus wie eine »Landpomeranze«, die sich für die üblichen bei Woolworth geschossenen Erinnerungsfotos aufgedonnert habe. Sie hatten natürlich Recht. Otto Öse hatte das Gleiche gesagt. Ihre zu dünnen Augenbrauen, wie sie den Kopf trug, ihre günstig erstandenen Kleider, ja, selbst wie sie atmete – alles verkehrt und korrekturbedürftig. (*Was hast du bloß aus dir gemacht?* hatte Bucky Glazer bei ihrer einzigen Begegnung seit seiner Entlassung gesagt. *Willst wohl ein Glamour Girl werden?* Er war verletzt und wütend gewesen. Sie hatte ihm und der Familie Schande gemacht; es gab bei den Glazers keine Scheidungen. Glazer-Frauen *liefen* ihren Männern nicht *weg*.)

Norma Jeane sagte gerade: »Ich habe dir doch Bilder von der Hochzeit geschickt, Mutter, weißt du noch? Aber irgendwie – das solltest du besser wissen – bin – ich – nicht mehr verheiratet.« Sie hielt ihr die linke Hand hin, die leicht zitterte und bar aller Ringe war. »Mein Mann – wir waren so jung – er fand, er – er wollte nicht –« In einer Filmszene würde die frisch geschiedene junge Frau jetzt in Tränen ausbrechen, und ihre Mutter würde sie trösten, da Norma Jeane jedoch wusste, dass es das nicht geben konnte, versagte sie sich die Tränen. Sie ahnte, dass Tränen Gladys nur beunruhigen oder verärgern würden. »Man k-kann doch keinen Mann lieben, der einen nicht wiederliebt, oder, Mutter? Denn wenn du jemand wirklich liebst, dann ist es so, als wären zwei Seelen eine und Gott in beiden; aber wenn er dich nicht liebt –« Norma Jeane verstummte, sie wusste selbst nicht recht, was sie sagen wollte. Ach, sie hatte Bucky Glazer mehr geliebt als das Leben selbst! Aber irgendwie war die Liebe zerflossen. Sie hoffte, dass Gladys nicht nach Bucky und der Scheidung fragen würde; Gladys fragte auch nicht.

Sie saßen im scheckigen Sonnenlicht, während über ihnen Wolken vorüberschnürten wie Raubvögel. Selbst an so einem schönen, frischen Tag waren wenig Patienten draußen. Norma Jeane fragte sich, wie ihre Mutter, die den anderen Patienten auf der Station so offensichtlich überlegen war, wahrgenommen wurde. Sie wünschte, Gladys hätte den Gedichtband mitgenommen, aber Gladys musste ihn im Besucherzimmer liegen gelassen haben. Sonst hätten sie jetzt gemeinsam Gedichte lesen können! Was hatte Norma Jeane für schöne Erinnerungen daran, wie Gladys ihr Gedichte vorgelesen hatte. Und die ausgedehnten, verträumten Sonntagsfahrten nach Beverly Hills und in die Hügel von Hollywood, Bel Air, Los Feliz. Wo die Stars lebten. Gladys hatte diese Männer und Frauen gekannt, viele jedenfalls. Sie war in manchen dieser vornehmen Häuser zu Gast gewesen, in Begleitung von Norma Jeanes fabelhaft gut aussehendem Schauspielervater.

Und jetzt bin ich dran. Doch, ja!

Mutter, gib mir deinen Segen.

Wenn ihr Vater noch lebte und in Hollywood war, und wenn Gladys aus der Anstalt entlassen würde, wonach es ja aussah, und wenn sie zu Norma Jeane ziehen könnte – und wenn Norma Jeanes Karriere »in Schwung kam«, wie es Mr. Shinn ganz sicher glaubte –; Norma Jeane schwindelte vor Aufregung, wie das so oft mitten in der Nacht der Fall war, wenn sie schweißgebadet hochschrak und ihr Nachthemd klatschnass war und sogar die Laken feucht.

Norma Jeane kramte in ihrer randvollen Handtasche (eine kleine Schminktasche für den Notfall, Binden, Deodorant, Sicherheitsnadeln, Vitamintabletten, einzelne Pennys, ein billiges Drugstore-Heft, um Gedanken festzuhalten) und holte einen Umschlag mit neueren Zeitschriftenfotos und anderen Aufnahmen hervor. Es waren ausnahmslos »nette« Aufnahmen, nichts Billiges, nichts Vulgäres. Sie hatte die Fotos so geordnet, dass sie sie ihrer Mutter einzeln darbieten könnte, sie als Gaben vor den erstaunten Augen ihrer Mutter anhäufen, in denen Tränen des Stolzes und der Rührung aufsteigen würden. Doch Gladys grunzte nur, »Hmpf!«, und blickte mit undurchdringlicher Miene auf die Bilder hinab. Ihre dünnen, blutleeren Lippen wurden schmaler und schmaler. Hinterher sollte Norma Jeane denken: *Vielleicht hielt sie das Mädchen im ersten Moment für sich selbst? Als junges Ding.* »Ach, M-mutter, das ganze letzte Jahr war so aufregend, so w-wundervoll, wie in einer von Grandma Dellas Märchengeschichten, manchmal kann ich es gar nicht ganz glauben – ich bin *Mannequin.* Ich habe einen *Vertrag* bei der Produktionsgesellschaft – wo du früher gearbeitet hast. Ich kann davon leben, mich einfach nur fotografieren zu lassen. Einfacher kann man es wirklich nicht haben!« Aber was erzählte sie da? In Wirklichkeit war es harte Arbeit, beängstigende Arbeit, Arbeit, die ihr vor Sorge schlaflose Nächte bereitete, Arbeit, die mit keiner sonst zu vergleichen war, die sie bisher gemacht hatte, die ihre Nerven stärker beanspruchte und sie weit mehr erschöpfte als die Arbeit bei Radio Plane; es war wie ein Drahtseilakt ohne Netz vor den kritischen Augen der anderen – des Fotografen, der Kunden, der Agentur, der Produktionsgesellschaft. *Die Augen der anderen*, die die Macht hatten, sie der Lächerlichkeit preiszugeben, zu verspotten, sie abzuweisen, sie zu feuern, sie wie einen geprügelten Hund in die Bedeutungslosigkeit zurückzujagen, aus der sie gerade erst auftauchte.

»Du kannst sie behalten, wenn du willst. Es sind K-kopien.«

Gladys grunzte wieder bloß. Starrte unverwandt auf die Fotos, die Norma Jeane ihr zeigte.

Komisch, wie anders Norma Jeane auf jedem der Bilder aussah. Mädchenhaft, vamphaft. Das Mädchen von nebenan, die Mondäne. Ätherisch, verführerisch. Jünger als sie war, älter als sie war. (Aber wie alt war Norma Jeane denn eigentlich? Sie musste sich kneifen, um sich klarzumachen, dass sie erst zwanzig war.) Sie trug das Haar offen, sie trug das Haar hoch gesteckt. Sie war kess, kokett, nachdenklich, wehmütig, burschikos, würdevoll, albern. Sie war niedlich. Sie war hübsch. Sie war schön. Das Licht leuchtete ihre Gesichtszüge aus oder modellierte sie kunstvoll helldunkel wie in einem Gemälde. Das Foto, auf das sie am stolzesten war, stammte nicht von Otto Öse, sondern von einem Fotografen der Produktionsgesellschaft: Norma Jeane als eine von acht jungen Nachwuchsschauspielerinnen, die 1946 unter Vertrag genommen wurden, in drei Reihen vor, auf und hinter einer Couch; Norma Jeane blickte mit leicht geöffneten Lippen verträumt aus dem Bild und nicht wie die anderen, ihre Rivalinnen, breit lächelnd und aufmerksamkeitheischend in die Kamera: *Sieh mich an! Mich! Nur mich!* Norma Jeanes Agent Mr. Shinn missfiel diese Publicity-Aufnahme, weil Norma Jeane als Einzige nicht auffallend kostümiert war. Sie trug eine weiße Seidenbluse mit großzügigem V-Ausschnitt und Schleife, die Art Bluse, wie sie ein wohlerzogenes Mädchen aus gutem Hause trägt, nicht ein Pin-up-Girl; stimmt, Norma Jeane saß im Schneidersitz auf dem ihr vom Fotografen zugewiesenen Platz auf dem Teppich, Knie breit, seidenbestrumpfte Beine sichtbar, aber ihre lose verschränkten Hände und der dunkle Rock bedeckten den unteren Teil des Körpers züchtig. Da gab es doch nichts, woran die pingelige Gladys Anstoß nehmen konnte? Während Gladys grimmig das Foto studierte, es gegens Licht hielt, als gelte es, ein Rätsel zu lösen, sagte Norma Jeane mit einem entschuldigenden Lachen: »Du siehst wohl keine ›Norma Jeane‹, wie? Wenn ich erst Schauspielerin bin, wenn sie mich lassen – dann werde ich alle möglichen Leute sein. Ich hoffe, dass ich immer arbeiten kann. Dann bin ich nie allein.« Sie schwieg einen Augenblick, um Gladys Gelegenheit zum Reden zu geben. Etwas Schmeichelhaftes zu sagen, etwas Ermutigendes. »M-mutter?«

Gladys schaute noch finsterer drein und wandte sich Norma Jeane zu. Der säuerlich-hefige Geruch verschlug Norma Jeane fast den Atem. Ohne Norma Jeane in die ängstlich erwartungsvollen Augen zu sehen, murmelte Gladys etwas, das nach einem Ja klang.

Unvermittelt fragte Norma Jeane: »Mein V-vater war auch bei der Produktionsgesellschaft unter Vertrag, nicht? Hast du doch gesagt? So etwa 1925? Ich habe mich ein wenig umgesehen, sein Foto in den alten Akten gesucht, aber –«

Da zeigte Gladys eine Reaktion. Ihre Miene veränderte sich schlagartig. Ihre wimpernlosen, zornigen Augen schienen Norma Jeane jetzt überhaupt erst zu sehen. Norma Jeane erschrak so, dass sie die Hälfte der Fotos fallen ließ, und als sie sich nach ihnen bückte, schoss ihr das Blut in den Kopf.

Gladys' Stimme klang wie eine rostige Türangel. »Wo ist meine Tochter? Man hat mir gesagt, meine Tochter käme zu Besuch. *Sie* kenne ich nicht. Wer *sind* Sie?«

Norma Jeane verbarg bestürzt das Gesicht. Sie hatte keine Ahnung.

Und doch kehrte sie hartnäckig immer wieder nach Norwalk zurück, um Gladys zu besuchen. Wieder und wieder.
Sie eines Tages mit nach Hause zu nehmen!

An jenem hellen, windigen Tag im Oktober 1946.

Flegelte Otto Öse auf dem Parkplatz der staatlichen Nervenheilanstalt in Norwalk in seinem flotten kleinen schwarzen Buick und wartete auf das Mädchen, das er überall als seine kesse kleine Landpomeranze und Melkkuh verkaufte. Egal, ob Brust- oder Hüftumfang, ungefähr in dem Bereich liege ihr IQ. Und sie *vergötterte* ihn. Sie war wirklich süß, wenn auch unterbelichtet – wollte manchmal mit ihm über »Marx-ismus« reden (sie las seinen *Daily Worker*) oder den »Sinn des Lebens« (sie versuchte sich an Schopenhauer und anderen »großen Philosophen«) –, aber die Puppe zerging einem auf der Zunge wie brauner Zucker. (Hatte Otto Öse das Mädchen überhaupt vernascht? Seine Freunde waren sich da gar nicht sicher.) Wartete eine Stunde lang auf sie, während sie ihre irre Mutter in Norwalk besuchte. Etwas Bedrückenderes als eine staatliche Irrenanstalt konnte man sich nicht vorstellen. Puh! Darüber durfte man gar nicht erst nachdenken – jedenfalls mochte Otto Öse nicht darüber nachdenken –, ob Verrücktheit erblich sei. Arme süße kleine Norma Jeane Baker. »Besser, wenn sie nie Kinder kriegt. Aber das weiß sie selbst.«

Otto Öse rauchte seine spanischen Papyruszigaretten und spielte mit seiner Kamera. An seine Kamera ließ er niemand heran. Genauso gut hätte man Otto Öse ans Gemächte gehen können. Nichts da! Und da kam sie endlich, Norma Jeane, eilte auf ihn zu. Das Gesicht leer, die Schritte in den hochhackigen Schuhen auf dem Asphalt unsicher. »Hey, Babe.« Öse warf rasch seine Zigarette weg und begann Bilder zu schießen. Stieg aus dem Buick und ging in die Hocke. *Klick, klick. Klick-klick-klick.* Seine ganze Freude. Grund seines Daseins. Zum Teufel mit dem alten Wichtigtuer Schopenhauer, mochte ja sein, dass die Welt Wille war und unentrinnbares Leiden, aber was zählte das schon, in solchen Momenten? Das zerquälte Gesicht eines Mädchens mit hüpfenden Brüsten und wackelndem Po auf Film bannen, so jung, als hätte jemand ein Kind in den Körper einer Frau gesteckt, unschuldig wie eine Fläche, die geradezu dazu aufforderte, Fingerabdrücke auf ihr zu hinterlassen, nur um sie zu beschmutzen. Und die Ärmste hatte geweint, ihre Augen waren verquollen, rußige Mascaraspuren auf den Wangen wie ein Clownsgesicht. Ihr rosa Baumwollstrickpullover vorne dunkel mit Tränen bekleckert, als würde es regnen, und die cremeweiße Leinenhose, erst diese Woche in einem Laden auf der Vineland Avenue gekauft, in dem die Frauen und Mätressen der Studiobosse die Vorjahresmode losschlugen, war im Schritt hoffnungslos zerknautscht. »Das Gesicht einer *Tochter*«, intonierte Öse mit Grabesstimme. »Von wegen *blonde Eva*.« Richtete sich auf und schnupperte dabei an Norma Jeane. »Und riechen tust du auch.«

Unnatur

An der Art, wie alle ihr hastig versicherten: *Ist ja gut, Norma Jeane, hey, Norma Jeane, ist ja gut* erkannte sie, dass es nicht gut war. Langsam fand sie sich wieder dort ein, wo ein Mädchen zugleich lachte und schluchzte – sie selbst –, sich zu einem Stuhl führen ließ, einem der Klappstühle, die im Halbkreis aufgestellt waren, hyperventilierend, schlotternd, als erleide sie einen Anfall.

Sie spielte ja nicht. Das ging tiefer. Es war zu roh, es war nackt. Uns wurde vor allem Technik beigebracht. Uns ein Gefühl anzuverwandeln, nicht aber Träger des Gefühls zu sein. Nicht der Blitzableiter zu sein, durch den das Gefühl über die Welt hereinbricht. Sie jagte uns Angst ein, und das verzeiht man nicht leicht.

Man würde ihr nachsagen, sie »übertreibe«. Die Einzige, die niemals eine Stunde versäumte. Ob Schauspielunterricht, Tanzen, Singen. Immer überpünktlich. Manchmal schon da, bevor überhaupt aufgeschlossen war. Sie erschien als Einzige immer »wie aus dem Ei gepellt«, Tag für Tag. Nicht etwa wie eine Schauspielerin oder ein Mannequin gekleidet (wir kannten die Titelbilder von *Swank* und *Sir!*, wir waren schwer beeindruckt), sondern eher wie eine biedere Sekretärin. Das Haar gelegt, hundertfachgebürstet und glänzend. Weiße Nylonbluse mit Schleife – lange Ärmel, eng geschlossene Manschetten. Ordentlich, adrett und gebügelt. Ein grauer Flanellrock, schmal geschnitten, Bleistiftlinie, muss sie wohl Morgen für Morgen im Unterrock als Letztes feucht aufgebügelt haben. Man konnte sie sich genau vorstellen, die Stirn dabei angestrengt in Falten gelegt. Manchmal trug sie einen Jumper, und dieser Jumper war unweigerlich zwei Nummern zu klein, mehr hatte sie nicht. Manchmal ein Paar Hosen. Aber meist die Brave-Mädchen-Garderobe. Dazu Strümpfe mit penibel gerade gerückten Nähten und hochhackige Schuhe. Sie war so schüchtern, man hätte sie für stumm halten können. Plötzliche Bewegungen und lautes Lachen erschreckten sie. Bis zum Unterrichtsbeginn tat sie so, als lese sie. Einmal *Trauer muss Elektra tragen* von Eugene O'Neill. Dann Tschechows *Drei Schwestern*. Shakespeare, Schopenhauer. Für die Spötter war sie eine beliebte Zielscheibe, wenn sie da am äußersten Ende des Halbkreises saß, ihr Notizbuch aufschlug und wie ein Schulmädchen mitschrieb. Wir anderen in Jeans, Sporthosen, Hemden, Pullovern und Tennisschuhen. Bei warmem Wetter in Sandalen oder barfuß. Gähnend, das Haar ungekämmt, die Kerle unrasiert, weil wir doch alle gut aussahen, größtenteils Absolventen kalifornischer High Schools waren, Stars der Schultheateraufführungen, seit dem Kindergarten bewundert, beneidet, gelobt und gehätschelt. Manche hatten schon von der Familie her Verbindungen zur Produktionsgesellschaft. Wir hatten das ganze Selbstvertrauen, und die kleine Norma-Jeane-von-Nirgendwo hatte kein Stück. Wir hielten sie wirklich für eine Unschuld vom Lande, weil sie nicht aus dieser Gegend kam. Sie hatte gelernt, zu sprechen wie wir anderen auch, aber der alte Akzent schlug immer wieder durch. Obendrein stotterte sie. Nicht immer, aber manchmal. Zu Beginn der Übungen stotterte sie meist ein bisschen mehr, überwand das allmählich, und dann konnte man förmlich zusehen, wie die Scheu von ihr abfiel und in ihre Augen ein Ausdruck trat, als übernehme jetzt von innen ihr anderes Ich. Dabei hatte man uns eingebläut: *Man sollte niemals versuchen, ohne Technik zu spielen, sich nicht einfach hinstellen, nackt.*

Wir hatten also das ganze Selbstvertrauen. Und Norma Jeane, die in der Klasse zu den Jüngsten zählte, kein Stück. Sie hatte nur ihre mondscheinweiße Haut und die dunkelblauen Augen und dieses Fiebern, dieses Eifern im ganzen Körper, wie Strom, der sich nicht abstellen ließ – und der sie ausgelaugt haben muss.

Nach einer ihrer Szenen fragte sie jemand, was sie sich dabei vorgestellt habe? – denn mein Gott, ihr zuzusehen hatte uns richtig mitgenommen, und sie bot dabei ebenso wenig Anlass zu Spott wie die Buchenwald-Fotos von dieser Margaret Bourke-White –, und da sagte sie in ihrer hauchigen Kleinmädchenstimme: *Ach, gar nichts, ich habe nicht nachgedacht. Vielleicht mich erinnert?*

Aber sie hatte kein Selbstvertrauen. Jedes Mal, wenn sie aufgerufen wurde, trat sie zitternd vor, als wäre es das erste Mal und ihr Untergang. Sie war vielleicht neunzehn oder zwanzig, und schon damals sah man das Ausweglose. Das hübscheste Mädchen in der Klasse, und doch konnte der am wenigsten Begabte in unserem Kreis sie mit einem einzigen Wort, einem Blick, der leisesten Andeutung von Häme vernichten. Oder indem er sie überging, wenn sie hoffnungsvoll strahlend hochblickte. Unser Schauspiellehrer wurde ungeduldig, wenn sie seine Fragen stotternd beantwortete, und oft dauerte es Minuten, bis sie ihre Rolle fand, als stünde sie im Schwimmbad auf dem Sprungturm und müsste erst allen Mut zusammennehmen und müsste nach diesem Mut erst tief in sich gehen. Wir rächten uns auf die einzige Art, die wir kannten. Indem wir ihr zu verstehen gaben: *Wir mögen dich nicht. Du gehörst nicht zu uns. Als Flittchen wärst du überzeugender. Wir wollen so jemanden wie dich nicht, die Produktionsgesellschaft will so jemanden wie dich nicht. Dein Inneres passt nicht zum Äußeren. Du bist unnatürlich, Unnatur.*

Kolibri

Die göttliche Liebe hat immer jede menschliche Not gestillt und wird sie immer stillen.

Mary Baker Eddy
Wissenschaft und Gesundheit mit Schlüssel zur Hl. Schrift

September 1947   Hollywood   Kalifornien

Früh aufgewacht! konnte nur bis 6 schlafen & die ganze Nacht wachgelegen & geschwitzt & aufgeregte Stimmen & Warnungen gehört   Heute würde meine ZUKUNFT entschieden   & mein Herz bumperte schon so, als wäre zwischen meinen Rippen etwas Kleines & Gefiedertes gefangen!   Aber ich finde, das ist ein *gutes, fröhliches Gefühl*

Vorm Fenster meines Zimmers im Club singen Vögel   ein gutes Omen im hohen Gras & den Stechapfelzweigen   Pirole mit ihrem flötenden Gesang & Buschhäher, harsch & hellwach   & eine Stimme, die mir bekannt vorkam   der Traum von einem Mann (einem Fremden), der mir eine dringende Warnung zukommen lassen wollte   & ich habe Angst, ich könnte nichts hören oder die Worte nicht verstehen, als wären sie aus einer fremden Sprache

Heute soll ich Mr Zs berühmtes AVIARIUM besichtigen   seine geliebte Sammlung von Vögeln, die nur Auserwählte zu sehen bekommen   & später das Vorsprechen für *Scudda-Hoo! Scudda-Hay!* mit June Haver   Mr Shinn sagt, ich bin viel hübscher & begabter als June Haver; ich möchte es ihm so gern glauben   immerhin bin ich wirklich als Einzige aus meinem Schauspielkurs aufgefordert worden, für den Film vorzusprechen   natürlich nur eine kleine Rolle

Rosa Kunststoffwickler auf dem Kopf   36 Stück!   eine Tortur, den Kopf überhaupt auf dem Kissen abzulegen   die Kopfhaut brennt & ziept   aber ich werde keine Schlaftabletten nehmen, wie sie es mir geraten haben   das

»neue« Haar ausgeschüttelt   gebürstet & eingesprüht   noch ungewohnt
Was nämlich passiert ist: das Haar ist jetzt weiß – wie nach einem Todes-
schrecken

Mir ist übel vor Aufregung & Sorge   habe Mutter 5 Monate nicht mehr
besucht & muss $$$ schicken   Wie gut, dass mich Bucky nicht sehen kann,
der wäre entsetzt   ich kann es den Glazers nicht verdenken; ich erschrecke
selbst, wenn ich mich unerwartet sehe   kulleräugige Kewpie-Doll mit
Zuckerwattehaar   & dann noch der rote Lippenstift & die engen Kleider,
die ich tragen muss, sagt Mr Shinn

Mutter hat einmal gesagt *Die Furcht ist ein Kind der Hoffnung*   wenn man
die Hoffnung ausmerzen könnte, könnte man die Furcht ausmerzen   im-
mer diese 20 bangen Minuten zum Schminken   verhauen & alles mit
Coldcream abgewischt & von vorn angefangen   Ach Gott, diese braunen
Augenbrauen mit dem Schwung nach außen statt innen wie früher meine
& wieso braune Augenbrauen zu diesem Silberplatinhaar, das ist so KÜNST-
LICH   wenn mich Dr. Mittelstadt jetzt sähe   oder Mr Haring   Bess
Glazer   ich müsste mich SCHÄMEN

Am Hollywood Boulevard sind so viele Bäume gefällt worden   & Wilshire
& Sunset   L. A. ist jetzt eine ganz andere Stadt   seit dem Krieg
Grandma Della würde sie nicht wiedererkennen, selbst Venice Beach   nach
dem Krieg, sagt Otto, wird es andere Kriege geben   der Kapitalismus
braucht sie   es gibt immer Krieg, nur die Feinde ändern sich   diese neuen
Gebäude / Straßen / Gehwege / Pflaster   Scheppern & Kreischen & die Erde
zittert wie nach einem Beben   Bulldozer / Kräne / Zementmischer / Bohr-
meißel   die Hügel draußen in Westwood planiert & neue Gebäude &
Straßen   »Westwood war mal ein verschlafenes Nest«, sagt Otto   er hat
dort gewohnt, als er neu in L. A. war   jetzt hörst du L. A. förmlich ticken
ICH FINDE ES GROSSARTIG   ich komme aus L. A. & bin eine Tochter
dieser Stadt & mehr braucht von mir niemand zu wissen   ICH WERDE
MICH NEU ERFINDEN WIE DIESE STADT SICH NEU ERFINDET   &
nicht mehr zurückschauen

Bei Schwab's frühstücken   & alle Augen richten sich bei meinem Eintre-
ten auf mich   im Schauspielunterricht lernst du, das Publikum »auszu-

blenden«, obwohl du andererseits »mit den Augen« des Publikums sehen sollst   & dort über Wasserspiel & Grill ist der lange Spiegel   & darin mein Spiegelbild   immer kommt es mir ruckartig vor wie ein Stummfilm nicht anmutig   oh Gott das Mädchen im Spiegel bei Mayer's   ich muss an Aunt Elsie denken, die mich lieb hatte   & mich verriet   Ja: das Mädchen im Spiegel scheu & sie fürchtet sich vor ihrem eigenen Spiegelbild

ach Gott, das Leben, das hinter mir liegt, für immer verloren

Es ist ein Rätsel, diese winzigen Kolibris   auf den ersten Blick hält man sie für Hummeln   heute Morgen sah ich welche direkt hinterm Club auf dem Produktionsgelände & da hörte ich Grandma Dellas Stimme   & ich glaube, sie hat mir vergeben   sie liebt mich   Kolibris sind meine Lieblingsvögel: so klein & robust & verwegen & furchtlos   (Obwohl sie wahrscheinlich leicht Habichten zum Opfer fallen? Krähen? Hähern usw.) schieben ihre langen nadeldünnen Schnäbel in die Klettertrompeten, um den Honig zu saugen   sie picken einem nicht Krumen aus der Hand wie andere Vögel heute Morgen drei Annakolibris   sie brauchen ständig Nahrung sonst müssen sie eingehen   winzige Flügel, die so schnell schlagen, dass man sie kaum sieht   ein Schwirren, eine verwischte Bewegung   & ihre Herzen schlagen so schnell   & sie können seitlich & rückwärts fliegen   ich sagte: *Grandma, das ist wie beim Denken   die Gedanken können überallhin fliegen*

Liebe ich Otto Öse

liebe ich Schmerz / die Angst

(Dabei würde er mir nie wehtun, bestimmt nicht   nicht absichtlich   und neuerdings betrachtet sein Kameraauge mich zärtlicher   weil ich ihm $$$ einbringe   obwohl das nicht der einzige Grund ist!)

Schwab's ist eine Bühne   *du musst dir immer sagen: ich bin Schauspielerin und stolz darauf, denn das Geheimnis der Schauspielkunst ist Kontrolle* & ich bin mir unangenehm meiner selbst bewusst   & zögere   ihre wachsamen & hoffnungsvollen Augen tasten mich ab   wie sie alle abtasten, die eintreten   & dann lächelnde Gesichter und Hallos   Köpfe, die sich nach

meinem neuen Haar wenden & meinen Kurven in diesem weißen Kostüm
aus Kunstseide, das ich heute Morgen so sorgfältig gebügelt habe   *Ach,
bloß die Wieheißtsienochgleich*   Norma Jeane   nur eine kleine Vertragsschauspielerin der Produktionsgesellschaft & vollkommen unbedeutend
kein Einfluss   die Augen der Frauen werden schmal   aber zwei oder drei
Männer kriegen Stielaugen   meist wenden sich die Augen allerdings enttäuscht ab   der Hoffnungsschimmer erlischt wie eine Kerze, die man aus-
bläst

Letzten Freitag, als ich nach meiner Morgengymnastik bei Schwab's vorbeischaute & Farbe hatte & guter Dinge war & nicht-nervös, wer sitzt da am
Tresen bei Kaffee & einer Zigarette? Richard Widmark   & er glotzte &
lächelte   fragte mich nach meinem Namen & ob ich bei der Produktionsgesellschaft bin   vielleicht hatte er mich dort gesehen   & wir kamen also
ins Gespräch & ich war etwas atemlos, habe aber nicht gestottert   & sein
Blick ist so durchdringend wie in den Filmen & da fing ich an zu zittern   ich
sah, dass er mehr von mir wollte, als ich zu geben bereit war   also wich ich
langsam zurück   lächelnd & auf meine neue Art lachend, nämlich – wenn
ich es nicht vergesse – hell & wie eine Glocke   *Nun, Norma Jeane*, sagte
Widmark mit seinem schiefen Grinsen, *vielleicht stehen wir ja eines Tages
mal zusammen vor der Kamera*   & ich sagte: *Oh ja, das wäre himmlisch,
Richard*   (er hatte mich gebeten, ihn doch *Richard* zu nennen   & er hatte
mich nach dem Namen meines Agenten gefragt)

Heute Morgen war niemand bei Schwab's   ich habe die Augen rasch über
Tresen & die Tische & Nischen gleiten lassen   & im Spiegel zitternd &
scheu das Mädchen im weißen Kunstseidenkostüm   nicht-da, ein Gespenst

Gott sei Dank kam dann Mr. Shinn & ich war gerettet   mein Agent, so nett
Otto hat mich bei ihm untergebracht   kleiner buckliger Mann wie ein
Gnom, mit buschigen Augenbrauen & einer eingedellten Stirn & fast kahl
& nur ein halbes Dutzend braun gefärbte Haare seitlich über den Schädel
gekämmt   Rumpelstilzchen aus dem alten Märchen, das mir Della erzählt
hat   der hässliche kleine Zwerg-Mann, der der Müllerstochter zeigt, wie
man aus Stroh Gold spinnt   *Ha! ha! ha!* Mr. Shinns Lachen klingt wie eine
Schaufel, die auf Fels schrammt   aber seine Augen sind intelligent & komisch / schön für einen Mann, finde ich   er ist rastlos, trommelt mit den

Fingern auf Tische   trägt im Knopfloch stets eine rote Nelke (jeden Morgen frisch!)   *Norma Jeane, die Zukunft hält große Dinge für uns bereit, uns beide   vergiss deine Verabredung mit Z um 11 nicht, ja?*

als könnte ich so etwas vergessen   mein Gott

Wer ist die Blondine, das Flittchen da?   soll Mr Z einem meiner so genannten Freunde zufolge gefragt haben   ich war in Hosen & Pullover in die Produktionsgesellschaft gekommen & er muss mich zufällig gesehen haben   da er meinen Namen nicht kennt, wird er es hoffentlich inzwischen vergessen haben

Auf meine »Künstlerfotos« in *U. S. Camera* ist Otto so stolz   *eine Fotografie ist Komposition / Licht & Grauwerte   nicht ein hübsches Gesicht*

Otto hat mir *Grays Anatomy* zu lesen gegeben   & Zeichnungen von Michelangelo & einem aus dem 16. Jahrhundert   Andreas Vesalius   er sagt, die soll ich mir einprägen   *Männer begehren dich mit ihrer Seele, die aber ist nur über den Körper zu erreichen*

(Aber Otto rührt mich nicht mehr an   nur wie ein Fotograf, der sein »Modell« in die richtige Stellung bringt)

Mr Z ist vom Alter her nicht einzuordnen, wie bei älteren europäischen Immigranten häufiger   nicht so schrecklich alt, denk ich   in der Lounge für die Bosse, wo ich schon bedient habe, habe ich ihn mir manchmal heimlich angesehen & über ihn nachgedacht   es gibt natürlich Gerüchte   einmal habe ich (dachte ich jedenfalls) Debra Mae / Lizbeth Short mit Mr Z gesehen   mit einer dunklen Sonnenbrille und einem Hut, der ihr Gesicht halb verdeckte & sie fuhren in Mr Zs Alfa Romeo gerade vom Gelände   Mr Z ist in Kalifornien berühmt, dabei wurde er in einem kleinen Dorf in Polen geboren & ist hier erst als Kind mit seinen Eltern eingewandert   sein Vater war Straßenhändler in NYC, aber Mr Z hat schon mit 20 (jünger als ich es heute bin) auf Coney Island einen Vergnügungspark aufgebaut & betrieben   & später sein Carnival   Mr Z, heißt es, hat ein Händchen dafür, Talente zu entdecken & zu fördern & ein Publikum für Dinge zu gewinnen, die es vorher gar nicht gegeben hat & die keiner voraussehen konnte   in sei-

nem Carnival hatte Mr Z einen indianischen Feuerschlucker & einen »Yogi«
(aus Indien), der über glühende Kohlen gehen & darauf sitzen konnte & einen Liliputaner wie Tom Thumb & einen Riesen & ein Tanzschwein & einen
armen Neger, dem ein Teil seiner Organe außen wuchs   & mit 22 war Mr
Z schon Millionär & hat angefangen, in einem Lagerhaus an der Lower East
Side Stummfilme zu drehen & ist dann 1928 nach Hollywood gekommen &
hat mit einem Partner die Produktionsgesellschaft gegründet   Stars wie
Sonja Henie, die Eiskunstläuferin, groß gemacht & die Dionne Quintuplets
& den Deutschen Schäferhund Rin Tin Tin   & Myrna Loy & Alice Faye &
Nelson Eddy & Jeanette MacDonald & June Haver   & so viele andere, dass
mir schwindlig wurde, als sie jemand aufzählte   (denn von Mr Z & anderen Hollywood-Pionieren werden Geschichten erzählt wie die Märchen &
Sagen von einst)   Mr Zs Sekretärin hat mich eiskalt gemustert   ich musste meinen Namen wiederholen & ich geriet ins Stottern   & drinnen sprach
Mr Z am Telefon & rief mir zu *Kommen Sie rein & machen Sie die Tür
zu!*   in einem Ton, wie man zu einem Hund sprechen würde   & ich bin
reingegangen   zitternd & strahlend

Ein blondes Mädchen betritt das Büro eines Herrn mit hohen Fenstern &
Vorhängen & blank polierten Möbeln aus Teak & Glas   & der Herr hinter
dem Schreibtisch hebt argwöhnisch & prüfend den Blick   ich lausche nach
der Musik zu dieser Szene, die mir das Einsatzzeichen gibt   & höre nichts

Hinter Mr Zs Büro, das genau so groß ist, wie man es sich vorstellt, liegen
seine Privatgemächer, zu denen nur wenige Auserwählte Zutritt haben
(Mr Shinn ist noch nie dort gewesen, zum Beispiel, hat den großen Mann
nur im Büro oder im Restaurant für die Bosse getroffen)   & mich geleitete
er über die Schwelle an diesen unbekannten Ort & plötzlich bekam ich es mit
der Angst zu tun   hoffte nur, dass er es nicht bemerkte   ich hatte mir
natürlich etwas zurechtgelegt, aber ich vergaß es wieder   denn ich kannte
ja Mr Zs Text nicht, wie das im Schauspielunterricht der Fall wäre   also hilft
es nichts, dass man den eigenen Text kennt   ich lächelte, als ich in einem
dunkel getönten Spiegel über einer Couch die Blonde sah   in ihrem weißen
Kunstseidenkostüm, das ihre junge, wohlgerundete Figur betonte   & sie
sah gut aus   & das war auch das, was Mr Z sah   ich strahlte & hoffte, dass
mir die Angst nicht an den Augen abzulesen wäre   dann stolperte ich über
eine Teppichkante & Mr Z lachte   *Machst du das absichtlich   glaubst du,*

das ist hier ein Marx-Brothers-Film   ich lachte mit, obwohl ich den Witz nicht verstand   wenn es ein Witz war

Mr Z wird in der Produktionsgesellschaft so verehrt, dass es erstaunlich ist, ihn aus der Nähe zu sehen   kein groß gewachsener Mann & sein teurer Anzug schlottert   hinter den getönten Gläsern seiner Bifokalbrille waren Mr Zs Augen blutunterlaufen und gelb wie nach einer Gelbsucht   er roch nach Alkohol & den kubanischen Zigarren (die wir auserwählten Mädchen Mr Z & den anderen Bossen & ihren Gästen manchmal in der Privat-Lounge der Produktionsgesellschaft anbieten mussten   Drinks & Zigarren & wir wie Nachtklubtänzerinnen kostümiert   & es war eine Ehre, weil wir Trinkgelder bekamen   & außerdem bestand sonst die Gefahr, dass man seinen Vertrag nicht verlängert bekam, wenn man sich weigerte   & doch hatte Mr Z damals kein besonderes Interesse an mir gezeigt, sondern eine Vorliebe für Rothaarige)   aber er hatte mich trotzdem eingeladen, sein AVIARIUM zu besichtigen, was ja eine noch viel größere Ehre ist

Er stupste mich ins hintere Zimmer   & schloss die Tür   *Wie finden Sie mein AVIARIUM   Natürlich nur ein Bruchteil meiner Sammlung*   & was für ein Schreck, denn Mr Zs AVIARIUM ist nicht ein Vogelhaus mit lebenden Vögeln, wie ich es erwartet hatte, sondern toten ausgestopften! Viele Hunderte Vögel hinter Glas, so weit das Auge reicht   ich war fassungslos & wusste nicht, was ich sagen sollte (obwohl die Vögel wunderschön waren, irgendwie   wenn man durch die Scheiben wie in einem Museum genau hinsah)   stolz sprach Mr Z von seiner Sammlung, die *in einer Nachstellung natürlicher Lebensräume bestehe*   Nester & Felsen & krumme Astgabeln & Treibholz   Gräser, Wildblumen, Sand, Erde   & ein seltsam gelbliches Licht, als blicke man zurück in die Vergangenheit   in dem AVIARIUM gab es keine Fenster, aber es war holzgetäfelt und hatte kleine bemalte Paneele, die einem vorgaukelten, dass man sich in einem Wald oder Dschungel oder einer Wüste oder in den Bergen befand   & zugleich unter der Erde, wie in einer Höhle   in einer Schachtel oder einem Sarg   aber je länger ich staunte, desto deutlicher erkannte ich, wie fesselnd das AVIARIUM war   denn die Vögel waren herrlich & so lebenswahr, als hätten sie nicht begriffen, dass sie tot sind   mir war, als hörte ich eine Stimme wie die meiner Mutter sagen: *Alle toten Vögel sind weiblich; am Totsein ist etwas Weibliches*

Mr Z schien sich über mein Interesse zu freuen & war gar nicht ungeduldig mit mir   erklärte mir, er habe die Sammlung als junger Mann begonnen, als er neu in Kalifornien war   & jahrelang habe er selbst auf Exkursionen Vögel gesucht & gefangen   doch schließlich habe er diese Aufgabe anderen übertragen müssen, weil sein Leben zu kompliziert wurde   & so weiter & so weiter erzählte er sehr schnell & das blonde Mädchen hörte eifrig & mit einem ermunternden Lächeln zu   & mit großen Augen   die besten Exemplare im AVIARIUM waren sehr seltene, fast ausgestorbene Vögel, erfuhr sie   Papageien vom Amazonas, die ihr so groß vorkamen wie Truthähne & herrlich bunt gefiedert: grün, rot, gelb & die Schnäbel gebogen wie komisch platte Nasen aus Bein   & südamerikanische Singvögel in unvorstellbaren Farben   & nordamerikanische Hühnerhabichte, von denen es kaum noch welche gibt   & ein gewaltiger Steinadler & ein weißköpfiger Seeadler & kleinere Falken, alles edle & starke Vögel, die ich bisher nur von Illustrationen kannte

Dann erregten kleinere Vögel in einem anderen Schaukasten meine Aufmerksamkeit   zwischen Wildblumen & Gräsern   eine feuerfarbene Prachtmeise   Seidenschwänze & seidige Fliegenschnäpper   die Prachtmeise erinnerte mich an einen von Mr Zs weiblichen Stummfilmstars   sie war so wunderschön gewesen, aber schon so lange passé & selbst ihr Name fast vergessen   ich glaube, Mutter war mit mir einmal an ihrem märchenhaften Anwesen in Beverly Hills vorbeigefahren   KATHRYN MCGUIRE, ja, die war es!   & vor Schreck musste ich grinsen   & dann noch ein Vogel, eine kleine Eule mit herzförmigem Gesicht & Federn, die lockig aussahen & verschränkten Flügeln, als wären es Arme   das Gesicht war das von MAY MCAVOY, einem weiteren Stummfilmstar von Mr Z   & in meiner Verwirrung & Angst meinte ich, auch das Gesicht von JEAN HARLOW als Spottdrossel mit zur Flucht ausgebreiteten silbergrauen Schwingen zu erkennen

Dann legte Mr Z wie ein Zauberer einen versteckten Schalter um & plötzlich ertönte in dem stillen, höhlenartigen Raum Vogelgesang   ich weiß nicht wie viele Dutzende oder Hunderte Vogelstimmen   & jede so ergreifend & wehmütig & herzzerreißend   & doch war die Wirkung der vielen Rufe auf einmal die von nur Lärm & Wehgeschrei: *Sieh her! Lausche mir, mir! Hier bin ich! Hier!*   Meine Augen schwammen in Tränen des Mitleids & Entsetzens   Mr Z lachte mich aus, aber es schmeichelte ihm & ich gefiel ihm

Er rieb mir den Nacken & mich überrieselte kaltes Grauen   er gestand mir, dass er die Kunst des Präparierens erlernt habe & kaum eine erholsamere Tätigkeit kenne   eines Tages dürfe ich zusehen   vielleicht   seine Werkstatt liege nicht auf dem Gelände, sondern woanders   in der Wüste *Oh ja, Mr Z, das wäre himmlisch, vielen Dank   das ist alles so wunderbar und so   geheimnisvoll*

Wie ein Kind klopfte ich mit den rotlackierten Nägeln an die Glasscheiben   fast schien es mir, als könnte mich der Diademhäher dort auf dem immergrünen Zweig eine Handbreit entfernt inmitten der Raserei der ganzen Vögel sehen   & betrachte mich mit dem flehentlichen Blick eines Mitgefangenen *Hilfe! Hilf mir*   ich war froh, dass es im gesamten AVIARIUM keinen einzigen Kolibri gab

Wie viel Zeit wir in dem AVIARIUM beim Vogelgesang blieben, konnte ich nicht sagen   hinterher

Wie lange ich in Mr Zs Gesellschaft verbrachte, konnte ich nicht sagen   hinterher

Wie lange die Blondine strahlte, strahlte, strahlte   bis die Mundwinkel schmerzten, wie sie auch einer Lachmaske schmerzen müssten, wenn eine Lachmaske aus Fleisch & Blut & Nerven wäre   hinter Lachmasken lauert das Grauen, nur gibt das keiner zu   (& meine Zähne taten von der Spange weh, die ich nachts tragen muss   weil meine Vorderzähne eine winzige Idee vorstehen   & das darf nicht sein, sagte mir die Produktionsgesellschaft, sonst würden Aufnahmen im Profil »unterlaufen«   & mein Vertrag evtl. nicht erneuert   sie haben mich zum Vertragszahnarzt geschickt & mir eine hässliche Drahtspange verpasst, die ich tragen muss   & mir werden wöchentlich $ 58 vom Lohn abgezogen   dabei fahre ich gut, haben sie mir gesagt   vermutlich deshalb, weil ich mir selbst keinen Zahnarzt leisten könnte & dann wäre es mit der Karriere aus)

Mr Z lachte und meinte   *Genug jetzt von Vögeln, es wird Ihnen langweilig, das sehe ich*   & ich war überrascht, weil ich mich kein bisschen langweilte & das kann auch nicht so gewirkt haben   & da fragte ich mich, ob Mr Z immer gegen das Drehbuch angehen muss   ein Filmemacher will wahrscheinlich die anderen immer gern überraschen   denn er allein kennt das Drehbuch   *Zu welcher Sorte gehörst du, Blondie   nein, sag mir nicht wie du heißt   was ist deine Spezialität?*   Jetzt musterte er mich verächtlich   als würde ich stinken!   Ich war so verletzt & verdattert   ich wollte aufbegehren: ich habe heute Morgen selbstverständlich geduscht   ich bin früh aufgewacht & habe meine Gymnastik gemacht & dieses Kostüm gebügelt & erst dann habe ich geduscht & Arrid in meine Achselhöhlen gegeben, die ich jeden Tag rasiere   (obwohl ich tatsächlich zum Schwitzen neige, wenn ich ängstlich bin)   ich habe mich mit Talkumpuder bestäubt, der nach Veilchen duftet   ich habe 40 Minuten aufs Schminken und dieses Kunstseidenkostüm verwandt, das doch wirklich nicht nach *Flittchen* aussieht, oder?   Wie können Sie so etwas von mir sagen, wo Sie mich doch gar nicht kennen   Meine Hände sind dank der Handlotion ganz weich & meine Nägel gepflegt & lackiert, aber nicht übertrieben, finde ich   für den Wasserstoff kann ich nichts   die Produktionsgesellschaft hat mir befohlen, mir das Haar »platinweiß« blondieren zu lassen, es war nicht meine Entscheidung aber ich habe natürlich nichts gesagt   Mr Z beäugte mich, wie man vielleicht einen dressierten Hund oder Elefanten oder sonst etwas Kurioses beäugen würde   setzte die getönte Brille ab & da sah ich seine nackten, wimpernlosen Augen   er hat ungefähr meine Größe – ohne meine Stöckelschuhe gerechnet   und ist keine fünfzig, heißt es   das ist ja nicht alt, für einen Mann   *Komm schon, lass die Babymasche   so blöd, wie du aussiehst, kannst du doch nicht sein*   Wir verließen das AVIARIUM & waren jetzt in Mr Zs Privatgemächern hinter seinem Büro   er hatte das Licht im AVIARIUM ausgeschaltet & die Vogelstimmen verstummten abrupt, als wären alle Arten auf einen Schlag ausgestorben

Mr Z schob mich auf einen weißen Fellteppich zu, er sagte: *Runter mit dir, Blondie*   & da erst dämmerte es mir: *Mr Z ist mein Vater – ist er es?*   Der heimliche Grund für Gladys Mortensens gebrochenes Herz   und doch ihr größtes Glück

Am selben Abend im Bett   weit nach Mitternacht und an Schlaf trotzdem nicht zu denken, würde ich nach einem der wasserfleckigen alten Bücher von Mutter greifen   DER ZEITREISENDE von H. G. Wells   & der Zeitreisende, wie er immer nur heißt, steigt so beherzt wie bang in die Zeitmaschine, die er selbst erfunden hat   & legt einen Hebel um   & schießt in die Zukunft, wo Sonnen & Monde über ihm wirbeln   ich hatte es schon unzählige Male gelesen, und doch schob ich den Finger voller Angst vor dem Kommenden unter den Zeilen entlang   & die Tränen stiegen mir in die Augen

So reiste ich, immer wieder anhaltend, in Etappen von tausend oder mehr Jahren weiter, unwiderstehlich angezogen von dem Geheimnis des Erdenschicksals. Es war faszinierend mit anzusehen, wie die Sonne am westlichen Himmel immer größer und matter wurde und das Leben der alten Erde allmählich verebbte. Zuletzt, mehr als dreißig Millionen Jahre von heute an gerechnet, verdeckte der rot glühende Sonnenball bereits mehr als ein Zehntel des dämmrigen Himmels...

Bis ich es, zitternd, nicht mehr ertrug, weiterzulesen   wegen der Zeit, *da wir nicht mehr sein werden,* wie es auch eine Zeit gab, *da wir noch nicht waren*   & nicht einmal Filme werden unser Andenken so bewahren, wie wir es gern sähen   Selbst Rudolph Valentino ist schließlich der menschlichen Erinnerung unterlegen!   & Chaplin & Clark Gable (den ich gern für meinen Vater hielt & Andeutungen in der Richtung hatte Mutter ja gemacht)   Mr Z war ungeduldig   kein grausamer Mann, glaube ich, aber einer, der es gewohnt ist, seinen Willen zu bekommen & umgeben von »dienstbaren Geistern«   es muss eine Versuchung sein, grausam zu werden, wenn du so umlagert bist & alle aus Angst vor deinen Launen vor dir kuschen & kotauen   ich hatte zu stottern begonnen & dann konnte ich gar nicht mehr sprechen   ich kauerte auf dem weichen Fell (russischer Fuchs, würde Mr Z nachher stolz verkünden) auf allen vieren & mein kunstseidener Rock in die Taille hochgeschoben & kein Schlüpfer mehr   ich muss die Augen nicht schließen, um »blind« zu werden   das lernst du im Heim   wenn du »blind« bist, vergeht die Zeit anders, komisch   sie schwebt wie ein Traum irgendwie   und zugleich läuft sie schneller, wie für den Zeitreisenden in seiner Maschine   ich würde mich danach nicht an Mr Z erinnern können außer an die kleinen glasigen Augen & die nach Knoblauch riechende Prothese & den feinen Film Schweiß auf seiner Glatze unter den borstigen Haaren   & wie das Ding wehtat   aus Hartgummi, glaube ich, gefettet & dann mit dem runden Ende in den Spalt zwischen meine Gesäßbacken gerammt & dann   in mich hinauf wie ein großer Schnabel, der hackt   *hinein, hinein* so weit, wie er hineingeht   ich würde mich nicht erinnern, wie lange Mr Z brauchte, ehe er wie ein Schwimmer am Strand keuchend & stöhnend zusammensackte   ich hatte solche Angst, dass der alte Mann einen Herzinfarkt oder Schlaganfall erleidet & man mir die Schuld geben würde   man hört doch von solchen Dingen, gemeine, gewöhnliche Witzgeschichten   man lacht darüber, aber das Lachen würde einem schnell vergehen, wenn es einem selbst passierte   Laut Vertrag bekam ich $100 die Woche & es würden bald $110 sein, wenn der Vertrag nicht aufgelöst wurde   wie bei anderen Mädchen in meiner Schauspielschulgruppe   & die mussten dann aus dem Club auf dem Produktionsgelände ausziehen, weil sie kein Anrecht mehr hatten   & ich würde auch aus dem Club ausziehen müssen & woanders wohnen, wo denn, wo sollte ich wohnen?

Später, am selben Tag, dem Beginn meines NEUEN LEBENS, sollte ich Mr Z & seinen Freund George Raft & zwei andere Herren in Anzügen & mit teuren Krawatten unter dem Vordach auf ihre Limousine warten sehen auf dem Weg zum Lunch (im Brown Derby, wo für Mr Z stets ein Tisch reserviert ist?)   & ich hätte es eilig, weil ich etwas zu erledigen hatte & sie sollten belustigt zu mir hinsehen   *wie ein Seidentäschchen da unten kein Haar*   der Säugling Norma Jeane in einer rosa Wolldecke & Fremden weitergereicht   verrauchter Raum, der einen husten & nach Luft ringen machte   wie glücklich & jung Mutter damals war, wie hoffnungsvoll Männer legten den Arm um sie & beglückwünschten sie zu ihrem *wunderschönen Baby*   & Mutter war auch wunderschön, aber das reicht nicht wir haben nicht denselben Nachnamen & wer konnte schon wissen, dass Gladys Mortensen meine Mutter ist?   Ich hatte Mr Shinn versprochen, dass ich niemandem sagen würde, dass meine Mutter in Norwalk ist, aber eines Tages würde ich meine Mutter zu mir holen   das schwor ich

Ich musste auf dem Weg aus Mr Zs Büro hinaus an seiner Sekretärin vorbei so scharfe Augen & verächtlich   ich humpelte vor Schmerz & meine Schminke war verlaufen & die Frau rief mir mit gedämpfter Stimme zu, direkt draußen vor der Tür sei eine Toilette   & ich dankte ihr, konnte ihr aber nicht in die Augen sehen

Wie lange ich mich auf der Toilette versteckte, würde ich hinterher nicht sagen können

Ich vergaß Mr Z bereits   schwatzte einem der Mädchen aus der Maske Kodeintabletten ab   meine Krämpfe hatten eingesetzt, so ungerecht, dass

es ausgerechnet jetzt sein musste   8 Tage zu früh & unmittelbar vorm Vorsprechen, aber ich hatte keine Wahl, oder   hatte Angst vor Kodein, denn es
ist ein starkes Analgetikum   schmerzstillendes Mittel   ich glaubte doch
nicht an Schmerzen & daher auch nicht an Schmerzmittel   & Mr Shinn er-
wähnte, dass Norma Talmadge, meine Namenspatin, in ganz Hollywood als
rauschmittelsüchtig bekannt gewesen sei   & deshalb sei es mit ihrer Karriere zu Ende gewesen   sie lebe noch, heiße es, zum Skelett abgemagert,
heiße es   in ihrer georgianischen Villa in Beverly Hills   *Bitte erzählen Sie
mir nichts mehr*, bat ich Mr Shinn, der sich voll Häme über die todtraurigen
Sagas gefallener Hollywood-Stars ausbreitet   derer, die nicht zu seiner Kli-
entel gehörten

Der Vorsprechtermin rückte immer näher   & ich versuchte verzweifelt, das
hässlich braune Menstruationsblut zu stillen   schloss mich auf der Damentoilette ein, stopfte mir mit zitternden Händen die Kotex-Binden zwischen die Beine, die schon nach Minuten durchtränkt waren   ich hatte solche Angst, mein weißes Kunstseidenkostüm zu beflecken   *& dann?*   &
außerdem verspürte ich einen brennenden Schmerz im After, was ich gar
nicht verstand

Als ich mein Versteck schließlich verlassen & zum Vorsprechen in ein anderes Gebäude gehen konnte, hatte ich bereits zwanzig Minuten Verspätung &
keuchte vor Angst   & ehe ich überhaupt den Mund auftat, bekam ich zu
meinem Staunen zu hören, dass es nicht mehr nötig sei, für *Scudda-Hoo!*
Scudda-Hay! vorzusprechen   nicht einmal die paar Sätze vorzulesen, die
June Havers Freundin sagt   da meinte ich, es war kaum mehr als ein Flüstern, das verstünde ich nicht & da sagte der Besetzungschef achselzuckend:
Sie sind drin – Sie sind besetzt. Jedenfalls wenn Sie Norma Jeane Baker
heißen. Ich bestätigte ihm stammelnd, dass das mein Name sei   aber ich
verstünde nicht   & er wiederholte es und zeigte mir seine Liste: *Sie sind*
besetzt   & sagte, ich solle mir eines der Drehbücher nehmen & um 7 Uhr
am nächsten Morgen pünktlich erscheinen   fassungslos starrte ich diesen
mir unbekannten Mann an, diesen Fremden, den Überbringer dieser Nachricht   *Ich spiele im F-film mit? Sie wollen sagen, ich bin in dem F-film da-*
bei? Mein erster F-f-film? Ich bin dabei, wirklich DABEI? & der Schreck &
die Freude überwältigten mich, ich brach in Tränen aus, zum Unbehagen des
Besetzungschefs und seiner Assistenten

Über das Wasserfall-Brausen in meinen Ohren hörte ich die Glückwünsche ich wollte einen Schritt machen & fiel fast um unter meinen Kleidern blutete ich & alles fühlte sich fern an mein Körper ganz taub & fern auf der Damentoilette wechselte ich die blutdurchtränkte Kotex-Binde, die mir an einem solch großen Tag verkehrt vorkam & das Ziehen im Unterleib & heiße Tränen, die mir übers Gesicht liefen ich hatte Mr Z längst vergessen & sollte mich an den Besuch kaum erinnern, nur hier und da ein Aufblitzen einige Vögel im AVIARIUM, deren Augen nach meinen gepickt hatten & ihre kläglichen Lieder doch selbst die würde ich verbannen das Brausen in den Ohren vor lauter Glück wie nach meiner Hochzeit, als ich Sekt getrunken hatte *ich bin so glücklich, so viel Glück ertrage ich nicht!*

Ich war ganz benommen, wollte Mr Shinn anrufen & ihm die Neuigkeiten erzählen & hätte doch wissen müssen, dass es Mr Shinn längst erfahren haben würde, dass er sich vielmehr bereits mit dem Produktionsboss besprach ich wurde gebeten, sofort im Büro von Mr X zu erscheinen & als ich dort eintraf, dachten Mr X & Mr Shinn bereits über neue Namen für mich nach »Norma Jeane« klinge dümmlich und provinziell, eben nach Landpomeranzenname, sagten sie »Norma Jeane« habe kein Flair, keine Zugkraft ich war verletzt, ich wollte ihnen erklären, dass meine Mutter mich nach Norma Talmadge & Jean Harlow benannt hatte, aber das konnte ich schlecht, denn Mr Shinn hieß mich mit einem warnenden Blick schweigen die Männer ignorierten mich, sie unterhielten sich ernsthaft miteinander, wie es Männer eben tun als wäre ich gar nicht da & da wurde mir klar, dass das die rätselhafte Stimme aus meinem Traum war die Stimme der Omen & Vorahnungen oder vielmehr waren es zwei Stimmen, Männerstimmen, die nicht zu mir, sondern über mich sprachen einer von Mr Xs Assistenten hatte ihm eine Liste von Frauennamen gegeben & er & Mr Shinn konferierten

Moira Mona Mignon Marilyn Mavis Miriam Mina

& der Nachname sollte »Miller« lauten mich kränkte, dass sie mich gar nicht fragten, denn ich saß doch da zwischen ihnen und doch für sie offenbar unsichtbar ich nahm es übel, wie ein Kind behandelt zu werden & dachte an Debra Mae, die gegen ihren Willen umbenannt worden war & mir gefiel der Name »Marilyn« nicht im Heim hatte es einmal eine Aufseherin gegeben, die so hieß und die ich gehasst hatte & »Miller« hatte doch auch kein Flair Was war daran besser als an »Baker«, dem Namen, der offenbar nicht in Frage kam? Ich versuchte, ihnen zu erklären, dass ich wenigstens »Norma« gern beibehalten würde es war der Name, mit dem ich aufgewachsen war & es wäre immer mein Name aber sie wollten nicht hören

Marilyn Miller Moira Miller Mignon Miller

sie wollten einen »MMMMM«-Klang sie betonten es, als würden sie Wein verkosten & wären sich über die Qualität nicht einig & plötzlich schlug sich Mr Shinn an die Stirn und rief, es gebe doch schon eine Schauspielerin mit dem Namen Marilyn Miller, am Broadway & Mr X fluchte, weil er keine Geduld mehr hatte & da sagte ich rasch, Wie wär's mit »Norma Miller« & die Männer hörten mir immer noch nicht zu ich bettelte um Aufmerksamkeit und sagte, der Name meiner Großmutter sei »Monroe« & Mr X schnippte mit den Fingern, als wäre ihm die Idee gerade selbst gekommen & Mr Shinn & er sagten unisono wie in einem Film

Mari-lyn Mon-roe

& ließen sich den verführerisch-murmeligen Klang auf der Zunge zergehen!

MARI-LYN MON-ROE

& noch ein paar Mal & sie lachten & sie beglückwünschten sich gegenseitig & mich & das war's!

MARILYN MONROE

würde mein Filmname sein & im Abspann von *Scudda-Hoo! Scudda-Hay!* erscheinen Jetzt bist du wirklich und wahrhaftig ein *Starlet*, sagte Mr Shinn zwinkernd

Ich war so glücklich, dass ich ihn küsste & Mr X auch & alle, die herumstanden & sie freuten sich alle so für mich BEGLÜCKWÜNSCHTEN MICH

Sept 1947 sind alle Träume der Norma Jeane Baker wahr geworden   & alle
Träume aller Waisenmädchen, die je vom Dach des Waisenhauses   &
sehnsüchtig zum RKO-Turm & den Lichtern von Hollywood in so weiter
Ferne hinübergeblickt haben

Zur Feier des Tages wollte Mr Shinn MARILYN MONROE zum Essen ausführen   & Tanzen   (obwohl er ein kleiner Gnom ist, der mir kaum bis zur
Schulter reicht!)   & ich sagte ihm rasch, das ist sehr liebenswürdig, Mr
Shinn, aber mir ist nicht sehr wohl, vor Freude ist mir ganz schwindlig & komisch & ich wäre ganz gern erst mal allein   & das war die reine Wahrheit
ich wankte & ließ mich fallen & schlief auf einer Couch in einem der Ton-
ateliers ein   & erwachte am Abend & verließ das Gelände unbeobachtet
& nahm an der üblichen Ecke still lächelnd, weil ich doch jetzt ein *Starlet*
war, eine Trambahn   ich bin MARILYN MONROE, sagte ich mir   &
während die Trambahn rumpelte & wankte, stoben meine Gedanken wie auf-
geschreckte Vögel himmelwärts   & es war ein rot gestreifter Himmel, als
würde er brennen   die Brände in den Hügeln & Canyons, die angefacht
wurden von den Santa-Ana-Winden   & der Geruch von schmelzendem
Zucker, verbranntem Haar & Asche wehte uns in die Nasenlöcher & Mutter
floh mit mir im stumpfgrünen Ford, sie fuhr nach Norden auf die Waldbrände zu, bis die Straßensperren der L. A. POLICE sie am Weiterfahren
hinderten   aber an dieses so weit zurückliegende Ereignis sollte ich gar
nicht denken, noch an das AVIARIUM vom selben Morgen & den Mann,
der es mir vorgeführt hatte   ich sagte mir *Mein neues Leben! Es hat begonnen! Heute hat es begonnen!* Sagte mir *Das ist erst der Anfang, ich bin
einundzwanzig Jahre alt & ich bin MARILYN MONROE*   & da sprach
mich in der Trambahn ein Mann an, wie es Männer häufig tun   fragte, ob
ich Kummer hätte   ob er mir helfen könne, wollte er wissen   ich sagte,
Entschuldigen Sie, ich muss hier raus   & stieg rasch aus der Tram aus   ich
hatte tatsächlich geglaubt, wir seien schon in der Vineland Avenue, aber ich
war wohl verwirrt, der stechende Schmerz zwischen den Augen & im Unterleib   ich stand wankend auf dem Gehweg & sah verwirrt nach links, nach
rechts   irgendwo in L. A. westlich von Hollywood, aber ich erkannte die
Gegend nicht wieder & hatte plötzlich keine Ahnung   *Wo geht es nach
Hause?*

Die Frau

1949–1953

Ein Nutzen der Schönheit liegt nicht klar zutage, ihre kulturelle Notwendigkeit ist nicht einzusehen, und doch könnte man sie in der Kultur nicht vermissen.

Sigmund Freud
Das Unbehagen in der Kultur

Der Dunkle Prinz

Die Macht des Schauspielers liegt in seiner Verkörperung der Angst vor
Gespenstern.

Lehrbuch des Schauspielers und Leben des Schauspielers

*Irgendwie habe ich nie glauben können, dass ich zu leben verdiente. So wie
andere Menschen es verdienen. Ich musste mein Leben unentwegt rechtfertigen. Ich brauchte eure Erlaubnis.*

Es war eine Jahreszeit ohne Wetter. Frühsommer, zu früh für die Santa-Ana-
Winde, und doch roch die scharfe trockene Luft, die aus der Wüste heran-
wehte, nach Sand und Feuer. Noch mit geschlossenen Augen sah man Flammen tanzen. Noch im Schlaf hörte man das Trappeln von Ratten, die durch
die wahnwitzige Bauwut aus Los Angeles vertrieben wurden. In den Canyons nördlich der Stadt die Klagerufe der Kojoten. Wochenlang hatte es keinen Regen gegeben, und doch folgte ein bewölkter Tag auf den anderen, mit
einem Licht, so grell-blass wie das Innere eines blinden Auges. An diesem
Abend klarte der Himmel über dem El Canyon Drive kurz auf, enthüllte eine Mondsichel von der feucht-rötlichen Färbung einer lebenden
Membran.

*Ich will nichts von dir, ich schwör's! Nur sagen – du solltest deine Tochter
kennen. Mich.*

An diesem Abend Anfang Juni saß das blonde Mädchen in einem geliehenen Jaguar am El Canyon Drive und wartete. Sie saß allein im Auto. Rauchte
nicht, trank nicht. Hörte auch nicht Autoradio. Der Jaguar stand am oberen
Ende der schmalen Schotterstraße, vor einem festungsähnlichen Anwesen,
einem vage orientalischen Bauwerk, umgeben von einer mehr als mannshohen Feldsteinmauer mit einem massiven schmiedeeisernen Tor. Es gab sogar
ein Torhaus, aber niemand versah Dienst darin. Die tiefer liegenden Anwesen erstrahlten in Flutlicht, Gelächter und Stimmengewirr stiegen wie Musik in die warme Nacht empor, doch dieses Anwesen am höchsten Punkt von
El Canyon lag fast vollständig im Dunkeln. Keine Palmen umstanden die

hohe Mauer, nur Mittelmeer-Zypressen, vom Wind zu bizarren Skulpturen verformt.

Ich habe keine Beweise. Die brauche ich auch nicht. Vaterschaft ist eine Frage der Seele. Ich wollte doch nur dein Gesicht sehen, Vater.

Ein Name war fallen gelassen worden. War dem blonden Mädchen leichthin zugeworfen worden, wie man eine Münze in die ausgestreckten Hände eines Bettlers wirft. Begierig wie ein Bettler und blind hatte sie danach gegriffen. Ein Name! Sein Name! Des Mannes, der 1925 womöglich der Liebhaber ihrer Mutter gewesen war.

Womöglich? – wahrscheinlich.

Mitten im Schutt der Vergangenheit, den sie durchwühlt hatte. So wie ein Bettler Abfälle, ja Müll durchwühlen würde, um etwas Wertvolles zu finden.

Früher am Abend, bei einer Party an einem Swimmingpool in Bel Air, hatte sie gefragt, ob ihr jemand seinen Wagen leihen könnte? –, und mehrere Männer hatten sich darum gerissen, ihr ihre Autoschlüssel in die Hand zu drücken, und sie war barfuß losgerannt, auf und davon. Wenn der Jaguar zu lange verschwunden blieb, würde das »Leihen« der Polizei von Beverly Hills gemeldet werden, doch so weit würde es nicht kommen, denn das blonde Mädchen war weder betrunken noch narkotisiert, und ihre Verzweiflung konnte sie gut überspielen.

Warum? Ich weiß nicht warum, vielleicht bloß, um dir einmal die Hand zu drücken, Hallo und Lebwohl, wenn du das willst. Natürlich habe ich mein eigenes Leben. Ich würde dabei nichts verlieren, was ich wirklich gehabt habe.

Das blonde Mädchen hätte dort womöglich die ganze Nacht über gewartet, wenn nicht ein privater Wachmann in einem nicht gekennzeichneten Wagen den El Canyon heraufgekommen wäre, um nach dem Rechten zu sehen. Irgendjemand in der fast dunklen Villa oben auf dem Hügel musste sie gemeldet haben. Der Wachmann trug eine dunkle Uniform und eine Taschenlampe in der Hand, mit der er dem Mädchen direkt ins Gesicht leuchtete. Es war eine Filmszene! Und doch mit keiner Musik unterlegt, die signalisiert hätte, ob jetzt Angst, Anspannung oder Ausgelassenheit verlangt war. Und der Text des Uniformierten wurde mit so ausdrucksloser Stimme vorgetragen, dass auch er keinerlei Aufschluss gab. »Miss? Was haben Sie hier zu suchen? Dies ist eine Privatstraße.« Das Mädchen blinzelte schnell, als wollte sie Tränen wegblinzeln (doch sie hatte keine Tränen mehr), und flüsterte: »Nichts. Tut mir leid, Officer.« Ihre Höflichkeit, ihre kindliche Art entwaffneten den Wachmann sofort. Und er hatte ihr Gesicht gesehen. *Dieses Gesicht! Ich wusste, dass sie jemand sein musste, jemand sein würde, eines Tages. Nur wer?* Zögernd, während er sich die Unterseite seines leicht stoppligen Kinns kratzte, sagte er: »Schön. Dann kehren Sie mal lieber um und fahren nach Hause, Miss. Wenn Sie nicht hier oben wohnen. Die, die hier oben wohnen, sind schon eigen. Und Sie sind zu jung, um –« Er brach mitten im Satz ab, hatte ihr aber eigentlich schon alles gesagt.

Während das blonde Mädchen ihr geliehenes Auto anließ, erwiderte sie: »Nein, das bin ich nicht. Jung.«

Es war der Vorabend ihres dreiundzwanzigsten Geburtstags.

»*Miss Golden Dreams*« 1949

»Machen Sie mich nicht zur Witzfigur, Otto. Bitte.«

Er lachte. Er war entzückt. Hier bot sich die Gelegenheit zur Rache, und wir wissen, dass Rache süß ist. Lange schon wartete er darauf, dass Norma Jeane wieder bei ihm angekrochen käme. Lange schon wartete er darauf, sie nackt zu fotografieren, seit dem Moment, als er sie zum ersten Mal gesehen hatte, als sie sich in ihrem schmutzigen Monteursanzug hinter den Flugzeugrümpfen geduckt hatte, einen Kanister Stoff in der Hand. Als hätte sie sich vor *ihm* verstecken können.

Vor dem Auge von Otto Öses Kamera wie vor dem Auge des Todes *versteckt sich niemand*.

Wie viele weibliche Wesen Otto Öse in seinem Leben schon ihrer Hüllen und ihrer Ansprüche und ihrer »Ehre« entkleidet hatte, und jede hatte eingangs geschworen: *Niemals!*, so wie auch dieses Mädchen, das meinte, sich über seine Bestimmung hinwegsetzen zu können, geschworen hatte: *Niemals, ich nicht, nein, niemals!*

Als wäre sie unberührt gewesen. In ihrer Seele.

Unantastbar. In einer kapitalistischen Warengesellschaft, in der Körper so wenig unantastbar sind wie Seelen.

Als wäre die Unterscheidung zwischen *Pin-up* und *Aktmodell* alles, woran sie sich klammern konnte, um ihrer Selbstachtung willen.

»Früher oder später, Baby. Kommst du zu *mir*.«

Und doch hatte sie seine Angebote abgelehnt, solange sie sich noch Hoffnungen auf eine Filmkarriere machen konnte. Solange sie ein neues, unverbrauchtes Gesicht in Hollywood gewesen war. *Seine* Entdeckung. In jedem Herrenmagazin und etlichen landesweit verbreiteten Hochglanzillustrierten, ja sogar ein paar renommierten Journalen wie *U. S. Camera. Sein* Werk. Es war einzig und allein Otto Öses Verdienst, dass sie als Klientin bei I. E. Shinn, einem Hollywoodagenten der Spitzenklasse, untergekommen war. Von der Produktionsgesellschaft unter Vertrag genommen wurde und ihre erste Rolle in einer dümmlichen Provinz-Komödie mit June Haver und einem harmonischen Maultiergespann bekommen hatte, und dann waren ihre vier Minuten Film auf bloße Sekunden zusammengeschnitten worden, und in diesen paar

Sekunden sah man das blonde Starlet »Marilyn Monroe« nur aus so großer Entfernung – in einem Ruderboot mit June Haver –, dass niemand, womöglich nicht einmal Norma Jeane Baker selbst, sie erkannt hätte.

Das war das Filmdebüt von »Marilyn Monroe«. *Scudda-Hoo! Scudda-Hay!* 1948.

Vor einem Jahr, vielleicht auch mehr. Seitdem hatte die Produktionsgesellschaft sie in zwei, drei anderen, von Budget wie Niveau her billigen Filmen eingesetzt, in banalen Nebenrollen, die sich im Auftauchen einer kurvenreich-dümmlichblonden Venus und den Folgen erschöpften. (In dem allergeschmacklosesten wackelt »Marilyn Monroe« aus dem Bild, während Groucho Marx ihrem Hintern hinterherstiert.) Dann jedoch hatte die Produktionsgesellschaft sie eiskalt abserviert. Hatte ihren Vertrag nicht um ein weiteres Jahr verlängert.

Aus »Marilyn Monroe« war in wenigen kurzen Monaten buchstäblich nichts geworden.

In der Stadt ging das Gerücht (ein unsinniges Gerücht, wie Otto wusste, doch allein die Tatsache, dass es aufgekommen war und sich hartnäckig hielt, verhieß nichts Gutes), in ihrer Verzweiflung und um ihre Karriere zu befördern, habe sie sich wie so viele andere junge Starlets Bossen der Produktionsgesellschaft hingegeben, unter anderem dem berüchtigten Frauenhelden-Frauenhasser Mr. Z sowie einem einflussreichen Regisseur, dessen Einfluss sie allerdings nicht für sich hatte nutzen können. Es hieß, »Marilyn Monroe« schlafe sowohl mit ihrem gnomhaften Agenten I. E. Shinn als auch mit etlichen seiner Hollywood-Freunde, denen er den einen oder anderen Gefallen schulde. Es wurde gemunkelt, »Marilyn Monroe« habe mindestens eine Abtreibung gehabt, wahrscheinlich sogar mehr als eine. (Otto schmunzelte, als er erfuhr, dass er einer Version dieses Gerüchts zufolge nicht nur die illegale Operation bei einem Arzt in Santa Monica vermittelt hatte, sondern selbst der Schwängerer gewesen war. Als würde ausgerechnet Otto Öse seinen Samen verschleudern!)

Drei Jahre lang hatte Norma Jeane höflich alle von Otto Öse unterbreiteten Auftragsangebote für Aktaufnahmen abgelehnt. Angebote von *Yank, Peek, Swank, Sir!* und einigen anderen für weitaus mehr Geld, als ihr jetzt Ace Hollywood Calendars zahlen würde: lumpige fünfzig Dollar. (Otto würde achthundert für die Aufnahmen kassieren, und er würde die Negative behalten, aber das brauchte Norma Jeane ja nicht zu erfahren.) Sie war jetzt, wo sie nicht mehr in dem von der Produktionsgesellschaft unterhaltenen

Club wohnte, sondern in einem möblierten Zimmer in West Hollywood, mit der Miete im Rückstand; sie hatte sich ein gebrauchtes Auto kaufen müssen, um in L. A. besser herumkommen zu können, und das Auto war ihr erst vor wenigen Tagen wieder abgenommen worden, wegen fünfzig Dollar. Die Preene-Agency schien sich von ihr trennen zu wollen, weil die Produktionsgesellschaft sich von ihr getrennt hatte. Otto hatte sich seit Monaten nicht bei Norma Jeane gemeldet, hatte darauf gewartet, dass sie sich bei ihm meldete. Denn warum zum Teufel sollte er sich bei *ihr* melden? Er brauchte *sie* nicht. In Südkalifornien gab es Mädchen wie Sand am Meer.

Und dann klingelte eines Morgens das Telefon in Ottos Atelier, und Norma Jeane war am Apparat, und sein Herz machte einen Satz vor Erregung? Dankbarkeit? Rachsucht? – er hätte das Gefühl nicht benennen können. Ihre Stimme war hauchig und unsicher. »Otto? H-hallo! Hier ist N-norma Jeane. K-kann ich bei Ihnen vorbeikommen? Gibt es vielleicht – Arbeit für mich? Ich d-dachte –« Otto sagte gedehnt: »Baby, ich weiß nicht. Ich hör mich mal um. Dieses Jahr wimmelt es in L. A. nur so von phantastischen neuen Mädchen. Ich bin gerade mitten bei Fotoaufnahmen, kann ich dich zurückrufen?« Mit einem regelrechten Triumphgefühl hatte er den Hörer aufgelegt und später Schuldgefühle empfunden und ein seltsames Vergnügen an diesen Schuldgefühlen, denn Norma Jeane war ein süßes, anständiges Mädchen, das ihm in rückenfreien Oberteilen und Shorts und engen Pullovern und Badeanzügen einiges Geld eingebracht hatte; warum sollte sie ihm nicht auch ausgezogen Geld einbringen?

Ich war kein Flittchen und keine Schlampe. Und doch gab es den Wunsch, mich so wahrzunehmen. Denn irgendwie konnte ich auf keine andere Weise verkauft werden. Und ich erkannte, dass ich verkauft werden musste. Denn dann würde ich begehrt, und dann würde ich geliebt.

Er erklärte ihr: »Einen Fünfziger, Baby.«

»Nur … f-fünfzig Dollar?«

Sie hatte auf hundert gehofft. Sogar noch mehr.

»Fünfzig.«

»Ich dachte, S-sie hätten mal gesagt –«

»Sicher. Und vielleicht kriegen wir später mehr. Für Aufträge von Zeitschriften. Aber im Moment gibt es nur das eine Angebot von Ace Hollywood Calendars. Nimm's an oder lass es sein.«

284

Eine lange Pause. Was, wenn sie jetzt weinen müsste? In letzter Zeit weinte sie viel. Sie konnte sich nicht erinnern, ob Gladys je geweint hatte. Und sie fürchtete den Spott des Fotografen. Und dann würden ihre Augen rot anschwellen, und die Aufnahmen würden um noch einen Tag verschoben werden müssen, und dabei brauchte sie das Geld doch schon heute.

»Also schön. In Ordnung.«

Otto legte ihr das Abtretungsformular zur Unterschrift hin. Norma Jeane nahm an, dass er damit nicht bis nach dem Fototermin warten wollte, weil sie sich die Sache aus Verlegenheit oder Scham oder Wut anders überlegen könnte und er um sein Honorar gebracht würde. Schnell unterschrieb sie.

»Mona Monroe. Wer zum Teufel ist das?«

»Ich bin das, im Moment.«

Otto lachte. »Als Deckname eher ent- als verhüllend.«

»Ich bin doch auch hier, um die Hüllen fallen zu lassen, oder?«

Mit fahrigen Händen zog sie sich hinter dem zerschlissenen chinesischen Wandschirm aus, dort, wo sie bei anderen Gelegenheiten in Pin-up-Kostüme geschlüpft war. In Sonnenlicht gebadet, das durch schmutzige Fensterscheiben fiel. Es gab keine Kleiderbügel für ihre wie immer frisch gewaschenen und gebügelten Sachen: die weiße Batistbluse, den glockig weiten marineblauen Rock. Sie legte also ihre Kleidung ab und stand bis auf ihre weißen Sandalen mit mittelhohem Absatz nackt da. Legte ihre Würde ab. Nicht dass ihr viel Würde geblieben war. Seit sie die Schreckensbotschaft von der Produktionsgesellschaft erhalten hatte, höhnte täglich, stündlich eine Stimme: *Versagerin! Versagerin! Warum bist du nicht tot? Wozu lebst du noch?* Dieser Stimme, die sie nicht mit letzter Sicherheit wieder erkannte, wusste sie nichts zu entgegnen. Sie war sich nicht darüber im Klaren gewesen, wie viel der Name »Marilyn Monroe« ihr bedeutete. Sie hatte diesen Namen, dieses Kunstprodukt, nie gemocht, genauso wenig wie ihr künstlich gebleichtes Blondhaar und die Kewpie-Doll-Kleider und Manieriertheiten von »Marilyn Monroe« (Trippelschritte in engen Röcken mit Gehschlitzen, unter denen sich sogar der Spalt zwischen den Gesäßbacken abzeichnete, das Busenwackeln, beiläufig wie Handbewegungen mitten in einer Unterhaltung) und die Rollen, die die Bosse der Produktionsgesellschaft ihr zugeteilt hatten, doch sie hatte gehofft, und Mr. Shinn hatte sie in dieser Hoffnung bestärkt, dass sie schon bald für eine ernste Rolle vorgesehen würde, ihr eigentliches Leinwanddebüt. Wie

Jennifer Jones in *Das Lied von Bernadette*. Wie Olivia De Havilland in *Die Schlangengrube*. Jane Wyman als Taubstumme in *Schweigende Lippen!* Norma Jeane war überzeugt davon, dass sie solche Rollen spielen könnte. »Wenn man mir nur eine Chance geben würde.«

Von ihrem neuen Namen hatte sie Gladys nie erzählt. Hatte sich vorgestellt, dass sie Gladys zur Premiere von *Scudda-Hoo! Scudda-Hay!* ins Grauman's Egyptian Theatre mitnehmen und dass Gladys erstaunt und erfreut und von Stolz erfüllt sein würde, ihre Tochter auf der Leinwand zu sehen, auch wenn die Rolle noch so klein war; am Ende des Films hätte sie erklärt, dass die »Marilyn Monroe« im Abspann *sie* war. Dass die Namensänderung zwar nicht ihre Idee gewesen war, aber dass sie immerhin den Namen »Monroe« hatte durchsetzen können, Gladys' Mädchennamen. Doch ihre Rolle in diesem albernen Film war auf ein paar Sekunden zusammengeschnitten worden und ließ keinen Stolz aufkommen. *Ohne Stolz kann ich nicht zu Mutter gehen. Ohne Stolz kann ich nicht auf ihren Segen hoffen.*

Falls ihr Vater wusste, wer »Marilyn Monroe« war, wäre auch er angewidert. Denn »Marilyn Monroe« besaß keinen Stolz – noch nicht.

Otto Öse bereitete alles für die Aufnahmen vor und redete dabei unablässig auf Norma Jeane ein. Sprach von seinen Plänen für andere »künstlerische« Fotos nach diesen. Die Nachfrage nach – nun ja, »Spezialitäten«-Fotos sei groß. Norma Jeane hörte zu, aber wie aus großer Entfernung, wie gelähmt und daher halb taub. Ohne Kamera war Otto Öse meist lethargisch und lustlos; erst hinter der Kamera lebte er auf. Wie ein kleiner Junge, ein Lausbub. Sie hatte gelernt, sich von seinen Späßen nicht gekränkt zu fühlen. Und dennoch fühlte sich Norma Jeane befangen, sie hatte ihn seit Monaten nicht gesehen, und bei der letzten Begegnung war alles schief gelaufen. (Sie hatte zu viel von sich preisgegeben. Von ihrer Einsamkeit, der Sorge um ihre Karriere und dass sie »schrecklich viel« an ihn denken müsse. Sie konnte immer noch nicht fassen, dass sie so etwas gesagt hatte. Es war genau das, was man zu Otto Öse nicht sagen durfte, und das wusste sie. Er hatte zunächst nicht geantwortet, sondern sich abgewandt, an seiner stinkenden Zigarette gezogen und schließlich gemurmelt: »Norma Jeane, bitte – erspar dir unnötigen Kummer.« Sein linkes Augenlid zuckte, und er setzte eine trotzige Kleinjungenmiene auf. Schwieg so lange, bis ihr klar wurde, dass ihr Fehler nicht mehr gutzumachen war.) Jetzt, hinter dem zerschlissenen chinesischen Wandschirm, zitterte sie in der stickigen

Hitze. Sie hatte sich geschworen, niemals nackt zu posieren, denn das bedeutete eine *Überschreitung*, und eine *Überschreitung* war gleichbedeutend damit, sich einem Mann für Geld hinzugeben. Danach gab es kein Zurück mehr. An dem Handel war etwas Schmutziges, buchstäblich Schmutziges, wie Unrat. Dabei war ihr doch nichts so heilig wie Reinlichkeit. Fingernägel, Zehennägel. *Nie werde ich wie Mutter sein: nie!* Auf dem Filmgelände hatte sie manchmal nach dem Schauspielunterricht geduscht, weil sie sich völlig verschwitzt fühlte. Hatte nicht Orson Welles gesagt: »Ein Schauspieler schwitzt, oder er ist kein Schauspieler«? Aber keine Schauspielerin möchte stinken! Als Club-Bewohnerin hatte Norma Jeane zu den Mädchen gehört, die ihr heißes Wannenbad so lange auskosteten, wie es irgend ging. Doch jetzt, in ihrem billigen möblierten Zimmer, hatte sie beschämenderweise weder Badewanne noch Dusche und musste sich umständlich an einem kleinen Becken waschen. Um ein Haar hätte sie eingewilligt, mit einem Produzenten das Wochenende in Malibu zu verbringen, nur wegen der Aussicht auf den Luxus eines Wannenbades. Der Produzent war ein Freund eines Freundes von Mr. Shinn. Einer der vielen, vielen »Produzenten« in Hollywood. Ein wohlhabender Mann, der Linda Darnell zu ihrer Karriere verholfen hatte. Ja, sogar Jane Wyman. Jedenfalls brüstete er sich damit. Wäre Norma Jeane dieser Einladung gefolgt, hätte auch das eine *Überschreitung* bedeutet.

Sie wollte kein Geld, sie wollte Arbeit. Sie hatte den Produzenten abgewiesen, und jetzt stand sie nackt und bloß in Otto Öses Rumpelkammer von Atelier, in dem es roch wie nach Kupferpennys in einer schweißigen Hand. Unter ihren Füßen waren Staubflocken und vertrocknete Insekten, vielleicht dieselben wie bei ihrem letzten Besuch, der schon Monate zurücklag. *Als ich schwor, ich käme nie wieder. Nie!*

Sie konnte den Blick nicht deuten, den der Fotograf ihr zuwarf: Fühlte er sich zu ihr hingezogen, oder verabscheute er sie? Mr. Shinn hatte gesagt, Otto sei Jude, und Norma Jeane hatte noch keinen Juden kennen gelernt. Seit Hitler und den Todeslagern und den Fotos von Buchenwald, Auschwitz und Dachau in *Life*, auf die sie lange Minuten wie betäubt gestarrt hatte, faszinierten sie Juden, das Judentum zunehmend. Hatte nicht Gladys gesagt, die Juden seien ein auserwähltes Volk, ein uraltes, dem Untergang geweihtes Volk? Norma Jeane hatte über diese Religion gelesen, die nicht bekehren will, und über dieses »Volk« – welches Geheimnis, »Volk«! Die Entstehung der Menschen»völker« – ein Geheimnis. Man musste eine jüdische Mutter haben, um als Jude geboren zu werden. War es ein Segen oder ein Fluch, »auserwählt« zu sein? – hätte Norma Jeane gern einen Juden gefragt. Aber die Frage war naiv, und nach den Gräueln der Todeslager wäre sie sicherlich missverstanden worden. In Otto Öses dunklen, unergründlichen Augen sah sie so viel Seele, Tiefe und Geschichte, wie es sie in ihren Augen nicht gab, ihren klaren, erstaunlich blauen Augen. *Ich bin nur Amerikanerin. Nur Oberfläche. Nichts dahinter.*

Otto Öse war anders als alle anderen Männer, die Norma Jeane kannte. Nicht nur, weil er begabt und exzentrisch war. Sondern weil er in gewissem Sinne kein *Mann* war. Nicht *Männlichkeit* machte ihn aus. Sein Geschlechtsleben war ihr ein Rätsel. Er schien Frauen aus Prinzip nicht zu mögen. Als Mann hätte auch Norma Jeane die meisten Frauen aus Prinzip nicht gemocht. Glaubte sie. Und doch hatte sie sich lange Zeit einreden wollen, Otto Öse würde sie über andere Frauen stellen und *sie* lieben. Sie bedauern und *sie* lieben. Denn betrachtete er sie nicht manchmal zärtlich und immer eindringlich durch das Auge seiner Kamera? Um nachher aufgeregt Kontaktabzüge und Kopien von Norma Jeane auszubreiten oder vielmehr von der Norma Jeane, die er in Pin-up-Kostümen fotografiert hatte, und zu murmeln: »Mein Gott. Sieh doch nur. *Wunderschön.*« Aber er meinte die Fotos, nicht Norma Jeane.

Nackt bis auf die Schuhe. *Warum tue ich das? Ich mache einen Fehler.* Verzweifelt sah sie sich nach einem Morgenrock um, den sie überziehen könnte. Gab es für Aktmodelle denn nicht immer einen Morgenrock? Hätte sie doch bloß einen mitgebracht. Zaghaft lugte sie hinter dem Wandschirm hervor. Ihr Herz klopfte laut vor Angst und einem eigenartigen Hochgefühl. Wenn er sie nackt sah, würde er sie dann nicht begehren? Sie lieben? Er stand mit dem Rücken zu ihr da, in einem unförmigen schwarzen T-Shirt, Arbeitshosen, in denen seine schmalen Hüften erschreckend dünn wirkten, verfleckten Segeltuchschuhen. Keines der Preene-Mädchen, keine der jungen Vertragsschauspielerinnen der Produktionsgesellschaft, die Otto Öse kannten, wussten wirklich etwas über ihn. Bekannt war er für seine anspruchsvolle, oft anstrengende Arbeitsweise – »Aber bei Otto lohnt sich die Mühe. Er kommt gleich zur Sache.« Sein Privatleben war geheimnisvoll – »Otto kann man sich nicht einmal als *warmen Bruder* vorstellen.« Norma Jeane sah, dass das Haar auf Ottos langem schmalen Kopf schon einen grau melierten Schimmer annahm und sich allmählich lichtete. Im Profil hatte er Ähnlichkeit mit einem Habicht, wie ihr zum ersten Mal auffiel. Er sah so *hungrig* aus, wie ein *hungriger Raubvogel*. Der sich emporschwang und hinabstieß und auf seine entsetzte Beute stürzte. Dabei tat er nichts weiter, als ein großes karmesinrotes Samttuch über eine wacklige Pappkulisse zu drapieren; dass Norma Jeane ihn beobachtete, merkte er nicht. Er pfiff leise, murmelte vor sich hin, lachte. Dann drehte er sich um und sah zum hinteren Ende des Ateliers hinüber, wo in dem ganzen Durcheinander ein paar angestoßene Möbelstücke herumstanden: ein fettverschmierter verchromter Küchentisch mit Kochplatte, Kaffeekanne, Tassen; ein paar Stühle. Daneben mannshohe Sperrholzplatten und Korktafeln, an die Dutzende von Kontaktabzügen und Kopien gepinnt waren, manche davon schon vergilbt. Dort hinten befand sich auch die stets verdreckte Toilette mit nur einem zerlumpten Stück Sackleinen als Türersatz. Norma Jeane schauderte es bei dem Gedanken, diese Toilette benutzen zu müssen, und sie vermied den Gang, wenn irgend möglich. Jetzt glaubte sie, hinter dem Sackleinen eine schattenhafte Bewegung zu sehen – war da etwa jemand? *Er lässt jemanden spionieren!* Der Gedanke war abenteuerlich und absurd. Doch nicht Otto! Für *Zuhälter* hatte Otto nur Verachtung übrig.

»Bist du so weit, Baby? Du genierst dich doch nicht, oder?« – Otto warf Norma Jeane ein Stück zerknitterten Stoff zu, dünn wie ein Schleier, einen alten Vorhang. Sie hüllte sich dankbar darin ein. Otto sagte: »Ich arbeite mit Pannésamt, um einen Effekt wie von einer Pralinenschachtel zu erzeugen. Du bist eine Praline zum Vernaschen.« Beiläufig, als wäre die Situation für sie beide nichts Neues. Er machte sich daran, das Stativ am richtigen Platz aufzubauen, einen Film in die Kamera einzulegen und sie einzustellen. Blickte nicht einmal hoch, als Norma Jeane sich näherte, langsam, benommen, wie ein Mädchen im Traum. Das karmesinrote Samttuch war an den Rändern schon ausgefranst, die Farbe hingegen noch leuchtend, regelrecht pulsierend. Otto hatte den Stoff so drapiert, dass die Ränder nicht ins Bild kommen würden, und der niedrige Hocker, auf dem Norma Jeane sitzen sollte, von der pulsierenden Farbe umrahmt, war unter dem Tuch verborgen. »Otto, kann ich vorher noch auf die T-toilette gehen? Nur zum –«

»Nein. Sie funktioniert nicht.«

»Nur ein bisschen Wasser für meine –«

»Nein. Beginnen wir endlich mit ›Miss Golden Dreams‹.«

»Ich soll ›Miss Golden Dreams‹ sein?«

Otto sah Norma Jeane immer noch nicht an. Aus Zartgefühl vielleicht oder aus Sorge, das Mädchen könnte es mit der Angst bekommen und weglaufen. Eingewickelt in den schmutzigen Vorhang näherte sie sich der Dekoration und den blendenden Lichtern, die immer so einschüchternd waren. Erst als sie zögernd auf den Stoff trat, sah Otto sie im Sucher und sagte scharf: »Schuhe? Du hast Schuhe an? Zieh sie aus.« Norma Jeane stammelte: »K-kann ich die Schuhe nicht anbehalten? Der Fußboden ist so schmutzig.« »Sei nicht albern. Hast du schon mal einen Akt mit *Schuhen* gesehen?« Otto schnaubte verächtlich. Norma Jeane schoss das Blut in die Wangen. Ihre ganze Fleischlichkeit und Fülle, die Brüste, auf die sie normalerweise so stolz war, die Oberschenkel und Hinterbacken! Ihre cremehelle dralle Nacktheit war wie ein Störfaktor, ein Fremdkörper. »Ich finde nur – meine F-füße – sie kommen mir irgendwie n-nackter vor als –« Norma Jeane lachte, nicht auf die neue Art, die sie für die Produktionsgesellschaft hatte einstudieren müssen, sondern wie früher, quieksig-verschreckt, wie eine Maus, die totgemacht wird. »Versprechen Sie mir, sie nicht – von unten zu zeigen? Ich meine, die Fußsohlen? Bitte, Otto!«

Warum waren Fußsohlen plötzlich so wichtig?

Ungeschützt und verletzlich und ausgesetzt. Sie ertrug den Gedanken nicht, dass Männer sie lüstern anstarrten und als Inbegriff ihrer kreatürlichen Hilflosigkeit die blassen Fußsohlen. Ihr fiel wieder ein, dass Otto ihr bei den letzten Fotoaufnahmen – einer Pin-up-Serie für *Sir!*, für die Norma Jeane ein rotes Satinoberteil mit V-Ausschnitt, kurze weiße Shorts und hochhackige Schuhe aus rotem Satin trug – erklärt hatte, ihre Schenkel hätten nicht »das richtige Verhältnis« zum Arsch: Sie seien zu muskulös. Und die Leberflecken auf ihrem Rücken und ihren Armen passten ihm auch nicht – lauter »winzige schwarze Ameisen«, die sie mit einer getönten Lotion abdecken musste.

»Komm schon, Baby. Alles *runter*.«

Norma Jeane schleuderte ihre Schuhe weg und ließ den schleierdünnen Vorhang zu Boden fallen. Ihr Körper prickelte jetzt, wo sie nackt vor diesem Mann stand, der zwar ein Bekannter, aber auch ein völlig Fremder war. Sie ließ sich in der roten Samtflut nieder, setzte sich mit eng übereinander geschlagenen und seitlich verdrehten Beinen auf den Hocker. Otto hatte den Stoff so drapiert, dass der Betrachter nicht mit Sicherheit würde sagen können, ob das Modell saß oder lag. Nichts würde zu sehen sein außer einer leuchtend karmesinroten Fläche und dem nackten Körper des Modells, wie bei einer optischen Täuschung, bei der sich Größenverhältnisse und Entfernungen verwirren. »Das w-werden Sie doch nicht tun? Meine Fußsohlen auf –«

Otto sagte gereizt: »Was hast du bloß mit deinen Fußsohlen, verdammt? Ich versuche, mich zu konzentrieren, und du gehst mir auf die Nerven.«

»Ich habe noch nie N-nacktaufnahmen gemacht. Ich –«

»Nicht Nacktaufnahmen, Schätzchen – *Aktaufnahmen*. Nicht Schund – *Kunst*. Das ist ein entscheidender Unterschied.«

Norma Jeane, verletzt von Ottos Ton, nahm Zuflucht zum Humor. In der Naiven-Stimme, die sie bei der Produktionsgesellschaft einstudiert hatte, erwiderte sie: »Wie fotografisch – nicht *pornographisch*. Richtig?«

Sie lachte schrill auf. Ein Alarmsignal, wie Otto wusste.

»Ganz ruhig, Norma Jeane. Ich hab dir doch gesagt, es wird eine Pralinenschachtelaufnahme. Nimm deine Arme weg – meinst du nicht, dass Otto Öse schon jede Menge Möpse gesehen hat? Deine sind übrigens erstklassig. Und die Beine bitte nebeneinander. Wir machen keine Frontalaufnahme, es wird nicht ein einziges Schamhaar zu sehen sein, so was würde die Post doch niemals verschicken, und damit wäre die ganze Arbeit umsonst. Verstanden?«

Norma Jeane wollte ihm irgendetwas Unverständliches zu ihren Füßen erklären, dazu, wie sie von *unten* aussehen würden. Aber ihre Zunge war dick und fühllos. Zu sprechen war so schwierig wie unter Wasser zu atmen. Sie spürte deutlich, dass sie vom hinteren Ende des Ateliers aus beobachtet wurde. Und dann gab es auch noch das schmutzstarrende Fenster, das auf den Hollywood Boulevard hinausging; vielleicht beobachtete jemand sie durch dieses Fenster, spähte über das Fensterbrett herein. Gladys hatte nicht gewollt, dass sie sich Norma Jeane anschauten, aber sie hatten trotzdem die Decke hochgeschlagen. Sie waren nicht davon abzuhalten gewesen.

Otto sagte geduldig: »Du hast mir in diesem Atelier nun schon etliche Male Modell gestanden. Und draußen am Strand. Welchen Unterschied siehst du bitteschön zu einem rückenfreien Oberteil, das kaum so groß ist wie ein Taschentuch? Einem Badeanzug? In Shorts oder Jeans kann dein Arsch anzüglicher wirken als nackt, das weißt du genau. Stell dich also nicht dümmer, als du bist.«

Norma Jeane rang um Worte. »Wenn Sie mich nur nicht zur Witzfigur machen, Otto. Bitte.«

Otto erwiderte verächtlich: »Du bist doch schon ein Witz! Der weibliche Körper *ist* ein Witz! Diese ganze – *Fruchtbarkeit*. Diese – *Schönheit*. Alles nur darauf angelegt, Männer so wild zu machen, dass sie kopulieren, die Art erhalten, wie die Männchen der Gottesanbeterinnen, die sich bei der Begattung den Kopf abbeißen lassen, und was *ist* diese Art? Nach den Nazis und der amerikanischen Kollaboration beim Abschlachten der Juden haben neunundneunzig Prozent der Menschheit sowieso ihr Lebensrecht verwirkt.«

Norma Jeane erschrak angesichts solcher Heftigkeit. Zwar hatte Otto sich auch früher schon teils im Spaß, teils ernsthaft, über die Wertlosigkeit der menschlichen Rasse ausgelassen, doch jetzt sprach er zum ersten Mal von den Nazis und ihren Opfern. Norma Jeane protestierte. »Amerikanische K-kollaboration? Was meinen Sie damit, Otto? Ich dachte, wir wären die R-retter –« »Wir waren die ›Retter‹ der Überlebenden der Todeslager, weil sich damit gut Propaganda machen ließ, aber wir haben nichts unternommen, um sechs Millionen Tote zu verhindern. Die Politik der Amerikaner – sprich Roosevelt – bestand nämlich darin, alle jüdischen Flüchtlinge abzuweisen, sie zurückzuschicken, ins Gas. Sieh mich nicht so an, das ist keiner von deinen schwachsinnigen Filmen. Die USA sind ein florierender faschistischer Nachkriegsstaat (jetzt, wo die selbst ernannten Faschisten besiegt sind), und der Kongressausschuss für unamerikanische Umtriebe ist ihre Gestapo, und Mädchen wie du sind leckere Pralinen für alle die, die das nötige Kleingeld haben, um sie zu kaufen – also halt den Mund, wenn es um Dinge geht, von denen du nichts verstehst.«

Otto grinste sein breites Totenkopf-Grinsen. Norma Jeane lächelte ängstlich, beschwichtigend. Er hatte ihr mehrmals den *Daily Worker* mitgegeben und primitiv gedruckte Pamphlete von der Progressive Party und dem Unterstützungskomitee für nicht-gebürtige Amerikaner und anderen Organisationen. Sie hatte sie gelesen oder es jedenfalls versucht. Wie viel ihr doch *Wissen* bedeutete! Aber wenn sie Otto nach Marxismus, Sozialismus, Kommunismus, »dialektischem Materialismus«, dem »Absterben des Staates« befragte, schnitt er ihr achselzuckend das Wort ab. Denn es war (womöglich) so, dass Otto Öse auch nichts von der »naiven Religiosität« des Marxismus hielt. Der Kommunismus sei eine »tragische Fehlinterpretation der menschlichen Seele«. Oder vielleicht auch eine »Fehlinterpretation der tragischen menschlichen Seele«. »Baby, sieh bittschön einfach *verführerisch* aus. Das ist dein Talent und weiß Gott ein seltenes. Jeden Penny deines Fünfzig-Dollar-Honorars wert.«

Norma Jeane lachte. Vielleicht war sie wirklich nur eine Praline. *Zuckerarsch* hatte sie einmal jemanden (George Raft?) sagen hören.

Es lag aber auch Trost in der Verachtung des Fotografen. Denn seine Einstellung zeugte von sittlichen Maßstäben, die höher waren als ihre eigenen. Viel höher als die von Bucky Glazer, sogar höher als die von Mr. Haring. Mit offenen Augen glitt sie in einen Traum von diesen Männern und Warren Pirig, der so schweigsam gewesen war, aber umso mehr mit den Augen gesprochen hatte, und auch Mr. Widdoes erschien, der einmal einen Jungen mit dem Griff seiner Pistole bearbeitet hatte, um »etwas in Ordnung zu bringen«, eine Haltung, die ein männliches Vorrecht war, so unausweichlich wie der Gezeitenwechsel. Im Traum war es Norma Jeane manchmal so, als hätte Widdoes *sie* geschlagen.

Dabei war ihr eigener Vater so sanftmütig gewesen! Hatte nie mit ihr geschimpft. Ihr nie wehgetan. Seine kleine Tochter gehätschelt und geküsst, während Mutter lächelnd zusah.

Eines Tages werde ich nach Los Angeles zurückkehren und dich heimführen.

Diese Fotositzung sollte Otto Öse sein Lebtag nicht vergessen. Diese Fotositzung, mit der er in die Geschichte eingehen würde.

Obwohl er das zu dem Zeitpunkt noch nicht wusste. Er wusste nur, dass ihm gefiel, was er tat, und das kam selten vor. Denn er hasste fast alle seine jungen weiblichen Modelle. Er hasste ihre nackten Fischleiber, ihre ängstlichen, erwartungsvollen Augen. Wenn man ihnen bloß die Augen mit Heftpflaster zukleben könnte. Die Münder so zukleben, dass sie, wenngleich entblößt, nicht sprechen könnten. Aber Norma Jeane in ihrer Trance blieb stumm. Er brauchte sie kaum zu berühren, nur eben mit seinen Fingerspitzen, um sie in die Stellung zu bringen, die er haben wollte.

Die Monroe war ein Naturtalent, das merkte man gleich. Sie hatte Köpfchen, aber sie ließ sich vom Instinkt leiten. Ich bin mir sicher, dass sie sich durch das Auge der Kamera sehen konnte. Das für sie mächtiger, in einem umfassenderen Sinne lustvoll war als jede menschliche Beziehung.

Er ließ sein Modell aufrecht sitzen wie die Nixe am Bug eines imaginären Schiffes. Mit nacktem Busen und Brustwarzen so groß wie Augen. Norma Jeane schien nicht zu merken, welche Verrenkungen er ihr zumutete. Solange er murmelte: »Herrlich. Ja-aa. So ist es richtig. Gut gemacht, Mädchen.« Worte eben, die man in solchen Momenten murmelt. Er pirschte sich immer näher an seine Beute heran, ohne dass sie Unheil witterte. So *sicher* war ihm seine Beute. Schon seltsam, wo Norma Jeane doch eindeutig die intelligenteste unter seinen Modellen war. Sogar scharfsinnig, auf eine Art, wie man das nur bei einem Mann erwarten würde, einem Spieler, der bereit ist, X zu riskieren, um Y zu gewinnen, obwohl tatsächlich kaum Aussicht besteht, Y zu gewinnen, sehr wohl aber die Gefahr, X zu verlieren. *Ihr Problem war nicht, dass sie eine dumme Blondine war, sondern dass sie nicht blond und nicht dumm war.*

Isaac Shinn hatte Otto erzählt, die Vertragsauflösung seitens der Produktionsgesellschaft sei für Norma Jeane ein solcher Schlag gewesen, dass er Sorge habe, sie könne sich etwas antun. Otto lachte ungläubig. »Norma Jeane? Die strotzt vor Leben. Wie Unkraut, und Unkraut vergeht nicht.« Shinn sagte: »Sie gehört sogar zu den besonders Gefährdeten – weil das arme Mädchen selbst nichts davon weiß. Aber *ich* weiß es.« Otto spitzte die Ohren. Isaac Shinn redete zwar viel dummes Zeug, aber sobald er in düsteren Worten sprach, kam das fast einer Prophezeiung gleich. Vielleicht, sagte Otto, sei es ja nur zu ihrem Besten, dass die Produktionsgesellschaft »Marilyn Monroe« (ein alberner Name, der ihr nichts einbringen würde) fallen gelassen hatte; jetzt könne das Mädchen zu einem normalen Leben zurückkehren. Sie könne ihre Ausbildung abschließen und eine verlässliche Arbeit finden und wieder heiraten und eine Familie gründen. Und damit würde dann doch noch alles gut. Shinn rief entsetzt: »Um Himmels willen, erzählen Sie ihr das bloß nicht! Sie darf nicht jetzt schon die Flinte ins Korn werfen. Sie ist ein ganz großes Talent, und sie ist hinreißend und immer noch jung. Ich glaube an sie, selbst wenn der Dreckskerl Z das nicht tut.« Mit ungewohntem Ernst sagte Otto: »Aber für Norma Jeane wäre es das Beste, wenn sie diesen ganzen Sumpf hinter sich lassen könnte. Es sind ja nicht nur die Studios, nein, mittlerweile zeigt jeder jeden an, Hollywood ist eine einzige Brutstätte von ›Subversiven‹ und Polizeispitzeln. Wieso sieht sie das nicht?« Shinn, der schnell ins Schwitzen geriet, zerrte am Kragen seines maßgeschneiderten weißen Seidenhemdes. Er war ein Zwerg mit einem verwachsenen Rücken, einem mächtigen Kopf und einer Persönlichkeit, auf die am ehesten die Bezeichnung phosphoreszierend gepasst hätte, im Dunkeln glimmend. I. E. Shinn, eine nicht unumstrittene, aber allgemein respektierte Hollywood-Persönlichkeit Mitte vierzig, ein Mann, der Gerüchten zufolge mehr Geld auf der Pferderennbahn verdient hatte als mit seiner Agententätigkeit; er war ein frühes Mitglied des linksgerichteten Komitees zur

Erhaltung der Freiheitsrechte gewesen, das 1940 als Gegengewicht zu dem rechtslastigen kalifornischen Untersuchungsausschuss zu unamerikanischen Umtrieben gegründet worden war. Demnach war er mutig und stur; Otto Öse, kurzzeitig Mitglied der Kommunistischen Partei, bis er sich desillusioniert abgewandt hatte, konnte ihn dafür nur bewundern. Shinns Augen waren dicht bewimpert, mit einem ernsten Ausdruck, der von innerem Leid zeugte und nicht recht zu seinen komischen Gesichtszuckungen passen wollte. Er war einzigartig hässlich, genau wie sich Otto Öse in seiner Eitelkeit für einzigartig hässlich hielt. *Ein Paar. Zwillingsbrüder. Zwillings-Pygmalions. Und Norma Jeane war unsere Schöpfung.* Otto hätte Shinn gern in dramatischem Chiaroscuro fotografiert, *Kopf eines Hollywood-Juden,* wie ein Porträt von Rembrandt. Aber Otto Öse bezog sein Einkommen von Mädchen. Shinn hatte achselzuckend gesagt: »Sie meint, sie wäre zu dumm. Sie meint, sie wäre leicht schwachsinnig, nur weil sie manchmal stottert. Aber sonst ist sie ganz guter Dinge, Otto. Und sie wird Karriere machen – das garantiere ich Ihnen.«

Otto schob das Stativ näher. Norma Jeane lächelte ihn versonnen an, etwa so wie eine Frau, der sich ihr Liebhaber nähert. »Großartig, Baby! Jetzt zeig deine Zungenspitze. Bleib so.« Sie tat wie ihr geheißen. Sie schlief mit offenen Augen. *Klick!* Otto verfiel selbst in eine Art Trance. Er hatte schon viele Nackte fotografiert, aber noch keine wie Norma Jeane. Als würde er sie mit seinen Augen verschlingen, aber gleichzeitig von ihr verschlungen werden. *Ich lebe in deinen Träumen. Komm, leb in meinen.* Auf Pannésamt gebettet, eine köstliche Praline, die man lutschen und im Mund zergehen lassen wollte. Aus einer Laune heraus hatte er ihr einen anatomischen Text aus dem sechzehnten Jahrhundert mit dem kryptischen Hinweis mitgegeben, sie solle ihn sich einprägen. Sie war so beflissen! Sie wollte – ach, so viel! *Liebe mich. Wirst du mich lieben? Und rette mich.* Es war schwer zu glauben, dass diese bildschöne junge Frau in der Blüte ihrer Jahre je altern würde, so wie er, Otto Öse, alterte. Er war spindeldürr, und doch fühlte er das Fleisch unter seinen lose sitzenden Kleidungsstücken schwammig-schlaff werden. Sein Kopf war kaum mehr als ein hautumhüllter Schädel. Seine Nerven waren wie zum Zerreißen gespannte Drähte. Er lächelte, als er sah, dass Norma Jeane ihre Zehen in kindlichem Schamgefühl nach unten bog. Warum wollte sie partout nicht, dass er ihre Fußsohlen fotografierte? Ihm kam ein Gedanke. »Baby, ich will etwas anderes ausprobieren. Steig mal runter.« Norma Jeane gehorchte, ohne zu zögern. Wenn er gewollt hätte, hätte er sie auch von vorn fotografieren können, ihren leicht gerundeten schimmernden Bauch, das Dreieck aus dunkelblondem Schamhaar zwischen ihren Beinen, das aussah, als hätte sie es (geniert, raffiniert) in Form rasiert: sie war jetzt unbefangen wie ein kleines Kind oder ein blindes Kind. Eins dieser unterernährten Kinder von mexikanischen Wanderarbeitern, die am Feldrand pinkelten, ohne sich auch nur richtig hinzuhocken, unbefangen wie Hunde.

Fiebrig dekorierte Otto um, nahm das Samttuch und breitete es auf dem Boden aus. Wie für ein Picknick! Zerrte eine vor Spinnweben pelzige Trittleiter aus einem Winkel des Ateliers hervor, damit er, welch geniale Idee!, Norma Jeane von oben fotografieren konnte, unter ihm auf dem Tuch liegend. »Auf den Bauch, Baby. Jetzt auf die Seite. Und jetzt *rekel* dich! Du bist eine große geschmeidige Katze, ja, Baby? Eine schöne große geschmeidige Katze. Schnurr doch mal.«

Ottos Worte zeitigten eine unmittelbare und erstaunliche Wirkung. Norma Jeane gehorchte ihm blind, mit einem tiefen, kehligen Lachen. Sie hätte ebenso gut hypnotisiert sein können. Sie hätte eine junge Braut sein können, unerfahren in der Liebe, deren Körper erwachte, instinktiv reagierte, zu genießen begann. Nackt auf dem Pannésamt, sich wohlig rekelnd, Arme, Beine, die sinnliche Linie von Rücken und Gesäß, während Otto sie im Sucher fixierte, *klick! klick!* auf den Auslöser seiner Kamera drückte. Otto Öse, der sich brüstete, dass keine Frau und ganz gewiss kein Nacktmodell ihn noch überraschen könnte. Otto Öse, den eine Krankheit seiner Männlichkeit beraubt und gleichzeitig davon kuriert hatte. Bei diesen Aufnahmen war er ein gutes Stück weiter von seinem Sujet entfernt und fotografierte auf seiner Leiter von oben, sodass das Mädchen später auf den Bildern in Samt schwimmen würde und nicht wie in der vorherigen, traditionellen Pose des sitzenden oder liegenden Akts optisch beherrschend wäre. Ein subtiler Unterschied, aber bedeutsam. Der aufrechte verführerische Akt, bei dem das Modell den Betrachter lasziv anblickt, ist eine eindeutige Aufforderung zu den Bedingungen der Nackten: eines Weibes, das den (unsichtbaren, anonymen) Mann bewusst lockt. Der liegende Akt hingegen, aus geringerer Entfernung aufgenommen, das auf dem Bauch der Länge nach hingestreckte Modell wird als körperlich kleiner wahrgenommen, als verletzlicher in seiner Nacktheit, als dem Betrachter nicht ebenbürtig. Sie will beherrscht sein. Ihre Schönheit lässt Pathos anklingen. Ein ausgeliefertes Wesen, vollkommen hilflos, gebannt vom lauernden Auge der Kamera. Der anmutige Schwung von Schultern, Rücken und Schenkeln, die Rundungen von Hintern und Brüsten, das eigenartig kreatürliche Verlangen auf ihrem der Kamera zugewandten Gesicht, die blassen, verletzlichen Fußsohlen – »Phan-tas-tisch! Bleib so.« *Klick, klick!*

Ottos Atem ging schnell. Auf seiner Stirn und unter seinen Achseln brach der Schweiß aus, brannte wie winzige Feuerameisen. Mittlerweile hatte er den Namen des schönen Modells vergessen (falls sie überhaupt einen Namen hatte) und hätte nicht sagen können, für wen er diese außergewöhnlichen Aufnahmen machte; noch viel weniger hätte er sagen können, was er dafür bekommen würde. *Neunhundert. Für diesen Ausverkauf. Warum, wenn ich sie doch liebe? Nein, hiermit liefere ich den Beweis, dass ich sie nicht liebe.* Mit seinem früheren Freund, früheren Mitbewohner und früheren Parteigenossen Charlie Chaplin jr., dessen »Sohnes-Identität« zugleich sein »Sohnes-Fluch« war, hatte er ein paar Schluck Rum gekippt, um sich für den Fototermin in Stimmung zu bringen, eine Medizin, die die Nebenhöhlen ordentlich ausputzte, in schäbigen Marmeladengläsern kredenzt. Er war jedoch nicht vom Rum betrunken, sondern – ja wovon? Den blendenden Lichtern, der pulsierenden karmesinroten Farbe, dem praliné-prall dargebotenen, sich in der Vereinigung mit einem unsichtbaren Liebhaber windenden Mädchenleib. Er war nicht vom Rum betrunken, sondern von dem Übergriff, dessen er sich schuldig machte und für den er nicht bestraft, sondern ordentlich bezahlt werden würde. Aus seiner Vogelperspektive sah Otto das Leben des Mädchens an sich vorbeiziehen, von den erbärmlichen Ursprüngen (sie hatte ihm anvertraut, dass sie die *natürliche* Tochter, wie sie es rührenderweise nannte, eines Vaters war, der zwar in Hollywood lebte, ihre Existenz aber nie zur Kenntnis genommen hatte, und er wusste, dass ihre Mutter verrückt war, eine paranoide Schizophrene, die einmal versucht hatte, Norma Jeane zu ertränken – oder mit kochend heißem Wasser zu verbrühen –, und schon seit zehn Jahren in einer Anstalt in Norwalk untergebracht war) bis zum gleichermaßen erbärmlichen Ende (einem frühen Tod durch eine Überdosis Drogen oder Alkohol oder in der Badewanne aufgeschnittenen Pulsadern oder durch die Hand eines wahnsinnigen Liebhabers). Die Tragik dieses Mädchenschicksals traf Otto Öse, der kein Herz hatte, mitten ins Herz. Sie war ein bedauernswertes Geschöpf, eine Art gesellschaftliches Freiwild, ohne Familie, ohne »Herkunft«. Rohes Fleisch, zum Kauf feilgeboten. In der Blüte ihrer Jahre, doch die Blüte wäre nicht von Dauer. Obwohl man sie glatt für sechs Jahre jünger halten könnte als ihre dreiundzwanzig und sie seltsam unberührt schien von Zeit und schlechter Behandlung, würde sie eines Tages ebenso wie die proletarischen Sujets von Otto Öses großem Vorbild Walker Evans, die entrechteten kleinen Farmpächter und Wanderarbeiter des amerikanischen Südens in den dreißiger Jahren, plötzlich und unwiderruflich altern.

Ich zwinge niemanden. Aus freien Stücken kommen sie zu mir. Ich, Otto Öse, helfe denen, sich zu verkaufen, die ohne mich auf dem Markt von geringem Wert wären.

Inwiefern beutete er dann Norma Jeane aus? Fragte er sich, als er ihr den zerlumpten Vorhang zuwarf: »Okay, Baby. Alles im Kasten. Du warst große Klasse. Phan-tas-tisch.« Blinzelnd, benommen sah das Mädchen ihn an, als würde sie ihn im ersten Moment nicht erkennen. Wie eine narkotisierte Bordell-Hure den Mann nicht erkennen würde, der sie aufs Kreuz gelegt hat, ja nicht einmal richtig begreifen, dass sie aufs Kreuz gelegt worden ist und das schon viele Male. »Alles überstanden. Und es war *gut.*« Als er dem Mädchen vorenthielt, wie gut sie vielleicht gewesen war, wie phantastisch, ja sogar historisch diese Fotositzung in Otto Öses Atelier war. Dass die Aktaufnahmen von Norma Jeane Baker alias »Marilyn Monroe«, die er an diesem Tag gemacht hatte, die berühmtesten oder berüchtigtsten Kalenderakte der Geschichte werden würden. Die dem Modell fünfzig Dollar einbringen würden und anderen Leuten Millionen.

Und meine Fußsohlen doch entblößt.

Hinter dem zerschlissenen chinesischen Wandschirm zog Norma Jeane sich hastig, mit fahrigen Händen wieder an. Neunzig Minuten waren in einem Traumrausch vergangen. Ihr Kopf pochte vor Schmerzen, die vom Verkehrslärm draußen auf dem Hollywood Boulevard unterlegt waren, dem Gestank von Abgasen. In ihren Brüsten der schmerzhafte Spuk nicht einschießender Milch. *Wenn ich ein Kind von Bucky Glazer bekommen hätte. Dann wäre ich jetzt in Sicherheit.*

Sie hörte Otto mit jemandem reden. Bestimmt am Telefon. Er lachte leise.

Jetzt waren die Atelierlampen aus, das schäbige karmesinrote Samttuch nachlässig zusammengefaltet und in ein Regal gestopft, die belichteten Filmrollen zum Entwickeln fertig. Norma Jeane wollte nur noch von Otto Öse weg. Aus ihrer träumerischen Trance im grellen Schein der Lampen erwachend, hatte sie in dem skeletthageren Gesicht des Fotografen eine hämische Befriedigung gesehen, die mit ihr nichts zu tun hatte. In seiner begeisterten Stimme eine Freude gehört, die mit ihr nichts zu tun hatte. *Jetzt nicht die*

Demütigung erleben, mich einem Mann nackt zu zeigen, der mich nicht liebt. Wenn ich ein Kind bekommen hätte. Sie musste sich eingestehen, dass sie sich nicht allein des Geldes wegen in Otto Öses Atelier nackt ausgezogen hatte, obwohl sie das Geld dringend brauchte und am nächsten Wochenende Gladys besuchen wollte. Sie hatte sich nackt ausgezogen und erniedrigt, weil sie hoffte, dass Otto Öse, wenn er sie erst einmal nackt sah, wenn er ihren schönen jungen Körper und ihr schönes junges sehnsuchtsvolles Gesicht sah, sich nicht länger dagegen wehren könnte, sie zu lieben, er, der sich drei lange Jahre dagegen gewehrt hatte, sie zu lieben. Norma Jeane kam der Gedanke, dass Otto Öse vielleicht an Impotenz litt. In Hollywood hatte sie gelernt, was *männliche Impotenz* war. Und doch müsste es vielleicht auch einem impotenten Mann möglich sein, sie zu lieben. Sie könnten sich küssen, aneinanderkuscheln, die ganze Nacht in den Armen halten. Eigentlich wäre sie mit einem impotenten Mann am glücklichsten. Das wusste sie!

Jetzt war sie wieder vollständig angezogen. Und in ihren halbhohen Schuhen.

Sie kontrollierte ihr Aussehen im verschmierten Spiegel einer Puderdose, in dem ihre blauen Augen wie Elritzen aufhuschten. »Ich bin immer noch *da*.«

Sie lachte ihr neues kehliges Lachen. Sie war um fünfzig Dollar reicher. Vielleicht wäre das Glück, das sie vor Monaten verlassen hatte, jetzt wieder mit ihr. Vielleicht war das ein Zeichen. Und wer würde schon davon erfahren? – Kalender»kunst« war anonym. Mr. Shinn hoffte, dass er ihr einen Vorsprechtermin bei Metro-Goldwyn-Mayer verschaffen könnte. *Er* hatte sie nicht abgeschrieben.

Sie lächelte in den kleinen runden Spiegel in ihrer Hand.

»Baby, du warst große Klasse. Phan-tas-tisch.«

Sie knipste die Puderdose zu und ließ sie in ihre Handtasche fallen.

Übte ihren würdevollen Abgang aus Otto Öses Atelier: Otto wäre vielleicht beim Aufräumen, oder Otto hätte vielleicht die Rumflasche herausgeholt und eines seiner schäbigen Marmeladengläser gefüllt oder auch zwei, zum feierlichen Abschluss der Fotositzung, wie es seine Gewohnheit war, obwohl er wusste, dass Norma Jeane nicht trank, zu dieser Tageszeit schon gar nicht. Also würde er zwinkernd auch das zweite Glas leeren. Sie würde ihn anlächeln, ihm zuwinken – »Otto, vielen Dank! Ich muss los!« – und gehen, bevor er Einwände erheben konnte. Denn er hatte ihr schon die fünfzig Dollar gegeben, die wohl verwahrt in ihrem Geldbeutel lagen. Sie hatte schon das Abtretungsformular unterschrieben.

Aber Otto rief ihr mit seiner schleppenden Stimme zu: »Norma Jeane, hey, Schätzchen – ich möchte dich mit einem Freund von mir bekannt machen. Einem alten Genossen und Mitstreiter für die gute Sache. Cass.«

Norma Jeane trat hinter dem chinesischen Wandschirm hervor, bass erstaunt, einen Fremden neben Otto Öse zu sehen! Einen Jungen mit dichtem dunklen Haar und dunklen Augen. Er war deutlich kleiner als Otto, schlank und doch kräftig gebaut, ein Tänzer vielleicht oder ein Turner. Er lächelte Norma Jeane scheu an. Offensichtlich fühlte er sich zu ihr hingezogen! Der schönste Junge, den Norma Jeane jemals außerhalb des Kinos gesehen hatte.

Und diese Augen.

Der Geliebte

Weil wir einander schon kannten.

Weil er mich schon gesehen hatte, weil diese betörenden, seelenvollen, wunderschönen Augen mich schon vor langer Zeit angesehen hatten, von einer Wand in Gladys' einstigem Apartment herab.

Weil er mich sah und sagte: *Ich habe dich auch gekannt. Vaterlos wie ich. Und deine Mutter verlassen und erniedrigt wie meine.*

Weil er ein Junge und kein Mann war, wenngleich genauso alt wie ich.

Weil er in mir nicht das Flittchen sah, die Schlampe, die Witzfigur »Marilyn Monroe«, sondern das eifrige, hoffnungsvolle junge Mädchen Norma Jeane.

Weil auch er verdammt war.

Weil in seiner Verdammnis solche Poesie lag!

Weil er mich lieben würde, wie Otto Öse das nicht wollte oder nicht konnte.

Weil er mich lieben würde, wie andere Männer das nicht wollten oder nicht konnten.

Weil er mich lieben würde wie ein Bruder. Wie mein Zwilling.

Mit seiner Seele.

Das Vorsprechen

Schauspiel ist Angriff als Verteidigung gegen die Auslöschung.
Lehrbuch des Schauspielers und Leben des Schauspielers

Wie es schließlich geschah? Es geschah folgendermaßen.

Da gab es einen Filmregisseur, der I. E. Shinn einen Gefallen schuldete. Er hatte von Shinn einen Tipp für die Rennbahn bekommen, den Tipp, auf ein junges Vollblut namens Footloose zu setzen, das bei den Casa Grande Stakes lief, und der Regisseur setzte (bei einer Quote von 11 zu 1) Geld auf Sieg, das er sich insgeheim von der Frau eines wohlhabenden Produzenten geliehen hatte, und trug 16 500 Dollar vom Platz, die ihm dabei helfen würden, einen Teil seiner Schulden zu begleichen, nicht etwa all seine Schulden, denn der Regisseur war ein eingefleischter Zocker, der das Risiko liebte, ein Genie in seinem Metier, wie manche sagten, ein verantwortungsloser, selbstsüchtiger Schweinehund, wie andere sagten, ein Mann, den man nicht nach den geltenden Maßstäben für Anstand, professionelle Umgangsformen oder auch nur gesunden Menschenverstand messen konnte: ein »Hollywood-Original«, ein Mann, der Hollywood hasste, aber Hollywood brauchte, um seine eigenwilligen und kostspieligen Filme finanzieren zu können.

Und der Hauptdarsteller im nächsten Film des Regisseurs schuldete I. E. Shinn einen sogar noch größeren Gefallen. 1947, kurz nachdem Präsident Harry Truman die schicksalsträchtige »Loyalitätsorder« 9835 erlassen hatte, die allen Bundesangestellten Sicherheitsüberprüfungen und patriotische Eide auferlegte, woraufhin entsprechende »Treueschwüre« auch von Angestellten in der Privatwirtschaft verlangt wurden, hatte dieser Schauspieler zu einer Reihe von Hollywood-Persönlichkeiten gehört, die gegen diese Politik protestierten, Eingaben unterschrieben und damit als Individuen aktenkundig gemacht waren, die an solche verfassungsmäßigen Freiheiten wie die Rede- und Versammlungsfreiheit glaubten. Als »Subversive«. Noch im selben Jahr begann der gefürchtete Kongressausschuss für unamerikanische Umtriebe – HUAC –, der es sich zur Aufgabe gemacht hatte, Kommunisten und deren »Sympathisanten« in Hollywoods Filmindustrie zu enttarnen, auch gegen ihn zu ermitteln. Im Zuge dieser Ermittlungen stellte sich heraus, dass der Schauspieler 1945 an Vertragsverhandlungen zwischen der linksgerichteten Gewerkschaft Screen Actors Guild und den großen Studios teilgenommen hatte, bei denen für Gewerkschaftsmitglieder ein umfassendes Sozialleistungsprogramm, höhere Mindestlöhne sowie Tantiemen bei Neuaufführungen gefordert worden waren; der Actors Guild wurde angelastet, von Kommunisten oder deren Sympathisanten beziehungsweise Mitläufern unterwandert worden zu sein. Schlimmer noch, der Schauspieler war insgeheim von antikommunistischen Informanten beim HUAC denunziert worden: Er habe jahrelang mit bekannten Mitgliedern der Kommunistischen Partei Amerikas verkehrt, darunter den Drehbuchautoren Dalton Trumbo und Ring Lardner, Jr., bekannten Namen auf den Schwarzen Listen.

Um der Vorladung durch den Ausschuss, einem scharfen Verhör in Washington, D. C., und der Gefahr zu entgehen, amerikaweit in die Schlagzeilen zu geraten, seinen Ruf zu ruinieren und den Boykott seiner Filme durch den Veteranenverband American Legion, die Moralwächter der Catholic Legion of Decency und andere patriotische Organisationen heraufzubeschwören (man mochte nur das Schicksal des einstigen Publikumslieblings und nun als »Roter« und »Verräter« gebrandmarkten Charlie Chaplin bedenken) sowie auf der Schwarzen Liste zu landen (auch wenn die Studios in der Öffentlichkeit selbst die Existenz solcher Schwarzen Listen leugneten), fand sich der Schauspieler zu einem privaten Treffen mit mehreren einflussreichen republikanischen Kongressabgeordneten aus Kalifornien im Haus eines für die Unterhaltungsindustrie tätigen Anwalts in Bel Air ein, ein Kontakt, den I. E. Shinn, der gerissene gnomhafte Agent, vermittelt hatte. Bei diesem privaten Treffen (tatsächlich einer üppigen Dinnerparty mit teuren französischen Weinen) wurde der Schauspieler von den Kongressabgeordneten inoffiziell befragt und beeindruckte sie durch seine umgängliche, mannhafte Aufrichtigkeit und patriotische Einstellung, denn immerhin war er ein Veteran des Zweiten Weltkriegs, ein GI, der während der letzten mörderischen Kriegswochen in Deutschland gekämpft hatte, und sollte er sich vorübergehend zum russischen Kommunismus oder Sozialismus oder was auch immer hingezogen gefühlt haben, dann musste man schließlich berücksichtigen, dass Stalin, nunmehr der Schrecken der westlichen Welt, zur fraglichen Zeit ein Alliierter gewesen war; Russland und die Vereinigten Staaten wurden erst später zu ideologischen Gegnern, dort ein militant-atheistischer Staat, der alles daran setzte, die Weltherrschaft zu erringen, hier der Leitstern aller Christen und Demokraten in diesen unruhigen Zeiten. Man musste schließlich berücksichtigen, dass es noch vor wenigen Jahren als durchaus verständlich gegolten hatte, wenn ein leidenschaftlicher junger Mann wie der Schauspieler sich nach den grauenvollen Erfahrungen mit dem Faschismus zu radikalen politischen Ideen hingezogen fühlte. Sympathie für Russland war ja sogar von der Presse propagiert worden, selbst von Familienzeitschriften wie *Life!*

Der Schauspieler erklärte, er sei nie Mitglied der Kommunistischen Partei gewesen, wiewohl er an einigen Versammlungen teilgenommen habe, und könne daher nicht mit der »Nennung von Namen« dienen, dem obersten Ziel des HUAC. Die republikanischen Kongressabgeordneten fanden Gefallen an ihm und schenkten ihm Glauben und erklärten ihn gegenüber dem HUAC für unverdächtig, und so kam es schließlich doch zu keiner Vorladung. Und sollte anlässlich dieses Treffens Geld den Besitzer gewechselt haben, dann diskret und in bar, aus der Hand des Agenten des Schauspielers in die des Hollywood-Anwalts. Vielleicht erhielten auch die republikanischen Kongressabgeordneten einen Anteil. Der Schauspieler jedenfalls wusste nichts oder glaubte nichts von der Transaktion zu wissen, abgesehen davon natürlich, dass er von jedem Verdacht freigesprochen worden war und sein Name von der HUAC-Liste gestrichen werden würde. Und I. E. Shinns Rolle bei diesen Verhandlungen wie bei ähnlichen Verhandlungen in Hollywood während der Zeit der unbestätigten »Schwarzen Listen« und »Entlastungen« würde im Dunkeln bleiben, wie der Mann selbst im Dunkeln blieb.

»Warum nicht aus der Güte meines verwachsenen Zwergenherzens heraus?«

Damit standen also zwei Schlüsselfiguren des nächsten Films von Metro-Goldwyn-Mayer insgeheim in I. E. Shinns Schuld. Jeder der beiden mochte durchaus von der Schuld des anderen wissen. Und der gerissene kleine Agent mit dem gellenden Lachen, den unbeweglichen, berechnenden Augen und der ewigen roten Nelke im Knopfloch wartete ab wie jeder Spieler, wusste genau, wann er den Regisseur anrufen musste, nämlich einen Tag vor den Vorsprechterminen für die einzige Rolle in dem Film, die für seine Klientin »Marilyn Monroe« in Frage kam. Shinn war sich darüber im Klaren, dass der Regisseur, ein Hollywood-Außenseiter, perverserweise davon beeindruckt sein könnte, dass das Mädchen von der Produktionsgesellschaft fallen gelassen worden war. Also rief Shinn bei ihm an und nannte seinen Namen, und der Regisseur bemerkte mit launiger Ironie: »Es geht um ein Mädchen, hab ich Recht?«, und Shinn sagte mit der ihm eigenen schroffen Würde: »Nein. Es geht um eine Schauspielerin. Eine große Begabung und die ideale Besetzung für Louis Calherns ›Nichte‹.« Der Regisseur, der einen Kater hatte, stöhnte vor Kopfweh und sagte: »Die, mit denen wir es treiben, haben immer eine große Begabung.« Shinn gab verärgert zurück: »Dieses Mädchen ist wirklich ungewöhnlich. Sie könnte ein großer Star werden, wenn sie die richtige Rolle bekäme, und ich denke, dass ›Angela‹ die richtige Rolle für sie ist, und Sie werden mir zustimmen, wenn Sie sie sehen.« Der Regisseur sagte: »Wie die Hayworth? Ein wohlgeformtes Landei ohne einen Funken Schauspieltalent. Ein Mädchen mit straffem Busen und Schmollmund, die sich eine Elektrolyse machen lässt, um einen schöneren Haaransatz zu bekommen – eine falsche Rothaarige oder Drogerieblondine, und sie wird bestimmt ein Star.« Shinn sagte: »Genau. Und ich gebe Ihnen die Chance, sie zu entdecken.« Der Regisseur sagte seufzend: »Okay, Is-aic. Schicken Sie sie vorbei. Lassen Sie sich von meiner Sekretärin einen Termin geben.«

Ohne Shinn zu sagen, dass er bereits ein Mädchen für diese Rolle vorgesehen hatte. Die Sache war noch nicht unter Dach und Fach, er hatte noch nicht mit dem Agenten des Mädchens gesprochen, doch auch hier galt es eine Dankesschuld abzutragen, eine sexuelle Verpflichtung, und das Mädchen war immerhin eine schwarzhaarige Schönheit, ein exotischer Typ, also genau das, was das Drehbuch verlangte. Dem guten Shinn würde der Regisseur einfach erklären – falls eine Erklärung überhaupt notwendig war –, dass seine Klientin leider nicht der Typ dafür sei. Und er würde sich bei Shinn ein andermal bedanken.

Wie man sich später erzählen wird, kreuzt Shinn also am nächsten Tag pünktlich um vier mit einer »Marilyn Monroe« auf. Einem hinreißenden platinblonden Mädchen mit einem herrlichen Körper in schimmerndem weißen Rayon und so verängstigt, wie der Regisseur gleich sieht, dass die Kleine kaum sprechen kann, höchstens flüstern. Der Regisseur wirft einen Blick auf »Marilyn Monroe«, und sein Instinkt sagt ihm, dass das Mädchen keinerlei Talent hat, nicht einmal im Bett, obwohl sich mit ihrem Mund vielleicht etwas anfangen ließe und man sie natürlich als Dekoration einsetzen könnte, wie die klassische Bugverzierung einer Yacht oder die silberne Kühlerfigur eines Rolls-Royce. Hellschimmernde Haut wie eine teure

Puppe und kobaltblaue Augen, die vor Aufregung tränen. Und beide Hände zittern, während sie das schwere Drehbuch halten. Und die Stimme so hauchig, dass der Regisseur sie kaum sprechen hört, wie ein verschüchtertes Schulmädchen, als sie erklärt, sie habe das Drehbuch gelesen, das komplette Drehbuch, es sei eine seltsame, verstörende Geschichte, wie ein Roman von Dostojewski, bei dem man Sympathie für die Verbrecher empfindet und nicht möchte, dass sie bestraft werden. Das Mädchen sagt »Dost-o-jew-ski«, betont jede Silbe gleichmäßig. Der Regisseur lacht: »Sie haben also Dost-o-jew-ski gelesen, Miss?«, und das Mädchen errötet, merkt, dass sie verspottet wird. Und Shinn steht da, mit finsterem, rot anlaufendem Gesicht und Speichel auf seinen dicken Lippen.

Ich habe sie nicht für ein Landei gehalten. Sie sah gut aus. Ein behütetes Mädchen aus Pasadena, obere Mittelschicht, miese Ausbildung, aber irgendwer musste ihr eingeredet haben, sie hätte das Zeug zur Schauspielerin. Ein katholisches Schulmädchen, mehr oder weniger. Eigentlich ein Witz! Shinn war in sie verliebt, der arme Teufel. Ich weiß selbst nicht, warum ich das so komisch fand. Ich hatte den Eindruck, sie würde ihn um Haupteslänge überragen, wo er in Wirklichkeit kaum kleiner war. Später erfuhr ich, dass sie eine Affäre mit Charlie Chaplin Jr. hatte! Aber damals, an diesem Tag, sah es so aus, als wären sie und Shinn ein Paar. Typisch Hollywood. Die Schöne und das Biest, was immer komisch ist, wenn man dabei nicht selbst das Biest gibt.

Also bittet der Regisseur die blonde »Marilyn Monroe« zu beginnen. Es sind sieben, acht Personen im Probenraum, alles Männer. Klappstühle, die Jalousien heruntergezogen, um das grelle Sonnenlicht auszuschließen. Kein Teppich auf dem Boden, und der Boden ist übersät mit Kippen und sonstigem Müll, und da legt sich das Mädchen zum Erstaunen aller seelenruhig auf den Boden – in ihrem schimmernden weißen Rayonkleid (tadellos gebügelt, mit schmal geschnittenem Rock, Stoffgürtel und U-Bootkragen, der nur einen Streifen milchigweißer Haut freigibt), ehe der Regisseur ahnt, was sie vorhat, oder irgendjemand sie daran hindern könnte. Dort auf dem nackten Fußboden, auf dem Rücken, mit ausgestreckten Armen, erklärt das Mädchen dem Regisseur allen Ernstes, dass die erste Einstellung die Figur schlafend auf einem Sofa zeige, und daher müsse sie auf dem Boden liegen, so habe sie die Szene geprobt. Wenn man Angela zum ersten Mal sieht, *schläft* sie. Das ist *wichtig*. Man sieht sie mit den Augen des älteren Mannes, der ihr »Onkel« ist, eines verheirateten Mannes, eines Anwalts. Man sieht

Angela ausschließlich mit seinen Augen, und in späteren Szenen sieht man
Angela mit den Augen der Polizisten. Immer nur Männeraugen.

Der Regisseur starrt erstaunt auf diese Platinblondine, die zu seinen Füßen
auf dem Boden liegt. *Erklärt mir die Figur! mir, dem Regisseur!* Mittlerweile
ist sie unbefangen wie ein kleines Kind, ein eigensinniges Kind. Ein aggres-
sives Kind. Er vergisst, die kubanische Zigarre anzuzünden, die er ausge-
wickelt und sich zwischen die Zähne geschoben hat. Es herrscht vollkommene Stille im Probenraum, als »Marilyn Monroe« beginnt, indem sie die
Augen schließt, sich schlafend stellt, tief und langsam und rhythmisch atmend (ihre Brüste heben sich, senken sich, heben sich, senken sich), die glatten Arme und nylonbestrumpften Beine ausgestreckt, dem Schlaf hingegeben, tief wie unter Hypnose. Welche Gedanken denken wohl Männer, wenn
sie auf den Körper eines schönen schlafenden Mädchens hinabsehen? Augen
geschlossen, Lippen leicht geöffnet. Diese erste Einstellung dauert höchstens
ein paar Sekunden, kommt allen aber viel länger vor. Und der Regisseur
denkt: Von den zwanzig oder noch mehr Schauspielerinnen, die bei ihm vorgesprochen haben (einschließlich der Schwarzhaarigen, der er die Rolle
wahrscheinlich geben wird), ist das Mädchen die Erste, die die Bedeutung dieses Auftakts begriffen hat, die Erste, die sich brauchbare Gedanken über die
Rolle gemacht und wirklich das gesamte Drehbuch gelesen hat (jedenfalls
behauptet sie das) und etwas damit anfangen kann. Das Mädchen öffnet die
Augen, setzt sich langsam auf, blinzelt mit großen Augen und flüstert: »Oh,
ich – muss eingeschlafen sein.« Spielt sie das oder hat sie wirklich geschlafen? Allen Anwesenden ist unbehaglich. Hier geht etwas Merkwürdiges vor
sich. Das Mädchen wendet sich mit anscheinender Naivität (oder Raffinesse?) an den Regisseur und nicht an den Regieassistenten, der Louis
Calherns Text liest, und macht auf diese Weise den Regisseur, dem immer
noch die unangezündete Zigarre zwischen den Zähnen klemmt, zu ihrem
»Onkel«-Liebhaber.

Es war so direkt und intim, als hätte sie mir an die Eier gefasst. Nachher
wusste ich nicht mehr, ob es nicht tatsächlich passiert war. Sie spielte nicht.
Sie konnte nicht spielen. Das war echt. Oder?

Elf Jahre später sollte derselbe Regisseur mit »Marilyn Monroe« am letzten Film ihrer Karriere arbeiten und sich an diesen Vorsprechtermin und an
diesen Moment erinnern. *Es war alles da, von Anfang an. Ihr Genie, so will*
ich es mal nennen. Ihr Wahnsinn.

Am Ende der Szene hat der Regisseur einigermaßen die Fassung wiedererlangt und schafft es, seine Zigarre anzuzünden. Übrigens denkt er nicht, dass Shinns junge Klientin ein Genie ist. Er betrachtet sie mit dem inzwischen perfektionierten maskenhaften Ausdruck, den andere immer wieder in der Hoffnung studieren, sie könnten seine Gedanken enträtseln. Aber er weiß noch nicht, was er denken soll. Er wird sich nicht mit seinen Assistenten beraten; er gehört nicht zu denen, die sich von Untergebenen dreinreden lassen. Also sagt er: »Vielen Dank, Miss Monroe. Sehr schön.«

Sind sie fertig? Der Regisseur zieht an seiner Zigarre, blättert im Drehbuch auf seinem Schoß. Alles wartet. Wäre es grausam, sie zu bitten, eine weitere Szene zu lesen, oder soll er hier abbrechen und Shinn (der alles verfolgt hat, mit grotesk tragischer Miene und Mondkalbaugen) erklären, dass »Marilyn Monroe« sicherlich ein ungewöhnliches, ein besonderes Talent ist, aber nicht ganz richtig für die Rolle, die nach einem dunklen, exotischen Rasseweib verlangt und nicht nach einem blonden Gift? kann er? darf er Shinn enttäuschen, der ihm einen Gefallen getan und Sterling Hayden vor der Schwarzen Liste bewahrt hat? In genau welcher Verbindung steht Shinn eigentlich zum HUAC, was weiß er von den Manövern, mittels derer einzelne Personen vom Verdacht der Subversion »freigesprochen« werden können, ohne in Washington aussagen und ihre Karriere aufs Spiel setzen zu müssen? Nein, mit I. E. Shinn möchte es sich niemand verscherzen. Auch der Regisseur nicht. Darüber denkt er, an respektvolles Schweigen gewöhnt, noch nach, als das Mädchen plötzlich mit kindlich-hauchiger Stimme sagt: »Oh, ich kann es besser als gerade eben, ich will es noch einmal machen. *Bitte.*«

Angesichts solcher Unverfrorenheit fällt ihm fast die Zigarre aus dem Mund.

Habe ich sie noch einmal probieren lassen? Sicher. Es war ein faszinierender Anblick. Wie bei einer Geistesgestörten vielleicht. Das war nichts Einstudiertes. Da war keine Technik. Sie hatte sich schlafen gelegt, und was dann erwachte, war eine andere Persönlichkeit, die sie und doch nicht-sie war.

Bei solchen Menschen versteht man, weshalb sie sich zum Schauspielberuf hingezogen fühlen. Weil die Schauspielerin in ihrer Rolle immer weiß, wer sie ist. Alle Verluste werden wieder wettgemacht.

Wie man sich später erzählen wird, versichert der Regisseur dem Agenten nach dem Vorsprechen, er werde sich bald melden. Er schüttelt I. E. Shinn die

Hand, die einen festen Griff hat, aber eiskalt ist, als wäre alles Blut aus seinen Fingern gewichen. Dem Mädchen möchte er ungern die Hand schütteln, er wünscht keinerlei Kontakt mit ihr, aber sie streckt ihm ihre Hand entgegen, und die ist weich, feucht, warm und packt fester zu, als man erwarten sollte. *Eine Seele aus Stahl. So eine tötet, um zu bekommen, was sie will. Nur, was will sie?* Er dankt ihr noch einmal für das Vorsprechen und versichert ihr, dass sie bald von ihm hören wird.

Welche Erleichterung, als Shinn und »Marilyn« endlich fort sind! Der Regisseur zieht kräftig an seiner Zigarre. Seit den vier Martinis zum Lunch hat er keinen Drink mehr gehabt, und er ist durstig und fühlt sich seltsam verärgert, weil er nicht weiß, was er denken soll. Seine Assistenten warten auf ein Wort von ihm. Auf einen Laut, eine witzige Bemerkung. Eine Geste. Man hat schon erlebt, dass er in gespieltem Ekel auf den Boden spuckt. Man hat schon erlebt, dass er einen ganzen Schwall obszöner Flüche ausstößt. Er ist selbst Schauspieler, er liebt die Aufmerksamkeit. Nur eben keine lästige Aufmerksamkeit.

Der Regieassistent schiebt sich mit einem Räuspern näher. Was meint der Regisseur? Das Vorsprechen war ziemlich schlecht, nicht wahr? Eine Wucht, die Blondine. Ein Betthupferl, das Mädchen. Wie Lana Turner, aber zu übertrieben. Hat sich vielleicht nicht in der Gewalt. Nicht die Richtige für die Angela. Oder doch? Keine Technik, kann nicht spielen. Oder kann Angela, so verwirrt, wie sie ist, vielleicht gar nicht »spielen«?

Noch immer hat der Regisseur nichts gesagt. Steht an einem Fenster, schiebt die Jalousie zur Seite. Zieht an seiner Zigarre. Der Regieassistent stellt sich dazu, allerdings nicht direkt neben ihn. Der Regisseur hat sich offenbar gegen Shinns Mädchen entschieden. Überlegt, wie er Shinn die bittere Pille versüßen kann. Überlegt, ob er dem Agenten nicht zusichern könnte, dass er beim nächsten Film ganz bestimmt eine Rolle für die schöne »Marilyn« finden wird. Aber bei diesem Film geht es nicht – oder doch? Der Regisseur stupst seinen Assistenten an: direkt unter ihnen verlassen Shinn und die Blondine das Gebäude und gehen zum Straßenrand vor. Der Regisseur sagt, während er eine stinkende Wolke aus Zigarrenrauch ausstößt: »Herr im Himmel. Sieh dir den Arsch von der Kleinen an.«

Auf diese Weise wurde über Norma Jeanes Zukunft entschieden.

Die Geburt

Sie würde 1950 geboren werden, zu Neujahr.

In einer Zeit heimlicher radioaktiver Explosionen. Wilder heißer Winde, die über die Salzsteppen von Nevada fegten. Über die Wüsten von Utah. Vögel, im Fluge getroffen, fielen wie Steine vom Himmel, wie in einem Zeichentrickfilm. Sterbende Antilopen, sterbende Pumas, Koyoten. Nackte Panik spiegelte sich in den Augen der Eselhasen. Auf den Farmen in Utah, die an das staatlich geschützte Versuchsgelände der Wüste von Great Salt Lake grenzten, wurden Rinder, Pferde, Schafe dahingerafft. Es war die Zeit der »nuklearen Verteidigungstests«. Es war die Zeit der permanenten zivilen Wachsamkeit. Obwohl der Krieg seit August 1945 vorbei war und man das Jahr 1950 schrieb, ein neues Jahrzehnt.

Es war auch die Zeit der fliegenden Untertassen: der »unidentifizierten Flugobjekte«, die vorwiegend am Himmel des amerikanischen Westens gesichtet wurden. Obwohl diese flachen, sich rasch bewegenden Objekte auch im Nordosten zu sehen waren. Unzählige blinkende Lichter, fast-urplötzliches Erscheinen und Verschwinden. Zu jeder Stunde, ob tags oder nachts, nachts natürlich eher, konnte man beim Blick in den Himmel eines entdecken. Man konnte von den aufblitzenden Lichtern geblendet werden, heftige Sogwinde raubten einem den Atem. Eine Atmosphäre von Angst und doch auch von tieferer Bedeutung. Als würde sich der Himmel selbst auftun, um das, was, bislang verborgen, dahinter lag, zu enthüllen.

Am anderen Ende der Welt, weit wie der Mond, ließen die geheimnisvollen Sowjets ihre atomaren Sprengkörper explodieren. Sie waren kommunistische Bösewichter, erpicht auf die Zerstörung der Christenheit. Und weil sie Bösewichter waren, konnte es keinen Waffenstillstand mit ihnen geben. Es war nur eine Frage der Zeit – von Monaten? Wochen? Tagen? –, bis sie zum Angriff bliesen.

Es sind dies die Tage der Rache, intonierte Norma Jeanes Geliebter mit samtiger Tenorstimme. *Doch die Rache ist mein, spricht der Herr.*

Er bestand darauf, dass Norma Jeane mit ihm über den Fotografien meditierte. Er und sie waren verwandte Seelen, ein Geschwister- wie ein Liebespaar. Sie waren Zwillinge, geboren im selben Jahr, 1926, und unter demselben Sternzeichen, dem der Zwillinge. Von Otto Öse hatte er diese grobkörnigen Kopien bekommen, geheime Luftwaffenaufnahmen von Hiroshima und Nagasaki nach dem Abwurf der Atombomben am 6. und 9. August. Es waren unterschlagene Fotos, die erst 1952 zur Veröffentlichung freigegeben würden, und nicht einmal Cass wusste genau, wie Otto Öse daran gekommen war. *Gipfel der Pornographie*, sagte Otto Öse über diese Fotodokumente.

Verwüstung von Städten. Ausgebrannte Gebäude, Fahrzeug-Hülsen. Ein dunstiges Ödland voller Schutt, durch das dennoch menschliche Wesen halbwegs aufrecht taumelten. Es gab Nahaufnahmen in seltsam satten, unheimlichen Farben von einigen dieser Gestalten, ihren ausdruckslosen, gezeichneten Gesichtern und den eingefrorenen Zeigern einer Uhr, die die genaue Zeit – 8.16 – eines längst vergangenen Tages festhielt, von in Mauern eingebrannten menschlichen Schattenrissen. Leise sagte Cass Chaplin: »Damals wussten wir alle nichts davon. Von der Geburt unserer neuen Zivilisation. Und den Todeslagern.« Cass, nackt auf seinem Bett ausgestreckt, das vielmehr ein fremdes Bett war, denn in den Monaten ihrer Liebe hielten er und Norma Jeane sich vorwiegend in den Behausungen Fremder auf, trank, strich mit seinen feinfühligen Fingerspitzen über die Fotografien (die nur Kopien waren) wie ein Blinder, der Braille-Schrift liest. Seine Stimme bebte vor Kummer und zugleich Genugtuung. Seine schönen dunkelbraunen Augen strahlten vor Empfindsamkeit. »Von nun an, Norma Jeane, wird die Macht der Filmphantasien nicht mehr reichen. Und auch die der Kirchen nicht. Oder Gottes Macht.« Norma Jeane, abgelenkt durch die abscheulichen Fotografien, widersprach nicht. Selten widersprach sie ihrem Geliebten laut, der für sie wie ein Wunder war, ein Zwillings-Ich, weitaus tiefsinniger und würdiger, als sie es je sein könnte. Charlie Chaplins Sohn! Und Chaplins Seele, die sie aus seinen glitzernden Augen heraus ansah wie damals aus den Augen des Helden von *Lichter der Großstadt*. Aber sie dachte: *Nein. Die Menschen werden jetzt Zufluchten brauchen. Jetzt erst recht.*

Angela 1950

Wer ist die Blondine? wer ist die Blondine? die Blondine?
Die Stimmen waren Männerstimmen. Der größte Teil des Publikums bei der Gala waren Männer.
Die Blondine, Calherns »Nichte« – wer ist sie?
Die hübsche Blondine, die in Weiß – wie heißt sie?
Die berückende Blondine – wer zum Teufel ist sie?
Nicht die spöttisch murmelnden Stimmen einer wildwuchernden Phantasie, sondern wirkliche Stimmen. Denn der Name »Marilyn Monroe« tauchte nicht in den Programmheften auf, die die M-G-M bei der Gala verteilen ließ. Zu viel der Ehre bei nur zwei kurzen Szenen. Und Norma Jeane hatte es auch nicht erwartet. Sie war schon dankbar, überhaupt im Abspann aufgeführt zu werden (als »Marilyn Monroe«).
Es war nicht der echte Name einer echten Person. Aber es war die Rolle, die ich spielen würde, und ich hoffte, sie mit Stolz spielen zu können.
Doch nach der ersten öffentlichen Vorführung von *Asphalt-Dschungel* war immer wieder die Frage zu vernehmen: *Wer ist die Blondine?*
I. E. Shinn war zur Stelle und klärte sie gern auf: »Wer die Blondine ist? Meine Klientin ›Marilyn Monroe‹.«

Norma Jeane schlotterte vor Angst. Versteckte sich auf der Damentoilette. In einer abgeschlossenen Kabine, wo sie es nach Minuten der Anspannung geschafft hatte, ein paar Tropfen heiß brennendes Wasser zu lassen. Mit nylonbestrumpften Beinen und dem weißen Hüfthalter aus Satin, der sich verdreht hatte und ihr in den Bauch kniff. Und dem eleganten weißen Cocktailkleid aus Seide und Chiffon mit den Spaghettiträgern und dem tief dekolletierten Oberteil und dem hautengen Rock, den sie über die Hüften hochgeschoben hatte und der seitlich auf dem Boden hing. Die alte Kinderangst, ihre Kleidung zu beschmutzen, mit Pipiflecken, Blutflecken, Schwitzflecken, bemächtigte sich ihrer. Sie schwitzte, sie zitterte. Im Vorführraum hatte sie ihre eiskalten Finger I. E. Shinns stählernem Griff entwinden müssen (der kleine Agent hielt sie fest, wusste, dass sie jeden Moment ausbrechen könnte wie ein nervöses Füllen) und die Flucht ergriffen, gleich nach ihrer zweiten Szene, in der sie als »Angela« geweint, ihr hübsches Gesicht versteckt, ihren Liebhaber »Onkel Leon« betrogen und etwas in Gang gesetzt hatte, das den älteren Mann später in den Selbstmord treiben würde. *Denn ich empfand ja Schuld und Scham. Als wäre ich tatsächlich Angela und würde mich ausgerechnet an dem Mann rächen, der mich liebte.*

Aber wo war Cass? Warum war er nicht zu der Vorführung gekommen? Norma Jeane fühlte sich ganz schwach vor Liebe zu ihm. Und weil sie ihn so sehr brauchte. Hatte er denn nicht versprochen zu kommen, neben ihr zu sitzen und ihre Hand zu halten, wo er doch wusste, wie viel Angst sie vor diesem Abend hatte? Es war nicht das erste Mal, dass Cass Chaplin Norma Jeane das Versprechen gegeben hatte, sich in der Öffentlichkeit mit ihr zu zeigen, sich fremden Blicken auszusetzen, der Erregung des Wiedererkennens – *Ist er das?*, der raschen Enttäuschung: *Nein, natürlich nicht, es muss der Sohn sein*, der dann wachsenden Sensationsgier*: Das ist also der Sohn von Chaplin! Und der kleinen Lita!* –, ohne dieses Versprechen zu halten. Eine nachträgliche Entschuldigung gab es nie, nicht einmal eine Erklärung, und schließlich war Norma Jeane diejenige, die sich bei ihm für ihre Ängste und Seelenqualen entschuldigte. Er hatte ihr erklärt, Charlie Chaplins Sohn zu sein sei ein Fluch, den andere in ihrem Unverstand für einen Segen hielten – »Als wäre das hier ein Märchen und ich der Königssohn.« Er hatte ihr erklärt, der vielgeliebte kleine Tramp sei ein gemeiner Egoist, der Kinder hasste, vor allem seine eigenen; er habe seiner Kindfrau ein ganzes Jahr lang nicht erlaubt, dem neugeborenen Stammhalter einen Namen zu geben, aus der abergläubischen Furcht heraus, seinen Namen mit einem anderen Menschen zu teilen, und sei es sein eigen Fleisch und Blut! Er hatte Norma Jeane erklärt, Chaplin habe nach zwei Jahren Ehe die Scheidung von der kleinen Lita eingereicht und ihn, Charlie Chaplin Jr., enterbt, weil er es zwar genieße, von Fremden vergöttert zu werden, aber die traute Liebe einer Familie nicht ertragen könne. »Kaum geboren, war ich schon nachgeboren. Denn wenn deine Existenz vom eigenen Vater abgelehnt wird, dann fehlt dir jede Existenzberechtigung.«

Norma Jeane konnte gegen diese Erklärung nichts einwenden. Wusste sie doch: so war es.

Obwohl sie zugleich mit kindlicher Logik dachte: *Aber ich glaube, er würde mich mögen. Sollten wir uns je kennen lernen.* Denn Grandma Della hatte den kleinen Tramp bewundert und Gladys auch. Und Norma Jeane war mit diesen Augen großgeworden, die sie – von welcher gipsbuckligen Wand wel-

313

ches lang vergessenen »Domizils« ihrer Mutter auch immer – ansahen. *Seine Augen. Mein Seelengefährte. Ungeachtet der Jahre zwischen uns.*

Mit flatternden Fingern zog und zupfte Norma Jeane ihr Kleid zurecht und wagte sich schließlich aus der Kabine, heilfroh, dass der Waschraum immer noch leer war. Wie ein schuldbewusstes Kind betrachtete sie ihr errötetes Gesicht im Spiegel, nicht von vorn, sondern im Profil, aus Angst, Norma Jeanes so offenkundige Sehnsucht in dem bildschön zurechtgemachten Gesicht von »Marilyn Monroe« sehen zu müssen, den Hunger in Norma Jeanes Augen. Sie schien ganz vergessen zu haben, dass auch Norma Jeane auffallend hübsch gewesen war, dass sich die Jungen und Männer auf der Straße nach ihr umgedreht hatten, trotz ihres schmutzig-blonden Haars, und dass dies alles erst durch ihr Foto in *Stars & Stripes* möglich geworden war. Die aufregende blonde »Marilyn Monroe« war die Rolle, die sie zu spielen hatte, zumindest den Abend über, zumindest in der Öffentlichkeit, und sie hatte sich sorgfältig vorbereitet, und I. E. Shinn hatte sich sorgfältig vorbereitet, und ihn wollte sie keinesfalls enttäuschen. »Ihm verdanke ich alles. Mr. Shinn. Was für ein gütiger, großmütiger Mensch er doch ist.« Worte, über die ihr Liebhaber Cass erst gelacht hatte, um dann tadelnd zu sagen: »Norma, I. E. Shinn ist ein *Agent*. Ein *Fleischhändler*. Verlier du dein Aussehen, verlier du deine Jugend und deine Reize, und Shinn ist *weg*.«

Norma Jeane, tief getroffen, verspürte den Impuls zu fragen: *Und du, Cass? Wie steht es mit dir?*

Zwischen Cass Chaplin und I. E. Shinn bestand eine geheimnisvolle Abneigung. Möglich, dass Cass Chaplin früher einmal selbst Klient von. Shinn gewesen war. (Cass war Sänger und Tänzer und Choreograph mit Schauspielerfahrung; er hatte zahlreiche kleine Rollen in Hollywoodfilmen gehabt, unter anderem in *Can't Stop Loving You* und *Stage Door Canteen*, obwohl Norma Jeane sich nicht erinnern konnte, ihn in diesen Filmen gesehen zu haben, als sie vor einer halben Ewigkeit Händchen haltend mit Buck Glazer im Kino gesessen hatte.) Nach der Vorführung würde es ein exklusives Dinner in Bel Air geben, und Norma Jeane hatte Cass auch zu dem Dinner eingeladen, aber I. E. Shinn war dagegen gewesen: Das sei keine gute Idee. »Warum nicht?«, fragte Norma Jeane. »Weil dein Freund hier in der Stadt einen gewissen Ruf hat«, sagte Shinn. »Was denn für einen?«, hakte Norma Jeane nach, obwohl sie die Antwort zu kennen meinte. »›Links‹ zu sein? ›Subversiv‹?« »Nicht nur«, sagte Shinn, »obwohl sogar das derzeit riskant ist. Du weißt selbst, was mit Chaplin Sr. geschehen ist – er wurde aus dem Land gejagt, und zwar nicht seiner Überzeugungen, sondern seiner *Haltung* wegen. Er ist arrogant, ein blinder Eiferer. Und Chaplin Jr. ist ein Säufer. Ein Verlierer. Ein Unglücksbringer. Er ist Chaplins Sohn, aber er hat nicht Chaplins Talent.« »Mr. Shinn«, protestierte Norma Jeane, »Sie wissen so gut wie ich, dass das ungerecht ist. Charlie Chaplin ist ein wahres Genie. Und nicht jeder Schauspieler kann ein Genie sein.« Shinn, der Gnom, war Widerworte von jungen Klientinnen nicht gewohnt, insbesondere nicht von Norma Jeane, die doch sonst so schüchtern und gefügig war. Sicher hatte sie sich von Cass Chaplin aufhetzen lassen! Shinns breite, eingedellte Stirn legte sich in grimmige Falten, und seine Augen quollen vor Wut aus den Höhlen. »Er hat überall Schulden. Er macht einen Vertrag für eine Rolle und lässt sich dann nicht blicken. Oder erscheint betrunken. Oder im Drogenrausch. Er borgt sich Autos und fährt sie zu Schrott, er saugt sich wie ein Blutegel an Frauen fest – verdammt, wer wüsste das besser als du – und übrigens auch an Männern. Ich will dich nicht mit ihm in der Öffentlichkeit sehen, Norma Jeane.« »Dann gehe ich auch nicht zu dem Dinner!«, rief Norma Jeane. »Oh doch. Das Studio rechnet mit ›Marilyn‹, und ›Marilyn‹ wird da sein.«

Shinn war laut geworden. Er packte sie am Handgelenk, und sie wurde sofort still.

I. E. Shinn hatte ja Recht. Sie war von der M-G-M nicht nur für die Rolle der »Angela« verpflichtet worden, sondern auch für öffentliche Werbeauftritte. »Marilyn« würde da sein.

In einem blendend weißen, fünfundsiebzig Dollar teuren Cocktailkleid aus Seide und Chiffon, das Mr. Shinn bei Bullock's in Beverly Hills erstanden hatte, einem aufreizenden Kleid mit tief dekolletiertem Oberteil und schmal geschnittenem Rock, das ihre Figur hervorragend zur Geltung brachte. Fünfundsiebzig Dollar für ein Kleid! Urplötzlich verspürte Norma Jeane den kindlichen Impuls, Elsie Pirig anzurufen. Das Kleid war so gewagt wie Angelas Kostüm im Film, dem es vielleicht tatsächlich ähneln sollte. »Oh, Mr. Shinn! Das ist das schönste Kleid, das ich je getragen habe!« Norma Jeane drehte eine Pirouette vor dem dreiteiligen Spiegel im schicksten Salon des Geschäfts, während ihr Agent Zigarre rauchend zusah. »Gut. Weiß steht dir, meine Liebe.« Shinn gefiel Norma Jeane in dem Kleid, gefiel die Aufmerksamkeit, die seine Klientin allein schon hier auf sich zog. Ältere Damen aus Beverly Hills, reich und gut aussehend und teuer gewandet, fast ausschließlich Gattinnen von Studiobossen, warfen Blicke in ihre Richtung, fragten sich wohl, wer das junge Starlet neben dem Respekt einflößenden I. E. Shinn war. »Ja. Weiß steht dir *sehr gut*.«

Jetzt, bei M-G-M, nahm Norma Jeane wieder Sprechunterricht, Schauspielunterricht, Tanzunterricht, und sie trat in der Öffentlichkeit schon viel selbstsicherer auf, ganz gleich, wie nervös sie war. Fast konnte sie von ferne, jenseits des Stimmengewirrs, Klaviermusik hören, beschwingte Tanzmusik; im Film, in einem Musical, wäre I. E. Shinn in seinem zweireihigen Sakko mit der roten Nelke im Knopfloch Fred Astaire gewesen, der aufsprang, um Norma Jeane in seine Arme zu ziehen und mit ihr zu tanzen, zu tanzen, fortzutanzen, während das Publikum aus Verkäuferinnen und Kundinnen staunend zusah.

Nach dem Cocktailkleid erstand Shinn für Norma Jeane ebenfalls bei Bullock's noch zwei Kostüme, für je dreißig Dollar. Beide folgten der neuen Bleistiftlinie und hatten engsitzende Jacken. Und er kaufte ihr mehrere Paar hochhackige Lederschuhe. Norma Jeane protestierte, aber Shinn unterbrach sie: »Hör mal. Das ist eine Investition in ›Marilyn Monroe‹. Um die man sich reißen wird, sobald *Asphalt-Dschungel* herauskommt. Ich habe Vertrauen in ›Marilyn‹, selbst wenn du keines hast.« Machte Mr. Shinn Spaß, oder war es ihm ernst? Er runzelte sein Rumpelstilzchengesicht und zwinkerte ihr zu. Norma Jeane erwiderte mit kläglicher Stimme: »Das hab ich doch auch. Nur dass ich –« »Nur, dass du – was?« »Otto Öse hat mir erklärt, dass ich fotogen bin. Irgendwie. Aber das bedeutet doch, dass es eine Täuschung ist, oder? Der Kameralinse oder des Sehnervs? Dass ich in Wirklichkeit nicht so bin, wie ich aussehe. Ich meine –« Shinn schnaubte verächtlich. »Otto Öse. Dieser Nihilist. Dieser Pornograph. Ich hoffe bei Gott, dass die Zeiten von Otto Öse hinter uns liegen.« Schnell sagte Norma Jeane: »Oh ja! Natürlich.« Und es stimmte: Seit der demütigenden Fünfzig-Dollar-Aktfotositzung hatte sie Otto Öse nicht mehr gesehen; wenn er anrief und in ihrem Hotel Nachrichten für sie hinterließ, zerriss sie die Zettel in Schnipsel; sie hatte ihn nicht ein einziges Mal zurückgerufen. Sie hatte keine Kontaktabzüge von »Miss Golden Dreams« gesehen, ja, schien sich nicht einmal zu erinnern, dass sie sich für einen Kalender hatte fotografieren lassen. (Davon wusste I. E. Shinn natürlich nicht. Davon wusste sonst überhaupt niemand.) Seit sie die Rolle in *Asphalt-Dschungel* bekommen hatte, konzentrierte sie sich voll auf ihre Arbeit als Schauspielerin und hatte keinerlei Interesse an einer Modelltätigkeit, ganz gleich, welcher Art, ganz gleich, wie gut sie das Geld hätte gebrauchen können. »Öse und Chaplin Jr. Halt dich von ihnen und ihresglei-

chen fern.« Shinn sprach in scharfem Ton. Wenn seine wulstigen Lippen wie
jetzt arbeiteten, erschien er ihr wie ein alter, ja uralter Mann; von seinem üblichen jugendlichen Elan war dann nichts mehr zu spüren. »Ihresgleichen«
– was er damit nur meinte? Norma Jeane zuckte zusammen, als sie hörte, wie
beiläufig ihr Liebhaber abgetan und auch noch auf eine Stufe mit dem ha-
bichtgesichtigen Fotografen gestellt wurde, dessen grausames Wesen so ganz
im Gegensatz zu Cass' Zärtlichkeit und Reinheit des Herzens stand. »Aber
ich l-liebe Cass«, flüsterte Norma Jeane. »Ich hoffe, er wird mich heiraten,
schon bald.« Shinn hörte nicht oder hörte nicht zu; er hatte sich auf die Beine
gestemmt, schwenkte jetzt seine Brieftasche aus Krokodilleder, die doppelt
so groß wie eine gewöhnliche Brieftasche war, und erteilte einer Verkäufe-
rin Anweisungen. In ihren neuen rostroten hochhackigen Schuhen über-
ragte Norma Jeane ihn um einiges und musste dem Drang widerstehen, mit
den Knien einzuknicken, damit sie nicht gar so groß erschien. *Halte dich wie
eine Prinzessin*, mahnte eine weise Stimme. *Dann wirst du auch bald eine
sein.*

Der Großeinkauf fand zwei Tage vor der Gala statt. Mr. Shinn fuhr Norma
Jeane zu ihrem Hotelapartment in der Buona Vista und half ihr, die zahlreichen Pakete hineinzutragen. (Glücklicherweise war Cass nicht da, flezte
nicht halb nackt auf Norma Jeanes Bett und auch nicht auf dem winzigen
rückwärtigen Balkon in der winterlichen Sonne. Aber das kleine Apartment
roch nach ihm; ein ölig-schwerer Geruch, ein Geruch nach Körperwärme
und Achselhöhlen und dickem, immer leicht feuchtem rabenschwarzem
Haar, und falls Mr. Shinns behaarte Nasenlöcher diesen Geruch wahrnah-
men, war der Agent zu taktvoll oder zu stolz, um es sich anmerken zu lassen.) Norma Jeane dachte, dass sie Mr. Shinn nicht sofort wegschicken, sondern ihm einen Drink anbieten sollte, aber in der Küche gab es nur ein, zwei
Flaschen von Cass (Cass bevorzugte Whiskey, Gin, Brandy), und Norma
Jeane scheute sich, diese Flaschen anzurühren. Also bot sie Shinn keinen
Drink an, lud ihn nicht einmal ein, auf eine Tasse Kaffee zu bleiben. Nein,
nein! Sie wollte den hässlichen kleinen Mann aus dem Haus haben, damit
sie in ihren neuen Kleidern vor dem Spiegel posieren, für Cass' Rückkehr
üben konnte. *Schau doch. Schau mich an. Findest du mich schön darin?*

Norma Jeane bedankte sich bei I. E. Shinn und brachte ihn zur Tür. Und
weil sie in den sehnsuchtsvollen Augen des kleinen Mannes las, dass das
nicht genügte, sagte sie mit Marilyns heiser-hauchiger Stimme: »Danke,
Daddy.«

Und beugte sich herab, um I. E. Shinn einen Kuss zu geben, einen feder-
leichten Kuss auf seine erstaunten Lippen.

Im Waschraum der Damentoilette wählte Norma Jeane Cass' Nummer. Es
war eine neue Nummer, da Cass seit mehreren Wochen ein neues Domizil
hatte, einen leihweise zur Verfügung gestellten Bungalow am Montezuma
Drive in den Hollywood Hills. »Cass, bitte, bitte nimm ab. Darling, du weißt,
wie sehr ich dich brauche. Lass mich nicht im Stich. *Bitte.*« Die Gala war vorbei; Norma Jeanes Bestimmung hatte sich erfüllt; aus dem Kinofoyer drang
anschwellendes Stimmengewirr; Norma Jeane konnte sie unmöglich verstehen, die wiederkehrende Frage: *Wer ist die Blondine? wer ist die Blondine?
die Blondine?* und hätte sich nicht träumen lassen, dass sie überhaupt gestellt
würde. Und dass I. E. Shinn mit geschwellter Brust verkündete: *Die Blondine
ist meine Klientin, meine Klientin Miss Marilyn Monroe.*

Noch hätte sie sich träumen lassen, dass ihr neues Studio sie direkt nach
»Marilyn Monroes« legendärer Gala-Vorstellung unter den Hauptdarstel-
lern von *Asphalt-Dschungel* auflisten würde: mit Sterling Hayden, Louis
Calhern, Jean Hagen und Sam Jaffe in einem Film unter der Regie von John
Huston.

Als sie in den Hörer flüsterte: »Cass, Darling. *Bitte.*«

Am anderen Ende der Leitung klingelte ein Telefon, klingelte und klingelte.

Liebe auf den ersten Blick.
  Schwach vor Liebe. Krank vor Liebe!
  Liebe geht durch die Augen ein.
  Norma nannte er sie. Er war der Einzige ihrer Liebhaber, der sie nur
Norma nannte.
  Nicht »Norma Jeane«. Nicht »Marilyn«.
  (Norma Shearer war das Idol seiner Kindheit gewesen. Norma Shearer in
Marie Antoinette. Die schöne Königin in ihrem ganzen Staat, mit bombas-
tisch hochgetürmtem und juwelengeschmückten Haar und in prächtige,
viellagige, aber so steife Stoffe gewandet, dass sie kaum gehen konnte, ver-
urteilt zu einem grausamen, ungerechten Tod: der Guillotine!)
  Cass nannte sie ihn. *Cass, mein Bruder, mein Baby.* Sie gingen so zart miteinander um wie Kinder, die bei rohem Spiel verletzt worden sind. Ihre Küsse
waren langsam und forschend. Sie gaben sich langen, verträumten Stunden

der Liebe hin, ohne ein Wort, ohne zu wissen, wo sie waren, in wessen Bett sie waren, wann sie angefangen hatten und wann sie aufhören würden und wo. Drückten ihre erhitzten Wangen aneinander, suchten danach, gemeinsam Erlösung zu finden, durch ein einziges Augenpaar zu sehen. *Ich liebe, liebe, liebe dich! Oh Cass.* Sie hielt den wunderschönen Jungen mit den zerzausten Haaren fest in ihren Armen wie eine aus anderen, gierigen Armen gerissene Trophäe. Sie, die niemals rasend verliebt gewesen war, fand sich jetzt rasend verliebt.

Schwor: *Ich werde dich lieben bis in den Tod. Und darüber hinaus.*

Und Cass lachte sie aus und sagte: *Norma, bis in den Tod reicht vollauf. Nach dieser Welt werden wir weitersehen.*

Sie erzählte ihm nie von damals, vor so langer Zeit, von seinen Augen, den wunderschönen, vom Plakat aus *Lichter der Großstadt* herab auf sie gerichteten Augen. Wie lange sie schon in diese Augen verliebt war. Oder in die dunklen, halb ernsten, halb schelmischen Augen des Mannes in der gerahmten Fotografie an Gladys' Schlafzimmerwand? *Ich liebe dich. Ich werde dich beschützen. Zweifle nie an mir: Eines Tages werde ich dich holen kommen.* Einer der großen Schrecken ihres Lebens, das laut Otto Öses Vorahnung kein langes Leben sein sollte, sondern ein verwirrtes und traumgleiches und rätselhaftes, aus gewaltsam ineinander gefügten Puzzlestücken geformtes Leben, war der Moment – und welch ekstatische, aufputschende Musik diesen Moment auf der Leinwand ankündigen würde! –, als sie hinter dem chinesischen Wandschirm in Otto Öses Atelier vorgetreten war, im vollen Bewusstsein ihrer Erniedrigung, Entwürdigung, Demütigung – für lumpige fünfzig Dollar! –, und Cass Chaplin vor sich sah, der sie anlächelte. *Wir kennen einander, Norma. Wir haben einander schon immer gekannt. Hab Vertrauen in mich.*

Ein filmischer Zeitfalz. Tage, Wochen. Schließlich Monate. Nie würden sie zusammen leben (Cass machte anscheinend schon der Gedanke an einen gemeinsamen Haushalt nervös und asthmatisch, der Gedanke an ein Durcheinander von Habseligkeiten in einem Schrank, im Badezimmer, in Schubladen, an das Ansammeln von gemeinsamer Geschichte – nein, da bekam er keine Luft mehr! konnte nicht mehr schlucken! Nicht dass er, der Sohn des Großen Diktators, unfähig wäre, eine erwachsene, verantwortungsvolle Beziehung mit einer Frau zu führen, nicht dass er ein gemeiner gehässiger genusssüchtiger Gleisner wie der Große Mann wäre, nein, Cass doch nicht, denn hier handelte es sich eigentlich um ein rein physisches Symptom; Norma Jeane bekam es ja aus nächster Nähe mit, erschrocken und zugleich eifrig bemüht, ihren Geliebten wissen zu lassen: *Ich erdrücke dich nicht! Ich bin nicht so eine!*), aber sie verbrachten jede freie Stunde zusammen (jede wirklich freie, je nach Cass' mysteriösem Zeitplan aus Vorsprechterminen und zu erwartenden Rückrufen und langen meditativen Spaziergängen bei Regen wie bei Sonnenschein am Strand von Santa Monica), wenn Norma Jeane nicht am M-G-M-Drehort in Culver City war.

Es war mein erster richtiger Film. Ich stürzte mich mit aller Kraft hinein. Und diese Kraft kam von Cass. Von einem Mann, der mich liebte. Denn da war nicht nur ich, nur ein Mensch. Sondern zwei. Ich bekam meine Kraft von zweien.

Es war so einfach, daran zu glauben. Es gab allen Grund, daran zu glauben. Vielleicht stand es nicht geschrieben, aber die Worte hatten diesen Klang. Ausgefeilte Worte. Nicht-spontane Worte. Daher Worte, auf die man sich verlassen konnte. Wie die Heilige Schrift, sofern man den Schlüssel hat, sie zu lesen. Sofern man das geheime Wissen hat. Wie ein fertiges Puzzle, bei dem jedes Stück an seinem Platz ist und keines verloren. Und wie selbstverständlich sie sich ineinander fügten in dieser süßen schwindelerregenden Verzückung, in diesem Taumel fast schmerzhafter körperlicher Bedürfnisse, als hätten sie schon vor langer Zeit, in der Kindheit, die Liebe entdeckt. Als gäbe es zwischen ihnen keine *Männlichkeit* und keine *Weiblichkeit*. Keine Notwendigkeit etwa für das peinliche Hantieren mit Kondomen. Hässlichen stinkenden entwürdigenden Kondomen. »Gummis«, hatte Bucky Glazer sie genannt. Auf seine direkte, bodenständige Art. Und Frank Widdoes, hatte der nicht gesagt: »Ich würde ein Gummi benutzen. Keine Sorge.« Aber Norma Jeane, die lächelnd geradeaus durch die Windschutzscheibe starrte, hatte es nicht gehört und würde es auch nicht hören, weil es nicht wiederholt wurde.

Direktheit war nicht Norma Jeanes Art. Sie war eben Romantikerin. Denn ihr Liebhaber war schön wie ein Mädchen, und Seite an Seite im Spiegel errötend und mit von der Liebe geweiteten Augen lachten sie und küssten sich und zerwühlten einander die Haare, und man hätte nicht sagen können, wer von beiden schöner, wessen Körper begehrenswerter war. Cass Chaplin! Sie genoss es, mit ihm spazieren zu gehen und zu sehen, wie sich die Augen der Frauen auf ihn hefteten. (Und die Augen der Männer! Oh ja, auch das sah sie.) Sie ertrugen kein Stück Stoff zwischen sich und liefen nackt herum, wann immer sie konnten. Er war Norma Jeanes Spiegel-Double, zu Fleisch und Blut geworden. Ihr Liebhaber war kaum größer als sie und hatte einen Torso mit glatten Muskeln und einem Firnis aus feinen dunklen Haaren, die seine Brust bedeckten, kaum dicker als der Flaum auf Norma Jeanes Unterarmen, und sie liebte es, seinen Leib zu streicheln, seine Schultern, seine schlanken muskulösen Arme, Schenkel, Beine, und sie liebte es, ihm seine dicken, feuchten öligen Haare aus der Stirn zu streichen und seine Stirn und seine Augenlider und seinen Mund mit Küssen zu bedecken, seine Zunge in ihren Mund zu saugen, liebte seinen Penis, der sich schnell und gierig erhob und warm in ihrer Hand zuckte wie ein lebendes Wesen. Dies war kein qualvoller böser Traum von einem blutenden Schnitt zwischen ihren Beinen; nein, dies war Bestimmung, nicht Verzweiflung. *Diese Augen!*

Wenn du verliebt bist, ist es gleich so, als wärst du immer verliebt gewesen.

Ein filmischer Zeitfalz.

Clive Pearce! Es kam der Morgen, da sie klar sah.

Bei den Proben hatte sie ihren Text unsicher und uninspiriert aufgesagt. Wie dumm sie sich doch bei der Arbeit mit dem berühmten Schauspieler Louis Calhern anstellte, der sie nie direkt anzusehen schien! Ob er sie als unerfahrene junge Schauspielerin verachtete? Oder sich über sie wunderte? Während Norma Jeane sich beim Vorsprechen einfach auf den Boden gelegt und Angelas Text mit anscheinender Spontaneität gesprochen hatte, war sie jetzt, wo sie ihren Part stehen musste, angesichts der ungeheuren Herausforderung wie gelähmt vor Angst. *Falls du versagst. Wenn du versagst. Denn du wirst versagen. Und dann musst du sterben.* Wenn sie diese Rolle verlor, würde sie sich richten müssen, und dabei war sie doch so verliebt in Cass Chaplin und hoffte, eines Tages sein Kind zu bekommen – »Wie könnte ich *ihn* verlassen?« Und dann gab es ja auch noch ihre Verpflichtung gegenüber Gladys in der Heilanstalt in Norwalk. »Wie könnte ich *sie* verlassen? Mutter hat doch niemanden außer mir.«

Ihre Szenen mit Calhern waren ausschließlich Innenaufnahmen, geprobt und gedreht in einem Tonatelier auf dem M-G-M-Gelände in Culver City. Im Film waren Angela und ihr »Onkel Leon« allein, doch in Wirklichkeit, am Drehort, waren sie umringt von Fremden. Es hatte etwas seltsam Tröstliches, diese anderen auszublenden. Die Kameramänner, die Regieassistenten. Selbst den großen Regisseur. So wie sie sich im Waisenhaus auf der Schaukel hoch, hoch geschwungen hatte, den Rest der Welt ausblendend. Sich im lärmigen Speiseraum zu ihrem Tisch durchgedrängt hatte, ohne etwas zu sehen noch zu hören. Das war ihre geheime Kraft, die ihr niemand nehmen konnte. Sie glaubte, dass ihre Figur, die Angela, sie selbst war, nur in verkrüppelter Form. Zweifellos barg sie, Norma Jeane, Angela in sich. Angela dagegen war zu eng, um Norma Jeane in sich bergen zu können. Es war also eine Frage der Größe! In der Film-Story ist Angela nicht eindeutig festgelegt. Norma Jeane erfasste die Figur instinktiv, begriff das Mädchen als Phantasie ihres »Onkel Leon«. (Und als Phantasie der Filmemacher, die Männer waren.) In der bezaubernden banalen blonden Angela sind Unschuld und Eitelkeit eins. Sie wird allein von kindlichem Eigennutz geleitet. Die Figur bewegt nichts, keine Szenen, keine dramatischen Begegnungen. Sie agiert nicht, sie reagiert. Sie spricht ihren Text wie eine Laienschauspielerin, stümpert, improvisiert von einem Wort zum nächsten, angewiesen auf Einsatzzeichen von »Onkel Leon«. Für sich allein existiert sie nicht. Keine Frau in *Asphalt-Dschungel* existiert außer durch Männer. Angela ist passiv wie unbewegtes Wasser, in dem andere ihr Spiegelbild sehen, doch sie selbst »sieht« nicht. Es ist kein Zufall, dass Angela, wenn sie zum ersten Mal zu sehen ist, mit verdrehten Gliedern schlafend auf einem Sofa liegt und wir sie mit den Augen ihres besitzergreifenden alten Liebhabers sehen. *Oh! Ich muss eingeschlafen sein.* Doch selbst im Wachzustand, die Augen staunend aufgerissen, ist Angela eine Schlafwandlerin.

Bei den Proben mit Norma Jeane war Calhern nervös. Also verachtete er sie doch! Er spielte »Alonzo Emmerich«, der laut Drehbuch dazu bestimmt ist, sich eine Kugel durch den Kopf zu jagen. Angela war seine Hoffnung auf wiedergewonnene Jugend, neues Leben: eine vergebliche Hoffnung. *Das nimmt er mir übel. Er mag mich nicht berühren. Sein Herz ist voller Wut, nicht Liebe.*

Sie fand keinen Zugang zu ihm. Keinen Zugang zu den Szenen zwischen ihnen. Doch wenn es ihnen nicht gelingen sollte, im Spiel zusammenzufinden, würde man sie durch eine andere Schauspielerin ersetzen.

Wie besessen arbeitete sie an ihren Szenen. Sie hatte wenig Text, musste fast nur »Onkel Leon« und später den sie verhörenden Polizisten antworten. Sie probierte mit Cass, wenn er verfügbar und in Stimmung war. Er wolle, dass sie Erfolg hatte, sagte er. Er wisse, was das für sie bedeutete. (»Erfolg« bedeutete ihm, dem Sohn des erfolgreichsten Filmschauspielers aller Zeiten, recht wenig.) Und doch wurde er schnell ungeduldig. Er schüttelte sie wie eine Stoffpuppe, um sie aus ihrer Angela-Trance zu wecken. Er redete ihr gut zu, bemüht, den Ärger aus seiner Stimme herauszuhalten. »Norma, um Himmels willen. Dein Regisseur wird dich Schritt für Schritt durch deine Szenen führen, so läuft das im Film. Es ist nicht wie auf der Bühne; du bist nicht allein auf dich gestellt. Warum so hart arbeiten? Dich verrückt machen? Du schwitzt ja wie ein Pferd. Warum ist das so wichtig?«

Die Frage hing zwischen ihnen in der Luft. *Warum ist das so wichtig? So wichtig!*

Zu wissen, dass es absurd war, was sie ihrem Liebhaber nicht erklären konnte – *Weil ich nicht sterben will, ich habe entsetzliche Angst vor dem Sterben. Ich kann dich nicht verlassen.* Weil in ihrer Schauspielkarriere zu versagen hieße, in dem Leben zu versagen, das sie gewählt hatte, um ihre ungerechtfertigte Geburt nachträglich doch noch zu rechtfertigen. Selbst in ihrem leicht verwirrten Zustand begriff sie die Unlogik einer solchen Aussage.

Sie wischte sich die Augen. Sie lachte. »Ich kann mir nicht aussuchen, was mir wichtig ist, wie du das kannst. Es liegt nicht in meiner Macht.«

Hilf mir, diese Macht zu erlangen. Darling, zeig es mir.

Norma Jeanes Schlaflosigkeit verschlimmerte sich. Ein Dröhnen in ihrem Kopf, aus dem sich spöttisch murmelnde Stimmen erhoben, ein Hohngelächter, undeutlich und doch vertraut. Waren das ihre Richter oder die Geister der Verdammten, die sie erwarteten? Sie hatte nur Angela dagegen auszuspielen. Sie hatte nur ihre Arbeit – ihre Leistung – ihre »Kunst«. *Warum ist das so wichtig?* Sie konnte nicht schlafen, wenn sie in ihrem winzigen Apartment in ihrem Messingbett von der Heilsarmee allein lag oder wenn Cass bei ihr war, in diesem Bett oder einem anderen. (Der unzuverlässige Cass Chaplin! Der schöne Junge hatte viele Freunde in Hollywood, Beverly Hills, Hollywood Hills, Santa Monica, Bel Air, Venice und Venice Beach, Pasadena, Malibu und überall in Los Angeles, und diese Freunde, von denen Norma Jeane kaum jemanden kannte, hatten Apartments, Bungalows, Häuser, Villen, in denen Cass jederzeit willkommen war, bei Tag wie bei Nacht. Er schien keine feste Adresse zu haben. Sein Hab und Gut, hauptsächlich Kleidung, hauptsächlich geschenkte, teure Kleidung, war auf ein Dutzend Quartiere verteilt, wanderte mit ihm in einem Matchsack und einem großen zerbeulten Lederkoffer mit den verschnörkelten Gold-Initialen CC.)

Barfuß und fröstelnd schlich sie durch die frühen Morgenstunden. Wenn Cass fort war, vermisste sie ihn schmerzlich, aber wenn er bei ihr war und schlief, war sie eifersüchtig auf seinen Schlaf, in den sie nicht eindringen konnte und in dem er sich ihr entzog. Zu solchen Zeiten erinnerte sie sich an ihre verlorene Freundin Harriet und deren Baby Irina, das auch Norma Jeanes Baby gewesen war. Harriet hatte Norma Jeane erzählt, als junges Mädchen habe sie lange Zeit unter Schlaflosigkeit gelitten, sei jedoch dann in der Schwangerschaft andauernd eingeschlafen und habe, nachdem ihr Kind geboren und ihr Mann fort war, geschlafen, so viel sie nur konnte, friedlich und traumlos, und mit etwas Glück würde Norma Jeane diesen Schlaf eines Tages auch kennen lernen. *Wenn ich schwanger werde. Wenn ich ein Baby bekomme. Nur nicht jetzt. Aber wann dann?* Sie konnte sich Angela nicht schwanger vorstellen. Sie konnte sich Angela nicht jenseits vom Drehbuch vorstellen. Sie hatte Angelas Text auswendig gelernt bis zu dem Punkt, wo die Wörter keine Bedeutung mehr besaßen, wie fremdländische Wörter, rein mechanisch wiederholt. Schon in der ersten Drehwoche begann sie, sich körperlich zu verausgaben. Niemals hätte sie gedacht, dass das Spielen so kräftezehrend sein könnte. Als müsste sie ihr eigenes Gewicht heben! Sie brach in Tränen aus, wenn sie nicht gerade lachte. Musste sich die Augen mit beiden Handflächen abwischen.

Und da trat Cass, der schöne nackte Knabe mit den zerzausten Haaren, zu ihr auf den winzigen Balkon und hielt ihr die offene Hand hin, auf der zwei weiße Kapseln lagen. »Was ist das?«, fragte Norma Jeane argwöhnisch. »Ein Mittel, liebste Norma, um dir schlafen zu helfen. Um uns beiden schlafen zu helfen«, sagte Cass und küsste ihren feuchten Nacken. »Ein Zaubermittel?«, fragte Norma Jeane. Cass sagte: »Es gibt kein Zaubermittel. Nur dieses Mittel.« Norma Jeane wandte sich unwillig ab. Es war nicht das erste Mal, dass Cass ihr Beruhigungspillen offerierte. Barbiturate, so hießen sie. Oder Whiskey, Gin, Rum. Dabei wollte sie doch so gern nachgeben. Sie wusste, dass es ihrem Liebhaber gefallen würde, der selten schlief, ohne vorher getrunken oder Pillen genommen oder beides kombiniert hatte. Bloße Erschöpfung, brüstete sich Cass, reiche nicht aus, um ihn zu drosseln. Doch jetzt war sein Atem warm in Norma Jeanes Ohr und sein Arm umfasste sanft ihre Brüste, während er murmelte: »Es gab einmal einen griechischen Philosophen, der lehrte, der süßeste Zustand von allen sei der, nicht geboren worden zu sein. Aber ich glaube, der süßeste Zustand ist der Schlaf. Man ist tot und doch am Leben. Es gibt keine andere Empfindung, die so köstlich wäre.«

Norma Jeane schob ihren Liebhaber von sich, energischer, als sie beabsichtigt hatte. In solchen Momenten liebte sie Cass Chaplin überhaupt nicht! Liebte ihn natürlich, fürchtete sich aber vor ihm. Weil er dann wie der Teufel war, der sie in Versuchung führte. Sie wusste, was Dr. Mittelstadt dazu sagen würde. Die Lehren der Christlichen Wissenschaft. Ihre Urgroßmutter Mary Baker Eddy. »Nein, es wäre nicht recht. Für mich. Ein künstlicher Schlaf.«

Cass lachte sie aus, doch Norma Jeane verweigerte das Schlafmittel und lag in dieser Nacht ruhelos da, während Cass friedlich schlief und auch noch schlief, als Norma Jeane sich am frühen Morgen für die Arbeit fertig machte, und den ganzen langen Tag in Culver City war Norma Jeane nervös, gereizt, hysterisch und blieb ständig stecken, obwohl sie ihren Text doch so gründlich einstudiert hatte, und sah, wie John Huston sie musterte, sah die prüfenden Augen des Mannes; er fragte sich, ob er, der bei der Besetzung nie einen Fehler machte, diesmal doch einen Fehler gemacht hatte, und am Abend darauf nahm sie beide Kapseln von Cass an, der sie ihr feierlich überreichte, sie ihr auf die Zunge legte wie eine Hostie bei der heiligen Kommunion.

Und wie tief, wie friedlich Norma Jeane in dieser Nacht schlief! Seit Ewigkeiten hatte sie nicht so gut geschlafen. *Ein künstlicher Schlaf, aber ein gesunder Schlaf, nicht? Also doch ein Zaubermittel.*

Und gleich am nächsten Morgen, bei der Probe mit Louis Calhern, sah Norma Jeane plötzlich klar: *Clive Pearce!*

Diese Erkenntnis würde sie Cass' Zaubermittel zuschreiben. Ein traumloser Schlaf, aber vielleicht doch nicht ganz. Vielleicht war ihr der ältere Mann doch im Traum erschienen?

Denn jetzt schien es offensichtlich: Louis Calhern, ihr »Onkel Leon«, war in Wirklichkeit Mr. Pearce. In der Rolle des Alonzo Emmerich: Mr. Pearce.

Sie hatte den berühmten Calhern als einen Fremden betrachtet, wo er doch tatsächlich Mr. Pearce war, zu ihr zurückgekehrt, ungefähr im selben Alter, von ungefähr der gleichen Statur, und war Calherns attraktiv zerfurchtes Gesicht nicht genauso wie das Gesicht von Clive Pearce, nur ein paar Jahre älter? Der verstohlene Blick, der zuckende Mund, und doch der Stolz in seiner Haltung oder jedenfalls ein Nachhall dieses Stolzes; vor allem die kultivierte, leicht ironische Stimme. Norma Jeanes Augen müssen regelrecht aufgeleuchtet haben. Ein Stromstoß muss durch ihren geschmeidigen, willigen Mädchenkörper gezuckt sein. Sie war »Marilyn« – nein, sie war »Angela« – sie war Norma Jeane, die »Marilyn« spielte, die »Angela« spielte – wie eine russische Puppe, bei der die Mutterpuppe immer kleinere Puppen in sich birgt – jetzt begriff sie, wer »Onkel Leon« war, und sogleich wurde sie anschmiegsam, verführerisch, zutraulich wie ein unschuldiges Kind.

Calhern bemerkte die Veränderung sogleich. Er war kein Naturtalent, nur ein technisch versierter Schauspieler, der Gefühle auf Knopfdruck vorspiegeln konnte, aber auch er bemerkte die Veränderung in »Angela« sogleich. Der Regisseur bemerkte sie sogleich. Nach der Probe würde er, der mit Lob generell geizte und bisher praktisch nichts zu Norma Jeane gesagt hatte, sie fragen: »Irgendetwas ist heute passiert, hä? Was war's denn?« Eine überglückliche Norma Jeane schüttelte wortlos den Kopf und lächelte, als wüsste sie es nicht, denn wie sollte sie es erklären, wo sie es sich doch selbst nicht erklären konnte?

Sie ließ sich führen, das gehörte zu ihrem Genie. Sie konnte meine Gedanken lesen. Natürlich hätte der Durchbruch auch ausbleiben können, er kam mir fast zufällig vor, als hätte ich Samen in die Erde gestreut, und nur einer wäre angegangen.

Ihr einziger Kuss. Norma Jeane und Clive Pearce. Er hatte sie nie voll auf den Mund geküsst, obwohl er das gewollt hatte. Er hatte ihren sich windenden Körper berührt, er hatte sie gekitzelt, er hatte sie (wie sie glaubte) da geküsst, wo sie es nicht sehen konnte, aber nie voll auf den Mund, und jetzt sank sie an seine Brust, verlangend und doch kindlich, unschuldig, denn es war ihre Seele, die sich dem älteren Mann öffnete, nicht ihr enger Mädchenkörper. *Oh! Oh ich liebe dich! verlass mich nie*, sie würde Mr. Pearce verzeihen, dass er sie verraten hatte, dass er sie im Waisenhaus abgeliefert und im Stich gelassen hatte; nun, da Mr. Pearce zu ihr zurückgekehrt war als aristokratischer Anwalt Alonzo Emmerich, der »Onkel Leon« war, verzieh sie ihm sogleich, und nach dem aufregenden atemlosen Kuss lehnte Angela sich weiter an ihn, mit großen verschleierten Augen und leicht geöffnetem Mund, und Louis Calhern, der altgediente Schauspieler, starrte sie verblüfft an.

Das Mädchen spielte nicht. Das war sie selbst. Sie wurde die Angela, die meine Figur sich wünschte. Sein Verlangen.

Von Stund an sollte Norma Jeane als Angela keine Angst mehr leiden.

Bei den Dreharbeiten war Norma Jeane still, andächtig, aufmerksam und wach. Nun, da sie das Rätsel ihrer Rolle gelöst hatte, verfolgte sie gebannt, wie andere das ihre lösten oder um die Lösung rangen. Denn jeder Schauspieler muss eine ganze Reihe von Rätseln lösen, von denen keines die anderen erklären kann. Denn jeder Schauspieler besteht aus einer Reihe von »Ichs«, zusammengehalten nur durch die Aussicht darauf, dass beim Spielen alle Verluste wieder wettgemacht werden können. Es blieb natürlich nicht unkommentiert, wie genau I. E. Shinns junge blonde Klientin »Marilyn Monroe« die Arbeit ihrer Kollegen verfolgte und dass sie sogar in den Kulissen erschien, wenn sie drehfrei hatte.

Sie schlief sich nach oben. Zuerst kam Z, dann X. Natürlich auch Shinn. Und bestimmt Huston. Und die Filmproduzenten. Und Widmark. Und Roy Baker. Und Sol Siegel und Howard Hawks. Und die Liste ließe sich fortsetzen.

Norma Jeane glaubte daran, dass sie, wenn sie begabten Schauspielern bei der Arbeit zusah, deren Erkenntnisse quasi durch die Poren aufsaugen könnte. Dass sie, wenn sie einem großen Regisseur bei der Arbeit zusah, lernen könnte, sich selbst »anzuleiten«. Denn Huston war ein Genie; von Huston lernte sie die grundlegende Filmweisheit, dass es nicht darauf ankommt, was in eine Rolle hineingeht, sondern nur darauf, was dabei herauskommt. Dass es nicht darauf ankommt, wer man ist oder nicht ist, nur darauf, was im Film »rüberkommt«. Der Film rechtfertigt alles, der Film ist unsterblich. So hatte etwa Jean Hagen, die Sterling Haydens Geliebte spielte, bei der Arbeit eine große Ausstrahlung, die alle für sie einnahm. Und doch wirkte ihre Figur auf der Leinwand zu gefühlsbetont, zu sprunghaft, nicht verführerisch genug. Norma Jeane dachte: *Ich hätte die Rolle langsamer, tiefgründiger gespielt. Sie ist nicht geheimnisvoll genug.*

Während die junge blonde Angela gerade durch ihre Oberflächlichkeit etwas Geheimnisvolles ausstrahlte. Denn man konnte ja nicht wissen, ob diese Oberflächlichkeit vielleicht doch eine unergründliche Tiefe war. Macht sie den vernarrten, törichten alten Mann mit ihrer Unschuld kirre? Will sie ihren »Onkel« zerstört sehen? Die zermürbende Leere in ihrem Gesicht war das unbewegte Wasser, in das alle anderen, das Publikum eingeschlossen, blicken konnten.

Norma Jeane war beflügelt, von freudiger Erregung getragen. Jetzt war sie wirklich eine Schauspielerin! Nie wieder würde sie an sich zweifeln.

Sie überraschte John Huston damit, dass sie ihn fragte, ob er bereit wäre, einige Szenen, mit denen er zufrieden schien, noch einmal zu drehen. Als er wissen wollte warum, sagte Norma Jeane: »Weil ich weiß, dass ich es besser kann.« Sie war nervös, aber unbeirrbar. Und sie lächelte. »Marilyn« lächelte unentwegt. »Marilyn« sprach mit leiser, sinnlich-heiserer Stimme. »Marilyn« setzte sich fast immer durch. Obwohl Louis Calhern mit seiner eigenen Leistung hätte zufrieden sein können, erklärte er sich, betört von »Marilyn Monroe«, gern bereit, einige Szenen zu wiederholen. Und tatsächlich: ihr Spiel gewann mit jeder neuen Aufnahme.

Am letzten Drehtag bemerkte John Huston trocken zu ihr: »Tja, Angela, unser kleines Mädchen ist wohl groß geworden?«

Niemals mehr zu zweifeln. Ich bin eine Schauspielerin. Ich weiß es. Ich kann es. Ich werde es beweisen!

Doch als der Tag der Gala nahte, spürte Norma Jeane, wie die alte Angst nach ihr griff. Denn es genügte nicht, mit der eigenen Leistung zufrieden zu sein und von den Kollegen gelobt zu werden; draußen lauerte ja immer noch eine ganze Welt voller Fremder, die ihre eigene Meinung hatten, und unter diesen Fremden waren Hollywood-Filmleute und -kritiker, die nichts über Norma Jeane Baker wussten und sich so wenig für sie interessierten, wie man sich etwa für eine Ameise interessieren würde, die über einen Gehweg krabbelt und auf die man zufällig, unwissentlich, tritt. Und weg ist die Ameise!

Norma Jeane gestand Cass, sie glaube es nicht ertragen zu können, zur Gala zu gehen. Und vor allen Dingen nicht zu dem anschließenden Fest. Cass zuckte mit den Achseln, sagte, und ob, das werde von ihr erwartet. Norma Jeane ließ nicht locker; wenn ihr nun übel würde? Wenn sie ohnmächtig würde? Cass zuckte wieder mit den Achseln. Es war ihm nicht anzumerken, ob er sich für Norma Jeane freute oder neidisch war, ob er ihr die Arbeit mit einem berühmten Regisseur verübelte oder gönnte. (Und Cass Chaplins Karriere? Norma Jeane fragte ihn nicht, was aus seinen Vorsprech-, Vortanzterminen und in Aussicht gestellten Rückrufen wurde. Sie wusste, dass er empfindlich und jähzornig war. Wie er ihr nüchtern eingestand, war er genauso leicht zu beleidigen wie der Große Diktator persönlich. So hatte er etwa das Angebot einer kleinen Tanzrolle in einem geplanten M-G-M-Musical angenommen, um es ein paar Tage später doch auszuschlagen, als er erfuhr, dass einem anderen Tänzer, einem Rivalen, eine größere Rolle angeboten worden war.) Norma Jeane warf sich in Cass' Arme und barg ihr Gesicht an seinem Hals. Er war jetzt eher Bruder als Liebhaber, ein brüderlicher Zwilling, der sie vor der Welt beschützen konnte. Wie sehr sie wünschte, sich in seinen Armen verstecken zu können! Für immer und ewig in seinen Armen.

»Aber das meinst du doch nicht ernst, Norma.« Cass strich ihr geistesabwesend übers Haar –, »du bist eine Schauspielerin. Vielleicht sogar eine gute Schauspielerin. Eine Schauspielerin will gesehen werden. Eine Schauspielerin will geliebt werden. Von unzähligen Menschen, nicht von einem einzigen Mann.« Norma Jeane protestierte: »Nein, Darling, das stimmt nicht! Alles, was ich wirklich will, bist *du*.«

Cass lachte. Blieb mit seinen stumpfen abgebissenen Fingernägeln in ihrem Haar hängen.

Aber sie meinte es wirklich ernst. Sie würde ihn heiraten, sie würde sein Kind bekommen, sie würde mit ihm und für ihn leben, auf immer und ewig, in Venice Beach oder sonst wo. In einem kleinen verputzten Haus mit Blick aufs Meer. Ihr Kind, ein Junge mit dunklen zerzausten Haaren und wunderschönen dunklen Augen, würde in einer Wiege an ihrem Bett schlafen. Und manchmal auch in ihrem Bett, zwischen ihnen. Ein kleiner Prinz. Das allerschönste Kind auf der Welt. Charlie Chaplins Enkel! Norma Jeanes Stimme überschlug sich vor Aufregung. »Grandma Della, du wirst es nicht glauben. Stell dir vor: Mein Mann ist Charlie Chaplins *Sohn*! Wir sind verrückt nacheinander, es war Liebe auf den ersten Blick. Mein Baby ist Charlie Chaplins *Enkel*. Dein *Urenkel*, Grandma!« Die grobknochige alte Frau starrte Norma Jeane ungläubig an. Dann machte sich ein Lächeln auf ihrem Gesicht breit. Über beide Backen. Und schließlich lachte sie laut auf. *Norma Jeane, da bleibt einem ja die Spucke weg. Norma Jeane, Schätzchen, wir sind alle so stolz auf dich.*

Und Gladys würde einen Enkelsohn billigen, wie sie eine Enkeltochter nie hätte billigen können. Also hatte es doch sein Gutes, dass Irina ihnen genommen worden war.

Wenn du dran bist. Passiert es plötzlich oder gar nicht. Durch die Schlitze eines Fensterladens vom Bungalow am Montezuma Drive sah sie die geschmeidige nackte Gestalt über den Teppich huschen. Cass Chaplin, weltvergessen. Er beugte sich über die Tasten eines Klaviers, schlug ein paar Akkorde an, gedämpfte, kaskadenartig fließende Noten, herrlich wie von Debussy oder Ravel, seinen Lieblingskomponisten, und schrieb dann mit einem Bleistift etwas in ein Heft, Noten vielleicht. Während Norma Jeanes letzter Drehwoche in Culver City hatte er sich tagelang in diesen Unterschlupf hinter dem Olympic Boulevard zurückgezogen, um an einer Ballettkomposition und -choreographie zu arbeiten. (Der spanische Bungalow, umstanden von leprösen Palmen und überwuchert von verheddert Kletterpflanzen, gehörte einem Drehbuchautor, der auf die Schwarze Liste geraten war und sich ins zeitweilige Exil nach Tanger abgesetzt hatte.) Die Musik sei seine erste Liebe, hatte

Cass Norma Jeane erzählt, und es dränge ihn, zu ihr zurückzufinden. »Nicht das Kino oder die Bühne. Ich bin kein Schauspieler. Weil ich nicht in anderen Persönlichkeiten leben will. Ich will in der Musik leben, denn Musik ist rein.« Wann immer ein Klavier in der Nähe gewesen war, hatte Cass ihr etwas aus seinen Kompositionen vorgespielt, die sie wunderschön fand; er tanzte auch für sie, aber nur zum Vergnügen und nie länger als ein paar Minuten. Jetzt, auf dem laubbedeckten Gartenweg zu diesem Haus, das sie kaum kannte, blickte sie durch die Schlitze des Fensterladens auf die geisterhafte Erscheinung ihres Liebhabers und fühlte den Takt im Kopf pochen. *Ich darf ihn nicht unterbrechen. Es wäre verkehrt, ihn zu unterbrechen.*

Dachte: *Er würde sich bespitzelt fühlen und mich dafür hassen. Und das will ich nicht riskieren.*

Sie zog sich zurück, bis zum Ende des Gartenwegs, und lauschte vierzig verzückte Minuten lang der Musik, den anschwellenden und verklingenden Tönen drinnen. Angehaltene Zeit, von der sie sich wünschte, sie möge dauern und dauern, eine Ewigkeit lang.

Wenn du dran bist.

Shinn unter der Maske des Aufklärers. Senkte seine raue Stimme, um ihr zu eröffnen, dass entgegen dem, was Chaplin junior ihr weismachen wolle, Chaplin senior seiner früheren Frau und dem gemeinsamen Sohn ein kleines Vermögen hingeblättert habe – auf Druck der Anwälte. »Natürlich«, sagte Shinn grinsend, »ist das Geld längst dahin. Die kleine Lita hat es schon vor fünfundzwanzig Jahren verprasst.«

Norma Jeane starrte Shinn an. Hatte Cass sie angelogen? Oder hatte sie etwas missverstanden? Stockend sagte sie: »Es kommt doch aufs Gleiche heraus. Sein Vater hat ihn enterbt und verstoßen. Er ist *allein.*«

Shinn schnaubte verächtlich. »Auch nicht mehr allein als wir anderen.«

»Er ist von seinem Vater v-verflucht worden, und dieser Fluch wiegt doppelt schwer, weil sein Vater Charlie Chaplin ist. Haben Sie denn überhaupt kein Mitgefühl, Mr. Shinn?«

»Wie bitte? Ich strotze vor Mitgefühl. Wer spendet mehr für wohltätige Zwecke? Das Rote Kreuz, den Fonds für verkrüppelte Kinder? Die Verteidigung der Hollywood Ten? Aber mit Cass Chaplin habe ich kein Mitgefühl.« Shinn bemühte sich um einen leichten Ton, doch seine gewaltige Nase mit den weiten, behaarten Nasenlöchern bebte vor Zorn. »Ich hab dir gesagt, Schätzchen, ich möchte nicht, dass du dich in der Öffentlichkeit mit ihm sehen lässt.«

»Und privat?«

»Privat solltest du keinesfalls auf Schutz verzichten. Zwei von *seiner Sorte* sind schon mehr als genug.«

Es dauerte einen Moment, bevor Norma Jeane begriff.

»Mr. Shinn, das ist gemein. Gemein und garstig.«

»Ja, so ist I. E.! Gemein und garstig.«

Norma Jeanes Augen füllten sich mit Tränen. Sie war kurz davor, Shinn zu ohrfeigen. Und zugleich wollte sie seine Hände ergreifen und ihn um Verzeihung bitten, denn was wäre sie ohne ihn? Nein, sie wollte ihm ins Gesicht lachen. In sein zerknittertes wachsgraues Gesicht. Seine verletzten, wütenden Augen.

Ich liebe ihn, nicht dich. Dich könnte ich nie lieben. Zwing mich, zwischen euch beiden zu entscheiden, und du wirst es bereuen.

Norma Jeane zitterte. Sie war jetzt ebenso aufgebracht wie I. E. Shinn und allmählich auch so hitzig wie er. Shinn lenkte ein. »He, Schätzchen, ich will dir doch nur helfen. Ganz praktisch. Du kennst doch deinen I. E. Mir geht es um dich, meine Liebe. Um deine Karriere, dein Wohl.«

»Ihnen geht es um ›Marilyn‹. Um *ihre* Karriere.«

»Ja, von mir aus. ›Marilyn‹ ist meine Erfindung, mein Geschöpf. Und ja, ihre Karriere und ihr Wohl liegen mir am Herzen.«

Norma Jeane murmelte etwas, das Shinn nicht hören konnte. Er bat sie, es zu wiederholen, und sie schniefte: »M-marilyn ist nur eine Karriere. Von ›Wohl‹ kann da keine Rede sein.«

Shinn, verblüfft, lachte gellend los. Er hatte sich von dem Drehstuhl hinter seinem Schreibtisch erhoben und marschierte jetzt, seine Stummelfinger knetend, über den Teppich. Das Tafelglasfenster hinter ihm gab den Blick frei auf eine schwächliche Sonne an einem diesigen Himmel und den üblichen Verkehrswirrwarr auf dem Sunset Boulevard. Norma Jeane, die in einem von Shinns berüchtigten niedrigen Sesseln gesessen hatte, erhob sich ebenfalls, wenn auch zittrig. Sie war direkt vom Tanzunterricht in Shinns Büro gekommen, und ihre Schienbeine und Schenkel schmerzten, als wären sie mit einem Hammer bearbeitet worden. Sie flüsterte: »*Er* weiß, dass ich nicht ›Marilyn‹ bin. *Er* nennt mich Norma. *Er* ist der Einzige, der mich versteht.«

»*Ich* verstehe dich.«

Norma Jeane starrte auf den Teppich, kaute an einem Daumennagel.

»*Ich* habe dich erfunden, *ich* verstehe dich. Und *ich* will nur dein Bestes, das kannst du mir glauben.«

»Sie h-haben mich nicht erfunden. Das habe ich selbst getan.«

Shinn lachte. »Fang jetzt bloß nicht mit irgendwelchem metaphysischen Zeug an. Du klingst schon fast wie dein früherer Freund Otto Öse. Der ist übrigens in Schwierigkeiten, wusstest du das?... auf der neuen Liste, die vom Kontrollausschuss für subversive Tätigkeiten aufgestellt worden ist. Also halt dich ja von *dem* fern.«

Norma Jeane sagte: »Ich habe n-nichts mit Otto Öse zu tun. Nicht mehr. Aber was ist das überhaupt, der subversive Kontrollausschuss?«

Shinn legte warnend einen Zeigefinger an die Lippen. Es war eine Geste, die man in Hollywood mittlerweile häufig sah, im kleinen Kreis wie in der Öffentlichkeit. Verbunden mit einem Augenbrauenwackeln à la Groucho Marx hatte sie durchaus etwas Komisches, aber die Angst in den Augen verriet, dass es keinen Grund zum Lachen gab. »Lassen wir das, Schätzchen. Hier geht's nicht um Öse, und hier geht's auch nicht um Chaplin junior. Sondern um ›Marilyn‹. Um *dich*.«

Norma Jeane wurde es mulmig. »Also steht Otto auch auf der Schwarzen L-liste? Aber warum nur?«

I. E. Shinn zuckte die verwachsenen Schultern, als wollte er sagen: *Wer weiß? Wen kümmert's?*

Norma Jeane rief: »Ach, wie können Menschen so etwas tun! Einander anzeigen! Sogar Sterling Hayden. Es heißt, er hat dem Ausschuss – Namen genannt. Und dabei habe ich ihn so bewundert. Die armen Menschen, die auf der Schwarzen Liste stehen und ihre Arbeit verloren haben, und die Hollywood Ten im *Gefängnis*! Als wäre dies Nazi-Deutschland und nicht Amerika. Charlie Chaplin hatte den Mut, sich nicht dazu herzugeben, sondern lieber das Land zu verlassen! Ich bewundere ihn. Ich glaube, Cass bewundert ihn auch – er will es nur nicht zugeben. Und Otto Öse ist kein Kommunist, wirklich nicht! Das kann ich bezeugen, ich könnte einen Eid darauf schwören. Er hat immer gesagt, die Kommunisten wären verblendet. Er ist kein Marxist. *Ich* könnte Marxist sein. Wenn ich recht verstehe, was Marx sagt. Der Kommunismus ist wie das Christentum, oder? Ach, er hatte so Recht, Karl Marx – ›Die Religion ist das Opium des Volkes.‹ Wie der Alkohol und das Kino. Und die Kommunisten sind für das Volk, oder nicht? Was soll daran verkehrt sein?«

Fassungslos hörte sich Shinn diesen Ausbruch an. Sagte dann laut: »Das reicht, Norma Jeane! Wirklich, das reicht.«

»Aber Mr. Shinn, es ist so ungerecht!«

»Willst du vielleicht, dass wir beide auch auf die Liste kommen? Was, wenn dieses Büro abgehört wird? Was –« – er machte eine Handbewegung in Richtung Vorzimmer, wo seine Sekretärin ihren Schreibtisch hatte – »wenn es bezahlte Spitzel gibt, die uns belauschen? Verdammt noch mal, du bist doch nicht so dumm, wie du blond bist, also *sei jetzt still.*«

»Aber es ist ungerecht –«

»Na und? Das ganze Leben ist ungerecht. Du hast doch Tschechow gelesen, hä? O'Neill? Du weißt Bescheid über Dachau, Auschwitz, hä? Über den *homo sapiens*, die Spezies, die ihresgleichen verschlingt? Werd endlich erwachsen.«

»Mr. Shinn, ich weiß nicht wie. Ich k-kenne keine Erwachsenen, die ich bewundere oder auch nur verstehe.« Norma Jeane sprach so ernsthaft, als wäre dies das eigentliche Thema ihrer Unterredung. Mit einer Eindringlichkeit, die etwas Flehentliches hatte. »Manchmal kann ich nachts nicht schlafen, so verwirrt bin ich. Und Cass, der –«

»›Marilyn‹ muss weder verstehen noch denken, Herrgott noch mal. Sie muss nur *sein*. Sie ist eine Wucht, und sie hat Talent, und niemand möchte verquastes metaphysisches Zeug aus diesem lockenden Mund hören. Glaub mir das, Schätzchen.«

Norma Jeane gab einen erstickten Laut von sich und wich zurück. Als hätte er sie geschlagen.

Später, in der Erinnerung, würde sie denken: *Vielleicht hatte er sie wirklich geschlagen.*

»V-vielleicht wird ›Marilyn‹ noch einmal sterben«, sagte sie. »Vielleicht wird aus dem Debüt nichts werden. Vielleicht missfalle ich den Kritikern, oder sie nehmen mich nicht einmal zur Kenntnis, und es kommt wie bei *Scudda-Hoo! Scudda-Hay!*, und ich werde von der M-G-M fallen gelassen, wie ich von der Produktionsgesellschaft fallen gelassen worden bin, und vielleicht wäre das überhaupt das Beste für mich *und* für Cass.«

Norma Jeane floh. Shinn stampfte ihr schnaufend und keuchend hinterher. Durchs Vorzimmer, wo seine Sekretärin sie beide anstarrte, bis auf den Korridor hinaus. Seine Nasenlöcher zuckten wie die eines wütenden Hundes, als er ihr nachrief: »Das glaubst du! Na, dann wart's mal ab!«

Wer ist die Blondine? Dieser Abend im Januar 1950. Als sie ihre verzweifelten Augen im Spiegel mied, während sie erneut die Nummer vom Bungalow am Montezuma Drive wählte und das Telefon am anderen Ende der

Leitung wieder klingelte, mit dem hohlen melancholischen Klang eines Telefons, das in einem leeren Haus klingelt. Cass war wütend auf sie, das war ihr klar. Nicht neidisch (denn warum sollte er auf *sie* neidisch sein, er, der Sohn des größten Filmstars aller Zeiten?), aber wütend. Böse. Er wusste, dass Shinn nichts von ihm hielt und ihn nicht beim Dinner bei Enrico's sehen wollte. Es war jetzt fast neun Uhr abends, und die Damentoilette füllte sich allmählich. Erhobene Stimmen, Parfum. Frauen sahen sie an. Sezierten sie mit Blicken. Eine von ihnen lächelte und streckte ihre Hand aus; ihre beringten Finger hakten sich um Norma Jeanes Hand. »Sie sind ›Angela‹, meine Liebe? Ein herrliches Debüt.«

Die Frau war die Gattin eines der M-G-M-Bosse, eine unbedeutende Leinwanddarstellerin der dreißiger Jahre.

Norma Jeane konnte kaum sprechen. »Oh! D-danke sehr.«

»Was für ein eigenartiger, aufwühlender Film. So gar nicht das, was man erwarten würde, nicht wahr? Ich meine – wie er ausgeht. Ich bin nicht sicher, ob ich ihn ganz verstanden habe, und Sie? Die vielen Toten! Aber John Huston ist ein Genie!«

»Oh ja.«

»Es muss eine große Ehre sein, mit ihm arbeiten zu dürfen!«

Norma Jeane hielt die Hand der Frau immer noch fest. Sie nickte eifrig, ihre Augen füllten sich mit Tränen der Dankbarkeit.

Andere Frauen achteten auf Abstand. Beäugten distanziert Norma Jeanes Haar, Busen, Hüften.

Das arme Kind. Man hatte sie herausgeputzt wie eine große Puppe, ein Glamour-Girl, und was tat sie? Verkroch sich schlotternd auf der Damentoilette und schwitzte so, dass man es riechen konnte. Und wollte meine Hand partout nicht loslassen! Regelrecht abschütteln musste ich sie, sonst wäre sie mir noch wie ein Hündchen hinterhergelaufen.

Endlich war die Gala vorbei. *Asphalt-Dschungel* war ein Erfolg. Jedenfalls sagten das die Leute, wiederholten es unter Schulterklopfen, Umarmungen, Küsschen und den ersten Schlucken Champagner. Und wo war I. E. Shinn in seinem Smoking, der Vertreter seiner vom Erfolg völlig überwältigten Klientin?

»*Hal*-lo, ›Angela‹«

»Hallo«

»Das war eine fabelhafte Leistung«

»Vielen Dank«

»Eine ganz, ganz fabelhafte Leistung«

»Vielen Dank«

»Eine unglaubliche Leistung«

»Vielen Dank«

»Sie sind ein außergewöhnlich hübsches Mädchen«

»Vielen Dank«

»Wie ich höre, ist das Ihr Debüt«

»Oh ja«

»Und Sie heißen«

»›M-marilyn Monroe‹«

»Ja, dann herzlichen Glückwunsch, ›Marilyn Monroe‹«

»Vielen Dank«

»Ich möchte Ihnen meine Visitenkarte geben, ›Marilyn Monroe‹«

»Vielen Dank«

»Ich habe das Gefühl, dass wir uns wieder sehen werden, ›Marilyn Monroe‹«

»Vielen Dank«

Sie war glücklich. Sie war nie glücklicher gewesen. Nicht, seit der Dunkle Prinz sie auf die Bühne geholt hatte, zu sich ins blendende Licht, sie hochgehoben hatte, damit alle sie bewundern und ihr applaudieren konnten, und sie segnend auf die Stirn geküsst hatte: *Hiermit salbe ich dich zu meiner Goldenen Prinzessin, meiner Auserwählten.* Um ihr die geheime Mahnung ins Ohr zu flüstern: *Jetzt darfst du glücklich sein. Du hast dir dein Glück verdient. Eine Zeit lang.* Zur Feier eines so großen Glücks blitzten Kameras im überfüllten Foyer auf. Da stand, mit einem Lächeln für die Fotografen, die blonde Wucht Angela und ihr leicht betreten dreinschauender, kettenrauchender »Onkel Leon«. Da standen Angela und der männliche Hauptdarsteller des Films, Sterling Hayden, mit dem zusammen sie keine einzige Szene gehabt hatte. Und da standen Angela und der große Regisseur, der ihr Glück erst möglich gemacht hatte. *Oh, wie kann ich Ihnen danken, ich werde Ihnen nie genug danken können.* Norma Jeane lachte und lachte unbesonnen weiter, während sie aus dem Augenwinkel am Rande der Menge, hinter einer hochgehaltenen Kamera, Otto Öses finsteres Habichtsgesicht entdeckte; Otto Öse in seinen sackartigen schwarzen Hosen, wie eine Vogelscheuche, voller Groll über diese erniedrigende Dienerrolle, wo er doch zum Künstler bestimmt war, zum Schöpfer neuartiger, spektakulärer Kunst, Schöpfer jüdischer Kunst, zum radikalen, revolutionären Neuerer nach den unsäglichen Enthüllungen über Gaskammern, Endlösung, Atombomben. Am liebsten hätte Norma Jeane ihn angeschrien: *Siehst du? Ich brauche dich nicht! Deine schäbigen Pinup-Fotos. Deine Herrenkalender. Ich bin eine Schauspielerin, ich brauche weder dich noch sonst wen. Sollen sie dich doch festnehmen und fortschaffen!* Erst bei genauerem Hinsehen erkannte sie, dass es gar nicht Otto Öse war.

Dieses Lächeln auf Shinns Gesicht! Er sah aus wie ein Krokodil, ein torpedoglattes Krokodil, das sich um den eigenen Schwanz dreht. Das sinnlich-schweißglänzende übergroße Gesicht. Sie musste kichern bei der plötzlichen Vorstellung, mit einem solchen Wesen zu schlafen. Die Augen schließen und das Gehirn ausschalten zu müssen. *Oh nein, ich könnte nur aus Liebe heiraten.*

Nie war sie glücklicher gewesen als jetzt. Shinn packte sie bei der Hand, zog sie quer durchs Foyer. Er hatte sie erfunden; sie war sein Geschöpf. Nein, das stimmte nicht; doch sie würde sich stillschweigend dreinfügen. Sie würde nicht aufbegehren, noch nicht. Nie glücklicher als in dieser Wunder-Nacht. Denn sie war das Aschenputtel, und der gläserne Schuh *passte.* Und sie war schöner und aufregender als die Hauptdarstellerin, Jean Hagen, die von weniger Fotografen hofiert wurde; es war schon beinahe peinlich, dass sie sich alle um die unbekannte junge Bomben-Blondine scharten, die vom Spielen so viel verstand wie ein Blinder von der Farbe, wie manche Leute hinter vorgehaltener Hand feixten, aber Herrgott nochmal, seht euch doch bloß die Möpse an, seht euch doch bloß den Arsch an, da kannst du glatt einpacken, Lana Turner.

Glücklich, berauscht von Champagner wie seit ihrer Hochzeitsnacht nicht mehr. Obwohl er nicht ans Telefon gekommen war. Weil er wusste, wie er sie bestrafen konnte. Weil er verletzt war und wütend auf sie. Er hatte sich verkrochen, schlief tief und fest in dem geliehenen Luxusbett, wo sie sich erst letzte Nacht lange und hingebungsvoll geliebt hatten, seitlich liegend, die begierigen Körper ineinander verschlungen, die begierigen Münder aneinandergepresst, bis sich ihre Augen in genau demselben Moment verengten – *Oh! oh oh! Darling, ich liebe dich,* und in dieser Nacht hatte sie kein Zaubermittel gebraucht, um schlafen zu können, wie schon seit einer Reihe von Nächten nicht mehr, seit sie die Arbeit an dem Film beendet hatte, und sie war zuversichtlich, dass sie nie wieder ein Mittel

336

zum Einschlafen brauchen würde, denn welche Erleichterung sie empfand, welche Freude; diese Menschen mochten sie also doch! diese Hollywood-Menschen mochten sie! fragten: *Wer ist die Blondine? Warum erscheint sie nicht im Vorspann?* und Mr. Z von der Produktionsgesellschaft würde sich wundern und grämen, dieser gemeine Kerl, wie hatte er sie als junge Vertragsschauspielerin ausgebeutet und abserviert, aber jetzt würden die M-G-M-Bosse sie zu würdigen wissen, und jedenfalls würden die Produzenten von *Asphalt-Dschungel* »Marilyn Monroe« gleich nach dieser Gala im Vorspann führen; wochen-, ja monatelange Werbetourneen würden sich anschließen, die sinnlich-strahlende Schönheit »Marilyn Monroe« würde in Dutzenden von Zeitungen und Zeitschriften erscheinen und so bedeutende Titel verliehen bekommen wie »*Miss Model Blonde 1951*«, *Screen World* »*New Face*« 1951, *PhotoLife Most Promising Starlet 1951*, *Miss Cheesecake 1952* und *Miss A-Bomb 1952*, eine Auszeichnung, die ihr von Frank Sinatra persönlich in Palm Springs überreicht werden würde. Und die strahlend-sexy blonde Schönheit würde überall an den Zeitungskiosken zu sehen sein, nicht etwa auf den Titelseiten von *Sir!* oder *Swank*, über die sie längst hinausgewachsen war, so wie sie über den Bodensatz von Fotografen hinausgewachsen war, die für solche Hefte arbeiteten, sondern auf denen der respektablen Hochglanzmagazine wie *Look*, *Collier's* und *Life* (»New Faces of 1952«). Zu der Zeit würde »Marilyn Monroe« schon wieder bei der Produktionsgesellschaft unter Vertrag stehen, zu dem von einem geläuterten Mr. Z auf fünfhundert Dollar pro Woche erhöhten Gehalt.

»Fünfhundert! Bei Radio Plane haben sie mir nicht mal fünfzig pro Woche gezahlt.«

Nie glücklicher.

Als an dem Abend im Januar 1950, an dem alles begann, an dem »Marilyn« das Licht der Welt erblickte. Als sie sich nach Cass Chaplin verzehrt hatte und er weder zur Gala noch hinterher zu Enrico's gekommen war und sie ihr Glück ganz allein unter lauter elegant gekleideten Fremden mit viel Champagner feiern musste, eine strahlende »Marilyn Monroe« im bräutlich weißen Cocktailkleid aus Seide und Chiffon von Bullock's, einem so Aufsehen erregend tief dekolletierten Kleid, dass ihr Busen fast aus dem stramm gespannten Stoff rutschte. An diesem Abend machte Shinn, der gerissene Agent, seine strahlende Klientin mit B, J, P und R bekannt, Studiobossen und

337

Produzenten, deren Namen sie nicht mitbekam, und jeder dieser lächelnden Männer nahm ihre Hand oder gleich beide Hände und gratulierte ihr zu ihrem »Debüt«.

Und da kam V, der allseits beliebte, gut aussehende, sommersprossige ehemalige All-American Footballstar aus Kansas, der in Kriegsfilmen der Paramount gespielt hatte, unter anderem in dem Kassenschlager *The Young Aces*, bei dem selbst Bucky Glazer mit den Tränen gekämpft hatte; Norma Jeane erinnerte sich an die entsetzlichen Luftkampfszenen, während derer sie die Hand ihres jungen Mannes umklammert hatte, und an die zärtlichen Liebesszenen zwischen V und der wunderbaren Maureen O'Hara, die sie hingerissen und mit großen Augen verfolgte, sich an O'Haras Stelle träumte und zugleich deswegen schalt – was für eine alberne Phantasie für eine glücklich verheiratete junge Frau, wie kindisch, wie hoffnungslos. Und jetzt, sechs Jahre später, kämpfte sich V höchstpersönlich durch die Menge zu ihr vor! V in Zivil, nicht in Luftwaffenuniform! V, so jungenhaft und sommersprossig, dass man ihm höchstens neunundzwanzig seiner neununddreißig Jahre abnahm; nur sein lichter gewordenes Haupthaar ließ erkennen, dass er nicht mehr der ungestüme junge Pilot aus *The Young Aces* war, der Einsätze über Deutschland flog und in einer der längsten Frei-trudelnder-Fall-Einstellungen der Filmgeschichte über Feindesland abgeschossen wurde, ein aberwitziges Kunststück, bei dem das kreischende, halb ohnmächtige Publikum mit ihm im brennenden Flugzeug abschmierte, bis es dem Helden trotz seiner Verwundung gelingt, sich mit dem Fallschirm aus diesem Albtraum zu katapultieren, und Norma Jeane traute ihren Augen kaum, als dieser Mann jetzt leibhaftig vor ihr stand, groß gewachsen, mit den Schultern und dem Oberkörper eines Athleten, einer leicht fleischig gewordenen Kinnpartie, doch immer noch sommersprossig und die Augen so warm und eindringlich wie in ihrer Erinnerung. Denn wer einmal einen Mann aus intimster Nähe gesehen hat, trägt sein Bild in sich wie einen Traum. Wer sich eine Liebesszene mit einem Mann in Großaufnahme ausgemalt hat, hegt die Erinnerung an seine Küsse im Herzen.

»Sie! Oh – sind Sie es wirklich?« Norma Jeane sprach so leise, dass sie in dem Stimmengewirr nicht zu verstehen war und vielleicht auch gar nicht gehört werden wollte. Wie sehr sie sich danach sehnte, Vs große, tüchtige Hände zu halten und ihm zu sagen, dass sie ihn verehrte, dass sie geweint hatte, als er verwundet und gefangen genommen worden war, geweint hatte, als er schließlich mit seiner Verlobten wieder vereint war, und geweint hatte, als sie nach Verdugo Gardens und zu dem grinsenden alten Hirohito auf dem Radioempfänger zurückgekehrt war – »Mein Leben damals – ach, ich weiß selbst nicht, *wer* ich damals war.« Doch sie ergriff seine Hände nicht, und sie sprach nicht von Verdugo Gardens. Sie musste nur das Gesicht heben und V anlächeln, während er sich zu ihr vorbeugte (als wären sie und er schon ein Liebespaar) und ihr zu ihrem Filmdebüt gratulierte. Was konnte Norma Jeane, die »Marilyn Monroe« war, da schon tun, außer *Danke, oh vielen Dank* zu hauchen – und rot zu werden wie ein Schulmädchen.

V zog sie in eine etwas ruhigere Ecke des Restaurants, um mit ihr über den Film zu sprechen, über Feinheiten des Drehbuchs und der Figuren und das ungewöhnliche Ende; wie habe sie es gefunden, mit einem so peniblen Regisseur wie Huston zu arbeiten? »Bei ihm bekommt man endlich einmal ein gutes Gefühl für die eigene Arbeit, nicht? Für das Leben, das Leute wie wir gewählt haben.«

Verwirrt sagte Norma Jeane: »G-gewählt? Meinen Sie? Das Schauspielen? Oh, ich – so habe ich das noch nie gesehen.«

V lachte verblüfft. Norma Jeane fragte sich, ob sie vielleicht etwas Falsches gesagt hatte?

Man wusste nie, wann sie es ernst meinte. Aus ihrem Mund konnte sonst was kommen.

V war der immer noch jugendliche Kriegsheld, ein Kassenmagnet, von dem es hieß, privat sei er ein guter, anständiger Mann, geschlagen allerdings mit einer Exfrau, der mit der Scheidung nach nur wenigen Ehejahren das Sorgerecht für die gemeinsamen Kinder und eine großzügige Abfindung zugesprochen worden war, und »Marilyn Monroe« das hinreißende junge Starlet. Unweit von diesen beiden wachte I. E. Shinn, der finster kontrollierende Vater, mit Argusaugen über die Begegnung.

Plötzlich trat ein fast kahlköpfiger, schon etwas älterer Mann mit schildkrötenartigen Tränensäcken und tiefen Furchen um den Mund auf das attraktive Paar zu. Sein ungebügelter Gabardineanzug verriet ihn als nicht zum Kreis der M-G-M zugehörig, aber offensichtlich kannten ihn V und einige andere Gäste, die peinlich berührt und mit gerunzelter Stirn wegsahen. »Verzeihung! Bitte. Würden Sie bitte unterschreiben?« V hatte sich abgewandt, doch da stand noch eine beschwingt-beschwipste, einladend strahlende Norma Jeane. Der Mann mit den Schildkrötenaugen schob sich unangenehm dicht vor sie hin. Er hatte eine Unterschriftenliste bei sich, die er ihr unter die Nase hielt, und mit zusammengekniffenen Augen las Norma Jeane, dass sie vom Nationalkomitee zur Verteidigung des Ersten Zusatzartikels zur Verfassung stammte, von dem sie schon gehört hatte oder glaubte, gehört zu haben. Im schummrigen Licht des Restaurants konnte sie die in Großbuchstaben gedruckte Überschrift erkennen: WIR, DIE UNTERZEICHNENDEN, PROTESTIEREN HIERMIT GEGEN DIE UNGERECHTE UND UNAMERIKANISCHE BEHANDLUNG VON und darunter eine Doppelspalte gedruckter Namen. Der erste Name in der linken Spalte lautete **Charlie Chaplin**, der erste Name in der rechten Seite **Paul Robeson**. Unter den beiden Spalten waren viele gestrichelte Linien, aber nicht mehr als ein halbes Dutzend Unterschriften. Der Mann mit den Schildkrötenaugen wies sich mit einem Namen aus, den Norma Jeane nicht kannte, und erklärte, er sei Drehbuchautor von *Schlachtgewitter am Monte Cassino* und *The Young Aces* und vielen anderen Filmen und stehe seit 1949 auf der Schwarzen Liste.

Norma Jeane, die von ihrem Agenten davor gewarnt worden war, sich an den in Hollywood grassierenden Unterschriftenaktionen zu beteiligen, sagte hitzig: »Oh ja! Mit Vergnügen.« In ihrer beschwingt-beschwipsten Stimmung und in Vs Gegenwart war sie Feuer und Flamme. Kämpfte vor aufrechter Empörung mit den Tränen. Sagte: »Charlie Chaplin und Paul Robeson sind große Künstler. Es ist mir egal, ob sie Kommunisten sind oder – was auch immer! Es ist f-furchtbar, was dieses große Land Amerika seinen g-größten Künstlern antut.« Sie nahm den Füller, den der Mann mit den Schildkrötenaugen ihr hinhielt, und hätte sofort unterschrieben, wenn nicht V, der versucht hatte, sie von dem Mann mit den Schildkrötenaugen wegzuziehen, gesagt hätte: »Marilyn, ich glaube, das sollten Sie lieber lassen«, worauf der Mann mit den Schildkrötenaugen rief: »Sie! Mischen Sie sich nicht ein, wenn ich mit der jungen Dame rede.« Und Norma Jeane sagte zu beiden: »Aber wie heiße ich eigentlich? ›Monroe‹ –? Ich habe meinen Namen vergessen.« Sie trat an den nächsten Tisch, wo sie zum Erstaunen der dort Sitzenden die unhandliche Liste zu unterschreiben versuchte, nur hatte sie sie auf dem Tafelsilber abgelegt. Sie lachte, immer noch in kämpferischer Stimmung. »Ach ja – ›Marilyn Monroe‹.« Schwungvoll unterschrieb sie zweimal, mit *Marilyn Monroe* und mit *Mona Monroe*. Setzte sogar noch *Norma Jeane Glazer* darunter, doch I. E. Shinn, der aus beiden Nasenlöchern Flammen spie, riss ihr den Füller aus der Hand und strich die Namen durch.

»Marilyn! Ver*dammt*! Du bist *betrunken*.«

»Bin ich *nicht*! In diesem Zirkus bin *ich* der einzige nüchterne Mensch.«

An diesem Abend bei Enrico's lernte sie V kennen. An diesem Abend verlor sie ihren Liebhaber Cass.

Sie entfloh Enrico's. Diese Bagage! Cass hatte Recht. *Sie sind Fleischhändler, allesamt.* Vor dem Restaurant, wo sie versuchte, zu einem Taxi vorzudringen, hatten sich Schaulustige versammelt. »Wer ist sie? Die Blondine.« »Lana Turner? – nein, zu jung.« Norma Jeane lachte nervös. In ihrem tief dekolletierten weißen Kleid aus Seide und Chiffon. In ihren hochhackigen Schuhen. Ein dicklicher lächelnder Mann in einem Plastikregenmantel rempelte sie an, offenbar absichtlich. Noch eine Unterschriftenliste, die ihr unter die Nase gehalten wurde? Nein, ein Autogrammheft. »Bitte unterschreiben!«

Norma Jeane murmelte: »Ich k-kann nicht. Ich bin niemand.«

Sie musste entkommen! Ein zweiter Mann kam ihr zu Hilfe, öffnete die Fahrgasttür des Taxis und half ihr beim Einsteigen. Sie erhaschte nur einen flüchtigen, beängstigenden Blick in ein schwer lädiertes Gesicht, etwas wie aus Spachtelmasse Geformtes. Die Nase war flachgequetscht, an der Spitze breit wie ein Spatel, die Augen verquollen, beide Lider hingen, die Brauen sahen aus wie versengt, ein Ohr so eingekerbt, als wäre es angefressen. Ein ranziger hefiger Geruch wie der von Gladys in Norwalk.

Der Geruch würde die ganze lange Nacht an ihr haften bleiben, bis zum frühen Morgen, als sie ihn voller Wut und Verzweiflung abschrubbte.

Vielleicht ist es ja mein eigener Geruch. Vielleicht geht es schon los.

Shinn hatte sie schmählich behandelt. V hatte sich diskret zurückgezogen. Der Mann mit den Schildkrötenaugen war aus Enrico's hinausgeworfen worden. Norma Jeane presste sich die Fingerspitzen auf die Augenlider, um alle miteinander auszublenden. Es war eine Angewohnheit aus dem Waisenhaus. Eine Strategie des Zeitreisenden, der den Hebel seiner Zaubermaschine niederdrückte, um sich geschwind durch die Zeit zu befördern. Als sie nach etwa einer Viertelstunde die Augen aufschlug, befand sie sich vor dem spanischen Bungalow am Montezuma Drive. Das geliehene Haus stand am Fuß des Hanges, nicht oben am Gipfel wie die Häuser der Millionäre. Norma Jeane fröstelte, sie war aufgewühlt und hatte, abgesehen von den paar hungrig und geistesabwesend beim Empfang verschlungenen Canapés, seit Mittag nichts gegessen. Die weiße Fuchsstola aus dem M-G-M-Fundus war bei

Enrico's liegen geblieben, aber Mr. Shinn hatte das Garderobenmärkchen; er würde das kostbare Stück schon abgeben. Ach, wie sie ihn hasste! Sie würde den Vertrag mit ihm lösen, und wenn das bedeutete, dass sie nie wieder einen Job in Hollywood bekäme. Ihr weißes perlenbesticktes Täschchen hatte sie mitgenommen, aber es waren kaum fünf Dollar darin; glücklicherweise reichte es für den Taxifahrer, der sich jetzt erkundigte, ob sie sich mit der Adresse auch sicher sei, das Haus sehe so dunkel aus. »Soll ich lieber warten, Miss? Falls Sie doch noch woanders hinwollen?« Ihre spontane Antwort war ein barsches: »Nein. Ich möchte nirgendwo anders hin«, dann besann sie sich eines Besseren – »Also gut, warten Sie. Aber nur eine Minute. Vielen Dank.« Es machte ihr keine Mühe, den steilen rissigen Gehweg hochzustöckeln, und das war der Beweis dafür, dass sie eben nicht vom Champagner betrunken war, wie es ihr der gemeine Zwerg-Mann unterstellt hatte.

Oh Cass, ich liebe dich, du hast mir so gefehlt, es war ein Erfolg, glaube ich. Ich war ein Erfolg. Jedenfalls ist es ein Anfang. Nur eine kleine Rolle. Aber ein Anfang. Ich muss mich meiner nicht schämen. Mehr will ich doch gar nicht, als mich nicht schämen zu müssen. Es geht mir ja nicht um Glück, das erwarte ich nicht. Mein Glück kommt einzig und allein von dir. Cass –

Der kleine Bungalow, umstanden von kränkelnden Palmen und zugewuchert von einer blatt- und blütenlosen Kletterpflanze, wirkte tatsächlich verlassen, doch Norma Jeane spähte durch ein Vorderfenster und sah hinten in der Küche Licht brennen. Die Haustür war abgeschlossen. Sie hatte einen Schlüssel, wo war er noch gleich? –, nicht in ihrem weißen perlenbestickten Täschchen. Und vielleicht hatte sie doch keinen Schlüssel. Zaghaftes Rufen: »Cass? Darling?« Wahrscheinlich schlief er. Sie hoffte, dass es kein tiefer Arzneimittelschlaf war, aus dem sie ihn nicht würde wecken können.

Das Taxi wartete noch mit laufendem Motor neben der Schotterstraße, als Norma Jeane aus ihren hochhackigen Sandaletten stieg und im Dunkeln ums Haus zur Hintertür stolperte. Cass machte sich nie die Mühe, hinten abzuschließen. Vorbei an dem leeren Planschbecken, in dem sich Palmwedel sammelten. Beim ersten Anblick dieses armseligen kleinen Pools hatte sie eine Vision von halluzinatorischer Klarheit gehabt: als würde die kleine Irina da in türkisblauem Wasser plantschen. Cass hatte ihren starren Blick bemerkt, das wachsbleiche Gesicht, und gefragt, was mit ihr los sei, doch sie hatte es ihm nicht gesagt. Er wusste von Norma Jeanes früher Heirat und früher Scheidung, er wusste auch von Gladys, die bis zu ihrem Zusammenbruch eine Dichterin gewesen war, und er wusste von Norma Jeanes Vater, dem prominenten Hollywoodproduzenten, der seine »natürliche« Tochter nie öffentlich anerkannt hatte. Aber mehr wusste er nicht.

»Cass? Ich bin's, Norma.« Im Haus roch es nach Whiskey. In der Küche brannte eine Deckenlampe, doch der schmale Flur war dunkel. Norma Jeane sah kein Licht hinter der angelehnten Schlafzimmertür. Leise rief sie noch einmal: »Cass? Schläfst du? *Ich* bin auch schon so müde!« Schnurrend wie ein Schmusekätzchen. Sie schob die Tür weiter auf. Schräg fiel Licht aus der Küche hinein. Da war das Bett, ein luxuriöses Doppelbett, zu groß für den voll gepfropften Raum, und im Bett war Cass, nur bis zur Taille vom Laken bedeckt. Was Norma Jeane verwirrte, war der dichte dunkle Pelz auf seiner Brust, der ihr fremd vorkam, und warum war sein Oberkörper plötzlich so muskulös? Wieder flüsterte sie: »Cass?«, selbst als sie erkannte, dass zwei Gestalten in dem Bett lagen, zwei junge Männer. Der eine direkt vor ihr, der fremde, dessen krauses Schamhaar nur knapp vom Laken bedeckt war und der mit hinter dem Kopf verschränkten Armen auf dem Rücken liegen blieb, während der andere, Cass, sich lächelnd auf den Ellbogen aufstützte. Beide jungen Männer waren schweißbedeckt. Schöne junge schimmernde Männerkörper. Schnell, bevor Norma Jeane flüchten konnte, schwang sich Cass mit der Geschmeidigkeit des Tänzers nackt aus dem Bett, packte sie am Handgelenk und fasste gleichzeitig seinem Gefährten an den Schenkel.

»Norma, Darling! Lauf nicht weg. Ich möchte dir Eddy G vorstellen – er ist auch mein Zwilling.«

Der zerbrochene Herz-Altar

Eine kleine Sekretärin aus Westwood, die ihren Horizont erweitern will. Eine Frömmlerin womöglich. Oder die Tochter von religiösen Fanatikern. Wenn man in Südkalifornien lebt, bekommt man einen Blick für so was.

Meistens beachteten wir sie nicht weiter. Prof Dietrich würde uns hinterher erzählen, dass sie bis zum November keine einzige Stunde versäumt hatte. Und während des Unterrichts war sie so still, als wäre sie unsichtbar. Schlüpfte jede Woche zeitig auf ihren Platz, beugte sich über ihr Buch und las noch einmal den Text durch, sodass man schon beim leisesten Blinzeln in ihre Richtung das deutliche Signal empfing: *Bitte nicht ansprechen, nicht einmal ansehen.* Sie machte es einem leicht, keine Notiz von ihr zu nehmen. Ernsthaft wirkte sie und eher verklemmt mit ihrem gesenkten Blick und so ganz ohne Make-up, mit ihrer blassen, etwas glänzenden Haut und dem aschblonden Haar, das sie zur Haarwelle aus der Stirn frisiert hatte, wie damals im Krieg die Rüstungsarbeiterinnen. Der Pompadour der Vierziger, einer vergangenen Epoche. Manchmal band sie sich auch ein Tuch ums Haar. Zum Unterricht erschien sie in biederen Röcken und Blusen und weiten Strickjacken und Schuhen mit flachen Absätzen und festen Strümpfen. Ohne jeden Schmuck, Ringe weder an der linken noch rechten Hand. Kein Nagellack. Man hätte sie auf etwa fünfundzwanzig geschätzt, aber von der Lebenserfahrung her jünger. Ein spätes Mädchen, das noch bei den Eltern wohnte, in irgendeinem kleinen glatt verputzten Bungalow. Oder bei der verwitweten Mutter. Mit der sie sonntagmorgens in irgendeiner tristen kleinen Kirche Choräle sang. Todsicher noch Jungfrau.

Wenn man sie begrüßte oder mit einer freundlichen Bemerkung bedachte, wie einige von uns das taten, sobald wir in den Unterrichtsraum gestürmt kamen, hungrig nach dem Austausch mit anderen, dem Reden und Lachen, den letzten Neuigkeiten, hob sie nur schnell die schreckblauen Augen und verkroch sich dann genauso schnell wieder in sich. Doch in diesem kurzen Moment durchzuckte es einen wie bei einem Tritt in den Unterleib, dass die Kleine hübsch war oder jedenfalls hübsch gewesen wäre, wenn sie eine

Ahnung davon gehabt hätte. Aber sie hatte keine Ahnung. Sie senkte die Augen oder wandte sich ab und wühlte in ihrem Schulterbeutel nach einem Taschentuch. Murmelte artig irgendetwas, und damit hatte es sich. *Bitte nicht einmal ansehen!*

Dann eben nicht! Schließlich gab es noch andere Mädchen und Frauen in der Klasse, und die zierten sich nicht so.

Schon ihr Name klang nach nichts. Man hörte ihn und vergaß ihn gleich wieder. »Gladys Pirig« – Prof Dietrich las ihn in der ersten Unterrichtsstunde herunter. Las die Liste mit seiner tiefen sonoren Stimme herunter, machte Häkchen neben unsere Namen, blinzelte uns über seine Brille hinweg an, und dann folgte dieses Zucken um seine Mundwinkel, das als Lächeln gemeint war. Einige von uns kannten und schätzten Prof Dietrich aus früheren Abendschulkursen und hatten sich seinetwegen für diesen eingeschrieben; wir wussten, dass er ein gutmütiger, großmütiger und lebensfroher Mensch war, wenn auch knallhart beim Benoten, selbst in den Abendkursen, wo wir ausschließlich Erwachsene waren.

»Prof Dietrich« nannten wir ihn oder einfach »Prof«. Im Vorlesungsverzeichnis der UCLA stand zwar, dass er kein ordentlicher Professor war, nur »Lehrbeauftragter«, aber wir nannten ihn »Prof«, und er verbesserte uns nicht, wenn er bei der Anrede auch etwas rot wurde. Als wäre es ein Spiel, das wir spielten: dass wir Abendkursteilnehmer wichtig genug wären, um einen Professor zu verdienen, und er uns die Illusion nicht nehmen wollte.

Der Kurs nannte sich »Lyrik der Renaissance«, Wintersemester 1951, dienstagabends von sieben bis neun. Zweiunddreißig hatten sich eingeschrieben, und es war erstaunlich und sprach für Prof Dietrich, dass meistens fast alle erschienen, selbst als die winterliche Regenzeit einsetzte. Wir waren ausgemusterte Kriegsteilnehmer und Rentner und Hausfrauen in mittleren Jahren, die keine Kinder mehr zu versorgen hatten, und Büroangestellte und zwei junge Studenten vom Theologischen Seminar Westwood, und es gab unter uns auch ein paar Freizeit-Dichter. Die dominierende Gruppe im Kurs, abgesehen von zwei, drei Kriegsveteranen, die nicht auf den Mund gefallen waren, bestand aus einem halben Dutzend Lehrerinnen zwischen Mitte dreißig und fünfzig, die sich mit Extra-Kursen weiterqualifizieren wollten. Die meisten von uns hatten schon einen Arbeitstag hinter sich, wenn der Kurs begann. Einen langen Arbeitstag. Man musste die Dichtung lieben, und man musste daran glauben, dass die Dichtung dieser Liebe würdig war, um nach Feierabend noch zwei Stunden in einem Klassenzimmer zu verbringen.

Prof Dietrich war ein leicht entflammbarer, temperamentvoller Lehrer, der einen mitreißen konnte, selbst wenn man nicht immer begriff, wovon er sprach. Aber wer solche Lehrer hat, dem genügt es schon zu wissen, dass sie es wissen.

Steht also Prof Dietrich in der ersten Unterrichtsstunde nach dem Verlesen der Namen vor uns, die fleischigen, wund gescheuerten Hände verschränkt, und sagt: »Die Dichtung, die Dichtung ist die transzendentale Sprache der Menschheit.« Er machte eine Kunstpause, und die Worte gingen uns durch und durch, und was zum Teufel sie auch bedeuten mochten – die Studiengebühren waren sie jedenfalls wert.

Wie das auf Gladys Pirig wirkte, bekam niemand mit. Wahrscheinlich schrieb sie alles in ihr Notizbuch, wie ein Schulmädchen, so war sie eben.

Zu Semesterbeginn lasen wir Robert Herrick, Richard Lovelace, Andrew Marvell, Richard Crashaw, Henry Vaughan. Lockerungsübungen, meinte Prof Dietrich, für Donne und Milton. In seiner dröhnenden, dramatischen Stimme, die an Lionel Barrymore erinnerte, rezitierte er Richard Crashaws »Auf die kindlichen Märtyrer« –

»Ich seh vermischt in Einer Flut
Der Mütter Milch, der Kinder Blut,
Und frag mich, ob die Himmel aus dem Rinnen
Wohl Rosen oder Lilien gewinnen.«

Und Richard Vaughans »Sie alle gingen in das Reich des Lichtes ein« –

»Sie alle gingen in das Reich des Lichtes ein!
Und ich allein verweile mich;
Selbst die Erinnerung an sie ist strahlend rein
Und macht mein traurig Sinnen licht.«

Und dann analysierten und diskutierten wir diese vertrackten kleinen Gedichte. Immer steckte mehr darin, als man erwartet hätte. Eine Zeile erschloss die nächste und ein Wort das nächste, wie ein Rätsel, das einen tiefer und immer tiefer in ein Märchen führt. Für einige von uns Abendschülern war es eine echte Offenbarung. »Dichtung! Dichtung ist Ver-dichtung«, erklärte uns Prof Dietrich, der die Verwirrung sah, die einigen ins Gesicht geschrieben stand. Seine Augen leuchteten hinter den verschmierten Gläsern seiner Brille, die er während einer Unterrichtsstunde vielleicht ein Dutzend Mal abnahm und wieder aufsetzte. »Dichtung ist die Stenographie der Seele. Ihr Morsealphabet.« Seine Scherze waren oft plump und platt, aber wir alle lachten, sogar Gladys Pirig, die ein leises, quieksiges Lachen hatte, das eher überrascht als fröhlich klang.

Prof Dietrich schlug einen strikt lockeren Ton an. Er wollte spritzig sein, geistreich. Als hätte er an etwas anderem zu tragen, etwas Dunklerem, Verstricktem, und als sollten seine Scherze dazu dienen, unsere Aufmerksamkeit davon abzulenken – oder vielleicht auch seine eigene. Er war um die vierzig, ein großer, grobknochiger massiger Mann, der an den Hüften schon Speck ansetzte, ein Bär von einem Mann oder vielleicht ein Footballspieler, mit einem verwitterten, von Aknenarben verwüsteten, schnell errötenden, dennoch feinnervigen Gesicht, sodass die Frauen im Kurs fanden, er habe viel von Bogarts verlebtem Charme, und seine kurzsichtigen Augen »gefühlvoll« nannten. Er trug Sakkos und Westen und Hosen, die nicht zusammenpassten, und karierte Krawatten, die sich unter seinem Kinn bauschten. Aus einigen beiläufigen Bemerkungen über London im Krieg konnte man sich zusammenreimen, dass er damals dort gewesen war, dass er vielleicht eine Zeit lang dort stationiert gewesen war, konnte einen Blick auf diesen Mann in Uniform erhaschen, aber das war es auch schon, nur ein flüchtiger Blick; er sprach nie über sich selbst, nicht einmal nach dem Unterricht. »Dichtung ist der Weg aus dem Ich«, erklärte Prof uns, »und Dichtung ist der Weg zurück ins Ich. Doch Dichtung ist nicht mit dem Ich gleichzusetzen.«

Niemand habe bessere Lyrik geschrieben, sagte Prof Dietrich, als die Dichter der Renaissance, Shakespeare mit eingerechnet (Shakespeare war ein anderer Kurs). Er hielt uns Vorträge über die verschiedenen Formen der Dichtkunst, insbesondere das Sonett – das englische und Petrarkische beziehungsweise italienische. Er hielt uns Vorträge über »Vergänglichkeit« – »die Eitelkeit menschlichen Strebens« – »die Angst vor Altern und Sterben«. Letzteres sei ein derart beherrschendes Thema in der Renaissance gewesen, dass man schon von einer »kulturellen Obsession« sprechen könne, einer »pandemischen Neurose«. Einer der Theologiestudenten fragte: »Wieso eigentlich? Wenn sie doch an Gott glaubten?«, und Prof Dietrich lachte, zog sich die Hosen hoch und sagte: »Haben sie das? Vielleicht, vielleicht auch nicht. Es gibt einen grundlegenden Unterschied zwischen dem, was Menschen zu glauben behaupten, und dem, was sie im Innersten tatsächlich glauben. Die Dichtung ist die Lanzette, die durch totes Gewebe hindurch mitten in die Wahrheit trifft.« Jemand bemerkte, vor ein paar Jahrhunderten sei die Lebenserwartung ja nicht besonders hoch gewesen; die Männer hätten von Glück sagen können, wenn sie die vierzig erreichten, und viele Frauen seien jung im Kindbett gestorben, also könne man das doch wohl nachvollziehen? »Sie mussten sich ständig mit dem Tod befassen, weil er sie jederzeit dahinraffen konnte.« Eine der redegewandten Lehrerinnen sagte streitlustig: »Unsinn! Wahrscheinlich war die ›Vergänglichkeit‹ auch nur ein Thema, über das diese Dichter so gerne schrieben, genau wie die ›Liebe‹. Sie wollten Dichter sein, also mussten sie über *irgendetwas* schreiben.« Wir lachten. Wir widersprachen. Wir legten uns ins Zeug, wie üblich, ausgehungert nach echter intellektueller Auseinandersetzung oder nach dem, was als intellektuelle Auseinandersetzung durchgehen mochte. Wir fielen einander ins Wort.

»Liebesgedichte, eingängige Texte, wie in unseren Schlagern von heute oder im Kino – das sind die Themen, versteht ihr? Als gäbe es nichts Wichtigeres im Leben! Dabei sind es vielleicht einfach nur – ›Themen‹. Vielleicht haben sie überhaupt nichts mit der Wirklichkeit zu tun.«

»Ja, aber irgendwann einmal waren sie Wirklichkeit, oder?«

»Wer weiß? Was zum Teufel ist schon ›Wirklichkeit‹?«

»Du behauptest also, *Liebe* wäre nicht wirklich? *Sterben* wäre nicht wirklich?«

»Irgendwann war alles einmal wirklich! Woher hätten wir denn sonst die Wörter dafür?«

Während dieser Verbalschlachten, die Prof Dietrich wie ein Sportlehrer verfolgte, erfreut über so viel Einsatz und zugleich besorgt, das Ganze könnte womöglich doch ausarten, saß die blonde Gladys Pirig nur stumm da und machte große Augen. Wenn Prof sprach, schrieb sie mit, aber in solchen Situationen legte sie ihren Stift hin. Man sah, dass sie konzentriert zuhörte. Zitternd und verspannt und so steif, als hätte sie einen Besenstiel verschluckt, *ganz klar, dass sie zu denen gehörte, die alles zu wichtig nehmen, als wäre jeder Moment wie eine vorbeiratternde Trambahn, die sie unbedingt erwischen müssten, und das Leben eine einzige Angst, sie zu verpassen.*

Eine kleine Tippse aus Westwood, der irgendein Lehrer auf der High School einen Floh ins Ohr gesetzt hatte; vielleicht hatte sie Gedichte geschrieben und dieser Lehrer hatte sie gelobt, und nun schrieb sie immer noch Gedichte, heimlich und in der ständigen Angst, sie könnten nichts taugen. Ihre blassen Lippen bewegten sich lautlos. Selbst die Füße standen nie still. Manchmal bekamen wir mit, dass sie wie automatisch ihre Waden aneinander rieb, ihre Schienbeine, als täten ihr die Muskeln weh, oder mit den Füßen wackelte, als hätte sie einen Krampf. (Aber wahrscheinlich wäre niemand darauf gekommen, dass sie Tanzunterricht nahm. Gladys Pirig konnte man sich einfach bei keiner körperlichen Aktivität vorstellen.)

Prof Dietrich war nicht der Typ Pauker, der sich gerade die stillen, schüchternen Studenten vorknöpfte, doch offensichtlich hatte er dieses ordentliche, adrette, quälend schüchterne blonde Mädchen im Blick, das direkt vor ihm saß, so wie er uns alle im Blick hatte; und als er sich eines Abends erkundigte, wer George Herberts »Der Altar« vorlesen wolle, sah er wohl so etwas wie Sehnsucht über das Gesicht dieses Mädchens huschen, denn anstatt einen von denen aufzurufen, deren Hände schon hochgingen, sagte er mit sanfter Stimme: »Gladys?«

Einen Moment lang herrschte Stille, eine so vollkommene Stille, dass man fast hören konnte, wie das Mädchen Luft holte. Dann flüsterte sie wie ein Kind, das eine Mutprobe annimmt, tollkühn, und lächelte sogar: »Ich v-versuch's.«

Dieses Gedicht. Es war ein religiöses Gedicht, das merkte man gleich, aber in einer ganz ungewöhnlichen Form. Ganz oben breitgedruckt wie ein Balken, dann ein langes Stück mit kürzeren Zeilen und ganz unten wieder ein Balken. Es war ein »metaphysisches« Gedicht (so viel wussten wir), also eine harte Nuss, aber in einer schönen Sprache, die man perlen lassen konnte wie Musik. Gladys war nervös, das merkte man ihr an, aber sie drehte sich so weit um, dass sie uns alle im Blick hatte, stellte ihr Buch auf, holte tief Luft und begann zu lesen, und – ja, wir waren vollkommen perplex, nicht nur von Gladys' heiserer dramatischer Stimme, die zugleich atemlos und ausdrucksvoll klang, vergeistigt und verdammt sinnlich, sondern allein schon davon, dass sie überhaupt vortrug, dass sie sich Profs Aufforderung nicht verweigert hatte, nicht aus dem Raum gelaufen war. Auf dem Papier sah »Der Altar« aus wie ein Rätsel, doch als das blonde Mädchen dieses Gedicht las, ging es plötzlich auf.

>HERR, den zerbrochnen Herz-ALTAR,
Geleimt mit Tränen, bringt Dein Diener dar.
  Den Meißel hast nur Du geführt,
  Von Menschenhänden unberührt.
      Ein HERZ allein
      Ist solcher Stein,
      Den nur Dein Glanz
      Kann schneiden ganz.
      Und darum ward
      Mein Herz so hart
      Zu diesem Stein
      Aus Deinem Schein,
Dass, wenn ich ein zum Frieden gehe,
Der Stein zu Deinem Lobpreis stehe.
  O lass Dein OPFER meines sein,
  Nimm diesen ALTAR an als Dein.«

Als Gladys ihren Vortrag beendet hatte, klatschten wir Beifall. Wir alle.
Selbst die Lehrerinnen, die durchaus neidisch werden konnten, wenn jemand
anders Lob einheimste. Denn unser Prof Dietrich starrte dieses Mädchen an,
das wir für eine Tippse hielten, als traute er seinen Ohren nicht. Er saß wie
üblich auf der Kante des Lehrertischs, mit hängenden Schultern, Nase fast
im Buch, und als Gladys ihren Vortrag beendete, klatschte er mit und sagte:
»Junge Dame, Sie müssen Dichterin sein! Hab ich Recht?«

Gladys, mittlerweile feuerrot, zog die Schultern ein und murmelte etwas,
das wir nicht verstanden.

Prof Dietrich hakte nach, aber auf seine gutmütig pädagogische, neckende
Art, als wäre gerade doch etwas ausgeartet und er müsse erst die richtigen
Worte finden. »Miss Pirig? Sie sind eine Dichterin – von einer ganz seltenen
Art!«

Er fragte Gladys, warum dieses Gedicht typographisch so ungewöhnlich
wiedergegeben sei, und Gladys antwortete erneut zu leise, und Prof sagte:
»Lauter bitte, Miss Pirig«, und Gladys räusperte sich und sagte kaum hörbar:
»So w-wie es aussieht, soll es ein Altar sein?«, doch jetzt klang ihre Stimme
gehetzt und flach, und es schien tatsächlich, als wolle sie gleich aus dem Raum
stürzen, wie ein verschrecktes Tier. Also sagte Prof schnell: »Vielen Dank, Gladys. Sie haben Recht. Liebe Leute, habt ihr gesehen? ›Der Altar‹ ist ein Altar.«

Verdammt! Sobald man es sah, konnte man es nicht mehr nicht sehen. Wie bei diesen Rorschach-Tintenklecks-Tests.

»Ein Herz allein.« In dieser Stimme. »Ein Herz allein ist solcher Stein.« Ein Leben lang würden wir sie im Ohr haben, alle, die wir an diesem Abend dabei gewesen waren.

November 1951. Eine Ewigkeit her! Man mag nicht daran denken, wer von uns heute, zu dieser Stunde, überhaupt noch am Leben ist.

Natürlich behielten wir sie danach im Auge. Redeten häufiger mit ihr oder versuchten es zumindest. Jetzt war sie nicht mehr anonym, diese Gladys Pirig – jetzt war sie geheimnisvoll und erotisch. Denn das Geheimnisvolle *ist* erotisch. Die aschblonden Haare, die heisere hauchige Stimme. Gut möglich, dass einige aus unserer Klasse im Telefonbuch von Los Angeles nach ihr suchten, doch unter »Gladys Pirig« gab es keinen Eintrag. Prof rief sie noch ein-, zweimal auf, aber sie erstarrte gleich und blieb stumm. Es war zu spät. Und außerdem kam sie uns irgendwie bekannt vor. Nicht allen, aber doch einigen im Kurs. Da half es auch nichts, dass sie sich immer biederer kleidete und die Haare zum Pompadour hochsteckte wie Irene Dunne und sich wie ein verschrecktes Kaninchen in sich verkroch, sobald man eine Unterhaltung mit ihr anfangen wollte. *Sie wirkte, um es mal deutlich zu sagen, wie ein Mädchen, dem von Männern übel mitgespielt worden war.*

Und dann kam der Dienstagabend, an dem einer von uns frühzeitig zum Kurs erschien, mit einem Exemplar des *Hollywood Reporter* in der Hand, und das Heft herumreichte und wir überrascht, wenn vielleicht auch schon auf eine Überraschung gefasst, darauf starrten. »Marilyn Monroe. Mein Gott.« »Das soll sie sein? Die brave Kleine?« »Klein ist sie nicht, und brav schon gleich gar nicht. Schaut doch.«

Wir schauten.

Einige von uns wollten die Entdeckung geheim halten, aber wir mussten Prof einweihen, mussten den Ausdruck auf Profs Gesicht sehen, und dem gingen die Augen über beim Anblick der Bilder im *Hollywood Reporter*, mit und ohne Brille. Das aufreizende, vier Spalten breite Foto der strahlend schönen blonden Hollywood-Schauspielerin, die noch kein Star war, aber bald einer sein würde, das sah man, die fast aus ihrem tief dekolletierten, paillettenbestickten Kleid platzte und deren Gesicht so zurechtgemacht war, dass es wie ein Gemälde aussah: MARILYN MONROE, MISS MODEL BLOND

1951. Dazu Standfotos von *Asphalt-Dschungel* und *Alles über Eva*. Prof krächzte: »Diese Schauspielerin – Marilyn Monroe – ist unsere *Gladys*?« Wir sagten ja, wir seien uns sicher. Wenn man die Verbindung erst einmal hergestellt habe, sei es offensichtlich. Prof sagte: »Aber ich war in *Asphalt-Dschungel*. Ich erinnere mich an das Mädchen, und unsere Gladys ähnelt ihr überhaupt nicht.« Einer der Seminaristen, der schweigend dabeigestanden hatte, warf ein: »Ich war gerade in *Alles über Eva*, und sie hat mitgespielt! Zwar nur in einer kleinen Rolle, aber ich erinnere mich an sie. Das heißt, ich erinnere mich an die Blondine, die sie gewesen sein muss.« Er lachte. Wir lachten alle vor Aufregung und Eifer. Einige von uns hatten im Krieg ihre Überraschungen erlebt, wenn man so will, wo sich etwas scheinbar Eindeutiges plötzlich und unwiderruflich als etwas ganz anderes herausstellen konnte und die eigene Existenz als nicht gewichtiger oder bedeutungsvoller denn ein seidener Spinnfaden, und dieser Moment war ein bisschen ähnlich – die Überraschung, die unwiderrufliche Erkenntnis –, nur dass es natürlich ein Moment des Glücks war, des Glückstaumels, als hätten wir alle in der Lotterie gewonnen und würden jetzt feiern. Der Seminarist sonnte sich in der Aufmerksamkeit und fügte hinzu: »›Marilyn Monroe‹ ist keine Frau, die man so leicht vergessen könnte.«

Zur nächsten Stunde erschienen gleich ein Dutzend von uns frühzeitig. Wir hatten die neuesten Ausgaben von *Screen World*, *Modern Screen*, *PhotoLife* dabei – »Most Promising Starlet 1951«. Eine weitere Ausgabe des *Hollywood Reporter* mit einem Foto von »Marilyn Monroe bei einer Filmpremiere, in Begleitung des gut aussehenden jungen Schauspielers Johnny Sands«. Wir hatten sogar alte Ausgaben von *Swank*, *Sir!* und *Peek* mitgebracht. Eine Reportage in *Look* vom letzten Herbst – »Miss Blond Sensation: MARILYN MONROE«. Noch während wir unsere Fundstücke so aufgeregt herumreichten wie Kinder, betrat Gladys Pirig den Raum, in einem khakifarbenen Regenmantel und Hut, eine graue Maus, auf die niemand einen zweiten Blick geworfen hätte. Und sie sah uns und die Zeitschriften und wusste wohl sofort Bescheid. Unsere Augen! Wir hatten das Geheimnis wahren wollen, aber es war, als hielte man ein brennendes Streichholz an Stroh. Einer von uns, ein ziemlich unverfrorener Kerl, marschierte direkt auf sie zu und sagte: »He – du heißt gar nicht Gladys Pirig, stimmt's? Du heißt Marilyn Monroe.« Hielt ihr zu allem Überfluss auch noch die *Swank* unter die Nase, deren Titelbild sie in einem dünnen roten Nachthemd zeigte, mit roten hochhackigen Schuhen, zerzaustem Haar und rotglänzendem, zum Kuss gespitztem Mund.

»Gladys« sah ihn an, als hätte er sie geohrfeigt. Sofort sagte sie: »N-nein. Das bin nicht ich. Das heißt – ich bin nicht sie.« Ihr Gesicht verriet blankes Entsetzen. Das war keine Hollywood-Schauspielerin, nur ein verängstigtes Mädchen. Sie wäre hinausgerannt, hätten einige von uns ihr nicht den Weg verstellt, nicht absichtlich, nur weil wir eben so dastanden, und dann kamen ja auch noch andere herein. Die Truppe von Lehrerinnen mit den scharfen Augen und Ohren, die natürlich Wind von der Sache bekommen hatten. Selbst Prof Dietrich traf mindestens fünf Minuten früher ein. Und da sagte dieser unverfrorene Kerl zu ihr: »Marilyn, ich finde dich einfach genial. Kann ich ein Autogramm von dir haben?« Das sollte kein Witz sein. Er hielt ihr sein Renaissance-Skript zur Unterschrift hin. Ein anderer Kerl, einer der Kriegsveteranen, sagte fast gleichzeitig: »*Ich* finde Sie genial. Lassen Sie sich bloß nicht von diesen Flegeln verunsichern.« Und ein dritter versuchte, Angela in *Asphalt-Dschungel* nachzumachen, indem er sagte: »Onkel Leon, ich habe dir zum Frühstück Salzheringe bestellt, ich weiß doch, wie gern du die magst«, worüber selbst sie lachen musste, ein kleines quiefsiges Lachen – »Also gut. Ich gebe mich geschlagen.« Und zu guter Letzt kam Prof Dietrich angeschoben, unbeholfen, ganz aufgeregt, mit gerötetem Gesicht, und an diesem Abend trug er ein anständiges marineblaues Sakko, an dem kein einziger Knopf fehlte, und gebügelte Hosen und eine helle karierte Krawatte, und er sagte verlegen: »Äh, Gladys – Miss Pirig – wie ich höre, haben wir einen jungen ›Star‹ in unserer Mitte. Meinen Glückwunsch, Miss Monroe!« Das Mädchen lächelte oder versuchte zu lächeln und brachte hervor: »D-danke, Professor Dietrich.« Er erzählte ihr, er habe *Asphalt-Dschungel* gesehen und fände diesen Film »ungewöhnlich wohl durchdacht für Hollywood«, und ihre Leistung »hervorragend«. Man sah ihr an, wie unangenehm es ihr war, so etwas von ihm zu hören. Die glasig glänzenden Augen, das breite, beflissene Lächeln des großen Mannes. »Gladys Pirig« hatte nicht die Absicht, ihren Platz einzunehmen, nein, sie wollte nur noch vor uns flüchten.

Als würde die Erde unter ihr beben. Als hätte sie sich dem Wahn hingegeben, das könne nicht passieren – obwohl man hier in Südkalifornien doch mit allem rechnen musste.

Sie wich zurück, Richtung Tür, und wir rückten nach, umringten sie, redeten mit lauter Stimme, um ihre Aufmerksamkeit zu erlangen, rissen uns um ihre Aufmerksamkeit, selbst die Lehrerinnen, und ihre Renaissance-Anthologie, ein dickes, schweres Buch, glitt ihr aus den Fingern, und einer von uns griff mit beiden Händen danach und hielt es ihr hin, ließ es aber nicht los, als wolle er sie so am Weglaufen hindern, und da sagte sie fast bettelnd: »L-lasst mich in Ruhe, bitte. Ich bin nicht die, die ihr w-wollt.« Dieser Ausdruck auf ihrem Gesicht! Dieser Ausdruck von Leid und Schrecken, flehentlich und schicksalsergeben, in ihrem schönen Gesicht, den einige von uns zwei Jahre später tief betroffen in der hochdramatischen Szene von *Niagara* wieder sehen würden, wenn Roses wahnsinnig gewordener Mann kurz davor ist, Hand an die Ehebrecherin zu legen, dieser Ausdruck auf Monroes Gesicht, von dem wir glauben würden, wir seien die ersten gewesen, die ihn gesehen hatten, eines regnerischen Dienstagabends im November 1951, als »Gladys Pirig« uns verließ, einfach verschwand, nicht mal ihr Buch mitnahm und wir mit offenem Mund hinter ihr herstarrten und Prof Dietrich bestürzt rief: »Miss Monroe! Bitte. Wir lassen Sie auch ganz bestimmt in Ruhe, ganz bestimmt.«

Aber nein. Sie war fort. Ein paar von uns folgten ihr bis zur Treppe. Sie scheute, sie rannte. Die Treppe hinunter, so schnell wie ein Junge oder vielleicht ein verschrecktes Tier – ohne sich umzusehen.

»Marilyn!«, riefen wir hinter ihr her. »Marilyn, komm zurück!«

Aber sie kam nie wieder.

Rumpelstilzchen

Was ist das für ein Zauberbann? Wie lange wird er währen? Wer hat ihn über mich verhängt?

Nicht der Dunkle Prinz, nicht einmal ihr heimlicher Liebhaber V hatte sie gebeten, ihn zu heiraten, sondern Rumpelstilzchen, der Zwerg.

Sie hatte keinen Text bekommen. Sie wagte nicht zu lachen. Sie konnte nur mit ihrer leisen, schnell verhauchenden Stimme protestieren: »Oh, aber das ist doch nicht Ihr Ernst, Mr. Shinn!«

Und er entgegnete lächelnd (wie ein Nussknacker lächeln würde, wenn ein Nussknacker lächeln könnte, hatte ein Witzbold einmal über I. E. Shinn gesagt): »Ich bitte dich. Du solltest mich allmählich kennen, meine Liebe. Isaac. Nicht Mr. Shinn. Du solltest mich kennen und wissen, wie es in meinem Herzen aussieht. Nenn mich weiter Mr. Shinn, und ich zerfalle zu Staub wie Bela Lugosi als Graf Drakula.«

Norma Jeane befeuchtete sich die Lippen, machte einen Versuch: »Is-aac.«

»Besser kannst du es nicht, nach den vielen Stunden bei deinem teuren Schauspiellehrer? Probier's noch einmal.«

Norma Jeane lachte. Wollte ihre Augen vor dem funkelnden, alles durchdringenden Blick des Agenten verbergen. »Isaac. Is-aac?« Es war eher eine Bitte als eine Antwort.

Tatsächlich war dies nicht das erste Mal, dass das furchteinflößende Rumpelstilzchen um die Hand der Goldenen Prinzessin anhielt, aber sie hatte es sich angewöhnt, diese Tatsache von einem Antrag zum nächsten zu vergessen. Als wäre sie von einer Art Gedächtnisschwund befallen, sanft wie Morgennebel, der sich über diese Szenen legte. Die ja eigentlich romantisch sein sollten, nur dass eine schrille Musik alles übertönte. Als Goldene Prinzessin musste sie aber auch an so vieles denken! Ihr Leben wurde beherrscht von einem vollen Terminkalender, der Tage, ja selbst Stunden diktierte.

Die Bettelmagd, verkleidet als Goldene Prinzessin. Unter einem Zauberbann, sodass sie zumindest für ihresgleichen, das gemeine Volk, in der ganzen Pracht der Goldenen Prinzessin erstrahlte.

Es strengte an, eine solche Rolle zu spielen, aber gegenwärtig gab es für sie keine andere Rolle (»bei deinem Aussehen, deinem Talent«), wie Mr. Shinn ihr geduldig erklärte. Jedes Jahrzehnt hat seine Goldene Prinzessin, ausgezeichnet vor allen anderen, und diese Rolle verlangte nicht nur die Gabe außergewöhnlicher Schönheit, sondern auch Genie, wie Mr. Shinn ihr noch geduldiger erklärte. (»Du glaubst also nicht, dass Schönheit und Genie zusammengehören, Schätzchen? Eines Tages, wenn du beides verloren hast, kommst du schon noch darauf.«) Und doch sah sie bei jedem Blick in den Spiegel nicht die Goldene Prinzessin, die von der Welt beschaut und bestaunt wird, sondern ihr altes Bettelmagd-Ich. Die blauen verschreckten Augen, den leicht geöffneten, empfindsamen Mund. So lebhaft, als wäre es erst letzte Woche geschehen, erinnerte sie sich, wie sie von der Bühne ihrer High School verbannt worden war. Erinnerte sich an den Sarkasmus des Leiters der Theatergruppe und das Getuschel und Lachen, als sie fortgeschickt worden war. Die Demütigung erschien ihr selbstverständlich, wie eine gerechte Beurteilung ihres Wertes. Und doch war sie irgendwie zur Goldenen Prinzessin geworden!

Was ist das für ein Zauberbann? Wie lange wird er währen? Wer hat ihn über mich verhängt?

Sie wurde auf Ruhm zugerichtet. Wie ein Zuchttier, das seinen Eignern Preise einbringen soll.

Natürlich nahm Rumpelstilzchen das Verdienst dafür in Anspruch, denn er allein hatte die Macht, einen Zauberbann zu verhängen. Norma Jeane war nach und nach zu der Einsicht gelangt, dass sie ihr neues Leben wirklich allein I. E. Shinn zu verdanken hatte: dem Zwerg-Zauberer, der beteuerte, sie über alles zu lieben. (Otto Öse war längst aus ihrem Leben verschwunden. Nur selten dachte sie jetzt noch an ihn. Wie merkwürdig, dass sie Otto Öse einst mit dem Dunklen Prinzen verwechselt hatte! Dabei war er beileibe kein Prinz. Er war ein Pornograph, ein Zuhälter. Er hatte ihren nackten, willigen Leib ohne jede Zärtlichkeit betrachtet. Er hatte sie verraten. Norma Jeane bedeutete ihm nichts, obwohl er sie auf einem Müllhaufen aufgelesen und ihr das Leben gerettet hatte. Irgendwann im März 1951, gleich nach der Vorladung beim kalifornischen Untersuchungsausschuss zu unamerikanischen Umtrieben, war er aus Hollywood verschwunden.) Es war die Zeit, da Shinn Norma Jeane in sein Büro am Sunset Boulevard bestellte, wo sie das schon aufgeschlagene Vorausexemplar eines Hochglanzmagazins erwartete, in dem »Marilyn Monroe« bei Anlässen und in Momenten zu sehen war, an die sie sich nicht einmal mehr erinnerte – »Kindchen, sieh nur mal, was deine Doppelgängerin schon wieder angestellt hat. Ganz fabelhaft, eh? Da werden

die Bosse der Produktionsgesellschaft Stielaugen kriegen.« Oft rief er sie
spätabends an, um sich mit ihr über irgendeine Meldung in einer Klatschkolumne zu ergötzen, die er selbst lanciert hatte, und dann lachten sie beide
unbändig, wie Leute, die mit einem auf der Straße gefundenen Lotterielos
den Hauptgewinn gezogen haben.

Du hast es nicht verdient, mit so einem Los zu gewinnen.

Aber wer hat das schon?

An diesem Abend war es derselbe Heiratsantrag mit einem überraschenden Extra: Isaac Shinn würde einen Ehevertrag mit Norma Jeane Baker alias
»Marilyn Monroe« abschließen und ihr praktisch sein gesamtes Vermögen
vermachen; seine Kinder und andere derzeit Erbberechtigten würden leer
ausgehen. I. E. Shinn Inc. war Millionen wert – und sie würde alles erben!
Dieses Angebot präsentierte er ihr mit der übertrieben schwungvollen Ge-
bärde eines Zauberers, dessen Hokuspokus ein leichtgläubiges Publikum zu
beeindrucken vermag; doch Norma Jeane wand sich nur auf ihrem Stuhl und
murmelte peinlich berührt: »Oh, danke, Mr. Shinn! – äh, Isaac. Aber ich
könnte das nicht tun, verstehen Sie. Ich k-könnte einfach nicht.«

»Und wieso nicht?«

»Oh, ich – ich könnte nicht – ach, Sie wissen schon, ich könnte Ihrer
F-familie nicht wehtun. Ihrer richtigen Familie.«

»Und wieso nicht?«

Angesichts solch entwaffnender Dreistigkeit lachte Norma Jeane laut auf.
Wurde dann feuerrot. Und sagte schließlich einfach:»Ich l-liebe Sie, aber ich
bin nicht in Sie verliebt.«

So. Nun war es heraus. Im Film wäre es mit trauriger Stimme, aber in
wohlgesetzten Worten gesagt worden. In Mr. Shinns Büro wurde es mit der
hastigen Wucht eines peinlichen Geständnisses vorgebracht. Shinn erwiderte:»Zum Teufel. Ich kann für zwei lieben, Schätzchen, für mich und für
dich. Probier's doch einfach aus.« Sein Ton war scherzhaft, aber beide wussten, dass er es todernst meinte.

Ohne sich der Grausamkeit ihrer Worte bewusst zu sein, platzte Norma
Jeane heraus:»Oh, aber – das wäre trotzdem nicht genug, Mr. Shinn.«

»Touché!« Shinn griff sich theatralisch ans Herz, als wäre es stehen geblieben.

Norma Jeane schrak zusammen. Das war nicht komisch! Aber so typisch
für Hollywood-Menschen, die mit den Gefühlen spielten, die sie wirklich empfanden. Oder konnten sie die Gefühle, die sie wirklich empfanden,

nur spielerisch ausdrücken? Jeder wusste, dass I. E. Shinn es am Herzen hatte.

Ich kann dich doch nicht heiraten, nur um dich am Leben zu halten, oder? Muss ich das etwa?

Die Goldene Prinzessin war nur eine Bettelmagd. Rumpelstilzchen brauchte nur in die Hände zu klatschen, und sie würde sich in Luft auflösen.

Bei diesem Gespräch würden weder Norma Jeane noch Shinn auch nur ein Wort über Norma Jeanes heimlichen Liebhaber V verlieren, den sie bald zu heiraten hoffte. Ja, bald schon!

Sicher liebte Norma Jeane V nicht mit der Hingabe und Verzweiflung, mit der sie Cass Chaplin geliebt hatte. Doch das hatte vielleicht auch sein Gutes. Ihre Liebe zu V fühlte sich viel gesünder, viel normaler an.

Sobald Vs Scheidung endgültig durch war. Sobald seine bösartige Exfrau befand, sie habe ihm genug Mark aus den Knochen gesogen.

Was genau Shinn über Norma Jeane und V wusste, war Norma Jeane nicht klar. Sie hatte sich ihm als ihrem Agenten und Freund anvertraut – bis zu einem gewissen Grad. (Sie hatte ihm zum Beispiel nicht anvertraut, dass sie am Morgen nach Cass' Verrat Schlaftabletten geschluckt hatte – seine kostbaren Barbiturate, fast ein ganzes Fläschchen voll –, ihr dann aber übel geworden war und sie alles wieder erbrochen hatte, einen schleimigen galligen Brei.) Norma Jeane hatte das beunruhigende Gefühl, dass I. E. Shinn, eben weil er I. E. Shinn war, vielleicht mehr über V und sie wusste als sie selbst, denn er hatte Spione, die ihm über seine Vorzugsklienten Bericht erstatteten. Und doch redete er über V nicht, wie er über Charlie Chaplin Jr. geredet hatte, nicht auf eine so verächtliche und beleidigende Art, denn er mochte und bewunderte V als einen »guten, anständigen Bürger Hollywoods, einen Mann, der seine Verantwortung kennt«. V war in den Vierzigern ein Kassenmagnet gewesen und zog auch jetzt noch das Publikum an, jedenfalls ein gewisses. Schön, er war kein Tyrone Power, er war kein Robert Taylor und sicherlich kein Clark Gable oder John Garfield, aber ein tüchtiger, verlässlicher Schauspieler, ein Bursche mit einem ruppig-hübschen sommersprossigen Jungengesicht, Millionen von amerikanischen Kinogängern bekannt.

Ich liebe ihn. Ich will seine Frau werden.

Er hat gesagt, dass er mich über alles liebt.

Shinn ließ seine pummlige Zwergenfaust auf den Schreibtisch niedersausen. »Du bist in Gedanken woanders, Norma Jeane. *Ich* bin bei der Sache.«

»Tut mir l-leid.«

»Mir ist klar, dass du mich nicht ›l-liebst‹, Schätzchen, jedenfalls nicht im üblichen Sinne. Aber man kann den Sinn der Liebe auch in anderem sehen.« Shinn sprach jetzt mit sanfter Stimme, wählte seine Worte mit Bedacht. »Solange du mich achtest, wovon ich ausgehe –«

»Oh, Mr. Shinn! Natürlich.«

»Und mir vertraust –«

»Oh ja!«

»Und solange du weißt, dass ich nur dein Bestes im Sinn habe –«

»Oh ja.«

» – hätten wir eine stabile, unerschütterliche Grundlage für eine Ehe. Und vergiss nicht den Ehevertrag.«

Norma Jeane zögerte. Wie ein dösiges Schaf, das fachmännisch auf den Pferch zugetrieben wird. Und erst am Gatter ausbricht.

»Aber ich – ich könnte nur aus L-liebe heiraten. Nicht für Geld.«

Shinn sagte scharf: »Norma Jeane! Verdammt, du hörst nicht zu. Hat Huston dir nicht beigebracht, deinen Kollegen zuzuhören? Dich zu *konzentrieren*? Dein Gesichtsausdruck und deine Haltung signalisieren, dass du deine Gefühle nur ›zeigst‹ – du *empfindest* sie nicht. Ja, wie zum Teufel willst du dann wissen, was du wirklich empfindest?« Teuflische Frage! Shinn wandte diese Taktik häufig bei seinen Klienten an. Er nahm die Regisseursrolle ein, analysierte, legte Motive fest. Jeder Widerspruch war sinnlos. Seine Augen glühten wie heiße Kohlen. Norma Jeane schwindelte, als würde sie ins Bodenlose fallen.

Lieber nachgeben. Sag ja. Was er auch von dir wollen mag. Er ist im Besitz des Zauberwissens. Er ist dein wahrer Vater.

Norma Jeane hatte Erkundigungen über I. E. Shinns Privatleben eingezogen und wusste, dass er zweimal verheiratet gewesen war, das erste Mal sechzehn Jahre lang. Kurz nach dieser Scheidung war er die Ehe mit einer jungen Vertragsschauspielerin von RKO eingegangen, die 1944 gelöst wurde. Er war einundfünfzig. Hatte zwei mittlerweile erwachsene Kinder aus erster Ehe. Und galt, wie Norma Jeane zu ihrer Erleichterung herausgefunden hatte, als guter, anständiger Vater, dessen Trennung von der Mutter einvernehmlich vonstatten gegangen war.

Ich könnte nur einen Mann heiraten, der Kinder liebt. Der Kinder will.

Shinn sah Norma Jeane mit einer seltsamen Miene an. Hatte sie laut gedacht? Eine Grimasse geschnitten? Shinn sagte: »Du bist doch nicht etwa religiös, meine Liebe, oder? Ich jedenfalls überhaupt nicht. Ich mag zwar Jude sein, aber –«

»Oh. Sie sind *Jude*?«

»Na sicher.« Shinn lachte über den Gesichtsausdruck des Mädchens. Das war Angela, wie sie leibte und lebte! »Was dachtest du denn, was ich bin, Ire? Hindu? Ein Mormonenpriester?«

Norma Jeane lachte verlegen. »Ach Gott, also, ich – ich wusste schon, dass Sie Jude sind, aber irgendwie hab ich –« Sie unterbrach sich kopfschüttelnd. Es war eine filmreife Darbietung der dummen Blondine. Und so allerliebst. »Bis Sie es gesagt haben? ›Jude.‹«

Shinn lachte. »Was dachtest du denn, wo ›Isaac‹ herkommt, Schätzchen? Geradewegs aus der hebräischen Bibel.«

Shinn hatte Norma Jeanes Hände ergriffen. Impulsiv hob Norma Jeane seine Hände an ihren Mund und bedeckte sie mit Küssen. Blind verzückt flüsterte sie: »Ich bin auch jüdisch. Im Herzen. Meine Mutter hat das jüdische Volk so sehr verehrt. Ein überlegenes Volk! Und ich glaube, ich bin zum Teil auch jüdisch. Das hab ich Ihnen wohl nie erzählt? – Mary Baker Eddy war meine Urgroßmutter. Haben Sie je von Mrs. Eddy gehört? Sie ist berühmt! *Ihre* Mutter war Jude – Jüdin? Sie waren keine praktizierenden Juden, weil sie eine Vision von Christus dem Heiler hatten. Aber ich stamme von ihnen ab, Mr. Shinn. *In meinen Adern fließt dasselbe Blut.*«

So ungewohnte Worte aus dem Mund der jungen Prinzessin, dass Rumpelstilzchen ausnahmsweise um eine Antwort verlegen war.

Die Transaktion

Das war nicht ich. Diese vielen Male. Das war meine Bestimmung. Wie ein Komet, der durchs All trudelt, der Erde entgegen, und ihrer Anziehungskraft erliegt. Man kommt nicht dagegen an. So sehr man es versucht, es nützt nichts.

Endlich erging der Ruf von W an Norma Jeane. Nun, da sie »Marilyn« war. Das erste Wiedersehen seit Jahren.

Sie wusste warum: Die Produktionsgesellschaft erwog, sie für einen Film namens *Versuchung auf 809* zu verpflichten. Man hatte sie zum Vorsprechen eingeladen und ihr erklärt, sie sei »fabelhaft«. Jetzt wartete sie. Jetzt wartete I. E. Shinn. Der Ruf erging von W, dem männlichen Hauptdarsteller.

Warum hatte sie die letzten achtundvierzig Stunden unentwegt an Debra Mae denken müssen? Sie verstand es selbst nicht. Es gibt keinen »Tod«, doch die Toten bleiben tot. Eigentlich konnte es nur schaden, an sie zu denken. *Sie würden auf unser Mitleid verzichten,* dachte Norma Jeane.

Sie hatte sich gefragt, ob Debra Mae je von W einbestellt worden war. Oder von N oder D oder B. Z hatte, wie sie wusste, das tote Mädchen tatsächlich einbestellt. Aber Z hatte auch sie einbestellt, und *sie war nicht tot.*

»Marilyn. Hal-lo.«

Er musterte sie unverhohlen. Lächelte sein schiefes Lächeln. Welch immer neue Faszination, ein aus der Großaufnahme im Kino vertrautes Gesicht leibhaftig zu sehen. Dies war W mit dem sinnlich-grausamen Wolfslächeln. Man stellte sich scharfe Raubtierzähne vor. Man stellte sich einen heiß hechelnden Atem vor, der einen versengen könnte. In Wirklichkeit war er ein gut aussehender Mann mit messerscharfen Gesichtszügen und spöttisch zusammengekniffenen Augen. *Ein Frauenhasser. Aber du kannst ihn dazu bringen, DICH zu lieben.* Und sie sah so hübsch und so süß aus: wie eine Praline. Ein Eclair. Zum Schlecken, nicht zum Beißen und Nagen. Vielleicht hätte er Erbarmen? Aber wollte sie denn Erbarmen? Vielleicht nicht. W verschwendete keine Zeit, schon fuhren seine Finger um ihren zitternden bloßen Unterarm. Ihre Haut war milchig, seine viel dunkler. Nikotinverfärbte, kräftige Finger. Die Berührung ging ihr durch und durch. Wie ein

361

Stich tief in den Unterleib. Wo es feucht wurde. Männer waren der Feind, aber es galt, im Feind ein Verlangen zu wecken. Und dies war ein Mann, nicht-zärtlich, wie V, ihr heimlicher Liebhaber, zärtlich war. Dies war ein Mann, nicht Norma Jeanes Zwilling, wie Cass Chaplin ihr Zwilling gewesen war.

»Lange nicht gesehen, hä? Außer in der Comic-Beilage.«

In seinen Filmen war W oft ein Killer. Man bejubelte ihn als Killer. Denn er war ein Bursche, der das Töten genoss. Ein hochgeschossener, schlaksiger Bursche mit schelmischen Augen und einem schiefen sinnlichen Lächeln. Einem fast idiotisch klingenden hohen Kichern. In seinem Filmdebüt hatte W eine verkrüppelte Frau im Rollstuhl die Treppe hinabgestoßen. Dieses Kichern, wenn der Rollstuhl die Stufen runterrattert, schleudert und umkippt, und die Frau schreit, während die Kamera in scheinheiligem Entsetzen zusieht. *Zum Teufel, du wolltest doch schon immer mal eine verkrüppelte alte Dame die Treppe runterschubsen; wie oft wolltest du deine alte Hexe von Mutter die Treppe runterschubsen und ihr den Hals brechen?*

Ein Apartment. Im Erdgeschoss eines Wohnhauses an der La Brea Avenue, nahe der Slauson Avenue. Kein Teil von L. A., den Norma Jeane kannte. So groß waren Schmerz und Scham, dass sie sich hinterher nicht mehr deutlich erinnern würde. An wie viele Apartments, Bungalows, Hotelsuiten, »Cabanas« und Wochenendhäuser in Malibu sie sich hinterher nicht mehr deutlich erinnern würde – damals, als das begann, was sie als ihre Karriere ansah oder jedenfalls als ihr Leben. Hollywood wurde von Männern beherrscht, und Männer mussten versöhnlich gestimmt werden. Das war keine tief schürfende Wahrheit. Das war eine banale und somit verlässliche Wahrheit. Wie *kein Übel, keine Sünde und kein Tod. Kein Schmerz.* Das Apartment, dessen Fenster von stachligen Palmen beschattet wurden, war nur spärlich möbliert, wie in einem Traum, dessen Ränder unausgefüllt bleiben. Ein entliehenes Apartment. Ein geteiltes Apartment. Keine Teppiche auf den verschrammten Dielen. Ein paar Stühle, ein einsames Telefon auf einem Fensterbrett, voll toter Insekten. Eine einzelne Seite aus *Variety* mit einer Schlagzeile, von der ihr nur »Red Skelton« in die Augen sprang – oder hieß es »Restriktion«? In einem düsteren Hinterzimmer ein Bett. Eine neu aussehende seidig schimmernde Matratze und ein loses Laken, offenbar hastig darübergeworfen, aber vielleicht ja auch in verträumter, besinnlicher Stimmung. Welchen Trost wir doch aus dem rastlosen Bemühen des Geistes ziehen, allem Geschehen Bedeutung und Beweggrund zuzuordnen. Die Welt ist, wie Norma Jeane zusehends erkannte, ein riesiges metaphysisches Gedicht, dessen unsichtbare innere Form identisch mit der sichtbaren ist und von genau derselben Größe. Norma Jeane, in ihren hochhackigen Schuhen und dem geblümten Sommerkleid wie einem Titelbild von *Family Circle* entsprungen, dachte sich, dass das Laken womöglich sauber war, aber wahrscheinlich (wenn man mit sechzehn geheiratet hatte, musste man mit sechsundzwanzig schon realistisch sein) nicht. In dem winzigen übel riechenden Badezimmer würde es Handtücher geben, womöglich sauber, aber wahrscheinlich nicht. Was man – zusammengerollt und steif geworden wie versteinerte Nacktschnecken – im Papierkorb sehen würde, wusste man ja, warum also erst nachschauen?

Sie lachte jetzt, drehte sich mit entzückender Unbeholfenheit um – »Oh! *Was* –?«, sodass W den männlichen Beschützer spielen, sie stützen und ihr gut zureden konnte. »Ganz ruhig, Baby. Das sind bloß – du weißt schon – Käfer.« Aus einem Augenwinkel sah sie Kakerlaken davonhuschen, glänzend wie schwarze Plastikstückchen. Nur Kakerlaken (und davon hatte sie bei sich zu Haus auch jede Menge), doch ihr Herz begann zu rasen.

W hielt ihr eine Hand vors Gesicht, schnipste mit den Fingern. »Bist du weggetreten, Schätzchen?«

Norma Jeane lachte vor Schreck. Ihr erster Impuls bestand immer darin, zu lachen oder zu lächeln. Aber zumindest reagierte sie mit ihrem neuen, sinnlich-heiseren Lachen, nicht dem albernen Quieksen. »Oh – nein, nein, nein, *nein*« – sie plapperte einfach drauflos, improvisierte wie im Schauspielunterricht – »ich hab nur gerade gedacht, dass es hier keine Klapperschlangen gibt. Man muss doch schon dankbar sein, wenn keine Klapperschlangen mit einem im selben Raum sind? Oder beim Aufwachen im Bett?« Es war eher eine atemlose Nachfrage als eine Aussage. Aber in Ws Gegenwart wie in Gegenwart jedes mächtigen Mannes konnten Aussagen überhaupt nur in Form von Nachfragen vorgebracht werden. Das war nichts weiter als eine Frage von guten Manieren, von weiblichem Taktgefühl. Ihre Belohnung bestand darin, dass W lachte. Ein offenes, herzhaftes Lachen. »Du bist echt zum Schreien, Marilyn. Oder Norma? Was gilt denn nun?« Eine lustgeladene Atmosphäre. Seine spöttischen Augen auf ihrem Busen, ihrem Bauch, ihren Beinen, den schmalen Fesseln in den Riemchensandaletten. Seine spöttischen Augen auf ihrem Mund. Also mochte W ihren Humor. Männer waren oft überrascht von Norma Jeanes sehr eigenem Sinn für Humor, erwarteten so etwas nicht von »Marilyn«, der süßen dummen Blondine mit der Intelligenz einer frühreifen Elfjährigen. Denn dieser Humor entsprach dem ihren. Scharf und spitz und stechend, als würde man in ein Eclair beißen und auf Glassplitter stoßen.

W gab jetzt genüsslich eine Klapperschlangengeschichte zum Besten. In der Klapperschlangensaison hatte jeder Mann eine Klapperschlangenge-schichte zu bieten. Die Männer suchten sich gegenseitig zu übertrumpfen. Die Frauen hörten meistens nur zu. Doch auch die Frauen wurden gebraucht, als Publikum. Norma Jeane dachte nicht mehr an Debra Mae, nein, jetzt quälten sie Gedanken an eine Klapperschlange, die sich mit ihrem prächti-gen, knüppelartig geformten Kopf, der ruckartig vorschnellenden Zunge und den Giftzähnen in das hochwand, was Vagina genannt wird, ihre Vagina, die nur einfach ein Schnitt war, ein Nichts, und der Schoß ein leerer Ballon, der aufgeblasen werden musste, um seiner Bestimmung zugeführt zu werden. Sie riss sich zusammen, um W folgen zu können, ihrem Partner in dem neuen Film, wenn sie die Rolle bekam. Falls sie die Rolle bekam. Versuchte, ihrem puppenschönen Gesicht einen Ausdruck abzuringen, der diesen Schweinehund überzeugen würde, dass sie ihm zuhörte und nicht schon wieder die Gedanken schweifen ließ.

Ich will die Nell spielen. Weil ich sie bin. Du kannst sie mir nicht vorent-halten. Ich werde dir den Film stehlen, wenn's sein muss auch vor deinen Augen.

W fragte mit schleppender Stimme, ob sie sich erinnere, wie sie sich da-mals bei Schwab's kennen gelernt hätten? Norma Jeane zwitscherte, natür-lich erinnere sie sich daran. Wie hätte sie das auch vergessen können? – »Aber war an dem Morgen nicht auch diese F-freundin von mir dabei, diese Debra Mae? Oder an einem anderen Morgen?« Die Worte rutschten ihr her-aus, ließen sich nicht mehr zurücknehmen. W zuckte die Achseln. »Wer? Näh.« Er stand jetzt so dicht vor ihr, dass sie ihn riechen konnte. Ein unver-kennbarer Geruch nach Schweiß. Und Tabak. »Also, was meinst du, können wir zusammen arbeiten? Hä?«, und Norma Jeane sagte: »Oh ja, ich glaube, das k-könnten wir. Von mir aus sehr gern.« »Hab dich in *Asphalt-Dschun-gel* gesehen, und wie hieß der andere noch? *Eva.* Ja-ha, war schwer beein-druckt.« Norma Jeane lächelte so angespannt, dass ihr Kiefer zu zittern be-gann. Jetzt kam der tiefe Blick in die Augen. Keine Filmmusik, nur der Verkehr draußen und das Huschen der Kakerlaken, wie ein winziges, er-sticktes Lachen. Oder bildete sie sich das bloß ein? – nein, sie wusste es. Wusste es immer. Dieser so beredte Blick: *Ich will dich ficken. Du bist doch keine, die einen Mann erst scharf macht und dann stehen lässt, oder?* W würde der Kassenmagnet dieses Films sein. Zumindest der einzige erwiesene Kassenmagnet. W hatte mehr als nur ein Mitspracherecht bei der Besetzung. Norma Jeane würde vom Produzenten D erfahren, ob sie W so weit gefiel. In dem Fall würde er sie an D weiterreichen. Oder vielleicht nicht? Natürlich gab es auch den Regisseur N, aber der war von D engagiert, spielte also womöglich keine Rolle. Dann war da der Studioboss B. Schon das, was man über B hörte, ließ einen weitere Enthüllungen fürchten. *Kein Übel, keine Sünde und kein Tod. Keine Hässlichkeit, außer wenn unsere unwissenden Augen uns verraten.*

Wenn Mr. Shinn nun von W's Ruf wusste? (War es denn möglich, dass I. E. Shinn davon wusste?) Norma Jeane schämte sich so sehr; sie hatte seinen Heiratsantrag ablehnen müssen, nachdem er sich ihres Ja-Worts hatte sicher wähnen dürfen. Sie musste verrückt gewesen sein! Seit jenem schrecklichen Tag war Isaac Shinn schroff und geschäftsmäßig und hielt den Kontakt zu Norma Jeane hauptsächlich über einen Assistenten und per Telefon. Er führte sie nicht mehr ins Chasen's oder das Brown Derby aus. Es kam nicht mehr vor, dass er mit irgendeiner reizenden dummen Ausrede bei ihr in der Ventura Avenue »hereinschneite«. Oh Gott, er hatte geweint, wie sie noch nie einen erwachsenen Mann hatte weinen sehen. Sein Herz war gebrochen. Du kannst einem Mann nur einmal das Herz brechen. Dabei hatte sie ihn doch gewiss nicht täuschen wollen, nein, nur sich selbst verrannt, als er angesprochen hatte, dass er Jude war. Ein grässliches Gefühl, ein abstoßender Anblick: I. E. Shinn, in Tränen aufgelöst. *Das ist es, was die Liebe einem antut. Selbst einem Mann. Selbst einem Juden.*

Dennoch hatte er ihr das Drehbuch von *Versuchung auf 809* geschickt. Er wollte »Marilyn Monroe« als Klientin behalten. Er sagte ihr, das Beste an dem ganzen Film sei der Titel: *Don't Bother to Knock.* Das Drehbuch sei gekünstelt und melodramatisch, und es gebe schauderhaft »komische« Passagen, aber wenn sie die Rolle der Nell ergattern könne, wäre das »Marilyns« erste Hauptrolle. Als Gegenspielerin von Richard Widmark! Widmark! Eine echte dramatische Rolle, nicht der übliche Dumme-Blondinen-Dreck. »Du würdest ein psychotisches Kindermädchen spielen«, sagte Shinn. »Ein *was?* Wen –?« fragte Norma Jeane. »Ein schizoides Kindermädchen, das ein kleines Kind fast aus dem Fenster stößt«, sagte Shinn lachend. »Sie fesselt und knebelt das Gör. Ziemlich gewagter Stoff. Es gibt keine Romanze im eigentlichen Sinn, Widmark spielt einen Versager, aber eine Kussszene habt ihr. Es gibt noch ein paar knisternde Szenen, und Widmark wird gut sein. Das Kindermädchen, Nell heißt sie, versucht ihn zu verführen, verwechselt ihn mit einem Piloten, der tot ist, einem Piloten, der überm Pazifik abgeschossen wurde, im Krieg. Eine Schnulze. Der reinste Schmus, aber niemand wird's merken. Am Ende droht Nell, sich mit einer Rasierklinge die Kehle aufzuschlitzen. Sie wird von den Cops weggebracht, ins Irrenhaus. Widmark ist mit einer anderen Frau zusammen. Aber in dem Film hättest du von allen die meisten Szenen und endlich einmal die Gelegenheit zu *spielen*.«

Shinn versuchte, begeistert zu klingen, doch seine Telefonstimme klang nicht glaubwürdig. Es war eine vernünftige Stimme, eine normale Stimme. Eine quakig-krächzige, ältliche Stimme. Eine Stimme, bis zum Hals in eine Strickjacke geknöpft. Eine Bifokalbrillenstimme. Was war aus dem wilden Rumpelstilzchen geworden? Hatte Norma Jeane sich seine Zauberkraft bloß eingebildet? Und was würde aus der Goldenen Prinzessin, seinem Geschöpf, wenn Rumpelstilzchen seine Macht verlor?

Er kannte mich: die Bettelmagd. Sie kannten mich alle.

Die liebenswürdig vermittelte Botschaft: »Es steht dir jederzeit frei zu gehen.«

»Schätzchen. Wir haben die Rolle.«

Drei Tage später. I. E. Shinn am Telefon. Triumphierend.

Norma Jeane umklammerte den Hörer. Sie fühlte sich nicht ganz auf dem Posten. Hatte Bücher gelesen, die Cass ihr zurückgelassen hatte, *Lehrbuch des Schauspielers und Leben des Schauspielers*, mit seinen Anmerkungen versehen, das Tagebuch Nijinskys. Als sie Shinn antworten wollte, versagte ihr die Stimme.

Shinn sagte in ärgerlichem Ton: »Pennst du etwa, Kleines? Das Kindermädchen. Ich erzähle dir gerade, dass du die weibliche Hauptrolle hast. Widmark wollte dich. Wir haben's geschafft!«

Eins der Bücher glitt zu Boden. Ihr ordentlich gespitzter Bleistift rollte über den Teppich.

Norma Jeane versuchte sich zu räuspern, den Hals freizubekommen. Oder was auch immer.

Heiser flüsterte sie: »Das ist eine g-gute Nachricht.«

»Eine gute Nachricht? Eine grandiose Nachricht.« Shinn sagte vorwurfsvoll: »Ist jemand bei dir? Du klingst nicht gerade glücklich, Norma Jeane.«

Niemand war bei ihr in dem gemieteten Apartment. V hatte seit Tagen nicht angerufen.

»Aber das bin ich doch. Ich bin glücklich.« Norma Jeane begann zu husten. Shinn ließ sich von ihrem Gehuste nicht stören, redete aufgeregt weiter. Wer hätte da nicht gedacht, dass er über seinen Kummer längst hinweg war. Über seine Demütigung. Wer hätte da gedacht, dass dieser Mann, gerade mal zweiundfünfzig Jahre alt, schon so bald sterben würde. Norma Jeane schaffte es, ihren Hals freizubekommen und einen grünlichen Schleimklumpen in ein Taschentuch zu spucken. Schleim, wie er ihr auch in den Augen brannte. Seit Tagen verstopfte dieses Zeug ihre Nebenhöhlen, hatte sich bis in die Windungen ihres Gehirns vorgearbeitet, zwischen ihren Zähnen verhärtet. Shinn beschwerte sich. »Du klingst nicht gerade glücklich, Norma Jeane. Und ich wüsste verdammt gern, *warum* nicht. Ich mach mich zum Affen bei der Produktionsgesellschaft, um dich D anzudienen, und du säuselst: ›Äääh, ich bin *glück-lich*‹« – das in einer nasalen, weinerlichen Kleinkinderstimme, die womöglich sogar eine treffende Imitation der ihren war. Er unterbrach sich schwer atmend.

Norma Jeane blinzelte sich bis ans andere Ende der Telefonleitung, bis sie ihn sehen konnte, die juwelengleich funkelnden Augen, die gewaltige Nase mit den geblähten, behaarten Nasenlöchern, den wunden, zerschrundeten Mund. Einen Mund, den sie nicht hätte küssen können. Er hatte sich vorgebeugt, um sie zu küssen, und sie war zurückgezuckt, hatte sich mit einem leisen Aufschrei abgewandt. *Es tut mir leid! Ich kann einfach nicht! Ich kann dich nicht lieben! Verzeih mir.*

»Hör mal, ›Nell‹ wird wie eine Bombe einschlagen. Die Figur ist zwar ziemlich ungereimt, und das Ende ist lausig, aber es ist deine erste Hauptrolle. In einem seriösen Film. Jetzt geht's wirklich los mit ›Marilyn‹. Du glaubst deinem Isaac nicht, hä? Deinem einzigen Freund?«

»Oh doch! Doch!« Norma Jeane spuckte noch einmal ins Taschentuch und zerknüllte es dann schnell, ohne auch nur einen Blick darauf zu werfen. »Mr. Shinn, wie könnte ich *Ihnen* nicht g-glauben?«

Nell 1952

Der tief verborgene und oft beinahe vergessene Wunsch eines jeden
Schauspielers besteht wohl darin, sich selbst durch das Medium der Rolle
auszudrücken.

Michael Tschechow
Werkgeheimnisse der Schauspielkunst

1

Ich kannte sie. Ich war sie. Nicht ihr Liebhaber, sondern ihr Vater war fort.
Man erzählte ihr, er sei im Krieg verschollen. Gelte als vermisst. Aber das
war gelogen: Vermisst wurde er nur von ihr.

2

Frank Widdoes. Culver City Police Detective Frank Widdoes!

Schon bei den ersten Proben zu *Versuchung auf 809* sah sie klar: »Jed
Towers« war gar nicht der berühmte Schauspieler (für den sie keinerlei Gefühle hegte, nicht einmal Verachtung), sondern ihr geliebter, schmerzlich
vermisster Frank Widdoes, den sie seit elf Jahren nicht gesehen hatte. In »Jed
Towers« erkannte sie die grausam-schuldbewusst-verlangenden Augen des
Polizisten. Der Mann war eine Fehlbesetzung in einem Film, der nach einem
schroffen-aber-herzensguten Burschen verlangte. Es war eine Rolle für V,
nicht für W mit seinem Wolfslächeln und seinen spöttischen Augen.
Eigentlich war W doch ein Gangster, ein Killer. Ein Raubtier auf der Jagd
nach weiblicher Beute. Und trotzdem schmolz Nell bei seiner Berührung dahin. Man musste einen so kitschigen Ausdruck dafür verwenden – »schmolz
dahin«. Diese verrückte, strahlende Gewissheit in ihren aufgerissenen Augen. In der Keckheit ihres frisch erblühenden Frauenkörpers. (Norma Jeane
bestand darauf, Nells BH-Träger stramm hochzuziehen. Ihre Brüste
quetschten sich unter dem spröden Stoff. Bald schon würde es Marilyns
Markenzeichen sein, ohne Unterwäsche aufzutreten, doch für die Nell war
Unterwäsche ein Muss. »Die BH-Träger sollten sich unter dem Stoff abzeichnen, wenn ich von hinten zu sehen bin. Sie will sich ihre Normalität
bewahren. Sie versucht es *mit aller Kraft*.«)

Ich liebe dich, ich würde alles für dich tun. Es gibt kein ich, nur ein DU.
Also küsste sie »Jed Towers«. Leidenschaftlich, hungrig. Also wand sie sich
so hingebungsvoll in den Armen dieses Mannes, dass Richard Widmark fast
stutzig wurde. Fast vor ihr erschrak. Gehört das noch zur Rolle? Spielt Marilyn Monroe Nell, oder ist Marilyn Monroe so hungrig und gierig auf *ihn*?
Aber was heißt schließlich schon »spielen«? Norma Jeane hatte Frank Widdoes nie geküsst. Nicht so, wie er von ihr geküsst werden wollte. Sie hatte
gewusst, was er wollte, und sich ihm verweigert. Sich vor ihm gefürchtet. Ein
erwachsener Mann hat die Macht, in deine Seele einzudringen. Alle ihre anderen Freunde waren nur Jungen. Ein Junge hat keine Macht. Die Macht zu
verletzen vielleicht, aber nicht die Macht, in deine Seele einzudringen.
»Norma Jeane. Hey. Na komm schon.« Sie hatte keine andere Wahl gehabt,
als bei ihm einzusteigen, das lange lockige dunkelblonde Haar um ihr Gesicht schwingend. Was konnte Widmark von Widdoes wissen? Nichts! Nicht
das Geringste. Er hatte sie vor sich knien lassen, aber *ihn* hatte sie nicht geliebt. Seine Großkotzigkeit, seine geschlechtliche Arroganz, seinen Penis, auf
den er so stolz war, hatte sie nicht geliebt; für sie war er nicht wirklich. Wirklich war Frank Widdoes, der ihr mit der Hand übers Haar gestrichen hatte.
Ihren Namen gemurmelt hatte. Ihren Namen, der in ihren Ohren, aus seinem Munde, magisch klang. Dabei war »Norma Jeane« eigentlich ein ganz
gewöhnlicher Name, doch in Frank Widdoes' tiefer, verlangender Stimme
wurde er magisch, und da wusste sie, dass sie schön war, dass sie begehrt war.
Begehrt zu sein heißt schön zu sein. Denn er hatte sie hergebeten, hatte ihren
Namen gerufen, sie war in sein Auto gestiegen. Ein nicht gekennzeichnetes
Polizeiauto. Er war ein Vertreter des Gesetzes. Des Staates. Im Dienst des
Staates konnte er töten. Sie hatte ihn einen Jungen mit der Pistole schlagen,
auf die Knie und das blutbespritzte Pflaster zwingen sehen. Er trug eine
Pistole in einem Halfter, das um seine linke Schulter geschlungen war, und
eines regnerisch-smogverhangenen Nachmittags hatte er an den Bahngleisen, wo die Leiche gefunden worden war, ihre Hand genommen, ihre schmale
weiche Hand, und ihre Finger um den Kolben der Pistole geschlossen, der
noch warm von seinem Körper war. Oh, wie sie ihn geliebt hatte! Warum
hatte sie ihn nur nicht geküsst? Warum hatte sie nicht zugelassen, dass er sie
auszog, sie so küsste, wie er das wollte, sie mit dem Mund liebte, mit den
Händen, dem ganzen Körper? Er hatte »Schutz« dabei, in seinem Geldbeutel, in Aluminiumfolie gewickelt. »Norma Jeane? Ich schwöre, ich werde dir
nicht wehtun.«

Stattdessen hatte sie ihn ihr Haar bürsten lassen.

Denn so war ihr wahrer Vater. Er würde anderen um ihretwillen wehtun, aber niemals ihr.

Sie hatte Frank Widdoes verloren. Er war aus ihrem Leben verschwunden – gemeinsam mit den Pirigs, Mr. Haring, ihren langen lockigen dunkelblonden Haaren und den leicht schiefen Vorderzähnen. Und doch gab es »Jed Towers«, der sie anblickte. Richard Widmark hieß der Schauspieler.

Nicht Widmark vor Augen zu haben – der mir damals nicht mehr bedeutete als ein Filmplakat des berühmten Schauspielers – sondern Frank Widdoes, der in meine Seele eingedrungen war. Welche Leidenschaft in Nell! Ihre Haut wurde heiß, ihr Körper entflammte sich für die Liebe! Es war leichtfertig von ihr, diesem Fremden durch rasches Verstellen der Jalousie ein Zeichen zu geben. Sie ist ein Kindermädchen in einem Großstadthotel. Ist in eine Phantasiewelt eingetreten. Elegante geborgte Kleidung, geborgter Schmuck, geborgtes Parfum und Make-up, mit deren Hilfe sich die mausgraue Nell in eine verführerische blonde Schönheit verwandelt, deren junger, willfähriger Körper »Jed Towers« entgegenfiebert. *Jede Handlung verlangt ihre Rechtfertigung. Für alles, was man auf der Bühne tut, muss man einen Grund aufzeigen.* Nell ist gerade erst aus der Nervenheilanstalt entlassen worden. Sie hat versucht, sich umzubringen. Ihre vernarbten Handgelenke. Sie hat schreckliche Angst, genau wie Gladys schreckliche Angst bei der Aussicht bekam, Norwalk zu verlassen. Gladys' Hände, wie Klauen gespreizt. Gladys' dünner Körper, der sich versteifte, als Norma Jeane bat: *Könntest du nicht übers Wochenende zu mir kommen? Über Thanksgiving. Oh, Mutter!*

Der Fremde kommt an, klopft an Nells Tür. Seine spöttischen Augen wandern über sie; er taxiert sie wie eine Ware. In der Hand hält er eine Flasche Rye-Whiskey; er ist erregt und nervös dazu. Ihre Augenlider zittern, als hätte er ihren Leib gestreichelt; ihre kindliche Stimme wird schwach – »Gefalle ich dir?« Später küssen sie sich. Nell presst sich an ihn wie eine ihre Beute umwindende Schlange. »Jed Towers« wird überrumpelt.

Widmark wurde überrumpelt. Nie wusste er, wer »Marilyn« und wer »Nell« war. So zu arbeiten lag ihm nicht. Er war ein technisch versierter Schauspieler. Er folgte den Anweisungen des Regisseurs. Seine Gedanken waren oft nicht bei der Sache. Die Schauspielerei hatte schon etwas Demütigendes – für einen Mann. Etwas Weibisches. Die Schminke, die Anproben. Die Betonung auf Aussehen, äußerliche Anziehungskraft. Wen zum Teufel schert es, wie ein Mann aussieht? Welcher Kerl schminkt sich schon Augen, Lippen, Wangen? Er hatte gemeint, bei dem Film leichtes Spiel zu haben. Diesem beschissenen Melodram, das eigentlich auf die Bühne gehörte, geschwätzig, ohne zur Sache zu kommen, und fast ausschließlich in einer einzigen Kulisse. »Richard Widmark« war der Name, der hier zog, und er war selbstverständlich davon ausgegangen, dass er den Film beherrschen würde. Durch *Versuchung auf 809* stolzieren würde, das Objekt der Begierde von gleich zwei schönen Frauen, die sich übrigens nie begegnen. (Die andere war Anne Bancroft in ihrem Hollywood-Debüt.) Aber jede Szene mit »Nell« glich einem verdammten Handgemenge. Er hätte schwören können, dass das Mädchen nicht spielte. Sie steckte so tief in ihrer Filmrolle, dass man nicht mit ihr kommunizieren konnte; es war, als versuche man, mit einer Schlafwandlerin zu sprechen. Die Augen weit aufgerissen, als könnte sie sehen, aber sie sieht einen Traum. Natürlich ist das Kindermädchen Nell eine Schlafwandlerin: das Drehbuch hat sie so definiert. Und als sie »Jed Towers« sieht, sieht sie nicht ihn, sondern ihren toten Verlobten; diesem Wahn bleibt sie verhaftet. Das Drehbuch schafft es nicht, auf der psychologischen Ebene der Frage nachzugehen, die es auf der melodramatischen aufwirft: Wo endet der Traum, wo beginnt der Wahnsinn? Beruht jede »Liebe« auf einem Wahn?

Hinterher würde Widmark erzählen, dass das durchtriebene kleine Miststück Marilyn Monroe ihm in jeder Szene die Show gestohlen hatte, in der sie zusammen auftraten! in jeder einzelnen Szene! Beim Drehen war es nicht offensichtlich, auf den täglichen Mustern schon eher, aber so richtig klar wurde es erst, wenn man den fertigen Film sah. Marilyn Monroe spielte überhaupt alle in allen Szenen an die Wand. Und wenn »Nell« nicht im Bild war, war der Film ohne Leben. Widmark hasste »Jed Towers« – reines Gelaber. Er durfte niemanden umbringen oder auch nur zusammenschlagen, treten oder sonst wie fertig machen; die durchgedrehte Blondine bekam alle heißen Action-Szenen, durfte das kleine Gör fesseln und knebeln, ja beinahe aus einem hohen Fenster stoßen. (Sogar bei der Hollywood-Gala vor einem abgebrühten Publikum schnappte die Hälfte der Zuschauer nach Luft und flehte »Nein! bitte nicht!«) Nicht zu fassen, weil Marilyn Monroe einem am Drehort immer vorkam, als wäre sie halb erstarrt vor Angst. Als hätte sie einen Schürhaken im Arsch. »Alles Getue. Dieses wunderschöne Gesicht, dieser wunderschöne Körper, und man wollte ihr trotzdem bloß aus dem Weg gehen, als wäre das, was sie hatte, ansteckend. In den ›Liebes‹-Szenen mit ihr kam ich mir vor, als würde mir der Saft aus den Knochen gelutscht, und so viel Saft hat kein Mann zu vergeben. Entweder kann sie überhaupt nicht spielen, oder sie spielt unentwegt. *Spielt mit jedem Atemzug, spielt ihr ganzes Leben.*«

Was Widmark wirklich ankotzte, war die Tatsache, dass Nell jede verdammte Szene wieder und wieder machen musste. Diese hauchige, störrische Stimme: »Bitte. Ich kann es besser, das weiß ich.« Also wurde das, was schon im Kasten war und was der Regisseur für gut befunden hatte, noch einmal gedreht. Na schön, vielleicht war es beim nächsten Mal noch besser und beim übernächsten Mal noch einen Tick besser, aber wozu? War dieses beschissene kleine Melodram das etwa wert?

Vielleicht kämpfte sie ja um ihr Leben, aber er bestimmt nicht.

3

So seltsam. Es kam der Tag, da sie klar sah. Hier kannte man nur »Marilyn Monroe«, aber nicht Norma Jeane.

4

Ich wollte das Kind wirklich umbringen! Sie wurde langsam zu groß, sie war schon kein Kind mehr. Sie verlor das Besondere.

Also sagte sie zum Regisseur: »Es ist klar, warum sie das Kind umbringen will: Das Kind ist sie. Das Kind ist Nell. Sie will sich selbst umbringen. Sie will nicht erwachsen werden, und wenn man nicht erwachsen wird, muss man sterben. Ach, könnten Sie mich vielleicht am Dialog arbeiten lassen? Ich weiß, dass ich es besser machen könnte. Nell ist eine Dichterin, verstehen Sie. Nell hat einen Abendkurs in Lyrik belegt und Gedichte über die Liebe und den Tod geschrieben. Über ihre Liebe, die ihr der Tod wegnimmt. Sie war im Irrenhaus, und jetzt ist sie draußen, aber immer noch eingesperrt, eine Gefangene ihrer Gedanken. Warum sehen Sie mich so an? Es ist doch so klar. So offensichtlich. Lassen Sie mich die Nell auf meine Weise spielen, *ich weiß wie.*«

5

Auch Nijinsky war ein vom Vater verlassenes Kind. Verlassen von seinem hübschen Tänzer-Vater. Verlassen und ein Wunderkind. Tanzen, tanzen! Debüt mit acht, Zusammenbruch zwanzig Jahre später. Was kann man schon tun außer tanzen, tanzen? Tanzen! Man tanzt auf glühenden Kohlen, und das Publikum applaudiert, denn wenn man aufhört, wird man von den glühenden Kohlen verzehrt. *Ich bin Gott, ich bin der Tod, ich bin die Liebe, ich bin Gott und der Tod und die Liebe. Ich bin dein Bruder.*

6

Still wie eine Aufziehpuppe. Und darunter, unsichtbar, doch angespannt, zitternd. Ihre Haut war blass und klamm (Nells Haut war blass und klamm), erhitzte sich aber bei jeder Berührung. *Wenn wir uns küssten, saugte ich seine Seele ein wie eine Zunge. Ich lachte, der Mann hatte ja solche Angst vor mir!* Sie war nicht wahnsinnig (dafür war Nell wahnsinnig), und doch sah sie mit den alles durchdringenden Augen des Wahnsinns. Natürlich war sie nicht Nell, sondern die junge, begabte Schauspielerin, die Nell »spielte«, so wie man vielleicht ein Klavier »spielt«. Und doch trug sie Nell in sich. Ein Schauspieler ist größer als die Rollen, die er in sich trägt, also war Norma Jeane größer als Norma Jeane, denn sie trug Nell in sich. Nell war der Bazillus des Wahnsinns im Gehirn. Nell versprach im Flüsterton: »Ich will so sein, wie du mich willst.« Und am Ende, als sie fortgebracht wurde, flüsterte sie: »Menschen, die sich lieben…« Nell, die Bettelmagd. Nell ohne Nachnamen. Die es wagte, sich in eine Prinzessin zu verwandeln, indem sie sich die Accessoires einer reichen Dame aneignete: ein elegantes schwarzes Cocktailkleid, Diamantohrringe, Parfum und Lippenstift. Doch die Bettelmagd wurde entlarvt und gedemütigt. Sogar ihr Versuch, sich umzubringen, wurde vereitelt. In aller Öffentlichkeit, in einem Hotelfoyer. Fremde, die sie anglotzten. *Nie so glücklich wie in dem Moment, als ich die Spitze des Rasiermessers an meine Kehle setzte.* Und da war Mutters Stimme, die drängend raunte: *Schneid zu! Sei nicht so feige wie ich!* Doch Norma Jeane erwiderte ruhig: *Nein. Ich bin eine Schauspielerin. Das ist mein Gewerbe. Ich tue, was ich tue, um etwas darzustellen, nicht um es zu sein. Denn während ich Nell in mir trage, trägt Nell mich nicht in sich.*

Es war eine Zeit der Selbstdisziplin. Sie hungerte sich gertenschlank. Sie trank Eiswasser. Sie lief durch die frühmorgendlichen Straßen von West Hollywood bis zum Laurel Canyon Drive, bis ihr gesunder junger Körper vor Energie vibrierte. Sie brauchte keinen Schlaf. Nahm keine Zaubermittel, um schlafen zu können. Verbrachte die Nächte abwechselnd mit intensiven Aufwärmübungen für Schauspieler und der Lektüre von Büchern, die meisten davon gebraucht gekauft oder geliehen. Nijinsky faszinierte sie. In seinem Wahnsinn lag solche Schönheit und Gewissheit. Allmählich wollte es ihr vorkommen, als hätte sie Nijinsky vor langer Zeit gekannt. Etliche seiner Traumerfahrungen waren ihre eigenen.

Sie trug Nell in sich, doch Norma Jeane war gewiss nicht Nell. Denn Nell war eine unreife Frau, in ihrer seelischen Entwicklung verkümmert. Sie konnte nicht ohne einen Liebhaber leben, der sie vor Wahnsinn und Selbstzerstörung bewahrte. Sie musste bezwungen, verbannt werden. Warum rächte Nell sich nicht? Norma Jeane geriet in Versuchung, in der spannendsten Szene des Films die quengelnde Kindschauspielerin aus dem Fenster zu stoßen. Wie Mutter in Versuchung geraten sein musste, ihr neugeborenes Töchterchen fallen zu lassen. Die Säuglingsschwester anzuschreien: *Es ist mir aus den Händen gerutscht! Ich kann nichts dafür.* Norma Jeane hielt die gesamte Produktion auf, indem sie N, den Regisseur, fragte, ob sie bitte Teile der Szene umschreiben könne? Nur ein paar Zeilen Dialog? »Ich weiß, was Nell sagen würde. Das sind nicht Nells Worte.« Doch N schlug ihr das Ansinnen ab, N war irritiert. Wenn nun jede Schauspielerin ihren Text umschreiben wollte? »Ich bin nicht jede Schauspielerin«, protestierte Norma Jeane. Sie erzählte N nicht, dass sie eine Dichterin war und ihre eigenen Worte verdiente. Die Ungerechtigkeit von Nells Schicksal erzürnte sie. Dass Wahnsinn in einer Welt bestraft werden muss, die bloße Normalität hochhält. Die Rache der Gewöhnlichen an den Begabten.

Selbst I. E. Shinn bemerkte allmählich die Veränderungen bei seiner Klientin. Mehrmals war er zu den Dreharbeiten von *Versuchung auf 809* gekommen. Der Ausdruck auf Rumpelstilzchens Gesicht! Norma Jeane war so tief in Nell eingedrungen, dass sie ihn – wie andere Zuschauer – kaum wahrgenommen hatte. Zwischen den Aufnahmen lief sie davon und verkroch sich. Sie war nicht »gesellig«. Sie versäumte Interview-Termine. Die anderen Schauspieler wussten nicht, was sie von ihr halten sollten. Anne Bancroft empfand Hochachtung vor ihrer Eindringlichkeit, nahm sich vor ihr als Person aber in Acht. Vielleicht war sie wirklich ansteckend! Widmark fühlte sich zwar körperlich noch zu ihr hingezogen, mochte sie aber nicht mehr und traute ihr nicht mehr. Mr. Shinn ermahnte sie, sich nicht »aufzureiben« – sie solle nicht so »übertreiben«. Am liebsten hätte sie ihm ins Gesicht gelacht. Schon wuchs sie über Rumpelstilzchen hinaus. Sollte er doch noch einen Zauberbann verhängen. Als ob »Marilyn« seine Erfindung wäre. Seine!

Es war eine Zeit der Selbstdisziplin. Die Zeit mit Nell, die sie später als die eigentliche Geburtsstunde ihres Schauspielerlebens ansehen würde. Als ihr zum ersten Mal klar wurde, was Spielen bedeuten könnte: Berufung, Bestimmung. Ihre »Karriere« war ordinäres Werbegetrommel im Auftrag der Produktionsgesellschaft. Hatte nicht das Geringste mit diesem entrückten Innenleben zu tun. Für sich allein lebte und durchlebte sie ein ums andere Mal Nells Szenen. Sie hatte Nells Text auswendig gelernt. Tastete sich an einen Körper für Nell heran, einen Sprachrhythmus. Nachts, zu aufgewühlt von der Anspannung des Arbeitstags, um an Schlaf denken zu können, las sie Michael Tschechows *Werkgeheimnisse der Schauspielkunst*, las Konstantin Stanislawskis *Die Arbeit des Schauspielers an sich selbst*, las ein Buch, das ihr ein Schauspiellehrer ans Herz gelegt hatte, Mabel Todds *The Thinking Body*.

Der Körper ist unbeständig,
so hat er überlebt.

Dies erschien ihr wie Poesie, ein Paradox, das die Wahrheit benennt. Sie wusste, dass sie beim Spielen nur ihrer inneren Stimme folgte oder vielleicht überhaupt nicht spielte und bei diesem Raubbau an Seele und Geist womöglich schon mit dreißig am Ende wäre. Davor hatte Mr. Shinn sie gewarnt. Norma Jeane glich einer jungen Sportlerin, die darauf brennt, bis an ihre Grenzen zu gehen und weiter, ihre Jugend gegen den Beifall der Menge einzutauschen. So war es dem Wunderkind Nijinsky ergangen. Genie braucht keine Technik. Aber »Technik« bedeutet Normalität. Ihre Lehrer sagten, es mangele ihr an »Technik«. Doch was ist »Technik« anderes als fehlende Leidenschaft? Nell war mittels »Technik« nicht beizukommen. Nell war nur durch einen Sprung in die Tiefen der Seele beizukommen. Nell war eine Kerze, die an beiden Enden brennt. Nell musste bezwungen, ihre Sexualität geleugnet werden. Doch was war Nells Geheimnis? Norma Jeane kam ihm nahe und kam doch nicht dahinter. Sie konnte nur bis zu einem gewissen Grad Nell »sein«. Sie sprach mit N, der keine Ahnung hatte, wovon sie redete. Sie sprach mit V, sagte ihm, sie habe sich nie klar gemacht, wie einsam das Schauspielen sein könne.

V antwortete: »Das Schauspielen ist der einsamste Beruf, den ich kenne.«

7

Nie habe ich sie ausgebeutet, niemals. Ich habe nicht von ihr gestohlen. Sie selbst hat mir dieses Geschenk gemacht. Ich schwör's!

Es war ein längst überfälliger Morgen, als Norma Jeane in einem geliehenen Buick-Cabriolet zur staatlichen Heilanstalt in Norwalk fuhr. Ein freier Morgen. Frei von Nell. Keine von Nells Szenen wurde an diesem Morgen geprobt oder gedreht. Wie üblich hatte Norma Jeane Geschenke für Gladys dabei: ein Büchlein mit Lyrik von Louise Bogan, ein Weidenkörbchen mit Pflaumen und Birnen. Obwohl sie davon ausgehen musste, dass Gladys nur selten in den Gedichtbänden las, die Norma Jeane ihr mitbrachte, und alle Essensgaben misstrauisch beäugte. »Aber wer sollte sie schon vergiften wollen? Wer außer ihr selbst?« Norma Jeane würde wie üblich Geld für Gladys dalassen. Es war ihr peinlich, dass sie Gladys seit Ostern nicht mehr besucht hatte; mittlerweile war September. Sie hatte ihrer Mutter eine Postanweisung über fünfundzwanzig Dollar geschickt, aber ihr noch nicht die gute Nachricht von *Versuchung auf 809* erzählt. Norma Jeane hatte Gladys schon seit längerem keine guten Nachrichten aus ihrem Leben und ihrer Karriere mehr erzählt, denn immer kam der Gedanke dazwischen: *Vielleicht stimmt es ja gar nicht? Vielleicht ist alles nur ein Traum? Und wird mir wieder genommen?*

Für ihren Besuch in der Heilanstalt trug Norma Jeane modische weiße Nylonhosen, eine schwarze Seidenbluse, einen durchsichtigen schwarzen Schal, den sie um ihr glänzendes platinblondes Haar geschlungen hatte, und schwarzglänzende Pumps mit halbhohem Absatz. Sie war liebenswürdig, leise. Sie war nicht nervös, gereizt, wachsam; sie war nicht Nell, sie hatte frei von Nell; Nell wäre davor zurückgeschreckt, eine Nervenheilanstalt zu betreten, Nell wäre wie gelähmt am Eingangstor stehen geblieben, hätte keinen Schritt weiter getan. »Wie klar es doch ist: *Ich bin nicht Nell.*«

Sagte sich: *Es ist bloß eine Rolle. Eine Rolle in einem Film. Ein Part, also »Teil eines Ganzen«. Nell ist nicht wirklich, und sie ist nicht du. Nell ist nicht dein Leben. Nicht einmal deine Karriere.*

Nell ist krank, und du bist gesund.

Nell ist nichts weiter als der »Part«, und du bist die Schauspielerin.

Das war die Wahrheit! Die reine Wahrheit!

Und an diesem Morgen war sie die Goldene Prinzessin, die ihre Mutter in Norwalk besuchte. Ihre »geistesgestörte« Mutter, die sie liebte und nicht aufgegeben hatte. Ihre Mutter Gladys Mortensen, die sie nie aufgeben würde, wo so viele Töchter, Söhne, Schwestern und Brüder ihre Angehörigen aufgegeben hatten, sobald die in Norwalk eingewiesen worden waren.

Jetzt war sie die Goldene Prinzessin, die andere voller Hoffnung und erregter Bewunderung beobachten und dabei den Abstand zwischen ihnen und ihr bemessen, ihn genau bestimmen müssen.

Jetzt war sie die Goldene Prinzessin, von der Produktionsgesellschaft wie von der Preene Agency darauf verpflichtet, in der Öffentlichkeit stets gepflegt und entsprechend kostümiert zu erscheinen, mit perfekt sitzender Frisur, denn in solchen Momenten bist du nie unbeobachtet, sind Augen und Ohren der Welt auf dich gerichtet.

Der lächelnden, neugierigen Aufmerksamkeit der Dame in der Anmeldung und der Krankenschwestern war sie sich sofort bewusst. Als wäre eine lodernde Flamme in die trübselige Anstalt eingezogen. Und da erschien auch schon Dr. K, der noch nie so schnell zur Stelle gewesen war. Und sein Kollege, Dr. S, den Norma Jeane überhaupt noch nie gesehen hatte. Lächeln, Händeschütteln! Alle waren begierig, Gladys Mortensens Filmstar-Tochter zu sehen. Keiner von ihnen hatte *Asphalt-Dschungel* oder *Alles über Eva* gesehen, aber sie alle kannten aus Zeitungen oder Zeitschriften Fotos des glamourösen Starlets »Marilyn Monroe« oder meinten dies zumindest. Selbst diejenigen, die von »Marilyn Monroe« nicht mehr wussten als von Norma Jeane Baker, wollten unbedingt einen Blick auf sie erhaschen, während sie durch ein Labyrinth von Korridoren zu dem abgelegenen Flügel C (»Chronische Fälle«) geführt wurde.

Hübsch ist sie, nicht? Todschick! Und dieses Haar! Reine Chemie natürlich. Man muss sich ja nur die arme Gladys ansehen, diese farblosen Zotteln. Aber sie haben Ähnlichkeit miteinander, nicht? Mutter und Tochter. Eindeutig.

Doch Gladys schien Norma Jeane kaum wieder zu erkennen. Jedes Mal war das Wiedererkennen wie ein Faustpfand, das sie schlau-störrisch zurückhielt. Hockte wie ein Wäschesack auf einem durchgesessenen Sofa in einer Ecke des spärlich beleuchteten und muffig riechenden Aufenthaltsraums. Vielleicht eine einsame Mutter, die auf den Besuch ihrer Tochter wartete, vielleicht aber auch nicht. Norma Jeane empfand die Enttäuschung und Verletzung wie einen Stich: Gladys trug ein formloses graues Baumwollkleid, das ganz nach dem vom Ostersonntag aussah, dem Tag, als

Norma Jeane sie zum Mittagessen ausgeführt hatte. Auch heute würden sie ausgehen, in das Städtchen Norwalk. Hatte Gladys das etwa vergessen? Ihr Haar sah aus, als wäre es seit Tagen nicht gekämmt worden. Es war strähnig, fettig und von einem merkwürdigen metallisch-graubraunen Glanz. Gladys' Augen waren eingesunken, aber wachsam; immer noch schöne Augen, wenngleich kleiner als in Norma Jeanes Erinnerung. Wie auch Gladys' Mund kleiner war, eingefasst von tiefen, messerscharfen Falten.

»Oh, M-mutter! Da bist du ja.« Das war eine geistlose improvisierte Bemerkung. Norma Jeane küsste Gladys' Wange, hielt aber instinktiv die Luft an, als ihr der schale, hefige Körpergeruch in die Nase stieg. Gladys hob Norma Jeane ihr maskenhaftes Gesicht entgegen und sagte trocken: »Kennen wir uns, Miss? Sie *riechen*.« Norma Jeane lachte errötend. (Es waren Mitarbeiter der Anstalt in Hörweite. Die betont zurückhaltend an der Tür stehen blieben. Die begierig alles aufsaugten, was sie von »Marilyn Monroes« Besuch bei ihrer Mutter zu sehen und hören bekamen.) Natürlich war dies nur ein Scherz: Gladys missfiel einfach der chemische Geruch von Norma Jeanes gebleichtem Haar, vermischt mit dem Duft des schweren Chanel-Parfums, das V ihr geschenkt hatte. Verlegen murmelte Norma Jeane eine Entschuldigung, und Gladys deutete achselzuckend an, dass sie angenommen oder hingenommen wurde. Sie schien langsam aus einer Trance zu erwachen. *Diese Ähnlichkeit mit Nell. Und doch habe ich nicht von ihr gestohlen, ich schwör's.*

Jetzt stand das kurze Ritual des Gebens und Nehmens an. Norma Jeane ließ sich neben Gladys auf dem durchgesessenen Sofa nieder und überreichte Gedichtband und Obstkorb, als wären beides bedeutsame Gaben und nicht nur Dekoration, Requisiten, um ihre Hände zu beschäftigen. Gladys brummte ein Dankeschön. Sie schien es zu genießen, Geschenke entgegenzunehmen, wo sie tatsächlich doch wenig damit anzufangen wusste und sie höchstwahrscheinlich weitergeben würde, sobald Norma Jeane wieder gegangen war, oder jedenfalls keinerlei Sorge zu tragen, dass sie ihr nicht von anderen Insassen gestohlen würden. *Ich habe nicht von dieser Frau gestohlen, ich schwör's!* Wie gewohnt bestritt Norma Jeane den größten Teil der Unterhaltung. Sie hatte sich eingeschärft, Gladys nur ja nichts von Nell zu erzählen; Gladys durfte nichts von dem unheimlichen Melodram *Versuchung auf 809* erfahren, nichts von der Darstellung einer geistesgestörten jungen Frau, die ein kleines Mädchen misshandelt und beinahe umbringt. Ein Film wie dieser wäre Gift für Gladys Mortensen wie für jeden anderen Patienten der Heilanstalt. Dennoch konnte Norma Jeane der Versuchung nicht widerstehen, Gladys zu berichten, dass sie seit neuestem als Schauspielerin arbeitete – »seriöse, anspruchsvolle Arbeit –«; dass sie immer noch bei der Produktionsgesellschaft unter Vertrag stand; dass es im *Esquire* einen Fotobericht über sie gegeben hatte: Vertreterin der neuen Generation von Hollywood-Starlets. Gladys hörte sich alles auf ihre übliche somnambule Art an, doch als Norma Jeane die Zeitschrift aufschlug und ihr das glanzvolle ganzseitige Foto von »Marilyn Monroe« in einem tief dekolletierten weißen Paillettenkleid zeigte, die fröhlich in die Kamera lächelt, begann Gladys zu blinzeln und zu starren.

Norma Jeane sagte entschuldigend: »Ach, dieses Kleid! Das hat mir die Produktionsgesellschaft zur Verfügung gestellt. Es ist nicht *meins*.« Gladys machte ein finsteres Gesicht. »Dir gehört nicht mal das Kleid, das du trägst? Ist es überhaupt sauber? Ein sauberes Kleid?« Norma Jeane lachte verzwungen. »Das hier sieht mir nicht besonders ähnlich, ich weiß. Aber es heißt, Marilyn sei fotogen.« Gladys grunzte: »Weiß dein Vater davon?« Darauf Norma Jeane: »Mein V-vater? Wovon?« »Von dieser ›Marilyn‹.« Norma Jeane: »Er kennt doch wohl nicht meinen Künstlernamen, oder? Woher denn auch?« Doch Gladys war auf einmal hellwach. Aus jahrelanger Trance erwacht, begutachtete sie voller Stolz, mütterlichem Stolz, die prächtige Abbildung sechs junger Starlets, aufgereiht und zur Schau gestellt wie reifes Obst, von denen jede ihre Tochter hätte sein können. Norma Jeane spürte einen Stich, als wäre sie gescholten worden. *Sie würde mich ungeniert benutzen, um an ihn heranzukommen. Einen anderen Wert habe ich nicht für sie. Sie liebt ihn und nicht mich.*

Norma Jeane verlegte sich auf eine List: »Wenn du mir Vaters Namen nennen würdest, dann könnte ich ihm die Zeitschrift schicken. Mein Gott, ich könnte ihn – irgendwann anrufen. Lebt er denn noch? in Hollywood?« Norma Jeane zögerte, ihrer Mutter zu erzählen, dass sie seit Jahren nach ihrem mysteriösen Vater forschte, dass sie von wohlmeinenden Menschen, Männern hauptsächlich, mit Namen beliefert worden war; aber keiner hatte sie weitergebracht. *Sie wollen mir nur die Illusion nicht rauben. Das weiß ich. Aber ich kann nicht aufgeben!* (Mit Clark Gable hatte sie bei einer Gala nervös geflirtet, berauscht von Champagner. Hatte dem berühmten Mann gegenüber gescherzt, sie seien vielleicht verwandt, und er war ganz verblüfft gewesen, hatte keine Ahnung gehabt, worauf diese entzückende Blondine hinauswollte.) Norma Jeane wiederholte: »Wenn du mir Vaters Namen nennen würdest. Wenn –« Doch Gladys' Begeisterung war verflogen. Sie ließ die Zeitschrift zufallen. Sagte mit flacher, tonloser Stimme: »Nein.«

Norma Jeane kämmte ihrer Mutter die Haare, richtete sie ein bisschen her, schlang ihr aus einem Impuls heraus den durchsichtigen schwarzen Schal, ebenfalls ein Geschenk von V, um den knittrigen Hals und führte sie an der Hand aus der Anstalt. Norma Jeane hatte alles Nötige veranlasst; Gladys Mortensen gehörte zu den Patienten mit größerer Bewegungsfreiheit. Eine lange Kamerafahrt, mit stimmungsvoller Musik unterlegt. Ihr Abzug wurde vom uniformierten Anstaltspersonal verfolgt, selbst der reizende Dr. X sah lächelnd zu. Die Dame von der Anmeldung sagte zu Gladys: »Wie hübsch Sie heute aussehen, Mrs. Mortensen!« Mit dem wallenden schwarzen Schal war Gladys Mortensen zur würdevollen Lady geworden. Sie gab nicht zu erkennen, ob sie diese Bemerkung überhaupt gehört hatte.

Norma Jeane brachte Gladys nach Norwalk in einen Schönheitssalon, wo Gladys' widerspenstiges Haar gewaschen, gelegt und geföhnt wurde. Gladys ließ alles über sich ergehen, zeigte sich aber nicht angetan. Anschließend führte Norma Jeane Gladys in eine Teestube zu einem zeitigen Mittagessen. Dort saßen nur weibliche Gäste und nicht viele. Doch alle starrten unverhohlen zu der auffälligen junge Blondine mit der gebrechlichen Frau in mittleren Jahren hinüber, die ihre Mutter sein mochte – sein musste? Jetzt endlich sah Gladys' Haar vorzeigbar aus, und der Schal verbarg die verfleckte und zerknitterte Brustpartie ihres Kleides. Außerhalb der Unterwasseratmosphäre der Nervenheilanstalt wirkte Gladys womöglich auch ganz normal. Norma Jeane bestellte für sie beide. Norma Jeane half ihrer Mutter, sich Tee einzuschenken. Norma Jeane sagte schelmisch: »Ist es nicht eine Erleichterung, mal *raus*zukommen? Raus aus diesem schrecklichen Heim? Ach Mutter, wollen wir nicht einfach losfahren und immer weiterfahren? Einfach – fahren? Du bist meine Mutter; es wäre vollkommen rechtens. Die Küste hoch nach San Francisco. Nach Portland, Oregon. Nach – Alaska!« Wie oft hatte Norma Jeane schon Gladys vorgeschlagen, ein paar Tage bei ihr in Hollywood zu verbringen; ein ruhiges Wochenende – »Nur wir beide«.

Jetzt, wo Norma Jeane täglich zwölf Stunden drehte, war das keine sehr realistische Aussicht; trotzdem war der Gedanke da, ein immergültiges Angebot. Gladys zuckte mit den Achseln und brummte gedankenverloren. Gladys kaute. Gladys schlürfte ihren Tee, offenbar ohne sich daran zu stören, dass die dampfende Flüssigkeit ihr die Lippen verbrannte. Norma Jeane sagte kokett: »Du müsstest öfters ausgehen, Mutter. Eigentlich fehlt dir doch gar nichts. ›Nerven‹ – wir haben es doch alle mit den ›Nerven‹. Denk nur, die Produktionsgesellschaft hat einen Arzt eingestellt, der den lieben langen Tag nichts anderes tut, als den Schauspielern Nervenmittel zu verschreiben. *Ich* weigere mich. *Ich* bin lieber nervös.« Norma Jeane konnte sich selbst hören, ihre aufreizend mädchenhafte Stimme. Die Stimme, die sie für Nell entwickelt hatte. Warum sagte sie so etwas? Was käme wohl als nächstes? »Manchmal, Mutter, habe ich den Verdacht, du willst gar nicht gesund werden. Du verkriechst dich in dieser schrecklichen Anstalt. Wo es *stinkt*.« Gladys' Maskengesicht wurde noch starrer. Die tief eingesunkenen Augen schienen sich noch weiter in die Höhlen zurückzuziehen. Ihre Hand, die die Tasse hielt, zitterte, Tee ergoss sich unbemerkt auf den schwarzen Schal. Norma Jeane sprach mit gesenkter, mädchenhafter Stimme weiter. Als wären sie Mitverschwörerinnen, Mutter und Tochter! Als planten sie die gemeinsame Flucht. Norma Jeane war nicht Nell, doch dies war Nells Stimme, und ihre Augen verengten sich und leuchteten wie Nells Augen in den ekstatischen Szenen mit einem »Jed Towers«, so überwältigt von ihr wie »Widmark« von »Marilyn Monroe«. Gladys war Nell nie begegnet. Gladys würde Nell nie begegnen. Es wäre grausam wie der Blick in einen Vexierspiegel: einen Spiegel, der aus der alternden Frau wieder ein junges Mädchen machte, strahlend schön. Norma Jeane trug Nell in sich, wie jede begabte Schauspielerin ihre Rolle in sich trägt, doch Norma Jeane war gewiss nicht Nell, denn *Nell existierte nicht.* Man hatte ihr den Geliebten genommen, und man hatte ihr den Vater genommen, und man nannte sie verrückt, und deswegen *existierte Nell nicht.*

»Das ist das Rätsel, das ich von allen Rätseln am wenigsten begreife, Mutter«, sagte Norma Jeane nachdenklich. »Dass manche von uns ›existieren‹ – und die meisten nicht. Es gab einen griechischen Philosophen, der gesagt hat, der süßeste Zustand von allen sei es, nicht zu sein, aber damit bin ich nicht einverstanden, du etwa? Denn dann hätten wir kein Wissen. Immerhin ist es uns gelungen, geboren zu werden, und das muss doch etwas bedeuten. Nur wo waren wir, bevor wir geboren wurden? Ich habe eine Freundin, Nell heißt sie und ist auch Vertragsschauspielerin bei der Produktionsgesellschaft, und die hat mir erzählt, dass sie nachts wachliegt, die

ganze Nacht, und sich mit solchen Fragen quält. Was bedeutet es, geboren
zu werden? Und wird es, wenn wir gestorben sind, genauso sein wie vor
unserer Geburt? Oder gehen wir in eine andere Art des Nichts ein? Denn
dann könnte es Wissen geben. Erinnerung.« Gladys rutschte unbehaglich
auf ihrem geradlehnigen Stuhl herum und gab keine Antwort.

Gladys, die ihre blutleeren Lippen einzog.

Gladys, die Geheimniskrämerin.

In diesem Moment bemerkte Norma Jeane, wie aufgescheuert Gladys'
Hände waren. In diesem Moment erinnerte sich Norma Jeane, wie ihre
Mutter im Besucherzimmer die Hände gerungen hatte, erst auf ihren
Knien und später in ihrem Schoß. Die Hände ihrer Mutter, zu Fäusten geballt. Oder geöffnet, und die dünnen Finger rastlos übereinander strei-
chend. Abgebrochene und abgebissene blutumrandete Fingernägel, pu-
lend, zupfend. Manchmal schienen Gladys' Finger nachgerade miteinander
um die Vorherrschaft zu ringen. Selbst wenn Gladys dem gegenüber, was
ihr gesagt wurde, eine schlafwandlerische Gleichgültigkeit demonstrierte,
lag in ihrem Schoß doch der Beweis ihrer Wachsamkeit, ihrer inneren Erregung. *Die Hände sind ihr Geheimnis. Sie hat ihr Geheimnis preisgegeben!*

Und so brachte die Goldene Prinzessin ihre Mutter zurück in die staatliche Heilanstalt in Norwalk, Flügel C, in sicheren Gewahrsam. Und so
wischte sich die Goldene Prinzessin Tränen aus den Augen, als sie ihre
Mutter zum Abschied küsste. Zart nahm die Goldene Prinzessin den
durchsichtigen schwarzen Schal von den Schultern der alternden Frau und
schlang ihn um ihren entzückenden, faltenlosen Hals. »Mutter, verzeih
mir! Ich liebe dich.«

8

Es war doch keine böse Absicht. Sie hätte ihre Mutter niemals ausgebeutet. Vielleicht war ihr nicht einmal bewusst, was sie tat. *Die Hände! Nells
ruhelose, suchende Hände. Vom Wahnsinn gezeichnete Hände.* In *Versuchung auf 809* besaß Norma Jeane als Nell Gladys Mortensens Hände und
hypnotisierten Blick. Gladys Mortensens Seele in Norma Jeanes jungem
Körper.

Cass Chaplin und sein Freund Eddy G sahen den Film in einem schicken
Kino in Brentwood, nur wenige Autominuten von dem Haus entfernt, das

sie für die Exfrau eines Paramount-Bosses hüteten, die schon lange ein Auge auf Eddy G geworfen hatte. So begeistert waren sie von Norma Jeane, dieser verrückt-verdorbenen aufreizenden Blondine – mit den sich deutlich abzeichnenden BH-Trägern! –, dass sie sich den Film ein zweites Mal ansahen und diesmal Norma Jeane sogar noch besser fanden. Das ENDE ist unvermeidlich wie der Tod. Cass stupst Eddy. »Weißt du was? Ich bin immer noch in Norma verliebt.« Und Eddy G sagt, während er den Kopf schüttelt, als wolle er ihn frei machen: »Weißt du was? *Ich* bin in Norma verliebt.«

Rumpelstilzchens Tod

Gestern noch hatte er sie am Telefon angeschrien, heute war er schon tot.
Gestern hatte Scham ihr Herz erfüllt, heute waren es Trauer und Reue.
Ich habe ihn nicht genug geliebt. Ich habe ihn enttäuscht.
Er wurde an meiner Stelle bestraft, Gott möge mir vergeben!
Welch ein Skandal! Norma Jeanes »Golden Dreams«-Pin-up-Aktfoto, von
Otto Öse aufgenommen, war nach all den Jahren entdeckt und die Schlag-
zeile des Boulevardblatts *Hollywood Tatler*:

> KALENDERNACKTFOTOS
> MARILYN MONROE?
> Studio hält sich bedeckt
> »Wir hatten keine Kenntnis«, erklären Verantwortliche

Umgehend wurde die reißerische kleine Geschichte von *Variety*, der *L. A.
Times*, dem *Hollywood Reporter* und den landesweiten Nachrichtenagenturen aufgegriffen. Wurde das nackte Pin-up-Foto nachgedruckt, die be-
anstandeten Teile des sinnlichen Mädchenkörpers allerdings entweder ge-
schwärzt oder anzüglich mit etwas verhüllt, das wie undurchsichtige
schwarze Spitze aussah. (»Oh, was haben sie mir nur angetan? Das ist wahre
Pornographie.«) Dieses Pin-up-Foto würde brandheißen Stoff für Klatschkolumnen abgeben, für Radiosendungen über Prominente, ja selbst Leitar-
tikel in Zeitungen. Die Studios duldeten nicht, dass sich ihre Vertragsschauspielerinnen nackt ablichten ließen; »Pornographie« war verboten. Die
»Ware« musste unter allen Umständen rein bleiben. Hatte Norma Jeane
denn nicht einen Vertrag mit der Klausel unterschrieben, dass jegliches *im
Widerspruch zur Moral* Hollywoods stehende Verhalten die Aussetzung
ihres Vertrages oder sogar dessen Beendigung zur Folge hätte? Ein Reporter
vom *Tatler* mit scharfen Augen (und einer Vorliebe für besonders jugendliche Akte) war in einem alten Kalender auf das Foto gestoßen, hatte das Gesicht des Mädchens genau studiert und gewittert, bei dem Modell könne es
sich um die aufstrebende blonde Jungschauspielerin Marilyn Monroe handeln; er hatte Nachforschungen angestellt und herausgefunden, dass das

Modell sich in einem 1949 geschlossenen Vertrag »Mona Monroe« genannt hatte. Welch ein Knüller! Welch ein Skandal! Welche Blamage für die Produktionsgesellschaft! »Miss Golden Dreams« war 1950 in einem Hochglanzkalender mit dem Motto *Beauties for All Seasons* erschienen, der von »Ace Hollywood Calendars« vertrieben wurde, einem Kalender, wie man ihn in Tankstellen, Bars, Fabriken, Polizeirevieren und Feuerwachen finden kann, in Herrenclubs und Baracken und Wohnheimen. »Miss Golden Dreams« mit ihrem willigen, wehrlosen Lächeln, der glatten entblößten Achselhöhle, der sinnlichen Linie von Busen, Bauch und Schenkeln und dem über ihren Rücken wallenden Haar hatte sicherlich viele Tausende oder Zehntausende Männerträume erfüllt und auch nicht mehr Schaden angerichtet als jedes andere flüchtige Bild, das einen Orgasmus auslöst und beim Aufwachen schon vergessen ist. Das Mädchen war eine von zwölf Schönheiten, von denen keine im Kalender namentlich aufgeführt wurde. Eigentlich hatte sie nicht einmal große Ähnlichkeit mit den zahllosen Werbefotos von »Marilyn Monroe«, die seit 1950 in der Presse erschienen, von der Produktionsgesellschaft genauso lanciert und verbreitet, wie jeder Hersteller von Konsumgütern sein Firmenemblem mit möglichst auffallender, massenwirksamer Werbung am Markt zu etablieren sucht. »Miss Golden Dreams« hätte eine jüngere Schwester von »Marilyn Monroe« sein können: mit weniger Glanz, weniger Klasse, anscheinend natürlichem Haar, kaum Augenmake-up und ohne den auffälligen schwarzen Schönheitsfleck auf der linken Wange. Wie hatte der Reporter sie überhaupt erkannt? Hatte ihm vielleicht jemand einen Tipp gegeben?

Norma Jeane waren weder die Kontaktabzüge noch irgendwelche Kopien von dem mittlerweile berüchtigten Foto unter die Augen gekommen, für das Otto Öse ihr fünfzig Dollar in bar ausbezahlt hatte. Auf Nachfrage hätte Norma Jeane vielleicht behauptet, sie habe die Fotositzung völlig vergessen, so wie sie den Habicht Otto Öse auch schon völlig oder fast völlig vergessen hatte.

Niemand schien zu wissen, was aus Öse geworden war. Einige Monate zuvor, während einer Pause bei den Dreharbeiten zu *Versuchung auf 809*, hatte sich Norma Jeane spontan zu Ottos altem Atelier aufgemacht, mit dem Gedanken – nun ja, dass er sie vielleicht brauchte? Dass er sie vielleicht vermisste? Dass er vielleicht in Geldnot war? (Sie hatte jetzt etwas Geld. Und bei jedem Gehaltsscheck die Angst, dass sie es zu schnell ausgeben würde und kaum einen Gegenwert vorzuweisen hätte.) Doch Otto Öses schäbiges altes Atelier existierte nicht mehr; an seiner Stelle hatte sich dort eine Hand-leserin einquartiert.

Es ging das hässliche Gerücht, Otto Öse sei in einem dreckigen Hotel in San Diego an Unterernährung und einer Überdosis Heroin gestorben. Oder habe sich geschlagen gegeben und sei zu seinem Geburtsort in Nebraska zurückgekehrt. Krank, pleite, am Ende. Erstickt im schlammigen Meer des Schicksals. Der blindwirkenden Flut des Willens. Er hatte das schwache Ge-fäß seiner irdischen Gestalt – die »Idee« seiner Individualität – gegen den hungrigen Willen aufgeboten, und er hatte verloren. In seinem Exemplar von Schopenhauers *Welt als Wille und Vorstellung*, das er ihr zu lesen ge-geben hatte, war Norma Jeane auf folgendes Zitat gestoßen: *Der Selbst-mörder will das Leben und ist bloß mit den Bedingungen unzufrieden, un-ter denen es ihm geworden.* »Ich hoffe, er ist tot. Er hat mich verraten. Er hat mich nie geliebt.« Norma Jeane weinte bitterlich. Warum hatte Otto Öse sie mit seiner Kamera verfolgt? Warum hatte er sie sich bei Radio Plane nicht vor ihm verstecken lassen? Sie war noch ein halbes Kind gewesen, eine Kindfrau; er hatte sie der Welt der Männer ausgesetzt. Männeraugen. Der Habicht, der seinen Krummschnabel in die Brust eines Singvogels stößt. Warum nur? Wenn Otto Öse nicht gekommen wäre und ihr Leben zerstört hätte, könnten Norma Jeane und Bucky immer noch ein Paar sein. Mittlerweile hätten sie sogar schon ein paar Kinder. Zwei Söhne, eine Toch-ter! Sie wären glücklich! Und Mrs. Glazer eine liebevolle Großmutter. So glücklich! Denn hatte Bucky ihr nicht noch in der Stunde seiner Einschif-fung nach Australien zugeflüstert: »So viele Kinder, wie du willst, Norma Jeane. Was immer du willst.«

Der hässliche kleine Skandal! Schändlich, beschämend neben Schlagzeilen über Verluste der USA in Korea, neben Titelseitenfotos der »Atombomben-spione« Julius und Ethel Rosenberg, die zum Tod auf dem elektrischen Stuhl verurteilt worden waren, neben Berichten über Wasserstoffbombentests in der Sowjetunion. Erst vorhin hatte I. E. Shinn Norma Jeane angerufen, um ihr zu weiteren wohlwollenden Besprechungen von *Versuchung auf 809* zu gratulieren. Man durfte nicht vergessen, dass der Agent kein derartiges Echo erwartet, nicht damit gerechnet hatte, dass die Kritiken, wie er sagte, größ-tenteils ernsthaft, intelligent, anerkennend sein könnten – »Und was die anderen betrifft, die Arschlöcher – zur Hölle mit denen. Was wissen die schon?« Norma Jeane durchlief es eiskalt. Am liebsten hätte sie rasch aufgelegt. Seit der Premiere fühlte sie sich wie ein Vogel auf einem Telegrafenmast, ein leichtes Ziel für Steine, für Kugeln. Ein Kolibri im Fadenkreuz eines Gewehrs. Shinn meinte es gut, wie V und andere Freunde es gut meinten, verteidigte sie gegen Kritiken, von denen sie weder wusste noch wissen wollte.

Jetzt las ihr Shinn à la Walter Winchell mit Schnellfeuerstimme Auszüge aus Kritiken von Zeitungen im ganzen Land vor, und Norma Jeane versuchte, trotz des Brausens in ihren Ohren zuzuhören. »Marilyn Monroe, ein aufstrebendes neues Hollywood-Talent, beweist Klasse in diesem düsteren, bestürzenden Leinwandreißer mit Richard Widmark als männlichem Hauptdarsteller. Ihr Porträt eines geistig gestörten Kindermädchens ist so erschreckend eindrucksvoll, dass man meinen könnte –«

Norma Jeane umklammerte den Hörer. Wartete auf den Freudentaumel. Die Genugtuung. Aber ja, sie *war* glücklich ... oder nicht? Sie wusste, dass sie ihre Sache gut gemacht hatte, vielleicht sogar mehr als gut. Und beim nächsten Mal würde sie noch besser sein. Nur ein Gedanke beunruhigte sie: Was, wenn Gladys *Versuchung auf 809* sah? Was, wenn Gladys sah, wie Norma Jeane sich ihre Klauen-Hände angeeignet hatte, die Ticks einer Weggetretenen, Nicht-Anwesenden? Norma Jeane unterbrach Shinn, rief dazwischen: »Oh, Mr. Shinn! Werden Sie jetzt nicht böse. Ich w-weiß, dass es albern ist, aber ich habe das schreckliche Gefühl, wie eine wirkliche Erinnerung, dass ich in dem Film n-nackt gewesen bin?« Sie lachte unsicher. »Das war ich doch nicht, oder? Ich kann mich nicht entsinnen.« Aus irgendeinem Grund stand ihr plötzlich vor Augen, dass sie sich in einer ihrer Szenen hatte ausziehen müssen. Nell hatte das Cocktailkleid der reichen Frau ausziehen müssen, weil es nicht ihr gehörte. Shinn ging in die Luft. »Norma Jeane, hör auf! So ein Blödsinn.« Norma Jeane sagte kleinlaut: »Oh, ich weiß, dass es albern ist. Es ist auch nur ein – ein Gedanke. Bei der Gala habe ich öfters die Augen zugemacht. Ich konnte nicht glauben, dass ich dieses Mädchen bin. Und die Zeit vergeht – Sie wissen ja, die Zeit ist wie ein schneller Strom mitten durch uns hindurch –, und schon *bin ich es nicht mehr*. Während noch jeder im Publikum denkt, das bin ich, diese ›Nell‹. Und hinterher bei der Party: ›Marilyn‹.«

Shinn sagte: »Hast du irgendwelche Schmerzmittel genommen? Hast du deine Regel?« Norma Jeane sagte: »N-nein, wieso? Und übrigens ginge Sie das auch gar nichts an! Aber ich habe keine Schmerzmittel genommen, bestimmt nicht.« Das Ende dieses kostbaren Gesprächs mit I. E. Shinn! Das letzte Mal, dass er im Guten, dass er liebevoll mit ihr sprach. Er hatte Geschäftliches mit ihr beredet. Die Produktionsgesellschaft erwog, sie in einem neuen Film zu besetzen, als Partnerin von Joseph Cotten, *Niagara* sollte er heißen, und Schauplatz sollten die Niagarafälle sein; Norma Jeane würde eine betörende, durchtriebene Ehebrecherin und verhinderte Mörderin namens Rose spielen. »Schätzchen, die ›Rose‹ wird fabelhaft werden, das garantiere ich dir. Der Film ist um Klassen besser als *Versuchung*, den ich persönlich, und zitiere mich bloß nie, für überkandidelten Schwachsinn halte, von dir natürlich abgesehen. Wenn ich jetzt also bei diesen Schweinehunden bessere Bedingungen herausholen kann –«

Stunden später rief Shinn erneut an. Er brüllte schon, als Norma Jeane den Hörer hochhob. » – mir nie gesagt, dass du so etwas getan hast! Wann war das, 1949? Und wann genau? Damals standest du unter Vertrag, richtig? Wie konntest du nur! So was Dämliches! Die Produktionsgesellschaft wird dich wahrscheinlich sperren, und das ausgerechnet jetzt! ›Miss Golden Dreams‹! Was war das, ein kleiner Ausflug in die Pornographie? Mit diesem Dreckskerl Otto Öse? In der Hölle soll er schmoren!« Shinn unterbrach sich, um Luft zu holen, fauchte wie ein Drache. Hinterher würde es Norma Jeane fast so vorkommen, als wäre Rumpelstilzchen leibhaftig vor ihr erschienen. Wie gelähmt stand sie da, den Hörer umklammernd. Wovon redete der Mann eigentlich? Warum war er nur so wütend? »Miss Golden Dreams« – was bedeutete das? Otto Öse? War Otto etwa tot? Shinn sagte: »›Marilyn‹ hat mir gehört, du blödes Weibsstück. ›Marilyn‹ war etwas Wunderschönes, und sie hat mir gehört; *du hattest kein Recht, sie zu schänden.*«

I. E. Shinns letzte Worte zu Norma Jeane. Und nie würde sie ihn wieder sehen, außer beim Abschied am Sarg.

»Es ist, als wäre ich eine K-kommunistin, oder? So, wie alle Zeitungen hinter mir her sind.«

Norma Jeane versuchte zu scherzen. Warum war das so wichtig? Warum nicht einfach komisch? Und alle so wütend auf sie! Voller Hass! Als wäre sie eine Kriminelle, eine Perverse! Sie hatte erklärt, dass sie in ihrem ganzen Leben nur ein einziges Mal als Aktmodell posiert hatte und auch nur des Geldes wegen – »Weil ich verzweifelt war. Weil ich die fünfzig Dollar so dringend brauchte! *Sie* in meiner Lage wären auch verzweifelt gewesen.«

Als wir ihr den Kalender zeigten, erkannte sie sich nicht wieder. Sie schien uns nichts vorzumachen. Sie lächelte, sie schwitzte. Sie blätterte im Kalender, suchte nach »Miss Golden Dreams«, bis einer von uns auf das Foto deutete, und dann gingen ihr die Augen über, und in ihrem Gesicht machte sich Panik breit. Und dann war es, als wollte sie uns weismachen, sie würde sich wiedererkennen, sie würde sich erinnern. Aber das konnte sie nicht.

Schon jetzt fehlte ihr I. E. Shinn! Der die geschäftliche Verbindung mit ihr vor lauter Schreck lösen würde. Er hatte nicht einmal zur Krisensitzung der Produktionsgesellschaft in Mr. Zs Büro mitkommen dürfen. Den ganzen Nachmittag lang sollte sie hinter verschlossenen Türen mit diesen wütenden, empörten Männern sitzen. Die über keinen einzigen ihrer Scherze lachten! Während sie es inzwischen doch gewöhnt war, dass Männer schon über ihre harmlosesten Witzeleien in schallendes Gelächter ausbrachen. Denn »Marilyn Monroe« sollte komödiantisches Genie beweisen. Aber jetzt noch nicht. Nicht vor diesen Männern.

Da war Mr. Z, der Mann mit dem Fledermausgesicht, der sich kaum dazu durchringen konnte, sie überhaupt anzusehen. Da war Mr. S, der Mann mit den Korkenzieherlocken, der sie anglotzte, als hätte er noch nie eine so liederliche, so verwerfliche Frau gesehen, und seine Augen doch nicht von ihr losreißen konnte. Da war Mr. D, einer der Produzenten von *Versuchung auf 809*, der Norma Jeane am Abend nach ihrem Treffen mit W zu sich bestellt hatte. Da war Mr. F, der grimmig dreinschauende, gewiss höchst besorgte Chef der Öffentlichkeitsabteilung. Da waren Mr. A und Mr. T, die Anwälte. Von Zeit zu Zeit waren noch andere da, allesamt Männer. Die benommene Norma Jeane konnte sich hinterher nicht sehr deutlich an sie erinnern. Mr. Shinns brüllende Stimme! Andere brüllende Telefonstimmen! Und was hatte sie getan? Sie war ins Badezimmer ihres Apartments gerannt, hatte das Medizinschränkchen aufgerissen und eine Rasierklinge genommen, wie Nell eine Rasierklinge genommen hatte, doch ihre Hand zitterte, und schon läutete wieder das Telefon, und die dünne Rasierklinge glitt ihr aus den Fingern.

Sie hatte gewusst, dass sie Medikamente brauchte, um die Krise durchzustehen. Es war ihr erster Instinkt, wie zu einer anderen Zeit ihres Lebens vielleicht das Gebet ihr erster Instinkt gewesen wäre. *Aktfoto. »Marilyn Monroe.« Ertappt.* Hollywood Tatler. *Nachrichtenagenturen. Studio empört. Skandal. Catholic Legion of Decency, Christian Family Entertainment Guide. Androhungen von Zensur, Boykott.* Schnell nahm sie zwei

389

von den Kodein-Schmerztabletten, die ihr ein Studioarzt gegen Menstrua-
tionsbeschwerden und Migräne verschrieben hatte, und als die nicht sofort
wirkten, geriet sie in Panik und schluckte eine dritte.

Jetzt konnte sie wie durch ein Teleskop die verständnislos dreinblickende,
von wütenden Männern umringte blonde Frau beobachten. Die blonde
Frau lächelte, wie man bei Schieflage tapfer lächeln würde, um zu sugge-
rieren, dass man selbst ganz ahnungslos ist. Die blonde Frau sagte sich, dass
die Sache ernst war. Die Marx Brothers hätten daraus eine komische Szene
gemacht. *Blödes Weibsstück. Elende Kuh.* Die Produktionsgesellschaft
wollte den Körper der blonden Frau vermarkten, aber nur zu den strikten
Bedingungen des Hauses. Unten lungerte eine Horde von Reportern und
Fotografen herum. Radio- und Fernsehleute. Sie waren informiert worden,
dass Marilyn Monroe und ein Sprecher der Produktionsgesellschaft demnächst eine Erklärung zu den Kalenderfotos abgeben würden. Aber war das
nicht lächerlich? Norma Jeane protestierte: »Als wäre ich General
Ridgway, der in Korea eine Pressekonferenz abhält. Dabei geht es hier doch
nur um ein dummes *Bild*.«

Die Männer starrten sie weiter an. Da war Mr. Z, der mit Norma Jeane
kein Wort mehr gewechselt hatte, seit sie vor fast fünf Jahren mit ihm sein
Aviarium besichtigt hatte. Wie jung sie damals gewesen war! In der Zwi-
schenzeit war Mr. Z zum Produktionschef und Vizepräsidenten befördert
worden. Mr. Z, der darauf aus war, Marilyn Monroes Karriere zu zerstören,
um sie dafür zu bestrafen, dass sie ein Flittchen war und seinen schönen
weißen Fellteppich vollgeblutet hatte. *Es sei denn, das wäre nie passiert?
Aber warum sollte ich mich dann so deutlich erinnern?* Nie würde Mr. Z
Marilyn verzeihen, obwohl sie bei seinem Studio unter Vertrag stand; doch
nie würde Mr. Z Marilyn loswerden können, musste er doch befürchten,
dass die Konkurrenz sie dann groß herausbringen würde. Er war ein wütender Vater, sie eine reumütige und doch aufsässige Tochter.

Norma Jeane wandte ein: »Warum ist das so wichtig? Ein Aktfoto? Von
meiner Wenigkeit? Haben Sie je die Fotos aus den Todeslagern der Nazis
gesehen? Oder von Hiroshima, Nagasaki? Haufen von Leichen, gestapelt
wie Holz? Sogar kleine Kinder und Säuglinge.« Norma Jeane zitterte. Ihre
Worte bestürzten sie selbst mehr, als sie beabsichtigt hatte. Dies war reine
Improvisation, und sie geriet ins Schwimmen. »*Das* ist etwas, das einen er-
schüttern sollte. *Das* ist Pornographie. Nicht irgendein elendes dummes
Ding, das dringend fünfzig Dollar braucht.«

Und deshalb trauten wir ihr nicht. Sie hielt sich einfach nie an ihren Text. Aus dem Mund konnte sonst etwas kommen.

Am nächsten Morgen klingelte das vorsorglich ausgehängte Telefon sie aus dem Schlaf. Sie hätte schwören können, dass sie die Vibrationen gehört hatte! Ihr Herz schlug höher bei dem Gedanken, dass es Mr. Shinn war, der ihr verzeihen wollte. Müsste er ihr denn nicht verzeihen, wo schon die Produktionsgesellschaft ihr verziehen hatte? Wo schon die Produktionsgesellschaft beschlossen hatte, sie nicht zu feuern? Auf der Pressekonferenz hatte sie ihre Rolle als »Marilyn Monroe« brillant gespielt. Hatte den Reportern einfach die Wahrheit erzählt. *1949 war meine finanzielle Lage so verzweifelt, dass ich die fünfzig Dollar einfach brauchte, aber außer dem einen Mal habe ich nie, weder vorher noch nachher, für Aktaufnahmen posiert, und heute tut mir die Sache natürlich leid, aber ich schäme mich nicht. Ich tue nie etwas, wofür ich mich schämen müsste, das kommt von meiner christlichen Erziehung.*

Norma Jeane tastete nach dem Hörer, um ihn auf die Gabel zu legen, und sah dabei, dass es fast zehn Uhr vormittags war, und unmittelbar darauf klingelte das Telefon, und sie riss den Hörer hoch. »H-hallo? Is-aac?«, aber es war nicht Mr. Shinn, sondern Mr. Shinns Mitarbeiterin Betty (von der Norma Jeane annehmen musste, dass sie eine FBI-Spionin war?, obwohl sie nicht hätte erklären können warum und dies in Anbetracht von Bettys blinder Ergebenheit gegenüber ihrem Boss auch höchst unwahrscheinlich war) – »Ach, Norma Jeane! Wollen Sie sich bitte setzen?« Betty sprach mit erstickter, gebrochener Stimme. Norma Jeane lag nackt ausgestreckt auf ihrem müffelnden Bett, hielt den Hörer mit fast ruhiger Hand, während sie dachte: *Mr. Shinn ist tot. Sein Herz. Ich habe ihn umgebracht.*

Irgendwann später an diesem Morgen schluckte Norma Jeane den Rest der starken Kodeintabletten, ungefähr fünfzehn Stück. Spülte sie mit schon leicht ranziger Buttermilch herunter. Nackt und zitternd legte sie sich zum Sterben auf den Fußboden ihres Schlafzimmers und blickte unverwandt zu der mit feinen Rissen überzogenen düsteren Decke hoch. *Jetzt haben wir unser Baby verloren, für immer verloren. Ob es ein Baby mit verkrümmter Wirbelsäule geworden wäre? Sicherlich ein Baby mit schönen Augen und einer schönen Seele.* Innerhalb weniger Minuten erbrach sie alles wieder, eine schleimig-kalkige gallige Paste, die zwischen ihren Zähnen so hart wie Zement werden würde, obwohl sie sie bürstete, schrubbte, bis das Zahnfleisch blutete.

Die Rettung

April 1953, als die Zwillinge in Norma Jeanes Leben eintraten. *Hätte ich gewusst, dass sie über mir wachten, dann wäre ich stärker gewesen.*

Seltsame Dinge geschahen. Und würden weiterhin geschehen. Ein Kipplaster, beladen mit all den glitzernden, silberflittrigen Weihnachtsgeschenken, die sie im Waisenhaus von Los Angeles nie bekommen hatte, fuhr vor und lud seine Reichtümer über ihr ab. »Oh! – Das geschieht *mir*? Wie geschieht mir?« Ein in sich gekehrtes Leben, schwermütig wie die Tonleitern, die ein einsames Kind auf dem Klavier übt, war nun nach außen gekehrt und schwungvoll wie eine Operette, in einer Lautstärke, dass man den Text nicht mehr hören kann, nur noch die Musik. Den Lärm.

»Es macht mir Angst, verstehen Sie? –, weil ich nicht sie bin. Ich bin *nicht Rose, eindeutig nicht.*«

»Ich will damit sagen, dass ich keine Schlampe bin. Ich würde einen Mann wie Joseph Cotten lieben, ganz bestimmt! Er ist geistig-seelisch verwundet worden, im Krieg. Vielleicht auch körperlich. Er ist – das nennt man wohl ›impotent‹, oder? Es ist nicht ganz klar. Da gibt es eine Szene zwischen uns, die ist gewissermaßen – eine Liebesszene. Rose manipuliert ihn, aber davon bekommt er nichts mit; er lacht, er ist verrückt nach ihr, das sieht man. Diese Szene spiele ich ganz direkt. Als hätte Rose dabei keine Hintergedanken. Ich meine – sie manipuliert ihn zwar, aber ich spiele sie so, als würde sie ihn nicht manipulieren. Eins muss ich sagen, ich hätte eine Heidenangst davor, einem Mann ins Gesicht zu lachen, einem Mann, der nicht – naja, der kein *Mann* ist. In dieser Hinsicht.«

Die Produktionsgesellschaft (»Nachdem ich ihnen reihum die Schwänze gelutscht hatte«) verzieh ihr die Aktaufnahmen und erhöhte ihre Gage auf tausend Dollar pro Woche plus Unkosten. Und Norma Jeane unternahm gleich die notwendigen Schritte, um Gladys Mortensen in eine sehr viel kleinere und privat geführte Klinik in Lakewood verlegen zu lassen.

392

Ihr neuer Agent (der I. E. Shinn Inc. übernommen hatte) gab ihr den guten Rat: »Behalt's für dich, ja, Schätzchen? Muss ja keiner wissen, dass Marilyn Monroe auch noch eine geisteskranke Mutter hat.«

In Monterey, in dem schicken Hotel, in dem sie außerhalb der Touristensaison abgestiegen sind. Suite mit Blick auf den Pazifik, die Kliffs. Riesige Felsbrocken, hin- und hergewälzt wie Wahngedanken im Hirn. Blendend-gleißender Sonnenuntergang. Da sagt V: »Jetzt wissen wir zumindest, wie die Hölle aussieht. Oder vielmehr – jetzt wissen wir, wie zumindest die Hölle aussieht.« Norma Jeane, in keck-vergnügter »Marilyn«-Stimmung, gibt zurück: »Oho! Wie sich die Hölle *anfühlt*. Darum geht's doch.« Und V lacht über seinem Drink. Was murmelt er da? Norma Jeane kann ihn nicht genau verstehen – »Und das auch.«

Das Liebespaar ist in diesem Hotel in Monterey abgestiegen, um »Marilyns« neuen Vertrag mit der Produktionsgesellschaft zu feiern. Ihr Name wird im Vorspann von *Niagara* erscheinen und auf den Werbeplakaten über dem Titel. Noch wichtiger, die Regelung in Vs Vormundschaftsstreit. Und dann Vs neue Hauptrolle in Philco Playhouse, für die er im ganzen Land gute Kritiken bekommen hat. Und da sagt V: »Verdammt, ist doch nur Fernsehen. Also verschon mich bitte mit deinem herablassenden Gerede.« Norma Jeane erwidert in ihrer ernsten, kehligen »Marilyn«-Stimme: »Nur Fernsehen? Aber das Fernsehen ist doch wohl Amerikas Zukunft.« V schüttelt sich. »Oh Gott, hoffentlich nicht. Dieser alberne kleine Schwarzweiß-Flimmerkasten.« Darauf Norma Jeane: »Als es mit dem Kino losging, war das auch nur ein alberner kleiner Schwarzweiß-Flimmerkasten. Wart's nur ab, Darling.« »Nein. Darling kann's nicht abwarten. Darling ist nämlich nicht mehr der Jüngste.« Norma Jeane protestiert: »Wiiiie bitte? *Du*? Du bist der jüngste Kerl, den ich kenne.« V trinkt aus. Lächelt in sein Glas. Sein breites jungenhaft-sommersprossiges Gesicht ist wie eine Maske aus Pappmaché. »*Du* bist jung, Baby. Aber ich – ich hab meine Karriere vielleicht schon hinter mir.«

Am Sonntagmittag würden sie nach Hollywood zurückkehren, jeder in sein eigenes Zuhause.

Diese erfundenen Szenen. Im Nachhinein improvisiert. Die würden sie ihr restliches Leben lang quälen.

Die restlichen neun Jahre und fünf Monate dieses Lebens.

Das Sekunde um Sekunde unerbittlich verstrich.

Ob es so etwas wohl geben könnte, ein Stundenglas, in dem die Zeit in die entgegengesetzte Richtung läuft? Hatte Einstein nicht entdeckt, dass die Zeit wirklich rückwärts laufen könnte, wenn sich die Lichtausbreitung umkehren ließe?

»Warum eigentlich nicht? Kann man sich doch fragen.«

Einstein träumte mit offenen Augen. »Sah Experimente im Geist ablaufen.« Eigentlich nicht viel anders als ein Schauspieler, der improvisiert, wie Norma Jeane das tat, im Nachhinein. Weswegen »Marilyn Monroe« immer häufiger zu spät zu Terminen erschien. Nicht, weil Befangenheit, Unentschlossenheit, Selbstzweifel Norma Jeane Baker gelähmt hätten, wenn sie ihr leuchtendes Puppengesicht in ihrem wie auch immer gearteten Spiegel der Furcht und Hoffnung betrachtete; nein, was sie aufhielt, das waren die erfundenen improvisierten Szenen.

Ja, hätte es einen Regisseur gegeben und hätte der gesagt, okay, wir machen das noch mal, dann würde man das doch tun, oder? Noch mal und noch mal – so oft, bis es stimmt.

Und wenn kein Regisseur da ist, muss man eben sein eigener Regisseur sein. Kein Drehbuch als Anhalt? –, dann muss man eben sein eigenes Drehbuch schreiben.

Um auf diesem Weg, einem einfachen und gangbaren Weg, scheinbar erkennen zu können, was die wahre Bedeutung einer Szene ist, die einem im Er-Leben entgeht. Die wahre Bedeutung einer Szene, die einem im Dickicht des Er-Lebens entgeht.

Welche Rolle der Schauspieler auch spielt, sagt Konstantin Stanislawski, *er muss immer von sich aus handeln, auf Ehre und Gewissen.*

»Nie wäre ich so ein Flittchen wie Rose! Ich will damit sagen ... ich schätze Männer, ich habe eine Schwäche für Männer. Ich liebe Männer. Wie sie aussehen, reden ... riechen. Ein Mann in einem langärmligen weißen Hemd, ja? – einem feinen Hemd? – mit Manschetten und Manschettenknöpfen. Da werde ich schwach. Nie könnte ich einem Mann ins Gesicht lachen. Und ganz besonders keinem Kriegsveteranen wie Roses Mann! Geistig ›behindert‹. Das ist so gemein, so grausam ... Ja, natürlich mach ich mir Sorgen, wie die Öffentlichkeit darauf reagieren wird. ›Marilyn Monroe ist wirklich eine Schlampe, hat sie nicht gerade erst ein psychotisches Kindermädchen gespielt? Und diese Rose ist ihrem Mann nicht nur untreu, sondern lacht ihm noch ins Gesicht und *stiftet seinen Nebenbuhler dazu an, ihn umzubringen*?‹ Meine Güte.«

Diese erfundenen Szenen, Improvisationen. Bald würde sie von ihnen so gequält werden, dass sie sich nicht mehr erinnern könnte, wann sie je unbeschwert gewesen war.

»Es ist doch ganz einfach. Du willst es *richtig* machen.«

Du sollst es verdienen zu leben? Du elende Kuh. Du Schlampe. Sie würde V nicht um Rat bitten. Sie würde sich vor ihrem Liebhaber keine solche Blöße geben. Und doch musste sie sich fragen: Hatte Nell etwas damit zu tun? Nell und Gladys. Denn Gladys war Nell. Getarnt als Nell. Norma Jeane hatte sich Gladys' Hände angeeignet, ohne zu ahnen, dass Gladys sich dafür in ihr breit machen könnte wie ein böser Geist in einem fremden Körper, einem Wirtskörper. (So konnte man es sehen, wenn man abergläubisch war. Aber Norma Jeane war nicht abergläubisch.) Bei ihrem letzten Besuch in Norwalk hatte sie sich in eine Zone der Ansteckungsgefahr begeben. Es heißt ja, in Krankenhäusern wimmle es von (unsichtbaren) Bazillen, also warum nicht auch in Krankenhäusern fürs Gemüt? Und diese Bazillen waren bestimmt noch gefährlicher. Lebensgefährlich. Norma Jeane las gerade Sigmund Freuds *Traumdeutung*, ein Buch voller Kleckse, aus dem sich schon einzelne Blätter lösten, woran allein das chemische Bleichmittel der Friseure schuld war. Dass alles von Kindheit an vorherbestimmt ist. Aber wo bleiben da die tatsächlich vorhandenen Krankheitsrisiken: Bazillen? Viren? Krebs? Herzinfarkt? die *wirklichen* Gefahren?

Vielleicht würde Gladys, wenn sie sich in Lakewood erst eingewöhnt hatte, ihr verzeihen?

Bei einer Party in Bel Air, auf der Terrasse, hoch über den kreischenden Pfauen. So dunkel (nur flackernde Kerzenflammen), dass du kein Gesicht erkennen konntest, bis es direkt vor dir auftauchte. Etwa die Robert-Mitchum-Gummimaske. Die schläfrigen Augen mit den hängenden Lidern, die herabgezogenen Mundwinkel, die ein verschlagenes Lächeln andeuten. Ein Säuseln, als wärst du mit ihm im Bett und das in einer kapitalen Großaufnahme. Und groß ist er wirklich, kein Hänfling. Norma Jeane erstarrt, als dieses Filmidol plötzlich leibhaftig vor ihr steht, ihr seinen warmen, biergeschwängerten Atem ins Ohr bläst, und jetzt ist sie regelrecht dankbar, dass V sich von ihr entfernt hat. Robert Mitchum! Der *sie* in Augenschein nimmt. In Hollywood hat Mitchum einen Ruf, bei dem andere Schauspieler von ihren Studios glatt vor die Tür gesetzt würden. Wie er dem langen Arm des HUAC entgangen ist, weiß kein Mensch. Untermalt vom schrillen Kreischen der Pfauen entspinnt sich ein Gespräch, das Norma Jeane später immer wieder abspielen lassen wird, wie eine Schallplatte.

MITCHUM: Hal-lo, Norma Jeane. Nun werd mal nicht schüchtern, Honey – ich hab dich schließlich schon vor »Marilyn« gekannt.

NORMA JEANE: Wie bitte?

MITCHUM: Schon lange vor »Marilyn«. Drüben im Valley.

NORMA JEANE: Sie sind Robert M-mitchum?

MITCHUM: Nenn mich doch einfach Bob, Honey.

NORMA JEANE: Und Sie meinen, Sie kennen mich?

MITCHUM: Ich meine, dass ich »Norma Jeane Glazer« schon lange vor »Marilyn« gekannt hab. Schon um vierundvierzig, fünfundvierzig rum. Weißt du, damals hab ich bei Lockheed gearbeitet, am Montageband mit Bucky.

NORMA JEANE: B-bucky? Sie haben Bucky gekannt?

MITCHUM: Näh, *gekannt* würd ich nicht sagen. Nur mit ihm gearbeitet. Aber nichts von ihm gehalten.

NORMA JEANE: Nichts von ihm gehalten –? Wieso denn nicht?

MITCHUM: Weil der beschissene Drecskerl Schnappschüsse von seiner hübschen Kindfrau herumgereicht hat, um vor den Kumpeln anzugeben – bis ich ihn mir vorgeknöpft hab.

NORMA JEANE: Ich verstehe das nicht. Wie bitte?

MITCHUM: Ist ja auch verdammt lang her. Und vermutlich ist er längst von der Bildfläche verschwunden, oder?

NORMA JEANE: Schnappschüsse? Was für Schnappschüsse?

MITCHUM: Zeig's ihnen, »Marilyn«. Wenn dein Studio dich verarschen will, mach's wie Bob Mitchum und verarsch du die Arschlöcher. Viel Glück.

NORMA JEANE: Aber warten Sie! Mr. Mitchum – Bob –

Jetzt sah V her. Jetzt bahnte sich V vorsichtig den Weg zurück. V in offenem Hemd, nur einen Knopf seines hellen Leinensakkos geschlossen. V, der nette amerikanische sommersprossige Junge von nebenan, der, vom Nazigegner bis zum Äußersten getrieben, einem Deutschen das Bajonett aus der Hand reißt und es ihm in die Eingeweide rammt, und das nette amerikanische Publikum jubelt ihm zu, als ging's um einen Touchdown in der High School. V legte eine Hand auf Norma Jeanes nackte Schulter, wollte wissen, was Robert Mitchum ihr vorgesäuselt habe, so fasziniert, wie sie immer noch aussehe, sie sei dem Dreckskerl ja praktisch in die Arme gesunken, und Norma Jeane sagte, Mitchum sei ein Freund ihres Ex-Mannes gewesen. »Vor langer Zeit wohl. Drüben im Valley, die beiden müssen noch halbe Kinder gewesen sein.«

Es war die Party des millionenschweren texanischen Ölbarons mit der Augenklappe, der in die Produktionsgesellschaft investieren wollte, die Party mit der exotischen Menagerie draußen im Park zwischen langen aufgeständerten Kerzen und einem durchsichtigen Papiermond über den Palmen, von innen erleuchtet und so täuschend echt, dass die Gäste dachten, es ständen *zwei Monde am Himmel*! – diese Party, auf der die Zwillinge (die uneingeladen gekommen waren, wenn auch vornehm im geliehenen Rolls) aus der Ferne über Norma Jeane wachten. Sie hatten Mitchum gesehen, seine Worte aber nicht gehört. Sie hatten V gesehen, ihn aber nicht gehört.

»Nur dass mir manchmal so ist, als – hätte ich keine Haut. Als würde die oberste Schicht fehlen. Sodass alles wehtun kann. Wie ein Sonnenbrand. Seit Mr. Shinn gestorben ist. Ich vermisse ihn so. Er war der Einzige, der an ›Marilyn Monroe‹ geglaubt hat. Die Studiobosse jedenfalls bestimmt nicht. ›Das Flittchen‹, so haben sie sie genannt. Und *ich* hab eigentlich auch nicht an sie geglaubt. Es gibt doch so viele Blondinen... Als Mr. Shinn gestorben ist, wollte ich auch nicht mehr leben. Ich bin schuld, dass er tot ist, ich hab ihm das Herz gebrochen. Aber ich wusste, dass ich weiterleben musste. ›Marilyn‹ sei seine Erfindung, behauptete er – und vielleicht war es auch so. Ich würde für ›Marilyn‹ weiterleben müssen. Nicht dass ich besonders gläubig bin, eigentlich. Früher schon. Aber heute weiß ich nicht, was ich *bin.* Eigentlich glaube ich nicht, dass überhaupt jemand weiß, was er oder sie glaubt; das behaupten die Leute nur, weil sie meinen, sie müssten so etwas sagen. Wie bei diesen Treueschwüren, die wir unterschreiben müssen. Die wir alle unterschreiben müssen. Ein Kommunist würde dabei doch glatt lügen, oder? Wozu also das Ganze? Aber naja – ich denke mir, es gibt schon eine gewisse Verpflichtung. Oder Verantwortung? Wie in der Geschichte von H. G. Wells, *Die Zeitmaschine?* Der Zeitreisende fliegt mit einer Maschine in die Zukunft, die er nicht hundertprozentig unter Kontrolle hat, weit in die Zukunft, und dort hat er eine Vision: Die Zukunft ist schon da, direkt vor uns. In den Sternen. Damit meine ich jetzt nicht solchen Humbug wie – heißt es Astrologie? Handlesen? Die Zukunft bestimmen zu wollen, aber immer wegen Krimskrams! Wenn *ich* in die Zukunft sehen könnte, würde ich wissen wollen, wie man Krebs heilen kann. Oder Geisteskrankheiten. Ich meine, die Zukunft vor uns ist wie eine breite Straße, noch unbefahren, vielleicht sogar noch unbefestigt. Man schuldet es dem eigenen Nachwuchs, den ungeborenen Kindern und Kindeskindern, zu leben. Damit diese Kinder überhaupt das Licht der Welt erblicken können. Drücke ich mich verständlich aus? Ich glaube daran. Es ist ein Traum von mir, aus der Kinderzeit ... ein so schöner Traum. Aber gut, darüber will ich nicht sprechen, das ist zu persönlich. Ich wünschte nur, in dem Traum gäbe es einen Hinweis darauf, wer der Vater ist?«

April 1953. Norma Jeane auf der Flucht, weinend in der Damentoilette. Draußen laute Musik, kreischendes Gelächter. Sie war ja so verletzt! So gekränkt worden. Der texanische Ölbaron hatte sie angefasst, um festzustellen, ob sie »echt« war. Wollte mit ihr Boogie tanzen. Dazu hatte er kein Recht. Nicht zu so einem Tanz. Wenn nun V zugesehen hätte? Und Mr. Z, der Mann mit dem Fledermausgesicht, und der gemeine, lüstern schielende Mr. D. *Ich bin nicht zu haben, ich bin keine Hure. Ich bin eine Schauspielerin!* In solchen Momenten fehlte ihr Mr. Shinn ganz schrecklich. Denn V liebte sie, schien sie aber nicht besonders zu mögen. So war es doch. Und außerdem hatte sie in letzter Zeit den Eindruck, er wäre eifersüchtig auf sie: auf ihre Karriere! V, ein Star, als Norma Jeane noch zur Schule gegangen war und sein sommersprossig-jungenhaftes Gesicht auf der Leinwand angehimmelt hatte. Ja, vielleicht liebte V sie nicht einmal. Vielleicht wollte V sie nur ficken.

Allein um die Wimperntusche neu aufzutragen, waren zehn Minuten vonnöten. Zehn Minuten, um die knackige blonde Partyattraktion Marilyn wieder ins Getümmel zu locken. »Oh, gerade noch rechtzeitig!«

Eine Elegie für I. E. Shinn.

Die von uns gehn, ruhn nah bei Gott
hoch oben in der Himmelsgrott.

Aber hilft uns das in der Not
wenn wir doch wissen, sie sind tot?

Das erste Gedicht, das Norma Jeane seit langem geschrieben hatte. Und dazu ein ganz armseliges.

Im Bett mit dem Mann, der sie bitte bitte nie verlassen soll, hüpfen ihre Gedanken manchmal wie Flöhe auf einer heißen Herdplatte. Sie seufzt, sie stöhnt, während sie mit den Fingern durch sein lockiges, immer noch dichtes Haar fährt. Schmiegt sich selig in seine sommersprossigen muskel- und speckbepackten Arme. (Auf seinem linken Oberarm als winzige Tätowierung die amerikanische Flagge. Zum Küssen süß!) Und er wälzt sich auf sie, küsst sie wild, dringt in sie ein, so weit er kann, und so weit es seine Erektion zulässt (da kannst du nur die Luft anhalten und beeeeten), besorgt er es ihr auch, mit ächzend pumpenden Stoßbewegungen; wenn das Ende naht, wird aus dem Gepumpe eine wummrig-wimmrig-zittrige Bewegung, ja, jeder Mann hat bei der geschlechtlichen Vereinigung seinen ureigenen Stil, im Gegensatz zu jedem Mann, dem du einen blasen musst, was immer dasselbe ist, ob der Schwanz nun dick ist oder dünn, kurz oder lang, aalglatt oder dickgeädert, talgigweiß oder blutwurstrot, seiflappensauber oder schleimverkrustet, lauwarm oder bullig heiß, gerade oder gebogen, jugendlich oder altersschwach, es ist immer derselbe Schwanz und immer abstoßend. Wenn Norma Jeane einen Mann so liebt, wie Norma Jeane V liebt, bringt sie eine Oscar-reife Leistung zustande. Nun gut, sie hat immer etwas Mühe gehabt, bei V wirkliche körperliche Erregung zu empfinden. So, wie sie Mühe gehabt hat, bei Bucky Glazer etwas halbwegs Aufregendes zu empfinden, der keuchte und schnaubte *Hopp, hopp, Pferdchen* und, wenn er daran dachte, ihn rechtzeitig rauszuziehen, auf ihrem Bauch kam, als müsste er sich mal ordentlich ausrotten. Ach, aber sie will V doch so gern gefallen! Als wüsste sie im Voraus, was *Romance, PhotoLife, Modern Screen* in ihren Reportagen über die Stars den staunenden Lesern enthüllen, dass nämlich letztlich nur die Liebe zählt, die wahre Liebe, und nicht »bloß die Karriere«. Was Norma Jeane übrigens längst weiß. Was einem der gesunde Menschenverstand sagt. Mit V simuliert sie im Geist, wie sich das anfühlen könnte, sexuelle Lust, die langsam ansteigende und dann sinnesschwindelnde, im Orgasmus gipfelnde Kurve; erinnert sich an die langen, schwülen Vereinigungen mit Cass Chaplin, diese Lusttaumel, in denen alles Gefühl dafür verloren ging, ob es Tag oder Nacht war, Morgen oder Abend; zu Hause, wo immer das sein mochte, trug Cass ja nie eine Uhr und selten überhaupt etwas am Leib, ihr Geliebter mit den feuchten Augen und der Unberechenbarkeit eines wilden Tieres, und wenn sie sich liebten, dann klebte jeder Teil ihrer Körper aneinander, selbst ihre Wimpern! selbst die Finger- und Zehennägel! Oh, aber Norma Jeane liebt V mehr, als sie Cass je geliebt hat. Davon ist sie überzeugt. V ist ein ganzer Mann, ein erwachsener Mann, ein guter Amerikaner. Eheerfahren. Und V, der seinen Stolz hat wie alle Männer ihrer Bekanntschaft, soll sich bei Norma Jeane wie ein König vorkommen. Wie einer, mit dem es für sie ganz einmalig ist. Bei den paar pornographischen Filmen, die sie in ihrem Leben gesehen hat, hat sie sich immer für die Frauen geschämt, weil die sich so wenig ergriffen zeigten.

Manchmal erreicht sie tatsächlich einen Höhepunkt. Jedenfalls spielt sich tief in ihrem Unterleib etwas ab. Etwas Kitzlig-Keuchiges innen, das in atemloser Auflösung gipfelt und dann verlöscht, als wäre ein Schalter umgelegt worden. Ob das ein Orgasmus ist? Sicher doch, sie kann sich bloß nicht mehr erinnern. Murmelt aber: »Oh Darling, ich liebe dich. Ich liebe, liebe, liebe *dich*.« Es ist doch wahr! Welch berauschender Gedanke, dass sie einst als Kindfrau die Hand ihres frisch Angetrauten in einem Kino in Mission Hills umklammert hat und dabei die Augen auf diesen Mann gerichtet, ihren heutigen Geliebten, den draufgängerischen jungen Piloten in *The Young Aces*; wie er mit dem Fallschirm zwischen Rauch und Geschützfeuer und einer fast unerträglich spannungsgeladenen Filmmusik der Erde entgegensauste, und hätte Norma Jeane je ahnen können, dass sie sich eines Tages mit ebendiesem Mann der Liebe hingeben würde? Wie aufregend!

»Natürlich ist es irgendwie nicht derselbe Mann. Aber das kann ja auch nicht sein.«

Verborgen im tiefen Schatten hinter den blendenden Jupiterlampen der Scharfschütze, wendig wie eine Eidechse. Lauert auf einer Gartenmauer, in einem nachtfarbenen Gummianzug mit Reißverschluss, wie ihn die Wellenreiter tragen. Selbst Eingeweihte werden sich fragen, ob es in Südkalifornien nur einen einzigen Scharfschützen gibt oder mehrere? Vieles spricht dafür (der gesunde Menschenverstand etwa), dass es gleich mehrere gibt, zuständig für spezielle Gebiete der Vereinigten Staaten, allerdings konzentriert auf einschlägige, von Juden vereinnahmte Zonen wie New York City, Chicago und L. A./Hollywood. Durch das stark aufhellende Nachtzielfernrohr seiner Hochleistungsbüchse beobachtet der Scharfschütze in aller Ruhe die Gäste des Ölbarons. Dies ist eine frühe, harmlose Phase der Observation, in dem ganzen Trubel kann er keine einzelnen Worte ausmachen, nicht einmal die mit erhobener Stimme gesprochenen. Ob er beim Anblick der fast-familiär erscheinenden Gesichter der Stars unter all den anderen Gästen zögert? Wenn man das Gesicht eines »Stars« sieht, schreckt man doch immer leicht zurück, erlebt einen Stich der Enttäuschung, wie bei einem allzu bereitwillig erfüllten Wunsch. Aber die vielen schönen Gesichter! Und die Gesichter mächtiger Männer mit wie Felskanten vorstehenden Brauen, gewaltigen Schädeln, rund wie Bowling-Kugeln, glitzernden Insektenaugen. Schwarzen Krawatten, Smokings. Gestärkten und gerüschten Hemden. Vornehme, glanzvolle Menschen. Und doch lässt sich der Scharfschütze, ein gestählter Profi, weder von Schönheit noch Macht beeindrucken. Der Scharfschütze steht im Dienst der Vereinigten Staaten, und darüber hinaus im Dienst von Recht, Anstand, Moral. Man könnte sagen *in Gottes Dienst*.

Es ist der Vorabend des Palmsonntag, eine Nacht der lauen Lüfte. Auf dem einem Normandie-Château nachempfundenen Anwesen des Ölbarons in den Hügeln des vornehmen Bel Air. Norma Jeane denkt: *Was habe ich hier unter diesen Fremden verloren?* und zugleich: *Eines Tages werde ich in einer Villa wie dieser wohnen, ich schwör's!* Sie fühlt sich unwohl, fühlt sich beobachtet. Fremde Blicke umschwirren »Marilyn Monroe« wie Motten das Licht. Sie trägt ein tief dekolletiertes lippenstiftrotes Kleid, das ihren Busen kaum verhüllt und eng um Hüften und schmale Taille anliegt. Wie eine Bakelitpuppe, aber sie bewegt sich. Ihr angeregtes Lächeln zeigt, dass sie sich glücklich schätzt, in solch illustrer Gesellschaft zu sein! Platinblondes Haar, fein gesponnen wie Zuckerwatte. Durchscheinende blaue Augen. Dem Scharfschützen kommt sie irgendwie bekannt vor; hat diese knackige Blondine nicht einen Aufruf zur Unterstützung von Roten und Rosaroten unterschrieben, zur Unterstützung der Verräter Charlie Chaplin und Paul Robeson (der nicht nur ein Verräter ist, sondern noch dazu ein Nigger und ein ganz unverschämter Nigger); ihr Name steht schon in den Akten, ganz gleich, wie viele »Künstlernamen« sie hat, der Staat kann sie aufspüren. Der Staat kennt sie. Jetzt, wo der Scharfschütze »Marilyn Monroe« im Visier hat, lässt er den Blick ein Weilchen auf ihr ruhen.

Das Böse kann jedwede Form annehmen. Absolut jedwede Form. Selbst die eines Kindes. Die Gewalt des Bösen im zwanzigsten Jahrhundert. Muss eingekreist und ausgerottet werden wie jeder andere Seuchenherd.

Und neben dem aufstrebenden Starlet »Marilyn Monroe« steht V, der altgediente Schauspieler, der patriotische Filmheld aus *The Young Aces* und *Victory Over Tokyo*, Filmen, von denen der Scharfschütze in seiner Jugend wie elektrisiert war. Haben die beiden vielleicht etwas miteinander?

Wenn ich ein echtes Flittchen wäre wie Rose, würde ich alle diese Männer haben wollen. Oder nicht?

Die Party fand auch zur Feier der Helden von Hollywood statt.

Norma Jeane hatte davon nichts gewusst. Hatte nicht gewusst, dass Mr. Z., Mr. D, Mr. S und andere da sein würden. Ihr mit gebleckten Hyänenzähnen zulächeln würden.

Die Helden von Hollywood: die Patrioten, die die Filmstudios vor dem Volkszorn und dem finanziellen Ruin bewahrt hatten.

Dies waren die »gutwilligen« Zeugen, die in Washington vor dem Kongressausschuss für unamerikanische Umtriebe ausgesagt und anständigerweise die Namen von Kommunisten und deren Sympathisanten sowie von gewerkschaftlich organisierten »Unruhestiftern« genannt hatten. Dass Hollywood mehr und mehr unter gewerkschaftlichen Einfluss geriet, lag allein an den Roten. Da gab es den feschen Filmstar Robert Taylor. Da gab es den eleganten kleinen Adolphe Menjou. Da gab es den glattzüngigen, ewig grinsenden Ronald Reagan. Und den männlich-ungeschniegelten

402

Humphrey Bogart, der sich erst gegen die Untersuchungen ausgesprochen und dann plötzlich um hundertachtzig Grad gedreht hatte.

Warum? Weil Bogey weiß, was gut für ihn ist, wie wir anderen auch. Freunde verpfeifen, das ist die wahre Bewährungsprobe für einen wahren Patrioten. Feinde verpfeifen, das kann jeder.

Norma Jeane erschauerte. Flüsterte V zu: »Wollen wir nicht lieber gehen? Hier sind ein paar Leute, die mir Angst machen.«

»Angst? Wovor? Dass deine Vergangenheit dich einholt?«

Norma Jeane lachte, lehnte sich bei V an. Was für Witzbolde, diese Männer!

»Ich h-hab dir doch gesagt, Darling: Ich habe keine Vergangenheit. ›Marilyn‹ ist ganz neu auf der Welt.«

Was für ein Gekreisch! Wie Babys am Spieß.

Es waren herrliche grünblau schimmernde Pfauen, die da herumstolzierten und mit den Köpfen ruckten, als würden sie morsen. Die Partygäste gurrten und schnalzten mit den Zungen. Klatschten in die Hände, um sie aufzuscheuchen. Eigenartig, fand Norma Jeane, dass die Pfauen ihre prächtigen Schwänze nicht aufrecht trugen, sondern ganz unspektakulär hinter sich herschleiften. »Als wäre es ihnen irgendwie eine Last? So schöne große Schwänze umherzutragen.« Den ganzen Abend lang hatte sich Norma Jeane nichts als Banalitäten äußern hören. Weil es kein Drehbuch gab. Wenn ihr einzelne Worte wie *Separation, Ekstase, Altar* kamen, dann konnte sie sie nicht aussprechen, denn was hätten sie im Rahmen der Party des texanischen Ölbarons schon bedeuten können? Norma Jeane hatte keine Ahnung. Und V hätte sie bei dem Krach auch kaum gehört.

Sie folgten einer Serpentine an einem künstlichen Gebirgsbach. Auf der anderen Seite des Bachs gab es noch mehr Pfauen und dazu anmutige Stelzenvögel mit fast obszön grell-rosa Gefieder – »Flamingos?« Noch nie hatte Norma Jeane Flamingos aus der Nähe gesehen. »So wunderschöne Vögel! Und alle echt, oder?« Der Ölbaron war für seine Privatsammlung exotischer Tiere bekannt. Das Eingangstor seines Anwesens wurde von ausgestopften Elefanten bewacht, mit langen gebogenen Stoßzähnen. Ihre Augen reflektierten das Licht wie Katzenaugen. So lebensgetreu! Auf den Dächern des Normandie-Châteaus hockten ausgestopfte afrikanische Geier, Reihen um Reihen wie unwetterbeschwörende zusammengerollte schwarze Regenschirme. Und hier, in einem Käfig direkt am Bach, gab es

einen südamerikanischen gefleckten Puma, und in einem großen draht-
umspannten Gehege waren Brüllaffen, Klammeraffen und Papageien und
Kakadus mit leuchtend-bunten Federn. Die Partygäste konnten eine riesige Boa Constrictor in einem röhrenförmigen Glaskäfig bewundern, die
wie eine lange dicke Banane aussah. Norma Jeane rief: »Huuuh! – von so
einem Biest würde ich mich nicht umarmen lassen, alles was recht ist.«

Dies war das Stichwort für V, seine Arme scherzhaft um Norma Jeanes
Brustkorb zu schlingen. Aber V, der die gewaltige Schlange anstarrte, verpasste seinen Einsatz.

»Oh, und was ist das? – was für ein großes komisches Schwein!«

V warf einen schnellen Blick auf die in eine Palme eingelassene Tafel.
»Ein Tapir.«

»Ein *was*?«

»Tapir. ›Nachtaktives Huftier der südamerikanischen Tropen.‹«

»Nacht- wie?«

»Nachtaktiv.«

»Meine Güte! Ein nachtaktives tropisches Schwein *in diesen Gefilden!*«

Die blonde Norma Jeane sprach in Ausrufesätzen, um ihre wachsende
Unruhe zu kaschieren. Wurde sie etwa beobachtet? Von unsichtbaren
Augen? Unsichtbar hinter den unerbittlich über die Menge spielenden
Jupiterlampen? Die gerade sie grell ausleuchteten? Vs hübsches Gesicht
wirkte wie verblichen, wie eine feingerunzelte Pergamentmaske. Seine
Augen waren nur noch Höhlen. Wozu sollte ihre Anwesenheit hier dienen?
Eine Schweißperle, matt vom Talkumpuder, glitt langsam zwischen Norma
Jeanes betörend-üppige Brüste in dem eng anliegenden roten Kleid.

Es gibt immer ein Drehbuch. Auch wenn du es nicht immer kennst.

Und schließlich fielen sie über Norma Jeane her.

Sie hatte gewartet, sie hatte es gewusst.

Wie Hyänen kreisten sie sie ein. Grinsend.

George Raft! Eine tiefe, anzügliche Stimme. »*Hal*-lo, ›Marilyn‹.«

Mr. Z, der Mann mit dem Fledermausgesicht, ihr Produktionschef.
»›Marilyn‹, hal-*lo*.«

Mr. S und Mr. D und Mr. T. Und andere, die Norma Jeane nicht hätte
identifizieren können. Und der texanische Ölbaron, einer der Hauptinves-
toren von *Niagara*. Ihre Fratzen, verschattet wie in einem impressionis-
tischen deutschen Stummfilm. Während V ganz aus der Nähe zusah,

berührten diese Männer Norma Jeane, fuhren mit ihren Wurstfingern über sie, über ihre nackten Schultern, nackten Arme, Brüste, Hüften, den Bauch, rückten ihr dicht auf den Leib und lachten leise miteinander, zwinkerten dabei in Vs Richtung. *Die hier haben wir gehabt. Die hier haben wir alle gehabt.* Als Norma Jeane sie wegstieß und sich nach V umwandte, war er nicht mehr da.

Sie lief ihm nach. Sie waren im Begriff gewesen, die Party zu verlassen; es war noch nicht Mitternacht. »Warte doch! Oh, bitte –« In ihrer Panik hatte sie den Namen ihres Liebhabers vergessen. Sie holte ihn ein, packte ihn am Arm; er schüttelte sie unwirsch ab. Vielleicht hatte er ihr im Gehen noch über die Schulter zugemurmelt: »Gute Nacht! Ich habe genug von dem hier!« oder »Ich habe genug von dir!« Norma Jeane flehte: »Ich – ich war mit keinem von denen zusammen. Jedenfalls nicht so, wie du vielleicht denkst.« Ihr versagte die Stimme. Was für eine schlechte Schauspielerin sie doch war. Wieder verlief die Wimperntusche. Aber es war auch eine zu mühselige Aufgabe, schön und eine Frau zu sein! Plötzlich spürte Norma Jeane jemanden ihre Hand ergreifen, wandte sich verblüfft um und sah – Cass Chaplin? Spürte jemanden ihre andere Hand umklammern, kräftige Finger, die sich mit ihren verschränkten, wandte sich um und sah – Cass' Liebhaber Eddy G? Die hübschen schwarz gekleideten jungen Männer hatten sich geschwind und geräuschlos wie Pumas von hinten an Norma Jeane herangepirscht, noch während sie am Rand der Terrasse stand, auf ihren Stöckelschuhen schwankend, benommen vor Schmerz und Demütigung. Mit seiner samtweichen Knabenstimme murmelte Cass ihr ins Ohr: »Du solltest nicht mit Menschen zusammen sein, die dich nicht lieben, Norma. Komm mit uns.«

Diese Nacht ...

Diese Nacht, die erste ihrer gemeinsamen Nächte!

Diese Nacht, die erste Nacht von Norma Jeanes neuem Leben!

Diese Nacht, in der sie im geliehenen schwarzen Rolls bei Santa Monica ans Meer fuhren. Der weite weiße wind-verwüstete Strand, verlassen um diese Stunde. Ein perlmuttheller Mond, Wolkenfetzen, übern Himmel geweht. Mit Freudengeschrei und Gesang! Es war zu kalt, um sich zu entkleiden und baden zu gehen, zu kalt selbst, um in der donnernden Brandung zu waten, aber laufen! Wie die Kinder, lachend und kreischend, außer Rand und Band, liefen sie alle drei eng umschlungen dicht am Wasser den Strand entlang. Wie tollpatschig sie waren und doch wie anmutig, drei schöne Menschen in der Blüte ihrer sorglosen Jugend, zwei Männer in Schwarz und ein blondes Mädchen im roten Cocktailkleid – zu dritt verliebt? Können drei so auf Gedeih und Verderb ineinander verliebt sein wie zwei? Norma Jeane schleuderte die Schuhe von sich und rannte, bis ihre Strümpfe zerfetzt waren, rannte immer weiter, klammerte sich an die Männer und stieß sie weg, als die stehen bleiben und küssen wollten und mehr als küssen, sie waren brünstig wie gesunde junge Tiere, und Norma Jeane lockte sie, um sich ihnen zu entziehen, denn wie schnell sie rennen konnte, barfuß, der reinste Wildfang, diese hinreißende Blondine, die vor Lachen kreischte, außer sich vor Glück. Vergessen war die Party in Bel Air. Vergessen, dass ihr Liebhaber verschwunden war, aus ihrem Leben verschwunden, ihr unerbittlich den Rücken gekehrt hatte. Vergessen der im Bruchteil einer Sekunde vernommene Urteilsspruch: *Du hast es nie verdient zu leben, der Beweis ist hiermit erbracht.*

In ihrem Glücksrausch mochte sie geglaubt haben, die jungen Prinzen wären zu ihr ins Waisenhaus gekommen, hätten sie aus diesem düsteren Ort befreit, wohin die bösen Stiefeltern sie gebracht und wo sie sie verlassen hatten. Fast kannte sie die beiden jungen Männer nicht wieder. Dabei wusste sie doch, wer sie waren: Cass Chaplin und Eddy G. Robinson Jr., die ungeliebten Söhne berühmter Väter, die verstoßenen Prinzen. Sie waren mittellos und trugen doch teure Kleidung. Sie hatten kein Zuhause und lebten doch in Saus und Braus. Sie galten als exzessive Trinker, nahmen gefährliche Drogen – und doch, welcher Anblick: zwei prächtige junge amerikanische Mannsbilder. Cass Chaplin, Eddy G – sie waren ihretwegen gekommen! Sie liebten sie! *Sie*, die von anderen Männern verachtet, benutzt und weggeworfen worden war wie ein Papiertaschentuch. Denn laut der von den beiden Männern bereitwillig wieder und wieder erzählten Fabel sah es bald ganz so aus, als wären sie allein ihretwegen in die Party des Texaners geplatzt.

Was ich nicht wissen konnte: Sie würden mein Leben möglich machen. Sie würden Rose möglich machen und alles Weitere.

Einer von ihnen rang sie auf den klammen, festgebackenen Sand hinunter. Sie wehrte sich, lachend, das rote Kleid zerrissen, Hüftgürtel und schwarzer Spitzenschlüpfer verdreht. Der Wind in ihren Haaren, der ihre Augen tränen ließ, sodass sie fast nichts sehen konnte. Voll auf ihre überraschten Lippen begann Cass Chaplin sie zu küssen, sanft erst, dann zunehmend drängender, diese Zungenküsse, so lange entbehrt. Norma Jeane umklammerte ihn mit der Verzweiflung der Lust, wand ihre Arme um seinen Hals, Eddy G sank neben ihnen auf die Knie und zerrte an ihrem Schlüpfer, bis er ihn losgerissen hatte. Er streichelte sie mit geschickten Händen und schob ihr dann die geschickte Zunge zwischen die Schenkel, saugte, rieb, rhythmisch wie ein gewaltiger Pulsschlag, und Norma Jeane schlang die Beine in ohnmächtiger Ekstase um seinen Kopf, seine Schultern, ließ das Becken vorschnellen, war kurz vor dem Höhepunkt, da wechselte Eddy G, als hätte er so etwas schon viele Male gemacht, gewandt die Stellung, kauerte rittlings auf ihr, wie Cass jetzt auf ihrem Gesicht kauerte, und beide Männer drangen in sie ein, Cass mit seinem schmalen Penis in ihren Mund, Eddy mit seinem dickeren Penis in ihre Scheide, pumpten sie voll, mit schnellen, sicheren Bewegungen, bis Norma Jeane anfing zu schreien, wie sie noch nie im Leben geschrien hatte, um ihr Leben schrie, ihre Liebhaber in diesem Rausch derart krallte, dass alle drei später reumütig darüber lachen würden.

Cass trug fingerlange Kratzer auf seinen Gesäßbacken davon, ein paar blaue Flecken, Schwielen. Wie einer der Gewichtheber am »Muscle Beach« stolzierte Eddy nackt vor ihnen auf und ab und führte seine pflaumenfarbenen Flecke auf Hintern und Oberschenkeln vor.

»Muss es nicht so gewesen sein, Norma, dass du auf uns gewartet hast?«

»Muss es nicht so gewesen sein, Norma, dass du nach uns gedarbt hast?«

Ja.

Rose 1953

1

Es ist meine Bestimmung, die Rose zu spielen. *Ich bin die geborene Rose.*

2

Die Zeit der Neuanfänge. Jetzt war sie Rose Loomis in *Niagara*, der neuen, Aufsehen erregenden Hollywood-Produktion; und jetzt war sie Norma, Cass Chaplins und Eddy Gs Geliebte, ihr Mädchen.

Jetzt war alles möglich!

Und Gladys in einer Privatklinik. Nur zu wissen, dass ich das Richtige getan habe. *Also liebe ich sie wohl doch nicht. Aber ich liebe sie doch!*

Wie jäh sie aus ihrer Lethargie gerissen worden war. Als hätte die Erde Südkaliforniens gebebt, als wäre die dünne Kruste geplatzt. Nie hatte sie sich so *lebendig* gefühlt. Nie mehr seit der glücklichen Zeit an der Van Nuys High School, als sie, eine der herausragenden Läuferinnen, durch Jubel und Beifall hindurch der Silbermedaille entgegengerannt war. *Nur zu wissen, dass ich gewollt bin. Dass ich gebraucht werde.* Wenn sie nicht gerade mit Cass und Eddy G zusammen war, hing sie träumerischen Gedanken an Cass und Eddy G nach; wenn sie sich nicht gerade dem Liebesspiel mit Cass und Eddy G hingab, erinnerte sie sich mit jeder Faser ihres erhitzten Körpers an das letzte Liebesspiel mit Cass und Eddy G, das vielleicht nur Stunden zurücklag, und an das Wunder sexueller Lust. *Wie eine Elektrokrampfbehandlung fürs Gehirn.*

Manchmal kamen Norma Jeanes schöne junge Kavaliere Cass Chaplin und Eddy G zum Drehort, um ihr einen Besuch abzustatten. Brachten »Rose« eine langstielige rote Rose mit. Wenn Norma Jeane gerade Pause hatte und die Umstände es erlaubten, dann zogen sich die drei in Norma Jeanes Garderobe zurück, um ungestört zusammen zu sein. (Und ließen sich auch nicht stören, wenn die Umstände nicht ideal waren.)

Dieser glasige Blick – als hätte sie sich gerade durchficken lassen. Und dazu der unverkennbare Geruch. Das war Rose!

3

Und dieser Energieschub jetzt, da V aus ihrem Leben verschwunden war.

Jetzt, da eine grausame falsche Hoffnung aus ihrem Leben verschwunden war.

»Ich will doch nur wissen, was wirklich ist. Was wahr ist. Nie mehr werde ich mich belügen lassen, nie mehr.«

Es war nicht der passende Zeitpunkt, passte aber zu dem Leben, zu dem ihr Leben wurde, der zunehmenden Rasanz, den stetig zunehmenden Treffen und Telefonaten und Interviews und anderen Terminen, zu denen Marilyn Monroe nicht oder um Stunden verspätet erschien, atemlos Entschuldigungen vorbringend – jedenfalls ließ sich Norma Jeane eine Woche vor Beginn der Dreharbeiten von *Niagara* dazu überreden, in ein neues Apartment umzuziehen, größer als das alte, mit mehr Luft zum Atmen, in einem hübschen Apartmenthaus im spanischen Stil nahe dem Beverly Boulevard. Ein Schritt weg von ihrem alten Viertel, ein Schritt aufwärts. Obwohl sich Norma Jeane ein teureres Apartment eigentlich nicht leisten konnte (wohin verschwand ihre Gage bloß immer? manchmal ging sogar ihr wöchentlicher Scheck für die Klinik in Lakewood zu spät raus) und sich das Geld für die Miete und die neue Einrichtung borgen musste, und doch war sie auf Drängen ihrer Liebhaber umgezogen. Eddy G sagte: »›Marilyn Monroe‹ wird bald ein Star sein. ›Marilyn Monroe‹ hat etwas Besseres verdient als das hier.« Cass schnaubte verächtlich. »Diese Bude! Weißt du, wonach es hier riecht? Nach alter abgestandener Liebe. Nach alten klebrigen Laken. Und es gibt nichts Widerlicheres als alte abgestanden-klebrige Liebe.« Wenn er und Eddy G in Norma Jeanes so geschmähtem Apartment übernachteten, alle drei wie ein Wurf Welpen in dem Heilsarmeebett verknäuelt, dann sorgten die Männer dafür, dass alle Fenster offen blieben, und die Jalousien durften auch nicht heruntergezogen werden. Sollte doch die ganze Welt glotzen – was scherte es sie? Cass wie Eddy G hatten schon als Kinder vor der Kamera gestanden, waren es gewohnt, beobachtet zu werden, ohne groß darauf zu achten von wem. Und beide prahlten, sie hätten als Jugendliche in pornographischen Filmen mitgespielt. »Nur zum Spaß«, sagte Cass, »nicht wegen der paar Scheinchen.« Eddy G zwinkerte Norma Jeane zu: »*Ich* hab die paar Scheinchen nicht verschmäht. Das tu ich nie.« Norma Jeane wusste nicht, ob sie solche Geschichten glauben sollte. Die jungen Männer konnten schamlos lügen, doch enthielten ihre Lügen meist eine Prise Wahrheit, so wie auch ein süßes Dessert eine Prise Arsen enthalten könnte; sie legten es darauf an, dass man ihnen keinen Glauben schenkte, und verlangten gleichzeitig das Gegenteil. (Allein die Geschichten, die sie von ihren berühmt-berüchtigten Vätern erzählten. Wie rivalisierende Brüder wetteiferten sie darum, Norma Jeane zu schockieren: Welcher Mann war der schrecklichere, der kleine Tramp, der ewige Vagabund, oder der kleine Cäsar, der eiskalte Gangster?) Wie auch immer, Norma Jeanes schöne junge Kavaliere spazierten jedenfalls nackt und unbefangen wie kleine Kinder in Norma Jeanes Apartment herum. Cass erklärte, das sei keine Laxheit, sondern Prinzip: »Der menschliche Körper ist dazu geschaffen, betrachtet, bewundert und begehrt zu werden, nicht verhüllt wie eine hässliche Schwäre.« Eddy G, als der jüngere von beiden weniger reif und dafür eitler, sagte: »Na, na – es gibt jede Menge Körper, die hässliche Schwären sind und am besten verhüllt werden sollten. Aber bestimmt nicht deiner, Cassie, und meiner auch nicht und vor allem nicht der von unserer Norma.«

Welche Anklänge an Norma Jeanes Spiegel-Double aus der Kindheit! Ihre Spiegelgefährtin, die nackt so viel schöner war und Norma Jeanes Geheimnis.

Eines Nachts erzählte sie Cass und Eddy G von ihrem Spiegel-Double. Eddy G lachte: »Das kenne ich! Ich hab mir sogar auf dem Klo einen Spiegel hingestellt, um mich betrachten zu können. Und bei allem, was ich mich im Spiegel machen sah, konnte ich Wellen von Beifall rauschen hören.« Und Cass sagte: »Im Hause meines Vaters, auf dem eigentlich von Anfang an ein böser Fluch lag, konnte sich nur *der* Chaplin spiegeln. Ein ›großer‹ Mann muss eben alles Licht auf sich ziehen, um strahlen zu können. Da bleibt für niemand anderen etwas übrig.«

Norma Jeanes neues Apartment lag im siebten, dem obersten Stock des Hauses. Wo es weniger wahrscheinlich war, dass sie beobachtet würden. Doch wenn Norma Jeane mit Cass und Eddy G woanders übernachtete, in diesem oder jenem provisorischen Domizil, wer mochte da nicht alles von draußen hereinschauen? Nur wenn ein Haus vom Blattwerk eingewachsen oder durch einen hohen Zaun geschützt war, fühlte sich Norma Jeane wirklich sicher. Ihre Liebhaber neckten sie, nannten sie prüde – »Ausgerechnet ›Miss Golden Dreams‹«. Norma Jeane protestierte. »Ich hab einfach Angst davor, dass jemand Fotos macht. Ein Spanner, der bloß gucken will, würde mich nicht stören.«

Die Augen und Ohren der Welt. Eines Tages wirst du dich nur darauf zurückziehen können, aber so weit ist es noch nicht.

4

Etwa zu dieser Zeit schaffte sich Norma Jeane ein neues Auto an: ein limonengrünes Cadillac-Cabriolet Baujahr 1951 mit einem breit grinsenden chromglänzenden Kühlergrill und ausladenden Heckflossen. Mit Weißwandreifen, einer mannshohen Radioantenne, vorn und hinten mit Sitzbezügen aus echtem Palomino-Fell. Eddy G bot ihr den Wagen über den Freund eines Freundes an, für siebenhundert Dollar ein Schnäppchen. Und doch besah sich Norma Jeane das am Bordstein parkende Fahrzeug, diesen zu Glas und Chrom gewordenen tropischen Cocktail-Albtraum, mit Warren Pirigs kühl abschätzenden Augen. »Warum so billig?« Eddy G sagte: »›Warum‹? Weil mein Freund Beau schon längst ein heimlicher Verehrer von ›Marilyn Monroe‹ ist. Er sagt, richtig erwischt hätte es ihn in *Asphalt-Dschungel*, aber aufgefallen bist du ihm schon als ›Miss Paper Products‹ – oder so was in der Art. Als hinreißende Blondine, sagt er, in Stöckelschuhen und einem Badeanzug aus Papier, und dann hätte der Badeanzug Feuer gefangen? Na, weißt du nicht mehr?« Norma Jeane musste lachen, ließ aber nicht locker. So konnte sie eben auch sein – dickköpfig wie die Proleten aus *Früchte des Zorns!* »Wo steckt er denn, dein Freund Beau? Jetzt, in diesem Moment? Warum ist er nicht selbst hier?« Eddy G zuckte mit den Achseln und erwiderte auf seine charmant-ausweichende Art: »Wo Beau steckt? Im Moment? Da, wo Beau nicht unter dem gesellschaftlichen Makel leiden muss, ohne fahrbaren Untersatz zu sein. Da, wo Beau gewissermaßen komfortabel aus dem Verkehr gezogen ist.«

Norma Jeane hatte noch weitere Fragen, aber Eddy G verschloss ihr den Mund, indem er seine Lippen heftig auf ihre drückte. Sie waren allein in Norma Jeanes neuem, erst spärlich möbliertem Apartment. Es kam so selten vor, dass Norma Jeane mit einem ihrer Liebhaber allein war! So selten, dass sie Eddy G zu sehen bekam, ohne dass Cass dabei war, oder Cass, ohne dass Eddy G dabei war. In solchen Situationen war die Abwesenheit des anderen so fühlbar, als wäre er tatsächlich da, vielleicht sogar noch intensiver, denn man wartete geradezu nervös darauf, dass dieser andere erschien. Es war, als hörte man Schritte die Treppe heraufkommen – und doch nie oben ankommen. Als hörte man das schwache Klingelgeräusch, das zuweilen dem ersten

411

Klingeln eines Telefons vorausgeht, selbst wenn dieses Klingeln dann gar nicht folgt. Eddy G schlang seine Arme um Norma Jeanes Brustkorb und drückte sie, sodass sie kaum noch Luft bekam. Eddy G schob seine Schlangenzunge in Norma Jeanes Mund, sodass Norma Jeanes Zunge zum Schweigen gebracht war.

Es war nicht recht, sich der Liebe hinzugeben, ohne dass Cass dabei war, oder? – wie konnten sie einander überhaupt berühren, ohne dass Cass dabei war?

Eddy G wirkte wütend. Eddy G, der Meister auf der Stimmungsklaviatur! Der seine Karriere als Schauspieler selbst hintertrieb, indem er beim Vorsprechen den Text verballhornte, indem er, kaum engagiert, zu spät oder betrunken oder zu spät und betrunken oder überhaupt nicht am Drehort erschien – Eddy G stürzte sich jetzt auf Norma Jeane herab wie ein Racheengel. Leuchtende braune Augen und dunkles gekräuseltes Haar und eine wächserne Blässe, die sie wunderschön fand. Eddy G drückte Norma Jeane auf den Boden, obwohl es ein harter Dielenboden war, so stark war sein Drang zu kopulieren, auf der Stelle zu kopulieren wie ein Hund; er spreizte ihre Beine und drang in sie ein, und in Norma Jeane wallten Scham, Schmerz und Reue auf, denn es war doch Cass Chaplin, den sie liebte, Cass Chaplin, den sie heiraten wollte, Cass Chaplin, der dazu bestimmt war, der Vater ihres Kindes zu werden; ja, aber sie liebte auch Eddy G, Eddy G, viel größer als sein berühmter Vater und doch ebenso bullig, mit strammen Muskeln, einem blassen, beinahe hübschen Muttersöhnchen-Gesicht und fleischigen, aufgeworfenen Lippen, wie geschaffen zum Saugen. Ohne zu wissen, was sie tat, klammerte sich Norma Jeane an Eddy G. Mit ihren Armen, ihren Beinen, ihren leicht wund geriebenen Schenkeln. Wund gerieben von zu vielen Liebesspielen. Ausgehungert nach Liebe und Liebeslust. Diese warme süße Empfindung des Sich-Öffnens, Weitens wie ein Ballon, jedes Mal überraschend für sie, die sich doch immer so eng fühlte, ein wirres Knäuel aus abwegigen Gedanken, unaussprechlichen Gedanken, ganz unten, an den geheimen Stellen, für die Wörter wie *Vagina, Schoß, Gebärmutter* unzulänglich waren und Wörter wie *Fotze* nur Karikaturen, Zerrbilder, vom Feind geprägt. Der Ballon weitete sich, weitete sich immer mehr. Norma Jeanes Wirbelsäule wurde zu einem straff gespannten Bogen. Sie wand sich auf dem harten Fußboden, warf den Kopf von einer Seite zur anderen, die Augen blind ins Leere gerichtet.

Das würde Rose gefallen. Rose fickt gern und lässt sich gern ficken. Wenn der Mann es ihr richtig besorgt.

Norma Jeane schrie auf und hätte Eddy G ein Stück aus der Unterlippe gerissen, wenn Eddy, der spürte, dass sich ihre Muskeln zusammenzogen, der wusste, dass sie gleich kommen würde und wie heftig die Orgasmen dieses ausgehungerten Mädchens waren, nicht schlauerweise den Kopf gehoben und vor diesen Zähnen in Sicherheit gebracht hätte.

Sie war keine gute Wetze, weiß Gott nicht. Im Grunde wusste sie nicht mal, wie sie es anstellen sollte. Nicht mal beim Blasen. Man konnte ihr nur in den Mund ficken, und es war ein geiler Mund, also war das okay, aber doch eher etwas, das man für sich selbst tat, fast wie Wichsen. Irgendwie schon absurd, wenn man bedenkt, wer sie war oder jedenfalls bald sein würde: das berühmteste Sexsymbol des zwanzigsten Jahrhunderts! Was man damals über sie hörte, war hauptsächlich, dass sie bloß dalag und einen drübersteigen ließ, also fast wie eine Leiche, die Hände auf der Brust gefaltet. Aber mit Cass und mir war es das genaue Gegenteil; sie wurde so erregt, so verrückt vor Erregung, da war kein Rhythmus mehr drin, sie erzählte uns, dass sie nie onaniert hatte (das mussten wir ihr erst beibringen!), und vielleicht lag's ja daran, sie war fasziniert von ihrem wunderschönen Körper, ihrem Spiegelbild, aber eigentlich war das nicht sie, und sie hatte keinen Schimmer, was sie mit diesem Körper anstellen sollte. Fast schon ein Witz! Norma Jeane beim Orgasmus, das war wie eine panische Massenflucht zum Notausgang. Alle am Schreien und alle gleichzeitig am Rausdrängeln.

Als die beiden eine Stunde später aufwachten, durch einen leichten Tritt von Cass' Fußspitze aus einem betäubungsähnlichen Schlaf gerissen, war das, was Norma Jeane Eddy G über den limonengrünen Cadillac hatte fragen wollen, das, was ihr so dringlich erschienen war, längst vergessen.

Cass blickte lächelnd auf sie herab. Seufzte. »Ihr beiden! Ein so friedliches Bild. So hätte die *Laokoongruppe* aussehen können, wenn die Schlangen es mit den Jungen getrieben hätten, statt sie zu erwürgen. Und danach alle eingeschlafen wären, eng verschlungen. Wenn sie so und nicht auf diese schreckliche Weise unsterblich geworden wären.«

Unter dem schmuddeligen Palomino-Fell auf der Rückbank ihres neuen Autos würde Norma Jeane später ein paar dunkle Spritzer entdecken, wie Regentropfen, aber klebrig. Blut? Unter einer schmutzigen Fußmatte aus Plastik würde Norma Jeane einen Manila-Umschlag entdecken, der eine gute Hand voll weißen, feinkörnigen Pulvers enthielt. Opium?

Sie stippte einen Finger hinein und leckte ihn ab. Das Zeug schmeckte nach nichts.

Als sie Eddy G das Päckchen zeigte, nahm er es schnell an sich. Sagte augenzwinkernd: »Danke, Norma! Unser Geheimnis!«

5

»Ich glaube, Rose hatte ein Baby. Und das Baby ist gestorben.«

Sie lächelte, ließ aber nicht locker. Strich sich, während sie redete, unbewusst (bewusst?) über die Brüste. Streichelte sich manchmal sogar, ganz in Gedanken, als gehörte die kreisende selbst-liebkosende Geste mit zum Denken, diese Hand auf der Magengrube, dem Schamhügel, der sich durch die engen Kostüme fast abzeichnete.

Als würde sie in aller Öffentlichkeit mit sich spielen. Wie ein kleines Kind oder ein Tier, das sich einen abreibt.

Nicht nur hinter den Kulissen von *Niagara*, sondern in ganz Hollywood machten zwei höchst unterschiedliche Theorien die Runde. Der ersten zufolge konnte die weibliche Hauptdarstellerin »Marilyn Monroe« überhaupt nicht spielen – und musste es auch nicht, weil sie als »Rose Loomis«, das Luder, ohnehin nur sich selbst spielte und die Studiobosse sie allein aus diesem Grund als Rose besetzt hatten (denn es war in ganz Hollywood bekannt, dass die Bosse, von Mr. Z an abwärts, Marilyn Monroe für ein Flittchen hielten, kaum besser als eine Nutte oder Pornofilmdarstellerin); laut der zweiten, gewagteren Theorie, die von ihren Regisseuren und einigen ihrer Kollegen gestreut wurde, war sie eine geborene Schauspielerin, ein wahres Naturtalent und somit eine Art Genie, wie auch immer man »Genie« definieren wollte, und mit dem »Spielen« verhielt es sich bei ihr vielleicht wie bei einer Ertrinkenden, die in ihrer Verzweiflung mit den Armen rudert, mit den Beinen tritt und damit das Prinzip des »Schwimmens« erfasst. Also »natürlich« schwimmen lernt!

Der Schauspieler bringt Gesicht, Stimme und Körper in seinen Beruf ein. Andere Werkzeuge hat er nicht. Was er schafft, ist er selbst.

Schon in der ersten Drehwoche begann H, der Regisseur, Norma Jeane »Rose« zu nennen, als hätte er ihren Künstlernamen vergessen. Sie fand das schmeichelhaft, amüsant. Konnte nichts Beleidigendes darin entdecken. Sowohl H als auch ihr in seiner Rolle unsicher wirkender Co-Star Joseph Cotten, ein Schauspieler der alten Schule, einer der Großen aus der Generation von Norma Jeanes ehemaligem Liebhaber V, der V in vielerlei Hin-

sicht ähnelte, benahmen sich, als wären sie in »Rose« verliebt oder jedenfalls so von ihr fasziniert, dass sie die Augen nicht abwenden konnten; oder
ekelten sie sich etwa vor ihr, ihrem schamlos weiblichen Körper, ihrer un-
verhüllten Geschlechtlichkeit, drückten ihre ständigen Blicke etwa nur
Furcht und Abscheu aus? Der Schauspieler, der Roses Geliebten spielte und
der sie in langen Liebesszenen küssen durfte, war so erregt von ihr, dass
Norma Jeane fast über ihn lachen musste; hätte sie nicht zu den Zwillingen
gehört (wie Cass und Eddy G sich spaßeshalber nannten), hätte sie ihn wohl
zu sich nach Hause eingeladen. Oder zu einem Schäferstündchen in ihre
Garderobe, warum denn nicht? Es war schier zum Wahnsinnigwerden, dass
»Rose« in jeder Szene fast alles Licht auf sich zog, ganz gleich, wie akri-
bisch die Kulisse ausgeleuchtet war. Schier zum Wahnsinnigwerden, dass
sie in jeder Szene scheinbar mühelos fast allen Raum einnahm, ganz gleich,
wie viel Präsenz die anderen Schauspieler zu entfalten suchten. Die täglichen Muster stellten die anderen als zweidimensionale Karikaturen bloß,
während »Rose Loomis« lebte. Ihre helle, leuchtende Haut, die Hitze abzu-
sondern schien, ihre unheimlichen Augen, durchscheinend blau wie eine
aufgewühlte winterliche See voller Eisschollen, ihre trägen somnambulen
Bewegungen. Wenn sie vor der Kamera begann, über ihre Brüste zu streichen, war H so geblendet, dass es ihm schwer fiel, die Szene abzubrechen;
obwohl solche Szenen niemals die Zensur passieren würden und herausge-
schnitten werden müssten. In einer der wichtigsten Szenen, als sie ihren
verzweifelten Mann auslacht, sich über seine Impotenz lustig macht, ihm
ankündigt, sich dem Erstbesten hingeben zu wollen, der ihr begegnet, rieb
Rose mit einer Handfläche unmissverständlich ihren Unterleib.

*Warum? Das war doch offensichtlich. Wenn er ihr nicht geben konnte, was
sie wollte, dann würde sie es sich eben selbst besorgen.*

Aber eins war schon merkwürdig. Und machte auch als Merkwürdigkeit
die Runde. Dass nämlich die junge blonde Schauspielerin Marilyn Monroe
kaum ein Jahr zuvor, bei den Dreharbeiten von *Versuchung auf 809,* als
prüde gegolten hatte, als verklemmt, krankhaft schüchtern, eine, die vor jedem Körper-, ja sogar vor Blickkontakt zurückschreckte; sie hatte sich in ihrer Garderobe verkrochen, bis sie gerufen wurde, und wenn sie dann endlich
erschien, notgedrungen, wirkte die Angst in den Augen, die zu ihrer Figur
gehörte, nicht einmal »gespielt«. Doch bei den Dreharbeiten von *Niagara,*
zu denen sich weitaus mehr Besucher einfanden und über die weitaus mehr
berichtet wurde, wirkte dieselbe junge blonde Schauspielerin, als wäre

Schamgefühl für sie ein Fremdwort. Sie wäre nackt zu ihrer Duschszene angetreten, hätte die Kostümassistentin ihr nicht einen Frotteebademantel gereicht; sie hätte das Handtuch einfach fallen lassen, hätte dieselbe Kostümassistentin ihr nicht denselben Frotteebademantel gereicht. Es war die alleinige Entscheidung der Schauspielerin, sich für die Bettszenen auszuziehen, in denen andere Schauspielerinnen, selbst Leinwandsirenen wie Rita Hayworth oder Susan Hayward, fleischfarbene Unterwäsche getragen hätten, die unter dem weißen Laken ohnehin nicht zu sehen gewesen wäre. Es war die spontane Entscheidung der Schauspielerin, ihre Knie unter dem Laken anzuheben und die Beine zu spreizen, lasziv, ja obszön, alles andere als »feminin«. Hier seht ihr eine Frau, die verspricht, im Bett nicht brav und passiv zu sein! Beim Drehen verrutschte das Laken häufig und enthüllte eine Brustwarze oder sogar eine ganze milchweiße Brust. Bei aller Faszination blieb H nichts weiter übrig, als die Szene zu unterbrechen. »Rose! Das kriegen wir nie und nimmer durch die Zensur!« Er war der wachsame Vater, ihm oblag die moralische Verantwortung. Rose war die widerspenstige, wollüstige Tochter.

Dieses verdammte Weib. So schön, dass man sie nur immerzu anschauen wollte. Als Cotten sie schließlich erwürgte, brachen einige von uns spontan in Beifall aus.

Ein Teil von *Niagara* wurde auf dem Gelände der Produktionsgesellschaft gedreht, die Außenaufnahmen an den Niagarafällen im Staate New York. Und dort wurde die Figur »Rose Loomis« sogar noch übermächtiger, noch unberechenbarer. Die Schauspielerin verlangte Eingriffe ins Drehbuch. Erhob Einspruch gegen ihren »klischeehaften« Text. Bat um die Erlaubnis, selbst Dialoge schreiben zu dürfen; als ihr dieser Wunsch abgeschlagen wurde, bestand sie darauf, einen Teil der Szenen zu mimen, ohne den Mund aufzumachen. Norma Jeane glaubte, dass »Rose Loomis« eine lieblos heruntergeschriebene, kaum ausgeführte, nicht überzeugende Figur war, ein plumpes Plagiat der Verführerin-Serviererin-Mörderin Lana Turners aus *Im Netz der Leidenschaften*. Sie glaubte, dass die Studiobosse ihr das absichtlich angetan hatten, um sie zu demütigen. Aber sie würde es ihnen schon zeigen, diesen Dreckskerlen.

Sie bestand darauf, ihre Szenen zu wiederholen. Ein halbes Dutzend Mal. Ein Dutzend Mal. »Weil es perfekt werden muss.«

Alles, was diesem Perfektionsanspruch nicht genügte, versetzte sie in Panik.

Eines Tages, bei den Vorbereitungen zu der langen, aufreizenden Kamerafahrt hinter der hüftschwingenden »Rose Loomis« her, wandte sich Norma
Jeane plötzlich an H und seinen Assistenten und sagte nicht mit der Stimme
ihrer Filmfigur, sondern in normalem, sachlichen Ton: »Letzte Nacht ist mir
etwas aufgegangen. Ich glaube, Rose hatte ein Baby. Und das Baby ist gestorben. Es war mir vorher nicht bewusst, aber aus diesem Grund spiele ich
die Rose so und nicht anders. Sie muss mehr sein, als im Drehbuch steht; sie
ist eine Frau mit einem Geheimnis. Ich kann mich erinnern, wie es passiert
ist.«

H fragte irritiert: »Was denn? Wie was passiert ist?«

Er war ratlos, wie seit Wochen schon, was »Rose Loomis« anging. Oder
»Marilyn Monroe«. Oder – wer sie auch sein mochte! Wusste nicht, wie er
es mit dieser Frau halten sollte: sie ernst nehmen oder über sie hinweggehen
wie über einen schlechten Witz?

Sie fuhr unbeirrt fort: »Dieses Baby. Rose hat es in eine Kommodenschublade gesperrt, und da ist es erstickt. Natürlich ist das nicht hier passiert.
Nicht in dem Motelzimmer. Sondern irgendwo im Westen. Wo sie vor ihrer
Ehe gelebt hat. Sie war mit irgendeinem Mann im Bett und hörte nicht, dass
das Baby in der Schublade schrie, und als die beiden fertig waren, war das
Baby tot, ohne dass sie etwas davon ahnten.« Ihre Augen wurden schmal,
blinzelten über die grell ausgeleuchtete Szene hinaus in die düsteren Regionen der Vergangenheit. »Später hat Rose das Baby aus der Schublade geholt
und heimlich irgendwo begraben. Niemand hat je davon erfahren.«

H lachte verzwungen. »Und wie zum Teufel hast *du* davon erfahren?«

Verdrehte Blondine hätte er sie gern genannt. Um es sich leicht zu machen,
über sie hinwegzugehen. Fürchtete er etwa, sie könnte seine Autorität als
Regisseur untergraben, so wie »Rose Loomis« die Autorität und Männlichkeit ihres Mannes untergrub?

»Na, ich weiß es eben!«, sagte Norma Jeane ganz überrascht von Hs Einwand. »Ich habe Rose gekannt.«

6

Eine gigantische Frau! Und diese Frau war sie.

In Niagara Falls begann sie zu träumen, wie sie in Kalifornien nie geträumt
hatte. Wachträume waren das, so scharf gezeichnet wie besonders behandel-
ter Film. Eine gigantische Frau, eine lachende Frau mit hellem Haar. Nicht

Norma Jeane und nicht »Marilyn« oder »Rose« – »sondern ich. Ich bin in ihr.«

Statt eines beschämenden blutenden Schnitts hatte sie eine Art Höcker zwischen den Beinen, eine pralle Feige. Und dieses Organ pulsierte vor Hunger, vor Lust. Manchmal musste Norma Jeane nur mit der Hand darüber fahren oder auch nur träumen, mit der Hand darüber zu fahren, und wie ein Streichholz, das angerissen wird, kam sie im selben Moment zum Orgasmus und erwachte stöhnend in ihrem Bett.

7

Die Schlampe. Rose verhöhnt ihren Mann, weil sie nichts von ihm hat, weil er kein Mann ist. Am liebsten würde sie ihn tot sehen. Weil er kein Mann ist und eine Frau einen Mann braucht. Wenn der Mann, mit dem sie verheiratet ist, ihr kein Mann sein kann, hat sie das Recht, ihn loszuwerden. Dem Filmkomplott zufolge soll Roses Liebhaber ihn direkt oberhalb der Niagarafälle in den Fluss stoßen, in den sicheren Tod. Es ist eine schockierende Botschaft für die frühen fünfziger Jahre: dass eine Frau den Mann, mit dem sie verheiratet ist, nicht unbedingt lieben muss, dass es allein ihre Entscheidung ist, wen sie liebt, wem sie sich hingibt. Ihr Leben gehört ihr, selbst wenn sie sich entschließt, es wegzuwerfen.

Ich habe Rose geliebt. Vielleicht als einzige Frau im Publikum, obwohl ich das nicht glaube, der Film war ja ein solcher Renner, lange Schlangen vor dem Kino wie samstags bei der Kindermatinee. Rose war so schön und so sinnlich – die musste endlich mal ihren Willen bekommen. Vielleicht müssten alle Frauen mal ihren Willen bekommen. Wir sind es leid, ewig mitfühlend und verständnisvoll zu sein. Wir sind es leid, ewig zu verzeihen. Wir sind es leid, ewig gut zu sein!

8

»Als wäre jederzeit mit einer Botschaft zu rechnen. Ob ich sie nun verstehe oder nicht.«

Mit dieser Haltung las Norma Jeane Bücher.

Man öffnete ein Buch zufällig an irgendeiner Stelle, blätterte ein bisschen und begann zu lesen. Auf der Suche nach einem Omen, einer Wahrheit, die das eigene Leben verändert.

Sie hatte einen ganzen Koffer mit Büchern voll gepackt, für die Zeit der Außenaufnahmen. Sie hatte Cass Chaplin und Eddy G inständig gebeten, sie zu begleiten, und als die beiden abwinkten, ihnen das Versprechen abgenommen, sie besuchen zu kommen, obwohl sie schon wusste, dass keiner von beiden ihr an die Ostküste nachfliegen würde, da beide eingefleischte Hollywoodianer waren.

»Ruf uns an, Norma. Melde dich. Versprich uns, dass wir von *dir* hören.«

Es gab Tage, an denen die Dreharbeiten von *Niagara* gut vorankamen, und es gab Tage, an denen sie nicht gut vorankamen, und in letzterem Fall war gewöhnlich »Rose Loomis« schuld oder bekam jedenfalls die Schuld.

Sie war eine Zwangsneurotikerin. Sie konnte es nie nach einem Mal gut sein lassen. Ihr Geheimnis war die panische Angst vor dem Versagen.

Nach solchen Drehtagen weigerte sich Norma Jeane, zusammen mit den anderen zu Abend zu essen. Sie hatte genug von ihnen und umgekehrt. Auch sie hatte ja genug von »Rose Loomis«. Sie nahm ein langes Bad und streckte sich dann nackt auf dem Doppelbett in ihrer Suite im Starlite Motel aus. Sie sah nie fern und hörte nie Radio. Stattdessen las sie immer noch in dem sprunghaft assoziativen, genialisch wirren Tagebuch Nijinskys, das sie zu Gedichten nach Nijinskys traumartigen, zauberformelgleichen Zeilen inspirierte.

Ich will dir sagen, ich liebe dich dich
Ich will dir sagen, ich liebe dich dich
Ich will dir sagen, ich liebe ich liebe ich liebe.
Ich liebe und du nicht. Du nicht nicht.
Ich bin Leben, doch du bist Tod.
Ich bin Tod, doch du bist nicht Leben.

Norma Jeane schrieb wie besessen. Was sollten diese Gedichte bedeuten? Sie hätte nicht sagen können, ob sie an Cass Chaplin gerichtet waren oder an Eddy G oder Gladys oder ihren fremden Vater. Jetzt, zum ersten Mal in ihrem Leben Tausende Meilen fern von Kalifornien, erkannte sie mit schmerzhafter Klarheit: *Ich brauche deine Liebe. Ich ertrage es nicht, dass du mich nicht liebst.*

Es kamen die zwei, drei Tage, als ihre Periode sich verzögerte und Norma Jeane überzeugt war, schwanger zu sein. Schwanger! Ihre Brustwarzen schmerzten, ihre Brüste fühlten sich geschwollen an; ihr Bäuchlein schien gerundet, die Haut glitzerte weißlich, und das dünne, halb ausrasierte gebleichte Schamhaar war steif, als wäre es elektrisch aufgeladen. Dieser Zustand hatte nichts mit »Rose« zu tun, die ein hilfloses Kleinkind in einer Kommodenschublade hatte ersticken lassen und die bedenkenlos abtreiben würde, wenn eine Schwangerschaft ihrer Lust im Weg stände. Man konnte sich direkt vorstellen, wie Rose auf einen gynäkologischen Stuhl stieg, die Beine breit machte und dem Abtreibungsarzt erklärte: »Nun machen Sie schon, ich bin nicht sentimental.«

Die sorglosen jungen Männer Cass Chaplin und Eddy G benutzten bei der Liebe nie ein Kondom. Es sei denn, sagten sie, sie könnten sich ziemlich sicher sein, dass ihr Partner »krank« war.

Von den starken, seidig-flaumigen Armen der jungen Männer gehalten, von erotischer Lust berauscht wie ein frisch gestillter Säugling von der Muttermilch und mit ebenso wenig Gedanken an die Zukunft wie ein Säugling, dämmerte Norma Jeane dem Schlaf entgegen und lag im Traum glückselig in den Armen ihrer Liebhaber. *Wenn es geschieht, dann hat es so sollen sein.* Ein Teil von ihr wollte dieses Kind – es würde Cass' und Eddys Kind sein –, und ein anderer, klarsichtigerer Teil ihres Ichs wusste, dass das ein Fehler wäre.

Wie Gladys einen Fehler gemacht hatte, noch eine Tochter zu bekommen. Sie probte den Anruf bei Cass und Eddy G. »Hört doch! Eine wunderbare Neuigkeit! Cass, Eddy – stellt euch vor, ihr werdet *Väter.*«

Schweigen. Der Ausdruck auf ihren Gesichtern! – Norma Jeane musste lachen, sah die beiden so deutlich vor sich, als stünden sie leibhaftig vor ihr.

Natürlich war sie nicht schwanger.

Wie in einem bösen Märchen, in dem einem nie die wahren Wünsche erfüllt werden, sondern nur die törichten, ist es nicht so einfach, schwanger zu werden, wenn man sich ein Kind wünscht.

Und so kam es, dass mitten in der Szene, in der »Rose Loomis« zum Leichenschauhaus gebracht wird, um ihren ertrunkenen Mann zu identifizieren, und stattdessen ihren ertrunkenen Liebhaber sieht, Norma Jeane zu bluten begann. Was für ein grausamer Streich! »Rose Loomis« in einem so engen Rock, dass sie sich auf ihren Stöckelschuhen kaum bewegen kann, mit einem Gürtel, der ihre schmale Taille noch zusammenschnürt. »Rose Loomis«, deren knapper Spitzenschlüpfer sich sofort mit Blut tränkt. Ihr Ohnmachtsanfall ist beinahe echt. Sie muss sich nach draußen zu einem bereitstehenden Wagen helfen lassen.

Drei trostlose Tage lang sollte Norma Jeane bettlägrig sein. Eklige stinkende Klümpchen bluten, während in ihrem Schädel eine blind machende Migräne wütete. Das war »Roses« Strafe! Der mitgereiste Studioarzt ließ ihr einen großzügigen Vorrat an Kodein-Schmerztabletten da – »Aber ja keinen Alkohol, versprochen?« Unter den Vertragsärzten der Hollywood-Studios herrschte eine notorische Laxheit, eine Gleichgültigkeit gegenüber dem Wohlergehen ihrer Patienten über das jeweils aktuelle Filmprojekt hinaus. Doch auch wenn Norma Jeane im Bett lag, die Dreharbeiten zu *Niagara* konnten nicht ruhen. Sie erfuhr, dass die täglichen Muster ohne »Rose« schwach waren, unlebendig, enttäuschend. Zum ersten Mal kam es Norma Jeane in den Sinn, dass sie diesen Film trug, nicht Joseph Cotten und ganz gewiss nicht Jean Peters. Und zum ersten Mal fragte sie sich, wie viel Geld die anderen Hauptdarsteller dafür kassierten.

Im Starlite Motel las Norma Jeane Nijinsky, und sie las Stanislawskis *Mein Leben in der Kunst*, das Cass Chaplin ihr am Vorabend ihrer Abreise gegeben hatte. Ein kostbares gebundenes Buch mit Cass' handschriftlichen Notizen. Sie las *Lehrbuch des Schauspielers und Leben des Schauspielers* und sie las in Freuds *Traumdeutung*, ein ermüdendes Werk, dogmatisch und langatmig, so eintönig wie ein Metronom. Aber war Freud denn nicht ein großes Genie? War er nicht wie Einstein, wie Darwin? Otto Öse hatte immer anerkennend von Freud gesprochen, I. E. Shinn ebenso. Die Hälfte der Hautevolee Hollywoods war in »Therapie«. Freud hielt die Träume für »den Königsweg zum Unbewussten«, und Norma Jeane hätte gern diesen Weg beschritten, um ihre wildwuchernden Gefühle unter Kontrolle zu bringen. *Nicht, um mich von der Liebe zu befreien, aber von den Ansprüchen der Liebe. Von dem Wunsch, sterben zu wollen, wenn ich nicht geliebt werde.* Sie las Tolstois *Tod des Iwan Iljitsch*, eine Geschichte, für deren Lektüre »Rose Loomis« weder den Sinn noch die Geduld gehabt hätte. *Damit ich dem Tod ins Gesicht sehen könnte. Nicht Rose, sondern ich.*

Später würde man sich erzählen, H sei selbst bei Marilyn Monroe vorbeigekommen, um sie abzuholen, höchst aufgebracht und zutiefst beunruhigt, als sie nach mehreren Aufforderungen nicht am Drehort erschien. Sie in einem hautengen Kleid und grell geschminkt vorfand, zurechtgemacht für Roses letzte, große Szene, in der ihr rachsüchtiger Ehemann sie eigenhändig erwürgt. Sie starrte H im Spiegel an, als würde sie ihn erst gar nicht erkennen. Als hätte H in diesem Moment der leibhaftige Tod sein können. Dieses verrückte, verzweifelte Lächeln. Und dieses hauchige Kichern! Denn sie hatte über den schrecklichen Tod von Iwan Iljitsch geweint, oder? Über den Tod eines fiktiven russischen Postangestellten aus dem neunzehnten Jahrhundert, der nicht einmal ein besonders guter oder wertvoller Mensch gewesen war. Zerlaufene Wimperntusche auf einer rougegeschminkten Wange, und schnell, schuldbewusst sagte sie: »Ich komme ja schon! Rose ist b-bereit zu sterben.«

9

Und doch starb sie einen grauenvollen Tod. Eine angemessene Strafe. Das Luder hätte ruhig noch ein bisschen länger leiden können. Und wir hätten es in Großaufnahme sehen sollen, die Kamera direkt vor ihrem Gesicht. Nicht einfach nur von oben. Kreuzschraffuren, die den Tod schön erscheinen lassen wie ein Gemälde. Rose, gefallen und tot. Ein hingestreckter Körper. Und plötzlich ist Rose nicht mehr Rose, sondern nur der weibliche Körper, tot.

10

»Warum kommt ihr nicht ans Telefon? Wo seid ihr?«

Norma Jeane, allein im Starlite Motel in Niagara Falls, hatte solche Sehnsucht nach Cass Chaplin und Eddy G, die so selten unter den angegebenen Telefonnummern zu erreichen waren, Nummern von mysteriösen Domizilen, wo die Telefone endlos klingelten oder hispanische oder philippinische Dienstmädchen abnahmen, aber kein Wort verstanden. Solche Sehnsucht nach den beiden, dass sie sich schließlich selbst »befriedigte«, so wie sie es ihr beigebracht hatten, mit Cass' und Eddy Gs Bild vor Augen, die beiden Liebhaber verschmelzend, während die Finger immer verzweifelter rieben, bis sie einen so explosiven, so erschreckenden Orgasmus erreichte, dass sie meinte, ohnmächtig zu werden, und ihr, wenn sie nur Sekunden später benommen zu sich kam, ein Speichelfaden übers Kinn rann und ihr Herz in beängstigendem Tempo pochte. *Wäre ich Rose, würde mir das Gefühl gefallen. Aber ich bin eben nicht Rose, oder?* Sie begann zu weinen, vor lauter Hoffnungslosigkeit, vor lauter Scham. Eine solche Sehnsucht nach ihren Liebhabern, dass ihr schon Zweifel kamen: Existierten die beiden überhaupt? Und wenn ja, liebten sie ihre Norma wirklich so heiß und innig, wie sie behaupteten?

Norma Jeane sagte sich, dass sie es verwinden könnte, wenn Cass und Eddy G sich gemeinsam oder einzeln mit anderen Männern einließen. (Sie vermutete, dass das dem Lebensstil männlicher Homosexueller entsprach: Sex auf die Schnelle, ohne Bedeutung.) Aber nein, Norma Jeane könnte es niemals verwinden, wenn sie sich in ihrer Abwesenheit ein anderes Mädchen zur Geliebten nähmen.

Ihr Trumpf bestand ja darin, dass sie die weibliche Komponente war. Zwei männliche, und sie war die weibliche. »Ein magisches und unauflösbares Triumvirat«, wie es Cass auf seine exaltierte Art ausgedrückt hatte. Ach, die Zwillinge liebten sie doch! Vergötterten sie. Da war sie sich ganz sicher. Die beiden strahlten vor Besitzerstolz, wenn sie mit ihr in der Öffentlichkeit auftraten. »Marilyn Monroe«, das Phantasieprodukt der Produktionsgesellschaft, stand kurz vor dem Durchbruch, und die Hollywoodsprösslinge Cass und Eddy G wussten sehr wohl, was das bedeuten konnte, selbst wenn ihr Mädchen es nicht zu wissen schien. (»Ach, seid nicht albern – das ist unmöglich. Wie Jean Harlow? Joan Crawford? Nein, so großartig bin ich nicht. Ich weiß, was ich bin. Wie hart ich arbeite. Es ist nur ein Trick der Kameras, dass ich manchmal so anders aussehe.«) Selbst wenn Cass und Eddy G über sie lachten, war ihr klar, dass sie sie liebten. Denn sie lachten über sie, wie man über eine jüngere, alberne Schwester lachen würde.

Und doch – nun ja, manchmal war dieses Lachen schon etwas grausam. Norma Jeane bemühte sich, nicht an solche Momente zu denken. Wenn die Jungen sich geradezu gegen sie verbündeten. Sie beim Liebesspiel so nahmen, dass es wehtat. *So,* wie sie es nicht mochte, weil es wehtat und hinterher noch lange wehtat und sie kaum sitzen konnte noch auf dem Bauch schlafen und Schmerztabletten nehmen musste oder eines von Cass' Zaubermitteln, und warum die beiden es *so* mochten, war ihr unbegreiflich.

»Es ist einfach nicht natürlich, oder? Irgendwie kann es das doch nicht sein.«

Lachen, Lachen über die kleine Norma, die sich die Tränen aus den blanken babyblauen Augen blinzelte.

Manchmal taten sie aber auch Norma Jeanes Gefühlen weh, wenn sie in ihrem Beisein von ihr als *sie* sprachen. *Sie, sie, sie.* Und manchmal nannten sie sie verstohlen grinsend *Fisch.*

Etwa: »He, Fisch, leihst du uns einen Zwanziger?«

Etwa: »He, Fischlein, leihst du mir einen Fünfziger?«

(Norma Jeane erinnerte sich, ein-, zweimal zufällig mit angehört zu haben, wie Otto Öse sie oder ein anderes seiner weiblichen Modelle als »Fisch« bezeichnete. Doch als sie Cass fragte, was der Ausdruck bedeuten solle, zuckte er nur mit den Achseln und verzog sich aus dem Zimmer. Dann fragte sie Eddy G, der sich nicht zierte, denn in ihrem Triumvirat von Charakteren war Eddy G Cass Chaplins jüngerer, frecherer Bruder. »Fisch? Ganz einfach, weil du ein ›Fisch‹ bist, Norma. Dafür kannst du nichts.« »Aber wieso? Was bedeutet denn ›Fisch‹?«, bohrte Norma Jeane lächelnd weiter. Auch Eddy G lächelte, als er ihr freundlich erklärte: »›Fisch‹ ist einfach jedes weibliche Wesen. Die klebrigen Schuppen, der typische Gestank. Ein Fisch ist schleimig, klar? Ein Fisch ist eine Art weibliches Wesen, selbst als Männchen, besonders wenn er aufgeschlitzt und ausgenommen vor einem liegt, verstehst du, was ich meine? Das musst du nicht persönlich nehmen.«)

Und doch war das Weibliche Norma Jeanes Trumpf. So wie »Marilyn Monroe« – »Rose Loomis« – das Weibliche war.

Ohne uns könnten sie sich nicht fortpflanzen. Keine Söhne bekommen.

Ohne uns wäre es mit der Welt zu Ende! Ohne uns weibliche Wesen.

Wieder wählte sie eine der Hollywood-Nummern.

Zum wievielten Mal an diesem Abend. In dieser Nacht. Wie viel Uhr war es eigentlich in Los Angeles? Drei Stunden später oder drei Stunden früher? Das brachte sie immer durcheinander.

»Hier ist es ein Uhr morgens, also muss es dort zehn Uhr abends sein? Oder – elf Uhr?«

Ungeduldig wählte sie die Nummer ihres eigenen, neuen, noch kaum möblierten Apartments in der Nähe des Beverly Boulevards. Diesmal wurde der Hörer abgenommen.

»Hallo?« Es war eine weibliche Stimme, und sie klang jung.

Die Zwillinge

Die Begrüßung. Da waren sie, warteten am Flugsteig auf ihr geliebtes Mädchen! Continental Airlines, Internationaler Flughafen Los Angeles. Neu eingekleidet, sehr elegant – Blazer, Westen, Ascot-Krawatten, Seidenhemden mit auffälligen Manschettenknöpfen – und die gleichen Filzhüte. Ein glutäugiger junger Mann mit dichtem schwarzem Haar, chaplinesk-kummervollem Liebhaberblick und schwarzem Schnurrbart. Neben ihm ein etwas größerer, stämmigerer junger Mann mit Edward G. Robinsons rauflustigen und zugleich irgendwie weichlichen Gesichtszügen, aufgeworfenen fleischigen Lippen und verlangenden Augen. Der, der Chaplin ähnelte, hielt ein halbes Dutzend langstieliger weißer Rosen in der Hand, und der, der Robinson ähnelte, ein halbes Dutzend langstieliger roter Rosen. Als in der Schlange der Passagiere, die aus dem Flugzeug stiegen, eine junge blonde Frau mit Sonnenbrille auftauchte, in einem eng anliegenden kunstseidenen weißen Kostüm, das nach der langen Reise von der Ost- zur Westküste Knitterfalten schlug, und deren Zuckerwatte-Haar fast vollständig unter einem Strohhut mit gebogener Krempe verschwand, starrten die eleganten jungen Männer sie verdutzt an.

»Was ist denn? K-kennt ihr mich etwa nicht mehr?«

Norma Jeane überspielte den angespannten Moment in flotter Musical-Manier. Das war eins ihrer großen Talente, dieses Geschick für rettende Improvisation. Sie lachte fröhlich, lächelte ihr Millionen-Dollar-Lächeln. Wedelte mit einer Hand vor den Gesichtern der jungen Männer hin und her, um sie aus ihrer Trance zu wecken.

»*Nor*-ma!«

Ihre Mit-Passagiere wurden aufmerksam, als die jungen Männer sich auf Norma Jeane stürzten. Eddy G packte sie, hob sie ächzend in der Armbeuge hoch und drückte sie dabei so fest, dass er ihr fast die Rippen gebrochen hätte. Dann umarmte Cass sie auf die anmutig-verhaltene Art des Tänzers, doch sein Kuss auf ihren Mund war feucht und hungrig.

Aber wer waren sie? Schauspieler? Männliche Modelle für Modejournale? Jeder der beiden kam einem auf irritierende Weise bekannt vor, hatte eine unheimliche Ähnlichkeit mit jemand anderem.

»Oh, *Cass*.«

Norma Jeane begann zu schluchzen, verbarg ihr Gesicht in den weißen Rosen.

Doch da schritt Eddy G ein, beugte sich über sie und drückte ihr ebenfalls einen feuchten Kuss auf den Mund. »Ich bin dran.« Norma Jeane war zu überwältigt, um den Kuss zu erwidern oder auch nur die Augen zu schließen. Sie kam gar nicht zu Atem. Die vielen Rosen, die ihr aufgedrängt wurden. Und einige waren schon zu Boden gefallen. Die Landung hatte ihr Angst gemacht, eine holprige Landung in schweflig-schwirrendem Smog, und diese Begrüßung machte ihr noch mehr Angst. Cass sah ihr ergriffen in die Augen. »Norma, es ist nur, weil du – weil du so schön bist. Ich glaube –«

Eddy G konterte mit seinem jungenhaften Grinsen. So wie er Freunde mit seiner Kleiner-Cäsar-Nummer unweigerlich zum Lachen brachte, ahmte er jetzt seinen berühmten Vater nach, anscheinend ohne zu wissen, was er tat, feixte, knurrte aus dem Mundwinkel. Eddy G reagierte immer schnell, wenn es galt, eine Peinlichkeit zu überspielen. »Yeah! Irgendwie verschwitzt man das wohl leicht. Wie schön ›Marilyn‹ ist.«

Die jungen Männer lachten. Norma Jeane stimmte unsicher mit ein.

Welche Veränderungen in Cass und Eddy G! Fast hätte Norma Jeane *sie* nicht wieder erkannt.

Nicht nur wegen ihrer eleganten Kleidung. (Gab es da vielleicht einen neuen Freund, einen neuen großzügigen »Wohltäter«? Einen dieser »älteren liebeskranken Kerle«, denen sie einfach nicht widerstehen konnten?) Cass' Haare waren länger, lockiger, er hatte sich einen seidigschwarzen Schnurrbart stehen lassen, der dem des kleinen Tramp so sehr ähnelte, dass man schon genau hinsehen musste, um zu erkennen, dass das nicht das Original sein konnte. Eddy G machte einen überdrehten Eindruck (seine derzeitige Lieblingsdroge war Dexamyl, in jeder Hinsicht besser als Benzedrin und garantiert *nicht suchterzeugend*); seine dunklen Augen leuchteten, obwohl die Lider verschwollen waren und etliche geplatzte Äderchen in seinem linken Augapfel ein filigranes Blutmuster bildeten.

»*Nor*-ma. Willkommen daheim in L. A.«

»Mein Gott, was haben wir dich vermisst. Verlass uns nie wieder, versprochen?«

Mit spitzen Fingern trug Norma Jeane die dornigen Rosen, während Cass und Eddy G neben ihr herstolzierten, aufgeregt redend und lachend. Pläne für den Abend. Pläne für den nächsten Abend. Eine brodelnde Gerüchteküche – »Walter Winchell prophezeit, dass *Niagara* wie eine Bombe einschlagen wird.« Alle drei Seite an Seite durch die überfüllte Ankunftshalle, auffällig, selbstherrlich, sich wie Pfauen spreizend. Norma Jeane bemühte sich, keine Notiz davon zu nehmen, dass Fremde ihnen ungeniert neugierige Blicke zuwarfen. Fremde, die innehielten, um den Kopf zu drehen und ihnen hinterherzuschauen.

Norma Jeane hatte Cass und Eddy G ihre Autoschlüssel dagelassen, und die beiden waren mit dem limonengrünen Cadillac zum Flughafen gekommen. Sie bemerkte einen langen tiefen Kratzer am rechten hinteren Kotflügel. Scharfkantige Beulen im verchromten Kühlergrill. Aber sie lachte nur und sagte nichts.

Eddy G übernahm das Steuer. Norma Jeane saß eingezwängt zwischen ihren Liebhabern auf dem Vordersitz. Das Verdeck war zurückgeklappt. Der schwefelgetränkte Fahrtwind blies Norma Jeane in die Augen. Während Eddy G sich rasant durch den Verkehr schlängelte, nahm er Norma Jeanes Hand und presste sie gegen sein schwellendes Geschlecht. Und Cass nahm Norma Jeanes andere Hand und presste sie gegen sein schwellendes Geschlecht.

Aber so richtig kennen sie mich nicht. Sie haben mich nicht wieder erkannt.

Das Gelübde. Irgendwie passierte das Malheur: Der Château Mouton-Rothschild 1931 glitt ihm aus den Fingern, ihm, der die Flasche über den Freund eines Freundes eines Freundes organisiert hatte, dessen hoch oben am Laurel Canyon Drive in weitläufigen Kellergewölben lagernde Weinvorräte den geheimnisvollen Schwund gut verkraften konnten, und verdammt, die Flasche war noch zu drei Vierteln voll gewesen. Glas zerklirrte. Die Splitter flogen über den Dielenboden wie teuflische Gedanken. Der säuerlich-strenge Geruch des teuren Weines würde sich monatelang halten. »Oh Gott! Verzeih mir.« Schon verziehen, schon vergessen. Vor verträumt-verschwitzten Küssen. Vor kummervollen, liebeskranken Augen. Vor Freude über solche Augen, solche Schönheit. Verloren in der Verzückung, die nicht enden wollte. Sie waren jung genug, und das Dexamyl half, sich ewig dem Liebesspiel hinzugeben. Denn das war der süßeste Rausch. Andere Formen von Rausch spielten sich im Inneren ab, im Gehirn, doch der Liebesakt war etwas Gemeinsames, oder? Jedenfalls meistens.

»Oh! – es tut weh. Tut mir leid. Aber ich k-kann es irgendwie nicht ändern!«

An diesen Fenstern hingen keine Jalousien. Fenster, weit geöffnet, um den Himmel hereinzulassen. Selbst bei geschlossenen Augenlidern konnte man feststellen, ob es ein klarer Tag oder ein nicht-klarer Tag war, ob Morgengrauen oder abendliches Dämmerlicht, tiefste sternklare Nacht oder tiefste trübe Nacht oder »der große Mittag«, den Cass beschwor, Zarathustra zitierend, sein Jugendidol. (»Aber wer ist Zarathustra?«, wollte Norma Jeane von Eddy G wissen. »Muss man den kennen?« Und Eddy G erwiderte achselzuckend: »Klar. Wahrscheinlich. Ich meine – irgendwann kennt man hier jeden. Manchmal ändert sich der Name, aber man kennt sich eben.«) Im *Hollywood Tatler*, im *Hollywood Reporter*, in *L. A. Confidential* und *Hollywood Confidential* Sensationsfotos dieser Jeunesse dorée. In Klatschkolumnen.

DIE PARTYHELDEN CHARLIE CHAPLIN JR.
UND EDWARD G. ROBINSON JR.
UND DIE BLONDE SEXBOMBE MARILYN MONROE:
EINE LIAISON ZU DRITT?

Vulgär, sagte Cass. Reißerisch, sagte Eddy G. »Marilyn« ist eine ernsthafte Schauspielerin, sagte Cass. Er hasste das eine Foto von sich, auf dem er aussah wie ein Idiot, mit offenem Mund, als würde er hecheln, sagte Eddy G. Und doch rissen sie die grässlichsten Bilder heraus und pinnten sie an die Wände. In der Woche, als ihre »Liaison zu dritt« es auf die Titelseite von *Hollywood Confidential* brachte, ausgelassen in einer Bar am Strip tanzend, kauften Cass und Eddy G ein Dutzend Exemplare, rissen die Seite ab und tapezierten damit Norma Jeanes Schlafzimmertür. Norma Jeane lachte sie aus – sie waren aber auch so eitel. Umgekehrt neckten sie sie erbarmungslos: »Wo ist denn die Sexbombe? Da? Oder da?« Griffen ihr dabei an den Hintern und zwischen die Beine. Norma Jeane quiekte und schob ihre Hände weg. Allein diese Berührungen, die schnellen harten Finger, die Hitze in ihren Gesichtern, ließen sie schmelzen. Oh ja, es war ein Klischee, aber die Wahrheit.

Es war an Norma Jeane, die Jungen aufzumuntern, wenn sie Aufmunterung brauchten, was nach ihren langen manischen Nächten und hektischen Tagen häufig genug der Fall war. Als Eddy G einen Wagen zu Schrott gefahren hatte, einen geliehenen Jaguar. Als Cass' Blutsenkung alarmierende Werte ergab und er drei schreckliche Tage im Krankenhaus verbringen musste. Als Eddy G, der von der Presse hochgelobte Horatio in einer *Hamlet*-Inszenierung in

Los Angeles, eines Nachmittags – »mit leergefegtem Hirn, als hätte sich eine Putzkolonne darüber hergemacht« – aufwachte und weder die Abendvorstellung noch irgendeine weitere bestreiten konnte. Als Cass, von M-G-M für ein Musical als Revue-Tänzer verpflichtet, sich in der ersten Probenwoche einen Knöchel brach – »Verschont mich bloß mit diesem freudianischen Scheiß – es war ein *Unfall*.« Norma Jeane pflegte die beiden, Norma Jeane ließ die beiden ausreden. Manchmal ohne zu hören, was sie sagten. Ihre aus der Kränkung erwachsenen Beleidigungen. Denn vielleicht ist es gar nicht so wichtig, was Menschen sagen, wenn sie dabei nur ernsthaft sind und dir nicht mit Ausflüchten kommen, wenn sie deine Hand nehmen und dir in die Augen sehen. »Oh Norma. Ich glaube, ich liebe dich wirklich.« Eddy G, dessen Muttersöhnchen-Gesicht sich plötzlich in Falten legte wie das eines kleinen Kindes kurz vorm Losweinen. »Ich bin eifersüchtig auf dich und Cass. Ich bin eifersüchtig auf dich und jeden, der dich ansieht. Wenn ich überhaupt eine F-frau lieben könnte, dann dich.« Und Cass mit den verträumten Augen, Norma Jeanes erste wahre Liebe. *Diese Augen. Die schönsten Männeraugen der Welt.* Die sie zum ersten Mal als kleines Mädchen gesehen hatte, eine längst verlorene Norma Jeane, die alles, wofür sie im glamourösen und geheimnisvollen Leben ihrer Mutter keinen Namen hatte, zum Staunen brachte. »Norma? Wenn du sagst, dass du mich liebst, wenn du mich dabei ansiehst – was siehst du dann wirklich? *Ihn?*«

»Nein. Oh nein! Dann sehe ich nur dich.«

Wie beredt sie waren, wie geschliffen und komisch und geistreich sie sich auszudrücken wussten, Cass Chaplin und Eddy G, wenn sie über ihre berühmt-berüchtigten Väter sprachen. »Kronos-Väter«, nannte Cass sie, mit vor Hass bleichem Gesicht. »Die ihre Jungen verschlingen.« (»Wer ist denn Kronos?«, erkundigte sich Norma Jeane bei Eddy G, weil Cass keinesfalls mitbekommen sollte, wie ungebildet sie war, und Eddy G gab ihr die vage Antwort: »Das war, glaube ich, irgendein König vor uralten Zeiten. Oder vielleicht, warte mal – das ist der griechische Ausdruck für Jahwe. Genau, griechisch für Gott. Da bin ich mir ziemlich sicher.«) In Hollywood lebten zahlreiche Kinder von Berühmtheiten, und über den meisten schwebte ein grausamer Zauberbann. Cass und Eddy G schienen sie alle zu kennen. Es waren Träger ruhmreicher Namen (»Flynn«, »Garfield«, »Barrymore«, »Swanson«, »Talmadge«), die so schwer auf ihnen lasteten wie körperliche Gebrechen. Sie wirkten verkümmert und unreif und hatten doch alte Augen. Schon als kleine Kinder nahmen sie Ironie in ihr Repertoire auf. Grausamkeiten, auch eigene, waren ihnen allzu vertraut, doch selbst die geringsten Gesten der Güte, der Großzügigkeit, konnten sie zu Tränen rühren. »Sei bloß nicht nett zu uns«, warnte Cass sie. Eddy stimmte ihm vehement zu. »Yeah! Genauso gut könntest du eine Kobra füttern. *Ich* würde das bei mir nur mit einem riesenlangen Stock machen.« Norma Jeane wandte ein: »Aber ihr beiden *habt* wenigstens Väter. Ihr wisst, wer ihr *seid*.« »Das ist ja gerade das Problem«, erwiderte Cass gereizt. »Wir wussten schon, wer wir waren, bevor wir überhaupt auf die Welt kamen.« Und Eddy G sagte: »Und auf uns, Cass und mir, lastet ein doppelter Fluch – wir sind beide der *Junior*. Von den Vätern ungewollt.« Norma Jeane gab zurück: »Aber woher wollt ihr das denn wissen? Ihr könnt euch nicht darauf verlassen, dass eure Mütter euch die volle Wahrheit erzählen. Wenn es mit der Liebe aus ist und zwei sich scheiden lassen –« Cass wie Eddy G schnaubten verächtlich. »Liebe? Soll das dein Ernst sein? ›Liebe‹, was tischt uns das Fischlein da für einen Scheißdreck auf?«

Norma Jeane, verletzt, erwiderte: »Fisch – ich mag dieses Wort nicht. Es ist mir zuwider.« »Und *uns* ist zuwider, dass du uns erklärst, was wir empfinden sollen«, sagte Cass hitzig. »Du hast deinen Vater nie gekannt, also bist du frei. Du kannst dich selbst neu erfinden. Und das gelingt dir ja auch bestens – ›Marilyn Monroe‹.« Eddy G stieß ins selbe Horn: »Genau! Du bist frei.« Auf seine jungenhaft impulsive Art packte er Norma Jeanes Hand so fest, dass er ihr fast die Finger brach. »Du trägst nicht den Namen von dem Rammler, der dich ins Leben gerammelt hat. Dein Name ist der reinste Schmu: ›Marilyn Monroe‹. Einsame Klasse. Als hättest du dich selbst geboren.« Sie brachten sie ins Gespräch, ohne sie zur Kenntnis zu nehmen; und doch begriff Norma Jeane, dass die beiden, wäre sie nicht gewesen, keineswegs so ernsthaft miteinander gesprochen, sondern vielmehr bloß getrunken oder Rauschgift geraucht hätten. Cass erklärte entschieden: »Wenn ich mich selbst gebären könnte, würde ich wieder geboren werden. Und erlöst. Die Kinder der ›Prominenten‹ können doch niemanden mehr überraschen, am allerwenigsten sich selbst, weil alles, was wir vielleicht irgendwann tun, schon getan worden ist, und zwar besser, als wir es je tun könnten.« Er sprach ohne jede Bitterkeit, vielmehr mit einem Unterton stolzer Resignation, wie ein Schauspieler, der Shakespeare deklamiert. »Genau!«, bekräftigte Eddy G. »Von jedem bisschen Talent, das wir haben, besitzt der Alte sowieso das Zehnfache.« Er lachte und stubste Cass in die Rippen. »Natürlich ist mein Alter bloß ein kleiner Kacker im Vergleich zu deinem. Ein billiger Kintopp-Gangster. Sein Gefeixe kann jeder nachmachen. Aber Charlie Chaplin! Es gab eine Zeit, da war der Typ hier so was wie der König. Und er hat einen ganz schönen Batzen Geld gemacht.« Cass sagte: »Verdammt noch mal, ich habe dich doch gebeten, nicht über meinen Vater zu sprechen. Einen Dreck weißt du über ihn und mich.« »Ach, leck mich, Cassie, was soll das? Ich bin doch derjenige, der von seinem Alten angebrüllt worden ist, wenn ich geheult und mir in die Hosen gemacht habe; er schreit meine Mutter an, und ich geh auf ihn los – erst fünf und schon durchgedreht – und er gibt mir einen Tritt, dass ich durchs Zimmer fliege. Vor dem Scheidungsrichter hat meine Mutter das unter Eid ausgesagt, und es gibt Röntgenbilder, die das beweisen.« »Bei der Scheidung von meinen Eltern musste *ich* vor Gericht aussagen. Meine Mutter war zu weggetreten, zu betrunken.« »*Deine* Mutter? Und was ist mit *meiner* Mutter?« »Deine Mutter ist zumindest nicht verrückt.« »Was redest du da? Einen Dreck weißt du über meine Mutter.«

Und so stritten sie, hitzig, fuchtig, wie Brüder; Norma Jeane versuchte zu schlichten, wie June Allyson in einem dieser geschwätzigen Filme der Vierziger, in denen die Vernunft obsiegte, wenn die weibliche Hauptfigur nur hübsch und erbost genug war. »Cass, Eddy! Ich verstehe euch nicht. Alle beide nicht. Eddy, du bist ein ausgezeichneter Schauspieler, das habe ich mit eigenen Augen gesehen. Ernsthafte Rollen, poetische Sprache – da bist du in deinem Element: Shakespeare, Tschechow. Nicht beim Film, sondern auf der Bühne. *Das* ist die wahre Bewährungsprobe für jeden Schauspieler. Aber du gibst zu schnell auf. Du erwartest zu viel von dir, und dann gibst du auf. Und du, Cass – du bist ein wunderbarer Tänzer.« Norma Jeane sprach schneller und schneller, während die Männer sie in stummer Verachtung fixierten. Ihre Gesichter waren so ausdrucksleer wie die von Grabsteinplastiken. »Und du, Cass, du setzt Musik in Bewegung um! Wie Fred Astaire. Und die Tänze, die du komponiert hast, sind wunderschön. Ihr seid beide –«

Norma Jeane war entsetzt, wie hohl ihre Worte klangen, obwohl sie wusste, dass sie die reine Wahrheit sprach. Ohne jede Übertreibung! In gewissen Kreisen galten die Söhne von Charlie Chaplin und Edward G. Robinson als »begabt« – aber »zum Scheitern verdammt«. Denn bloße »Begabung« nützt nichts ohne weitere Wesensvorzüge wie Mut, Ehrgeiz, Ausdauer, Glaube an sich selbst. Verhängnisvollerweise mangelte es beiden an eben diesen Vorzügen. Eddy G sagte feixend: »Ich habe also Talent zum Spielen? Ja, was ist denn ›Spielen‹, Baby? Scheiße. Mein Alter und sein Alter, die Barrymores, die Garbo, alle Scheiße. Gesichter, sonst nichts. Und die be-

431

schissenen Zuschauer sehen diese Gesichter und sind verzaubert, aber es ist ein fauler Zauber. Jeder, der halbwegs gut gebaut ist, kann spielen.« Cass fuhr dazwischen. »He, Eddy, jetzt redest *du* Scheiße.« »Nein, verdammt, ich rede Klartext!«, erwiderte Eddy G wild. »Jeder kann spielen. Es ist alles Schwindel. Ein Witz. Du steigst auf die Bühne, der Regisseur gibt dir Anweisungen, du sagst deinen Text auf. Das kann wirklich jeder.« Cass sagte: »Klar. Jeder kann alles. Aber nicht alles gleich gut.« Eddy G klang hämisch, als er sich jetzt direkt an Norma Jeane wandte. »Erklär du's ihm, Baby. Du bist schließlich ›Schauspielerin‹. Es ist doch Beschiss, stimmt's? Ohne deinen süßen Arsch und deine Titten wärst du nichts, und das weißt du auch.«

Nicht an jenem Abend, sondern einem anderen. Diesem Abend. Als sie Norma Jeanes Rückkehr aus Niagara Falls feierten. Im unlängst noch neuen, nun bereits verwüsteten, stinkenden Apartment – schon bevor die Flasche Château Mouton-Rothschild auf dem Wohnzimmerboden zerbrochen war und es zu viel der Mühe geschienen hatte, die Bescherung aufzuwischen. Doch jetzt gab es eine Flasche französischen Champagner, und diesmal bestand Cass darauf, sie zu öffnen. Er füllte die Gläser bis zum Rand; Champagner perlte ihnen über die Finger. Wie das kitzelte! Cass und Eddy G erhoben galant ihre Gläser und tranken auf sie – »Unsere Norma ist wieder bei uns. Wo sie *hingehört*.« »Unsere ›Marilyn‹, die alle berauscht.« »Und die *spielen* kann.« »Jawohl! Genauso gut, wie sie *ficken* kann.« Die Männer lachten, aber nicht gemein. Norma Jeane trank und lachte mit ihnen. Den kaum verhüllten Andeutungen entnahm sie, dass sie im Bett wohl nicht besonders viel taugte. Vielleicht zogen die meisten Männer Männer vor oder würden es, wenn sie die Wahl hätten; denn ein Mann weiß natürlich, was ein anderer Mann will, während Norma Jeane keine Ahnung hatte. Also lachte und trank sie. Es war klüger zu lachen als zu weinen. Klüger zu lachen als zu denken. Klüger zu lachen als nicht zu lachen. Männer liebten sie, wenn sie lachte, selbst Cass und Eddy G, die sie aus nächster Nähe zu sehen bekamen und ohne Make-up. Champagner war ihr Lieblingsgetränk. Von Wein bekam sie Kopfweh, aber Champagner ließ ihre Gedanken sprudeln, hob ihre Lebensgeister. Manchmal war sie aber auch so traurig! Obwohl sie ihr Herzblut für »Rose Loomis« gegeben hatte und zu wissen schien (ohne sich etwas darauf einzubilden, ohne es sich zu Kopf steigen zu lassen), dass *Niagara* allein ihretwegen ein Kassenschlager werden und es mit ihrer Karriere steil bergauf gehen würde, wenn sie das wollte, war sie manchmal aber doch so traurig... Nun ja, Champagner – oder vielmehr Sekt – war ihr Hochzeitsgetränk gewesen. Sie erzählte Cass und Eddy G von der Hochzeit, und die beiden lauschten und lachten. Als Ehehasser, Hochzeitshasser fanden sie solche Histörchen köstlich. Das aus zweiter Hand erworbene und zweifach bekleckerte Hochzeitskleid. Die Schmerzen, die sie bei ihrem ersten »Geschlechtsverkehr« erduldet hatte. Ihr eifriger junger Ehemann, stoßend, ächzend, schwitzend, stöhnend, schnaubend und röchelnd. Der glitschig-medizinische Geruch der Kondome, der ihre kurze Ehe begleitet hatte. Und der grinsende alte Hirohito auf dem Radioempfänger – »An manchen Tagen meine einzige Gesellschaft.« Und eine Norma Jeane, die anscheinend unentwegt ihre Periode hatte. Armer Bucky Glazer! Er verdiente eine bessere Frau als Norma Jeane. Sie konnte nur hoffen, dass er jetzt, beim zweiten Anlauf, eine Ehefrau gefunden hatte, bei der nicht jede Periode einer Fehlgeburt gleichkam.

Warum sage ich bloß solche schrecklichen Sachen?

Alles, um Männer zum Lachen zu bringen.

Cass führte sie und Eddy G hinaus auf den Balkon. Wann war die Sonne verschwunden? Es war eine feuchte, lebensstrotzende Nacht, aber welche Nacht? Die Stadt Los Angeles breitete sich unter ihnen aus. Im Norden die Hügel mit weniger Lichtern. Ein Teil des Himmels war mit Wolken gepflastert, ein Teil klar, aufgerissen wie eine riesige Spalte, in die man ewig starren konnte. Norma Jeane hatte gelesen, dass das Weltall Milliarden Jahre alt war und die Astrophysiker kaum mehr wussten, als dass sein Alter immer weiter zurückdatiert werden musste, in die »Urzeit«. Trotzdem war es in einer einzigen Nanosekunde exlodiert – nur aus was? Einem so kleinen Teilchen, dass man es mit menschlichem Auge nicht hätte sehen können. Und doch »sah« man beim Blick in den Himmel die Schönheit der Sterne. Man »sah« Sternbilder, Menschen- und Tierfiguren, als befänden sich die in Zeit und Raum verstreuten Sterne auf einer einzigen zweidimensionalen Fläche, wie Comics. Cass sagte: »Da ist das Sternbild der Zwillinge. Seht ihr? Norma und ich sind beide Zwillinge. Die ›unglückseligen‹ Zwillinge.«

»Oh, wo denn?«

Er deutete in die Höhe. Norma Jeane war sich nicht sicher, ob sie es sah, oder auch nur, was sie eigentlich sehen sollte. Der Himmel war ein riesiges Puzzle, und ihr fehlten zu viele Teilchen. Eddy G sagte ungeduldig: »Ich seh es nicht. Wo ist es denn?«

»*Sie. Die Zwillinge, die Dioskuren.*«

»Zwillinge – Dioskuren – ja was denn nun?«

Vor Monaten hatte Eddy G Norma Jeane und Cass erzählt, auch er sei ein Zwilling, ein Junigeborener. Er hatte ihnen unbedingt gleich sein wollen. Jetzt schien er das schon vergessen zu haben. Cass versuchte noch einmal, ihnen dieses schwer erkennbare Sternbild zu zeigen, und diesmal sahen Norma Jeane und Eddy G es oder glaubten jedenfalls, es zu sehen. Eddy G sagte: »Sterne! Viel Lärm um nichts. Wie kann man denn etwas ernst nehmen, das so weit weg ist? Außerdem ist das Licht der Sterne schon erloschen, wenn es die Erde erreicht.«

»Nicht ihr Licht«, korrigierte Cass ihn. »Sondern die Sterne selbst.«

»Sterne sind Licht. Nichts weiter.«

»Nein. Sterne bestehen ursprünglich aus Materie. ›Licht‹ lässt sich nicht aus nichts erzeugen.«

Zwischen den Männern herrschte spürbare Spannung. Eddy G ließ sich nicht gern eines Besseren belehren. Norma Jeane sagte: »Und dasselbe gilt für menschliche ›Sterne‹, für Stars. Sie können nicht einfach nichts sein. Auch ein Star braucht ›Materie‹ oder Substanz.«

Wieder ein Fettnäpfchen, in das die arme Norma Jeane da trat! Ließ sich eine, wenn auch indirekte und gut gemeinte, Anspielung auf die monströsen Väter ihrer Liebhaber entschlüpfen. Cass sagte mit grimmiger Genugtuung: »Tatsache ist, dass jeder Stern irgendwann ausgebrannt ist. Ob nun ein himmlischer oder ein irdischer.«

Eddy G kicherte. »Darauf trink ich einen.«

Eddy G hatte die Champagnerflasche mit herausgebracht und sie leichtsinnigerweise auf dem schmalen Geländer abgestellt. Er füllte die Gläser nach. Die frische Luft schien wie so oft seine Lebensgeister neu zu wecken. »Aber was zum Teufel sind Dioskuren? Hast du nicht immer von Zwillingen geredet?«

»Ja und nein. Das Prinzip der Dioskuren ist, dass sie eigentlich nicht zwei sind. Sie sind eineiige Zwillinge mit einem seltsamen Verhältnis zum Tod.« Er machte eine Pause. Wie jeder Schauspieler verstand er es, Pausen zu setzen.

Von beiden Männern war Cass der weitaus gebildetere: Seine besorgte Mutter hatte ihn in ein jesuitisches Internat gesteckt, wo Theologie des Mittelalters, Latein und Griechisch auf dem Lehrplan standen. Allerdings war er vor dem Abschluss abgegangen oder vielleicht auch von der Schule verwiesen worden, wenn er nicht schon dort einen seiner zahlreichen Zusammenbrüche gehabt hatte. Zur Zeit ihrer ersten Romanze, als Norma

Jeane so leidenschaftlich in ihn verliebt gewesen war, hatte sie ohne sein Wissen all seine Besitztümer, derer sie habhaft werden konnte, genau untersucht und in einem seiner schäbigen Matchsäcke eine dicke Mappe mit dem Titel KUNST-LOS ALS ZWILLING gefunden. Sie war voll von Musikkompositionen, Gedichten, verblüffend lebensechten Skizzen menschlicher Gesichter und Gestalten. Da gab es erotische Aktstudien von Frauen wie Männern, die sich selbst befriedigten, mit schmerz- oder schamverzerrten Gesichtern. *Aber das bin doch ich!* hatte Norma Jeane gedacht. Seit Charlie Chaplin Sr. vor ein paar Jahren vom Kongressausschuss für unamerikanische Umtriebe öffentlich verhört, in der Tagespresse als »roter Verräter« angeprangert worden und ins Schweizer Exil geflohen war, schien es Norma Jeane, dass Cass immer fahriger wurde und seine Kräfte verzettelte; er geriet in Zustände der Übererregung und war dann wieder tagelang depressiv; er litt ebenso sehr unter Schlaflosigkeit wie sie und brauchte Nembutal, um überhaupt Ruhe zu finden; er trank mehr. (Ein Glück, dass er wenigstens nicht wie Eddy G die neueste Hollywood-Mode mitmachte: das Haschischrauchen.) Es war Monate her, dass er sich überhaupt um eine Rolle beworben hatte. Er komponierte und zerriss dann die Noten. Eigentlich hätte Norma Jeane es gar nicht erfahren sollen, aber ein paar übel wollende Bekannte von ihr, einschließlich ihres Agenten, hatten es sich nicht nehmen lassen, sie davon in Kenntnis zu setzen, dass Cass Chaplin wegen Trunkenheit sowie Störung der öffentlichen Sicherheit und Ordnung von der Polizei in Westwood verhaftet und über Nacht in eine Zelle gesperrt worden war. Potenzstörungen hatte er neuerdings auch; in solchen Situationen, sagte Cass, würde Eddy G eben eine Doppelschicht einlegen müssen.

Was Eddy G, der anscheinend Unermüdliche, nur zu gerne tat.

Cass erklärte jetzt: »Die Dioskuren waren Zwillingsbrüder namens Castor und Pollux. Sie waren Krieger, und einer von beiden, Castor, fiel im Kampf. Pollux vermisste seinen Bruder so sehr, dass er Jupiter, den Götterkönig, anflehte, sein Leben für das seines Bruders hingeben zu dürfen. Jupiter erbarmte sich – ja, wenn man sich nur schön zurückhält und für die rechte Stimmung sorgt, lassen sich die ollen Götter manchmal doch erweichen – und erlaubte beiden Brüdern zu leben, aber nicht zur selben Zeit. Also lebte Castor einen Tag in himmlischen Gefilden, während Pollux im Hades – der Hölle – war; den nächsten Tag lebte Pollux im Himmel und Castor in der Hölle. Sie wechselten einander in Leben und Tod ab, aber sie konnten einander nicht sehen.«

Eddy G schnaubte spöttisch. »Was für ein Blödsinn! Das ist nicht nur be-kloppt, sondern auch noch hundsbanal. *So was passiert doch andauernd.*«

Aber Cass fuhr fort, an Norma Jeane gewandt: »Dann erbarmte sich Jupi-ter abermals der beiden. Er belohnte ihre Liebe zueinander, indem er sie ge-meinsam dort oben an den Himmel stellte. Siehst du? Die Zwillinge. Auf ewig.«

Norma Jeane hatte das Sternbild bislang nicht genau ausmachen können. Doch sie hob die Augen gen Himmel und lächelte. Genügte es denn nicht zu wissen, dass die Zwillinge dort oben waren? Musste sie sie wirklich *sehen*? »Also sind die Zwillinge ein Doppelgestirn und unsterblich! Ich habe mich immer gefragt –«

Eddy G schnitt ihr das Wort ab. »Und was hat das mit dem Tod zu tun? Oder mit *uns*? Ich fühle mich jedenfalls verdammt menschlich und sterblich. Ich fühle mich nicht wie irgendein beschissener Stern am Himmel.«

Die Champagnerflasche fiel auf den Balkonboden und zerbrach. Es gab nicht so viele Scherben wie bei der Weinflasche, außerdem war sie fast leer. »Je-*sus*! Nicht schon wieder.« Aber Cass lachte, und Eddy G lachte. Im Nu verwandelten sie sich in Abbott und Costello. Eddy G sammelte ein paar Scherben auf und brüllte trunken-selig: »Bluteid! Lasst uns einen Bluteid schwören! Wir sind die Zwillinge, wir drei. Wie Zwillinge, aber zu *dritt*.«

Cass nuschelte aufgeregt: »Wir sind ein – wie-sagt-man-noch – Dreieck. Und ein Dreieck lässt sich nicht durch zwei teilen, anders als zwei.«

Eddy G sagte: »Auf dass wir einander nie vergessen, okay? Wir drei? Und einander immer so lieben wie jetzt.«

Cass keuchte: »Und notfalls auch füreinander sterben!«

Ehe Norma Jeane ihn davon abhalten konnte, kratzte Eddy G mit einer Glasscherbe über die Innenseite seines Unterarms. Sofort quoll Blut heraus. Cass nahm ihm die Scherbe weg und zog sie seinerseits über die Innenseite seines Unterarms; bei ihm schoss sogar noch mehr Blut hervor. Norma Jeane, tief gerührt, nahm die Scherbe von Cass entgegen und fuhr mit zittrigen Fin-gern über ihren Unterarm. Der Schmerz war jäh, scharf und heftig.

»Auf ewige Liebe!«

»Die ›Zwillinge‹ – für immer!«

»›In guten wie in schlechten Zeiten‹ –«

»›Bis dass den Tod wir scheiden.‹«

Sie drückten ihre blutenden Arme aneinander wie betrunkene Kinder. Lachten atemlos. Der süßeste Liebesdienst, den Norma Jeane je erlebt hatte!

Mit tiefen Kehllauten wie ein Kintopp-Gangster grölte Eddy G: »Tod und scheiden? Nix da – über den Tod hinaus! *Bis dass jenseits wir scheiden.*« Sie wankten Arm in Arm, sich küssend. Zerrten sich gegenseitig die verknitterte, schon nicht mehr saubere Kleidung vom Leib. Fielen auf die Knie und hätten sich dort auf dem Balkon, so unbequem es auch war, der Liebe hingegeben, hätte sich nicht eine Glasscherbe in Cass' Knie gebohrt – »Je-sus!« Also stolperten die drei eng umschlungen ins Apartment zurück, fielen so drängelnd und verrückt nach Zärtlichkeit wie Welpen auf Norma Jeanes letzthin immer ungemachtes Bett und liebten sich im Rausch der Leidenschaft die ganze Nacht lang.

In dieser Nacht, so glaubte ich, müsste Baby empfangen werden. Doch es sollte nicht sein.

Der Überlebende. Die Premiere von *Niagara*! Für manche ein historischer Abend. Schon bevor die Lichter ausgingen, war es jedem klar. Cass und ich saßen natürlich woanders als Norma; sie hatte ihren Platz ganz vorn bei den Studiobossen. Die konnten sie nicht ausstehen und umgekehrt. Aber so ging's damals in Hollywood eben zu. Die hatten sie für tausend Dollar die Woche verpflichtet. Und Norma hatte den Vertrag damals aus blanker Not unterschrieben und würde jahrelang dagegen kämpfen. Letzten Endes trugen die Bosse den Sieg davon. Am Abend von *Niagara* hockt der Widerling Z neben Norma, muss aber ständig aufstehen, um Leute zu begrüßen, Hände zu schütteln, er blinzelt, als würde er rein gar nichts kapieren, und wenn er sich noch so anstrengt. Ein Mann, der überzeugt ist, dass er Schafsköttel gekauft hat, während ihm alle Welt weismachen will, es wären Goldnuggets! Er steigt einfach nicht durch. Die ganze Karriere von »Marilyn Monroe« hindurch, die der Produktionsgesellschaft Millionen einspielen wird, aber ihr selbst nur einen Bruchteil davon, steigen diese Typen scheinbar nicht durch. An dem Abend erscheint »Marilyn« in einem schulterfreien roten Paillettenkleid, aus dem der Busen fast rausfällt, einem Kostüm, in das sie hineingenäht worden ist, betritt den Saal und trippelt mit Babyschritten den Mittelgang hinab; sie wird begafft und beglotzt wie etwas Unnatürliches. Fünf Stunden waren das Minimum, das die Leute in der Maske vor solchen Anlässen mit ihr beschäftigt waren. Als würden sie eine Leiche herrichten, sagte Norma. Und ich sehe, dass sie nach Cass und mir Ausschau hält (wir sitzen oben auf der Empore), uns aber nicht entdecken kann. Sie ist ein verlorenes kleines Mädchen in einem Hurenkostüm. Und wie immer hinreißend. Ich stupste Cass an und sagte: »Das ist unsere Norma.« Wir hätten losheulen können.

Die Lichter gehen aus, und *Niagara* beginnt: mit einer Szene an den Wasserfällen. Und einem Mann, der neben all den rasenden, donnernden Wassermassen ganz klein aussieht, ganz ohnmächtig. Schnitt, und da ist Norma – ich meine »Rose«. Im Bett. Wo sonst? Nackt unter einem dünnen Laken. Sie ist wach, stellt sich aber schlafend. Den ganzen Film hindurch, bei allem, was sie tut, verstellt sich diese »Rose Loomis«, und das Publikum weiß natürlich Bescheid, aber ihr Volltrottel von Ehemann nicht. Der Typ ist ein Kriegsversehrter, ein Psychokrüppel, ein ganz armes Schwein, aber das Publikum schert sich einen Dreck um ihn. Alle warten immer nur darauf, dass »Rose« wieder ins Bild kommt. Sie ist einfach so sinnlich und so maßlos böse. Sie lässt Lana Turner alt aussehen. Wenn man an *Niagara* zurückdenkt, möchte man schwören, dass es in dem Film mindestens eine Nacktszene gegeben hat. Und das 1953? Man kann einfach nicht die Augen von ihr abwenden. Cass und ich würden *Niagara* ein Dutzend Mal sehen ... Weil *wir* Rose sind. In tiefster Seele. Sie ist auf dieselbe Art grausam wie wir. Ohne jede Moral, wie ein kleines Kind. Betrachtet sich ständig im Spiegel, genauso, wie wir uns betrachten würden, wenn wir aussähen wie sie. Streichelt sich, ist ganz in sich verliebt. Wie wir alle! Dabei soll das im Film etwas *Verderbtes* sein. Bei den Bettszenen fragt man sich wirklich, wie sie durch die Zensur gekommen sind. Sie spreizt die Schenkel, und man möchte schwören, dass man ihre blonde Fotze durch das Laken sehen kann. Man ist wie hypnotisiert, allein vom Zusehen. Und ihr Gesicht, das ist eine besondere Art von Fotze. Der feuchte rote Mund, die Zunge. Mit Roses Tod stirbt der ganze Film. Aber ihr Sterben ist so wunderschön, dass es mir beinahe gekommen wäre. Und das bei Norma, einer Frau, die es im Bett wirklich nicht bringt, bei der man fünfundneunzig Prozent der Arbeit selber machen muss, sie stöhnt bloß »Oh-oh-*oh*!«, als wäre sie im Schauspielunterricht und das gehörte mit zu dem Text, den sie einstudiert hat. Aber im Film ist »Marilyn« die Expertin. Als wüssten nur die Kameras, wie man es ihr richtig besorgt, und wir wären Voyeure, ganz in ihrem Bann.

Etwa in der Mitte des Films, als Rose ihren Mann verspottet und auslacht, weil er keinen hochkriegt, sagt Cassie zu mir: »Das ist nicht Norma. Das ist nicht unser Fischlein.« Und weiß der Teufel – sie war's wirklich nicht. Diese Rose war eine vollkommene Fremde. Als sähen wir sie zum ersten Mal. Hier in Hollywood haben alle Leute gedacht, »Marilyn Monroe« würde bloß sich selbst spielen. Bei jedem Film, den sie machte, ganz gleich, wie sehr er sich von den anderen unterschied, immer fiel ihnen etwas ein, um sie herabzusetzen – »Die Kleine kann eben nicht spielen. Oder vielmehr nur sich selbst.« Dabei war sie die geborene Schauspielerin. Ein Genie, sofern man glaubt, dass es so was gibt. Weil Norma nämlich keinen Schimmer hatte, wer sie war, und diese innere Leere irgendwie ausfüllen musste. Jedes Mal, wenn sie antrat, musste sie ihre Seele neu erfinden. Wir anderen sind genauso leer; vielleicht herrscht in unser aller Seelen nur Leere, aber Norma wusste das wenigstens.

Das war die Norma Jeane Baker, wie wir sie kannten. Als wir »die Zwillinge« waren. Bevor sie uns verriet – oder vielleicht wir sie verrieten. Vor langer Zeit, als wir jung waren.

Glück! Nicht an dem Morgen nach der Premiere von *Niagara*, sondern ein paar Tage später. Und Norma Jeane, die seit Monaten schlecht geschlafen hatte, erwachte nach einer Nacht tiefen, erholsamen Schlafes. Einer Nacht ohne Cass' Zaubermittel. Voll wunderbarer Träume. Hochfliegender Träume! Rose war tot, doch Norma Jeane lebte in diesen Träumen. »Das Versprechen lautete, dass ich immer leben würde.« Und sie war ja auch eine gesunde junge Frau, groß und stark und körperlich wendig wie eine Sportlerin. Kein blutend-sickernder Schandschnitt zwischen ihren Beinen, sondern das keck vorstehende Sexualorgan. »Was ist denn das? Was bin ich nur? Ich bin so *glücklich*.« In dem Traum hatte sie lachen dürfen. Hatte barfuß und lachend über den Strand laufen dürfen. (War das Venice Beach? Aber nicht Venice Beach von heute. Sondern Venice Beach von vor langer Zeit.) Grandma Della war da, der Wind zerzauste ihr das Haar. Was für ein lautes Lachen Grandma Della doch hatte, tief aus dem Bauch, Norma Jeane hatte es fast schon vergessen. Das Ding zwischen Norma Jeanes Beinen – vielleicht hatte Grandma Della ja auch so eins? Es war kein Männerschwanz, aber eigentlich auch keine Vagina. Es war einfach – »Das, was ich *bin*. Norma Jeane.«

Sie erwachte lachend. Es war früh: 6.20 Uhr. Sie hatte die Nacht allein verbracht. Allein in ihrem Bett, und die Männer hatten ihr gefehlt, bis sie eingeschlafen war und sie ihr überhaupt nicht mehr gefehlt hatten. Cass und Eddy G waren nicht zurückgekehrt von – ja, wovon? Einer Party in einem Haus in Malibu oder vielleicht Pacific Palisades. Norma Jeane war nicht ein-

439

geladen worden. Oder vielleicht war sie eingeladen worden und hatte nein gesagt. Nein, nein, nein! Sie wollte schlafen, und sie wollte ohne Zaubermittel schlafen, und sie hatte geschlafen, war jetzt früh erwacht, von einer seltsamen leidenschaftlichen Kraft ergriffen, die ihren ganzen Körper durchströmte. So glücklich! Sie spritzte sich kaltes Wasser ins Gesicht und machte Schauspieler-Aufwärmübungen. Dann Tänzer-Aufwärmübungen. Übermütig wie ein junges Fohlen fühlte sie sich, ihr Körper drängte nach Bewegung! Sie zog sich eine dreiviertellange Sporthose an, Wadenwärmer, einen weiten Trainingspullover. Flocht sich die Haare zu zwei steifen Zöpfchen. (Hatte ihr Aunt Elsie nicht für einen von Norma Jeanes Wettläufen an der Van Nuys Zöpfe geflochten? Damit ihr die langen, lockig-krausen Haare nicht ins Gesicht fielen.) Und schon war sie draußen, lief los.

Die schmalen, von Palmen gesäumten Straßen waren noch wie ausgestorben, obwohl auf dem Beverly Boulevard der Berufsverkehr einsetzte. Seit der Premiere von *Niagara* bekam sie ständig Anrufe von ihrem Agenten. Von der Produktionsgesellschaft. Interviews, Fototermine, immer mehr Werbung. In ganz Amerika gab es Filmplakate von »Rose Loomis«. Sie war auf dem Titel von *PhotoLife* und *Inside Hollywood*. Am Telefon wurden ihr aufgeregt Kritiken vorgelesen, und, so oft wiederholt, begann der Name »Marilyn Monroe« irgendwann unwirklich zu klingen, wie der Name einer Fremden, ein absurder Name, zu dem sich andere absurde Worte gesellten, auch diese Worte die Erfindung von Fremden.

Eine Bombendarstellung. Ein großes Talent, aufregend, verstörend. Eine hocherotische, mit allen Wassern gewaschene Frau, wie wir sie seit Jean Harlow nicht gesehen haben. Entfesselte Naturgewalten. Eine tückische Leistung. Sie werden Marilyn Monroe hassen – aber sie bewundern. Aufwühlend, brillant! Erregend, verführerisch! Abtreten, Lana Turner! Schockierend freizügig. Unwiderstehlich. Abstoßend. Lasziver als Hedy Lamarr. Theda Bara. Sollten die Niagarafälle eins der sieben Weltwunder sein, dann ist Marilyn Monroe das achte.

Die Worte reichten schon, um Norma Jeane unruhig zu machen. Sie marschierte auf und ab, Telefonhörer in der Hand, nicht zu dicht am Ohr. Lachte nervös. Stemmte mit der freien Hand eine zehn Pfund schwere Hantel. Starrte in einen Spiegel und entdeckte das Mädchen in dem schönen Kristallspiegel aus Mayer's Drugstore, das scheu und verständnislos zurückstarrte. Oder machte plötzlich zehn Rumpfbeugen hintereinander. Zwanzig. Diese Lobeshymnen! Und der Name »Marilyn Monroe« wie eine

440

Litanei. Norma Jeane war unwohl, wusste sie doch, wie beliebig diese Worte sein mochten, die ihr Agent oder irgendwelche Filmleute ihr da triumphierend vortrugen.

Diese Worte von Fremden, die die Macht hatten, über ihr Leben zu bestimmen. Wie der Wind waren sie, unablässig wehend. Wie der Santa-Ana-Wind. Und doch musste eine Zeit kommen, da selbst der Wind nicht mehr wehen und diese Worte verschwinden würden – und dann? Norma Jeane erklärte ihrem Agenten: »Aber das ist niemand. ›Marilyn Monroe.‹ Wissen die das denn nicht? Es gab ›Rose Loomis‹, und sie war nur – sie existierte nur auf der Leinwand. Aber sie ist t-tot. Und es ist vorbei.« Ihr Agent hatte die Angewohnheit, über Norma Jeanes Naivität so zu lachen, als würde sie Witze machen. Jetzt sagte er missbilligend: »Marilyn. Meine Liebe. Es ist *nicht vorbei*.«

Sie lief vierzig verzückte Minuten lang. Als sie keuchend, mit schweißglänzendem Gesicht, auf den Gehweg zu ihrem Haus bog, sah sie zwei Männer Richtung Tür torkeln. »Cass! Eddy G!« Die beiden waren verlottert, unrasiert und käsig im Gesicht. Cass' teures taubenblaues Seidenhemd war bis zur Taille aufgeknöpft und hatte einen urinfarbenen Fleck. Eddy Gs Haar stand in ringelig-wirren Büscheln ab. Neben seinem linken Ohr war ein frischer Kratzer, gebogen wie ein roter Haken in seinem Fleisch. Die Männer warfen einen beinahe entsetzten Blick auf Norma Jeane, ein Ausbund an Gesundheit mit ihrem UCLA-Sportpullover, ihren Wadenwärmern, Turnschuhen und Zöpfen und dem gesunden Schweißfilm auf ihrer Haut. Eddy G winselte: »Norma! Du bist schon *auf*? Um diese Uhrzeit?« Cass zuckte zusammen, als würde ihm der Kopf dröhnen. In vorwurfsvollem Ton sagte er: »Oh Gott! Du siehst *glücklich* aus.« Norma Jeane lachte, sie liebte die beiden so sehr. Sie umarmte sie und küsste sie auf die kratzigen Wangen, ohne sich von ihrem strengen Geruch abschrecken zu lassen. Sie erwiderte: »Oh ja, das bin ich auch! Ich bin *glücklich*! Mir platzt schier das Herz, so glücklich bin ich. Und wisst ihr warum? Weil die Leute jetzt, wo es Rose gibt, ja sehen können, dass das nicht *ich* bin. Die Leute in Hollywood. Weil sie jetzt sagen müssen: ›Sie hat Rose geschaffen, aber seht doch, wie anders sie ist. Sie *ist* eine Schauspielerin!‹«

Schwanger! Unter dem Namen »Gladys Pirig« hatte sie einen Frauenarzt und Geburtshelfer aufgesucht, in einem so abgelegenen Teil von Los Angeles, dass es genauso gut eine andere Stadt hätte sein können. Als er ihr sagte, ja, sie sei schwanger, begann sie zu weinen. »Ach, ich wusste es. Ich glaube, ich wusste es. Ich hab mich so geschwollen gefühlt. Und so *glücklich*.« Der Arzt, der nicht richtig hingehört hatte, der nur die Tränen der jungen blonden Frau sah, griff nach ihrer Hand, an der nicht ein einziger Ring steckte. »Meine Liebe. Sie sind kerngesund. Es wird alles gut.« Norma Jeane, gekränkt, entzog sich der Berührung. »Ich habe doch gesagt, ich bin glücklich! Ich *will* dieses Kind bekommen. Mein Mann und ich p-probieren es schon seit Jahren.«

Ihr erster Gedanke war, Cass und Eddy G anzurufen. Sie würde den Großteil dieses Nachmittags damit verbringen, die beiden ausfindig zu machen. In ihrer freudigen Erregung vergaß sie die Lunch-Verabredung mit einem Produzenten, vergaß das vereinbarte Interview mit einem New Yorker Journalisten und Termine bei der Produktionsgesellschaft. Ihren nächsten Film, ein Musical, würde sie verschieben. Eine Zeit lang könnte sie ihr Geld damit verdienen, dass sie sich für Zeitschriften ablichten ließ. Wie viele Monate, bevor man etwas sah? Drei? Vier? *Sir*! bettelte bereits um ein Titelfoto, und jetzt betrug das Honorar stolze 1000 Dollar. Dazu kamen die Angebote von *Swank* und *Esquire*. Und dann gab es ein neues Magazin namens *Playboy*; der Herausgeber wollte »Marilyn Monroe« für das Titelbild der allerersten Nummer. Danach würde sie ihr Haar in der ursprünglichen Farbe auswachsen lassen. »Wenn es weiter so gebleicht wird, ist es bald hinüber.« Ihr kam ein verwegener Gedanke: Sie würde Mrs. Glazer anrufen! Ach, Buckys Mutter fehlte ihr so sehr! Sie hatte doch Mrs. Glazer geliebt, nicht Bucky. Und Elsie Pirig. »Aunt Elsie, du wirst Augen machen! Ich bin schwanger.« Obwohl die Frau sie verraten hatte, empfand Norma Jeane Sehnsucht nach ihr und verzieh ihr den Verrat. »Sobald du ein Kind hast, bist du für immer eine Frau. Das macht dich zu einer von ihnen, sie können dich nicht mehr ablehnen.« In ihrem Kopf flogen die Gedanken so schnell wie Fledermäuse. Sie konnte sie nicht sortieren. Fast hätte sie glauben mögen, es wären gar nicht ihre eigenen Gedanken. Und gab es da nicht noch jemanden, den sie vergessen hatte? Jemanden, den sie anrufen sollte?

»Aber wen? Ich kann beinahe das Gesicht sehen.«

Die Feier. An diesem Abend traf sie sich mit Cass und Eddy G in ihrem italienischen Stammlokal ganz in der Nähe am Beverly Boulevard. Einem Ort, wo »Marilyn« kaum Gefahr lief, erkannt zu werden. Und in ihrer höchst unspektakulären Aufmachung, das Haar mit einem Schal verhüllt, ohne Makeup und praktisch ohne Augenbrauen, konnte sich Norma Jeane sicher fühlen. Eddy G, der neben ihr auf die Sitzbank schlüpfte, sie staunend ansah und auf die Wange küsste, sagte: »He, Norma, du siehst —« Und Cass, der auf der Bank gegenüber Platz nahm, vollendete nervös grinsend den Satz:» – beladen aus.« Norma Jeane hatte vorgehabt, den beiden nacheinander ins Ohr zu flüstern: *Stell dir vor! Eine wunderbare Neuigkeit! Du wirst Vater.* Stattdessen brach sie in Tränen aus. Sie griff nach beider Händen, die sich schlaff und klamm anfühlten, und küsste diese Hände abwechselnd, wortlos, und die Männer, die schnell einen Blick wechselten, bekamen es mit der Angst. Hinterher würde Cass sagen, er habe es ja gleich gewusst, er habe gewusst, dass Norma schwanger sein müsse, sie habe in letzter Zeit keine Periode gehabt, und ihre Perioden seien doch so schmerzhaft, jedes Mal eine solche Strapaze für das arme Mädchen und eine wahre Zumutung für jeden Liebhaber; natürlich habe er es gewusst oder hätte es wissen müssen. Eddy G hingegen würde bekennen, dass er total schockiert war. Aber – überrascht? Wie konnte er überrascht sein? Bei ihren vielen Liebesnächten und insbesondere seinem unermüdlich bereitstehenden Schwanz? Mit Sicherheit war *er* der Vater. Eine Ehre, auf die er nicht unbedingt Wert legte, aber in seinem Inneren regte sich doch leiser Stolz, das konnte er nicht leugnen. Ein Baby von Edward G. Robinson Jr. mit einer der schönsten Frauen Hollywoods! Beide Männer wussten, wie sehr sich Norma nach einem Kind sehnte; dies war einer von Normas anrührenden Zügen, seit sie sie kannten, wie naiv, wie süß, dieser Glaube an die alles wettmachende Macht der »Mutterschaft«, obwohl ihre eigene Mutter, geisteskrank und längst weggeschlossen, sie verlassen und (dieses Gerücht war in ganz Hollywood in Umlauf) einmal sogar versucht hatte, sie umzubringen. Beide Männer wussten, wie sehr sich Norma danach sehnte, das zu sein, was sie als *normal* empfand. Und wenn ein Kind eine Frau nicht normal machen konnte, was dann?

Als Norma an diesem Abend also zu weinen begann und ihre Hände küsste, ihre Hände mit Tränen benetzte, sagte Cass schnell und mit aller Einfühlsamkeit, derer er mächtig war: »Norma, Norma. Glaubst du *wirklich*?« Und Eddy G sagte mit einer so kieksigen Stimme wie ein Junge im Stimmbruch: »Ist es das, was ich glaube? Ohhhh Mann.« Beide grinsten, obwohl sie von nackter Panik ergriffen wurden. Beide waren noch nicht dreißig und immer noch Jungen. Als Schauspieler schon so lange arbeitslos, dass sie fast verlernt hatten, Gefühle vorzuspielen. In ihrem Blickwechsel spiegelte sich das Wissen, dass es bei diesem komischen Mädchen keine Abtreibung geben würde, keinen simplen Ausweg. Nicht nur, dass sich Norma ein Kind wünschte, nein, sie hatte auch oft mit Abscheu von Abtreibung gesprochen. In ihrem törichten süßen Herzen war sie eine Anhängerin der Christlichen Wissenschaft. Sie glaubte an den ganzen Mumpitz oder wollte daran glauben. Also würde es keine Abtreibung geben; es war sinnlos, das Thema überhaupt anzuschneiden. Wenn ihre Zwillings-Liebhaber damit gerechnet hatten, dass »Marilyn Monroe« bald richtig Geld einbringen würde, dann hatten sie sich erst einmal verrechnet. Dann war dies das erste große Hindernis in ihren Planspielen. Doch mit Geduld und dem richtigen Händchen würde sich das Blatt auch wieder wenden.

Norma Jeane richtete ihre schönen ängstlich-glitzernden Augen auf sie. »F-freut ihr euch denn für mich? Ich meine – für uns? Die Zwillinge?« Was konnten sie da schon anderes sagen als *ja*.

Der Stofftiger. Eine Episode, die man für einen Traum halten mochte. Und doch war sie wirklich. Sie war wirklich und ein gemeinsames Erlebnis der Zwillinge. Rotweintrunken (Norma Jeane hatte nur zwei, drei Gläser getrunken, die Männer beide Flaschen leer gemacht), konnte sich Norma Jeane hinterher nicht mehr genau erinnern. Sie, Cass und Eddy G hatten die Neuigkeit gefeiert, feucht-fröhlich und tränenreich, und gegen Mitternacht das Lokal verlassen und eine Straßenecke weiter eine unbeleuchtete Spielwarenhandlung entdeckt, einen kleinen Laden, an dem sie sicher schon tausendmal vorbeigegangen waren, ohne Notiz davon zu nehmen, höchstens dass Norma Jeane vielleicht das eine oder andere Mal davor stehen geblieben war, um sehnsüchtig ins Schaufenster zu blicken, auf die entzückenden handgearbeiteten Stofftiere, eine ganze große Puppenfamilie, geschnitzte Buchstaben von A bis Z, Spielzeugeisenbahnen, -lastwagen, -autos, doch weder Cass noch Eddy G war der Laden je aufgefallen, das hätten sie schwören können, und welcher Zufall, erklärte Cass, dass sie ihn ausgerechnet in dieser Nacht entdeckten – »Das ist ja wie im *Film*. So etwas passiert nur im *Film*.« Alkohol vermochte Cass' Sinne nicht abzustumpfen, sondern schärfte nur seine Wahrnehmung; davon war er überzeugt. Eddy G knurrte aus dem Mundwinkel: »*Film!* Was immer wir auch erleben, die Drecksäcke waren garantiert als erste da!« Norma Jeane, die selten trank und sich schwor, während der Schwangerschaft nicht mehr zu trinken, schwankte, lehnte sich ans Schaufenster. Ihr Atem beschlug das Glas mit einem großen O! War es denn möglich, dass sie tatsächlich sah, was sie sah? »Oh! – der kleine Tiger da. So einen hatte ich auch einmal. Vor langer Zeit, als kleines Mädchen.« (Wirklich? Der kleine Stofftiger, Norma Jeanes verloren gegangenes Weihnachtsgeschenk im Waisenhaus? Aber war dieser Tiger hier nicht größer, flauschiger, teurer? Und dann gab es ja auch noch den Tiger, den Norma Jeane der kleinen Irina aus Restposten vom Dimestore genäht hatte.) Mit der brutalen Behändigkeit, für die Edward G. Robinsons Sohn in Hollywoods Demimonde bekannt war, schwang Eddy G die Faust gegen das Fenster und zerschlug es, und während die Scherben herabrieselten und Norma Jeane und Cass die Augen aufrissen, griff er seelenruhig in die Auslage und nahm das Stofftier heraus.

»Babys erstes Spielzeug. Niedlich!«

Die schuldbewusste Wiedergutmachung. Spät am nächsten Vormittag, voller Gewissensbisse, die sich mit Kopfweh, Kater und leichter Übelkeit vermischten, kehrte Norma Jeane zu dem Spielwarenladen zurück. »Vielleicht war es ja nur ein Traum? Es kam mir so gar nicht wirklich vor.« In ihrer Schultertasche steckte der kleine Stofftiger. Sie hatte nicht wahrhaben wollen, dass das Schaufenster infolge ihrer unbesonnenen Bemerkung wirklich zerbrochen worden war. Doch es bestand kein Zweifel daran, dass Eddy G ihr das Spielzeug überreicht hatte, sie hatte es sich vor dem Schlafengehen unters Kopfkissen geschoben, und jetzt war es in ihrer Schultertasche. »Aber was soll ich tun? Ich kann es doch nicht einfach zurückgeben.«

Da war die Spielzeughandlung! HENRI'S SPIELWAREN. Und in kleineren Buchstaben: *Meine Spezialität: handgefertigte Spielwaren.* Es war fast ein Puppenladen, die Vorderfront kaum zwölf Fuß breit. Und wie versehrt er aussah, ein Teil des Schaufensters zerbrochen und ungeschickt mit Sperrholz abgedichtet. Norma Jeane spähte durch die Scheibe und stellte zu ihrem Erschrecken fest, dass das Geschäft tatsächlich geöffnet war. Henri stand drinnen am Ladentisch. Schüchtern schob sie die Tür auf, über ihrem Kopf begann ein Glöckchen zu bimmeln. Henri blickte mit kummerverhangenen Augen zu ihr hoch. Im Laden war es so düster wie im innersten Gemach eines Schlosses. Die Luft roch nach längst vergangener Zeit. Auf dem nahe gelegenen Beverly Boulevard dröhnte der mittägliche Verkehr, doch in HENRI'S SPIELWAREN herrschte eine friedliche, wohltuende Ruhe.

»Junge Frau, kann ich Ihnen helfen?« Es war eine Tenorstimme, melancholisch, aber nicht anklagend. *Er wird mir nicht die Schuld geben. Mich nicht verurteilen.*

Von einer kindlichen Gefühlsregung überkommen, stammelte Norma Jeane: »E-es tut mir so leid, Mr. Henri! Hat jemand Ihre Schaufensterscheibe eingeschlagen? War es ein Einbruch? Ist das etwa letzte Nacht passiert? Ich wohne hier in der Gegend und habe erst – heute gesehen, dass das Fenster zerbrochen ist.«

Henri mit den traurigen Augen, dessen Alter Norma Jeane unmöglich hätte schätzen können, außer dass er nicht mehr jung war, lächelte ein schmales, bitteres Lächeln. »Ja, ganz recht. Letzte Nacht. Ich habe keine Alarmanlage. Weil ich immer dachte: Wer würde schon *Spielzeug* stehlen?«

Zitternd umklammerte Norma Jeane ihre Schultertasche. Sie fragte: »I-ist Ihnen denn viel weggekommen?«

Mit verhaltenem Zorn erwiderte Henri: »Oh ja, das kann man schon sagen.«

»Es tut mir so leid.«

»Die Diebe haben alles mitgenommen, was sie tragen konnten, und die teuersten Artikel. Eine handgeschnitzte Eisenbahn, eine lebensgroße Puppe. Eine handbemalte Puppe mit echten Haaren.«

»Oh – es tut mir *so leid*.«

»Und ein paar kleinere Sachen, Stofftiere, von meiner blinden Schwester in Handarbeit genäht.« Henri sprach mit leiser, aber hitziger Stimme, warf dabei einen verstohlenen Blick auf Norma Jeane, wie man einen verstohlenen Blick auf ein Publikum hinter dem gleißenden Rampenlicht werfen würde.

»Oh! Blind? Ihre Schwester – ist blind?«

»Ja, und sie ist eine begabte Näherin, fertigt die Stofftiere, indem sie das Augenlicht durch Tastsinn ersetzt.«

»Und die wurden auch gestohlen?«

»Fünf Stück. Dazu die anderen Sachen. Und das Schaufenster zerschlagen. Ich hab das alles schon der Polizei erzählt. Nicht dass sie die Diebe je schnappen werden, nein, das glaube ich nicht. Feiglinge!«

Norma Jeane wusste nicht, ob er die Diebe oder die Polizei meinte. Zögernd sagte sie: »Aber Sie sind versichert?«

Henri erwiderte ungehalten: »Na, das will ich ja wohl hoffen, Miss, dass ich versichert bin. Ich bin ja nicht von gestern.«

»Ach, das ist g-gut.«

»Ja. Das ist gut. Aber es lindert nicht meine nervliche Erschütterung und die meiner Schwester, und es gibt mir auch nicht den Glauben an die Menschheit zurück.«

Norma Jeane holte den kleinen gestreiften Tiger aus ihrer Schultertasche. Bemüht, Henris argwöhnischen Blick zu ignorieren, sagte sie schnell: »Den

– den hab ich in einem Gässchen bei mir hinterm Haus gefunden. Ich wohne gleich hier um die Ecke. Er gehört doch sicher Ihnen?«

»Aber ja –«

Henri blinzelte weiter argwöhnisch. Sein pergamentbleiches Gesicht lief rötlich an.

»Ich h-hab ihn gefunden. Auf der Erde. Ich dachte mir gleich, dass er Ihnen g-gehören muss. Aber ich würde ihn gern kaufen. Das heißt – wenn er nicht zu teuer ist?«

Henri starrte Norma Jeane einen weiteren angespannten Moment lang wortlos an. Sie konnte genauso wenig ergründen, was er dachte, wie er wohl ergründen konnte, was sie dachte.

»Der gestreifte Tiger?«, sagte er schließlich. »Der ist einer der Spezialitäten meiner Schwester.«

»Er ist ein bisschen schmutzig geworden. Deshalb würde ich ihn gern kaufen. Das heißt –«, Norma Jeane lachte nervös, »– in dem Zustand könnten Sie ihn wahrscheinlich nicht mehr verkaufen. Und dabei ist er doch so hübsch.«

Sie hielt Henri den kleinen gestreiften Tiger mit ausgestreckten Händen hin. Norma Jeane stand direkt vor dem Ladentisch, nur einen Schritt von ihm entfernt, aber er machte keinerlei Anstalten, ihr das Stofftier abzunehmen. Seine Lippen zuckten, während er überlegte. Henri war um einiges kleiner als Norma Jeane, ein Männchen mit holzschnittartigen Gesichtszügen, großen schwarzen Knopfaugen, Segelohren und spitzen Ellbogen. »Das ist wirklich anständig von Ihnen, Miss. Sie haben ein gutes Herz. Ich lasse Ihnen den Tiger für –«, er unterbrach sich, lächelnd, weniger gezwungen jetzt, da er Norma Jeane vielleicht für jünger hielt, als sie war, Anfang zwanzig, eine Schauspiel- oder Ballettschülerin, ein hübsches, wenn auch nicht ungewöhnlich hübsches Mädchen mit einem runden, wenig konturierten, unschuldigen Gesicht und blässlicher Haut, ungeschminkt. Die weiblichen Rundungen durch die burschikose Aufmachung, die flachen Schuhe, neutralisiert. Mit einem solchen Mangel an Selbstbewusstsein und Auftreten, dass sie es im Showgeschäft nie zu etwas bringen würde. »– für zehn Dollar. Statt den ursprünglichen fünfzehn.«

Auf dem kleinen, mit Bleistift beschriebenen Preisschild am Tiger, das Henri offenbar vergessen hatte, stand $8,98.

Schnell, vor Erleichterung lächelnd, zog Norma Jeane ihren Geldbeutel heraus. »Nein, Mr. Henri! Das ist wirklich nett von Ihnen. Aber das Spielzeug soll für mein erstes Kind sein, und ich will den vollen Preis bezahlen.«

Die Vision

Diese Szene würde Norma Jeane nie vergessen. Sie waren auf einer ihrer nächtlichen Spazierfahrten. Einer romantischen spätsommerlichen Spazierfahrt unter dem nächtlichen Himmel Südkaliforniens. In dem limonengrünen Cadillac mit seinem breit grinsenden Kühlergrill und den ausladenden Heckflossen. Wie ein Schiffsschnabel erklommen Kühlergrill und Kotflügel die Wellen eines düsteren, lichtgesprenkelten Meeres. Cass Chaplin, Eddy G und ihre Norma. So verliebt! Die Schwangerschaft machte Norma noch schöner; ihre feine Haut leuchtete, ihre Augen waren glänzend, klar, ja klarsichtig. Die Schwangerschaft machte auch die schönen jungen Männer noch schöner. Noch geheimnisvoller. Denn niemand würde von ihrem gemeinsamen Geheimnis wissen, bis sie bereit waren, es zu enthüllen. Bis Norma bereit war, es zu enthüllen. Alle drei wirkten jetzt häufig entrückt und verzückt, in Gedanken ganz bei der bevorstehenden Geburt. Lachten laut, suchten den Blickkontakt. War es denn wirklich? Ja, es war wirklich. Es war wirklich, wirklich, *wirklich*. »Nicht Kino«, belehrte Cass die beiden anderen, sondern »das wirkliche Leben«. Eddy G hatte sich den Anonymen Alkoholikern angeschlossen, und auch Cass erwog diesen Schritt. Ein schwerer Schritt, das Trinken aufzugeben! Aber wenn er sich weiter an seine Drogen hielte? Oder wäre das Schummelei? Eddy G kam die weise Erkenntnis, wenn es überhaupt den rechten Zeitpunkt für ihn gebe, dem Alkohol abzuschwören, wie sein Alter das getan hatte, nicht nur einmal, sondern x-mal, dann doch wohl jetzt. Fassungslos murmelte er: »Ich werd ja nicht jünger. Oder gesünder.«

Norma Jeanes Arzt hatte ausgerechnet, dass sie in der sechsten Schwangerschaftswoche war; das Baby würde Mitte April zur Welt kommen. Er erklärte ihr, sie sei bei bester Gesundheit. Ihr einziges Leiden sei ihre heftige, von starken Schmerzen begleitete Monatsblutung, doch jetzt würde sie ja nicht mehr menstruieren. Ein Segen! »Schon allein das ist es wert. Kein Wunder, dass ich so glücklich bin.« Sie schlief recht gut und das ohne Barbiturate. Sie trieb Gymnastik. Sie aß ein halbes Dutzend kleine Mahlzeiten pro Tag, vorwiegend Getreide und Obst, mit gesundem Appetit und nur gelegentlichen Anfällen von Übelkeit. Sie konnte kein rotes Fleisch essen und ekelte sich vor Fett. »Kleine Mama«, nannten die Zwillinge sie neckend, nicht mehr »Fischlein«

(jedenfalls nicht in Normas Beisein). Ja, sie empfanden wirklich Ehrfurcht vor ihr! Und liebten sie heiß und innig. Die weibliche Achse des unauflöslichen Dreiecks. Sie hatte Angst gehabt, ja, natürlich war ihr der Gedanke durch den Kopf gegangen, ihre jungen Liebhaber könnten sie verlassen, und doch hatten sie das nicht getan und würden es offenbar auch nicht tun. Denn die Männer waren noch in keine der zahlreichen jungen Frauen verliebt gewesen, die sie bislang geschwängert oder angeblich geschwängert hatten; nie hatte eine ihrer intimen Bekanntschaften die Möglichkeit einer Abtreibung abgelehnt. Norma war anders; Norma war einzigartig.

Vielleicht hatten wir auch Angst vor ihr. Allmählich dämmerte uns, dass wir sie nicht kannten.

Cass saß am Steuer, lenkte den Cadillac schwungvoll über menschenleere mondscheinhelle Straßen. Norma Jeane, an ihre gut aussehenden Liebhaber geschmiegt, war nie zuvor so gelöst gewesen. So glücklich. Sie hatte Cass' Hand und Eddy Gs Hand ergriffen und drückte sich die feuchten Handflächen auf den Bauch, in dem Baby wuchs. »Schon bald werden wir seinen Herzschlag fühlen können. Wartet nur!« Sie fuhren auf der La Cienega gen Norden. Vorbei am Olympic Boulevard, vorbei am Wilshire Boulevard. Am Beverly Boulevard dachte Norma Jeane, Cass würde rechts abbiegen, um sie nach Hause zu bringen. Doch stattdessen fuhr er weiter geradeaus, zum Sunset Boulevard. Im Autoradio lief romantische Musik aus den Vierzigern. »I Can Dream, Can't I?« »I'll Be Loving You Always«. Dann fünf Minuten Kurznachrichten, der Aufmacher über ein weiteres Mädchen, das sexuell missbraucht und ermordet worden war, »eine aufstrebende Jungschauspielerin aus Venice, die auch als Modell arbeitete«, seit Tagen vermisst und schließlich nackt in eine Persenning gewickelt am Strand hinter dem Pier von Santa Monica aufgefunden. Norma Jeane erstarrte bei der Nachricht. Flugs stellte Eddy G einen anderen Sender ein. Das war keine brandneue Meldung; die Story war schon am Tag zuvor verbreitet worden. Und das Mädchen war keine Bekannte von Norma Jeane, nicht einmal dem Namen nach. Auch auf dem anderen Sender lief populäre Musik: »The Object of My Affection«, gesungen von Perry Como. Eddy G pfiff die Melodie mit, schmiegte sich an Norma Jeane, deren Leib sich jetzt so entspannt anfühlte, so tröstlich und *warm*.

Seltsam: Norma Jeane hatte Cass und Eddy G nichts von HENRI'S SPIEL-WAREN erzählt. Obwohl die Zwillinge doch gelobt hatten, einander alles anzuvertrauen und nichts zu verschweigen.

»Cass, wo fährst du mit uns hin? Ich will nach Hause. Baby ist so *müde*.«

»Es gibt etwas, das Baby sehen soll. Eine Vision. Warte nur.«

Er und Eddy G schienen sich irgendwie abgesprochen zu haben. Norma Jeane begann, sich unwohl zu fühlen. Und so müde. Als würde Baby sie in sich einsaugen, in seine stille, dunkle Sphäre, die aller Zeit vorausging. *Bevor das Universum seinen Anfang nahm. War ich da. Und du mit mir.*

Am Sunset bogen sie nach Osten ab. Dieser Teil der Stadt machte Norma Jeane Angst, seit damals, seit ihren Fahrten mit der Trambahn zum Schauspielunterricht, zu Vorsprechterminen und an dem Morgen, als sie erfuhr, dass ihr Vertrag nicht verlängert werden würde. Auf dem Sunset herrschte wie immer reger Verkehr. Ein steter Strom von Fahrzeugen, als wären es Schiffe, die über den Styx trieben. (Wie sprach man »Styx« eigentlich aus? Einfach mit »i«? Norma Jeane nahm sich vor, Cass einmal danach zu fragen.) Und nun zogen die ersten hell angestrahlten Reklametafeln über ihren Köpfen vorbei. Filme! Filmstar-Gesichter! Und schließlich die aufsehenerregendste, alles überragende Reklametafel für *Niagara*, breit wie eine ganze Straße, mit nichts als der platinblonden Hauptdarstellerin, ihrem wollüstigen Leib, ihrem wunderschönen, spöttischen Gesicht, ihrem anzüglichen, rotglitzernden, leicht geöffneten Mund, eine derartige Attraktion, dass sie in L. A. schon scherzhaft als Verkehrshindernis bezeichnet wurde, weil bei ihrem Anblick so viele Autos die Fahrt verlangsamten oder sogar stehen blieben.

Natürlich hatte Norma Jeane schon Plakate von *Niagara* gesehen. Doch ganz bewusst nie diese berühmt-berüchtigte Reklametafel.

Mit erregter Stimme begann Eddy G: »Norma, du kannst hinschauen oder auch nicht, aber –«

Und Cass vollendete den Satz: »– da ist sie. ›Marilyn‹.«

»Marilyn«
1953–1958

»Berühmt«

Sie müssen im Geist einen Kreis ziehen, einen Kreis aus Licht, einen Kreis der Aufmerksamkeit. Über diese Linie dürfen Sie mit Ihrer Konzentration auf keinen Fall hinausgehen. Sobald Sie die Kontrolle zu verlieren drohen, müssen Sie sich schnell in einen kleineren Kreis zurückziehen.

Stanislawski,
Die Arbeit des Schauspielers an sich selbst

Dieses neue Jahr der Wunder, 1953. Das hätte Norma Jeane niemals geglaubt. Das Jahr, in dem »Marilyn Monroe« ein *Star* wurde, und das Jahr, in dem Norma Jeane *schwanger* wurde.

»Ich bin so glücklich! All meine Träume haben sich erfüllt.«

Es brach über sie herein wie die peitschende Brandung am Strand von Santa Monica in ihrer Kindheit. Sie erinnerte sich, als wäre es gestern gewesen. Doch jetzt würde sie bald selbst Mutter werden und ihre Seele geheilt. Jetzt würde sie die Metronomstimme zum Schweigen bringen. *Wo immer du bist, ich bin da. Noch ehe du dein Ziel erreichst, erwarte ich dich.*

»Ich kann die Rolle nicht übernehmen. Tut mir leid... Ja, ich weiß, ›so was kommt nur einmal im Leben‹. Aber das ist bei allem so.«

Die Rolle der Lorelei Lee in Anita Loos' Musical *Blondinen bevorzugt*. Ein Dauerbrenner am Broadway, den die Produktionsgesellschaft für Marilyn Monroe gekauft hatte, die seit *Niagara* ihre zugkräftigste Schauspielerin war. »Und Sie wollen einfach ablehnen?«, fragte ihr Agent sie ungläubig. »Marilyn. Ich kann's einfach nicht glauben.«

Marilyn. Ich kann's einfach nicht glauben. Norma Jeane imitierte sein ehrpusseliges Gehabe. Schade, dass sie allein war, dass weder Cass noch Eddy G da waren und mit ihr lachten. Sie gab keine Antwort. Ihr Agent redete schnell auf sie ein. Dies war ein Mann, der sie nur als Marilyn kannte. Und er hatte Angst vor ihr und mochte sie nicht. Er liebte sie nicht so, wie I. E. Shinn sie geliebt hatte. »Rin Tin Tin« nannte sie ihn hinter seinem Rücken, denn er war ein übereifriger, jung gealterter Kläffer, von einem grimmigen Ehrgeiz erfüllt und schlau, ohne intelligent zu sein; Rin Tin Tin benahm sich den Mächtigen gegenüber unterwürfig und gegenüber anderen – den jungen Frauen in seinem Büro, Angestellten, Kellnern, Taxifahrern – herrisch und gebieterisch. Wie kam es, dass der Furcht einflößende I. E. Shinn verschwunden war und stattdessen jetzt Rin Tin Tin da war? *Wie kann ich Ihnen trauen? Sie lieben mich nicht.*

Jetzt, wo Marilyn Monroe das war, was man »berühmt« nannte, konnte Norma Jeane niemandem mehr trauen, der sie nicht vorher gekannt und sie nicht vorher geliebt hatte. Cass Chaplin hatte sie gewarnt: wie die Läuse würden sie über sie herfallen. Cass hatte gesagt: »Der Lieblingsspruch meines Vaters ist: ›Wenn du eine Million Dollar hast, hast du eine Million Freunde‹.« Norma Jeane würde niemals eine Million Dollar haben, doch auch der »Ruhm« galt als Vermögen, das man nach Lust und Laune verprasste. Der »Ruhm« war ein unkontrollierbarer Waldbrand, selbst für die Produzenten, die ihn als ihr Verdienst ansahen. Überhäuften sie mit Blumen! Einladungen zum Mittag- oder Abendessen. Partys in ihren Luxusvillen in Beverly Hills. *Und trotzdem halten sie mich für ein Flittchen.*

Auf der Party nach der Premiere von *Niagara* hatte Norma Jeane, die zwar nicht Rose war, aber mehrere Gläser Champagner intus hatte, zu dem fledermausgesichtigen Z in Roses spöttischem Tonfall gesagt: Erinnern Sie sich an jenen Tag im September 1947? Ich war noch so jung. Ich hatte solche Angst! Ich hatte noch nicht einmal meinen Künstlernamen. Sie hatten mich in Ihre Räume eingeladen, um mir Ihre Sammlung von ausgestopften Vögeln zu zeigen – ihr »Aviarium«. Erinnern Sie sich, Mr. Z, wie Sie mir wehgetan haben? Erinnern Sie sich, Mr. Z, wie ich geblutet habe? Auf allen vieren? Erinnern Sie sich, Mr. Z, wie Sie mich angeschrien haben? Damals, vor Jahren. Und dann, Mr. Z, haben Sie meinen Vertrag aufgelöst? Erinnern Sie sich?

Z starrte Norma Jeane an und schüttelte ratlos den Kopf, nein. Er leckte sich die Lippen; sein künstliches Gebiss blitzte nervös. Er hatte zwar das Gesicht einer Fledermaus, doch seine seltsam körnige Haut, vor allem seine schrundige Kopfhaut, war die einer Eidechse. Jetzt schüttelte er den Kopf, nein, nein. Seine grausamen, undurchsichtigen gelblichen Augen.

Nein? Sie erinnern sich nicht?

Ich fürchte nein, Miss Monroe.

Sie erinnern sich nicht an das Blut auf Ihrem weißen Fellteppich?

Ich fürchte nein, Miss Monroe. Ich habe keinen weißen Fellteppich.

Haben Sie Debra Mae auch umgebracht? Haben Sie ihren Körper zersägt?

Aber Z hatte sich schon abgewandt. Ein anderer mächtiger Eidechsenmann beanspruchte seine Aufmerksamkeit. Z hatte Norma Jeanes Worte, Rose Loomis' beißende, böse Stimme nicht mehr gehört. Und der Anlass war viel zu festlich. Stimmen, Gelächter, eine schwarze Jazzcombo. Es war wohl kaum der Zeitpunkt, um Rechnungen mit dem Feind zu begleichen. Denn andere drängten nach, mussten Marilyn Monroe unbedingt zu ihrem Erfolg gratulieren. *Niagara* war ein B-Film, billig und schnell gedreht, und würde sehr viel Geld einspielen, und so tat Norma Jeane jetzt gut daran, ihre Bitterkeit hinunterzuschlucken und wie Marilyn bezaubernd zu lächeln, zu lächeln, zu lächeln.

Dabei würde sie Z so gern am Smokingärmel zupfen und ihn zur Rede stellen. Doch eine nüchterne warnende Stimme hielt sie davon ab.

Nein! Tu's nicht. Das wäre typisch Gladys. Zur Unzeit, vor Zeugen. Aber du, die du Marilyn Monroe bist, tust so etwas nicht, weil du nicht krank bist wie ich.

So ging der gefährliche Moment vorbei. Norma Jeane atmete allmählich wieder ruhiger. Später würde sie sich daran erinnern, wie erstaunt und erleichtert sie war, dass Gladys ihr einen so guten Rat gegeben hatte. Das war zweifellos ein Wendepunkt in ihrer beider Leben! *Zu wissen, dass sie für und nicht gegen mich war. Zu wissen, dass sie sich für mich freute.*

Neben ihr stand Rin Tin Tin. Stolzgeschwellt, als hätte er sie erfunden.

Rin Tin Tin war ein Stück größer als Rumpelstilzchen und hatte keinen verwachsenen Rücken, und sein spiegelnder Brillantine-Kopf war ein ganz normaler Männerkopf, nicht zu groß oder auf subtile Weise deformiert. Seine Augen waren die Augen eines ganz normalen habsüchtigen Mannes; ja, es gab sogar Anwandlungen von Freundlichkeit, die so plötzlich auftrat wie ein Niesen, ein jungenhaft-hoffnungsvolles Grinsen. Doch darunter lag die Angst, das Misstrauen gegen diese blonde Klientin, die, anscheinend über Nacht, berühmt geworden war. Wie alle Geschäftspartner von plötzlich erfolgreichen Schauspielern hatte Rin Tin Tin Angst, dass ihm seine Klientin von jemandem wie ihm, der nur noch mehr so war wie er, weggeschnappt werden würde. Norma Jeane vermisste Mr. Shinn! Bei solchen öffentlichen Anlässen wehte seine Abwesenheit sie an wie ein Dunst von Speisen, von Küchenabfällen hinter den Kulissen. Es konnte nicht sein, dass I. E. Shinn tot war und diese anderen Zwerge weiterlebten. Dass Norma Jeane weiterlebte. Wenn Isaac da wäre, würde er sehen, dass Norma Jeane unruhig wurde, dass sie darunter litt, Fremde anlächeln zu müssen; sie trank zu viel, aus Nervosität, und diese überschwänglichen Komplimente und Gratulationen verwirrten sie nur, die doch verdient hätte, dafür gescholten zu werden, dass sie nicht geleistet hatte, was sie leisten konnte.

Fürchten Sie sich vor Ihren Bewunderern! Sprechen Sie nur mit denen über Ihre Kunst, die Ihnen die Wahrheit sagen können, warnte der große Stanislawski.

Jetzt war sie von Bewunderern umringt. Oder vorgeblichen.

Mr. Shinn hätte sich mit Norma Jeane in eine Ecke gestellt, das schlaue, gerissene Rumpelstilzchen, und sie mit seinem bösen Sarkasmus und seinen drolligen Kommentaren zum Lachen gebracht. *Er* wäre schockiert gewesen, hätte er von ihrer Schwangerschaft erfahren – wütend zunächst, denn wenn ihm irgendjemand noch mehr missfiel als Cass Chaplin, dann Eddy G. Robinson Jr.; er wusste nicht, dass die Zwillinge Norma Jeane das Leben gerettet hatten –, doch nach ein paar Tagen, davon war Norma Jeane überzeugt, hätte er sich für sie gefreut. *Was die Goldene Prinzessin sich wünscht, das soll die Goldene Prinzessin auch haben.*

»– noch da? Marilyn?«

Norma Jeane wurde von einer lästigen kleinen Radiostimme aus ihrer Trance geweckt. Nein, einer Telefonstimme. Sie saß oder lag fast auf einem Sofa, und der Hörer war ihr entglitten. Sie hatte die heißen feuchten Hände auf ihren Unterleib gepresst, dort, wo Baby seinen heimlichen, wortlosen Schlaf schlief.

Verwirrt hielt Norma Jeane den Hörer ans Ohr. »J-ja? Wie?«

Es war Rin Tin Tin. Sie hatte ihn ganz vergessen. Wann hatte er angerufen? Wie peinlich! Rin Tin Tin, der fragte, ob etwas nicht in Ordnung sei, und der sie *Marilyn* nannte, als hätte er das Recht dazu. »Nein, es ist alles in Ordnung. Was wollten Sie denn?«

»Hören Sie mir doch bitte zu! Sie haben noch nie in einem Musical mitgespielt, und dies ist eine phantastische Gelegenheit. Der Vertrag –«

»Musical? Ich kann weder singen noch tanzen.«

Rin Tin Tin bellte vor Lachen. War seine Klientin nicht witzig? Eine zweite Carole Lombard.

Er sagte: »Sie haben doch Stunden genommen, und alle bei der Produktionsgesellschaft, mit denen ich gesprochen habe, sagen, Sie sind ...« – er suchte nach dem richtigen, glaubwürdigen Wort – »... sehr vielversprechend. Ein Naturtalent.«

Es stimmte: Wenn sie nicht sie selbst war, sondern *aufging* in der Musik, war sie voll kindlichen Überschwangs. Tanzen, singen! Und jetzt hatte sie einen echten Grund zur Freude. »Tut mir leid. Ich kann nicht. Nicht jetzt.«

Sie hörte ein scharfes Einatmen, ein wütendes Hundeschnaufen.

»Nicht jetzt? Warum nicht *jetzt? Jetzt* ist Marilyn Monroe der neue Kassenmagnet.«

»Aus privaten Gründen.«

»Was, Marilyn? Ich hab Sie nicht richtig verstanden.«

»Aus p-privaten Gründen. Ich habe mein eigenes Leben! Ich bin nicht nur – etwas im Kino.«

Rin Tin Tin zog es vor, das zu überhören. Diesen Trick hatte auch Rumpelstilzchen angewandt. Eifrig erklärte er, als hätte er es gerade per Telegramm erfahren: »Z hat *Blondinen bevorzugt* extra für Sie eingekauft. Carol Channing aus der Broadway-Produktion will er nicht, obwohl das Musical ihretwegen so ein Hit war. Er will es als Passepartout für Sie, Marilyn.«

Passepartout! Für was?

In beiläufigem Ton sagte Norma Jeane – und dabei strich sie sich wie Rose über den Bauch, die feste, rundliche, kaum wahrnehmbare Wölbung, die Baby war –: »Wie viel würde ich dafür bekommen?«

Rin Tin Tin schwieg einen Moment. »Ihr vertraglich festgelegtes Gehalt. Fünfzehnhundert die Woche.«

»Für wie viele Wochen?«

»Sie schätzen, ungefähr zwölf.«

»Und wie viel soll Jane Russell bekommen?«

Rin Tin Tin schwieg erneut. Er staunte wohl, dass Norma Jeane, die immer so geistesabwesend wirkte, so zurückhaltend und so zerstreut, die sich so wenig für den üblichen Hollywood-Klatsch zu interessieren schien und die plötzliche Flut von Artikeln über Marilyn Monroe angeblich noch nicht einmal las, offenbar nicht nur wusste, dass Jane Russell in dem Film ihre Partnerin sein würde, sondern auch, dass sie ihren Agenten mit der Frage nach Jane Russells Gage in Verlegenheit brächte.

Ausweichend erklärte er: »Der Vertrag ist noch nicht unterzeichnet. Sie müssen sich Russell von einem anderen Studio ausleihen.«

»Ja, aber wie viel?«

»Der Betrag steht noch nicht fest.«

»*Wie viel?*«

»Sie fordern einhunderttausend.«

»Hunderttausend!« Norma Jeane verspürte einen stechenden Schmerz im Unterleib. Auch Baby fühlte sich beleidigt. Aber niemand würde Babys Schlaf stören. Denn Norma Jeane war vor allem erleichtert. Lachend sagte sie: »Wenn die Drehzeit zwölf Wochen beträgt, bekomme ich achtzehntausend Dollar. Und Jane hunderttausend? ›Marilyn Monroe‹ muss doch auch ihren Stolz haben, oder nicht? Das ist eine Frechheit. Jane Russell und ich waren zusammen auf der High School in Van Nuys. Sie war ein Jahr älter und hat in der Theatergruppe mehr Rollen bekommen als ich, aber wir waren immer Freundinnen. Sie würde sich für mich schämen!« Norma Jeane hielt inne. Sie hatte sehr schnell gesprochen; obwohl sie sich gar nicht aufregte, klang ihre Stimme wütend. »Ich – ich lege jetzt auf. Auf Wiedersehen.«

»Marilyn, warten Sie –«

»Scheiß auf Marilyn. *Sie ist nicht hier.*«

Es kam der Morgen, an dem sie einen Notruf aus Lakewood erhielt. Gladys Mortensen war verschwunden.

Sie hatte in der Nacht heimlich ihr Zimmer verlassen und dann die Klinik und dann (zu diesem Schluss war man gekommen, nachdem man überall gesucht hatte) das Klinikgelände. Ob Norma Jeane wohl so schnell wie möglich kommen könne? »Ja, natürlich, *natürlich.*«

Sie würde es niemandem sagen. Ihrem Agenten nicht und auch nicht Cass Chaplin und auch nicht Eddy G. *In der Hoffnung, sie davor zu schützen. Dieser Schmerz, der einzig meiner ist, ganz allein.* Und sie fürchtete sich vor dem offenkundigen Mangel an Interesse in den Augen ihrer beiden Geliebten, sooft sie, wie versteckt auch immer, auf ihre kranke Mutter anspielte. (»Wir haben alle kranke Mütter«, erklärte Cass gelassen. »Ich werde dich mit meiner verschonen, wenn du mir deine ersparst. Abgemacht?«)

Norma Jeane zog sich rasch etwas an, setzte einen von Eddy Gs Strohhüten auf und eine dunkle Sonnenbrille. Sie erwog, verwarf dann jedoch den Gedanken, eine von den bergblauen Benzedrin-Tabletten aus Cass' Geheimvorrat im Bad zu nehmen. Sie schlief jetzt immer ganze sechs Stunden, einen tiefen erholsamen Schlaf, denn die Schwangerschaft bekam ihr gut, wie ihr der Arzt versicherte, wobei er strahlte wie ein werdender Vater, sodass Norma Jeane schon fast fürchtete, er hätte sie womöglich erkannt. Was, wenn er sie fotografierte, während sie betäubt war und ihr Kind bekam?

Sie fuhr durch den morgendlichen Verkehr nach Lakewood. Von Sorge um Gladys erfüllt, denn was, wenn Gladys sich etwas angetan hatte? *Irgendwie weiß sie das mit dem Kind. Kann das sein?* Sie wusste, sie musste sich hüten, Gladys hellseherische Gedanken unterzuschieben; schließlich war sie kein Kind mehr und Gladys nicht ihre mächtige, allwissende Mutter. *Trotz-*

dem könnte sie es irgendwie wissen. Und darum ist sie weggelaufen. Auf dem Weg nach Lakewood kam Norma Jeane an ein, zwei, drei Kinos vorbei, in denen *Niagara* lief. Über dem Vordach eines jeden Kinos prangte Marilyn Monroe mit ihrer milchigen, schimmernden Haut, Marilyn Monroe in einem tief ausgeschnittenen roten Kleid, aus dem üppige Brüste schwollen. Marilyn Monroe lächelte mit feuchtglänzend vollen Lippen, zu denen Norma Jeane schüchtern hinaufsah.

Die Goldene Prinzessin! Erst jetzt wurde Norma Jeane voll bewusst, dass die Goldene Prinzessin ihre Bewunderer verhöhnte wie erhöhte. Sie war so schön, und ihre Bewunderer waren so gewöhnlich. Sie weckte Gefühle, und ihre Bewunderer erlagen Gefühlen. Wer war der Dunkle Prinz, der *ihrer* würdig war?

Ja, ich bin stolz! Ich gebe es zu. Ich habe hart gearbeitet, und ich werde mich noch mehr anstrengen.

Die Frau dort auf dem Plakat bin nicht ich. Doch sie ist das Werk, das ich geschaffen habe. Ich habe mein Glück verdient.

Ich habe mein Kind verdient. Jetzt ist meine Zeit gekommen!

Als Norma Jeane in der Privatklinik in Lakewood eintraf, war Gladys wie durch Zauberhand wieder da. Man hatte sie schlafend auf einer Bank in einer katholischen Kirche gefunden, keine drei Meilen entfernt, am verkehrsreichen Bellflower Boulevard. Verwirrt und orientierungslos, aber ohne sich zu wehren, hatte sie sich von der örtlichen Polizei zur Klinik bringen lassen. Als Norma Jeane Gladys sah, brach sie in Tränen aus und umarmte ihre Mutter, die nach nasser Asche, feuchten Kleidern und Urin roch.

»Aber Mutter ist nicht mal katholisch. Warum in aller Welt gerade dort?«

Der Leiter der Klinik bat Norma Jeane tausendmal um Verzeihung. Er achtete darauf, sie »Miss Baker« zu nennen. (Es war streng geheim, dass Gladys Mortensen die Mutter einer gewissen Filmschauspielerin war. »Verraten Sie mich nicht!«, hatte Norma Jeane ihn angefleht.) Er bestehe darauf, dass die Patienten in ihrem Zimmer jeden Abend um neun kontrolliert würden; Fenster und Türen würden überprüft; das Sicherheitspersonal sei rund um die Uhr im Einsatz. Norma Jeane sagte schnell: »Oh, ich bin Ihnen nicht böse. Ich bin ja so froh, dass Mutter in Sicherheit ist.«

Norma Jeane blieb für den Rest des Tages in Lakewood. Es war also doch ein Glückstag! Sie überlegte, wie sie es Gladys sagen sollte. Eine Mutter ist nicht immer bereit, von ihrer Tochter solch eine freudige Nachricht zu hören, denn eine Mutter ist erst ganz Mutter, wenn sie eine Tochter bemuttert. Doch jetzt bemutterte Norma Jeane Gladys, die so zerbrechlich wirkte und sich so zögernd bewegte und die Norma Jeane blinzelnd und argwöhnisch ansah, als wäre sie nicht sicher, wen sie vor sich hatte. Mehrmals sagte sie eher besorgt als vorwurfsvoll: »Dein Haar ist so *weiß*. Bist du denn alt, wie ich?«

Norma Jeane half, ihre Mutter zu baden, wusch Gladys eigenhändig das verfilzte Haar und kämmte es vorsichtig aus. Sie redete munter mit ihr, summte und sang, als hätte sie es mit einem kleinen Kind zu tun. »Es haben sich alle furchtbare Sorgen um dich gemacht, Mutter. Du wirst doch nie mehr weglaufen, oder?« Irgendwann in den frühen Morgenstunden war es Gladys gelungen, nicht nur eine, nein, mehrere Türen aufzuschließen (es sei denn, diese Türen waren entgegen allen Versicherungen des Personals womöglich nicht richtig abgesperrt gewesen) und sich unbemerkt über den Rasen vor der Klinik zu stehlen; draußen auf der Straße hatte sie ohne aufzufallen die zweieinhalb Meilen bis zur St. Elizabeth's Church zurückgelegt, wo man sie am Morgen fand, als die Gemeindemitglieder zur Sieben-Uhr-Messe in die Kirche kamen. Sie trug ein gürtelloses beigefarbenes Baumwollkleid mit einem ausgerissenen Saum und nichts darunter. Beim Verlassen der Klinik hatte sie Cordsamt-Pantoffeln angehabt, aber anscheinend hatte sie diese unterwegs verloren; ihre knochigen Füße waren mit oberflächlichen Schnittwunden bedeckt. Norma Jeane wusch ihrer Mutter zärtlich die Füße und betupfte die Wunden mit Jod. »Mutter, wohin wolltest du denn? Du hättest mich doch fragen können. Wenn du irgendwohin wolltest. In eine Kirche, zum Beispiel.«

Gladys zuckte die Achseln. »Ich wusste, wohin ich wollte.«

»Du hättest dich verletzen können. Angefahren werden oder – dich verlaufen.«

»Ich habe mich niemals verlaufen. Ich wusste, wohin ich wollte.«

»Aber wohin denn?«

»Nach Hause.«

Das Wort blieb in der Luft stehen, fremd und wunderbar wie eine schillernde Libelle. Norma Jeane war erschüttert, wusste darauf nichts zu sagen. Sie sah, dass Gladys lächelte. Eine Frau mit einem Geheimnis. Vor langer Zeit, in einem anderen Leben, war sie eine Dichterin gewesen, eine bildschöne junge Frau, die die Männer anzog, unter anderem auch so mächtige Hollywood-Größen wie Norma Jeanes Vater. Vor Norma Jeanes Ankunft in der Klinik hatte Gladys ein Medikament bekommen, zur »Beruhigung der

460

Nerven«. Jetzt ließ sie fast keine Aufregung mehr erkennen noch Beschämung darüber, solchen Aufruhr verursacht zu haben. Auf der harten Kirchenbank hatte sie sich im Schlaf besudelt, doch auch das war ihr nicht peinlich gewesen. *Sie ist ein Kind. Ein grausames Kind. Sie hat Norma Jeanes Platz eingenommen.*

Gladys' einstmals so hübsche Augen waren jetzt trüb und glanzlos wie Steine, und ihre Haut war rau und grünlich; doch seltsamerweise sah sie trotz ihrer nächtlichen, barfüßigen Wanderung kaum älter aus als in Norma Jeanes Erinnerung. Es war, als wäre sie vor Jahren verzaubert worden: Alle um sie herum würden älter werden, nur Gladys nicht. Mit einem leichten Vorwurf in der Stimme sagte Norma Jeane: »Du kannst jederzeit zu mir nach Hause kommen, Mutter, das weißt du doch.« Eine Pause entstand. Gladys schniefte und wischte sich die Nase. Norma Jeane meinte, die Frau verächtlich lachen zu hören. *Nach Hause! Zu dir? Wo ist das?* Norma Jeane sagte: »Du bist nicht alt. Du solltest das nicht von dir sagen. Du bist doch erst dreiundfünfzig.« Und verstohlen fügte sie hinzu: »Wie würde es dir gefallen, Großmutter zu werden?«

Da. Jetzt war es heraus. *Großmutter!*

Gladys gähnte. Kratertief. Norma Jeane war enttäuscht. Sollte sie ihre Frage wiederholen?

Norma Jeane hatte ihrer Mutter ins Bett geholfen, wo sie jetzt in einem sauberen Baumwollnachthemd lag, zwischen sauberen Baumwolllaken. Gladys selbst war jetzt frei von dem säuerlichen, traurigen Geruch von Urin, doch er hing noch schwach wie ein Echo im Raum. Gladys' Einzelzimmer, für das »Miss Baker« eine stattliche Summe im Monat bezahlte, war gerade so groß wie eine geräumige Abstellkammer und hatte nur ein einzelnes Mansardenfenster auf einen Parkplatz hinaus. Es gab einen Nachttisch, eine Lampe, einen einzelnen Sessel mit Kunstoffbezug, ein schmales Krankenhausbett. Auf der Aluminiumkommode lagen zwischen Toilettenartikeln und Kleidungsstücken mehrere Stapel Bücher, Geschenke von Norma Jeane aus all den Jahren. Es waren zum Großteil Gedichtbände, hübsche, schlanke Bücher, die aussahen, als wären sie nur selten aufgeschlagen worden. Bequem in ihrem Bett liegend, wirkte Gladys, als würde sie gleich einnicken. Das inzwischen trockene metallisch-braune Haar stand strohig ab. Ihre Lider wirkten matt, die blutleeren Lippen standen offen. Ein Stich ging Norma Jeane durchs Herz, als sie sah, dass die dickädrigen Hände ihrer Mutter, die Hände Nells, die einst so nervös gewesen waren, so lebendig und von einem wütenden Eigenleben

461

erfüllt, jetzt kraftlos dalagen. Norma Jeane nahm diese Hände in die ihren. »Oh Mutter, deine Finger sind so *kalt*. Ich muss sie dir wärmen.«

Doch Gladys' Finger wollten nicht warm werden. Stattdessen begann Norma Jeane zu frösteln.

Norma Jeane versuchte Gladys zu erklären, warum sie heute kein Geschenk dabei hatte. Warum sie nicht in die Stadt fahren würden, zum Friseur und zum Lunch in einen Teesalon. Sie versuchte ihr zu erklären, warum sie ihr nicht viel Taschengeld dalassen konnte – »In meinem Portemonnaie sind nur achtzehn Dollar! Es ist eine Schande. Ich bekomme fünfzehnhundert Dollar die Woche, aber ich habe so viele Ausgaben...« Und es stimmte: Norma Jeane war oft gezwungen, sich von Freunden oder deren Freunden Geld zu leihen, fünfzig Dollar, hundert, zweihundert. Es gab Männer, die Marilyn Monroe nur zu gern Geld liehen. Und das ohne Schuldschein. Die ihr Schmuck schenkten – und Norma Jeane konnte mit Schmuck nicht viel anfangen. Cass Chaplin und Eddy G nahmen als praktisch denkende junge Männer keinen Anstoß daran. Als werdende Väter mussten sie an die Zukunft denken und damit auch an Geld. Beide waren von ihren berühmten Vätern enterbt worden, und so schien es nur recht und billig, dass sie von anderen älteren Männern, einer anderen Art von Vätern, unterstützt wurden. Sie versuchten Norma Jeane zu überzeugen, dass für sie dasselbe galt. Auch sie war um ihr Erbe betrogen worden. Es war Cass' und Eddy Gs Idee, dass sie für die Dauer der Schwangerschaft zu dritt in die Hollywood Hills ziehen sollten. Wenn sie kein passendes Haus umsonst bekamen, brauchten sie Geld für die Miete. Und es war auch ihre Idee, dass jeder von ihnen eine Lebensversicherung über hunderttausend Dollar abschließen sollte – wenn nicht doppelt so viel –, zu Gunsten der anderen beiden. »Nur für den Notfall. Vorsorge kann niemals schaden. Wenn ein Kind unterwegs ist. Natürlich wird den Zwillingen nichts passieren!« Norma Jeane hatte nicht gewusst, was sie sagen sollte. Eine Lebensversicherung abschließen? Die Vorstellung machte ihr Angst, wies sie doch so deutlich darauf hin, dass sie eines Tages sterben musste.

Im Gegensatz zu »Marilyn«. *Sie* lebte in Filmen und auf Fotos weiter. Überall.

Plötzlich riss Gladys die Augen auf und versuchte sie zu fokussieren. Norma Jeane hatte das ungute Gefühl, dass dies keine Reaktion auf Norma Jeanes Worte war. Aufgeregt fragte Gladys: »Welches Jahr haben wir? In welche Zeit sind wir gereist?«

Norma Jeane beruhigte sie: »Mutter, es ist Mai, 1953. Ich bin Norma Jeane, und ich passe auf dich auf.«

Gladys sah sie argwöhnisch an. »Aber dein Haar ist so *weiß*.«

Gladys schloss die Augen. Gladys' schlaffe Finger knetend, überlegte Norma Jeane, wie sie ihrer Mutter die freudige Nachricht beibringen könnte, ohne sie zu verstimmen. *Ein Baby. Fast schon sechs Wochen alt. Freust du dich nicht für mich?* Irgendwie kam es ihr vor, als wüsste Gladys es schon. Darum wich Gladys ihr aus, versuchte bewusst, in den Schlaf zu entfliehen.

Norma Jeane wagte sich vor: »Als du mich b-bekommen hast, Mutter, warst du nicht verheiratet, stimmt's? Du hattest keinen Mann, der dich unterstützt hätte. Trotzdem hast du ein Kind bekommen. Du warst so tapfer, Mutter! Andere Frauen hätten – du weißt schon. Es wegmachen lassen. *Mich*.« Norma Jeane lachte ihr quieksiges Lachen. »Dann würde es mich gar nicht geben. Und keine ›Marilyn‹. Dabei wird sie jetzt so berühmt – mit Fanpost und Telegrammen und Blumen von Fremden! Es ist alles so... merkwürdig.«

Gladys hielt die Augen stur geschlossen. Ihr Gesicht wurde weich wie schmelzendes Wachs. Speichel glänzte in ihrem Mundwinkel. Norma Jeane redete, ohne zu wissen, was sie sagte. Irgendetwas in ihr schien zu ahnen, wie unsinnig das Ganze war, wie absurd ihr Vorhaben, ein Kind zu bekommen. Ein Kind ohne Ehemann? Hätte sie doch Mr. Shinn geheiratet. Hätte V sie doch ein kleines bisschen mehr geliebt, dann hätte er sie vielleicht geheiratet. Ein Kind würde das Ende ihrer Karriere bedeuten. Ein für alle Mal. Selbst wenn sie schnell noch einen der Zwillinge heiratete, wäre der Skandal ihr Untergang. Die Medien würden Marilyn Monroe, den Shooting Star, den von den Medien aufgeblasenen Luftballon, mit Freuden abschießen.

»Du warst tapfer. Du hast das Richtige getan. Du hast dein Kind bekommen. Du hast... *mich* bekommen.«

Aber Gladys' Augen waren geschlossen. Ihr schlaffer blutleerer Mund hing offen. Sie war in Schlaf gesunken wie in ein dunkles, geheimnisvolles Gewässer, in das ihr Norma Jeane nicht folgen konnte. Auch wenn sie die Wellen neben dem Bett plätschern hörte.

Norma Jeane rief von der Klinik aus jemanden mit einer Nummer in Hollywood an. Das Telefon klingelte und klingelte. »Hilf mir, bitte! Ich brauche dringend Hilfe!«

Norma Jeane hätte die Klinik am liebsten sofort verlassen, denn sie hatte geweint, und die Haut um ihre Augen fühlte sich wund und gerötet an. Sie war Nell, desorientiert und von Panik ergriffen, wenn auch durch die Gegenwart anderer gezwungen, sich zu benehmen, *als sei sie normal.* Doch der Leiter wollte sie unbedingt unter vier Augen sprechen. Er war ein Mann mittleren Alters mit einem eiförmigen Gesicht und einer übergroß wirkenden Brille mit klobigem Kunststoffgestell. Die Aufregung in seiner Stimme verriet Norma Jeane, dass er nicht sie sah, die Tochter der Patientin Gladys Mortensen, sondern eine Filmschauspielerin. Vielleicht eine »blonde Sexbombe«. Würde er es wagen, sie um ein Autogramm zu bitten? In einem solchen Moment? Wenn ja, würde sie ihn wüst beschimpfen. Sie würde in Tränen ausbrechen. Sie könnte das jetzt nicht ertragen!

Dr. Bender sprach von Gladys Mortensen. Wie gut sie sich »im Allgemeinen« halte, seit sie nach Lakewood gekommen sei. Dass sie jedoch, wie viele Patienten in ihrer Verfassung, gelegentlich »Einbrüche«, »Rückfälle« erleide und dann zu unerwartetem, gefährlichem Verhalten neige. Paranoide Schizophrenie, spulte Dr. Bender im neutralen Duktus einer Tonkonserve ab, ist eine geheimnisvolle Krankheit. »Sie hat mich immer an multiple Sklerose erinnert. Eine andere rätselhafte Krankheit, die niemand wirklich versteht. Ein ganzes Symptomensyndrom.« Manche Wissenschaftler glaubten, paranoide Schizophrenie sei aus der Interaktion des Patienten – oder seiner gestörten Interaktion – mit seiner Umwelt und seinen Mitmenschen zu erklären; manche – die Freudianer – glaubten, die Erklärung sei in der Kindheit zu suchen; andere, die Krankheit sei rein organischen, biochemischen Ursprungs. Norma Jeane nickte, um zu zeigen, dass sie ihm zuhörte. Sie lächelte. Selbst in einem Moment wie diesem, in dem sie erschöpft war und deprimiert und das Baby in ihrem Bauch wehtat, während ihr allmählich all die ganzen Termine bei der Produktionsgesellschaft einfielen, die sie komplett vergessen hatte, nicht einmal angerufen, sich entschuldigt, umdisponiert – selbst in einem Moment wie diesem wusste sie, dass sie *lächeln* musste. Man erwartete von Frauen, dass sie lächelten, und von ihr erst recht.

Traurig sagte Norma Jeane: »Ich frage ja schon gar nicht mehr, wann meine Mutter entlassen wird. Das wird wohl nie geschehen. Solange sie nur gut aufgehoben und g-glücklich ist – mehr kann man wohl nicht erwarten.«

Dr. Bender erwiderte ernst: »In Lakewood geben wir unsere Patienten niemals auf. Nie! Andererseits – sind wir realistisch.«

»Ist es erblich?«

»Wie bitte?«

»Die Krankheit meiner Mutter? Ist sie angeboren, liegt so etwas in der Familie?«

»In der *Familie*?« Dr. Bender wiederholte die Worte, als hätte er so etwas nie gehört. Ausweichend erklärte er: »Man hat in einigen Familien eine gewisse Neigung festgestellt, ja, aber in anderen nicht im *Geringsten*.«

Hoffnungsvoll sagte Norma Jeane: »Mein V-vater war ganz normal. In jeder Hinsicht. Ich kenne ihn nicht, außer von Fotos. Ich habe nur von ihm gehört. Er ist in Spanien g-gestorben, 1936. Ich meine, er ist gefallen. Im Krieg.«

Als Norma Jeane sich erhob, um zu gehen, bat Dr. Bender sie um ein Autogramm, wobei er sich vielmals entschuldigte, er tue so etwas sonst nicht, aber würde es Norma Jeane wohl etwas ausmachen? – »Es ist für meine dreizehnjährige Sasha. Sie glaubt, sie will auch mal Filmstar werden!«

Norma Jeane setzte das einstudierte freundliche Lächeln auf. Und merkte, dass sie einen Migräneanfall bekam. Seit sie schwanger war und ihre Periode ausblieb, war sie von den betäubenden Kopfschmerzen ebenso verschont geblieben wie von den lähmenden Krämpfen, aber jetzt spürte sie, wie ein Migräneanfall heraufzog, und sie fragte sich voller Panik, wie sie sich und Baby sicher heimbringen sollte. Dennoch unterschrieb sie artig auf dem Titelblatt von *Photoplay*, mit dem lässigen, schwungvollen Schriftzug, den die Produktionsgesellschaft für »Marilyn« entworfen hatte. (Ihre eigene Unterschrift, »Norma Jeane Baker«, war winzig und nach links geneigt.) Das Titelblatt der Zeitschrift zeigte Marilyn als Rose, sinnlich, sexy, mit zurückgeworfenem Kopf, halb geschlossenen Augen und auffordernd geschürzten Lippen. Ihre üppigen Brüste sprengten fast das rückenfreie neonblaue Kleid, von dem Norma Jeane hätte schwören können, dass sie es nie getragen hatte. Sie hatte dieses Titelblatt völlig vergessen. Und wie die Aufnahme entstanden war. Vielleicht war es nie geschehen?

Doch da lag das Aprilheft von *Photoplay*, Jahrgang 1953 – der Beweis.

An mein Baby

Durch dich
entsteht die Welt für mich.

Vor dir –
gab es sie nicht.

Die Auguren

Als da waren Hedda Hopper, P. Pukham (»Hollywood bei Nacht«), G. Belcher, Max-the-Man Mercer, Dorothy Kilgallen, H. Salop, »Keyhole« Skid Skolsky (der sich im Zwischengeschoss von Schwab's Drugstore den neuesten Hollywood-Klatsch zutragen ließ), Gloria Grahame, V. Venell, »Buck« Holster, Smilin Jack, Lex Aise, Cramme, Pease, Coker, Crudloe, Gagge, Gargoie, Scudd, Sly Goldblatt, Pett, Trott, Leviticus, *BUZZ YARD*, M. Mudd, Wall Reese, Walter Winchell, Louella Parsons, HOLLYWOOD ROVING EYE und andere. Ihre atemlosen Kolumnen erschienen unter anderem in den Zeitungen und Magazinen *L. A. Times, L. A. Beacon, L. A. Confidential, Variety, Hollywood Reporter, Hollywood Tatler, Hollywood Confidential, Hollywood Diary, Photoplay, PhotoLife, Screen World, Screen Romance, Screen Secrets, Modern Screen, Screenland, Screen Album, Movie Stories, Movieland, New York Post, Filmland Tell-All* und *Scoop!*. Sie wurden von der United Press und der American Press in Umlauf gebracht. Ihre Aufgabe war unermüdliches Herumsprechen. Bettgeflüster, Fettnäpfchen und Öl in die Flammen. Sie eilten voraus, legten mit Tröpfellampen Spuren zur schnelleren Ausbreitung des Feuers. Sie waren die Wappenträger, die Herolde, die Trommler. Sie bliesen Hörner, Trompeten und Tubas auf den Wällen. Sie läuteten die Glocken und schlugen Alarm. Zusammen und jeder für sich, im Chor und in Arien, verkündeten und kürten sie, in Durchsagen und Voraussagen. Sie machten viel Tamtam. Sie enthüllten, und sie stellten bloß. Sie priesen und setzten herab, verbreiteten und streuten aus. Sie waren wortspeiende Vulkane. Sie waren eine Springflut aus Worten. Sie bewerteten, und sie beförderten, sie schossen ab, und sie schlugen zu. Sie stellten ins Rampenlicht, in den Brennpunkt des allgemeinen Interesses. Sie brachten Gerüchte in Umlauf. Sie sangen Loblieder und hoben in den Himmel, mit Tusch und Trara, ventilierten und hyperventilierten. Sie prophezeiten, und sie protestierten. Der »kometenhafte« Aufstieg von, der »tragische« Abstieg von. Sie waren Astronomen, die die Bahnen der Sterne am Filmhimmel berechneten. Unablässig spähten sie ins Dunkel. Sie waren bei der Geburt des Stars zugegen und fehlten auch nicht bei seinem Tode. Sie besangen das Fleisch und nagten noch lange an den Knochen. Gierig beschmatzten sie

schöne Haut und schlürften das köstliche Mark. In fetten Lettern ver-
kündeten sie in den fünfziger Jahren: MARILYN MONROE MARILYN
MONROE MARILYN MONROE. *Photoplay*-Gold für den besten Nach-
wuchs 1953. *Playboy*-Sweetheart des Monats, November 1953. Die blonde
Miss Sexbombe von *Screen World*, 1953. In den Hochglanzmagazinen *Life*,
Collier's, *Saturday Evening Post* und *Esquire*. Auf Plakaten mit einem
verkrüppelten Kind im Rollstuhl, das zu der blonden Schönheit aufsah:
SPENDEN AUCH SIE DER MARCH OF DIMES BIRTH DEFECT
FOUNDATION. MARILYN MONROE.

Zu Cass sagte sie, ängstlich lachend: »Oh – sie ist schon sehr hübsch. Dieses
Foto. Dieses Kleid. Hach! Aber das bin doch nicht ich, nicht wahr? Was ist,
wenn die Leute das m-merken?«

Die blank schimmernde Undurchdringlichkeit ihrer blauen Baby-Puppen-
Augen, die er erst im Rückblick zu deuten vermochte und auch dann nicht
mit letzter Gewissheit. Denn er hatte ihr nicht genau zugehört. Das tat man
bei Norma selten. Sie redete mit sich selbst, ihr Kopf war voller Gedanken,
quoll über davon. Wie sie die Hände rang, die Finger bog, sich abwesend an
die Lippen fasste, wie um zu prüfen – was? Dass sie Lippen hatte? Dass ihre
Lippen jung, fest und voll waren? Und Cass hatte seine eigenen grübleri-
schen Gedanken. Sodass er leichthin sagte, während er Normas Hand streichelte, mit der sie wie so oft nach der seinen griff, sie mit erstaunlich starken
Fingern umklammernd: »Verdammt, Baby: *Wir* haben es gemerkt, und wir
lieben dich trotzdem. Stimmt's?«

Er dachte, es hatte wohl damit zu tun, dass sie schwanger war – und sich
fürchtete.

»Wild auf polnische Wurst«

Ihre Liebhaber! Aus der umfangreichen FBI-Akte mit der Aufschrift
MARILYN MONROE ALIAS NORMA JEANE BAKER.

Das waren Z, D, S und T und ein halbes Dutzend andere in der Produktionsgesellschaft. Das waren der Fotograf und Kommunist Otto Öse, der
Drehbuchautor und Kommunist Dalton Trumbo, der Schauspieler und Kommunist Robert Mitchum. Das waren Howard Hughes, George Raft, I. E.
Shinn, Ben Hecht, John Huston, Louis Calhern, Pat O'Brien, Mickey Roo-
ney, Richard Widmark, Ricardo Montalban, George Sanders, Eddi Fisher,
Paul Robeson, Charlie Chaplin (senior) und Charlie Chaplin (junior), Ste-
wart Granger, Joseph Mankiewicz, Roy Baker, Howard Hawks, Joseph Cot-
ten, Elisha Cook Jr., Sterling Hayden, Humphrey Bogart, Hoagy Carmichael,
Robert Taylor, Tyrone Power, Fred Allen, Hopalong Cassidy, Tom Mix, Otto
Preminger, Cary Grant, Clark Gable, Skid Skolsky, Samuel Goldwyn, Edward
G. Robinson (senior), Edward G. Robinson (junior), Van Heflin, Van John-
son, Tonto, Johnny »Tarzan« Weissmüller, Gene Autry, Bela Lugosi, Boris
Karloff, Lon Chaney, Fred Astaire, Leviticus, Roy Rogers und Trigger,
Groucho Marx, Harpo Marx, Chico Marx, Bud Abbott und Lou Costello,
John Wayne, Charles Coburn, Rory Calhoun, Clifton Webb, Ronald Reagan,
James Mason, Monty Woolley, W. C. Fields, Red Skelton, Jimmy Durante,
Errol Flynn, Keenan Wynn, Walter Pidgeon, Fredric March, Mae West, Glo-
ria Swanson, Joan Crawford, Shelley Winters, Ava Gardner, *BUZZ YARD*,
Lassie, Jimmy Stewart, Dana Andrews, Frank Sinatra, Peter Lawford, Cecil
B. DeMille und unzählige andere. Und das allein bis 1953, als sie erst sie-
benundzwanzig war! Die skandalösesten Affären standen ihr noch bevor.

Der Ex-Sportler: Sichtung

»Ich will mit ihr ausgehen.«
Der Ex-Sportler ging auf die vierzig zu. Es war Jahre her, dass er zum letzten Mal in der ersten Baseball-Liga den Schläger geschwungen, seinen letzten Homerun geschlagen und schüchtern gelächelt hatte, als fünfundsiebzigtausend Fans in frenetischen Jubel ausbrachen. In seiner Glanzzeit hatte er alle Baseball-Rekorde seit 1922 geschlagen. Man stellte ihn noch über Babe Ruth. Er war zur amerikanischen Legende geworden. Eine amerikanische Ikone. Er hatte geheiratet, Kinder gezeugt und war von seiner Frau wegen »Grausamkeit« verlassen worden. Nun ja, er explodierte leicht! Ein normaler, temperamentvoller Mann kann schon mal explodieren. Außerdem war er »Italiener und eifersüchtig«. Er war »Italiener, er vergaß keinen Affront und vergab keinem Feind«. Er war ein dunkler mediterraner Typ mit einer großen italienischen Nase. In der Öffentlichkeit wirkte er stets sehr gepflegt. In der Öffentlichkeit wirkte er stets zurückhaltend und wohlerzogen. Man hielt ihn für schüchtern. Man hielt ihn für sehr galant. Am Tage trug er vorzugsweise Sporthemden, am Abend dunkle Anzüge. Er stammte aus San Francisco, aus einer Fischerfamilie. Er war katholisch. Er war ein Mann, der unter Männern beliebt ist. Er war ein Familienmensch. Nur wo war seine Familie? Er traf sich mit »Mannequins«. Er traf sich mit »Starlets«. Man las seinen Namen manchmal fett gedruckt in Klatschkolumnen. Als er sich vom Baseball zurückzog, verdiente er hunderttausend Dollar im Jahr. Er hatte seine Eltern unterstützt, er hatte Immobilien gekauft und sein Geld investiert. Man wusste, dass er »Verbindungen« hatte zu gewissen italienischen Geschäftsleuten in San Francisco, in Las Vegas und in Los Angeles. Er aß natürlich am liebsten in italienischen Restaurants: Kalbfleisch, Scampi, Pasta oder auch einmal ein Risotto. Doch das Risotto musste mit größter Sorgfalt zubereitet sein. Er gab meist üppige Trinkgelder. Er wurde leichenblass, wenn man ihn schlecht bediente. Man hütete sich, diesen Mann zu beleidigen, bewusst oder unbewusst. Er war ein Mann, der den Ton angab. Die Frauen nannten ihn heimlich »Yankee-Schläger«. Er trank. Er rauchte. Er grübelte. Er war ein Sportfanatiker. Er hatte viele Freunde, Männer, die zum Teil Ex-Sportler waren wie er selbst und alle Sportfanatiker. Trotzdem war er

einsam. Er sehnte sich nach einem »normalen Leben«. Er sah sich im Fernsehen Baseball, Football und Boxen an. Wenn er ein Baseball-Spiel besuchte, wies man stets auf seine Gegenwart hin und bat um Applaus. Die Menge liebte es, wenn er dann aufstand, schüchtern lächelte und kurz winkte und sich schnell wieder setzte, mit rotem Kopf. Er traf sich mit seinen Freunden in Nachtclubs und in Restaurants. Sie waren oft laut, heikel, was das Essen und den Service anging, und die letzten, die das Lokal verließen. Doch spendabel beim Trinkgeld. An öffentlichen Orten gab der Ex-Sportler gern Autogramme, doch er hasste es, bedrängt oder gestoßen zu werden. Er hatte gern eine hübsche Frau bei sich. Lächelnd und strahlend. Oft wurde er von Fotografen umringt. Die Frauen durften sich gern an seinen Arm klammern, aber nicht an ihn. Frauen, die »versuchten, Männer zu sein«, konnte er nicht ausstehen. »Widernatürliche« Frauen, die kein Kind haben wollten, erfüllten ihn mit Abscheu und Empörung. Er war gegen Abtreibung. Vielleicht setzte er Verhütungsmittel ein, obwohl die Kirche nur die Kalendermethode guthieß. Er hatte etwas gegen Kommunisten und deren Sympathisanten, gegen »Rote« und »rot Angehauchte«. Seit seiner High-School-Zeit in San Francisco hatte er kein Buch mehr gelesen, vielleicht nicht mal aufgeschlagen. Seine Noten waren durchschnittlich gewesen. Er war mit neunzehn schon Baseball-Profi. Er ging gern ins Kino, vor allem in Komödien und Kriegsfilme. Er war ein Brocken, er konnte nicht lange stillsitzen, ohne unruhig zu werden. Er ging nur sporadisch in die Kirche, doch an Ostern erfüllte er stets seine Pflicht. Wenn er zur heiligen Kommunion niederkniete, schloss er die Augen, wie er es als Junge gelernt hatte. Er kaute die Hostie nicht, sondern ließ sie auf seiner Zunge zergehen, wie er es als Junge gelernt hatte. Er wäre ebenso wenig ohne Beichte zur Kommunion gegangen, wie er sich während der Messe erhoben hätte, um den Pfarrer mit obszönen Wörtern zu beschimpfen. Er glaubte an Gott, aber er glaubte auch an den freien Willen. Durch Zufall sah er in der *L. A. Times* ein Werbefoto von »Marilyn Monroe«. Die blonde Hollywood-Schauspielerin posierte so nett zwischen zwei Baseball-Spielern. *Die neue Saison beginnt. Dann mal los!*

Der Ex-Sportler starrte dieses Foto lange an. Der harte Ball, das Schlagholz, das verblüffend schöne, strahlend lächelnde Mädchen mit dem entzückenden Gesicht, eine Figur wie die Venus von Milo und dieses Zuckerwatte-Haar. Ein Engel – ein Engel mit Hüften und Busen. Der Ex-Sportler rief auf der Stelle einen Freund in Hollywood an, den Besitzer eines bekannten Restaurants in Beverly Hills. »Diese Blondine, Marilyn Monroe.«

Der Freund sagte: »Ja? Was ist mit ihr?«

»Ich würde gern mit ihr ausgehen.«

»Mit der?« Der Freund lachte. »Das Weibsstück ist doch ein Flittchen. Immer gewesen. Drogerieblondine. Eine elende Schlampe. Sie trägt keine Unterwäsche. Hängt mit Juden rum und lebt mit zwei schwulen Drogensüchtigen zusammen. Sie hat jeden Schwanz in der Stadt gelutscht und noch so manchen von auswärts. Sie hat die Kerle in Las Vegas ganze Wochenenden lang bedient. Kommt aus ihrer Suite nicht mehr raus. Wild auf polnische Wurst.«

Schweigen am anderen Ende der Leitung. Der Freund in Hollywood dachte, der Ex-Sportler hätte wortlos aufgelegt, wie er es manchmal tat. Stattdessen erklärte der Ex-Sportler: »Ich will mit ihr ausgehen. Arrangier das für mich.«

Die Villa Zypressen

Es war Babys sechste Woche. Es war die Woche von Norma Jeanes Geburtstag.

Siebenundzwanzig! Fast schon zu alt für das erste Kind, sagt man.

Es war eine Zeit plötzlicher Erkenntnisse.

»Heeee, wisst ihr was? Mir ist gerade eine Idee gekommen.«

Das schöne Zwillingstrio war auf dem Weg zu einer Villa, die zu vermieten war. Die Villa Zypressen, in den Hollywood Hills. Ganz oben am Laurel Canyon Drive. Es war die sechste oder siebente »Villa«, die sich die Zwillinge seit Beginn ihrer »epischen Suche« ansahen. (Wie sich Cass ausdrückte. Cass war ihr Wortvirtuose.) Sie suchten nach der idealen Umgebung für die schwangere Norma Jeane und für den Jungen in seinen ersten Lebensmonaten. »Wir sind das Produkt von Zeit und Ort«, sagte Cass. »Wir sind nicht reiner Geist. Aus Erde sind wir gemacht und aus kostbaren Metallen von fernen Sternen. Wir müssen uns über die smog-geplagte Stadt der Engel erheben, ebenso wie über die Geschichte – he, hört ihr mir zu?« *(Ja, ja!* Norma Jeane, deren Augen vor Liebe strahlten, hörte immer zu; Eddy G zuckte nur mit den Achseln und nickte: Klar.) »Bei jeder Geburt beginnt die Welt von neuem. Bei dieser Geburt werden wir dafür Sorge tragen! Die Zukunft der Zivilisation kann von einer einzigen Geburt abhängen. Vom Messias. Die Chancen stehen vielleicht nicht sehr gut, na und? Werft den Würfel.«

Wenn Cass so wortgewandt sprach, mit solcher Leidenschaft, wie konnten da Norma Jeane und Eddy G *zweifeln?*

Norma Jeane war die Bettelmagd, in die zwei heißblütige Prinzen verliebt waren. Der eine gab ihr Bücher zu lesen, Bücher, die ihm »viel bedeuteten«, der andere schenkte ihr Blumen, einzelne Blumen, die aussahen wie einer plötzlichen Eingebung folgend gepflückt, mit kurz abgebrochenen Stielen, hübsche, hauchzarte Blüten, eben übers Optimum hinaus, schwarz gestippt.

»Schöne Norma, wir beten dich an.«

So glücklich. Und nie war ich körperlich so gesund, und ich begriff: Der höchste Gottesdienst besteht im Zustand göttlicher Gesundheit (oder Heilung).

Es gibt keinen Teufel. Der Teufel ist eine Krankheit des Gemüts.

172

An jenem Tag fuhr Eddy G sie alle drei in die Hollywood Hills hinauf, aus der smog-gezeichneten bösen Stadt hinaus. Der Himmel über ihren Köpfen war klar und von einem verblassenden Blau. Es wehte ein warmer trockener Wind. Kies knirschte unter den Rädern des limonengrünen Cadillac, den Eddy G mit dem üblichen Geschick und Gestus eines gerade noch kontrollierten Chaos fuhr, der typisch war für Eddy G, der in Filmen stets die Rolle des gut aussehenden, ungestümen jungen Draufgängers bekam, der irgendwann stirbt, meistens durch eine Gewalttat. Norma Jeane saß neben Eddy G, und neben Norma Jeane saß Cass Chaplin. (Der arme Cass! »Irgendwie bin ich heut nicht ich selbst, aber der Teufel weiß, wer ich dann bin.«) Norma Jeane, selbst blühend wie eine Rose, saß zwischen ihren geliebten Zwillingen, die rechte Hand schützend über ihren Bauch gewölbt. Ihre warme, feuchte Hand, ihr allmählich schwellender Bauch.

Babys sechste Woche. War es möglich?

Das schöne Zwillingstrio an diesem herrlichen, klaren Morgen in Südkalifornien auf dem Laurel Canyon Drive unterwegs zu einem Treffen mit der Maklerin, die ihre epische Suche zu ihrer eigenen gemacht hatte, die auf einen baldigen Geschäftsabschluss hoffte. Hinter ihrem Rücken nannten sie die Frau »Theda Bara«, denn sie lief in dem albernen, aufreizenden Stil einer vergangenen Epoche herum; sie tat einem leid (fand Norma Jeane), doch man hätte ihr am liebsten ins Gesicht gelacht (fanden Cass und Eddy G). Und auf einmal, so abrupt, dass man hätte schwören können, es wäre wirklich ein spontaner Einfall, schlug Eddy G aufs Lenkrad und rief: »Heeee, wisst ihr was? Mir ist gerade eine Idee gekommen.« Norma Jeane fragte, was für eine Idee? Und Cass grummelte ein paar unverständliche Worte (oh Gott, in Cass' Eingeweiden rumorte es so stark, dass Norma Jeane es fast spürte; er hatte ihr ein schlechtes Gewissen gemacht mit der Bemerkung, er leide »aus Mitgefühl an morgendlicher Übelkeit« – umso mehr, als sie kaum darunter litt). Aufgeregt fuhr Eddy G fort: »Es ist wie eine Erleuchtung. Was wir tun müssen, alle drei, bevor Norma Jeane das Kind bekommt: Wir müssen alle ein Testament machen und eine Lebensversicherung abschließen, damit, wenn einem von uns was passiert, die anderen beiden und Baby das Geld bekommen.« Eddy G hielt inne. Sein jungenhafter Enthusiasmus, sein Elan. »Ich kenne da einen Anwalt. Ich meine, einen, dem man vertrauen kann. Versteht ihr? Was meint *ihr*? Hört ihr mir zu? Zu Babys Schutz.«

Keine Reaktion. Norma Jeane trieb in den Träumen der letzten Nacht dahin. Seltsame, lebhafte, halluzinatorische Träume! Eine ganze Flottille von

Träumen, Schwangerschaftsträumen, die sie Cass erzählt hatte, versichert, solche Träume habe sie noch nie gehabt, noch nie! Ihre Schlaflosigkeit war verschwunden wie ein Spuk. Nie war sie versucht, Tabletten aus ihrem häuslichen Vorrat zu nehmen. Nur selten war sie versucht zu trinken. Der Schlaf kam über sie, kaum dass ihr Kopf aufs Kissen sank, obwohl die schönen Jünglinge sie liebkosten und leckten und bissen und knufften und sich über ihren komatösen Frauenkörper hinweg – oder darauf – lachend wie die Kinder balgten. Die Schlafende Prinzessin nannten sie sie. Sie schworen, dass sich ihre Brüste mit Rahm füllten. Mmmm! Doch der Strom der Nacht trug Norma Jeane unberührt hinweg und nährte sie.

Ich war noch nie so gesund, Mutter! Warum hast du mir nie gesagt, wie es ist, wenn man ein Kind bekommt!

Sich räuspernd und leicht nervös, wie ein schlecht vorbereiteter Schauspieler, sagte Cass: »Hey! Tolle Idee, Eddy. Ja! Ich mache mir tatsächlich manchmal Sorgen um das Kind. Diese San-Andreas-Störung.« Er wandte sich an Norma Jeane und fragte sie mit sanfter Stimme: »Was hältst du davon, kleine Mama?«

Keine Reaktion. Norma Jeane schien nicht so in den Dialog einzusteigen, wie die männlichen Zwillinge sich das wünschten. Sie sollte sich später erinnern, wie seltsam es war: wie wenn du beim Drehen merkst, dass dein Partner ein bestimmtes Verhalten von dir erwartet, als Überleitung zu seinem Text, und du dich sträubst, irgendein Instinkt in deiner Schauspielerseele dich warnt, tu es nicht, widersteh der Versuchung, mach da nicht mit.

»Norma? Was meinst du dazu?«

Eddy G trat aufs Gaspedal. Sie flogen den schmalen Canyon Drive hinauf. Er ist wütend, dachte Norma Jeane. Eddy G fummelte am Autoradio herum, eine gefährliche Angewohnheit von ihm beim Fahren. Plärrend erklang »The Song from Moulin Rouge«.

Der Laurel Canyon Drive war lang und kurvenreich. Norma Jeane war fest entschlossen, sich nicht an die Straßensperre zu erinnern. An Gladys im Nachthemd.

Da war ich noch ein kleines Mädchen. Und seht mich jetzt an!

Cass drückte seine Hand auf Norma Jeanes Hand, die sie auf ihren eigenen Bauch gedrückt hielt. Auf Baby. Cass war der liebevollere von den beiden, wenn er in Stimmung war; Cass war ein virtuoser romantischer Held, nicht auf komische Art wie Chaplin senior, sondern in dem feierlichen Valentino-Stil, dem die Frauen nicht widerstehen können. Eddy G neigte seit Beginn der Schwangerschaft dazu, sie zu necken und aufzuziehen, und mochte sie nicht recht berühren.

»Das Kind, Liebling, muss einfach geschützt werden. Vor den Launen des Schicksals. Was ist, wenn es wieder eine Depression gibt? Das kann passieren! Auf die erste war auch niemand vorbereitet. Was ist, wenn es mit dem Film bergab geht? Das kann passieren! Bald wird jeder in den USA einen Fernseher haben. ›Niemand erkennt den Wahn, der ihn selbst teilt‹, sagt Freud. In Südkalifornien besteht die Luft, die wir atmen, aus Wahn, aus Illusionen. Darum meine ich, es wäre gut, wenn wir für Babys finanzielle Zukunft Sorge tragen.«

Norma Jeane rutschte unruhig hin und her. Jetzt war sie an der Reihe. Es war wie im Schauspielunterricht; man hatte sie in eine fertige Szene gesteckt, und sie musste improvisieren. Eine dieser Übungen: Man wurde vor die Tür geschickt und dann wieder hereingeholt, um die Szene mit zwei oder mehr Darstellern zu spielen, die ihren Text gelernt hatten.

Cass rieb seine Wange an Norma Jeanes. Sein Atem roch halb morgendlich schal und halb süßlich schal wie verfaulte Glyzinien. »Nicht, dass *uns* etwas zustoßen wird, kleine Mama. Wir sind unsere eigenen Glückssterne.«

Jetzt fiel es ihr wieder ein! Jener Traum, in dem sie so verzweifelt versucht hatte, Baby die Brust zu geben, seine Lippen jedoch einfach nicht saugten. Saugen die Lippen eines Neugeborenen reflexartig, automatisch? Es muss ein Instinkt sein, angeboren, wie ein Vogel ein Nest baut, Bienen einen Bienenstock. Doch wie seltsam kam es ihr vor, dass Baby in ihren Träumen (noch!) kein Gesicht hatte, nur einen Heiligenschein aus schimmerndem Licht. Norma Jeane sagte: »Hach, habt ihr jemals darüber nachgedacht? Was die Leute meinen, wenn sie sagen, Gott ist vielleicht nur *Instinkt*? Woher man weiß, was man in einer neuen Situation tun muss, ohne zu wissen, wie man das weiß? Wie Tiere, die ins Wasser geworfen werden und schwimmen können? Sogar Neugeborene?«

Die männlichen Zwillinge blickten starr geradeaus auf die ihnen entgegenrauschende Canyon-Straße.

Da stand Theda Bara und wartete auf sie. An dem weit offenen Tor der Villa Zypressen. Lächelte gezwungen mit satt geschminktem Kussmund und winkte fröhlich wie ein Flapper. Ihr erotischer Charme stammte aus einer vergangenen Epoche; sie musste zwischen fünfunddreißig und fünfundvierzig sein, wenn nicht sogar noch älter. Sie hatte lehmfarbene Haut, die an den

475

Augen spannte und glänzte. Norma Jeane empfand Mitleid mit ihr und ärgerte sich zugleich über sie. *Werd endlich erwachsen! Ergib dich!*

Eddy G rief mit aufrichtig klingender Stimme: »He, tut uns leid! Kommen wir zu spät?« Er war so ein ungeschlachter, hübscher Junge – selbst so unrasiert, in seiner zerknautschten Khakihose und nach dem riechend, was in der Deodorantwerbung Schweißsekretion hieß –, dass man ihm alles, fast alles verziehen hätte. Und Cass Chaplin mit seinem schmollenden, puppenhaften Bubigesicht und dem zerzausten Haar des kleinen Tramps, durch das ihm die Frauen so gern mit der Hand gefahren wären. Und die schüchterne, stille, zerstreute Blondine, in der die Maklerin sofort Marilyn Monroe erkannt hatte, den neuesten Stern am Himmel von Hollywood, deren Privatsphäre sie jedoch selbstverständlich respektierte. Das berüchtigte Trio! Natürlich kamen sie zu spät, mehr als eine Stunde, die Zwillinge kamen immer zu spät. Es grenzte an ein Wunder, wenn das Trio überhaupt erschien.

Theda Bara mit dem dramatischen Augen-Make-up, rostfarbenen Kunstseidenkostüm und den hochhackigen Krokoschuhen schüttelte ihren Klienten eifrig die Hand. Wie schnell sie diese glamourösen jungen Hollywood-Leute beruhigte. »Sie kommen überhaupt nicht zu spät! Zerbrechen Sie sich darüber nicht den Kopf. Es ist herrlich hier auf den Hügeln. Die Villa Zypressen ist zur Zeit mein Lieblingshaus, schon der Aussicht wegen. An klaren Tagen ist sie einfach atemberaubend. Wenn dieser Nebel nicht wäre, oder was immer das ist, könnten wir bis nach Santa Monica, bis zum Meer sehen.« Sie hielt inne und lächelte noch angestrengter. »Ich hoffe, ihr jungen Leute urteilt nicht vorschnell? Die Villa Zypressen ist etwas Besonderes.«

Cass stieß einen Pfiff aus. »Das sehe ich, Madam.«

»Das seh sogar *ich*, Madam, und ich bin sturztrunken«, sagte Eddy G. Das sollte ein Witz sein, denn um diese Tageszeit war Eddy G nie *sturztrunken*.

Verzückt und feierlich wie ein Kind starrte die blonde junge Frau, die sich der Maklerin beim ersten Mal als »Norma Jeane Baker« vorgestellt hatte, durch ihre dunklen Brillengläser auf das neugotische Bauwerk. Sie schien kaum Make-up zu tragen, doch ihre Haut schimmerte. Ihr platinblondes Haar verschwand fast ganz unter einem hochroten Turban von der Art, wie Betty Grable ihn in den vierziger Jahren getragen hatte. Ihre Brüste zeichneten sich unter einer weiten weißen Seidentunika ab. Sie trug eine im Schritt zerknautschte weiße Seidenhose und ging barfuß in flachen Strohsandalen. Mit hauchiger, ungläubiger Stimme sagte sie: »Oh! – ist das schön. Wie im Märchen, aber in welchem?«

476

Theda Bara lächelte unsicher. Auf diese Frage brauchte sie wohl nicht zu antworten.

Sie erklärte ihnen, sie würde ihnen zunächst das Grundstück zeigen. »Zur ersten Orientierung.« Sie führte sie in flottem Tempo über Pflastersteine, über gefliese Terrassen, an einem nierenförmigen Swimmingpool vorbei, in dessen zitterndem blaugrünem Wasser vertrocknete Palmwedel, tote Insekten und mehrere kleine Vogelleichen schwammen. »Der Pool wird jeden Montagvormittag gereinigt«, sagte sie entschuldigend. »Er ist sicher auch diese Woche gereinigt worden.« Norma Jeane meinte über den Beckenboden Schatten huschen zu sehen, wie von geisterhaften Schwimmern; sie sah lieber nicht genau hin. Eddy G kletterte auf das Sprungbrett und beugte die Knie, als wollte er gleich hineinhechten. Cass sagte zu den Frauen in gedehntem Ton: »Bitte, provoziert ihn nicht. Seht am besten gar nicht hin. Ich möchte ihn nicht retten müssen und dabei ertrinken.« »Leck mich, Judenlümmel«, sagte Eddy G. Er lachte, klang aber ernsthaft erbost.

Schnell setzte Theda Bara die Führung fort.

Norma Jeane flüsterte Eddy G zu: »Das war nicht nett. Wenn sie nun Jüdin ist?«

»Sie weiß, dass das nur ein Witz war. Auch wenn du das offenbar nicht weißt.«

So hoch über der Stadt ging ein beständiger Wind. Norma Jeane stellte sich lieber nicht vor, wie es hier oben wohl in der Zeit der Santa-Ana-Winde gewesen war. Vielleicht wäre das keine gute Atmosphäre für eine Schwangere oder ein kleines Kind. Aber Cass und Eddy G, die in eleganten Häusern aufgewachsen waren, wollten ein Haus auf den Hügeln, etwas »Exotisches«, etwas »Besonderes«. Die Geldfrage schien sie nicht zu kümmern, doch woher genau würde das Geld für die Miete kommen? Und für ein Haus wie dieses brauchte man Dienstboten. Norma Jeane würde für *Niagara* kein Geld mehr bekommen, obwohl der Film so erfolgreich war; sie war von der Produktionsgesellschaft vertragsgemäß entlohnt worden. Das wussten Cass und Eddy G! Jetzt, wo sie schwanger war, würde sie ein Jahr lang keinen Film drehen können. Wenn nicht noch länger. (Und vielleicht war ihre Karriere sogar beendet.) Doch als sie fragte, was die Villa denn im Monat koste, erklärten die Männer ihr, sie sei nicht teuer, keine Sorge. »Das kriegen wir schon hin. Wir drei.«

Norma Jeane besah sich einen weiteren Zickzackriss, diesmal in einer verputzten Wand, die mit herrlichen mexikanischen Mosaiken verziert war. Es wimmelte darin von winzigen schwarzen Ameisen.

Die Villa Zypressen verdankte ihren Namen den Mittelmeer-Zypressen, die statt Palmen rund um das Haus gepflanzt worden waren. Ein paar hatten ihre schlanke Amphorenform bewahrt, doch die meisten waren durch den ständigen Wind entstellt, verkrüppelt wie gefolterte Kreaturen. Man konnte fast sehen, wie sie sich krümmten. Zwerge, Elfen, böse Feen. Aber Rumpelstilzchen war nicht böse gewesen, sondern Norma Jeanes einziger Freund. Er hatte sie bedingungslos geliebt. Hätte sie doch Mr. Shinn geheiratet! – und wäre er doch nicht gestorben. Dann würde sie jetzt I. E. Shinns Kind bekommen, hätte ein großes schönes Haus, und ganz Hollywood würde sie achten, selbst die Bosse der Produktionsgesellschaft. (Aber Isaac hatte sie betrogen, all seinen Liebesbeteuerungen zum Trotz. Er hatte ihr in seinem Testament nicht einen Penny vermacht! Er hatte in ihrem Namen einen Vertrag für sieben Filme abgeschlossen, der sie praktisch zur Sklavin der Produktionsgesellschaft machte.)

Theda Bara führte sie ins Haus. In die prunkvolle Eingangshalle. Es war wie in einem Museum: Marmorboden, Kronleuchter aus Messing und Kristall, Seidentapeten, Spiegelpaneele und eine geschwungene Treppe. Das Wohnzimmer lag etwas tiefer und war so groß, dass Norma Jeane die Augen zusammenkneifen musste, um die hintere Wand zu sehen. Hier waren die Möbel mit weißen Laken bedeckt, der Parkettboden nackt. Über einem riesigen aus Naturstein gemauerten Kamin hingen gekreuzte Schwerter. Daneben stand eine mittelalterlich aussehende Rüstung. Cass stieß einen Pfiff aus. »D. W. Griffith. Wie in einem seiner verrückten Monumentalschinken.« In ovalen Spiegeln mit filigranen Goldrahmen spiegelten sich ovale Spiegel mit filigranen Goldrahmen, in einer unendlichen Flucht, von der Norma Jeane Herzflattern bekam.

Hier wohnt der Wahnsinn. Tritt nicht ein!

Doch es war zu spät, sie konnte nicht zurück. Cass und Eddy G wären wütend geworden.

Das Anwesen gehörte zur Zeit der Bank of Southern California. Die Villa Zypressen war seit Jahren nicht mehr bewohnt, höchstens für kurze Zeit. Die vorherige Besitzerin war eine Filmschönheit aus den dreißiger Jahren gewesen, eine nicht sehr bekannte Schauspielerin, die ihren wohlhabenden Produzentengatten um Jahrzehnte überlebt hatte. Diese Frau, eine lokale Legende, war selbst kinderlos geblieben, hatte jedoch eine Reihe von Waisenkindern adoptiert, von denen einige aus Mexiko stammten. Ein oder zwei waren »eines natürlichen Todes« gestorben, andere waren verschwunden oder fortgelau-

fen. Die Frau hatte eine wechselnde Anzahl von »Verwandten« und »Helfern«
aufgenommen, die sie der Reihe nach bestohlen und ausgenutzt hatten. Man
erzählte sich finstere Geschichten von der Trunk- und Drogensucht dieser
Frau, ihren Selbstmordversuchen. Andererseits hatte sie lokalen Einrichtungen hohe Geldsummen gespendet, darunter auch den Sisters of Perpetual
Mercy, einem strengen katholischen Orden, in dem ständig gefastet, gebetet
und geschwiegen wurde. Norma Jeane hatte die Schreckensgeschichten nicht
hören wollen. Sie wusste, wie irreführend solche Geschichten sein konnten.
»Selbst wenn es bei der Wahrheit anfängt, geht das Gerede der Leute schnell
in Lügen über.« Norma Jeanes Herz pochte heftig angesichts der Ungerechtigkeit, der Gemeinheiten, die man sich flüsternd über die Frau erzählte, die
zuletzt allein in diesem Haus gelebt hatte und von der Haushälterin in ihrem
Schlafzimmer tot aufgefunden worden war. »Unglücksfall« in Folge von Unterernährung, Barbituraten und Alkohol, hatte der Coroner befunden. Norma
Jeane flüsterte: »Das ist nicht fair. Diese Aasgeier!«

Vor ihr ging Theda Bara auf ihren Stöckelschuhen und redete und lachte
mit den Männern. Gestattete sich zu glauben, sie würden die Villa vielleicht
tatsächlich anmieten. Zu Norma Jeane sagte sie: »Das reinste Märchenschloss, nicht wahr, meine Liebe? So originell und einfallsreich. Ihre Freunde
haben mir verraten, dass Sie drei in Klausur gehen wollen? Glauben Sie mir,
das ist der ideale Ort dafür.«

Sie brauchten eine Ewigkeit für das Erdgeschoss. Norma Jeane wurde allmählich müde. Dieses Haus! Der reine Größenwahn! Acht Schlafzimmer,
zehn Bäder, mehrere Salons, ein riesiger Speisesaal mit Kristalllüstern, die
zitterten und vibrierten, als würde die Decke nachgeben, ein Frühstücks-
raum, groß genug für ein Dutzend Gäste. Ständig ging man kleine Treppen
hinauf oder hinunter. In einem tiefer liegenden Raum mit Blick auf den
Swimmingpool befand sich eine Lounge mit einer geschwungenen Bar, Le-
der-Sitzgruppen, Tanzfläche und Musikbox. Norma Jeane ging schnurstracks
zur Musikbox, die nicht nur dunkel und ohne Strom war, sondern auch nicht
bestückt. »Mist! Nichts ist so traurig wie eine Musikbox, die nicht angeschlossen ist.« Sie schmollte, wurde missgelaunt. Wie gern hätte sie eine
Platte aufgelegt und getanzt. Jitterbug! Sie hatte seit Jahren nicht mehr
Jitterbug getanzt. Und den Hula: den Hula hatte sie geliebt, und mit vierzehn
war sie eine fabelhafte Hula-Tänzerin gewesen. Jetzt war sie siebenundzwanzig und schwanger, und Bewegung gut; warum sollte sie nicht tanzen?
Wenn »Marilyn« in *Blondinen bevorzugt* mitspielen würde – doch sie würde

es nicht tun –, dann als Revuegirl in glamourösen teuren Kostümen und raffinierten Tanzeinlagen wie die von Ginger Rogers mit Fred Astaire – Effekthascherei, nicht die Art Tanz, die Norma Jeane wirklich gefiel.

»Das wird das Erste sein, was wir tun werden, Norma: wir schließen die Musikbox an«, versprach ihr Eddy G.

War die Entscheidung denn schon gefallen? Ohne ihre Einwilligung?

Doch Theda Bara führte sie weiter. Redete und kokettierte mit den Männern. Die in ihrer schicken, aber zerknautschten und schmuddeligen Aufmachung ganz aussahen wie das, was sie waren: entrechtete Söhne von Hollywood-Königen. Norma Jeane musste hinter ihnen hergehen, auf ihrer Unterlippe kauend. Oh, wie sie ihren Geliebten misstraute! Und Baby misstraute ihnen auch.

Ein Schauspieler besteht ganz aus Instinkt.

Ohne den Instinkt gäbe es keine Schauspieler.

Norma Jeane versuchte, sich an einen eindrücklichen verstörenden Traum zu erinnern, den sie kurz vor dem Aufwachen gehabt hatte. Sie hatte Baby an ihre geschwollene, schmerzende Brust gehalten, um ihn zu stillen, aber irgendjemand hatte ihn ihr wegnehmen wollen... Norma Jeane hatte *nein! nein!* geschrien, doch die Hände hatten weiter an Baby gezerrt, und sie hatte ihnen nur entfliehen können, indem sie aufwachte.

»Norma Jeane«, sagte die Maklerin höflich, »stimmt was nicht? Ich dachte, wir gehen hier entlang...« Norma Jeane hielt wegen der gleißenden Spiegel die Hand vor die Augen! In diesem Haus hingen an fast jeder Wand Spiegel, ovale, rechteckige, hohe, Spiegelpaneele. In einem der Bäder im Erdgeschoss bestanden die Wände ganz aus zinkgefassten Spiegeln! In jedem Raum, den man betrat, sah man sein eigenes Spiegelbild eintreten und das eigene Gesicht wie einen Ballon in der Luft schweben, Augen, die Augen suchten. Das also ist aus dem Mädchen im Spiegel bei Mayer's geworden! Mit dem hochroten Turban und der dunklen Brille wirkte Norma Jeane wie eine Statistin mit reichlich Busen und Bein in *Der Weg nach Rio*, ein Mädchen, nach dem Bob Hope sich umdrehen würde. Norma Jeane dachte, der Reiz an ihrem Spiegel-Double war stets gewesen, dass es ein Geheimnis war. Wenn man ständig mit seinem Spiegel-Double leben musste, war es nichts Besonderes mehr.

Vielleicht hatte Cass ihre Gedanken erraten; er sagte, wenn Norma Jeane wolle, könnten sie die meisten Spiegel abnehmen. »Die Zwillinge brauchen keine Spiegel, denn wir ›spiegeln‹ uns ineinander, stimmt's?«

»Cass, ich weiß nicht. Ich möchte nach Hause.«

Sie liebte ihn, und sie traute ihm nicht. Sie traute keinem der beiden Männer, die sie liebte. Einer von ihnen war Babys Vater, oder konnten sie ihn alle beide gezeugt haben? Es war nicht das erste Mal, dass sie von einer Lebensversicherung sprachen, und jetzt redeten sie auch noch von Testamenten. Erwarteten sie denn, dass sie starb, bei der Geburt vielleicht? Hofften sie das? (Aber sie liebten sie. Sie wusste es!) Könnte sie doch Mr. Shinn um Rat fragen. Vielleicht stattdessen den Ex-Sportler, der mit ihr »ausgehen« wollte?

Norma Jeane hatte Cass am Abend zuvor von dem berühmten Baseball-Spieler erzählt, der sich mit ihr verabreden wollte, und Cass schien stärker beeindruckt als sie selbst. Er sagte, der Ex-Sportler sei für viele Amerikaner ein Held, genauso wie irgendein Filmstar oder noch mehr, darum sollte sie sich vielleicht mit ihm treffen. Norma Jeane protestierte, sagte, sie habe keine Ahnung von Baseball und interessiere sich auch nicht dafür, und außerdem sei sie schwanger – »Er sagt, er will mit mir ›ausgehen‹! Ist doch klar, was das heißt.« »Du kannst ja so tun, als kriegte er dich nicht so leicht rum. Kriegte ihn nicht rein. Gute Rolle für Marilyn.« »Er ist berühmt. Er muss sehr reich sein.« »Marilyn ist auch berühmt. Und sie ist nicht reich.« »Oh, aber ich bin nicht so – so berühmt wie er. *Er* hatte eine lange Karriere hinter sich, als er aufgehört hat. Alle lieben ihn.« »Also warum nicht auch du?« Norma Jeane hatte Cass ängstlich angeblickt, um zu sehen, ob er eifersüchtig war, doch offenbar nicht. Aber anders als Eddy G war Cass schwer zu durchschauen.

Norma Jeane hatte Cass nicht gesagt, dass sie dem berühmten Ex-Sportler einen Korb gegeben hatte. Nicht ihm persönlich, denn er hatte sie nicht selbst gefragt, sondern dem Mittelsmann, der ihren Agenten angerufen hatte. So eine Unverschämtheit! Als wäre »Marilyn Monroe« eine Ware. Man sah die Werbung, rief an und machte ein Angebot. Was sollte Marilyn kosten?

Im oberen Stock der Villa Zypressen, in dem älteren, neugotischen Teil des Hauses, fielen die geschwungenen Messing- und Kristalllüster noch mehr auf. Ein kränkliches, unheilvoll goldenes Licht drang durch die Fenster herein, das nicht von der Sonne herzurühren schien. Es roch nach verstopften Abflüssen, Insektizid und schalem Parfum. Und dieser ständige Wind... Norma Jeane glaubte Stimmen zu hören, gedämpftes Kinderlachen. Das musste der Wind sein, der die Fensterscheiben oder Leuchter klirren ließ. Ihr fiel auf, dass Cass sich nervös umsah; offenbar hörte auch er es. Er war am Morgen furchtbar verkatert gewesen, und als Norma Jeane ihn unbemerkt musterte, hatte sein Blick erschreckend *abwesend* gewirkt. Während Theda Bara ihnen die komplizierte Sprechanlage erklärte, stand Cass da, rieb sich die Augen und machte mit dem Mund Bewegungen, als müsste er etwas herunterwürgen. Norma Jeane versuchte den Arm um ihn zu legen, doch er stieß sie irritiert von sich weg. »Ich bin nicht dein Baby. Lass das.«

Warum sind wir an diesen schrecklichen Ort gekommen? Diese Vision haben wir nicht gesucht.

Theda Bara erging sich ausführlich in der Beschreibung der komplizierten Alarmanlage mit Flutlicht und Überwachungssystem. Die Installation habe offenbar eine Million Dollar gekostet. Die vorherige Besitzerin, sagte sie, habe »eine übertriebene Angst« gehabt, dass jemand einbrechen und sie ermorden könne.

»Wie meine Mutter«, sagte Eddy G deprimiert. »So fängt es an. Und dann hört es nicht mehr auf.«

Norma Jeane versuchte die Stimmung aufzuhellen. »Ich frage mich immer, warum jemand ausgerechnet mich ermorden wollen sollte. Denn letztlich – wer ist schon so wichtig?«

Theda Bara erwiderte, kühl lächelnd: »In dieser Gegend sind viele Leute wichtig genug, um ermordet zu werden. Und noch mehr sind reich.«

Norma Jeane empfand dies als Abfuhr, obwohl sie es nicht verstand. Lächelnd fragte sie sich: Was würde der Ex-Sportler wohl denken, wenn er wüsste, dass sie schwanger war? Und nicht nur einen attraktiven jungen Mann liebte, sondern zwei?

Vielleicht war ich doch ein Flittchen. Puh, Beweise gab es genug!

Und da fing es an mit den komischen Dingen. Während Eddy G die Maklerin befragte. Norma Jeane hörte nicht richtig zu, und Cass hatte sich nahezu ganz abgemeldet, war aschgrau im Gesicht und flatterig. Bewegte den Mund, als ob er versuche zu schlucken. Die Luft war so trocken, dass es war, als hätte man Sand am Gaumen. Norma Jeane wollte Cass umarmen, ihn küssen und beruhigen. Auf einmal nahm sie aus dem Augenwinkel eine huschende Bewegung wahr. Ein hastig fliehender Schatten. An einem Spiegel vorbei? Weder Theda Bara noch Eddy G hatten etwas bemerkt, aber Cass blickte sich entsetzt um. Nichts. Als Theda Bara ihnen ein weiteres Schlafzimmer zeigte, war es, als ob sich hinter einem Brokatvorhang etwas unruhig bewegte. »Oh! – seht doch!«, stieß Norma Jeane hervor. Theda Bara erwiderte unsicher: »Das ist – nichts, bestimmt nichts.« Die Maklerin wollte schon mutig nachsehen, aber Cass hielt sie zurück. »Nein. Verdammt. Machen Sie einfach die Tür zu!«

Sie gingen hinaus und schlossen die Tür.

Norma Jeane und Eddy G wechselten einen besorgten Blick. Was war nur los mit Cass? Cass Chaplin fiel doch die Rolle desjenigen zu, der alles fest im Griff hatte.

Norma Jeane hatte gedämpfte Sopranstimmen gehört, Rufe und das Gelächter von Kindern, doch das war natürlich der Wind, nur der Wind, nur ihre erhitzte Einbildungskraft, und als Theda Bara sie ins Kinderzimmer führte, sah Norma Jeane voll Erleichterung, dass es leer war; bis auf den wispernden Wind war es still. *Wie kann ich so dumm sein? Niemand hätte hier ein Kind umgebracht.* »Was für ein sch-schönes Zimmer!«, glaubte Norma Jeane sagen zu müssen. Doch das Kinderzimmer war nicht schön, nur groß. Und lang. Die Außenwand bestand zum Großteil aus wolkig getrübten Panoramascheiben, durch die man ins Leere sah wie in die Ewigkeit; die übrigen Wände waren flamingorosa gestrichen und mit Comic-Figuren, so groß wie Erwachsene, bemalt. Es waren altmodische Mother-Goose-Figuren und amerikanische Comic-Helden: Mickey Mouse, Donald Duck, Bugs Bunny, Goofy. Die flachen, leeren Augen. – Menschenmimik. Die weiß behandschuhten Hände anstelle von Pfoten. Aber warum so *groß*? Norma Jeane stand Goofy Auge in Auge gegenüber, und es war Norma Jeane, die zurückwich. Witzelnd sagte sie: »Der arme Hund hat für Rasseweiber nichts übrig.«

Wie sonst manchmal auf Partys, wenn Cass im Vollrausch war, wie seine Trinker- und Drogenfreunde liebevoll sagten, und plötzlich Reden hielt – über die thomistische Philosophie oder geologische Verwerfungen im Los Angeles County oder das »verborgene mörderische Herz« von Amerika, das nach Cass' Ansicht nicht aus der alten Welt importiert worden war, sondern die amerikanischen Puritaner schon erwartete, als sie herkamen, um in der Wildnis zu siedeln –, begann Cass jetzt ganz abrupt, wie ein Schlafwandler, der erwacht, von Tierfiguren in Kinderbüchern und Filmen zu reden. »Mein Gott! Wie beängstigend wäre es, wenn Tiere sprechen könnten. Ja, wenn sie wir wären. Doch in der Welt der Kinder ist das immer der Fall. Warum eigentlich?«

Norma Jeane überraschte ihn mit der Antwort: »Weil Tiere tatsächlich wie Menschen sind! Sie können zwar nicht sprechen wie wir, aber sie verständigen sich untereinander, ganz bestimmt. Sie haben Gefühle wie wir – Schmerz, Hoffnung, Angst, Liebe. Ein Muttertier –«

Eddy G fiel ihr ins Wort. »Nicht Zeichentrick-Tiere, mein Schatz. Die werfen niemals Junge.«

In überraschend bitterem Ton sagte Cass: »Unsere Norma liebt Tiere. Das liegt daran, dass sie keine kennt. Sie glaubt, sie würden sie bedingungslos wiederlieben.«

Verletzt sagte Norma Jeane: »Hey, sprecht nicht über mich, als ob ich nicht hier wäre. Und seid bloß nicht so herablassend.«

Die Männer lachten. Womöglich waren sie stolz, dass sie so aufbrauste, sogar die Sonnenbrille abnahm wie Bette Davis oder Joan Crawford in einem Melodram, wenn sie die treulosen Männer zur Rede stellen. »Norma sagt: ›Seid bloß nicht so herablassend.‹« »Auch Fischlein hat ihren Stolz.« »Fischlein besonders.« Theda Baras staunender Blick flog zwischen den dreien hin und her, sie bekam den Kussmund nicht mehr zu. Was ging hier vor? Wer waren diese drei rücksichtslosen jungen Personen?

So gezielt wie ein Stich ins Herz. In den Unterleib.

Sie. Norma Jeane war *sie.* Sie würde nie etwas anderes sein können. Der dritte Punkt der Zwillingskonstellation. Jener abgelegene dritte Punkt des ewigen Dreiecks, der laut Cass der Tod war. Auf einmal wurde Norma Jeane klar: Egal, wie sehr sie sie liebte, wie weit sie sich aufopfern würde für sie, wie begeistert sie von anderen gefeiert würde, wie talentiert sie war – für die Männer würde sie immer *sie* sein. Sie war ihr Fischlein, sie war Fisch.

Das Gelächter der Männer verklang. Bis auf den Wind war es sehr still.

Als sie das grässlich rosarote Kinderzimmer gerade verlassen wollten und Theda Bara sich räusperte, um ein paar abschließende, optimistische Worte zu sagen, hörten sie plötzlich ein leises, schlitterndes Geräusch. Dicht vor ihren Füßen, halb verdeckt von einem Laufgitter, huschte ein Schatten vorbei. »Eine Klapperschlange!«, schrie die Maklerin auf.

Eddy G sprang auf einen Tisch. Es war ein kunststoffbeschichteter Picknicktisch auf einer kleinen Insel mit Kunstrasen und Miniaturpalmen. Er griff nach Norma Jeanes Arm und zog sie zu sich herauf, dann half er Theda Bara und dem armen zitternden Cass, der leichenblass geworden war, vier erwachsene Menschen, die keuchten und sich wanden vor Angst.

»Die Schlange! Es ist dieselbe«, sagte Cass. Sein verlebtes Puppengesicht war schweißbedeckt, seine Pupillen geweitet. »Es ist meine Schuld. Ich hätte nicht mit euch herkommen sollen.«

Um einen vernünftigen Ton bemüht, denn Cass redete wirr, fragte Norma

Jeane: »Würde eine Klapperschlange denn wirklich *angreifen*? Einen Menschen, meine ich? Angeblich haben sie doch mehr Angst vor uns.«

Theda Bara stöhnte: »Oh, oh, *oh*«, als würde sie gleich in Ohnmacht fallen; Eddy G musste sie stützen. »Ruhig Blut, Ma'am. Ich seh das Scheißvieh nicht. Kann irgendwer das Scheißvieh sehen?«

Norma Jeane sagte: »Ich habe überhaupt keine Schlange gesehen. Aber ich glaube, ich hab sie gehört.«

Cass sagte, zitternd und mit eingezogenem Kopf: »Es ist meine Schuld. Ich hab plötzlich überall in Badezimmern und auf Toiletten was gesehen, und es hört einfach nicht auf. Das ist nur meinetwegen.«

Er schien Recht zu haben: im Kinderzimmer war keine Schlange. Norma Jeane und Eddy G versuchten Theda Bara zu beruhigen, die völlig verängstigt war und nur noch weg wollte, und Cass, der sich in einer Art Dämmerzustand befand, wie bei einem Schock, und mit weit aufgerissenen Augen und vergrößerten Pupillen vor sich hinstarrte. Er redete zusammenhanglos und klagte sich an. Es sei seine Schuld, er bringe das alles überall mit hin, irgendwann würde es ihn umbringen, und man könne nichts dagegen tun. Norma Jeane wollte mit Cass in eines der Badezimmer gehen und ihm das Gesicht mit kaltem Wasser waschen, aber Eddy G riet davon ab, es würde kein Wasser geben, und wenn doch, würde es rostig sein und warm wie Blut – »Das würde ihm nur noch mehr Angst machen. Bringen wir ihn einfach nach Hause.«

Norma Jeane fragte: »Hast du das gewusst, Eddy? Mit ›dem allen‹?«

Ausweichend antwortete Eddy G: »Ich wusste nicht genau, ob es seines ist oder meines.«

Bei der Rückfahrt in die Stadt saß ein ernüchterter Eddy G am Steuer und neben ihm aufgelöst und ängstlich Norma Jeane, beide Handflächen auf Baby gepresst, um ihn zu beruhigen, während Cass mit aufgerissenem Hemd, damit er Luft bekam, zitternd und wimmernd auf dem Rücksitz lag. Norma Jeane sagte leise zu Eddy G: »Oh Gott. Wir sollten ihn zu einem Arzt bringen. Er ist im Delirium tremens, stimmt's? Ins Cedars of Lebanon. In die Notaufnahme.« Eddy G schüttelte den Kopf. Norma Jeane flehte ihn an: »Wir können doch nicht einfach so tun, als wäre er nicht krank, als wäre alles in Ordnung.« Eddy G sagte: »Warum nicht?«

Als sie den kurvigen Laurel Canyon Drive verlassen hatten und wieder auf dem Sunset Boulevard waren, setzte Cass sich zu ihrem Erstaunen, seufzte, blies die Wangen auf und lachte verlegen. »Mein Gott. Tut mir leid. Ich weiß nicht mehr, was los war, aber erklärt's mir auch nicht, okay?« Er zwickte Eddy G in den Nacken und dann Norma Jeane. Seine Berührung war eisig, dennoch wirkte sie beruhigend. Eddy G und Norma Jeane erschauderten in einem seltsamen Anflug von Begierde. »Wisst ihr, was ich glaube? Ich glaube, das ist eine Schwangerschaft aus reiner Anteilnahme. Norma ist so gesund und vernünftig – einer von den Zwillingen muss doch durchdrehen? Ich find's in Ordnung, wenn ich das solange bin.«

Das klang so überzeugend und so sehr nach irgend so einem kuriosen Gedicht, dass es schwerfiel, es nicht zu glauben.

Dieser Traum. Die schöne blonde Frau, die vor ihr hockte und ungeduldig an ihren Händen zerrte. Die blonde Frau, die so schön war, dass man ihr Gesicht nicht sehen konnte. Man schreckte davor zurück. Sie war aus einem Spiegel herausgetreten. Ihre Beine waren eine Schere, ihre Augen aus Feuer. Ihr Haar stieg in fahlen, gewellten Ranken auf. *Gib es mir! Du elende Kuh.* Sie versuchte, Norma Jeanes schwächer werdenden Händen das weinende Kind zu entreißen. *Nein. Das ist jetzt nicht die rechte Zeit. Jetzt ist meine Zeit. Du kannst mich nicht zurückweisen!*

»Wohin geht man, wenn man verschwindet?«

Das Leben und die Träume sind Blätter eines und des nämlichen Buches.
Arthur Schopenhauer

Und es kam der Morgen, an dem sie wusste, was sie tun würde.

Es war ein Morgen nach der Villa Zypressen, und es war ein Morgen nach Lakewood.

Ein Morgen nach einer langen Nacht voll unruhiger Träume, die sich über ihren zarten, hilflosen Körper hinwegwälzten wie Felsbrocken.

Sie rief Z an, den sie seit der Premierenfeier nicht gesprochen hatte. Sie erklärte ihm die Situation. Sie fing an zu weinen. Vielleicht war das einstudiert, würde Z später denken, aber vielleicht auch nicht. Z hörte ihr schweigend zu. Sie mußte beinahe annehmen, dass er schwieg, weil er schockiert war, in Wirklichkeit war es ein ökonomisches Schweigen, denn Z kannte das schon, hatte die Worte oft gehört, ein abgedroschenes Drehbuch von einem anonymen Schreiberling. »Hören Sie, Marilyn, ich gebe Ihnen mal Yvet.« Er sprach den Namen »I-we« aus. Es war ein Name, den Norma Jeane noch nie gehört hatte. »Sie kennen doch Yvet. Sie wird Ihnen helfen.«

Yvet war Zs Sekretärin und Assistentin. Norma Jeane erinnerte sich an sie von jenem schmachvollen Vormittag im Aviarium her. Wie lange war das jetzt her! Norma Jeane hatte damals noch nicht einmal einen *Namen* gehabt. Eine Zeit der Unschuld, die jetzt so weit zurücklag, dass Norma Jeane sich an das Mädchen von damals gar nicht mehr erinnern konnte, und selbst die erstarrten, ausgestopften Vögel im Aviarium kamen ihr vor wie ein Notbehelf – nicht so, als hätte sie sie nicht gesehen, ihre Angst- und Schmerzensschreie nicht gehört, eher so als hätte das alles jemand anderes erlebt oder als wäre es nur in einem Film geschehen, dessen Titel ihr Cass Chaplin nennen könnte: vielleicht etwas von D. W. Griffith?

Yvet, die die Augen abwandte, Mitleid und Verachtung im Blick. *Direkt draußen vor der Tür ist eine Toilette.*

Jetzt war Yvet am Apparat, und die Frau war mitfühlend und sachlich und klang älter, als Norma Jeane gedacht hätte. Nannte sie »Marilyn«. Nun, warum nicht? Für die Produktionsgesellschaft war sie Marilyn. Im Abspann war sie Marilyn. In der Welt, die in ihrer schimmernden Leere der Ewigkeit glich, war sie Marilyn. Yvet sagte: »Marilyn? Ich kümmere mich darum. Und ich bringe Sie hin. Halten Sie sich morgen früh um acht bereit. Ich werde Sie zu Hause abholen. Wir fahren nur ein paar Meilen den Wilshire Boulevard hinab. Es ist eine Klinik, kein Kurpfuscher, nichts Gefährliches. Er ist ein hoch angesehener Arzt. Es gibt auch eine Krankenschwester. Sie brauchen nicht lange dazubleiben. Aber wenn Sie wollen, können Sie auch den ganzen Tag bleiben. Dort schlafen und sich ausruhen. Sie werden betäubt. Sie werden es gar nicht – na ja, Sie werden nicht gerade *nichts* spüren, ein *bisschen* spüren Sie schon. Wenn die Narkose nachlässt. Aber das ist rein körperlich und geht vorbei, und dann ist alles in Ordnung. Glauben Sie mir. Sind Sie noch dran, Marilyn?«

»J-ja.«

»Ich hole Sie also morgen früh ab, um acht. Wenn Sie nicht mehr von mir hören.«

Sie hörte nicht mehr von ihr.

Der Ex-Sportler
und die Blonde Darstellerin:
Die Verabredung

Während du zu spielen glaubst, entdeckst du auf einmal dein wahres Selbst.

Das Paradoxon der Schauspielkunst

Bei ihrer ersten Verabredung führte der Ex-Sportler die Blonde Darstellerin in Villars Steakhouse, Beverly Hills aus.

Dort dinierten sie von 20.10 Uhr bis 23.00 Uhr.

Ihr Tisch war in ein schimmerndes, strahlendes Licht getaucht.

Das glanzvolle Paar wurde von diskreten Gästen in Spiegeln beobachtet, denn niemand hätte dort, in einem der vornehmsten Restaurants von Beverly Hills, jemanden offen anstarren wollen. Man bemerkte, dass der Ex-Sportler, der ebenso berühmt war für seine Schweigsamkeit wie für seine Leistungen im Baseball, anfangs relativ wenig sprach, sich jedoch durch Blicke mit ihr verständigte. Er sah sie aus glühenden dunklen italienischen Augen an. Sein kantig-markantes Gesicht war frisch rasiert und noch jugendlich. Sein fast schwarzes Haar, das nur an den Schläfen zurückging, war, wie man in den Spiegeln sah, dicht und ohne Grau. Er trug einen marineblauen Nadelstreifenanzug, wie ein Anwalt oder Banker, ein gestärktes weißes Hemd und auf Hochglanz polierte schwarze Lederschuhe. Seine Krawatte war aus edler königsblauer Seide, mit kleinen gaufrierten, eierschalfarbenen Baseball-Schlägern darauf. Als der Ex-Sportler mit dem Kellner sprach und für sich und seine Begleiterin bestellte, tat er dies in einem seltsam gemessenen Ton. *Sie nimmt ... und Ich nehme ... Sie nimmt und Ich nehme ... Sie nimmt und Ich nehme ...* Die Blonde Darstellerin war sehr schön, aber nervös. Wie eine Naive bei ihrem Debüt. Im Verlauf des Abends wurde sie manchmal so animiert, dass ihr Spiegelbild wie in Nebel oder Dampf verschwamm und wir sie nicht richtig sahen. Ja manchmal verschwand sie ganz! Dann wieder, wenn sie lachte, leuchtete ihr roter Mund, und wir sahen nichts anderes mehr. *Ein Mund wie eine Fotze. Darin besteht ihr Geheimnis. Ist sie so dumm, dass sie das nicht weiß?* Einige Beobachter bei Villars fanden, die Blonde Darstellerin sehe »ganz genau« aus wie auf den Fotos; andere meinten, sie sehe »ganz anders« aus. Die Blonde Darstellerin trug – und der Überraschungseffekt war zweifellos beabsichtigt – nicht das charakteristische tief dekolletierte Knallrote oder Schneeweiße oder Nachtschwarze, sondern ein blassrosa Cocktailkleid aus Seide und Wolle mit mädchenhaftem Faltenrock und perlenbesticktem hochgeschlossenem Oberteil, an dessen Kragen sie mit ihren lackierten Nägeln unbewusst zerrte. Über ihrer linken Brust war eine milchweiße Gardenie angesteckt wie beim Abschlussball, an der sie häufig roch, den Ex-Sportler schüchtern anlächelnd.

Wie reizend! Vielen herzlichen Dank! Gardenien sind meine Lieblingsblumen!

Dem Ex-Sportler stieg auf angenehme Weise das Blut ins Gesicht. Er schien etwas sagen zu wollen, blieb jedoch stumm. Er lächelte, er runzelte die Stirn. Sein linkes Auge zuckte leicht. Das Licht, das vom Tisch des Paars ausging, war so scheckig und schwankend wie spiegelndes Wasser. Der Ex-Sportler war von der Schönheit der Blonden Darstellerin geblendet, oder eingeschüchtert. Nach Ansicht mancher Beobachter erregte die Schönheit der Blonden Darstellerin bereits seinen Unwillen, und er sah sich von Zeit zu Zeit nervös in dem von Kerzenlicht und Gemurmel erfüllten Raum um, als spüre er, dass wir sie beobachteten, obwohl unsere Augen in dem Moment immer gerade abgewandt waren.

Bis auf den Scharfschützen in Zivil, der sich im hinteren Teil des Restaurants aufhielt, in einer dunklen Nische zwischen der hellen, geschäftigen Küche und dem Büro des Chefs, und der kein einziges Mal die Augen abwandte oder das Interesse verlor. Denn für den Scharfschützen war dies kaum reiner Zeitvertreib, es war eine wichtige Begebenheit innerhalb einer Geschichte, der er, der nur im Auftrag handelte, im Auftrag der Agency nämlich, keinen Namen geben konnte und wollte.

Der Ex-Sportler war doch gerade erst dabei, sich zu verlieben! Das alles lag doch noch in der Zukunft.

Nein. Die Zukunft ist jetzt. Alles, was kommt, geht aus dem JETZT hervor.

Daran war nicht zu zweifeln. Mehrmals ließ der Ex-Sportler schüchtern und zugleich kühn, mit dem Gebaren eines Spielers, der blitzschnell ein Schlagmal verrückt, seine Hand auf die der Blonden Darstellerin fallen.

Alle in dem von Kerzenlicht und Gemurmel erfüllten Raum waren wie elektrisiert.

Man bemerkte, dass die Hand des Ex-Sportlers »doppelt so groß« war wie die Hand der Blonden Darstellerin.

Man bemerkte, dass der Ex-Sportler keine Ringe trug, ebenso wenig wie die Blonde Darstellerin.

Man bemerkte, dass die Hand des Ex-Sportlers gebräunt war und die Hand der Blonden Darstellerin weiblich blass und »samtweich«.

Der Ex-Sportler wirkte allmählich entspannter. Er trank Scotch und zum Essen Rotwein. Die Blonde Darstellerin ermunterte den Ex-Sportler, von sich zu erzählen. Er wartete mit einer Reihe von Baseball-Anekdoten auf, die er vielleicht nicht zum ersten Mal erzählte. Aber immer wenn man eine geliebte, alte Anekdote einem neuen Zuhörer erzählt, wird sie zu einer neuen Anekdote; und man selbst wird dabei ein anderer. Die Blonde Darstellerin schien fasziniert. Sie hörte ihm aufmerksam zu, nippte nur an ihrem Drink, einem fruchtig schäumenden Abschlussball-Drink in einem hohen Glas mit Zuckerrand und Strohhalm; sie stützte die Ellbogen auf den Rand des Tisches und wandte dem Ex-Sportler ihren prachtvollen Körper zu. Immer wieder weiteten sich ihre strahlend blauen Augen.

Lachen Sie nicht, ich war Softball-Fan! In der Schule habe ich manchmal mit den Jungs mitgespielt, wenn sie mich ließen.

Als was denn?

Als – Schlagmann? Wenn sie mich gelassen haben.

Der Ex-Sportler hatte zwei verschiedene Arten zu lachen, ein leises Brummen und ein explosionsartiges Losplatzen. Zum ersten gehörte ein verdruckstes Gesicht; das andere, das ihn selbst überraschte, war reiner Übermut. Die Blonde Darstellerin war entzückt von den Lachsalven eines so finster schweigsamen Mannes. *Oh! – so hat mein Daddy immer gelacht. Daddy hat das Leben anderer durch sein Lachen bereichert.*

Der Ex-Sportler fragte sie nicht nach ihrem »Daddy«. Es reichte ihm zu wissen – mit einem Ausdruck der Anteilnahme im Gesicht und innerer Befriedigung –, dass der Vater der Blonden Darstellerin tot war und kein Hindernis.

So wie die Blonde Darstellerin immer wieder unsichtbar wurde, oder besser gesagt, in einer Aura aus schimmerndem Licht verschwand, so nahmen wir auch ihr Lachen nur undeutlich wahr. Einige aufmerksame Beobachter fanden, es sei »hoch wie das Klirren von Glas, hübsch, aber überspannt«. Andere meinten, es sei »schrill, wie Fingernägel, die über eine Tafel kratzen«. Andere dagegen meinten, es sei ein »ersticktes, elendes kleines Quietschen, wie das einer Maus, die getötet wird«. Und wieder andere meinten, es sei »kehlig und rau, ein Luststöhnen«.

So elegant der Ex-Sportler im Baseball-Trikot aussah, so unwohl schien er sich in Straßenkleidung zu fühlen. Nach der Hälfte des Abends hatte er sein Jackett aufgeknöpft. Der teure, maßgeschneiderte Nadelstreifenanzug spannte leicht an den Schultern; vielleicht hatte der Ex-Sportler seit seinem Rückzug vom Baseball am Oberkörper und um die Taille zehn oder fünfzehn Pfund zugenommen? Auch die Blonde Darstellerin fühlte sich offenbar unwohl. Während »Marilyn Monroe« auf der Leinwand eine fließende, magische Erscheinung war, fast wie Musik, unnachahmlich und unverwechselbar, war sie im »wirklichen Leben« (wenn man einen Abend in Villars Steakhouse in der Gesellschaft des berühmtesten Ex-Baseball-Spielers jener Zeit so nennen kann) ein kleines Mädchen, das in den Körper einer vollentwickelten Frau hineingezwängt war. Das Gewicht ihrer großen Brüste zog sie nach vorn, sodass sie sich beständig zurücklehnen musste; es muss eine beträchtliche Belastung für ihre Wirbelsäule gewesen sein. Und trug sie überhaupt einen BH? *Es sah wirklich so aus, als trage sie keinen.*

Und keine Unterhosen. Doch einen Strumpfhalter und hauchdünne Strümpfe mit verführerischen dunklen Nähten.

Der Ex-Sportler schien hungrig zu sein »wie ein Wolf«. Die Blonde Darstellerin »stocherte« nur in ihrem Essen.

Der Ex-Sportler aß ein gewaltiges Sirloinsteak mit sautierten Zwiebeln, Ofenkartoffeln und grünen Bohnen. Bis auf die Bohnen aß er alles auf. Dazu verspeiste er den Großteil eines knusprigen, mit Butter bestrichenen französischen Weißbrots. Zum Nachtisch Schoko-und-Pekannuss-Kuchen mit Eis. Die Blonde Darstellerin aß Seezungenfilet in einer leichten Weißweinsauce, neue Kartoffeln und Spargel. Zum Nachtisch pochierte Birne. Oft führte sie die Gabel zum Mund und ließ sie dann wieder sinken, während sie gebannt den Anekdoten des Ex-Sportlers lauschte.

Im *Paradoxon der Schauspielkunst* hatte sie gelesen:

Alle Schauspieler sind Huren.
Sie haben nur eines im Sinn: dich zu verführen.

Sie dachte: *Wenn ich eine Hure bin, dann deshalb!*

Die Blonde Darstellerin amüsierte sich gebührend über die Anekdoten des Ex-Sportlers. Sie lachte bei jeder Gelegenheit. Stück für Stück rückte der

Ex-Sportler mit seinem Stuhl näher an den ihren heran. Mit seinem verlangenden Körper näher an den ihren heran. Mitten in seinem riesigen saftigen Steak entschuldigte er sich und ging zur Toilette. Er kehrte zurück und rückte seinen Stuhl näher an den seiner Begleiterin heran. Als der Ex-Sportler den von Kerzen erleuchteten Raum durchquerte, registrierte man, dass er nach einem starken Eau de cologne, nach Whisky und Tabak roch. Sein Haar roch nach Öl. Sein Atem nach Fleisch. Er war passionierter Zigarrenraucher: kubanische Zigarren. In seiner Manteltasche steckte eine, in Zellophan verpackt. Seine goldenen Manschettenknöpfe hatten die Form von Baseballs – sie waren, wie auch die Seidenkrawatte, das Geschenk einer Verehrerin. Wenn man ein berühmter Sportler ist, liegt einem die ganze Welt zu Füßen. Doch an diesem Abend war der Ex-Sportler nicht gut in Form. Er lächelte angestrengt und runzelte die Brauen. Falten der Anspannung standen auf seiner Stirn. In beiden Schläfen pochte ihm das Blut. Er stand am Schlagmal im blendenden Gegenlicht. Es machte ihm eine Heidenangst, dass er sich in diese »Marilyn Monroe« verliebte. So schnell! Und die Erinnerung an einen hässlichen Scheidungsprozess rumpelte noch in seinem Kopf wie Kegel, in die die Kugel hineindrischt.

Frauen gegenüber, die es verdienten, verhielt der Ex-Sportler sich wie ein Gentleman. Wie alle Italiener. Bei Frauen, die gezeigt hatten, dass sie es nicht verdienten, wie seine Ex-Frau, das Miststück, konnte man es ihm nicht verübeln, wenn er zuweilen die Beherrschung verlor.

Mit einem bitteren Zug um den Mund sprach der Ex-Sportler gehetzt von seiner früheren Ehe, der Scheidung, seinem zehnjährigen Sohn. Die Blonde Darstellerin erkundigte sich sofort nach dem Sohn, den der Ex-Sportler offensichtlich auf die sentimentale, wütende Weise vergötterte, wie es geschiedene Väter tun, die vergeblich um das Sorgerecht für ihre Kinder gekämpft haben und sie nur zu gerichtlich festgesetzten Zeiten sehen.

Die Blonde Darstellerin besaß die Klugheit, ihn nicht nach seiner Ex-Frau zu fragen. Sie dachte sich: *Wenn er sie hasst, wird er die nächste Frau auch hassen. Werde ich die Nächste sein?*

Die Aura aus Licht schimmerte, pulsierte, entzog das Paar fast unseren Blicken.

Der Ex-Sportler fragte die Blonde Darstellerin, wie sie es eigentlich geschafft hätte.

Die Blonde Darstellerin schien verwirrt. *Was geschafft?*

Zum Film zu kommen. Als Schauspielerin.

Die Blonde Darstellerin versuchte zu lächeln. Seltsamer- und irritierenderweise war sie auf einmal eine Schauspielerin ohne Textbuch. *Ich weiß nicht. Ich glaube – ich wurde »entdeckt«.*

Wie entdeckt?

Sie lächelte gequält. Ein sensiblerer Gesprächspartner als der Ex-Sportler hätte nicht weiter nachgefragt.

Die Blonde Darstellerin sagte, zunächst langsam und zögernd und dann bestimmter: *Ich hab in der High School Theater gespielt. Ich hab die Emily gespielt in* Unsere kleine Stadt, *und ein Talentsucher hat mich gesehen. Wir hatten einen großartigen Schauspiellehrer in Van Nuys; er hat mein Selbstvertrauen gestärkt. Er hat mich gelehrt, an mich selbst zu glauben.* Bevor der Ex-Sportler weiterfragen konnte, sagte sie in hauchigem Vibrato, sie studiere gerade ihre erste Musical-Rolle ein, eine aufwendige Filmversion von *Blondinen bevorzugt.* Oh, sie habe solche Angst! – die Augen der ganzen Welt würden auf sie gerichtet sein. Sie werde sorgfältig vorbereitet, lerne Singen und Tanzen, bei einem hervorragenden Choreographen. Es sei aufregend für sie, an einer so glanzvollen Produktion beteiligt zu sein. *Ich habe Musik schon immer geliebt. Tanzen. Die Menschen fröhlich stimmen? Einfach erreichen, dass die Menschen Freude haben am Leben, dass sie leben wollen. Manchmal denke ich, vielleicht hat Gott deshalb ein hübsches Mädchen aus mir gemacht und nicht – einen Wissenschaftler? – einen Philosophen?*

Der Ex-Sportler starrte die Blonde Darstellerin an. Wenn es für diese Szene ein Drehbuch gab, dann hatte der Ex-Sportler jetzt keinen Text. Es wäre kaum übertrieben gewesen, zu sagen, dass er sprachlos war.

Jetzt klagte die Blonde Darstellerin mit Schmollmund über ihre wehen Füße und Beinmuskeln, musste sie doch sechs Tage die Woche von zehn Uhr morgens bis sechs Uhr abends tanzen. In einer spontanen kindlichen Geste streckte sie ihr wohlgeformtes Bein, raffte den Rock bis zum Knie und strich sich über die Wade. *Ich bekomme andauernd Krämpfe. Oh!*

Niemandem im Saal entging, wie sich die Hand des Ex-Sportlers ungeschickt wie ein verletztes Tier dem Bein der Blonden Darstellerin näherte und es nur mit den Fingerspitzen berührte. Wie der Ex-Sportler zärtlich und verwirrt murmelte: *Vielleicht eine Sehnenzerrung. Sie sollten sich massieren lassen.*

Wie das Berühren einer heißen Ofenplatte – diese Haut! Unter dem hauchdünnen Nylonstrumpf.

494

Mit fliegenden Fingern zündete sich der Ex-Sportler eine Zigarre an. Ein weiß gekleideter Kellner erschien, um ihre schmutzigen Teller abzuräumen. Durch den Alkohol kühner geworden, redete der Ex-Sportler davon, was es hieß, nicht mehr *aktiv* zu sein. Was das für ihn bedeute. In seinem Alter (Ende dreißig). Die Blonde Darstellerin hörte ihm wieder aufmerksam zu. Sie schien sich wohler zu fühlen, wenn sie zuhörte, als wenn sie sprach; wenn man zuhört, muss man nicht improvisieren. Sie stützte sich auf die Ellbogen, dazwischen, unter dem perlenbestickten blassrosa Kleid, hob und senkte sich der schwellende Busen im Takt ihres unruhigen Atems, während ihr Bein wieder züchtig unter dem Tisch verschwunden war.

Rauch ausstoßend, erzählte der Ex-Sportler ihr, wie sehr er Baseball schon als Kind geliebt habe; Baseball sei für ihn die Rettung gewesen, fast eine Art Religion, seine Mannschaft eine Familie, die fest zusammenhielt, und die Fans auch. Die Fans! Die Fans waren zwar launisch, aber wunderbar. Und wie er durch den Baseball seine eigene Familie zurückgewonnen habe, die Achtung seines Vaters und seiner älteren Brüder. Denn vor seinen Erfolgen im Baseball hätten sie diese Achtung vor ihm nicht gehabt. Er sei in ihren Augen und auch in seinen eigenen kein ganzer Mann gewesen. Sie lebten als Fischer in San Francisco, und er war kein guter Fischer, und er hasste das Boot, das Meer, die sterbenden, zappelnden Fische; zum Glück war er gut im Sport gewesen, und durch den Baseball war er dort raus und nach oben gekommen. Er gehöre zu den Gewinnern der großen amerikanischen Lotterie, und er wisse es, und er sei dankbar dafür; es sei für ihn nie selbstverständlich gewesen. Und jetzt – tja, jetzt habe er aufgehört. Er habe sich aus dem Sport zurückgezogen, aber Sport sei noch immer sein Leben, würde es immer sein, er würde immer ein Sportler bleiben. Zu tun gäb's genug – öffentliche Auftritte und Produktwerbung, Radio und Fernsehen und Beratungsausschüsse –, aber Teufel, einsam sei er doch, das ließ sich nicht anders sagen, viele Freunde, ja – wirklich fabelhafte Freunde, gerade in New York –, doch in seinem tiefsten Innern sei er einsam, das ließ sich nicht anders sagen. Schon fast vierzig, und er müsse endlich jemanden finden. Diesmal für immer.

Die Blonde Darstellerin wischte sich Tränen aus den Augen. Sie rührten von diesen aufrichtigen Worten her und von dem beißenden Zigarrenrauch, der in ihre Richtung zog. Sie berührte den Ex-Sportler leicht am Handgelenk. Sein Handgelenk und sein Handrücken waren mit drahtigen schwarzen Haaren bedeckt, die sie im Kontrast zu den blendend weißen Manschetten und den goldenen Knöpfen erschaudern ließen. Als wäre es die passende Antwort auf alles, was er ihr anvertraut hatte, und weil ihr nichts anderes einfiel, sagte sie: *Oh, aber – Sie sind doch so oft in der Zeitung! Es wirkt gar nicht so, als hätten Sie aufgehört.*

Der Ex-Sportler lachte. Er fand ihre Worte schmeichelhaft, aber erheiternd.

Hey, ich bin längst nicht so oft in der Zeitung wie Sie, Marilyn.

Erneut dieses gequälte Lächeln. Die Blonde Darstellerin zog den Kopf ein und zupfte unbewusst am Kragen ihres hochgeschlossenen Kleids.

Wer? – ich? Das ist nur Publicity. Oh, wie ich das hasse! Und diese verlogenen Bilder von mir zu signieren – »Love, Marilyn«. Die vielen Briefe, die »Marilyn« bekommt. Tausend pro Woche – oder noch mehr? Aber das wird nicht mehr lange so gehen, nur bis ich genug Geld beisammen habe und endlich ernste Rollen spielen kann, oh – auf der Bühne? In einem echten Theater? Ich könnte mit einem echten Schauspiellehrer arbeiten. Ich könnte zu einem festen Ensemble gehören. Ich könnte wieder in Unsere kleine Stadt *auftreten und die Irina in den* Drei Schwestern *geben – oder auch die Mascha? Als ich Rose war in* Niagara*, wissen Sie, was ich da gedacht habe? Lachen Sie mich bitte nicht aus, ich dachte, ich könnte eines Tages vielleicht Lady Macbeth spielen –*

Die Blonde Darstellerin brach ab, denn sie sah, dass der Ex-Sportler sie zwar nicht auslachte, aber auch nicht viel mitbekam. Er blickte ihr tief in die Augen, als lägen sie nebeneinander im Bett. Er sog an seiner kubanischen Zigarre.

Zerknirscht sagte die Blonde Darstellerin: *Na egal, jedenfalls hat das, was ich mache, keinen bleibenden Wert. Aber Sie, ein großer Sportler, den alle lieben – das ist doch etwas, was bleibt.*

Der Ex-Sportler dachte darüber nach. Er war offenbar tief bewegt, wusste jedoch nicht genau, wie er reagieren sollte. Er hob die muskulösen Schultern. *Okay*, sagte er. *Kann schon sein.*

Es war eine improvisierte Szene im Schauspielunterricht. Man begriff instinktiv, dass noch etwas fehlte, eine dramatische Wendung, eine Art Schlusspunkt. Leidenschaftlich seufzend, sagte die Blonde Darstellerin: *Oh, aber vor allem m-möchte ich – jemanden finden, genau wie Sie. Wie jede Frau. Und eine Familie haben. Oh, ich liebe Kinder! Ich bin ganz verrückt nach Babys.*

Just in diesem Moment trat das später als M. Classen identifizierte Individuum – dreiundvierzig, Rancher aus Eagle Bluffs, Utah – wie aus dem

Nichts, wie jemand aus einer Tapetentür in einem Stummfilm an den Tisch des Paares. Alle Beobachter gafften. Der Scharfschütze hinten im Restaurant starrte, Sinne geschärft wie ein Rasiermesser. Was sollte das? Wer war das? Von oben auf den Ex-Sportler und die Blonde Darstellerin herabsehend, die in blankem Erstaunen nur blinzelnd zu ihm aufblickten, hatte M. Classen seine Brieftasche geöffnet, um ihnen ein Farbfoto von seinem elfjährigen Sohn Ike zu zeigen, einem lächelnden, sommersprossigen Jungen mit braunem Haar, der ein »echtes Baseball-Talent« gewesen war, bis er vor acht Monaten rasant abnahm und leicht Blutergüsse bekam und andauernd müde war und sie mit ihm in Salt Lake City zum Arzt gegangen waren: Leukämie – »Das ist Blutkrebs. Von den Atombombentests unserer Regierung! Das weiß man doch! Jeder weiß es! Genauso, wie unsere Schafe und Rinder verseucht werden. Neben meinem Grundstück ist ein Testgelände – *Sperrgebiet. Regierung der USA.* Ich besitze dreitausend Hektar, ich habe doch auch meine Rechte. Die Regierung will Ikes Bluttransfusionen nicht bezahlen; ja diese Schweine weisen glatt jede Verantwortung von sich. Ich bin kein Kommunist! Ich bin ein hundertprozentiger Amerikaner! Ich habe im letzten Krieg in unserer Armee gedient! Bitte, könnten Sie nicht bei der Regierung ein Wort für mich einlegen –« So plötzlich wie M. Classen aufgetaucht war, so schnell wurde er auch wieder abgedrängt. Kaum hatte sich die phantastische Szene in der leuchtenden Aura um den Tisch des Paares formiert, löste sie sich auch schon wieder auf. Kurz darauf kehrte der Oberkellner mit hochrotem Kopf zurück und bat wortreich um Entschuldigung.

Völlig unerwartet schlug die Blonde Darstellerin weinend die Hand vors Gesicht. Brillanten gleich glitzerten Tränen auf ihren Wangen. Erschrocken und verwirrt starrte der Ex-Sportler sie an. Am liebsten hätte er beide Hände der Blonden Darstellerin in die seinen genommen und sie getröstet, das war ihm anzusehen, doch seine Schüchternheit hielt ihn zurück. (Und die Blicke von unzähligen Fremden! Denn die meisten von uns machten sich nicht mehr die Mühe, in die Spiegel zu sehen, sondern verfolgten inzwischen ganz offen das Drama am Tisch des berühmten Paars.) Dem Ex-Sportler stieg das Blut in das kantig-markante Gesicht. Er war hilflos und zornig. Als der stotternde Oberkellner fortfuhr, sich zu entschuldigen, brachte ihn der Ex-Sportler mit einem leise gezischten Schimpfwort zum Schweigen.

Nein! Oh, b-bitte! Es kann niemand dafür. Immer noch weinend, flehte die Blonde Darstellerin den Ex-Sportler an, hielt sich ein Papiertaschentuch an die Augen, entschuldigte sich und suchte die Toilette auf. Was für eine

Szene: als sie, von dem erschütterten Oberkellner eskortiert, hastig und doch schlafwandlerisch den Raum durchquerte, mit ihrer platinblonden Haarwolke, den weichen, weiblichen Formen in dem schmiegsamen Jerseykleid mit den vielen zitternden Falten: und alle Augen im Restaurant auf ihr Hinterteil gerichtet, auf die erstaunliche Motorik ihres Unterbaus, wie bei einer langen Kamerafahrt aus dem begehrlichen Blickwinkel eines anonymen, unsichtbaren Voyeurs. Allen, die gafften, schien es – selbst dem Scharfschützen, dem doch Filmstars und große Sportler nicht mehr bedeuteten als das Schwarze der Zielscheiben am Schießstand –, als habe sich die geheimnisvolle Aura, die den Tisch des Paares umgab, jetzt an die Blonde Darstellerin geheftet, bis diese in die Toilette stürzte und sich damit unseren Blicken entzog.

Dort tupfte sich die Blonde Darstellerin mit einem Papiertaschentuch die Augen und brachte wieder in Ordnung, was mit der Wimperntusche geschehen war. Ihr Gesicht brannte, als hätte sie jemand geohrfeigt. Was für eine peinliche Szene! Wenn man nicht darauf gefasst ist, zu weinen, tut Weinen *weh*. Und dieser Kragen, der ihr die Kehle abschnürte wie die zudrückenden Finger eines Manns, *wie Cass' Finger, wenn er sie jemals zu fassen bekam*. Sie schniefte, sie war ganz aufgelöst, und sie merkte, dass die Toilettenfrau sie beobachtete – vom Gemütszustand der Blonden Darstellerin aus der üblichen Trance dieses Gewerbes gerissen. Die Toilettenfrau war ein paar Jahre älter als die Blonde Darstellerin und hatte olivbraune Haut. Mit einem leichten Sprachfehler fragte sie: »Miss? Ist alles in Ordnung?« Die Blonde Darstellerin versicherte ihr: Ja, ja! In ihrem erregten Zustand mochte die Blonde Darstellerin ungern beobachtet werden. Sie tastete nach ihrer weißen, perlenbesetzten Handtasche. Sie brauchte noch ein Papiertaschentuch, das die Toilettenfrau ihr diskret reichte. »Danke!« Die Wände des Toilettenraums waren in einem hellen, schmeichelhaften, mit Gold durchschossenen Rosa gehalten. Indirektes, weiches Licht. Im Spiegel sah die Blonde Darstellerin, wie die Toilettenfrau sie betrachtete, das unbedarfte Gesicht, das im Nacken festgesteckte schwarze Haar, die spärlichen Brauen, das fliehende Kinn und ein verkniffenes Lächeln. *Du bist schön, und ich bin unscheinbar, und ich hasse dich.* Aber nein, die junge Frau schien ernsthaft besorgt. »Miss? Bitte, kann ich irgendetwas für Sie tun?« Die Blonde Darstellerin starrte die Toilettenfrau im Spiegel an. Kannte sie diese junge Frau etwa? Die Blonde Darstellerin hatte zu viel getrunken, Champagner stieg ihr sofort zu Kopf und bewirkte, dass sie weinen oder lachen musste; Champagner weckte in ihr zu viele Assoziationen, und dennoch konnte sie nie widerstehen, genau wie bei Rotwein, und dem Ex-Sportler den ganzen Abend lang so nah zu sein war noch verwirrender, denn schließlich war dies ein Mann, dessen Berühmtheit die ihre weit überstieg und sie vor ihrer eigenen schützen konnte. Dies war ein Mann, der ein Gentleman war, und was sonst war schon wirklich von Bedeutung?

Und in dem Moment wurde der Blonden Darstellerin bewusst, dass sie die Toilettenfrau mit der olivfarbenen Haut tatsächlich kannte. Jewell! Eine von Norma Jeanes Waisenschwestern im Heim, damals vor fünfzehn Jahren. Jewell mit ihrer komischen Art zu reden, die die besonders gemeinen Jungen nachgeäfft hatten. Die Fleece, der Jewells Verehrung galt, nachgeäfft hatte. Jewell starrte die Blonde Darstellerin im Spiegel an: *Du gehörst hierher zu mir, dies ist dein rechtmäßiger Platz.* Die Blonde Darstellerin wollte schon lächelnd ausrufen: Oh, kann das sein – Jewell? Kennen wir uns nicht?

Doch eine Stimme warnte sie: *Nein. Lieber nicht.*

Eine andere, elegant gekleidete Frau kam herein. Schnell verschwand die Blonde Darstellerin in einer der Kabinen. Um das plätschernde Geräusch ihres Urins zu übertönen, der seit der Operation (wie sie es im Stillen nannte) heiß war und brannte, betätigte sie schnell die Spülung, einmal und noch ein zweites Mal. Wie peinlich das war! Sie fragte sich, ob Jewell sie wohl erkannt hatte, ob Jewell, wenn sie »Marilyn Monroe« erkannte, wohl *sie* erkannte. Denn die eine steckte in der anderen und spielte die Rolle, die man für sie ersonnen hatte.

Nachdem er von der Abtreibung erfahren hatte, hatte Cass am Telefon zu ihr gesagt: *Schieb die Schuld nicht auf Marilyn! Das bist alles du.*

Als die Blonde Darstellerin wieder an die Becken trat, um sich die Hände zu waschen, war die andere Frau zum Glück in einer Kabine verschwunden. Da es keinen Handtuchspender gab, musste die Blonde Darstellerin warten, bis die Toilettenfrau ihr eines reichte; sie dankte der jungen Frau und ließ ein Fünfzig-Cent-Stück in eine Schüssel mit Münzen und Scheinen fallen. Als sie sich zum Gehen wandte, sagte die Toilettenfrau in schneidendem Ton: »Entschuldigen Sie, Miss?« Die Blonde Darstellerin lächelte perplex. Hatte sie etwas vergessen? Doch sie hielt ihre kleine, perlenbesetzte Tasche fest in der Hand. »Ja? Was ist?« Die Toilettenfrau lächelte sie merkwürdig an. Sie hielt der Blonden Darstellerin in einem Handtuch etwas hin. Die Blonde Darstellerin starrte hinein und sah einen roten, zerfetzten Fleischklumpen etwa von der Größe einer Birne. Er glänzte von frischem Blut. Er schien reglos dazuliegen. Es war ein winziger menschlicher Torso ohne Unterkörper; kein Gesicht, aber eine Andeutung von Augen, eine Nase und einen winzigen gequälten Spalt von einem Mund.

»Miss Monroe? Sie haben das hier vergessen.«

Der Ex-Sportler hatte seine glänzende neue Lederbrieftasche hervorgeholt und klatschte sie auf den Tisch. In den Venen an seinen Schläfen pochte es unheilvoll. Wenn eine schöne Frau weinte und die Tränen nicht als Vorwurf gegen ihn gemeint waren, wurde er schwach.

»Für Elise«

Sie müssen immer sich selbst spielen. In endlosen Variationen.

Stanislawski
Die Arbeit des Schauspielers an sich selbst

Es konnte kein Zufall sein. Denn dort, wo sie – mit Unterbrechungen – den Rest ihres blonden Lebens verbringen würde, ist nichts zufällig. *Da stellte ich fest, dass alles notwendig ist, wie die Widerhaken von Stacheln, die dem Fleisch Halt geben, noch während sie es durchbohren.*

»Für Elise« – diese schöne, unvergessliche Melodie.

»Für Elise« – dieses Stück, das sie einst gespielt oder zu spielen versucht hatte. Auf Gladys' funkelndem weißen Pianino, das einmal Fredric March gehört hatte. Damals in der Highland Avenue in Hollywood. Gladys hatte manches Opfer gebracht, damit Norma Jeane Klavierstunden und Gesangstunden bekam, sie hatte gewusst, dass Norma Jeane irgendwann Schauspielerin werden würde. *Sie hat immer an mich geglaubt. Und ich so dumm.* Da saß ihr geliebter und gefürchteter Klavierlehrer, Mr. Pearce, und hob ihre Finger hoch und führte sie sicher über die Tasten.

»Norma Jeane. Stell dich nicht so an. *Los.*«

Sie war allein, als sie die Musik hörte. Fuhr bei Bullock's in Beverly Hills verträumt auf einer Rolltreppe nach oben. Es muss ein Montag gewesen sein: keine Proben im Studio. Sie war nicht in der Verkleidung der Lorelei Lee (»Die Rolle, für die Marilyn Monroe geboren ist!«), sondern in der einer Frau aus Beverly Hills beim Einkaufen. Sie war sicher, dass niemand sie erkannte. Sie wollte Geschenke einkaufen, für ihren Maskenbildner Whitey, der eine Marke war und sie zum Lachen brachte, und für Yvet, Mr. Zs Assistentin, die so nett zu ihr gewesen war und so geduldig und ihr Geheimnis hütete, und ein schönes Nachthemd für Gladys, das sie mit einer Karte würde nach Lakewood schicken lassen: *Alles Liebe, deine Tochter Norma Jeane.* Sie trug eine so dunkle Sonnenbrille, dass sie die Preisschilder kaum erkennen konnte, und eine weite sandfarbene Leinenjacke zur Leinenhose. Segeltuchschuhe mit Korksohlen für ihre geplagten, schmerzenden Füße. Um die Wolke ihres duftig-blonden Haars, das von der Nacht noch ein wenig verfilzt war, hatte sie einen blaugrünen Schal gewunden, ein Geschenk vermutlich oder etwas, was sie einfach in Besitz genommen hatte. Denn in diesem Abschnitt ihres Lebens drängten die Leute ihr unentwegt Dinge auf, Kleidungsstücke, ja sogar Schmuck oder Familienerbstücke, wenn sie aus Höflichkeit oder in dem ständigen Bemühen, etwas zu sagen, um intimen Fragen zuvorzukommen, diese Gegenstände auch nur andeutungsweise bewunderte.

Marilyn, probieren Sie es an! Oh, das steht Ihnen großartig! Behalten Sie es bitte, ich bestehe darauf.

Auf der Rolltreppe in den zweiten Stock hörte sie auf einmal die Klaviermusik, ohne zu wissen, was das war. Denn ihr Kopf war gleich einer manischen Musikbox mit schnellen Musical-Rhythmen gefüllt, mit schriller, synkopierter Tanzmusik. Ausgelassen, vulgär. Aber dies hier waren klassische Klänge, die von einem höheren Stockwerk herabgeschwebt kamen. Kein Tonband und keine Aufnahme, das hörte sie, sondern Live-Musik: ein live spielender Pianist? Er spielte Beethovens »Für Elise«! Es schnitt ihr ins Herz wie ein Splitter von reinstem Glas.

»Für Elise«, jenes Stück, das Clive Pearce Norma Jeane auf dem magischen weißen Pianino vorgespielt hatte, langsam, sanft und traurig, bevor er sie fortgebracht hatte ins Waisenhaus.

Ihr Uncle Clive. »Ein letztes Mal, meine Liebe. Wirst du mir je verzeihen?« Sie würde ihm verzeihen! Sie verzieh ihm.

Sie verzieh ihnen allen, hundertmal, tausendmal.

Marilyn Monroe ist in Wirklichkeit ganz anders als in den Filmen. Sie wirkt jünger, ist hübsch und hat ein nettes Gesicht. Aber keine Schönheit. Wir haben sie neulich bei Bullock's beim Einkaufen gesehen. Sie sah ganz normal aus. Fast.

Wie verzaubert folgte sie den Klängen von »Für Elise« hinauf in den fünften Stock. Vor lauter Gefühlen wusste sie nicht mehr zu sagen, warum sie in diesem Kaufhaus war; eigentlich hasste sie Einkaufen; sich in der Öffentlichkeit zu bewegen machte ihr Angst; selbst, wenn sie in einer Verkleidung auftrat, konnte es doch immer schlaue, wissende Augen geben, die die Maske durchschauten, denn *es war dies eine Zeit der Informanten, der Zeugen.* (Selbst V, der während des Krieges ein so beliebter Star gewesen und der ein hundertprozentiger Patriot war, selbst er war kürzlich von einem kalifornischen Komitee zur Überführung von Kommunisten und subversiven Kräften in der Unterhaltungsindustrie verhört worden. Und wenn V ihnen ihren Namen nannte? Hatte sie ihm gegenüber mit irgendeinem Wort den Kommunismus verteidigt? Aber V würde sie doch nicht verraten, oder? Nach dem, was sie einander gewesen waren?) Die Klaviermusik zog sie magisch an. Ihre Augen füllten sich mit Tränen. Sie war so glücklich! In ihrem Leben und in ihrer Karriere lief alles gut, und sie würde an die Zukunft denken, nicht an die Vergangenheit, und auf dem Gelände der Produktionsgesellschaft hatten sie ihr die große Garderobe überlassen, die einst Marlene Dietrich gehört hatte, aber daran durfte sie jetzt nicht denken, denn sonst würde sie unruhig und aufgeregt. Denn sie litt wieder unter Schlaflosigkeit. Außer wenn sie arbeitete, arbeitete, arbeitete, übte und tanzte und las und Tagebuch schrieb, bis sie völlig erschöpft war.

Aber sie lassen sie bei Bullock's nichts anprobieren. Nirgends in den besseren Geschäften. Sie hat nämlich Ware beschmuddelt. Sie trägt keine Unterwäsche. Sie ist nicht sehr sauber. Sie nimmt Benzedrin, und sie schwitzt.

Der fünfte Stock war bei Bullock's das vornehmste Stockwerk. Teure Designer-Kleider, der Pelzsalon. Üppige altrosa Auslegware. Selbst das Licht war ätherisch. Hier hatte Norma Jeane Mr. Shinn Kleider vorgeführt, und hier hatte er ihr für die Premiere von *Asphalt-Dschungel* ein weißes Cocktailkleid gekauft. Wie leicht war ihr Leben damals gewesen, als Angela! Damals stand »Marilyn Monroe« noch nicht unter Druck; vor drei Jahren hatte es »Marilyn Monroe« fast noch nicht gegeben. Einzig I. E. Shinn hatte an sie geglaubt. »Mein Is-aac. Mein Jude.« Und doch hatte sie ihn betrogen. Ihretwegen war er an gebrochenem Herzen gestorben. Es gab Leute in Hollywood, Mr. Shinns engere Verwandte, die sie als eine berechnende Hure verachteten, dabei – was hatte sie eigentlich verbrochen? Was konnte sie denn dafür? »Ich habe ihn nicht geheiratet und sein Geld nicht angenommen. Ich kann nur aus Liebe heiraten.«

Sie hatte Cass Chaplin und Eddy G geliebt, und doch war sie in einer dunklen Stunde aus der gemeinsamen Wohnung ausgezogen. Die Zwillinge. Es gab mit ihnen keine Zukunft; sie musste fliehen. Sie hatte nur das Nötigste einpacken können, etwas zum Anziehen, ihre wichtigsten Bücher. Alles Übrige hatte sie zurückgelassen, selbst den kleinen gestreiften Tiger. Yvet hatte auch diesen Schritt beaufsichtigt. Und für Norma Jeane eine Wohnung in der Fountain Avenue angemietet. (Yvet handelte natürlich auf Anweisung von Z. Denn Z, der Produktionschef der Produktionsgesellschaft, nahm jetzt als eifriger Verschwörer an ihrem Leben teil, behandelte sie liebenswürdig und verständnisvoll, seine Millionen-Investition.) Und jetzt behauptete auch der Ex-Sportler, er liebe sie, habe nie eine Frau so geliebt, wolle sie heiraten. Schon bei ihrer zweiten Verabredung, noch bevor sie miteinander geschlafen hatten. Konnte das sein? Ein so berühmter Mann, ein Mann, der so nett war, so großzügig, ein Gentleman, wollte *sie* heiraten? Sie hatte ihm gestehen wollen, was für eine schlechte Frau sie dem armen Bucky Glazer gewesen war. Doch in ihrer Schwäche und in ihrer Angst, dass er dann aufhören könnte, sie zu lieben, hatte sie sich mit ihrer Mädchenstimme sagen hören, sie liebe ihn auch und ja, eines Tages werde sie ihn heiraten.

Würde sie auch diesen anständigen Mann enttäuschen? Ihm das Herz brechen?

Wahrscheinlich bin ich wirklich ein Flittchen... Dabei möchte ich doch keines sein!

Vorsichtig hatte sich Norma Jeane von hinten dem Pianisten genähert. Sie wollte ihn nicht stören. Er saß an einem eleganten Steinway-Flügel, neben der Rolltreppe nach unten, ein älterer Herr im Frack mit weißer Schleife, dessen Finger sicher über die schimmernden Tasten glitten. Vor ihm stand kein Notenheft; er spielte aus dem Kopf. »Er ist es! Mr. Pearce!« Clive Pearce war natürlich beträchtlich gealtert. Achtzehn Jahre waren seither vergangen. Er war dünner, und sein Haar war ganz silbrig geworden; die Haut um seine klugen Augen war knitterig und blass, sein einst so eindrucksvolles Gesicht verwüstet. Doch wie herrlich spielte er für die zumeist gleichgültigen, wohlhabenden Frauen, hier, wo die elegischen Klänge von »Für Elise« in dem Geplapper von Verkäuferinnen und Kundinnen unterging. Norma Jeane hätte sie am liebsten angeschrien: Wie können Sie nur so unhöflich sein? Hier spielt ein Künstler! *Hören Sie zu.* Aber niemand im fünften Stock lauschte Clive Pearces Klavierspiel, außer seiner früheren Schülerin Norma Jeane, die jetzt erwachsen war. Sie biss sich auf die Lippe und wischte sich hinter den dunklen Brillengläsern die Tränen weg.

Marilyn liebt Klaviermusik offenbar sehr! Wir haben gesehen, wie sie oben bei Bullock's so einem alten Kerl am Klavier zugehört hat, oder vielleicht hat sie auch nur so getan, aber das glaube ich nicht. Sie hatte Tränen in den Augen. Man konnte sehen, dass sie keinen BH trug, ihre Brustwarzen drückten sich fast durch den hauchdünnen weißen Stoff.

In ihrer neuen, fast leeren Wohnung in der Fountain Avenue hatte Norma Jeane neben ihrem Bett ein Pantheon Großer Männer errichtet, deren Bilder sie aus Büchern oder Zeitschriften ausgeschnitten hatte. An prominenter Stelle befand sich darunter auch ein Bild von Beethoven, wie ihn ein Künstler sah:

mit mächtiger Stirn, grimmiger Miene und wildem Haar. Beethoven, das musikalische Genie. Für den »Für Elise« nur eine Bagatelle war, eine Kleinigkeit.

Daneben waren in diesem Pantheon vertreten: Sokrates, Shakespeare, Abraham Lincoln, Wazlaw Nijinsky, Clark Gable, Albert Schweitzer und der amerikanische Bühnenautor, dem kürzlich der Pulitzer-Preis in der Sparte Drama verliehen worden war.

Nach »Für Elise« spielte der Pianist mehrere Präludien von Chopin und dann Hoagy Carmichaels träumerisches Stück »Deep Purple«. Auch dies konnte nicht bloßer Zufall sein, denn das einzige schöne Lied in *Blondinen bevorzugt* war Mr. Carmichaels Song »When Love Goes Wrong, Nothing Goes Right«, den Lorelei Lee singt. Norma Jeane hörte andächtig zu. Sie sollte an diesem Nachmittag mehrere Verabredungen verpassen, darunter einen wichtigen Termin bei ihrem Kostümbildner, und sie hatte dem Ex-Sportler, der in New York war, versprochen, um vier Uhr zu Hause zu sein, um seinen Anruf entgegenzunehmen. Sie versuchte sich zu erinnern, ob sie Clive Pearce in jüngster Zeit in irgendeinem Film gesehen hatte. Trotz seines Talents war seine Karriere versandet; sein Vertrag mit der Produktionsgesellschaft musste seit langem abgelaufen sein. Er musste sich mit solchen Engagements begnügen! In einem Kaufhaus Klavier spielen. Sie würde sehen, was sich machen ließe. Eine Statistenrolle in *Blondinen bevorzugt*, oder vielleicht könnte er auch Klavier spielen? »Das ist das Mindeste, was ich tun kann. Ich habe diesem Mann so viel zu verdanken.«

Dann hatte der Pianist Pause. Eifrig klatschend ging Norma Jeane zu ihm hin und stellte sich vor. »Mr. Pearce? Erinnern Sie sich noch an mich? Norma Jeane.«

Clive Pearce erhob sich von der Klavierbank und musterte sie eine Weile erstaunt.

»Marilyn Monroe? Sind Sie nicht –?«

»Jetzt. Aber ich war einmal – Norma Jeane. Erinnern Sie sich? Highland Avenue? Gladys Mortensen? Wir haben im selben Haus gewohnt?«

Eines von Mr. Pearces Augenlidern hing schlaff herab. Seine welken Wangen waren von einem Netz aus feinen, fast unsichtbaren Äderchen überzogen. Doch er strahlte und blinzelte, als würde er geblendet. »Marilyn Monroe. Eine Ehre.«

In seiner förmlichen Kleidung, der weißen Schleife, dem Frack und den spiegelblanken schwarzen Schuhen, wirkte Clive Pearce wie eine Schaufensterpuppe, die nur halb zum Leben erwacht ist. Norma Jeane hielt ihm hocherfreut die Hand hin, wie sie es jetzt unerschrocken zu tun pflegte, denn sie war jemand, dem die Leute gern die Hand schüttelten und noch einen Moment lang hielten, und Mr. Pearce nahm ihre beiden Hände in die seinen und blickte ihr voll Staunen ins Gesicht.

»Sie *sind* doch Clive Pearce, oder?«

»Ja, der bin ich. Warum? Woher kennen Sie mich?«

»Mein richtiger Name ist Norma Jeane Baker. Oder besser gesagt, Norma Jeane Mortensen. Sie kannten meine Mutter, Gladys, Gladys Mortensen? – Sie waren mit ihr befreundet, in der Highland Avenue? Das war so um 1935.«

Clive Pearce lachte. Sein Atem roch nach Kupfer-Pennys, die man zu lange in der feuchten Hand gehalten hat. »Vor so langer Zeit! Aber da waren Sie doch noch gar nicht auf der Welt, Miss Monroe.«

»Aber natürlich, Mr. Pearce. Ich war neun Jahre alt. Sie waren mein Klavierlehrer.« Norma Jeane bemühte sich, nicht flehentlich zu klingen. Undeutlich war sie sich bewusst, dass es Zaungäste gab. »Bitte, erinnern Sie sich nicht mehr an mich? Ich war noch ein kleines M-mädchen. Sie haben mir ›Für Elise‹ beigebracht.«

»›Für Elise‹, einem kleinen Mädchen? Meine Liebe, das kann ich nicht glauben.«

Mr. Pearce vermutete offenbar einen Scherz auf seine Kosten.

»Meine Mutter war – ist – Gladys Mortensen? Erinnern Sie sich denn nicht wenigstens an *sie*?«

»Gladys –?«

»Ich dachte, Sie wären ein Liebespaar. Ich meine, Sie haben meine M-mutter geliebt – sie war so schön und –«

Der silberhaarige alte Herr lächelte Norma Jeane an und zwinkerte ihr fast zu. *Ihre Mutter? Eine Frau? Niemals.* »Meine Liebe, Sie verwechseln mich wohl mit jemandem. In Tinsel Town gibt es so viele britische Gentlemen.«

»Wir haben in demselben Mietshaus gewohnt, Mr. Pearce. 828, Highland Avenue, Hollywood. Fünf Minuten zu Fuß vom Hollywood Bowl.«

»Hollywood Bowl! Ja, ich glaube, ich entsinne mich, ein grässliches, heruntergekommenes Gebäude, in dem es von Kakerlaken nur so wimmelte. Zum Glück hab ich da nur sehr kurz gewohnt.«

»Meiner Mutter ging es nicht gut, sie mussten sie abholen und in eine Klinik bringen? Sie waren mein Uncle Clive. Sie und Auntie Jessie haben mich ins W-w-waisenhaus gebracht?«

Jetzt wurde Mr. Pearce nervös. Sein Gesicht nahm einen skeptischen, verbissenen Ausdruck an. »Auntie Jessie? Behauptet da eine Frau, sie sei meine *Ehefrau* gewesen?«

»Oh, nein. Ich habe Sie nur so genannt. Ich meine, Sie beide wollten, dass ich Sie so nenne, aber ich k-konnte es nicht. Können Sie sich denn wirklich nicht erinnern?« Norma Jeane flehte ihn jetzt offen an. Schob sich dicht an den alten Herrn heran, der ein gutes Stück kleiner war als in ihrer Erinnerung, damit die Zuschauer um sie herum sie nicht so gut hören konnten. »Sie haben mir das Klavierspielen beigebracht, auf einem elfenbeinfarbenen Steinway-Pianino, meine Mutter hatte es von Fredric March –«

Da schnippte Clive Pearce mit den Fingern.

»Das Pianino! Natürlich. Meine Liebe, dieses Klavier befindet sich tatsächlich in meinem Besitz.«

»Sie haben das Klavier meiner M-mutter?«

»Es ist mein Klavier, meine Liebe.«

»Aber – wie sind Sie dazu gekommen?«

»Wie ich dazu gekommen bin? Einen Moment, lassen Sie mich nachdenken.« Clive Pearce runzelte die Stirn und zupfte an seinen Lippen. Sein Blickfeld verengte sich, während er sein Gedächtnis durchforschte. »Ich glaube, unser Vermieter hat ein paar Stücke Ihrer Mutter in Besitz genommen, als Ersatz für das Geld, das sie ihm schuldete. Ja, ich glaube, so war es. Das Pianino war bei dem Brand leicht beschädigt worden – ich glaube mich an einen Brand zu erinnern –, und ich habe angeboten, es zu kaufen. Ich habe es reparieren lassen und besitze es heute noch. Ein wunderbares kleines Pianino, von dem ich mich niemals trennen würde.«

»Nicht einmal für – viel Geld?«

Die Lippen schürzend, dachte Clive Pearce nach. Dann lächelte er auf die Art, an die Norma Jeane sich erinnerte und die sie hatte zittern lassen: der koboldhafte, verschlagene Uncle Clive, dem nicht zu trauen war.

»Meine liebe schöne Marilyn, für *Sie* könnte ich eventuell eine Ausnahme machen.«

Auf diese märchenhafte Weise kam Clive Pearce als Komparse zu *Blondinen bevorzugt* – er spielt in einer Szene im luxuriösen Salon des Ozeandampfers im Hintergrund Klavier –, und das Steinway-Pianino, das einmal Fredric March gehört hatte, erstand Norma Jeane für tausendsechshundert Dollar, die ihr der Ex-Sportler lieh.

Der Schrei. Der Song

Stell dir vor, dass in dir und um dich herum, sozusagen in demselben Raum,
den dein Körper einnimmt, ein anderer, von deinem Geist soeben
geschaffener, imaginärer Körper existiert.

Michael Tschechow
Werkgeheimnisse der Schauspielkunst

Nicht der schnittige schwarze Wagen der Produktionsgesellschaft, in dem
man Könige hätte kutschieren können, sondern ein hässlicher, buckliger
Nash in der melancholischen Farbe von Spülwasser, wenn die Seifenblasen
zerplatzt sind, und der livrierte Chauffeur mit Schirmmütze war ein dun-
kelhäutiges Wesen zwischen Frosch und Mensch mit riesigen, glasigen Augen, die sie erschaudern ließen. »Oh, schauen Sie mich nicht an! Das bin
nicht ich.« Sie hatte Sand gegessen, so trocken war ihr Mund. Oder hatten
sie ihr Watte in den Mund gestopft, um ihre Schreie zu ersticken? Sie wollte
der Frau mit dem Lippenstift-Lächeln erklären, die sie mit ihren schwarzen
Netzhandschuhen auf den Rücksitz des Nash schob, sie habe sich anders entschieden, doch die Frau hörte ihr einfach nicht zu. Und die Hände der Frau
waren so stark, so geschickt, so geübt. »Nein. Bitte. Ich w-will zurück. Das ist
ein –« Eine angstvolle hauchige Mädchenstimme. Miss Golden Dreams? Der
Frosch-Chauffeur lenkte sein buckliges Gefährt mit lobenswerter Rasanz
durch die grellen Straßen der Stadt aus Sand. Zwar war nicht Nacht, doch die
Sonne so blendend hell, dass man kaum mehr sah als im Dunkeln. »Oh, hey!
– Ich habe es mir anders überlegt, verstehen Sie? Die Entscheidung liegt doch
schließlich bei m-mir!« Sie hatte Sandkörner im Mund und in den Augen.
Die Frau mit den Handschuhen verzog das Gesicht zu einer Art lächelndem
Stirnrunzeln. Auf einmal blieben sie ruckartig stehen. Jetzt begriff Norma
Jeane, dass sie durch die Zeit gereist waren. *Für den Schauspieler ist jede
Rolle eine Zeitreise. Dein früheres Ich lässt du für immer hinter dir.* Plötz-
lich ein Bordstein! Eine Betontreppe! Ein Gang und ein beißender, chemisch-
medizinischer Geruch, wie der von Bucky Glazers Riesenkinderhänden.
Doch dann überraschend (wie in einem Film, in dem unerwartet eine Tür
aufgeht und die Musik aufbraust) ein elegant eingerichtetes Zimmer. Ein
Wartezimmer. Die Wände waren mit poliertem Holz getäfelt und mit

Norman-Rockwell-Reproduktionen aus der *Saturday Evening Post* geschmückt. Es standen »moderne« Stühle darin, mit Stahlrohrgestell. Ein großer, glänzender Schreibtisch und – ein menschlicher Schädel? Der Schädel war ganz gelb, krakeliert, wie von einer Glasur, oben unangenehm offen (das Ergebnis einer Autopsie? sägten sie einem dabei ein kreisförmiges Stück Knochen aus dem Kopf?) und voll gestopft mit Stiften und Bleistiften und den teuren Pfeifen des Arztes. Der Herr Doktor hatte heute seinen freien Tag. Der Herr Doktor würde am späteren Vormittag im Wilshire Country Club mit seinem Freund Bing Crosby Golf spielen. Jetzt leuchteten strahlend helle Lampen auf; sie dachte: *strahlend helle Lügen*. Sie war im Morgengrauen aus ihrem verschwitzten Bett gekrochen und hatte ein oder zwei oder drei Kodeintabletten geschluckt. »Bitte, hören Sie mir zu, bitte, ich habe es mir anders überlegt.« Doch die Entscheidung lag nicht bei ihr. Sagte sie sich, um sich Mut zu machen. *Dieses Licht wirkt sterilisierend. Die Zahl der Bakterien und die Infektionsgefahr werden dadurch minimiert.* (Solche seltsam-komischen Gedanken schossen ihr bei den Dreharbeiten oft durch den Kopf. Das übertriebene Licht, der durchdringende Blick des glasigen Auges der Kamera, die Gewissheit, dass, wenn die Dreharbeit beginnt, dein Film-Ich völlig mühelos aus dir heraustritt; für diese Zeit sind du und dein Spiegel-Double eins, sicher und glückselig.) Dennoch versuchte sie ihnen zu erklären, sie habe einen Fehler gemacht, sie wolle die Operation nicht; ja, aber sie war doch in »guten Händen«; Mr. Z hatte es ihr versprochen. Eine Millionen-Investition darf keinen Gefahren ausgesetzt werden. So viel stand fest, sie war hier nicht in Gefahr. Solange sie »Marilyn Monroe« war, würde die Produktionsgesellschaft sie so weit wie möglich vor allen Gefahren beschützen. Um sie zu beruhigen, summte Yvet: *These are good hands for curing your blues, these are good hands for shining your shoes. Good hands from mornin' till night.* Da sie auf ihr Bitten anscheinend nicht hören wollten, sagte sie schließlich im kindlich-erotischen, komisch-hauchigen Ton Lorelei Lees:

Hey! – wisst ihr was? – Irgendwie hab ich das Gefühl, ihr fangt gleich alle an zu singen und zu tanzen?

Der Herr Doktor lächelte zwar nicht über diese Bemerkung, aber der Herr Doktor lächelte. Er hatte ein Gesicht wie ein Pilz, eine dicke Nase mit Haaren darin. Er nannte sie »Meine Liebe«, vielleicht, um klarzustellen, dass er ihren Namen nicht kannte, dass er ihm nie entschlüpfen würde. Das war doch immerhin etwas, der Herr Doktor hatte seine berühmte Patientin nicht erkannt. Keiner von ihnen kannte *sie*. Sie zitterte, nackt unter einem hauchdünnen Kittel. Bucky hatte ihr nie eine Leiche gezeigt, aber irgendwie wusste sie doch, wie sie aussahen. Die graue Haut, die eingesunkenen Augen. Wenn man die schwammige Haut mit dem Finger eindrückt, bleibt eine Delle. Sie wand sich innerlich und biss sich auf die Lippe, um nicht hysterisch aufzulachen, und sie hoben sie auf den Tisch, wo das Hygienepapier unter ihr raschelte und knitterte, und sie konnte ihr Wasser nicht halten, solche Angst hatte sie, und sie wischten sie wortlos ab und stellten ihre Füße in die Bügel. Ihre bloßen Füße! Die Fußsohlen sind doch so verletzlich! »Schauen Sie mich bitte nicht an? Machen Sie keine Fotos?« Aunt Elsie hatte ihr den Rat gegeben: *Komm ihnen möglichst nicht in die Quere, so einfach ist das.* Und so hielt es Norma Jeane meist beim Lieben: Sie lag reglos da, in freudiger Erwartung lächelnd, süß und teilnahmslos und hoffnungsvoll, und öffnete sich für den Geliebten, machte sich ihm zum Geschenk; ist es nicht das, was die Männer in Wirklichkeit wollen? Der Ex-Sportler erwies sich überraschenderweise als ein zärtlicher, wenn auch feuriger Liebhaber, als ein älterer Liebhaber, wie V, der keuchte und schwitzte und dankbar war, und nie würde der Ex-Sportler, der Gentleman, sie auslachen, sie verspotten, wie es die Zwillinge in unentschuldbarer Weise getan hatten.

»Schlagzeile im *Tatler*: SCHAURIGE ENTHÜLLUNG: SEX-SYMBOL MARILYN FRAGT: ›KOMMT DENN AKTIV VON AKT???‹« Hahaha.

Doch auch sie hatte gelacht. Und der Herr Doktor kitzelte sie mit seinen Gummifingern. Spitze Finger, die in ihr herumstocherten. Wie Uncle Pearce, an den Schenkeln hinauf und hinunter, in den Spalt zwischen ihren kleinen Arschbacken wie eine freche Maus. Doch so schnell wieder hinaus, dass man nicht sagen konnte, wo die kleine Maus gewesen war. Sie war halb betäubt vom Kodein und in dem Zustand, in dem man Schmerzen nur von ferne spürt. Wie wenn man aus der Nachbarswohnung Schreie hört. Der Herr Doktor sagte: Bitte verkrampfen Sie sich nicht. Es wird ein klein wenig wehtun. Diese Injektion wird Sie in einen leichten Schlummer versetzen. Wir möchten Sie nicht gern festschnallen. »Halt. Nein. Das ist ein Missverständnis, ich –« Sie schob die Hände weg. Es waren Gummihände. Sie konnte keine Gesichter sehen. Das Licht über ihr blendete. Vielleicht war sie weit in die Zukunft gereist, und die Sonne nahm jetzt den ganzen Himmel ein. »Nein! Das bin nicht ich!« Gott sei Dank, sie hatte vom Tisch wieseln können. Sie schrien ihr hinterher, doch sie war schon fort. Rannte barfuß, keuchend. Oh, sie würde ihnen entkommen! Es war noch nicht zu spät. Sie rannte den Gang entlang. Es roch nach Rauch. Dennoch war es noch nicht zu spät. Eine Treppe hinauf, die Tür war nicht abgeschlossen, sie stieß sie auf. Da, die vertrauten Gesichter von Mary Pickford, Lew Ayres, Charlie Chaplin. Ach, der kleine Tramp! Charlie war ihr wirklicher Vater. Diese Augen! Aus dem Nebenraum hörte man ein gedämpftes Geräusch. Ja, aus Gladys' Schlafzimmer. Manchmal ein verbotener Ort, aber jetzt war Gladys ja fort. Sie stürzte hinein, und da stand die Kommode. Und da war die Schublade, die sie öffnen musste. Sie zog daran und zog und zog. Klemmte sie? War sie stark genug, um sie aufzubekommen? Endlich schaffte sie es, und das Baby fuchtelte mit den winzigen Armen und Beinen und rang nach Luft. Spuckte und holte zum Schreien Luft. Im selben Moment, da das kalte Spekulum zwischen den Beinen in ihren Körper eindrang. Im selben Moment, da sie sie ausschabten wie einen Fisch. Ihre Eingeweide rannen an den Seiten der Kürette hinab. Schreiend warf sie den Kopf hin und her, bis die Sehnen in ihrem Hals sich verkrampften.

Das Baby schrie. Einmal.

»Miss Monroe? Bitte. Es ist Zeit.«

Ja, höchste Zeit. Wie lange rief man schon nach ihr? Klopften vorsichtig an ihre Garderobentür. Seit vierzig Minuten saß sie perfekt frisiert, perfekt geschminkt da, wie in Trance vor sich hinstarrend in ihrem prallen knallrosa Kleid, mit Handschuhen bis zu den Ellbogen und einem Ausschnitt, der viel Busen freigab, und glitzerndem Strass an den Ohren und um den schönen Hals. Und der vollkommene rotschimmernde Fotzenmund. Zeit für den Song »Diamonds Are a Girl's Best Friend«.

Die Monroe war einfach perfekt. Ein echter Profi. Sobald sie sich jedes Wort, jede Silbe, jede Note und jeden Taktschlag eingeprägt hatte, funktionierte sie wie ein Uhrwerk. Sie war keine »Figur« – keine »Rolle«. Sie muss die Fähigkeit besessen haben, sich schon im Film zu sehen, wie eine Animation. Diese Animation konnte sie aus ihrem Innern heraus steuern. Sie konnte steuern, wie diese Animation auf die Leute in einem verdunkelten Kinosaal wirken würde.

Mehr war Marilyn Monroe nicht, in ihren Filmen: als die Animationsfigur, die irgendwann von fremden Leuten gesehen und vergöttert werden würde.

Als ich sie einmal holen sollte, klopfte ich an ihre Tür und legte das Ohr daran, und ich schwöre Ihnen, ich hörte drinnen ein Baby schreien. Nicht laut, nicht so, als wäre da drin wirklich ein Baby, aber ich hörte ganz sicher ein Baby schreien. Nur einmal.

Der Ex-Sportler
und die Blonde Darstellerin:
Der Antrag

1

Manche Beobachter, die die zum Scheitern verurteilte Ehe im Rückblick sezierten wie eine Leiche, fragten sich, ob es überhaupt ein Antrag war oder nicht vielmehr eine an Nötigung grenzende Feststellung.

Als der Ex-Sportler leise zu der Blonden Darstellerin sagte: *Wir lieben einander: es ist Zeit, dass wir heiraten.*

Eine Pause entstand. Und in ihrer Angst vor dem Schweigen wisperte die Blonde Darstellerin: *Oh, ja! Ja, Liebling!* Und mit einem nervösen quieksigen Lachen fügte sie verwirrt hinzu: *W-wahrscheinlich!*

(Hörte der Ex-Sportler dieses hingemurmelte Wort? Die Indizien sprechen dagegen. Hörte der Ex-Sportler von der Blonden Darstellerin überhaupt irgendwas, hingemurmelt oder nicht, was seinen Stolz hätte verletzen können? Die Indizien sprechen dagegen.)

Und dann küssten sie sich. Und leerten die Flasche Champagner. Und dann schliefen sie miteinander, erneut, zärtlich und voll kindlicher Hoffnung. (In der Luxussuite im Beverly Wilshire Hotel, die diesen Namen wirklich verdiente. Dort hatte die Produktionsgesellschaft Marilyn Monroe für diese Nacht einquartiert, nach der Gala mit fünfhundert Gästen anlässlich der Premiere von *Blondinen bevorzugt*. Oh, was für eine Nacht!) Und die Blonde Darstellerin weinte auf einmal. Und der Ex-Sportler war zutiefst gerührt und tat, was Liebende in schwülstigen Melodramen oder in Filmen aus den vierziger Jahren tun: Er küsste seiner Geliebten die Tränen von den Wangen.

Und sagte: *Ich liebe dich einfach so sehr.*

Und sagte: *Ich will dich einfach vor diesen Halunken beschützen.*

Und sagte mit jungenhaftem Mutwillen, auf die Ellbogen gestützt und auf sie herabsehend, so wie man einen Landstrich voll versteckter Gefahren betrachtet, in der schönen Illusion, dass es nicht nur möglich sei, sondern ein Abenteuer, ihn zu durchqueren: *Ich will dich einfach hier rausholen. Ich will, dass du glücklich wirst.*

2

Der Film wird in entscheidenden Momenten unscharf. Dies ist die einzige erhaltene Kopie; man kann sich vorstellen, was sie unter Sammlern wert ist. Die Tonspur ist natürlich sehr schlecht. Wer Lippen lesen kann (für einen Fan ist das eine nützliche Fertigkeit), ist hier eindeutig im Vorteil, doch der Vorteil ist unbedeutend, denn der Ex-Sportler war nicht nur ein schweigsamer Mann, sondern wenn er sprach, bewegte er die Lippen nur verschämt, als wäre Sprechen peinlich, wie seine eigenen unvermittelten, unkontrollierbaren Gefühle; und wenn die Blonde Darstellerin nicht bewusst für die Kamera redete (mit der sie »kommunizieren« konnte wie mit keinem menschlichen Wesen), hatte sie einen ärgerlichen Hang, zu murmeln und die Silben zu verschlucken.

Marilyn! würden wir ihr gern zurufen. Schau doch hoch zu uns. Lächle. Ein echtes Lächeln. Sei glücklich. Du bist *du*.

Als der Ex-Sportler von »Halunken« sprach und davon, dass er die Blonde Darstellerin »hier rausholen« wolle, redete er von der Produktionsgesellschaft (er wusste, wie die Bosse sie ausbeuteten, wie wenig sie ihr bezahlten im Vergleich zu den vielen Millionen, die sie ihnen einbrachte) und von ganz Hollywood und vielleicht von der ganzen Welt, die ihr, wie sein Instinkt ihm trotz der eigenen Berühmtheit sagte, nicht grün war. (Oder einem von ihnen beiden. Denn hatten die Baseball-Fans ihn nicht ausgebuht, als er einer Knochengeschwulst wegen hinkte und ihren Erwartungen nicht gerecht geworden war?) Und vielleicht schloss sein allumfassender männlicher Abscheu auch das hartnäckige Häuflein von einem Dutzend oder mehr Fans ein, die gegenüber vom Hotel auf dem regennassen Wilshire Boulevard ausharrten (von dem prunkvollen Haupteingang des Hotels waren sie durch die Portiers vertrieben worden), mit überdimensionalen Autogrammbüchern im Kunststoffeinband und billigen Kodakkameras, und geduldig darauf warteten, dass das berühmte Paar erschien – es sei denn, diesen Gläubigen genügte schon die Vorstellung, dass der gut aussehende dunkle Ex-Sportler und die schöne Blonde Darstellerin sich vielleicht just in diesem Moment, wenn auch unsichtbar für sie und in jeder Hinsicht unerreichbar, paarten wie Shiwa und Schakti und das Universum vergehen und erstehen ließen?

So viel steht fest. Als der Ex-Sportler mit Inbrunst beteuert: *Ich will, dass du glücklich bist*, lächelt die Blonde Darstellerin verwirrt und sagt etwas, doch ihre Worte gehen im Knistern unter. Ein unermüdlicher Lippenleser, der das Material wiederholt studiert hat, hat die Vermutung geäußert, dass die Blonde Darstellerin sagt: *Oh! – aber ich bin glücklich, ich war mein ganzes L-leben lang glücklich.* Und da lodern der Ex-Sportler und die Blonde Darstellerin in ihrer Umschlingung zwischen den zerwühlten seidenen Laken des gigantischen Bettes auf wie eine explodierende Nova und zerstieben zu körperlosem Licht – das Filmmaterial selbst ist geschmolzen.

Es ist eine historische Tatsache. Sehr passend, wenn auch nicht frei von Ironie. Wir haben gelernt, damit zu leben wie mit jeder historischen Tatsache, die nicht zu ändern ist. Instinktiv möchten wir den Film zurückspulen und noch einmal abspielen, in der Hoffnung, dass es nicht wahr ist und wir die gestammelten Worte der Blonden Darstellerin diesmal besser verstehen...

Aber nein, wir werden sie niemals hören.

3

Mitten im Trubel der Premiere von *Blondinen bevorzugt* im frisch renovierten Grauman's Egyptian Theatre am Hollywood Boulevard, inmitten von Jupiterlampen und Blitzlichtern und Gejohle und Applaus, hatte Mr. Zs getreue Assistentin Yvet sich lautlos wie eine Großkatze an die Blonde Darstellerin herangepirscht und ihr geheimnisvoll zugeraunt: »Marilyn. Gerade eben wird mir zugetragen: Sorgen Sie dafür, dass Sie heute Abend allein in Ihre Hotelsuite gehen. Es wird Sie dort jemand Besonderes erwarten.«

Die Blonde Darstellerin hielt die Hand an ihr diamantenbehängtes Ohr.

»Jemand B-besonderes? Oh. Oh!«

Der Glassplitter in ihrem Herzen. Im flatterig-köstlichen Benzedrin-Rausch erscheint einem alles, was zu einem gesagt wird, als schicksalsträchtig, versetzt einem einen süßen, schmerzhaften Stich ins Herz. Und Benzedrin und Champagner zusammen erst! Die Blonde Darstellerin entdeckt ganz neu, was in Hollywood schon jeder wusste.

»Etwa – mein V-vater?«

»Wer?«

Ohrenbetäubende Musik aus dem Film – »A Little Girl From Little Rock«. Die lärmende Menge und die verstärkte Stimme eines Ansagers, und Yvet konnte sie nicht verstehen, doch die Blonde Darstellerin hatte das eigentlich auch nicht sagen wollen. (Denn in der Luzidität des Benzedrin-Rausches überlegte sie, dass, wenn der geheimnisvolle Besucher tatsächlich Norma

Jeanes Vater war, er seine Identität zweifellos vor anderen verborgen hielt; er würde seine Identität nur *ihr* preisgeben, unter vier Augen.) Yvet in ihrem schmalen schwarzen Samtkleid, mit ihrer einreihigen Perlenkette, dem zinngrauen Haar und den verschleierten zinngrauen Augen, die die Blonde Darstellerin durchbohrten. *Ich kenne dich. Ich habe deine blutige Möse gesehen. Deine Eingeweide, ausgeschabt wie ein Fisch. Ich bin im Bilde.* Yvet hielt den Zeigefinger an den Mund. Ein Geheimnis! Ich darf nichts sagen. Die Blonde Darstellerin – die nicht gemerkt hatte, dass sie das Handgelenk der älteren Frau umklammerte wie ein ängstlicher, euphorischer Teenager – beschloss, die Warnung nicht übel zu nehmen, sondern Yvet, wie Lorelei Lee es getan hätte, einfach zu danken. »Danke!«

Damit ich keinen Mann mit aufs Zimmer nahm. Mich betrank und jemanden aufgabelte. So denken sie also von Marilyn.

Zur großen Enttäuschung des PR-Stabs der Produktionsgesellschaft begleitete der Ex-Sportler die Blonde Darstellerin nicht zur Premiere. Stattdessen wurde sie in ihrem atemberaubenden blonden Aufzug von den Studiobossen eskortiert, ihren Mentoren Mr. Z und Mr. D. Der Ex-Sportler befand sich derweil an der Ostküste, um dort in der Baseball Hall of Fame eine Ehrung entgegenzunehmen. Oder war er in Key West und fischte Marline mit Papa Hemingway, einem seiner größten Fans? Oder weilte er in seiner Lieblingsstadt New York, wo man unerkannt bleiben konnte, und aß mit Walter Winchell bei Sardi's oder mit Frank Sinatra im Stork Club oder am Times Square in Jack Dempsey's Restaurant am Tisch des früheren Meisters im Schwergewicht und trank dort und rauchte Zigarren und gab Autogramme, an der Seite des legendären Dempsey persönlich.

»Weißt du, Junge, was ›Ruhm‹ ist? Für den Rest deines Lebens dafür bezahlt zu werden, dass du Scheiße redest.«

Kaum hatte Dempsey im Jahr 1919 den Schwergewichtstitel gewonnen, hatte er auch schon keine Lust mehr aufs Boxen. Auf den Ring. Auf die Fans. Ja selbst auf das Siegen: »Siegen ist für Holzköpfe.« Der Ex-Sportler hegte die größte Bewunderung für seinen Kollegen, den Ex-Champion in einem männlicheren und gefährlicheren und darum ernsteren Sport, als es Baseball war, für den guten alten zähledernen Dempsey, übergewichtig, augenzwinkernd fett lachend – *Hey, ich hab's geschafft. Der große Dempsey!*

Die Blonde Darstellerin sah in dem jungenhaften, brüderlichen Bedürfnis des Ex-Sportlers nach solchen Machomännern keinen Grund zur Eifersucht. Die Blonde Darstellerin fand dieses Bedürfnis verständlich.

Wie viele aufreibende, anstrengende Stunden waren darauf verwendet worden, die Blonde Darstellerin für diesen festlichen Abend zurechtzumachen! Um zwei Uhr nachmittags war sie auf dem Gelände der Produktionsgesellschaft erschienen, bereits eine Stunde zu spät, in Hosen, Jacke und flachen Segeltuchschuhen. Sie kam völlig ungeschminkt, bis auf die Lippen. Ohne Augenbrauen! Sie hatte das Benzedrin, das ihr verschrieben worden war, noch nicht genommen, sodass sie noch klar im Kopf war und gereizt. Mit dem zu einem Pferdeschwanz zurückgebundenen platinblonden Haar sah sie aus wie sechzehn, hübsches Cheerleader-Kind aus Südkalifornien, das ungewöhnlich gut entwickelt war, aber sonst nichts Besonderes. »Warum kann ich nicht einfach ich selbst sein?«, hatte sie sich beschwert. »Ausnahmsweise.« Sie trug gern zur Unterhaltung der Angestellten bei. Sie mochte es, wenn sie lachten, mochte es, wenn sie sie mochten. *Marilyn ist eine von uns. Sie ist fabelhaft.* Sie legte zuweilen ein verzweifeltes Bedürfnis an den Tag, die Zuneigung von Friseusen, Maskenbildnern, Garderobefrauen, Kameramännern, Beleuchtern zu gewinnen, der Armee von Menschen, die dort arbeiteten und die nur Vornamen hatten, wie »Dee-Dee«, »Tracy«, »Whitey«, »Fats«. *Wie Marilyn Monroe wirklich ist? – einfach toll!* Sie machte ihnen Geschenke. Teils Geschenke, die ihr aufgedrängt worden waren, andere kaufte sie neu. Sie schenkte ihnen Freikarten. Sie vergaß nicht, sich nach ihren kranken Müttern zu erkundigen, nach impaktierten Weisheitszähnen, Cockerspaniel-Welpen, turbulenten Liebesleben, die ihr so viel aufregender vorkamen als ihr eigenes.

Sag ja nichts gegen Marilyn, sonst schlag ich dir deine verdammten Zähne ein. Sie ist die einzige von denen, die wirklich menschlich ist.

Am Tag der Premiere von *Blondinen* zupften ein halbes Dutzend Expertenhände an ihr herum wie Geflügelrupfer an toten Hühnern. Die Haare wurden gewaschen und gewellt und die dunklen Wurzeln mit einem so starken Peroxid gebleicht, dass sie einen Ventilator auf die Blonde Darstellerin richten mussten, damit sie nicht erstickte, und dann wurde ihr Haar nochmals ausgespült und auf riesige rosa Wickler gedreht, und eine röhrende Haube wurde auf ihren Kopf herabgesenkt wie ein Gerät zur Verabreichung von Elektroschocks. Ihr Gesicht und ihr Hals wurden mit Dampf behandelt, gekühlt und gecremt. Ihr Körper wurde gebadet und eingeölt, jedes unschöne Haar entfernt; sie wurde gepudert, parfümiert, angemalt und dann zum Trocknen hingesetzt. Ihre Finger- und Fußnägel wurden in einem strahlenden Karminrot lackiert, passend zu ihrem leuchtenden Mund. Whitey, der Maskenbildner, hatte schon mehr als eine Stunde an ihr gearbeitet, als er zu seinem Kummer bemerkte, dass die nachgezogenen Augenbrauen nicht ganz symmetrisch waren, sodass er sie völlig entfernte und nochmals von vorn begann. Der Schönheitsfleck wurde um den Bruchteil eines Millimeters verschoben, dann jedoch wohlweislich wieder an der alten Stelle angebracht. An ihre Lider wurden falsche Wimpern geklebt. Der priesterlich strenge Whitey mahnte: »Miss Monroe, bitte sehen Sie nach *oben*. Bitte nicht *zucken*. Habe ich Ihnen je *ins Auge gestochen*?« Der Kajalstift kam dem Auge gefährlich nah, berührte es aber tatsächlich nicht. Inzwischen hatte die Blonde Darstellerin eine Nembutal-Tablette geschluckt, zur Beruhigung der Nerven, denn sie sah der Premiere zwar nicht gerade bang entgegen (die *Blondinen* waren schon mehrfach vorab gezeigt worden, und die ersten Kritiker hatten erklärt, der Film sei auf jeden Fall ein Hit und Marilyn Monroe die perfekte Lorelei Lee), wohl aber mit einer seltsamen Wut und Ungeduld. Und vielleicht vermisste sie auch den Ex-Sportler? Sie hatte Angst, dass er der Premiere fernblieb, weil er es nicht mochte, wenn sie so im Rampenlicht stand.

Wenn der Ex-Sportler nicht bei ihr war, empfand die Blonde Darstellerin seine Abwesenheit schmerzlich. Wenn der Ex-Sportler bei ihr war, hatte die Blonde Darstellerin ihm oft wenig zu sagen, und er ihr.

»Aber vielleicht sollte es in der Ehe so sein? Zwei Seelen. Ganz still.«

Der Ex-Sportler glühte vor Stolz, wenn man ihn in der Öffentlichkeit mit der Blonden Darstellerin am Arm sah. Er war fast vierzig; sie war viel jünger und sah noch jünger aus. Nach solchen Exkursionen liebte der Ex-Sportler sie so feurig wie ein Zwanzigjähriger. Dennoch packte den Ex-Sportler der Zorn, wenn andere Männer die Blonde Darstellerin allzu lange ansahen. Oder schlüpfrige Bemerkungen an sein Ohr drangen. Die öffentlichen Auftritte der Blonden Darstellerin, ihr Marilyn-Ich, gingen ihm grundsätzlich gegen den Strich. Für ihn sollte sie sich aufreizend anziehen, aber nicht für andere. *Niagara* hatte ihn schockiert und abgestoßen, sowohl der Film als auch die lasziven, allgegenwärtigen Reklametafeln. Hatte sie denn keine vertragliche Kontrolle darüber, wie sie sie vermarkteten? Störte es sie nicht, dass man sie anpries wie ein Stück Fleisch? Als »Miss Golden Dreams« als Ausklapper die erste Ausgabe des *Playboy* zierte, tobte der Ex-Sportler. Die Blonde Darstellerin versuchte ihm zu erklären, dass sich die Veröffentlichung des Aktfotos ihrer Kontrolle entzog; sie hatten es dem

Kalenderverlag ohne ihre Erlaubnis und ohne, dass sie dafür Geld bekam, abgekauft. Der Ex-Sportler fluchte, er könnte die Schweine allesamt umbringen.

Sie fixierte ihr Spiegelbild. »Und vielleicht sollte auch das in der Ehe so sein? Ein Mann, dem ich etwas bedeute. Der mich niemals ausbeuten würde.«

Bevor sie zum Filmpalast aufbrach, schluckte die Blonde Darstellerin eine Benzedrin-Tablette, oder auch zwei, als Gegenmittel gegen das Nembutal. Ihr Herz fühlte sich an, als würde es *langsamer* werden. Oh, dieses schreckliche Bedürfnis, dieses übermächtige Bedürfnis, sich auf dem Fußboden zusammenzurollen und zu *schlafen*. An diesem glücklichsten glorreichsten Abend ihres Lebens wollte sie nur *schlafen, schlafen, schlafen, als wäre sie tot.*

Das Benzedrin würde das ändern. Oh ja! Benzedrin-Tabletten beschleunigten zuverlässig den Herzschlag und erzeugten im Blut und im Kopf jedes Mal ein deliriöses Prickeln. Dieser süß-heiße Stoß, der das Gehirn traf wie ein Blitz aus heiterem Himmel. Dabei vollkommen ungefährlich, denn die Drogen der Blonden Darstellerin waren alle legal. Nie würde die Blonde Darstellerin sich dem erbärmlichen Schicksal von Jeanne Eagels, Norma Talmadge und Aimee Semple McPherson ergeben. Nie würde sie von den *Anweisungen ihres Arztes* abweichen. Die Blonde Darstellerin war eine kluge, pfiffige junge Frau, kaum eine typische Hollywood-Schauspielerin. Diejenigen, die sie gut kannten, kannten sie als Norma Jeane, ein Mädchen aus L. A., das sich aus der Gosse hochgekämpft hatte. Doc Bob, Vertragsarzt der Produktionsgesellschaft, verschrieb ihr nur verträgliche Mittel. Sie wusste, sie konnte ihm vertrauen, denn die Produktionsgesellschaft würde ihre Millionen-Investition keinen Gefahren aussetzen. Benzedrin, in Maßen: zur »Stimmungsaufhellung«, für die »schnelle Energiezufuhr«, die eine erschöpfte Schauspielerin dringend brauchte. Nembutal, in Maßen: zur »Beruhigung der Nerven«, für einen »erholsamen, traumlosen Schlaf«, den eine erschöpfte, an Schlaflosigkeit leidende Schauspielerin dringend brauchte. Besorgt fragte die Blonde Darstellerin Doc Bob, ob diese Mittel süchtig machten, und Doc Bob legte ihr väterlich die Hand auf das mädchenhafte Knie und sagte: »Mein liebes Kind! Das Leben macht süchtig. Und trotzdem müssen wir leben.«

4

Fünf Stunden und vierzig anstrengend-öde Minuten hatten sie gebraucht, um die Blonde Darstellerin wieder zur Lorelei Lee aus *Blondinen bevorzugt* zu machen. Und dann die jubelnden Menschenmengen den ganzen langen Hollywood Boulevard entlang! Die »*Marilyn! Marilyn!*« skandierten! Das war doch den Aufwand wert, oder etwa nicht?

Sie hatten sie in ihr Kleid eingenäht. Allein für dieses Kunststück hatten sie länger als eine Stunde gebraucht. Es war Lorelei Lees trägerloses knallrosa Seidenkleid mit dem tiefen Ausschnitt, der soviel cremefarbenen Busen freigab, und es saß angegossen wie eine Zwangsjacke. Nur flach und vorsichtig atmen! warnte man sie. An den Armen Handschuhe bis zu den Ellbogen, eng wie Aderpressen. An ihren zarten Ohrläppchen, um ihren gepuderten Hals und an ihren Armen funkelten Brillanten (in Wirklichkeit waren es Zirkone, aus dem Fundus der Produktionsgesellschaft) und auf ihrem platinblonden Zuckerwattekopf die »Brillanten«-Tiara, die sie im Film für kurze Zeit trägt. Eine weiße Fuchsstola aus dem Fundus um die bloßen Schultern und an den schon schmerzenden Füßen knallrosa Stöckelschuhe aus Satin, die so eng und wacklig waren, dass die Blonde Darstellerin nur mit affektierten Baby-Schritten trippeln konnte, lächelnd und auf die Arme von Z und D gestützt, die im Smoking die Würde von Bestattungsunternehmern besaßen. Der Hollywood Boulevard war über mehrere Häuserblocks hinweg für den Verkehr gesperrt, und Tausende von Zuschauern – oder Zehn- oder Hunderttausende? – saßen auf offenen Tribünen längs der Straße und drängten sich lärmend hinter den Polizeiabsperrungen. Als der Konvoi von Limousinen der Produktionsgesellschaft vorüberfuhr, regnete es abgerissene Köpfe von gerade erblühten roten Rosen. Frenetisch skandierte die Menge: »*Marilyn! Marilyn!*« – das war doch jeden Aufwand wert, oder etwa nicht?

Scheinwerfer blendeten sie, Freudenschreie und Pfiffe und vorgehaltene Mikrophone. »*Marilyn!* Verraten Sie unseren Hörern: Fühlen Sie sich heut Abend sehr allein? Wann werden Sie beide heiraten?«

Schlagfertig erwiderte die Blonde Darstellerin: »Wenn ich's weiß, erfahren Sie es als Erste.« Ein Augenzwinkern. »Noch vor ihm.«

Gelächter, Bravorufe, Pfiffe und Applaus! Ein Schauer von roten Rosenknospen, gleich aufgestörten kleinen Vögeln.

Zusammen mit ihrer strahlenden brünetten Partnerin Jane Russell stand die Blonde Darstellerin da, warf Kusshände in die Menge und winkte ins

Scheinwerferlicht, die Augen voller Leben, die geschminkten Wangen glühend. Oh, sie war so glücklich! *Sie war so glücklich!* ☆DIE ZWILLINGE☆ (der Film) hat dieses Glück für immer festgehalten. Und wenn Cass Chaplin und Eddy G irgendwo da draußen in der Menge standen und die Blonde Darstellerin begafften – und sie dabei hassten, ihre Norma, ihre kleine Mama, ihr Fischlein; wie hatte dieses Miststück sie betrogen; dieses Miststück hatte sie um ihre Vaterschaft gebracht, anfangs eine absurde, wenn nicht erschreckende Vorstellung, die sie schließlich jedoch als ein ungewöhnliches, wenn auch nicht selbstgewähltes Schicksal akzeptierten –, konnten selbst die hübschen männlichen Zwillinge nicht leugnen, dass die Blonde Darstellerin, die sonst so Schüchterne, angesichts ihres ersten großen Auftritts glücklich war. *Fans!* Benzedrin-Rausch in seiner reinsten Form. Hollywood goutierte (so hieß es jedenfalls), dass die brünette Jane Russell und die blonde Marilyn Monroe bei den Dreharbeiten zu *Blondinen bevorzugt* nicht Rivalinnen, sondern Freundinnen gewesen waren. Sie waren einst auf dieselbe High School gegangen! »Was für ein unglaublicher Zufall. So was gibt's nur in Amerika.« In Gegenwart von Jane Russell war die Blonde Darstellerin meist geistreich bis boshaft, ein bisschen frivol, während Jane, als fromme Christin, meist naiv wirkte und leicht schockiert. Dem Film genau entgegengesetzt. Als die beiden prachtvoll gekleideten Glamourgirls auf dem Podest standen und in die Menge strahlten und winkten, beide in ihre tief dekolletierten Zwangsjacken eingenäht, beide flach und vorsichtig atmend, raunte die Blonde Darstellerin der anderen aus dem Lippenstift-Mundwinkel zu: »Jane! Wir zwei könnten jetzt einen Aufruhr auslösen – rate mal, wie?« Jane kicherte. »Ausziehen?« Die Blonde Darstellerin warf ihr einen koketten Seitenblick zu und stupste sie unter ihrem enormen, vorstehenden Busen an. »Nein, Baby. *Küssen.*«

Der Ausdruck auf Jane Russells Gesicht!

Solch köstliche Momente, von denen die Biographen und die Hollywood-Historiker keine Ahnung haben, hat ☆DIE ZWILLINGE☆ (der Film) uns bewahrt.

5

»Bin ich denn tot? Was ist hier los?«

Ihre Garderobe, die inzwischen bereits zu klein für sie war, quoll über vor Blumen. Haufen von Telegrammen und Briefen. Laienhaft eingepackten Ge-

schenken von »Fans«. Es waren dies die gesichtslosen, anonymen, begeisterten Menschen, die auf dem ganzen nordamerikanischen Kontinent ins Kino
gingen und Eintritt bezahlten, die Menschen, dank derer die Produktionsgesellschaft und die Blonde Darstellerin existieren konnten. Anfangs hatte
sich die Blonde Darstellerin natürlich geschmeichelt gefühlt, in den ersten
Schwindel erregenden Wochen des Ruhms. Sie hatte die Fanpost gelesen und
geweint. Oh, manche von diesen aufrichtigen, tief empfundenen Briefen!
Herzzerreißende Briefe! Briefe von der Art, wie sie Norma Jeane selbst hätte
schreiben können als junges, für Filmstars schwärmendes Mädchen. Es waren Briefe darunter von Behinderten und von Dauerpatienten in Krankenhäusern für Kriegsveteranen mit geheimnisvollen Leiden und von alten oder
anscheinend alten Leuten und von solchen, die sich poetisch offenbarten:
»Mit blutendem Herzen«, »Ihnen, Marilyn für immer ergeben«, »*La belle
dame sans merci* in ewiger Treue verbunden«. Diese beantwortete die Blonde
Darstellerin mit Hilfe ihrer Assistenten persönlich. »Das ist das Mindeste,
was ich tun kann. Diese armen, bedauernswerten Menschen – die an Marilyn schreiben wie an die Jungfrau Maria.« (Schon vor dem Erfolg von *Blondinen bevorzugt* erhielt »Marilyn Monroe« so viel Fanpost wie Betty Grable auf dem Höhepunkt ihrer Karriere und bei weitem mehr, als die alternde
Grable jetzt bekam.) Diese ganze Aufmerksamkeit war zwar sehr aufregend,
aber auch sehr verstörend. Diese ganze Aufmerksamkeit brachte Verantwortung mit sich. Die Blonde Darstellerin nahm sie sehr ernst: *Dafür bin ich
Schauspielerin, um Herzen wie diese zu rühren.* Sie unterschrieb Hunderte
von Hochglanzfotos, Pressefotos der Produktionsgesellschaft von der blonden Marilyn (als Bebop-Girl im Wollpullover mit Zöpfen, als lasziviges Gla-
mourgirl mit Veronica-Lake-Frisur, als verhängnisvoll-verführerische Rose,
die sich aufreizend über die nackte Schulter streicht, als das kindergesichtige
Revuegirl Lorelei Lee) mit der lächelnden Emsigkeit des jungen Mädchens,
das bei Radio Plane klaglos ermüdende Acht-Stunden-Schichten absolviert
hatte. Denn war nicht auch dies eine Art Dienst am Vaterland? Verlangte
nicht auch dies Opfer? Schon seit ihrer Kindheit, seit ihren ersten Besuchen
im Grauman's, seit sie der Goldenen Prinzessin und dem Dunklen Prinzen
verfallen war, wusste sie, dass das Kino die Religion der Amerikaner war. Oh,
sie war nicht die Jungfrau Maria! Sie glaubte nicht an die Jungfrau Maria.
Doch an Marilyn konnte sie – in gewisser Hinsicht – glauben. Aus Gefälligkeit gegenüber ihren Fans. Manchmal drückte sie einen Lippenstiftkuss auf
das Foto und unterschrieb dann schwungvoll, wie sie es gelernt hatte:

bis ihr das Handgelenk wehtat und alles vor ihren Augen verschwamm. Und sie Panik in sich aufsteigen spürte und begriff: *Der Hunger fremder Leute ist grenzenlos, man kann ihn niemals stillen.*

Am Ende dieses Jahres der Wunder, 1953, war die Blonde Darstellerin skeptisch geworden. Skeptisch zu sein heißt, melancholisch zu sein. Melancholisch zu sein heißt, dass man sich in der Öffentlichkeit komisch gibt. Einem routinierten Komiker gleich, entwickelte die Blonde Darstellerin ein Repertoire, um ihre Assistenten zum Lachen zu bringen. »Diese Blumen! Bin ich eine Leiche, gab's hier einen Todesfall? Eine Leiche muss doch geschminkt werden! Whitey!« Je mehr sie lachten, umso mehr spielte die Blonde Darstellerin den Clown. Sie rief »White-eey« im selben jaulenden Ton wie Lou Costello sein »Ab-*bott*!«. Sie beklagte sich, theatralisch gestikulierend: »Ich bin ein Sklave dieser Marilyn Monroe. Ich wollte auf einen Luxusdampfer wie Lorelei Lee, und stattdessen sitz ich im Scheiß-Unterdeck und muss *paddeln*.« Bei ihren komischen Anwandlungen redete die Blonde Darstellerin so wie sonst nie: ein herrlich dämonisches Feuer loderte in ihr auf; sie konnte gottlos sein, sie konnte vulgär sein; die Assistenten der Produktionsgesellschaft waren manchmal schockiert, doch sie lachten, lachten, bis ihnen die Tränen herunterliefen. Whitey wies sie in onkelhaftem Ton zurecht: »Na, na, na, Miss Monroe. Das ist nicht Ihr Ernst. Wo wären Sie heute, wenn Sie nicht Marilyn wären?« Dee-Dee wischte sich die Tränen aus den Augen und sagte: »Miss Monroe! Sie sind grausam. Jeder von uns, jeder auf der ganzen Welt würde seinen rechten Arm dafür geben, Sie zu sein. Das wissen Sie ganz genau.«

Geknickt stammelte die Blonde Darstellerin: »Oh! – W-weiß ich das?«

Sie taumelte aus einer Stimmung in die andere! Man kam gar nicht mit. Wie ein Schmetterling oder ein Kolibri.

Es waren nicht die Drogen! Zumindest anfangs nicht.

Manche Briefe an Marilyn Monroe waren weniger liebevoll. Man musste sie wohl böse nennen, ja sogar ein wenig schmutzig, Anspielungen auf die physische Erscheinung der Schauspielerin. Manche stammten von Geistesgestörten. Diese hielten ihre Assistenten zurück. Doch wenn sie mitbekam, dass man ihr Briefe vorenthielt, wollte sie genau diese Briefe sehen. »Vielleicht steht da etwas Wichtiges drin? Etwas, was ich wissen sollte?« »Nein, Miss Monroe«, sagte Dee-Dee weise, »in solchen Briefen geht es nicht um Sie. Es geht um jemanden, der denkt, er wäre Sie.« Und doch hatte es etwas wohltuend *Reales*, wenn man als Miststück, als Hure, als blondes Flittchen bezeichnet wurde. Wo so vieles ein traumhafter Nebel war, wirkte das *Reale* erfrischend. Doch schon bald wurden auch die Hassbriefe vorhersehbar und formelhaft. Dee-Dee hatte Recht: diejenigen, die die Blonde Darstellerin beschimpften, projizierten ihren Hass auf ein Phantasma. »Wie die Filmkritiker. Manche von ihnen lieben Marilyn, und manche hassen sie. Was hat das mit mir zu tun?« Was die Blonde Darstellerin niemandem sagte, außer dem Ex-Sportler, als er ihr Liebhaber geworden war und (wie sie gern dachte) ihr bester Freund, denn der Ex-Sportler verstand sie: Was sie weiterhin Berge von Post fremder Leute durchforsten ließ, war die Hoffnung, darin auf vertraute Namen zu stoßen – Namen aus der Vergangenheit, Namen, die für sie ein Bindeglied zu ihrer Vergangenheit darstellten. Natürlich gab es tatsächlich einige, die ihr schrieben, vor allem Frauen, erwachsen gewordene Mädchen, mit denen sie einst auf die High School gegangen war oder in die Junior High in der El Centro Avenue oder sogar in die Highland Elementary School (»Sie waren immer so gut angezogen, wir wussten, dass Ihre Mutter beim Film war und Sie eines Tages selber Schauspielerin werden würden«); frühere Nachbarn aus Verdugo Gardens (wenn auch nicht die seit langem verschwundene Harriet); Frauen, die behaupteten, zu viert mit Norma Jeane und Bucky Glazer ausgegangen zu sein, bevor die beiden heirateten, und an deren Namen sich die Blonde Darstellerin nicht erinnerte (»Ich glaube, Sie waren Norma Jeane. Sie und Bucky Glazer waren so ein verliebtes Paar, was haben wir gestaunt, als Sie sich haben scheiden lassen. Wahrscheinlich war es der Krieg???«) Elsie Pirig schrieb ihr, nicht ein-, sondern mehrmals:

Liebe Norma Jeane, ich hoffe, du hast mich nicht vergessen? Ich hoffe, du bist nicht böse auf mich? Aber wahrscheinlich bist du das, denn ich habe ja seit Jahren nichts von dir gehört, und dabei weißt du doch, wo ich wohne, und meine Telefonnummer ist noch dieselbe.

Die Blonde Darstellerin riss diesen Brief in kleine Stücke. Sie hatte gar nicht gewusst, wie sehr sie Aunt Elsie hasste. Als ein zweiter Brief kam und ein dritter, zerknüllte die Blonde Darstellerin sie triumphierend und schmiss sie auf den Boden. Verblüfft sagte Dee-Dee: »Aber Miss Monroe. Von wem ist der denn, Sie sind ja ganz aufgeregt?« Die Blonde Darstellerin fasste sich an den Mund, wie sie es häufig tat, unbewusst, so, als wolle sie sich – wie verschiedene Beobachter meinten – vergewissern, dass sie Lippen habe. Sie blinzelte, um nicht zu weinen. »Von meiner Pflegemutter. Als ich ein Mädchen war. Eine Waise. Sie wollte mein Leben zerstören, weil sie eifersüchtig auf mich war. Sie hat mich mit fünfzehn verheiratet, um mich loszuwerden. Weil ihr M-mann in mich verliebt war und sie ei-f-fersüchtig.« »Oh, Miss Monroe! Das ist aber eine traurige Geschichte.« »Das war es. Aber es ist vorbei.«

Warren Pirig schrieb ihr natürlich nie. Und auch Detective Frank Widdoes nicht. Von all den Jungen, mit denen sie in Van Nuys ausgegangen war, hörte sie nur von Joe Stantos, Bud Skokie und einem gewissen Martin Fulmer, an den sie sich nicht erinnerte. Mr. Haring schrieb ihr nicht. Ihr Englischlehrer, den sie vergöttert hatte und der sie damals doch gern gehabt hatte. »Wahrscheinlich ist er entsetzt über mich. Wo ich doch so weit entfernt bin von dem, was er mich gelehrt hat.«

Nach ihrem Auszug aus dem Heim hatten Norma Jeane und Dr. Mittelstadt sich noch ein oder zwei Jahre lang geschrieben. Die ältere Frau hatte ihr Publikationen der Christlichen Wissenschaft geschickt, zum Geburtstag. Dann war der Kontakt irgendwie abgebrochen. Norma Jeane nahm an, dass es an ihr lag, nach ihrer Heirat – »Aber warum schreibt sie mir jetzt nicht? Selbst wenn sie nicht ins Kino geht, hat sie Marilyn doch sicher gesehen. Würde sie mich denn nicht erkennen? Ist sie auch böse auf mich? Entsetzt über mich? Oh, ich hasse sie! – noch eine, die mich im Stich gelassen hat.«

Sie war auch verletzt, dass Mrs. Glazer ihr niemals schrieb.

Natürlich verging kein Tag, an dem sie, wenn sie ihre Garderobe betrat und vor der Fanpost stand, nicht dachte: *Vielleicht hat mein Vater mir geschrieben! Ich weiß, dass er meine Karriere verfolgt.*

Es war nicht ganz klar, woher Norma Jeanes Vater von ihrer Karriere hätte wissen sollen. Noch wie Norma Jeane wissen konnte, dass dem so war.

Doch Wochen vergingen und Monate, in diesem Jahr der Wunder. Und Norma Jeanes Vater schrieb ihr nicht. Obwohl Marilyn Monroe so berühmt wurde, dass man überall auf ihr Bild und ihren Namen stieß. In den Zeitungen, in den Klatschspalten, auf Filmplakaten, in den Schaukästen der Kinos.

Vorabwerbung für *Blondinen bevorzugt!* Eine riesige Reklametafel am Sunset Boulevard! Nachdem das Aktfoto »Miss Golden Dreams 1949« in der ersten Ausgabe des *Playboy* erschienen war, als Aufklapper in diesem brandneuen unverfrorenen Männermagazin, bekam sie eine Flut von Post, und die Medien widmeten ihr noch mehr Aufmerksamkeit. Die Blonde Darstellerin erklärte den Journalisten ganz aufrichtig, sie habe weder dem *Playboy* noch jemand anderem die Erlaubnis zum Wiederabdruck von »Miss Golden Dreams« gegeben, aber was sollte sie machen? Sie war nicht im Besitz des Negativs. Sie hatte die Rechte abgetreten. Und zwar für lachhafte fünfzig Dollar, im Jahr 1949, als die Armut sie dazu zwang. Der Klatschkolumnist Leviticus, der berühmt war für seinen boshaften Witz und seine skandalösen Enthüllungen im *Hollywood Confidential*, überraschte die Leser damit, dass er eine ganze Kolumne auf einen offenen Brief verwendete, der mit den Worten begann:

Liebe »Miss Golden Dreams 1949«,

Sie sind wirklich das »Sweatheart des Monats«. Jeden Monats.

Sie sind wirklich ein Opfer der Ausbeutung weiblicher Unschuld in unserer Kultur.

Sie sind eine der Glücklichen: Sie haben eine große Filmkarriere vor sich. Wie schön für Sie!

Aber eines sollten Sie wissen: Sie sind noch schöner und begehrenswerter als »Miss Marilyn Monroe« – und das will wahrhaftig was heißen!

Die Blonde Darstellerin war so gerührt von Leviticus' Galanterie, dass sie ihm spontan ein ihm persönlich zugeeignetes Exemplar des umstrittenen Aktfotos zuschickte, mit der Unterschrift: *In ewiger Verbundenheit, Mona/ Marilyn Monroe.*

Die Produktionsgesellschaft hatte »Miss Golden Dreams« zu solchen Zwecken reproduzieren lassen. »Warum auch nicht? Schließlich war ich das. Sollen diese Kalenderleute doch vor Gericht gehen.«

Eines Tages, eine Woche vor der Premiere von *Blondinen bevorzugt*, reichte Dee-Dee der Blonden Darstellerin mit seltsam betroffenem Gesicht einen Brief aus der Fanpost. »Miss Monroe? Ich glaube, das ist vertraulich.«

Ahnend, worum es sich bei dem (maschinegeschriebenen) Brief handelte, riss die Blonde Darstellerin ihn ihr aus der Hand und las:

Liebe Norma Jeane,

dies ist vielleicht der schwierigste Brief, den ich jemals verfasst habe.

Ich weiß wirklich nicht, warum ich jetzt mit dir Kontakt aufnehme. Nach all den Jahren.

Nicht etwa deshalb, weil »Marilyn Monroe« ist, wer sie ist. Denn ich habe wirklich mein eigenes Leben. Meine Karriere (seit kurzem befinde ich mich im Ruhestand und wohl dabei) & meine Familie.

Ich bin dein Vater, Norma Jeane.

Vielleicht erkläre ich dir die Umstände unserer Verwandtschaft näher, wenn wir uns einst gegenüberstehen. ~~Bis dahin~~

Meine geliebte, langjährige Ehefrau, die krank ist, weiß nichts von diesem Brief. Es würde sie sehr verletzen, ~~und darum~~

Ich habe noch keinen Film mit »Marilyn Monroe« gesehen, & das wird wohl auch so bleiben. Dazu sollte ich sagen, dass ich nicht ins Kino gehe. Ich bin von meinen Neigungen her eher ein Radiofan & lasse lieber »meine Phantasie spielen«. Mein kurzes Zwischenspiel bei der Produktionsgesellschaft als Möchtegern-Hauptdarsteller hat mir die Augen geöffnet über die Krassheit & Dummheit jener Welt. Nein danke!

Um ehrlich zu sein, Norma Jeane, habe ich mir deine Filme nicht angesehen, weil mir die losen Sitten in Hollywood zuwider sind. Ich halte mich für einen gebildeten Mann & einen Demokraten. Ich stehe hundertprozentig auf der Seite von Senator Joe McCarthy, was seinen Kreuzzug gegen die Kommunisten betrifft. Ich bin ein hundertprozentiger Christ, so wie auch meine Frau von beiden Seiten der Familie her Christin ist.

Es gibt absolut keinen Grund, warum man tolerieren sollte, dass Hollywood, das bekanntermaßen ein Judennest ist, so lange verräterischen Individuen Zuflucht gewährt wie diesem »Charlie Chaplin«, für dessen Filme – ich muss es zu meiner Schande gestehen –, ich einst auch noch gutes Eintrittsgeld bezahlt habe. ~~Und es gibt~~

Du wirst dich fragen, Norma Jeane, warum ich dir nach mehr als 27 Jahren schreibe. Um die Wahrheit zu sagen, ich hatte einen Herzinfarkt,

& ich habe mein Leben ernsthaft überdacht, & ich war nicht in allen Punkten stolz auf mich. ~~Meine Frau weiß nichts davon, daß~~

Du bist, glaube ich, am 1. Juni geboren, & ich am 8., wir sind also beide Zwillinge. Als Christ nehme ich zwar solche heidnischen Märchen nicht weiter ernst, aber vielleicht sind Menschen wie wir doch durch die Neigung zu einem bestimmten Temperament verbunden. Allerdings kenne ich mich in diesen Dingen nicht gut aus, denn ich lese keine Frauenzeitschriften.

Vor mir liegt ein Interview mit »Marilyn Monroe« in der neuesten Ausgabe von »Pageant«. Als ich es las, haben sich meine Augen mit Tränen gefüllt. Du hast dem Reporter gesagt, deine Mutter sei in der Klinik & deinen Vater würdest du nicht kennen, ihn jedoch »in jeder Stunde deines Lebens erwarten«. Meine arme Tochter, das wusste ich nicht. Ich wusste von dir, aus der Ferne. Deine stets sehr fordernde Mutter hat uns voneinander fern gehalten. Die Jahre vergingen, & die Entfernung wurde unüberwindlich. Ich habe deiner Mutter Schecks & Postanweisungen geschickt, für deinen Unterhalt. Ich habe von dieser Seite keinen Dank erwartet und auch nichts dergleichen erhalten. Oh nein!!!

Ich weiß, dass deine Mutter sehr krank ist. Doch bevor sie krank war, Norma Jeane, war sie im Herzen böse.

Sie hat mich aus eurem Leben verstoßen. Und sie war so gemein (das weiß ich), dich glauben zu machen, ich hätte sie verstoßen.

Ich habe zu lange gewartet. Vergib einem alten Mann. Auch wenn ich nicht krank bin, sondern mich laut Aussage meines Arztes vollständig erholen werde. Er sagt, er sei sehr überrascht, ~~wenn man bedenkt, wieviel~~

Ich hoffe, Norma Jeane, bald wieder mit dir Kontakt aufzunehmen, diesmal persönlich. Meine teure Tochter, halte Ausschau nach mir bei einer besonderen Gelegenheit, bei der wir beide, Tochter & Vater, unsere so lang verleugnete Liebe feiern können.

Dein unglücklicher Vater

Auf dem Brief stand kein Absender. Aber abgestempelt war er in Los Angeles. Triumphierend sagte die Blonde Darstellerin leise: »Das ist er.« Sie legte die stümperhaft getippten Seiten vor sich auf den Tisch und strich mechanisch die Kniffe glatt. Sie wiederholte diese Geste, wie Dee-Dee insgesamt bemerkte, noch einige bange Minuten lang, las den Brief nochmals durch und sagte abermals, nicht zu Dee-Dee, sondern als rede sie mit sich selbst: »Oh, das ist er. Ich wusste es. Ich habe niemals daran gezweifelt. Gleich hier, so nah. All die Jahre. Hat auf mich aufgepasst. Ich habe es gespürt. Ich wusste es.«

Das schöne Gesicht so glückstrahlend – staunte Dee-Dee später –, *man erkannte sie fast nicht wieder.*

6

Nachdem Yvet der Blonden Darstellerin ihrer beider Geheimnis ins Ohr geflüstert hatte, verging der Abend der Premiere in einem von Benzedrin und Champagner weichgezeichneten schlingernden Nebel, gleich einer schwankenden, aus einer Achterbahn gesehenen Technicolor-Landschaft. *Sorgen Sie dafür, dass Sie heute Abend allein in Ihre Hotelsuite gehen. Es wird Sie dort jemand Besonderes erwarten.* Trotz der Erklärung ihres Vaters, dass er »Radiofan« sei und Hollywood verachte, war die Blonde Darstellerin überzeugt, dass er bei der Premiere von *Blondinen bevorzugt* dabei war; er hatte ja Verbindungen und konnte sich eine Freikarte besorgen. »Hätte er mir doch nur seinen Namen genannt, dann hätte ich ihm einen Platz an meiner Seite reserviert.« Er war irgendwo in dieser Menge von reichen geladenen Gästen. Oh, sie wusste es! Sie wusste es. Ein älterer Mann, natürlich; aber nicht furchtbar alt, gerade mal über sechzig. Sechzig war noch nicht alt, für einen Mann! Man sehe sich nur den berüchtigten Mr. Z an. Er wäre ein gut aussehender weißhaariger Herr, ein würdevoller Mann ohne Begleitung. Der sich in seinem Smoking nicht wohl fühlte, denn er hasste solche protzigen Veranstaltungen. Trotzdem war er gekommen, ihretwegen: Dies war wirklich ein »besonderes Ereignis« im Leben seiner Tochter.

Da die Blonde Darstellerin von allen Seiten gemustert wurde, sie, die extra in ihr trägerloses knallrosa Seidenkleid eingenäht worden war, das jede reizende Kurve, jede sinnliche Rundung ihres herrlichen Vollweibkörpers hervorhob, lächelte sie strahlend wie eine Hundert-Watt-Birne, während sie blinzelnd in der Menge Ausschau nach ihm hielt. Wenn ihre Blicke sich trafen, würde sie ihn erkennen! Wahrscheinlich waren seine Augen ein Spiegelbild der ihren. Sie sah ihrem Vater ähnlicher als ihrer Mutter. Von Kindheit an. Oh, sie hoffte, er würde sich ihrer nicht schämen, herausgeputzt wie sie war, angemalt und ausgestellt gleich einer großen, zum Leben erweckten Puppe. »Ein phantastischer Ersatz für Betty Grable. Gerade zur rechten Zeit.« Sie hoffte, er würde seinen Entschluss nicht bereuen und sich angewidert zurückziehen. Hatte er nicht gesagt, er habe noch keinen ihrer Filme gesehen und das würde wohl auch so bleiben – »Er hat etwas gegen lose Sitten.« Die Blonde Darstellerin prustete los, verschluckte sich am Champagner, und die perlende Flüssigkeit rann ihr aus der Nase. »Oh oh! ›lose Sitten!‹ – ich wünschte, das könnte ich Cass erzählen.« Cass war der Einzige in Hollywood, dem sich die Blonde Darstellerin hätte anvertrauen können. Er wusste von Norma Jeanes »schäbiger, melodramatischer Vergangenheit«, wie er sie nannte. Oder zumindest so viel, wie sie ihn hatte wissen lassen wollen.

Als die Blonde Darstellerin sich entschloss, mit den Zwillingen zu brechen, sich operieren zu lassen und trotz der geringen Bezahlung (sie bekam kaum mehr als ein Zehntel von Jane Russells Honorar) die Rolle der Lorelei Lee in *Blondinen bevorzugt* anzunehmen, schickte ihr Agent ihr ein Dutzend rote Rosen mit seinen Glückwünschen:

MARILYN. ISAAC WÄRE STOLZ AUF SIE.

Tja, das stimmte wohl. Tatsächlich waren alle stolz auf sie. Diese Hollywood-Veteranen, Studiobosse, Produzenten, Geldgeber und ihre scharfäugigen Ehefrauen – sie lächelten der Blonden Darstellerin zu, als wäre sie endlich eine von ihnen.

Während der eigentlichen Vorführung des Films, den die Blonde Darstellerin schon mehrmals im Ganzen und noch öfter in Ausschnitten gesehen hatte (denn selbst als »Lorelei Lee« erwies sie sich bei den Dreharbeiten als Perfektionistin, zur Verzweiflung ihrer Partner und des Regisseurs), konnte sich die Blonde Darstellerin kaum konzentrieren. Oh, dieses warme Rauschen und Prickeln in ihren Adern! Dieses pochende Glücksgefühl in ihrem Herzen! *Es wird Sie dort jemand Besonderes erwarten.* Sie war froh, dass der Ex-Sportler nicht neben ihr saß; oder V (der mit einer neuen Begleiterin erschienen war, Arlene Dahl); oder Mr. Shinn. Froh, dass sie allein war und aus derart gutem Grund auch allein bleiben würde. *Jemand Besonderes. In Ihrer Hotelsuite.* Die Produktionsgesellschaft, die die Suite bezahlte, musste entsprechende Anordnungen getroffen haben; Mr. Z oder sein Büro, irgendjemand, der ermächtigt war, das Beverly Wilshire zu beauftragen, einen Gast in Marilyn Monroes Suite zu bringen. Es war eine aufregende Vorstellung, dass Mr. Z, der noch bis vor kurzem ihr Feind gewesen war, der sie grob ein gewöhnliches Flittchen genannt hatte, anscheinend nicht nur ihren Vater kannte, sondern auch von der bevorstehenden Wiederbegegnung wusste und ihr und ihrem Vater alles Gute wünschte. »Es ist wie ein Happy End. Eines langen verworrenen Filmes.« Bevor die Lichter ausgingen und die ersten Takte der Musik erklangen, sagte die Blonde Darstellerin zu Mr. Z, der neben ihr saß: »Ich habe gehört, ich habe nach dem Fest eine besondere Verabredung in meiner Hotelsuite«, und der schlaue, fledermausgesichtige Mr. Z setzte sein geheimnisvolles Lächeln auf und hielt einen Zeigefinger an die fleischigen Lippen, wie zuvor schon Yvet. Vielleicht wussten alle bei der Produktionsgesellschaft Bescheid? Vielleicht wusste es ganz Hollywood?

Sie wünschen mir Glück. Ihrer Marilyn. Ich liebe sie!

Wie seltsam, wieder in Grauman's Egyptian Theatre zu sitzen. Das war fast selbst wie im Film: *Die Blonde Darstellerin kehrt in das Kino zurück, in dem sie einst als einsames kleines Mädchen solchen blonden Darstellerinnen wie sich gehuldigt hat.* Seit den Tagen der Depression war das Grauman's mit beträchtlichem Aufwand renoviert worden. Denn dies war eine neue Ära, die des Aufschwungs der Nachkriegszeit. Aus dem Schutt in Europa und den zerstörten Städten Hiroshima und Nagasaki: der unüberhörbare Puls einer neuen Welt.

Die unter dem Namen Marilyn Monroe bekannte Blonde Darstellerin war Teil dieser neuen Welt. Die Blonde Darstellerin lächelte unentwegt, aber ohne Wärme und ohne Gefühl und ohne jene seelische Komplexität, die man »Tiefe« nennt.

Im Grauman's herrschte eine heitere, festliche Atmosphäre. Man wusste bereits, dass *Blondinen bevorzugt* ein Erfolg war. Dies war keine Premiere wie die von *Asphalt-Dschungel* oder *Versuchung auf 809* oder von *Niagara*, Filme, an denen vielleicht manche Zuschauer Anstoß nehmen könnten und es auch taten. *Blondinen bevorzugt* war ein synthetischer, knalliger, übertriebener Film, ein Triumph glitzernder Vulgarität, eine Technicolor-Karikatur des Erfolgs, im amerikanischen Stil, und darum *war* er selbst ein Erfolg, lag bereits in Tausenden von Kinos in den USA bereit, um dort gleich nach der Premiere anzulaufen, und würde hier und in Europa Millionen einspielen. »Huch! – bin das *ich*?«, quiekte die Blonde Darstellerin, als sie zu der riesigen prachtvollen Puppenfrau aufsah, die über dem Publikum schwebte, und griff in kleinmädchenhafter Aufregung nach den Händen von Mr. Z und Mr. D. Oh, dieser sirrende Zaubertrank in ihrem Blut! In Wahrheit hatte sie keine Ahnung, was sie oder ob sie überhaupt etwas empfand.

Am Broadway war *Blondinen bevorzugt* eine Revue aus musikalischen Nummern gewesen, kein Musical. Es hatte keine »Handlung« gegeben und keine »Figuren«. Der Film war fast genauso zusammenhanglos, doch darum ging es nicht. Als Norma Jeane das Drehbuch gesehen hatte, war sie schockiert gewesen über die Geistlosigkeit ihrer Rolle; sie hatte mehr Dialog verlangt, irgendeine Besonderheit oder Brechung in Loreleis Charakter, mehr Hintergrund, mehr Tiefe, aber natürlich war sie damit nicht durchgekommen. Sie hatte voll Neid auf die erwachsenere und intelligentere Rolle der Dorothy geblickt, bekam jedoch gesagt: »Schauen Sie, Marilyn, Sie sind nun mal die Blondine. Sie sind Lorelei.«

Als sie sich den Film ansah, schwand das Lächeln der Blonden Darstellerin dahin. Als die Euphorie verflog. Sie mochte gar nicht daran denken, was ihr Vater, wenn er im Publikum saß, wohl dachte. Die Schaumgummi-Lorelei-Lee und ihr Vollweib-Double Dorothy, die ihre bauernschlau-albernen Liedchen sangen und sich dazu aufreizend bewegten. »A Little Girl from Little Rock.« Oh, was wenn Daddy sich nun heimlich davonstahl, ohne auch nur ein Wort mit ihr zu reden? Wenn er angewidert (und er hatte allen Grund, das zu sein) beschloss, sich doch nicht mit Norma Jeane, seiner Tochter, zu treffen?

»Oh Daddy. Das da auf der Leinwand, *das bin nicht ich*.«

Wie seltsam! Die Zuschauer beteten Lorelei Lee an. Dorothy mochten sie zwar auch – Jane Russell war wunderbar warmherzig, attraktiv, witzig und einfühlsam –, doch Lorelei war ihnen offensichtlich lieber. Warum? Diese hingerissen lächelnden Gesichter. Marilyn Monroe war eben ein Glückskind, und ›Glück bringt Freude‹.

Oh, die Ironie! und das wussten all diese Menschen zweifellos: dass es Marilyn gar nicht gab.

Ich darf nicht versagen. Wenn ich versage, muss ich sterben. Das war nämlich Marilyns Geheimnis gewesen. Nach der Operation. Nachdem sie ihr Baby weggenommen hatten. Zur Strafe scharfe Schmerzen im Unterleib. Anfangs heftige Blutungen (sie beschwerte sich nicht, sie hatte es durchaus verdient) und dann ein langsameres Tröpfeln, eine heiße Feuchtigkeit, als würde ihre Gebärmutter weinen. *Wo niemand es sehen konnte. Zur Strafe.* Bestäubte sich mit teurem französischen Parfum, das ihr irgendjemand geschenkt hatte. Wankte aus den Kulissen und versteckte sich, gepeinigt von der Angst zu verbluten, in ihrer Garderobe. Sie hoffte, dass die anderen sie für *launisch* hielten; das waren alle großen Stars, Frauen wie Männer. Nur nicht diese Angst. Und wie sie mitten in der Nacht aufwachte (allein, der Ex-Sportler war nicht da), wenn die Wirkung des Kodeins nachließ. *Ich werde Lorelei Lee aus diesem kranken Zustand heraus spielen.* Das war Norma Jeanes große Leistung, doch niemand im Premierenpublikum wusste dies oder ahnte es auch nur; oder hätte es wissen wollen.

Doc Bob, der über jede Einzelheit der Operation informiert war, einschließlich der nachfolgenden Hysterie der Patientin, hatte ihr netterweise Kodein verschrieben für »wirkliche wie eingebildete« Schmerzen und Benzedrin »für die schnelle Energiezufuhr« und Nembutal für einen »tiefen, traumlosen (bewusstlosen)« Schlaf. Wozu er im Ton Jimmy Stewarts bemerkte: »Betrachten Sie mich als Ihren besten Freund, Marilyn. In dieser Welt und in der nächsten.« Die Blonde Darstellerin hatte erschrocken gelacht.

Er kennt mich. Er kennt mein Inneres.

Doch da stand die jubelnde Lorelei Lee und hob aufreizend die nackten Schultern, neigte den Kopf auf die Art, die sie bis zur roboterhaften Vollendung geprobt hatte, und gurrte mit lasziver Babystimme:

Men grow cold − as girls grow old
And we all lose our charms − in the end.

Wie hübsch Lorelei Lee diese zynischen Zeilen sang! Wie strahlend sie lächelte! Lorelei, die keine Stimme hatte, sang, und ihre Stimme war erstaunlich reizend und sicher; Lorelei tanzte, und ihr Körper, der nicht gerade der Körper einer Tänzerin und viel zu spät trainiert worden war, erwies sich als erstaunlich geschmeidig. Wer ahnte schon, dass sie stunden-, tage-, wochenlang geprobt hatte? Mit blutenden Zehen und diesem schmerzhaften Ziehen im Unterleib. Sie klang wie eine jüngere Schwester von Peggy Lee. Aber sie war natürlich viel schöner.

»Ich glaube, ich bin stolz auf mich. Sollte ich das nicht sein?«

Flüsterte sie Mr. Shinn zu, der neben ihr hätte sitzen sollen. Der ihr die Hand hätte drücken sollen. Oh, *ihm* hatte sie vertraut!

Endlich näherte der Film sich seinem Ende. Eine glanzvolle Doppelhochzeit. Die strahlend schönen Revuegirl-Bräute Dorothy und Lorelei Lee, beide in jungfräulichem Weiß. (Waren diese Mädchen wirklich *Jungfrauen*? Es war ein Schock, aber es war wohl so.) Augenblicklich brach der Beifall los.

Das Publikum war begeistert, von jedem glatten, verlogenen Bild des Films. Die Blonde Darstellerin, die auf beiden Seiten von Smokingarmen empor-gezogen wurde, weinte. Seht euch das an! Marilyn Monroe weinte echte Tränen! So gerührt war sie. Pfiffe, Beifallsrufe, stehende Ovationen. *Dafür hast du dein Kind umgebracht.*

7

Die Luxussuite befand sich in der Penthouse-Etage des Beverly Wilshire. Aufgeregt und benommen wie sie war, blieb die Blonde Darstellerin weniger als eine Stunde bei dem aufwendigen Festessen zu ihren Ehren, entschul-digte sich und stahl sich davon. *Jemand Besonderes. Komm allein!* Als sie schließlich im Hotel eintraf, war es schon nach elf Uhr. Ihr Herz klopfte wie das eines Vogels, so schnell, dass sie Angst bekam, sie könnte in Ohnmacht fallen. Nach den herzlichen, wunderbaren, stürmischen Ovationen, die sie und Jane Russell im Kino erhalten hatten, hatte sie heimlich noch eine von Doc Bobs Tabletten nehmen müssen, um nicht da schon erschöpft zusam-menzubrechen. Damit Lorelei Lee stabil wie Schaumgummi blieb, nicht welk und zertreten wie ein liegen gebliebener Luftballon. »Nur noch eine. Nur heute Abend«, gelobte sie sich!

Zittrig fand sie das Schlüsselloch. Ihre Finger waren eiskalt und steif. Ihre Stimme klang ängstlich – »H-hallo? Wer ist da?«

Er saß bemüht leger auf einem kleinen Samt-Tête-à-Tête. Wie Fred Astaire, aber nicht im Smoking und nicht mit Fred Astaires Lässigkeit. Vor ihm auf einem niedrigen Tisch standen eine Vase aus geschliffenem Glas mit einem Dutzend langstieliger roter Rosen, ein silberner Eiskübel und eine Flasche Champagner. Er war ebenso aufgeregt wie sie; sie konnte seinen schnellen Atem hören. Vielleicht hatte er, während er sie erwartete, etwas getrunken. Die weiße Fuchsstola glitt ihr von den Schultern. Sie hatte eine kindische Angst, ihm so leichtgeschürzt gegenüberzutreten. Er hatte sich umständlich erhoben, ein großer muskulöser Mann mit erstaunlich dunklen Haaren. Er sagte: »Marilyn?«, die Blonde Darstellerin: »D-daddy?« Sie stürzten aufein-ander zu. Ihre Augen waren blind vor Tränen. Sie wäre beinah hingeschla-gen, ihre Stöckelschuhe blieben im Teppich hängen, doch er fing sie auf. Sie streckte die Hände aus; er umschloss sie fest mit den seinen. Wie stark seine Finger waren, wie warm. Er lachte, erstaunt über diese Gefühlsintensität. Er begann sie stürmisch zu küssen.

534

Es war natürlich der Ex-Sportler. Es war natürlich ihr Geliebter. Sie weinte und lachte zugleich. »Ich bin so g-glücklich, Liebling. Du bist also doch noch gekommen.« Sie küssten sich voller Ungeduld, streichelten einander die Arme. Oh, es war, als ob ein Traum Wirklichkeit geworden wäre. Er erklärte, er hätte sich entschlossen, einen Tag früher zurückzufliegen; er habe gehofft, es zur Premiere zu schaffen, habe jedoch keinen Flug mehr bekommen. Sie habe ihm gefehlt. Sie sagte: »Oh, Liebling, und du hast *mir* gefehlt. Alle haben nach dir gefragt.«

Sie tranken Champagner und aßen noch etwas zu Abend. Der Ex-Sportler behauptete, seit Mittag nichts mehr gegessen zu haben, er hatte einen Bärenhunger. Die Blonde Darstellerin stocherte geistesabwesend in ihrem Essen herum. Bei dem Festessen zu ihren Ehren hatte sie in Erwartung dessen, was kommen würde, nichts essen können; jetzt, wo sie betäubt vor Glück neben dem Ex-Sportler saß, hatte sie ebenfalls keinen Appetit. Ihr Kopf war von gleißendem Licht erfüllt, wie ein Haus, in dem alle Lampen brennen und die Jalousien bis oben hochgezogen sind. Der Ex-Sportler hatte ihr pochierte Birnen in Brandy bestellt, mit Zimt und Nelken. Seit ihrem ersten Abend im Villars wiegte er sich in dem Glauben, pochierte Birnen in Brandy seien das Lieblingsdessert der Blonden Darstellerin. So wie Champagner ihr Lieblingsgetränk war und rote Rosen ihre Lieblingsblumen waren.

Dass sie ihn »Daddy« nannte, war wirklich süß. Sie nannte ihn schon seit Monaten so, wenn sie allein waren, seit ihrer ersten Liebesnacht.

Und der Ex-Sportler nannte sie »Baby«.

Eine weitere Überraschung war, dass er ihr einen Ring gekauft hatte. Wann hatte er sich dazu entschlossen? Ein großer Brillant inmitten kleinerer Brillanten. Sie lachte nervös, als er ihr half, ihn anzustecken. Wann war diese Entscheidung gefallen? Leise und in angespanntem Ton, als hätten sie sich gestritten, sagte er: »Wir lieben einander, es ist Zeit, dass wir heiraten«, und sie hatte offenbar ja gesagt. Sie hörte eine verängstigte Stimme wispern: »Oh, ja! Ja, Liebling.« Sie griff spontan nach seinen Händen und vergrub darin das Gesicht. »Deine Hände! – deine schönen, starken Hände. Ich liebe dich.« Es musste der Text eines Drehbuchs sein, den sie einstudiert hatte, ohne es zu wissen.

Der Ex-Sportler schlief. Schnarchte. Ein Mann, der leise schmatzend im Schlaf lachte. Er lag in Boxer-Shorts auf dem Rücken (er war, nachdem sie sich geliebt hatten, zur Toilette gegangen und hatte sie hastig angezogen), mit bloßer Brust. Er gehörte zu den Menschen, die im Schlaf schwitzen und zucken, treten und mit den Zähnen knirschen. Jetzt duckte er sich vor Phantombällen, mit denen jemand nach seinem ungeschützten Kopf warf. Manchmal beruhigte die Blonde Darstellerin ihren Geliebten dann, aber jetzt schlüpfte sie aus dem Bett und tappte nackt über den Teppich. Sie ging ins Bad, wobei sie sorgfältig die Tür hinter sich schloss, bevor sie Licht machte. Blendend weiße Kacheln, Spiegel, in denen sich Spiegel spiegelten. Ihr Spiegel-Double starrte sie an, ohne sie zu erkennen. *Es ist keine sichtbare Narbe zurückgeblieben. Anders als bei einer Blinddarmoperation oder einem Kaiserschnitt.* Sie ging hinüber in das geräumige, förmlich möblierte Wohnzimmer der Suite, wo sie ihr romantisches Souper eingenommen und sich an Champagner berauscht hatten und sich wieder und wieder geküsst und einander Treue gelobt hatten. *Ich will dich einfach beschützen. Vor diesen Halunken. Will, dass du glücklich wirst.* Sie glaubte, es könnte gehen: Hier gab es einen Mann, der sie mehr liebte als sie sich selbst. Sie bedeutete ihm mehr als sie sich selbst. *Vielleicht liegt der Schlüssel zum Glück letztlich doch nicht in unserer eigenen Hand, sondern in der eines anderen.* Umgekehrt würde sie der Schlüssel zu seinem Glück sein. Der Ex-Sportler und die Blonde Darstellerin. »Das könnte gehen! Ich werde es tun.«

Von Freude durchströmt, trat sie ans Fenster. Es war ein hohes, schmales Fenster, wie eine Tür in einem Traum. Die Gardine war aus einem feinen, durchsichtigen Stoff. Eine nackte Frau an einem Fenster im sechsten Stock des Wilshire. Wie erleichtert sie war, jetzt, wo ihr Leben geregelt war! Sie würden heiraten; es war entschieden. Im Januar 1954 würden sie heiraten, und im Oktober 1954 wieder geschieden sein. Sie würden einander sehr lieben, aber blind und konfus, und sie würden einander wehtun wie verwundete Tiere, die sich mit Zähnen und Klauen zur Wehr setzen. Vielleicht wusste sie das schon vorher. Vielleicht hatte sie das Drehbuch schon auswendig gelernt.

Auf der Straßenseite gegenüber vom Wilshire wartete das versprengte Häuflein Fans immer noch. Auf was, auf wen? Es war fast zwei Uhr nachts. Es waren vielleicht zwölf oder fünfzehn Personen, zum Großteil Männer. Ein oder zwei waren unbestimmten Geschlechts. Als sich an dem Fenster im sechsten Stock plötzlich etwas bewegte, erwachten sie aus ihrer Erstarrung. Mit kindlicher Neugier blickte die Blonde Darstellerin zu den erwartungsvollen Gesichtern hinab, die ihr vertraut und zugleich fremd vorkamen, wie Gesichter in Träumen, von denen wir nicht ohne Grund glauben, dass sie nicht unsere Träume sind, sondern Traumlandschaften, durch die wir uns hilflos und gebannt wie Kinder auf dem Arm der Mutter hindurchbewegen. Wir müssen dorthin, wohin unsere ziellos umherirrenden Mütter uns bringen. Die Blonde Darstellerin sah einen großen dicken Albino, der ihr schon früher am Abend auf einer Tribüne am Grauman's aufgefallen war. Er trug eine Strickmütze auf seinem länglichen Kopf, und sein Gesicht drückte andächtige Verzückung aus. Sie sah einen kleineren, hydrantenförmigen Mann mit jugendlichem, bartlosem Gesicht, zusammengekniffenen Augen und Brille. Vor der Brust hielt er irgendetwas Kostbares – ein Magnetbandgerät? Auch eine schlaksige Frau mit kantigem Unterkiefer, knochigen Händen und langen schmalen Füßen in Cowboystiefeln stand da, in Jeans und mit Schlapphut auf dem Kopf; sie hatte eine Sporttasche mit ihrem Zeug dabei. (War das Fleece? Aber Fleece war ja tot.) Diese drei und andere hielten Fotoapparate und Autogrammbücher mit Kunststoffeinband in der Hand. Zögernd rückten sie ein paar Schritte vor, als trauten sie ihren Augen nicht. Sie starrten in den sechsten Stock hinauf, wo die Blonde Darstellerin die zarte Gardine zur Seite gezogen hatte. »Marilyn! *Marilyn!*« Einige von ihnen reckten ihr die Arme entgegen, während andere hektisch mit ihren billigen Fotoapparaten knipsten. Der junge Mann mit dem Magnetbandgerät hob dieses über seinen Kopf.

Doch welches Bild hätte man, egal mit welcher Kamera, schon aufnehmen können, im Dunkeln, aus dieser Entfernung? Und was sahen sie? Eine nackte Frau, die ruhig und strahlend und unbewegt wie eine Statue dastand? Von der Liebe zerzaustes platinblondes Haar. Befeuchtete, leicht geöffnete Lippen. Diese unverwechselbaren Lippen. Helle entblößte Brüste, schemenhafte Brustwarzen. Brustwarzen wie Augen. Und den schemenhaften Spalt zwischen ihren Beinen. »Marilyn!«

So ging diese lange Nacht vorüber.

Nach der Hochzeit:
Eine Montage

Sie beschäftigte sich mit der Kunst der Pantomime: der Vorrangstellung des Körpers und seiner natürlichen Intelligenz. Sie beschäftigte sich mit Yoga: der Lehre vom Atmen. Sie las *Die Autobiographie eines Yogi*. Sie las *Der Weg des Zen* und das *Buch des Tao*, und sie schrieb in ihr Tagebuch: *Ich bin ein neuer Mensch in einem neuen Leben! Jeder Tag ist der glücklichste Tag meines Lebens.* Sie schrieb Haikus, Zen-Gedichte:

Strom der Nacht
Weiter und weiter endlos.
Und ich dieses Auge. Offen.

(Obwohl sie eigentlich nicht mehr unter Schlaflosigkeit litt, nur noch ganz selten. In dieser Zeit.) Sie brachte sich selbst Klavierspielen bei. In langen träumerischen Stunden vor dem weißen Steinway-Pianino, das sie von Clive Pearce gekauft und dann hatte reparieren, stimmen und zu sich nach Hause bringen lassen. Doch das Pianino war eigentlich nicht mehr weiß, sondern eher von der Farbe geblichenen Elfenbeins. Es klang abwechselnd hart oder flach, je nachdem, auf welchem Teil der Tastatur man spielte. Mr. Pearce hatte Recht gehabt: Sie hatte »Für Elise« nie gespielt und würde es auch niemals spielen. Jedenfalls nicht so, wie man »Für Elise« spielen sollte. Trotzdem saß sie gern am Klavier und drückte sanft auf die Tasten, ließ die Finger zu den hohen Tönen hinauf- und den tiefen hinabgleiten. Wenn sie die tiefen zu energisch anschlug, konnte sie den tiefen Bariton eines Mannes hören, wie aus wässrigen Tiefen aufschwimmend; bei den hohen den zankenden Sopran einer Frau. *Hast du mir gesagt, dass du ein Kind bekommen hast. Hast du mir gesagt, dass du dieses Kind hast.* Und Gladys' Worte, bei denen Norma Jeane jedes Mal ein Schauer überlief: *Mein Kind adoptiert niemand! Jedenfalls nicht, solange ich lebe.* Sie lag oft in den Armen ihres Mannes, seinen starken, muskulösen Armen. So starke muskulöse Hände. Sie hätte ihn am liebsten gezeichnet, diesen gut aussehenden muskulösen Mann! Diesen liebevollen väterlichen Mann. Sie hätte ihn am liebsten »in Stein gehauen«. Doch es war ein

Akt-Zeichenkurs, den sie besuchte, donnerstagabends in der West Hollywood Academy of Art, nicht ganz mit dem Einverständnis ihres Mannes. Und sie lernte italienisch kochen: Wenn sie bei seiner Familie in San Francisco waren, die sie oft besuchten, brachte ihre Schwiegermutter ihr die Lieblingsgerichte des Ex-Sportlers bei, italienische Nudelsoßen und Risottos. Sie las keine Tageszeitungen, nur ganz selten. Sie las keine Fachpresse, keine Fan-Zeitschriften. Sie las keine Boulevardblätter. Sie sah kaum jemanden aus Hollywood. Sie hatte eine neue Telefonnummer und eine neue Adresse. Ihrem Agenten hatte sie eine Flasche Champagner geschickt und dazu geschrieben:

Marilyn ist dauerhaft auf Hochzeitsreise.
Also telefonieren Sie ihr nicht hinterher, und stören Sie sie nicht!

Sie las *Die Weissagungen des Nostradamus*. Sie las Mary Baker Eddys *Wissenschaft und Gesundheit mit Schlüssel zur Hl. Schrift*. Sie war kerngesund, und sie schlief gut, und sie hoffte, zum ersten Mal in ihrem Leben schwanger zu werden, wie sie dem Ex-Sportler sagte, der ihr Mann war, der Daddy war und der sie anbetete. Er hatte ihr ein geräumiges Haus im Hacienda-Stil gemietet, nördlich von Bel Air und südlich des Stone Canyon Reservoir. Das Haus lag zurückgesetzt hinter einer mit Bougainvilleen bewachsenen Mauer. Nachts hörte sie es auf dem Dach und an den Fenstern manchmal flattern und kratzen und dachte: *Klammeraffen!*, obwohl sie wusste, dass es dort bestimmt keine Klammeraffen gab. Ihr Mann hatte einen festen Schlaf und hörte nichts von diesen oder anderen Geräuschen. Er schlief in seinen Boxer-Shorts, und im Verlauf der Nacht wurden die lockigen, krausen, allmählich grau werdenden Haare an Brust, Bauch und Lenden feucht, und ein feines Öl trat aus seinen Poren. Das war »Daddys Geruch«, und sie liebte ihn. Dieser Geruch! Ein Mann. Sie selbst jedoch duschte gewissenhaft, schamponierte sich eifrig die Haare, badete zur Entspannung ausgiebig. Sie meinte sich zu erinnern, dass sie im Heim, oder war es bei den Pirigs, in einem Badewasser baden musste, in dem vor ihr schon andere gesessen hatten, bis zu fünf oder sechs Personen, aber jetzt konnte sie in ihrem eigenen Badewasser baden, träumerische Stunden lang, mit wintergrünen Badesalzen, und ihre Yoga-Atemübungen machen.

Atme tief ein. Halte den Atem an. Spüre, wie der Atem langsam ausströmt.
Sage dir: ICH BIN ATEM. ICH BIN ATEM.

Sie war nicht Lorelei Lee, konnte sich kaum noch an Lorelei Lee erinnern. Der Film hatte der Produktionsgesellschaft mehrere Millionen Dollar eingebracht und würde weitere einspielen, und sie selbst hatte für ihre Leistung keine 20 000 Dollar bekommen, doch sie war nicht verbittert, denn sie war nicht Lorelei Lee, deren Lebensinhalt einzig in Geld und Brillanten bestand. Sie war auch nicht Rose, die plante, ihren ergebenen Mann zu ermorden, und sie war auch nicht Nell, die versucht hatte, dieses arme kleine Mädchen umzubringen. Wenn sie die Schauspielerei überhaupt wieder aufnahm, dann nur, um ernste Rollen zu spielen. Wenn sie die Schauspielerei wieder aufnahm, dann würde sie vielleicht ans Theater gehen. Theaterschauspieler bewunderte sie mehr als alle anderen, weil sie »richtige« Schauspieler waren. Oft ging sie am Stausee wandern oder laufen. Manchmal merkte sie, dass man sie beobachtete. Nachbarn, die wussten, wer sie und der Ex-Sportler waren, jedoch ihre Privatsphäre respektierten. Im Allgemeinen! Doch es gab andere, Leute, die Hunde ausführten oder Häuser hüteten, Männer mit versteckten Kameras. Leute, die sie sah und nicht sah. Sie glaubte, dass Otto Öse noch lebte. Sie glaubte, dass Otto Öse sie für ihre Heirat mit dem Ex-Sportler verachtete. Wie auch die Zwillinge, die (sie wusste es!) Rache geschworen hatten. Als hätten sie Babys Tod nicht gewollt. Als hätte nicht ihr Zwillingswille Norma Jeane so weit gebracht. In dieser Zeit des Glücks hatte sie endlich akzeptiert, dass das Leben Atmen war. Zug um Zug. So einfach! Sie war glücklich! Nicht unglücklich wie Nijinsky, der verrückt geworden war. Der große Tänzer Nijinsky, den jedermann bewunderte. Nijinsky, der tanzte, weil es seine Bestimmung war, so wie es seine Bestimmung war, verrückt zu werden; der gesagt hatte:

Ich weine aus Trauer. Ich weine, weil ich so glücklich bin. Weil ich Gott bin.

Sie versuchte mit ihrem Mann fernzusehen, der nach Sportsendungen regelrecht süchtig war, doch ihre Gedanken schweiften ab, und sie sah sich in einem hautengen tiefvioletten Paillettenkleid durch den Himmel schweben wie eine Statue, die aus einem Luftfahrzeug herabgelassen wird, sie sah die erhobenen Arme und das Haar, das ganz weiß aussah, windgepeitscht. Dann bemühte sie sich rasch, etwas zu der Sportveranstaltung im Fernsehen zu sagen, oder fragte ihren Mann, was passiert war. In solchen Augenblicken kleidete sie ihre Frage in die Worte: *Oh, worum ging's denn da? Anscheinend habe ich die Feinheiten nicht mitbekommen.* In der Werbepause klärte ihr

Mann sie dann auf. Allein sah sie nur selten Nachrichten, aus Angst, die Schlechtigkeit der Welt könnte sie bedrücken. In Europa war der Holocaust vorbei, jetzt würde sich der Holocaust unsichtbar auf der ganzen Welt fortpflanzen. Denn sie wusste, die Nazis waren ihrerseits emigriert. Viele von ihnen nach Südamerika, einschließlich (so munkelte man) Hitler selbst. Berühmte Nazis lebten inkognito in Argentinien, in Mexiko und im kalifornischen Orange County. Man erzählte sich, man wusste, dass ein hochrangiger Nazi sich einer Gesichtsoperation, einer Haartransplantation, einer kompletten Umwandlung seiner Identität unterzogen hatte und nun in Los Angeles im Bankgeschäft und im »internationalen Handel« mitmischte. Einer von Hitlers brillantesten Redenschreibern arbeitete inkognito für einen gewissen Kongressabgeordneten aus Kalifornien, der aufgrund seiner fanatischen Antikommunismus-Kampagne oft in den Nachrichten zu sehen war. An dem weißen Steinway-Pianino, das Gladys von Fredric March bekommen hatte, war sie Norma Jeane, und sie spielte darauf Kinderlieder, langsam und leise. Mr. Pearce hatte ihr Béla Bartóks »Abend auf dem Lande« gegeben. Der Ex-Sportler erhielt einen Anruf von seinem Anwalt, der ihn warnte, sie werde eine Vorladung bekommen. Sie machte sich darüber keine Gedanken. Sie wusste, dass X, Y und Z von Kommunistenjägern verhört worden waren und »Namen genannt« hatten: Einer der Leidtragenden war der Bühnenautor Clifford Odets gewesen, aber Mr. Odets war nicht ihr Autor. Sie machte sich keine Gedanken über die Politik, sondern einzig über ihre Atmung, was eine Form des Nachdenkens über die Seele war und ein Mittel, um nicht an Politik denken zu müssen oder an das Kind, das aus ihrem Bauch geschabt worden war, in einen Eimer wie Abfall, und sie machte sich keine Gedanken darüber, ob das Kind, als es draußen war, noch ein oder zwei Herzschläge lang weitergelebt hatte oder sofort gestorben war (wie Yvet ihr versicherte – *Es geht ganz schnell und schmerzlos und ist in zivilisierten Ländern wie den nordeuropäischen Staaten völlig legal*). Normalerweise jedenfalls machte sie sich über diese Dinge keine Gedanken, da sie weder die Tageszeitungen las noch die Fernsehnachrichten sah. Am anderen Ende der Welt, in Korea, besetzten Truppen der Vereinten Nationen eine verwüstete, chaotische Landschaft, doch sie wollte darüber gar nichts Genaueres wissen. Sie wollte nicht wissen, dass die Regierung ein paar hundert Meilen östlich, in Nevada und Utah, Atomtests durchführte. Sie mochte mitbekommen haben, dass sie von Informanten der Regierung beobachtet wurde und dass ihr Karriere-Ich Monroe »auf einer Liste« stand, doch sie wollte sich darüber keine Gedanken machen, und schließlich gab es im Jahr 1954 viele Listen mit vielen Namen.

Was wir nicht beeinflussen können, müssen wir schweigend ziehen lassen, wie die wirbelnden Gestirne.

Also sprach Nostradamus. Sie las Dostojewskis *Brüder Karamasow*. Sie war tief ergriffen von der Gestalt der Gruschenka, jener kindischen, grausamen, drallen zuckersüßen Zweiundzwanzigjährigen, deren bäurische Schönheit so vergänglich sein sollte wie eine Blume, deren Bitterkeit jedoch ein Leben lang wütete. Oh, in einem anderen Leben war Norma Jeane Gruschenka gewesen! Sie las die Erzählungen von Anton Tschechow, ganze Nächte lang, wie besessen, Nächte, in denen sie kaum wusste, wo und wer sie war, und erschrocken zurückzuckte, wenn man sie berührte (etwa ihr erboster Ehemann), wie eine Schnecke ohne ihr Schneckenhaus. Sie las »Herzchen« – sie war Olenka! Sie las »Die Dame mit dem Hündchen« und weinte über sie – sie war die junge verheiratete Frau, die in Liebe zu einem verheirateten Mann entbrennt, was ihr Leben für immer verändert! Sie las »Wolodja der Große und Wolodja der Kleine« – und sie war die junge Ehefrau, die in Liebe zu ihrem Mann, dem Verführer, entbrennt und deren Liebe erkaltet! Aber »Krankenzimmer Nr. 6« mochte sie nicht beenden.

»Dies ist der glücklichste Tag meines Lebens.«

Sie würde das tiefviolette Paillettenkleid mit den Spaghettiträgern mit nach Tokio nehmen, dazu die Strassbrosche, die an ihrer rechten Brust wippte wie eine Brustwarze, das Kleid, in dem sie dem Ex-Sportler so gut gefiel; eng wie eine Wurstpelle, reichte es ihr bis knapp unters Knie, eigentlich war es kein billiges Kleid, doch es sah zweifellos billig aus, und wenn sie sich hineinzwängte, sah auch sie billig aus, wie eine etwas teurere Nutte, was er manchmal mochte, wenn sie allein waren, aber sonst nicht. Sie würde das Kleid heimlich nach Tokio mitnehmen, doch sie würde es nicht in Tokio tragen.

Habt ihr auch männliche Modelle beim Aktzeichnen?, fragte er scherzhaft, mit jenem Seitenblick, der bei ihm bedeutete, dass er nicht scherzte; fall bloß nicht drauf rein, gib keine arglose Antwort. Sie reagierte ganz wie Lorelei

Lee, was ihm beinah gefiel; jedenfalls lachte er sein belferndes Lachen –
»Puh, Daddy! Da hab ich noch gar nicht drauf geachtet!«

Vielmehr waren die weiblichen Modelle, fasziniert und zum Fürchten.
   Oft starrte sie sie einfach an und vergaß zu zeichnen. Ihr Kohlestift hielt
in seinen fedrigen Bewegungen inne. Mehr als einmal kam es vor, dass der
spröde kleine Stift in ihren Fingern zerbrach! Einige Modelle waren jung,
die meisten nicht. Eine Frau musste wohl Ende vierzig sein. Keine war schön.
Keine war das, was man hübsch nennt. Sie trugen kein Make-up; ihr Haar
war nicht frisiert und oft ungekämmt. Sie hatten stumpfe Augen und nahmen die zehn oder zwölf Schüler in der Klasse kaum wahr, diese »Schüler«,
die zum Teil noch keine zwanzig, zum Teil schon mittleren Alters waren und
die im Kreis um das Modell herumsaßen, es so ernst und intensiv anstarrend,
wie es nur die Talentlosen tun. »Als wären wir gar nicht hier. Und wenn, als
würden wir nicht zählen.« Eines der weiblichen Modelle hatte einen Hänge-
bauch und schlaffe Brüste und unrasierte sehnige Beine. Eines hatte das geschnitzte geriefte Gesicht eines Halloween-Kürbisses, eine Haut, die ungesund karottengelb glänzte, und drahtige Achsel- und Schamhaare. Es gab
Modelle mit hässlichen Füßen und dreckigen Zehennägeln. Es gab ein Modell (es erinnerte Norma Jeane an ein zauseliges Heimmädchen namens
Linda) mit einer scheußlichen sichelförmigen Narbe, die sich fast über den
ganzen linken Oberschenkel zog. Es faszinierte sie, dass so unattraktive
Frauen sich nicht nur trauten, sich vor fremden Leuten auszuziehen, sondern sich auch noch anstarren ließen, ohne das geringste Unbehagen zu zeigen. Sie bewunderte sie. Wirklich! Doch sie hielten sich selten noch auf, um
mit jemandem zu reden, es sei denn mit dem Lehrer. Sie vermieden jeden
Augenkontakt. Ohne auf die Uhr zu sehen, wussten sie immer ganz genau,
wann es Zeit für eine Pause und eine Zigarette war, und rasch schlüpften sie
dann in ihre schäbigen Morgenröcke und ihre schäbigen Sandalen und gingen schnell und trotzig hinaus. Wenn eines der Modelle wusste – die anderen Schüler wussten Bescheid –, dass die schüchterne, ernste, blonde junge
Frau, deren Namen, »Norma Jeane«, der Zeichenlehrer beim Vorstellen
betont hatte, in Wirklichkeit »Marilyn Monroe« war, so ließ es sich davon
nichts anmerken. Sie waren nicht beeindruckt! (Oh, aber manchmal schielten sie zu ihr hin. Sie erwischte sie dabei. Wie sie ihr Blicke gleich Angelhaken zuwarfen, die zum Glück jedoch nicht an ihr hängen blieben. Mit so
eisigen Augen, dass Norma Jeane nicht zu lächeln wagte.)

Eines Abends fragte Norma Jeane nach der Stunde die junge Frau mit der Narbe (die nicht Linda hieß) kühn, ob sie nicht Lust hätte, noch einen Kaffee trinken zu gehen? »Danke, aber ich muss nach Hause«, murmelte das Modell, ohne Norma Jeane in die Augen zu sehen. Sie wandte sich in Richtung Tür, in der Hand schon eine angezündete Zigarette. Tja, konnte sie sie dann vielleicht nach Hause bringen? »Danke, aber ich werde abgeholt.« Norma Jeane lächelte das strahlende Marilyn-Lächeln, das nur selten seinen Zweck verfehlte, hier jedoch ohne Wirkung blieb. Sie dachte: *Das ist doch Linda. Sie weiß ganz genau, wer ich bin. Wer ich jetzt bin und wer ich damals war.* Bemüht, weder ungehalten noch übereifrig zu klingen, sagte Norma Jeane: »Ich wollte Ihnen nur sagen, dass ich Sie wirklich bewundere. Dass Sie so M-modell stehen.« Das Modell blies Rauch aus. Ihr reizloses, verschlossenes Gesicht ließ keine Spur von Ironie erkennen, und doch war ihr Rauch ein ironischer Kommentar. »Ach ja? Das ist aber nett.« »Weil Sie so mutig sind.« »Mutig? Wieso?« Norma Jeane zögerte, immer noch lächelnd. Das Marilyn-Lächeln war ein Reflex, ein süßes sinnliches Breitziehen des Mundes, ja, war im Grunde nichts anderes (so hatte Norma Jeane gerade gelesen) als der erste, genetisch programmierte soziale Reflex des Kindes, ein hoffnungsvolles gewinnendes Lächeln, ein Lächeln, das erreichen soll, dass du mich liebst. »Weil Sie nicht schön sind. Nicht im Geringsten. Sie sind hässlich. Und trotzdem ziehen Sie sich vor fremden Leuten aus.« Das Modell lachte. Vielleicht hatte Norma Jeane das doch nicht gesagt? Vielleicht war es doch nicht Linda, sondern eine Schauspielkollegin, die völlig am Ende war, die vielleicht Drogen nahm und einen Geliebten hatte, der sie schlug? Norma Jeane sagte: »Weil – oh, ich weiß nicht – ich glaube, ich könnte das nicht. Wenn ich Sie wäre.«

Das Modell lachte, schon auf dem Weg nach draußen. »Wenn Sie das Geld bräuchten, Norma Jeane, würden Sie das auch können. Auf einer Arschbacke. Wetten?«

»Dies ist der glücklichste Tag meines Lebens.«

Auf ihrer Hochzeitsreise brachte sie ihn in Verlegenheit, indem sie diese tief empfundenen Worte Kellnern, Hotelportiers, Verkäufern und selbst dem mexikanischen Zimmermädchen zurief, das die schöne blonde *gringa* verständnislos anlächelte. »Dies ist der glücklichste Tag meines Lebens.« Und sie meinte es zweifellos ernst. Denn eine der Wahrheiten, die uns die Heilige Schrift offenbart, lautet, dass jeder Tag gesegnet ist, jeder Tag der glücklichste unseres Lebens. Sie streichelte ihm das Gesicht, das sie selbst unrasiert schön fand. Sie betrachtete ihn verzückt. Wie eine blutjunge Ehefrau kraulte sie ihm die drahtigen, grau werdenden Brusthaare, strich über seine Unterarme und zwickte ihn neckisch in die Pölsterchen um seine Taille, für die er sich in seiner männlichen Sportlereitelkeit schämte. Sie küsste ihm die Hände, was ihm sehr peinlich war. Und manchmal vergrub sie das Gesicht in seine Scham, was ihn unglaublich erregte. *Denn anständige Mädchen küssten Männer dort nicht, wie sie durchaus wusste. Aber wusste er, dass sie das wusste? Vielleicht war sie wirklich so naiv!* Morgens lief sie mit ihm am graugrünen Meer entlang, und der Ex-Sportler staunte, dass eine Frau so stramm und so lange laufen konnte – »Aber Liebling, ich bin doch Tänzerin, ist dir das noch nicht aufgefallen?« Dennoch war sie schneller erschöpft als er, und dann blieb sie stehen und sah ihm nach.

Doch sie hatte mit ihrem Mann keinen Oralsex. Genauso wenig wie er mit einer Frau, die jetzt seine angetraute Ehefrau war. Einer zählebigen Hollywood-Legende zufolge rief sie, nachdem sie nur wenige Minuten zuvor in einer kurzen Zeremonie getraut worden war, heimlich ihren Freund Leviticus an, um ihm die folgende nicht druckfähige Neuigkeit mitzuteilen: »*Marilyn Monroe hat ein für alle Mal ihren letzten Schwanz gelutscht.*«
Woraus der erstaunte Kolumnist entnahm, dass die Blonde Darstellerin und der Ex-Sportler nach Monaten fieberhafter Spekulation in den Medien im Stillen geheiratet hatten.
Wieder einmal ein Knüller für Leviticus!

Und sie sang ihrem Ehemann vor: »I Wanna Be Loved by You.«
Und wiederholte, dass dies der glücklichste Tag ihres Lebens sei, und der Mann war so gerührt, dass er nur leise, fast unhörbar, murmeln konnte: »Ich auch.«

Sie erhielt eine Vorladung vom Subversive Activities Control Board in Sacramento. Der Ex-Sportler instruierte sie: Sag einfach die Wahrheit. Sie gab zurück: Das bin ich diesen Männern nicht schuldig. Er sagte: Wenn du Kommunisten kennst, dann nenne sie ihnen. Sie sagte: Das werde ich nicht tun. Er sagte erstaunt: Du hast doch wohl nichts zu verbergen? Sie sagte: Es ist meine Sache, was ich verberge und was ich enthüllen will. Sie sah ihm an, dass er sie am liebsten geschlagen hätte, doch er tat es nicht, denn er liebte sie; er gehörte nicht zu den Männern, die Schwächere schlagen oder gar eine Frau, und dann auch noch eine Frau, die er liebte. Es ging zwar das hässliche Gerücht, der Ex-Sportler habe seine erste Frau geschlagen, doch das war schon lange her, der Ex-Sportler war damals jung und hitzköpfig gewesen, und seine Frau hatte ihn »provoziert«. Jetzt sagte er ruhig: Das verstehe ich nicht, und es gefällt mir nicht. Sie sagte: Mir auch nicht. Vielleicht nannte sie ihn Daddy. Vielleicht küsste sie ihn. Vielleicht ließ er sich, würdevoll schweigend, küssen. Doch am Ende wurde dank der Verhandlungen der Rechtsanwälte der Produktionsgesellschaft aus einer öffentlichen Befragung in einem kalifornischen Gerichtssaal eine private Anhörung, und diese Anhörung sollte ein gepflegtes Mittagessen in einem privaten Speisesalon auf dem Kapitol sein. Es gab keine Befragung. Es gab keine Konfrontation. Das Ganze fand nicht im Beisein der Presse oder der Medien statt. Am Ende des dreistündigen Essens gab die Blonde Darstellerin den Mitgliedern der Kommission Autogramme und auf vielfältigen Wunsch Publicity-Fotos von Marilyn Monroe.

Reine Seele. Im Pantomimen-Unterricht wurde uns gesagt, dass der Körper seine natürliche Sprache hat, eine subtile, musikalische Sprache. Der Körper geht der Sprache voraus. Und führt oft ein Leben jenseits der Sprache. Man hat uns gesagt, wir sollten unser innerstes Ich spielen.

Die blonde junge Frau schreckte zuerst vor unseren Blicken zurück. Sie kauerte sich zusammen und hielt ihre Knie umklammert. Sie trug eine Dreiviertelhose aus Baumwolle und ein Herrenhemd, und ihr knochenbleiches Haar war achtlos mit einem Tuch zurückgebunden. Ihr Gesicht war ungeschminkt (doch wir kannten es). Sie hockte in einer Ecke, die Augen auf einen unsichtbaren Horizont gerichtet. Sie fing an, unbeholfen vorzurutschen. Sie richtete sich langsam auf, wie ein Lichtstrahl. Sie streckte die Arme aus und stellte sich auf die Zehenspitzen, bis ihr Körper bebte. Dann bewegte sie sich langsam durch den Raum, den Blick starr auf einen unsichtbaren Horizont gerichtet. Lautlos fing sie an zu tanzen. Sie bewegte ihren Körper wie in Trance, in langsamen, gequälten, gewundenen Bewegungen. Ohne zu wissen, was sie tat, zog sie ihr Hemd aus. Sie kreuzte die Arme über dem blanken, hüpfenden Busen. Wie unter einem Zauberbann legte sie sich auf den Boden, rollte sich zusammen wie ein Kind und schlief auf der Stelle ein, zumindest schien es so. Eine lange unwirkliche Minute verging. Man konnte unmöglich sagen, ob dies noch Pantomime war oder echter Schlaf. Es konnte natürlich auch beides sein. Nach einer weiteren Minute kniete sich die Lehrerin besorgt neben sie und rief sie bei dem Namen, den sie uns genannt hatte: »Norma Jeane?«

»Norma Jeane«, die blonde junge Frau, lag in tiefem Schlaf. Es kostete einige Mühe, sie aufzuwecken. Natürlich wussten wir, dass sie die und die war. Kannten ihren Hollywood-Namen. Aber hier schimmerte das innerste Ich dieser Frau hindurch. Die reine Seele. Sie war sehr schön, und sie hatte keinen Namen.

Er liebte sie einfach zu sehr. Er ertrug es nicht, zu sehen, wie sie sich selbst herabsetzte. Sich billig machte und erniedrigte. Ihren und seinen Namen gefährdete. Diese Aufnahmen und Standfotos. Diese Halunken. Und dabei zahlten sie ihr so wenig, wegen ihres Knebelvertrags. Es weiß doch jeder, dass ganz Hollywood ein Bordell ist. Ihnen zu erlauben, sie zur Schau zu stellen wie eine gewöhnliche Hure. Eine Straßennutte. Schließlich waren sie jetzt verheiratet; sie war seine Frau. Und seine Familie und seine Verwandten in San Francisco? Und sein Stolz? Und seine Fans? Er hatte sie aus Liebe geheiratet, und sämtliche Zeitungen hatten die beschämende Meldung gebracht, dass die Kirche ihn exkommuniziert hatte. Wegen seiner früheren Scheidung. Die Kirche erlaubt keine Scheidungen. Für sie! Aus Liebe zu ihr. Und sich dann feilzubieten wie ein Stück Fleisch. In ihre Kleider hineingenäht. Dieser hüftwackelnde Gang. Sag bloß nicht, das sei doch nur Spaß. Wenn das ein Witz ist, dann ist es ein unanständiger. Brüste, die aus den Kleidern platzen. Dieses Abendessen zur Preisverleihung von *Photoplay*. Bei der Oscar-Verleihung. Hatte gesagt, sie würde nicht hingehen, und war dann doch da. Ist das alles, was du bist? Ein Stück Fleisch? Es weiß doch jeder, was Hollywood ist. Ihr Name in den Zeitungen. Und seiner. Ein frisch vermähltes Paar, das sich stritt? In der Öffentlichkeit? Dreckige Lügen. Dreckige Lügnerin. Nie würde er die Hand erheben gegen eine Frau. Wie konnte sie es wagen, ihn zu provozieren.

Sie war nackt und schläfrig. Mitten am Nachmittag, sie wurde irgendwie nicht richtig wach. Am Tag zuvor (wenn es nicht schon ein paar Tage zurücklag) war sie beim Pantomimen-Unterricht in einen tiefen Schlaf gefallen, der immer noch nachwirkte. Hätte sie doch noch welche von Doc Bobs Muntermachern – aber sie hatte keine. Ihr Mann hatte sie ihr wütend aus der Hand gerissen und sie in der Toilette hinuntergespült.

Ist das alles, was du bist? Ein Stück Fleisch?

Nein, Daddy! Das will ich nicht sein.

Dann sag ihnen, dass du nicht mitmachst. Bei diesem neuen Film. Auf keinen Fall.

Daddy, ich muss doch arbeiten. Das ist mein Leben.

Sag ihnen, du willst gute Rollen haben. Ernste Rollen. Sag ihnen, du hörst auf. Dein Mann will, dass du aufhörst.

Ja. Ja, ich werde es ihnen sagen.

Sie fing an zu weinen. Doch es kam nichts. Ihr wurde Angst und Bange, weil keine Tränen kamen. Sie war noch keine dreißig Jahre alt, und ihre Tränen versiegten! *Ich habe mein Baby umgebracht.* Ein oder zwei Tränen herausgepresst. *Mein Baby? Warum?* Und trotzdem konnte sie nicht weinen. Irgendjemand hatte ihr Sand in die Augen gestreut und ihren Mund von innen mit Sand bestrichen. Wo einst ihr Herz gewesen war, war jetzt ein Stundenglas voll von rieselndem Sand.

Es stellte sich heraus, dass sie krank war. Eine Blinddarm-Notoperation.

In ihrer Angst dachte sie, es seien Wehen: sie würde doch noch ein Kind bekommen. Ein böses dämonisches Kind, knorrig und verwachsen mit einem so großen Kopf, dass es ihr den Leib zerreißen würde. Und ihr Mann war nicht der Vater und würde sie mit seinen schönen starken Händen erwürgen. Voller Schuldgefühle und Angst, von Schmerzen gequält, und ihre Haut war glühend heiß, und er war erschrocken aufgewacht und hatte sie im Bad entdeckt, wo sie mit nacktem Hintern auf dem weißen Rand der Porzellanwanne saß und sich vor Schmerzen wiegte, nackt und schweißbedeckt und den scharfen animalischen Geruch körperlicher Angst verströmend. Der Ex-Sportler kannte die Symptome. Er war erleichtert, als er sie erkannte. Er hatte als junger Mann selbst fast einen Blinddarmdurchbruch gehabt. Er rief einen Krankenwagen, und sie wurde ins Cedars of Lebanon Hospital gebracht, und aus dem Chaos und der Verwirrung dieser Stunden wurde eine zählebige Hollywood-Legende geboren, dass nämlich der dortige Chirurg, als er über die Identität der Patientin aufgeklärt worden war und den Operationssaal betrat, auf ihrem Bauch einen mit Heftpflaster angeklebten Zettel vorfand, auf den mit zittriger Hand die folgenden Zeilen gekritzelt waren:

ACHTUNG: Unbedingt vor der Operation lesen

Lieber Herr Doktor,

schneiden Sie bitte so wenig wie möglich. Ich weiß, das klingt eitel, aber
damit hat es eigentlich nichts zu tun – es ist mir wichtig und bedeutet mir
sehr viel, dass ich eine *Frau* bin. Sie haben Kinder und müssen wissen, was
das bedeutet – *bitte, Herr Doktor* – ich weiß, Sie werden das verstehen!
danke – um Gottes willen, lieber Herr Doktor, nicht die *Eierstöcke* entfer-
nen – und bitte, tun Sie, was Sie können, damit es keine großen *Narben*
gibt. Ich danke Ihnen von ganzem *Herzen.*

Marilyn Monroe

Seit dem Abend der Premiere von *Blondinen bevorzugt,* der auch der Abend
gewesen war, an dem sie beschlossen hatte, den Ex-Sportler zu heiraten,
hatte sie nichts mehr von dem Mann gehört, der sich als ihr Vater bezeichnet hatte.
Dein unglücklicher Vater.
Sie hatte niemandem davon erzählt. Sie wartete.

Sie besuchte Gladys in Lakewood. Sie fuhr allein hin. Sie hatte jetzt ein blit-
zendes pflaumenfarbenes Studebaker-Cabrio mit Weißwandreifen. Weil sie
sich weigerte, in dem neuen Film mitzuspielen, war ihr Vertrag zeitweilig
aufgehoben, und so hätte man ihr ohnehin keinen Wagen geschickt. Der
Ex-Sportler bot an, sie zu begleiten, doch sie lehnte sein Angebot ab.
»Es würde dich nur deprimieren. Meine Mutter ist eine kranke Frau.«
Der Ex-Sportler hatte Gladys Mortensen nie gesehen und würde sie auch
nie zu Gesicht bekommen.
Allerdings hatte sie ihm ein Foto vom Dezember 1926 gezeigt. Gladys mit
der kleinen Norma Jeane auf dem Arm. Der Ex-Sportler starrte die ätherisch
aussehende, schmalgesichtige junge Frau mit den Garbo-Augen und den
schmal gezupften Brauen an. In der Armbeuge hielt sie, wie irgendein neues
Produkt, ein rundliches Baby mit feuchtem Mund, dem eine dunkelblonde
Locke auf dem Kopf stand wie ein Fragezeichen. Verlegen musterte die
Blonde Darstellerin ihren Ehemann, den sie in vielerlei Hinsicht nicht richtig kannte. Denn dass man einen Mann liebt, heißt nicht, dass man ihn kennt,
sondern eher, dass man ihn nicht kennt. Und dass man von einem Mann
geliebt wird, heißt, dass es einem gelungen ist, das Objekt seiner Liebe zu
schaffen, das man dann sorgsam hüten muss.

»Tja! Mutter und ich. Vor langer Zeit.«

Der Ex-Sportler verzog schmerzlich das Gesicht, aber warum? Er besah sich den bräunlichen Abzug lange. Was auch immer er an Mitleid, an Mitgefühl, an verworrener Liebe oder auch an eigenem Schmerz hätte ausdrücken wollen, er fand dafür keine Worte.

In Lakewood wurde aus der Blonden Darstellerin Norma Jeane Baker, die man dort mit der üblichen gedämpften und respektvollen Aufregung empfing. Sie trug nur halbhohe Absätze und ein geschmackvolles graues Gabardinekostüm mit kastenförmiger, nicht taillierter Jacke. Sie war nicht »Marilyn Monroe« – das sah man sofort. Dennoch haftete ihr etwas von Marilyns blonder Aura an, wie ein Hauch Parfum. Sie brachte den Schwestern ein Geschenk mit: eine Valentinstag-Schachtel mit zehn Pfund Schweizer Pralinen. »Oh, Miss Baker! Vielen Dank.« »Aber Miss Baker, das sollten Sie nicht!« Lächelnde Augen wanderten hinab zu ihrem Ringfinger. Denn seit ihrem letzten Besuch in Lakewood hatte sie den weltberühmten Ex-Sportler geheiratet. »Ist das nicht ein herrlicher Tag? Gehen Sie mit Ihrer Mutter heut nachmittag spazieren?« »Kommen Sie, Miss Baker. Ihre Mutter ist wach und wartet bereits sehnsüchtig auf Sie.« Doch Gladys Mortensen machte durchaus nicht den Eindruck, als warte sie sehnsüchtig auf Norma Jeane, ja wahrscheinlich hatte sie nicht einmal gewusst, dass Norma Jeane kam. Wenn man es ihr gesagt hatte, dann hatte sie es wieder vergessen. Norma Jeane brachte auch Gladys Geschenke mit, aber Obst statt Pralinen, einen Korb mit Mandarinen und schimmernden blauen Trauben, und ein *National-Geographic*-Heft, weil das eine niveauvolle Zeitschrift mit schönen Fotos war, die Gladys vielleicht gefallen würden, und die neueste Ausgabe von *Screenland* mit der Blonden Darstellerin auf dem Titelblatt in damenhaft zurückhaltender Pose und der Bildunterschrift MARILYN MONROES LIEBESHEIRAT. Gladys warf einen kurzen Blick auf diese Mitbringsel und rümpfte die Nase. Hatte sie Pralinen erwartet?

Norma Jeane umarmte ihre Mutter sanft, nicht so gefühlvoll, wie sie es gern getan hätte, denn sie wusste, dann würde Gladys in ihren Armen erstarren. Sie küsste die ältere Frau zart auf die Wange. Es war unverkennbar, dass Gladys heute einen guten Tag hatte. Als sie anrief, hatte man Norma Jeane gesagt, Gladys habe kürzlich einen »schlimmen Anfall« gehabt, sich jedoch »fast hundertprozentig wieder erholt«. Sie hatten ihr am Morgen die Haare gewaschen, und sie trug den hübschen rosaroten gesteppten Morgenrock, den Norma Jeane bei Bullock's für sie gekauft hatte; er war ein wenig verfleckt, aber das würde Norma Jeane übersehen. Die dazugehörigen rosaroten Pantoffeln standen ordentlich neben dem Bett. Neben Gladys' Kommode hing ein neues Bild an der Wand: ein Bild von Jesus Christus mit loderndem Herzen und einem hellen Heiligenschein um den Filmstar-Kopf. Ein katholisches Bild? Sie musste es wohl von einer der anderen Patientinnen geschenkt bekommen haben. Norma Jeane seufzte, als starre sie in einen Abgrund, auf dessen Boden eine winzige Gestalt stand, die angeblich ihre Mutter war.

Zu ihrer Überraschung und Freude erblickte sie, an einen Spiegel gelehnt, das gerahmte Hochzeitsfoto von ihr und dem Ex-Sportler, das sie Gladys geschickt hatte. Die glückstrahlende Braut in Perlmuttgrau. Der Bräutigam groß und gut aussehend, mit Augenbrauen, die so markant waren, dass sie wie die eines Schauspielers wirkten. Norma Jeane dachte: *Sie hat es nicht weggeworfen! Sie liebt mich doch.*

Gladys, Weinbeere im Mund, gluckste. »Das ist also dein Mann? Weiß er Bescheid über dich?«

»Nein.«

»Dann ist ja gut.« Gladys nickte gewichtig.

Erleichtert stellte Norma Jeane fest, dass ihre Mutter sich noch immer in einem zeitlichen Vakuum befand. Sie wirkte eher verjüngt. Sie hatte etwas Mädchenhaftes, Schadenfrohes an sich. Als Norma Jeane sie umarmte, spürte sie die zarten Vogelknochen. Und wie fein waren erst die Knochen ihres Gesichts. Die geheimnisvollen Garbo-Augen. Der ätherische Zug, der vor langer Zeit von einem Fotoapparat eingefangen worden war. Es hatte Norma Jeane gefreut, dass der Ex-Sportler beim Anblick von Gladys, wie sie 1926 gewesen war – jünger als Norma Jeane jetzt –, Gladys' Faszination erlegen war. Zumindest für den Moment.

Von den sorgsam gezupften und nachgezogenen Augenbrauen waren jetzt nur noch ein paar graue Härchen übrig.

Die Schwestern berichteten Norma Jeane, bei gutem Wetter verschaffe Gladys sich dadurch Bewegung, dass sie »pausenlos« auf dem Klinikgelände herumspaziere. Unter den älteren Patienten sei sie eine der aktivsten. Körperlich sei sie im Allgemeinen gesund. Während sie sich unterhielten, staunte Norma Jeane über Gladys' Heiterkeit. Vielleicht war diese flüchtiger, oberflächlicher, gedankenloser Art, aber wenigstens grübelte Gladys nicht vor sich hin, wie sie es manchmal tat. Unwillkürlich verglich Norma Jeane ihre Mutter mit ihrer neuen Schwiegermutter: eine kleine, stämmige Italienerin mit markanter Nase und einem Anflug von Damenbart, riesigen, schlaffen Brüsten und einem kleinen runden Bauch. »Momma« sollte sie sie nennen. *Momma!*

Wie ein Vogel hockte Gladys auf dem Bettrand, mit baumelnden bloßen Füßen. Schmatzend verspeiste sie Trauben und spuckte die Kerne in ihre Hand. Von Zeit zu Zeit streckte Norma Jeane wortlos die Hand aus, mit einem Papiertuch darin, und nahm ihrer Mutter die Kerne ab. Abgesehen von einem gelegentlichen Zucken im Gesicht und einem seltsamen Abschweifen des Blicks wirkte Gladys kaum wie eine Geistesgestörte. Sie wirkte munter und zur Freundlichkeit entschlossen. So wie auch Norma Jeane, dank Doc Bobs Benzedrin, munter wirkte und zur Freundlichkeit entschlossen. Gladys sprach von den »Neuigkeiten auf der Welt« – »neuen Problemen in Korea«. Las Gladys denn Zeitung? Das war mehr, als Norma Jeane in letzter Zeit getan hatte. *Diese Frau ist nicht verrückter als ich. Doch sie versteckt sich. Sie hat vor der Welt kapituliert.*

Das würde Norma Jeane nicht passieren.

Gladys zog sich Hose und Hemd an, und Norma Jeane ging mit ihr spazieren. Es war ein nicht allzu kühler, nebliger Tag. Der Ex-Sportler nannte solche Tage »zeit- und ortlos«. An einem solchen Tag fand nichts Besonderes statt. Kein Baseball-Spiel, nichts, was einen Fixpunkt bildete. Wenn man pensioniert war oder vorübergehend ohne Vertrag oder arbeitslos oder geisteskrank, ist das Leben zu einem Großteil zeit- und ortlos.

»Ich höre vielleicht auf mit dem Filmen. ›Auf dem Höhepunkt meines Ruhms.‹ Mein Mann will, dass ich aufhöre. Er will eine Frau, und er will eine Mutter. Ich meine – eine Mutter für seine Kinder. Und das will ich auch.«

Gladys mochte zugehört haben, doch sie gab keine Antwort. Sie strebte von Norma Jeane fort wie ein ungeduldiges Kind, das lieber allein geht. »Das hier ist meine Abkürzung. Hier entlang.« Sie führte Norma Jeane in ihrem grauvioletten Gabardinekostüm und ihren neuen damenhaften Schuhen zu einem schmalen, mit zerborstenen Ziegeln übersäten Durchgang zwischen zwei Klinikgebäuden. Über ihnen röhrten Ventilatoren. Ein ungesunder Geruch von heißem Fett schlug ihnen mit der Wucht einer Ohrfeige entgegen. Schließlich kamen Mutter und Tochter auf einer Grasfläche heraus, an der oben ein breiter Kiesweg entlangführte. Norma Jeane fragte sich, ob sie wohl jemand beobachtete, und lachte unsicher. Sie hatte Angst, dass einige der Schwestern, ja sogar Ärzte, sie manchmal ohne ihr Wissen fotografierten; um sie zufrieden zu stellen, hatte sie sich im Büro des Chefs mit ihm und einigen anderen

fotografieren lassen und ihr Marilyn-Lächeln aufgesetzt. *Reicht das? Bitte.*
Doch wenn nirgends jemand mit einer Kamera zu sehen war, wenn niemand
sie zu beobachten schien, wenn sich über ihr der leere weite Himmel auftat
und nicht mal um die Sonne drehte, waren solche Augenblicke dann nicht verloren? Die kostbaren Herzschläge eines Lebens? Waren nicht die meisten
Stunden des Lebens zeit- und ortlos und unwiederbringlich verloren, wenn
keine Kamera sie aufnahm und festhielt?

»Die Produktionsgesellschaft bietet mir, offen gesagt, immer nur Sexfilme
an. Das sind sie im Grunde. Mein Mann sagt, es ist abstoßend und entwür-
digend. ›Marilyn Monroe‹, das ist diese Sexpuppe aus Schaumgummi, so
wollen sie mich, sie wollen sie so lange benutzen, bis sie hinüber ist, und
dann werden sie sie wegwerfen. Aber er durchschaut sie. Man hat oft versucht, ihn auszubeuten. Er sagt, er hat manchen Fehler gemacht. Er sagt, ich
kann aus seinen Fehlern lernen. Die Leute in Hollywood sind für ihn Halunken. Einschließlich mein Agent und die, die behaupten, sie würden auf
meiner Seite stehen. Er sagt: ›Sie wollen dich alle nur ausbeuten. Und ich will
dich nur lieben.‹«

Ihre Worte erzeugten einen leise brummenden Missklang, wie von einem
verbeulten Windspiel. Norma Jeane hörte ihre eigene Stimme fortfahren, als
hätte Gladys ihr widersprochen.

»Ich nehme jetzt Pantomimen-Unterricht. Ich fange noch einmal von vorn
an, bei Null. Vielleicht werde ich nach New York ziehen, um Schauspielerei
zu studieren. Richtige Schauspielkunst. Nicht für den Film, sondern für die
Bühne. Das würde mein Mann vielleicht akzeptieren. Ich möchte in einer
anderen Welt leben. Nicht in der Welt von Hollywood. Sondern in – oh, in
Tschechows Welt! O'Neill. *Anna Christie.* Ich könnte die Nora im *Puppenheim* spielen. ›Marilyn‹ wäre doch die perfekte Nora! Die wirkliche Schauspielkunst ist leben. Das Leben. Im Film schneiden sie einen aus Hunderten
von zerstückelten Szenen zusammen. Es ist ein Puzzle, das man nicht selbst
zusammensetzt.«

Gladys sagte abrupt: »Diese Bank da? Da habe ich immer gesessen. Aber
da haben sie jemanden umgebracht.«

»Umgebracht?«

»Sie tun dir weh, wenn du nicht gehorchst. Wenn du ihr Gift nicht nimmst.
Wenn du es im Mund behältst und es nicht schluckst. Das ist verboten.«

Gladys' Stimme war schrill und aufgeregt. *Oh, nein,* dachte Norma Jeane.
Bitte nicht.

Die Augen abschirmend, eilte Gladys wimmernd an der Bank vorbei. Es war jene Bank, auf der Tochter und Mutter mehrmals gesessen hatten, mit Blick auf einen seichten Bach. Jetzt redete Gladys von einem Erdbeben. Die San-Andreas-Störung. Tatsächlich hatte die Erde im Gebiet um Los Angeles in letzter Zeit mehrmals gebebt, doch es war kein richtiges Erdbeben gewesen. Gladys sagte, nachts kämen Leute zu ihr und würden sie filmen. Und sie mit chirurgischen Instrumenten traktieren. Sie würden andere Patienten ermuntern, sie zu bestehlen. Während eines Erdbebens könne so etwas vorkommen, denn dann gebe es niemanden, der für Ordnung sorge. Aber sie habe Glück gehabt: Sie sei nicht umgebracht worden. Sie sei nicht mit einem Kissen erstickt worden. »Sie haben Achtung vor Patienten mit Familie wie mir. Ich bin hier eine wichtige Person. Die Schwestern gurren die ganze Zeit: ›Oh, Gladys, wann kommt Marilyn Sie wohl besuchen?‹ Und dann sage ich: ›Woher soll ich das wissen? Ich bin schließlich nur ihre Mutter.‹ Was haben sie mich ausgefragt über den Baseball-Spieler, ob Marilyn ihn wohl heiraten wird; schließlich habe ich gesagt: ›Fragen Sie sie doch selbst, wenn es Ihnen so wichtig ist. Vielleicht macht sie Sie alle zu ihren Brautjungfern.‹« Norma Jeane lachte gequält. Ihre Mutter sprach leise, schnell und immer schneller, auf Unheil verkündende Art. Es war die Stimme aus der Highland Avenue, die das Rauschen des kochend heißen Wasserstrahls übertönte.

Kaum dass sie aus dem stinkenden Durchgang herausgetreten waren, aus dem Bannkreis der Aufsichtführenden.

»Wollen wir uns nicht setzen, Mutter? Das ist doch eine nette Bank.«

»Nette Bank!«, schnaubte Gladys verächtlich. »Also manchmal, Norma Jeane, redest du, als ob du blöd wärst. Genau wie die andern.«

»Das ist doch nur eine R-redensart, Mutter.«

»Dann gewöhn dir eine bessere Art an. Du bist doch nicht blöd.«

In der kühlen nebligen Luft, die schwach nach Schwefel roch, marschierten sie bis ans äußerste Ende des Klinikgeländes, wo ein übermannshoher Maschendrahtzaun aufragte, von einer Ligusterhecke verdeckt. Gladys griff in die Eisenmaschen und rüttelte heftig daran. Dies war offensichtlich das Ziel ihres flotten Marsches. Norma Jeane wurde von der Schreckensvision heimgesucht, sie und Gladys wären beide Patientinnen von Lakewood. Man hatte sie hierhergelockt, und jetzt war es zu spät.

Doch zugleich wusste sie, dass das nicht stimmte. Nach dem kalifornischen Gesetz müsste ihr Mann sie einweisen lassen. Und der Ex-Sportler betete sie an, er würde so etwas niemals tun.

Umbringen, das vielleicht! Mit seinen schönen starken Händen. Aber so etwas Grausames, Gemeines würde er niemals tun.

»Ich habe jetzt einen Mann, der mich liebt, Mutter. Jetzt ist alles ganz anders. Oh, ich hoffe, dass du ihn eines Tages kennen lernst! Er ist ein wunderbarer, warmherziger Mann, der vor den Frauen Achtung hat...«

Gladys' Atem ging nach dem zügigen Marsch schneller. In den letzten Jahren war sie ein bisschen kleiner geworden als Norma Jeane, und doch schien es Norma Jeane, als müsste sie aufblicken, um dem eisern leeren Blick ihrer Mutter zu begegnen. Ja, sie empfand es als ziemlich anstrengend für ihren Hals.

Gladys sagte: »Du hast das Baby nicht bekommen, stimmt's? Ich habe geträumt, es sei gestorben.« »Ja, Mutter, es ist gestorben.« »War es ein Mädchen? Haben sie es dir gesagt?« »Ich hatte eine Fehlgeburt, Mutter. Schon in der sechsten Woche. Ich war furchtbar krank.« Gladys nickte feierlich. Die Mitteilung schien sie in keiner Weise zu erstaunen, obwohl sie ihr offensichtlich nicht glaubte. Sie sagte: »Es war eine unumgängliche Entscheidung.« Norma Jeane entgegnete scharf: »Ich hatte eine Fehlgeburt, Mutter.« Gladys sagte: »Della war meine Mutter, und Della ist Großmutter geworden, und so ist sie doch noch belohnt worden. Sie hatte ein hartes Leben, sie hat durch mich schrecklich gelitten. Aber am Ende ist sie doch noch glücklich geworden.« Gladys' Augen irrlichterten. »Aber wenn du das für mich tust, Norma Jeane, kann ich dir das nicht versprechen.« Verwirrt fragte Norma Jeane: »Was versprechen? Ich verstehe dich nicht.« »Ich kann nie eine von ihnen werden. Eine Großmutter. Wie sie. Das ist meine Strafe.« »Mutter, was sagst du da? Strafe wofür?« »Dafür, dass ich meine schönen Töchter weggegeben habe. Dafür, dass ich sie sterben ließ.«

Die flachen Hände abwehrend erhoben, als wolle sie eine Wand wegschieben, wich Norma Jeane von ihrer Mutter zurück. Es war unmöglich! Man konnte sich mit einer Geistesgestörten nicht unterhalten. Einer Frau, die an paranoider Schizophrenie litt. Es war wie bei einer dieser quälenden Improvisationen, bei denen der Lehrer einem der beiden Schauspieler bestimmte Dinge verraten hat, die er dem anderen vorenthält, sodass dieser sich blind in die Szene hineinstürzen muss.

Sie würde eine neue Szene beginnen.

Man braucht sich nur vom einen Ende der Bühne ans andere zu bewegen, und schon hat man eine neue Szene. Nur durch die eigene Willenskraft.

Sie nahm Gladys an ihrem dünnen, drahtigen, widerstrebenden Arm und zog sie zurück auf den Kiesweg. Es reichte! Hier hatte Norma Jeane das

Sagen. Schließlich war sie es, die die astronomisch teure Klinik bezahlte, und sie war Gladys Mortensens gesetzlicher Vormund und ihre nächste Verwandte. Töchter! Es gab nur eine Tochter, und das war Norma Jeane.

Sie sagte: »Mutter, ich hab dich lieb, aber du tust mir so weh! Bitte tu mir nicht weh, Mutter. Mir ist klar, dass es dir nicht gut geht, aber kannst du dir nicht ein bisschen Mühe geben? Nett zu sein? Wenn ich erst Kinder habe, werde ich ihnen niemals wehtun. Ich werde sie lieben, damit sie am Leben bleiben. Du bist wie eine Spinne in ihrem Netz. Eine kleine Loxosceles. Das sind die gefährlichsten! Alle denken, ›Marilyn Monroe‹ muss doch in Geld schwimmen, aber ich habe gar nicht viel Geld, ich muss mir ständig was leihen, ich zahle für deinen Aufenthalt in dieser Privatklinik hier, und du spritzt mir dein Gift ins Herz. Du vergiftest mich. Mein Mann und ich wollen Kinder haben. Er will eine große Familie, und das will ich auch. Ich will sechs Kinder haben!«

Die schlau schlagfertige Gladys: »Und wie willst du sechs Babys stillen? Selbst Marilyn?«

Norma Jeane lachte oder versuchte zu lachen. Das war tatsächlich witzig!

In ihrer Handtasche hatte sie den kostbaren Brief von ihrem Vater. Setz dich, Mutter. Ich habe eine Überraschung für dich. Ich möchte dir etwas vorlesen, und ich will dabei nicht unterbrochen werden.

Der Ex-Sportler war auf Geschäftsreise. Die Blonde Darstellerin sah sich im Pasadena Playhouse ein Stück von einem zeitgenössischen amerikanischen Bühnenautor an.

Freunde hatten sie mitgenommen. Wenn der Ex-Sportler fort war, ging sie jeden Abend in eines der Theater der Gegend. In diesem Lebensabschnitt hatte die Blonde Darstellerin zahlreiche Freunde aus völlig verschiedenen Kreisen, Freunde, die jünger waren als sie und die der Ex-Sportler nicht kannte. Es waren Schriftsteller, Schauspieler, Tänzer. Auch ihre Pantomimen-Lehrerin zählte dazu.

Im Pasadena Playhouse wurde die Blonde Darstellerin von mehreren Zuschauern den ganzen Abend lang heimlich beobachtet. Das Stück schien sie ernsthaft zu berühren. Sie war nicht extravagant gekleidet und nicht auf Beachtung aus. Ihre Freunde saßen schützend rechts und links von ihr.

Es würde heißen, dass die Blonde Darstellerin, als das Stück zu Ende war und sich alle erhoben, wie betäubt auf ihrem Platz sitzen geblieben sei. Leise gesagt habe: »Das ist wahrhaft tragisch. Es zerreißt einem fast das Herz.«

Später, als sie etwas trinken gingen, »Wisst ihr was? Ich werde diesen Bühnenautor heiraten.«

»Sie hatte einen unbändigen Humor! Sie machte ein ernstes Kleinmädchen-Gesicht und sagte die unerhörtesten Dinge. Bei einem hässlichen versoffenen Mops wie W. C. Fields erwartet man ja die zynische Nummer. Bei Groucho Marx mit seinen Augenbrauen und seinem Schnurrbart Absurdes. Aber Marilyn platzte damit ganz spontan heraus. Es war, als ob etwas in ihr sie anfeuerte: ›Schockieren muss man die Armleuchter. Aufmischen.‹ Und das tat sie dann auch. Und manchmal fiel das, was sie sagte, auf sie zurück und blieb an ihr hängen oder verletzte sie, und vielleicht wusste sie das schon im Voraus. Aber das scherte sie einen Dreck.«

Als sie wieder in Gladys' Zimmer waren, schleppte sich Gladys geschwächt auf ihr Bett. Sie bat Norma Jeane nicht um Hilfe. Sie hatte kein Wort mehr gesagt, seit Norma Jeane ihr mit glockenreiner, vorwurfsfreier Stimme den Brief vorgelesen hatte, und sie sagte auch jetzt kein Wort. Norma Jeane küsste sie auf die Wange und sagte ruhig: »Auf Wiedersehen, Mutter. Ich hab dich lieb.« Gladys blieb immer noch stumm. Sie blickte Norma Jeane auch nicht an. An der Tür blieb Norma Jeane stehen und sah, dass ihre Mutter das Gesicht zur Wand gedreht hatte. Und hinaufstarrte zum grell leuchtenden Herz Jesu.

Es hatte mit Ostern zu tun.

Die Blonde Darstellerin war in einer schwarzen Limousine, die innen so luxuriös und weich gepolstert war wie ein Sarg, zur Los Angeles Orphans Home Society gefahren worden. Der Frosch-Chauffeur saß livriert mit Schirmmütze hinter dem Lenkrad.

Die Blonde Darstellerin war schon seit Tagen ganz aufgeregt gewesen. In gewisser Hinsicht war es wie ein Debüt auf der Bühne. Sie hatte schon seit langem vorgehabt, ins Waisenhaus zu fahren, um Dr. Mittelstadt zu besuchen, die ihren Lebensweg so stark beeinflusst hatte. »Um mich zu bedanken.«

Vielleicht (die Blonde Darstellerin hoffte, es würde sich ganz natürlich und ungezwungen ergeben) würden sie in Dr. Mittelstadts Büro allein zusammen beten können. Zusammen auf dem Teppich knien!

Oft hatte der Ex-Sportler gegen die öffentlichen Auftritte der Blonden Darstellerin etwas einzuwenden. Als Ehemann fühlte sich der Ex-Sportler berechtigt, diese Auftritte als »vulgär« – als »reine Ausbeutung« – als »nicht vereinbar mit deiner Würde als meiner Frau« zu empfinden. Doch in diesem Fall war der Ex-Sportler nicht dagegen. Er hatte jahrelang, auch schon vor seinem Rückzug vom Baseball, Kinderheime, -krankenhäuser und vergleichbare Einrichtungen besucht. Der Anblick dieser Kinder, vor allem der Kranken, Verletzten, könne einem manchmal das Herz brechen, warnte er sie. Doch es sei auch beglückend. Man habe das Gefühl, etwas Gutes zu tun. Etwas ausrichten zu können. Für positive Erinnerungen zu sorgen.

Früher hätten die Könige und Königinnen solche Einrichtungen besucht, um die Kranken, die Verstümmelten, die Ausgestoßenen und die Verdammten zu salben, doch in den Vereinigten Staaten gebe es nur solche Menschen wie ihn und die Blonde Darstellerin, und sie müssten »ihre Schuldigkeit tun«.

Pass nur auf, dass die Medien nicht über dich herfallen, warnte der Ex-Sportler sie.

Auf jeden Fall, stimmte die Blonde Darstellerin ihm zu.

Eine Reihe von Hollywood-Stars hatte sich freiwillig gemeldet. Darunter auch die Blonde Darstellerin, auch wenn sie durch die zeitweilige Aufhebung ihres Vertrags nach Vertragsbruch von ihrer Seite offiziell in Ungnade gefallen war. Sie hatte darum gebeten, in die Los Angeles Orphans Home Society in der El Centro Avenue gebracht zu werden – »Das Waisenhaus, in dem ich einmal gelebt habe. Das für mich mit so vielen Erinnerungen verbunden ist.«

Die Erinnerungen seien natürlich zum Großteil gute.

Die Blonde Darstellerin glaubte an gute Erinnerungen. Sicher, sie war eine Waise gewesen – »Das sind schließlich viele Leute!« –, und ja, ihre Mutter hatte sie weggeben müssen – »Es war die Zeit der Depression. Sie hat vielen Leuten übel mitgespielt!« –, aber sie sei im Heim gut aufgehoben gewesen. Die Blonde Darstellerin hegte keinen Groll, weil sie im Land des Überflusses als Waise aufgewachsen war – »Hey, immerhin war ich am Leben. Nicht wie in so einem grausamen Land wie China, wo man die Mädchen als Babys ertränkt wie kleine Katzen.«

Schlagzeilen in allen Zeitungen. Extra-Kolumnen von Louella Parsons, Walter Winchell, Sid Skolsky und Leviticus. Eine Titelgeschichte für den *Hollywood Reporter* und für das *L. A. Times Sunday Magazine*. Kleinere Beiträge, die in Zeitungen im ganzen Land und in *Time*, *Newsweek* und *Life* erschienen. Legionen von Fotografen, Fernsehteams. Eine kurze Erwähnung in den Fernsehnachrichten am Abend.

MARILYN MONROE NACH JAHREN ERSTMALS WIEDER
IM WAISENHAUS VON EINST
MARILYN MONROE ENTDECKT IHRE WAISENKINDHEIT WIEDER
MARILYN MONROE ÜBERRASCHT WAISEN ZU OSTERN

Die Blonde Darstellerin sagte dem Ex-Sportler später, sie »habe keine Ahnung«, wie dieser ganze Wirbel entstanden sei. Andere Hollywood-Stars, die
Heime, Krankenhäuser und derartige Einrichtungen besuchten, waren von
der Presse kaum beachtet worden!

Die Blonde Darstellerin war so aufgeregt und gespannt wie ein kleines
Mädchen. Wie lange war es jetzt her? Sechzehn Jahre! »Aber ich habe seither mehr als ein Leben gelebt.« Während der Frosch-Chauffeur die blitzende
schwarze Limousine routiniert aus dem reichen Beverly Hills hinaus, durch
Hollywood und dann durch die Straßen von Los Angeles lenkte, schwand die
Gelassenheit der Blonden Darstellerin allmählich dahin. Der leichte pochende Schmerz zwischen ihren Augen wurde stärker. Sie hatte ein Aspirin
genommen, denn sie hatte (zu ihrer heimlichen Schande) die von Doc Bob
verschriebene Dosierung des »Wunder wirkenden Beruhigungsmittels« Demerol überschritten und war fest entschlossen, nicht noch mehr zu nehmen.
Während sie sich dem Einflussbereich von Dr. Mittelstadt näherte wie einer
warmen, heilenden Sonne, spürte sie, dass Heilung nur von innen kommen
kann. Es gibt keinen Schmerz, und in gewisser Hinsicht gibt es auch keine
»Heilung«. *Die göttliche Liebe hat immer jede menschliche Not gestillt und
wird sie immer stillen.*

Die Blonde Darstellerin wurde von einigen Assistenten begleitet, die in
einem eigenen Wagen saßen. Einem Lieferwagen mit Hunderten von bunt
eingepackten Osterkörben, die Schokoladenhasen und Marshmallow-Küken
und farbenfrohe Geleebonbons enthielten. Virginia-Schinken und Ananas,
frisch aus Hawaii. Die Blonde Darstellerin spendete fünfhundert Dollar aus
ihrer eigenen Tasche (oder war es die des Ex-Sportlers?), um Dr. Mittelstadt
als »persönliche Dankesbezeigung« einen Scheck überreichen zu können.

Doch hatte die Heimleiterin Norma Jeane nicht in gewisser Weise verraten? Nach ein oder zwei Jahren aufgehört, ihr zu schreiben? Die Blonde Darstellerin zuckte dazu nur die Achseln. »Sie ist sehr beschäftigt, sie hat einen
Beruf. Wie ich auch.«

Als der Frosch-Chauffeur auf das Gelände des Waisenhauses einbog, fing
die Blonde Darstellerin an zu zittern. Oh, aber das konnte es doch wohl nicht

sein – oder doch? Die verrußte Backsteinfassade war gereinigt worden und sah ganz wund aus, wie aufgeschürfte Haut. Wo einst eine freie Fläche gewesen war, standen jetzt hässliche Wellblechbaracken. Wo einst ein kümmerlicher Spielplatz gewesen war, befand sich jetzt ein asphaltierter Parkplatz. Der Frosch-Chauffeur fuhr lautlos am Haupteingang vor, wo sich eine Horde Reporter, Fotografen und Kameramänner drängte. Sie bekamen gesagt, die Blonde Darstellerin werde hinterher der Presse zur Verfügung stehen, aber natürlich hatten sie jetzt schon Fragen, riefen ihr nach, als sie hastig in das Gebäude hineingeleitet wurde und die Kameras hiner ihr klickten wie Maschinengewehre. Drinnen schüttelten ihr fremde Menschen die Hand. Dr. Mittelstadt war nirgends zu sehen. Aber was war mit der Eingangshalle passiert? Wo waren sie überhaupt? Ein Mann mittleren Alters mit einem frisch rasierten Schweinchen-Dick-Gesicht führte die Blonde Darstellerin sprudelnd in den Besucherraum.

»Aber wo ist Dr. M-mittelstadt?«, fragte die Blonde Darstellerin. Niemand schien sie zu hören. Die Assistenten schleppten Osterkörbe und Kartons mit Schinken und Ananas herein. Eine Verstärkeranlage wurde ausprobiert. Durch ihre dunkelgetönte Brille sah die Blonde Darstellerin alles sehr undeutlich, doch sie mochte sie nicht abnehmen, aus Angst, diese gierigen fremden Leute könnten die Panik in ihren Augen sehen. Ihr bezauberndes Lächeln aufsetzend, rief sie mehrmals aus: »Oh hey! – ich fühle mich so geehrt. Ostern ist so eine besondere Zeit! Ich freue mich wirklich sehr, dass ich hier sein darf! Ich danke Ihnen allen für die Einladung.«

Die Veranstaltung verging wie im Rausch. Jedoch keineswegs schnell. Bevor die Austeilungszeremonie begann, wurde die Blonde Darstellerin ausgiebig für das »Archiv« des Waisenhauses fotografiert. Zusammen mit Schweinchen Dick, der zu diesem Zweck seine Bifokalbrille abnahm, zusammen mit verschiedenen Angestellten des Heims und schließlich mit einigen Kindern. Eines der Mädchen erinnerte sie an Debra Mae mit zehn oder elf Jahren... Die Blonde Darstellerin wollte dem Mädchen über das widerspenstige karottenrote Haar streichen. »Wie heißt du denn, meine Süße?«, fragte die Blonde Darstellerin. Widerstrebend grummelte das Mädchen ein oder zwei Silben. Die Blonde Darstellerin konnte es nicht ganz verstehen. *Annie* vielleicht? Oder *Penny*?

Die Austeilung fand im Speisesaal statt. An diesen riesigen hässlichen Raum erinnerte sich die Blonde Darstellerin nur zu gut. Die Kinder wurden in ordentlichen Zweierreihen hereingeführt und mussten an den Tischen

Platz nehmen, sie hefteten die Augen auf sie, als wäre sie eine zum Leben erweckte Disney-Figur. Als die Blonde Darstellerin vor dem Mikrophon stand
und ihre einstudierte Rede vortrug, wanderten ihre Augen unruhig durch
den Saal, auf der Suche nach vertrauten Gesichtern. Wo Debra Mae? Wo
Norma Jeane? Konnte das da Fleece sein? – ein schlaksiges, mürrisches Kind,
aber leider ein Junge.

Später würde es heißen, die Blonde Darstellerin habe sich entgegen den
Befürchtungen des Heimpersonals als eine »reizende, freundliche, aufrichtig
wirkende« Frau entpuppt. Ja, vielen kam sie sogar »fast wie eine richtige
Dame« vor. »Kein Glamour-Girl wie in der Filmwerbung, aber sehr hübsch.
Und diese *Figur*!« Es wurde festgestellt, dass sie »ziemlich nervös« war und
»manchmal fast stotterte«. (»Wir hofften, dass sie nicht mitbekam, wie einige
der Kinder sie nachäfften!«) Man bewunderte ihre Geduld, denn die Kinder
waren wegen der Osterkörbe überdreht und aufgeregt und daher unruhig
und laut, »vor allem die spanischstämmigen, die kein Englisch können«. Ein
paar ältere Jungen glotzten sie unverschämt an und leckten sich anzüglich die
Lippen, aber die Blonde Darstellerin, so glaubte man, »nahm klugerweise
keine Notiz von ihnen. Oder wer weiß, vielleicht hat es ihr auch gefallen?«

Trotz ihres pochenden Schädels genoss es die Blonde Darstellerin, den Kindern, die einzeln an ihr vorbeidefilierten, die Osterkörbe zu überreichen.
Waisen – bis in Unendlichkeit. Waisen bis in alle Ewigkeit. Oh, sie hätte ewig
damit fortfahren können! Man nehme Doc Bobs Medizin, und schon kann
man mit allem ewig fortfahren! Es war besser als Sex. (Na ja, alles war besser als Sex. Hey, das war nur ein Witz!) Oh, wenn man sie fragte, würde sie
der Welt sagen, dass es eine wertvolle und lohnende, beglückende Erfahrung
war. Und man fragte sie. Machte Interviews mit ihr. Jede Silbe von ihr wurde
gedruckt oder aufgenommen und damit bedeutungsvoll. Aber nicht verraten
würde sie ihnen, dass die Mädchen sie viel mehr interessierten als die Jungen. Die Jungen brauchten sie nicht, nicht *sie*. Sie brauchten nur irgendeine
Frau, irgendeinen weiblichen Körper, damit sie sich als Männer definieren
konnten und somit als überlegen, ein Körper war so gut wie der andere, aber
die Mädchen starrten tatsächlich *sie* an, prägten sich *ihren* Anblick ein, würden sich an *sie* erinnern. Die Mädchen, die verletzt worden waren wie Norma
Jeane. Das konnte sie sehen. Mädchen, die eine Berührung brauchten, denen
man kurz übers Haar fahren, die Wange streicheln oder sogar einen hauch-
zarten Kuss geben musste. Mit der Bemerkung: »Bist du aber süß! Was hast
du für schöne Zöpfe.« – »Wie heißt du denn? Was für ein hübscher Name!«

Als würde sie ihnen ein großes Geheimnis verraten, sagte sie ihnen: »Als ich hier gewohnt habe, hieß ich ›Norma Jeane‹.« Eines der Mädchen antwortete ihr: »›Norma Jeane‹ – oh, ich wünschte, ich würde so heißen.« Die Blonde Darstellerin umschloss das Gesicht dieses Mädchens mit beiden Händen und brach zum Erstaunen aller, die ihr zusahen, in Tränen aus.

Hinterher würde sie sich erkundigen: Wie hieß dieses Mädchen mit vollem Namen?

Sie würde im Namen dieses Mädchens einen Scheck als »Taschengeldzuschuss für Kleider und Bücher« ans Waisenhaus schicken.

Wenn dieser Scheck über zweihundert Dollar in Wirklichkeit nie für diesen Zweck verwendet würde, sondern stattdessen dem Waisenhaus zugute käme, so würde sie das nie erfahren. Denn sie würde es wieder vergessen haben.

Ein Nachteil, aber auch ein Vorteil des Ruhms: man vergisst so viel.

Und der Scheck über fünfhundert Dollar, den sie spontan auf den Namen *Dr. Mittelstadt* ausgestellt hatte? Den nahm die Blonde Darstellerin gar nicht erst aus ihrer Handtasche.

Der neue Leiter der Los Angeles Orphans Home Society war der Mann mittleren Alters mit dem Schweinchen-Dick-Gesicht. Und er war durchaus nett, wenn auch ein wenig redselig und aufgeblasen. Die Blonde Darstellerin hörte ihm ein paar Minuten lang geduldig zu, bevor sie ihn unterbrach und, diesmal mit Nachdruck, fragte, was denn aus Dr. Mittelstadt geworden sei? – und wurde dafür mit einem Blinzeln und gespitztem Mund bedacht. »Dr. Mittelstadt war meine Vorgängerin«, sagte Schweinchen Dick in einem neutralen Ton. »Ich hatte nicht das Geringste mit ihr zu tun. Ich lasse mich grundsätzlich nicht über meine Vorgänger aus. Wir tun, glaube ich, alle, was wir können. Im Nachhinein herumzukritteln ist nicht meine Art.«

Endlich entdeckte die Blonde Darstellerin ein vertrautes Gesicht, eine ältere Aufseherin. Damals noch frisch, war sie jetzt rundlich und mittleren Alters, mit Bulldoggengesicht, doch sie lächelte bereitwillig. »Norma Jeane. Natürlich erinnere ich mich! So ein schüchternes, süßes Mädchen. Sie hatten irgend so eine – war es eine Allergie? So was wie Asthma? Nein. Sie hatten Polio gehabt und humpelten ein wenig? Nein? (Na ja, jetzt humpeln Sie jedenfalls nicht. Ich habe Sie in dem letzten Film tanzen sehen, genauso gut wie Ginger Rogers!) Sie waren mit diesem Wildfang Fleece befreundet? Stimmt's? Und Dr. Mittelstadt hat Sie so gemocht. Sie gehörten zu ihrem kleinen Kreis.« Die Aufseherin schmunzelte, schüttelte den Kopf. Es war eine

Filmszene: die Blonde Darstellerin, die ins Waisenhaus zurückkehrt, Kerker ihrer Kinderjahre, wo man ihr nun Offenbarungen zuteilt wie Spielkarten, doch die Blonde Darstellerin hätte nicht sagen können: welche Filmmusik? Während der Austeilung der Osterkörbe hatte Bing Crosbys sentimentale Version von »Easter Parade« aus den Lautsprechern gedröhnt. Aber jetzt war keine Musik mehr zu hören.

»Und Dr. Mittelstadt? Sie ist wohl pensioniert worden?«

»Ja. Sie ist pensioniert worden.«

Ihre Augen gleiten zur Aufseherin hin. Lieber nicht weiter nachfragen.

»W-wo ist sie denn?«

Ein trauriger Blick. »Ich fürchte, die arme Edith ist tot.«

»Tot!«

»Sie war meine Feundin, Edith Mittelstadt. Sechsundzwanzig Jahre habe ich mit ihr zusammengearbeitet, und nie habe ich vor jemandem so viel Achtung gehabt. *Mir* hat sie ihre Religion nie aufdrängen wollen. Sie war eine gute, engagierte Frau.« Die geschürzten Lippen zuckten. »Nicht wie gewisse Leute ›vom neuen Schlag‹. Die ›aufs Budget sehen‹. Und uns rumkommandieren wie die Gestapo.«

»Woran ist Dr. Mittelstadt g-gestorben?«

»Brustkrebs. Wurde uns gesagt.« Die Aufseherin bekam feuchte Augen. Wenn das Ganze wie eine Filmszene war – und das war es zweifellos –, so war es doch zugleich äußerst real und schmerzhaft; und die Blonde Darstellerin würde den Frosch-Chauffeur bitten müssen, bei einer Apotheke in der El Centro Avenue vorbeizufahren, damit sie hineinspringen und den Apotheker anflehen könnte, Doc Bobs Nummer für Notfälle zu wählen, und so eine Notration Demerol bekäme. *So real war das Ganze, mit oder ohne Filmmusik.*

Die Blonde Darstellerin zuckte zusammen. »Oh, das tut mir leid. Brustkrebs. Oh Gott.«

Unwillkürlich presste die Blonde Darstellerin ihre Unterarme an die Brust. Dies war der berühmte ausladende Busen von »Marilyn Monroe«. An diesem Tag, als Ostergast im Waisenhaus, stellte die Blonde Darstellerin ihre Brüste nicht aus. Sie war dezent und geschmackvoll gekleidet. Ja, sie hatte sogar einen österlichen Hut getragen, mit Kornblumen und Schleier. Am Revers Maiglöckchen. Dr. Mittelstadt hatte einen größeren Busen gehabt als sie, doch es war natürlich eine andere Kategorie von Busen gewesen als der der Blonden Darstellerin, der ein wahres Kunstwerk war (oder geworden war). Auf ihrem Grabstein, scherzte die Blonde Darstellerin, brauchten dereinst bloß ihre Maße zu stehen: 96–61–96.

»Die arme Edith! Wir wussten ja, dass sie krank war, sie hatte abgenommen. Stellen Sie sich das mal vor, Dr. Mittelstadt nahezu *dünn*. Oh, die arme Frau muss fünfzig Pfund abgenommen haben, während sie noch bei uns war. Und die Haut wie Wachs. Und Schatten unter den Augen. Wir haben sie immer gedrängt, zum Arzt zu gehen. Aber Sie wissen ja, wie halsstarrig sie war und wie tapfer. ›Warum sollte ich zum Arzt gehen?‹ Sie hatte Angst, doch das hätte sie niemals zugegeben. Sie wissen vielleicht, dass es bei den Christlichen Wissenschaftern Leute gibt, die an den Betten anderer beten, wenn sie einmal krank sind. Oder was immer sie sind – ich glaube, sie werden nicht ›krank‹. Diese Leute beten für einen, und man selbst betet auch. Und wenn der eigene Glaube stark genug ist, wird man auch wieder gesund. Und genau so ging Edith mit ihrem Krebs um. Als wir erfuhren, was los war, woran sie litt, war sie schon krankgeschrieben. Sie weigerte sich bis ganz zum Schluss, ins Krankenhaus zu gehen. Und selbst da war es nicht ihr Wille. Das Tragische war, dass Edith dachte, ihr Glaube wäre einfach nicht stark genug. Noch während der Krebs ihr den Körper, die Knochen zerfraß, glaubte diese arme halsstarrige Frau, es sei ihre Schuld. Das Wort ›Krebs‹ ist ihr nie über die Lippen gekommen.« Die Aufseherin atmete tief durch und trocknete sich mit einem Papiertaschentuch die Augen. »Wissen Sie, sie glauben nicht an den ›Tod‹. Die von der Christlichen Wissenschaft. Wenn sie sterben, müssen sie also selber schuld sein.«

Tapfer fragte die Blonde Darstellerin: »Und Fleece, was war mit Fleece?«

Die Aufseherin schmunzelte. »Ach, die. Das Letzte, was wir gehört haben, war, dass sie sich zum Frauencorps gemeldet hat. Die ist sicher mindestens Feldwebel geworden.«

»Oh, Daddy. Bitte halt mich fest.«

In seinen warmen, muskulösen Armen. Er war erstaunt, ein wenig verwirrt, aber sicher, dass er sie liebte. War ganz verrückt nach ihr. Mehr als am Anfang.

»Ich fühle mich einfach so... schwach, glaube ich. Oh, Daddy!«

Er wurde verlegen, wusste nicht, was er sagen sollte. Brummelte: »Was ist denn los, Marilyn? Ich versteh dich nicht.«

Sie zitterte und schmiegte sich an ihn. Er spürte, wie ihr Herz klopfte, schnell wie das eines Vogels. Wie sollte das einer verstehen? Diese wunderbare, begehrenswerte Frau, die in der Öffentlichkeit besser reden konnte als er, jederzeit, eine der berühmtesten Frauen der USA, ja vielleicht sogar der Welt, und diese Frau ... versteckte sich in den Armen ihres Mannes?

Er liebte sie, so viel stand fest. Er würde für sie sorgen. Keine Frage.

Auch wenn ihr Verhalten ihn irritierte und sie sich immer öfter so verhielt.

»Schätzchen, was zum Teufel ist denn los? Ich versteh dich nicht.«

Sie las ihm aus der Bibel vor. In eifrigem, inbrünstigem Ton. Er dachte, das musste wohl ihre Kleinmädchenstimme sein, die man nicht oft zu hören bekam.

»›Da er solches gesagt, spützte er auf die Erde und machte einen Kot aus dem Speichel und schmierte den Kot auf des Blinden Augen, und des Blinden Augen waren aufgetan.‹« Sie blickte zu ihm auf und hatte selbst ein merkwürdiges Leuchten in den Augen.

Was zum Teufel sollte er dazu sagen?

Sie las ihm ein paar Gedichte vor, die sie geschrieben hatte. Für ihn, sagte sie.

Mit ihrer eifrigen, inbrünstigen Kleinmädchenstimme. Ihre Nase war ganz rot von einer hartnäckigen Erkältung, und sie schniefte; unbefangen wie ein Kind wischte sie sich die Nase an den Fingern ab, merkwürdig atemlos, als stünde sie am Rand eines Abgrunds.

»Durch dich
entsteht die Welt für mich.
Verzweifacht sich.
Ohne dich
gab es nur eine.«

Was zum Teufel sollte er dazu sagen?

Sie lernte Nudelsoßen kochen. Nudelsoßen! *Puttanesca* (mit Sardellen), *carbonara* (mit Schinken, Eiern und Doppelrahm), *bolognese* (mit Rinder- und Schweinehack, Pilzen und Sahne), *gorgonzola* (verschiedene Käse, Muskat und Sahne). Sie lernte die Namen der Nudeln, Wörter, die wie Gedichte klangen und ihr ein Lächeln entlockten: *ravioli, penne, fettucine, linguine, fusilli, conchigli, bucatini, tagliatelle.* Oh, sie war so glücklich! War das Ganze ein Traum? Und wenn ja, war es wirklich ein guter Traum? Oder einer von denen, die unversehens zum Albtraum werden? Wie wenn man eine nicht verschlossene Tür öffnet und in einen leeren Fahrstuhlschacht fällt?

Sie erwachte in einer überhitzten, fremden Küche. Im Gesicht und zwischen den Brüsten Rinnsale von klebrigem Schweiß. Sie hackte ungeschickt Zwiebeln, während irgendjemand wie wild auf sie einredete. Die Augen brannten und tränten ihr von den Zwiebeln. Sie hievte eine schwere Eisenpfanne aus einem Küchenschrank. Kinder rannten schreiend herein und hinaus. Es waren die kleinen Neffen und Nichten ihres Mannes. Sie erinnerte sich nicht an die Gesichter und schon gar nicht an ihre Namen. In der Pfanne qualmten feingehackter Knoblauch und Olivenöl! Sie hatte das Gas zu stark aufgedreht. Oder hatte ihre Gedanken schweifen lassen, zum Fenster hinaus, in den Himmel, und nicht mehr nach dem Herd gesehen.

Knoblauch! So viel Knoblauch. Ihre Speisen waren damit gesättigt. Was roch der Atem ihrer angeheirateten Verwandten nach Knoblauch! Der Atem ihrer Schwiegermutter. Und die schlechten Zähne. *Momma*, die sich zu ihr hinüberbeugte. *Momma*, vor der es kein Entkommen gab. Eine hampelnde kleine Wurst von einer Frau. Mit Hexennase und spitzem Kinn. Auf den Bauch gesunkenen Brüsten. Doch sie trug schwarze Kleider mit Kragen. Hatte Ohrlöcher und trug immer Ohrringe. Und um den dicken Hals eine Goldkette mit einem goldenen Kreuz. Immer hatte sie Strümpfe an. Wie die Stützstrümpfe von Grandma Dell. Die Blonde Darstellerin hatte Fotos von ihrer Schwiegermutter als junger Frau gesehen, aus Italien, Fotos, auf denen sie zwar nicht schön war, aber attraktiv, feurig wie eine Zigeunerin. Sie war schon in ihrer Jugend ziemlich drall gewesen. Wie viele Kinder hatte dieser zähe kleine Körper zur Welt gebracht? Jetzt war es das Essen. Es gab nur noch das Essen. Auf dass es die Männer verschlangen. Und wie sie es verschlangen! Die Frau war gleichsam zu Essen geworden und aß selbst sehr gern.

Damals in Mrs. Glazers Küche war sie glücklich gewesen. Norma Jeane Glazer. Mrs. Bucky Glazer. Die Familie hatte sie aufgenommen wie eine Tochter. Sie hatte Buckys Mutter sehr gern gehabt, und sie hatte Bucky geheiratet, um beides zu bekommen, eine Mutter und einen Mann. Oh, damals! Es hatte ihr das Herz gebrochen, aber sie hatte es überlebt. Und jetzt war sie erwachsen und brauchte keine Mutter mehr. Nicht diese Mutter jedenfalls! Sie war fast achtundzwanzig und kein Waisenkind mehr. Ihr Mann wollte, dass sie ihm eine Ehefrau war und seinen Eltern eine Schwiegertochter. In der Öffentlichkeit, an seiner Seite, sollte sie eine mondäne Frau sein; aber nur an seiner Seite, unter seinen wachsamen Augen. Dabei war sie eine erwachsene Frau; sie hatte ihre eigene Karriere, wenn nicht Identität. Oder erschöpfte sich ihre Karriere darin, »Marilyn Monroe« zu sein? Und vielleicht würde ihre Karriere bald beendet sein. Es gab Tage, die quälend langsam vergingen (zum Beispiel die bei ihren Schwiegereltern in San Francisco), und doch rasten die Jahre dahin wie eine Landschaft, die an einem schnellen Fahrzeug vorbeizieht. Kein Mann hatte das Recht, sie zu heiraten und dann ändern zu wollen! Als würde der Satz *Ich liebe dich* bedeuten *Ich habe das Recht, dich zu ändern.* »Was ist so anders bei mir als bei ihm, im Zenith? Ein Sportler. Man hat doch nur eine begrenzte Anzahl von Jahren.« Sie sah, wie das Messer ihren nassen Fingern entglitt und auf den Boden fiel. »Oh! – Momma, das tut mir leid.« Die Frauen in der Küche starrten sie an. Was dachten sie – dass sie ihnen die Füße hatte durchbohren wollen? Ihre dicken Fesseln? Rasch hielt sie das Messer unter den Wasserstrahl, trocknete es mit einem Handtuch ab und hackte folgsam weiter. Oh, aber wie sie sich langweilte! Ihr Gruschenka-Herz raste vor Langeweile.

Zeit, die Hühnerleber anzubraten. Dieser fette, säuerliche Geruch, der sie in der Kehle würgte.

Jedes Mädchen, jede Frau in den USA beneidete sie! So wie jeder Mann den Yankee-Schläger.

Im Pasadena Playhouse hatte sie eine große Begabung erkannt. Der Bühnenautor, dessen poetische Kraft sie zutiefst berührt hatte. Visionär des tragischen Leids im Kleinen. Im »normalen« Leben. *Man schenkt sein Herz der Welt, es ist alles, was man hat. Und dann ist es weg.* Diese Worte, am Ende des Stücks am Grab eines Mannes gesprochen, in einem gespenstischen blauen Licht, das allmählich erlosch, hatte die Blonde Darstellerin noch Wochen danach im Ohr.

»Ich könnte in seinen Stücken mitspielen. Nur leider gibt es da keine Rolle für ›Marilyn‹.« Sie lächelte. Sie lachte. »Um so besser. Dann werde ich für ihn eine andere.«

Sie beobachteten sie, während sie die Hühnerleber briet. Beim letzten Mal hätte sie fast die Küche in Brand gesteckt. Redete sie mit sich selbst? Lächelte? Wie eine Dreijährige, die sich Geschichten ausdenkt. Man scheute sich fast, sie zu stören. Sie könnte ja einen Schreck bekommen, sie könnte einem die Fleischgabel auf die Füße fallen lassen.

Fiebrig und matt, seit sie aufgehört hatte, Doc Bobs Tabletten zu nehmen. Seit sie geschworen hatte, nie mehr etwas Stärkeres zu nehmen als Aspirin; sie war gerade noch einmal davongekommen, als sie fünfzehn Stunden lang wie betäubt geschlafen hatte, ohne aufzuwachen, ohne zu reagieren, bis ihr verzweifelter Ehemann schon einen Krankenwagen hatte rufen wollen, und sie hatte ihm schwören müssen *Nie wieder!* und hatte es fest versprochen, und sie würde ihr Versprechen auch halten. Damit der Ex-Sportler sah, dass es ihr ernst war. Dass sie nicht nur der Produktionsgesellschaft eine Absage erteilte – keine Marilyn-Sexfilme mehr –, sondern wirklich eine treue Ehefrau, eine anständige Frau war. Der Ex-Sportler sollte sehen, wie brav sie an diesem Wochenende mitspielte. Sie ging sogar mit ihnen zur Messe. Mit den Frauen. Oh, das heilige Herz Jesu Christi! Dort an einem Seitenaltar der verwinkelten, nach Weihrauch duftenden alten Kirche. Dieses dunkelrote entblößte Herz, wie ein Körperteil, den man nicht sehen sollte. *Nehmet von meinem Herzen und esset.*

Der Ex-Sportler, der Baseball-Star, war wegen seiner Heirat mit der Blonden Darstellerin exkommuniziert worden, doch der Erzbischof von San Francisco war ein Freud der Familie und Baseball-Fan, und vielleicht würde das Ganze »sich irgendwie wieder einrenken«. (Wie wohl? Indem diese Ehe annulliert wurde?) Sie war mit den Frauen zur Messe gegangen. Sie schienen sie gern mitzunehmen, die hübsche Marilyn. Die einzige Blondine in ihrer dunkelhaarigen, dunkelhäutigen Mitte. Einen Kopf größer als Momma. Sie hatte keinen passenden Hut dabei, weshalb Momma ihr ein schwarzes Spitzentuch lieh, mit dem sie ihr Haar bedeckte. Zahllose glühende dunkle italienische Augen wanderten zu ihr hin und blieben an ihr hängen, obwohl sie gar nicht aufreizend gekleidet war, sondern trist wie eine Nonne. Aber, oh, wie sie sich in der Kirche langweilte! Die lateinische Messe, die hohe leiernde Priesterstimme, dazwischen Glöckchengeklingel (damit man wieder aufwachte?), und das alles so entsetzlich *lang.* Aber sie hatte mitgespielt, ihr Mann würde zufrieden sein. Und in der Küche bereiteten sie riesige Mahlzeiten zu und räumten hinterher auf, während er mit seinen Brüdern aufs Meer hinausfuhr oder mit den Nachbarn, die er vor sich selbst als seine Kumpel ausgab, an der alten Schule ein bisschen Baseball spielte. Und Jungen oder ihren Vätern Autogramme gab, mit dem schüchtern-erstaunten Lächeln, das alle Leute für ihn einnahm, auch wenn es allmählich sein übliches Lächeln war, nicht so spontan, wie es vielleicht schien. In einem Film oder auf der Bühne würde er vielleicht sagen: *Ich weiß, Schatz, das ist nicht leicht für dich. Ich weiß, dass meine Familie sehr tyrannisch sein kann. Vor allem meine Mutter.* Er würde vielleicht einfach sagen: *Ich danke dir. Ich liebe dich!* Doch es war nicht realistisch, von dem Mann, der ihr Ehemann war, etwas in dieser Art zu erwarten, ihm fehlten die Worte, sie würden ihm immer fehlen, und sie wagte nicht, sie ihm zu soufflieren.

Werd bloß nicht überheblich! Untersteh dich! Einmal hatte er sie, voll wildem Ingrimm, angesehen, und sie erschrak. Aber wie sexy er war, so wutentbrannt.

Oh, sie liebte ihn so! Liebte ihn ganz verzweifelt. Sie wollte Kinder von ihm haben, wollte glücklich sein mit ihm – und für ihn. Er hatte gelobt, sie glücklich zu machen. Sie musste ihm einfach vertrauen. Der Schlüssel zum Glück lag nicht in ihrer Hand, sondern in seiner. Denn was, wenn er sie nicht mehr liebte? Von dem Dampf und dem Gestank der Leber in der Pfanne war ihr ganz wirr im Kopf. Sie hatte ihr Haar zurückgebunden, damit es ihr nicht in das verschwitzte Gesicht fiel. Sie bemerkte, dass ihre Schwiegermutter und eine von den älteren weiblichen Verwandten ihr voll Anerkennung zusahen. *Sie lernt es noch!* sagten sie auf Italienisch. *Sie ist ein braves Mädchen, seine neue Frau.* Es war wie eine Filmszene in einem jener Filme, die unerbittlich auf ein Happy End zusteuern. Sie hatte den Film schon zigmal gesehen. In diesem Haus, inmitten der großen lärmenden Familie ihres Manns, war sie nicht die Blonde Darstellerin und schon gar nicht Marilyn Monroe, denn ohne eine Kamera, die sie filmte, konnte keine Frau »Marilyn« sein. Doch sie war auch nicht Norma Jeane. Sie war einfach die Frau des Ex-Sportlers.

Sie hatte das tiefviolette Paillettenkleid durchaus nicht heimlich nach Tokio mitgenommen, auch wenn er sie dessen beschuldigen sollte. Oh, sie schwor es! Oder wenn doch, wenn sie es absichtlich vor ihm versteckt gehalten hatte, dann doch nur, um ihm eine Freude zu machen. Ebenso die silbernen Stöckelsandalen mit den Fesselriemchen. Und gewisse schwarze Spitzendessous, die er für sie gekauft hatte. Sie packte auch eine blonde Perücke ein, die fast genauso aussah wie ihr platinblondes Zuckerwattehaar, aber diese warf sie am Abend ihrer Ankunft in Tokio weg.

Oh, wie hätte sie wissen sollen, dass sie von einem Oberst der US-Armee eingeladen werden würde, »die Moral der GIs in Korea zu heben«? Sie schwor, sie hätte zu jenem Zeitpunkt kaum sagen können, wo dieses arme Land lag.

In ihrer Taschenbuchausgabe des Klassikers *Das Paradoxon der Schauspielkunst*, die irgendjemand ihr geschenkt hatte, hatte sie rot unterstrichen:

So wie die Ewigkeit eine Kugel ist, deren Mittelpunkt überall und deren Umfang nirgends ist, so entdeckt der wahre Schauspieler, dass seine Bühne überall und nirgends ist.

Am Vorabend ihrer Abreise nach Japan.

Der Ex-Sportler war ein so wortkarger Mann, dass er in gewisser Hinsicht selbst ein Pantomime war.

In ihrer letzten Pantomimen-Stunde (von der einzig die Blonde Darstellerin wusste, dass es ihre letzte sein würde) spielte sie eine alte Frau auf dem Sterbebett. Die anderen Schüler waren gebannt von der schmerzlich realistischen Darbietung, die sich so sehr von ihren eigenen seichten, stark stilisierten Vorführungen unterschied. Die Blonde Darstellerin lag flach auf dem Rücken, barfuß, bis zu den Fesseln von einem schwarzen Tuch bedeckt, und richtete sich Stück für Stück auf, kämpfte sich durch Qualen, Zweifel und Hoffnungslosigkeit empor, bis sie schließlich ihr Schicksal annahm und freudig – zum Tode? – erwachte. Sie richtete sich immer weiter auf, bis sie einer Tänzerin gleich auf den zitternden Fußballen stand, die Arme über den Kopf erhoben. Diese Haltung behielt sie bebend einen langen ekstatischen Augenblick bei.

Man sah, wie ihr Herz schlug. Wie es gegen das Brustbein pochte. Man sah das Leben in ihr vibrieren, als wäre es kurz davor auszubrechen. Manche von uns hätten schwören können, ihre Haut sei durchsichtig!

Es war nicht nur, weil ich in diese Frau verliebt war, denn ich weiß nicht einmal genau, ob ich das jemals war.

Was unausgesprochen blieb: Er konnte ihr nicht verzeihen, dass seine Familie sie langweilte. Seine Familie!

Er erstickte beinahe daran. An dem, was ungesagt blieb. Nicht ausgesprochen wurde und nicht vergeben. *Seine Frau fand seine Familie langweilig – und ihn.*

Hielt sie sich denn für etwas Besseres? *Sie?*

Zu Weihnachten waren sie hingefahren, und sie war still gewesen, wachsam und höflich, ein reizendes Lächeln im Gesicht. Hatte fast nichts gesagt. Lachte, wenn die anderen lachten. Sie war eine dieser Frauen mit Kindergesicht, denen sich Männer wie Frauen anvertrauen, und sie schien ihnen mit großen Augen zuzuhören, aber er, der Ehemann, der einzige unter ihnen, der sie kannte, sah, dass ihre Aufmerksamkeit künstlich war, sah, wie ihr Lächeln verging und nur die Fältchen davon zurückblieben. Sie verstand es, dem Vater und den älteren männlichen Verwandten gefällig zu sein. Sie verstand es, sich dem Wunsch seiner Mutter und der älteren weiblichen Verwandten zu beugen. Sie verstand es, viel Wirbel zu machen um Babys und kleine Kinder und ihren Müttern zu schmeicheln – »Was müssen Sie glücklich sein! Und wie stolz.« Ihr Spiel war einfach perfekt, doch er sah, dass es Spiel war, und das stank ihm. Etwa wenn sie ein paar Happen Hühnerleber, Kalbsbries, marinierten Lachs oder Sardellenpaste aß, und fast mit Tränen in den Augen sagte, es sei wirklich köstlich, aber sie habe im Moment leider keinen Appetit. Nackte Angst fast bei all dem Geschrei, Gelächter und Gedränge, wenn die Kinder schreiend herumrannten und das Fußballspiel im Fernsehen laut aufgedreht war, damit die Schwerhörigen unter den Männern es auch mitbekamen. Um sich hinterher dann bei ihm zu entschuldigen, sich an ihn auf ihre schwache, schuldbewusste Art anzulehnen, Wange an Wange, und sagen, sie habe in ihrer Kindheit nie ein echtes Weihnachtsfest erlebt. Als ob das das Problem sei.

»Ich fürchte, Daddy, ich muss noch viel lernen? Hm?«

Auch nach der Hochzeit, als man erwartet hätte, dass sie sich in seiner Familie wohler gefühlt und sie gern besucht hätte, war das durchaus nicht der Fall. Oh, sie erweckte den Eindruck oder versuchte es. Aber er, der Ehemann – ein Sportler, der darauf geeicht war, im ausdruckslosen Gesicht seines Gegners zu lesen, ein Schlagmann, der darin geübt war, nicht nur jedes kleinste Zucken des Werfers zu deuten, sondern auch noch die genaue Position jedes gegnerischen Spielers auf dem Feld im Hinterkopf zu haben, im Verhältnis zu den anderen und zu ihm selbst und (gegebenenfalls) zu seinen eigenen Mitspielern am Mal –, er sah es. Hielt sie ihn denn für blind? Hielt sie ihn für ebenso blöd wie alle Arschlöcher, mit denen sie, wahrscheinlich seit der High-School-Zeit, »zusammen« gewesen war? Glaubte sie, dass er so unsensibel war wie sie, die so tat, als ob es ein Witz sei, dass sie nach einem von Mommas Marathon-Essen die ganze Nacht lang erbrochen hatte? Sie wisse, versicherte sie ihm immer wieder, dass seine Familie »mir ein wenig die Schuld daran gibt«, dass er aus der Kirche ausgeschlossen worden war. Sicher, er hatte sich scheiden lassen, und die Kirche erkennt Scheidungen nicht an, doch erst als er wieder heiratete (eine geschiedene Frau!), verstieß er gegen das Kirchenrecht und musste exkommuniziert werden. Sie musste das bei ihnen wieder wettmachen, letzte Zweifel ausräumen. An der Aufrichtigkeit ihrer Gefühle. An ihrer Integrität. Daran, dass sie das Leben und die Religion ernst nahm. »Vielleicht sollte ich konvertieren? Zum Katholizismus? Würdest du das akzeptieren, Daddy? Meine M-mutter ist quasi katholisch.«

Sie ging also mit ihnen zur Messe. Mit den Frauen. Mit seiner Mutter, seiner alten Großmutter und seinen Tanten. Und mit den Kindern. Und sowohl Momma als auch seine Tante beklagten sich, dass sie sich »den Hals verdreht«. Wie man es in der Kirche nicht tut. Wie wenn etwas komisch ist? Beim Eintreten auf eine Statue an einem Seitenaltar gezeigt und geflüstert: »Warum ist sein Herz außerhalb des Körpers?« Und dieses Lächeln, als wäre alles ein Witz. »Papa sagt, sie lächelt aus Angst, sie ist ein verängstigtes Vögelchen. Ist sie denn nervös? Weil die Leute sie ansehen. Denn das tun sie. Denn sie wissen, dass sie deine Frau ist und wer sie ist. Und dauernd hat sie an dem Schleier gezupft, und ständig ist er herabgerutscht, wie durch Zufall, und bei der Messe hat sie so oft gegähnt, dass wir dachten, sie renkt sich den Kiefer aus. Dann Kommunion, und sie will mit uns mitkommen! ›Darf ich das nicht?‹, fragt sie uns. Wir haben ihr gesagt: Nein, du bist doch nicht katholisch, bist du katholisch, Marilyn? Und sie macht ein langes Gesicht und meint: ›Oh. Ihr wisst doch, dass ich das nicht bin.‹ Sie weiß natürlich, dass die Männer sie anstarren, so wie sie geht. Und sie hält den Kopf gesenkt, aber ihre Augen sind überall. Auf der Heimfahrt im Auto sagt sie, was für eine interessante Zeremonie, als würden wir so reden. Sie sagt ›Katholi-zis-mus‹, als würde jeder wissen, was das ist. Sie sagt mit diesem hauchigen Lachen: ›Oh, das war aber wirklich lang‹, und die Kinder lachen sie aus und sagen: ›Lang? Darum gehen wir doch zur Neun-Uhr-Messe, der Pfarrer ist nämlich der schnellste.‹ ›Lang? Warte nur, bis wir mit dir mal zum Hochamt gehen.‹ ›Oder zu einer Totenmesse!‹ und alle im Auto lachen sie aus, und der Schleier rutscht ihr von den Haaren, die so glatt und glänzend sind wie die einer Schaufensterpuppe, darum will der Schleier nicht oben bleiben.«

In der Küche hat sie sich allerdings wirklich angestrengt. Sie hat sich Mühe gegeben, ist aber sehr ungeschickt. Es ist einfacher, ihr Arbeit abzunehmen und es selbst zu tun. Dafür schreckt sie immer zusammen, wenn man ihr nahe kommt. Wenn man nicht jede Sekunde aufpasst, lässt sie die Nudeln zu Brei zerkochen, und ständig irgendwas fallen, das große Messer zum Beispiel. Sie konnte kein Risotto kochen, ihre Gedanken sind ständig abgeschweift. Sie hat was probiert und dann nicht gewusst, was sie schmeckt. ›Ist das versalzen? Fehlt da noch Salz?‹ Sie dachte, Zwiebeln und Knoblauch wären dasselbe! Sie dachte, Olivenöl sei dasselbe wie zerlassene Margarine! Sie hat gemeint: ›Es gibt Leute, die Nudeln machen? Ich meine – nicht nur in Läden?‹ Deine Tante gibt ihr ein mariniertes hart gekochtes Ei aus dem Kühlschrank, und sie sagt: ›Oh, das soll ich essen? Ich meine – hier so im Stehen?‹«

Der Ex-Sportler, der Ehemann, hörte sich diese Litanei von Klagen höflich an, die von dem Refrain *Na ja, mich geht's ja nichts an* unterbrochen wurden. Er hörte seine Mutter jedes Mal schweigend an. Sein Gesicht verfärbte sich, er starrte zu Boden, und wenn Momma fertig war, verließ er den Raum, und im Gehen hörte er dann hinter sich jedes Mal ein gekränktes italienisches *Seht ihr? Er gibt mir die Schuld.*

Mehr kränkte ihn, sein junggesellenhaftes Anstandsgefühl, dass seine Frau in jedem Zimmer, das sie bewohnte, ein Chaos hinterließ, indem sie nicht nur versäumte, hinter ihm herzuräumen, sondern auch hinter sich selbst. Sogar im Haus seiner Eltern. Er hätte schwören können, dass sie vor ihrer Heirat nicht so zerstreut gewesen war, sondern sauber und ordentlich und reizend verlegen, wenn sie sich in seinem Beisein ausziehen sollte. Jetzt stolperte er über Kleider, von denen er gar nicht gewusst hatte, dass sie sie besaß oder sie in letzter Zeit getragen hatte. Mit Make-up verkrustete Papiertücher! In ihrem Badezimmer im Haus seiner Eltern war das Waschbecken voll hässlicher Make-up-Flecken, bei einer Zahnpastatube fehlte der Verschluss, Kamm und Bürste waren voll blonder Haare, und in der Badewanne blieb ein Schmutzrand, den Momma dort entdecken würde, wenn sie weg waren, außer er putzte die Wanne selbst. *Verdammt.*

Manchmal vergaß sie auf der Toilette zu spülen.

Er war sicher, dass es nicht die Medikamente waren. Er hatte ihren Geheimvorrat zerstört und ihr die Leviten gelesen, und sie hatte ihm geschworen, nie, nie wieder eine Tablette zu nehmen – »Oh Daddy! Glaub mir.« Er verstand es einfach nicht: Sie drehte doch jetzt keinen Film, wozu brauchte sie dann schnelle Energiezufuhr oder mehr Selbstsicherheit? Es war fast, als würde das normale Leben sie durcheinander bringen. Wie einer seiner Mannschaftskameraden, der nur in der Hitze eines spannenden Gefechts etwas taugte und sonst immer alles versaute. Es klang so ernst, wenn sie sagte: »Daddy, es macht mir so Angst: dass eine Szene im wirklichen Leben immer weiter geht? Wie eine Busfahrt? Was sollte sie denn beenden?« Und dieser versonnene Kleinmädchenblick: »Daddy, hast du dich je gefragt, wie schwer

573

es ist herauszufinden, was andere meinen, wenn sie wahrscheinlich gar nichts meinen? Anders als in einem Drehbuch. Oder was es für einen Sinn hat, dass der Sinn von etwas, wenn es gar keinen hat, wahrscheinlich ist, dass es einfach ›passiert‹? Wie das Wetter?« Dann schüttelte er den Kopf, denn er wusste nicht, was zum Teufel er dazu hätte sagen sollen. Er war mit Schauspielerinnen ausgegangen und mit Mannequins und Hostessen, und er hätte schwören können, dass er die Sorte kannte, aber Marilyn war nicht wie die anderen. So wie seine Kumpel vieldeutig sagten, mit einem Rippenstoß, um ihn zum Erröten zu bringen: *Marilyn ist schon was Besonderes, was?* Diese Arschlöcher hatten ja keine Ahnung.

Manchmal machte sie ihm Angst. Irgendwie. Wie wenn eine echte Puppe ihre blauen Glasaugen aufschlägt und man Babygeplapper erwartet, sie stattdessen jedoch etwas so Verrücktes und vielleicht Tiefgründiges sagt wie eines dieser Zenrätsel, die kein Mensch kapiert. Und das mit dem Wortschatz einer Zehnjährigen. Er beteuerte, klar verstehe er sie, mehr oder weniger. »Weißt du, Marilyn, du hast zehn Jahre lang ununterbrochen beim Film gearbeitet, fast wie ich, ein echter Profi; jetzt ist gerade Spielpause, hast nichts zu tun, so wie ich, der im Ruhestand ist, verstehst du?« – aber da wusste er schon nicht mehr, was er hatte sagen wollen. Er konnte eben einfach keinen Scheiß reden. Doch die Parallelen zwischen ihnen beiden, die konnte er sehen. Wie wenn man ein Topstar ist und die Augen der ganzen Welt auf einen gerichtet sind, und es ist Saison, mit Playoffs und Entscheidungsspielen, dann hat man genug zu denken und erst recht zu *tun* und braucht sich nicht etwas zu suchen. Und beim Spiel vergehen Stunden wie sonst nie, höchstens im Krieg oder beim Sterben. »Beim Boxen sagt man: ›Jetzt wird er endlich aufmerksam.‹ Wenn einer ordentlich was einstecken muss.« Er meinte es gut, und sie sah ihn lächelnd und verwirrt an, als spräche er eine fremde Sprache. »Es geht um Aufmerksamkeit«, sagte er stockend. »Konzentration. Wenn die nicht da ist –« Seine Worte flogen davon wie Luftballons – es mangelte ihnen an Schwere.

Daheim in Bel Air hatte er sie einmal in dem mit Kleidern übersäten Schlafzimmer beim Aufräumen ertappt, obwohl ein paar Stunden später ein Mädchen kommen würde (das er selbst eingestellt hatte). Sie hatte geduscht und war splitternackt bis auf ein turbanartig um den Kopf geschlungenes Handtuch. Als sie ihn sah, tat sie schuldbewusst und stammelte: »Ich w-weiß gar nicht, wieso es hier so aussieht. Ich muss wohl krank gewesen sein.« Es war, dachte er irgendwann, als steckten in ihr zwei verschiedene Menschen:

die offenbar völlig blinde, selbstbezogene Frau, die überall ein Chaos hinterließ, und die aufgeweckte, intelligente, verzweifelte Frau (aber eigentlich war
die noch ein Mädchen), deren Augen die seinen suchten, als wären er und sie
fünfzehn und befänden sich zusammen in dieser Zwangslage, zwei Teenager,
die plötzlich aufwachten und verheiratet waren. Prompt erschien ihm ihr
Körper nicht als der schöne, sinnliche Körper einer Frau, sondern als eine
Verantwortung, die sie gemeinsam trugen, wie ein riesiges Baby.

Doch im Haus seiner Eltern in der Beach Street in San Francisco fühlte er
sich ihr völlig fremd. Selbst dann, wenn sie ihn so sehnsuchtsvoll schuldbewusst ansah. Selbst dann, wenn sie ihn in einem unbeobachteten Augenblick
am Ärmel zupfte. *Hilf mir! Ich ertrinke.* Irgendwie verhärtete sich sein Herz
dabei. Seine erste Frau war mit seiner Familie gut ausgekommen, oder doch
einigermaßen. Und Marilyn war die Traumfrau, die einfach jeder vergöttern
musste. Und doch verstummte sie, wenn man sie fragte, wie es war, ein »Filmstar« zu sein, als hätte sie keine Ahnung. Errötete und stotterte, wenn jemand
sagte, er habe ihre Filme gesehen, als würde sie sich für sie schämen, was sie
ja vielleicht wirklich tat. Als eine der Nichten des Ex-Sportlers sie fragte:
»Sind deine Haare echt?«, brachte sie vor Verlegenheit kein Wort heraus.
Dann huschte ein hässlicher Zornesschatten über ihr Gesicht: Das war Rose,
das Miststück. Überlegen. Voller Verachtung. Aber Rose war nur eine Kellne-
rin, in diesem billigen Film, und ein Luder. Und Marilyn Monroe – ein Pin-
up-Girl, ein Fotomodell, ein Starlet und Gott weiß was sonst noch.

Er hätte ihr gern eine Tracht Prügel verpasst. Für wen hielt sie sich, dass
sie so auf seine Familie herabsah?

Er hatte es ihr natürlich nie erzählt: Er hätte ihre erste Verabredung fast
abgesagt, als ein Freund ihn anrief, um ihm zu sagen, Monroe habe ein Verhältnis mit Bob Mitchum gehabt, einem berüchtigten Kokainschnupfer und
möglicherweise Kommunist; man erzählte sich, sie sei schwanger geworden
und Mitchum habe sie im Zorn geschlagen und so eine Fehlgeburt ausgelöst.

(Ob da wohl was dran war? Er wusste, wie Gerüchte entstanden, was die
Leute zusammenlogen. Er engagierte einen Privatdetektiv, auf Empfehlung
seines Freundes Frank Sinatra, der den Mann engagiert hatte, um Ava Gardner nachzuspionieren, in die er rasend verliebt war, doch was herauskam,
nach sechshundert Dollar Bezahlung, war »ohne Beweiskraft«.)

Eines war sicher. Lange bevor er sie kannte, hatte sie für Aktfotos Modell
gestanden. Daneben hielt sich in Hollywood hartnäckig das Gerücht,
Monroe habe in ihrer Jugend auch ein paar Pornofilme gedreht, aber keiner

tauchte je auf. Nach ihrer Heirat war der Ex-Sportler über einen Geschäftspartner von einem so genannten Fotohändler kontaktiert worden, der behauptete, einige Negative zu besitzen, von denen er glaube, dass »Miss Monroes Ehemann sie gern erwerben würde«. Der Ex-Sportler rief den Mann an und fragte ihn unverblümt, ob das Erpressung sei? Der Händler protestierte, es handle sich um eine ganz normale Transaktion. »Sie zahlen, Schläger. Und ich liefere.«

Der Ex-Sportler fragte, wie viel. Der Händler nannte ihm eine Summe.

»Es gibt nichts, was so viel wert ist.«

»Wenn Sie die Dame lieben, dann ist es das wert.«

Der Ex-Sportler erwiderte leise: »Ich kann dich verprügeln lassen. Du Arsch.«

»Hey, aber nicht doch. Das ist nicht die richtige Einstellung.«

Der Ex-Sportler gab keine Antwort.

Der Händler sagte schnell: »Ich meine es doch nur gut. Ich bin ein alter Bewunderer von Ihnen. Und von der Dame. Sie ist wirklich eine Klassefrau. Eine der wenigen, die anständig sind. Frauen, meine ich.« Er hielt inne. Der Ex-Sportler hörte ihn atmen. »Ich hab einfach stark das Gefühl, diese Negative sollten vom Markt, damit sie nicht dem Falschen in die Hände fallen.«

Man arrangierte ein Treffen. Der Ex-Sportler ging allein hin. Er sah sich die Abzüge lange an. Sie war so jung gewesen! Fast noch ein Kind. Es waren Kalenderfotos, aus der Serie, zu der auch »Miss Golden Dreams« gehörte, das Bild, das er aus dem *Playboy* kannte. Einige viel direkter. Einen Busch dunkelblonden Schamhaars, die zarten Sohlen ihrer nackten Füße. Ihre Füße! Er hätte ihr gern die Füße geküsst. Dies war die Frau, die er liebte, bevor sie die andere Frau geworden war. Sie war noch nicht Marilyn. Ihr Haar war nicht platinblond, sondern honigbraun, wellig und lockig und schulterlang. Ein zutrauliches Mädchen mit einem süßen Gesicht. Selbst ihre Brüste sahen anders aus. Ihre Nase, ihre Augen. Wie sie den Kopf neigte. Sie hatte noch nicht gelernt, Marilyn zu sein. Er merkte, dass dies das Mädchen war, das er wirklich liebte. Nach der anderen, nach Marilyn, war er verrückt, oder sie machte ihn verrückt, aber zu trauen war ihr nicht.

Der Ex-Sportler kaufte die Abzüge und die Negative und bezahlte den »Fotohändler« in bar, derart angewidert von dem Geschäft, dass er es kaum schaffte, dem Mann in die Augen zu sehen. Nicht nur, weil der Ex-Sportler mit diesem Mädchen verheiratet war, sondern er war wirklich anständig. Er war genau so, wie die Welt ihn sah: männlich, stolz und zurückhaltend.

»Sehen Sie. Sie haben das Richtige getan.« Wie ein Boxer, der darauf trainiert ist, nicht in Führung zu gehen, sondern zurückzuschlagen, riss der Ex-Sportler auf diese höhnische Bemerkung hin den Kopf hoch und sah seinem Peiniger in die Augen, einem schwammigen Weißen unbestimmten Alters, mit fettigen Haaren und Koteletten und einem überkronten Grinsen, und wortlos ballte der Ex-Sportler die Faust und schlug in die Kronen hinein, mit einem richtigen Schlag aus der Schulter heraus, einem verdammt guten Schlag für einen Mann, um fast vierzig und nicht richtig in Form und im Grunde ein friedliebender Mensch und kein Raufbold. Der Händler schwankte und ging zu Boden. Alles mühelos und sauber wie ein Homerun. Selbst das hübsche *Krack!* des Hiebes. Keuchend, immer noch wortlos, seine aufgesprungenen Knöchel betastend, ging der Ex-Sportler schnell davon.

Er würde das inkriminierende Material zerstören. Die Abzüge, die Negative. Sie in Rauch aufgehen lassen.

»›Miss Golden Dreams 1949‹. Wenn ich dir damals begegnet wäre.«

Diese Episode spielte sich der Ex-Sportler immer wieder vor wie einen Film. Es war sein Film, niemand wusste davon. Er würde der Blonden Darstellerin nie etwas davon erzählen. Wenn er sie in seiner Familie sah, ihr gezwungenes, müdes Lächeln, den gelangweilten glasigen Blick, dann musste er sich eingestehen, dass seine Großzügigkeit, seine Nachsichtigkeit, die Zuneigung seiner Familie, die Mühe, die seine Mutter sich gab, an seine Frau verschwendet waren. Sie nahm jetzt vielleicht keine Drogen mehr, doch sie war verdammt egozentrisch und egoistisch. Kaum waren sie am Sonntagabend mit dem Essen fertig, war sie schon wieder verschwunden. Wo zum Teufel steckte sie? Der Ex-Sportler spürte die Blicke seiner Verwandten, als er losstapfte, um sie zu suchen. Und er wusste, sobald er draußen war, würden sie sich auf Italienisch zuflüstern: *Das ist ihre Sache, geht nur die beiden was an. Meint ihr, dass sie schwanger ist?*

Sie machte in ihrer beider Schlafzimmer Bühnenanzübungen. Winkelte die Beine an, berührte ihre Zehen. Sie trug ein rost-orangerotes Seidenkleid, das er ihr in New York gekauft hatte, was keine sehr passende Bekleidung war, und sie hatte keine Schuhe an und Löcher und Laufmaschen in den Strümpfen. Auf dem ungemachten Bett und den Stühlen und selbst auf dem Teppich lagen Kleidungsstücke herum, ihre und seine, und feuchte Handtücher, Bücher – verdammt, er hatte genug von ihren Büchern, einer ihrer Koffer war fast nur mit Büchern gefüllt, er musste das Scheißding tragen, und er nahm es übel. In Hollywood machte man unverhohlen darüber

Witze, dass Marilyn Monroe sich für eine Intellektuelle hielt, obwohl sie keinen High-School-Abschluss hatte und jedes zweite Wort falsch aussprach. »Warum bist du so schnell verschwunden? Was soll das hier?« Sie schenkte ihm ein strahlend unechtes Filmlächeln, und da langte er ihr eine.

Keine Faust. Mit der offenen, flachen Hand.

»Oh! – oh, bitte.«

Sie taumelte zurück, ließ sich aufs Bett fallen. Bis auf ihren lippenstiftroten Mund war ihr Gesicht leichenblass und sah aus wie Porzellan, kurz bevor es zerspringt. Eine einzelne Träne rollte ihr über die Wange. Er saß schon neben ihr, hielt sie im Arm. »Nein, Daddy. Es war meine Schuld. Oh Daddy, es tut mir so *leid*.« Sie fing an zu weinen, und er hielt sie im Arm, und wenig später schliefen sie miteinander oder versuchten es, aber draußen vor dem Fenster, vor der geschlossenen Tür hörte sie leise, gedämpfte Stimmen, wie verplätschernde Wellen. Schließlich gaben sie es auf und hielten einander nur in den Armen. »Daddy, verzeih mir? Ich tu's auch nie wieder.«

Eigentlich war es der Ex-Sportler, der offiziell nach Japan eingeladen worden war, um dort die Baseball-Saison des Jahres 1954 zu eröffnen, doch scharf waren die Journalisten, die Fotografen und die Leute vom Fernsehen auf die Blonde Darstellerin. Es war die Blonde Darstellerin, die die Menschenmengen unbedingt zu Gesicht bekommen wollten. Am Flughafen von Tokio hielten Sicherheitsbeamte Hunderte von gaffenden und merkwürdig stillen, keine Miene verziehenden Japanern zurück. Nur ein paar riefen der Blonden Darstellerin etwas zu, in einem gespenstischen, fast uniformen Sprechgesang – »*Monchan! Monchan!*« Einige von den jüngeren Fans gingen so weit, Blumen zu werfen, die auf den schmutzigen Betonboden fielen wie abgeschossene Singvögel. Die Blonde Darstellerin, die noch nie im Ausland gewesen war und erst recht nicht auf der anderen Seite der Erdkugel, hielt sich am Arm des Ex-Sportlers fest. Sicherheitsbeamte geleiteten sie rasch zu ihrem Wagen. Der Blonden Darstellerin war noch nicht aufgegangen, was der Ex-Sportler mit beleidigender Deutlichkeit sah: dass die Menschenmengen ihretwegen da waren und nicht seinetwegen. »Was ist das: ›*monchan*‹?«, fragte die Blonde Darstellerin argwöhnisch und bekam von der Betreuerin flötend gesagt: »Sie.« »Ich? Aber Ihr Land hat doch meinen Mann eingeladen, nicht mich.« Sie war entrüstet um seinetwillen; empört griff sie nach seiner Hand. Zu beiden Seiten der Zufahrtsstraße zum Flughafen drängten sich weitere Japaner, um die *monchan* hinter getöntem Panzerglas steif auf dem Rücksitz der Limousine sitzen zu sehen. Sie winkten energischer, als es die anderen im Terminal gewagt hatten, und sie warfen energischer Blumen, mehr Blumen und größere, die dumpf auf das Dach und die Windschutzscheibe aufklatschten. In einem gespenstischen, fast einstimmigen Sprechgesang skandierten sie wie Roboter: »Mon-chan! Mon-chan! *Mon-chan!*«

Die Blonde Darstellerin lachte nervös. Versuchten sie, den Namen »Marilyn« auszusprechen? Klang so »Marilyn« auf Japanisch?

Vor dem vornehmen Imperial-Hotel warteten weitere Menschenmengen. Die Straße war abgesperrt worden. Ein Polizeihubschrauber dröhnte über ihren Köpfen. »Oh! Was wollen die nur?«, sagte die Blonde Darstellerin leise. Dies war eine verrückte Szene aus einem Charlie-Chaplin-Film. Einer Stummfilmkomödie. Nur, dass die Menge hier nicht stumm war, sondern ungeduldig und laut. Die Blonde Darstellerin wollte protestieren; hieß es nicht, die Japaner wären sehr zurückhaltend? Traditionsbewusst, überaus höflich? Außer im Krieg, erinnerte sich die Blonde Darstellerin voll Grauen, oh, man denke nur an Pearl Harbor! man denke an die japanischen Kriegsgefangenenlager! An japanische Gräueltaten! Und sie dachte auch an Hirohitos Schädel auf dem Radio. Diese leeren Augenhöhlen, deren Blick sich in ihre Augen bohrte, wenn ihre Wachsamkeit nachließ. »MON-CHAN! MON-CHAN!«, brauste der Sprechgesang. Die Blonde Darstellerin und der Ex-Sportler wurden, beide sichtlich erschüttert, in das Hotel geführt, während Hunderte von Polizisten mit der wimmelnden Menge rangen. »Oh, was wollen diese Leute nur von *mir*? Ich dachte, diese Kultur sei unserer überlegen. Ich hatte es ge*hofft*.« Die Blonde Darstellerin meinte das durchaus ernst, aber niemand hörte es. Niemand hörte ihr zu. Das Gesicht des Ex-Sportlers war zornesrot. Die Reise hatte so lange gedauert, dass sein Kinn von Bartstoppeln verschattet war.

Rasch die Formalitäten in der Hotellobby und in der Luxussuite im achten Stock, die für den Ex-Sportler und seine Frau reserviert worden war. Es gab die feierliche Begrüßung durch eine Gruppe von Gastgebern und dann die feierliche Begrüßung der anderen. Indessen hallte der Sprechgesang *Mon-chan! Mon-chan! Mon-chan!* von der Straße zu ihnen herauf. Er war fordernder geworden, wie ein plötzlich vom Wind aufgepeitschter Wellenschlag. Die Blonde Darstellerin versuchte mit einem ihrer japanischen Gastgeber über Zen-Gedichte zu sprechen und über die »Ruhe im Herzen der Bewegung«, doch der Mann nickte und neigte so eifrig den Kopf und murmelte zustimmende Worte und lächelte bloß, dass sie es bald wieder aufgab. Sie war versucht, aus dem Fenster zu sehen, doch sie traute sich nicht. Der Ex-Sportler ignorierte nicht nur die Menge unten auf der Straße, sondern auch sie. Waren sie in dem Hotel eingesperrt? Wie konnten sie sich denn auf die Straße wagen? *Jetzt kommt die Strafe*, dachte sie. *Ich habe zugelassen, dass sie mein Baby umbringen. Es ist mir hierher gefolgt. Es will mich verschlingen.*

Sie war die einzige Frau im Raum. Auf einmal lachte sie und rannte ins Bad und schloss hinter sich die Tür ab.

Leicht nach Erbrochenem riechend, zitternd und blass bis auf einen grellen lippenstiftroten Mund, kam sie schließlich wieder hervor. Der Ex-Sportler, der Daddy war, wenn sie allein waren, aber jetzt nicht, redete ruhig auf sie ein, den Arm um ihre Taille geschlungen. Ihre japanischen Gastgeber hatten ihm durch einen Dolmetscher erklären lassen, wenn sie bereit wäre, sich ein paar Sekunden auf dem Balkon zu zeigen, um die Anwesenheit der draußen Wartenden zu würdigen und ihre Huldigung entgegenzunehmen, wäre die Menge besänftigt und würde sich auflösen. Die Blonde Darstellerin erschauderte. »Das k-kann ich nicht.« Der Ex-Sportler, tief beschämt, verstärkte den Druck um ihre Taille. Stockend versicherte er, er sei ja bei ihr. Der Polizeichef von Tokio würde vor ihr auf den Balkon treten und der Menge durch ein Megaphon erklären, dass Miss Marilyn Monroe sehr müde sei von ihrem Flug und sie momentan nicht unterhalten könne, ihnen jedoch danke, dass sie gekommen seien. Er würde sagen, sie fühle sich »zutiefst geehrt«, Gast in ihrem Land sein zu dürfen. Dann würde sie still hinaustreten, ein paar Worte sagen, lächeln und ihnen freundlich, aber förmlich zuwinken, und damit hätte es sein Bewenden. »Oh, Daddy, zwing mich nicht dazu«, flehte die Blonde Darstellerin schniefend. »Zwing mich nicht, da rauszugehen.« Der Ex-Sportler versicherte ihr, er würde ja ganz nah bei ihr sein. Es würde nicht einmal eine Minute dauern. »Nur, damit sie ihr ›Gesicht wahren‹ können. Damit sie heimgehen und wir essen können. Weißt du, was das heißt, ›sein Gesicht wahren‹?« Die Blonde Darstellerin löste sich vorsichtig aus seiner Umarmung. »Wessen Gesicht?« Der Ex-Sportler lachte, als sei das eine treffend witzige Entgegnung. Er legte ihr nochmals dar, was seine japanischen Gastgeber vorgeschlagen hatten, und als die Blonde Darstellerin ihn ansah, als wäre sie taub, wiederholte er, diesmal energischer: »Hör zu. Ich weiche nicht von deiner Seite. Es ist japanisches Protokoll. Sie sind wegen ›Marilyn Monroe‹ hergekommen, und nur ›Marilyn Monroe‹ kann sie erlösen.« Endlich schien die Blonde Darstellerin zu begreifen.

Endlich willigte sie ein. Der Ex-Sportler dankte ihr mit brennendem Gesicht. Sie zog sich in ein Schlafzimmer zurück, um sich umzuziehen, und kam zum Erstaunen des Ex-Sportlers gleich darauf wieder heraus, in einem dunklen maßgeschneiderten Wollkostüm und einem roten Schal um den Hals. Sie hatte Rouge aufgelegt und Puder und irgendetwas mit ihrem Haar gemacht, es wirkte voller und platinschimmernder als die von dem langen Flug plattgedrückte und zerzauste Frisur. Die Menge hatte weiterhin fast klagegesangartig skandiert: »*Mon-chan. Mon-chan.*« Sirenen heulten. Am Himmel dröhnten mehrere Hubschrauber. Schritte draußen auf dem Gang, Männerstimmen, die Befehle brüllten. Kam die kaiserliche japanische Armee, um das Hotel zu besetzen? Oder gab es keine japanische Armee mehr, war sie von den Alliierten aufgelöst worden?

Die Blonde Darstellerin wartete nicht, bis man sie auf den Balkon führte, sondern trat, von dem Ex-Sportler gefolgt, schnell hinaus. Auf der Straße, acht Stockwerke unter ihnen, hielt eine Meute von Fotografen und Fernsehteams, die sich von ihrem privilegierten Korridor vor dem Hotel bis auf die Fahrbahn ergoss, die Szene für die Nachwelt fest. Scheinwerfer flammten im Dunkeln wie verrückte Monde. Der Polizeichef von Tokio sprach durch ein Megaphon zu der Menge, die jetzt respektvoll schwieg. Dann trat die Blonde Darstellerin, von dem Ex-Sportler eskortiert, an die Brüstung. Schüchtern hob sie die Hand. Ein Raunen ging durch die riesige Menschenmenge. Erneut setzte der Sprechgesang ein, jetzt melodischer, liebkosend – »Mon-*chan*. Mon-*chan*.« Lächelnd, plötzlich durchströmt von bitterem Glücksgefühl, stützte die Blonde Darstellerin sich mit den Händen auf die Balkonbrüstung und starrte in die Menge hinab. *Wo keine Gesichter zu sehen sind, da ist Gott.* Menschenmassen, so weit das Auge reichte, ein riesiges vielköpfiges Tier, verzückt und erwartungsvoll.

»Ich bin – ›*mon-chan*‹. Ich liebe euch.« Der Wind riss ihre Worte davon, die Menge lauschte dennoch gebannt. »Ich bin – ›*mon-chan*‹. Vergebt uns Nagasaki! Hiroshima! Ich liebe euch.« Sie hatte kein Megaphon, und ihre heiser gehauchten Worte blieben ungehört. Dicht über dem Hoteldach glitt mit ohrenbetäubendem Lärm ein Helikopter vorbei. Mit Grandezza griff sich die Blonde Darstellerin mit beiden Händen ins Haar, packte die teure platinblonde Perücke, löste sie von ihren eigenen Haaren (die flach zurückgekämmt waren und mit Haarklammern festgesteckt), riss sie hoch und schleuderte sie in den Wind. »›Mon-*chan*‹ – liebt dich! Und dich! Und dich!«

Tief unter ihnen verzückte japanische Gesichter, sprachlos angesichts der Garbe von hellblondem Haar, das ein paar unerträgliche Sekunden lang vom Wind – einem kalten Nordwind – getragen wurde und dann zu fallen begann, in einer weiten Spirale trudelnd, im Gleitflug wie der Habicht, um schließlich in einem Schlund sehnsüchtig erhobener Hände zu verschwinden.

Als sie an jenem Abend endlich allein waren, wandte sich die Blonde Darstellerin ab, als der Ex-Sportler sie berührte. Bitter sagte sie: »Du hast mir nicht geantwortet: Wessen Gesicht?«

In ihrem Tagebuch aus Tokio findet sich diese knappe Eintragung:

Die Japaner haben einen Namen für mich.
Monchan nennen die Japaner mich.
»Teures kleines Mädchen« nennen die Japaner mich.
Und meine Seele fliegt für mich.

Er wollte sie nicht ziehen lassen. Er fand, das sei zu diesem Zeitpunkt »keine sehr gute Idee«.
Sie fragte ihn, was es denn für ein Zeitpunkt sei. Wodurch er sich von anderen unterscheide.
Darauf wusste er keine Antwort. Sein verdrossenes Gesicht ähnelte den aufgesprungenen Knöcheln.
Hinterher würde die Blonde Darstellerin zu ihrer Verteidigung sagen: Es war doch reiner Zufall, oder? Was konnte *sie* denn dafür?
Dass sie in Tokio, auf einer Party in der amerikanischen Botschaft, diesen Oberst der amerikanischen Streitkräfte traf. So zuvorkommend! Und so viele Orden! Der Oberst, der sich zu ihr hingezogen fühlte wie alle Männer im Saal, fragte sie, ob sie bereit wäre, zur Unterhaltung der in Korea stationierten US-Truppen beizutragen?
Die altehrwürdige amerikanische Tradition, »die Moral« der Soldaten »zu heben«. Die altehrwürdige amerikanische Tradition, der zufolge Hollywood-Stars gratis vor Massen von GIs auftraten, wovon dann Fotos in *Life* erschienen.
Wie konnte die Blonde Darstellerin da nein sagen? Berauschende Erinnerungen an Wochenschauen aus den vierziger Jahren: Berühmtheiten wie

Rita Hayworth, Betty Grable, Marlene Dietrich, Bob Hope und Bing Crosby und Dorothy Lamour, die *zur Unterhaltung der Truppen in Übersee beitrugen*.

Und so hauchte die Blonde Darstellerin: *Oh, ja, Sir, vielen Dank! Das ist das mindeste, was ich tun kann.*

Nur wusste sie leider nicht genau, warum in Korea US-Truppen stationiert waren. Hatte es nicht letztes Jahr einen Waffenstillstand gegeben? (Und was war das eigentlich genau?) Die Blonde Darstellerin sagte dem Oberst, sie könne Amerikas imperialistische militärische Interventionen in fremden Ländern nicht gutheißen, aber sie könne verstehen, dass sich die amerikanischen GIs fern der Heimat, so weit weg von ihren Familien und ihren Liebsten, furchtbar einsam fühlten.

Sie können ja nichts für die Politik. Ebenso wenig wie ich!

Zum Glück hatte sie das tiefausgeschnittene tiefviolette Paillettenkleid dabei, in dem sie dem Ex-Sportler so gut gefiel. Und die silbernen Stöckelsandalen mit den Fesselriemchen.

Zum Glück konnte sie aus dem Stand wie eine übergroße Aufziehpuppe Lieder aus *Blondinen bevorzugt* singen. Wie oft hatte sie »Diamonds Are a Girl's Best Friend«, »When Love Goes Wrong«, »A Little Girl from Little Rock« gesungen. Oder den schwelenden Titel »Kiss« aus *Niagara.* Und »I Wanna Be Loved by You« und »My Heart Belongs to Daddy«. Diese Songs hatte sie als Marilyn Monroe in qualvollen Sitzungen aufgenommen, fünfundzwanzig Studiotermine, nach denen der gewiefte Gesangslehrer der Produktionsgesellschaft die Bänder sorgsam zerlegt und neu zusammengesetzt hatte, um perfekte, nahtlose Aufnahmen zu erhalten.

All das schoss der Blonden Darstellerin durch den Kopf, während der Oberst weitersprach. Und auch der Gedanke, dass dies zwar eigentlich ihre Flitterwochen waren, dass der Ex-Sportler sie vielleicht jedoch noch mehr lieben würde, wenn sie nicht allzeit bereitstand.

Ohne eine Miene zu verziehen, sagte sie zu dem Oberst: *Oh, wissen Sie was? – Ich könnte ein paar Monologe von Shakespeare vortragen. Oder Pantomime anbieten! Eine uralte Frau auf dem Sterbebett, die habe ich erst letzten Monat gespielt. Was meinen Sie?*

Was machte der Oberst da für ein Gesicht! Die Blonde Darstellerin drückte seine Hand, ja sie hätte ihn am liebsten geküsst. *Oh hey, das war nur ein Scherz.*

Der Ex-Sportler blieb also allein in Japan. Es seien ihre Flitterwochen, doch sie hätten auch berufliche Verpflichtungen – hatte er den verdammten Reportern erklärt, die sich in der Öffentlichkeit stets an seine Fersen hefteten –, denen sie nachkommen mussten. Der Ex-Sportler fuhr zu Baseball-Spielen in ganz Japan, ohne seine Frau, die Blonde Darstellerin, dafür aber mit großem Gefolge, und überall wurde er, der hochgewachsene, liebenswürdige Mann, als der große amerikanische Baseball-Held gefeiert. Tag für Tag wurde er bei Mittagessen und Banketten mit endlos vielen Gängen gefeiert. (Wobei er zum Teil hätte schwören können, dass sich in den widerlichen Delikatessen, die er dort essen musste, etwas bewegte, Gott, wie sehnte er sich nach einem Cheeseburger mit Pommes frites, nach Spaghetti mit Fleischklößchen, ja selbst nach einem klebrigen Risotto!) Vielleicht ein Trinkgelage samt Geishas? Das mindeste, was einem Mann zusteht, in Japan. Einem Mann, der ohne Frau herumreist, der von seinem Naturell her Junggeselle ist, der wütend ist auf seine Frau, nach der sich alle hartnäckig erkundigen: *Wo ist Mari-lyn?*

Wo doch er es war, der Ex-Sportler, den sie nach Japan eingeladen hatten.

Je mehr er darüber nachdachte, umso wütender wurde er. Einfach abzuhauen und ihn im Stich zu lassen. Und sie hatte nur so getan, vor der Heirat, als würde sie sich für Baseball interessieren! Entsetzt hatte er mit angehört, wie sie einem japanischen Reporter erklärte: *Beim Baseball ist doch ein Spiel wie das andere, mit kleinen Abweichungen. Wie das Wetter? Von einem Tag auf den anderen?*

Nein, das würde er ihr nie verzeihen. Sie würde sich sehr viel Mühe geben müssen, bis er ihr das verzieh.

Inmitten einer Meute von Fotografen und Fernsehteams wurde die Blonde Darstellerin auf einem unruhigen Flug von einer Militäreskorte nach Seoul begleitet, der Hauptstadt von Südkorea, und dann mit einem noch unruhiger fliegenden Hubschrauber zu abgelegenen Marinestützpunkten und Feldlagern gebracht. Die Blonde Darstellerin trug olivgrünen Kampfdress: lange Unterhosen, Hosen, Hemd und Anorak und schwere Schnürstiefel. Auf dem Kopf trug sie eine Armeemütze mit Kinnriemen, gegen den eisigen Wind. (Denn auch wenn schon April war, so war dies doch kein April in L. A.!) Sie sah aus wie ein zwölfjähriges Mädchen, bis auf ihre wunderbar weit aufgerissenen, langwimprigen blauen Augen und ihren lippenstiftroten Mund.

Ob Marilyn Angst hatte? Von wegen. Keine Spur. Vielleicht wusste sie nicht, dass Helikopter manchmal abstürzen, vor allem bei starkem Wind. Vielleicht dachte sie sogar, wenn Marilyn in dem Hubschrauber sitzt, kann nichts passieren. Oder vielleicht dachte sie, wie sie uns mit dieser himmlischen Kleinmädchenstimme versicherte: Wenn ich dran bin, bin ich dran. Oder eben nicht.

Ein Unteroffizier, der für *Stars & Stripes* schrieb, war ausersehen worden, die Blonde Darstellerin zu den Lagern zu begleiten. Er würde in einer Titelgeschichte berichten, wie die Blonde Darstellerin alle im Helikopter verblüffte – vor allem den Piloten! –, als sie bat, ob sie vor der Landung bitte im Tiefflug über das Lager fliegen könnten, damit sie den Männern zuwinken könne? Der Pilot fliegt also im Tiefflug über das Lager, und die Blonde Darstellerin drückt sich ans Fenster, und aufgeregt wie ein kleines Mädchen winkt sie ein paar vereinzelten Männern zu, die zufällig gerade draußen sind und hochsehen und sie erkennen. (Natürlich wissen alle im Lager, dass Marilyn Monroe irgendwann eintreffen wird. Aber nicht genau, wann.)

Bitte noch einmal, flötet die Blonde Darstellerin, und der Pilot freut sich wie ein Kind und dreht ab, streicht in einer Pendelbewegung über das Lager, und der Wind wirft uns hin und her, und die Blonde Darstellerin winkt wieder den Männern zu, und inzwischen sind es schon viel mehr, und diesmal winken die Männer zurück und schreien und laufen hinter dem Hubschrauber her wie aufgeregte kleine Jungen. Wir denken, jetzt werden wir landen, als die Blonde Darstellerin uns noch mehr verblüfft, als sie sagt: *Los, bereiten wir ihnen eine Überraschung? Machen Sie die Tür auf und halten Sie mich fest?*, und wir können gar nicht glauben, was dieses Teufelsweib vorhat, aber sie meint, das unbedingt tun zu müssen, vielleicht ist es für sie wie eine Filmszene; sie sieht vor sich, wie es vom Boden aus wirken würde, mal von oben, mal von unten gefilmt, und es ist eine spannende Szene, also wirft sie sich bäuchlings hin und sagt, wir sollen sie an den Beinen festhalten, und auf einmal sind wir alle in diesem Film; wir schieben die Luke ein Stück auf, und der Wind haut uns fast um, aber Marilyn ist wild entschlossen, ja sie nimmt sogar ihre Mütze ab – *damit sie sehen können, wer es ist!* Und sie lehnt sich hinaus, und sie fällt fast, doch sie hat keine Angst, sondern lacht über uns, weil wir die Hosen voll haben und ihre Beine so fest umklammern, dass sie bestimmt blaue Flecken bekommt, und es muss wehgetan haben, von dem eisigen Wind ganz zu schweigen, und das Haar peitscht ihr um den

Kopf, aber der Pilot tut ihr den Gefallen, denn inzwischen sagt er sich, wie wir alle: Wenn man dran ist, ist man dran, und wenn nicht, dann nicht.

Wir knattern also übers Lager, während Marilyn Monroe aus der Maschine heraushängt und den Männern winkt und Kusshände zuwirft und dazu schreit: *Oh! Ich liebe euch! ihr amerikanischen GIs!*, nicht nur einmal oder zweimal, sondern dreimal. Dreimal! Inzwischen ist das ganze Lager draußen: die Offiziere, der Kommandant, einfach alle. Männer, die Küchendienst haben, Männer aus der Krankenstation im Pyjama, Männer, die mit festgehaltener Hose aus den Latrinen stürzen. »*Marilyn! Marilyn!*«, brüllen sie alle. Ein paar klettern auf Dächer und Wassertanks, und ein paar von ihnen fallen herunter und brechen sich die Knochen, die armen Irren. Ein Kerl aus der Krankenstation rutscht aus und fällt hin und wird von den anderen überrannt. Es ist eine Mobszene. Fütterung im Zoo, Affen und Gorillas. Militärpolizisten müssen die verwegensten von ihnen mit Stockschlägen vom Landeplatz vertreiben.

Der Helikopter landet, und jetzt steigt Marilyn Monroe in unserer Mitte aus, lauter Irre, die aussehen, als hätten sie Elektroschocks bekommen und es genossen. Marilyns Wangen und Nase sind halb erfroren und weiß, ihre Augen groß und strahlend und blau und ihre Wimpern so lang, und ihr Haar weiß verfilzt, Haar von einer Farbe, wie wir sie noch nie gesehen haben, außer im Film, und man würde nicht glauben, dass es echt ist, aber das ist es, und sie hat Tränen in den Augen und ruft: *Oh! oh! dies ist der g-glücklichste Tag meines Lebens*, und wenn wir sie nicht zurückgehalten hätten, wäre sie einfach losgerannt und hätte die Hände, die die Männer nach ihr ausstreckten, ergriffen, sie hätte sie geherzt und geküsst, als wäre sie jedermanns Verlobte von daheim. Der Mob hätte ihr aus lauter Liebe die Arme ausgerissen, sie hätten ihr die zerzauste Zuckerwatte mit den Wurzeln ausgerissen, so verrückt waren sie nach ihr, darum mussten wir sie zurückhalten, und sie wehrte sich nicht, doch sie sagte, als wäre es eine große Zen-Weisheit, deren Sinn sie in dem Moment plötzlich begriff: *Dies ist der glücklichste Tag meines Lebens, oh, ich danke euch!*

Und man sah, dass sie das zweifellos ernst meinte.

Die amerikanische Göttin der Liebe
über dem U-Bahn-Schacht
New York City 1954

»Ohhhhh.«

Ein hübsches, vor prallbusig blonder Gesundheit strotzendes Mädchen in voller Blüte. In einem elfenbeinfarbenen Crêpe-Georgette-Kleid mit rückenfreiem Oberteil, das ihre Brüste in weich gerafften Stofffalten umfängt. Sie steht mit gespreizten Beinen über einem Belüftungsschacht der New Yorker U-Bahn. Den blonden Kopf verzückt zurückgeworfen, lässt sie den heraufströmenden Wind ihren weiten Rock hochblasen, sodass ein weißer Baumwollslip zum Vorschein kommt. Ein weißer Baumwollslip! Die Art, wie das elfenbeinfarbene Georgettekleid duftig flattert und fliegt, hat etwas Magisches. Das Kleid hat etwas Magisches. Ohne das Kleid wäre das Mädchen nichts als ein Stück weibliches Fleisch, roh und den Blicken preisgegeben.

Doch sie selbst denkt nichts dergleichen! *Sie* nicht.

Sie ist Amerikanerin, kerngesund und hygienisch wie ein Heftpflaster. Sie hat noch nie im Leben einen schmutzigen oder finsteren Gedanken gehegt. Sie hat noch nie etwas Trauriges gedacht. Sie hat noch nie etwas Böses gedacht. Ihr ist noch nie ein verzweifelter Gedanke gekommen. Sie hat noch nie etwas Unamerikanisches gedacht. In dem papiernen, hauchdünnen Sommerkleid wirkt sie wie eine Krankenschwester mit sanften Händen. Kräftige Schenkel, üppige Brüste, niedliche Babyspeckfalten unter den Achseln. Sie lacht und kreischt wie ein vierzehnjähriger Teenager, als der nächste Luftzug ihren Rock ergreift. Grübchen an den Knien, die strammen Beine einer Tänzerin. Das kräftige, kerngesunde Mädchen. Schultern, Arme und Brüste sind die einer voll gereiften Frau, doch das Gesicht ist das Gesicht eines Mädchens. Sie fröstelt mitten im New Yorker Sommer, als der U-Bahn-Wind ihren Rock hochwirbelt wie das stoßweise Atmen eines Liebhabers.

»Oh! *Ohhhhh.*«

Es ist Nacht in Manhattan, auf der Lexington Avenue, Ecke 51. Straße. Doch die grellweißen Lampen strahlen eine mittägliche Hitze aus. Die Göttin der Liebe steht schon stundenlang so da, mit gespreizten Beinen, in weißen Sandaletten, die so hoch und so eng sind, dass ihre kleinen Zehen für immer verkrüppelt sind. Sie hat so lange gelacht und gekreischt, dass ihr der Mund wehtut. In ihrem Rücken breitet sich Dunkel aus wie teeriges Wasser. Ihre Kopfhaut und ihre Scham brennen von der Wasserstoffbleiche am Vormittag. ›Mädchen ohne Namen.‹ ›Mädchen auf dem U-Bahn-Schacht.‹ ›Mädchen deiner Träume.‹ Es ist 2.40 Uhr in der Nacht, und die grellweißen Lampen strahlen sie an, sie allein, das blonde Kreischen, das blonde Lachen, die blonde Venus, die blonde Schlaflosigkeit, die gespreizten blonden glatt rasierten Beine und die ruhelosen blonden Hände, mit denen sie zu verhindern sucht, dass der Rock den Blick auf ihren weißen amerikanischen Mädchenslip freigibt und auf den Schatten, nur einen Schatten, der gebleichten Scham.

»Ohh*hhhh*.«

Jetzt schlingt sie die Arme um ihren Körper, unter dem üppigen Busen. Mit flatternden Augenlidern. Zwischen den Beinen, da kann man ihr fraglos vertrauen, ist sie sauber. Sie ist kein schmutziges Mädchen, da ist nichts Fremdes oder Exotisches. Sie ist ein sauberer amerikanischer Schlitz. Hohl. Garantiert. Sie ist ausgeschabt worden, leergespült, kein Wundgewebe, das die Lust stört, und kein Geruch. Vor allem kein Geruch. ›Mädchen ohne Namen‹, Mädchen ohne Erinnerung. Sie hat noch kein langes Leben hinter sich und auch kein langes Leben mehr vor sich.

Liebe mich! Schlag mich nicht.

An der Grenze des flimmernden weißen Lichtscheins drängt sich wie an der Grenze des Anstands eine Menge, hauptsächlich Männer, finstere Einzelgänger, die unruhig sind und erregt und sich hinter den Polizeiabsperrungen versammelt haben, seit die Aufnahmen um halb elf begannen. Man hat die Straße abgesperrt wie für einen offiziellen Anlass – *Oh, was? hier wird ein Film gedreht? Marilyn Monroe?*

Und da, zwischen den anderen, genauso anonym wie sie, steht der Ex-Sportler, der Ehemann. Sieht mit den anderen zu. Lauernde, erregte, gaffende Männer. Männer im Rudel. Im Pulk, durch den sexuelle Begierde wogt wie eine Welle durchs Wasser. Explosive Stimmung. Zornige Stimmung. Eine Stimmung, Leid anzutun. Stimmung, zu packen! Er, der Ehemann, gehört mit zum Rudel. Sein Gehirn steht in Flammen. Sein Schwanz steht in Flammen. Grimmig schwelenden blauen Flammen. Das Gefühl, wie dieses Geschöpf ihn berühren und küssen, mit diesen Fingern streicheln wird. Mit sanfter, hauchiger, schuldbewusster Stimme. *Ohhh Daddy ach es tut mir so leid dass ich dich so lange hab warten lassen warum hast du nicht im Hotel auf mich gewartet ach warum nicht?* Bis die weißen Lampen ausgeknipst werden und die gesichtslosen Männer gegangen sind, und auf einmal, wie nach einem Schnitt im Film, sind sie allein in ihrer Suite im Waldorf-Astoria, über sich leise klirrende Kristalllüster und garantiert ungestört, und dann wird sie ihn anflehen und vor ihm zurückweichen. Derselbe Kinderatem. Vor Angst glänzende Puppenaugen. *Nein. Daddy, nicht. Ich arbeite doch? Morgen? Alle werden es merken* – doch seine Hand, die Hand des Ehemanns, rutscht aus. Beide Hände. Zu Fäusten geballt. Es sind große Hände, Sportlerhände, geübte Hände, Hände mit schwarzen Härchen auf dem Rücken. Weil sie sich ihm widersetzt. Ihn provoziert. Sich zu schützen versucht vor seinen gerechten Schlägen – *Hure! Du bist wohl stolz darauf? Dir unter den Rock sehen zu lassen, auf offener Straße! Meine Frau!* –, und mit dem letzten Schlag taumelt sie, das ›Mädchen ohne Namen‹ gegen die mit Seide bespannte Wand, berauschend wie ein Homerun ist das.

»*Schöne verlorene Tochter*«

Sie sollte den Umschlag eine Weile in der zitternden Hand halten, bevor sie ihn öffnete. Eine Grußkarte mit roter Rose darauf und den Worten HERZ-LICHEN GLÜCKWUNSCH ZUM GEBURTSTAG, TOCHTER. Und darin ein einzelnes Blatt, mit der Maschine beschrieben.

1. Juni 1955

Liebe Tochter, liebe Norma Jeane,

ich schreibe dir heute an deinem Geburtstag, um dir alles Gute zu wün-schen und dir mitzuteilen, dass ich krank war, aber oft an dich gedacht habe.

Heute ist dein 29. Geburtstag! Du bist jetzt eine erwachsene Frau & wahr-haftig kein Kind mehr. ~~»Marilyn Monroes« Karriere wird ja wahrschein-lich mit dreißig mehr oder weniger beendet sein~~?

Ich habe deinen »neuen Film« nicht gesehen – der vulgäre Titel und die Werbung, die riesigen Reklametafeln & Plakate und dieses primitive Bild von dir mit dem hochfliegenden Rock, sodass alle Welt alles sehen kann, haben mir nicht gerade Lust gemacht, mir eine Karte zu kaufen.

Aber ich will dich nicht kritisieren, Norma Jeane, denn du hast dein eige-nes Leben. Ihr seid eine Nachkriegsgeneration. Du hast das Drama mit dei-ner kranken Mutter überlebt und Karriere gemacht, & dafür verdienst du Anerkennung.

Ich muss sagen, dass ich gehofft hatte, einmal deinen Mann kennen zu ler-nen! Ich gehöre seit langem zu seinen Bewunderern. Auch wenn ich kein so eingefleischter Baseball-Fan bin wie manch anderer. Norma Jeane, es hat mich sehr enttäuscht (~~wenn auch nicht sehr überrascht~~), dass deine Ehe mit diesem Spitzensportler mit einer Scheidung geendet hat & diesen hässlichen Indiskretionen in der Presse. Wenigstens sind keine Kinder da, über die Schande kommt.

Trotzdem hoffe ich, einmal ein Enkelkind zu bekommen. Eines Tages! Bevor es zu spät ist.

Es geht das Gerücht, dass gegen »Marilyn Monroe« ermittelt wurde, wegen Umgangs mit Kommunisten & Konsorten. Meine liebe Tochter, ich hoffe inständig, dass es in deiner Vergangenheit nichts gibt, was dich belastet. Dein Leben in Hollywood ist sicher reich an dunklen Flecken. Der »Sturz der amerikanischen Regierung« ist eine ernst zu nehmende Gefahr. Wenn die Roten einen Atomschlag landen, bevor wir unsere Männer zu den Waffen rufen können, wie soll unsere Zivilisation dann überleben? Jüdische Spione wie die Rosenbergs würden uns an den Feind verraten & haben den Tod durch den elektrischen Stuhl verdient. Es ist Unrecht, für die »Redefreiheit« einzutreten, so, wie du es getan hast, wenn man keine Ahnung hat, wie die Wirklichkeit aussieht. Man hat ja gesehen, was solche verräterischen Individuen, die uns einst als »bedeutend« verkauft wurden, wie zum Beispiel Charlie Chaplin oder der Neger Paul Robeson, tun, wenn sie in die Enge getrieben werden. Aber genug davon! Meine Tochter, wenn wir uns eines Tages persönlich unterhalten, hoffe ich, dich von deinem Irrtum überzeugen zu können.

Ich verspreche dir, dass ich mich bald bei dir melde. Zu viele Jahre sind verstrichen. Selbst deine Mutter kommt mir in der Erinnerung jetzt eher krank als bösartig vor. Als ich jetzt krank war, ist mir klar geworden, dass ich ihr vergeben muss. Und ich muss dich sehen, schöne verlorene Tochter Norma. Bevor ich »die lange Reise antrete«, über das Meer.

Dein unglücklicher Vater

Nach der Scheidung

»Einmal, bitte.«

Die Frau an der Kasse des Sepulveda Theatre in Van Nuys, eine stämmige Wasserstoffblondine, die auf einem Auge schielte, wie eine Puppe, deren Kopf man zum Spaß geschüttelt hat, schob Norma Jeane Kaugummi kauend die Karte hin, ohne noch einmal aufzusehen.

»Dieser Film läuft wohl ziemlich gut?«

Die Kartenverkäuferin nickte kurz, Kaugummi kauend.

»Marilyn Monroe soll ja angeblich aus Van Nuys sein? War auf der Van Nuys High School?«

Die Kartenverkäuferin zuckte die Achseln, Kaugummi kauend. Sagte gelangweilt: »Ja, anscheinend. Ich hab 1953 meinen Abschluss gemacht. Sie ist 'n ganzes Stück älter.«

Ein Abend im Juli 1955. In dem Vorortkino, in dem vierzehn Jahre zuvor, in ihrer verlorenen Jugend, sie und ein Junge namens Bucky Glazer ihre ersten Rendezvous gehabt hatten. Sich in den letzten Reihen, wo es nach fettigem Popcorn roch, nach Haarspray und Pomade, die feuchten Hände gehalten und »geknutscht« hatten. Wo Norma Jeane und Elsie Pirig zwölf Ess- und zwölf Salatteller aus hellgrünem Plastik mit Lilienmotiv überreicht worden waren. Dieser freudige Schreck, gewonnen zu haben! Auf die Bühne gebeten zu werden, während alle klatschen! *Was habe ich dir gesagt, Süße? Heute ist unser Glückstag.* Aunt Elsie war so aufgeregt gewesen, dass sie Norma Jeane um den Hals gefallen war und auf ihrer Wange einen Lippenstiftfleck hinterließ, doch es sollte das letzte Mal sein, dass Norma Jeane und ihre Tante Elsie zusammen ins Sepulveda gingen.

Du hast mir das Herz gebrochen. Kein Ehemann hat mich je so verletzt.

Und wie oft hatte sie nicht in diesem Kino einst allein oder in Begleitung zu der Goldenen Prinzessin und dem Dunklen Prinzen aufgeblickt. Wie hatte sie sich gesehnt nach diesem schönen, unglückseligen Paar. Wie hatte sie sich gesehnt, sie zu sein. Und andererseits von ihnen geliebt zu werden. Hinaufgeholt zu werden in ihre vollkommene Welt, sich in ihrer Schönheit und ihrer Liebe zu sonnen, und nie war es in jener Welt still, sondern ständig war

Musik zu hören, Filmmusik; nie ruderte man hilflos mit den Armen wie in rauer See und in der schrecklichen Angst zu ertrinken.

Jetzt prangte über dem Vordach des Kinos eine Reklametafel mit einer überlebensgroßen Marilyn Monroe in der berühmten Pose aus dem *Verflixten 7. Jahr*. Lachende blonde Marilyn, wie sie dastand mit gespreizten Beinen und fliegendem elfenbeinfarbenem Plisseerock, sodass man ihre Beine, ihre Schenkel und den adretten weißen Baumwollslip sah.

Sieh dich doch an! Du elende Kuh. Streckst allen Euter und Fotze hin.

Selbst Norma Jeane musste hinsehen. Sah und sah – nicht. *Meine Frau nicht! Hast du gehört?* Sie hatte es gehört. Ein Brausen in den Ohren von seinem Schlag, und sie hörte es als Brummen immer noch, wenn auch ganz schwach. Begleitet vom schneller gewordenen Pulsieren ihres Blutes.

»Aber er wird mich nie mehr schlagen. Niemand.«

Es war eine gute Zeit für sie. Dieser Monat. Der letzte Monat und die Monate davor waren weniger gut gewesen. Seit der Trennung und der Scheidung im Oktober. Sie war mehrmals umgezogen. Und noch öfter hatte sie ihre Telefonnummer geändert. Ihr früherer Ehemann hatte sie bedroht. Ihr früherer Ehemann verfolgte sie. Rief sie an. Sie sagte davon niemandem ein Wort. Sie konnte ihn nicht noch mehr verraten. DIE WAHRHEIT ÜBER MARILYNS NEUNMONATIGE EHE. EIN TRAUERSPIEL. Die Wahrheit hatte sie niemandem erzählt. Sie war nicht im Besitz der Wahrheit. AUGENZEUGENBERICHT ÜBER DIE »ÜBEL ZUGERICHTETE« MARILYN IN NEW YORKER KRANKENHAUS. Es hatte keine Augenzeugen gegeben. Nicht einmal das unglückselige Paar. Sie war in kein Krankenhaus eingeliefert worden, weder in New York noch anderswo. Der Hotelarzt hatte sie behandelt. Neunzig Minuten darauf, um fünf Uhr morgens, war Whitey diskret in die Luxussuite gekommen, die der Ex-Sportler verlassen hatte, und hatte mit seinen Zaubererhänden die Blutergüsse und auch einen Striemen über dem linken Auge unsichtbar gemacht. Sie küsste ihm vor Dankbarkeit die Hände. Als sie im Spiegel ihre Schönheit wiedererstehen sah.

Wenn auch nicht in ihrem Herzen, so doch zumindest im Spiegel. Und hier stand nun ihr Spiegel-Double, blond und triumphierend, über dem Vordach des Kinos und lachte, als ob sie nie etwas Unschönes erlebt hätte, erleben würde.

»... war auf der Van Nuys High School. In der Abschlussklasse von siebenundvierzig.«

»Sind Sie sicher? Ich dachte später.«

Aber ich habe gar keinen Abschluss gemacht. Ich habe stattdessen geheiratet.

Als sie das Foyer durchquerte, und vielleicht sahen ihr ein paar Leute nach – schließlich war sie fremd hier, und die Welt war klein in Van Nuys –, aber es erkannte sie niemand, und es würde sie auch niemand erkennen. Wenn sie nicht erkannt werden wollte, wurde Norma Jeane auch nicht erkannt, selbst wenn sie manchmal ohne Perücke ausging, denn wenn sie nicht Marilyn war, dann war sie nicht Marilyn. Erst recht nicht an diesem Abend mit der dunkelbraunen Perücke mit Pudelfrisur, der großen roten Kunststoffsonnenbrille und ohne Make-up, ja sogar ohne Lippenstift, in einem marineblauen Hausfrauenkleid aus Viskose mit stoffbezogenem Gürtel und Knöpfen, mit bloßen Füßen in billigen Ballerinas aus Stroh. Die Pobacken beim Gehen zusammenkneifend, als habe man ihr Novocain in den Hintern gespritzt. Unerkannt selbst von den Stammgästen im Foyer, die Marilyn Monroe auf den Plakaten und Standfotos anstarrten und von ihr sprachen, von dem High-School-Mädchen in Van Nuys Mitte der vierziger Jahre, ja, aber damals hieß sie nicht »Marilyn Monroe«, sondern wie noch gleich? – »Sie war von einem Ehepaar hier adoptiert worden. Dem Mann gehört der Schrottplatz in der Reseda Street. Pisig? Aber sie ist von zu Hause abgehauen. Vielleicht hat Pisig sie vergewaltigt, doch das ist vertuscht worden.«

Norma Jeane hätte die Leute am liebsten zurechtgewiesen: *Sie wissen überhaupt nichts über mich oder Mr. Pirig. Halten Sie sich da raus!*

Aber letztlich ging es Norma Jeane nichts an, was fremde Leute sagten. Egal, ob sie nun über sie sprachen oder wen oder was sonst.

Das Foyer des Sepulveda hatte sich kaum verändert. Sie erinnerte sich gut an die roten Samtimitat-Tapeten, an die Spiegel mit den goldenen Rahmen und den roten Plüschteppich, an den schmutzigen Kunststoffläufer von der Kasse zum Eingang. Die Plakate und Standfotos zu den Filmen, die »Diese Woche« gezeigt wurden oder »Demnächst«, hingen an denselben Stellen. Die Welt war so voller Verheißungen! Immer wieder neue Filme, immer eine Doppelvorstellung. Außer wenn ein Film ein absoluter Renner war (wie *Das verflixte 7. Jahr*), gab es jeden Donnerstag ein neues Programm. *Etwas, worauf man sich freuen kann. Wer würde sich denn da umbringen wollen!*

Der Kartenabreißer war ein Teenager in einer Platzanweiseruniform mit traurigen Augen und von Akne verunzierten Wangen. Er tat Norma Jeane leid, denn kein Mädchen würde ihn küssen wollen. »Viel los heute Abend. Für einen Wochentag?«, sagte sie lächelnd. Der Kartenabreißer zuckte mit den Achseln, riss ihre Karte ab und gab ihr den Rest zurück. Er brummelte so etwas wie: »Ja, sieht so aus.«

Er war als Platzanweiser fest angestellt. Er hatte *Das verflixte 7. Jahr* unzählige Male gesehen. Der Film lief seit Mitte Juni. Als er die Augen zu Norma Jeane hob, sah er eine Frau, die er möglicherweise für alt genug hielte, seine Mutter zu sein. Warum hätte seine Gleichgültigkeit sie verletzen sollen? Sie war nicht verletzt.

Sie war so froh! Erleichtert. Dass niemand hier sie erkannte. Dass sie so allein durch die Welt gehen konnte. Als unverheiratete Frau. Alleinstehende Frau. Ihre linke Hand war frei von Ringen. Der Abdruck des Verlobungsrings und des Ehrings an ihrem Mittelfinger kaum noch zu sehen. Sie hatte sie in jener Nacht im Waldorf Astoria mit Hilfe von etwas Coldcream abgestreift. Hatte an den Ringen gedreht und gezogen, bis sie sie über den Knöchel bekam. Merkwürdig, dass ihre Finger ähnlich geschwollen waren wie ihr Gesicht. Wie bei einer allergischen Reaktion.

Der Hotelarzt hatte ihr eine Seconal-Spritze gegeben, »zur Beruhigung der Nerven«, denn sie war völlig hysterisch gewesen und hatte gedroht, sich etwas anzutun. Tags darauf hatte Doc Bob ihr am frühen Nachmittag eine zweite Dosis Seconal verabreicht.

Das war jetzt Monate her. Seit letztem November hatte sie keine Seconal-Injektion mehr bekommen.

Sie brauchte keine Medikamente! Nur manchmal, um schlafen zu können. Aber dies war eine gute Zeit für sie. Ihr war klar geworden, dass es im Leben immer gute Zeiten geben muss, zum Ausgleich für die schlechten. Und dies war eine gute Zeit, denn sie war endlich zur Ruhe gekommen in einem gemieteten Haus am Südostrand von Westwood, und sie hatte Freunde (keine Leute vom Film), denen an ihr lag und denen sie vertrauen konnte. Doch, bestimmt! Und die Bosse bei der Produktionsgesellschaft beteten sie wieder an. Hatten ihr alles verziehen. Denn der neue Film brachte ihnen noch mehr Geld ein als *Blondinen bevorzugt*. Und ihr Gehalt war auf tausendfünfhundert Dollar eingefroren. Doch das würde sie jetzt vorerst akzeptieren. Sie war jetzt erst einmal dankbar, am Leben zu sein. *Vielleicht sollte ich uns beide umbringen. Das wäre das Beste.* Doch er hatte sie nicht umgebracht und würde das auch nicht tun. Sie war ihn los. Sie liebte ihn, aber sie war ihn los. Sie war nie von ihm schwanger geworden. Er hatte nie etwas von Baby erfahren. Und wenn sie auch im Schlaf geweint hatte, er hatte es nicht erfahren. Er hatte sie in den Armen gehalten, und sie hatte ihn Daddy genannt, und er hatte sie getröstet, aber er hatte es nie erfahren. Im Oktober hatte er der Scheidung endlich zugestimmt und versprochen, sie nicht zu belästigen, doch sie hatte Grund zu glauben, dass er sie manchmal verfolgte. Er beobachtete ihr Haus in Westwood. Oder hatte jemanden engagiert. Oder sogar mehrere Personen. Sofern das keine Einbildung war! Doch der gesichtslose Mann in dem metallen glänzenden grauen Chevrolet-Coupé, der ihr in ihrer Wohnstraße in Westwood langsam gefolgt war, mit einem Wagen Abstand nur, war sicher keine Einbildung gewesen, denn in der Wilshire Street war er schneller gefahren, um sie nicht zu verlieren, und sie hatte versucht, ganz ruhig zu bleiben, hatte tief geatmet und die Atemzüge mitgezählt, während sie ihr Auto durch den Verkehr lenkte, und bei der nächsten Gelegenheit war sie rasch in die Auffahrt einer Auto-Bank gebogen, um wenige Sekunden später in einer Seitenstraße zu wenden, Gas zu geben und dann, obwohl der metallic-graue Chevrolet schon aus ihrem Rückspiegel verschwunden war, rasch noch über die Kreuzung zu sausen, als die Ampel gerade auf Rot umsprang; vergnügt wie ein kleines Kind brauste sie auf der Schnellstraße Richtung Norden davon, nach Van Nuys. »Ihr kriegt mich nicht! Keiner von euch!«

In Hochstimmung fuhr sie nach Van Nuys. Sie verließ die Schnellstraße und fuhr an der Van Nuys High School vorbei, die seit dem Krieg erweitert worden war, und sie empfand nichts, kein Gefühl, höchstens einen kleinen Stich, weil Mr. Haring nach ihrem Abgang von der Schule nie mehr etwas von sich hatte hören lassen, denn in ihren Träumen hatte sie sich immer wieder ausgemalt, wie ihr Englischlehrer zum Haus der Pirigs kam und klingelte und die erstaunte Elsie Pirig fragte, ob Norma Jeane zu Hause sei, und da stand er dann und schimpfte Norma Jeane aus und fragte sie, warum sie mit der Schule aufgehört habe, ohne ihm etwas zu sagen? und so früh? bei ihren Aussichten – »Eine der besten Schülerinnen meiner gesamten Laufbahn.« Doch Mr. Haring war nicht gekommen, um sie zu retten. Er hatte ihr nicht geschrieben, als sie Marilyn Monroe geworden war; war er denn nicht stolz auf sie? Oder schämte er sich für sie, wie ihr früherer Ehemann? »Ich war verliebt in Sie, Mr. Haring. Aber Sie wohl nicht in mich!« Es war eine Filmszene, aber keine sehr originelle oder überzeugende, denn es gab nicht die richtigen Worte dafür, und in ihrer jugendlichen Verzweiflung hatte Norma Jeane sie nicht finden können.

Sie fuhr weiter. Wischte sich unter Herzjagen Tränen aus den Augen. Durch den Ort hindurch, der wohlhabender wirkte als während des Krieges – mehr Wohnhäuser, mehr Geschäfte –, den Van Nuys Boulevard und Burbank entlang, und da! Mayer's Drugstore mit einer neuen weiß gekachelten Fassade (ob es drinnen wohl noch den schönen facettierten Spiegel gab?), und in einer Mischung aus freudiger Erregung und Angst fuhr Norma Jeane zur Reseda Street und am Haus der Pirigs vorbei – das Haus! –, das jetzt mit Teerpappe (Ziegelmotiv) verkleidet war, aber sonst unverändert. Da, Norma Jeanes Fenster unter dem Dach! Sie fragte sich, ob die Pirigs wohl noch Pflegekinder aufnahmen. Sie rümpfte die Nase; es roch nach verbranntem Gummi. Die Luft war verqualmt. Sie lächelte, als sie sah, dass Warren Pirigs Geschäft auf das Nachbargrundstück ausgeufert war. Autowracks, ein Pickup und drei Motorräder, die ZU VERKAUFEN waren. Norma Jeane fand, auch die Pirigs hätten sie fallen lassen, doch in Wirklichkeit hatte Elsie Pirig ihr geschrieben, an die Produktionsgesellschaft, nur hatte sie in ihrem Schmerz und ihrer Wut die Briefe zerfetzt. Jetzt war die Rache umso süßer! – »Ich fahre gerade an eurem hässlichen Haus vorbei. Ich bin jetzt ›Marilyn Monroe‹. Ihr seid da drin, es ist Abendessenszeit, und ich werde nicht anhalten und euch besuchen. Jetzt würdet ihr mich gern sehen, nicht wahr? Jetzt, Warren, würdest du hinsehen, nicht wahr? Ihr würdet mir ein Bier aus dem Kühlschrank holen, wie einer erwachsenen Person. Ihr würdet mich sehr respektvoll behandeln. Würdet mich bitten, Platz zu nehmen, und mich anstarren und immer nur anstarren, und ich würde sagen: ›Na, Warren, warst du nicht ein klein wenig in mich verliebt? Du hast doch bestimmt gemerkt, wie sehr ich in *dich* verliebt war.‹ Und auch zu Elsie würde ich höflich sein. Oh, was wäre ich freundlich zu ihr! So reizend wie das ›Mädchen von oben‹ aus dem *Verflixten 7. Jahr*. Als hätte es nie ein Problem gegeben. Ich würde nicht lange bleiben, mit der Begründung, ich sei in Van Nuys verabredet; zum Abschied würde ich euch Freikarten versprechen für meine nächste Premiere in Hollywood, und dann würdet ihr nichts mehr von mir hören. Das wäre dann meine Rache!«

Stattdessen brach sie in Tränen aus. Machte ihr marineblaues Hausfrauenkleid aus Viskose vorne ganz nass.

Eine Schauspielerin greift auf alles Erlebte zurück. Vor allem die Kindheit. Obwohl man sich an die Kindheit nicht erinnert. Das glaubt man bloß! Das gilt auch für später, für die Pubertät. Ich glaube, die Erinnerung besteht zu einem Großteil aus Träumen. Man improvisiert. Man kehrt in die Vergangenheit zurück, um sie zu ändern.

Aber ja! Ich war glücklich. Die Menschen waren gut zu mir. Selbst meine Mutter, die krank war und mir keine Mutter sein konnte, und meine Pflegemutter in Van Nuys. Eines Tages, wenn ich eine richtige Schauspielerin bin und in Stücken von Clifford Odets, Tennessee Williams und Arthur Miller auftrete, werde ich diesen Menschen ein Denkmal setzen. Ihrer Menschlichkeit.

»Oh. Das bin *ich*?«

Es überraschte sie, dass *Das verflixte 7. Jahr* so komisch war. ›Das Mädchen von oben‹, der Gegenstand von Tom Ewells Sommerphantasie, war wirklich *komisch*. Norma Jeane entspannte sich. Sie presste die Fingerknöchel an den Mund, sie lachte. Sie hatte sich so sehr davor gefürchtet, sich selbst zu sehen, dass es einer Offenbarung gleichkam: Was die Leute in Hollywood und die Kritiker gesagt hatten, stimmte.

Marilyn Monroe ist eine geborene Komödiantin. Wie Jean Harlow als freches Sex-Girl. Wie Mae West als Unschuld.

Es war das erste Mal, dass sie *Das verflixte 7. Jahr* sah, seit der Hollywood-Premiere im Juni, als sie vor Aufregung in eine Art Dämmerzustand verfallen war, noch bevor der Film überhaupt anfing, oder vielleicht hatte sie die ganze Melancholie erschöpft, die Mischung aus Nembutal und Champagner und den Strapazen der Scheidung, und sie hatte die riesige Technicolor-Leinwand nur verschwommen wahrgenommen, wie unter Wasser, während ringsum das Gelächter plätscherte, und der Schlaf hatte ihren prachtvollen Körper zu übermannen gedroht, der in ein trägerloses Abendkleid eingenäht war, oben herum so eng, dass sie kaum Luft bekam und ihr Hirn nicht genug Sauerstoff und ihre Augen in der tönernen Marilyn-Maske ganz glasig wurden, mit der ihr Maskenbildner Whitey ihre kranke fahle Haut und ihre geschundene Seele kaschiert hatte. Als sie am Ende des Films hatte aufstehen müssen, um sich zusammen mit ihrem Partner Tom Ewell blinzelnd dem tosenden Beifall zu stellen, war es ihr gerade noch gelungen, nicht ohnmächtig zu werden, und von dem ganzen Abend sollte sie kaum mehr in Erinnerung behalten, als dass sie ihn überstanden hatte. Und während der Dreharbeiten in New York, als ihre Ehe zerfiel wie ein nasses Papiertaschentuch, und später auf dem Gelände der Produktionsgesellschaft in Hollywood hatte sie sich die Muster nicht anschauen mögen, aus Angst, etwas zu sehen, was es ihr unmöglich gemacht hätte fortzufahren. Denn das Urteil des Ex-Sportlers war hart und klang ihr noch in den Ohren: *dich so zu zeigen. Deinen Körper. Du hast mir versprochen, dieser Film würde anders werden. Du bist widerlich.*

Aber nein! Das ›Mädchen von oben‹ war nicht widerlich. Tom Ewell war nicht widerlich. Ihre Pseudoliebesgeschichte war einfach... Komödie. Und was ist Komödie anderes als das Leben, von der heiteren statt der traurigen Seite gesehen? Was ist Komödie anderes, als dass man sich weigert zu weinen und lieber lacht? War das Lachen denn grundsätzlich weniger wert als Tränen? War eine Komödie denn grundsätzlich weniger wert als eine Tragödie? Jede Komödie, jede Tragödie? »Vielleicht bin ich schon eine Schauspielerin? Eine Komödiantin?« Wenn man Marilyn Monroe in diesem leichtfüßigen Film auf der Leinwand sah, waren ihre Virtuosität, ihr Timing und wie sie allen anderen die Schau stahl mit ihrer hauchigen Babystimme, den wogenden Bewegungen ihres göttlichen Körpers und ihrem unschuldigen Kleinmädchengesicht unverkennbar. Man sah das ›Mädchen von oben‹ mit den begehrlichen Augen Tom Ewells, und man lachte über seine täppische, pubertäre Phantasie von dem Mädchen, dessen Eroberung zum Greifen nah und unerreichbar fern war; das so willig schien und sich doch entzog. Und das war urkomisch! Die unerfüllte Begierde eines erwachsenen Mannes, eines verheirateten Manns, eines Möchtegern-Fremdgängers war urkomisch. Das Publikum im Sepulveda lachte, und Norma Jeane lachte auch. Und wie gut es tat, mit den anderen zu lachen. *Es macht uns menschlich, zusammen. Ich will nicht allein sein.*

In Norma Jeane stieg fast eine Art Stolz auf. Da auf der Leinwand war ihr blondes Film-Ich und brachte fremde Menschen dazu, sich zu entspannen, zu lachen und die Torheit der Menschen und sich selbst zu akzeptieren. Warum hatte ihr geschiedener Ehemann für ihr Talent nur Verachtung übrig gehabt? Und für sie selbst? *Er hat Unrecht. Ich bin nicht widerlich. Das ist Komödie. Dies ist Kunst.*

Doch nicht alle im Kino lachten. Hier und da saßen Männer ohne Begleitung im Publikum und feixten stieräugig zur Leinwand hinauf. Ein dicker Mann mittleren Alters mit einem Fleischwulst im Nacken gleich einem verrutschten Kinn hatte sich in Norma Jeanes Nähe gesetzt, und obwohl Marilyn Monroe auf der Leinwand seine Aufmerksamkeit voll in Anspruch nahm, schielte er zu Norma Jeane herüber; ohne sie zu erkennen, ja womöglich sogar ohne sie zu sehen, außer als eine junge Frau, die nur drei Sitze von ihm entfernt allein in einem dunklen Kino saß. *Er bindet mich in seine Marilyn-Phantasie ein. Er will, dass ich sehe, was er mit seinen Händen macht.*

Rasch stand Norma Jeane auf und suchte sich einen Platz ein paar Reihen weiter hinten und seitlich von dem einzelnen Mann. Neben einem jungen Ehepaar, das sich über den Film amüsierte. Oh, sie fühlte sich beraubt! Das war nun wirklich widerlich. Oder war es nur erbärmlich. Der Mann mit dem fleischigen Nacken sah nicht mehr zu Norma Jeane herüber, fuhr jedoch fort mit dem, was immer er tat, heimlich, verstohlen, in seinen Sitz gedrückt. Norma Jeane ignorierte ihn und konzentrierte sich auf den Film. Sie versuchte sich zu erinnern, was sie empfunden hatte – Stolz? Das Gefühl, etwas geleistet zu haben? Vielleicht waren die positiven Kritiken nicht übertrieben und Marilyn Monroe war wirklich eine begnadete Komödiantin? *Vielleicht bin ich keine Versagerin. Kein Grund aufzugeben. Mich zu kasteien.* Doch noch während sie über das mit den Augen des darbenden Strohwitwers Tom Ewell gesehene ›Mädchen von oben‹ schmunzelte, war Norma Jeane nicht ganz bei der Sache, dachte daran, wie oft sie sich als Mädchen hatte umsetzen müssen, wenn sie allein im Kino war. Hingerissen zu der Goldenen Prinzessin und dem Dunklen Prinzen hinaufstarrend, hatte sie feststellen müssen, dass andere, Männer ohne Begleitung, zu ihr herübergestarrt hatten. Hier im Sepulveda und anderswo. Oh, im Grauman's am Hollywood Boulevard war es am schlimmsten! Damals, als sie ein kleines Mädchen war und in der Highland Avenue wohnte. Einsame Männer in den Spätnachmittagsvorstellungen, deren Augen aus der Dunkelheit heraus gierig nach ihr schnappten. Als könnten sie ihr Glück nicht fassen: ein kleines Mädchen allein im Kino. Gladys warnte sie, sie solle sich nicht zu dicht neben einen Mann setzen, doch das Problem war: Die Männer wechselten einfach den Platz. Wie oft konnte sie sich umsetzen, als Kind? Im Grauman's hatte ein Platzanweiser sie einmal mit der Lampe angestrahlt und sie gescholten. Gladys warnte sie, sie solle mit keinem Mann reden, aber was war, wenn die Männer mit ihr redeten? Sie ermahnte sie, auf dem Heimweg immer dicht am Bordstein zu gehen. Unter den Straßenlaternen. *Damit man mich sah. Falls jemand versuchte, mich zu packen. War das der Grund?*

Norma Jeane machte es sich auf dem Sitz bequem, lachte mit den anderen, obwohl sie zu ihrer Linken einen einzelnen Mann bemerkte. Warum war er ihr nicht gleich aufgefallen? Er beugte sich plötzlich vor und glotzte. Ein etwas jüngerer Mann mit einer runden, blinkenden Brille und fliehendem Kinn, einem jungenhaften Gesicht, das sie an – Mr. Haring erinnerte? An ihren Englischlehrer? Doch die feinen blonden Haare waren zum Großteil ausgefallen. Norma Jeane wagte nicht, zu genau hinzusehen. Wenn es Mr. Haring war, würden sie einander nach dem Film erkennen; und wenn nicht, dann nicht. Norma Jeane zwang sich in Erwartung der nächsten Szene, zur Leinwand hinaufzulächeln. Dies war die berühmteste Szene des Films: das ›Mädchen von oben‹ auf der Straße, in ihrem elfenbeinfarbenen Georgettekleid mit dem knapp sitzenden Oberteil, den nackten Beinen und Stöckelschuhen über dem U-Bahn-Schacht, aus dem die Luft heraufströmt, die ihr den Rock hochbauscht, sodass der Verkehr auf der Lexington Avenue fast zum Erliegen kommt. Doch Norma Jeane wusste, dass die Filmszene ganz anders war als die Werbefotos. Um der Indizierung durch die Catholic Legion of Decency zu entgehen, hatte die Produktionsgesellschaft die Szene beträchtlich beschnitten: Der Rock des Mädchens fliegt nicht höher als bis zum Knie, und von dem berühmten weißblitzenden Slip ist nichts zu sehen. Dies war die Szene, auf die die Zuschauer warteten, denn sie hatten die sensationellen, weltweit verbreiteten Fotos gesehen, den fliegenden Plisseerock, den zurückgeworfenen blonden Kopf, das verzückte träumerisch-beglückte Lächeln, das die Szene zum Akt der Hingabe an die Sommerluft selbst oder zum verstohlenen, vom fliegenden Rock kaschierten Akt der Selbstbefriedigung macht: eine Pose, die man von vorn, von der Seite, von hinten, im Dreiviertelprofil sah – aus so vielen Kamerawinkeln, mochte man meinen, wie es Augen gab, zuzusehen. Norma Jeane wartete auf diese Szene, in Gedanken halb bei dem einzelnen Mann wenige Sitzplätze weiter. Konnte das Mr. Haring sein? Doch war Mr. Haring nicht verheiratet gewesen? (Vielleicht war er geschieden und lebte jetzt allein?) Würde er sie wohl erkennen? »Marilyn« im Film, seine einstige Schülerin, würde er bestimmt erkennen, aber *sie*? Es war so lange her. Sie war kein junges Mädchen mehr.

Wie merkwürdig! Das ›Mädchen von oben‹ schien wirklich ein anderes Wesen zu sein als die von Sorgen gequälte Darstellerin, die die Rolle gespielt hatte. Norma Jeane erinnerte sich an schlaflose Nächte – trotz Nembutal. Und Doc Bob verschrieb ihr Benzedrin, um sie wach zu bekommen. Sie war vor Sorge um ihre Ehe ganz krank gewesen. Der Ex-Sportler hatte darauf bestanden, den Aufnahmen beizuwohnen, obwohl er die Filmmacherei hasste, das Zähe und, wie er mit ermüdender Schlichtheit meinte, »das Unechte«

daran. Was hatte er denn gedacht?: Filme wären *echt*? Die Schauspieler würden sagen, was ihnen gerade einfiel, und nicht, was im *Drehbuch* stand? Norma Jeane hatte sich gegen den Gedanken gewehrt, dass sie möglicherweise einen ungebildeten Mann geheiratet hatte, schlimmer noch: einen dummen; nein, sie liebte ihren Mann, und er liebte sie zweifellos auch. Sein ganzes Gefühlsleben drehte sich um sie. Ja, seine ganze Männlichkeit gründete sich auf *sie*. Darum hatte sie das Mädchen spielen müssen, diese leichtfüßige, diese turbulente Komödie, während ihr Ehemann dabeistand und schweigend und finster zusah. Er hatte alle am Drehort nervös gemacht, aber da stand er: fast jeden Tag, obwohl er mit seiner Arbeit als Förderer des Baseballs und so genannter Berater von Sportartikelherstellern eigentlich genug hätte zu tun haben sollen. Seine Anwesenheit brachte Marilyn aus dem Konzept, sodass sie auf zig Einstellungen kam. »Ich will das wirklich richtig hinbekommen. Ich weiß, dass ich es besser kann.« Der Regisseur wurde zwar manchmal fuchsteufelswild, doch er gab immer nach. Denn egal, wie gut eine Szene ist, kann sie nicht immer noch besser werden? Ja!

Der Ex-Sportler fixierte sie grimmig wie der alte Hirohito auf dem Radio. Zähneknirschend bei der Vorstellung, wie seine Familie in San Francisco, seine geliebte Momma, dies sehen würde. *Diesen Schund! Diesen Sex-Schund! Nach diesem Film ist Schluss, hast du gehört?*

Was ihn zur Weißglut trieb, war, wie gut sich Marilyn und ihr Partner Ewell verstanden. Wie die beiden zusammen lachten! Wenn er und Marilyn allein waren, war sie überhaupt nicht komisch; sie lachte kaum; er lachte kaum; sie versuchte, mit ihm zu reden, gab es schließlich auf, und dann saßen sie, zum Beispiel abends bei Tisch, schweigend da und aßen. Manchmal fragte sie ihn sogar, ob sie ein Drehbuch lesen dürfe oder ein Buch! Wenn es eine Sportsendung oder Sportnachrichten gab, drängte sie ihn fernzusehen. Oh, er hatte ihr nie verziehen, dass sie ihn in Japan allein gelassen hatte, um »zur Unterhaltung« der Truppen in Korea beizutragen. Und auch den weltweiten Pressewirbel danach nicht, der den Ex-Sportler in Japan in Vergessenheit geraten ließ, wo er zwar von großen Menschenmengen gefeiert worden war, aber nicht entfernt so stürmisch wie Marilyn bei ihrer Ankunft. Insgesamt sollten mehr als einhunderttausend US-Soldaten sehen, wie sie in ihrem tiefausgeschnittenen tiefvioletten Paillettenkleid und den vorn offenen Stöckelschuhen »I Wanna Be Loved by You« und »Diamonds Are a Girl's Best Friend« sang, draußen bei Minusgraden, mit wolkendem Atem. Er hatte den Verdacht, dass sie eine kurze Affäre mit ihrem Begleiter, dem völlig hingerissenen jungen Unteroffizier von *Stars & Stripes*, gehabt hatte. Er hatte den Verdacht, dass sie eine noch kürzere Affäre, vielleicht sogar nur eine schnelle Nummer, mit einem jungen japanischen Dolmetscher von der Universität Tokio eingeschoben hatte, der in den Augen des Ex-Sportlers aussah wie ein aufrecht stehender Aal. Bei den Dreharbeiten in New York hatte er allen Grund, anzunehmen, dass sich Marilyn und Tom Ewell in den Pausen in Ewells Garderobe stahlen und es dort miteinander trieben. Zwischen den beiden herrschte ein freundschaftlich schäkerndes Einverständnis! Der Ex-Sportler war nicht eifersüchtig, aber alle am Drehort wussten Bescheid, ja wahrscheinlich sogar alle in Hollywood. Sie lachten ihn aus, den gehörnten Ehemann!

Sein Vater und seine Brüder hatten ihn offen gefragt: Hast du sie denn nicht im Griff? Was für eine Ehe ist denn das, bei euch beiden?

Schließlich konnte er sie nicht mehr lieben. Sie lieben, im Bett. Als Mann. Als der Mann, der er einmal gewesen war – der Yankee-Schläger. Und auch dafür hasste er sie. Dafür vor allem. *Du saugst einen Mann aus. Du bist innerlich tot. Du bist keine normale Frau. Ich hoffe bei Gott, dass du nie Kinder bekommst.*

Sie hielt ihm entgegen, warum er Marilyn denn so hasste, wo er Marilyn doch so geliebt hatte? Warum hasste er das ›Mädchen von oben‹? Das Mädchen war doch so reizend und gutherzig und aufmerksam und *nett*. Natürlich war sie eine Männerphantasie, ein Sex-Engel, aber das Ganze sollte doch komisch sein, oder nicht? War Sex denn nicht komisch? Solange er einen nicht umbrachte? Das ›Mädchen von oben‹ lud die Menschen ein, über es und mit ihm zu lachen, doch es war kein gemeines Lachen. »Sie mögen mich, weil ich frei von Ironie bin. Weil ich noch nicht verletzt worden bin und darum auch niemanden verletzen kann.« Als Erwachsener lernt man, was Ironie ist, ebenso, wie man lernt, was Schmerz und Enttäuschung und Scham ist, doch das ›Mädchen von oben‹ vermag dieses Wissen auszulöschen.

Die Goldene Prinzessin als New Yorker Karrierefrau Mitte der fünfziger Jahre.

Die Goldene Prinzessin ohne einen Dunklen Prinzen. Denn kein Mann ist ihr ebenbürtig.

Die Goldene Prinzessin, die für Zahnpasta, Haarshampoo und Konsumgüter wirbt. Es ist *komisch*, nicht *tragisch*, dass man mit Hilfe von hübschen Mädchen Waren verkauft; warum war Otto Öse nicht imstande, das Komische daran zu sehen? »Nicht alles ist Teil des Holocaust.« Tatsächlich war es (wie sie Mr. Wilder, dem Regisseur, erklärte) ein ergreifender, wunderbarer Befreiungsakt, dass Norma Jeane im *Verflixten 7. Jahr* in der fiktiven Gestalt der »Marilyn Monroe« Gelegenheit bekam, gewisse Demütigungen ihrer Jugend nicht als Tragödie, sondern als Komödie neu zu durchleben.

Jetzt kam die Szene mit dem hochfliegenden Rock! Mehr als vier Stunden lang hatten sie sie in New York gedreht, während derer ihre Ehe in die Brüche ging, und kein Zoll von dem Material wurde verwendet. Die endgültige Szene wurde auf dem Gelände der Produktionsgesellschaft in Hollywood gedreht, in einem Tonstudio ohne Publikum. Keine stierenden Männer, die sich hinter Absperrungen drängten. Die Szene mit dem hochfliegenden Rock war einfach verspielt und kurz. Nichts, was einen schockiert hätte. Nicht viel Jugendgefährdendes. Der Ex-Sportler hatte diese Szene im Film selbst nie gesehen. Das Mädchen kreischt und lacht und schlägt mit den Händen den Rock nieder, ihren Slip sieht man nicht, und – fertig.

»Miss! Miss!« Der Einzelgänger ein paar Sitze weiter zischte Norma Jeane zu, verstohlen in seinen Sitz gedrückt. Norma Jeane wusste es eigentlich besser, sah aber doch hin, in der Hoffnung, es sei doch Mr. Haring und er habe sie erkannt, obwohl sie wusste, als sie in das unreife, seltsam zerfressene Gesicht des Mannes schaute, die feuchten blinzelnden Augen hinter den runden Gläsern und die schweiß- und ölglänzende Stirn sah, dass dies ein Unbekannter war. »Miss – Miss – Miss!« Er keuchte. Erregt. Rutschte mit dem Unterleib auf seinem Sitz herum und bearbeitete mit beiden Händen seine Leistengegend, halb verdeckt von einer Segeltuchtasche oder einem zusammengerollten Jackett, und während Norma Jeane schockiert und angewidert zu ihm hinsah, stöhnte er leise auf, verdrehte die Augen, und die ganze Sitzreihe erbebte, als hätte ihr jemand einen Tritt versetzt. Norma Jeane war vor Verwirrung wie gelähmt. Hatte sie dies nicht schon einmal erlebt, vor langer Zeit? Oder mehr als einmal? Und sie dachte: *Ist er es? Mr. Haring? Oh, kann das sein?* Wie ein Gnom in seinen Sitz gedrückt, getraute sich der Mann, ihr eine Hand zu zeigen, sie nach unten haltend, damit niemand anderes es sah, die glänzende klebrige Flüssigkeit auf der zitternden Handfläche und den Fingern. Angeekelt und verletzt, stieß Norma Jeane einen erstickten Laut aus, sprang auf und hetzte den Mittelgang hoch, während der Mann, der Mr. Haring ähnlich sah, keckerte, ein Geräusch wie von geschütteltem Kies, das sich im großen Gesamtlachen verlor.

Der Platzanweiser mit den Aknewangen, der hinten im Kino herumlungerte, sah Norma Jeane den Gang entlangkommen, sah ihr Gesicht und fragte erstaunt: »Madam? Stimmt was nicht?«

Norma Jeane ging an ihm vorbei, ohne ihn anzusehen.

»Nicht. Es ist zu spät.«

Die Ertrunkene

Es war doch Venice Beach, oder? Sie wusste es, auch ohne zu sehen.

Irgendetwas stimmte mit ihren Augen nicht; sie hatte sie mit den Fäusten wund gerieben. Sand in den Augen. Und über ihr brach der Himmel im Morgengrauen wie ein Puzzle, das in seine Teile zerfällt. Und wenn sie sich einmal gelöst haben, kann man sie nie mehr zusammensetzen. Warum pochte! pochte! ihr das Blut so, pochte! ihr das Herz so voller Angst, dass sie es in der Hand halten konnte wie einen Kolibri.

Ich wollte nicht sterben, es war, um dem Tod zu trotzen. Ich wollte mich nicht vergiften. Gott stirbt, wenn man ihn nicht liebt, aber mich hat niemand geliebt, und ich bin nicht gestorben.

Es war Venice Beach, der harte geriffelte Sand und Nebelschwaden wie Schleier und aalig schlapper Seetang und die ersten Wellenreiter, fremd und stumm wie Meeresbewohner, die sie wassertriefend begafften. Irgendjemand hatte ihr kirschrotes Chiffonkleid zerrissen und ihre Brüste entblößt. Die Brustwarzen so hart wie Obststeine. Ihr verfilztes Haar und ihr geschwollen grinsender Mund und der feine Film Benzedrinschweiß, der ihren Körper bedeckte.

Hallo, wie heißen Sie? Ich bin Miss Golden Dreams. Finden Sie, dass ich schön bin? begehrenswert? liebenswert? Wie würde es Ihnen gefallen, mich zu lieben? Ich weiß, dass ich Sie lieben kann.

Als erstes war sie zum Santa-Monica-Pier gefahren. Das war vor Stunden gewesen. In dem Chiffonkleid, mit nackten Beinen und ohne Unterhosen. Sie war mit dem Riesenrad gefahren, sie hatte eine Karte für ein Kind gekauft und ein kleines Mädchen mitgenommen, dessen Eltern sie verwirrt anlächelten und sie zu erkennen schienen, ohne sich jedoch sicher zu sein (es gab in Hollywood ja so viele Blondinen), und sie hatte die Gondel zum Schaukeln gebracht, und das kleine Mädchen hatte in ihren Armen geschrien: *Oh! oh! oh!*, während sie in den Himmel flogen. Sie war nicht betrunken. Hier, riechen Sie mal! Ihr Atem roch frisch wie Zitronen. Wenn an ihren Armen Einstiche von Nadeln waren, in der zarten Haut ihrer Armbeuge, so hatte sie sich die Spritzen nicht selbst gesetzt. Einzelne Partien ihres Körpers waren taub geworden und davongeschwebt. Dort, wo ihr muskulöser Ex-Mann ihr Handgelenk, ihren Arm, ihren Hals gepackt hatte. Schöne starke Finger. Vor Jahren hatte es einmal jemanden gegeben, der nur zwischen ihren Brüsten Befriedigung fand, den geschwollenen, gierigen Penis zwischen ihren beiden Brüsten, die er mit zitternden Händen umfing und zusammendrückte, bis er mit einem gequälten Stöhnen kam und sein Samen sie nass machte, aber Norma Jeane war gar nicht da, ihre Augen waren leer und blind, wie Steine. *Es tut nicht weh. Und es ist schnell vorbei. Und man hat es im Nu vergessen.* Sie hatte gefragt, ob das kleine Mädchen wohl mit ihr mitkommen und eine Weile bei ihr wohnen dürfe. Hatte versucht, den Eltern zu sagen, die nach der Riesenradfahrt ganz verstört waren, sie dürften auch zu Besuch kommen. Und warum regte sich der Mann vom Riesenrad so auf? Es war doch niemandem etwas passiert. Es war doch alles nur Spaß! Sie gab dem Mann einen Zwanzig-Dollar-Schein, und er beruhigte sich. Und das kleine Mädchen war wohlbehalten, umklammerte die Hand der hübschen blonden Frau und wollte sie nie wieder loslassen. Wie ein anderes kleines Mädchen ihre Hand umklammert hatte. *Der ausgestopfte Tiger, den ich für Irina genäht habe. Er ist mit ihr verschwunden. Wohin?* Diese Morde in Los Angeles County, erst letzten Monat wieder, ein »rothaariges Fotomodell«, hieß es in den Zeitungen, erst siebzehn Jahre alt. Manchmal verscharrte der Mörder das Mädchen in einem »flachen Grab«, und der Regen wusch die sandige Erde weg und legte die Leiche frei oder was davon übrig war. Doch Norma Jeane war nie etwas zugestoßen. Sie hatte jedes der acht oder neun oder zehn vergewaltigten und verstümmelten Mädchen gekannt, oder doch kennen können, Starlets wie sie selbst bei der Produktionsgesellschaft oder Fotomodelle wie sie von der Preene-Agency oder Modelle von Otto Öse, doch keine von ihnen war *sie.* Was bedeutete das? Dass es ihr bestimmt war, länger zu leben? Älter als dreißig zu werden und Marilyn zu überleben?

Sie war nach Santa Monica gefahren, aus dem reichen Bel Air hinaus. Die Hügel. Ein Märchenschloss in der Nähe des Bel-Air-Golfclubs. Er hatte angeboten, die Kosten ihrer Scheidung von dem Ex-Sportler zu übernehmen. »Seelische Grausamkeit.« »Unvereinbarkeit.« Es war ein flaschengrüner Bentley mit einem feinen Kratzer vorn am linken Kotflügel, wo sie auf der Schnellstraße nach Santa Monica gegen die Leitplanke gekommen war. Ob Gladys wohl gerade Elektroschocks bekam? Denn ihr eigener Kopf schmerzte, fühlte sich an wie gespalten. Ihre eigenen Gedanken kamen oft vom Wege ab. Über das ›Mädchen von oben‹ konnte man lächeln, doch das

›Mädchen von oben‹ hatte einen Drehbuchtext und wich niemals davon ab. Sie hatte die meisten Lacher auf ihrer Seite. Elektroschocktherapie nannten sie es. Sie hatten Norma Jeane, die nächste Verwandte, den gesetzlichen Vormund der Kranken, um ihre Einwilligung zu einer Lobotomie gebeten. Sie, die Tochter, hatte abgelehnt. Eine Lobotomie kann bei geistesgestörten, halluzinierenden Patienten manchmal Wunder wirken, versicherte ihr der Arzt. Nein, aber nicht bei meiner Mutter. Nicht am Gehirn meiner Mutter. Meine Mutter ist eine Dichterin, meine Mutter ist eine intelligente, vielschichtige Person. Ja, meine Mutter ist ein tragischer Fall, aber das bin ich auch! Und so versetzten sie Gladys nur »Schocks«. Oh, aber das war in Norfolk gewesen, vor Jahren. Nicht in der so viel vornehmeren Klinik in Lakewood, wo Gladys sich jetzt befand.

Mutter, er will dich sehen! Schon bald. Er wird dir verzeihen, sagt er. Er wird uns alle beide lieben.

Es musste etwas zu bedeuten haben, dass ihr Vater sie »Norma« nannte. Am Anfang hatte er sie »Norma Jeane« genannt; dann, am Ende seines Briefes, nannte er sie nur noch »Norma«. So würde er sie also nennen, wenn sie sich trafen, und danach: »Norma«. Nicht »Norma Jeane« und nicht »Marilyn«. Und natürlich »Tochter«. Schließlich hatte sie sich die Schlüssel für den Bentley genommen, um ihm zu entfliehen. Doch er würde sie nicht der Polizei melden. Er betete sie an, das war sein Verhängnis. Der grunzende, kriechende kleine Schweinchen-Dick-Mann zu ihren Füßen. Marilyns bloßen Füßen. Er hatte an ihren schmutzigen Zehen gelutscht! Sie schrie vor Lachen, es kitzelte so. Er war ein guter Kerl, ein anständiger Mann, ein reicher Mann. Er war Aktionär bei der 20th Century-Fox. Er hatte ihr nicht nur die Scheidung bezahlen, sondern auch noch einen skrupellosen Privatdetektiv engagieren wollen (in Wirklichkeit einen Nebenverdiensten nicht abgeneigten Detective von der Mordkommission von L. A., auf dessen Konto einige Fälle von »Notwehr« mit tödlichem Ausgang gingen), um den Privatdetektiv des Ex-Sportlers abzuschrecken. Er hatte sie einem befreundeten Rechtsanwalt vorstellen wollen, der ihr helfen sollte, ihre eigene Produktionsgesellschaft zu gründen. *Marilyn Monroe Productions, Inc.* Sie würde der Produktionsgesellschaft entkommen und sich aus ihrem Würgegriff befreien. So wie Olivia De Havilland, die einige Jahre zuvor vor Gericht gegangen war, um ihren Vertrag mit einem der anderen Studios zu lösen, und den Prozess gewonnen hatte. Er hatte ihr ein Paar Saphirohrringe aus Madrid geschenkt; sie sagte ihm, sie trage keinen teuren Schmuck! Meine schlichte Herkunft, sagte sie. Sie werde die Saphirohrringe mit ihrem anderen teuren Schmuck in Pantoffeln und Schuhen verwahren, die man nach ihrem Tod, von Staubflocken umgeben, in einem Wandschrank finden werde. Aber jetzt noch lange nicht. Sie habe noch lange nicht vor zu sterben! Noch nicht in den nächsten Jahren.

Ich bin Miss Golden Dreams. Wie würde es Ihnen gefallen, mich zu küssen? Von Kopf bis Fuß? Hier liege ich und warte. Tausende von Männern haben mich schon geliebt. Und die Zeit meiner Herrschaft bricht gerade erst an!

Das war die Nacht, nachdem sie *Das verflixte 7. Jahr* im Sepulveda gesehen hatte. Bucky wäre von dem Film begeistert gewesen, hätte gelacht und Norma Jeanes Hand gedrückt, ganz fest. Und danach hätte er sie eines dieser aufregenden Spitzennachthemden anziehen lassen und sie richtig hergenommen, ein brünstiger junger verheirateter Mann. Doch sie war fertig mit *dem da auf der Leinwand, das nicht ich bin.* Sie hatte beschlossen zu verschwinden. Wie Harriet mit Irina. Da reichte eine Stunde! Da reichte eine Minute! Sie würde aus Hollywood und aus dem Blickfeld des Ex-Sportlers verschwinden und nach New York ziehen und dort allein in einer Wohnung leben. Sie würde Schauspielkunst studieren. Es war noch nicht zu spät! Sie würde anonym bleiben. Sie würde noch einmal von vorn beginnen, in aller Bescheidenheit, als Studentin. Sie würde Schauspielkunst für die Bühne studieren. *Living Theatre.* Sie würde in Stücken von Tschechow mitspielen, von Ibsen und von O'Neill. Filme sind ein totes Medium, sie sind nur für das Publikum lebendig. Die Goldene Prinzessin und der Dunkle Prinz sind nur für das Publikum lebendig. Werden nur vom Publikum geliebt, in seiner Unwissenheit und Not. Doch es gab keine Goldene Prinzessin, nicht wahr? Keinen Dunklen Prinzen, der einen rettete.

Schließlich war sie nach Venice Beach gefahren. Sie erinnerte sich später an ihren nackten Fuß auf dem Gaspedal und wie sie nach der Bremse suchte. Aber wo war die Kupplung? Sie hatte den zerschrammten, überhitzten Bentley auf dem Venice Boulevard stehen lassen, mit den Schlüsseln im Zündschloss. Dann weiter zu Fuß. Barfuß. Laufend. Nicht aus Angst: war nur ausgelassen und lief. Ihr hübsches Kleid war vorn zerrissen. Die groben Hände des bärtigen Obdachlosen. An diesem Stück Strand nun war sie zu Hause, im Morgengrauen. Denn Grandma Della wohnte hier ganz in der Nähe. Grandma Dellas Grab war hier ganz in der Nähe. Sie und Norma Jeane gingen zusammen über den Strand, schirmten mit der Hand die Augen ab gegen die hellen, funkelnden Wellen. Grandma Della wäre natürlich stolz auf sie; und trotzdem würde sie sagen: *Das musst du entscheiden, Kind. Wenn du dein Leben unerträglich findest.* Möwen, Küstenvögel. Drehten kreischend über ihr ihre Runden. Sie rannte in die Brandung, die ersten Wellen erstaunen einen immer mit ihrer Kraft, ihrer Kühle. Wasser ist so dünn, es rinnt einem durch die Finger, wie kann es so stark sein, so wehtun? Wie merkwürdig! Weiter draußen in diesen Wellen sah sie etwas, was lebte, ein hilflos ertrinkendes Wesen, es war an ihr, es zu retten. Oh, sie wusste, dass es nicht stimmte, es war ein Traum oder eine Halluzination oder ein Zauber, von jemand Bösem gewirkt, sie wusste es, doch es mangelte ihr irgendwie an der *Gewissheit, dass sie es wusste,* und sie musste sich schnell entscheiden. War das – Baby? Oder das Baby einer anderen Frau? Ein hilfloses Lebewesen, das nur Norma Jeane sah, das nur Norma Jeane retten konnte. Stolpernd und schwankend lief sie ins Wasser, und Wellen klatschten ihr an die Waden, die Schenkel, den Bauch. Das waren keine Liebkosungen, es waren kräftige Schläge. Spülten in den tiefen Schnitt zwischen ihren Beinen. Sie wurde umgeworfen und kämpfte sich wieder hoch. Sie konnte das kleine strampelnde Wesen sehen. Es stieg auf dem Kamm einer schäumenden Welle empor und stürzte dann in die Tiefe; stieg von neuem empor und stürzte wieder hinab. Ruderte mit den winzigen Gliedern! Sie hatte angefangen zu hyperventilieren. Nicht genug Sauerstoff. Sie schluckte Wasser. Bekam Wasser in die Nase. Eine Hand an ihrem Hals. Schöne starke Hände. *Besser für uns beide, wenn wir sterben.* Und doch hatte er sie gehen lassen – warum? Er ließ sie immer gehen, das war sein Verhängnis, er liebte sie.

Wellenreiter retteten sie vor dem Ertrinken.

Und bewahrten ihr Geheimnis, weil sie drum bat.

Ihr Glück, dass ausgerechnet der Strandabschnitt für ein halbes Dutzend Wellenreiter Treffpunkt war. In milden Nächten schliefen manche von uns sogar am Strand. Im Morgengrauen waren wir schon putzmunter und im Wasser und versuchten uns an ziemlichen Kawenzmännern. Und da taumelt diese geistesabwesend wirkende blonde Frau in einem zerfetzten Partykleid schwankend am Strand entlang. Barfuß und mit wehenden Haaren.

Zuerst dachten wir, es wäre irgendjemand hinter ihr her, doch sie war allein. Und auf einmal watet sie in die Brandung! Bei den Brechern! Wird wie eine blonde Puppe von den Wellen hin- und hergeworfen; ein paar Minuten später, und sie wäre erledigt gewesen, wenn nicht einer von uns sie gerade noch erwischt hätte, von seinem Brett gesprungen wäre und sie an den Strand gezerrt und sich rittlings auf ihren leblosen Körper gesetzt und sie künstlich beatmet hätte, wie er es bei den Pfadfindern gelernt hatte, und bald hustete sie, würgte, erbrach sich und atmete wieder normal, kehrte ins Leben zurück, hatte Glück, dass sie nicht mehr Wasser geschluckt hatte oder in die Lunge bekommen.

Es gab diesen einen wunderbaren Moment, wie im Film, den wir nie mehr vergessen würden, als die Blondine erstaunt die Augen aufschlug – blutunterlaufene gläsern-blaue Augen – und ein halbes Dutzend von uns über sich stehen sah, gebannt, weil wir wussten, wer sie war – oder sein sollte. *Oh, warum?*, ist das Erste, was sie sagt, ziemlich kläglich. Während sie doch zugleich zu lachen versucht. Und sich noch einmal erbricht, und der Junge, der sie gerettet hat, ein glatt rasierter Student aus Oxnard, wischt ihr mit der flachen Hand rasch den Mund ab, eine unvermittelte, zärtliche Geste, die kaum zu seinen neunzehn Jahren passt, und sein Leben lang wird er sich erinnern, wie die fast ertrunkene Frau, diese berühmte blonde Darstellerin, seine Hand umklammert und sie zu küssen versucht, während sie etwas sagt, was wie *Danke!* klingt, doch sie schluchzt so sehr, dass man es nicht ganz versteht, und die Brandung donnert, und der Junge aus Oxnard, der neben ihr im nassen Sand kniet, kommt nicht umhin, sich zu fragen, ob er wirklich das Richtige getan hat?

Denn vielleicht hatte sie ja sterben wollen. Und ich hatte sie daran gehindert. Aber wenn ich es nicht gewesen wäre, dann einer von den anderen Jungs, stimmt's? Also was konnte ich dafür?

Der Bühnenautor und die Blonde Darstellerin: Die Kunst der Verführung

Es gibt im Schaffensprozess einen »Er«, den »Mann« – das ist der Autor. Es gibt eine »Sie« – das ist der Darsteller oder die Darstellerin, die vom Autor den Samen seines Werks empfangen haben, die mit der Rolle schwanger gehen. Und es gibt die »Frucht«, das »Kind« – das ist die entstehende Rolle.

Stanislawski
Die Arbeit des Schauspielers an sich selbst
(Der Entstehungsprozess einer Bühnengestalt)

1

Über mich wirst du aber doch nie schreiben, oder? Über uns?
  Liebes, wo denkst du hin!
  Wir sind nämlich etwas Besonderes, oder nicht? Wir lieben uns so. Das könntest du ja doch niemandem klar machen ... was zwischen uns ist.
  Liebes, ich würde nicht einmal den Versuch wagen.

2

Der Bühnenautor hatte ein Stück geschrieben, und das Stück war zu seinem Leben geworden.

Das war ungut. Er wusste es. Ein Werk aus Worten, Sprachgefäß, und doch mit seinen Eingeweiden verwachsen, von den Arterien seines lebenden Körpers umwuchert. Von diesem neuen Werk, dem ersten in Jahren, sprach er nur in verhaltenen Tönen: »Es besteht Hoffnung. Es ist noch nicht fertig.«

Besteht Hoffnung. Nicht fertig.

Er wusste es! Niemals darf ein Bühnenstück zum Leben des Bühnenautors werden, so wenig, wie ein Buch das Leben des Autors ist. Es sind im Leben lediglich Episoden, wie ein Kräuseln, eine Welle, eine Dünung, die das Element Wasser erfassen und in Unruhe versetzen, ohne es jedoch verändern zu können. Er wusste das. Und doch hatte er so lange schon um *Das flachs-*

612

blonde Mädchen gerungen. Ein erstes grobes »episches« Gerüst war bereits am College entstanden. Dann hatte er das Stück, im Glücks- und Verzweiflungsrausch erster Liebe, beiseite gelegt und andere verfasst – war in den Nachkriegsvierzigern Der Bühnenautor geworden! – und wandte sich nun erst in den so genannten besten Jahren wieder dem *Flachsblonden Mädchen* zu, den handschriftlichen Notizen, den umständlich getippten Entwürfen, den missglückten Szenen, den zähen Szenen, den langatmigen Charakterisierungen und zunehmend vergilbten und eselsohrigen Schnappschüssen aus den zwanziger Jahren; vor allem aber hatte er die Chimäre der in das Stück gesetzten Hoffnung mitgeschleppt – von einem Leben ins nächste, von gemieteten Klausen in diverse enge Apartments in New Brunswick, New Jersey nach Brooklyn und New York City in seine jetzige Brownstone-Behausung, die sechs Zimmer in der West 72nd Street nahe dem Central Park, und die Sommerhäuser in den Adirondacks und an der Küste von Maine, ja, selbst nach Rom, Paris, Amsterdam, Marokko. Er hatte sie aus seinem Junggesellendasein in ein Leben mitgeschleppt, das Ehe und Nachwuchs in unerwarteter Weise komplizierten, ein Familienleben, an dem er anfangs, als Gegengewicht zu den Kopfgeburten, große Freude gehabt hatte; er hatte sie von der hitzig staunenden Sexualität jungen Mannestums in die müde und unsichere Sexualität seiner fünften Lebensdekade mitgeschleppt. Das Mädchen in *Das flachsblonde Mädchen* war seine erste, unerfüllte Liebe gewesen. Nie eingestanden, nie erklärt.

Jetzt war er achtundvierzig Jahre alt. Das Mädchen wäre, wenn sie noch lebte, Mitte fünfzig. Seine schöne Magda, eine Matrone! Seit über zwanzig Jahren hatte er sie nicht mehr gesehen.

Er hatte ein Stück geschrieben, und das Stück war zu seinem Leben geworden.

3

Verschwunden! Sie hob alles Geld von ihren drei Bankkonten in Los Angeles ab. Sie verschloss das gemietete Haus und hinterließ nur für ein paar wenige Menschen Nachrichten des Inhalts, dass sie aus Hollywood verschwinde und dass man doch bitte nicht traurig sein solle! Auch nicht nach ihr fahnden. Sie gab keine Nachsendeadresse an, nicht einmal ihrem aufgebrachten Agenten, weil sie zum Zeitpunkt ihres Abfluges schlicht keine hatte. Keine

Telefonnummer, weil sie keine hatte. Bücher und Unterlagen und ein paar Kleider stopfte sie hastig in Kartons und schickte die Pakete postlagernd *c/o Norma Jeane Baker* nach *New York City, New York*.

Schließlich hat Grandma Della gesagt, das müsse ich entscheiden, wenn ich mein Leben unerträglich fände. Aber es war ja nicht das Leben, das ich unerträglich fand.

4

Ein Traum von Damals. Am Abend vor der Begegnung zwischen dem Bühnenautor und der Blonden Darstellerin im Frühwinter des Jahres 1955 in New York wird der Bühnenautor von einem seiner wiederkehrenden Demütigungsträume heimgesucht.

Jener Träume, über die er seit seiner Pubertät mit niemandem gesprochen hat. Träume, die er schon im Erwachen aus der Erinnerung zu verbannen sucht!

Im Kunstwerk, denkt der Bühnenautor, *sind Träume bedeutungsschwer, lebensverändernd, oft wunderschön. Im wirklichen Leben sind Träume von kaum mehr Belang als das verwischte Panorama von Rahway, New Jersey, wie man es durch die verregnete Scheibe eines Greyhound-Busses sieht, der im Auspuffqualm über die Route 1 rollt.*

Aus dem proletarischen Rahway im nordöstlichen New Jersey stammte nämlich der Bühnenautor. Sohn deutscher Juden, die kurz vor der Jahrhundertwende aus Berlin in der Hoffnung nach Amerika ausgewandert waren, dort werde die Assimilierung glücken, dank amerikanisiertem jüdischen Nachnamen und gekappter knorriger jüdischer Wurzeln. Sie waren Juden, die es leid waren, Juden zu sein, während sie dennoch, als Juden, mit Erbitterung die Herablassung der Nichtjuden registrierten, die ihnen doch größtenteils unterlegen waren. Zusammen mit vielen anderen Immigranten sollte der Vater des Bühnenautors in Amerika in einem Maschinensaal in East New York Beschäftigung finden, er sollte in einer Metzgerei in Hoboken Beschäftigung finden und als Schuhverkäufer in Rahway, bis er schließlich den mutigsten Entschluss seiner reifen Jahre fasste und eine Konzession für den Verkauf von Kelvinator-Waschapparaten in der Main Street in Rahway erwarb; 1925 konnte er das Geschäft übernehmen, es warf stetig wachsende Gewinne ab, bis 1931 alles zusammenbrach, als der Bühnenautor im letzten Jahr die Rutgers University im nahe gelegenen Brunswick besuchte. Bankrott! Das Elend! Die Familie des Bühnenautors musste das viktorianische Haus mit den stolzen Giebeln im baumbestandenen Wohnviertel aufgeben und sich im oberen Stock des Gebäudes einrichten, in dem die Waschapparate und Trockner verkauft worden waren, einer im wirtschaftlich angeschlagenen Teil von Rahway gelegenen Immobilie, die niemand haben wollte. Der Vater des Bühnenautors litt den Rest seines langen verbitterten Lebens (bis 1961 sollte er ausharren) an zu hohem Blutdruck, Kolitis, Herzbeschwerden und »den Nerven«; die Mutter des Bühnenautors ging arbeiten, zunächst in einer Kantine, später als Ernährungsberaterin an den staatlichen Schulen Rahways, bis zum wundersamen Jahr 1949, als ihr Bühnenautor-Sohn seinen ersten Broadway-Erfolg feierte und seinen ersten Pulitzer-Preis gewann und seine Eltern für immer aus Rahway wegholen konnte. Ein Märchen mit glücklichem Ausgang.

Des Bühnenautors Traum von Damals spielt im Rahway dieser früheren Zeiten. Er schlägt die Augen auf und sieht sich zu seinem Schrecken in die Küche der engen Wohnung über dem Geschäft in der Main Street zurückversetzt. Irgendwie sind Küche und Geschäft zusammengewachsen. In der Küche stehen Waschapparate herum. Die Zeit spielt verrückt. Es ist nicht ganz klar, ob der Bühnenautor ein Knirps ist, gerade alt genug, die Schande der Familie zu empfinden, oder ob er im letzten Rutgers-Jahr ist und davon träumt, ein zweiter Eugene O'Neill zu werden, oder ob er achtundvierzig Jahre alt ist, auf unbegreifliche Weise seiner Jugend beraubt und von der Angst verfolgt, seinem fünfzigsten Jahr mit leeren Händen entgegenzugehen: seit fast zehn Jahren kein starkes, aufrüttelndes Stück. Im Traum blickt der Bühnenautor also in der Küche stier auf eine Batterie Waschapparate, alle lärmend in Betrieb. In ihnen allen wird schmutzige Seifenlauge bewegt. Der unverkennbare Geruch von verstopften Abflussrohren, Leitungen. Den Bühnenautor würgt es. Es ist ein Traum, und das scheint er zwar zu wissen, aber zugleich wirkt alles so entsetzlich lebenswahr, dass er zu der erschütternden Einsicht gelangt, es müsse im wirklichen Leben stattfinden. Irgendwie sind die Geschäftsunterlagen seines Vaters zwischen seine eigenen Schriften geraten, und alles ist leichtsinnigerweise auf dem Boden neben den Apparaten abgelegt worden, und es ist Wasser auf die Papiere geschwappt. Der Bühnenautor muss die Unterlagen retten. Eine leichte Aufgabe, der er sich mit Grauen und Ekel stellt. Und doch schwingt ein widernatürlicher Stolz dabei mit, denn es ist an dem Sohne, dem schwachen, kränkelnden Vater zu helfen. Er bückt sich, bezwingt den Würgreiz. Meidet das Atmen.

Er sieht seine Hand nach einem Stoß Papier greifen, einem braunen Umschlag. Noch ehe er ihn aber ans Licht geholt hat, merkt er, dass die Seiten vollkommen durchweicht sind, die Tinte verlaufen, die Vorlagen unbrauchbar. Auch *Das flachsblonde Mädchen*? »Großer Gott.« Kein Gebet – der Bühnenautor ist kein gläubiger Mann –, sondern ein Fluch.

Der Bühnenautor erwacht. Die Geräusche: es war sein eigener ächzender Atem. Sein Mund ist trocken und voll Säuernis, er hat in seiner Drangsal mit den Zähnen geknirscht. Er ist froh, allein in seinem Bett in dem Brownstone-Haus an der West 72nd Street zu liegen, für immer aus Rahway, New Jersey entkommen.

Seine Frau besucht ältliche Verwandte in Miami.

Den ganzen Tag wird der Traum von Damals den Bühnenautor verfolgen. Ihm aufstoßen wie eine schwer verdauliche Mahlzeit.

5

Ich kannte sie! Magda. Sie war nicht ich, aber sie steckte in mir. Wie Nell, nur stärker als Nell. Viel stärker als Nell. Sie würde ihr Kind austragen; niemand würde es ihr nehmen. Sie würde ihr Kind auf den nackten Dielen eines ungeheizten Zimmers gebären und die Schreie mit einem Lumpen ersticken.

Mit Lumpen würde sie das Blut stillen.

Dann das Kind stillen. Die großen, geschwollenen Brüste wie der Euter einer Kuh, warm und Milch schwitzend.

6

Der Bühnenautor trat an den Schreibtisch und warf einen Blick auf seine Unterlagen. *Das flachsblonde Mädchen* lag natürlich noch genau da, wo er es hatte liegen lassen. Über dreihundert Seiten an Text, Überarbeitungen, Notizen. Er hob den Packen Papier, und da fiel einer der vergilbten Schnappschüsse heraus. *Magda, Juni 1930.* Ein Schwarzweißfoto, ein hübsches blondes Mädchen mit weit auseinanderliegenden, gegen die Sonne zusammengekniffenen Augen, das dichte Haar geflochten und zur Kranzfrisur um den Kopf gewunden.

Magda hatte ein Kind bekommen, aber nicht von ihm. Nur im Stück, da war es seins.

7

Erwartungsvoll wie ein junger Liebhaber eilte der nicht mehr so junge Bühnenautor die mit Farbe bekleckerten Metallstufen der vier steilen Stockwerke hinauf in den zugigen Dachprobenraum an der Ecke Eleventh Avenue und 51st Street. So aufgeregt! atemlos! So besorgt. Als er den vor Stimmengewirr brummenden Raum betrat, musste er kurz stehen bleiben, bis sein Herzschlag sich beruhigte. Bis er sich gefangen hatte.

Er war körperlich nicht in der Verfassung, die Stufen so hastig zu nehmen wie früher.

8

Ich starb vor Angst. Ich war nicht vorbereitet. Ich war fast die ganze Nacht auf gewesen. Ich musste dauernd aufs Klo! Ich nahm keine Mittel, nur Aspirin. Und eine Antihistamin-Tablette, die mir Mr. Pearlmans Sekretärin gegeben hatte, gegen Halsschmerzen. Ich rechnete damit, dass der Bühnenautor bei meinem Anblick Mr. Pearlman beiseite ziehen würde, und das wäre dann das Ende der Vorstellung. Weil ich es nicht verdiente, dort zu sein, das wusste ich genau. Das wusste ich irgendwie von vornherein. Ich sah mich irgendwie schon wieder die Stufen hinabsteigen. Ich hatte den Text in der Hand, und ich versuchte, mich auf die Stellen zu konzentrieren, die ich rot angestrichen hatte, und mir war, als sähe ich sie zum ersten Mal. Ich kannte nur einen Gedanken: Wenn ich jetzt scheitere; es ist Winter, eiskalt. Das Sterben würde nicht schwer fallen, oder?

9

Der Bühnenautor würde es übel nehmen, das wussten alle. Außer er selbst. Wer die Blonde Darstellerin war, die für die Leseprobe mit der Rolle der Magda besetzt worden war.

Ja, man hatte ihm einen Namen genannt. Hingemurmelt. Am Telefon. Der künstlerische Leiter Max Pearlman hatte in seiner üblichen hastigen, gehetzten Art gemeint, der Bühnenautor kenne die Schauspieler alle, »außer vielleicht die Darstellerin, die den Part der Magda übernimmt. Neu im Ensemble. Neu in New York. Kannte sie nicht, bis sie vor ein paar

Wochen in mein Büro spaziert kam. Sie hat ein paar Filme gedreht, und sie hat den Hollywood-Mist satt und möchte wirklich spielen, also hat sie bei uns angefangen.« Pearlman machte eine Kunstpause. Pearlman hatte eine etwas theatralische Ader, bei ihm waren Pausen so bedeutungsvoll wie bei einem Schriftsteller die Satzzeichen. »Sie ist gar nicht schlecht.«

Der Bühnenautor, der viel im Kopf hatte, dem der demütigende Traum von Damals noch auf der Seele lag, hatte nicht noch mal nach dem Namen der Darstellerin gefragt, nicht nach ihrer Vorbildung. Es ging ja bloß um eine Leseprobe des New York Ensemble of Theatre Artists, der Truppe, mit der der Bühnenautor seit zwanzig Jahren arbeitete, nicht um eine Lesung oder szenische Lesung. Es würden nur Mitglieder des Ensembles zugelassen. Beifall war unerwünscht. Warum sollte der Bühnenautor da stutzig werden und seinen alten Freund Pearlman, mit dem ihn persönlich wenig verband, dem er aber in allen Theaterfragen blind vertraute, nach dem Namen einer wenig bekannten Darstellerin fragen? Noch dazu einer, die nicht aus New York stammte? Für den Bühnenautor gab es nur New York.

Zu viel im Kopf! Ein Schwarm Mücken, Mückengedanken, die um den Kopf des Bühnenautors sirrten, bei Tage und häufig noch in der Nacht, wenn er schlief. Selbst im Traum arbeitete er oft weiter. Die Arbeit, die Arbeit! Dagegen war jede Frau chancenlos. Einige wenige hatten seinen Körper erobert, doch nie seine Seele. Seine Frau, lange eifersüchtig auf ihn, war es nicht mehr. Dass sie sich zurückzog, hatte er kaum bemerkt, er bekam auch nur am Rande mit, dass sie häufig weg war, zu Besuch bei Verwandten. In den zwanghaften Arbeitsträumen des Bühnenautors zupften seine Finger an Wörtern, die den Weg noch nicht in seine Olivetti-Reiseschreibmaschine fanden; er lauschte angestrengt nach Dialogen von ergreifender, von unerreichter Schönheit, die erst noch zum Klingen zu bringen waren. Sein Leben bestand aus Arbeit, denn nur Arbeit rechtfertigte sein Dasein; und jede Stunde diente – oder diente eben häufiger nicht – der Vollendung seines Werkes.

Das Gewissen Amerikas zur Jahrhundertmitte. Des merkantilen Amerikas der Verbraucher. Tragischen Amerikas. Denn der Gegenschlag der Tragödie wirkt nachhaltiger als der billige Rausch der Komödie.

10

Auf dem zugigen Dachboden begann die Leseprobe. Sechs Schauspieler im Halbkreis unter nackten Glühlampen auf einem Podest auf Klappstühlen.

618

Zum ewigen Rieseln eines benachbarten Klosetts. Im dichter werdenden Qualm der Zigaretten, denn unter den Lesenden rauchten einige, und etliche unter den etwa vierzig Zuschauern.

Mit Ausnahme der zwei ältesten Veteranen des Ensembles und der Stücke des Bühnenautors waren die sechs Darsteller alle sichtlich nervös. Der Bühnenautor galt trotz seiner rabbinisch zurückhaltenden Art als äußerst kritisch, unwirsch auf schauspielerische Beschränkungen reagierend. *Machen Sie es sich mit dem Verständnis meiner Texte bloß nicht zu einfach*, hatte man ihn mehr als einmal sagen hören.

Der Bühnenautor saß wenige Schritte von den Schauspielern entfernt in der ersten Reihe. Die Blonde Darstellerin fiel ihm sogleich auf. Die ganze recht lange erste Szene hindurch, in der die Blonde Darstellerin als Magda gar keinen Text hatte, fixierte er sie, die er mittlerweile zu erkennen glaubte, während ihm Zornesröte ins Gesicht stieg. Marilyn Monroe? Hier beim New York Ensemble? Als Schülerin des grandiosen Selbstdarstellers Pearlman? Das erklärte die raunende Erregung im Publikum vor Beginn der Leseprobe, eine erwartungsvolle Stimmung, die der Bühnenautor auf sich selbst zu beziehen nicht gewagt hatte. Und jetzt fiel dem Bühnenautor auch wieder ein, dass er kürzlich erst in Walter Winchells Klatschkolumne von dem »rätselhaften Verschwinden« der Blonden Darstellerin aus Hollywood gelesen hatte, von dem Vertragsbruch, den sie dadurch beging, weil die Produktionsgesellschaft sie für einen neuen Film vorgesehen hatte. Dazu ein Foto der Monroe und die Bildunterschrift UMZUG NACH NEW YORK? Das Foto hatte ihn an ein Firmenzeichen erinnert: ein auf seine Grundzüge – lasziv gesenkte Lider, in einer Parodie lustvoller Hingabe aufreizend geöffnete Lippen – reduziertes Gesicht.

»Die? Als meine Magda?«

Doch die Blonde Darstellerin, die dort den Text des Bühnenautors in der zitternden Hand hielt, hatte wenig Ähnlichkeit mit Marilyn Monroe. Nach anfänglicher Unruhe hatte sich bei den Zuschauern die Aufregung schnell gelegt. Die Mitglieder des Ensembles waren Profis, Schauspieler und Theaterleute; Berühmtheiten waren für sie an der Tagesordnung. Talente, selbst Genies. Sie würden unparteiisch streng urteilen.

Die Blonde Darstellerin saß in der Mitte des Halbkreises, als hätte Pearlman sie zu ihrem Schutz gerade dort platziert. Sie hielt im Gegensatz zu den anderen, bühnenerfahrenen Schauspielern, unnatürlich still, Schultern gerade, Kopf – der im Verhältnis zum Körper fast übergroß wirkte – vorgereckt. Vor Nervosität befeuchtete sie sich immer wieder die Lippen. In ihren Augen schimmerten zurückgehaltene Tränen. Ihr Gesicht wirkte mädchenhaft, ihre Haut auffallend blass mit Ringen unter den Augen, die im Scheinwerferlicht noch dunkler wirkten. Sie trug einen Pullover mit Zopfmuster, dessen Farbe die grelle Beleuchtung überstrahlte, und dunkle, in die Stiefeletten gestopfte Wollhosen. Ihr blondes Haar war im Nacken zu einem kurzen Zopf geflochten. Sie trug weder Schmuck noch Make-up. *Man hätte sie nicht erkannt. Sie war niemand.* Dem Bühnenautor stieß sauer auf, dass Pearlman es gewagt hatte, die Blonde Darstellerin ohne Rücksprache mit ihm in seinem Stück zu besetzen, ohne ihn ausdrücklicher befragt zu haben. *Seinem* Stück! Seiner Schöpfung. Und nun würde diese Blonde Darstellerin, nolens volens alle Aufmerksamkeit auf sich ziehen.

Doch als die Blonde Darstellerin dann endlich am Anfang der zweiten Szene die Magda las, tat sie es so zaghaft und suchend, dass sofort klar war: ihr Stimmumfang würde nicht ausreichen. Dies war kein Hollywood-Tonatelier mit seinen Mikrophonen, Verstärkern, Großaufnahmen. Ihre Aufregung oder ihre Angst wirkte auf die Zuschauer so hypnotisierend, als stünde sie nackt vor ihnen. *Fehlbesetzung,* dachte der Bühnenautor. *Nicht meine Magda.* Ihn packte ein gewaltiger Zorn auf Pearlman, der ganz in seiner Nähe an einer Wand lehnte, auf einer Zigarre kaute und gebannt zusah. *Er ist in sie verliebt. Der Hund.*

Andererseits war die Blonde Darstellerin als Magda so reizend! In ihrer Stimme, in ihren rührend hilflosen Gesten irrlichterte etwas, das einen mit tiefem Mitgefühl erfüllte: das schwere Los einer Magda, der neunzehnjährigen Tochter ungarischer Einwanderer um 1925, die in einen vorstädtischen jüdischen Haushalt in New Jersey in Dienst gegeben wird, und das Los der Blonden Darstellerin, einer Hollywood-Erfindung und nationalen Witzfigur, die todesmutig in dieser unerbittlich ausgeleuchteten Arena gegen erfahrene New Yorker Bühnendarsteller antrat.

»Ach, bitte? Mr. Pearlman? Darf ich das noch einmal machen? Bitte.«

Ein so unschuldig wie verzweifelt vorgebrachtes Ersuchen. Die Stimme der Blonden Darstellerin bebte. Selbst der Bühnenautor, in langen Theaterjahren stoisch geworden, verzog schmerzlich das Gesicht. Keinem der Ensemble-Schauspieler stand es zu, die Arbeit zu unterbrechen, um das Wort an Pearlman oder überhaupt jemanden zu richten; dieses Vorrecht besaß allein der Regisseur, ein Vorrecht, von dem er in weiser Selbstbescheidung selten Gebrauch machte. Die Blonde Darstellerin kannte natürlich das Protokoll nicht. Ihre New Yorker Kollegen betrachteten sie, wie es Zoobesucher bei einem seltenen und schönen Exemplar einer niederen Primatenart tun mochten. Während betretenes Schweigen herrschte, schielte die Blonde Darstellerin mit einem Augenklimpern, das möglicherweise als gewinnend gedacht war, zu Pearlman hinüber, auf den Lippen ein gezwungenes Lächeln, und wiederholte mit angeraut hauchiger Stimme: »Ach, ich kann es bestimmt besser. Bitte!« Mit der Bettelei erniedrigte sie sich, wie es eine Magda sehr wohl hätte tun können. Im Publikum empfanden diejenigen Frauen, die bei Pearlman Schauspiel studiert und sich unklugerweise in ihn verliebt und sich von ihm, wie flüchtig oder sporadisch auch immer, hatten »lieben« lassen, in diesem Augenblick nicht etwa heftige Konkurrenzgefühle, sondern schwesterliches Mitgefühl und bangten mit einer, die sich eine solche Blöße gab, die einen öffentlichen Anschiss riskierte; die Männer hingegen wanden sich. Pearlman schob sich hastig die Zigarre zwischen die Zähne und biss zu. Auf dem Podest hefteten die übrigen Schauspieler ihre Augen auf die Texte. Man sah (behaupteten nachher alle!), dass Pearlman drauf und dran war, der Blonden Darstellerin auf seine barsche Art, zischelnd wie eine zweizipflige Reptilzunge, eine Abfuhr zu erteilen. Doch Pearlman grunzte lediglich: »Klar.«

11

Pearlman! Der Bühnenautor kannte den umstrittenen Gründer des New York Ensemble of Theatre Artists seit einem Vierteljahrhundert, und er hatte den Mann insgeheim immer gefürchtet. Denn den größten Respekt behielt Pearlman, gleichviel, was der neue Tag, die neue Woche, die neue Saison brachte, den Dramatikern vor, die tot waren, »Klassikern«. Er hatte das Nachkriegs-New-York mittels seiner strengen politisierten Inszenierungen von *Bernarda Albas Haus, Das Leben ein Traum, Baumeister Solness* und *Wenn wir Toten erwachen* mit García Lorca, Calderón und Ibsen bekannt gemacht; er hatte Tschechow nicht nur inszeniert, sondern übersetzt, er hatte eine Lesart ganz im Sinne des großen Dramatikers gewagt, nämlich nicht im Grabeston der Tragödie, sondern als bittersüße Komödie. Früh schon sollte er sich brüsten, den Bühnenautor »entdeckt« zu haben, obwohl sie derselben Generation angehörten und aus demselben deutsch-jüdischen Immigrantenmilieu stammten.

In Interviews, die dem Bühnenautor sauer aufstießen, sprach Pearlman vom »geheimnisvollen, ja mystischen« Kollaborationsprozess am Theater, in dem »Halbtalente« sich verbanden, sich nach Art von Darwins Vervollkommnung durch Modifikation vortasteten, um schließlich einzigartige Kunstwerke zu schaffen. »Als hätte ich meine Stücke nicht auch *ohne* ihn geschrieben.« Es stimmte jedoch, dass die frühen Stücke des Bühnenautors erst in Kooperation mit dem Ensemble endgültige Gestalt angenommen hatten, und Pearlman hatte bei der Uraufführung des ambitioniertesten Stücks des Bühnenautors Regie geführt, des Stückes, mit dem er berühmt geworden war und das für immer mit seinem Namen im selben Atemzug genannt werden würde. Pearlman sah sich als geistigen Bruder des Bühnenautors, nicht als Rivalen; er beglückwünschte den Bühnenautor zu jeder Auszeichnung, jeder Ehrung, während er jedoch in Hörweite des Bühnenautors kryptische Bemerkungen wie die folgende fallen ließ: »Genie ist das, was den Ruhm überdauert.«

Überraschenderweise, denn er selbst war nur ein mittelmäßiger Schauspieler gewesen, tat sich Pearlman besonders als Schauspiellehrer hervor. Dank Pearlmans Form von intensiver Werkstattarbeit und seiner Anleitungsmethoden hatte das New York Ensemble of Theatre Artists Weltruhm erlangt; er unterrichtete Anfänger, sofern sie begabt waren, ebenso wie Schauspieler mit Erfahrung. Für Letztere wurde das Ensemble bald zur Zuflucht: erfolgreiche Broadway- und Fernsehdarsteller, die sich nach ihren Wurzeln zurücksehnten oder danach sehnten, Wurzeln zu bilden. Die preisgünstigen Räume des Ensembles in Midtown wurden zum Refugium, sie strahlten etwas fast Klösterliches aus. Die Begegnung mit Pearlman hatte das Leben vieler Schauspieler grundlegend verändert, hatte ihren Karrieren neuen Schwung verliehen, wenn auch nicht immer kommerziellen. Pearlman verkündete: »In meinem Theater darf auch der ›Erfolgsdarsteller‹ versagen. Ein ›Erfolgsdarsteller‹ darf auf die Nase fallen, auf den Arsch, und kein Kritiker wird auch nur husten. Ein ›Erfolgsdarsteller‹ darf zugeben, dass er von seinem Beruf keine Ahnung hat. Er darf bei Null anfangen. Er darf zwölf Jahre alt sein, vier Jahre. Er darf ein Säugling sein. Wer nicht kriechen kann, Freunde, kann nicht gehen. Wer nicht gehen kann, kann nicht laufen. Wer nicht laufen kann, kann nicht fliegen. Wir fangen mit dem Einfachsten an. Im Theater geht es darum, Herzen zu zerreißen. Nicht zu unterhalten. Das Scheiß-Fernsehen und die Boulevardblätter, die unterhalten. Am Theater geht es darum, den Zuschauer zu verwandeln. Wer den Zuschauer nicht verwandeln kann, soll es lassen. Am Theater geht es darum – Aristoteles hat es als Erster gesagt, und Aristoteles hat es am besten gesagt –, im

Zuschauer tiefe Gefühle zu wecken, und dadurch in der Seele eine Katharsis zu bewirken. Ohne Katharsis kein Theater. Im Ensemble wird keiner verhätschelt, aber jeder respektiert. Jeder, der uns beweist, dass er mit Herzblut spielt, hat unseren Respekt. Wer nur weitere Lobhudelei von idiotischen Kritikern einfahren will, ist bei uns verkehrt. Ich verlange nicht viel von meinen Schauspielern, lediglich, dass ihr euch die Seele aus dem Leib spielt.« Die Wunderkinder unter den Darstellern – wie der große Nijinsky zum Beispiel –, die in der Jugend den Gipfel ihres Könnens erreichen und dann zu einem frühen Abstieg verdammt sind – galten Pearlman als die wahrhaft tragischen Gestalten.

»Der wahre Schauspieler«, sagte Pearlman, »wächst bis zum Tage seines Todes. Der Tod ist nur die letzte Szene des letzten Akts. Bis der Vorhang fällt, ist alles Probe!«

Der Bühnenautor, der zum Grübeln und zu Selbstzweifeln neigte und dessen Eitelkeit von einer ganz anderen Art war als die Pearlmans, musste vor ihm den Hut ziehen. Was für eine Lebenskraft! Was für eine Selbstgewissheit! Pearlman erinnerte den Bühnenautor an einen Matador. Klein und wendig, ein Dandy, ohne dabei von einnehmendem Äußeren oder gut gekleidet oder auch nur sonderlich gepflegt zu sein; er hatte eine grobporige Haut, er roch nach Fieberschweiß; er klatschte sich das schüttere, schmierige Haar quer über den rötlichen Schädel; mit Anfang vierzig hatte er sich die gelblichen Zähne plötzlich überkronen lassen, und jetzt blitzte sein Lächeln auf wie ein Rückstrahler. Pearlman wurde nachgesagt, er halte Schauspieler bei zermürbenden Proben bis lange nach Mitternacht fest, jedenfalls in den Tagen vor gewerkschaftlichen Vereinbarungen; und doch hieß es bewundernd oder zumindest ehrfürchtig, er verlange von niemandem, was er nicht auch sich zumute. Er arbeite zwölf, fünfzehn Stunden am Tag. Er bekannte sich freimütig zu seiner Zwanghaftigkeit; er brüstete sich, »selektiv psychotisch« zu sein. Er hatte dreimal geheiratet und fünf Kinder gezeugt; er hatte unzählige Affären gehabt, auch (wurde gemunkelt) mit jungen Männern; ihn zog unabhängig vom Äußeren der Person »inneres Feuer« an. (Demzufolge sollte er auch in Interviews stets betonen, dass er nicht der Schönheit der Blonden Darstellerin, sondern ihrer »spirituellen Begabung« wegen mit ihr arbeite.) Etliche gefeierte Pearlman-Schauspieler hatten – es ließ sich nicht leugnen – »Allerweltsgesichter«; als einziger amerikanischer Theaterregisseur wagte es Pearlman, Fettleibige in seinen Inszenierungen auftreten zu lassen, sofern sie das entsprechende Können bewiesen; er hatte Bewun-

derung, überwiegend aber Spott, geerntet, als er in einer Ensemble-Auf-
führung die Hedda Gabler in Ibsens gleichnamigem Stück mit einer unge-
schlachten, walkürenhaften Schauspielerin besetzte – »um zu zeigen, dass
Hedda die einsame Amazone in einer Welt pygmäenhafter Männer ist«.
Pearlman wurde verlacht, aber Pearlman lag nie falsch.

»Es stimmt. Ich verdanke ihm viel. Aber doch nicht alles.«

Der Bühnenautor war ein langer, hagerer, storchengleicher Mann. Von
zurückhaltender Art, wachsam, der Blick stets argwöhnisch, ein Lächeln selten. Eher den »Normalbürgern« der New Yorker Theaterwelt zuzurechnen als
den »Originalen«. Ein tüchtiger Arbeiter, ein Mann von Integrität und Verantwortungsgefühl. Zwar kein Dichter (wie sein Rivale Tennessee Williams),
aber ein ordentlicher Handwerker. Eine seiner wenigen Marotten bestand
darin, dass er zu Proben mit weißem Hemd und Krawatte erschien, als wären
Proben den üblichen Arbeitszeiten zu vergleichen, neun bis fünf, wie sie sein
Verkäufer-Vater im Rahway Kelvinator-Geschäft eingehalten hatte. Und dagegen Max Pearlman: klein, korpulent, geschwätzig, trug schlampige Pullover
und Hosen ohne Gürtel, auf dem Kopf eine griechische Fischermütze oder
einen feschen Fedora oder, im Winter, als Markenzeichen seine auffällige
schwarze Astrachan-Pelzmütze, die ihn einen halben Kopf größer erscheinen
ließ. Während der Bühnenautor den Schauspielern bei Proben oder Leseproben fein säuberlich abgefasste Notizen überreichte, verstieg sich Pearlman
gern zu Monologen, die eine Stunde währen konnten und seine Zuhörer in
gleichem Maße faszinierten wie strapazierten. Während das lange, hohlwan-
gig strenge Gesicht des Bühnenautors an eine verwitterte römische Büste erinnerte und den Frauen gefiel, hätte nicht einmal Pearlmans aktuelle Geliebte
sich dazu verstehen können, sein Gesicht als schön zu bezeichnen: teigig und
gequetscht, Lippen und Nase wulstig. Doch was für wache, staunende Augen!
Während der Bühnenautor schuldbewusst wie ein Junge lachte, den es an
einem Ort überkommt (Schule, Synagoge?), wo Lachen verboten ist, lachte
Pearlman mit einer Lust, die glauben machte, Lachen sei eine wunderbare
Sache, heilsam wie Niesen. Pearlmans Lachen! Es drang durch Wände. Man
hörte es trotz des Verkehrslärms schon draußen vorm Theater. Die Schauspieler liebten Pearlman dafür, dass er über komischen Text immer lachte, und
wenn er die Stelle Dutzende Male gehört hatte; während der Aufführungen
stellte sich Pearlman unweigerlich, selbst wenn das Stück schon länger lief,
hinten ins Theater, und wie alle leidenschaftlichen, monomanischen Regisseure wurde er so sehr eins mit dem Spiel seiner Darsteller, dass Gesicht und

Körper aus Sympathie zuckten und er an den entsprechenden Stellen lauthals lachte; seins war das lauteste und ansteckendste Lachen im Haus.

Über das Theater sprach Pearlman, wie man vielleicht von Gott sprechen würde. Oder mehr als Gott, denn das Theater war etwas, an dem man teilhatte, das man lebte. »Ihr müsst dafür sterben wollen! Für eure Begabung! Euch die Seele aus dem Leib spielen! Euch quälen, das haltet ihr schon aus. Auf der Bühne geht es um Leben und Tod, Freunde. Wenn es nicht um Leben und Tod geht, dann taugt es *nichts*.«

Das habe ich an ihm so bewundert. Er konnte alles aus einem herausholen...

Aber er hat dich benutzt, oder nicht? Als Frau ausgenutzt?

Als Frau? Als Frau bedeute ich mir nichts. Habe ich nie... ich bin nach New York gekommen, um spielen zu lernen.

Warum ist das Pearlmans Verdienst? Ich kann das schwer ertragen, in allen Interviews übertreibst du seine Bedeutung für dein Leben. Das schmeichelt ihm unendlich, eine bessere Werbung könnte er gar nicht bekommen.

Aber das stimmt doch... oder?

Du willst bloß von dir ablenken. Das tun Frauen gern. Lassen solchen Schwadroneuren den Vortritt. Du konntest schon spielen, bevor du herkamst.

Meinst du? Aber nein.

Natürlich. Auch das kann ich schwer ertragen, dass du dein Licht so unter den Scheffel stellst.

Tue ich das? Ach...

Du warst schon eine verdammt gute Schauspielerin, als du nach New York gekommen bist. Er hat dich nicht »gemacht«.

Du hast mich gemacht.

Niemand hat dich gemacht, du warst immer du selbst.

Na ja, ein bisschen was habe ich wohl gekonnt... irgendwie. Als ich die Filme gedreht habe. Und ich habe Stanislawski gelesen. Und das Tagebuch von, von... Ninsky.

Nijinsky.

Nijinsky. Ich wusste bloß nicht, was ich wusste. In der Praxis. Es... passierte einfach, wenn ich spielen musste. Improvisieren. Als würde man ein Streichholz anreißen...

Dieser Unfug. Du warst ein Naturtalent, von Anfang an.

Oh hey! Warum wirst du so böse, Daddy? Das verstehe ich nicht.

Ich will nur sagen, Liebes, dass du eine natürliche Begabung mitbringst. Eine Art Genie. Du brauchst keine Theorie. Vergiss Stanislawski! Nijinsky! Und ihn.

Ich denke kaum noch an ihn.

Jemand, der an dir herummodelt ... deinem Geist, deiner Begabung ... als würde jemand einen Schmetterling bei den Flügeln packen und die Farbschuppen verwischen.

Hey, ich bin doch kein Schmetterling. Hier, fühl mal meine Muskeln. Ich bin Tänzerin.

Seine blödsinnige Methode taugt höchstens für seinesgleichen: für die, die nicht spielen können, nicht schreiben.

Küss mich? Daddy? Komm schon.

*

Hey. Mit Mr. Pearlman hatte ich nie wirklich was.

Was soll das heißen: »wirklich«?

Ach, das bisschen, was er ... Sieh mich nicht so an, Daddy. Du machst mir Angst.

Was hat er getan?

Nichts.

Hat er ... dich angefasst?

Irgendwie. Was meinst du denn?

Wie ein Mann eine Frau anfasst?

Mmmmmm! So, meinst du?

*

Oder so? ... So?

*

Aber Daddy, ich sage doch, es war nichts dabei, weißt du?

Und was heißt das ...?

Dort in seinem Büro. Eine Gefälligkeit? Er wollte mich sprechen. Mich! Er sei skeptisch, hat er gesagt. Warum wollte eine berühmte Filmschauspielerin bei ihm lernen? Er dachte ... es wäre eine Art Publicity-Coup? Als hätte das überhaupt jemanden interessiert, wo ich hinging, was ich machte? Jetzt, wo ich mit Filmen nichts mehr zu tun habe? Er bombardierte mich mit Fragen. Er war misstrauisch, ich kann es ihm nicht verdenken. Irgendwie habe ich wohl geweint. Woher sollte er auch wissen, dass »Marilyn Monroe« eine wirkliche Person ist? Er hatte ja sie erwartet, und wer kam hereinspaziert? ich.

Was hat er dich gefragt?

Nach meiner... Motivation.

Und die wäre?

Nicht... sterben zu müssen.

Bitte?

Nicht sterben zu müssen. Weitermachen zu können...

Ich ertrage es nicht, wenn du so redest. Das bricht mir das Herz.

Oh, tut mir so leid! Ich höre sofort auf.

Also wurde er dein Liebhaber. Wie oft habt ihr es getan?

Es ging doch nicht um Liebe. Ich weiß nicht. Ach, Daddy, jetzt komme ich mir ganz schlecht vor. Du bist mir böse.

Liebes, ich bin dir nicht böse. Ich versuche nur zu verstehen.

Was denn verstehen? Ich kannte dich damals doch nicht. Ich war... geschieden.

Wo habt ihr euch getroffen, Pearlman und du? Doch wohl nicht immer in seinem stinkenden Büro.

Ach, meist im Büro! Spät, nach dem Unterricht. Ich dachte... ach, ich fühlte mich geschmeichelt. So viele Bücher! Manche davon, den Titeln nach, auf Deutsch? Russisch? Ein Foto von Mr. Pearlman mit Eugene O'Neill. Die vielen wunderbaren Schauspieler: Marlon Brando, Rod Steiger... Ich habe ein Buch auf Deutsch dort stehen sehen, das ich auf Englisch gelesen hatte – das heißt, ich habe jedenfalls den Namen »Schopenhauer« erkannt – ich habe es aus dem Regal genommen und so getan, als würde ich lesen. Ich sagte: »Ich verstehe Schopenhauer viel besser, wenn er in Englisch schreibt.«

Und was hat Pearlman gemeint.

Er hat meine Aussprache korrigiert – »Schopenhauer«. Er wollte nicht glauben, dass ich das Buch gelesen hatte. In welcher Sprache auch immer. Ich habe aber darin gelesen. Ein Fotograf hat mir mal eine Ausgabe geschenkt. »So ist die Welt wirklich: Die Welt als Wille und Vorstellung.« Ich habe darin gelesen, aber ich wurde davon so traurig.

Pearlman hat oft gesagt, wie sehr du ihn überrascht hast. Wie du wirklich bist.

Aber wie ist das denn? Wie ich wirklich bin?

Einfach du selbst.

Aber das reicht nicht, stimmt's?

Natürlich.

Nein. Es reicht nie.

Was willst du damit sagen?

Du bist deshalb Schriftsteller, weil einfach nur du zu sein nicht genügt. Ich muss Schauspielerin sein, weil einfach nur ich zu sein nicht genügt. Hey, das verrätst du aber nie jemandem, oder?

Ich würde nie über dich sprechen, Liebste. Das wäre doch, als würde ich mich selbst auspeitschen.

Du würdest doch auch nie über mich schreiben . . . oder, Daddy?

Wo denkst du hin!

Das . . . mit Mr. Pearlman . . . das ist einfach so gekommen. Wie eine kleine Gefälligkeit, als Dankeschön? Wie . . . »Marilyn Monroe«? Ein paar Minuten?

Pearlman war der Liebhaber von »Marilyn Monroe«?

Er würde es vielleicht so sagen . . . Ach, das würde ihm nicht gefallen! Dass ich dir davon erzähle.

Was hat er denn genau gemacht?

Ach, hauptsächlich geküsst. Hier und da.

Bekleidet oder unbekleidet?

Hauptsächlich bekleidet, ich weiß nicht.

Und er?

Daddy, ich weiß es nicht. Ich habe nicht hingesehen.

Und hast du . . . etwas gespürt?

Wahrscheinlich nicht. Tue ich meist nicht . . . außer bei einem Mann, den ich liebe. Wie dir.

Wir sprechen hier nicht von mir! Sondern von dir und dem Schwein.

Er ist kein Schwein! Bloß ein Mann.

Einer von vielen, wie?

*

Einer von »Marilyns« vielen Männer.

*

Hör mal, es tut mir leid. Ich versuche bloß, irgendwie damit fertig zu werden.

Daddy, jetzt weiß ich wieder! Ich habe an Magda gedacht . . . in deinem Stück. Das Geschenk, das Mr. Pearlman mir machte. Bei der Leseprobe ei-

nes deiner neuen Stücke dabei sein zu dürfen ... mit wirklichen Bühnen-
schauspielern. Das Geschenk, das du mir machtest.

Er hat dich besetzt, ohne mich zu fragen. Ich wusste gar nichts davon.
Wenn er inszenierte, hat immer er besetzt.

Er hat dir nichts gesagt, ich weiß! Ich hatte Angst ... ich verehrte dich so.
Er sagte: »Glaub mir. Ich habe deine Magda.«

Und hast du ihm geglaubt?

Ja.

Weißt du, warum ich mich nicht genauer erinnern kann: ich bin in Ge-
danken bei einer Rolle, die ich spiele, und dann ... ist es, als wäre ich an zwei
Orten gleichzeitig, verstehst du? Bei den anderen, aber nicht richtig ... da-
bei. Weshalb ich so gern spiele. Selbst wenn ich allein bin, bin ich nicht
allein.

Deine Begabung ist so natürlich, dass man bei dir kaum von »Spiel« spre-
chen kann. Du brauchst keine Technik. Ja, es ist, als würde man ein Streich-
holz anreißen. Eine Flamme lodert auf ...

Aber ich lese wirklich gern, Daddy! In der Schule hatte ich gute Noten.
Ich ... denke gern. Das ist, als würdest du dich mit jemandem unterhalten.
In Hollywood musste ich meine Bücher bei den Dreharbeiten oft verstecken.
Die Leute fanden mich komisch.

Du gerätst leicht durcheinander. Du bist leicht zu beeinflussen.

Nur von Menschen, denen ich vertraue.

Ich war so oft in seinem Büro. Die Couch ist doch ... ekelhaft, oder? Riecht
nach seinem Haaröl, nach Zigarren, alten Pastrami-Sandwiches ... Ver-
kommenheit, das ist ganz nach Pearlmans Geschmack, das entspricht sei-
nem Image, mitten am liederlichen Broadway so »kompromisslos«, »unbe-
stechlich«.

Das ist er doch auch, oder? Ich dachte, ihr seid Freunde?

Als wir 1953 vorgeladen wurden – vom Kongressausschuss für unameri-
kanische Umtriebe –, hat er sich einen teuren Harvard-Anwalt genommen.
Nichtjude. Ich, ich habe mich von einem hier aus Manhattan vertreten las-
sen, einem Freund. Einem »Kommunistenanwalt«, hieß es ... voller Idealis-
mus bin ich es angegangen. Pearlman rein pragmatisch. Ich kann von Glück
reden, dass ich nicht ins Kittchen gewandert bin.

Oh, Daddy! Das kann jetzt nicht mehr passieren. 1956. Wir sind doch weiter.

Hatte er einen Höhepunkt?

Warum fragst du nicht ihn? Ihr seid alte Freunde.

Pearlman ist kein Freund. Er war von Anfang an auf mich neidisch.

Ich dachte, Mr. Pearlman hätte dir deinen g-glänzenden Start ermöglicht.

Als wäre ich ohne ihn nichts geworden? Sagt er das? Blödsinn.

Ich weiß nicht, was er sagt. Ich kenne Mr. Pearlman doch nicht richtig. Er hat in New York Hunderte von Freunden ... ihr kennt ihn alle viel besser als ich.

Seht ihr euch noch?

Bitte! Daddy.

Du und er, wenn ihr euch begegnet ... wie er dich ansieht. Es ist mir nicht entgangen. Und du ihn.

Tue ich das?

Diese Art, die du hast.

Was für eine Art?

Die »Marilyn«-Art.

Das ist wahrscheinlich bloß ... Unsicherheit.

Du musst es mir nicht sagen, Liebes, wenn es dich zu sehr quält.

Was sagen?

Wie oft ... du und er.

Daddy, ich weiß es nicht. Ich habe keine Addiermaschine im Kopf.

Du musstest ihm deine Dankbarkeit erweisen.

War es das? Vielleicht.

Bevor wir uns kennen gelernt haben.

Oh, Daddy! Natürlich.

Also. Wie oft? Fünfmal, sechs? Zwanzig? Fünfzig?

Was denn?

Du weißt schon.

Nur ... vier-, fünfmal. Ich dachte an Magda. Ich war nicht dabei.

Er ist verheiratet.

Ja schon.

Du meinst: Was soll's; ich war schließlich auch verheiratet?

*

Hattest du jemals einen Höhepunkt?

Bitte?

Hattest du bei ihm einen Orgasmus?

Hatte ich ... ach, Daddy, ich kannte dich doch damals nicht. Nicht als wirkliche Person. Ich kannte deine Arbeit. Ich verehrte dich.

630

Hast du bei Pearlman einen Orgasmus erlebt? Wenn er dich »küsste«?
Ob ich jemals e-einen… es war doch nur für die Dauer der Szene. Und
dann war die Szene vorbei.

*

Bist du mir böse? Liebst du mich nicht?
Ich liebe dich.
Das tust du nicht! Nicht mich.
Natürlich liebe ich dich. Ich würde dich nur gern vor dir selbst retten. Dem
geringen Wert, den du dir selbst beimisst.
Ach, aber ich bin doch schon gerettet. Dieses ganz neue Leben mit dir…
Oh, Daddy, du wirst doch nie über mich schreiben, oder? Worüber wir jetzt
sprechen, oder? Wenn ich – wenn du mich, vielleicht, eines Tages nicht mehr
liebst?
Liebste, sage so etwas nicht. Du musst doch inzwischen begriffen haben,
dass ich dich immer lieben werde.

12

Dieses Stück, das sein Leben war. Und nun drang die Blonde Darstellerin,
die mit ihrer kleinen, hauchig-heftigen Stimme die Rolle der Magda las, in
sein Stück und sein Leben. Die Blonde Darstellerin hatte ihre Angst auf
Magda übertragen und Magda damit zum Leben erweckt.

Als Magda mit Isaacs Eltern sprach, klang sie armselig, stammelte mit
kaum hörbarer wispernder Stimme so, dass man peinlich berührt war und
glaubte, die Blonde Darstellerin sei der Rolle nicht gewachsen und werde
jeden Moment aufgeben, bis man, als Magda in der nächsten Szene viel
sicherer auftrat, merkte, dass die Blonde Darstellerin die Unsicherheit gespielt hatte und dass das wahrhaft »begnadete« Schauspielkunst war – eine
so überzeugende Lebenswahrheit, dass man sie körperlich spürte, als wirklich empfand. In den Szenen mit Isaac war Magda lebhaft, ja, temperamentvoll; doch was vor allem Seltenheitswert hatte in dem tristen Probenraum,
Seltenheitswert überhaupt für eine Ensemble-Arbeit, war die unverhoffte
erotische Ausstrahlung der Blonden Darstellerin, die Zuschauer wie Mitspieler überrumpelte. Auf jeden Fall Isaac. Der junge Schauspieler, den der
Bühnenautor gut leiden konnte, ein begabter, aufgeweckter, hübscher Bursche, ein dunkler Typ, Brillenträger, als jüdischer Jungintellektueller besetzt,

wusste anfangs nicht, wie er auf die Magda der Blonden Darstellerin reagieren sollte, doch bald stellte er sich auf sie ein, gab sich linkisch, wie es Isaac gewesen wäre, und überschwänglich, wie es ein Jüngling unter den Umständen sein musste. Man spürte förmlich das Knistern zwischen den beiden: dem einfachen ungarischen Bauernmädchen und dem jüngeren jüdischen Vorstadtjungen, der im Begriff war, mit einem Stipendium in die Collegewelt hinauszuziehen.

Die Zuschauer überließen sich nun dem Spiel, es wurde gelacht, denn die Szene war von einer zarten Komik, anders als alles, was der für seine Ernsthaftigkeit gefeierte Bühnenautor je versucht hatte. Die Szene endete mit Magdas »goldenem Lachen«.

Der Bühnenautor lachte auch, es war ein verwundertes Lachen, ein Wiedererkennen. Er hatte aufgehört, sich Notizen in seinen Text zu schreiben. Es war, als würde ihm das Stück, sein Stück, entrissen. Als gebe Magda, die Magda in der Version der Blonden Darstellerin, dem Ganzen eine Richtung, die nicht seine Richtung war. Oder doch?

Die Leseprobe ging weiter, die drei Akte des Stückes brachten die Entwicklung von Isaac und Magda in raschen dramatischen Sprüngen voran und in vollkommen verschiedene Leben auseinander. Der Bühnenautor dachte bei sich: welche Ironie! und doch wie passend!, denn an die Stelle des stämmigen flachsblonden ungarischen Mädchens seiner Erinnerung trat nun die empfindsame zerbrechliche Magda mit den schimmernd blauen Augen und dem platinblonden Zöpfchen. Hier deutete sich eine so schutzlose Magda an, dass man sie um keinen Preis verletzt sehen wollte. Ausgenutzt sehen wollte. Isaac und seine Eltern, New Yorker Vorstadtjuden und gemessen an Magdas ärmlicher Herkunft privilegiert und wohlhabend, waren keineswegs so sympathisch, wie es der Bühnenautor gewollt hatte. Und die Märchengeschichte, die sich der Bühnenautor ausgedacht hatte, um den Abstand zwischen den beiden Welten aufzuzeigen – Magda wird von Isaac geschwängert; Magda erzählt weder Isaac noch seinen Eltern davon; Isaac geht ans College und macht seinen Weg; Magda heiratet einen Farmer und bekommt Isaacs Kind und weitere Kinder; Isaac wird Schriftsteller und noch vor seinem dreißigsten Jahr berühmt; Isaac und Magda sehen sich verschiedentlich: zuletzt bei der Beerdigung von Isaacs Vater; bei alledem jedoch weiß der angeblich so brillante Isaac nicht, was die Zuschauer wissen, was Magda ihm zu wissen erspart hat – diese Konstruktion erschien ihm nun unbefriedigend, unvollständig.

Im Stück spricht Isaac die Schlussworte, als er Magda am Grab des Vaters gegenübersteht. »Ich werde dich nie vergessen, Magda.« Die Figuren erstarren, das Licht wird schwächer, dann Dunkel. Dieser Schluss, einst als so stimmig empfunden, wurde nun als dürftig, unvollständig entlarvt, denn was interessiert es uns, ob Isaac Magda vergisst oder nicht? Was ist mit Magda? Was wären ihre Schlussworte?

Die Leseprobe war beendet. Eine große emotionale Anstrengung für alle. Entgegen dem sonst bei diesen informellen Anlässen geltenden Protokoll wurde geklatscht. Einige Zuschauer erhoben sich sogar. Man beglückwünschte den Bühnenautor. Irrsinn! Er hatte seine Brille abgesetzt und wischte sich mit dem Ärmel die Augen, angegriffen, benommen, verwirrt lächelnd, von Panik befallen. *Eine Pleite. Warum klatschen sie? Blanker Hohn?* Ohne Brille sah er den weitläufigen Raum als pulsenden Wirbel novagleicher Lichter, verwischter Bewegungen und Dunkel. Da er keine Gesichter sah, war auch niemand zu erkennen.

Er hörte Pearlman seinen Namen aussprechen. Er wandte sich ab. Er musste fliehen! Er murmelte ein paar Dankesworte oder eine Entschuldigung. Es war ihm unerträglich, jetzt überhaupt mit jemandem sprechen zu müssen. Auch nur den Schauspielern zu danken. Auch nur *ihr* zu danken.

Er floh. Aus dem Probenraum, die Eisenstufen hinunter. Auf der 51st Street trat er in eine Wand schädelhämmernder Kälte hinaus. Er floh bis zur Eleventh Avenue, suchte einen U-Bahn-Eingang. Er musste entkommen! Er musste heim. Oder irgendwohin, wo man seinen Namen nicht kannte.

»Aber ich habe sie doch geliebt. Die Erinnerung an sie. Meine Magda!«

13

Du bist vor mir davongerannt! Wo ich dich doch schon liebte.
Wo ich einen so weiten Weg zurückgelegt hatte, um deinetwillen.
Wo mein Leben doch schon dir gehörte. Wenn du es wolltest.
Wie sollte ich dir da vertrauen? Und liebte dich doch.
Und begann dich bereits zu hassen.

14

Sie verabredeten sich für den folgenden Abend. In einem Restaurant Ecke West 70th Street und Broadway. Es war das Werk der Blonden Darstellerin.

Er wusste es! Ein verheirateter Mann. Allerdings kein glücklich verheirateter Mann, schon seit Jahren nicht mehr. Und bereits jetzt (beschämend, aber es war so) im Begriff, sich in sie zu verlieben. Meine Magda.

Er hatte sich von dem Schlag des vorigen Abends erholt. In abgeklärtem Ton sagte er: »Dieses Stück. Es ist zu wichtig geworden. Es ist zu meinem Leben geworden. Für einen Künstler ist das fatal.«

Die Blonde Darstellerin lauschte aufmerksam. Mit ernster Miene. Sparte sie ihr strahlendes Lächeln noch auf? Sie war gekommen, den zergrübelten Bühnenautor zu trösten. Saß ihm als blonde Verheißung unendlicher Tröstungen gegenüber. Nur war er verheiratet, ein alter verheirateter Mann. Ein Wrack! Schütteres Haar, um die Augen herum etwas Abgebrauchtes wie bei fadenscheinigen Socken, dann die tiefen Furchen in den Wangen. Sein beschämendes Geheimnis bestand darin, dass Magda diese Wangen nie liebkost hatte. Magda hatte ihn nie geküsst. Magda hatte ihn nie berührt. Geschweige denn verführt. Er war zwölf gewesen, als Magda, mit ihren siebzehn Jahren strotzend vor blonder Gesundheit und Kraft, zu seinen Eltern in Dienst gekommen war; als er ins College aufbrach, hatte Magda sie längst verlassen, hatte geheiratet und war fortgezogen. Alles nur der um ein flachsblondes Mädchen kreisende Wunschtraum, ein Mädchen, das so anders war als er und die seinen, als gehörte sie einer fremden Gattung an. Jetzt, mehr als dreißig Jahre später, saß ihm in einer Nische eines Manhattaner Lokals Magda in Gestalt der Blonden Darstellerin ernst gegenüber und sagte nachdenklich: »Sie dürfen doch so etwas nicht sagen! Über ihr wunderbares Stück. Haben Sie nicht gesehen? einige Zuschauer haben geweint! Es muss doch Ihr Leben sein, sonst würde es Ihnen nicht so nahe gehen! Und müssten Sie Ihr Leben drangeben −« Die Blonde Darstellerin verstummte. Sie hatte bereits zu viel gesagt! Der Bühnenautor sah geradezu, wie sie rasch überlegte. Gehörte er zu der Sorte Mann, die es übel nimmt, wenn Frauen mal was Kluges von sich geben? Überhaupt viel von sich geben?

Er sagte: »Ich glaube einfach nicht, dass ich das Stück jemals zu Ende bringen werde. Manche Szenen habe ich vor fünfundzwanzig Jahren geschrieben. Fast vor Ihrer Geburt.« Das sagte er leichthin und ganz gewiss ohne Vorwurf. Aber erschreckend jung wirkte sie doch, die Blonde Darstellerin. Ihr Habitus, ihre ganze Art, ihr Selbstverständnis waren jung, ja, kindlich. *Damit die Welt ihr weniger übel mitspielt, als sie es sonst vielleicht täte.* Der Bühnenautor überschlug rasch, dass er runde zwanzig Jahre älter sein musste als diese Frau, und auch danach aussah. »Magda steht mir sehr lebhaft vor Augen, und doch, fürchte ich, bleibt für das Publikum vieles ungereimt. Und Isaac ist mir natürlich zu ähnlich. Und doch auch nur ein kleiner Teil von mir. Das Material ist zu stark autobiographisch. Und die Eltern ...« Der Bühnenautor rieb sich die Augen: sie schmerzten. Er hatte in der Nacht nicht viel geschlafen. Die Eitelkeit seines langjährigen Strebens und, schmerzlicher noch, seiner jüngsten Erfolge war über ihn hereingebrochen. *Ich habe kein Talent, keine Gabe. Nur das schnaubende Feuer eines Zugpferds. Doch selbst ein Zugpferd wird zuletzt lahm.*

Es war ihm, als er nach der Leseprobe fluchtbereit aufgesprungen war, keineswegs entgangen, dass die Augen der Blonden Darstellerin nach ihm griffen. Er hatte ausrufen wollen: Lasst mich zufrieden! Es ist zu spät.

Die Blonde Darstellerin sagte soeben zaghaft. »Ich habe mir ein paar Gedanken zu M-magda gemacht? Wenn es Sie interessiert?«

Gedanken? Eine Filmschauspielerin?

Der Bühnenautor lachte. Es klang überrascht, dankbar.

»Selbstverständlich interessiert es mich. Es ist sehr freundlich von Ihnen, sich damit zu befassen.«

Der Bühnenautor hätte dieses Treffen nicht vorgeschlagen. Und was für eine romantische Begegnung, auf beiden Seiten mit einer Unruhe und Spannung und einer Art Furcht unterfüttert, in diesem schummrig erleuchteten, verrauchten Bar-Restaurant in einer der hintersten Nischen. Eine Negerkapelle spielte »Mood Indigo«. Melancholisch wie die Stimmung des Bühnenautors. Gerade, als er zu der Verabredung mit der Blonden Darstellerin hatte aufbrechen wollen, das Haar vom Duschen nass, das frisch rasierte Kinn angenehm prickelnd, hatte seine Frau aus Miami angerufen; er hatte erschreckt abgehoben, in der Erwartung – tja, wessen? dass die Blonde Darstellerin absagte? wo sie doch erst wenige Stunden zuvor ein Treffen vorgeschlagen hatte? Die Frau des Bühnenautors hatte sehr weit weg geklungen, die Stimme knisternd. Fast hätte er sie nicht erkannt. Und was hatte diese Stimme mit ihrem ewig vorwurfsvollen Unterton schon mit *ihm* zu tun?

Die Blonde Darstellerin trug ihr Haar immer noch zu einem kleinen Zöpfchen im Nacken geflochten. Nie, auf keinem der bekannten Fotos, hatte er sie mit geflochtenem Haar gesehen. Das also war Magda! Ihre Magda. Seine Magda hatte viel längeres Haar gehabt und es nach alter Art zur Kranzfrisur um den Kopf gewunden, sodass sie viel älter aussah, als sie war, und weit züchtiger. Das Haar seiner Magda war kräftiges Rosshaar gewesen. Das Haar dieser Magda war fein gesponnen, künstlich, traumschaumblond wie Puppenhaar; natürlich wollte man als Mann sein Gesicht darin vergraben, sein Gesicht an ihrem Hals vergraben, die Frau fest halten und – beschützen? Aber vor wem? Ihm selbst? Sie wirkte so verletzlich, so schutzlos jedem Schlag ausgesetzt. Riskierte eine Abweisung durch den Bühnenautor. Wie sie am Abend zuvor eine öffentliche Zurechtweisung durch Pearlman riskiert hatte. Der Bühnenautor hatte gehört, die Blonde Darstellerin gehe in New York »überall allein« hin, was als spleenig, wenn nicht gar riskant empfunden wurde. Doch wenn sie ihr Haar verdeckte, eine dunkle Sonnenbrille trug, unauffällige Kleider, war die Blonde Darstellerin nicht ohne weiteres zu erkennen. An diesem Abend trug sie einen weiten Angorapullover, eine klassisch geschnittene Hose, moderate Absätze; ein Herrenhut mit heruntergebogener Krempe schirmte ein Gutteil ihres Gesichts vor neugierigen Blicken ab. Der Bühnenautor hatte sie im gleichen Moment die überfüllte Bar betreten sehen, da sie ihn in der hintersten Ecke erblickte, lächelnd die getönte Hornbrille abnahm und umständlich in ihre Handtasche stopfte. Den Fedora setzte sie erst ab, nachdem der Kellner die Drinks gebracht hatte. Sie gab sich verspielt, erwartungsfreudig. Dieses blonde Kind war »Marilyn Monroe«? Oder ähnelte sie der berühmt-berüchtigten Hollywood-Schauspielerin bloß nach Art einer jüngeren unerfahrenen Schwester?

Der Bühnenautor würde, und das mit Verwunderung, erst noch lernen, dass die Blonde Darstellerin, wenn sie es nicht wünschte, selten erkannt wurde, denn »Marilyn Monroe« war nur eine ihrer Rollen, und keineswegs die, die sie am stärksten einnahm.

Während er, der Bühnenautor, immer und ewig er selbst bliebe.

Nein, er selbst hätte kein Treffen vorgeschlagen. Er hätte sich umgekehrt nicht die Telefonnummer der Blonden Darstellerin beschafft und angerufen. Er wusste von ihrer Ehe mit dem Ex-Sportler. Alle Welt wusste davon, jedenfalls in Grundzügen. Einer märchenhaften Verbindung, die kaum ein Jahr gehalten hatte, ihr Scheitern in allen Blättern breitgewalzt. Der Bühnenautor konnte sich entsinnen, in einem der Nachrichtenmagazine ein erstaunliches, vom Dach eines mehrstöckigen Gebäudes aufgenommenes Foto von einem Massenauflauf in Tokio gesehen zu haben: Tausende »Fans«, die in der Hoffnung, einen Blick auf die Blonde Darstellerin zu erhaschen, auf einen öffentlichen Platz strömten. Er hätte gar nicht gedacht, dass die Japaner viel von »Marilyn Monroe« wussten oder hielten. Handelte es sich um eine unappetitliche neue Erscheinung in der Menschheitsgeschichte?

Massenhysterie im Angesicht von Berühmtheiten? Der gute Marx hatte die Religion als Opium des Volkes geschmäht; jetzt war Ruhm zum Opium des Volkes geworden – bloß dass der Gemeinde der Ruhmgläubigen nicht einmal der Schwindel einer Erlösung oder eines Himmelreichs geboten wurde. Ihr Pantheon von Heiligen war ein Kabinett aus Vexierspiegeln.

Die Blonde Darstellerin lächelte scheu. Wie hübsch sie war! Nach All-American-Girl-Art, die ans Herz ging. Und wie ernst, als sie dem Bühnenautor nun versicherte, wie sehr sie sein Werk »schätze«. Welche »Ehre« es sei, ihn kennen zu lernen und die Magda gelesen haben zu dürfen. Von den Stücken aus seiner Feder sprach, die sie in Los Angeles gesehen hatte. Den Stücken, die sie gelesen hatte. Der Bühnenautor fühlte sich geschmeichelt, zugleich aber unwohl in seiner Haut. Aber geschmeichelt. Trank Scotch und hörte zu. An den festlichen Barspiegeln war der Bühnenautor vorbeigehuscht wie ein langes Gespenst. Eine würdevolle, von Harm umwehte Gestalt. Mit hängenden Schultern, schlaksig. Obwohl er aus New Jersey stammte und fast sein ganzes Leben im New Yorker Raum verbracht hatte, haftete ihm etwas von westlichem Frontier an. Er sah aus wie ein Mann ohne Familie, ein Mann ohne Eltern. Ein nicht-mehr-junger Mann mit Habichtgesicht, zerfurchten Wangen, kahl werdendem Schädel und wachsamem Ausdruck. Wenn er lächelte, war es ein Ereignis. Er wurde jungenhaft! Nett. Ein Mann mit dunklen Seiten, aber einer, dem man vertrauen konnte.

Vielleicht.

Aus ihrer übergroßen Handtasche fischte die Blonde Darstellerin ein Probenexemplar vom *Flachsblonden Mädchen* und legte es wie einen Talisman auf den Tisch zwischen sie beide. »Dieses Mädchen Magda? Ähnelt dem Mädchen in den *Drei Schwestern*? Die mit dem Bruder verheiratet ist?« Als der Bühnenautor die Blonde Darstellerin verdutzt ansah, fuhr sie unsicher fort: »Über die man lacht? Weil ihr Gürtel die falsche Farbe hat? Nur, dass es bei Magda ihr schlechtes Englisch ist?«

»Wer hat Ihnen das erzählt?«

»Was?«

»Von den *Drei Schwestern* und meinem Stück?«

»Niemand.«

»Pearlman? Dass das das Vorbild wäre?«

»Aber nein, ich habe das Stück selbst gelesen, Tschechows Stück. Vor Jahren. Ich wollte ja eigentlich zur Bühne, aber ich brauchte Geld, also habe ich mit den Filmen angefangen. Ich habe immer gedacht, ich könnte einmal die Natascha spielen? Ich meine damit, dass jemand wie ich sie spielen könnte. Weil sie nicht aus gutem Haus kommt, und man über sie lacht.«

Der Bühnenautor schwieg. Sein verwundetes Herz schlug heftig.

Rasch, da sie seinen Ärger bemerkte, versuchte sie, die Scharte auszuwetzen, indem sie in ernsthaftem Kleinmädchenton sagte: »Ich musste nur an das denken, was Tschechow mit seiner Natascha macht, dass er einen hereinlegt, weil seine Natascha sich als so stark und so listig entpuppt. Und grausam. Und die Magda, wissen Sie – nun, die Magda ist immer nur gut. Das wäre sie im wahren Leben aber doch gar nicht, oder? Jedenfalls doch nicht nur? Ich will damit sagen –«; dem Bühnenautor entging nicht, dass die Blonde Darstellerin jetzt eine Rolle darstellte: ihr Ausdruck belebte sich, die Augen wurden schmal – »wenn ich das wäre, ein Hausmädchen – und ich habe auch mal so arbeiten müssen, Wäsche waschen, Geschirr spülen, Wischen, Toiletten putzen, als ich im Waisenhaus war, und auch bei der Pflegefamilie in Los Angeles –, dann wäre ich verletzt, ich wäre wütend darüber, wie verschieden das Leben für verschiedene Menschen ist. Aber Ihre Magda ... sie verändert sich praktisch kaum. Sie ist so *gut*.«

»Ja. Magda ist gut. War gut. Das Vorbild. Es wäre ihr nicht in den Sinn gekommen, wütend zu sein.« Stimmte das? Der Bühnenautor verkündete es recht barsch, aber im Stillen musste er sich auch fragen. »Sie und ihre Familie waren dankbar für die Stellung. Obwohl sie nicht viel Geld verdiente, war es doch *Geld*.«

Die Blonde Darstellerin, zurechtgewiesen, konnte nur zustimmen. Oh doch, sie verstand! Magda war eben besser als sie, sozusagen ihr besseres Selbst. Ja.

Der Bühnenautor winkte dem Kellner und bestellte zwei weitere Drinks. Für sich abermals Scotch, für sie Sodawasser. Er fragte sich, ob sie gar nicht trank? Oder es nicht wagte? Es wurde doch gemunkelt ... Nach einer ungemütlichen Pause sagte der Bühnenautor, und er bemühte sich, jeden ironischen Anklang zu vermeiden: »Was haben Sie sich denn noch für Gedanken zu Magda gemacht?«

Die Blonde Darstellerin saß etwas verschüchtert da und tippte sich mit dem Finger an die Lippen. Sie schien sprechen zu wollen, zögerte aber. Sie wusste, dass der Bühnenautor eingeschnappt war und blitzschnell entschieden hatte, sie unerträglich zu finden. Dass alle Anziehung, die er verspürt haben mochte, nun in Wut umschlug. Sie wusste es! Sie war als Frau (das spürte der Bühnenautor) so erfahren wie eine Hure, die schon als blutjunges

Ding hatte anschaffen gehen müssen, mindestens so empfänglich für die raschen Wechsel in Stimmung, Aufmerksamkeit und Lust eines Mannes. *Denn ihr Leben hing davon ab. Ihr Leben als Frau.*

»Habe ich irgendwie... etwas Falsches gesagt? Über Natascha?«

»Keineswegs. Das war sehr erhellend.«

»Ihr Stück ist ganz anders... als das andere.«

»Ja, allerdings. Ich habe mich nie sehr zu Tschechow hingezogen gefühlt.« Der Bühnenautor wählte seine Worte mit Bedacht. Er zwang sich zu lächeln. *Er lächelte.* Angesichts der Hartnäckigkeit dieser Frau wie schon der seiner Ehefrau und vor langer Zeit seiner Mutter. Die Frauen seiner Bekanntschaft waren allesamt für ausschließliche, schlichte Gedanken empfänglich, die sich in ihren Köpfen festbohrten wie Schrot und durch keinerlei Argumente mehr, nicht gesunden Menschenverstand, nicht Logik herauszulösen waren. *Ich bin ganz anders als der Dichter Tschechow. Ich bin Handwerker nach Art eines Ibsen. Füße fest auf dem Boden. Und der Boden unter meinen Füßen fest.*

Eines wollte die Blonde Darstellerin doch noch sagen. Sollte sie es wagen? Sie lachte nervös und beugte sich zum Bühnenautor vor, als wolle sie ihm ein Geheimnis verraten. Sein Blick heftete sich auf ihren Mund. Er fragte sich, was für unanständige, verzweifelte Dinge dieser Mund wohl schon getan hätte. »Eine Sache noch? Magda würde nicht lesen können? Isaac könnte ihr ein G-gedicht zeigen, ein Gedicht, das er für sie geschrieben hat, und sie würde so tun, als könnte sie es lesen?«

Dem Bühnenautor pochten die Schläfen.

Natürlich! Magda war Analphabetin.

Die wirkliche Magda war gewiss Analphabetin gewesen. Natürlich.

Rasch sagte der Bühnenautor – lächelnd. »Wir müssen uns aber nicht den ganzen Abend über mein Stück unterhalten, Marilyn. Erzählen Sie doch ein bisschen von sich.«

Die Blonde Darstellerin lächelte verwirrt. Als überlegte sie, von *welchem Ich* sie denn sprechen solle.

Der Bühnenautor sagte: »Es ist doch richtig, wenn ich Sie Marilyn nenne, oder? Oder ist das bloß ein Künstlername?«

»Sie könnten mich Norma nenne. So heiße ich wirklich.«

Der Bühnenautor lauschte dem Namen nach. »Irgendwie passt Norma aber nicht so sehr zu Ihnen.«

Die Blonde Darstellerin wirkte verletzt. »Nein?«

»Norma. Der Name einer älteren Frau, einer versunkenen Ära. Norma Talmadge. Norma Shearer.«

Die Miene der Blonden Darstellerin hellte sich auf. »Norma Shearer war meine Patin! Meine Mutter war eng mit ihr befreundet. Mein Vater war ein Freund Mr. Thalbergs. Ich war noch recht klein, als er starb, aber ich erinnere mich an die Trauerfeier! Wir sind mit der Familie in einer der Limousinen gefahren. Es war die größte Trauerfeier in der Geschichte Hollywoods.«

Der Bühnenautor wusste wenig über den Hintergrund der Blonden Darstellerin, aber das klang irgendwie verkehrt. Hatte sie nicht eben noch davon gesprochen, dass sie Waise gewesen sei und in einer Pflegefamilie gelebt habe? Er beschloss, nicht in sie zu dringen. Sie strahlte so voller Stolz.

»Irving Thalberg! Unser New Yorker Vorzeigejude.«

Die Blonde Darstellerin lächelte unsicher. War das ein Scherz? Das Vorrecht der Juden, über Juden so zu reden, familiär, zärtlich, spöttelnd, wie es Nichtjuden nicht zustand?

Angesichts der Verwirrung der Blonden Darstellerin bemerkte der Bühnenautor: »Um Thalberg ranken sich Legenden. Ein Wunderkind. Jung noch bei seinem Tod.«

»War er? Bei seinem T-tod?«

»Nun, einem Kind wird er vielleicht nicht jung erschienen sein. Aber in den Augen der Welt, ja.«

Die Blonde Darstellerin sagte eifrig: »Die Trauerfeier wurde in einer herrlichen Synagoge – einem Tempel? – am Wilshire Boulevard abgehalten. Ich war noch zu klein, um zu verstehen. Es wurde hebräisch? – gebetet, alles sehr fremd und wunderbar. Irgendwie habe ich wohl gedacht, das ist die Stimme Gottes. Aber ich war nie wieder dort. In einer Synagoge, meine ich.«

Der Bühnenautor hob die Schultern, ihm war unbehaglich. Der Glaube war für ihn wenig mehr als Ehrung der Vorväter, und selbst die Ehrung betrachtete er mit einer Portion Skepsis. Als Jude glaubte er nicht, dass die Judenvernichtung das Ende der Geschichte eingeläutet habe oder den Beginn der Geschichte oder die Juden »definiere«. Er war ein liberal denkender Mann, Sozialist, Rationalist. Kein Zionist. Insgeheim war er zwar der Auffassung, dass Juden zu den aufgeklärtesten, den weithin begabtesten, best ausgebildeten und wohlmeinendsten Menschen des irdischen Vielvölkergerangels gehörten, aber mit dieser Überzeugung verband er keine leidenschaftliche Parteinahme oder Pietät; sie war eine Frage des gesunden Menschenverstands. »Ich neige nicht zum Mystizismus. Gott spricht meines Erachtens nicht Hebräisch.«

»Ach. Nein?«

»Eher spricht er in Donner. Erdbeben, Flutwellen. Aller syntaktischer Fesseln ledig.«

Die Blonde Darstellerin sah den Bühnenautor aus großen Augen an.

Wunderschönen seidenwimpernen Augen, in die man stürzen, stürzen konnte.

Der Bühnenautor bestellte sich noch einen Drink. Er befand im Stillen, dass die Blonde Darstellerin, wie die meisten Schauspieler und Schauspielerinnen, in Wirklichkeit jünger wirkte als auf Fotos. Und kleiner. Und ihr Kopf, dieser wunderschön geformte Kopf, übergroß. Denn solche Unnatur fotografierte sich oft gut; auf der Leinwand eignet solchen Individuen oft etwas Göttergleiches an, wer weiß, warum? *Schönheit ist eine Frage der Optik. Alles Sehen ist Illusion.* Er wollte diese Frau nicht lieben. Er sagte sich, unmöglich könne er sich mit einer Schauspielerin einlassen. Einer Schauspielerin! Einer Hollywood-Schauspielerin! Anders als Bühnendarsteller, die ihr Handwerk gründlich erlernen und ihren Text auswendig können müssen, kommen Filmdarsteller fast ohne Anstrengung aus – kennen kaum Proben, werden von geduldigen Regisseuren befähigt, ein paar Sätze vorzubringen, die notfalls wieder und wieder und wieder aufgezeichnet werden –, den hoffnungslosen Fällen verhalf man zur »schauspielerischen« Leistung, indem man ihnen den Text hinter der Kamera auf großen Tafeln hinhielt. Und dann erhielten manche dieser »Darsteller« Oscars. Schauspielkunst als Farce! Und dann ihre Privatleben. Der Bühnenautor konnte sich entsinnen, Gerüchte über die Blonde Darstellerin gehört zu haben, ihre Promiskuität vor (auch während?) ihrer schwierigen Ehe, ihren Konsum von Rauschmitteln, ihren Selbstmordversuch (-versuche?), ihren Umgang, nämlich die wilde, dekadente Clique von Hollywood-Trabanten, Gestalten wie der heroinabhängige Trinker-Sohn des auf die Schwarze Liste gesetzten Charlie Chaplin.

Jetzt, da er die Blonde Darstellerin kennen gelernt hatte, glaubte er von alledem kein Wort.

Jetzt, da er seine Magda kennen gelernt hatte, würde er nur noch seinen eigenen Enthüllungen glauben.

Scheu wie ein Schulmädchen, das ein Geheimnis verrät, brachte sie vor: »Was ich an Magda so bewundert habe, ist, dass sie ihr Kind bekommt, weil sie es liebt. Sie liebt es schon vor der Geburt! Es ist nur eine kurze Szene, wo sie mit dem Kind spricht, ein Monolog... und Isaac weiß nichts davon, niemand weiß davon. Sie findet einen heiratswilligen Mann, damit das Kind geboren werden kann und nicht... abgelehnt und weggegeben werden muss. Andere Mädchen hätten vielleicht das Kind heimlich zur Welt gebracht und gleich umgebracht. Sie wissen ja, dass es in früheren Zeiten so war, bei Mädchen, die arm waren und unverheiratet. Meine beste Freundin im Waisenhaus, deren Mutter hatte versucht, sie umzubringen... zu ertränken. In kochend heißem Wasser. Ihre Arme waren von oben bis unten vernarbt, mit Schuppen überzogen wie mit Tüll.« Die Augen der Blonden Darstellerin schwammen plötzlich in Tränen. Instinktiv streckte der Bühnenautor die Hand nach ihrer Hand aus, berührte ihren Handrücken.

Ich würde ihre Geschichte umschreiben. Das stand in meiner Macht.

Die Blonde Darstellerin wischte die Tränen weg, schnäuzte sich und sagte: »Norma Jeane lautet der vollständige Name, den meine Mutter mir ausgesucht hat – meine Eltern, vielmehr. Gefällt Ihnen der besser als Norma?«

Der Bühnenautor lächelte. »Etwas.«

Er hatte seine Hand zurückgezogen. Hätte die ihre am liebsten erneut ergriffen, sich über den Tisch vorgebeugt und ihre Lippen geküsst.

Eine Filmszene: nicht besonders originell, aber fast zwingend! Wenn er sich über den Tisch vorbeugte, würde diese blonde junge Frau ihm mit erwartungsvoll aufgerissenen Augen den Kopf entgegenheben, und er, der Liebhaber, würde ihr Gesicht in die Hände nehmen und seinen Mund auf ihren drücken.

Der Anfang von allem. Das Ende seiner langjährigen Ehe.

Die Blonde Darstellerin sagte entschuldigend: »Mir gefällt M-marilyn nicht sonderlich. Aber ich höre darauf. So nennen mich ja inzwischen die meisten. Die mich nicht kennen.«

»Ich nenne Sie gern Norma Jeane, wenn Ihnen das lieber ist. Ich könnte Sie auch –«– und nun bebte die Stimme des Bühnenautors ob der Kühnheit seiner Worte – »– meine Magda nennen.«

»Oh. Das wäre schön.«

»Meine heimliche Magda.«

»Ja!«

»Aber vielleicht im Beisein anderer lieber Marilyn. Damit keine Missverständnisse aufkommen.«

»Im Beisein anderer ist mir gleich, wie Sie mich nennen. Sie können auch

642

pfeifen. Sie können rufen: ›Hey Sie!‹« Die Blonde Darstellerin lachte so breit, dass ihre herrlichen weißen Zähne blitzten.

Er war zutiefst gerührt, so leicht war es gewesen, ihr eine Freude zu machen.

So leicht, sich selbst eine Freude zu machen.

»Hey Sie.«

»Hey *Sie*.«

Sie lachten wie überdrehte Kinder. Plötzlich verlegen und voreinander auf der Hut. Denn sie hatten sich noch nicht berührt. Bis auf das flüchtige Streifen der Hände. Sie hatten sich nicht geküsst. Sie würden die Bar um Mitternacht verlassen, der Bühnenautor würde die Blonde Darstellerin in ein Taxi setzen, und da erst würden sie sich rasch, gierig und doch züchtig, küssen und gegenseitig die Hände drücken und sich mit Blicken verschlingen, weiter nichts. An diesem Abend nicht.

Berauscht würde der Bühnenautor die paar Blocks in sein dunkles Apartment zurückkehren. Gern verliebt und gern wieder allein.

15

Wie meine Magda, ein einfaches Mädchen aus dem Volke.

Keine vernarbten Arme. Keine Narben am Körper.

Mit ihr würde mein Leben neu beginnen. Als Isaac! Wieder ein Jüngling, dem sich die Welt ganz neu auftut. Vor der Geschichte, vor der Judenvernichtung, neu.

Tatsächlich jedoch sollte der Bühnenautor die Blonde Darstellerin, auch als sie längst ein Paar waren, im Beisein anderer selten Marilyn nennen, denn unter diesem Namen kannte die Welt sie, er aber, ihr Liebhaber, ihr Beschützer, war nicht *die Welt*. Noch würde er sie privat Magda oder meine Magda nennen. Stattdessen entschlüpften ihm Kosenamen wie Liebling, Liebes, Liebste. Denn auf Kosenamen hatte *die Welt* kein Recht.

Nur er.

Wenn sie für sich waren, würde sie ihn Daddy nennen. Zunächst im Spaß, neckend (immerhin: er war fast zwanzig Jahre älter als sie, also lieber darüber lachen), dann im Ernst mit Augen voller Liebe und Ehrfurcht. Im Beisein anderer würde sie Darling zu ihm sagen oder gelegentlich Honey. Nur selten würde sie seinen Vornamen verwenden und nie eine Verkleinerungsform seines Namens. Denn unter diesen Namen kannte die Welt *ihn*.

Wir erfinden eine Privatsprache, wann immer wir lieben. Die verschlüsselte
Sprache der Liebenden.

Oh, aber Daddy! – du wirst doch nie von mir sprechen, oder? Zu jemand
anderem.

Nie.

Oder über mich schreiben, Daddy?

Liebes, niemals. Sagte ich das nicht schon?

16

Amerikanisches Epos. Endlich rief Pearlman an. Der genau wusste, dass
irgendetwas nicht stimmte (schließlich war ihm sein alter Freund, der Bühnenautor, seit der Leseprobe aus dem Weg gegangen), der aber fest entschlossen war, sich nichts anmerken zu lassen. Eine Stunde lang sprach er
ohne Punkt und Komma über *Das flachsblonde Mädchen*, lobte und zerlegte das Stück und sagte, er hoffe, es in der kommenden Saison vielleicht
mit dem Ensemble inszenieren zu können, dann senkte er die Stimme (genauso wie es der Bühnenautor bei einer solchen Szene erwarten würde) und
raunte: »Und was meine Magda betrifft – was sagst du? Nicht schlecht,
wie?«

Der Bühnenautor bebte vor Zorn. Er rang sich eine höflich hingemurmelte
Bestätigung ab.

Pearlman sprudelte. »Für eine Hollywood-Aktrice. Der Inbegriff der dummen Blondine ohne Bühnenerfahrung. Erstaunlich, fand *ich*.«

»Ja. Erstaunlich.«

Schweigen. Eine improvisierte Szene, nur zog der Bühnenautor nicht mit.
Als hätten sie disputiert, sagte Pearlman: »Das könnte dein Meisterwerk
werden, mein Freund. Wenn wir uns zusammentun.« Schweigen. Unbehagliches Schweigen. »Wenn – Marilyn die Magda spielen könnte.« Er betonte
»Marilyn« zärtlich, versuchsweise. »Du hast ja gesehen, wie sie sich fürchtet. Davor, ›in Wirklichkeit‹ zu spielen, wie sie dazu sagt. Sie hat panische
Angst, ihren Text zu vergessen, meint sie. Auf der Bühne ›bloßgestellt‹ zu
werden. Für sie geht es um Leben und Tod. Sie darf nicht versagen, wenn sie
versagt, ist das ihr Tod. Ich habe Respekt davor, ich bin genauso oder wäre es,
nur bin ich hier weit und breit derjenige mit dem klarsten Verstand.

Man lernt aus seinen Fehlern, Marilyn, habe ich zu ihr gesagt. ›Aber die
Leute warten nur darauf, dass ich Fehler mache. Sie warten nur darauf, dass

ich versage, damit sie mich auslachen können‹, meint sie. Am Nachmittag, vor der Leseprobe, als wir die Sache kurz noch mal durchgespielt haben, hatte sie solche Angst, dass sie dauernd aufs Klo rennen musste. Ich sagte: ›Marilyn, meine Liebe, ich beschaffe dir einen Nachttopf, den kannst du dir direkt unter den Stuhl stellen‹, und da musste sie lachen, da wurde sie ein bisschen lockerer. Wir haben vorher zweimal geprobt. Zweimal! Für uns ist das rein gar nichts, aber ihr muss es gewaltig erschienen sein. ›Ich müsste besser werden‹, hat sie immer wieder gesagt. »Meine Stimme müsste kräftiger sein.‹ Gut, ihr Stimmumfang ist erbärmlich. In keinem Haus mit über einhundertfünfzig Plätzen würde man sie hinten noch hören. Aber das lässt sich trainieren. *Sie* lässt sich trainieren.

›Lass das nur meine Sache sein‹, habe ich zu ihr gesagt. ›Man gebe mir Talent, und ich werde zum Herkules. Man gebe mir ein Ausnahmetalent, und ich werde zu Jahwe.‹ ›Aber der Bühnenautor wird da sein, der Bühnenautor wird mich hören‹, hat sie gejammert. ›Darum geht es aber doch gerade, Marilyn‹, habe ich ihr gesagt. ›Das ist ein Merkmal des zeitgenössischen Theaters: dass der Autor des Stücks mitarbeitet.‹

Bei uns könnte diese Frau ihr wahres Talent entfalten. In deinem Stück, in der Rolle. Die Rolle ist wie gemacht für sie. Sie ist ein ›einfaches Mädchen aus dem Volke‹ wie Magda. Verstehst du, sie ist viel mehr als nur ein Filmstar. Sie ist die geborene Bühnendarstellerin. Sie sucht ihresgleichen, an sie reicht höchstens noch Marlon Brando heran, die beiden sind Seelenverwandte. Unsere Magda, wie? Ein Glücksfall, wie? Was sagst du?«

Der Bühnenautor hörte gar nicht mehr zu. Er stand im dritten Stock am Fenster seines Arbeitszimmers und stierte in die Schäfchenwolken am Winterhimmel. Es war ein Wochentag. Ein Tag voller Unschlüssigkeit. Aber er hatte sich doch entschieden, oder nicht? Er konnte seiner Frau das nicht antun. Seiner Familie. Konnte keinen Ehebruch begehen. *Auch nicht um meines Glückes willen. Auch nicht um ihres Glückes willen.* Fünf Jahre zuvor hatte der Bühnenautor zu jenen gehört, die sich leise aber entschieden weigerten, dem Kongressausschuss für unamerikanische Umtriebe bei der Verfolgung von Kommunisten, Sympathisanten von Kommunisten, kritischen Stimmen zu helfen. Er dachte nicht daran, Bekannte zu verpfeifen, auch wenn er ihre Lebenshaltung insgeheim missbilligte, mutwillige, selbstzerstörerische Männer, Stalinisten, die stolz von der kommenden blutigen Apokalypse sprachen. Er dachte nicht daran, Bekannte zu verpfeifen, die ihn umgekehrt (er mochte gar nicht daran denken!) womöglich sehr wohl verpfiffen hätten. Denn seine Verweigerung war die des Asketen, Mönchs, Sturkopfs, Märtyrers.

Pearlman hatte ebenfalls nicht vor dem HUAC gekuscht. Pearlman hatte sich ebenfalls anständig verhalten. Das musste man dem Mann lassen.

Hast du sie gefickt, Max? Oder hast du es vor? Geht es in Wirklichkeit darum?

»Wenn wir das Stück so inszenieren könnten: Marilyn wäre eine Wucht. Ich könnte sie privat lange genug auf den Auftritt vorbereiten. Der Schauspielunterricht schlägt schon an. Es gibt bei ihr wie bei allen anderen auch den äußeren Panzer, durch den man erstmal dringen muss; darunter liegt flüssige Lava. Es gäbe in der ganzen Stadt einen Aufschrei: Gefährdung des Theaters, Gefährdung von Pearlmans Ruf, aber Pearlman wird es ihnen zeigen, Marilyn wird es ihnen zeigen, das könnte das Bühnendebüt des Jahrhunderts werden.«

»Ein Coup«, bemerkte der Bühnenautor ironisch.

»Es kann natürlich passieren«, sorgte sich Pearlman laut, »dass sie nach Hollywood zurückkehrt. Die Produktionsgesellschaft hat sie verklagt. Sie will nicht darüber reden, aber ich habe mit ihrem Agenten drüben telefoniert, und der Mann hat ganz offen gesprochen; er hat mir die Lage erläutert: Marilyn ist vertragsbrüchig geworden, sie schuldet der Produktionsgesellschaft vier oder fünf Filme, derzeit ist sie von der Gehaltsliste gestrichen, sie hat keinerlei Ersparnisse, und als ich fragte: ›Ja, aber steht es ihr denn frei, mit mir zu arbeiten?‹, da hat er gelacht und gemeint: ›Wenn sie bereit ist, den Preis zu bezahlen, oder vielleicht übernehmen Sie die Kosten?‹, und als ich fragte, um welche Beträge es denn gehe, hunderttausend? zweihundert?, da hat er gesagt: ›Eher eine runde Million. Wir reden hier von Hollywood, nicht den ›Great White Way‹ – der Armleuchter, ein junger Schnösel, jünger als ich jedenfalls, hat sich mokiert. Da habe ich aufgelegt.«

Wieder sagte der Bühnenautor gar nichts. Es schauderte ihn leicht vor Verachtung.

Seit ihrem ersten Abend hatten er und die Blonde Darstellerin sich zweimal getroffen. Sie hatten ernste Gespräche geführt. Ja, sie hatten Händchen gehalten. Der Bühnenautor hatte die Worte *Ich liebe dich, ich liebe dich so sehr* noch nicht ausgesprochen. Er hatte noch nicht gesagt *Wir sollten uns nicht mehr sehen.* Die Blonde Darstellerin hatte gesprudelt, aber sie hatte weder von ihrer Hollywood-Vergangenheit gesprochen noch ihren finanziellen Nöten. Doch der Bühnenautor wusste, weil er es gelesen oder gehört

616

hatte, dass die Produktionsgesellschaft von Marilyn Monroe Schadensersatz forderte.

Wie wenig diese andere Persona mit ihr zu tun hat. Mit uns.

Max Pearlman redete noch weitere zehn Minuten auf ihn ein, zwischen Überschwang und Überzeugung auf der einen und Aufruhr und Zweifeln auf der anderen Seite oszillierend. Vor seinem geistigen Auge sah der Bühnenautor den alten Freund im betagten Drehstuhl zurückgelehnt, die muskulösen Arme reckend, sich unter dem verrutschten Schmuddelpullover den haarigen Wanst kratzend, und an den Wänden seines voll gestopften, muffigen Büros Fotos von Schauspielern, die dem Ensemble verbunden waren, wie Marlon Brando und Rod Steiger und Geraldine Page und Kim Stanley und Julie Harris und Montgomery Clift und James Dean und Paul Newman und Shelley Winters und Viveca Lindfors und Eli Wallach, deren Blick dankbar auf ihrem geliebten Max Pearlman ruhte; eines Tages, bald schon, würde das schöne Gesicht Marilyn Monroes hinzukommen, die kostbarste Trophäe von allen. Schließlich sagte Pearlman: »Du willst das Stück wohl woanders herausbringen?«, und der Bühnenautor erwiderte: »Nein, Max. Das habe ich nicht vor. Ich halte es einfach nicht für bühnenreif, das ist alles«, und Pearlman darauf heftig: »Quatsch! Dann machen wir es zusammen reif, verdammt noch mal, du und ich, bringen es für die kommende Saison auf Vordermann. *Ihr* zuliebe«, und da sagte der Bühnenautor sanft: »Max, gute Nacht.«

Hängte rasch ein, nahm ab und legte den Hörer neben das Telefon.

Sähe Pearlman ähnlich, gleich wieder anzurufen und es endlos klingeln zu lassen.

17

Betrug. Auch sie hatte angerufen. Das vertraute Klingeln bohrte sich ihm wie eine Klinge ins Herz.

Hi! Ich bin's. Deine Magda.

Als müsste sie sich noch mit Namen melden.

Eines Nachmittags hatte er abgehoben und ohne Vorwarnung die traumhaft tiefe, kehlig-hauchige Stimme der Frau singen hören:

»You ain't been blue
No, no, no

You ain't been blue
Till you've got that mood indigo.«

Seine Frau Esther kehrte von dort, wo sie gewesen war, zurück. Miami.
Las es an seinem Gesicht, den traurig schuldbewussten Augen ab.

Eine so unbeholfene, improvisierte Szene: das Timbre der Blonden Darstellerin noch in Ohren, Lenden, Seele, ihren Duft in der Nase, die Verheißung, das Mysterium, das alles kollidierte komödiantenhaft mit einer
bittergesichtigen Esther und den polternd in der engen Diele des alten
Brownstone-Hauses abgeladenen Koffern, eng, weil die Bücher des Bühnenautors mit den Jahren auf wackligen Kieferregalen in sämtliche Räume,
selbst die Badezimmer, vorgedrungen waren; und als sich der Bühnenautor
nach den Koffern bückte, entglitt ihm eine Einkaufstüte von Neiman-
Marcus und ihr Inhalt ergoss sich ihm vor die Füße. »Ah, Tollpatsch! Nun
sieh, was du wieder angerichtet hast.«

Ja! Er war tollpatschig. Kein agiler Mann. Kein romantischer Mann. Kein
Liebhaber.

Er nannte sie inzwischen schon *meine Liebe*. *Liebling* noch nicht. Doch
noch nicht *Liebling*!

Sich an den Händen haltend, klammernd. Bei ihren schummrigen Jazz-
Club-Rendezvous. Wo sie niemand erkannte. (Wirklich? Einen bebrillten
Storchenmann mittleren Alters mit einer schimmernden jungen Schönen,
die schmachtend zu ihm aufblickte?) Ein paar Küsse. Noch keine leidenschaftlich innigen Küsse. Noch keine Küsse, die schon Vorspiel gewesen
wären.

Bitte verstehe doch: mein Leben gehört nicht mir. Ich habe eine Frau, ich
habe Kinder, eine Familie. Ich würde andere verletzen, wenn ich dich liebte.
Ich darf andere nicht verletzen! Dann lieber mich selbst.

Und die Blonde Darstellerin lächelte und seufzte und spielte ihren Part bei
dieser Improvisation so reizend. *Oh je. Aber ich verstehe schon. Irgendwie.*

Seine Frau fragte munter: »Nun, hast du mich vermisst?«

»Natürlich.«

»Ja.« Sie lachte. »Das seh ich.«

Seit dem Abend der Leseprobe und allem, was dieser den Bühnenautor über
Eitelkeit und Vergeblichkeit seines Strebens gelehrt hatte, konnte er sich
nicht mehr auf die Arbeit konzentrieren. Konnte er kaum noch stillsitzen.

Morgens unternahm er lange Spaziergänge bis ganz ans andere Ende des Parks und zurück, rannte gegen den Wind an; die Kälte linderte sein Fiebern. Er durchwandelte die zugigen Säle des Museum of Natural History, wo er als Junge, als Isaac, geträumt und gegrübelt und sich in der strengen Unpersönlichkeit der Geschichte verloren hatte. Wie geheimnisvoll, dass die Welt schon vor uns besteht, uns hervorbringt, uns eine Zeit lang scheinbar hätschelt und dann doch abstößt wie eine Haut, der sie entwächst. Hinfort! Voller Leidenschaft dachte er *Ich will aber unvergessen bleiben. Es verdienen, unvergessen zu bleiben.*

Der Bühnenautor sah sehr wohl, dass die Blonde Darstellerin ihm gar nicht ebenbürtig sein wollte. Er war klug genug zu erkennen, dass sie erneut eine Rolle übernahm, die sie schon gespielt hatte, vielleicht mehrfach, und für die sie belohnt worden war: das kleine Mädchen, während er den väterlichen Mentor gab. Aber wollte er dieser Frau denn ein Mentor/Vater sein, oder nicht lieber doch ihr Liebhaber? Für die Blonde Darstellerin möglicherweise ein und dasselbe. Für den Bühnenautor hatte eine solche Doppelrolle oder scheinbare Doppelung etwas Perverses. *Sie kann nur einen Mann lieben, den sie als überlegen betrachtet. Bin ich dieser Mann?* Er kannte seine Schwächen! Er selbst war sein schärfster Kritiker. Er wusste, wie mühsam und zögerlich er arbeitete: dass ihm die dichterische Gabe fehlte, das Quecksilbrige, der Zauber, das Ungebetene. Der Tschechow-Effekt, der aus dem scheinbar Normalen hervorblitzt wie aus blauem Himmel. Ein plötzliches Lachen, das Schnarchen eines alten Mannes, der Leichengeruch von Soljonys Händen. *Der Ton einer gesprungenen Saite, ersterbend, traurig.*

Nie hätte er Tschechows Natascha erschaffen können. Nie wäre er darauf gekommen, dass sein »einfaches Mädchen aus dem Volke« zu gut war und daher unglaubwürdig, während es die Blonde Darstellerin instinktiv erfasst hatte. In seinen stur durchgearbeiteten Stücken gab es solche Tschechowschen Geistesblitze nicht, denn die Einbildungskraft des Bühnenautors war konkret, gelegentlich schwerfällig; ja, er wusste um seine Schwerfälligkeit, die eine Form von Ehrlichkeit war. Nicht einmal im Dienste der Kunst vermochte der Bühnenautor die Wahrheit zu beugen! Und doch hatte man sein Schaffen belohnt; er hatte einen Pulitzer-Preis erhalten (was seine Frau unerklärlicherweise sowohl stolz als auch bitter gemacht hatte) und auch andere Auszeichnungen; er galt als bedeutender amerikanischer Dramatiker. Denn seine Stücke griffen nicht minder ans Herz als die Tschechows. Oder die Werke Ibsens, O'Neills, Williams'. Vielleicht griffen sie in ihrer Schlichtheit umso mehr ans amerikanische Herz. Wenn er zuversichtlich war, sagte er sich, dass er als solider Handwerker ordentliche seetüchtige Schiffe vom Stapel ließ. Mochten die strahlend schönen, schnelleren schlanken Segler der Dichter-Dramatiker vorbeifliegen, seine Schiffe erreichten zuletzt dieselben Häfen.

Das glaubte er. Wollte er glauben!

Deine wunderbaren Werke. Deine herrlichen Werke. Ich bewundere dich so unendlich!

Eine bildschöne junge Frau sagte solcherlei zu ihm. Sprach so aufrichtig. Im Brustton dessen, der eine offenkundige Wahrheit verkündet. Sie hatte sich im Strand Bookstore vergriffene Stücke von ihm besorgt, die sie noch nicht gelesen hatte – in ihrem vorigen Leben.

Sie lebte im Village. Hatte vorübergehend die Wohnung einer Theaterfreundin von Max Pearlman an der East 11th Street übernommen. Von ihrem »vorigen Leben« sprach sie nie. Der Bühnenautor hätte sie gern gefragt: Hat es dich geschmerzt, als deine Ehe zerbrach? Deine Liebe zerbrach? Oder »zerbricht« Liebe nicht, sondern schwindet nur mit der Zeit?

Ich glaube an die Ehe. Den Bund der Ehe zwischen Mann und Frau. Ich betrachte ihn als heilig. Nie würde ich einen solchen Bund gefährden wollen.

Ließ ihren innig schmelzenden Blick auf ihm ruhen.

Sie rührte ihn zutiefst, wie ein verlorenes Kind. Ein im Stich gelassenes Kind. In diesem wohlgerundeten Körper. Dieser Körper! Wenn man Norma Jeane (so nannte der Bühnenautor sie in Gedanken, wenn auch selten laut; es stand ihm nicht zu, fand er) besser kannte, dann sah man, dass dieser Frau ihr eigener Körper ein Rätsel war. Manchmal schien sie den seltsamen Wunsch zu hegen, den Bühnenautor auf ihre Seite zu ziehen, damit er ihre Sicht teile. Andere Männer fühlten sich zu ihr hingezogen, weil sie nur ihren Körper sahen, er jedoch, der Bühnenautor, ein überlegener Mann, kannte andere Seiten von ihr und würde sich niemals so täuschen lassen.

War das ihr Ernst? Der Bühnenautor lachte nachsichtig.

»Du musst doch wissen, dass du eine wunderschöne Frau bist. Und dass das wahrlich kein Manko ist.«

»Kein was?«

»Kein Manko. Kein Nachteil. Kein Schaden.«

Die Blonde Darstellerin stieß ihn neckisch an. »Hey. Du brauchst doch *mir* nicht zu schmeicheln.«

»Du hältst es für Schmeichelei, wenn ich ganz sachlich feststelle, dass du eine schöne Frau bist? Und dass das kein Handicap ist?« Der Bühnenautor

lachte, aber er hätte gern ihren Arm gezwickt, unsanft ihr Handgelenk gepackt, sie nur ein klein wenig zusammenzucken und die schlichte Wahrheit
anerkennen sehen. Sie wollte nicht, dass er ein Mann war! Während sie
doch, indem sie sich ihm so kindlich, so sehnsuchtsvoll, so verführerisch dar-
bot, ganz klar sein Begehren weckte.

Es sei denn, er bildete es sich ein. Dass sie ihn belagerte. Damit er seine
Frau verließ, sie liebte. *Sie* heiratete.

Hatte die Blonde Darstellerin nicht behauptet, sie lebe für die Arbeit und
sie lebe für die Liebe. Im Augenblick arbeitete sie nicht. Und im Augenblick
liebte sie nicht. (Senkte mit flatternden Lidern den Blick. Ach, sie wollte so
schrecklich gerne lieben!) Mit rührender Aufrichtigkeit gestand sie dem
Bühnenautor: »Der einzige Sinn im Leben liegt in m-mehr als nur einem
selbst? Den eigenen Gedanken? Der eigenen Haut? Der eigenen Geschichte?
Zum Beispiel einem Werk, irgendetwas Bleibendem; oder in der Liebe, da erlangt man auch einen höheren Daseinszustand, weil es nicht nur um *einen*
selbst* geht.« Das trug sie so inbrünstig vor, dass der Bühnenautor sich fast
fragte, ob sie die Worte auswendig gelernt haben mochte. Die Naivität, die
Schwärmerei – plapperte sie einer der überaus klugen und doch tragisch ver-
blendeten Frauenfiguren Tschechows nach? Nina in der *Möwe* oder Irina in
den *Drei Schwestern*? Oder zitierte sie aus näher liegenden Quellen, aus
einem der Bühnendialoge, die der Bühnenautor selbst vor Jahren verfasst
hatte? An der Echtheit ihrer Überzeugung bestand kein Zweifel. Sie saßen
in einer der schummrigen Nischen eines Jazzclubs an der Sixth Avenue im
West Village, sie hielten Händchen, und die Blonde Darstellerin hatte zwei
Gläser Rotwein getrunken, sie, die so selten trank, und in ihren Augen
schimmerten Tränen, denn es kündigte sich, da die Frau des Bühnenautors
am folgenden Tag zurückerwartet wurde, eine irgend geartete Krise an. »Und
eine Frau, die einen Mann liebt, möchte von diesem Mann ein Kind haben.
Ein Kind ist ... ach, aber du bist doch Vater, du weißt, was ein Kind bedeutet!
Es geht nicht mehr nur um einen *selbst!*«

»Nein. Aber ein Kind *ist* auch nicht man selbst.«

Die Blonde Darstellerin wirkte verwirrt und plötzlich verletzt, als wäre sie
zurechtgewiesen worden, und da legte ihr der Bühnenautor den Arm um die
Schulter und drückte sie, denn sie saßen Seite an Seite und wahrten nicht
mehr züchtigen Abstand an gegenüberliegenden Seiten eines Tischs. Der
Bühnenautor hätte die Blonde Darstellerin gern in seine Arme gezogen, damit sie ihren Kopf an seine Brust legte oder ihr warmes, tränenfeuchtes Ge-

sicht in seiner Halsbeuge verbarg und sich von ihm trösten und beschützen ließ. Er würde sie vor ihren Selbsttäuschungen bewahren. Denn was ist die Täuschung anderes als der Wegbereiter der Enttäuschung. Und was ist die Enttäuschung anderes als der Wegbereiter des Zorns. Er, als Vater, wusste, dass ein Kind in dein Leben treten und es entzweireißen konnte, statt es zu vervollkommnen, er wusste, als Mann, dass ein Kind in eine scheinbar glückliche Ehe einbricht, ein Kind vermag die Liebe zwischen Mann und Frau zu verändern oder gar unwiderruflich zu zerstören; er wusste als einer, der seit Jahrzehnten erwachsener Bürger war, dass Elternschaft keineswegs romantisch ist, auch die Mutterschaft nicht, sondern allenfalls eine Intensivierung des Lebensgefühls bringt. Auch Eltern bleiben schließlich sie selbst – nur dass sie fortan mit der zusätzlichen und erschreckenden Bürde der Elternschaft behaftet sind. Gern hätte er die bebenden Lider dieser bildschönen jungen Frau geküsst, dieser so betörenden quecksilbrigen Frau, und ihr beteuert: Natürlich liebe ich dich. Meine Magda. Meine Norma Jeane. Welcher Mann könnte dir widerstehen? Aber ich kann nicht …

Ich kann dir nicht bieten, was du brauchst. Ich bin nicht der, den du suchst. Ich bin ein mit Mängeln behafteter Mann, ein unvollständiger Mann, ich bin ein Mann, den die Vaterschaft nicht merklich geändert hat, ich bin ein Mann, der Angst hat, seine Frau zu verletzen, zu demütigen, zu erzürnen, ich bin nicht der erträumte Retter, kein Märchenprinz.

Die Blonde Darstellerin begehrte auf: »Bei meiner Mutter und mir, wir waren, als ich klein war, ein Baby noch, wie ein einziges Wesen … und als kleines Mädchen auch noch. Wir brauchten gar nichts zu sagen. Sie konnte mich in Gedanken erreichen, beinahe. Ich war nie allein. Das ist die Art Liebe, die ich meine, die zwischen Mutter und Kind. Sie erhebt dich, sie ist *wirklich*. Ich wäre bestimmt eine gute M-mutter, weil – jetzt lach bitte nicht, ja? – immer wenn ich ein Baby im Kinderwagen sehe, würde ich am liebsten hineingreifen und es abküssen! ›Oh!‹, sage ich immer, ›oh! darf ich das Baby mal hochnehmen? Oh, wie niedlich!‹ Und dann muss ich weinen, ich kann nicht anders. Du lachst! So bin ich nun mal, ich habe Kinder immer sehr gern gehabt. Als ich selbst noch Kind war, in den Pflegefamilien, habe ich mich immer um die Kleinen gekümmert. Ihnen vorgesungen, sie gewiegt, weißt du? Bis sie einschliefen. Es gab da ein kleines Mädchen, deren Mutter sie gar nicht liebte, um die habe ich mich viel gekümmert, habe sie im Kinderwagen in den Park geschoben – das war später, da war ich so ungefähr sechzehn –, und ich habe ihr aus Restposten vom Dimestore einen kleinen Stofftiger genäht, ich hatte sie so lieb. Aber ich selbst möchte gern einen Jungen, weißt du, warum?«

Der Bühnenautor hörte sich fragen, warum.

»Weil er seinem Vater gleichen würde, deshalb. Und der Vater, das wäre jemand, den ich vergöttern würde, ein ganz wunderbarer Mann, das kannst du mir glauben. Da bin ich wählerisch, weißt du.« Die Blonde Darstellerin lachte atemlos. »Die meisten Männer *mag* ich nicht mal. Und das würdest du auch nicht, Honey, wenn du eine Frau wärst.«

Und darüber lachten sie miteinander. Der Bühnenautor fühlte sich schwach vor Verlangen. Er hörte sich sagen: »Du wärst sicher eine ganz wunderbare Mutter, meine Liebe. Die geborene Mutter.«

Warum, warum sagte er so etwas! Alles improvisiert, und bei rasender Fahrt geriet der Wagen ins Schleudern, und es war niemand da, der ins Steuer hätte greifen können.

Trunkenheit am Steuer!

Die Blonde Darstellerin küsste den Bühnenautor flüchtig, aber sehr aufreizend, auf den Mund. Heiß wallte Begehren in ihm auf und verschlug ihm fast den Atem.

Sodass er sich mit zärtlich belegter Stimme sagen hörte: »Danke. Liebste.«

18

Der Ehebrecher. Er wollte die Blonde Darstellerin nicht ausnutzen. Sie war doch ein Kind, so vertrauensvoll. Er wollte sie warnen *Hüte dich vor uns! Liebe mich nicht.*

Mit »uns« meinte er sowohl sich als auch Max Pearlman. Die ganze New Yorker Theatergemeinde. Die Blonde Darstellerin war in ihre Stadt gepilgert wie zu einem heiligen Schrein, um in der Kunst Erlösung zu finden.

Sich für die Kunst zu opfern.

Der Bühnenautor konnte nur hoffen, dass sie nicht in die Stadt gepilgert war, sich ihm zu opfern.

Das Dumme war nämlich, dass er nicht etwa aufgehört hatte, seine Frau zu lieben. Er war kein Mann, der die Ehe leicht nahm, wie so viele Männer seiner Bekanntschaft. Selbst Männer seiner eigenen Generation von liberaljüdischer und einem starken Familiensinn verpflichteter Herkunft. Die sorglos kecken Eroberungen des Satyrs Pearlman entrüsteten ihn; entrüstend war auch, wie bereitwillig ihm vergeben wurde, von Frauen, die er schäbig behandelt hatte, und sogar von seiner attraktiven, aber verblühten Frau.

Nicht ein einziges Mal war der Bühnenautor Esther untreu gewesen. Selbst nach seinem raschen Aufstieg zum moderat gefeierten Autor 1948. Als er zu seinem Schrecken, seiner Bestürzung und seiner Beschämung ein wachsendes Interesse seitens der Damen bemerkte: Intellektuellen, Habituées der Manhattaner Salons, Geschiedenen, selbst den Ehefrauen seiner Theaterfreunde. An den Universitäten, die ihn zu Gastvorträgen einluden, an den Provinztheatern, wo seine Stücke aufgeführt wurden, überall gab es solche Frauen, klug, lebhaft, anziehend, kultiviert, jüdisch, nichtjüdisch, Akademikerinnen, Literatinnen, Gattinnen erfolgreicher Geschäftsmänner, vielfach etwas älter und für männliches Genie schwärmend. Vielleicht hatte er sich aus Langeweile zu einigen von ihnen hingezogen gefühlt, doch nie war er Esther untreu geworden; er hatte in seinem Wesen einen bierernsten Buchhalterzug, und da zählten nur Tatbestände. Er war Esther nie untreu geworden, das musste ihr doch etwas bedeuten?

Meine kostbare Treue. Heuchelei!

Er hatte nicht aufgehört, Esther zu lieben, und er vermutete, dass auch sie, trotz ihres Zorns und bei allem Groll, nicht aufgehört hatte, ihn zu lieben. Aber sie begehrten einander nicht mehr! Seit Jahren nicht mehr. Der Bühnenautor lebte so sehr in seinem Kopf, dass die Menschen in seiner Umgebung ihm oft unwirklich vorkamen. Je näher sie ihm standen, desto unwirklicher. Frau, Kinder. Inzwischen erwachsene Kinder. Entwachsene Kinder. Und eine Frau, die er – buchstäblich! – vergaß anzusehen, selbst wenn er mit ihr redete. (»Na, hast du mich vermisst?« »Natürlich.« »Ja. Das sehe ich.«) Die Welt des Bühnenautors, das waren die Wörter, stur abgerungene Wörter, und wenn nicht die einzeln mit zwei herabstoßenden Fingern auf seiner Olivetti-Reiseschreibmaschine getippten Wörter, dann die Treffen mit Produzenten und Regisseuren und Schauspielern, waren es Vorsprechen und Leseproben und Werkstätten und Proben (die in Endproben und der technischen Einrichtung gipfelten), Generalproben und Premieren, gute Kritiken, nicht-so-gute Kritiken, volle Häuser, nicht-so-volle Häuser, Auszeichnungen und Enttäuschungen, eine Fieberkurve beständiger Krisen, zu vergleichen mit dem schlingernden Kurs eines Abfahrtsläufers auf fremdem Terrain, wo sich unter Schnee möglicherweise Felsen verbargen, und entweder war man für dieses verrückte Leben geschaffen und brauchte, bei aller Anspannung, den Nervenkitzel, oder man war nicht dafür geschaffen und empfand vor allem die Anspannung, bis man am liebsten gar nichts mehr empfunden hätte. Der Bühnenautor hatte keine Schauspielerin, keine Autorin, keine Frau mit künstlerischen Ambitionen zur Frau haben wollen, also hatte er eine attraktive, energische, umgängliche junge Frau geheiratet, die aus ähnlichen Verhältnissen stammte wie er selbst, mit einem Abschluss am Columbia Teachers College. Eine Zeit lang hatte Esther in den ersten Ehejahren noch an der Junior High School kompetent, aber ohne große Begeisterung Mathematik unterrichtet; sie hatte ohnehin heiraten und Kinder kriegen wollen. Das waren die frühen Dreißiger gewesen, eine Ewigkeit her. Inzwischen war der Bühnenautor ein Mann von Rang und Namen und Esther eine dieser Ehefrauen, von denen Außenstehende gern bemerkten *Die beiden? Was hat ihn bloß je an der Frau interessiert?* Bei gesellschaftlichen Anlässen hätten der Bühnenautor und seine Frau sich nicht automatisch zueinander hingezogen gefühlt, hätten sich nicht unbedingt viel zu sagen gehabt, hätten sich vielleicht lediglich mit einem Blick gestreift, gelächelt und sich abgewandt. Keiner ihrer gemeinsamen Freunde hätte sie miteinander bekannt gemacht.

Das war doch keine Tragödie! Sondern eben, wie der Bühnenautor annahm, das Leben. Nicht die für die Bühne dramatisierte Fassung.

Der Bühnenautor wollte gar nicht wissen, wie lange er und Esther sich nicht mehr lustvoll geliebt oder auch nur geküsst hatten. Hat sich Eros erst verabschiedet, wird ein Kuss zum äußerst eigentümlichen Akt: taube Lippen werden aneinandergedrückt, *wozu?* Der Bühnenautor wusste, dass, wenn er Esther in die Arme nähme, sie sich versteifen würde und eher spitz fragen: »Was soll das? Warum ausgerechnet jetzt?«

Natürlich konnte ihr Ehemann schlecht sagen *Weil ich im Begriff bin, mich in eine andere zu verlieben. Hilf mir!*

Dennoch glaubte er, dass ihre Liebe nicht vergangen, sondern nur verblasst sei. Wie der Umschlag seines Erstlingswerks, des schmalen Gedichtbands, den er mit vierundzwanzig veröffentlicht hatte, ein Achtungserfolg, Kritikerlob, 640 verkaufte Exemplare. In seiner Erinnerung war der Umschlag von *Die Befreiung* kobaltblau gewesen, mit kanariengelber Schrift, aber in Wirklichkeit, fiel ihm dann und wann zu seiner Verblüffung auf, wenn sein Blick darauf fiel, war der Umschlag von der Sonne beinweiß geblichen, die einst gelben Lettern nahezu unsichtbar.

Es gab den Buchumschlag seiner Erinnerung, und es gab den Buchumschlag im Regal unweit vom Schreibtisch des Bühnenautors. Man hätte argumentieren können, sie beide seien wirklich. Existierten eben nur in verschiedenen Zeiten.

Zaghaft sagte der Bühnenautor zu der Frau, mit der er zwischen überquellenden Bücherregalen in dem stattlichen alten Brownstone-Haus an der West 72nd Street lebte: »Wir unterhalten uns nur noch so selten, Liebes. Ich hatte gehofft, dass jetzt, wo –«

»Wann haben wir uns schon jemals groß unterhalten? Du hast unterhalten.«

Das war ungerecht. Es war zudem unwahr. Doch der Bühnenautor verkniff sich eine Entgegnung.

Sagte, bei anderer Gelegenheit: »Wie war es in St. Petersburg?«

Esther sah ihn verständnislos an, so, als hätte er in verschlüsselter Sprache gesprochen.

Bühnensprache ist verschlüsselte Sprache. Die wahre Bedeutung des Textes liegt unter dem Text. Und im Leben?

Der Bühnenautor, von Schuldgefühlen geplagt, rief die Blonde Darstellerin an, um die Nachmittagsverabredung abzublasen. Er hätte erstmals die Wohnung im Village betreten sollen, die sie vorübergehend übernommen hatte.

Dachte an die verfänglichen, halbpornographischen Szenen in *Niagara*. Die unerhört gespreizten Beine der blonden Frau, das sich unter dem bis über die Brüste hochgezogenen Laken abzeichnende V ihres Schoßes. Wie hatten die Filmemacher solche Szenen vor der Zensur gerettet? Den Moralwächtern der Legion of Decency? Der Bühnenautor hatte sich *Niagara* ohne Begleitung in einem schäbigen Kino am Times Square angesehen. Einfach aus Neugier.

Blondinen bevorzugt hatte er nicht gesehen, auch nicht *Das verflixte 7. Jahr*. Marilyn Monroe in komischen Rollen interessierte ihn nicht. Nicht nach *Niagara*.

Mit wohlgesetzten Worten erklärte er der Blonden Darstellerin, dass sie sich erstmal lieber nicht sehen sollten. Vielleicht in ein, zwei Wochen wieder. Bitte versteh doch.

Mit ihrer kehlig-tüchtigen Magda-Stimme versicherte ihm die Blonde Darstellerin, oh ja, natürlich verstehe sie.

656

19

Die Gespenstersonate. Der Bühnenautor und seine Frau Esther besuchten die Premiere einer Inszenierung von Strindbergs *Gespenstersonate* des Theaters Circle in the Square in der Bleecker Street. Es waren viele Freunde zugegen, Bekannte, Theaterleute, mit denen der Bühnenautor beruflich liiert war; der Regisseur war ein alter Freund. Das Theater hatte knapp zweihundert Plätze. Kurz bevor im Saal das Licht verdämmerte, hob ein Raunen an, und als sich der Bühnenautor umdrehte, sah er die Blonde Darstellerin den Mittelgang hinabschreiten. Zunächst dachte er, sie sei allein gekommen, denn diese Frau war für ihn immer allein, in seiner Erinnerung allein, schillernd allein mit ihrem zaghaft süß-sehnsüchtigen Lächeln, ihren bebenden Lidern, dem Anschein, ganz zufällig hereingeschneit zu sein. Dann jedoch sah er, dass sie mit Max Pearlman, seiner Frau und dem gemeinsamen Freund Marlon Brando gekommen war; Brando gab den Begleiter, redete und lachte mit ihr, als sie ihre Plätze in der zweiten Reihe einnahmen. Was für ein Anblick: Marilyn Monroe und Marlon Brando. Beide leger gekleidet, Brando mit unrasiertem Kinn, das Haar über den Ohren lang, in einer abgetragenen Lederjacke und Khakihosen; die Blonde Darstellerin im dunklen Wollmantel aus einem Army-Navy-Surplus-Laden am Broadway und ohne Kopfbedeckung; ihr platinblondes, an den Wurzeln bereits nachdunkelndes Haar glimmte.

Der Bühnenautor, dieser lange Storchenmann, machte sich in seinem Sitz möglichst klein und hoffte, unerkannt zu bleiben. Seine Frau aber stieß ihn an und sagte: »Ist das Marilyn Monroe? Stellst du mich vor?«

Der Sendbote

Die Zwillinge lassen ausrichten, dass sie ihrer Norma nachtrauern, und dem Baby.

Nackt in der Badewanne mit den Klauenfüßen und den messingblinkenden Armaturen, der Dunkle Prinz. Im dampfenden Wasser, das sie verschwenderisch mit Badesalz besprenkelt hatte, wie es einer badenden Gottheit gebührt. Den Dunklen Prinzen willkommen zu heißen. Dem Dunklen Prinzen zu Ehren. *Ich liebe,* gestand sie ihm plötzlich. *Ich liebe zum ersten Mal in meinem Leben einen Mann so, dass ich manchmal sterben könnte! Nein, leben.* Der Dunkle Prinz küsste sie brüderlich auf die Stirn. Nicht wie ein Liebhaber. Denn der Dunkle Prinz liebte sie nicht. Er hatte schon zu viele Frauen geliebt und war der Liebe der Frauen überdrüssig geworden, selbst ihrer Berührungen. *Nur zu leben,* fuhr sie fort, *und zu wissen, dass er auch lebt. Dass wir uns vielleicht eines Tages als Mann und Frau lieben werden.* Der Dunkle Prinz empfand für weiße Frauen nur noch Verachtung, doch sie nannte er *Angel.* Von Anbeginn an nannte er sie *Angel.* Rief sie bei sonst keinem Namen als *Angel.* Und sagte nun verschlagen, gedehnt, die wunderschönen grausamen Augen dicht vor den ihren, *So so, Angel, du glaubst an die Liebe? Vielleicht wie an ein Nachleben?* Und sie darauf etwas übergangslos *Wusstest du übrigens, dass die Juden nicht an ein Nachleben glauben wie die Christen? Das habe ich heute erst erfahren.* Und der Dunkle Prinz sagte *Dein Liebhaber ist also Jude?* und rasch sagte sie *Wir haben nichts miteinander. Wir lieben uns aus der Entfernung.* Der Dunkle Prinz lachte und meinte *Bleibe dabei, Angel. Bei der Entfernung. Und du wirst dir die Liebe erhalten.* Sie sagte *Ich will eine große Schauspielerin werden, ihm zuliebe. Damit er stolz auf mich ist.* Der Dunkle Prinz wankte. Zupfte und zerrte an seinem durchgeschwitzten Hemd. Seine zerschlissene Lederjacke hatte er schon abgelegt und auf den Teppichboden ihrer vorübergehend übernommenen Wohnung in der East 11th Street gleiten lassen. Der Dunkle Prinz war sich möglicherweise nicht ganz im Klaren darüber, wo er sich eigentlich befand. Er gehörte zu denen, für die andere sorgen und sich zu Dienstmägden und Lakaien machen. Der Dunkle Prinz nestelte an seinem

Gürtel, dem Reißverschluss, der schon ein Stück heruntergezogen war. *Ich muss baden* hatte der Dunkle Prinz verkündet. *Ich brauche ein reinigendes Bad.* Diesen Wunsch hatte er etwas unvermittelt geäußert, doch sie kannte die unvermittelten Wünsche der Männer.

Half also diesem Mann ins Bad im rückwärtigen Teil der Wohnung, drehte dort die blinkenden Messinghähne auf und sprenkelte großzügig Badesalz in die Wanne, ins sprudelnde dampfende Wasser, ihm zum Willkommen, ihm zu Ehren. Der Dunkle Prinz war ein Sendbote aus ihrer Vergangenheit, und sie fürchtete die Botschaft, die er überbringen mochte, denn sie hatten sich zu Zeiten kennen gelernt, da sie noch Norma gewesen war und mit den Zwillingen zusammengelebt hatte, vor *Niagara*, bevor sie »Marilyn Monroe« wurde, und weil sie an diese Epoche nicht zurückdenken mochte, konnte sie vielleicht überhaupt nicht ganz klar denken, als sie nun, im Bemühen, eine Filmmusik zu erzeugen, die die Schrecken des Schweigens zerstreuen könnte, munter drauflosplapperte. Als sie sich umdrehte, hatte sich der Dunkle Prinz zu ihrem Unbehagen ungeniert, wenn auch umständlich entkleidet. Bis auf die Socken. Er keuchte vor Anstrengung. Er hatte stundenlang getrunken und eine dünne, sonderbar süßlich duftende Papyruszigarette geraucht, hatte auch ihr einen Zug angeboten (den sie abgelehnt hatte), und jetzt war er kurzatmig und rot im Gesicht und sein Blick verschleiert. Seine Hose, die schmuddelige Unterhose und sein verschwitztes Hemd hatte er verknäult beiseite getreten.

Sie lächelte gezwungen. Damit hatte sie nicht gerechnet. Der Körper des Dunklen Prinzen war so – erhaben! Ein Körper, der in den acht bemerkenswerten Filmen, die den Dunklen Prinzen zum bejubeltsten Schauspieler seiner Zeit gemacht hatten, nur ausschnittweise und umso aufreizender dargeboten worden war: ein herrlich modellierter Männerkörper mit kräftigen Brustmuskeln, vollkommen geformten Männerbrüsten und Warzen wie Miniaturweinbeeren, mit einem dichten, pelzigen Wirbel Haare auf der Brust und noch dichterem Schambusch. Der Dunkle Prinz stand mit zweiunddreißig Jahren in der Blüte seiner männlichen Schönheit: In wenigen Jahren schon würde seine Haut ihren selbstherrlichen Glanz verlieren, sein Körper schwammig werden; in zehn Jahren wäre er deutlich übergewichtig mit Wanst und Hängebacken; in zwanzig schlicht verfettet. Im Laufe der Jahre würde der Dunkle Prinz aufquellen wie eine mutwillig zum Hohn dieses jüngeren Selbst mit der Fahrradpumpe aufgeblasene Gummipuppe. Sie jedoch konnte die Augen nicht losreißen und dachte *Wenn ich ihn nur lie-*

ben könnte! *Wenn er mich bloß liebte. Es stünde uns frei, uns zu lieben und zu erlösen.* Das Glied des Dunklen Prinzen dümpelte dick und dumpf vorm Filz der Schamhaare, halb aufgerichtet, sich regend, auf der Eichel perlte ein Tropfen. Sie wich erschrocken zurück und stieß gegen den Handtuchhalter. Aus den Wasserhähnen rauschte das Wasser, dampfend füllte duftendes Wasser die Wanne. Sie lächelte immer noch, gelähmt vor Schreck. Denn das Drehbuch sah auch für diese Szene etwas vor. *Er wird erwarten, dass ich ihn wegküsse. Das ist es doch, was sie erwarten. Er wird mich im Genick packen?* Wo war denn Mutter? Nebenan in einem anderen Zimmer. Im Bett. Schlief, stöhnte im Schlaf. Nur Norma Jeane und ein wankend-betrunkener nackter Mann, ein Mann mit einem steif wippenden Penis, netten Lachfalten um die Augen und einem zum Küssen schönen Mund, wie Gladys gern zugab *Solange er seinen Willen bekommt, klar, ist er ein Prinz.*

Stattdessen aber schob der Dunkle Prinz Norma Jeane beiseite und ließ seine Gesäßbacken unsanft auf den Wannenrand plumpsen. Im duftig aufsteigenden Dampf hilflos und quengelig wie ein kleines Kind *Angel, kannst du mir nicht helfen, die Scheiß-*

Er meinte seine Socken, er konnte sich nicht vorbeugen, um sie auszuziehen.

(Derlei traurige Episoden würde der Scharfschütze observieren. Der Scharfschütze würde in seinen akribischen Berichten keinerlei moralisches Urteil fällen, das war nicht seine Aufgabe. Im Dienste der Agency. Im Falle mutmaßlicher subversiver Tätigkeiten, einer Bedrohung der nationalen Sicherheit der Vereinigten Staaten. *Denn wo Bürger unschuldig sind, gibt es nichts zu verbergen. Gibt es keine Schuld. Sind alle Bürger Informanten: und professionelle Scharfschützen überflüssig.)*

Sie war seine Magda, seine! Sie würde ihren Liebsten anrufen. Sie würde am Telefon weinen *Ich liebe dich bitte komm zu mir! Noch heute Nacht.* Die Juden sind ein uraltes Volk, ein Volk von Nomaden, von Gott auserwählt und verflucht. Ihre Geschichte ist nichtsdestotrotz eine Geschichte gottähnlicher Männer: Adam, Noah, Abraham, dem Vatergott aller. Eine männliche Linie. Männer, die die Schwäche der Frauen kannten und vergaben. *Ich vergebe dir! Dafür, dass du so feige bist. Dafür, dass du es nicht wagst, mich zu lieben, wie ich dich liebe.*

Oh ja, natürlich hatte sie den Bühnenautor im Theater in der Bleecker Street bemerkt. Sicher hatte sie ihn bemerkt. Mehr noch, sie hatte gewusst, dass er da sein würde. Für eine Frau, die neu war in dieser Stadt, wusste sie eine ganze Menge; sie hatte viele neue Freunde, die ihr vieles zutrugen; es buhlten viele Fremde darum, ihre Freunde sein zu dürfen, angesehene Männer und Frauen, die nur zu gern an der Seite »Marilyn Monroes« in der Öffentlichkeit erschienen, sich mit ihr ablichten ließen.

Ja, ich habe dich gesehen. Du hast weggesehen und deine Magda verleugnet.

Im muffigen kleinen Theater an der Bleecker Street, stocksteif und peinlich berührt neben seiner Frau. Dieser Frau, die seine Frau war!

Ich bin Miss Golden Dreams. Eine Frau wie mich *hat ein Mann verdient.*

Nie im Leben würde sie ihren Liebsten anrufen! Doch nicht den Bühnenautor, den sie über alle anderen Männer stellte. Der ihr Abraham war und sie ins gelobte Land führen sollte. Sie war christlich getauft worden, sie würde sich ent-taufen und jüdisch werden. *Im Herzen bin ich jüdisch. Eine Wanderin auf der Suche nach ihrem gelobten Land.* Er würde sehen, wie ernst es ihr war, wie viel ihr an ihrem Beruf lag. Denn das Schauspiel ist gleichermaßen Handwerk wie Kunst, und sie hatte sich fest vorgenommen, beides zu meistern. Sie war eine intelligente junge Frau, eine Frau von Ehre und Stolz, besaß gesunden Menschenverstand. Anders würde einer wie der Bühnenautor sie auch nicht lieben können. Ein Mann wie der Bühnenautor würde sonst Reißaus vor ihr nehmen. Könnte er nur sehen, wie besonnen sie war, seine Magda: keine Spur von Bitterkeit und weiblicher Hysterie; sie legte ihren wattierten Morgenmantel an, und während sich der Dunkle Prinz im rückwärtigen Teil der Wohnung, die sie vorübergehend übernommen hatte, in der Badewanne mit den Klauenfüßen und den messingblinkenden Armaturen aalte, kuschelte sie sich auf ein Sofa und übertrug in ihr Tagebuch Verse aus dem *Hohe Lied Salomos.* Sie hatte sich im Strand Bookstore ein Werk zu »Gesetz, Propheten und Schriften« besorgt und hatte überrascht, aber auch erleichtert festgestellt, dass es sich um das Alte Testament handelte, nur unter anderem Namen.

Er küsse mich mit dem Kusse seines Mundes; denn deine Liebe ist lieblicher als Wein.

Siehe, meine Freundin, du bist schön, schön bist du, deine Augen sind wie Taubenaugen.

Da ist die Stimme meines Freundes! Siehe, er kommt und hüpft auf den Bergen und springt auf den Hügeln!

Denn siehe, der Winter ist vergangen; die Blumen sind hervorgekommen im Lande; und die Turteltaube lässt sich hören in unserem Lande.
Ich schlafe, aber mein Herz wacht. Da ist die Stimme meines Freundes, der anklopft: Tue mir auf, liebe Freundin, meine Schwester, meine Taube, meine Fromme!

Und da ich meinem Freund aufgetan hatte, war er weg und hingegangen. Meine Seele war außer sich, als er redete. Ich suchte ihn, aber ich fand ihn nicht; ich rief, aber er antwortete mir nicht.

Sie musste wohl eingeschlafen sein. Der Kopf so schwer! Wie alles, was ihr noch bevorstand, die Mühsal des Rests eines Lebens.

Ja, sie würde nach Hollywood zurückkehren; sie würde einen neuen Filmvertrag unterschreiben. Was sollte sie sonst tun, sie hatte kein Geld; sie würde für die Scheidung des Bühnenautors und für ihr gemeinsames Leben Geld benötigen; und Geld gab es, wenn nicht für sie, dann für Marilyn Monroe. Als Marilyn würde sie in die Stadt aus Sand zurückkehren. *Das wusste ich im Voraus. Ohne zu wissen, dass ich es wusste.*

Doch sie würde weit mehr über die Schauspielkunst wissen als bisher. Monatelang hatte sie bei Max Pearlman gelernt, ihrem strengen Zuchtmeister. Monatelang demütig und eifrig wie ein wissbegieriges Kind, dem man die Grundregeln des Lesens und Schreibens und Sprechens beibringt.

Du hast das Zeug zur großen Schauspielerin, hatte er ihr gesagt.

Und sollte es nicht wahr sein, würde sie es wahrmachen!

Der Dunkle Prinz war der bedeutendste amerikanische Schauspieler seiner Zeit, so wie Laurence Olivier der bedeutendste englische Schauspieler seiner Zeit war. Dem Dunklen Prinzen schien seine Begabung wenig zu bedeuten; sein Erfolg war ihm Anlass zu Verachtung, nicht Dankbarkeit. *So will ich nicht sein. Wo ich gesegnet bin, will ich segnen.*

Sie musste eingeschlafen sein, denn sie schrak hoch. Von Grauen gepackt. Es war 3.40 in der Früh. Irgendetwas stimmte nicht. Der Dunkle Prinz! Er war seit Stunden im Bad.

Dort lag er, in der Wanne mit den Klauenfüßen im kalten Wasser, Kopf auf den Porzellanrand zurückgebogen, der Dunkle Prinz: mit offen stehendem

Mund, spuckeglänzendem Kinn, Augen, von denen unter den halbgeschlossenen Lidern nur eine wolkige graue Mondsichel zu sehen war, wie Rotz. Das Haar feucht, Kopf spiegelblank wie der eines Seehunds. Der Körper, der ihr wenige Stunden zuvor so herrlich modelliert erschienen war, wirkte jetzt seltsam missgestaltet, Schultern rund, Brust eingesunken, um die Mitte ein Speckring, der im schmierigen Wasser dümpelnde traurige Penis zu einem Fleischstummel geschrumpft. Oh, er hatte sich übergeben! Schlieren und Brocken trieben um ihn herum. *Aber er atmete, er lebte. Das allein zählte für mich.* Es gelang ihr, ihn zu sich zu bringen. Er stieß sie fluchend weg. Er stemmte sich hoch, Wasser schwappte auf die Fliesen, wieder fluchte er, verlor das Gleichgewicht und wäre um ein Haar in die rutschige Porzellanwanne zurückgestürzt, sie musste ihn auffangen und verhindern, dass er sich den Schädel aufschlug, und sie hielt ihn in Armen, die vor Anstrengung zitterten, denn der Dunkle Prinz war zwar nicht groß, aber kräftig gebaut, kompakt, muskulös. Sie flehte ihn an, bat ihn, vorsichtig zu sein, er schimpfte sie *Fotze!* (sicherlich ohne zu wissen, wen er da vor sich hatte, er wollte sie bestimmt nicht beleidigen), klammerte sich aber trotzdem an ihr fest, und nach etlichen Minuten gelang es ihr, ihn aus der Wanne zu bugsieren, ihn erst einmal, wie vorhin, auf dem Wannenrand abzusetzen, wankend und mit geschlossenen Augen vor sich hin schimpfend, ihm mit einem kalt ausgespülten Waschlappen sanft das Gesicht abzuwischen und so weit möglich, das Erbrochene von seinem Körper, stets befürchtend, er könne sich erneut übergeben, er könne zusammenbrechen und sterben, denn sein Atem ging stoßweise, der Mund hing offen, er schien nicht zu wissen, wo er war, und doch berappelte er sich nach einigen Waschlappen-Anwendungen so weit, dass er sich auf die Füße stellen und ein Badetuch umhängen konnte, um sich dann, schwer gestützt, ihren Arm um seine Taille, in ihr Schlafzimmer führen zu lassen, während ihm das Wasser von den blassen, behaarten Beinen und den bloßen Füßen rann und sie ihm leise lachend versicherte, es sei alles in Ordnung, er sei bei ihr gut aufgehoben, sie werde das schon machen; stolpernd und sie wieder abermals *Fotze! alte Fotze!* schimpfend, erreichte er das Bett und kippte mit einer solchen Wucht seitlich darauf, dass die Federn laut knackten und sie schon fürchtete, er habe dieses Bett, das doch nicht ihr gehörte, das stattliche antike Messingbett der wohlhabenden Bekannten von Max Pearlman, die derzeit in Paris weilte, ramponiert. Dann wuchtete sie seine Füße aufs Bett, Füße, die schwer waren wie Betonklötze, schob ihm ein Kissen unter den Kopf, unablässig murmelnd, tröstliche Worte, wie sie es gelegentlich bei dem Ex-Sportler und anderen Bewohnern der Stadt aus Sand hatte tun müssen; ihr war wieder wohler, ihre Zuversicht kehrte zurück, denn Norma Jeane Baker war dem Wesen nach Optimistin – hatte sie sich nicht damals, als sie auf dem Dach des Waisenhauses kauerte und zum fernen RKO-Turm drüben in Hollywood hinüberspähte, einem ewigen Optimismus verschrieben *Ich gelobe es! schwöre es! ich werde nicht aufgeben! nein, niemals!* –, und nun dämmerte ihr, dass diese hässliche und unwürdige Szene in Wirklichkeit eine Filmszene war, im Groben, wenn nicht im Einzelnen, war sie ihr durchaus vertraut, und gar nicht mal ohne Romantik; sie war Claudette Colbert, er war Clark Gable, oder nein, sie war Carole Lombard und er war Clark Gable; es gab auch zu dieser Situation ein Drehbuch, und selbst wenn sie es beide nicht kannten, sie waren begabte Schauspieler und konnten improvisieren.

Der Dunkle Prinz in meinem Bett. Oh, ein enger Freund, er hatte mich gebeten, ihn Carlo zu nennen. Aber geliebt haben wir uns nicht? Ich glaube nicht. Oder doch?

Er begann auf der Stelle zu schnarchen. Sie deckte ihn zu und schlüpfte neben ihn ins Bett. Was von der albtraumhaften Nacht übrig blieb, verging in Sprüngen und Schnitten. Sie war ganz erschöpft von den Hoffnungen und Anstrengungen ihres New Yorker Lebens, des Lebens, das der Abbitte und Wiedergutmachung galt. Mehrmals in der Woche fünfstündige intensive Arbeit mit dem Ensemble, die vielen Einzelstunden bei Max Pearlman oder einem seiner forschen jungen Partner; ihre Liebe zu dem Bühnenautor und die Angst, dass er ihr entwischen könnte und sie sterben müsste, denn als Frau so kläglich zu versagen kam einem Todesurteil gleich; hatte nicht Grandma Della schon voller Verachtung von der eigenen Tochter Gladys gesprochen, die nicht in der Lage war, einen Ehemann zu halten, nicht einmal einen Sugar Daddy, der sie aushielt? Die kurzatmig lachende Della *Was nützt es denn, mit dreißig ein gefallenes Mädchen und eine Schlampe zu sein, wenn du mit leeren Händen dastehst?* Norma Jeane würde in wenigen Monaten dreißig.

Sie bettete ihren Kopf behutsam auf die Schulter des Dunklen Prinzen. Er stieß sie nicht weg. Er schlief unruhig, aber tief, wie Männer so oft. Knirschte mit den Zähnen, zuckte, trat und schwitzte, sodass bei Morgengrauen die Laken klamm waren und rochen, als hätte er überhaupt nie gebadet, ein Geruch, der Norma Jeane schmunzeln machte, weil er sie an Bucky Glazer erinnerte, Bucky mit seinen muffenden Achselhöhlen und dem Dreck zwischen den Zehen. Diesmal, bei ihrem neuen Mann, würde sie keinen der Fehler der Vergangenheit wiederholen. Sie würde dem Bühnenautor Grund geben, auf ihre Leistungen als Schauspielerin stolz zu sein, und umso mehr Grund, sie als seine Frau zu lieben. Sie würden zusammen Kinder bekommen. Fast konnte sie sich selbst schon schwanger vorstellen. *In der friedvollen Stille dieser Nacht, gegen Morgen, erschien Baby erneut, und verzieh mir.*

Der boshafte Otto Öse hatte ihr einen Drogentod in Hollywood prophezeit, aber dieses Schicksal würde sie nicht ereilen.

Sie wachte am späten Vormittag auf, zog sich so lautlos wie möglich an, ließ den Dunklen Prinzen weiterschlafen und eilte zu einem Lebensmittelhändler an der Fifth Avenue, um frische Eier, Cornflakes, Saft und Java-Kaffee zu besorgen, und als sie zurückkehrte, erwachte der Dunkle Prinz soeben, verzog zwar gequält das Gesicht, weil das Licht in seinen geröteten Augen schmerzte, schien jedoch sonst in ganz passabler Verfassung, überraschte sie mit seinem Humor und Witz; er sagte ihr, die Ausdünstungen seines Körpers widerten ihn an und er müsse dringend duschen, und als er abermals ins Bad wankte, lachte er über ihre Besorgnis, und doch harrte sie vor der Tür aus und horchte bange nach neuen Katastrophen, hörte jedoch nichts Alarmierenderes als den dumpfen Aufprall des Seifenstücks, das der tollpatschige Dunkle Prinz mehrfach fallen ließ. Hinterher durchwühlte ein sein Haar trocken rubbelnder Dunkler Prinz ihren Schrank und die Kommodenschubladen auf der Suche nach Männerbekleidung, einer frischen Unterhose und Socken, wenigstens. Fand jedoch nichts. In der Küche wollte er von ihr nichts als ein Glas Eiswasser haben, und das trank er so sorgsam wie ein Mann, der einen Drahtseilakt ohne Netz unternimmt. Norma Jeane war enttäuscht, dass er nicht frühstücken mochte. Er machte es ihr schwer! Bucky Glazer und auch der Ex-Sportler hatten morgens kräftig zugelangt. Sie selbst trank nur schwarzen Kaffee – zur Belebung ihrer Sinne. Wie gut doch der Dunkle Prinz aussah, selbst mit blutunterlaufenen Augen und einem Brummschädel und dem, was er »Darmgrippe« nannte. Selbst in den Kleidern vom Vortage, unrasiert und mit nachlässig gekämmtem Haar. Nannte sie *Angel* und dankte ihr. Sie strich ihm über die Hand und lächelte wehmütig, als er mit gespieltem Enthusiasmus, wie eine Figur in einem Stück von Odets, davon sprach, dass sie eines Tages unbedingt unter Pearlmans Regie zusammen auftreten müssten, oder einen Film drehen, wenn sie ein gutes Drehbuch erwischten (denn auch er verachtete Hollywood, brauchte aber Hollywood-Geld); sie dachte, was es doch für eine Ironie sei, dass keiner von ihnen sich auch nur halbwegs zuverlässig erinnern konnte, was in der Nacht zwischen ihnen geschehen war, außer dass es ein gewisses Maß an Zärtlichkeit gegeben hatte. Vielleicht hatte sie ihm das Leben gerettet? oder er ihr? Das sollte sie, wenn auch nur wie Schwester und Bruder, zeitlebens verbinden.

Als ich gestorben war, verbat sich Brando Interviewfragen zu mir. Er als Einziger von dem ganzen Hollywood-Pack.

Als er schon im Aufbruch begriffen war, fiel dem Dunklen Prinzen erst ein, was ihm auszurichten aufgetragen worden war.

»Angel, hör mal; neulich ist mir Cass Chaplin über den Weg gelaufen, weißt du?«

Norma Jeane lächelte schwach. Sie schwieg. Sie zitterte und hoffte, dass es der Freund nicht bemerkte.

»Ich hatte ihn und Eddy G bestimmt ein Jahr nicht mehr gesehen. Man hört allerhand über die beiden, weißt du? Jedenfalls traf ich Cass bei Bekannten, und er meinte, wenn ich dich zufällig sähe, solle ich dir etwas ausrichten.«

Norma Jeane schwieg. Sie hätte mit Fug und Recht entgegnen können *Wenn Cass mir etwas zu sagen hat, warum tut er es nicht selbst?*

»Er meinte: ›Sag Norma, dass *die Zwillinge ihrer Norma nachtrauern, und dem Baby*.‹«

Als der Dunkle Prinz ihren Gesichtsausdruck sah, sagte er: »Mist, vielleicht hätte ich es lieber nicht ausrichten sollen? Dieses Schwein.«

Norma Jeane verabschiedete sich und verließ hastig das Zimmer.

Sie hörte ihren Gefährten der Nacht zögerlich hinter ihr herrufen. »Angel?« Aber er kam ihr nicht nach. Er wusste ebenso gut wie sie, dass die Szene abgedreht war; ihre gemeinsame Nacht im Kasten.

Brando und ich haben nie zusammen gedreht. Er wäre ein zu starker Schauspieler für die Monroe gewesen. Er hätte die Monroe zerbrochen wie eine billige Puppe.

Doch ganz war die Szene mit dem Dunklen Prinzen noch nicht beendet.

Am späten Nachmittag, als sie von der Schauspielgruppenarbeit zurückkehrte, fand sie, als sie das Wohnzimmer betrat und wie vor den Kopf geschlagen stehen blieb, einen ganzen Grabhügel Blumen. Etliche Gebinde mit überwiegend weißen Blüten: Lilien, Rosen, Nelken, Gardenien.

Wunderschön! Aber so viele.

Der Geruch der Gardenien war überwältigend. Ihre Augen tränten. Ihr wurde fast übel.

Hätte gerne glauben dürfen, dass die Blumen vom Bühnenautor kamen, vom Geliebten, der um Vergebung bat. Aber sie wusste, dass dem nicht so war.

Sie waren natürlich vom Dunklen Prinzen. Dem Liebhaber, der sie nicht lieben konnte.

In roter Tinte hatte er auf einer herzförmigen Karte sorgfältig in Blockschrift geschrieben

ANGEL
WENN NUR EINER VON UNS BEIDEN DURCHKOMMT
DANN HOFFENTLICH DU

dein Freund Carlo

»Dancing in the Dark«

Eine Vogelscheuche im schäbigen alten schlotternden Mantel. Wie er sich selbst verabscheute!

Und doch: während er mit geballten Handschuhfäusten dastand und über die mit frischem pudrig weißem Schnee bedeckte Weite hinwegsah. Da erblickte er, wie in einem Filmmusical mit übertriebenen Klängen, Farben, Bewegungen die Blonde Darstellerin: sie lief mit einem jüngeren Schauspieler aus dem New York Ensemble Schlittschuh. Genauer, dem Schauspieler, der den Part des Isaac gelesen hatte. Sein Isaac lief mit seiner Magda Schlittschuh. Es ging fast über des Bühnenautors Kraft.

Und wenn die beiden sich küssten? Vor seinen Augen?

Auch über sie und Marlon Brando kursierten Gerüchte. Daran jedoch verbot er sich zu denken.

Sie hatte so viele Männer gehabt. So viele Männer hatten sie gehabt.

Von gemeinsamen Bekannten hatte der Bühnenautor erfahren, dass die Blonde Darstellerin New York bald verlassen und nach Los Angeles zurückkehren würde; von den Monaten intensiver Arbeit am Ensemble gestärkt, würde sie ihre Filmkarriere fortsetzen. Allerdings nicht zu den bisherigen Bedingungen. Die Produktionsgesellschaft hatte Marilyn Monroe nicht nur verziehen, sondern einigen ihrer Forderungen stattgegeben. Sie würde Hollywood-Geschichte schreiben. Marilyn Monroe, von der Branche so lange belächelt, hatte die Produktionsgesellschaft in die Knie gezwungen! Filmprojekt, Drehbuch und Regisseur sollten künftig ihrer Zustimmung bedürfen. Ihre Gage würde auf 100 000 Dollar pro Film erhöht. *Warum? Weil es der Traumfabrik nicht gelungen war, eine neue Blondine zu fabrizieren, die ihre Stelle hätte einnehmen können. Die ihnen so viele Dollarmillionen so günstig einbringen könnte.*

Er war nicht neidisch auf die Blonde Darstellerin, er wünschte ihr nur das Beste. Diese tiefe Traurigkeit in ihren Augen. Wie vor dreißig Jahren in den Augen seiner Magda, Traurigkeit, die er, in seiner jugendlich verliebten Verblendung nicht hatte sehen können.

Auf der Eisbahn im Central Park, inmitten Dutzender bunt eingemummter Schlittschuhläufer jeden Alters, mit dunkler Sonnenbrille, einer über die

Ohren heruntergezogenen, jedes bisschen der Haare verbergenden weißen Angoramütze und passendem Schal: die Blonde Darstellerin! Sie, die beteuert hatte, nie auf Schlittschuhen, auf Eis gestanden zu haben, sondern als kleines Mädchen in Südkalifornien nur auf Rollschuhen.

Wo sie herkomme, hatte die Blonde Darstellerin zwinkernd gesagt, gebe es nämlich kein Eis. Nie.

Ihre Unsicherheit war augenfällig. Andere, geübtere Läufer glitten vorüber. Ihre Fußknöchel boten zu wenig Halt; das Gleichgewicht drohte immer wieder verloren zu gehen. Mit rudernden Armen, lachend und kippelnd und stets kurz davor zu stürzen, hätte ihr Begleiter sie nicht geschickt aufgefangen, ihr schnell den Arm um die Taille geschoben. Ein- oder zweimal setzte sie sich trotz seiner Ritterlichkeit unsanft auf den Hintern, lachte jedoch bloß und rappelte sich mit seiner Hilfe sofort wieder auf. Klopfte sich den Hintern ab und machte weiter. Andere Läufer zogen ihre Kreise um sie herum, bei flüchtigem Hinsehen bot sich ihnen lediglich der Anblick einer hübschen jungen, sparsam geschminkten Frau mit milchiger Haut und dunkler Sonnenbrille. Oder gänzlich ungeschminkt. Sie trug ihren lila Pullover mit dem Zopfmuster und dunkle Hosen aus irgendeinem warmen plüschigen Material, die der Bühnenautor an ihr nicht kannte, und ein Paar knöchelhohe Leihschuhe aus weißem Leder. Wenn sie wirklich das erste Mal lief, dann war sie offenbar sehr sportlich, vielleicht Tänzerin. Diese Geschmeidigkeit. Die Kraft! Eben noch herumkaspernd, um ihre Ungeschicklichkeit zu tarnen, flog sie im nächsten Augenblick Hand in Hand mit ihrem Begleiter voller Anmut dahin. Der junge Mann war ein guter Läufer, bewegte sich mit gutem Gleichgewichtssinn elegant auf langen, biegsamen Beinen; er trug eine Nickelbrille, die ihm den gleichen jungenhaft-gelehrigen jüdischen Ausdruck verlieh wie dem Bühnenautor im selben Alter, einen anziehenden Ernst. Auf dem Kopf trug er nur Ohrwärmer.

Es war Mitte März und noch sehr kalt in New York. Blauglastiger Himmel, Nordostwind.

Traurigen, liebeswehen Herzens sah der Bühnenautor zu. Er hatte nicht fernbleiben können. Hatte nicht in seinem Arbeitszimmer, an seinem Schreibtisch bleiben können. Vor Sehnsucht krank. (Aber durfte er die Blonde Darstellerin in sein Leben hineinziehen? Erneut wurde er vom Kongressausschuss für unamerikanische Umtriebe durchleuchtet; weniger eine Untersuchung als Verfolgung, Schikane; er würde sich einen Anwalt nehmen müssen, er würde Kosten tragen müssen, die Bußgeldern gleichkamen;

der neue Vorsitzende des Untersuchungsausschusses hatte es, seit dem Besuch eines angeblich »die amerikanische Gesellschaft und den Kapitalismus verhöhnenden« Stückes aus der Feder des Bühnenautors auf ihn abgesehen. Man wusste, dass die Akten des FBI über den Bühnenautor diesen schwer »belasteten«. Der Bühnenautor gehörte zum »Kader aus New York gebürtiger linksgerichteter Intellektueller«.)

Die Blonde Darstellerin lief Schlittschuh, und der Bühnenautor sah zu. Es ehrte ihn, dass er (in Gedanken versunken) keinerlei Anstalten machte, sich zu verstecken. Er war nicht der Typ Mann, der sich versteckt. Und wozu auch? Die 72nd Street lag dicht am Park, und er kam hier häufig vorbei; oft stapfte er, um den Kopf frei zu bekommen, selbst an Tagen durch den Schnee, an denen kaum eine Menschenseele im Central Park unterwegs war. Der Anblick der Schlittschuhläufer ließ ihn schmunzeln. Als Junge war er schrecklich gern Schlittschuh gelaufen. Und er war ein überraschend guter Läufer gewesen. Vor Jahren hatte er, als junger Vater, seinen Kindern auf eben dieser Bahn das Schlittschuhlaufen beigebracht. Plötzlich schien es ihm noch gar nicht so lange her.

Die Blonde Darstellerin auf dem glitzernden Eis, lachend und in der Sonne leuchtend.

Die Blonde Darstellerin, die ihn in einer Weise liebte, wie ihn keine Frau je zuvor geliebt hatte. Die er liebte, wie er keine Frau je geliebt hatte.

Die Monroe! Mannstoll.
Woher? Es heißt, sie nimmt Geld dafür. Ist verzweifelt.
Ist frigide, hasst Männer. Ist Lesbierin. Aber ja, sie nimmt Geld dafür – wenn der Betrag hoch genug ist.

Der Bühnenautor bewunderte still lächelnd seine Magda dort auf dem Eis, fest an Isaacs Hand. Eine Art Stolz schwellte sein Herz.

Er wunderte sich, dass unter den anderen Läufern, den zahlreichen Zaungästen niemand sie erkannte. Auf sie deutete und zu klatschen begann.

Er selbst verspürte den Drang, die Hände zu heben und ihr Beifall zu klatschen.

Hatte sie ihn schon bemerkt? Hatte Isaac ihn bemerkt? Der Bühnenautor stand frei, gut sichtbar, für beide ein vertrauter Anblick. Der Bühnenautor, der sie erschaffen hatte. Seine Magda, seinen Isaac. Sie war ein einfaches Mädchen aus dem Volke, er Nachfahr europäischer Juden, der sich danach verzehrte, einer »aus dem Volke« zu werden, danach verzehrte, Amerikaner zu werden, danach verzehrte, die Träume von Damals abzuschütteln.

Vielleicht war der Bühnenautor vielmehr Überlebender. Wie vielleicht alle lebenden Juden Überlebende der Judenverfolgung waren. Das war aber kein Gedanke, der dem Bühnenautor dort in der gleißenden Sonne eines Spätwinternachmittags im Central Park willkommen war.

Da stand er wie ein Totempfahl am Rande der steingefliesten Terrasse, an der die Schlittschuhläufer im Bogen vorbeizogen. Wie Figuren einer Spieluhr! Der Bühnenautor, den in Manhattan selten jemand erkannte. In seinem dunklen Trenchcoat, der dunkelwollenen Astrachan-Mütze. Brille mit dicken Gläsern. Der sich weder abwandte, wenn die Blonde Darstellerin und ihr Begleiter Hand in Hand lachend und plappernd an ihm vorbeiglitten, noch die Augen niederschlug. Auf der Steinterrasse, die bei warmem Wetter zur gutbesuchten Caféterrasse wurde und wo auch der Bühnenautor häufig zu finden war, meist am frühen Nachmittag, wenn er sich eine Arbeitspause gönnte. Auch im Winter blieben die schmiedeeisernen Tische und Stühle stehen. Er hätte sich einen Stuhl an den Rand der Terrasse gezogen und sich gesetzt, aber er hatte keine Ruhe. Die Musik! Waldteufels »Schlittschuhläufer«.

Er würde sie doch heiraten, wenn sie ihn nähme. Er konnte sie nicht ziehen lassen.

Er würde sich von seiner Frau trennen. Im Herzen waren sie bereits geschieden. Er würde sie nie mehr berühren, nie mehr küssen. Die Vorstellung der welken, welligen Haut stieß ihn ab. Ihre zornigen Augen, ihr verletzter Mund. Bei ihr war seine Männlichkeit erstorben, würde aber wiederauferstehen.

Er würde der Blonden Darstellerin zuliebe sein Leben entzweireißen.

Ich würde die Geschichte unserer beider Leben neu schreiben. Nicht als Tragödie, sondern als amerikanisches Epos!

Ich glaubte, ich hätte die Kraft dazu.

Eh er sich versah, lieh er Schlittschuhe aus! So einfach. Schob seine Füße in die Schäfte, schnürte die Schuh. Dann hinaus aufs Eis, wacklig zunächst, mit steifen Knien, doch rasch kehrte die alte Gelenkigkeit wieder; angesichts dieser rein körperlichen Anstrengung packte ihn der freudige Übermut eines Knaben. Kühn lief er gegen den Strom. Er machte den Eindruck eines Mannes, der wusste, was er tat, war eben nicht einer der alten, mit rudernden Armen um die Balance kämpfenden Stümper. Aus den Lautsprechern erklang jetzt die Broadway-Melodie »Dancing in the Dark«. Song des jüdischen Komponisten Arthur Schwartz, aber wie uramerikanisch sie doch klang, wie alle die großartigen Songs aus der Tin Pan Alley. Diese überaus romantische Liebeserklärung, so mystisch wie melancholisch.

Selig lächelnd glitt er auf die Blonde Darstellerin zu. Aller Zweifel ledig! Es war dies eine Szene, die der Bühnenautor selbst nie hätte schreiben können, mangelte es ihr doch an jeder Ironie, jeder Finesse. Sie hatte ihn aus der gemütlich stickigen Höhle seines Arbeitszimmers in der 72nd Street gelockt. Sie hatte ihn gerufen; er hatte keine Wahl. Lächelnd wie einer, den ein Sonnenstrahl weckt, nachdem er im Dunkeln eingeschlafen ist.

»Oh! *Sieh* nur!« Die Blonde Darstellerin hatte ihn entdeckt und kam nun in heller Freude auf ihn zugesaust. Nicht seit den Jahren als junger Vater, als seine Kinder ihn mit ähnlich aufleuchtenden Gesichtern begrüßt hatten, als wäre er die schönste Überraschung, die das Leben bereithielt, hatte er sich so gesegnet und so glücklich gefühlt. Hätte er sie nicht aufgefangen und gehalten, wäre die Blonde Darstellerin mit ihm zusammengestoßen. Wankend standen sie auf dem glitzernden Eis. Trunken vor Liebe. Hielten sich an den Händen, lachten vor Glück. Der junge Schauspieler, der den Part des Isaac gelesen hatte, hielt sich dezent abseits, mit leicht bestürzter, aber auch staunender Miene, konnte er sich doch glücklich schätzen, Zeuge dieser Begegnung zu sein, so wie er in der glücklichen Lage wäre, anderen von ihr zu berichten, wieder und wieder von der historischen Begegnung dieses so öffentlich verliebten Paares zu erzählen, des Bühnenautors und der Blonden Darstellerin an einem Märztag auf der Eislaufbahn im Central Park.

»Oh! Ich liebe dich.«

»Liebste. Ich *dich*.«

Tollkühn stellte sich die Blonde Darstellerin auf die Spitzen ihrer Schlittschuhe und küsste den Bühnenautor voll auf den Mund.

An diesem Abend nahm die nackte Blonde Darstellerin in der vorübergehend übernommenen Wohnung an der East 11th Street nach einem hingebungsvollen und gefühlsüberladenen Akt mit tränennassen Wangen die Hände des Bühnenautors in die ihren, liebkoste seine Finger, hob sie an ihre Lippen und bedeckte sie mit Küssen. »Deine wunderschönen Hände«, hauchte sie. »Deine wunder-wunderschönen Hände.«

Er war tief gerührt. Es griff ihm ins Herz.

Sie sollten im Juni heiraten, gleich nach der Scheidung von seiner Frau und nach dem dreißigsten Geburtstag der Blonden Darstellerin.

Das Rätsel. Die Obszönität

Das Zusammentreffen von persönlicher Leidensgeschichte und der unersättlichen Gier einer kapitalistischen Warengesellschaft. Wie ist dieses Rätsel zu begreifen? Diese Obszönität?
Sollte der untröstliche Bühnenautor eines Tages schreiben.
Aber erst in zehn Jahren.

Cherie 1956

Ich liebe Cherie! Cherie ist so tapfer.

Cherie trinkt ja nicht aus Angst. Tabletten nimmt sie gar nicht. Denn Cherie weiß, wie das enden würde, wenn sie erst anfängt. Wo das enden würde.

Da, wo Cherie herkommt, hat sie Angst wieder zu landen. Ich schloss die Augen und sah ein sandiges Ufer, einen flachen, lehmigen Fluss und einen einsam aufragenden dünnen Baum mit freigelegten knotigen Wurzeln, wie Adern. Die Familie lebte in einem zerbeulten Wohnwagen zwischen verrosteten Dosen und Ranken. Cherie mit ihren jüngeren Brüdern und Schwestern. Cherie als »kleine Mutter«. Sang ihnen vor, spielte Spiele mit ihnen. Mit fünfzehn musste sie von der Schule abgehen, um daheim mitzuhelfen. Vielleicht hat sie mal einen Freund gehabt, einen älteren Jungen, Anfang zwanzig. Er hat ihr das Herz gebrochen, aber nicht ihren Stolz. Nicht ihren Mut. Cherie näht Stofftiere für ihre Geschwister und flickt allen in der Familie die Kleider. Ihre *Chanteuse*-Kostüme zerreißen einem das Herz: die vielen ungeschickt gestopften Stellen. Selbst die schwarzen Netzstrümpfe sind gestopft! Cherie war nicht platinblond, ihr Haar war schmutzig-blond. Ihr Teint war damals gesünder, weil sie so viel draußen an der frischen Luft war, jetzt ist sie fahl. Fahl wie der Mond. Vielleicht blutarm? Der Cowboy Bo sieht sie und weiß auf der Stelle, sie ist sein Engel. Sein Engel! Vielleicht immer schon blutarm, und die jüngeren Geschwister auch. Vitaminmangel. Einer ihrer Brüder ist zurückgeblieben. Eine der Schwestern wurde mit einer Hasenscharte geboren, und Geld war keins da für eine Operation. Als junges Ding hat Cherie viel Radio gehört. Mitgesungen. Country & Western-Songs überwiegend. Manchmal musste sie weinen, so ging ihr das eigene Singen ans Herz. Ich sah sie ein Baby mit nasser Windel hochnehmen und zum Wickeln in den Wohnwagen tragen. Ihre Mutter saß meist vor dem Fernseher – wenn der nicht gerade wieder kaputt war. Ihre Mutter war eine massige Frau um die vierzig mit ungesunder Hautfarbe, eine Trinkerin mit einem zerknautschten, eingesunkenen Gesicht: wie ein roher Teigklumpen. Cheries Vater war fort. Wohin, wusste keiner. Cherie wollte sich nach Memphis mitnehmen lassen. Dort gab es einen Sender, den sie gern hörte, und sie hoffte, einen der Discjockeys kennen zu lernen. Zweihundert Meilen müsste sie fahren. Um das Geld für den Bus zu sparen, stieg sie zu einem Fernfahrer ein. Du bist ja ein hübsches Ding, sagte er. Bestimmt das hübscheste Mädchen, das je bei mir zugestiegen ist. Cherie tat so, als wäre sie taubstumm und zurückgeblieben. Hielt ihre Bibel umklammert.

Er sah sie so komisch an, dass sie es mit der Angst zu tun bekam, also begann sie, Bibellieder zu singen. Das brachte ihn schnell zur Besinnung.

Wie es kommt, dass Cherie mit dreißig in einer Spelunke in Arizona festsitzt und betrunkenen Cowboys »Old Black Magic« vorsingt, die gar nicht zuhören, und dann auch noch falsch, wer weiß!

Ein Cowboy stellt ihr nach, der ist ganz vernarrt in sie. Seinen Engel. Brüllt herum, führt sich auf wie ein junger Stier. Sie fürchtet sich vor ihm, wird ihn aber lieben, sie wird ihn heiraten.

Seine Kinder bekommen und ihnen vorsingen, Spiele mit ihnen spielen. Kleine Stofftiere nähen und Kleider.

Daddy, du fehlst mir so! Hier ist so weit weg.

Liebste, nächste Woche bin ich bei dir. Ich dachte, es gefällt dir dort. Die Berge –

Die Berge machen mir Angst.

Hast du nicht gesagt, sie seien wunderschön?

Es ist etwas passiert, Daddy.

Liebste, wieso? Was ist denn passiert?

Ich ... weiß nicht.

Meinst du bei den Dreharbeiten? Mit dem Regisseur, den Kollegen?

Nein.

Liebste, jetzt machst du mir Angst. Geht es dir – nicht gut?

Ich weiß nicht. Ich weiß nicht mehr, was das ist ... »gut«.

Liebste, Norma, liebes Kind, sag mir doch, was du hast.

*

Liebste, warum weinst du? Was ist los?

Ich ... habe dafür keine Worte, Daddy. Ich wünschte, du wärst hier.

Behandelt man dich schlecht? Was ist nur?

Ich wünschte, wir wären schon verheiratet. Ich wünschte, du wärst hier.

Ich komme ja bald, Liebste. Kannst du mir nicht sagen, was dich bekümmert?

Ich glaube ... ich habe Angst.
Angst wovor?

*

Liebste, das geht mir furchtbar nahe. Ich liebe dich doch so. Ich würde dir so gerne helfen.
Du bist mir ja eine Hilfe, Daddy. Allein schon, dass du für mich da bist.
Du nimmst doch nicht ... sehr viele Tabletten, oder?
Nein.
Denn ist es besser, ab und zu nicht so gut schlafen zu können, als –
Ich weiß! Das hast du mir schon erklärt, Daddy.
Bist du sicher, dass dich keiner schlecht behandelt? Dich gekränkt hat?
Ich habe wohl irgendwie einfach ... Angst. Mein Herz rast manchmal so.
Du bist so leicht erregbar, Liebes. Eben deshalb bist du eine große Schauspielerin. Du identifizierst dich ganz und gar mit der Rolle.
Ich wünschte, wir wären schon verheiratet! Ich wünschte, du könntest mich in den Arm nehmen.
Liebes, du zerreißt mir das Herz. Was kann ich bloß für dich tun?

*

Wovor hast du denn Angst, mein Herz. Etwas Bestimmtem?
Du wirst doch nie über mich schreiben, oder?
Liebste, wo denkst du hin! Warum sollte ich so etwas tun?
Das tun andere Leute nun mal. Manchmal. Schriftsteller.
Ich bin nicht andere Leute. Du und ich sind nicht andere Leute.
Ich weiß, Daddy. Nur manchmal habe ich solche Angst. Ich möchte nicht einschlafen ...
Du trinkst doch nicht, oder?
Nein.
Denn du weißt, dass du keinen Alkohol verträgst, Liebste. Du bist zu empfindsam. Dein Stoffwechsel, dein Nervenkostüm –
Ich trinke nicht. Nur Champagner, wenn es etwas zu feiern gibt.
Bald haben wir etwas zu feiern, Liebes. Wir werden so viel zu feiern haben.
Ich wünschte nur, wir wären jetzt schon verheiratet. Ich glaube, dann hätte ich keine Angst mehr.
Aber wovor hast du denn bloß Angst, Liebes? Versuche doch bitte, es mir zu erklären.

*

676

Ich kann dich nicht hören, mein Herz. Bitte.

Ich glaube . . . ich habe Angst vor Cherie.

Sagtest du, vor Cherie?

Ich habe Angst vor ihr.

Liebling, ich dachte, dir gefällt die Rolle besonders.

Oh ja! Ich liebe Cherie. Cherie ist . . . bin ich.

Liebes, Cherie mag ein Teil von dir sein, aber doch nur ein Teil. Du bist so viel mehr, als Cherie jemals sein könnte!

Bin ich das? Ich glaube nicht.

Sei nicht albern. Cherie ist eine tragikomische Figur. Cherie ist eine liebenswerte Unschuld von Lande ohne Talent. Sie ist eine Sängerin, die nicht singen kann, eine Tänzerin, die nicht tanzen kann.

Sie ist so viel mutiger, als ich es bin, Daddy. Sie verzweifelt nicht.

Liebste, was sagst du da bloß? Du verzweifelst doch nicht! Du bist einer der fröhlichsten Menschen, die ich kenne.

Bin ich das, Daddy?

Sicher bist du das.

Ich bringe dich zum Lachen, nicht? Und andere.

Allerdings. Eines Tages wird die Welt begreifen, dass du eine große Komödiantin bist.

Ja?

Ganz gewiss.

Du fandst mich als Magda doch gut, oder? Ich habe dich zum Lachen gebracht und vielleicht auch zum Weinen? Ich habe die Rolle nicht verdorben.

Liebling, du warst als Magda ganz hervorragend. Du warst eine viel stimmigere Magda als die Figur, die ich erschaffen hatte. Und Cherie wird eine noch großartigere schauspielerische Leistung sein.

Manchmal weiß ich nicht, was die Leute damit meinen . . . »schauspielerische Leistung«.

Du bist eine geübte Schauspielerin, du »spielst«. Wie ein Tänzer auf der Bühne tanzt und dann abtritt. Wie ein Pianist beim Konzert, ein Redner beim Vortrag. Stets bist du mehr als die Rolle.

Die Leute lachen über Cherie. Sie verstehen nicht.

Sie lachen, weil du komisch bist. Du legst die Cherie komisch an. Das Lachen ist nicht böse gemeint, es ist mitfühlendes Lachen. Man sieht in dir sich selbst.

Lachen ist nicht böse? Vielleicht doch.

Nicht, solange der Darsteller es hervorruft. Du bist die Darstellerin, du bestimmst, ob und wann gelacht wird.

Aber Cherie weiß nicht, dass sie komisch ist. Sie glaubt, sie wird ein Star.

Gerade deshalb ist sie ja komisch. Sie... merkt nichts.

Und über Cherie zu lachen ist nicht schlimm, weil sie nichts merkt?

Liebste, worüber erregen wir uns? Warum echauffierst du dich? Natürlich ist Cherie komisch – und sehr anrührend. Bus Stop ist ein sehr komisches Bühnenstück, und anrührend. Aber es ist eine Komödie und keine Tragödie.

Das Ende...

Es ist doch ein glückliches Ende, oder nicht? Sie heiraten.

Es gibt sonst niemanden für Cherie. Niemanden sonst, der sie lieben würde.

Liebes, Cherie ist eine Figur in einem Stück! Einem Stück von William Inge!

Nein.

Was heißt nein?

Cherie, Magda... die anderen. Sie sind nicht nur Rollen.

Natürlich sind sie das.

Sie sind in mir. Ich bin sie. Sie sind wirkliche Menschen, die in der wirklichen Welt leben.

Ich verstehe dich nicht, Liebes. Ich bin sicher, dass du das nicht wirklich glauben kannst.

Wenn es diese Menschen nicht wirklich gäbe, irgendwo, dann könntest du nicht über sie schreiben. Und es würde sie keiner erkennen. Selbst wenn sie ganz anders aussehen.

Also gut, Liebes. Ich glaube, ich verstehe, was du meinst. Du hast die empfindsame Seele einer Dichterin.

Was soll das heißen: dass ich eine dumme Blondine bin? Ein dummes Weibsstück?

Liebling, ich bitte dich!

Blöde Fotze hat man mich auch schon genannt.

Liebling –

Ich liebe Cherie! »Marilyn« liebe ich nicht.

Liebste, darüber haben wir schon ausführlich gesprochen. Reg dich nicht auf.

Aber die Menschen lachen über Cherie, als wäre es ihr gutes Recht. Weil sie scheitert. »Kann nicht singen. Kann nicht tanzen.«

Nicht weil sie scheitert. Weil sie Allüren hat.

Sie hat Hoffnung!

Liebes, ich glaube, es ist nicht gut, wenn wir so reden. Über eine solche Entfernung. Wenn ich da wäre –

Du lachst über Cherie, Leute wie du lachen über sie. Weil sie sich Hoffnungen macht und sie unbegabt ist. Zum Scheitern verurteilt.

– dann könnte ich nämlich besser erklären. Ich liebe dich so. Ich ertrage diese Missverständnisse nicht.

Weil ich Cherie liebe und sie beschützen will. Vor einer Frau wie »Marilyn«, verstehst du, mit der man sie doch vergleichen wird, oder? Deshalb lachen die Leute.

Liebling, »Marilyn« ist dein Künstlername, dein Filmname, nicht eine Person. Du redest von ihr, als –

Manchmal, wenn ich nachts nicht schlafen kann, ist es mir klar. Wo ich den entscheidenden Fehler gemacht habe.

Fehler? Wann denn?

Hier scheint der Mond so hell, dass die Augen davon schmerzen. Die Luft ist so kalt. Selbst wenn ich die Jalousien herunterziehe und meine Augen bedecke, weiß ich, dass ich in einer fremden Umgebung bin, selbst nachts.

Soll ich meinen Flug vorverlegen, Liebste? Könnte ich machen.

Habe ich dir erzählt, dass wir neulich nach Sedona gefahren sind? Nördlich von Phoenix liegt das. Es war wie der Anfang der Welt. Die roten Berge. Und so leer. So still. Oder vielleicht das Ende der Welt. Wir waren Zeitreisende und sind zu weit gereist und konnten nicht zurück.

Du sagtest doch, es wäre schön –

Auch das Ende der Welt wäre schön. Die rot glühende Sonne würde fast den ganzen Himmel bedecken, heißt es.

Dieser Fehler, von dem du eben sprachst –

Ach, vergiss es, Daddy. Da kannte ich dich noch nicht.

Es gibt in jeder Laufbahn Fehler, Liebes. Es kommt auf das an, was wir richtig machen. Glaub mir, Liebste, du hast sehr, sehr vieles richtig gemacht.

Habe ich das, Daddy?

Natürlich hast du das. Du bist berühmt: das hat ja seine Gründe.

Was für Gründe, Daddy? Heißt das, dass ich eine gute Schauspielerin bin? Ich finde schon.

Jedenfalls bin ich seit New York eine bessere Schauspielerin.

Ja, das bist du.

Heißt es, dass ich stolz auf mich sein sollte?

Ich finde schon, dass du stolz auf dich sein solltest, ja.

Bist du stolz auf dich, Daddy? Deine Stücke?

Ja. Manchmal. Ich gebe mir Mühe.

Ich gebe mir auch Mühe, Daddy. Das tue ich wirklich!

Ich weiß, Liebes. Recht so.

Nur werde ich inzwischen so genau beobachtet, alle Welt wartet nur darauf, dass ich einen Fehler mache. Das war früher nicht so. Als ich niemand war. Jetzt bin ich »Marilyn« und alle liegen auf der Lauer. Wie in New York...

Liebes, in New York hast du deine Sache glänzend gemacht. Du standst zum ersten Mal vor Publikum auf der Bühne, und alle waren von deiner Leistung beeindruckt, begeistert. Das weißt du.

Aber ich hatte solche Angst. Gott, hatte ich eine Angst.

Das ist Lampenfieber, Liebes. Das befällt uns alle, manchmal.

Ich glaube nicht, dass ich damit auf Dauer leben kann. Es laugt mich so aus.

Am Theater gehen ja wochenlange Proben voraus. Sechs Wochen mindestens. Es ist nicht immer wie bei der Leseprobe.

Daddy, ich wünschte, ich könnte nachts schlafen, aber... ich fürchte mich vor meinen Träumen. Der Mond scheint so hell, und die Sterne. Ich bin das Stadtleben gewöhnt. Wenn du hier wärst, Daddy, dann könnte ich bestimmt schlafen! Dann könnte ich dich lieben lieben lieben und was glaubst du, wie ich dann schlafen würde!

Bald, Liebste. Bald bin ich bei dir.

Vielleicht würde ich gar nicht mehr aufwachen, so fest würde ich dann schlafen.

Das meinst du nicht im Ernst, Liebes.

Nein, weil ich dich nie verlassen könnte. Wenn wir erst verheiratet sind, will ich nie mehr eine Nacht ohne dich sein.

Das wirst du auch nicht müssen. Dafür sorge ich.

Daddy, habe ich dir erzählt, dass in dem Film eine Rodeo-Szene vorkommt? Cherie ist dabei, auf der Tribüne. Es fällt ihr schwer, auf ihren Stöckelschuhen in dem engen Rock da hinaufzukommen. Ihre Haut ist so blass. Wir haben sie ganz blass gemacht, mit einem besonderen kalkweißen Make-up, das sie mir nicht nur aufs Gesicht, sondern überallhin sichtbar auftragen. Sie ist die einzige unter den vielen Zuschauern, die aussieht...

wie irgend so ein trauriges mondscheinweißes Ding. Ein Weib. Die anderen Frauen tragen Hosen und Jeans, wie Männer. Sie amüsieren sich.

Amüsiert sich Cherie denn nicht?

Sie ist unnatürlich, sie kann sich nicht amüsieren. Ich bin also auf die Tribüne hinaufgestiegen, und die Sonne schien so grell, dass mir schwindlig wurde und ich mich übergeben musste. Aber nicht vor laufender Kamera!

Du hast dich erbrechen müssen? Liebes, bist du krank?

Es liegt an Cherie, weil sie so angespannt ist. Weil sie weiß, dass die Menschen über sie lachen, selbst wenn sie, wie du sagst, nichts merkt.

Ich habe das nicht abwertend gemeint, Liebes. Ich meinte damit bloß –

Ich möchte mich nicht mein Leben lang schämen. Es gibt Leute, die über mich lachen...

Zum Teufel mit ihnen. Wer sind die schon?

Leute in Hollywood. Überall.

Hör mal, immerhin bringt Time *eine Titelgeschichte über Marilyn Monroe. Wie viele Schauspielerinnen, wie viele Schauspieler waren je auf dem Titelblatt von* Time?

Daddy, warum sprichst du davon!

Wieso? Was hast du?

Ach, ich habe ihnen doch gesagt, es ist zu früh! Ich habe ihnen gesagt, das möchte ich noch nicht. Ich bin doch noch gar nicht so alt –

Nein, natürlich nicht. Überhaupt nicht alt.

Und das sollte erst kommen, wenn ich so weit bin. Wenn ich es verdiene.

Liebling, es ist doch eine große Ehre. Du darfst es nur nicht zu ernst nehmen. Du weißt doch, wie das mit der Publicity ist. Es ist Werbung für Bus Stop. *Deine »Heimkehr nach Hollywood«. Es kann nur förderlich sein, nicht schaden.*

Daddy, warum musstest du davon anfangen? Ich wollte gar nicht daran erinnert werden.

Ich lese den Bericht, bevor du ihn überhaupt zu sehen bekommst, das verspreche ich dir. Du brauchst dir nicht einmal das Titelbild anzusehen, wenn du nicht willst.

Aber die Leute werden es sehen. Auf der ganzen Welt. Mein Gesicht auf dem Titelblatt! Meine Mutter wird es sehen; und wenn der Reporter nun schreckliche Dinge über mich schreibt? Über meine Familie? Über... dich?

Liebling, das liegt bestimmt nicht in deren Absicht. Es soll eine Erfolgsstory sein, »Marilyn Monroe kehrt im Triumph nach Hollywood heim«.

Daddy, jetzt habe ich erst recht Angst! Ich wünschte, du hättest nicht davon angefangen.

Liebes, es tut mir leid. Bitte. Du weißt, wie ich dich verehre.

Jetzt werde ich nicht schlafen können. Ich habe solche Angst.

Liebes, ich nehme den nächstbesten Flug. Ich kümmere mich gleich morgen früh darum.

Jetzt ist es schlimmer. Schlimmer als vorher. Ich muss noch sechs Stunden aushalten, ehe ich wieder Cherie werden kann. Ich lege jetzt auf, Daddy. Oh, ich liebe dich!

Liebes, warte doch –

Ließ Doc Fell in ihr Motelzimmer rufen. Tag und Nacht. Der lächelnde Doc Fell mit seinem Notköfferchen.

Eine wüstenrote Landschaft. Tagsüber ein überbelichtetes Foto. Nachts ein von Lichtern wie von fernen Schreien gellender Himmel. Dass man nicht nur die Augen bedecken wollte, sondern sich auch die Ohren zuhalten.

Was in Arizona bei den Außenaufnahmen zu *Bus Stop* geschah, was in Los Angeles geschehen war, was sie ihrem Liebsten nicht sagen konnte, war so seltsam und so schwer greifbar, dass sie dafür keine Worte hatte.

Begonnen hatte es auf dem langen Flug nach Westen. Nachdem sie sich am Flughafen LaGuardia vom Bühnenautor verabschiedet und ihn geküsst, geküsst, geküsst hatte, bis ihre Lippen ganz wund waren.

Für ihn lag die bevorstehende Aufgabe in seiner Scheidung. Für sie lag die bevorstehende Aufgabe in der Rückkehr zu »Marilyn Monroe«.

Hatte es wirklich auf dem langen Flug nach Westen begonnen? Im Flugzeug, das der Sonne vorauseilte. Mehrere Male hatte sie die Stewardess (die Drinks servierte) gefragt, wie spät es in Los Angeles sei und wann sie eintreffen würden und wie sie ihre Uhr umstellen sollte? Sie schien nicht errechnen zu können, ob die Zeitreise in die Zukunft oder die Vergangenheit ging.

Dann das Drehbuch zu *Bus Stop* mit seinen vielen Änderungen und Zusätzen und gestrichenen Passagen. Sie hatte das Stück am Broadway mit Kim Stanley gesehen und dachte insgeheim, dass sie eine viel glaubwürdigere Cherie abgeben würde. *Aber wenn du versagst. Sie warten nur darauf.* Sie hatte außerdem die übergroße illustrierte antiquarische Ausgabe der *Ent-*

stehung der Arten von Charles Darwin dabei. Profunde Erkenntnisse barg dieses Buch! Sie wollte so gern verstehen. Der Bühnenautor schien beeindruckt von ihrem Bücherwissen, aber manchmal schmunzelte er in einer Weise, die verriet, dass sie etwas Falsches gesagt oder ein Wort verkehrt ausgesprochen hatte. Wie sollte man aber wissen, wie die Wörter klingen, wenn man sie nur gelesen hatte? Die Namen in Dostojewskis Romanen! Die Namen bei Tschechow! Sie besaßen so eine Großartigkeit, wenn man sie ganz aussprach.

Sie war die Goldene Prinzessin, die in das grausame Reich zurückkehrte, das sie verbannt hatte. Nur war sie, als Goldene Prinzessin, natürlich bereit zu vergeben.

»So *glücklich*. So *dankbar*. Es ist Zeit, dass ›Marilyn‹ an die Arbeit zurückkehrt!«

»Fehde? Oh, aber es gibt keine Fehde! Ich liebe Hollywood, und ich hoffe doch, dass Hollywood auch *mich* liebt.«

»Der Einzelne muss sich, wie die ganze Gattung, anpassen oder untergehen. An eine sich wandelnde Umgebung. Und die Umgebung wandelt sich doch ständig! In einer Demokratie wie der unseren ... allein die vielen wissenschaftlichen Entdeckungen. Bald wird der erste Mensch auf dem Mond landen.« Sie lachte atemlos, denn alles offenbarte sich ihr, Mikrophone wurden ihr ins Gesicht geschoben. »Eines Tages das größte Rätsel von allen, der Ursprung allen Lebens. Deshalb dem Wesen nach optimistisch.«

»Oh ja, wie Cherie, meine Filmfigur. Eine liebenswerte kleine Honky-Tonk-*Chanteuse*, die es in den Wilden Westen verschlagen hat. Aber eine geborene Optimistin. Eine geborene Amerikanerin. Ich liebe sie!«

Doch als sie am Los Angeles International Airport aus dem Flugzeug stieg! Hatte vielleicht Angst sie überwältigt, sodass sie sich weigerte, aus dem Flugzeug zu steigen? Sendboten der Produktionsgesellschaft waren an Bord gekommen. Es warteten so viele Menschen auf das Eintreffen Marilyn Monroes: Fotografen, Reporter, Fernsehteams, Fans. In ihren Ohren brauste ein Wasserfall. Wie Honolulu, wie Tokio. Zwei Stunden und vierzig Minuten würden verstreichen, ehe die Blonde Darstellerin zu einer Limousine eskortiert und rasch weggefahren werden konnte. Zurück blieben die verängstigten Normalreisenden, im Gedränge zwischen den Polizeiabsperrungen gefangen. Ein Erdbeben? Ein Flugzeugabsturz? Ein Atombombenabwurf über Los Angeles? *Mir zum Hohn*, dachte sie. Am Morgen gab es in den Zeitungen die Berichte und Fotos auf der ersten Seite.

MARILYN MONROE KEHRT NACH HOLLYWOOD ZURÜCK.
MASSENAUFLAUF AM FLUGHAFEN.
MARILYN MONROE FILMT WIEDER.
MARILYN »GLÜCKLICH DAHEIM«

Fotografische Vervielfältigungen der Blonden Darstellerin wie die von vielfachen Spiegeln zurückgeworfenen Bilder. Von vorne, im Profil, links rechts, strahlend, noch strahlender, Kusshände werfend, Kussmund machend. Ein gewaltiges Bukett im Arm. Auf der ersten Seite der *Los Angeles Times* wurde auch berichtet über: die Begegnung zwischen dem britischen Premier Anthony Eden und dem sowjetischen Ministerpräsidenten Nikolai Bulganin, das Treffen Präsident Eisenhowers mit Vertretern der neu gegründeten Bundesrepublik Deutschland. Es gab Berichte über Angehörige von Wissenschaftlern der »obersten Geheimhaltungsstufe«, die mit den jüngsten Versuchszündungen von Wasserstoffbomben (Sprengkraft 10 Millionen Tonnen TNT) auf dem Bikini-Atoll im Südpazifik befasst waren. Erdrutsche in Malibu, die drei Opfer »forderten«. Eine »friedliche« Streikpostenkette in Pasadena unter der Anführung von Reverend Martin Luther King.

Zum Hohn, dachte sie. *Dessen, was ich bin.*

Marilyn Monroe hatte einen neuen Agenten, Bix Holyrod von der Swanson Agency. Sie hatte eine ganze Riege Anwälte. Sie hatte jemanden »für die Finanzen«. Mit dem Vorschuss, den sie bei der Unterzeichnung des Vertrags für *Bus Stop* bekam, leistete sie die erste Einzahlung in den Treuhandfonds für ihre Mutter Gladys Mortensen, der mit den Jahren auf 100 000 Dollar anwachsen sollte. Sie hatte einen von der Produktionsgesellschaft bezahlten Pressemann. Sie hatte einen Maskenbildner, diverse Friseure, eine Handpflegerin, eine kosmetische, auf Haut und Haar spezialisierte Expertin mit Diplom von der UCLA, einen Masseur, Kostümbildner, einen Fahrer und eine »Assistentin«. Sie war vorübergehend in den Luxusapartments Bel Air Towers unweit vom Beverly Boulevard untergebracht, und dort irrte sie oftmals herum und suchte vergeblich den Eingang zu Gebäude B. Sie hatte Schwierigkeiten mit den Schlüsseln, die sie oft verlegte. In dem zur Verfügung gestellten möblierten Apartment gab es eine Haushälterin und eine Teilzeitköchin, die sie in ehrfürchtigem Flüsterton »Miss Monroe« titulierten. Überlagert vom Duft vieler Blumen (immer prangten üppige Arrangements im Apartment), herrschte ein kaum wahrnehmbarer Schimmelgeruch. In ihrem Schlafzimmer verbat sie sich Blumen, denn sie wusste, dass sie ihr nur den Sauerstoff nehmen würden. Es gab ein halbes Dutzend Telefonanschlüsse, aber das Telefon klingelte nur selten. Eingehende Anrufe wurden für sie vorbearbeitet. Wenn sie selbst telefonieren wollte, war die Leitung oft tot, oder es knisterte in einer Weise (wie ihr der Bühnenautor erklärt hatte), die verriet, dass mitgehört wurde. Sie hielt die Jalousien an sämtlichen Fenstern sorgfältig geschlossen. Das Apartment lag im dritten Stock und war leicht zugänglich. Sie bat ihre Haushälterin, ihre Kleidung mit Namensschildchen zu versehen und eine Wäscheliste zu führen, denn sie hatte gehört (von Bix Holyrod, der es amüsant fand), dass mit Wäsche von Marilyn Monroe ein schwunghafter Handel betrieben wurde. Sie erschien zu Lunch-Dates und Ehrenbanketts. Sie entschuldigte sich manchmal mittendrin, um den Bühnenautor in New York anzurufen, unter seiner neuen Nummer in einem Apartment in der Spring Street. Eines der besonders verschwenderischen Diners zu Marilyns Ehren richtete Mr. Z aus, der inzwischen eine herrliche neue, mediterran anmutende Villa in Bel Air besaß und eine neue junge Frau mit Bronzehaar und Brüsten wie ein Panzer. Mr. Z hielt sich erstaunlich gut für sein Alter. Er schien eher jünger, als sie ihn in Erinnerung hatte. Obgleich er fast einen halben Kopf kleiner war als sie (»mein Kapital, Marilyn«) und von einem kleinen Buckel zwischen den Schulterblättern verunstaltet, verlieh ihm sein volles silbergraues Haar Würde, und seine Augen waren die eines alten Weisen. Mr. Z war einer der letzten Hollywood-Pioniere, »Urgestein«.

Wie immer lieferten sich Mr. Z und Marilyn Monroe einen komischen Schlagabtausch, dem andere voller Neid lauschten.

»Haben Sie immer noch Ihr Aviarium, Mr. Z? Diese armen toten Vögel!«

»Ich sammle Antiquitäten, meine Liebe. Sie verwechseln mich wohl mit einem anderen Gönner.«

»Sie waren Präparator, Mr. Z. Ihre Hände waren gefürchtet.«

»Ich habe die erlesenste Privatsammlung römischer Büsten und Köpfe im ganzen Lande. Soll ich sie Ihnen einmal zeigen?«

Eine Limousine holte sie zu solchen Diners in den villengespickten Hügeln oberhalb von Los Angeles und zu ihren Tagesterminen ab. Interviews, Fototerminen, Vorbesprechungen auf dem Gelände der Produktionsgesellschaft. Mit Schrecken sah sie, dass ihr Fahrer der Frosch-Chauffeur war. *Also keine Einbildung. Nichts davon war Einbildung.* Der Frosch-Chauffeur schien auch kaum gealtert. Seine vorbildlich aufrechte Haltung, seine knautschige, dunkel gefleckte Haut und die spiegelnden vorspringenden Augen. Der Blick dennoch verhüllt. Eine Schirmmütze, eine dunkelgrüne Livree mit Messingknöpfen, die – als Einziges – an den kecken Johnny von Philip Morris erinnerte, dessen Falsetto fast das gesamte zwanzigste Jahrhundert hindurch für Milliarden nikotinsüchtige Amerikaner der Lockruf blieb. Die Blonde Darstellerin lächelte ihn offenherzig an. »So sieht man sich wieder! Erinnern Sie sich?« Sie bebte, wollte aber fröhlich und frischweg sein, denn wir alle möchten, dass Individuen wie der Frosch-Chauffeur auch nach unserem Tod nur Gutes über uns zu sagen haben. »Sie haben mich einmal ins Waisenhaus in Los Angeles gebracht. Das war vielleicht was! Und auch anderswohin.« Im Fond ihrer Limousine wurde die Blonde Darstellerin hinter getönten Scheiben durch die Stadt aus Sand kutschiert *während mein Herz in New York war bei meinem Liebsten, der bald schon mein Gemahl sein würde, der die wahre Geschichte meines Lebens schreiben würde, eines einfachen amerikanischen Mädchens aus dem Volke, einer Heldin.* Zugleich musste sie, erschöpft und leicht bedudelt (»Marilyn Monroe« trank nur Champagner, und zwar nur Dom Perignon), schmunzeln, wenn sie sich vorsagte *Es war einmal ein schöner junger Prinz, den ein böser Zauber in einen Frosch verwandelt hatte. Nur wenn ihn eine goldene junge Prinzessin küsste, konnte der Zauberbann gebrochen werden und der schöne junge Prinz die goldene Prinzessin heimführen, auf dass sie glücklich und zufrieden miteinander lebten bis ans Ende ihrer Tage.*

Mitten in ihrem Wundermärchen schlief sie ein. Waren sie am Ziel angelangt, klopfte der Frosch-Chauffeur an die Trennscheibe, auch jetzt mundfaul.

»Miss Monroe? Wir sind da.«

Meist hieß das, auf dem Gelände der Produktionsgesellschaft. Diesem gewaltigen Reich hinter den Mauern, hinter einer bewachten Toreinfahrt. Wo kaum ein Jahrzehnt zuvor »Marilyn Monroe« geboren worden war. Wo die Bestimmung »Marilyn Monroes« sich erfüllt hatte. Wo sich wiederum Jahrzehnte zuvor das unglückselige Paar, nämlich die Eltern von »Marilyn Monroe«, wahrscheinlich begegnet war. Sie: Gladys Mortensen, Cutterin und sehr attraktiv. Er: – (stets hatte die Blonde Darstellerin in Interviews auf hartnäckige Fragen nach dem rätselhaften Vater treuherzig geantwortet: Ja, er lebe noch, ja, sie stünden miteinander in Verbindung, ja, sie wisse, wer er sei, er wünsche jedoch nicht, dass es die Welt erfahre, und sie »respektiere seinen Wunsch«).

In der altvertrauten Garderobe, die einst die von Marlene Dietrich gewesen war, war alles bereit. Ein Blumenmeer wartete. Berge von Post, Telegrammen, rührend verpackten kleinen Geschenken. Sie öffnete die Tür und schloss sie hinter sich, von Übelkeit überwältigt.

Der bisherige Arzt der Produktionsgesellschaft Doc Bob war fort; als hätte es ihn nie gegeben. Es hieß, er sitze wegen fahrlässiger Tötung in San Quentin. (»Ihm ist da eine Kleine weggestorben, und er hat sich geweigert, sie wie befohlen einfach liegen zu lassen.«) Ein neuer Arzt, Doc Fell, hatte seine Räume bezogen. Doc Fell war groß gewachsen, ein Cary Grant mit Denkerfalte und einer energischen Art. Er schüchterte seine Patienten mit Freud-Kenntnis ein; er sprach ganz selbstverständlich von der Libido, von unterdrückten kindlichen Aggressionen und dem Unbehagen in der Kultur – »zu dem wir alle beitragen und unter dem wir alle leiden«. Doc Fell sollte während der Dreharbeiten zu *Bus Stop* bereitstehen und sogar zu den Außenaufnahmen nach Arizona mitfliegen. Oft sollte Cherie in den schlaflosen mondhellen Nächten einen in Pyjama und Cary-Grant-Morgenmantel gekleideten Doc Fell in ihr Motelzimmer rufen lassen. Alles, wenn sie nur schlafen könnte! *Nur dieses eine Mal. Einmal noch. Es soll nicht zur Gewohnheit werden, ich schwör's!* Doc Fell war ein Priester, notfalls befugt, flüssiges Nembutal direkt in eine Vene zu spitzen; manchmal brachte schon eine erste Berührung Doc Fells, ein Daumen, der in Cheries zarter Armbeuge nach einer Vene tastete, Linderung. *Lieber Gott! Danke.*

Zunächst stand der Stern guten Willens über den Dreharbeiten zu *Bus Stop*. Sie war Norma Jeane, die »Marilyn« war, die »Cherie« war – bis in die Fingerspitzen. Sie war eine Schauspielerin, die beim New York Ensemble Method Acting gelernt hatte; sie war die Fleisch gewordene Lehre des großen Meisters Stanislawski. *Immer und ewig auf der Bühne sich selbst spielen, aber ein Selbst, das man für die Rolle in sich entwickelt, im Schmelztiegel der emotionalen Erinnerung geläutert hat.* Sie kannte Cherie bis in die kleinste Stopfstelle ihrer traurig talmihaften *Chanteuse*-Kostüme. Sie kannte Cherie so in- und auswendig, wie sie Norma Jeane Baker, das Preene-Mädchen gekannt hatte, Miss Aluminum Products 1945, Miss Southern Dairy Products 1945, Miss Hospitality für zehn Dollar am Tag, bereitwillig lächelnd, Liebe heischend. Oh, seht doch! Nehmt doch mich. Sie war mit ihrer Rolle glücklicher als je zuvor. Denn nie zuvor hatte sie sich ihre Rolle wirklich ausgesucht. Wie ein Bordellmädchen, das jeden Freier nehmen muss oder eine Tracht Prügel riskiert, hatte sie jede Rolle nehmen müssen, die die Produktionsgesellschaft ihr aufzwang. Bis jetzt. *Ich werde euch Cherie lieben lehren. Die Herzen werde ich euch mit Cherie zerreißen.* Sie glaubte an sich und konnte sich konzentrieren wie nie zuvor. Pearlmans Mahnungen tönten in ihren Ohren wie die Stimme Jahwes *Tiefer! Geh tiefer. Bis auf den Grund der Motivation. Bis zum vergrabenen Schatz emotionaler Erinnerung.* Die gütig-strenge väterliche Stimme des Bühnenautors tönte in ihren Ohren. *Zweifle nicht an deiner Begabung, Liebste. Deiner leuchtenden Gabe. Zweifle nicht an meiner Liebe.* Oh nein, sie zweifelte nicht!

Der Regisseur war hoch angesehen, und die Produktionsgesellschaft hatte ihn mit dem Film betraut, weil sie es verlangt hatte. Kein Hollywood-Lohnfilmer. Sondern ein auch vom Bühnenautor hoch geschätzter Theatermann, eigensinnig, querköpfig. Die Vorschläge seiner Hauptdarstellerin hörte er sich aufmerksam an und schien, wenn sie ausführlich die Figur Cherie mit ihm besprach – wie Cherie kostümiert und ausgeleuchtet und geschminkt werden müsse, das Haar, die Tönung der Haut (»Ich möchte einen Hauch Pellagra, so ein Dollargrün. Nur eine Andeutung, natürlich. Wie Poesie«) – wirklich beeindruckt von ihrer Klugheit, ihrem psychologischen Gespür und ihrer Schauspielerfahrung. Allerdings verdankte der Regisseur ja seiner Hauptdarstellerin den Auftrag, und das mag sich auf seine Haltung ausgewirkt haben; er blickte nicht mit einem Grinsen beiseite, noch bemühte er sich offensichtlich, sie bei Laune zu halten, wie es andere Regisseure getan hatten. Und doch lag gerade in seiner Zuvorkommenheit etwas leise Beunruhigendes. Er wirkte übertrieben höflich, übermäßig ehrfürchtig, fast auf der Hut. Wie sich seine Augen weiteten, wenn sie als Cherie in ihrem Showgirl-Kostüm mit tiefem Dekolleté und den Netzstrümpfen in der Kulisse erschien, wie die eines Träumers. Sie hoffte bloß, dass der Mann nicht in sie verliebt war.

Was für ein Glück! Unverdientes Glück, vielleicht. Die Titelstory in *Time* war hundert Prozent Marilyn und nicht *sie*.

Verflixt, ich ahnte ja nicht, dass die Monroe so viel … Charisma besaß. Die Frau war wie eine züngelnde Flamme. Bei der Dreharbeit und auch sonst. Manchmal stand ich in ihren Anblick versunken da und wusste nicht mehr, wo ich bin. Ich hatte schon so lange Regie geführt, dass ich gegen schöne Frauen gefeit wäre, hatte ich gedacht, auf jeden Fall gegen erotische Anziehungskraft, doch die Monroe war mit Begriffen wie weibliche Schönheit oder Sex gar nicht zu fassen. An manchen Tagen glühte sie vor Begabung. In ihr brannte ein Fieber, das sich Bahn brach. Schauspielerisches Genie,

keine Frage, und vielleicht führt ja Genie zum Wahnsinn, wenn es nicht her-
auskann, das, was ihr vermutlich zum Verhängnis wurde, letztlich, woran sie
in den letzten Jahren kaputtging. Aber ich hatte die Monroe in ihrem Ze-
nith. Sie war unvergleichlich. Alles, was sie als Filmfigur tat, war genial. Sie
war so unsicher, dass sie immer wieder darum bat, es noch mal machen zu
dürfen, und noch mal und noch mal, bis alles hundertprozentig saß. Und sie
wusste immer, wann es so weit war. Dann strahlte sie mich an, und da
wusste auch ich Bescheid. Trotzdem, es gab auch Tage, an denen sie solche
Angst hatte, dass sie mit Stunden Verspätung am Drehort erschien. Manch-
mal schaffte sie es gar nicht. Was sie sich alles zuzog: Grippe, Halsentzün-
dung, Migräne, Kehlkopfentzündung, Bronchitis. Wir haben das Budget ge-
waltig überzogen. Meiner Meinung nach war das aber jeden Cent wert.
Wenn die Monroe in ihrem Element war, dann glich sie einem Taucher, der
in die Tiefe muss: bloß nicht innehalten und Luft holen, dann würde sie er-
trinken. Ich war wohl ein bisschen in sie verliebt. Ach was, ich war bis über
beide Ohren verliebt. Ich war einfach überwältigt, weil ich sie für eine ge-
wöhnliche dumme Sexbombe gehalten hatte, die nur aus wackelnden
Brüsten und Arschbacken besteht, und dann schwebte dieser Engel Marilyn
Monroe herein und ergriff meine Hände und sagte, es sei kein besonders
gutes Drehbuch, platt und süßlich und kitschig, aber sie werde den Film
retten und sie werde mir das Herz zerreißen, und bei Gott, das hat sie getan.

Sie haben sie nicht einmal für einen Oscar nominiert. Dabei wussten alle
ganz genau, dass sie für Bus Stop *einen verdient hätte. Arschlöcher!*

Irgendwas ist los, hatte sie ihrem Liebsten gesagt, aber ihm zu gestehen, dass
es jeden Morgen länger und länger dauerte, bis sie ihr Spiegel-Double hervorlocken konnte, wagte sie nicht.

Wo sie doch einst als junges Ding nur in die spiegelnde Tiefe hatte blicken
müssen, und schon war ihre wunderhübsche strahlende Spiegelgefährtin da
gewesen, begierig nach Küssen und Liebkosungen.

Wo sie doch einst als Fotomodell nur die verlangten Posen hatte einnehmen müssen. Die vorgeschlagenen Stellungen. Um in eine Trance zu verfallen und alles Weitere ihrem Spiegel-Double zu überlassen.

Wo sie doch einst als Filmschauspielerin nur am Drehort hatte erscheinen
und in der Maske verschwinden müssen, um dann vor der Kamera eine un-
erklärliche Verzauberung zu erleben, Wallungen, die erregender waren als
Sex. Ihren Text zu sprechen, den sie mühelos parat hatte, ohne ihn bewusst

einstudiert zu haben, aufgeregt und ängstlich in ihrem geliehenen Körper zum Leben erwachend, sie war Angela, sie war Nell, sie war Rose, sie war Lorelei Lee, sie war das ›Mädchen von oben‹. Selbst auf dem Entlüftungsschacht der U-Bahn, mit dem Ex-Sportler als Augenzeuge ihrer Erniedrigung, war sie ganz und gar das in ihrem Dasein schwelgende ›Mädchen von oben‹ gewesen. *Seht! Ich bin, die ich bin.*

Während sie nun diese seltsamen Zweifel anfielen, und zwar bei dem, was sie für die Rolle ihres Lebens hielt, den Auftakt zu einer neuen Karriere als ernst zu nehmende Leinwanddarstellerin. Sie ängstlich wurde, ihr graute. Sie sich nur dann aus dem Bett hochquälen konnte, wenn scharf an die Tür geklopft wurde, wenn es bereits nach Drehbeginn war. Starrte in den Spiegel: Norma Jeane, und nicht »Marilyn«. Fahle Haut, blutunterlaufene Augen und erstmals etwas verräterisch Loses um den Mund. *Was willst du? Wer bist du?* Sie hörte fernes Gelächter. Höhnisches Männergelächter. *Elende Kuh. Nicht normal.*

Länger und länger dauerte es, »Marilyn« aus dem Spiegel hervorzulocken.

Sie gestand es Whitey, ihrem Maskenbildner, der sie genauer kannte als jeder Liebhaber oder Ehemann: »Ich habe den Mut verloren. Den Mut der Jugend.«

Worauf Whitey sie tadelte.

»Miss Monroe! Sie sind eine junge, junge Frau.«

»Mit diesen Augen? Nein, bin ich nicht.«

Whitey blinzelte mit leichtem Schauder in die Spiegelaugen.

»Wenn ich mit diesen Augen fertig bin, Miss Monroe, sprechen wir uns wieder.«

Manchmal wirkte Whitey seinen Zauber und behielt Recht. Manchmal nicht.

Anfangs, bei den Dreharbeiten zu *Bus Stop*, dauerte es einfach eine Idee länger als das, was man bei der Blonden Darstellerin an Zeit abzusitzen gewohnt war, ehe sie vor den Kameras erschien. Eine junge Frau von solch natürlicher Schönheit, mit einer solch zart schimmernden Haut gesegnet, solch lebenssprühenden Augen, dass sie sich den Kameras mit lediglich einem Hauch Puder, einer Spur Lippenstift und Rouge stellen konnte. Bald dauerte es länger und länger. Beherrschte Whitey sein Handwerk nicht mehr? Die Haut der Darstellerin war nicht richtig; das ganze Make-up würde mit Coldcream sanft entfernt und neu aufgetragen werden müssen. Manchmal war das Haar nicht richtig. (Was, zum Teufel, konnte mit *Haar* nicht richtig sein?) Also wieder anfeuchten, frisch legen und föhnen. Während Norma Jeane reglos vorm Spiegel saß, mit gesenktem Blick betend.

Bitte, komm. Bitte!

Lass mich nicht im Stich. Bitte!

Die nämlich, die sie mit Hohn bedacht hatte. Diese »Marilyn«, die sie verachtete.

Der Bühnenautor flog nach Arizona, um bei ihr sein zu können. Obwohl sein Leben sich in Auflösung befand. Obwohl er (was er ihr gar nicht sagen mochte) eine Vorladung erhalten und nach Washington auf den Capitol Hill zitiert worden war, um sich zu seiner jugendlichen Verwicklung in mutmaßliche »subversive« und »klandestine« politische Aktivitäten zu äußern.

Die heillose Panik der Blonden Darstellerin, die so... anders war, erschreckte ihn zutiefst. Diese Frau hatte nichts mehr von dem Mädchen mit dem flachsblonden Haar und dem goldenen Lachen.

Oh, hilf mir. Kannst du mir nicht helfen?

Liebste, was ist denn? Ich liebe dich.

Ich weiß nicht. Ich möchte so sehr, dass Cherie lebt. Ich möchte nicht, dass Cherie stirbt.

Ihm drehte sich vor Liebe das Herz im Leib um. Das reinste Kind! Genauso auf ihn angewiesen wie vor Jahren seine eigenen Kinder. Noch stärker angewiesen, denn die Kinder hatten Esther gehabt, und Esther hatte den Kindern immer näher gestanden.

In ihrem Bett im Motel, Jalousien gegen den Wüstenglast geschlossen, lagen sie stundenlang beieinander. Flüsterten, küssten und liebten sich, spendeten Trost, sie ihm nicht minder, denn seine Seele litt ohne sie Schaden, auch er fürchtete sich vor der Welt. Stunden konnten sie in traumgleichem Dämmer verbringen. Sie bildeten sich ein (aber vielleicht war es keine Einbildung), in den Träumen des anderen zu leben, in der Seele des anderen zu wohnen. *Halte mich nur. Liebe mich. Lass mich nicht los.* Die unwirkliche Wüstenlandschaft, rote Steinberge und Grate wie Mondkrater. Der Nachthimmel, gewaltig und Ehrfurcht gebietend und doch genauso berauschend, wie ihn die Blonde Darstellerin beschrieben hatte.

Ich spüre, dass ich geheilt werden könnte, bei dir. Mit dir an meiner Seite. Wenn wir erst verheiratet sind. Oh, wann können wir endlich heiraten! Ich habe solche Angst, dass irgendwas dazwischen kommen könnte.

Den Arm um ihre Taille geschlungen, sprach er ihr vom Nachthimmel. Er sagte, was immer ihm in den Sinn kam. Er sprach von einem Paralleluniversum, in dem sie längst vermählt seien und zwölf Kinder hätten. Er brachte sie zum Lachen. Er küsste ihre Augenlider. Er küsste ihre Brüste. Er führte ihre Hand an seine Lippen und küsste ihre Finger. Er erzählte ihr alles, was er über das Sternbild der Zwillinge wusste – denn er wusste von ihr, dass sie Zwilling war –; die Zwillinge: nicht im Zwist lebende, sondern liebende Zwillinge, sich treu ergeben. Über den Tod hinaus.

Es sollte nicht unbemerkt bleiben, dass die Blonde Darstellerin bereits am Tag nach der Ankunft des Bühnenautors auflebte. Der Bühnenautor, von vielen ohnehin schon als Held gefeiert, wurde noch mehr zum Helden. Es war, als hätte die Blonde Darstellerin eine Bluttransfusion bekommen. Dabei wirkte jedoch der Bühnenautor keineswegs entkräftet, sondern seinerseits belebt, verjüngt geradezu. Ein Wunder!

Sie waren so verliebt, die beiden. Schon der Anblick . . . wie sie sich bei ihm einhängte, zu ihm aufblickte. Wie er sie ansah.

Was war des Bühnenautors Erfolgsgeheimnis? Er sprach so ernsthaft mit der Blonden Darstellerin, wie es keiner seiner Vorgänger getan hatte. Gewiss, er hielt sie und tröstete sie; gewiss, er hätschelte sie, wie es schon andere getan hatten, aber anders als diese sprach er ganz offen mit ihr. Das gefiel ihr! Sagte ihr streng, sie müsse die Dinge nüchtern betrachten. Sie müsse professionell sein. Sie sei eine der höchstbezahlten Künstlerinnen der Welt, sie sei eine Verpflichtung eingegangen. Was hätten die Gefühle damit zu tun? Was hätten Selbstzweifel damit zu tun? »Du bist eine erwachsene Frau, Norma, und du musst Verantwortungsbewusstsein beweisen.«

Still küsste sie ihn.

Oh ja. Er hatte ja so Recht.

Fast wünschte sie sich, er würde sie am Arm packen und schütteln, grob. Wie es der Ex-Sportler getan hatte, um sie wachzurütteln.

Der Bühnenautor geriet in Fahrt. Seine dramatische Karriere hatte er mit Monologen begonnen, der Monolog erschien ihm die natürlichste Form der Rede. Hatte er sie nicht vor allzu viel Theorie gewarnt? »Ich habe dich immer für ein Naturtalent gehalten, Liebe. Die Analysiererei wird dich nur lähmen. In New York hast du dich so verbissen für den Schauspielunterricht vorbereitet, dass du nach wenigen Wochen am Ende warst. Das passiert nur Amateuren. Den Übereifrigen. Vielleicht ist es ein Zeichen für eine große Begabung, ich glaube es nicht. Ich denke vielmehr, der Schauspieler muss im inneren Leben seiner Rolle immer etwas Dunkles, Ungeformtes lassen. Das war John Barrymores Geheimnis. Du kennst doch Brando? Auch er macht es so. Das kann so weit gehen, dass man den Text nicht beherrscht, dass man gezwungen ist zu improvisieren, in der Sprache der Figur. Ein wirklich überragender Darsteller spielt die Rolle keine zwei Mal gleich. Er betet den Text nicht herunter, er spricht die Worte wie zum ersten Mal. Das hätte dir Pearlman raten müssen, aber du kennst ja Max mit seiner überzogenen Stanislawski-›Methode‹. Humbug, möchte ich fast behaupten. Wenn ein Kolibri sich des Schwirrens seiner Flügel bewusst würde, des ›Rüttelns‹, könnte er dann noch fliegen? Wären wir uns jedes Wortes bewusst, das wir äußern, könnten wir noch sprechen? Vergiss Pearlman. Vergiss Stanislawski. Vergiss den ganzen Theorie-Humbug. Die größte Gefahr für den Schauspieler besteht im Überprobieren. Es hat Inszenierungen meiner Stücke gegeben, da haben die Regisseure die Schauspieler zu sehr angetrieben; dann haben sie vor der Premiere den Gipfel erreicht und konnten nur noch pumpen. Das ist auch Pearlman schon passiert. Die Leute schwärmen, bei ihm ›fließe im Probenraum Blut‹ – alles Unsinn. Wenn du also meinst, Liebes, du kenntest Cherie in- und auswendig wie eine Schwester, dann liegt da vielleicht das Problem. Vielleicht stimmt das nicht einmal. Du müsstest vielmehr anerkennen, dass dir Cherie ein Rätsel ist. So ähnlich wie du mir gezeigt hast, dass Magda weit mehr ist, als mir bewusst war. Lass doch Cherie ein wenig Luft. Vertraue darauf, dass Cherie dich morgen bei den Drehararbeiten überrascht.«

Und abermals stellte sich die Blonde Darstellerin, vor Dankbarkeit bebend, auf die Zehenspitzen und küsste den Bühnenautor ungestüm auf den Mund.

Oh ja. Gott sei Dank. Er hatte Recht.

Da erschien also am nächsten Morgen bei Drehbeginn die pellagra-bleiche platinblonde Cherie in ihrer billigen schwarzen Spitzenbluse, dem schmalen schwarzen Satinrock mit dem breiten, eng geschnürten schwarzen Gürtel, ihren schwarzen Netzstrümpfen und den schwarzen Riemchenschuhen mit den hohen Absätzen zu Drehbeginn. Nachtaugen, üppiger roter Kussmund, verschüchtert und reuig. Marilyn pünktlich! Oder nein, es war vielmehr Cherie. Fassungslos bestaunten wir diese Göttin, die wie eine unbeholfene Schauspielelevin oder ein wirkliches Naivchen an ihrem Daumennagel kaute, wohl wissend, dass sie etwas ausgefressen hat und ausgeschimpft werden wird.

Schleifte ihre mottenzerfressene Federboa hinter sich her, wie es Cherie tat. Sprach im ernsten hinterwäldlerischen Tonfall von Cherie, aber so leise, dass wir sie kaum hörten.«Oh. Es tut mir so leid. Ich bitte euch alle um Verzeihung. Ich habe getan, was Cherie nie getan hätte, ich habe mich unterkriegen lassen. Ich habe mich dem Team gegenüber unverantwortlich benommen. Ich schäme mich so!«

Schwamm drüber. Auf der Stelle war alle Kränkung vergessen, alle Wut, alle Enttäuschung. Es gab spontan Beifall. Wir liebten doch unsere Marilyn.

Die Arbeit an meinem neuen Film läuft nach anfänglichen Schwierigkeiten sehr gut. Er heißt »Bus Stop«. Ich hoffe, er wird dir gefallen!

Sie pflegte an Gladys in der Lakewood-Klinik töchterliche Postkarten zu schicken. Auch aus New York hatte sie Karten geschickt.

Ich liebe diese Stadt. Es ist eine wirkliche Stadt, nicht wie die Stadt aus Sand. Wenn du mich jemals hier besuchen willst, Mutter, lässt sich das jederzeit einrichten. Es fliegen ständig Flugzeuge hin & her.

Seit ihrer Flucht aus Los Angeles telefonierte sie ungern mit Gladys. Sie glaubte, Gladys werfe ihr vor, sie im Stich gelassen zu haben. Obwohl Gladys am Telefon keinerlei Vorhaltungen machte. Aus New York hatte Norma Jeane angerufen, als sie frisch in den Bühnenautor verliebt war und wusste, dass sie ihn eines Tages heiraten und er der Vater ihrer Kinder sein würde.

Ich habe wunderbare neue Freunde gefunden, unter anderem einen weltberühmten Schauspiellehrer und einen hoch angesehenen amerikanischen, mit dem Pulitzer-Preis ausgezeichneten Bühnenautor. Ich treffe auch gelegentlich Freunde aus Hollywood wie Marlon Brando.

Sie erzählte Gladys von den Büchern, die sie im Strand Bookstore erstand, einem Antiquariat, wo sie – vergeblich – nach einigen der alten Bücher von Gladys gefahndet hatte. *A Treasury of American Poetry.* Hatte es so geheißen? Wie hatte sie dieses Buch geliebt! Wie hatte sie es geliebt, wenn Gladys ihr Gedichte vorlas. Jetzt las sie sich selbst Gedichte vor, mit Gladys' Stimme. Auf solche Bemerkungen reagierte Gladys lediglich mit einem fast unhörbaren *Wie nett, Kind.*

Also rief sie Gladys nicht mehr an, sondern schickte lieber Ansichtskarten aus dem Südwesten.

Eines Tages, wenn ich reich bin, fahren wir mal hierher. Hier ist wirklich und wahrhaftig »das Ende der Welt«!

Weil Norma Jeane sich so sehr vor dem fürchtete, was die täglichen Muster an den Tag bringen könnten, so sehr davor, dass Marilyn sie im Stich gelassen haben könnte, hatte sie keine Ahnung, wie sich *Bus Stop*, abgesehen von ihren eigenen Szenen, machte. Und ihre Szenen verlangten Einstellung über Einstellung über Einstellung, so angestrengt auf ihr Spiel konzentriert war sie, mit klopfendem Herzen, dass sie auch da keine Vorstellung hatte, wie sie auf einen Außenstehenden wirken mochten. Wie Cherie stürzte sie sich hinein, blind »optimistisch«. Sie würde sich, dem Rat ihres Liebsten folgend, von ihrem Instinkt leiten lassen.

Also sah Norma Jeane *Bus Stop* in seiner Gänze, vom lärmend komischen Anfang bis zum sentimental-romantischen Ende, erst Anfang September bei einer Testvorführung auf dem Gelände der Produktionsgesellschaft. Erst Monate später also sollte sie erfahren, wie brillant ihre Darstellung Cheries war. Als verheiratete Frau. An der Seite ihres Mannes, der im dunklen Vorführraum in der ersten plüschigen Sesselreihe ihre Hand umklammert hielt. Narkotisiert von Meprobamat und Dom Perignon. Norma Jeane als künstlich gleichmütige »Marilyn«. Die Krise des Frühjahrs in Arizona schien so fern, als wäre nicht sie, sondern eine Fremde betroffen gewesen. Es erschütterte sie, wie gut *Bus Stop* geworden war. Mit Cherie war ihr die stärkste schauspielerische Leistung ihrer Laufbahn gelungen. Aus Angst und Schrecken hatte sie sich abermals zu einer Leistung aufgeschwungen, die nicht Schmach, sondern vielleicht sogar Anlass zu Stolz bot. Trotzdem entbehrte der Triumph nicht einer gewissen Ironie, es war der einer Schwimmerin, die nur mit knapper Not das Ufer eines reißenden Stroms erreicht, in dem sie um ein Haar ertrunken wäre. Die Schwimmerin wankt an Land; die Zuschauer, die nichts riskiert haben, spenden Beifall.

Wie das Publikum im Vorführraum Beifall spendete.

Der Bühnenautor legte einen beschützenden Arm um ihre bebenden Schultern. »Liebste, warum weinst du?«, flüsterte er. »Du warst großartig. Du bist großartig. Hör, wie sie klatschen. *Hollywood liegt dir zu Füßen.*«

Warum ich weinte? Vielleicht, weil Cherie im wirklichen Leben getrunken hätte, viel getrunken. Sie hätte schlechte Zähne gehabt. Sie hätte mit ihren Peinigern schlafen müssen. Es war nicht zu glauben, dass ihr das alles erspart blieb, nur sah es das sentimentale Drehbuch eben so vor, und 1956 wollte keiner eine einschränkende Klassifizierung seitens der Legion of Decency riskieren. Im wirklichen Leben wäre Cherie geschlagen worden, wahrscheinlich vergewaltigt. Sie wäre von den Männern weitergereicht worden. Mir kann keiner erzählen, dass der Wilde Westen nicht so war, ich weiß doch, wie Männer sind. Sie wäre von ihnen ausgenutzt worden, bis sie schwanger oder verblüht gewesen wäre oder beides. Es hätte keinen gut aussehenden naiven Cowboy Bo gegeben, der sie sich über die Schulter warf und auf seine Zehntausend-Morgen-Ranch schleppte. Sie würde trinken und sich mit Rauschmitteln über Wasser halten, bis sie eines Tages nicht mehr vom Bett hochkäme, nicht einmal mehr die Augen aufbekäme, und dann wäre es aus mit ihr.

Das (amerikanische) Showgirl 1957

Miss Monroe! Ihr erster Besuch in England. Wollen Sie uns nicht Ihre Eindrücke schildern?

Es war das Königreich der Toten. Dessen Bewohner sich lautlos bewegten wie Gespenster. Gesichter fahl wie der opalisierende Himmel und die schattenlos dunstige Luft. Und sie dazwischen, die (amerikanische) Blonde Darstellerin, gleichfalls verhext.

Im Inselreich in der Nordsee konnte ebenso gut Winter wie Frühling sein. Das ließ sich selbst von einem Tag auf den anderen nicht vorhersehen. Krokusse und Narzissen trotzten buntleuchtend der markdurchdringenden Kälte. Als fahle Sichel hing die Sonne im Dunst.

Bald kümmerte einen das alles nicht mehr.

»Liebste, was hast du. Komm her.«

»Oh, Daddy. Ich habe solches Heimweh.«

The Prince and the Showgirl. Und als Filmpartner den renommierten britischen Schauspieler O.

Sie war das (amerikanische) Showgirl. Tänzerin in einer (amerikanischen) Truppe, die durch einen mythischen Balkanstaat tingelte. Ihre Stundenglasrundungen in glänzenden Satin gezwängt. In der ersten Einstellung mit der Tänzerin nimmt sie eilig ihren Platz in der Revuereihe ein und knickst vor dem Monokol-Großherzog, und da reißt ein Träger ihres Kostüms und ihr göttlich gerundeter Busen liegt fast bloß.

»Es ist billig. Es ist Vaudeville. Es ist Marx Brothers.«

»Liebling, es ist *Filmkomödie*.«

Die Blonde Darstellerin spielt eine patente Platinblonde irisch-amerikanischer Herkunft aus Milwaukee, Wisconsin. Sie ist das Aschenputtel, sie ist die Bettelmagd. Deren wenig glaubwürdige Kenntnis der deutschen Sprache den fadenscheinigen Plot noch zusätzlich befrachtet. O ist der snobistische Prinzregent. Von dem renommierten britischen Schauspieler mit dem Elan und der Subtilität eines Aufziehspielzeugs gegeben.

»Was ist das, sein Ansatz? Parodie? Ich begreife es nicht.«

»Ich glaube kaum, dass seine Darstellung absichtlich parodistische Züge trägt. Er fasst das Drehbuch im Sinne einer Gesellschaftskomödie auf, die auf der Bühne einen bestimmten Stil verlangt. Eine gewisse Künstlichkeit. Er ist kein Method-Schauspieler –«

»Er sabotiert den Film? Aber warum? Er ist der Regisseur!«

»Liebes, er ›sabotiert‹ doch den Film nicht. Seine Technik ist nur eine andere als deine.«

Laut Drehbuch ist es dem Prinzregenten und der Tänzerin in dieser Märchengeschichte bestimmt, sich zu *verlieben*. Bloß wirkte ihr *Verliebtsein* in etwa so überzeugend wie Liebe zwischen zwei lebensgroßen mechanischen Puppen.

»Er ist sich zu schade für die Rolle. Und für mich.«

»Das stimmt sicher nicht.«

»Achte mal darauf. Auf seine Augen.«

Os stumpfes Monokelauge zwang ihr seine Sicht ihrer selbst auf: der vollbusigen amerikanischen Filmschauspielerin mit dem fein wie Zuckerwatte gesponnenen platinblonden Haar, den grellroten Lippen und dem zappligen Getue. Die Tänzerin ist eine freimütige junge Frau aus dem (amerikanischen) Volke, der Prinz ist der reservierte, traditionsbewusste (europäische) Aristokrat. Wenn sie nicht drehten, war O von vollendeter Höflichkeit, ja, die Liebenswürdigkeit in Person, doch beim Drehen begegnete er ihr mit Herablassung. Unter den an irgendwelchen Akademien ausgebildeten Shakespeare-Darstellern war sie so fehl am Platze, wie die arme *Chanteuse* Cherie es gewesen wäre.

Marilyn Monroe war das (amerikanische) Goldkalb der britischen Hollywood-Dollarphantasien von O. Doch Os Verachtung für Hollywood und für »Marilyn« war ein Odeur, das ihr verzweifelter Lockduft nicht übertünchen konnte.

Allein schon wie O »Mari-lyn« sagte.

O, der bei diesem unter einem Unstern stehenden Film nicht nur die Hauptrolle spielte, sondern auch Regie führte. Sein britischer Akzent klirrend wie ein Messer auf Porzellan.

Der sie ansprach, wie man vielleicht ein minderbegabtes Kind ansprechen würde. Nur ohne zu lächeln. »Mari-*lyn*. Meine Liebe, ob Sie vielleicht ein klein wenig deutlicher sprechen könnten? Sich etwas deutlicher ausdrücken?«

Sie würde es nicht beachten. Und wenn er sich vorbeugte und ihr ins Gesicht spuckte. Es war Norma Jeane, die in dieses Kleid gestopft war, das so viel von ihrem Busen zeigte, deren Kopfhaut noch vom Nachbleichen der Haare am Morgen brannte, deren Hirn langsam tickte wie ein mechanischer Wecker, der dringend neu aufgezogen werden musste. Die plötzlich in einen Wachtraum verfiel. Die an diesem Tag vier Stunden und vierzig Minuten Verspätung hatte. Die Hustenanfälle bekam, sodass etliche Einstellungen gedreht werden mussten. Die ihren Text verpatzte; sie vergaß mittlerweile die einfachsten Dialoge. Wo sie doch einst so mühelos alles parat gehabt hatte. Wo sie einst sogar den Text der anderen Schauspieler gekonnt hatte. Und trotz der dicken Schicht Schminke glänzten Nase und Stirn.

O fixierte sie durch sein Monokel. Nahm das Monokel heraus und rang sich ein künstliches Lächeln ab.

Man sah, jetzt wollte er einen Witz machen. Gesellschaftskomödienwitz.

»Mari-lyn, meine Liebe. Seien Sie doch sexy.«

In der vorigen Woche hatte sie eine Magengrippe gehabt. Die ganze Nacht gebrochen. Der Bühnenautor hatte sie gepflegt, ihr ängstlich treu sorgender Ehemann. Sie hatte sechs Pfund abgenommen. Ihre Kostüme hatten enger gemacht werden müssen. Ihr Gesicht war schmaler. Würden sie die bereits abgedrehten Szenen neu aufnehmen müssen? In der vergangenen Woche hatte sie nur einmal einen ganzen Tag drehen können, vom Vormittag bis zum späten Nachmittag. Die übrigen Darsteller beäugten sie mit mitfühlendem Argwohn. *Als könnte mein Zustand ansteckend sein. Ach, und ich wollte doch so sehr, dass sie mich lieben!*

Es war eine äußerst raffinierte Form von Rache. Amerikanisch-weiblicher Rache. Mit Gefühlsausbrüchen hatte der renommierte Schauspieler O gerechnet, gewöhnlichen hysterischen Anfällen; man hatte ihn vorgewarnt, die Blonde Darstellerin sei »schwierig«. Auf eine so passive und tödliche Rache war er nicht vorbereitet.

Hat er mich also für eine dumm-blonde Desdemona gehalten. Nur, was keiner weiß, Marilyn ist Jago!

Sie stahl sich fort. Sie lachte sich ins Fäustchen. Nein, sie quälten die Kränkung, die Verwirrung.

»Es ist O, der mich krank macht. Er hat mich verhext.«

»So darfst du nicht denken, Liebes. Er schätzt dich —«

»Wenn er mich berühren muss, schaudert ihn. Er kneift die Nasenflügel zu. Das sehe ich doch.«

»Norma, du übertreibst. Du musst doch wissen —«

»*Stinke* ich etwa? Liegt es daran?«

Nein, Marilyn, nur begegnet dir ausnahmsweise ein Mann, der dich nicht begehrt. Ein Mann, der dir nicht verfallen ist. Der dich so wenig ficken wollte wie eine Kuh. Der eine unter Millionen.

Der Bühnenautor! Was sollte er bloß von alledem halten, und was sollte er bloß tun?

Diese Frau seine Frau. Die Blonde Darstellerin, *seine Frau.*

In England dämmerte ihm allmählich, was für eine gewaltige Aufgabe ihm da bevorstand. Etwa so wie einem Bergwanderer erst bei allmählich sich veränderndem Terrain und sich plötzlich vor ihm auftuenden neuen, unerwarteten, atemberaubenden Panorama dämmert, welche Großtaten ihm noch abverlangt werden könnten.

So rasch war er zu ihrem Pfleger geworden! Zu ihrem einzigen Freund.

Dabei war er doch auch ein Freund von O. Lange schon ein Bewunderer von O. Zwar waren seine Stücke für einen Schauspieler mit Os klassischer Ausbildung nicht geeignet, aber der Bühnenautor verehrte O und war froh um Os Gesellschaft und ihre gemeinsamen Gespräche. Er vermutete, O habe der Unternehmung in erster Linie des Geldes wegen zugestimmt, und doch ging er davon aus, dass O viel zu sehr Profi sei und als Mensch viel zu anständig, um nicht sein Bestes zu geben.

Als Theatermann war der Bühnenautor durchaus bereit gewesen, sich von der Filmarbeit fesseln zu lassen und zu lernen. Er hatte sogar begonnen, an einem Drehbuch zu arbeiten, seinem ersten.

Einem Drehbuch für die Blonde Darstellerin seine Frau.

Tatsächlich aber erschreckte und verwirrte ihn die Filmarbeit. Er hatte sich keine Vorstellung von dem Tohuwabohu gemacht, der Geschäftigkeit. So viele Menschen! Um den grellen Lichtkreis, in dem die Darsteller auftraten, wimmelten Techniker, Kameraleute, der Regisseur und sein Gefolge. Es gab bei Einstellungen die erste, zweite, x-te. Es wurde angefangen und abgebrochen, angefangen und abgebrochen und erneut angefangen und abgebrochen, es wurde wiederholt, wiederholt, es gab die helle Aufregung um Make-up und Haar; dem Ganzen haftete eine unwirkliche, traumgleiche Qualität an, eine Armseligkeit und Schäbigkeit, die ihn entsetzlich befremdete. Er verstand, weshalb O, als klassisch ausgebildeter Theatermann, vor der Kamera so seltsam, so outriert tat. Der Prinz wirkte vollkommen künstlich, die Tänzerin vollkommen »natürlich«. Manchmal schien es, als sprächen die beiden verschiedene Sprachen oder als hätte man zwei unverträgliche Genres, die Gesellschaftskomödie und eine Art Realismus, zusammengespleißt. Genau genommen war die Blonde Darstellerin die einzige, die es verstand, so für die Kamera zu spielen, als spiele sie mit den anderen Darstellern, nur war ihr Selbstvertrauen bald nach Drehbeginn so nachhaltig erschüttert worden, ihr mädchenhafter Überschwang von Os Kühle so gedämpft, dass auch sie mittlerweile aus dem Gleichgewicht war.

»Daddy, du verstehst das nicht. Wir sind nicht am Theater, wir sind ...«

Die Blonde Darstellerin verstummte. Was hatte sie denn sagen wollen?

Später, abends, kam sie und zupfte an seinem Ärmel, als hätte sie einen Text einstudiert. »Daddy, hör mal! Was ich tue: ich sage mir, dass ich allein bin. Und dass da noch jemand bei mir ist, vielleicht auch mehrere? Ich weiß nicht, wer sie sind, aber es gibt einen Grund. Weshalb wir da sind. Weshalb wir an einem Ort sind, der ein Zimmer sein soll, oder es kann auch draußen sein oder in einem Auto, es gibt einen Sinn und Zweck für das Ganze? Wir versuchen, indem wir die Szene spielen, versuchen wir herauszufinden, weshalb wir da sind und was wir einander sind.« Sie lächelte ängstlich erwartungsvoll. Wie verzweifelt sie doch von ihm verstanden werden wollte; es rührte ihn. Er strich ihr über die erhitzte Wange. »Siehst du, Daddy? Wie wir beide jetzt in diesem Moment? Wir sind hier allein, und wir versuchen, dem Ganzen einen Sinn zu verleihen. Wir haben uns verliebt ... und gefunden, um dem Sinn zu verleihen. Es ist ja nicht so, als ergäbe alles vorher schon Sinn. Wir kennen den Sinn nicht! Wir stehen in einem Lichtkreis, und draußen ist das Dunkel, und wir treiben allein zu zweit im Meer aus Dunkel wie in einem Boot, verstehst du? Wir hätten ja Angst, wenn wir nicht wüssten, dass es schon seinen Sinn und Zweck hat. Hat es ja! Und deshalb bin ich wohl, irgendwie, auch wenn ich Angst habe, hier in England bei Menschen gelandet, die mich hassen ... Stanislawski nennt das ›öffentliche Einsamkeit‹.«

Der Bühnenautor staunte über die leidenschaftlichen Worte seiner Frau, obwohl er das meiste nicht verstanden hatte. Er hielt sie fest, fest. Ihr Haar war am Morgen an den Wurzeln und am Ansatz neu gebleicht worden und verströmte einen beißenden chemischen Geruch, der den Bühnenautor veranlasste, die Nasenflügel zusammenzukneifen. Diesen Geruch nahm die Blonde Darstellerin schon lange nicht mehr wahr.

Hier, im Königreich der Toten, begann sie zu sinken. Das Mark ihrer Knochen verwandelte sich in Blei. In diesem kühlen Unterwasserkönigreich mit seinen ihr widerwärtigen Fischbewohnern.

Sie hassen mich. Ihre Augen!

Der Bühnenautor war der Sendbote Os, ebenso wie er Os Freund war oder zu werden hoffte. Sowohl der Bühnenautor wie auch O, der renommierte britische Bühnendarsteller, waren mit »temperamentvollen« Schauspielerinnen verheiratet.

Sie vernahm Hohngelächter! Der Bühnenautor erklärte wie einer in einem Marx-Brothers-Film mit Pokergesicht: »Liebes, das sind nur die Leitungen.«

Die Leitungen! Sie musste lachen.

»Liebling, was hast du? Du machst mir Angst.«

Die Blonde Darstellerin träumte von bleiernen Pythonschlangen, die rüttelnd neben ihrem Bett zu Leben erwachten. In den hochherrschaftlichen Räumen des alten Steinhauses in dem Königreich ewiger Feuchtigkeit. Es stimmte, die alten Rohre ächzten, zuckten, spuckten. Hohngelächter tönte aus diesen Rohren wie durch ein Sprachrohr. Der Bühnenautor war abwechselnd besorgt, begütigend, ungeduldig, geduldig, flehend, drohbereit, wieder besorgt, beklommen, mitleidig, begütigend, ungeduldig, geduldig und flehend am Rande der Verzweiflung.

Norma, Liebes, unten wartet schon seit einer Stunde ein Wagen auf dich, willst du nicht aufstehen dich duschen und anziehen soll ich dir helfen, Liebes, bitte, wach auf

Wimmernd schob sie ihn weg. Ihre Augenlider waren verklebt. Seine Stimme klang wie in Watte gepackt. Eine Stimme, die sie, wie sie sich dunkel zu erinnern meinte, früher wohl einmal geliebt hatte, wie eine alte Aufnahme, bei der genau die Gefühle heraufbeschworen werden, die die Aufnahme einst geweckt hat.

Später, wenn der Nachmittag verdämmerte und die Wattestimme drängender wurde *Liebes mir ist es ernst du machst mir Angst alle zählen auf dich du darfst sie nicht enttäuschen*

Versank in einen Traum. Oh, sie beunruhigte gar nichts mehr! Die neuen Mittel drangen in Mark und Bein und hielten sie fest.

Der Bühnenautor war verzweifelt; was tun? Was tun?

An diesem fröstelnd unwirtlichen Ort so fern der Heimat. In diesem geliehenen alten Steinhaus, wo die Leitungen kreischten und Nebel fortwährend durchs dünne Fensterglas sickerte.

Die verräterischen Zeichen: glasige gerötete Augen. Wenn er ein Augenlid mit dem Daumen hochschob, unfokussiert. Und sein Daumen hinterließ

702

in der aufgedunsenen Haut eine Delle, die nur langsam verschwand. *Wie im Fleisch der Toten.*

Wenn sie sich aufraffen konnte aufzustehen, bewegte sie sich hölzern und wankend, als litte sie unter Gleichgewichtsstörungen. Sie schwitzte, obwohl sie fror. Ihr Atem roch wie zu lange in der Hand gehaltene Kupfermünzen.

Warum musste er, erschrocken, an den Tod der Bovary denken? Diese grauenhaft sich hinziehende Agonie. Die hervortretende Zunge, die bildschöne, im Tod verunstaltete bleiche Frau. Das schwarze Blut, das der Todgeweihten aus dem Mund rann.

Der Bühnenautor schämte sich solcher Gedanken.

Warum habe ich sie bloß geheiratet! Wie konnte ich mir bloß einbilden, stark genug zu sein!

Der Bühnenautor schämte sich solcher Gedanken.

Ich liebe diese Frau so sehr. Ich muss ihr helfen.

Schämte sich, wenn er die Innentaschen ihrer Koffer nach Tabletten durchsuchte. Ihren »Reserve«-Pillen. Den gehorteten Pillen, von denen er nichts wissen sollte, die sie heimlich nach England mitgeschmuggelt hatte.

Sie trat nach ihm, rasend, schluchzend. Warum ließ er sie verdammt noch mal nicht in Ruhe?

Lasst mich doch sterben! Das wollt ihr doch alle, oder nicht?

Die kleinsten Kleinigkeiten hast du zum Prüfstein gemacht. Immer stand meine Loyalität in Frage. Unsere Liebe.

Kleinigkeiten! Wo du mich nicht einmal gegen dieses Schwein verteidigt hast.

Es war nicht immer so eindeutig, wer im Unrecht war.

Er hat Marilyn verachtet!

Nein. Du hast Marilyn verachtet.

Nur wenn Daddy sie schwanger machen könnte, würde sie Daddy wieder lieben.

Wie sehnte sie sich nach einem Baby! In ihrem schönsten Traum wurde das zerknautschte Kissen zum Baby, weich und knuddlig. Ihre Brüste schwollen und schmerzten vor Milch.

Da wartete Baby, knapp außerhalb des Lichtkreises. Da wartete Baby mit blanken Augen. Da wartete ein seine Mutter lächelnd wiedererkennendes Baby. Da wartete Baby, das ihre Liebe brauchte, nur ihre.

Sie hatte einen Fehler gemacht, damals, vor Jahren. Sie hatte Baby verloren. Sie hatte auch die kleine Irina verloren. Hatte Irina nicht vor ihrer Todesmutter gerettet.

Nichts von alledem konnte sie ihrem Mann erklären, oder überhaupt einem Mann.

Wie oft hatte sie sich an ihn geschmiegt, ihm die Brille abgenommen (wie in einer Filmszene, und er Cary Grant), ihn dann geküsst und geherzt und ihn mit mädchenhaft-scheuer Unverfrorenheit durch den Hosenstoff gestreichelt und ihn hart gemacht, wie keine vor ihr (war das möglich?) in dieser Weise. *Oh, Dad-dy! Oh la la.*

Ja, sie würde ihm vergeben, wenn er sie schwanger machte. Sie hatte ihn geheiratet, um schwanger zu werden und sein Kind auszutragen, den Sohn des von ihr so verehrten amerikanischen Bühnenautors. (Seine Stücke in den Regalen der Buchhandlungen. Selbst in London! Sie liebte ihn so. War so stolz auf ihn. Fragte ihn großäugig, was das für ein Gefühl sei, den eigenen Namen auf einem Buchumschlag zu lesen? Nichts ahnend vor einem Regal in einer Buchhandlung zu stehen, ohne damit zu rechnen, den eigenen Namen auf einem Buchrücken zu lesen, ihn dann aber doch zu lesen, was das für ein Gefühl war? Ich wäre ja so stolz, ich müsste im Leben nie wieder unglücklich sein oder mich unwert fühlen.)

Ja, sie würde ihm vergeben. Dafür, dass er sich auf die Seite des Briten O geschlagen hatte, der sie hasste, und auf die der ganzen verdammten Compagnie britischer Schauspieler, die auf sie herabsahen.

Während er sie weiter bekniete. Ihr Vernunft einredete. Als ginge es um Logik.

Liebes, du hast Fieber   du hast nicht gegessen   Liebes, ich werde einen Arzt rufen

Also nahm sie die Dreharbeit wieder auf. Und Arbeit war es jetzt für sie, Pflicht und Schuldigkeit. Bei ihrem Erscheinen Totenstille! – wie nach oder vor einer Katastrophe. Irgendwo ganz hinten im Tonatelier klatschte jemand scharf, ironisch. Und wie lange, wie quälend lange dauerte es, um die betörend schöne Marilyn aus dem Garderobenspiegel hervorzulocken, nicht eine, sondern zwei Stunden mühten sich Whiteys geschickte Priesterhände, bis sie endlich das Wunder wirkten.

Ehrlich gesagt waren wir überrascht. Diese schwache, zaghafte Person. Wir waren alle so stark, und sie hatte, bis auf ihr Aussehen, nichts. Dann aber, auf den täglichen Mustern, im fertigen Film, sahen wir ein vollkommen anderes Wesen. Die Haut der Monroe, ihre Augen, ihr Haar, ihre Mimik, dieser so lebendige Körper... sie machte die Tänzerin zu einer wahrhaftigen, zu einer lebensechten Figur, obwohl das Drehbuch doch so wenig hergab. Sie war die einzige von uns allen, die Erfahrung hatte, Waisenknaben waren wir gegen sie. Wir waren Schneiderpuppen, die glockenrein betonten, hohle englische Wörter von sich gaben. Gewiss, während der Dreharbeiten haben wir die Monroe gehasst, aber hinterher, als wir den Film sahen, lagen wir ihr zu Füßen. Selbst O musste zugeben, dass er sie vollkommen unterschätzt hatte. Sie hat ihn praktisch in allen gemeinsamen Szenen mühelos an die Wand gespielt! Die Monroe hat diesen albernen Film gerettet, während wir dachten, sie ist diejenige, die ihn gefährdet; ist das nicht komisch? Die reinste Ironie.

Trotzdem dieses verdammte Gesellschaftsinterieur. Oh, wie sie sie hasste, diese Kulisse. Der snobistische Prinz und die Tänzerin sind endlich allein, und der Prinz hofft, die Tänzerin verführen zu können, die Tänzerin jedoch entzieht sich ihm, und dann diese verdammte Wendeltreppe, die sie hinaufsteigen, hinabsteigen, hinaufsteigen und in ihrer tief dekolletierten eng taillierten Satinrobe abermals hinabsteigen muss, die die Tänzerin in wie vielen Einstellungen dieser schleppenden lustlosen Märchengeschichte tragen muss, die sie zu hassen gelernt hat. Die Tänzerin als Bettelmagd. Die Tänzerin als Inbegriff des Ewigweiblichen. Und dann durfte die Tänzerin nicht einmal tanzen! Warum? – weil es im Drehbuch nicht vorgesehen war. Warum? – in der Bühnenvorlage war es auch nicht vorgesehen. Warum? – es ist zu spät, nun würde es zu teuer. Warum? – weil Sie, meine Liebe, ewig brauchen würden, um solche Tanzszenen einzustudieren. Warum? – lernen Sie doch einfach Ihren Text, Marilyn. Warum? – weil wir Sie verabscheuen. Warum? – weil wir ihr amerikanisches Geld wollen.

In diesem Königreich der Toten, wo jemand sie verhext hatte.

Ich habe solches Heimweh! Ich möchte heim.

Plötzlich, auf der Treppe, stürzte die Tänzerin, bös. Ein hoher Absatz hatte sich im Saum ihrer Satinrobe verfangen. Sie schlug grunzend hin. Sie hatte mehrere Benzedrin genommen, um dem Nembutal entgegenzuwirken und dem Meprobamat, und sie hatte Gin in ihren Tee getan, und der Bühnenautor hatte nichts davon gewusst (sollte er später beteuern), und sie stürzte auf der Wendeltreppe, und ein Aufschrei ging durch die Belegschaft, und der junge Kameramann eilte ihr zu Hilfe. Der Bühnenautor, der alles besorgt aus nächster Nähe verfolgt hatte, stürzte, von Liebe überwältigt, zu ihr hin und sank auf die Knie.

Der Puls! Wo war der Puls!

Wenige Schritte entfernt blickte der snobistische Prinz vom Treppenabsatz über ihm stier durch sein Monokel herab.

»Das liegt an den Mitteln. Man muss ihr den Magen auspumpen.«

Nie würden sie ihm seine Worte verzeihen.

Im Seereich nicht weit von hier

1

Er brachte sie in ein Seereich, Galapagos Cove, vierzig Meilen nördlich von Brunswick an der Küste von Maine.

Obwohl sie seit über einem Jahr verheiratet waren und an vielen Orten gelebt hatten, blieb sie seine Kindbraut. Blieb noch zu erobern.

Das liebte er an ihr, das Quäntchen atemlose Abenteuerlichkeit, das Staunen, Entzücken. Ihre Launen fürchtete er nicht, über ihre Launen war er nun Herr.

Beim Anblick des Hauses, das er für die Dauer des Sommers angemietet hatte, mit Meerblick, hatte sie sich gefreut wie ein kleines Kind. »Oh! Wie herrlich, wie schön. Oh, Daddy, hier möchte ich nie wieder weg.«

In ihrer Stimme lag ein seltsam kindliches Flehen. Sie drückte ihn und küsste ihn ungestüm. Er wärmte sich an ihrer jungen erwartungsvollen Lebensfülle, wie er vor Jahren das warme junge erwartungsvolle Leben seiner Kinder gespürt hatte, wenn er sie im Arm hielt. Manchmal war seine Liebe wie das Gefühl der Verantwortung so stark, dass er buchstäblich erschauerte. Sein Ich schien sich aufzulösen.

Aufrecht und stolz blickte er über den felsigen Strand am Fuß der Klippe hinweg in die Weite des Atlantischen Ozeans, als gehörte ihm dies alles. Dies war sein Geschenk an seine Frau. Und sie nahm es als Geschenk, als kostbare Liebesgabe. Der Wind wühlte an diesem Nachmittag die Wellen auf. Das Meer glitzerte metallen. Grau wie Schiefer, dann wieder trübblau, plötzlich von einem bitteren dunklen Grün, algen- und schaumbekränzt, immer neu, immer anders. Die Luft war frisch und salzig und von verwehter Gischt getränkt, genauso, wie er sie in Erinnerung hatte, und der Himmel war von dem hellen verwaschenen Blau eines Aquarells und mit hastigen dunstigen Wolken durchschossen. Ja, es war herrlich; er machte es möglich; sein Herz weitete sich vor freudiger Erwartung.

Fröstelnd standen sie in der Meerbrise des Frühsommers. Eng umschlungen. Über ihren Köpfen kreisten Möwen flügelschlagend und schrill kreischend, als zürnten sie diesen Eindringlingen.

Die Delawarenmöwen von Galapagos Cove, wie alte Gedanken.

»Oh, ich *liebe* dich.«

Sie sprach die Worte zu ihm, ihrem Mann, hochlächelnd, mit solcher Hingabe, dass man hätte meinen können, sie spräche sie zum ersten Mal.

»*Wir* lieben dich.«

Nahm seine Hand und legte sie sich auf den Leib.

Einen warmen, gerundeten Leib; sie hatte zugenommen.

Baby lebte seit zwei Monaten und sechs Tagen im Mutterleib.

2

Er streichelte und küsste und schmiegte im Bett seine Wange an ihren nackten Bauch. Staunte über die helle, so früh schon prall wie eine Trommel gespannte Haut. Wie gesund sie war, vor Leben strotzend! Sie wollte Baby schon im Mutterleib gut nähren, sie hielt eine strikte Diät ein. Sie nahm keine Pillen mehr, außer Vitaminen. Sie hatte ihrer Karriere *in der Welt* entsagt (wie sie meinte, nicht abschätzig oder bedauernd, sondern so nüchtern, wie es vielleicht eine Nonne von ihrem einstigen, inzwischen verworfenen *weltlichen* Leben sagen mochte), um sich dem wahren Leben von Ehe und Mutterschaft zu widmen. Er küsste sie, er gab vor, Baby im Mutterleib zu hören, einen Phantomherzschlag. Nein? Ja? Ließ die Hand über ihren Leib gleiten, berührte zart die Reißverschlussnarbe von der Blinddarmoperation, der sie sich einige Jahre zuvor hatte unterziehen müssen. *Und wie viele Abtreibungen mag sie gehabt haben. Die Gerüchte! Denen ich keine Beachtung schenkte, schon vorher nicht, bevor ich mich in sie verliebte. Ich schwör's.* Sein Wunsch, sie zu beschützen, war der Wunsch, sie selbst vor den eigenen Erinnerungen an eine achtlose, kopflose, zügellose und doch so unschuldige Vergangenheit wie die eines eigensinnigen Kindes zu beschützen.

Verlor sich staunend in der Anbetung ihres herrlichen Körpers. Diese Frau seine Frau. Seine!

Der Schmelz ihrer zarten Haut, lebensschimmernde Hülle ihrer Schönheit.

Und wie das Meer war diese Schönheit beständigem Wandel unterworfen. Je nach Licht, schien es, Lichtphasen. Oder dem Mond und den Gezeiten. Ihre Seele, geheimnisvoll und für ihn Furcht erregend, glich einer Sphäre, die auf einer Wasserfontäne tanzte: zitternd, ständig in Bewegung, steigend, fallend, steigend... In England hatte sie sterben wollen. Hätte er nicht einen Arzt ge-

708

rufen, mehr als einmal ... Zur Zeit ihres Zusammenbruchs, nach Abschluss der Dreharbeiten, war sie ein Schatten ihrer selbst gewesen, verhärmt, abgezehrt, man hatte ihr ihr Alter angesehen, mehr; doch in den Vereinigten Staaten hatte sie sich binnen weniger Wochen vollkommen erholt. Jetzt, zwei Monate schwanger, wirkte sie so kerngesund, wie er sie nur je erlebt hatte. Selbst die Übelkeit am Morgen schien ihr Auftrieb zu geben. Wie normal sie war! Und wie liebenswert, so normal! Sie war jetzt von einer Schlichtheit und Direktheit, die er an ihr bisher nur von der Leseprobe in der Rolle der Magda kannte.

Weit weg von der Stadt. Weit weg von den Erwartungen der anderen. Den lauernden Blicken der anderen. Mit seinem Kind schwanger.

Das habe ich für sie tun können. Sie dem Leben wieder geben. Wenn ich alledem jetzt nur gewachsen bin.

Wieder Vater sein, nach so vielen Jahren. Mit fast fünfzig.

3

Schon oft war der Bühnenautor des Sommers nach Galapagos Cove gekommen, mit einer anderen. Einer anderen Ehefrau. In jüngeren Jahren. Missliche Erinnerung. Doch was hieß hier Erinnerung? Weniger Erinnerung. Als ein Blättern in alten vergilbten Unterlagen, Entwürfen zu Stücken, die er im Rausch der Inspiration niedergeschrieben, beiseite gelegt und dann vergessen hatte. Im Schaffensrausch ist undenkbar, dass man je anders empfinden könnte, geschweige denn vergessen. Er seufzte beklommen. Ihn fröstelte in der feuchten Meerluft. Nein, er war glücklich. Seine neue, junge Frau kletterte behände und eine Spur übermütig, wie ein renitentes Kind, zum felsigen Strand hinab. Nie war er glücklicher gewesen, ganz gewiss.

Das Kreischen der Möwen. Was hatte nur an diese unwillkommenen Gedanken gerührt?

4

»Daddy, komm!«

Sie war den Felsabhang über die glitschigen algenbewachsenen Steinbrocken und das Strandgut hinabgestiegen. Juchzend wie ein kleines Mädchen. Der Strand bestand eher aus Kieseln denn aus Sand. Weißschäumend brachen sich die Wellen zu ihren Füßen. Es schien sie nicht zu kümmern, dass ihre Füße nass wurden. Die Schläge ihrer Khakihosen nass waren und dreckig. Ihr helles Haar peitschte im Wind. Ihre Wangen glitzerten feucht, denn ihre empfindlichen Augen tränten leicht. »Daddy? Hey.« Die Brandung war so laut, dass ihre Worte fast untergingen.

Er hatte es nicht gern gesehen, dass sie den Abhang hinunterkletterte, aber er hütete sich davor, sie zur Vorsicht zu ermahnen. Hütete sich, erneut den verhängnisvollen Bund einzugehen: hier das mutwillig selbstzerstörerische Verhalten seiner Frau, dort seine väterlichen Ermahnungen, Drohungen, sein Entsetzen.

Nie wieder! Dazu war der Bühnenautor zu klug.

Er lachte und stieg ihr hinterher. Die nassen, glatten Steine waren tückisch. Gischt wehte ihm ins Gesicht, beschlug seine Brille. Es ging nicht sonderlich tief hinunter, höchstens fünfzehn Fuß, aber man konnte leicht ausrutschen. Er staunte, wie flink sie unten gewesen war, wie ein kleines Äffchen. Er dachte *Ich kenne sie so wenig!* Dieser Gedanke kam ihm ungebeten mindestens ein Dutzend Mal am Tag, und nachts, wenn er zufällig aufwachte und sie an seiner Seite leise stöhnen, wimmern oder sogar im Schlaf lachen hörte. Seine Knie waren steif, und fast verstauchte er sich das Handgelenk, als er das Gleichgewicht verlor und sich abstützen musste. Er keuchte, sein Herz schlug wild, aber er grinste. Auch er war behände, für einen Mann seines Alters.

In Galapagos Cove sollte man sie für Vater und Tochter halten, ehe sich herumgesprochen hatte, wer sie waren.

Im Whaler's Inn weiter nördlich an der Küste, wo er sie an diesem Abend zum Essen ausführen würde. Händchen haltend im Kerzenschein. Eine hübsche junge blonde Frau mit zarten Gesichtszügen im weißen Sommerkleid, ein hagerer, schiefschultriger älterer Mann, zuvorkommend, zurückhaltend, mit zerfurchten Wangen. *Sieh mal, die beiden da. Die Frau kommt mir so bekannt vor...*

Mit einem letzten Satz landete er an ihrer Seite und sank im großkieseligen Sand ein. Der Lärm der Brandung war ohrenbetäubend. Sie schlang ihm die Arme um die Taille, ganz eng, schob sie auf der Haut unter Pullover und Hemd. Sie trugen die gleichen marineblauen Pullover mit Zopfmuster, die sie aus einem L. L. Bean-Katalog bestellt hatte. Sie lachten atemlos und geradezu erleichtert, als wären sie knapp einem Unheil entronnen: nur welchem Unheil? Sie stellte sich auf die Zehenspitzen und küsste ihn ungestüm auf den Mund. »Oh, Daddy! Danke! Das ist der glücklichste Tag in meinem Leben.«

Sie meinte es zweifellos aufrichtig.

5

Die Einheimischen nannten es das Kapitänshaus, manchmal auch Yeager-Haus; es war 1790 für einen Schiffskapitän auf dem Kliff über dem Atlantik erbaut worden. Eine hohe, zerzauste Fliederhecke schirmte es vor dem – im Sommer beträchtlichen – Verkehr auf der Route 130 ab.

Das Kapitänshaus war eines der für Neuengland typischen würfelartigen Häuser, Saltbox genannt, aus verwittertem Holz und verwittertem Stein mit steilem Dach und schmalen, geteilten Fenstern und putzig engen, niedrigen, rechteckigen Räumen; die Zimmer im oberen Stock waren klein und zugig; hier gab es riesige offene Kamine, in denen man aufrecht auf den buckligen Ziegeln der Feuerstelle stehen konnte, die blanken Dielen waren mit Flickenteppichen bedeckt, ergreifend alt und verschossen, stumme Zeugen der verstrichenen Zeit. Die Scheuerleisten und Handläufe waren handgetischlert. Die Einrichtung bestand größtenteils aus Originalstücken aus dem achtzehnten Jahrhundert, regional gefertigten Stühlen und Tischen und Schränken in einem schnörkellosen, klaren Stil, von puritanischer Sparsamkeit und Zurückhaltung. In den unteren Räumen gab es Seestücke und derart unbeholfene Porträts, das es sich nur um echte »Volkskunst« handeln konnte, es gab handgearbeitete Quilts und Petit-point-Kissen. Es gab mehrere antike Uhren: Standuhren und Schiffsuhren, Augsburger Uhren, Spieluhren, Prunkuhren in stumpf gewordenen Porzellan- und Schellackgehäusen. (»Oh, sieh mal! Sie sind alle zu verschiedenen Zeiten stehen geblieben«, meinte Norma.) Die Küche und die Bäder und die elektrischen Anschlüsse waren einigermaßen modern, denn das Haus war viele Male renoviert worden, für beträchtliches Geld, und doch roch es im Kapitänshaus nach Vergangenheit, nach dem Gang und den Lehren der Zeit.

Besonders im niedrigen, fensterlosen Keller mit dem gestampften Lehmfußboden. Man gelangte nur über eine Holztreppe dorthin, die unter dem Gewicht des mit einer Taschenlampe ins spinnwebverschleierte Dunkel leuchtenden Erkunders bedenklich schwankte. Im Keller gab es eine Ölheizung, die in den Sommermonaten glücklicherweise nicht in Betrieb genommen werden musste. Einen starken Geruch nach irgendetwas Süßem, Modrigem, wie verfaulte Äpfel.

Aber wozu in den Keller hinabsteigen? Das müssten sie nicht. Sie saßen eine Zeit lang auf der mit Fliegengitter verkleideten Veranda, von der man direkt aufs Meer hinaussah; sie tranken Club Soda mit Zitronengeschmack und hielten sich an den Händen und sprachen von den kommenden Monaten. Das Haus war sehr still; das Telefon war noch nicht angeschlossen, und am liebsten hätten sie überhaupt kein Telefon installieren lassen – »Für wen? Für die anderen, die *uns* anrufen wollen?« Aber sie würden natürlich ein Telefon haben müssen. Es ließe sich nicht vermeiden: der Bühnenautor ging ganz in seiner Arbeit, seinem Beruf auf. Dann stiegen sie die Treppe hinauf und packten im größten, luftigsten der Schlafzimmer mit gemauertem Kamin, gefegter Feuerstelle aus buckligen Ziegeln und der eher neu wirkenden Blümchentapete und Blick auf das hinter den Spitzen der Wacholderbäume liegende Meer ihre Sachen aus. Das Bett war ein altes Himmelbett mit geschnitztem Kopfteil aus Walnussholz. Im ovalen Standspiegel lächelnde Gesichter. Seine Stirn, Nase und Wangen von der Sonne verbrannt, ihr Gesicht vornehm blass, denn sie hatte ihre empfindliche Haut mit einem breitkrempigen Strohhut geschützt. Sie rieb ihn sanft mit Noxzema ein. Waren seine Unterarme auch verbrannt? Sie rieb seine Unterarme mit Noxzema ein und küsste seine Handrücken. Sie deutete auf die Gesichter im ovalen Spiegel und lachte. »Ein glückliches Paar. Weißt du warum? Sie haben ein Geheimnis.« Sie meinte Baby.

In Wirklichkeit war Baby kein hundertprozentiges Geheimnis. Der Bühnenautor hatte seine nicht mehr jungen Eltern eingeweiht und einige gute Freunde in Manhattan. Er hatte sorgsam jeden Stolz im Tonfall vermieden, erst recht jede Besorgnis und Verlegenheit. Er wusste schließlich, was die Leute reden würden, selbst die, die ihm wohlgesonnen waren und ihm für diese neue Verbindung nur Gutes wünschten. *Ein Kind! In seinem Alter! Will es wohl noch mal wissen. Als Mann mit einer so betörenden jungen Frau.* Norma hatte es bisher niemandem gesagt. Als wäre das Wissen zu kostbar, um es teilen zu können. Oder vielleicht aus Aberglaube. (Sie klopfte oft mit einem nervösen Lachen auf Holz.)

Bald wolle sie mal ihre Mutter in Los Angeles anrufen, versicherte Norma. Vielleicht könne Gladys mal zu Besuch kommen, wenn die Schwangerschaft weiter gediehen sei. Oder nach Babys Geburt.

Die Begegnung mit seiner Schwiegermutter stand dem Bühnenautor noch bevor. Die Vorstellung war ihm unangenehm: eine Frau kaum älter als er.

Am späten Nachmittag ruhten sie eine Zeit lang voll bekleidet, bis auf die Schuhe, auf dem Himmelbett; es hatte eine lustig harte, unnachgiebige Rosshaarmatratze. Sie lagen in ihrer Lieblingsstellung da: sein linker Arm unter ihren Schultern, ihr Kopf auf seiner Achsel. So lagen sie oft beieinander, wenn sich Norma schwach fühlte, oder einsam oder anlehnungsbedürftig. Manchmal dösten sie ein, manchmal liebten sie sich, manchmal schliefen sie und liebten sich dann. Jetzt lagen sie wach und lauschten der Stille des Hauses, die ihnen vielschichtig, komplex und geheimnisvoll erschien, eine Stille, die vom fensterlosen Keller mit dem gestampften Lehmfußboden und dem fauligen Apfelgeruch ausging, dann durch die Dielen und die verschiedenen Räume des Hauses bis in den teils ausgebauten Dachboden über ihren Köpfen hinaufstieg, der mit einem unerwarteten silbrigen, an Weihnachtspapier erinnernden Isoliermaterial ausgekleidet war. Vor seinem geistigen Auge sah der Bühnenautor, wie sich die Zeit von der Erde löste, immer ätherischer und weniger verdammend werdend.

Jenseits der geheimnisvollen Stille des Kapitänshauses, das bis zum Labor Day ihnen gehörte, gab es das rhythmische Donnern der Brandung, wie ein gewaltiger Herzschlag. Von Zeit zu Zeit, von der anderen Seite des Hauses her, der Verkehr auf der Route 130.

Er dachte, sie sei eingenickt, aber ihre Stimme klang hellwach und aufgeregt. »Weißt du was, Daddy? Ich möchte Baby gern hier zur Welt bringen. In diesem Haus.«

Er schmunzelte. Mit dem Baby war erst Mitte Dezember zu rechnen, und da wären sie längst wieder in Manhattan in dem Brownstone-Haus, das sie an der West 12th Street gemietet hatten. Aber er würde ihr nicht widersprechen.

Sie sagte, als hätte er laut gedacht: »Ich werde keine Angst haben. Körperliche Schmerzen schrecken mich nicht. Manchmal denke ich, es gibt sie gar nicht, wir stellen uns nur vor, wie sie sein müssen, und deshalb verkrampfen wir uns und bekommen Angst. Wir könnten eine Hebamme kommen lassen. Im Ernst.«

»Eine Hebamme?«

»Ich hasse Krankenhäuser. Ich möchte nicht in einem Krankenhaus sterben, Daddy!«

Er wandte den Kopf und sah sie erschrocken an. Was hatte sie gesagt?

6

Ja, aber du hast Baby getötet.
Das hatte sie nicht! Sie hatte es nicht gewollt.
Doch, du wolltest Baby töten. Es war deine Entscheidung.

Nicht dieses Baby …
Natürlich war ich es. Immer bin ich es.
Sie wusste, dass sie den Keller mit dem gestampften Lehmboden und dem fauligen Apfelgeruch meiden müsste. Dort wartete Baby nämlich schon auf sie.

7

Wie glücklich sie war! Wie gesund. Im Kapitänshaus hob sich die Stimmung des Bühnenautors. In diesem Sommerhaus im Seereich. Er war noch unsterblicher in seine Frau verliebt als zuvor. Und so dankbar.

»Sie ist großartig. Die Schwangerschaft bekommt ihr. Selbst die Übelkeit am Morgen nimmt sie gelassen. Sie sagt: ›Das gehört wohl dazu, irgendwie!‹« Er lachte. Er vergötterte seine Frau so, dass er dazu neigte, ihren silbrigen singenden Tonfall nachzuahmen. Er war Bühnenautor; alle feinsten und nicht-so-feinen stimmlichen Nuancen fesselten ihn. »Ich habe nur einen Grund zur Klage – die Zeit vergeht so schnell.«

Er telefonierte. In einem anderen Zimmer des geräumigen Hauses oder hinten im überwucherten Garten sang sie vor sich hin, ganz versunken, und hätte ihn sowieso niemals gehört.

Ja, doch, er hatte sich Sorgen gemacht. Oder vielleicht nicht Sorgen, aber doch »Gedanken«.

Ihre Gefühlsintensität, ihre Stimmungsschwankungen. Ihre Zerbrechlichkeit. Ihre Angst, ausgelacht zu werden. Die Angst, dass man sie »belauere« – sie ohne ihr Wissen und ihre Zustimmung fotografiere. Es war für ihn ein Albtraum gewesen, ihr Benehmen in England. Ein Benehmen, auf das er so wenig vorbereitet gewesen war wie ein Polarforscher, der leichtbekleidet wie für einen Spaziergang im Central Park in die Antarktis zieht. Die einzigen Frauen, die er näher kannte, waren seine Mutter, seine Ex-Frau und seine erwachsene Tochter. Sie alle waren natürlich zu gelegentlichen Gefühlsausbrüchen imstande, aber alle hatten sie sich dabei im Bereich dessen bewegt, was man Fairplay nennen könnte, oder Normalität. Von diesen Frauen unterschied sich Norma so grundlegend, als gehörte sie einer fremden Gattung an. Sie schlug blind nach ihm, und traf ihn zutiefst.

Lasst mich doch sterben! Das wollt ihr doch alle, oder nicht?
Später würde der Bühnenautor sich überlegen, dass eine solche Anschuldigung in einem Theaterstück ein Körnchen Wahrheit enthielte. Selbst wenn

die Unterstellung entschieden zurückgewiesen würde, wüsste das Publikum Bescheid. *Ja, so ist es.*

Doch auf das wirkliche Leben trafen die Regeln dramatischer Handlung nicht zu. Im Affekt wurden schreckliche Dinge gesagt, die nicht wahr waren und nicht so gemeint, sondern die Ausdruck von Wut, Verletzung, Verwirrung, Angst waren, flüchtigen Gefühlen, nicht unverrückbaren Wahrheiten. Er war tief getroffen gewesen und hatte sich fragen müssen: Glaubte Norma wirklich, dass andere sie am liebsten tot sähen? Glaubte sie, dass er, ihr Mann, sie lieber tot sähe? Wollte sie das glauben? Ihm wurde ganz elend zumute, wenn er sich vorstellte, dass die Frau, die er mehr liebte als das Leben, so etwas von ihm glauben konnte oder glauben wollte.

Doch hier in Galapagos Cove, weit weg von England, bedrängten sie diese hässlichen Erinnerungen nicht. Sie sprachen selten von Normas Karriere. Von »Marilyn«. Hier war sie Norma, und man kannte sie in der umliegenden Gegend nur als Norma. Sie war glücklicher, sie war in besserer gesundheitlicher Verfassung, als er es bei ihr je erlebt hatte; er mochte sie nicht beunruhigen, indem er von Finanzen, Geschäften, von Hollywood, von ihrer Arbeit sprach. Er staunte, dass sie diesen Teil ihres Lebens so vollkommen ausblenden konnte. Er glaubte kaum, dass ein Mann das könnte oder auch nur wollte.

Allerdings war seine eigene Karriere für ihn natürlich auch nicht Quelle immer neuer Schrecken. Sein öffentliches Image war ihm angenehm. Er war stolz auf seine bisherigen Leistungen und erhoffte sich noch einiges von der Zukunft. Bei aller Zurückhaltung und Ironie wusste er durchaus um seinen Ehrgeiz. Schmunzelnd räumte er ein, dass etwas mehr Anerkennung und etwas mehr Einkommen ihm ganz gut täten.

Im vorigen Jahr hatte er, trotz einer Broadway-Aufführung und der Inszenierungen früherer Stücke an Provinztheatern, weniger als 40 000 Dollar verdient. Brutto.

Er hatte sich geweigert, die Fragen des Kongressausschusses für unamerikanische Umtriebe zu beantworten. Er hatte seine Zustimmung zu einem Foto von »Marilyn Monroe« an der Seite des Vorsitzenden des Ausschusses verweigert. (Obwohl ihm versprochen worden war, dass der Ausschuss »Nachsicht walten« lassen werde, wenn er eine solche Aufnahme ermöglichte. Erpressung!) Er war der Aussageverweigerung für schuldig befunden und zu einem Jahr Haft auf Bewährung und einer Geldstrafe von 1000 Dollar verurteilt worden, er hatte Berufung eingelegt, und seine Anwälte versicherten ihm, das Urteil werde mit Sicherheit revidiert, aber bis dahin hatte er die Anwaltskosten zu tragen, und ein Ende war noch lange nicht in Sicht. Der HUAC schikanierte ihn seit nunmehr sechs Jahren. Und es war gewiss kein Zufall, dass ausgerechnet jetzt bei ihm eine Steuerprüfung vorgenommen wurde. Außerdem gab es die Unterhaltszahlungen, die er Esther zu leisten hatte, und er wollte als anständiger und großzügiger Ex-Mann dastehen. Selbst mit dem Einkommen »Marilyn Monroes« blieb ihnen nicht übermäßig viel. Es gab Arztrechnungen, und es würden mit Normas Schwangerschaft und der Geburt des Kindes weitere hinzukommen.

»Nun, das ist doch ein wiederkehrendes Motiv in meinen Stücken, nicht? ›Den Menschen ist die Ökonomie Schicksal.‹«

Norma schien mit ihrer Karriere tatsächlich abgeschlossen zu haben. Zwar besaß sie zweifellos die nötige schauspielerische Begabung, aber weder, wie sie meinte, die Veranlagung noch die Nerven. Nach *Der Prinz und die Tänzerin* weigerte sie sich, überhaupt ans Filmen zu denken. Sie sei mit dem Leben davongekommen, wie sie sagte – »knapp«.

Entschärfte den englischen Albtraum durch einen scherzhaften Ton. Hakte die Sache elegant ab – scheinbar ohne zu wissen oder anzuerkennen, wie ernst die Lage tatsächlich gewesen war. *Magenspülung. Eine tödliche Menge Betäubungsmittel im Blut. Die Frage des englischen Arztes, ob seine Frau bewusst Selbstmordabsichten hege.* Nein, davon wusste Norma nichts. Und er brachte es nicht über sich, wagte nicht, davon zu sprechen.

Er wollte ihr wieder gefundenes Gleichgewicht nicht gefährden. Ihr neues Glück.

Sie war mit der Kunde ihrer Schwangerschaft von der Arztpraxis direkt zu ihrem Mann geeilt (daheim in seinem Arbeitszimmer, wo er meist saß) und hatte ihm die Neuigkeit ins Ohr geflüstert: »Daddy, es ist so weit. Es ist endlich so weit. *Ich kriege ein Baby.*« Weinend war sie ihm in die Arme gesunken. Vor Freude, vor Erleichterung. Während er wie vom Donner gerührt war, auch wenn er sich natürlich für sie gefreut hatte. Ja, natürlich freute er sich für sie. Ein Kind! Für ihn das dritte, und das in seinem fünfzigsten Lebensjahr, zu einem Zeitpunkt, da es mit seiner Karriere nicht recht weiterging, da ihn etwas hemmte, die Ideen ausblieben… aber ja, natürlich freute er sich. Nie würde er seine Frau spüren lassen, dass er weniger beglückt war als sie. Denn Norma hatte schließlich alles getan, um schwanger zu werden. Sie hatte von kaum etwas anderem reden können, war auf der Straße beim Anblick von Babys und Kleinkindern geradezu in Trance gefallen, fast hatte sie ihm schon leid getan, fast hatte ihm schon vor ihrem verzweifelten Liebesakt gegraut. Aber nun war ja alles gut, oder? Wie in einem sauber gearbeiteten Ehedrama.

Jedenfalls den ersten beiden Akten.

Als Ehefrau und werdende Mutter hatte Norma ihre Traumrolle gefunden. Keine Marilyn-Monroe-Glamourgirl-Rolle. Sondern eine, für die sie, schon körperlich, wie gemacht schien. Sie spazierte nackt durch die Räume und schwärmte, ihre Brüste würden noch größer und fester. Sie war stolz auf den Bauch, der anschwoll »wie eine Melone«. In Maine konnte sie ohne jeden Grund lachen, aus schierer Freude. Sie bereitete die Mahlzeiten größtenteils selbst zu. Sie brachte dem Bühnenautor in eines der oberen, aufs Meer hinausgehenden Schlafzimmer des Kapitänshauses frisch gebrühten Kaffee und eine Vase mit einer einzigen Blüte hinauf. Sie war die Liebenswürdigkeit selbst, wenn auch erstaunlich schüchtern, sobald Freunde von ihm zu Besuch kamen, sie lauschte begierig den Schwangerschafts- und Geburtsgeschichten anderer Frauen, die diese gern bis in kleinste Details zum Besten gaben; einmal hörte der Bühnenautor sie einer dieser Frauen erzählen, ihre eigene Mutter habe ihr beteuert, sie selbst habe die Schwangerschaft sehr genossen, es sei die einzige Zeit, da eine Frau sich in ihrem Körper und in der Welt wirklich heimisch fühle – »Ist das wahr?« Der Bühnenautor hatte die Antwort nicht abgewartet, fragte sich jedoch, welchen Schluss ein Mann aus einer solchen Eröffnung ziehen müsse. *Sind wir nie in unseren Körpern heimisch? In der Welt? Außer beim Geschlechtsakt, wenn wir einem Weib unseren Samen spenden?*

Was für eine trostlos verstümmelte Identität! Es war natürlich nicht das Geringste dran an einem solch lachhaften Geschlechtsmystizismus.

Norma war ihrem ungeborenen Kind eine hingebungsvolle Mutter. Es war niemandem erlaubt, in Babys Nähe zu rauchen. Ständig sprang sie auf, um Fenster zu öffnen oder bei Zug zu schließen. Sie lachte über sich selbst, konnte aber nicht anders. »Baby gibt unmissverständlich zu verstehen, was er wünscht. Norma ist nur Mittel zum Zweck.« Glaubte sie das? Sie aß, oft gegen Übelkeit ankämpfend, sechs- oder siebenmal am Tag, kleine, aber nahrhafte Mahlzeiten. Sie kaute die Speisen gewissenhaft zu Brei. Sie trank recht viel bisher – wie sie sagte – ungeliebte Milch. Sie entwickelte eine Vorliebe für Haferbrei mit Rohrzucker, grob gemahlenes dunkles Brot, blutige Steaks, rohe Eier, rohe Karotten, Austern und Cantaloupes, von denen sie fast die Schale noch mitaß. Mit einem großen Löffel schaufelte sie aus einer

Rührschüssel Kartoffelbrei mit eiskalten Flocken ungesalzener Butter in sich hinein. Sie aß bei den Mahlzeiten ihren Teller leer, und oft noch seinen obendrein. »Bin ich nicht ein braves Mädchen, Daddy?«, fragte sie dann flehentlich. Er lachte und küsste sie. Erinnerte sich mit aufwallender Freude, wie er vor Jahren seine kleine Tochter ganz genauso zur Belohnung geküsst hatte für Leistungen wie leergegessene Teller.

Seine zwei-, dreijährige Tochter.

»Du bist ein braves Mädchen, Liebste. Liebe meines Lebens.«

Weniger gefiel ihm, obwohl er das für sich behielt, dass Norma sich im Lesesaal der Christlichen Wissenschaft am unteren Ende der Fifth Avenue in Manhattan einen ganzen Packen Material besorgt hatte, unter anderem Bücher von Mary Baker Eddy und Pamphlete mit dem Titel *Der Wachturm*, in denen Bekehrte von erhörten Gebeten und wundersamen Heilungen berichteten. Als Rationalist, liberal denkender Mann und agnostischer Jude empfand der Bühnenautor für derlei »Glauben« nur Verachtung, er konnte nur hoffen, dass Normas Interesse dem vergleichbar wäre, mit dem sie Wörterbücher, Enzyklopädien, antiquarische Bücher, selbst Mode- und Gartenkataloge durchforstete, als suchte sie – was? Irgendeine Zufallsweisheit, die sie Baby zugute kommen lassen könne? Besonders rührten ihn Normas lange Vokabellisten, die er an den unwahrscheinlichsten Stellen im ganzen Haus fand, etwa im Badezimmer auf dem gesprungenen Rand der alten Porzellanwanne oder auf dem Kühlschrank oder auf der obersten Stufe der Kellertreppe, absurde, ja, ausgestorbene Wörter in schulmädchenhafter Schönschrift: *Obduration, Obelisk, Oblation, obligato, Obreption, Observanz.* (»Ich habe keinen High-School-Abschluss wie du und deine Freunde, Daddy! Geschweige denn College. Ich glaube, ich lerne vielleicht irgendwie für die Prüfung.«) Sie schrieb auch Gedichte, stundenlang mit untergeschlagenen Beinen auf einem Fenstersitz des Kapitänshauses träumend, Texte, auf die er ohne ihre Erlaubnis nie einen Blick geworfen hätte.

(Obwohl er sich sehr wohl fragte, was seine Norma, seine kaum des Lesens kundige Magda, bloß schreiben mochte!)

Seine Norma, seine Magda, seine bezaubernde Frau. Das künstliche Marilyn-Haar dunkelte an den Wurzeln nach; war von Natur aus von einem warmen Honigbraun und wellig. Und dann die prallen milchschwellenden Brüste mit den großen Warzen. Und die Glut ihrer Küsse, ihre Hände, die ihn in einem Rausch unendlicher Dankbarkeit liebkosten, den Mann, den Kindsvater. Be- und entkleidet. Ließ ihre Hände rasch unter seinem Hemd hinauf-, in seine Hose hinabgleiten, während sie sich an ihn schmiegte und ihn küsste. »Oh, Daddy. *Oh.*«

Sie war seine Geisha. (»Ich habe sie in Tokio einmal erlebt, diese Geishas. Die hatten Klasse!«)

Sie war seine Schickse. (Ein aus ihrem Mund unanständig klingendes, stets vorsichtig und nie ganz richtig ausgesprochenes Wort – »Liebst du mich vielleicht deshalb? Daddy? Weil ich deine blonde *Tschickse* bin?«)

Er, der Ehemann, der Mann, fühlte sich gleichermaßen verwöhnt wie überwältigt. Gesegnet wie geängstigt. Von Anbeginn an, seit der allerersten Berührung, der ersten, unverhohlen auffordernden Berührung, seit dem ersten wirklichen Kuss hatte er das Gefühl gehabt, dieser Frau wohne eine übernatürliche Kraft inne, die in ihn zu dringen suche. Sie war seine Magda, seine Muse und doch – so viel mehr!

Wie Donner und Blitz, diese Kraft. Sie konnte ihm die Rechtfertigung für sein Dasein als Dramatiker und als Mann verschaffen – oder ihn vernichten.

Eines Morgens Ende Juni, sie hatten drei idyllische Wochen im Kapitänshaus verbracht, ging der Bühnenautor, von einem durchziehenden Gewitter geweckt, dessen Heftigkeit am ganzen Haus gerüttelt hatte, viel früher nach unten als sonst, im Morgengrauen. Das Schlimmste schien überstanden: in den Fenstern wurde die gazefeine Seeluft rasch heller. Norma war vor ihm aus dem Himmelbett geschlüpft. Nur ihr Duft blieb in den Laken zurück. Ein, zwei hellglänzende Haare. Die Schwangerschaft machte sie zu den unmöglichsten Zeiten schläfrig, sie döste, wo immer es sie gerade überkam, wie eine Katze; unweigerlich jedoch war sie im Morgengrauen wach oder noch eher, wenn die ersten Vögel zu zwitschern begannen, von Baby getrieben. »Weißt du was? Baby hat Hunger. Er will, dass seine Mama *isst.*«

Der Bühnenautor wandelte durch die unteren Räume. Auf nackten Sohlen über nackte Dielen. »Liebes, wo steckst du?« Als Stadtmensch die sieche Stadtluft und den unablässigen Stadtlärm von Manhattan gewohnt, atmete er stets hochzufrieden und mit einem gewissen Besitzerstolz die kühle, frische Meeresluft ein. Da, der Atlantik! *Sein* Atlantik. Er war der erste gewesen (glaubte er), der Norma mit dem Atlantik bekannt gemacht hatte; zumindest aber der erste, der mit ihr den Atlantik überquert hatte, nach England. Hatte sie ihm nicht zugeflüstert, viele, viele Male, in den intimsten Momenten, mit tränenfeuchten Wangen *Oh, Daddy. Vor dir gab es niemand. War ich noch nicht geboren!*

Wo steckte denn Norma? Er blieb kurz im Wohnzimmer stehen, einem langen, schmalen Raum mit unerklärlich schiefem Fußboden, und blickte gebannt hinaus in den anbrechenden Tag. Wie gewaltig muss ein solches Naturschauspiel den Menschen grauer Vorzeit erschienen sein, als müsse sich ihnen jeden Augenblick ein höheres Wesen offenbaren. Der über dem Ozean anbrechende Tag. Spektakulär auflodernndes Licht. Feurig, golden, im Nordwesten ins wütende Dunkel der Gewitterwolken schraffiert. Doch die Gewitterwolken wurden bereits fortgeweht. Der Bühnenautor, in den Anblick versunken, fragte sich, ob dieses Naturwunder Norma gelockt hatte? Leise regte sich der Stolz, dass er, ihr Mann, ihr solche Morgengaben bereiten konnte. Sie selbst kannte keine Reiselust, Reiseziele. Und in Manhattan gab es solche Morgenhimmel nicht. Auch nicht in Rahway, New Jersey, nicht einmal in der unschuldigen Kindheit. Durch regennasse Fensterscheiben spielte das erste Licht über die tapezierten Wände des Wohnzimmers, bildete Krikel und Kringel gefleckten Feuers. Als wäre Licht Leben, lebendig. Die eine geschnitzte Mahagoni-Standuhr, die Norma zu neuem Leben hatte erwecken können, tickte stoisch, schickte ihr glattes, matt glänzendes Pendel ohne Hast hin und her. Das Kapitänshaus war ein tüchtiges Schifflein, das in seinem Meer aus Grün trieb, und der Bühnenautor, der Stadtmensch, war der Schiffskapitän. *Steuere meine Familie in den sicheren Hafen. Endlich!* Der Bühnenautor in der ganzen Unschuld männlicher Eitelkeit. Blinder Hoffnung. Bildete sich in diesem Moment ein, er habe auf den trüben Grund der Zeit und zu denen gefunden, ganzen Generationen von Männern, die im Laufe der Jahre in diesem Haus gelebt hatten, Ehemänner, Väter wie er.

»Norma, Liebling? Wo steckst du denn?«

Die vage Vorstellung, sie müsse in der Küche sein; hatte er nicht eben die Kühlschranktür auf- und zuklappen hören? Aber dort war sie nicht. Draußen vielleicht? Er trat auf die Fliegengitterveranda, deren Fußbodenbelag, irgendeine Art Bambusgeflecht, nass war; kleine Wassertröpfchen funkelten wie Schmucksteine auf den grünen Stahlrohrmöbeln. Auf dem Rasen hinterm Haus keine Spur von Norma, und er fragte sich, ob sie zum grobkieseligen Strand hinabgestiegen sein mochte. So früh? In der Kälte, bei dem Wind? Im Norden waren die dräuenden Gewitterwolken zurückgedrängt worden. Der Himmel war jetzt weithin von einem leuchtendem, mit feurigen Spinnweben orange überzogenen Goldbronze. Oh, warum nur war er ein Mann der Feder – warum nicht Maler? Fotograf? Einer, der die Schönheit der natürlichen Welt zu würdigen verstand, statt mit den Torheiten und

der Schwachheit des Menschen zu hadern. Warum legte er als liberal denkender Zeitgenosse, einer, der an das Gute im Menschen glaubte, die Fehler der Menschen bloß, machte Regierung und »Kapitalismus« für das Böse im Menschen verantwortlich? In der Natur gab es das Böse nicht, und nichts Hässliches. Norma ist Natur. An ihr ist nichts Böses, nichts Hässliches. »Norma? Komm doch. Sieh nur, der Himmel...!« Er kehrte in die dunkle Küche zurück. Durchschritt Küche und Waschküche in Richtung Garage, als sein Blick noch vor der Garage auf die Kellertür fiel, die angelehnt war, und dort im Schatten, auf der obersten Stufe sitzend oder kauernd, eine weiße Frauengestalt. Das Kellerlicht, für das es einen Schalter gab, war sehr schwach; wenn man wirklich in den Keller hinunterwollte, brauchte man eine Taschenlampe. Norma hatte aber keine Taschenlampe, und sie hatte auch offenbar nicht die Absicht, in den Keller hinabzusteigen. Sprach sie mit jemandem dort unten? Zu sich selbst? Sie trug nur ihr hauchdünnes weißes Nachthemd mit der Lochstickerei, und ihr an den Wurzeln nachdunkelndes Haar war zerwühlt. Er wollte sie soeben ansprechen, zögerte jedoch, weil er sie nicht erschrecken wollte, und im selben Moment drehte sie sich um, azurblaue Augen wie auch die blicklosen Pupillen geweitet. Sie hielt einen Teller in den Händen, und auf dem Teller lag ein Batzen rohes, bluttriefendes Beefsteakhack; sie hatte das rohe Fleisch von dem Teller gegessen wie eine Katze und das Blut abgeleckt. Dann sah sie ihn, ihren ungläubig dreinblickenden Mann. Sie lachte.
»Oh, Daddy! Hast du mich erschreckt.«
Baby wäre bald drei Monate im Mutterleib.

8

Sie war so aufgeregt! Sie erwarteten Gäste.

Seine Freunde. Seine Intellektuellenfreunde aus Manhattan: Schriftsteller, Dramatiker, Regisseure, Dramaturgen, Dichter, Lektoren. Sie bildete sich ein (aber das war sicher albern!), dass allein schon die Nähe solcher überlegener Menschen auf das ungeborene Kind einen günstigen Einfluss haben müsste. Wie das ernste Herunterbeten der Vokabeln, die sie sich einzuprägen versuchte. Wie die Passagen aus Werken von Tschechow, Dostojewski, Darwin und Freud. (In einem Antiquariat in Galapagos Cove, genauer dem muffigen, irrwitzig verstellten Keller eines Privathauses, hatte sie für fünfzig Cents eine Taschenbuchausgabe von Freuds *Unbehagen in der Kultur* erstanden –

»Oh, wie Vorsehung. Genau das, was ich suche.«) Es gab leibliche Nahrung, und es gab seelische und geistige Nahrung. Ihre Mutter hatte sie in die Welt der Bücher, der Musik und der überlegenen Menschen eingeführt, auch wenn es bloß relativ schlecht bezahlte Mitarbeiter der Produktionsgesellschaft gewesen waren wie Aunt Jess und Uncle Clive, und ihr eigenes Kind bekäme weit reichhaltigere Nahrung, dafür würde sie sorgen. »Ich habe ein Genie geheiratet. Baby ist der Spross eines Genies. Er wird das einundzwanzigste Jahrhundert erleben, ohne Erinnerung an Kriege.«

Das Kapitänshaus, zwei Morgen Land am Meer. Ein richtiges Flitterwochenhaus. Sie wusste, dass es unrealistisch war, aber sie träumte davon, Baby in diesem Haus zur Welt zu bringen, in dem Himmelbett, unter geradeso viel Schmerzen und Blut (mit Hilfe einer Hebamme?) als nötig, und Norma würde nicht einmal schreien, kein einziges Mal. Sie meinte, sich dunkel erinnern zu können (sie hatte es nur Carlo anvertraut, und der schien ihr zu glauben, er hatte jedenfalls gesagt, ihm sei es ähnlich ergangen), dass ihre Mutter bei ihrer Geburt vor Schmerzen geschrien und geschrien hatte, Wehenschmerz wie ein Knäuel rasend gewordener Pythonschlangen; diese Erfahrung und diese grausame lebenslange Erinnerung wollte sie Baby ersparen.

Sie erwarteten zum Wochenende Gäste! Norma Jeane war so häuslich geworden, mit solcher Lust häuslich geworden; eine Rolle, die sie auf der Leinwand nie gespielt hatte, aber die Rolle, die ihr auf den Leib geschrieben war. Weit eher die perfekte Hausfrau und Gastgeberin als des Bühnenautors erste Frau (behauptete er), und zu seiner Überraschung und Freude gefiel ihr das. Eine temperamentvolle Schauspielerin heiraten, ziemlich riskant! Eine blonde »Sexgöttin«, ein »Pin-up-Girl« – ziemlich riskant! Sie hatte ihren Mann eines Besseren belehren wollen, und er musste einsehen, dass sie daraus tiefe Befriedigung zog. Sie wusste, dass seine Freunde ihn beiseite nahmen und staunten: »Aber Marilyn ist ja ganz bezaubernd! Marilyn ist entzückend. Gar nicht so, wie man sie sich vorstellt.« Ein paarmal hatte sie sogar Bemerkungen wie die folgenden gehört: »Aber, Marilyn ist ja richtig *klug*. Und *belesen*. Wir haben uns gerade sehr angeregt unterhalten, und zwar über...« Inzwischen hatten auch einige gelernt, sie nicht Marilyn, sondern Norma zu nennen. »Meine Güte, Norma ist ja wirklich belesen! Stell dir vor, sie kennt sogar mein neues Buch.«

Sie liebte die Freunde ihres Mannes. Selten sprach sie mit ihnen, wenn sie nicht angesprochen und rausgelockt wurde. Sie sprach mit sanfter, zögernder

Stimme, wusste manchmal bei den einfachsten Wörtern nicht, wie man sie richtig aussprach! Brachte keinen Ton heraus, als litte sie an Lampenfieber.

Vielleicht war sie etwas ängstlich, etwas angespannt. Sodass sich Baby im Mutterleib festkrallte. *Du wirst mir doch nicht wieder wehtun? Nicht wieder tun, was du das letzte Mal getan hast?*

Sie stand draußen auf dem Rasen. Barfuß und bauchfrei in nicht sonderlich sauberen Segeltuchhosen und einem unter dem Busen geknoteten Hemd ihres Mannes; den breitkrempigen Strohhut hatte sie sich unterm Kinn gebunden. Sie hatte das leicht schaurige Gefühl, dass sie (möglicherweise) jemand beobachtete: Draufsicht, aus dem oberen Stock des Kapitänshauses. Aus dem Arbeitszimmer des Bühnenautors, dessen Schreibtisch am Fenster steht. *Er liebt mich. Doch, das tut er! Sein Leben würde er für mich hingeben. Das hat er gesagt.* Es gefiel ihr, dass ihr Mann über sie wachte, aber es missfiel ihr, dass er möglicherweise über sie schrieb, denn sie sagte sich *ein Schriftsteller sieht, und ehe er sich versieht, schreibt er. Wie die giftige Loxosceles, die beißt, weil es ihrem Wesen entspricht.* Sie schnitt Blumen für die Vasen. Sie ging auf ihren nackten Sohlen vorsichtig, denn im hohen Gras fanden sich unvorhersehbare Dinge: Splitter von Kinderspielzeug, Plastik- und Metallstücke. Die Besitzer des Kapitänshauses waren freundliche, liebenswürdige Menschen, ein älteres Ehepaar, das in Boston lebte und sein Haus vermietete, aber die vorigen Mieter waren achtlos gewesen, ja schlampig, oder vielleicht sogar bösartig: hatten Knochen von der Fliegengitterveranda auf den Rasen geworfen, damit die barfüßige Norma darauftrat und zusammenzuckte.

Aber sie liebte diesen Ort! In ihrem Rücken und etwas oberhalb, denn der Rasen fiel steil ab, das verwitterte alte Haus – wie ein Märchenhaus. Das Grundstück reichte bis zur Klippe und dem felsigen Strand darunter. Sie liebte die Stille. Man hörte die Brandung, man hörte den Verkehr auf der anderen Seite des Hauses, aber waren Hintergrundgeräusche, fast eine Art Schutz. Vor allzu roher Stille. Weißgleißender Stille. Wie im Krankenhaus, als sie viele Tausend Meilen weit weg im Königreich der Toten aufgewacht war. Und ein englischer Arzt im weißen Kittel, ein Wildfremder, sie begutachtet hatte, als wäre sie totes Fleisch. Er sollte sie später fragen, ob sie sich im Klaren darüber sei, was passiert war, ob sie sich erinnern könne, welche Barbiturate sie eingenommen habe, ob sie die Absicht gehabt habe, sich zu schaden. Er sollte sie Miss Monroe nennen. Er sollte bemerken, dass er »einige Ihrer Filme goutiert« habe.

Stumm hatte sie den Kopf geschüttelt. *Nein nein nein.*
Wie hätte sie sich den Tod wünschen können! Ohne ein Baby zu bekommen, ohne die Erfüllung zu erleben.

Carlo hatte ihr bei ihrem letzten Telefonat das Versprechen abgenommen, dass sie *ihn* anrufen würde, und er *sie.* Sollte einer von ihnen daran denken, wie Carlo sagte, »den Riesen-Babyschritt ins Große Unbekannte zu tun«.

Carlo! der einzige Mann, der sie zum Lachen bringen konnte. Seit Cass und Eddy G aus ihrem Leben verschwunden waren.

(Nein, Norma hatte nichts mit Carlo. Obwohl die Klatschkolumnisten Hollywoods ihnen eine Affäre andichteten, Fotos von ihnen brachten, eng umschlungen, lächelnd. *Monroe und Brando: Hollywoods prominentestes Paar?* oder *»Wirklich nur Freunde?«* Sie hatten in der gemeinsam in Normas Bett verbrachten Nacht nicht miteinander geschlafen, aber das Versäumnis war eher zufällig, ähnlich dem Briefumschlag, den man vergisst zuzukleben, ehe man ihn abschickt.)

Norma hatte aus der Garage eine Hacke und von einem Haken im Keller eine stark verrostete, mit Spinnfäden verklebte Heckenschere geholt. Die Gäste würden erst am frühen Abend kommen. Jetzt war es noch nicht einmal zwölf, sie hatte unendlich viel Zeit. Sie hatte bei ihrem Einzug ins Kapitänshaus geschworen, sie würde die Beete von Unkraut freihalten, aber verflixt – Unkraut *wucherte* wirklich. Zum Takt der Rupfbewegungen entstand unverhofft und unkrautwuchernd ein Gedicht.

UNKRAUT AMERIKAS

Im Beet das Unkraut das ich jäte –
Klette Distel Vogelmiere
Vergeht NICHT
Entwurzelt NICHT
Vergiftet NICHT
Verflucht auch NICHT
Nein, im Beet das Unkraut das besteht
UNKRAUT AMERIKAS IST AMERIKA!

Sie lachte. Baby würde das Gedicht gefallen. Der einfache Rhythmus. Sie würde dazu auf dem Klavier eine Melodie erfinden.

In den überwucherten Beeten standen mehrere blassblaue, eben erblühte Hortensien. Norma Jeanes Lieblingsstrauch! Lebhaft erinnerte sie sich an den Garten der Glazers, an die blühenden Hortensien. Blassblau wie diese, aber auch rosa und weiß. Und dass Mrs. Glazer gesagt hatte, mit der komisch feierlichen Betonung, mit der wir alle sprechen, als wäre gerade die Banalität unserer Worte gleichermaßen Beleg für unsere Einmaligkeit wie inständige Bitte, dass unsere Worte auch unser vergängliches, vergebliches Leben überdauern möchten: »Hortensien sind doch immer noch *am schönsten*, Norma Jeane.«

9

Denn was könnte dramatischer sein als ein Gespenst.

Immer schon hatte sich der Bühnenautor gefragt, was T. S. Eliot wohl damit meinte. Er hatte ihm die Bemerkung stets ein wenig verübelt, denn in seinen Stücken gab es keine Gespenster.

Er beobachtete, wie Norma im Garten mit ihrer Heckenschere Blumen schnitt. Seine bildschöne schwangere Frau. Ein Dutzend Mal am Tag betrachtete er sie versunken. Es gab die Norma des unmittelbaren Miteinanders, und es gab eine etwas entrückte Norma. Der einen galten tiefe Empfindungen, der anderen ästhetische Wertschätzung. Die natürlich auch eine Empfindung war und nicht minder tief ging. *Meine bildschöne schwangere Frau.*

Sie trug zum Schutz ihrer empfindlichen Haut den breitkrempigen Strohhut, Hosen und eines seiner Hemden, aber keine Schuhe, was er nicht gern sah, und auch keine Gartenhandschuhe, was er ebenfalls nicht gern sah. Ihre zarten Hände bekamen schon Schwielen! Der Bühnenautor beobachtete Norma nicht bewusst. Er hatte aufs Meer hinausgeblickt, in den mit Wolken unterschiedlicher Dichte polkigen Himmel, und er war voll angenehmer Vorfreude an die Arbeit gegangen, Szenen und Entwurfsskizzen für ein neues Stück – oder das Drehbuch (er hatte sich noch nie an einem Drehbuch versucht), das seiner Frau eines Tages als »Vehikel« dienen könnte. Und da war sie am unteren Rand seines Gesichtsfeldes erschienen. Mit einer Hacke, einer Heckenschere. Sie arbeitete linkisch, aber methodisch. Sie war ganz in das vertieft, was sie tat, ebenso vertieft, wie sie es in ihre Schwangerschaft war: ihr ganzer Körper von der Gewissheit ihres Glücks durchdrungen, als leuchte ein starkes Licht von innen heraus.

Nicht auszudenken, wenn ihr oder dem Baby etwas zustoßen sollte. Schon den Gedanken ertrug er kaum.

Wie gesund sie wirkte, wie eine Renoir-Schöne in der Blüte ihrer reifen weiblichen Jahre. Doch in Wirklichkeit war sie nicht sehr widerstandskräftig: sie war anfällig für Infektionen, Erkrankungen der Atemwege, lähmende Migräneanfälle und Magenbeschwerden. Die Nerven! »Aber *hier* nicht, Daddy. *Hier* habe ich ein gutes Gefühl.«

»Ja, Liebes. Ich auch.«

Er beobachtete sie, auf die Ellbogen gestützt. Auf der Bühne würde jeder ihrer anmutig-unbeholfenen Gesten Bedeutung innewohnen, im Leben fallen solche Gesten ins Leere, der Vergessenheit anheim, denn es gibt kein Publikum.

Wie lange würde Norma es als *Nicht-Darstellerin* aushalten? Sie hatte den Hollywoodfilmen entsagt, aber es gab immer noch die Bühne; sie besaß eine natürliche schauspielerische Begabung, vielleicht sogar Genie. (»Ach, dräng mich nicht zur Rückkehr, Daddy«, hatte sie ihn angefleht und sich, nackt im Bett in seinen Armen, noch fester in seine Arme geschmiegt, »ich will nie wieder *sie* sein müssen.«) Den Bühnenautor hatte das seltsam Changierende am Schauspielerwesen von jeher fasziniert. Was heißt das, »spielen«, und weshalb fühlen wir uns von »großer Schauspielkunst« so stark angesprochen? Wir wissen, dass der Schauspieler »spielt« – und doch wollen wir vergessen, dass der Schauspieler »spielt«, und tun es angesichts begabter Darsteller auch bald. Ein Rätsel, ein Geheimnis. Wie können wir denn vergessen, dass der Schauspieler »spielt«? »Spielt« der Schauspieler für uns? Ist der Untertext seines »Spiels« nicht immer auch unser eigenes verborgenes (und geleugnetes) »Spiel«? Eines der vielen Bücher, die Norma aus Kalifornien mitgebracht hatte, war *Das Lehrbuch des Schauspielers und das Leben des Schauspielers* (von dem der Bühnenautor noch nie gehört hatte), und jede einzige Seite dieses kuriosen Kompendiums offenbar anonymer Sinnsprüche hatte sie mit eigenen gekritzelten Kommentaren versehen. Dieses Buch war unverkennbar Normas Bibel! Die Seiten hatten Eselsohren, waren voll Wasserflecken, lose. Das Erscheinungsjahr war mit 1948 angegeben, ein unbekannter Kleinverlag in Los Angeles. Irgendjemand namens »Cass« hatte es ihr geschenkt – *Der Schönen Zwillings-Norma in unsterblich besternter Liebe.* Auf dem Titelblatt hatte Norma einen Aphorismus notiert, die Tinte verblasste bereits.

726

Am glücklichsten ist der Schauspieler in seinem Allerheiligsten: auf der Bühne.

Stimmte das? Stimmte es für Norma? Eine bittere Pille für jeden Liebhaber, wenn dem so war. Eine bittere Pille für jeden Ehemann.

»Doch die Wahrhaftigkeit des Schauspielers besteht nur im Augenblick des Schaffens. Die Wahrhaftigkeit des Schauspielers besteht im ›Dialog‹.«

Dem konnte der Bühnenautor schon eher zustimmen.

Norma hatte ihre Blumen geschnitten und kam aufs Haus zu. Er fragte sich, ob sie hochblicken und ihn sehen würde, und fast hätte er sich rasch vom Fenster zurückgezogen, doch da blickte sie auch schon hoch und winkte, und er winkte lächelnd zurück.

»Liebste.«

Seltsam, dass ihm ausgerechnet diese Bemerkung von T. S. Eliot in den Sinn gekommen war. *Denn was könnte dramatischer sein als ein Gespenst.*

»Gespenster gibt es in *unserem* Leben nicht.«

Der Bühnenautor hatte sich, seit England, wiederholt gefragt, wie Normas Zukunft aussehen solle. Sie hatte dem Filmen entsagt, und doch: Wie lange hielte sie es aus, nicht zu spielen? Als Hausfrau und bald Mutter, ohne Karriere? Sie war zu begabt, um sich mit einem häuslichen Dasein begnügen zu können, das wusste er. Da war er sich ganz sicher. Allerdings, räumte er ein, konnte sie wohl kaum zu »Marilyn Monroe« zurückkehren; »Marilyn« würde sie sonst noch umbringen.

Und doch schrieb er ein Drehbuch. Für sie.

Zudem brauchten sie Geld. Oder würden Geld brauchen. Bald.

Er ging hinunter, um ihr bei den Vorbereitungen zu helfen. Da stand Norma, atemlos mit ihrem Strauß, das Gesicht schweißschimmernd. Sie hatte blassblaue Hortensien und rote Kletterrosen geschnitten, deren Blätter stippig waren vor Rostpilzen. »Sieh nur, Daddy! Sieh, was ich habe.«

Sie erwarteten Freunde von ihm aus Manhattan. Es sollte auf der Fliegengitterveranda Drinks geben, anschließend würden sie in den Whaler's Inn gehen. Die scheue, liebenswürdige Gattin des Bühnenautors würde das ganze Haus mit Blumen geschmückt haben, auch das Gästezimmer.

»Blumen geben den Leuten das Gefühl, *willkommen* zu sein. *Gern gesehen.*«

Er füllte die Vasen mit Wasser, und Norma begann die Blumen zu arrangieren, nur klappte es nicht recht, die Hortensien fielen immer wieder aus den Vasen. »Liebes, du hast sie ein klein wenig zu kurz geschnitten. Siehst du?« Es war keine Kritik und ganz sicher kein Vorwurf, und doch sackte Norma förmlich in sich zusammen. Ihre fröhliche Stimmung war dahin.

»Oh, was habe ich ... Was?«

»Schau. Der Schaden lässt sich doch leicht beheben. So.«

Mist! Er hätte das Wort »Schaden« nicht verwenden dürfen. Sie wurde noch kleiner, schrak zurück wie ein Kind, das man geschlagen hat.

Der Bühnenautor legte die Hortensiendolden in flache, mit Wasser gefüllte Schalen. (Sie waren fast verblüht. Sie würden kaum noch einen Tag halten. Aber das schien Norma nicht aufgefallen zu sein.) Die ungeschickt abgezwackten Kletterrosen, von ihren stippigen Blättern befreit, wand er um die Hortensien herum.

»Liebes, das ist doch genauso schön, finde ich. Es hat etwas Japanisches.«

Aus wenigen Schritten Entfernung hatte Norma ihn, hatte die geschickten Handgriffe ihres Mannes schweigend beobachtet. An ihrer Unterlippe nagend, rieb sie sich den Leib. Ihr Atem ging recht heftig, und sie schien die Worte des Bühnenautors nicht zu hören. Schließlich sagte sie, etwas zweifelnd: »Geht das auch? Darf man Blumen so herrichten? So kurz? Wird da k-keiner lachen?«

Der Bühnenautor wandte sich um. »Lachen? Warum sollte irgendjemand lachen?«

Mit basserstaunter Miene. Über *ihn* lachen?

10

Er müsste sie aus dem Küchenalkoven hervorlocken, dort hatte sie sich vermutlich verkrochen.

Oder wenn nicht im Alkoven, dann in der Garage.

Oder wenn nicht in der Garage, dann auf der obersten Kellertreppe.

(Was für eine modrige Zuflucht! Obwohl Norma natürlich nicht zugeben würde, dass sie sich versteckte.)

»Liebes, willst du uns nicht Gesellschaft leisten? Auf der Veranda? Was machst du hier?«

»Ach, ich komme, Daddy! Ich wollte nur ...»

Hatte die Gäste begrüßt und war fast auf der Stelle wieder entschwunden, hatte ihn mit seinen Freunden allein gelassen, scheu wie eine verwilderte Katze. War auch das eine Form von Lampenfieber?

Er würde sie nicht schelten *Norma, gib ihnen nicht noch mehr Anlass, sich über uns die Mäuler zu zerreißen.*

Womit er meinte *über dich.*

Nein, er war ganz der gütige, aufmerksame Gatte und Gastgeber. Erlaubte sich einen milden Scherz über die berüchtigte Scheu der Marilyn Monroe. Er fand sie im Alkoven, wo sie geschäftig Einkaufstüten zusammenlegte. Die Gäste erkundeten indessen das Haus, traten hinaus auf die Fliegengitterveranda. Der Bühnenautor küsste seine Frau zur Beruhigung auf die Stirn. Ein schwacher chemischer Geruch stieg von ihrem Haar auf, wenn sie schwitzte, und das, obwohl ihre Haare seit Monaten nicht mehr nachgebleicht worden waren.

Bemühte sich um einen begütigenden Ton. Nur keinen Tadel. Der Dialog stand ihm vor Augen, als hätte er ihn selbst verfasst.

»Liebes, du darfst in diesen Besuch nicht zu viel hineinlegen. Du sorgst dich unnötig. Du kennst Rudy und Jean doch, und du hast mir gesagt, dass du sie magst –«

»Sie mögen mich aber nicht, Daddy. Sie sind deinetwegen gekommen.«

»Norma, was redest du da. Sie sind unseretwegen gekommen.«

(Nein: er musste jeden ungläubigen Unterton vermeiden. Er musste mit dieser Kindfrau sprechen wie vor Jahren mit seinen sehr kleinen, sehr verletzlichen Kindern, die ihren Daddy vergötterten, aber fürchteten.)

»Oh, ich gebe ihnen keine Schuld! Nicht *ihnen.* Du bist doch ihr Freund.«

»Natürlich kenne ich sie länger, als du sie kennst, mein halbes Leben, genau genommen. Aber –«

Sie lachte, schüttelte den Kopf und hob die Hände. Es war eine verständnisheischende und zugleich schicksalsergebene Geste. »Tja, warum sollten diese Menschen – deine klugen Freunde, er Schriftsteller, sie Lektorin –, warum sollten sie auch *mich* sehen wollen?«

»Liebling, komm doch einfach, ja? Sie warten.«

Wieder schüttelte sie lachend den Kopf. Sie schielte seitlich zu ihm hin. Wie eine verschreckte Katze, ohne Grund aufgescheucht, sprungbereit, gefährlich. Der Bühnenautor unternahm keine weiteren Versuche, ihre absurden Befürchtungen zu entkräften, er redete ganz ruhig, sanft auf sie ein, strich ihr mit dem Daumen über die Stirn, bückte sich, um ihr auf die bestimmte Art tief in die Augen zu sehen, die manchmal wie eine Art Hypnose wirkte: »Liebste, wir gehen jetzt einfach zusammen hinaus, ja? Du siehst wunderschön aus.«

Sie war eine bildschöne Frau, der die eigene Schönheit Angst machte. Die es übel zu nehmen schien, dass ihre Schönheit und »sie« gleichgesetzt wurden. Und zugleich hatte er noch keine Frau erlebt, der so viel am ersten Eindruck gelegen war.

Norma hatte ihm gelauscht und abgewägt. Schließlich ein silberrieselndes Lachen, sie rieb ihre verschwitzte Stirn an seinem Kinn, entnahm dem Kühlschrank eine große, schwere Platte mit farblich zu geometrischen Mustern arrangierter Rohkost und einem selbst gemachten Dip aus saurer Sahne. Ein prachtvoller Anblick, und das sagte er ihr auch. Er trug das Tablett mit den Drinks. Plötzlich war alles wieder in bester Ordnung! Es würde alles gut. Wie er es schon bei den Dreharbeiten zu *Bus Stop* erlebt hatte, als sie starr wurde vor Angst, floh, und doch kurz darauf als noch ergreifendere, noch lebendigere, noch brennendere und glaubwürdigere Cherie zurückkehrte. Ihre Freunde Rudy und Jean, die den Ausblick bewundert hatten, wandten sich um und sahen dieses beeindruckende Paar auf sich zukommen. Der Bühnenautor und die Blonde Darstellerin. Die Frau, die darum bat, »Norma« genannt zu werden, war strahlend schön (es gab zu dem Klischee keine Alternative, sollten Rudy und Jean später unisono verkünden), mit dem gesunden Teint der frühen Schwangerschaft, ihr Haar in schimmernden Wellen von einem deutlich dunkleren Blond; sie trug ein geblümtes Sonnenkleid mit klatschigen orangeroten Mohnblumen, weit schwingendem Rock und tiefem, die schwellenden Brüste noch betonendem Dekolleté; sie trug vorn ausgeschnittene weiße Pumps mit Pfennigabsatz und sie strahlte ihre Gäste an, als trete sie in ein Blitzlichtgewitter: Im selben Moment stolperte sie über die einzige, aber recht hohe Stufe zur Veranda, die Platte entglitt ihr und stürzte zu Boden, Rohkost, Dip und Scherben verspritzend.

11

Die kleinsten Kleinigkeiten hast du zum Prüfstein gemacht. Immer stand meine Loyalität in Frage. Unsere Liebe.

Kleinigkeiten! Du sprichst von meinem Leben.

Und auch dein Leben stand in Frage. Erpressung.

Du hast mich nie verteidigt, Mister. Gegen diese ganzen Arschlöcher.

Es war nicht immer so eindeutig, wer im Unrecht war. Immer die anderen?

Sie haben mich verachtet! Deine so genannten Freunde.

Nein. Du hast dich selbst verachtet.

12

Doch an seinen alten Eltern hatte sie einen Narren gefressen.

Und seine alten Eltern, zu seinem Erstaunen, an ihr.

Beim ersten Besuch, in Manhattan, nahm seine Mutter Miriam ihn beiseite, drückte sein Handgelenk und raunte ihm triumphierend ins Ohr: »Die Kleine ist genauso, wie ich in ihrem Alter war. So *hoffnungsvoll*.«

Die Kleine! Marilyn Monroe!

Es sollte sich, zur Verdatterung und späten Zerknirschung des Bühnenautors herausstellen, dass seine Eltern beide mit seiner ersten Frau Esther nie recht hatten »warm« werden können. Mehr als zwanzig Jahre mit der armen Esther, die ihnen die geliebten Enkelkinder geschenkt hatte. Esther, die Jüdin und von ähnlicher Herkunft war wie sie selbst. Während Norma – »Marilyn Monroe« – der Inbegriff der blonden Schickse war.

Allerdings lernte man sich 1956 kennen, nicht 1926. Innerhalb der jüdischen Kultur hatte sich, wie auch in der Welt, viel geändert.

Dem Bühnenautor war außerdem aufgefallen, worauf schon Max Pearlman hingewiesen hatte, nämlich dass Frauen Marilyn vielfach sehr wohlwollend begegneten, ganz entgegen den Erwartungen. Man hätte doch eher mit Neid, Eifersucht, Abneigung rechnen müssen; stattdessen fühlten sich Frauen oft auf kuriose Weise mit Norma oder »Marilyn« verbunden; war es denkbar, dass andere Frauen in ihr sozusagen ein Spiegelbild ihrer selbst sahen? Ein Idealbild? Männer mochten über einen solchen Irrglauben schmunzeln. Selbsttäuschung oder Verwirrung. Aber was wussten schon Männer? Wenn überhaupt jemand Norma widerstand, dann nur eine ganz bestimmte Sorte von Mann; die, die sich zwar körperlich hingezogen fühlten, aber klug genug waren zu wissen, dass sie abgewiesen würden. Und zu welchen ironischen Ränken der bedrohte männliche Stolz verleitete, davon konnte der Bühnenautor schließlich ein Lied singen.

Denn würde nicht auch er, hätte die Blonde Darstellerin nicht so deutlich ihr Interesse signalisiert, von ihr eher abschätzig gesprochen haben?

Für eine Filmschauspielerin nicht schlecht. Aber für die Bühne zu schwach.

Es fand sich also, dass die Mutter des Bühnenautors einen Narren an dessen zweiter Frau gefressen hatte. An der scheu lächelnden Norma, einem so jungen Ding, und dem Aussehen nach eher noch jünger, dass sie in der fünfundsiebzigjährigen Frau nostalgische Erinnerungen an ihre eigene weit zurückliegende Jugend weckte. Der Bühnenautor hörte seine Mutter Norma anvertrauen, sie habe im selben Alter genau das gleiche Haar gehabt – »Genau der gleiche Ton, und auch gewellt«. Er hörte, wie sie Norma anvertraute, auch sie sei sich bei ihrer ersten Schwangerschaft vorgekommen »wie eine Königin. Das eine Mal wenigstens!«

Dass ihre Schwiegereltern, die ja keine Intellektuellen waren, sie auslachen könnten, musste Norma nicht fürchten.

In der Küche in Manhattan, im Kapitänshaus. Miriam munter plappernd, Norma ihre Zustimmung murmelnd. Miriam, die Norma in die Kunst der Zubereitung von Hühnersuppe mit Matzeklößchen einwies, von gehackter Leber mit Zwiebeln. Der Bühnenautor war kein besonderer Freund von Bagels mit Lox, aber diese »Leibspeise« wurde ihm nun häufig sonntags zum Brunch dargeboten. Oder Borschtsch.

Miriam bereitete ihren Borschtsch mit roter Bete zu, manchmal auch mit Kohl.

Miriam stellte ihre eigene Rinderbrühe her. Sie behauptete, das dauere auch »nicht länger«, als wenn sie ein Dutzend Dosen Campbell's öffnete.

Miriam servierte ihren Borschtsch heiß oder gekühlt. Je nach Jahreszeit.

Miriam kannte ein »Notrezept« für Borschtsch, bei dem man sich mit der pürierten roten Bete der Kindernahrung von Berbers behalf. »Ein wenig Zucker. Zitronensaft. Und Essig. Merkt kein Mensch.«

Der Borschtsch hielt den Vergleich mit jedem beliebigen Borschtsch aus.

13

OZEAN

Einen Spiegel zerbrach ich
& alle Scherben
schwammen nach China.

Goodbye!

14

Es kam der schreckliche Juliabend, da Norma von Besorgungen im Ort zurückkehrte und er, ihr Mann, statt ihrer Rose sah.

Rose, die Ehebrecherin aus *Niagara*.

732

Er bildete es sich natürlich nur ein!

Sie war mit dem Kombi nach Galapagos Cove gefahren, oder vielleicht auch nach Brunswick. Sie hatte Lebensmittel besorgen wollen, frisches Obst, oder vielleicht auch etwas aus dem Drugstore. Vitamine. Lebertrankapseln. Für die weißen Blutkörperchen, hatte sie doch gesagt. Sie sprach so viel von ihrem Zustand; in gewisser Weise gab es kein anderes Thema. *Etwas Kleines unterwegs. Das sich auf den Eintritt ins Leben vorbereitete. Welche Freude!* In Brunswick gab es einen Geburtshelfer, den sie jede zweite Woche aufsuchte, einen von ihrem Geburtshelfer in Manhattan empfohlenen Kollegen. Oder vielleicht war sie losgefahren, um sich die Haare »machen zu lassen« oder die Nägel. Kleider kaufte sie selten (in Manhattan wurde sie in den Geschäften meist erkannt und ergriff sofort die Flucht), aber jetzt, wo sie schwanger war, und zwar allmählich sichtlich schwanger, sprach sie sehnsüchtig davon, dass sie etwas zum Anziehen brauche. Umstandskleider. »Nur vielleicht liebst du mich dann nicht mehr, Daddy, wenn ich nicht mehr hübsch aussehe?« Sie hatte ihm rasch ein Lunch bereitet und war dann losgefahren, und um 15 Uhr war sie immer noch nicht zurück.

Der Bühnenautor, ganz in die Arbeit vertieft, in eine schöpferische Trance verfallen (er, der selten mehr als eine Seite Dialog am Tag schaffte, als Entwurf nur, und abgerungen) hatte das Fehlen seiner Frau kaum bemerkt, bis das Telefon klingelte.

»Daddy? Ich w-weiß, ich bin spät dran. Aber ich mache mich jetzt auf den Weg.« Sie brachte es atemlos, schuldbewusst, entschuldigend vor. Er sagte: »Liebste, hetz dich nicht. Ich hatte mir natürlich ein klein wenig Sorgen gemacht. Aber fahr vorsichtig.« Die Küstenstraße war schmal und gewunden, und manchmal krochen selbst am Tage Nebelschwaden darüber hinweg.

Wenn Norma etwas passierte, in ihrem Zustand!

Sie war seines Wissens eine vorsichtige Autofahrerin. Am Steuer des alten Plymouth-Kombis (der ihr groß und schwerfällig vorkam wie ein Omnibus) umklammerte sie, weit vorgebeugt, mit gerunzelter Stirn, an der Unterlippe nagend, das Lenkrad. Sie neigte beim Anblick anderer Fahrzeuge zu Überreaktionen. Sie hatte die Angewohnheit, bei Rot weit vor der Kreuzung zu halten, als befürchte sie, Fußgänger selbst dann noch zu gefährden, wenn der Wagen schon stand. Und sie fuhr auf freier Strecke nie mehr als vierzig Meilen in der Stunde, nicht wie der Bühnenautor, der viel schneller fuhr und nachlässig, mit einem gewissen großtuerisch-männlichen New Yorker Ge-

733

habe, redend, manchmal mit beiden Händen gestikulierend. Er hielt Norma am Steuer für viel zuverlässiger als sich selbst!

Doch jetzt hatte er begonnen zu warten. Unmöglich, noch in Ruhe weiterzuarbeiten. Zwei Stunden und zwanzig Minuten sollte er warten.

Von Galapagos Cove bis zum Kapitänshaus waren es nicht mehr als zehn Minuten. Hatte Norma doch aus Brunswick angerufen? In seiner Aufregung konnte er sich nicht erinnern.

Etliche Male bildete er sich ein, der Wagen sei in die steile Schottereinfahrt gebogen. Sei auf die für sie typische übervorsichtige Art in die Garage gesetzt worden. Hörte Schotter knirschen. Eine Wagentür zugeschlagen werden. Ihre Schritte. Ihre durch die Dielen hochschwebende hauchige Stimme – »Daddy? Ich bin wieder da.«

Er konnte nicht anders: er musste in die Garage hinuntereilen. Vom Plymouth natürlich keine Spur.

Auf dem Rückweg kam er an der Kellertür vorbei: sie war angelehnt. Er schlug sie zu. Warum stand die verdammte Tür nur immer offen? Der Riegel fasste doch gut, Norma musste sie offen gelassen haben. Vom gestampften Lehmfußboden stieg ein reifer, unangenehm süßlicher Verwesungsgeruch auf, von Erde, Fäulnis und Zeit. Ihn fröstelte.

Norma sagte, der Keller sei ihr ein Gräuel – »so *ungut*«. Es war das Einzige am Kapitänshaus, was ihr missfiel. Und doch hatte der Bühnenautor den Verdacht, dass sie den Keller mit der Taschenlampe erforschte, wie ein trotziges Kind, das schnurstracks auf genau die Dinge losmarschiert, die ihm Angst machen. Aber Norma war kein Kind mehr, sondern eine 32-jährige Frau. Weshalb setzte sie sich dem aus? Weshalb jagte sie sich selbst einen Schrecken ein? In ihrem Zustand.

Er würde ihr nie verzeihen, dachte er. Wenn sie ihr gemeinsames Glück zerstörte.

Schließlich, es war nach 18 Uhr, klingelte das Telefon erneut. Diesmal tastete er sofort nach dem Hörer. Die ferne hauchige Stimme. »Ohhh, Daddy. Bist du mir b-böse?«

»Norma, was treibst du? Wo steckst du?«

Er konnte seine Angst nicht verhehlen.

»Ich bin irgendwie bei so Leuten hängen geblieben…?«

»Was denn für Leuten? Wo seid ihr?«

»Ich bin nicht in Schwierigkeiten, Daddy. Ich bin nur – bitte?« Irgendjemand hatte sie angesprochen, und sie antwortete, während sie die Sprechmuschel zuhielt. Zitternd lauschte der Bühnenautor den lauten Stimmen im Hintergrund. Dem lauten Rock-n-Roll-Rhythmus. Dann hatte er wieder – eine lachende – Norma in der Leitung. »Ohhh, hier ist vielleicht was los. Aber es sind nette Leute, Daddy. *Französisch* irgendwie. Es gibt zwei Mädchen? Schwestern? Eineiige *Zwillinge*.«

»Norma, wie bitte? Ich verstehe dich schlecht. Zwillinge?«

»Aber ich mache mich jetzt *sofort* auf den Weg. Ich koche uns was Schönes. Ich schwör's!«

»Norma –«

»Daddy, du liebst mich doch, oder? Du bist mir nicht böse?«

»Norma, Herrgott –«

Um 18.40 schließlich bog Norma mit dem Kombi in die Einfahrt. Winkte ihm durch die Windschutzscheibe zu.

Er wartete schon auf sie, das Gesicht vom langen Warten ganz verhärtet. Ihm war, als habe er einen vollen Tag gewartet. Dabei war fast der ganze Himmel noch sommerlich hell. Nur im Osten am fernen Ozeanhorizont breitete sich Dämmer aus und blutete wie ein dunkler Fleck in die dicken Wolken.

Da kam also Norma herangeeilt. Das ›Mädchen von oben‹. Es sei denn, sie war Rose, die sich als ›Mädchen von oben‹ ausgab.

Mit ihrem brav unter dem Kinn gebundenen Strohhut. In ihrem mit rosa Rosenknospen bestickten Umstandskittel und den leicht schmuddeligen weißen Shorts. Warf dem Bühnenautor die Arme um den versteiften Nacken und küsste ihn nass und ungestüm auf den Mund. »Oh, Daddy. Es tut mir so *leid*.«

Er schmeckte etwas Reifes, Süßes. Ihre Mundwinkel waren dunkel verfärbt. Hatte sie getrunken?

Sie griff blind nach den Einkaufstüten hinten im Plymouth; wortlos nahm der Bühnenautor sie ihr ab. Sein Herz schlug zornig, Zorn, der ein Nachbeben der Angst war. Wenn ihr etwas zugestoßen wäre! Und dem Baby! Unmerklich war sie zum Mittelpunkt seines Daseins geworden.

Wie er sich mokiert hatte, ihn bemitleidet. Als er die Geschichten von Normas vorigem Mann gehört hatte. Der Ex-Sportler, der Privatdetektive auf sie angesetzt hatte.

Nun war sie daheim, wohlbehalten, lachend, reuig. Streifte ihn mit einem verstohlenen Blick, den grimmigen Ehemann. Erzählte ihm eine umständliche, unzusammenhängende Geschichte, der er unmöglich folgen konnte, von einem Mädchen, das sie im Wagen nach Galapagos Cove mitgenommen und von dort dann noch woanders hin gebracht hatte, wo man sie überredet hatte, etwas zu bleiben.«»Verstehst du, sie haben alle gewusst, wer ich bin, haben mich ›Marilyn‹ genannt, und ich habe immer wieder gesagt: ›Nein, nein, ich bin nicht Marilyn, ich bin Norma‹ – es war wie ein Spiel. Wir haben so gelacht – wie mit meinen Freundinnen damals in Van Nuys, an der High School, die mir so fehlen.« Die Zwillingsschwestern seien »bildhübsch« und lebten mit ihrer geschiedenen Mutter in einem »trostlosen alten Wohnwagen« draußen auf dem Land, und eines der Mädchen, Janice, hätte ein drei Monate altes Baby, Cody – »der Vater, der ist bei der Handelsmarine und wollte sie nicht heiraten, hat einfach das *Weite* gesucht«. Norma hatte dort im Wohnwagen etwas Zeit verbracht, und dann waren sie alle zusammen im Kombi irgendwohin gefahren und dann – »Daddy, weißt du, wo wir gelandet sind? In dem großen Safeway-Laden, weißt du? Alle, auch das Baby. Weil sie so viel zu *essen* brauchten. Ich habe alles ausgegeben – bis auf den letzten Cent.« Sie erzählte es in beschämtem Ton, aber auch trotzig. Sie war ein zerknirschtes kleines Mädchen, und doch auch nicht im Geringsten zerknirscht, sondern im Gegenteil eigentlich stolz auf ihre kleine Eskapade. Ohne jedoch zu sagen *Es ist Marilyns Geld, Daddy. Ich mache damit, was ich will.*

Seufzte erstaunt. »Bis auf den letzten Cent, den ich im Portemonnaie hatte. Stell dir vor!«

Dem Bühnenautor wurde bewusst, wie tief, wie hoffnungslos er diese Frau liebte. Diese ungewöhnliche quecksilbrige Frau. Jetzt, da sie sein Kind unter dem Herzen trug. Wo er doch gar kein weiteres Kind gewollt hatte. In Manhattan, im Umfeld des New York Ensembles und der Theaterkreise, hatte er sie zu kennen vermeint; jetzt war er sich nicht mehr so sicher. Zu Beginn hatte scheinbar sie ihn mehr geliebt, als er sie zu lieben bereit war; jetzt liebten sie sich gleichermaßen, mit einem verzweifelten Hunger. Doch bis zum heutigen Tag hätte der Bühnenautor nie für möglich gehalten, dass eine Zeit kommen könne, da er Norma mehr liebte als sie ihn. Wie sollte er das ertragen!

Während sie gemeinsam die Einkäufe in der Küche verstauten, glitten Normas Augen zu ihm hin. In einem Bühnenstück oder auch einem Film hätte eine solche Szene einen machtvollen Untertext. Doch das Leben unterwirft sich selten dem Diktat der Kunst, besonders nicht Formenkanon und Konventionen der Kunst. Auch wenn ihn Norma schmerzlich an Rose in *Niagara* erinnerte, die ihren hündisch ergebenen Ehemann Joseph Cotten an der Nase herumführte. (Oder einem anderen Teil der männlichen Anatomie.)

Norma erzählte mit hauchiger, aufgeregt haspelnder Stimme ihre Geschichte. Log sie? Das glaubte er nicht. Es war eine so unschuldige, kunstlose Geschichte. Und doch hätte ihre Aufregung ebenso zu einer Ausflucht gepasst. Die Erregung wäre dieselbe. *Sie hat mich betrogen. Sie ist fremdgegangen.* Mit Entsetzen sah er, dass ihre weißen Shorts befleckt waren, vielleicht eine Schmierblutung, oh Gott, hieß das etwa, dass sich eine Fehlgeburt ankündigte? – und Norma es nicht merkte? –, bis sie, weil sie seinen Gesichtsausdruck sah, an sich herunterblickte und verlegen lachte. »Oh! Wir haben Himbeeren gegessen. Und wohl gekleckert, irgendwie.« Die Bestürzung des Bühnenautors blieb. Sein hageres, von der Sommersonne gebräuntes Gesicht wurde aschfahl. Die Brille mit den dicken Gläsern verrutschte auf seiner Nase. Norma hatte eine Schale Himbeeren aus einer der Einkaufstüten genommen und fütterte den Bühnenautor damit. »Oh, Daddy, guck nicht so traurig, *koste* doch. Sind sie nicht herrlich?«

Ja. Die Himbeeren schmeckten herrlich.

15

Es genügte nicht, die hellsichtigen Worte aus *Unbehagen in der Kultur* zu unterstreichen. Norma musste sie in ihr Tagebuch übertragen.

Niemals sind wir ungeschützter gegen das Leiden, als wenn wir lieben, niemals hilfloser unglücklich, als wenn wir das geliebte Objekt oder seine Liebe verloren haben.

16

IM SEEREICH NICHT WEIT VON HIER

Vor Zeiten da lebte die Bettelmagd
im Seereich nicht weit von hier,
da traf sie ein böser Zauberbann –
»Goldene Prinzessin sei du mir!«

Gar bitterlich weinte die Bettelmagd
»Weh mir, welch grausamer Bann!«

Indessen die böse Fee lacht und frohlockt:
»Elende, es fängt doch erst an!«

Ein Prinz die arme Prinzessin fand,
stumm wandelnd in einem Hain.
»So traurig?«, fragt er die Bekümmerte zart.
»Lass mich dein Gefährte sein.«

Er freite die Holde, der gute Prinz,
freite sie nun alle Tage:
Sie liebte ihn; er liebte sie –
»Doch Liebster, hör was ich sage:

Die Goldene Prinzessin, die bin ich nicht;
ich bin die arme Bettelmagd.
Bleibst trotz der Entzauberung du mir gut?«
Drauf lächelnd der Prinz zu ihr sagt...

Auf ihrem Fenstersitz in Babys Zimmer, verträumt und so glücklich und sich – unter dem weiten Rachen des Himmels droben und dem so tief unter ihr liegenden Keller mit dem gestampften Lehmfußboden, dass nichts von der gedämpft murmelnden Litanei zu ihr empordrang – die Augen wischend, gab sich Norma Jeane alle Mühe, wirklich! alle Mühe, aber den Schluss würde sie nie finden.

17

Babys Zimmer. Natürlich wusste sie, dass das Baby in Manhattan zur Welt kommen würde. Im Columbia Presbyterian Hospital. Wenn alles nach Plan verlief. (Der magische Tag wäre der 4. Dezember!) Dennoch hatte sie sich hier in dem Kapitänshaus in Galapagos Cove, Maine, in der stillen Abgeschiedenheit des Sommertraums ein Fantasie-Kinderzimmer geschaffen und mit Möbeln ausstaffiert, die sie in den Trödelläden der Gegend und bei Flohmärkten erwarb. Ein Weidenkörbchen für Baby, vanilleweiß und mit blauen Prunkwinden verziert. (Glich es nicht fast haargenau Gladys' Körbchen für *sie*?) Kleine Stofftiere, handgenäht. Eine Kinderrassel, »original Shaker«. Alte Kinderbücher, Märchenbücher, Mother-Goose-Reime, sprechende Tiere; stundenlang konnte sie sich darin verlieren. *Es war einmal* ...

In Babys Zimmer schmiegte sich Norma Jeane in ihren Fenstersitz und träumte ihr Leben. *Er wird herrliche Bühnenstücke schreiben. In denen ich auftreten kann. Ich werde in diese Rollen hineinwachsen. Ich werde geachtet sein. Bei meinem Tode wird niemand lachen.*

18

Manchmal klopfte es an die Tür. Dann blieb ihr nichts anderes übrig, als ihn hereinzubitten. Wenn er die Tür schon geöffnet und den Kopf hereingesteckt hatte. Lächelnd. *Die Augen voller Liebe! Mein Mann.*

In Babys Zimmer schrieb sie in ihr Schulmädchentagebuch, das ihr geheimes Leben enthielt. Zeilen für sich, Gedichtfragmente. Vokabellisten. In Babys Zimmer schmiegte sich Norma Jeane in ihren Fenstersitz und studierte Mary Baker Eddys *Wissenschaft und Gesundheit* und die faszinierenden (sofern wahren!) Berichte im *Wachtturm*, Lesematerial, das sie aus Manhattan nach Maine mitgebracht hatte, obwohl sie genau wusste, dass der Bühnenautor die Lektüre nicht unbedingt billigte.

Der Bühnenautor war der Meinung, ein Geist wie Normas (»empfindsam, empfänglich, leicht zu beeinflussen«) sei wie ein Brunnen. Von kostbarem reinem Wasser. Den man nicht mit Giften verderben sollte. Keinesfalls!

Es klopfte, und im selben Moment hatte er die Tür bereits geöffnet, mit einem Lächeln, das sogleich erstarb, wenn er sah (und sie wagte nicht, es vor ihm zu verbergen), was sie las.

An einem Nachmittag *Die Schande Europas. Die Geschichte der europäischen Juden.* (Wenigstens nicht einer von Normas Christlichen-Wissenschafts-Texten, die für ihren Mann ein rotes Tuch waren!)

Die Reaktion des Bühnenautors auf solche Lektüre, ihre »jüdischen« Bücher, war zwiespältig. Er verzog das Gesicht unwillkürlich zu einem Lächeln, einem fast bangen Lächeln. Fraglos einem verärgerten Lächeln. Oder verletztem Lächeln. So als hätte sie ihm unwissentlich (oh, aber so hatte sie das doch nicht gemeint! es tat ihr *so leid*) einen Hieb in die Magengrube versetzt. Er näherte sich, kniete sich neben sie, blätterte, hielt bei einigen Fotos inne. Während ihr Herz jagte. In den Gesichtern der fotografierten Toten erkannte sie die Züge ihres lebenden Ehemanns, manchmal sogar seinen nachdenklichen Ausdruck. Was dieser Mann aber empfand – sie konnte es sich beim besten Willen nicht vorstellen (was hätte sie empfunden, wenn sie Jüdin wäre? sie glaubte, sie hätte es nicht ertragen) –, gab er nicht zu erkennen. Zwar mochte seine Stimme belegt sein. Seine Hand zittern. Dennoch sprach er mit ihr im vernünftigen Ton eines Mannes, der sie liebte und für sie und ihr Baby doch nur das Beste wollte. Wenn er sagte: »Norma, hältst du es wirklich für klug, dich in deinem Zustand mit diesen Gräueln zu beunruhigen?«

Dann begehrte sie halbherzig auf. »Oh, aber ich muss es doch w-wissen, Daddy. Ist das falsch?«

Worauf er sie küsste und erwiderte: »Nein, Liebes, es ist natürlich nicht falsch, es ›wissen‹ zu wollen. Aber du weißt es doch. Du weißt über die Judenvernichtung Bescheid, du kennst die Geschichte der Pogrome, du weißt von der blutgetränkten Erde der ›zivilisierten‹ Welt Westeuropas. Du weißt über Nazideutschland Bescheid, und du weißt auch, wie wenig England und den Vereinigten Staaten an der Rettung der Juden lag. Du weißt es, in groben Zügen, wenn auch nicht in allen Details. Du weißt es längst, Norma.«

Stimmte das? Es stimmte.

Der Bühnenautor war Herr über die Worte. Wenn er einen Raum betrat, flogen ihm die Worte zu wie Eisenspäne einem Magneten. Die stammelnde, verstummende Norma Jeane war chancenlos.

Wenn er von »Schreckenspornographie« sprach.

Wenn er von dem »Suhlen im Leid« sprach, »Suhlen im Schmerz«.

Wenn er vernichtend vom »Suhlen im Leid anderer« sprach.

Oh, aber ich bin auch jüdisch. Kann ich denn nicht jüdisch sein? Muss man das von Geburt an sein? Kann man das nicht auch im Herzen sein?

Sie lauschte. Sie lauschte andächtig. Nie unterbrach sie. Wäre das hier eine Schauspielstunde gewesen, hätte sie das beanstandete Buch gegen ihren Busen, an ihr jagendes Herz gepresst; es war zwar keine Schauspielstunde, aber sie konnte trotzdem das beanstandete Buch gegen ihren Busen, an ihr jagendes Herz pressen, noch besser wäre, sie schlüge das Buch zu und schöbe es auf dem fadenscheinigen Samtbezug des Fenstersitzes von sich weg. Zerknirscht und gedemütigt und gekränkt, aber nicht verletzt, denn sie wusste, dass sie nicht das Recht hatte, verletzt zu sein. *Ich bin eben nicht jüdisch. Irgendwie.*

Es lag nur daran, dass ihr Mann sie liebte. Mehr noch, vergötterte. Aber auch um sie bangte. Er wachte über ihre Gefühle. Ihre »empfindsamen« Nerven. (Vergiss nicht, was in England »fast passiert« ist.) Er war achtzehn Jahre älter als sie, selbstverständlich musste er sie beschützen. In solchen

Momenten war er von seiner eigenen Großmut ergriffen. Er sah Tränen in ihren wunderschönen graublauen Augen schimmern. Ihre Lippen bebten. Noch in diesem innigen Moment müsste er daran denken, wie der Regisseur von *Bus Stop* – der in sie verliebt gewesen war – über Marilyn Monroes Fähigkeit gestaunt hatte, auf Anhieb zu weinen. *Die Monroe musste nie nach Glyzerin rufen. Die Tränen waren immer da.*

Rasch wurde aus der Szene eine Improvisation.

Stammelnd sagte sie: »Aber Daddy – wenn es niemand sonst tut? Oder nicht mehr? Muss ich dann nicht?«

»Musst du was?«

»Bescheid wissen? Darüber nachdenken? Selbst – an einem so schönen Sommertag? Hier oben an der Küste? Menschen wie wir? Muss ich mir da nicht w-wenigstens die Bilder ansehen?«

»Sei nicht albern, Norma. Du ›musst‹ überhaupt nichts.«

»Ich will damit sagen, es müsste sich eigentlich immer jemand diese Dinge ansehen, weißt du? Irgendwo auf der Welt. Jede Minute. Denn was ist – wenn wir vergessen?«

»Liebes, die Judenvernichtung wird keiner so schnell vergessen. Es ist nicht an dir, dich zu erinnern.«

Er lachte schroff. Wangen gerötet.

»Oh, das weiß ich! Das klingt anmaßend. Ich meinte aber doch nur...« – entschuldigend und doch nicht entschuldigend – »... ich meine wohl irgendwie – was Freud sagt? Dass ›niemand den Wahn erkennt, der ihn selbst teilt‹? Dass man sich vormacht, andere täten das, was man eigentlich selbst tun muss, und deshalb muss man es nicht? Verstehst du?«

»Nein. Ich verstehe nicht. Ehrlich gesagt, suhlst du dich schlicht im Leid anderer.«

»Tue ich das?«

»Jedenfalls hat es etwas Makabres, Liebes. Ich kenne allerdings auch jede Menge Juden, die sich darin suhlen, glaub mir. Die Ungerechtigkeit der Geschichte wird mit kosmologischer Bedeutung unterfüttert. Pah! Aber ich habe doch hoffentlich keine makabre Frau geheiratet.« Der Bühnenautor, aufgebrachter, als ihm selbst bewusst war, schnitt eine Grimasse. »Nicht makaber, mädchenhaft!«

Norma lachte. »Abrakmakabra.«

»Eine bezaubernd mädchenhafte Frau.«

»Ohhh, makaber hat keinen Zauber?«

»Nein. Nur Mädchen haben Zauber.«

»Nur Mädchen. Na gut!«

Und hob ihm ihr Gesicht zum Kuss entgegen. Ihren vollkommenen Mund.

Beim Improvisieren weiß man nie, wo es hinführt. Aber manchmal ist es gut.

»Er liebt mich nicht. Er liebt irgendein blondes Ding in seinem Kopf. Nicht *mich*.«

19

Sie stahl sich davon wie ein geprügelter Hund. Baby im Mutterleib vor Scham zur Größe eines Daumennagels geschrumpft.

Aber es gab immer die Versöhnung. Stunden später, abends im Himmelbett. Mit der lustig harten Rosshaarmatratze, den quietschenden Sprungfedern. Das waren einzigartige Zeiten, an die sich der Bühnenautor zeitlebens erinnern sollte, überwältigt von der Macht der körperlichen Liebe, Nachbilder zu hinterlassen – auch über den Tod des Partners hinaus, mit dem man diese Liebe aus dem Verlangen heraus hatte erwachsen lassen.

Sie würde auch Rose für ihn sein, wenn er sich eine Rose wünschte.

Sie war doch seine Frau, alles würde sie ihm sein!

Sie küsste, küsste, küsste ihn außer Atem. Sie sog seine Zunge in ihren Mund. Ließ ihre Hände über seinen Körper gleiten, seinen mageren, eckigen Körper, der in der Leibesmitte seine Spannkraft verlor, verwegen küsste sie seine Brust, die krausen Haare darauf, sog an seinen Brustwarzen, lachte, kitzelte, massierte ihn forsch. Die geschickten Hände. Geübten Hände (der Gedanke erregte ihn, ob es nun stimmte oder nicht), die leicht über ihn hinspielten wie die einer Konzertpianistin bei Tonleiterübungen. Sie war die Rose in *Niagara*. Die Ehebrecherin, die mordlüsterne Gattin. Die blonde Frau von unerreichter Schönheit und Anziehungskraft, die er vor Jahren bewundert hatte, lange bevor die Aussicht auf eine wirkliche Begegnung bestand. Aber so verführerisch, sich auszumalen, er kannte sie! Während er sich doch mit dem betrogenen, impotenten Ehemann Joseph Cotten identifiziert hatte. Noch am Ende des Films hatte er sich mit Cotten identifiziert. Als Cotten Rose erdrosselt. Ein gruselig traumgleicher Würgetod. Ein Todesballett. Der Ausdruck auf dem vollkommenen Gesicht der Monroe, als sie begreift. *Sie wird sterben! Ihr Mann ist der Tod!* Der Film hatte den Bühnenautor, als er zu den stumm flimmernden Lichtgestalten hochgeblickt hatte, gepackt wie kein Film zuvor. (Er hielt nicht viel von Filmen als Kunstform.) Eine Frau wie Rose hatte er noch nie gesehen. Er hatte sich den Film allein in einem Kino am Times Square angesehen und geglaubt, unter den Zuschauern gebe es keinen einzigen Mann, der nicht ebenso empfinde wie er. *Dieser Frau ist kein Mann gewachsen. Sie muss sterben.*

Im Bett in dem Sommerhaus hoch über dem Atlantik in Galapagos Cove lag sie, seine Frau, seine schwangere Frau, auf ihm und nahm ihn auf. Ihr reiner Babyatem. Ihre süßen, heftig ausgestoßenen Schreie – »Oh, Daddy! Oh!« –, von denen er nicht wusste, ob sie echt oder gespielt waren. Nie wissen würde.

20

Er schob die Badezimmertür auf, ohne zu wissen, dass sie darin war.

Handtuch ums Haar, nackt, auf bloßen Sohlen, mit vorgewölbtem Bauch, wandte sie sich erschrocken nach ihm um. »Oh! Hey.« Mehrere Pillen in der hohlen Hand, in der anderen ein Plastikbecher. Schnell stopfte sie sich die Tabletten in den Mund und trank, und er sagte: »Liebes, ich dachte, du nimmst keine Mittel mehr?«, und sie, seinem Blick im Spiegel begegnend: »Das sind Vitamine, Daddy. Und Lebertrankapseln.«

21

Das Telefon klingelte. Es hatten nur wenige Menschen die Galapagos-Nummer, und das Läuten ließ sie stets zusammenfahren.

Norma hob ab. Machte ein betretenes Gesicht. Reichte den Hörer wortlos dem Bühnenautor und verließ hastig das Zimmer.

Es war Holyrod, ihr Hollywood-Agent. Entschuldigte sich. Sagte, er wisse zwar, dass Marilyn derzeit nicht ans Filmen denke. Aber das sei ein Top-Angebot! *Manche mögen's heiß*, eine burleske Komödie mit Männern, die sich als Frauen ausgaben, und die Hauptrolle sei »Marilyn Monroe« auf den Leib geschrieben. Die Produktionsgesellschaft wolle das Projekt finanzieren, man sichere Marilyn eine Mindestgage von 100 000 Dollar zu –

»Vielen Dank. Aber wir sagten es bereits: meine Frau interessiert sich momentan nicht für Hollywood. Wir erwarten im Dezember unser erstes Kind.«

Welch Genuss ihm diese Worte bereiteten! Der Bühnenautor lächelte versonnen.

Unser erstes Kind. Unser!

Ja, Genuss, obwohl sie bald schon Geld brauchen würden.

22

BEGEHREN

> du begehrst mich
> also
> bin ich nicht

Das zeigte Norma schüchtern ihrem Mann, weil er doch oft gesagt hatte, er würde ihre Gedichte gern lesen.

Er las die Zeilen, las sie erneut, lächelte perplex, weil er von ihr ganz anderes erwartet hatte. Gereimtes doch wohl eher! Und jetzt; was sollte er sagen? Etwas Ermutigendes: er wusste doch um ihre enorme Empfindsamkeit, wie leicht ihre Gefühle blessiert waren. »Liebes, ein wirklich starker Einstieg, dramatisch. Sehr ... vielversprechend. Aber wie geht es weiter?«

Rasch nickte Norma, als habe sie mit einem Einwand dieser Art gerechnet. Nein, nicht Einwand, natürlich, konstruktiv. Sie nahm das Gedicht wieder an sich, faltete es ganz klein zusammen, lachte perlend nach Art des ›Mädchens von oben‹ und sagte: »›Wie geht es weiter?‹ Oh, Daddy, du hast ja so Recht. Ist das nicht für uns alle die große Frage, irgendwie?«

23

Nicht sehr fern, unter den Dielen des alten Hauses, erklang ein leises Klagen, ein Maunzen, ein Wimmern. *Hilfe! Hilf mir.*

»Es ist nichts. Und ich höre gar nichts. Ich weiß es.«

24

Ende Juli am späten Nachmittag. Ein Freund des Bühnenautors war aus der Stadt hochgefahren, die beiden Männer waren losgezogen, um Blaufisch zu angeln. Norma war im Kapitänshaus allein. *Mit Baby allein: nur wir beide.* Sie war guter Dinge, nie hatte sie sich wohler gefühlt. Seit Tagen war sie nicht in den Keller gegangen, hatte nicht einmal einen Blick von der Treppe riskiert. *Nichts da. Ich weiß es!* »Es liegt wohl daran, dass es dort, wo ich herkomme, keine Keller gibt? Wozu auch.«

Sie hatte die Angewohnheit, Selbstgespräche zu führen, wenn sie im Haus allein war.

Sie sprach mit Baby. Ihrem engsten Freund!

Das war es gewesen, was im Leben der Babysitterin Nell gefehlt hatte: ein Kind. »Weshalb sie dann das kleine Mädchen aus dem Fenster stoßen musste. Hätte sie ein eigenes Baby gehabt...« (Und was war aus Nell geworden? Sie hatte es nicht geschafft, sich die Kehle aufzuschlitzen. Man hatte sie weggebracht. Weggesperrt. Sie hatte es widerstandslos geschehen lassen.)

Ende Juli am späten Nachmittag. Einem milden, schwülen Tag. Die Luft stand. Norma Jeane betrat mit dem leise schaudernden Unbehagen eines Eindringlings das Arbeitszimmer des Bühnenautors. Aber der Bühnenautor hätte bestimmt nichts dagegen, wenn sie mal eben seine Schreibmaschine benutzte. Warum sollte er? Die Szene war nicht direkt improvisiert, denn sie hatte sie geplant. Sie hatte sich vorgenommen, einen Brief an Gladys zu tippen, mit Durchschlag, den sie in die Lakewood-Klinik schicken könnte. Denn am Morgen war ihr siedend heiß eingefallen, dass sie Gladys doch fehlen musste! Sie war jetzt schon so lange an der Ostküste. Sie würde Gladys hierhin, nach Galapagos Cove, einladen! Denn sie war sich ganz sicher, dass Gladys inzwischen so weit wiederhergestellt war, dass sie reisen könnte, wenn sie das wollte; so hatte sie ihre Mutter dem Bühnenautor gegenüber dargestellt, und sie hielt diese Sicht für realistisch. Der Bühnenautor hatte gemeint, Gladys klinge nach einer interessanten Person, er freue sich darauf, sie kennen zu lernen. Norma Jeane würde daher zwei Briefe schreiben, und von jedem einen Durchschlag behalten, einen an Gladys, den anderen an den Leiter der Lakewood-Klinik.

Gladys würde sie natürlich nur mitteilen, dass sie im Dezember ein Kind erwarte.

»Endlich wirst du Großmutter. Oh, *ich* kann es kaum erwarten!«

Norma Jeane setzte sich *an des Bühnenautors Schreibtisch*. Die Kamera würde jetzt näher heranfahren, über ihre Schulter blicken. Sie liebte die treue alte Olivetti ihres Mannes mit dem zerfransten Band. Die auf dem Schreibtisch zerstreuten Blätter *so echt* wie die zerstreuten Gedanken eines

Genies. Vielleicht waren es Notizen, Skizzen? Dialogpassagen? Von dem gerade entstehenden Werk sprach der Bühnenautor selten. Aberglaube, wahrscheinlich. Aber Norma Jeane wusste, dass er an zwei oder drei Projekten zugleich arbeitete, darunter seinem allerersten Drehbuch. (Das war *ihr* zu verdanken, das freute sie sehr und machte sie stolz.) Als sie ein leeres Blatt Papier suchte, fiel ihr Blick auf –

X: Weißt du was, Daddy? Ich möchte Baby gern hier zur Welt bringen. In diesem Haus.
Y: Aber Liebes, wir hatten doch vor –
X: Wir könnten eine Hebamme kommen lassen. Im Ernst.
(X. aufgeregt, mit geweiteten Augen, umfängt ihren Leib mit beiden Händen, als wäre er schon geschwollen)

Und auf einem weiteren Blatt, mit vielen Streichungen –

X (zornig): Du hast mich nie verteidigt! Nie.
Y: Es war nicht immer so eindeutig, wer im Unrecht war.
X: Er hat mich verachtet!
Y: Nein. Du hast dich verachtet.
Y: Nein. Du bist diejenige, die sich verachtet.

(X kann nicht ertragen, dass sie ein Mann ohne Begehren betrachtet. Sie ist 32 & hat Angst vorm Alter.)

25

Wohin geht man, wenn man verschwindet? Wieder hörte sie die Geräusche im Keller. Sie sagte es ihm mit abgewandtem Blick, wohl wissend, dass er ihr nicht glauben würde, ihr nicht glauben wollte. Er berührte beschwichtigend ihren Arm, und sie erstarrte. »Norma, was hast du?« Sie konnte nicht sprechen. Er ging mit der Taschenlampe los, um sich im Keller umzusehen, fand aber nichts. Und trotzdem hörte sie es. Ein leises klagendes Maunzen, ein Wimmern. Manchmal ein Kratzen. Oder vielleicht verzweifeltes Scharren. Sie erinnerte sich (hatte sie es geträumt? handelte es sich um eine Filmszene?) an einen einzelnen Kinderschrei. Früh morgens und im Laufe des Tages, wenn sie unten allein war, und oft mitten in der sonst ruhigen Nacht, wenn sie schweißgebadet hochschreckte und plötzlich dringend auf die Toilette musste. Sie dachte, es wäre vielleicht eine streunende Katze, ein Waschbär – »irgendetwas, was da unten eingesperrt ist. Am Verhungern.« Ihr graute bei der Vorstellung, dass ein Lebewesen in diesem schrecklichen Keller gefangen sein könnte, wie in einer Grube. Der Bühnenautor begriff, dass sie sich wirklich beunruhigte, und er wollte ihr die Sorge nehmen. Er wollte nicht, dass sie selbst im beklemmend dunklen Keller herumstocherte. »Ich verbiete dir ein für alle Male, dort hinunterzusteigen, Liebes!« Die besten Erfahrungen hatte er bisher mit einem scherzhaften Ton gemacht: auf diese Weise konnte er sich mit ihrem vernünftigen Norma-Selbst gegen ihr unvernünftiges Marilyn-Selbst verbünden. Sich wegen des Gestanks die Nase zuhaltend (weniger Apfelfäule mittlerweile als eine Mischung aus verdorbenem Fleisch, Erd- und Zeitgeruch), stieg er erneut in den Keller hinab und leuchtete mit der Taschenlampe in alle Ecken, kehrte dann keuchend und reizbar zurück (denn es war ein unmenschlich warmer, schwüler Tag für diesen Küstenstrich), wischte sich die Spinnfäden aus dem Gesicht, versicherte Norma jedoch sanft, nein, es sei im Keller nichts zu finden, jedenfalls nicht, so weit er das feststellen könne, und gehört habe er auch nichts von den Geräuschen, die sie zu hören behaupte. Norma schien beruhigt. Sie schien erleichtert. Spontan hob sie seine Hand an ihre Lippen und küsste sie, zu seinem Unbehagen. Die Hand war doch nicht sauber!

»Armer Daddy. Muss die Launen einer schwangeren Frau ertragen, wie?«

Tatsächlich jedoch hatte Norma bereits in der zweiten Woche nach ihrer Ankunft angefangen, wilde Katzen hinten im Garten zu füttern. Wider alle Vernunft, fand der Bühnenautor. Zunächst nur eine, einen mageren schwarzen Kater mit zerbissenen Ohren, dann hatte sich eine zweite hinzugesellt, eine dünne, aber unübersehbar trächtige Schildpattkatze; und bald warteten zur Fütterungsstunde bis zu einem halben Dutzend Katzen geduldig an der Hintertür. Die Katzen blieben seltsam stumm, kauerten jede für sich da, wahrten Abstand, und wenn Norma dann ihre Schalen abstellte, hasteten sie hin, fraßen im hektischen Takt kleiner Maschinen und trabten, kaum waren sie fertig, ohne sich noch einmal umzusehen, davon. Zuerst hatte Norma sich um sie bemüht, hatte sie sogar streicheln wollen, doch sie fauchten sie an und wichen zurück. Da die Tür zum Keller im Freien lag, war durchaus denkbar, dass eine der Katzen dort hineingeraten war und irgendwo festsaß. Wenn, dann verkroch sich die armselige Kreatur vor dem Bühnenautor, als er kam, um sie zu erlösen.

»Liebes, vielleicht solltest du aufhören, die Katzen zu füttern«, meinte der Bühnenautor.

»Oh ja, das will ich auch! Bald.«

»Sonst werden es immer mehr. Du kannst ja nicht alles durchfüttern, was an der Küste von Maine kreucht und fleucht.«

»Daddy, das weiß ich doch. Du hast ja Recht.«

Und doch machte sie weiter, den ganzen Sommer hindurch. Er hatte es nicht anders erwartet. Wie viele räudige, hungernde Katzen jeden Morgen zur Fütterung auftauchten, wollte er gar nicht wissen. *Ihre eigenartige Dickköpfigkeit. Ihr eiserner Wille. In allen wesentlichen Fragen war sie ihm über, erkannte er. Nur an der Oberfläche war er siegreich.*

Er saß oben an seinem Schreibtisch und notierte eben diese Worte oder sehr ähnliche, als er einen Aufschrei hörte: »Ich wusste es! Ich habe es geahnt!«

Er hastete die Treppe hinunter und fand sie stöhnend und sich vor Schmerz windend am Fuß der Kellertreppe. Die Taschenlampe war ihr aus der Hand gefallen und schickte ihren schmalen, tunnelgleichen Strahl in die Tiefen, bis er sich schließlich in unbestimmten Schatten verlor.

Sie flehte ihn um Hilfe an, Rettung für ihr Baby. Als er sich über sie beugte, riss und zerrte sie an seinen Händen. Als wollte sie, dass er die Geburt einleite.

Er rief einen Krankenwagen. Man brachte sie nach Brunswick ins Krankenhaus.

Fehlgeburt in der fünfzehnten Schwangerschaftswoche.

Es war der 1. August.

748

Der Abschied

Das war der Anfang vom Ende, nicht? Du gabst mir die Schuld.
Niemals. Doch nicht dir.
Weil ich dich und das Baby nicht retten konnte.
Doch nicht dir.
Weil ich nicht derjenige war, der litt. Der ausblutete.
Nicht dir. Ich war schuld. Verdiente es nicht anders. Ich hatte Baby schon
einmal getötet. Baby war schon tot.

Sie, die Leidtragende, lag eine Woche im Krankenhaus. Sie hatte stark geblutet und war in der Notaufnahme fast gestorben. Ihre Haut war stumpfwäch-
sern, unter den Augen hatte sie dunkle Ringe, im Gesicht, am Hals und den
Oberarmen Prellungen und Schürfwunden. Sie hatte sich im Fallen das Handgelenk verstaucht, mehrere Rippen angebrochen. Sie hatte eine Gehirner-
schütterung erlitten. In Augen- und Mundwinkeln waren tiefe Falten. Als ihr
zu Tode geängstigter Ehemann sie zuerst bewusstlos auf der Bahre sah,
glaubte er, sie sei tot; was da lag, konnte nur eine Leiche sein. Jetzt, im Krankenzimmer, zu dem niemand außer ihm Zutritt hatte, auf Kissen gebettet, in
blendendem Weiß, mit Schläuchen in den Armen und einer zum Beatmen in
der Nase, sah sie aus wie die Überlebende einer Katastrophe: Erdbeben, Bom-
benangriff. Wie eine Überlebende, die nie Worte fände für das, was sie durch-
lebt hatte.
Sie ist gealtert. Ihre Jugend ist endlich dahin.
Sie stand »unter Beobachtung«, weil sie, wie man dem Bühnenautor mit-
teilte, im Delir davon gestammelt hatte, sich umbringen zu wollen.
Und doch, wie festlich, das Krankenzimmer! Voller Blumen.
Obwohl sie unter einem falschen Namen eingeliefert worden war. Einem
Namen, der keinem ihrer Namen glich.
Üppige Blumengebinde, wie sie das Personal des allgemeinen Kranken-
hauses bis dato nicht gesehen hatte. Ergossen sich aus dem Zimmer in die
Besucher- und Schwesternzimmer.
Allerdings hatte das allgemeine Krankenhaus in Brunswick auch noch nie
eine Hollywood-Berühmtheit als Patientin gehabt.

Natürlich war Pressevertretern und Fotografen der Zutritt verboten. Und doch sollte eine Aufnahme von **Marilyn Monroe** auf der Titelseite des *National Enquirer* erscheinen, eine gebrochene Frau im Klinikbett, durch einen Türspalt aufgenommen.

MARILYN MONROE VERLIERT BABY IM VIERTEN MONAT.
SELBSTMORDGEFAHR

Ein ähnliches Bild war im *Hollywood Tatler* abgedruckt, zusammen mit dem »Exklusiv-Telefoninterview« eines Reporters, der sich »Schlüsselloch« nannte.

Diese und andere Geschmacklosigkeiten würde der Bühnenautor ihr verheimlichen.

Am Telefon würde er den Freunden in Manhattan auf Anfrage bereitwillig, ja, zwanghaft berichten: »Ich habe Normas Sorgen bagatellisiert. Das werde ich mir nie verzeihen. Nein, sie fürchtete sich kein bisschen vor der Geburt. Ich meine vielmehr, dass ihr die Judenverfolgung keine Ruhe ließ, das ›Jüdischsein‹. Die Geschichte ihr keine Ruhe ließ. Jetzt begreife ich, dass ihre Sorge keineswegs übertrieben war, keine Einbildung. Ihre Angst war eine erstaunliche Vorahnung –« Er verstummte verwirrt. Er atmete gepresst, er hatte Mühe, die Fassung zu bewahren, hatte sie seit der Katastrophe mehrfach verloren, wusste nicht, welche Worte er suchte. In dieser Krise hatte der Bühnenautor, Herr über die Worte, viel von seiner Macht eingebüßt; sich selbst kam er vor wie ein kleines Kind, das Gedanken auszudrücken sucht, die in seinem Kopf schweben wie große, weiche Ballons und ihm entschlüpfen, sobald er nach ihnen greift. »Wir anderen lernen nur, diese Angst zu überspielen. Die tragische Dimension der Geschichte. Wir sind seicht, wir sind Überlebende! Aber Marilyn... ich meine natürlich Norma...«

Ach Gott, was meinte er bloß?

Einen Großteil ihres Klinikaufenthalts verbrachte sie schweigend. Lag mit halb geschlossenen, dunkel verfärbten Augen da, als triebe sie knapp unter einer Wasseroberfläche. Geheimnisvoller Zauberbrau träufelte in ihre Venen und wurde von dort in ihr Herz geschwemmt. Ihr Atem war so flach, dass er sich nicht sicher war, ob sie überhaupt atmete, und wenn er kurz in einen hypnotischen Schlaf versank und ein weißer Schleier sich über sein Bewusstsein breitete, denn er war ein erschöpfter Mann, ein nicht mehr ganz junger Mann, ein Mann, der die fünfzehn Pfund, die er seit seiner Eheschließung zugenommen hatte, fast wieder verloren hatte, dann fuhr er von der Angst überwältigt hoch, seine Frau könne aufgehört haben zu atmen. Er hielt sie an den Händen im Leben zurück. Massierte sanft ihre kraftlosen Hände. Ihre armen, verletzten Hände! Sah mit Entsetzen, dass sie eher kleine kurze Hände hatte, gewöhnliche Hände mit eingerissenen Nägeln und Dreckrändern darunter. Sah, dass das Haar, das berühmte, nachgedunkelt war, spröde und dünner. Leise murmelte er wie am Bett eines Kindes: »Ich liebe dich. Norma, Liebes, ich habe dich so lieb«, in der Gewissheit, dass sie ihn hören musste. Ihn auch lieben musste und ihm verzeihen. Und da, plötzlich, am Abend des dritten Tages, lächelte sie ihn an. Erwiderte den Druck seiner Hände und schien wieder zum Leben erwacht.

Genius der Schauspieler! Kraft aus den unnennbaren Tiefen der Seele zu schöpfen. Uns anderen unbegreiflich. Kein Wunder, dass wir euch fürchten. Wir stehen am fernen Ufer und strecken ehrfürchtig die Hände nach euch aus.

»Wir versuchen es wieder, nicht, Daddy? Und wieder und wieder?« Sprudelte sie, die Tage nicht gesprochen hatte. Leidenschaftlich, unerbittlich. Ihre mitgenommenen Augen glitzerten. Er, ihr Mann, hätte seine Augen am liebsten mit der Hand abgeschirmt. »Wir geben nie auf, nicht, Daddy? Wir beide? Versprichst du's? *Niemals?«*

Das Nachleben
1959–1962

Der Tod ist unverhofft gekommen, denn ich habe ihn gewollt.
Waslaw Nijinsky

Aufrichtiges Beileid

Schöne verlorene Tochter –

ich hörte von deinem schmerzlichen Verlust und wollte dir mein aufrichtiges Beileid aussprechen.

Der Tod einer ungeborenen Seele vermag uns tiefer zu treffen als jeder andere, ist diese doch noch gänzlich unschuldig und unbefleckt.

Liebe Norma, die Nachricht deines Kummers erreicht mich zu einer Zeit, die auch für mich schmerzlich ist, denn die Weggefährtin langer Ehejahre ist nun von mir gegangen. Wenn ich mich wieder etwas gefangen habe, muss ich in Ruhe überlegen, wie es weitergehen soll. Ich bin nicht mehr jung (und nicht bei bester Gesundheit). Wahrscheinlich werde ich Haus & Grund veräußern (viel zu weitläufig für einen einsamen Witwer von fast siebzig Jahren mit asketischen Neigungen). Von diesem Anwesen in der Nähe von Griffith Park blicke ich nach Süden auf den Forest Lawn Memorial Cemetary, wo meine geliebte Agnes ihre letzte Ruhestatt gefunden hat und auch ich eines Tags beigesetzt werden soll. ~~Hier ist es mir zu traurig und einsam~~

Liebe Tochter, mir kam der Gedanke: Vielleicht haben sich auch deine Lebensumstände so verändert, dass du zu mir ziehen wolltest. Mein Haus bietet mehr als genug Platz, glaube mir, die Makler sprechen von einem herrschaftlichen Anwesen.

Von deinem Kummer erfuhr ich auf etwas befremdliche Art, muss ich sagen. Und zwar aus einer »Klatschkolumne« des *Hollywood Tatler* (beim Herrenfriseur). Aber die Meldung war ja bereits durch die Presse gegangen. Wie auch die Nachricht von deiner »kriselnden Ehe«.

Deine schauspielerische und filmische Begabung, liebe Tochter, scheint leider ungleich größer als die zum Leben. ~~Schon deine unglückliche~~

755

~~Mutter, glaube ich heute, trug wie die Spinne Loxosceles das Gift im Leibe.~~

Aber verzeih, meine Liebe, ich hatte mein Beileid ausdrücken wollen und nicht schelten! Gott segne dich.

Ich sehe mir zwar deine Filme nicht an, aber dein schönes Gesicht begegnet mir häufig, & ich staune, dass dein Leben so wenig Spuren hinterlässt, aber wie es in einem Menschen aussieht, steht ihm nicht immer ins Gesicht geschrieben. ~~Vielleicht ist bei einer Frau mit 33~~

Ich hoffe, sehr bald Verbindung mit dir aufnehmen zu können, liebe Norma. Verzeih, wenn es einem betagten Herrn widerstrebt, alte Wunden aufzureißen.

Dein reuiger, dich liebender Vater

Sugar Kane 1959

*I wanna be loved by you nobody else but you I wanna be loved by you
nobody else but you I wanna be loved by you nobody else but you I
wanna be loved by you alone* sie war gefangen! Gefangen im *I wanna be
loved by you nobody else but you I wanna be loved by you
alone!* sie ertrank! erstickte! *I wanna be kissed by you nobody else but
you I wanna be kissed by you alone* sie war Sugar Kane Kovalchick
von den Sweet Sue's Society Syncopaters sie war Sugar Kane, die
betörende blonde Ukulele-Spielerin sie war das Vollweib sie war Hintern, sie war Busen sie war Sugar Kane, die betörende blonde Ukulele-Spielerin auf der Flucht vor männlichen Saxophonisten männliche Saxophone
hatten es auf ihre Ukulele abgesehen sie würde nicht widerstehen können!
wieder & wieder & immer & ewig sie liebten sie dafür *I wanna be loved by
you alone* es passierte schon wieder es passierte immer & ewig es
passierte erneut *I wanna be loved by nobody else but you* sie gurrte &
warb lächelnd um ihr Publikum, schrammelte auf der Ukulele, die man sie
zu spielen gelehrt hatte & ihr Spiel war erstaunlich geschickt für eine, die bei
dem ganzen von sattroten Schmollippen stammelnd vorgebrachten *I
wanna! I wanna! I wanna be loved* so bedudelt & narkotisiert & zu Tode
geängstigt war eine weitere Spielart der elenden Kuh aber sie liebten das
& auf der Leinwand verliebte sich ein Mann in sie *I wanna be kissed by
you alone* aber war das so komisch? war das komisch? war das komisch?
warum war das komisch? warum war Sugar Kane komisch? warum waren
Männer, die sich als Frauen verkleideten, komisch? warum waren Männer,
die wie Frauen geschminkt waren, komisch? warum waren Männer, die auf
Stöckelschuhen herumstolperten, komisch? warum war Sugar Kane komisch, war Sugar Kane der Frauenimitator schlechthin? war das komisch?
warum war das komisch? warum sind Frauen komisch? warum würden die
Menschen über Sugar Kane lachen & sich in Sugar Kane verlieben? warum
bloß, wieder und wieder? warum würde Sugar Kane Kovalchick, die Ukulele-
Spielerin in Amerika ein solcher Kassenschlager werden? warum die
betörende blonde Ukulele-Spielerin und Trinkerin Sugar Kane Kovalchick ein
solcher Bombenerfolg? warum *Manche mögen's heiß* ein Meisterwerk?

warum Monroes größte Leistung? warum Monroes kommerziellster Film? warum liebten sie sie? warum, wo doch ihr Leben in Fetzen war wie mutwillig zerschlitzte Seide? warum, wo ihr Leben in Scherben lag wie zerschmissenes Glas? warum, wo sie ausgeblutet war? warum, wo sie ausgeschabt worden war? warum, wo sie doch Gift im Schoß trug? warum, wo ihr doch der Kopf gellte vor Schmerz? ihr Mund von Stachelameisen zerbissen war? warum, wo doch alle am Drehort sie hassten? ihr grollten? sie fürchteten? warum, wo sie doch vor aller Augen ertrank?   *I wanna be loved by you boop boopie do!* was war an Sugar Kane Kovalchick von Sweet Sue's Society Syncopaters so verführerisch?   *I wanna be kissed by you   nobody else but you   I wanna! I wanna! I wanna be loved by you   alone* aber warum? warum war Marilyn so komisch? warum liebte alle Welt Marilyn so? die sich selbst verachtete? gerade deshalb? warum, wo doch Marilyn ihr Baby umgebracht hatte? warum, wo doch Marilyn ihre Babys umgebracht hatte? warum wollte alle Welt Marilyn ficken? warum wollte die ganze Welt Marilyn ficken, ficken, ficken? warum wollte die ganze Welt sich wie ein blutiges schwellendes Schwert in Marilyn bohren? war es ein Rätsel? eine Warnung? oder bloß wieder ein Witz?   *I wanna be loved by you   boop boopie do   nobody else but you   nobody else but you   nobody else*

Verdammter Wiederholungszwang! Fluch der Bettelmagd.

Am Drehort gab es spontan Beifall. Es war Marilyns erster ganzer Tag, sie war krank gewesen & weg & es kursierten Gerüchte & wie ein Trauernder, ein Hinterbliebener wich ihr hochgewachsener bleicher, bebrillter Ehemann nicht von ihrer Seite & doch sang sie »I Wanna Be Loved by You« und eroberte jedermanns Herz, ach, wie sie ihre Marilyn doch liebten! Ihre Marilyn doch so gerne lieben wollten! W gab den Auftakt zum Applaus, als Regisseur war das sein Vorrecht & die anderen beeilten sich, der blonden Darstellerin Lob zu zollen & sie stand und schaute zu Boden und nagte an ihrer Unterlippe, fast bis das Blut kam, während ihr narkotisiertes Herz heftig schlug, im Bemühen zu ergründen, ob die Versammelten ihr allesamt etwas vormachten oder selbst unschuldige Opfer einer Täuschung wären, also wartete sie geduldig, bis der Beifall verklang, dann sagte sie einfach

»Nein. Ich will es noch mal machen.«

Also noch mal die absurd kleine Ukulele, die einem Spielzeuginstrument glich, Sinnbild ihres Spielzeuglebens & ihrer blonden Spielzeug-Seele & noch mal die vielsagend-verführerischen Riesenpuppenbewegungen einer grotesken Verschmelzung von Mae West & der Kinderreim-Schäferin Little Bo Peep. Voyeurhaft verschlang die Kamera Sugar Kanes dicklichen Körper & der Witz des Ganzen (von Kamera und Zuschauern geteilt) liegt wohl darin, dass die dumm-blonde Sugar Kane nicht begreift, dass der Witz auf ihre Kosten geht, Sugar Kane muss die Sache todernst bis zum bitteren Ende spielen   *I wanna be loved by you   nobody else but you   I wanna be loved by you   alone*   und dabei die unverwandt in den Rückspiegel glotzenden allwissenden Glupschaugen des Frosch-Chauffeurs der studioeigenen Limousine sehen, dieses Artverwandten der Bettelmagd, der sie kannte   *I wanna be loved by you nobody else but you I wanna be loved by you by you I wanna be loved by you I wanna be boop boopie do! boop boopie do! I wanna be*

»Nein. Ich will es noch mal machen.«

Und langsam fand Sugar Kane ihre Rolle, von innen heraus spürte sie die allmähliche Verfeinerung, obwohl Sugar Kane nichts als eine Sex-Karikatur in einer weiteren von Männern zur Erheiterung von Männern ersonnenen Sex-Farce war   Sugar Kane als »Wackelpudding auf Beinen«   die Rolle eine Ohrfeige & für Monroe tief verletzend & doch: Sugar Kane war ihr auf den Leib geschrieben worden & war Sugar Kane etwa nicht die blonde Darstellerin?

»Nein. Ich will es noch mal machen.«

I wanna be loved by you   by you and you   Nicht scharf! ihr Ton war nicht scharf gewesen, da war sie sich ganz sicher. Ihre Friseurin & Whitey, ihr Maskenbildner, waren Zeugen. Aus weiter Ferne hörte sie ihre eigene kehlig-hauchige Marilyn-Stimme, wie eine Telefonstimme, & schwören hätte sie können, dass ihr Ton W gegenüber nicht scharf gewesen war, *scharf* würde sie sich aufsparen. Vorläufig höchstens drohende *Schärfe.* Wurde gemunkelt, seit sie zur Produktionsgesellschaft zurückgekehrt war. Drohende *Schärfe.* Wie die blitzende Schneide einer neuen Rasierklinge Drohung und Verheißung von *Schärfe* ist. Als sie zu dem von der Produktionsgesellschaft ihr zuliebe engagierten renommierten Regisseur W sagte: »Passen Sie mal gut auf: Sie haben für diesen albernen Film immerhin eine Marilyn Monroe, also nutzen Sie sie und verderben Sie sie nicht. Verderben Sie es sich nicht mit ihr, verstehen Sie?«

Als wäre sie gestorben und in anderer Gestalt zu uns zurückgekehrt. Es hieß, sie habe einen Sohn verloren. Und habe versucht, sich das Leben zu nehmen. Sich im Atlantischen Ozean zu ertränken! Mumm hatte die Monroe immer.

Nach dem ungewollten & irritierenden Applaus war die nächste Aufnahme eine Katastrophe & sie vergaß ihren Text & selbst ihre Finger ließen sie im Stich und zupften auf der Ukulele Misstöne, & da begann sie eigenartig tränenlos zu schluchzen & schlug sich wild auf die Schenkel des engen, seidenraschelnden Sugar-Kane-Kleids (das so eng war, dass sie sich beim Drehen nicht setzen, sondern höchstens in einer speziell für solche Situationen konstruierten Hohlform »ruhen« konnte) & schrie wie ein Schlachttier & raufte sich in heillosem Zorn die eben blondierten, aufgeföhnten Haare, die spröde waren wie gesponnenes Glas, & sie hätte sich mit den langen Nägeln das zur Kindfrau-Maske geschminkte Gesicht zerkratzt, wäre nicht W selbst zu ihr hingestürzt, um sie daran zu hindern. »Marilyn! Um Himmels willen.« In Monroes wildem Blick einen Vorboten sehend. Doc Fell, Vertragsarzt der Produktionsgesellschaft, der an Drehtagen nie weit vom Tonatelier und von der Monroe weilte, wurde gerufen & eilte herbei & führte die hysterisch schluchzende Patientin mit seiner Helferin ab. Und wer weiß, was für ein Zauberbrau ihr in der Abgeschiedenheit der Garderobe, die einst Marlene Dietrich gehört hatte, direkt ins Herz gespritzt wurde.

Ich lebe jetzt für die Arbeit. Ich lebe für meine Arbeit. Ich lebe nur noch für meine Arbeit. Eines Tages werde ich Rollen bekommen, die meiner Begabung & meinen Wünschen angemessen sind. Eines Tages. Das gelobe ich. Das schwöre ich. Ihr sollt mich für meine Kunst lieben. Wenn ihr mich aber nicht liebt, kann ich nicht weitermachen. Also liebt mich doch, bitte! – damit ich weitermachen kann. Ich stecke fest! Ich stecke in dieser blonden Puppe mit dem Gesicht fest. Ich kann nur durch dieses Gesicht atmen! Diese Nasenlöcher! Diesen Mund! Helft mir, vollkommen zu werden. Wenn Gott in uns wäre, wären wir vollkommen. Aber Gott ist nicht in uns, das wissen wir, denn wir sind nicht vollkommen. Ich will nicht Geld & nicht Ruhm, ich

will nur vollkommen sein. Die blonde Puppe Monroe bin ich & nicht ich. Sie
ist nicht ich. Sie ist, was geboren wurde. Ja, ihr sollt sie lieben. Damit ihr
mich liebt. Ach, ich will euch lieben! Wo seid ihr? Ich suche, ich suche & es
ist niemand da.

In einem geliehenen Wagen war sie auf dem Ventura Freeway in östlicher
Richtung nach Griffith Park & zum Forest Lawn Cemetery gefahren (wo
I. E. Shinn begraben lag, nur hatte sie zu ihrer Schande vergessen, wo!) &
blieb Stunden weg, & niemand wusste Bescheid, & es kündigte sich eine lähmende Migräne an, & dennoch fuhr sie weiter & fuhr viele Meilen weit
durch Wohnviertel und dachte *So viele Menschen! so viele! warum hat Gott*
nur so viele gemacht! ohne genau zu wissen, was sie suchte, wen sie suchte,
aber in der Gewissheit, dass sie ihren Vater erkennen würde, wenn sie ihn
sah. *Siehst du? – der Mann dort ist dein Vater, Norma Jeane.* Denn diesen
Vater, sah sie im Durcheinander in ihrem Kopf, wo alles umherglitschte wie
Eiswürfel auf einem frisch gebohnerten Fußboden, deutlicher als jede andere
Gestalt ihres jetzigen Lebens. Sie konnte den Gedanken nicht zulassen, dass
er sie vielleicht bewusst quälte. Dass seine Briefe nicht liebevoll waren, sondern vielmehr grausam. Dass er mit ihr spielte.
    Schöne verlorene Tochter.
    Dein reuiger, dich liebender Vater.
    Mit Norma Jeane spielte, wie diese eines Tages von einem der Fenster des
Kapitänshauses aus die magere, aber so überaus trächtige Schildpattkatze
mit einem jungen Wildkaninchen hatte spielen sehen: entsetzt mit angesehen hatte, wie sie das benommene & blutende & kläglich schreiende Geschöpf sich Stück um Stück durchs Gras schleppen ließ, um sich immer wieder mit Wonne darauf zu stürzen & mit scharfen Raubzähnen zu reißen &
zerbeißen; das benommene & blutende & kläglich schreiende Geschöpf sich
abermals ein kleines Stück durchs Gras schleppen ließ, um sich erneut darauf zu stürzen, bis von dem jungen Wildkaninchen nichts übrig war als
Rumpf & Hinterläufe, die noch zuckten. (Sie hatte nicht eingreifen dürfen.
Ihr Mann sagte, es sei ein natürlicher Vorgang. Es entspreche der Natur der
Katze. Jedes Eingreifen würde die Katze nur verstören. Es sei ohnehin zu
spät, das Junge nicht mehr zu retten.) Nein. Diesen Gedanken mochte sie
nicht zulassen. Diesen Gedanken ließ sie nicht zu. »Mein Vater ist ein al-
ternder, kränkelnder Mann. Er meint es nicht böse. Er schämt sich dafür,
mich als Kind im Stich gelassen zu haben. Mich Gladys überlassen zu haben.

Er will es wieder gutmachen. Ich könnte zu ihm ziehen und ihm Gesellschaft leisten. Einem distinguierten älteren Herren. Weißhaarig. Wohlhabend, offenbar; und wenn nicht: ich könnte uns beide unterhalten. MARILYN MONROE UND IHR VATER – Er könnte mich zu Premieren begleiten. Nur, warum gibt er sich nicht zu erkennen? Worauf wartet er noch?«

Sie war dreiunddreißig Jahre alt! Ihr schoss der Gedanke durch den Kopf, dass ihr Vater sich Marilyn Monroes schämen könnte & die Verbindung deshalb nicht öffentlich anerkennen mochte. Er nannte sie immer nur Norma. Er behauptete, die Filme der Monroe nicht zu kennen. Ihr schoss der Gedanke durch den Kopf, dass ihr Vater vielleicht abwarten wollte, bis Gladys tot war.

»Wie sollte ich zwischen ihnen wählen! Ich liebe sie beide.«

Seit sie nach Los Angeles zurückgekehrt war, um *Manche mögen's heiß* zu drehen, hatte sie Gladys nur einmal besucht. Obwohl Gladys vermutlich von ihrer Schwangerschaft gewusst hatte, hatte sie ihrer Mutter von der Fehlgeburt nichts erzählt, und Gladys hatte keine Fragen gestellt. Den Großteil des Besuchs hatten sie in den Klinik-Anlagen verbracht, wo sie bis zum Zaun gegangen waren und zurück.

»Ich halte zu Mutter. Doch mein Herz gehört *ihm*.«

Den Kopf voll konfuser Gedanken, verirrte sie sich in den Hügeln über der Stadt. Sie verirrte sich auf dem Forest Lawn Cemetery, & sie verirrte sich in Griffith Park, & sie verirrte sich schließlich im Vorort Glendale, & selbst wenn sie jetzt nach Hollywood & Beverly Hills zurückfände, würde sie sich nicht genau erinnern können, wo sie wohnte. In dem freundlicherweise von Mr. Z & der Produktionsgesellschaft zur Verfügung gestellten Haus. Einem kleinen, aber sehr geschmackvoll eingerichteten Haus nicht weit vom Produktionsgelände, nur wusste sie nicht mehr, wo. Aus einem Drugstore in Glendale (wo man sie erkannte, verflucht, es entging ihr nicht, dass alle glotzten & flüsterten & grienten, & sie war erschöpft, Kleider zerknittert & kein Make-up & hinter den dunklen Gläsern der Sonnenbrille rotunterlaufene Augen) rief sie in Mr. Zs Büro an und bettelte bitte, bitte wie Sugar Kane, & da schickten sie ihr einen Fahrer, der sie zu dem Haus am Whittier Drive zurücklotste, das sie zunächst nicht erkannte, leuchtende Bougainvilleen & Palmen, & man musste ihr an die Tür helfen, die sehr plötzlich aufging & da stand ein hochgewachsener Mann mittleren Alters mit besorgtem, zerfurchtem Gesicht und dicken Brillengläsern, & sie erkannte ihn vor lauter Verwirrung & der lähmenden Migräne wegen nicht.

»Nun, komm schon, Liebes. Ich bin dein *Mann*.«

Siebenunddreißigmal »I Wanna Be Loved by You«, ehe Monroe der Meinung war, ihr Bestes gegeben zu haben. Etliche dieser Aufnahmen erschienen sowohl W als auch anderen nahezu identisch, doch für Monroe gab es immer Nuancen, & auf diese Nuancen kam es ihr an, als *hinge ihr Leben davon ab, & sich ihr entgegenzustellen, war lebensbedrohlich: dann reagierte diese Frau mit heller Aufregung & heillosem Zorn.* Alle waren erschöpft. Sie selbst war erschöpft, aber zufrieden, & man sah die Monroe lächeln. Vorsichtig spendete W Lob. Seine Sugar Kane! Vorsichtig ergriff er ihre Hände & dankte ihr, wie er es während der Dreharbeiten zu *Das verflixte 7. Jahr* oft getan hatte, & damals hatte sie noch gestrahlt & hocherfreut gekichert, jetzt aber erstarrte sie & zuckte zurück, wie es eine Katze vielleicht täte, als dürfe man sie in diesem Augenblick nicht anrühren – oder er nicht. Ihr Atem flog & war feurig. W sollte behaupten: entzündlich! W, der renommierte Hollywood-Regisseur, hatte mit dieser schwierigen Schauspielerin schon die damalige Komödie gedreht, die 1955 sowohl ein Kassenerfolg wurde als auch von den Kritikern gefeiert, & das ›Mädchen von oben‹ als komödiantische Glanzleistung, & dennoch traute ihm die Monroe nicht. Es waren seither bloß drei Jahre vergangen, doch die Monroe war so sehr verändert, dass W sie nicht wieder erkannt hätte. Sie war nicht mehr das ›Mädchen von oben‹. Sie war nicht mehr auf seine Anerkennung und sein Lob angewiesen. Sie war nicht mehr mit dem Ex-Sportler verheiratet & musste keine blauen Flecken mehr überschminken, & das eine Mal bei den Außenaufnahmen in New York, wo sie W in die Arme gesunken war & zum Herzzerreißen geschluchzt hatte, & W sie gehalten hatte, wie ein Vater sein Kind hält; er hatte die Zärtlichkeit & Verletzlichkeit dieses Augenblicks nicht vergessen, im Gegensatz offenbar zur Monroe. Das Problem war, dass die Monroe inzwischen niemandem mehr traute.

»Wie denn? Es gibt nur die eine ›Monroe‹. Und es gibt etliche, die nur darauf warten, sie gedemütigt zu sehen.«

Manchmal schlief sie in ihrer Garderobe auf dem Gelände der Produktionsgesellschaft. Tür abgesperrt & BITTE NICHT STÖREN draußen & einer ihrer Getreuen, oft Whitey, als Zerberus davor. Schlief im Schlüpfer & oben ohne, & der ganze Körper schweißnass & stinkend vor Angst & dem ewigen Brechen, & der Strom des durchs Herz geschleusten Nembutal so mitreißend, dass sie sanft in den Schlick eines traumlosen Schlafs glitt & das schreckliche Rasen der Angst nachließ & verebbte, & *wenn mein Herz eines*

Tages stehen bleibt: mit dieser Gefahr muss ich leben & ihre sieche Seele sich im Schlaf etlicher – wie vieler? – Stunden erholte, manchmal bloß zwei oder drei, manchmal bis zu vierzehn, nur dass sie dann verwirrt & in Angst hochschrak & nicht wusste, wo sie war, vielleicht keineswegs in der Garderobe auf dem Gelände der Produktionsgesellschaft, sondern in Babys Zimmer im Sommerhaus, das sie nach der Fehlgeburt kein einziges Mal mehr betreten hatte, oder einem fremden Zimmer in einem Privathaus oder sogar einem Hotelzimmer, & sie erwachte als Norma Jeane inmitten einer von einer Fremden angerichteten Verheerung, einer Irren, die Make-up-Tiegel & Tuben auf den Boden geworfen hatte, Puder & Talkum, Kleider von den Bügeln gerissen & zerknüllt unten im Schrank hatte liegen lassen, & manchmal fehlten aus ihren Lieblingsbüchern ganze Seiten, herausgerissen & zerstreut, & der Spiegel zertrümmert, auf den jemand mit der Faust eingeschlagen hatte (& ja, Norma Jeanes Faust wäre wund), & einmal war eine blutrote Spur Lippenstift quer über den Spiegel geschmiert wie ein Aufschrei, & dann erhob sie sich unsicher, wohl wissend, dass sie alle Spuren der Verwüstung würde beseitigen müssen, denn niemand sollte sehen, wie beschämend es war, welche Schande, Norma Jeane zu sein, Tochter einer Mutter, die nach Norwalk gebracht worden war, was alle Welt wusste, auch die anderen Kinder, in deren Augen sich Schrecken & Mitleid spiegelte.

Im verdunkelten Schlafzimmer im rückwärtigen Teil des Hauses am Whittier Drive sagte ein Mann zärtlich *Norma, du weißt, wie viel du mir bedeutest,* & sie sagte *Ja, das weiß ich,* während sie in Gedanken bei Sugar Kane war & dem morgigen Drehplan, einer Liebesszene zwischen Sugar Kane & einem Mann, der ihr verfallen war (im Film), eine Rolle, die (im Leben) C spielte, der Marilyn Monroe mittlerweile hasste. Ihre kindliche Selbstbezogenheit, ihr permanent unpünktliches Erscheinen im Tonatelier & ihre Unfähigkeit, wenn sie dann endlich eintraf, ihren Text zu behalten, sei es aus Boshaftigkeit oder Blödheit, oder sei es, dass die Mittel ihr Gehirn ausfretzten, sodass C & die anderen immer neue Aufnahmen erdulden mussten, & C entging keineswegs, dass sich seine schauspielerische Leistung dabei täglich verschlechterte & der Regisseur W der Monroe beim Feinschnitt den Vorrang geben würde, weil die Monroe die Hauptattraktion war, die elende Kuh. Also hasste C sie, & wie inbrünstig sollte er sich während des filmischen Höhepunkts, der Kussszene, wünschen, dass er Sugar Kane in ihr dümmlich geschminktes Gesicht spucken könnte, denn inzwischen schauderte ihn vor der leisesten Berührung mit Monroes legendärer Haut, & C würde der Monroe auf immer spinnefeind bleiben, & Geschichten sollte er nach ihrem Tod über sie verbreiten! Diese beiden also müssten sich am morgigen Drehtag mit gespielter Leidenschaft – mehr noch: mit Gefühl – küssen, & die Zuschauer müssten es glauben, & das stand ihr vor Augen, während ein Mann zu ihr sprach, sie anflehte *Wie kann ich dir bloß helfen, Liebes? Uns helfen.* Da fiel ihr siedend heiß ein, dass dieser Mann, der sich so um Tröstung bemühte, dieser stille, anständige, kahl werdende Mann ihr Ehemann war. *Wie kann ich uns bloß helfen, Liebes? Sag es mir doch.* Sie wollte sprechen, aber ihr Mund war voll Watte. Er sagte und strich ihr dabei über den Arm *Als würden wir uns seit Maine mit jedem Tag fremder,* & sie murmelte irgendetwas & er rief gequält *Ich mache mir solche Sorgen um dich, Liebste. Deine Gesundheit. Diese vielen Pillen. Willst du dich zerstören, Norma? Was machst du aus deinem Leben?* & da stieß sie ihn schließlich weg & sagte kalt *Was geht dich mein Leben an? Wer bist du denn schon?*

Lampenfieber. Fluch der Bettelmagd! Wiederholen, wiederholen, stottern & wiederholen & von vorne beginnen & beginnen von vorn & stottern & wiederholen & widersprechen & weglaufen & schließlich wiederkehren, um zu wiederholen & wiederholen wiederholen, bis zur Vollendung, was immer es war bis zur Vollendung, bis vollendet war, was nie vollendet sein kann, also wiederholen & wiederholen, bis zur Vollendung, & bis es unangreifbar wäre, sodass sie, wenn sie lachten, über eine geniale komödiantische Leistung lachten & nicht über Norma Jeane, denn Norma Jeane würden sie dann gar nicht mehr sehen.

Lampenfieber. Nackte Angst. Albtraum jedes Schauspielers. Ein Adrenalinstoß, der dich glatt zu Boden werfen kann, & dein Herz rast & ist so mit Blut aufgepumpt, dass du meinst, jeden Moment birst es, & deine Finger & Zehen werden zu Eis & deine Beine zu Blei, & deine Zunge wird fühllos, deine Stimme ist weg. Ein Schauspieler aber besteht aus Stimme, & wenn seine Stimme weg ist, ist er weg. Oft kommt noch der Brechreiz hinzu. Überfallartig, krampfartig. Lampenfieber ist ein unergründliches Rätsel; es kann jeden jederzeit treffen. Erfahrene Schauspieler, Veteranen. Erfolgreiche Schauspieler. Laurence Olivier, zum Beispiel. Olivier war auf dem Höhepunkt seiner Karriere fünf Jahre lang außerstande, eine Bühne zu betreten. Olivier! Und nun wurde also die Monroe mit Anfang dreißig vom Lampenfieber befallen, schlimm befallen, & das nicht einmal vor Publikum, sondern vor einer Filmkamera. Warum? Es heißt, Lampenfieber sei nichts anderes als Todesangst, Angst vor Vernichtung, aber warum? warum sollte eine so allgegenwärtige Angst jemanden so plötzlich anfallen? warum gerade diesen Schauspieler, & warum so schlimm? warum ausgerechnet zu diesem Zeitpunkt diese heillose Angst? werden dir die Beine ausgerissen, warum? die Augen ausgestochen, warum? Der Bauch aufgeschlitzt, warum? bist du ein Kind, ein Neugeborenes, das man verschlingt, warum? warum, warum, warum?

Lampenfieber. Weil sie ihrer Wut nicht Ausdruck verleihen konnte. Weil sie jede beliebige Empfindung ganz wunderbar und sehr subtil ausdrücken konnte, außer der Wut. Weil sie Verletzung, Aufruhr, Grauen & Schmerz ausdrücken konnte, nie aber als eine überzeugen, die solche Empfindungen in anderen weckte. Nicht auf der Bühne. Die Knie schwach, die Stimme dünn und zittrig, wenn sie sie im Zorn erheben sollte. Aufbegehren. Rasen. Nein, es ging nicht! Und dann rief irgendjemand von ganz hinten aus dem Probenraum (in Manhattan beim New York Ensemble, ohne Mikrophon) *Tut mir leid, Marilyn, ich kann dich nicht hören.* Der Mann, der ihr Liebhaber war oder ihr Liebhaber hätte sein wollen und wie jeder ihrer Liebhaber der festen Überzeugung war, dass er als Einziger die Prüfung bestehen, das Rätsel lösen könne: die Verzauberung, den Fluch der Monroe, sagte ihr, als Schauspielerin müsse sie lernen, ihrer Wut Ausdruck zu verleihen, & erst dann würde sie eine wahrhaft große Schauspielerin oder habe immerhin die Chance, eine große Schauspielerin zu werden, & er werde ihre Karriere in die Hand nehmen, er werde Rollen für sie aussuchen & mit ihr inszenieren & sie zu einer großen Bühnendarstellerin machen; neckte & schalt sie sogar noch beim Liebesakt (& unterbrach auch dann nicht seine seltsam bedächtige & staunende & vergeistigte Rede, außer im Moment des Höhepunkts & dann auch nur kurz, wie in Klammern), denn er wisse, sagte er, warum sie keine Wut ausdrücken könne, sie auch? & als sie wortlos den Kopf schüttelte, nein, sagte er *Weil du geliebt werden willst, Marilyn du willst von aller Welt geliebt werden & nicht vernichtet, wie du nämlich selbst gern die Welt vernichten würdest, & du fürchtest, wir könnten dein Geheimnis erraten, habe ich Recht?* & sie ergriff die Flucht & liebte statt seiner seinen Freund, den Bühnenautor & sollte den Bühnenautor heiraten, der in ihr seine Magda sah & der sie fast überhaupt nicht kennen sollte.

Lampenfieber. Als sie stürzte, mit dem Leib auf die Stufen stürzte & Blut floss, als die Wehen einsetzten & sie irgendwie kopfüber dalag, Beine unter sich verdreht & vor Schmerz & nackter Angst schrie, & ihre Behauptung, körperliche Schmerzen schreckten sie nicht, als prahlerische Behauptung eines unwissenden & verdammten Kindes entlarvt wurde & ihre Schlechtigkeit bestraft wurde, indem sie ihr geliebtes Baby verlor, ach das Baby, das sie mehr geliebt hatte als das Leben & doch nicht hatte retten können. *Plötzlich wird Sugar Kane von dieser Erinnerung überwältigt, & sie erstarrt mitten in der komischen Szene, bei der sie während eines Auftritts in der vollen Hotelbar vom Frauenimitator C geküsst wird.*

Erstarrte einfach plötzlich   verließ wankend die Kulisse, als wäre sie betrunken & schlackerte dabei manchmal so heftig mit den Handgelenken, als wäre sie ein verletzter Vogel & versuchte aufzufliegen   es durfte sie niemand anrühren, auch ihr Mann nicht, wenn er anwesend war   armes Schwein   in diesem schimmernden, überwiegend durchsichtigen Gewand, das sie für die Monroe kreiert hatten, um ihre Ballonbrüste & die Backen ihres himmlischen Shimmy-Hinterns zu unterstreichen, & das Kleid im Rücken fast bis zum Steiß dekolletiert   aus Sugar Kane löste sich plötzlich eine tragische, verzweifelte Gestalt   als würde eine vom Zuckerbäcker angefertigte Maske schmelzen & Medeas Fratze sichtbar werden   ein ernüchternder Anblick   die Monroe presste sich dann die Hände auf den Unterleib oder manchmal an den Kopf, auf die Ohren, als drohte ihr Kopf zu zerspringen   mir hatte sie gesagt, sie fürchte einen Blutsturz   ich wusste, dass sie im Sommer eine Fehlgeburt gehabt hatte, in Maine, das hatte sie gesagt   *Wusstest du, dass alles nur ein Geflecht von Adern ist? Arterien? was uns zusammenhält? & wenn sie platzen und zu bluten beginnen?*   Auf den Mustern aber war eine ganz andere Person zu sehen   da erschien die wahre Monroe, fand ich immer   »Sugar Kane« unter jedem anderen Namen ebenso   Wenn sie nur einfach »Marilyn« hätte sein können, wäre alles gut gewesen   Ja, da begann ich sie zu hassen   Ich träumte davon, die dämliche Kuh zu erwürgen   wie in *Niagara*, aber rückblickend sehe ich das Ganze anders   trotz meiner langen Regieerfahrung hatte ich es noch nie mit jemandem wie der Monroe zu tun   sie war mir ein Rätsel, und ich hatte keine Lösung   in Rapport stand sie mit der Kamera, nicht mit uns   durch uns sah sie hindurch, als wären wir körperlos, Geister   vielleicht machte nur die Monroe in Sugar Kanes Haut diese zu etwas Besonderem   & vielleicht musste sie, um die Rolle der Sugar Kane zu finden,   die nichts als Oberfläche ist, durch die Monroe durch   vielleicht erreicht man   »Oberfläche« nur durch Tiefe   indem man tief verletzt wird & andere verletzt

Es ging das Gerücht, Marilyn & Doc Fell hätten etwas miteinander. Wir hörten Gekicher in ihrer Garderobe, bei verriegelter Tür.

BITTE NICHT STÖREN.

Es ging das Gerücht, Marilyn & W hätten was miteinander gehabt & das sei ungut geendet. Wir hörten W sie verfluchen, nicht in ihrem Beisein, aber hinter ihrem Rücken. Wenn er sie telefonisch zu erreichen versuchte, weil sie sich verspätet hatte oder nicht kam, & sich niemand meldete, wenn sie fünf, sechs Stunden Verspätung hatte oder gar nicht erschien. Ws Rückenleiden wurde bei den Dreharbeiten zu *Manche mögen's heiß* chronisch, manchmal konnte er sich kaum rühren. Schickte jemanden, einen seiner Assistenten etwa, los, um sie aus ihrem Wohnwagen zu holen (das war bei den Außenaufnahmen für die »Florida«-Sequenzen in Coronado Beach), & der fand Sugar Kane fertig geschminkt & in ihrem Filmbadeanzug, & sie war eine Stunde oder länger schon fertig & hatte uns ebenso lange warten lassen, während sie gebannt im Stehen irgendetwas las, Science-Fiction muss es gewesen sein, es hieß *Entstehung der Arten* oder so, & Ws Assistent sagte: »Miss Monroe? W wartet«, & ohne ihn auch nur eines Blickes zu würdigen, sagte Marilyn ohne Zögern: »Richten Sie W aus, er kann mich mal.«

Ihr Starlet-Start. Die Monroe war clever & pragmatisch. Ging mit ihren zahlreichen Rezepten (Benzedrin, Dexedrin, Meprobamat, Dexamyl, Seconal, Nembutal etc.) abwechselnd in verschiedene Drugstores in Hollywood & Beverly Hills, so wie sie auch verschiedene Ärzte aufsuchte, die voneinander nichts wussten & keinen Verdacht schöpften (jedenfalls würden sie das nach ihrem Tod behaupten). Aber ihr Lieblingsdrugstore, betonte sie in Interviews immer wieder, war und blieb Schwab's. »Wo Marilyn einen glänzenden Starlet-Start hinlegte, weil Richard Widmark auf ihren Allerwertesten starrte.«

Nicht die zuckersüße Sugar Kane, sondern das Flittchen Rose rekelte sich nackt in den zerwühlten Laken eines ungemachten Bettes im dünnwandigen

Sunset Honeymoon Motel am Ventura Freeway. Eine gähnende & sich das platinblonde Wasserstoffhaar aus dem Gesicht streichende Rose. Auf dem der versonnene Ausdruck einer Frau lag, die mit einem Mann zusammen gewesen ist, was immer dieser Mann ihr oder mit ihr getan hat, was immer sie bei ihm tatsächlich gefühlt oder zu fühlen vorgegeben hat oder vielleicht Stunden später in ihrem eigenen Bett sonst wo im verklärten Rückblick empfinden wird. Während nebenan im Bad ein Mann, ebenfalls nackt, laut strudelnd seine Blase in die Kloschüssel entleerte, bei lediglich angelehnter Tür. Doch Rose hatte den Fernseher eingeschaltet & sah auf dem Bildschirm langsam das Konterfei eines strahlenden blonden Mädchens aufblühen, eines zweiundzwanzigjährigen Fotomodells, wohnhaft in West Hollywood, dessen Leiche man in einem Abflussrohr nahe den Bahngleisen in East Los Angeles gefunden hatte & die erwürgt & »genital verstümmelt« & erst nach Tagen entdeckt worden war. Rose starrte die lächelnde Blondine an & lächelte ebenfalls. Rose lächelte immer, wenn sie nervös oder verwirrt war. Man gewinnt Zeit. Man verwirrt sein Gegenüber. Aber was war denn das? War das ein übler Scherz? *Das blonde Mädchen war Norma Jeane. In dem Alter.* Otto Öse musste denen ein Foto von Norma Jeane zugespielt haben.

Nur hatten sie den Namen des toten Mädchens geändert. Sie nannten weder Norma Jeanes Namen noch einen ihrer anderen Namen.

»Oh Gott. Lieber Gott.«

Zugleich kam ihr flüchtig der Gedanke. *Sie weiß jetzt immerhin, wer sie ist. Sie ist eine Leiche im Leichenschauhaus.*

Den Pinkler, wer immer es war, würde sie weder an der Mordnachricht noch ihrer Erkenntnis teilhaben lassen.

Diesen Mann hatte sie nach dem Frühstück aus purer Sentimentalität bei Schwab's aufgelesen; er war trotz seines Gesichts & des kräftig gebauten Körpers nicht Schauspieler, & seine genaue Identität würde sie nie erfahren. Er hatte in ihr weder Rose Loomis erkannt noch die Monroe; es war einer der Tage, an denen sie nicht »die Monroe« war. Er stand jetzt am Waschbecken im Bad, hatte beide Hähne voll aufgedreht & unterhielt sich lauthals mit ihr wie jemand im Fernsehen. Sie hörte gar nicht hin. Es war ein belangloser Filmdialog, Füllstoff bis zum Ende der Szene. Oder vielleicht hatte sie den Kerl schon fortgeschickt & das Geräusch der aufgedrehten Wasserhähne & der Klospülung kam von nebenan. Nein, er war noch da, die dicken Sommersprossen auf den breiten Schultern wie Placken getrockneten Sands. Sie würde ihn nach seinem Namen fragen, & er würde ihn ihr sagen, & sie würde ihn vergessen & würde sich genieren, ihn erneut zu fragen, & würde nicht mehr wissen, ob sie ihm gesagt hatte *Ich heiße Rose Loomis* oder vielleicht *Norma Jeane* oder sogar *Elsie Pirig*, ein komischer Name, über den aber nie jemand lachte. Das tote Mädchen hätte *Mona Monroe* sein können. Auf dem Weg hierher war sie gefahren, & er hatte ihren Ehering bemerkt & etwas gesagt, das fast sehnsüchtig klang, & da hatte sie rasch entgegnet, sie sei Cutterin & mit der Produktionsgesellschaft verheiratet, & das schien ihn richtiggehend zu beeindrucken, & er fragte, ob sie bei der Arbeit manchmal »Filmstars« sehe, & sie sagte nein, nie, nur auf Film, wenn sie Filmstreifen schnitt & klebte, & das seien ja bloß Bilder auf Zelluloid.

Später. Der sommersprossige Mann war weg. Auf dem Fernsehbildschirm ein Gestöber gezackter & wandernder Streifen, & wenn die Streifen sich doch zu menschlichen Gesichtern zusammensetzten, waren es keine Gesichter, die sie wieder erkannt hätte, die erwürgte Mona Monroe war verschwunden, & stattdessen gab es eine heitere Quizsendung. »Vielleicht ist es noch nicht geschehen?«

Plötzlich war sie wieder guter Dinge & voll Hoffnung.

Der betrogene Ehemann. Am frühen Abend zu ihm zurückkehrend, zu diesem Jemand, diesem Mann, während ihr noch der Erguss eines anderen Mannes aus der Scheide leckte & ihr wattig verfilztes Haar nach Zigarettenrauch (Camel) roch, wo sie doch gar nicht rauchte, da hätte sie doch, wäre es eine Filmszene gewesen & mit Unheil verkündender Filmmusik unterlegt, mit einem heftigen Wortwechsel rechnen müssen, einer Konfrontation; in den Tagen des Ex-Sportlers mit Prügel, womöglich Schlimmerem. Aber dies war nicht Kino. Dies war alles andere als Kino. Dies war nur das zur Verfügung gestellte, gegen die gnadenlose Sonne verdunkelte Haus am Whittier Drive & die stumme, verletzte Gestalt mit dem Holzschnittgesicht, er, den sie einst so bewundert hatte & mittlerweile kaum noch ertrug, ein Mann, der in Südkalifornien so deplatziert wirkte, wie es ein New Yorker Jude nur sein konnte, der sich im verzauberten Land Oz wieder fand; Filmpartner in einer langatmigen Szene & so wenig der Rede wert wie jeder andere Filmpartner in einer Szene, die als Überleitung zu einer nächsten, spannenderen in Kauf genommen werden muss: in diesem Fall einem ausgedehnten, dampfend heißen Bad & einer gegen den möglicherweise störenden Ehemann verschlossenen Tür, denn sie war schrecklich, schrecklich müde! entwand sich ihm mit abgewandtem Gesicht, einzig & allein von dem

Wunsch beseelt, in der Marmorwanne langsam an ihrem Gin nippend weg-
zudämmern (Gin aus Sugar Kanes ureigenem Flachmann, den sie vom Drehort mit nach Hause gebracht hatte) & vergeblich Carlos Privatnummer zu
wählen (denn Carlo war irgendwo zu Außenaufnahmen für seinen neuen
Film unterwegs & Carlo war verliebt) & sich in der Hoffnung auf schöne Bilder Träumereien zu überlassen, die sie lächeln, ja, lachen machen könnten,
denn sie war doch Miss Golden Dreams & neigte nicht von Natur aus zur
Trübsal, das gehört sich nicht für amerikanische Girls, & sie stellte sich also
vor, wie an diesem Morgen alle auf dem Gelände der Produktionsgesellschaft
auf sie gewartet hätten – »Marilyn Monroe« – & ihre üblichen verzweifelten Anrufe getätigt hätten, bis sich abzeichnete, selbst für die unverbesser-
lichsten Optimisten, dass »Marilyn Monroe« an diesem Tag nicht erscheinen & sich selbst imitieren & erniedrigen würde; & W hätte auch an diesem
Tag um sie herum filmen müssen, W, der sich anmaßte, ihr Anweisungen erteilen zu wollen! Es war wirklich zu komisch! Sie lachte lauthals, als sie sich
die Qualen des hübschen Brooklyn-Boys C ausmalte, der aller Welt verkünden würde, wie abgrundtief er die Monroe verabscheute, während er gezwungen wäre, geschminkt & auf Stöckelschuhen im Fummel herumzuste-
hen wie eine Kreuzung aus Frankenstein & Joan Crawford, & wenn der
betrogene Ehemann besorgt vor der verschlossenen Tür herumlungerte,
würde er das schrill-kreischende Alberne-Gans-Gackern doch vielleicht für
fröhlich halten?

Der betrogene Ehemann. »Ich wollte sie retten, mehr wollte ich nicht. An
mich habe ich in diesen Jahren nicht gedacht. Meinen Stolz.«

Das Spiegel-Double. Nur drei Meilen weiter begann auf dem Gelände der
Produktionsgesellschaft die nächste Wacht, Warten auf Monroe, die durch
ihren Agenten hatte versichern lassen, dass sie an diesem Tag ganz gewiss
zur Arbeit erscheinen wolle, sie habe sich »einen Virus« eingefangen, sei
aber fast wieder hergestellt; die Dreharbeiten hatten, aus Rücksicht auf die
Monroe, die als Opfer chronischer Schlaflosigkeit selten vor 4 oder 5 Uhr in
der Früh Ruhe fand, um zehn Uhr morgens, keinesfalls früher, beginnen sollen; jetzt war es elf, bald wäre Mittag, & draußen vor dem verdunkelten Haus
bratzte die Sonne, & das Telefon schrillte, & der Hörer war neben den Apparat gelegt worden, & in einem Schlafzimmer im rückwärtigen Teil des Hauses stand & saß & tigerte sie herum & hielt im Glas sehnsüchtig Ausschau

nach ihrem Spiegel-Double & war sich nicht zu schade zu flüstern: »Bitte. Bitte, komm.« Schon um acht Uhr früh hatte sie ihrerseits die Wacht aufgenommen, als sie erschlagen & nüchtern & sich nur flüchtig an den vorausgegangenen Tag & das dünnwandige Motel erinnernd, erwacht war & sich fest vorgenommen hatte, es wiedergutzumachen, & zunächst hatte sie ganz geduldig gewartet, gar nicht ängstlich oder besorgt, hatte sich vielmehr seelenruhig das Gesicht mit Coldcream gereinigt & eine Feuchtigkeitslotion aufgetragen »Bitte. Bitte, komm.« Doch die Minuten verstrichen & ihr Spiegel-Double ließ sich nicht blicken.

Und bald hatte sie eine Stunde Verspätung, & bald hatte sie zwei Stunden Verspätung, & die Minuten vergingen so unerbittlich wie das Ticken der Standuhr im Kapitänshaus, die die Viertelstunden auch dann noch geschlagen hatte, als ihr lebendes Baby in einem Blutsumpf aus Klumpen & Schleim aus ihr herausgeronnen war wie etwas nur halb Verdautes, & da erkannte sie: ihr Schoss war vergiftet & ihre Seele auch. Wusste sie, dass sie nicht zu leben verdiente, wie es andere verdienten & obwohl sie sich alle Mühe gegeben hatte, hatte sie keine Rechtfertigung für ihr Dasein gefunden; & doch musste sie sich weiter mühen, denn ihr Herz war voll Hoffnung, sie wollte doch gut sein! sie hatte die Rolle der Sugar Kane angenommen, & sie würde ihre Sache verdammt noch mal gut machen! doch nun, gegen Mittag, geriet sie doch langsam außer sich, & nach aufgeregten Telefonaten wurde dafür gesorgt, dass Whitey, Miss Monroes persönlicher Maskenbildner, in das Haus am Whittier Drive gebracht & sie provisorisch schminken würde, bevor die Schauspielerin die Ungestörtheit & den Schutz ihres Hauses verließ, denn anders fände sie den Mut nicht dazu, & was für ein tröstlicher Anblick, Whitey! ihr geliebter Whitey! der feierlich seinen Schminkkoffer herbeitrug, in dem weit mehr Tiegel, Tuben, Röhrchen, Pasten & Puder & Farben & Stifte & Bürsten & Cremes waren, als selbst sie besaß; welch eine Wohltat, an diesem Ort der Verheerung & Not Whitey zu sehen; sie hätte Whiteys Hände ergreifen & küssen mögen, nur wusste sie, dass Monroes Helferschar eine Herrin vorzog, die sich unnahbar gab, die über ihnen thronte.

Angesichts ihres Kummers & des vollends entzauberten müden, teigigen Gesichts, murmelte Whitey: »Nicht verzagen, Miss Monroe. Es wird alles gut, das verspreche ich Ihnen.« Von der Monroe hieß es bei dieser Produktion, sie rede an manchen Tagen ein seltsam krauses Zeug, als bringe sie die Worte durcheinander; jetzt hörte Whitey seine Herrin stammeln: »Ach,

Whitey! Muss ›Sugar Kane‹ hinwollen, mehr als ich meine das Leben selbst!« & verstand ganz genau, was sie meinte & befahl ihr, sich auf das hastig gerichtete Bett zu legen & ihre Yoga-Atemübungen zu machen (denn Whitey, Anhänger der Hatha-Schule, praktizierte ebenfalls Yoga) & alle Spannung in Gesicht & Körper loszulassen, & er schwor, binnen einer Stunde könne er »Marilyn« hervorzaubern, & sie versuchten es, sie versuchten es tapfer, aber Norma Jeane lag unbequem auf der schweren Brokatdecke über zerwühlten Laken, die nach Nachtangst rochen, fühlte sich zu sehr an Totenrituale erinnert, rücklings & reglos: sie im Leichenschauhaus, während sich ihr Bestatter mit Pasten & Pudern & Stiften & Farbtuben abmühte, ihr Liebhaberbestatter, ihr erster Mann, der ihr das Herz gebrochen & ihr Baby vorenthalten hatte, wie sollte sie da schuld an Babys Verschwinden sein; in dieser Lage leckten ihr die Tränen aus den Augenwinkeln & Whitey murmelte: »Ts-ts! Miss Monroe.« Außerdem erschien ihr dabei über den Knochen die Haut gräulich lose, die Wangen wackelpetrig & einer neuen Schwerkraft ergeben – Otto Öse hatte sie damit aufgezogen, dass sie ein rundes, knochenloses Babygesicht habe, das früh altern werde –, & schließlich musste selbst Whitey einräumen, dass seine Zauberkünste nicht verfingen. Noch nicht.

Also führte Whitey die zitternde Bettelmagd vor den Frisiertisch mit dem Spiegeltriumvirat & den weißen Glühlampen, & dort hockte sie dann in schwarzem Spitzenbüstenhalter & schwarzseidenem Halbrock bange hoffend wie eine Fürbittende in der Kirchbank, & Whiteys sanfte & geschickte Hände entfernten erst mit Wattebäuschen & Coldcream das misslungene Make-up & legten dann, Bandagen gleich, feuchte, warme Tücher auf, um die Haut zu beruhigen, die durch irgendeine grausame Laune der vorigen Nacht aufgeraut war (oder war es der breitschultrige sommersprossige Liebhaber gewesen, der Riesentroll, der mit seinen Bartstoppeln ihre empfindsame Haut wund gerieben hatte), & nun zelebrierte Whitey ein zweites Mal seine Kunst feierlich & ohne Hast: Gesichtswasser, Feuchtigkeitscreme, Grundierung, Rouge, Puder, Lidschatten, Lidstrich, Wimperntusche & schließlich den blauroten, speziell für Sugar Kane entwickelten Lippenstift, obwohl Schwarzweiß gedreht wurde & der Film ihr gar nicht ganz gerecht werden konnte, & während die Minuten verstrichen, meldete sich in den Spiegeln eine vertraute, wenn auch flüchtige Erscheinung zurück, zunächst kaum mehr als ein schimmerndes Zwinkern in den Augen, dann ein sich in den Mundwinkeln andeutendes kess-sexy Lächeln & schließlich kam der

Schönheitsfleck zum Vorschein, nicht mehr links über dem rotleuchtenden Mundwinkel, sondern ein Fingerbreit tiefer, unter der Lippe; denn auf raffinierte Weise war Sugar Kanes Gesicht umgemodelt worden, um sich von den Monroe-Gesichtern früherer Filme zu unterscheiden, & nun ging ein Ruck durch Herrin wie Diener – »Sie kommt! Gleich ist sie da! Marilyn!« –, es war wie die geladene Atmosphäre vor einem Gewitter oder das Gefühl nach einem leichten Vorbeben, wenn man auf die nächste Erschütterung wartet, den nächsten Stoß, & schließlich, als Whitey, unzufrieden, die geschwungenen braunen Brauen, die so kühn mit dem hellen Haar kontrastierten, wegwischte & neu aufmalte, da zeigte sich, & strafte die Angst der Bettelmagd Lügen, das schönste Gesicht, das sie je gesehen hatte, ein wahres Wunderwerk von Gesicht, das Gesicht der Goldenen Prinzessin.

Dem legendären Whitey machte Monroe über die Jahre eine Anzahl von Geschenken, dasjenige, an dem er am meisten hing, war eine herzförmige Krawattenklemme aus Gold mit der gravierten Widmung

WHITEY IN EWIGER DANKBARKEIT
SOLANGE ICH NOCH WARM BIN!
MARILYN

Wie Fliegen, die über etwas Klebrig-Süßes krochen, so krochen die Augen der Frauen über C. Einen so gut aussehenden Mann, dass der Schauspieler selbst als Frau in *Manche mögen's heiß* noch gut aussah & nicht grotesk & lächerlich, wie man es eigentlich hätte annehmen müssen. C, der Verdrießliche. C, Sugar Kanes Nemesis. C hatte zu viele Frauen gehabt. Er hatte sich überfressen & brechen müssen. Die Monroe reizte C ungefähr so wie eine Lache Erbrochenes. Als C die Monroe küsste, schmeckte sein Mund nach Bittermandel, & da stieß sie ihn voll Entsetzen von sich & entfloh dem Drehort mit dem Aufschrei, er habe seine Lippen mit Gift beträufelt! – so wurde erzählt. C selbst würde kopfschüttelnd berichten, wie er bei den anfänglichen Besprechungen vor Drehbeginn mit der Monroe noch über die zahlreichen bevorstehenden Liebesszenen gescherzt habe, etwa die lange Szene an Bord einer Yacht, bei der ein auf dem Kanapee hingestreckter C Impotenz vorschützen müsste, während Sugar Kane sich auf ihn werfen & ihn küssen & liebkosen & sich mühen würde, ihn zu »kurieren«, eine Szene, die tatsächlich nur deshalb die Zensur passieren konnte, weil man sie als Farce deklarierte; & bei diesen anfänglichen Besprechungen war C von der Monroe durchaus noch angetan gewesen, ahnte C nicht, welche Qualen ihm bevorstanden. Eine Einstellung – & nicht mal eine schwierige – würden sie fünfundsechzigmal wiederholen müssen. Tag für Tag würden C & auch andere stundenlang auf die Monroe warten müssen, die dann manchmal überhaupt nicht mehr erschien. Ein auf 10 Uhr morgens angesetzter Drehbeginn konnte sich bis 16 oder gar 18 Uhr verzögern. C war ein stolzer Mann & als Schauspieler ehrgeizig & konnte es sich nicht leisten, auf diese Traumrolle zu verzichten (in einem Film, der sein bester sein & ihm am meisten Geld einbringen würde), & deshalb sein Zorn auf die Monroe. Gut, zugegeben, die Monroe war verstört & ein klein wenig verrückt (sie hatte gerade eine Fehlgeburt gehabt, ihre Ehe ging in die Brüche), aber was sollte er sagen, er kämpfte ums nackte Überleben. *Wenn eine Frau in einer solchen Verfassung ist, gibt es nur entweder – oder, du oder sie* hätte er in einem geeigneten Moment vielleicht dem Ehemann bedeutet, wären sie befreundet gewesen, nur waren sie es nicht. Auf besonders perfide Weise konnte C Monroes Unsinnssätze & verwirrtes Gestammel nachäffen, zum Beispiel wie die Monroe, nachdem er eines Tages fünf Stunden hatte auf sie warten müssen – fünf Stunden! – & sie endlich aufkreuzte, zerbrechlich & außer Atem & ohne ein Wort der Entschuldigung, ihn & W bitter lächelnd angefahren hatte: »Was könnt ihr sehen, ist eine Frau – *ausgelacht!*«

Wieder und wieder sollte W gefragt werden, wie es war, in dieser letzten Phase ihrer kurzen Laufbahn mit der Monroe zu arbeiten, und W würde schlicht antworten: »Im Leben war die Frau die Hölle und in der Hölle; im Film – göttlich. Zwischen beiden bestand keinerlei Verbindung. So einfach war das.«

Doch an jenem Tag kam Sugar Kane im Triumph mit kaum mehr als vier Stunden Verspätung an den Drehort gerauscht; man war ausgewichen & hatte ein gutes Stück Arbeit geschafft & da kam sie, die reizende Sugar Kane, atemlos & ausnahmsweise reuig & Entschuldigungen stammelnd: bat alle, ihr noch einmal zu verzeihen, besonders C, dessen Hände sie mit so eisekalten Fingern ergriff, dass C ein Schaudern unterdrücken musste; & unbegreiflicherweise sollte Sugar Kane vier oder fünf Seiten Drehbuch ohne einen einzigen Patzer durchstehen: besagte Liebesszene, recht lang & peinlich intim, auf der Yacht. So viele Küsse! Sugar Kane im aufreizendsten Kostüm des Films, im Rücken so tief dekolletiert & lose, dass man praktisch die Hinterbacken sah, eine gurrende, dümmlich säuselnde, zum Schreien komische Sex-Zuckerpuppe, warf sich auf ihn & wand sich, & C konnte nur staunen: denn diese schwierige Szene zwischen zwei Schauspielern, die sich nicht ausstehen konnten, spielte sich wie Butter & noch dazu so überzeugend; er würde nicht fassen können, dass die Monroe am Schluss nicht sagte »Nein, ich will es noch mal machen.« Doch die Monroe lächelte nur. *Lächelte!* Die Szene blieb wie gedreht erhalten, in einer einzigen phantastischen Einstellung im Kasten. Einer einzigen Einstellung! Nach Albtraum dem Ersten, dem zweiten usw. ad infinitum der vorausgegangenen Tage & Wochen! Da fragte sich C, ob dieses Wunder besagte, dass die Monroe über Nacht von einer tatsächlichen Malaise genesen war, oder ob sie, & das hielt er für das Wahrscheinlichere, die Szene einzig und allein deshalb so souverän heruntergespielt hatte, um zu beweisen, dass sie es sehr wohl konnte. Wenn sie wollte.

Doch selbst C & andere, die die Monroe hassten, mussten einräumen, dass sie an diesem Tag umwerfend war. Wir klatschten Beifall, so dankbar waren wir für ihr Wiedererscheinen, so flüchtig es war. Wir vergötterten sie, oder wollten es so gern. Unsere Marilyn!

Immer hast du mich belauert. Feigling! Nach ihrer Entlassung aus der Klinik in Brunswick. Hatte er sie heimgeführt in das Kapitänshaus, das nicht ihr Zuhause war. Nie wieder sollte sie Babys Zimmer betreten. Babys kostbare Sachen wurden dem Hausmädchen Janice vermacht, für ihr Baby. Nie wieder würde sie an der verschlossenen Tür zum Keller vorbeigehen, aber dem Bühnenautor gegenüber würde sie stets versichern, es gehe ihr gut, sie sei glücklich, sie erhole sich & gebe sich keinen »morbiden Gedanken« hin, & er hatte ihr geglaubt, so wie sie zweifellos ihren eigenen hartnäckigen Versicherungen glaubte, doch eines Nachts im schwülen August weckte ihn in dem alten Haus das Geräusch von laufendem Wasser, & seine junge Frau aus dem gemeinsamen Bett verschwunden, aber auch nicht im angrenzenden Badezimmer; er fand sie in einem oberen Bad, wo sie kochend heißes Wasser in die Wanne einlaufen ließ & nackt & schlotternd mit glitzernden Augen auf ihren kräftigen Hinterbacken hockend daneben kauerte, & er hatte sie mit Gewalt davon abhalten müssen, in dieses Wasser zu steigen, Wasser, das so brühheiß war, dass Dampf von den Spiegeln & Armaturen perlte, & sie hatte sich gewehrt & beteuert, der Arzt in Brunswick habe ihr zu »Spülungen« geraten, zur Reinigung, & nichts anderes habe sie im Sinn, & er sah in ihren Augen den Wahnsinn glitzern & kannte sie nicht wieder, & sie rangen miteinander; wie stark die Frau war, selbst in ihrem geschwächten Zustand, seine Magda! Ach was, sie war nicht seine Magda, sie war überhaupt niemand, den er kannte. Hinterher sollte sie voll Bitterkeit zu ihm sagen: »Das ist es doch, was du willst, oder? dass ich weg bin«, & er, ihr Mann, würde es verneinen, & sie würde mit den Achseln zucken & lachen. »Ohhhhh, Daddy« – das einstige Kosewort jetzt, nach der Fehlgeburt, blanker Hohn aus ihrem Munde – »Warum kannst du nicht wenigstens einmal ehrlich sein?«

Selbst schlichte Wahrheiten entziehen sich unserer Kenntnis. Außer der einen: dass der Tod keine Lösung zum Rätsel des Lebens sein kann.

(Solcherlei schrieb er nieder & würde er niederschreiben; Worte als Trost & als Bußübung; später Worte als Exorzismus; während sie nie wieder mit flehentlichem Blick betteln würde *Daddy, du wirst doch nicht über mich schreiben, oder?* Nie wieder.)

Premierenabend! Und mit einem Mund voll Dom Perignon verkündete sie im zuckrigen Tonfall der Sugar Kane die Zen-Weisheit: »Du lieber Himmel! Jetzt verstehe ich! Die Katzen! Es waren die Katzen.« Erst am Abend der Premiere von *Manche mögen's heiß.* Erst nach der Umnachtung wie vieler schlafloser Nächte & Tage, Wochen & Monate fadenscheinigen & nicht minder verschmuddelten Bewusstseins, als das Handtuch in einem kaputten Handtuchspender & nach einer Noteinlieferung (in Corondo Beach, wo ihr Herzschlag sich zum Herzjagen steigerte & ausgerechnet C, dem schon die Berührung mit MMs Haut Ekel bereitete, derjenige war, der die Bewusstlose vom glühenden Sand hob). In dem langen, eleganten schwarzglimmernden Cadillac mit dem legendären Hollywood-Filmpionier & Philanthropen Mr. Z zur Rechten & dem hageren Mann mit der zerfurchten Stirn, der ihr Ehemann war, zur Linken. »Die Katzen. Die ich g-gefüttert habe. Oh!« Sie sagte es laut & niemand hörte. Es war eine Lebensphase erreicht, da sie oft laut sprach & niemand hörte. Für Maske & Garderobe hatten sie auf dem Gelände der Produktionsgesellschaft sechs Stunden & vierzig Minuten gebraucht. Sie war dort kurz nach 11 Uhr vormittags halb bewusstlos abgeliefert worden. Doc Fell hatte sie in ihrer Privatgarderobe versorgt; ihr Wimmern & die unterdrückten Schmerzensschreie arbeiteten sie in ein akustisches Muster ein, das für unbeteiligte Ohren nach Heiterkeit & Alberei klingen mochte. Sie schloss die

Augen, & die lange, pieksende Nadel wurde in eine Vene innen am Arm gesenkt; manchmal auch am Innenschenkel; manchmal in eine Vene unterhalb des vom platinblonden Puffhaar verdeckten Ohres, manchmal, was riskanter war, in eine Vene über ihrem Herzen. »Miss Monroe, bitte halten Sie still. *So.*« Die gütigen Falkenaugen, die Hakennase. Der gute Doc Fell. In einem anderen Film wäre Doc Fell Marilyns Verehrer & später Mann; in diesem war Doc Fell der Rivale des wirklichen Ehemanns, der, da er den Arzneimittelbedarf seiner Frau streng missbilligte, nichts oder kaum etwas von seinem Rivalen wusste. Doc Fell gehörte zu denen, die, wie Whitey auch, eifrig am öffentlichen Image von MARILYN MONROE polierten & vermutlich von der Produktionsgesellschaft fürstlich entlohnt wurden. Sie fürchtete Doc Fell, wie sie Whitey nie fürchten würde, denn Doc Fell gebot über Leben & Tod seiner Untertanen.

»Eines Tages, bald schon, werde ich mit ihm Schluss machen. Mit ihnen allen. Ich *schwör's.*«

Es war der Darstellerin innigster Wunsch & feste Absicht. Verewigt in Norma Jeanes Schulmädchen-Tagebuch.

Die opulente Hollywood-Premiere! Wie in Hollywoods goldener Ära! Die Produktionsgesellschaft feierte mit *Manche mögen's heiß* einen Film, der sich, entgegen allen Erwartungen der Branchenkenner, als großer Erfolg entpuppt hatte. Ein weiterer MARILYN-MONROE-Volltreffer und Kassenschlager für die Produktionsgesellschaft, lautete die Parole. Bei Testvorführungen hatten sich die Zuschauer begeistert gezeigt. Die Kritiker hatten sich begeistert geäußert. Kinos im ganzen Land rissen sich um die Filmkopien. In der Erinnerung der blonden Darstellerin hingegen blieb der Film lückenhaft wie ein ständig gestörter Traum. Sie würde sich an keinen einzigen Satz von Sugar Kane erinnern außer, Ironie des Schicksals, gerade den, der die legendären fünfundsechzig Aufnahmen erfordert hatte: »Ich bin's, Sugar Kane.« Den sie aus unerfindlichen Gründen in endlosen Variationen vermasselt hatte: »Bin's Sugar Kane ich.« »Sugar, ich bin's.« »S-Sugar, bin ich's?« »Sugar! *Ich.*« »Ich, Sugar, bin's.« »B-bin's ich? Sugar?« Doch nun war alles vergeben. Nun wollten alle ihre Marilyn lieben & Marilyn war wieder liebenswert. Drei Jahre aus Hollywood fort, & MARILYN IST WIEDER DA! Die Auguren hatten seit Monaten geunkt & trompetet & ihre Rückkehr angekündigt. TRAGÖDIE & TRIUMPH proklamierten sie nun. FEHLGEBURT BEI OSTKÜSTENFERIEN (Aus der parteiischen Sicht der Südkalifornier war schon das Verweilen an der Ostküste ein Fehler.) TRIUMPH

778

IN HOLLYWOOD (Hollywood war die rechtmäßige Heimat des Triumphs!) Danach gefragt, wie es ihr gehe, antwortete Marilyn in höchsten sexy-hauchigen Zuckertönen: »Ach, wissen Sie, einfach so dankbar? Am Leben zu sein?«

Es war ihr felsenfester Glaube. Verewigt in Norma Jeanes Schulmädchen-Tagebuch.

Den glitzernden Boulevard entlang. Eine Fahrzeugkolonne funkelnder schwarzer Limousinen. Ein Korso gekrönter Hollywood-Häupter. Officers der Los Angeles Police Department zu Pferde. Polizeiabsperrungen, Blitzlichtgewitter & das Sterngefunkel der aus der Menge auf sie gerichteten Ferngläser & sogar Teleskope. *Und unter ihnen auch der geduldig am Fenster eines von der Agency angemieteten Zimmers kauernde Scharfschütze ganz in Schwarz: Hemd & Sakko & Hose, der sie (& ihren Kommunisten-Mann) im Fadenkreuz seiner Hochleistungsbüchse behielt,* woran sie, bei diesem festlichen Anlass, zu denken sich weigerte.

Denn wozu?

»Manches lebt nur in der Einbildung. Das nennt man ›Paranoia‹. Ach, aber das *weiß* man einfach.«

Diese Erkenntnis hatte sie in Norma Jeanes Schuldmädchen-Tagebuch verewigt.

Tausende Schaulustige säumten an diesem lauen südkalifornischen Abend den Boulevard, drängten sich hinter den Polizeiabsperrungen & bestaunten die Wagenkolonne! wogten & raunten & brachen periodisch in Jubel aus! Sie hofften auf bekannte Gesichter & am meisten auf das Gesicht (& den Körper) von MARILYN MONROE. »Mari-*lyn*! Mari-*lyn*! Mari-*LYN*!«, skandierten sie. Wenn doch die Limousine nur ein offenes Verdeck hätte & die blonde Darstellerin stehen könnte & sich ihren Tausenden, Hunderttausenden Fans deutlicher zeigen! Doch der hagere Mann mit der zerfurchten Stirn, der immerhin noch ihr Ehemann war, hätte etwas so Leichtsinniges nie zugelassen, & vielleicht hätten es Mr. Z & die anderen Studiobosse sogar verboten, aus Angst um das zerbrechliche Gut ihrer Produktionsgesellschaft. *Die Monroe würde es nicht mehr lange machen. Das sah man. Gable machte es zwanzig Jahre, die Monroe schafft keine zehn. Verdammt!*

Ehrfürchtig bestaunte sie ihrerseits ihre Fans. So viele! Man sollte nicht meinen, dass Gott so viele geschaffen hatte.

Doch plötzlich hatte sie verwischte katzengleiche Gesichter vor Augen & feixende Raubtierzähne. Kurze Katzennasen & spitze aufgerichtete Ohren.

Die Katzen! Im Kapitänshaus. Grauen befiel sie: »Sie waren es. Sie wollten Babys Tod. Die Katzen, die ich g-gefüttert habe.« Sie wandte sich dem hageren Mann mit der zerfurchten Stirn zu, dem unbehaglich war in seinem Smoking, & wollte ihm von der Erhellung berichten, wusste aber nicht, wie sie es sagen sollte. Er war und blieb der Herr über die Worte. Sie die Usurpatorin seiner Einbildungskraft. *Er nimmt es mir übel. Verübelt mir, dass er mich liebt. Armes Schwein.* Sie lachte. Sugar Kane war Ukulele-Spielerin & Sängerin, & dieselbe Schlichtheit, die auf der Leinwand eine helle Freude war, galt im »wahren Leben« als Zeichen geistiger Unterbelichtung; wie viel lieber & um wie vieles mehr würden sie dich lieben, wenn du nur einmal ohne jede Ironie Sugar Kane sein könntest. »Ich kann es. Passt auf. Sugar Kane ohne Ironie. Marilyn ohne Tränen.« Der Mann mit der zerfurchten Stirn in dem gekocht aussehenden Smoking beugte sich vor & deutete an, er habe sie wegen des Kreischens & Jubels & Knisterns der Polizeilautsprecher nicht verstanden, & rasch murmelte sie etwas, das für ihn wie *Hab-nicht-mit-dir-gesprochen* klang. Sie nannte diesen Mann, mit dem sie schon länger verheiratet war, als sie hätte sagen können, nicht mehr »Daddy« & schien doch keinen anderen Namen für ihn zu wissen. Es gab Zeiten, da kannte sie weder seinen Vor- noch Nachnamen; dann sann sie über typische »jüdische« Namen nach & war verwirrt. Immer weniger oft sagte er zu ihr »Liebes«, »Liebling«, »Liebste« & selbst der Name »Norma« klang aus seinem Mund fremd. Sie hörte ihn manchmal am Telefon besorgt von »Marilyn« sprechen & begriff, dass sie für ihn Marilyn geworden war; es gab keine Norma mehr; vielleicht war sie für ihn immer nur Marilyn gewesen.

»Mari-*lyn*!« »Mari-*lyn*!« »Mari-*LYN*!« Ihresgleichen.

Gott, sie war so in ihr Sugar-Kane-Kleid eingenäht, dass sie kaum Luft kriegte, wie die Wurst in die Pelle, balancierte mit vorquellenden Brüsten auf ihren kissengleichen Gesäßbacken auf der äußersten Kante des Rücksitzes der Limousine, wo man sie deponiert hatte (da sie sich nicht, wie die Männer, zurücklehnen konnte: sämtliche Nähte ihres Kleids würden aufplatzen). Den ganzen Tag über hatte sie nichts essen können & nichts zu sich genommen als schwarzen Kaffee & Arzneimittel & heimlich ihre Schlückchen Champagner aus der Flasche, die sie in den Wagen geschmuggelt hatte – »Genau wie Sugar Kane. Irgendein Laster braucht der Mensch.«

Jetzt fühlte sie sich wohl. Perlend & schwebend. Jetzt fühlte sie sich stark. Sie würde noch lange nicht sterben. Sie hatte es Carlo versprochen & er ihr. *Wenn du es je ernstlich erwägen solltest. Ruf mich sofort an.* Sie hatte sich

Brandos Privatnummer eingeprägt. Bald würde sie sich keinerlei Telefonnummern mehr merken können, nicht einmal die eigene, doch Brandos Privatnummer wüsste sie bis ans Ende ihrer Tage. »Carlo ist der Einzige, der versteht. Wir sind einer Seele.« Weniger gefallen hatte ihr allerdings, dass Carlo sich dazu hergegeben hatte, Sendbote für die Zwillinge zu spielen. Weniger gefiel ihr, dass Carlo am Rande zu deren loser Hollywood-Entourage gehörte. Cass Chaplin! Eddy G Jr.! Sie fand es leicht ominös, dass sie von den beiden nichts mehr hörte. Niemand von ihnen erzählte. *Wie viele wissen es eigentlich? Das mit den Zwillingen? Das mit Baby?*

Aber wozu diese morbiden Gedanken? Ihr eigener Mann, ein Intellektueller & Jude, hatte ihr immerhin geraten, nicht makaber zu sein. Mädchenhaft, nicht makaber! Heute wurde gefeiert. Heute Abend feierte Sugar Kane ihren großen Triumph. Heute Abend nahm sie Rache. Denn die Fans stauten sich ja nicht deshalb am Hollywood Boulevard bis in die Seitenstraßen, weil sie wenigstens einen flüchtigen Blick auf Marilyns männliche Filmpartner C & L erhaschen wollten, so bravourös sie ihre Sache auch gemacht hatten, nein, deshalb nicht; sie waren gekommen, um MARILYN zu sehen. Als die Limousinen sich Grauman's näherten, Schauplatz der pompösen Premiere, stieg die Spannung, wurde der Lärm ohrenbetäubend, beschleunigte sich der Puls der Menge. Inzwischen kamen ihr vereinzelte Gesichter bekannt vor. Trolle, unterirdische Wesen. Bucklige Gnome & Bettelmägde & Frauen ohne Obdach mit irren Augen & strohigem Haar. Die, denen das Leben unbegreifliche Wunden schlägt. Entstellte Gesichter & verkümmerte Glieder & stiere, böse funkelnde Augen & klaffende Löcher, wo Münder hätten sein müssen. Sie sah einen verfetteten hünenhaften Albino, der sich eine Strickmütze über den länglichen Schädel herabgezogen hatte; sie sah einen kleineren Mann mit einem jugendlich bärtigen Gesicht & spiegelnden Brillengläsern, der in den zitternden Händen ein Magnetbandgerät hochhielt. Am Kantstein stand eine zwergenhafte, fein herausgeputzte Frau mit vorstehenden wässrigen Augen, der die karottenrot gefärbten Haare in wirren Büscheln vom Kopf abstanden: sie knipste mit einer Box-Kamera. Gleich daneben ein nachlässig wie aus Ton oder Kitt modelliertes Gesicht, schief, als Augen nur flache Einkerbungen, der Mund klein wie ein Angelhaken. So viele! Und dort, plötzlich, eine Frau um die dreißig, die ihr so bekannt vorkam, schlaksig, attraktiv, in Männerkleidern, mit spiegelnden Achataugen & krizzeligem braunem Haar unter einem Stetson, die wild winkte. War es vielleicht – Fleece? Nach so vielen langen Jahren, Fleece? Gar nicht tot?

Augenblicklich erwachte Norma Jeane aus ihrer Trance. »Fleece? Ach, Fleece! Warte –« Norma Jeane rüttelte an der Limousinentür, die jedoch verriegelt war, versuchte das Fenster herunterzukurbeln, doch Mr. Z protestierte. In ihrer Aufregung schob sie sich auf Zs knochige Knie – »Fleece! Fleece! Warte vorm Kinotheater auf mich –«, doch die Limousine war bereits weitergerollt.

Wie eine Königin zog sie über den Boulevard zur Premiere. Wo sie apokalyptisches Irrlichtern erwartete. Wo auf dem Bürgersteig ein roter Teppich ausgerollt war. Wo der Applaus sie umbrandete wie wütende Wellen, als sie winkend & ihr Grübchen-Lächeln lächelnd zum Crescendo der Zurufe der Limousine entstieg – »Mari-*lyn*! Mari-*lyn*!« Die Fans vergötterten sie! Ihre Goldene Prinzessin, die eines Tages für sie ihr Leben lassen würde.

»Huch! Oh, hey! Ich liebe euch! Liebe liebe liebe euch alle!«

Im Kinotheater gab es wieder Applaus. Marilyn winkte und warf Kusshände und stöckelte, ohne sich auf den Arm eines Begleiters stützen zu müssen, auf ihren Pfennigabsätzen in ihrem wurstpellenengen Sugar-Kane-Kostüm einher. Die Augen des echsenartigen, im Smoking soignierten Mr. Z ruhten wohlwollend auf seiner ekstatischen blonden Darstellerin; der groß gewachsene hagere Mann mit der zerfurchten Stirn hingegen, der immer noch ihr Ehemann war, sah die Verwandlung mit Schrecken. Wo war die angespannte, fahrige, tief unglückliche Frau, um die sich alle Welt Sorgen gemacht hatte? Über die unzählige Gerüchte in Hollywood in Umlauf waren? Keine Spur von ihr an diesem Abend! Heute Abend war »Sugar Kane« unter ihnen, Marilyn in Reinkultur. W & C & andere aus dem abgekämpften Produktionsteam sahen fassungslos zu, wie sie Hände schüttelte, sich umarmen & abküssen ließ, zuckersüß lächelte, überglücklich, sich mehr oder weniger kohärent unterhielt, denn hier sahen sie eine Marilyn Monroe, die sie, und sie hätten es schwören können, in den ganzen Drehwochen kein einziges Mal zu Gesicht bekommen hatten. *Und was war diese Marilyn bezaubernd! und bildschön! und ich armer Tropf hatte das Pech, die andere küssen zu müssen.*

Manche mögen's heiß flimmerte ungesehen vor ihren Augen vorüber. Obgleich von den Zuschauern mit Wonne & viel Gelächter aufgenommen. Von den verrückten Keystone Cops angefangen bis zu dem in die Filmgeschichte eingehenden Ausspruch Joe E. Browns – »Na und? Niemand ist vollkommen.« Das Publikum war von dem Film hingerissen, & hingerissen war man vor allem von MARILYN MONROE, die ihnen in Hochform (doch, doch, allen Gerüchten zum Trotz sah es ganz danach aus!) wiedergegeben war, & sie waren nur zu gerne bereit, ihrem abtrünnigen Star zu vergeben, ebenso wie MARILYN MONROE nur zu gerne bereit war, sich vergeben zu lassen.

Nach dem Abspann: wieder Applaus. Das prunkvolle Interieur von Grauman's rauschte vor Applaus-Wasserfällen. Die ernste *Chanteuse*-Cherie hatte nie eine solche Anerkennung erfahren. Der renommierte Regisseur W (der keineswegs mehr entkräftet, sondern ganz im Gegenteil geradezu strahlend wirkte) & seine drei renommierten Darsteller nahmen die Huldigungen des Publikums entgegen, doch Mittelpunkt der Aufmerksamkeit war eindeutig MARILYN MONROE. *Wenn man die Monroe anschauen konnte, hatte man schlicht und ergreifend für sonst niemanden Augen.* Erhob sich charmant & ließ den Applaus über sich hinwegrauschen. »Huch! oh, ist das nicht h-himmlisch. Du liebe Güte, ich danke Ihnen!«

Ist es noch nicht geschehen? Ich bin noch am Leben.

Klar, MARILYN MONROE haben wir erfunden. Das platinblonde Haar hat sich die Produktionsgesellschaft ausgedacht. Den *Mmmmm!*-Namen. Die alberne Kleinmädchenstimme. Ich habe sie eines Tages auf dem Produktionsgelände gesehen, das Flittchen; »Starlet« pah!, eine x-beliebige High-School-Schlampe. Keinen Stil, aber Junge, Junge, war die Kleine gut gebaut! Das Gesicht war nicht hundertprozentig, also haben wir ihr die Zähne machen lassen & die Nase. Mit der Nase stimmte irgendwas nicht. Möglicherweise war auch der Haaransatz nicht astrein und musste elektrolytisch nachgebessert werden – oder war das die Hayworth?

MARILYN MONROE war eine von der Produktionsgesellschaft entworfene Aufziehpuppe. Jammerschade, dass wir uns den Entwurf nicht patentieren lassen konnten.

»Herzlichen Glückwunsch.«

»Marilyn, Glückwunsch.«

»*Marilyn, Baby! Herz*-li-chen Glück-wunsch!«

Obwohl sie sich an *Manche mögen's heiß* nicht erinnern konnte – oder höchstens so, wie sich vielleicht ein Tiefseegeschöpf ohne Augen, nur mit rudimentären lichtempfindlichen Fühlern am Kopf ausgestattet, an den Meeresboden erinnern mag, über den es, von furchtbarem Hunger getrieben, gehuscht ist. *Ich bin noch da, ich bin noch am Leben.* Sie lachte so erlöst, dass die Leute verzückt mitlächelten. Ihr Mann starrte ebenfalls gebannt, aber ernst. Viele Schlückchen Champagner nahm die blonde Darstellerin, manche perlten ihr zur Nase wieder heraus. Ach, so glücklich! Spät am Abend würde man sie mit einem im Smoking blendend aussehenden »reifen« Clark Gable ins Gespräch vertieft sehen, & er würde mit Kavaliersmiene über ihr Kleinmädchengestammel hinweggehen – »Ohhh, Mr. G-gable. Ich schäme mich so. Waren Sie auch in der Vorstellung? Das fette blonde Weib auf der Leinwand, das war nicht *ich*. Das nächste Mal mache ich es besser, ich verspreche es Ihnen.«

Sündschönes Luder

Was *war* sie aber auch für ein unwiderstehliches sündschönes Luder. So etwas gab es in ganz Hollywood nur einmal.

Ohhhh. Die Blonde Darstellerin berauschte sich am Anblick: allein der *Anblick.*

Inbegriff einer Brünetten. Die brauchte ihr Schamhaar bestimmt nicht zu bleichen. Diese dunkle Schwester der Blonden Darstellerin.

In ihrer Gegenwart war die Blonde Darstellerin schüchtern. Es war die Brünette, die lasziv lächelnd auf sie zukam. Beide waren ohne Begleitung auf der Party erschienen (in einem pseudovenezianischen Palast in Bel Air mit Blick in einen Canyon & fern wabernde Nebel wie die des sagenumwobenen Shangri-La). Das sündschöne Luder aus dem ländlichen North Carolina. Und die unbedarfte blonde Baiser-Schöne aus L.A. Die eine redete & rauchte & lachte tief und dreckig wie ein Mann, die andere gab schwache, lachähnliche hauchige Geräusche von sich, als wüsste sie nicht recht, was Lachen sei & bedeute. Ach, die Blonde Darstellerin war um Worte verlegen & stotterig & unförmig & bestimmt zwanzig Pfund schwerer als die Brünette. *Was bin ich für eine elend fette Kuh.*

Sie standen auf einem Balkon. Nachtluft & Nebel. Die Brünette sagte: »Warum so ernst nehmen? – die Schauspielerei?«

Hatten sie darüber gesprochen? Worüber? Die Blonde Darstellerin war verwirrt.

War sie betrunken? Bei dem endlosen, endlosen Dinner hatte man mehrfach das Glas auf sie erhoben, weil doch *Manche mögen's heiß* so ein Bombenerfolg war. Wieder ein Bombenerfolg für MM. Ein Meisterwerk & MMs bislang größte Leistung. Sie war nicht bedudelt, obwohl sie an diesem Abend etliche Gläser (wie viele?) Champagner getrunken hatte. Aber vielleicht vor der Einladung, bei jemand anders? Noch hatte sie irgendwelche Mittel genommen, so weit sie sich erinnerte. Jedenfalls nicht seit, wann war es bloß gewesen, bei jemandem im Auto.

Die Brünette war etliche Jahre vor dem Aufstieg Marilyn Monroes schnell zu Ruhm gelangt & in Verruf geraten & war dennoch kaum älter.

Sagte: »Schauspielerei, Filme, ist doch größtenteils Mist« & die Blonde Darstellerin widersprach: »Aber! – es ist mein L-leben« & die Brünette schnaubte: »Blödsinn, Marilyn. Nur Ihr Leben ist Ihr Leben, Marilyn.« Es sollte der Blonden Darstellerin keineswegs entgehen, dass diese dunkle Spiegel-Schwester ihr vom Schicksal gesandt war, als Sendbotin eine tiefe Wahrheit zu künden; doch es war keine Wahrheit, die die Blonde Darstellerin hören mochte. Sie verzog schmerzlich das Gesicht & sagte flehentlich: »Bitte? Nennen Sie mich nicht M-marilyn? Sie machen sich damit lustig?«, & die Brünette kriegte große Augen & sah sie, ganz in Filmmanier, scharf an, als müsse sie überlegen *Ist sie verrückt? oder nur betrunken;* man hörte allerhand Geschichten über MM. Dann meinte sie: »Warum sagen Sie das – ›Sie machen sich damit lustig‹? Ich verstehe nicht.« Und die Blonde Darstellerin beschwor sie: »Wollen Sie mich nicht ›N-norma‹ nennen? Wir könnten Freundinnen sein.« So voller Sehnsucht, die Stimme der Blonden Darstellerin. »Sicher, gern, wir können Freundinnen sein. Nur ist ›Norma‹ ein Unglücksname.« (Womit sie auf Norma Talmadge anspielte, die unlängst einen Drogentod gestorben war.) Die Blonde Darstellerin meinte gekränkt: »Ich finde den Namen wunderschön. Ich bin nach Norma Shearer benannt, meiner Patin. Es ist *mein* Name.« »Gut, Norma. Ganz wie Sie wollen.« »Aber es ist *wahr*.« »Gut. Es ist *wahr*.« Das ganze Essen hindurch hatten sie sich beäugt, Maß genommen. Ihr Gastgeber, ein millionenschwerer Produzent, hatte seine Tafel an beiden Enden mit je einer Blonden und Brünetten Darstellerin geschmückt. Die Blonde Darstellerin in bis zum Nabel dekolletierter weißer Seide & die Brünette in dramatischem Violett. Die Blonde Darstellerin wortkarg & die Brünette großmäulig wie ein Mann. *Wenn nicht die Statur wäre & der Körper & ihr Gesicht, wäre sie ein Mann. Oh Gott.* In Hollywood hieß es, sie würde ficken wie ein Mann. Würde sich Liebhaber nehmen, wo immer & wann immer ihr beliebe, wie ein Mann. (Aber welcher Mann?) Sie hatte jung geheiratet & sich scheiden lassen & wieder geheiratet & sich scheiden lassen; hatte berühmte, wohlhabende Männer geheiratet & sich aus diesen Ehen verabschiedet wie jemand, der sich ohne Reue und ohne auch nur einen Blick zurück bei Nacht und Nebel davonstiehlt. *So etwas tun Frauen doch nicht!* Wie viele Abtreibungen sie gehabt hatte, wusste niemand. Sie selbst brüstete sich, bar aller mütterlichen Gefühle zu sein. War sie eine heimliche Lesbierin, oder vielleicht gar nicht-so-heimlich. Sie war eine der höchstbezahlten Filmschauspielerinnen der Welt, aber sie brüskierte die Leute gern, indem sie freimütig gestand: »Spielen? Spielen interessiert mich einen Scheißdreck. Ich habe der Filmbranche nichts Bleibendes gegeben. Ich habe keine Achtung vor dem Beruf.

Ich lebe davon. Immerhin muss man so nicht in die Niederungen der Pornographie oder Prostitution hinabsteigen.« Von der schönen Brünetten hieß es, sie liefere Dreharbeit ab wie auf Bestellung, Szene um Szene in jeder beliebigen, vom Regisseur verlangten Reihenfolge, und das ohne immer neue Einstellungen. Was dem Regisseur recht, sei ihr billig. Sie las selten ein Drehbuch ganz, & die Rollen ihrer Mitspieler kannte sie weder, noch interessierten sie sie. Ihren Text überflog sie in der Maske, in der Garderobe. Sie war eine leidenschaftliche Spielerin & besaß die rasche, raffinierte, aber flüchtige Kombinationsgabe der Spieler. Sie war mit einem vollkommenen Körper gesegnet, nicht so vollbusig wie der der Blonden Darstellerin, noch war ihr Hintern so ausladend wie der der Blonden Darstellerin. Sie besaß ein makelloses, leicht herzförmiges Gesicht mit hohen Wangenknochen und der Andeutung eines Grübchens im Kinn & dunkel schimmernden Augen. Man sah das Gesicht & dachte an Botticelli. Man dachte an antike Statuen. Man dachte ganz gewiss nicht ans kalifornische Hollywood des Jahres 1960 & noch weniger an Grabtown, North Carolina Anfang der Zwanziger. *Könnte ich nur diese Frau sein! Und doch ich selbst bleiben, im Innersten.*

Die Blonde Darstellerin hörte sich in aufmüpfig pubertärem Ton sagen: »Ich bin Schauspielerin, verstehen Sie? Das ist mein Leben! Ich will mein Bestes geben. Die Schauspielerin ist mein besseres Selbst.« Und die Brünette zündete sich belustigt und leicht abschätzig eine Zigarette an, wie es ein Mann wohl getan haben würde, nicht mit einem Feuerzeug, sondern einem gekonnt mit einer Hand angerissenen Streichholz, um dann, nachdem sie einen tiefen Zug genommen & der Blonden Darstellerin den Rauch in die Augen geblasen hatte, nicht unfreundlich, sondern ganz im Stil einer älteren Schwester zu sagen: »Ihr Bestes für wen, Norma? Die Fans? Die Studiobosse? Hollywood?« Die Blonde Darstellerin rief: »Nein! Für –« *Für die Welt. Für alle Zeiten. Für die Zeit nach mir.* Sie stutzte, Augen vor Schreck, vor Konsternation geweitet. »Für –« Die wunderschönen Augen der Brünetten mit den langen, seidigen Wimpern, so verführerisch, fixierten sie. Hypnotisierten sie. Wie die schlagartig einsetzende Wirkung von Benzedrin traf sie die Erkenntnis, dass sie hier Harriets unverwandt dunklem Blick wiederbegegnete, denselben sich träge vorm Gesicht ringelnden Rauchschwaden. *Meine dunkel verführerische Schwester. Sündschönes Schwesterluder.* Eben sagte die Brünette: »Was regen Sie sich so auf? Sie sind MONROE. Was immer Sie tun, ist MONROE. Selbst wenn jeder Film, den Sie noch drehen, ein Fehlschlag sein sollte, Sie werden zeitlebens MONROE sein. Sie werden auch im Nachleben noch MONROE sein. Was ist?« Als sie den Ausdruck auf dem Gesicht der Blonden Darstellerin bemerkte. *Aber ich lebe doch! Ich bin eine lebendige Frau.* »Niemand versteht es so glänzend, die Blondine darzustellen. Und es muss eine Blondine geben. Es gab die Harlow, die Lombard, die Turner, die Grable; jetzt gibt es die Monroe. Vielleicht sind Sie die letzte?« Die Blonde Darstellerin verstand nicht. Was war denn hier der Untertext? Oder gab es keinen Untertext? An manchen Abenden, wenn sie zu lange aufgeblieben war, jetzt, da ihr Mann-der-Bühnenautor (wie Hollywood diesen rätselhaften Fremden so ehrerbietig wie herablassend nannte) auf ihren Wunsch hin nach New York zurückgekehrt war & sie erneut allein in Hollywood lebte, als treibe sie im rauen Polarmeer auf einem Eisberg, gerieten ihr nicht nur gesprochene Worte durcheinander, sondern ebenso die Gedanken. Sie spürte, wie manche Gedanken Sprünge bekamen & zerbrachen. Aus der Not unablässigen Grübelns & des Teufelskreises der Selbstzerfleischung erwuchs das Rettende des Zerfalls & des Wahnsinns & des leergesprengten Blicks einer Gladys Mortensen, & Norma Jeane wusste es & wollte zugleich nichts wissen von dem Untertext ihres Lebens. Die Brünette mochte einiges davon erahnen. Die Brünette fühlte sich zur Blonden Darstellerin mächtig hingezogen. So ähnlich wie sie sich als junges Ding auf der heruntergewirtschafteten elterlichen Farm in North Carolina zu verletzten Kreaturen hingezogen gefühlt hatte: einem Junghuhn, einst wunderhübsch gefiedert, jetzt gerupft & gehackt & blutend & verdammt, weil es den unerklärlichen Zorn seiner Artgenossen auf sich gezogen hatte; das schwächlichste Ferkel eines Wurfs, das sich keine Zitze erobern konnte & verdammt war & zertrampelt würde, verstoßen, ja, von den anderen verschlungen... es gab so viele, viele Verletzte. Und alle wollte man retten. Als Kind wollte man sie alle retten.

Die Brünette sagte: »Hollywood zahlt. Deshalb sind wir hier. Wir sind besonders teure Huren. Eine Hure beschönigt nicht, was sie tut. Wenn sie genug verdient hat, steigt sie aus. Filme drehen ist keine Gehirnchirurgie, Schätzchen. Nicht wie Kinder holen.« Kinder? Was hatte das mit Kindern zu tun? Die Blonde Darstellerin meinte verwirrt: »Ich würde mich – schämen, so zu reden.« Die Brünette lachte. »Scham? Die kenne *ich* lange nicht mehr.« Die Blonde Darstellerin ließ nicht locker. »Spielen ist eine L-lebensaufgabe. Es geht nicht nur um Geld. Es geht – na, Sie wissen schon – um Kunst.« Ihre Heftigkeit war ihr peinlich. Scharf entgegnete die Brünette: »Blödsinn. Spielen ist spielen.«

Aber ich will eine große Schauspielerin sein. Ich werde eine große Schau-
spielerin sein!

Vielleicht, dass sie Mitleid hatte. Vielleicht, dass es ihr der Augenausdruck ihres Gegenübers verriet. Jedenfalls wechselte die Brünette nun das Thema & sprach von Männern. Sehr geistreich & sehr grausam. Männer, die sie beide kannten. Studiobosse, Produzenten. Schauspieler & Regisseure & Drehbuchautoren & Agenten & die zwielichtigen Figuren am Rande des Geschehens. Natürlich habe auch sie Z »zu Beginn meiner Karriere gefickt. Wer nicht?« Sie hatte, vor Jahren, den »unwiderstehlichen kleinen Zwerg-Juden Shinn« gefickt, & I. E. fehle ihr bis zum heutigen Tag. Dann gab es natürlich Chaplin. Genauer Chaplin senior und Chaplin junior. Außerdem Edward G. Robinson senior und Edward G. Robinson junior. »Die beiden, Cass & Eddy G; Sie sind mit ihnen doch auch recht gut bekannt?« Dann gab es Sinatra, mit dem sie ein paar wüste Jahre verheiratet gewesen war. Frankie, vor dem sie jede Achtung verloren hatte, als er seinem Leben mit Schlaftabletten ein Ende zu setzen suchte. »Aus Liebe. Zu *mir*. Irgendwer rief eine Ambulanz – ich war's nicht –, & er wurde gerettet. Ich habe ihm gesagt: ›Du Hampelmann. Frauen nehmen Tabletten. Männer hängen sich auf oder jagen sich eine Kugel in den Kopf.‹ Das wird er mir nie verzeihen, aber anderen Frauen wird er noch weniger verzeihen.« Die Blonde Darstellerin bemerkte scheu, wie sehr sie Sinatras Singkunst bewundere. Die Brünette zuckte mit den Achseln. »Frankie ist nicht schlecht. Wenn man diese zahmen weißen Crooner mag. Da ist mir die waschechte, schmutzige schwarze Negermusik lieber, Jazz & Rock. Aber im Bett war Frankie-Boy gar nicht übel. Sofern er nicht betrunken war oder berauscht. Nicht zu bremsen. Ein klapperdürrer Derwisch mit einem Glühkolben. Allerdings kein Vergleich zu seinem Spaghettifresserfreund Wieheißternochgleich – mit dem waren Sie doch eine Zeit lang verheiratet, Norma. Stand in allen Zeitungen, wir haben alles über Sie gelesen.« Stieß die Blonde Darstellerin an und zwinkerte. »›Yankee-Schläger‹ ließ er sich von mir gerne nennen. Man muss es ihnen lassen, den Spaghettifressern, wie? Das sind wenigstens Kerle.«

Was die Blonde Darstellerin für ein Gesicht machte. Selbst von weitem bemerkte man es & bannte es auf Zelluloid & würde es eines Tages in verschwommenem, aber klassischem Schwarzweiß wiederbeleben. Das verruchte sündschöne brünette Luder in violetter Seide, das lachend das erschrockene Babygesicht der Blonden Darstellerin in beide Händen nahm & sie voll auf den Mund küsste.

Inbegriff der Brünetten, Inbegriff der Blondine.

Monroe wollte Künstlerin sein. Sie war eine der wenigen, die diesen ganzen Mist ernst nahmen. Das war es, was sie umgebracht hat, nicht das andere. Sie wollte als große Schauspielerin anerkannt sein und doch geliebt werden wie ein Kind, und beides geht nun mal nicht.

Man muss sich zwischen den beiden Möglichkeiten entscheiden.

Ich, ich entschied mich für keine.

Marilyn Monroes gesammelte Werke

SEX ist NATUR & ich bin sehr für die NATUR
Ich bin MARILYN   Ich bin MISS GOLDEN DREAMS
Ich glaube, kein SEX ist verkehrt, solange LIEBE im Spiel ist
kein SEX ist verkehrt, solange ACHTUNG im Spiel ist   kein SEX ist ver-
kehrt, solange SEX im Spiel ist   von KREBS bekommt man jedenfalls
keinen SEX   ich meine natürlich von SEX bekommt man keinen KREBS
Der menschliche Körper ist nackt WUNDERSCHÖN
Mir hat es nie viel ausgemacht, mich NACKT fotografieren zu lassen
Verschiedene Leute haben mir versucht einzureden, dass ich mich schä-
men müsste, aber das tue ich nicht & werde ich nicht
Alle Scheu & Angst fiel von mir ab, wenn ich die Kleider ablegte
Wenn MARILYN ihre Kleider ablegt, dann weiß man aber wirklich, wer
MARILYN ist
Ich wollte vor Gott & den Menschen nackt durch die Kirche rennen
Ich würde mich nicht schämen, warum sollte ich, Gott hat mich erschaf-
fen, wie ich BIN
Gott hat uns erschaffen, wie WIR SIND

Ich sehe, wie ihr meinen vollkommenen Körper betrachtet   ich sehe, wie ihr
meinen vollkommenen Körper liebt   als wäre es euer eigener   & ich hatte
eine Vision: in der Gestalt MARILYNS könnt ihr euren eigenen VOLL-
KOMMENEN KÖRPER lieben   dazu ist MARILYN auf die Welt gekommen   dazu existiert MARILYN
Ich bin Miss Golden Dreams   das berühmteste Pin-up-Girl in der
Menschheitsgeschichte   das ist doch eine Ehre, oder nicht   ich lasse mich
so gern ansehen   hoffentlich hört ihr nie damit auf   ich finde den menschlichen Körper WUNDERSCHÖN & nicht etwas, wofür man sich schämen
müsste   jedenfalls nicht als bildschöne, begehrenswerte Frau & JUNG
Ich bin Miss Golden Dreams   und wie heißen Sie?
Ich bin Miss Golden Dreams   das ist eine ziemliche Verantwortung, oder
nicht
Ich bin Miss Golden Dreams   sagt mir, wie ihr es gerne hättet & ich

mache es   ich wahre alle eure Geheimnisse   ich vergöttere euch   solange
ihr mich nur liebt & manchmal an MARILYN denkt? versprochen? *elende*
Kuh   Frischfleisch   fühllose Fotze
   Ich bin nicht bitter   denn man sagt mir, ich sei GESCHICHTE
   ihr wärt auch nicht bitter, wenn ihr GESCHICHTE wärt   keiner von euch
   Ein MANN wäre nicht bitter, wenn er in die Geschichte eingingе!   eine
FRAU sollte es auch nicht
   Brecht mir das Herz, lieber als die Nase   (Armleuchter)
   Rache ist SÜSS   (& ich muss auf den Geschmack kommen)

Hey, wir wollen zusammen GLÜCKLICH sein, bitte   dazu sind wir doch
DA
   Ich hatte eine Vision   dazu sind wir DA
   SEX ist NATUR & ich bin sehr für die NATUR   ihr nicht
   Fest steht, dass man von Krebs keinen Sex kriegt, ich meine
   von Krebs keinen Tod kriegt
   ich meine, Tod vom Sex ist nicht MÖGLICH   sonst wären wir in der
HÖLLE so erschaffen worden   NATUR ist der einzige Gott   ich wurde
von der NATUR erschaffen wie ich bin   ich meine   ich   wurde   erschaffen   wie   als   ich   wurde   erschlafft   geschafft   erschuf
MARILYN & konnte nicht anders vom Anbeginn der Zeit an   ich glaube an
die NATUR   ich glaube, ich meine damit   ich bin die NATUR   wir alle
sind NATUR   ihr seid auch MARILYN, wenn ihr NATUR seid   Das
glaube ich   *Wir dürfen deshalb auch vertrauensvoll eine Zukunft von rie-*
siger Dauer erhoffen   & da die NATÜRLICHE ZUCHTWAHL nur durch
& für den Vorteil der Geschöpfe wirkt, so werden alle körperlichen Fähigkei-
ten & geistigen Gaben immer mehr nach Vervollkommnung streben   Es ist
wahrlich etwas Erhabenes um die Auffassung   dass aus einem so schlich-
ten Anfang eine unendliche Zahl der schönsten und wunderbarsten Formen
entstand & noch weiter entsteht
   Mir geht es im Leben so gut, dass die Strafe wohl irgendwie auf dem Fuße
folgen muss!

Der Scharfschütze

Der verborgene Sinn des zivilisatorischen Evolutionsprozesses offenbart sich jenen unter uns, die ihr Leben dem Kampf zwischen Gut und Böse geweiht haben: zwischen Lebens- und Todestrieb, der die Menschheit voranbringt. So sei es!

Vorwort
Das Buch des amerikanischen Patrioten

Eine alte Pionierweisheit meines Daddys. *Dem Rechtschaffenen kommt nichts unverdient vor die Flinte.*

Mein Daddy nahm mich zum ersten Mal mit, da war ich elf. Um auf der Prärie *Zerfleischervögel* zu erlegen. Damals erwarb ich meine lebenslange Ehrfurcht vor Schusswaffen & meine Kunstfertigkeit als Scharfschütze.

Zerfleischervögel nannte Daddy die Habichte, Falken, Kalifornischen Kondore (inzwischen fast ausgestorben), die Steinadler (dito), die wir vom Himmel holten. Außerdem, obwohl sie Aasfresser waren (& nicht etwa als Raubvögel eine ernste Bedrohung für Geflügel & neugeborene Lämmer darstellten), die Truthahngeier, die Daddy als unrein & widerlich verabscheute & die kein Recht hatten zu leben, also schossen wir auch diese schwerfälligen Vögel aus den Bäumen & von Zaunpfosten herunter, wo sie wie alte Regenschirme hockten. Daddy war ein kranker Mann, er litt unter dem Verlust seines linken Auges & einem zerfressenen Darm »einer ganzen Kabeltrommel« (wie er sich ausdrückte), Folgen von Kriegsverletzungen, & von daher verfolgte er die räuberischen Tiere, die wie fliegende Teufel aus der Luft unser Vieh anfielen, mit einer unbändigen Wut.

Auch Krähen. Tausende Krähen, die auf ihren Zügen krächzend & kreischend die Sonne verdunkelten.

Die Kugeln reichen nie für alle, die es verdienen, lautete eine weitere Weisheit meines Daddys. Die auf mich gekommen ist, zusammen mit Daddys Patriotenstolz.

Damals lebten wir von den kläglichen Resten unserer Schaffarm. Fünfzig Morgen, größtenteils Gestrüpp im San Joaquin Valley auf halbem Wege zwischen Salinas im Westen & Bakersfield im Süden. Mein Daddy & sein älterer Bruder, der im Krieg, allerdings nicht Daddys Krieg, zum Krüppel geschossen worden war, & ich.

Andere hatten uns verlassen. Von ihnen sprachen wir nicht.

In unserem Ford Pickup fuhren wir Stunde um Stunde. Manchmal ritten wir aus. Daddy schenkte mir seine 22'-Remington-Büchse & zeigte mir, wie man sie sicher & nie hastig lud & abfeuerte. Als Junge habe ich zunächst lange auf feststehende Ziele geschossen. Ein lebendes, bewegliches Ziel ist ein ganz anderes Kaliber, warnte Daddy. Ziele genau, bevor du abdrückst, denn denke daran, eines Tages gibt es vielleicht ein Ziel, das gnadenlos zurückschießt, wenn du es verfehlst.

Diese Weisheit von Daddy ist mir heilig.

Als Scharfschütze bin ich übervorsichtig, finden manche. Ich gehe einfach davon aus, dass man beim Zielen möglicherweise nur den einen Versuch hat.

Unser Geflügel, die Hühner & Perlhühner & auf den Weiden die neugeborenen Lämmer, sie waren die bevorzugte Beute der *Zerfleischervögel*. Es gab andere Räuber: Koyoten & wilde Hunde & gelegentlich Pumas, aber die *Zerfleischervögel* waren am schlimmsten, ihrer Zahlen wegen & der Schnelligkeit ihres Angriffs. Herrliche Vögel, das muss man sagen. Rotschwanzbussarde, Hühnerhabichte & Steinadler. Stiegen & schwebten & schwenkten & stießen plötzlich herab wie der Blitz, um kleine Tiere mit ihren Fängen zu packen & lebend & schreiend & strampelnd in die Lüfte davonzutragen.

Sie verstümmelten auch friedlich weidende oder schlafende Tiere. Blökende Mutterschafe. Oft genug sah ich Kadaver im Gras. Augen ausgehackt & die blutig blanken Bänder des Gekröses langgezogen. Wolken von Fliegen waren ein untrügliches Zeichen.

Schieß! Mach sie fertig, die Teufel!, gab Daddy den Befehl, & dann drückten wir beide gleichzeitig ab.

Man lobte mich: in dem Alter, alle, die mich kannten. Scharfschütze, nannten sie mich & manchmal auch den Kleinen Soldaten.

Steinadler & Kalifornischer Kondor sind heute rar geworden, aber als ich noch ein Junge war, haben wir sie zuhauf vom Himmel geholt & ihre Kadaver zur Abschreckung aufgehängt! *Jetzt wisst ihr Bescheid. Jetzt seid ihr nichts als totes Fleisch & Federn, nichts als nichts.* Am Himmel jedoch hatten diese stolzen Tiere etwas Majestätisches, das lässt sich nicht leugnen. Einen Steinadler herunterzuholen, sagte Daddy, das verlangt einen ganzen Kerl; & dann den Anblick seiner goldgelben Halsfedern aus der Nähe. (Ich trage noch heute zum Gedenken an die Zeit damals eine solche goldgelbe

794

Feder überm Herzen.) Der Kondor ist ein noch größerer Vogel mit gewaltigen schwarzen Schwingen (einer spannte so weit, wie unser Pickup lang war), die an der Unterseite weiß leuchten, als hätte er doppelte Flügel. Die Rufe dieser Riesenvögel! Wenn sie im Gleitflug ihre Kreise zogen & sich hierhin & dorthin neigten; & seltsam war an diesen Vögeln, wie rasch andere Artgenossen von weit hinterm Horizont zu ihnen stießen, sobald sie Beute gemacht hatten.

Unter den *Zerfleischervögeln* waren es die Hühnerhabichte, von denen ich als Junge am meisten erlegte. Denn es gab so viele, & wenn ihre Zahl in unserer Gegend zurückging, zog ich ihnen nach, zog immer weitere Kreise um unsere Farm. Zu Pferde drang ich querfeldein vor. Später, als ich einen Führerschein hatte & das Benzin noch nicht zu teuer war, fuhr ich. Ein Hühnerhabicht ist grau & blau & seine Federn wie Dunst, sodass diese Vögel an einem diesigen Himmel stehend plötzlich weg sein konnten & dann wieder da & dann wieder weg & wieder da, & ich wurde ganz aufgeregt, weil ich wusste, dass ich ein Ziel treffen müsste, nicht nur beweglich, sondern obendrein unsichtbar, & doch tat ich genau das, mit schlafwandlerischer Sicherheit, verfehlte mein Ziel zwar manchmal (ich geb's zu), traf aber oft genug ins Schwarze, & dann fiel der schwebende Vogel vom Himmel, als hielte ich ihn an einer unsichtbaren Schnur & hätte solche Gewalt über diesen Hühnerhabicht, unvermutete, ungeahnte Gewalt, dass ich ihn jederzeit vom Himmel reißen konnte.

Gefallen, das herrliche Gefieder blutbeschmiert, die Augen starr, lagen die Vögel so still, als hätten sie überhaupt nie gelebt.

Zerfleischervogel, jetzt weißt du Bescheid – sagte ich dann feierlich.

Zerfleischervogel, jetzt weißt du, wer Herr ist, der nicht fliegen kann, wie du fliegst – aber die Worte waren nie hämisch, sondern fast traurig.

Denn wer weiß schon um die Melancholie des Scharfschützen, wenn erst seine schöne Beute gebrochen zu seinen Füßen liegt? Davon hat noch kein Dichter gesprochen, & ich fürchte, es wird auch nie einer tun.

Diese zurückliegenden Jahre. Ich lebte an diesem Ort, doch meine Tage verbrachte ich damit, durch die Gegend zu streifen, & ich schlief oftmals im Pickup, folgte ich weiß nicht welcher unnennbaren Sehnsucht, die mich südlich bis in die San-Bernardino-Berge führen konnte & die endlosen wüsten Weiten von Nevada. Ich war ein Soldat auf der Suche nach seiner Truppe. Ich war ein Scharfschütze auf der Suche nach seiner Berufung. Im Rückspiegel des Pickup mehlweiß aufwolkender Staub, vor mir glimmernde Fata Morganas, die lockten & narrten. *Deine Bestimmung! Wo liegt deine Bestimmung!* Fuhr mit der Büchse neben mir auf dem Sitz, manchmal zweien & der Doppelflinte, alle geladen & schussbereit. Manchmal lenkte ich mit jungenhaftem Bravado durch die Leere der Wüsten, Büchse aufs Lenkrad abgestützt, als würde ich notfalls durch die Windschutzscheibe feuern. (So etwas Selbstzerstörerisches hätte ich natürlich nie getan!) Oft war ich Tage & Wochen unterwegs, & inzwischen war Daddy tot & mein Onkel alt & gebrechlich, & es gab niemanden, der mich beaufsichtigt hätte. Nun waren nicht mehr nur *Zerfleischervögel* meine Ziele, sondern auch andere Vögel, Krähen vor allem, denn es gibt auf der Welt zu viele Krähen, & Hühnervögel wie Fasane & Schopfwachteln & Gänse, für die ich die Flinte benutzte, obwohl ich mir nicht die Mühe machte, die toten Vögel, wenn sie wie Steine vom Himmel plumpsten, aufzulesen.

Kaninchen & Hirsche & andere Wildtiere mochte ich gelegentlich auch erlegen, aber nicht jagen. Ein Scharfschütze ist kein Jäger. Wenn er mit dem Fernglas die Prärie & die Wüste absucht, nach Leben Ausschau hält, nach Bewegung. Einmal erspähte ich auf einem Hang in den Big-Maria-Bergen (an der Grenze zu Arizona) ein Gesicht – ein weibliches Gesicht mit unnatürlich blondem Haar & einem unnatürlich roten Mund, der zum Kuss gespitzt war –, & obwohl ich den Blick von dieser Erscheinung abzuwenden suchte, war ich hilflos, & mein Puls raste, & meine Schläfen pochten, & ich sagte mir zwar, es könne sich nur um eine Reklametafel handeln & niemals ein wirkliches Gesicht sein, aber es lockte & höhnte mich, sodass ich, als ich einige Zeit später langsam daran vorbeifuhr, nicht umhin konnte, mehrere Schüsse abzugeben, bis der schlimmste Druck nachließ & ich vorbei war & alles ohne Zeugen geschehen. *Jetzt weißt du Bescheid. Jetzt weißt du Bescheid. Jetzt weißt du Bescheid.*

Schon bald darauf verleitete mich meine Aufregung, Zielübungen mit Schafen & Rindern zu veranstalten, ja, selbst weidenden Pferden, solange es weit & breit keine Zeugen gab. Denn *wie leicht ist es doch, abzudrücken*, wie sie mir eines Tages in der Agency bestätigen würden. Darin schlummert eine heilige Weisheit, ich denke, es ist eine Pionierweisheit. *Ein Leben versiegt, wenn die Kugel fliegt.* Tiefsinnig, wie Gedichte es sind *Und welches Leben, ist nicht gesagt, nur: wenn.* Manchmal erspähte ich schon von ferne auf der Straße ein Fahrzeug, punktgroß nur, das sich rasch näherte, & wenn es keine Zeugen gab (in der Wüste von Nevada gab es selten Zeugen), hob ich im entscheidenden Augenblick, kurz bevor sich unsere beiden Fahrzeuge begegneten, mein Gewehr & zielte aus dem heruntergekurbelten Fenster & drückte unter Berücksichtigung der Geschwindigkeiten der aufeinander zuschießenden Wagen im exakt richtigen Moment ab, mit der eisernen Selbstbeherrschung des Scharfschützen, ohne mit der Wimper zu zucken, selbst wenn der Fahrer des anderen Wagens so dicht an mir vorbeifuhr, dass ich den Ausdruck auf seinem (oder ihrem) Gesicht sah; & fuhr weiter, ohne abzubremsen oder zu beschleunigen, & beobachtete im Rückspiegel seelenruhig, wie das Zielfahrzeug schlingernd von der Straße abkam. Was gab es schon für Zeugen außer den *Zerfleischervögeln*, die das Schauspiel aus luftiger Höhe verfolgten; & *Zerfleischervögel* können, bei aller Scharfsichtigkeit, nicht als Zeugen aussagen. Es handelte sich in keiner Weise um Affekthandlungen, sondern rein den Scharfschützeninstinkt.

Schieß! Mach sie fertig, die Teufel! Daddy gab den Befehl, & was konnte ein folgsamer Sohn anderes tun als gehorchen.

Zur Agency kam ich 1946. Zu jung, um meinem Land zu Kriegszeiten gedient haben zu können, gelobte ich, meinem Land in diesen trügerischen Friedenszeiten zu dienen. Denn das Böse ist nach Amerika selbst vorgedrungen. Es ist nicht mehr in Europa, nicht einmal allein in der Sowjetunion daheim, sondern ist auf unseren Kontinent übergesprungen & will unser amerikanisches Vermächtnis zerrütten & zerstören. Der kommunistische Feind ist uns fremd & zugleich so nah wie unser Nachbar. Er kann ein Nachbar sein, der Feind. *Das Böse ist das Wort für das Ziel*, sagen wir von der Agency. *Das Böse ist das, was wir mit Ziel meinen.*

797

Roslyn 1961

»Den Text für sich allein kann ich mir nicht merken. Ich muss mir die Gefühle merken.«

Misfits – nicht gesellschaftsfähig sollte der letzte Film der Blonden Darstellerin sein. Es gibt Kenner, die behaupten, das müsse sie gewusst haben, man sehe es an ihrem Gesicht. Roslyn Tabor sollte ihre größte schauspielerische Leistung werden. *Nicht so ein blondes Ding! Eine Frau, endlich.* Einer Filmfreundin gesteht Roslyn, sie komme immer wieder dahin, wo sie angefangen habe, & Roslyn spricht voller Sehnsucht von einer Mutter, die »fast nie da« war, & einem Vater, der »fast nie da« war, & ihrem gut aussehenden Ex-Ehemann, der »nicht da« war, & Roslyn, eine erwachsene Frau von über dreißig & kein Kind mehr, gesteht fast unter Tränen *Ich habe auf einmal Sehnsucht nach meiner Mutter,* & wir wissen, hier spricht die Blonde Darstellerin. Sie redet von den Kindern, die sie nicht hat, und wir wissen, hier spricht die Blonde Darstellerin. Sie ist ohne Abschluss von der High School gegangen. Sie füttert einen hungrigen Hund, & sie füttert hungrige Männer. Sorgt für Männer. Verletzte, alternde, gramgebeugte Männer. Weint um Männer, die um nichts weinen können. Schreit in der Wüste von Nevada Männer an *Lügner! Mörder!* Bringt sie dazu, die Wildpferde laufen zu lassen, die sie mit dem Lasso eingefangen haben. Mustangs, die sie selbst sind, wilde verlorene verwundete Männerseelen. Oh ja, Roslyn ist ihre leuchtende Madonna. Vibrierend & atemlos & schimmernd wie jemand am Abgrund. Sagt *Weil doch jeder plötzlich sterben kann. Wir sagen einander nicht, was wirklich wesentlich ist.* Roslyn ist die Schöpfung der Blonden Darstellerin & ihre Leinwandreden ein Aufguss der privaten Reden der Blonden Darstellerin, & wenn der Mann und Bühnenautor, der das Drehbuch verfasst & sich der Redensarten seiner Frau bemächtigt hat & bestimmter schmerzlicher Umstände ihres Lebens, sich auch ihrer Seele zu bemächtigen wünschte, dann würde das nicht etwa zu den Dingen gehören, die ihm die Blonde Darstellerin vorwarf *Nein. Wir sind für- & ineinander. Roslyn ist ebenso sehr dein Geschenk an mich, wie Roslyn mein Geschenk an dich war.*

Jetzt, da sie ihn nicht mehr liebte.

Jetzt, da sie nur noch Poesie verband. Die Poesie der Sprache & doch auch eine noch viel beredtere Poesie der Gesten.

Sie war ihm untreu gewesen, nahm er an.

Mit wem, wie oft, wann, wie & mit wie viel Gefühl, Leidenschaft oder auch nur Aufrichtigkeit, würde er nicht wissen wollen. Er war zum Treusorger-Ehemann geworden, Pfleger einer berühmten Schauspielerin. (Ja, die Ironie sah er durchaus: in *Misfits* ist die schimmernde Roslyn Pflegerin aller anderen.) Er übernahm seinen Part stoisch, klaglos, schicksalsergeben & wenn er nicht anders konnte, hoffend. Denn so viel blieb ihm immerhin von dem jugendlichen Überschwang von einst. Er würde ihr treu bleiben, bis sie auch die leiseste Berührung noch abwies. Lieben sollte er sie noch viel länger. Denn hatte sie nicht sein Kind getragen, das im Mutterleib zu Tode gekommen war, wären sie nicht lebenslang in einer Weise verbunden, die zu profund & heilig für Worte bliebe? Sie war nicht mehr seine Magda, sie war auch nicht seine Roslyn, das wusste er! – und doch würde er sie weiter umsorgen & würde er ihr vergeben (sollte ihr an seiner Vergebung gelegen sein; das schien alles andere als sicher). Ängstlich fragte er: »Willst du diesen Film auch wirklich drehen, Norma? Fühlst du dich stark genug?« – womit er meinte: ausnahmsweise ohne Tabletten, ohne dich umzubringen, denn er würde hilflos zusehen müssen; & verletzt, zornig erwiderte sie »Ich bin immer stark genug. Was wisst ihr schon von *mir*.«

Wir rennen unbekümmert in den Abgrund, nachdem wir irgendetwas vor uns hingestellt haben, das uns hindern soll, ihn zu sehen.

Diese Worte, in Norma Jeanes Schulmädchen-Tagebuch notiert.

Sie war sich nicht sicher, ob sie verstand. Sollte sie sie auf *sich* beziehen, hatte Carlo das so gemeint?

Er hatte ihr Pascals *Gedanken* geschenkt, ehe sie zu den Außenaufnahmen für *Misfits* nach Reno aufbrach. Carlo, ihr Nicht-Liebhaber-der-sie-liebte.

»Meine kleine Angela ganz erwachsen, wie?«

Als Regisseur für *Misfits* war niemand anders verpflichtet worden als H! H, der renommierte Regisseur von *Asphalt-Dschungel*. Die Blonde Darstellerin verehrte H, den sie zehn Jahre lang nicht mehr gesehen hatte. *Er hat mir den Start ermöglicht. Er hat mir die entscheidende Chance gege-*

ben. Sie hatte den älteren Mann bei ihrem Wiedersehen umarmen wollen, doch sein zerfurchtes Gesicht, seine Whiskeyfahne & sein Wanst nahmen ihr den Mut; unhöflich stierer Blick aus Augen, die noch blutunterlaufener waren als die ihren. H hatte die Laufbahn der Blonden Darstellerin von ferne mit beiläufigem, skeptischen Interesse verfolgt, wie es ein Vater vielleicht bei einem Bastard, ganz gleich, ob Sohn oder Tochter, täte: Fehlgänger, mit denen ihn keinerlei väterliche Verantwortung verbindet, allenfalls ein elliptisches Zufallsmoment. Bei ihrer ersten Wiederbegegnung in Hollywood war die Blonde Darstellerin scheu, & möglicherweise zuckte sie etwas zusammen, als H ihre Hände ergriff & drückte, fest. Die herzlich knurrige Stimme, die kumpelige Männerart, die einer Frau keinen Aufschluss darüber gibt, ob es der Mann nett meint oder ironisch oder beides? Sie würde ihn mit »Mister« anreden, der Ehrerbietung halber. Er würde sie »Honey« nennen, als sei ihm ihr Name entfallen. Respektvoller würde er mit ihrem Mann, dem Bühnenautor sprechen. Zu ihrem Unbehagen würde er sie der unverhohlenen Musterung eines Mannes unterziehen, der einen Ruf als Pferde- und Frauenkenner genoss. Zu ihrem noch größeren Unbehagen würde er an ihren Vorsprechtermin für *Asphalt-Dschungel* erinnern – »Ihren Anfang als Angela verdanken Sie Ihrem Abgang.« Die Blonde Darstellerin fragte, was er damit meine? – sie habe doch vorgesprochen wie alle anderen auch, nur habe sie sich dazu auf den Boden gelegt, weil doch Angela in der entsprechenden Szene auf einem Sofa liege, & da lachte H & zwinkerte Z zu (sie saßen zum Zwecke der Vertragsunterzeichnung in Zs opulent ausgestattetem Büro auf dem Gelände der Produktionsgesellschaft) & wiederholte »Nein, nein, Honey. Ihren Auftritt als Angela haben Sie Ihrem Abgang zu verdanken.« Für die Blonde Darstellerin war es wie ein Schlag in die Magengrube. *Er spricht von meinem Hintern. Das Schwein.*

Die Blonde Darstellerin konnte sich an ihr Angela-Selbst nur dunkel erinnern. Sich an Angela erinnern hieße, sich an Mr. Shinn erinnern, den sie verraten hatte, oder vielleicht doch er sie. Sich an Angela erinnern hieße, sich an den Cass Chaplin aus der ersten Zeit ihrer Romanze erinnern. *Meine Seelengefährtin* hatte Cass sie genannt. *Mein bildschöner Zwilling.* An ihr Vor-Angela-Selbst wollte sie sich erst recht nicht erinnern, an das noch unbenannte Starlet, das zur Besichtigung des Aviariums in Mr. Zs Büro einbestellt worden war.

Z hatte sein Büro inzwischen in einem anderen Gebäude auf dem Gelände der Produktionsgesellschaft. Die Einrichtung war diesmal fernöstlich: üppige chinesische Teppiche, brokatähnliche Stickereien auf Sofas & Stühlen & an den Wänden alte Schriftrollen & ausgesuchte Naturstudien in Tusche. Z galt in der Branche als Erfinder von MARILYN MONROE. In Interviews betonte Z gern in aller Bescheidenheit, er habe unbeirrt an »seiner Kleinen« festgehalten, als andere Bosse, einschließlich des damaligen Präsidenten der Produktionsgesellschaft sie abschießen wollten. (»Und warum? Sie werden es nicht glauben, aber es hieß, sie könne nicht spielen, & man fand sie auch nicht sonderlich attraktiv.«)

Die Blonde Darstellerin hörte sich selbst flirthaft & freundlich lachen. Sie war an diesem Tag guter Dinge. Es war einer ihrer guten Tage. Sie sah gut aus. Sie glaubte inbrünstig daran, dass *Misfits – nicht gesellschaftsfähig* ein Filmklassiker werden könnte & die Rolle der Roslyn ihre Rettung sein würde. Dann würden die Leute Sugar Kane & das ›Mädchen von oben‹ & Lorelei Lee & die anderen vergessen. *Nicht so ein blondes Ding! Eine Frau, endlich.*

»Nun. Ich bin jetzt nicht mehr Angela, Mr. H. Ich bin auch nicht Marilyn Monroe. In diesem Film nicht.«

»Nein? Sehen mir aber ganz nach Marilyn Monroe aus, Honey.«

»Ich bin Roslyn Tabor.«

Das war eine gute Antwort. Eine Antwort, die H ganz offensichtlich gefiel.

Es gibt Pferde, sagen wir reine Vollblüter, die die Peitsche brauchen, um ihr Bestes zu geben. Das gilt auch für mich. Ich hatte Schulden, und ich brauchte eine Finanzspritze, und da bot sich dieser Deal an, und die Monroe war eben der Pferdefuß. Schauspielerisch hielt ich nicht viel von ihr. Ihre Filme hatte ich größtenteils gar nicht gesehen. Ich würde mich ziemlich sicher nicht auf sie verlassen können, sie nicht einmal mögen. Ich hatte noch nie viel für Neurotiker der selbstzerstörerischen Variante übrig. Wer unbedingt will, soll sich umbringen, aber nicht anderen das Leben versauen. Finde ich.

Die Leute haben behauptet, ich wäre in sie vernarrt gewesen, die Leute haben behauptet, ich hätte sie schlecht behandelt und wäre der Grund für ihren Zusammenbruch. Die können mich mal. Was Sache war, sah man in ihren Augen. Ständig blutunterlaufen, die Äderchen geplatzt. Misfits hätten wir beim besten Willen nicht in Farbe drehen können.

Reno, Nevada. Ein Film in Schwarzweiß wie Erinnerung. Ein Film der vierziger, nicht der sechziger. Tote Schauspieler! Posthum schon in der Entstehung.

Die Blonde Darstellerin hatte sich geschworen *Ich werde mich in jeder Hinsicht professionell verhalten.*

Die Blonde Darstellerin & der Bühnenautor-und-Mann, den sie nicht mehr liebte & der ihr dennoch hündisch (wie ein Augenzeuge meinte) ergeben blieb, bewohnten in Reno, dem Ort, der zur Reno-Hölle der nicht Gesellschaftsfähigen werden sollte, eine Suite im (obersten) zehnten Stock des Zephyr Hotels, benannt nach dem Ort Zephyr Cove. Am ersten Drehtag, an dem sie um 10 Uhr hätte erscheinen sollen, hatte sich die Blonde Darstellerin bereits um 9 ins Bad eingeschlossen, unfähig, sich dem Schreckgespenst im Spiegel zu stellen, & sie würde selbst ihren getreuen Whitey, der Miss Monroe anflehte, es ihn wenigstens *versuchen* zu lassen, abweisen. Ihre Gefühle lagen bloß. Ihre Nerven. Konnte keinen klaren Gedanken fassen! Hatte die ganze Nacht nicht geschlafen, oder wenn, nur mit Unterbrechungen, vielleicht schlief sie noch, weil ihr barbituratenbenommenes Hirn schlief, obwohl sie sich immerhin mit offenen Augen aus dem Bett geschleppt hatte & ins Bad. Wo sie sich nun weigerte, aufzusperren. Der Bühnenautor-und-Mann bettelte. Der Bühnenautor-und-Mann drohte, bei der Rezeption anzurufen & zu verlangen, man solle die Tür abmontieren. Die Blonde Darstellerin schrie, sie sollten alle weggehen & sie in Ruhe lassen, & als der Bühnenautor-und-Mann um 11.15 an dem wenige Straßenzüge entfernt gelegenen Drehort eintraf, bot er Ausreden & Entschuldigungen an – *Marilyn hat Migräne* – *Marilyn hat Fieber* – *Marilyn wird heute Nachmittag ganz bestimmt da sein* – & der renommierte Regisseur H grunzte & sagte dazu wenig, lediglich, dass er eben an diesem Vormittag wieder einmal ausweichen werde; privat hingegen, dass er verdammt nochmal hoffe, wenn die Monroe schon zusammenklappen müsse, werde sie es bald hinter sich bringen.

In einem Badezimmer im Zephyr Hotel in Reno, Nevada eingesperrt. Mit Blick auf grell beschienene Straßen & Kasino-Neonreklame – $$$ – & am Horizont einen Gebirgszug, den man die Virginias nannte, diesig-diffus wie eine Kulisse, deren Farben verblichen sind. Es war die Ära, da Reno, Nevada Scheidungshauptstadt der Vereinigten Staaten war & insofern folgerichtig, dass Roslyn gekommen war & hier in dieser Wüstenstadt geschieden werden würde – »befreit«. Oh ja, sie war Roslyn! Sie würde bis in die Fingerspitzen Roslyn sein. *Das ist die Rolle meines Lebens. Jetzt sollt ihr sehen, was ich kann.* Nur war ihr so flau. Versuchte, den Text zu lesen, aber die Zeilen tanzten vor ihren Augen. Dann war Mittag & sie hätte seit 10 am Drehort sein sollen, & sie glaubte, sie könne sich doch vielleicht noch aufraffen & am frühen oder auch späten Nachmittag erscheinen, & sie hoffte, H hätte Verständnis. *Das wird er, er mag mich! Er ist wie ein Vater zu mir. Er hat mir meine erste Chance gegeben.*

Eine gnadenlos gleißende Sonne: sie ging nur noch mit dunkler Sonnenbrille umher & wich den Fotografen & Reportern aus, die in der Lobby des Zephyr oder auch draußen auf der Straße lauerten wie Aasgeier. Der Drehort selbst war tabu, nicht aber öffentlich zugängliche Räume. H klagte, die Monroe ziehe wie eine läufige Hündin ganze Rudel Kerle an & je weniger sie ihnen gebe, desto mehr wollten sie von ihr & belästigten andere, auch ihn. *Wie geht es Marilyn? Wie steht es um ihre Ehe?* In ihren Augen- & Mundwinkeln zeigten sich feine, weiße Linien & die einst so blauen & bildschönen Augen waren nun mit einem Netz geplatzter Äderchen überzogen & das Weiße verfärbt wie von einer Gelbsucht, gegen die auch zwölf Stunden Schlaf am Stück nichts vermöchten. *Ein Glück, dass wir nicht in Technicolor drehen, wie?*

Was aus Marilyns üppigem Raubtiermund herauskäme, ließ sich so wenig sagen oder erraten, wie was reingegangen war.

H & den anderen, alles Männer, hatte sie erklärt, sie sei Roslyn Tabor. »Ich kenne Roslyn. Ich mag sie.« Das war wahr & nicht-ganz-wahr. Denn Roslyn *ist*, was Männer in ihr sehen. Was aber ist mit der Roslyn, die die Männer nie sehen? H hatte sie erklärt, Roslyns Text sei poetisch & wunderbar, & doch wünschte sie sich, dass Roslyn im Film mehr täte als nur Männer trösten & ihnen die Nase putzen & ihnen das Gefühl geben, bewundert & geliebt zu werden; warum konnte nicht Roslyn die Figur sein, die die Zuschauer im Kino zuallererst zu sehen bekämen, Roslyn, wie sie aus dem Zug steige oder mit dem Auto in Reno eintreffe, Roslyn in Bewegung & aktiv – nicht, wie es dann auch gedreht wurde, fast unsichtbar hinter einem oberen Fenster, während ein Mann suchend hochblickt, oder wie in der nächsten Szene, wo Roslyn besorgt den Spiegel konsultiert, während sie sich schminkt. »Zur Hölle mit Fenstern, mit Spiegeln. Make-up! Lass uns Marilyn – ich meine R-roslyn – doch ungeschminkt zeigen.« Je länger sie darüber nachdachte, desto dringender wollte sie Teile von Roslyns plattem Text gestrichen sehen, egal, ob sie aus der Feder eines Bühnenautors und Pulitzer-Preisträgers stammten. Sie wollte neue Dialoge. Und weshalb durfte Roslyn am Schluss des Films nicht selbst die gefangenen Pferde befreien? »Das kann Roslyn genauso gut wie der Cowboy. Monroe, nicht Gable. Oder beide – Monroe & Gable? Verstehen Sie?« Sie ereiferte sich geradezu, als sie die Dramaturgie zu erklären versuchte, die ja Film-Dramaturgie war: die Goldene Prinzessin & der Dunkle Prinz – vereint im Bemühen, die Mustangs zu befreien; na gut, Gable dürfe den Hengst befreien, sie würde die anderen befreien – »Warum denn zum Teufel nicht?« H starrte sie an, als hätte er eine Irre vor sich, & doch nannte er sie beschwichtigend »Honey«.

»Lassen Sie doch Roslyn mehr *tun*«, flehte sie.

Redete gegen eine Männerwand.

Der Presse gegenüber ließ man durchblicken, Marilyn sei schon vor Beginn der Dreharbeiten zu *Misfits* »schwierig«. Marilyn stelle ihre »üblichen überzogenen Forderungen«.

Und dennoch würde sie sich nicht um Roslyn & die größte schauspielerische Leistung ihrer Laufbahn bringen lassen. Roslyn war eine ältere Schwester Sugar Kanes, vergessen die burleske Komödie, vergessen hüftschwingende Musical-Nummern. Ukulele & saftige Liebesszenen. Roslyn war schmerzlich, weil »authentisch«, & doch (wie jede Frau im Kinosaal sofort sähe) auch nur ein »authentischer Traum« (ein Männertraum). Wollte sie Roslyn sein, konnte sie nicht Norma Jeane bleiben, denn Norma Jeane war klüger & cleverer & erfahrener als Roslyn; Norma Jeane war gebildeter, wenn auch selbstgebildet. An der Stelle, wo Roslyns Liebhaber Gay Langland erleichtert feststellt, dass Roslyn ungebildet ist, weil gebildete Frauen »immer nur wissen wollen, was man denkt«, & sich freut, endlich mal eine zu treffen, die »noch Respekt hat«, hätte ihm Norma Jeane ins Gesicht gelacht; Roslyn hingegen hört ihn an & nimmt seine Worte als Kompliment. Ach, die Männersachen, die über Roslyn gesagt werden, um ihr zu schmeicheln & sie zu umgarnen & verwirren! »Weil Sie die Gabe haben zu leben, Roslyn.« »Ich trinke auf Ihr Leben, Roslyn. Hoffentlich dauert es für immer und ewig.« »Warum sind Sie eigentlich so traurig?« »Sie scheinen mir in die Augen wie ein Licht.« »Kindchen, du darfst dir nicht immerzu einbilden, dass du die Dinge ändern kannst.« *Ha, und ob ich sie ändern kann. Passt mal auf!*

Das Telefon klingelte. Einen Teufel würde sie tun & abnehmen. Sie würde sich das Gesicht waschen & ihre Augen mit Wasser kühlen & die eine oder andere Schmerztablette nehmen & sich Make-up ins Gesicht klatschen & eine Bluse & Hosen überziehen & ihre dunkle Brille aufsetzen & das Zephyr durch den Hinterausgang, durch die Küche verlassen; sie hatte einen Verbündeten in der Küche (sie gehörte zu den Frauen, die unweigerlich Verbündete in der Hotelküche finden) & dann würde sie um 3.20 unerwartet am Drehort erscheinen, jetzt, wo es ihr so viel besser ging & ihr neue Kräfte zuwuchsen dank der Vorstellung, was sie für Gesichter machen würden, die Arschlöcher. (Mit Ausnahme von Clark Gable; sie verehrte Clark Gable.) Sie würde Roslyn werden – mit shampooniertem, schimmerndem, frisch gelegtem Blondhaar, einem Make-up, das ihre mondweiße Haut noch betonte, & dem engen, weißen Kleid mit den Kirschen & dem V-Ausschnitt. Die Goldene Prinzessin – in dieser Wüstenstadt in Nevada! Zur Verwunderung des *nicht gesellschaftsfähigen* Stabs würde sie die für den ersten Drehtag vorgesehenen Einstellungen abdrehen, & sie würde die Eingangsszene (vorm Frisiertischspiegel, wo sie sich voller Wehmut mit einer älteren Frau über ihre bevorstehende Scheidung unterhält) so oft wiederholen wie erforderlich, um den Norma-Jeane-Panzer zu durchbrechen & die scheu vergebende Roslyn zum Vorschein zu bringen. Sie würde H Respekt abringen; bei H keine leichte Sache: H, der sie vor zehn Jahren so herablassend behandelt hatte, H, der sie nicht achtete, H, der renommierte Regisseur, der – wie sie verdammt gut wusste – nur hoffte, dass die Monroe schnell zusammenbrach, damit er ihre Rolle einer anderen, formbareren Schauspielerin antragen könnte.

»Es gibt aber nur eine Monroe. Das wird der Wichser lernen müssen.«

Es war manchmal wie ein Wunder. Sicher, ein Klischee, aber zufällig wahr. Die Monroe hatte etliche Stunden Verspätung, und es kursierten vielleicht längst schon Gerüchte, dass sie in Reno ins Krankenhaus eingeliefert worden sei (nach einem Selbstmordversuch am Abend zuvor!), und da plötzlich – erschien sie: liebreizend und scheinbar scheu & Entschuldigungen stammelnd, und dann brach Jubel aus, als hätten wir die Kuh nicht eben noch zum Teufel gewünscht. Sobald die Monroe da war, wusste man wieder, sie ist keine Kuh, sondern eine Naturgewalt wie Sturmwind oder Gewitter, wusste man wieder, sie ist dieser Naturgewalt selbst ausgeliefert, und da wollte man ihr nur zu gerne vergeben; selbst ihr Filmpartner Gable mit seinem kranken Herzen sagte, sie könne nichts dafür, es passe ihm zwar nicht, aber er habe Verständnis. Und Whitey und die gesamte Monroe-Truppe legte los, als gelte es eine Leiche wieder zu beleben, und sie verwandelten diese blasse blonde Frau, in der man nie und nimmer die engelhaft bezaubernde Roslyn erkannt hätte; wie oft haben wir das während der wochenlangen Dreharbeiten erlebt, zu oft vielleicht; und nicht immer gab es Jubel, und nicht immer gelang die Verwandlung von der Kuh in den Engel, aber meistens. Was die Monroe vor der Kamera für eine Präsenz entwickelte – das begriff keiner. Wir hatten schon jede Menge Schauspieler beiderlei Geschlechts erlebt, aber niemanden wie die Monroe. Es gab nämlich Tage, da wirkte sie flach und bis auf diese mondweiße Haut fast gewöhnlich, und dann brach sie ab und meinte, wie ein Amateur, sie wolle es noch mal machen, & das ging bei den meisten Einstellungen so: sie wollte noch eine und noch eine und noch eine machen, ein Dutzend, zwanzig, dreißig Aufnahmen, und zwischen diesen vielen Aufnahmen ließen sich nur minimale Unterschiede feststellen, aber irgendetwas summierte sich, die Monroe wurde in dem Maß stärker, wie ihre Mitspieler schwächer und müder wurden, der arme Clark Gable, der ja nicht mehr jung war, der zu hohen Blutdruck hatte und ein krankes Herz, während die Monroe sich über jede Ermüdung hinwegsetzte, wie sie sich über andere Menschen hinwegsetzte, wie sie sich darüber hinwegsetzte, dass H sie nicht ausstehen konnte; oder vielleicht glaubte sie, vielleicht hatte Marilyn immer geglaubt, alle Welt müsse sie lieben, weil sie doch so schön war, und eine Waise müsse ohnehin jedermann lieben. Es gab diesen von Marilyn geprägten Spruch, den wir alle übernommen hatten, so oft hatten wir ihn von ihr gehört – *Wenn du dran bist, bist du dran, wenn nicht, dann nicht.* Das passte zu Reno, Nevada, fanden wir. Und deshalb schien es einfach unerheblich, wie spät Monroe zur Arbeit kam oder wie verstört oder benebelt, denn wenn sie aus Maske und Garderobe kam, dann schien wirklich jemand anderes von ihr Besitz zu ergreifen, als wäre sie Roslyn, und Roslyn konnte man schließlich schlecht für den Mist verantwortlich machen, der auf Marilyns Konto ging, oder? Eben, konnte man nicht. Wollte man nicht. Und wie immer sie das beim Drehen zuwege brachte, mit Hilfe der Kamera, wenn man vor den Mustern saß, konnte man sich bloß staunend und kopfschüttelnd fragen *Wer zum Teufel ist das? Diese Fremde?*

Nein wirklich, die Monroe, sowas gab's nur einmal.

Das war *vorher.* Was geschehen würde, *war noch nicht geschehen.*

In einem von freudiger Erregung & Hoffnung gefärbten Wachtraum schwebte sie im Kapitänshaus barfuß durch den oberen Stock. Die verworfenen Dielen & schiefen Fenster & dahinter ein diesig opaker Himmel. Sie wusste, dass es noch nicht geschehen war, weil sie Baby noch sicher unter ihrem Herzen trug. In einer Spezialtragetasche – einem Beutel? – unter dem

Herzen. Baby war noch nicht fort. Eines Tages (sie hatte es sich bis ins kleinste Detail ausgemalt!) würde Baby Schauspieler sein & zu immer neuen schauspielerischen Ufern aufbrechen, würde mit der jeweiligen Person, die er bis dahin gewesen war, brechen, aber das lag weit in der Zukunft, & es ging hier schließlich um einen tröstlichen Traum, oder nicht? Baby war noch nicht als klumpiger Schwall schwarz-uterinen Bluts von ihr gegangen. Baby hatte die Größe einer mittleren Cantaloupe, eine Schwellung des Leibes, über die sie gern mit der Hand strich. *Und irgendwie verband sich das mit meiner Zuversicht, was den Film & was Roslyn anging, jetzt, in der dritten Woche.* Und (wie verwirrend!) möglicherweise fand das alles in Babys Traum statt und gar nicht ihrem (denn auch Babys träumten im Mutterleib; Norma Jeane hatte manchmal in Gladys' Bauch, davon war sie fest überzeugt, schon ihr ganzes Leben geträumt!), dass sie nämlich barfuß das lange, schmale, kalte Arbeitszimmer des Mannes betrat, mit dem sie lebte, des Mannes, mit dem sie verheiratet war, des Mannes, der als Babys Vater galt, & auf seinem Schreibtisch lose Blätter liegen sah; sie wusste – sie wusste es! –, dass sie das Geschriebene nicht lesen durfte, denn es war ihr verboten, doch wie ein unartiges, kleines Mädchen nahm sie die Blätter hoch & las, & im Traum waren die Worte nicht geschrieben, sondern gesprochen, von Männern.

DOC: Mr –, ich fürchte, ich habe schlechte Nachrichten.

Y: Oh Gott, was denn?

DOC: Ihre Frau wird sich von dem Spontanabort erholen, obwohl sie gelegentlich Schmerzen haben wird & Schmierblutungen. Aber...

Y (um Fassung ringend): Ja, Doktor?

DOC: Ihre ~~Fortpflanzungsorgane~~ Gebärmutter ist leider sehr stark vernarbt. Sie hat zu viele Abtreibungen hinter sich –

Y: Abtreibungen?

DOC: (verlegen, Mann-zu-Mann): Ihre Frau... scheint eine Anzahl eher stümperhaft durchgeführte Abtreibungen hinter sich zu haben. Ehrlich gesagt, grenzt es an ein Wunder, dass sie überhaupt empfangen konnte.

Y: Das kann nicht sein. Meine Frau hat nie –

DOC: Mr –, es tut mir leid.

Y tritt ab (hastig? langsam? wie im Traum)

LICHT: FAST GANZ DUNKEL (nicht DUNKEL)
ENDE DES AKTS

Marilyn war unmöglich! Wie sie manchmal redete. Weil sie genau wusste, dass wir sie in unseren zahmen Blättern nicht direkt zitieren konnten, gab sie die unerhörtesten Sachen von sich, etwa, als sie und Gable *Misfits* drehten, da riss sich die Presse natürlich um den neusten Klatsch, und *Life* flog mich extra nach Reno ein, um sie und diese ganzen Männer: ihre Filmpartner und den Regisseur und den Bühnenautor-und-Mann zu interviewen, und wir wollten uns in einer Bar in Reno treffen, und ich machte einen blöden Witz, wie man es eben tut, wenn man nervös ist, ich fragte sie nämlich, woran ich sie erkennen sollte, und Marilyn, schlagfertig, gurrt auf ihre hauchige Art ins Telefon: »Hey! Marilyn ist doch gar nicht zu übersehen, das ist die mit der Vagina.«

Das, was wirklich für uns zählt, ist vielleicht nur das nächste   das, was wirklich für uns zählt, ist vielleicht nur das nächste ist vielleicht   wirklich nur   wirklich nur das nächste   ist vielleicht wirklich nur   ist   wirklich nur   nur das nächste Roslyns Worte klemmten in ihrem Kopf & sie musste sie in einem fort wiederholen *Das, was wirklich für uns zählt, ist vielleicht nur das nächste*   wie ein hinduistisches Mantra & sie ein Yogin, der sein geheimes Gebet murmelt   *Das, was wirklich für uns zählt, ist vielleicht nur das nächste*
  Das ist doch tröstlich!, dachte sie.

In ihrem Mund krabbelten Stachelameisen umher, während sie im Stupor eines phenobarbituralen Schlafs dalag. Mund offen, schiefhängend. Winzige rote Nevadawüstenameisen wahrscheinlich. Hatten zugebissen und ihr Gift verspritzt und waren fort. Später jedoch fragte Whitey besorgt: »Miss Monroe, stimmt etwas nicht?«, denn die Blonde Darstellerin zuckte zusammen, als sie während der Schminkprozedur ihren üblichen dampfend heißen schwarzen Kaffee mit der einen oder anderen darin aufgelösten Kodeintablette zu sich nehmen wollte, und sie flüsterte Whitey eine fast unhörbare Antwort zu, ihrem getreuen Whitey, der die Worte seiner Herrin nicht nur heiser oder krächzend vom anderen Ende eines Raums vernahm, sondern aus vielen Meilen und schließlich Jahren Entfernung: »Ach, Whitey. Ich w-weiß nicht.« Sie lachte und fing übergangslos an zu weinen. Erstarrte. Es kamen keine Tränen! Ihre Tränen waren versandet! Vorsichtig steckte sie sich einen Finger in den Mund und befühlte die wunden Stellen. Dicke Fisteln und winzige Pusteln.

Streng befahl Whitey: »Miss Monroe, Mund auf, lassen Sie mich nachsehen.« Sie gehorchte. Whitey traute seinen Augen nicht. Ein Dutzend Hundert-Watt-Lampen um den Spiegel waren nicht minder grell entlarvend als die Scheinwerfer beim Drehen.

Armer Whitey! Er gehörte dem Volke der von der Produktionsgesellschaft unterhaltenen Trolle an, Untergrundwesen, wenn auch zu ungewöhnlich hünenhafter Statur gewachsen, mit kräftigen Schultern und Unterarmen und einem gutmütigen Knetmassengesicht. Sein Kopf, eiförmig wie ein Football, war mit weißlichem Flaum bedeckt. Er hatte farblose Augen, und deren Kurzsichtigkeit verlieh seinem Blick etwas Manisches. Wäre nicht der Blick gewesen, nie hätte man Whitey für einen Künstler gehalten. *Aus Lehm und Farbtöpfen fertigte er ein Gesicht. Manchmal.*

Im Dienste der Blonden Darstellerin war dieser Meisterschönheitspfleger zum Stoiker geworden, stets der Kavalier, ein Gentleman, der jeden noch so kleinen Anflug von Besorgnis, Schrecken oder Ekel vor dem ängstlichen Blick der Blonden Darstellerin zu verbergen verstand. Ungerührt sagte er nun: »Miss Monroe, Sie sollten einen Arzt konsultieren.«

»Nein.«

»Doch, Miss Monroe. Ich werde Doc Fell holen.«

»Nicht Fell! Ich fürchte mich vor ihm.«

»Dann einen anderen Arzt. Es muss sein, Miss Monroe.«

»Ist es – schlimm? Mein Mund?«

Stumm wiegte Whitey das Haupt.

»Irgendetwas hat mich in den Mund gebissen. Innen. Als ich schlief, irgendwie!«

Stumm wiegte Whitey das Haupt.

»Oder vielleicht irgendetwas in meinem Blut, irgendwie? Eine allergische Reaktion? Auf die Mittel?«

Hinter ihr senkte Whitey stumm sein Haupt. Im grellen Licht des Spiegels suchten seine Augen nicht die ihren.

»Es hat mich schon lange niemand mehr geküsst. Nicht richtig, jedenfalls. Nicht wie es ein L-liebhaber tut. Also kann ich es schlecht auf einen vergifteten Kuss schieben, wie?« Sie lachte. Rieb sich die Augen mit den Fäusten, die sandtrockenen Augen.

Wortlos schlüpfte Whitey hinaus und holte Doc Fell.

Als die beiden Männer zurückkehrten, hatte die Blonde Darstellerin den Kopf auf die Arme gebettet. Sie lag vornübergesackt, als wäre sie bewusstlos, sie atmete sehr flach. Ihr silbriges Haar war gewaschen und für ihren Auftritt als Roslyn schon gelegt worden. Sie war noch nicht in der Garderobe gewesen und trug deshalb noch ihren schmuddeligen Hemdkittel und Shorts, und ihre strammen Tänzerinnenbeine waren nackt und weiß und unter dem Körper komisch verdreht. Ihr Atem ging so flach und unregelmäßig, dass Doc Fell einen Augenblick fast die Nerven verlor. *Sie stirbt. Man wird mir die Schuld geben.* Aber er konnte sie zu sich bringen und untersuchte ihren Mund und schalt sie, weil sie entgegen seinen Anweisungen unkontrolliert verschiedene Präparate kombiniert hatte und weil sie hinter seinem Rücken Kollegen aufsuchte, er werde ihr etwas für die Fisteln geben, sofern ihnen mit Medikamenten noch beizukommen sei. Und dann stellte sich Whitey erneut der Herausforderung ihres Gesichts. Er entfernte das Make-up, das er bereits aufgelegt hatte, reinigte sanft ihre Haut und begann von vorn. Er schalt sie – »Miss Monroe!« –, als ihr Blick unstet und ihr Mund, gerade, als er mit dem leuchtenden Konturenstift die Lippen nachzog, schlaff wurde. Am Drehort wartete man seit zwei Stunden und vierzig Minuten auf Roslyn. Wiederholt sollte H voll masochistischer Wut einen Assistenten zur Garderobe der Blonden Darstellerin entsenden und anfragen lassen, wie lange es denn noch dauern könne. Diplomatisch murmelte Whitey: »Wir sind fast so weit. Eile mit Weile.« Die Tagesdisposition war schwieriger als bisher, weil vier Schauspieler zu koordinieren waren, Musik, Tanz. Die Männer würden Roslyn mit Blicken verschlingen, in denen ihre ganze Enttäuschung, ihr Kummer, ihr Zorn lag; die Kamera würde die in ihren Augen schimmernde Ergebenheit, Hoffnung, Liebe einfangen. In dieser Sequenz würde sich alles um Roslyn drehen. Roslyn würde zu viel trinken und tanzen und ihren herrlichen Unschuldskörper zur Schau stellen, dann würde sie hinauslaufen und im romantischen Dunkel in einer »poetischen« Anwandlung einen Baum umarmen, und der Dunkle Prinz spräche die Worte: *Weil Sie die Gabe haben zu leben, Roslyn. Ich trinke auf Ihr Leben, Roslyn. Hoffentlich dauert es für immer und ewig.*

Der entfremdete Ehemann. »Hey, Mister! – niemand lässt sich gern *bespitzeln.*«

Sie zu lieben war die Herausforderung seines Lebens, und in dieser sonnensengenden Wüste beschlich ihn der Verdacht, er sei der Aufgabe vielleicht doch nicht gewachsen. *Misfits* hatte seine Liebeserklärung an sie sein sollen und wurde zum Totenschrein ihrer Ehe. In Roslyn hatte er ihre schimmernde Schönheit verewigen wollen und verstand nicht, weshalb er nun scheiterte und scheitern musste; Tatsache war, dass sie ihm gegenüber in dem Maße unwirsch wurde, ja, unverschämt, wie die Nähe zu ihrem Leinwandliebhaber zunahm. *Bin ich eifersüchtig? Wenn das alles ist, so unwürdig, kann ich vielleicht damit leben.* Tatsache war, dass sie weiterhin ihre Mittel nahm. Viel zu viele Mittel. Sie belog ihn, ohne mit der Wimper zu zucken. Sie hatte sich an so lebensbedrohlich hohe Dosen gewöhnt, dass sie Kodeintabletten zerkauen und schlucken konnte, wo sie ging und stand, mitten in Unterhaltungen, bei denen sie lachend und plappernd die »Marilyn« gab. Und alle Welt sagte: »Ach, Marilyn ist so *witzig*!« Sagte: »Marilyn sprüht förmlich vor *Leben*!« Während er, der ernste Ehemann, Seit-vier-Jahren-Ehemann, der Eigentlich-zu-alt-für-Marilyn-Ehemann, der missbilligende Ehemann, zurückstand und zusah.

»Verdammt, wie oft soll ich es dir noch sagen. Ich will nicht *bespitzelt* werden. Wenn du dich für so überlegen hältst, geh guck in den *Spiegel*.«

Ihr Gehirn war kaputt wie ein billiger Aufziehwecker, und das, wo sie sich so verzweifelt weiterbilden wollte. Verzweifelt!

Sie las nicht nur seit Monaten *Die Entstehung der Arten*, die sie mit Anmerkungen versah; jetzt hatte ihr Carlo noch dieses andere Buch gegeben. Ach, Pascal berührte sie zutiefst! Schon vor so langer Zeit solch tiefsinnige Gedanken, kaum zu glauben, ganz entgegen der *Entstehung der Arten*, wo es um den ständigen Fortschritt ging, die Vervollkommnung, »Abstammung mit Modifikationen«, immer zum Besseren & dann das: Pascal! Schon im siebzehnten Jahrhundert! Ein kränkelnder Mann, der jung sterben sollte, mit neununddreißig. Pascal hatte ihre innersten Gedanken niedergeschrieben, Gedanken, die sie nicht einmal in die einfachsten, gestammelten Worte hätte kleiden können.

Zu unserer Natur gehört die Bewegung; die vollkommene Ruhe ist der Tod... Die Süßigkeit des Ruhmes ist so groß, dass man ihn liebt, mit welchem Objekt man ihn auch verbindet, und wäre es der Tod.

Diese Worte Pascals, in roter Tinte in Norma Jeanes Schulmädchen-Tagebuch übertragen.

Als Widmung hatte Carlo in das kleine Büchlein geschrieben *Angel. Wenn nur einer von uns beiden durchkommt…*

»Vielleicht könnte ich eines Tages von ihm ein Baby bekommen. Marlon Brando.«

Sie lachte. Oh, ein verrückter Gedanke, aber … warum nicht? Sie würden ja nicht heiraten müssen. Gladys war auch nicht verheiratet gewesen. Der Dunkle Prinz blieb besser unverheiratet. Sie war vierunddreißig. Sie hätte noch zwei, drei Jahre Zeit.

Die Liebenden küssten sich! Roslyn & der Cowboy Gay Langland.

»Nein. Ich will es noch mal machen.«

Wieder küssten sich die Liebenden. Roslyn & der Cowboy Gay Langland.

»Nein. Ich will es noch mal machen.«

Wieder küssten sich die Liebenden. Roslyn & der Cowboy Gay Langland.

»Nein. Ich will es noch mal machen.«

Sie waren Frischverliebte. Clark Gable als der nicht mehr junge Gay Langland & Marilyn Monroe als Roslyn, geschieden und nicht mehr in der Blüte ihrer Jahre. *Vor langer Zeit im abgedunkelten Lichtspieltheater. Als Kind. Vergötterte ich dich. Den Dunklen Prinzen!* Sie brauchte nur die Augen zu schließen, & dann war wieder diese Lang-lang-ist's-her-Zeit im Kinotheater an der Highland Avenue, in das sie nach der Schule ging & wo sie eine einzelne Eintrittskarte kaufte & Gladys' Warnung beherzigte *Setz dich auf keinen Fall neben einen Mann! Sprich nicht mit fremden Männern!* & dann den Blick erwartungsvoll zur Leinwand hob, wo der Dunkle Prinz derselbe war, der jetzt sie küsste & dessen Kuss sie mit einem solchen Hunger erwiderte, dass sie die brennende Qual in ihrem Mund vergaß; dieser gut aussehende dunkle Mann mit dem hübschen Menjoubärtchen, der jetzt über sechzig war, mit zerknittertem Gesicht & schütterem Haar & den unmissverständlich sterblichen Augen. *Einst glaubte ich, du seist mein Vater. Ach sag doch, sag doch, dass du es bist!*

Dieser Film, der ihr Leben ist.

Sie waren Frischverliebte & die Bande zwischen ihnen zart & flüchtig wie Spinnweben. Eine schlafende Roslyn im Bett, den herrlichen Körper nur mit einem Laken bedeckt, & ihr Liebhaber Gay beugt sich über sie, um sie mit einem zarten Kuss zu wecken, & Roslyn fährt hoch & schlingt ihre Arme um seinen Hals & küsst ihn mit solch wehmütigem Verlangen, dass die beißendheiße Qual in ihrem Mund & die Angst & alles Elend ihres Lebens erstmal vergessen sind. *Ach, wie ich dich liebe! Immer habe ich dich geliebt!* Wieder sah sie vor ihrem geistigen Auge das gerahmte Foto dieses gut aussehenden Mannes an der Wand in Gladys' Schlafzimmer. Lang-lang-ist's-her, aber wie heute! Im Gebäude, das The Hacienda hieß. Und die Straße La Mesa. Es war Norma Jeanes sechster Geburtstag. *Norma Jeane, siehst du? – der Mann dort ist dein Vater.* Roslyn war unter dem Laken splitternackt, Gay voll bekleidet. Beim Drehen nackt zu sein & vor einer Flut karmesinroten Pannésamts heißt bloß & verletzlich zu sein wie eine Meeresfrucht, die man aus der Schale zerrt, & die Schande, wenn deine Fußsohlen zu sehen sind! Aber wie erregend andererseits, diese Schande. Als sie sich küssten, fröstelte Roslyn; eine Gänsehaut überläuft die entblößten Partien. Beißende Ameisen! Die winzigen Stiche würden durch ihre Adern pulsen & in ihrem Hirn zerplatzen & sie eines Tages zerstören, aber noch war es nicht ganz so weit.

Ein Kuss muss wehtun. Ich liebe deine Küsse, diesen Schmerz.

Die Monroe war abergläubisch und sah sich selten die Muster des Tages an, aber an dem Abend kam sie mit Gable vorbei, als man gerade diese Szene begutachtete, und wir staunten, wie gut sich das spielte. H nahm die Monroe beiseite, gewaltig ragte er über ihr auf, ergriff ihre Hände und bedankte sich für die Glanzleistung an diesem Tag. Meine Herren, war das gut, sagte er. So subtil. Mehr als nur Sex. Sie war in dieser Szene eine wirkliche Frau, Gable ein wirklicher Mann. Es griff einem ans Herz. Nicht wie der übliche Kinoschmonzes. H hatte schon ein paar Whiskey intus, und er war zerknirscht, denn seit Wochen verfluchte er die Monroe hinter ihrem Rücken und brachte uns mit der Aufzählung der Arten, wie er sie am liebsten umbrächte, zum Lachen. »Sollte ich je wieder an Ihnen zweifeln, Honey, dann versetzen Sie mir einfach einen ordentlichen Tritt in den Arsch, ja?«

Monroe lachte schelmisch. »Wie wär's mit einem ordentlichen Tritt in die Eier?«

Du bist doch meine Freundin Fleece – oder nicht?

Norma Jeane, das weißt du doch.

Es muss einen Grund haben, dass du jetzt wieder in meinem Leben erscheinst.

Ich habe dich immer gekannt.

Das hast du! Ich hatte dich so lieb.

Ich hatte dich auch lieb, Maus.

Wir wollten zusammen weglaufen, Fleece.

Sind wir doch! Weißt du nicht mehr?

Ich hatte Angst. Aber ich habe dir vertraut.

Ach, Maus, hättse lieber nicht. Ich war nie gut.

Fleece, doch!

Zu dir vielleicht. Aber nicht im Herzen.

Zu mir warst du so gut. Ich habe es nie vergessen. Deshalb möchte ich jetzt etwas für dich tun. Und in meinem Testament.

Hör auf, so zu reden. Ich kann das nicht leiden.

So ist es nun mal, Fleece. In dem Film, den ich jetzt drehe, sagt ein Cowboy zu mir *Wir müssen alle mal gehen, früher oder später.*

Pah! Und was soll daran komisch sein?

Ich wollte nicht lachen, Fleece. Ich lache manchmal einfach so ... es hat nichts zu sagen.

Ich finde das nicht komisch. Hast du schon Tote gesehen? Ich wohl. Aus nächster Nähe. Sie gerochen. Es ist gar nicht komisch, Norma Jeane.

Ach, Fleece. Ich weiß doch. Es ist nur, weil *Wir müssen alle mal gehen* so ein Klischee ist.

Ein was?

Etwas, was schon mal gesagt worden ist. Schon oft.

Und deshalb wird es dann komisch?

Ich habe ja nicht wirklich gelacht, Fleece. Sei doch nicht böse.

Alles ist schon mal von irgendwem gesagt worden, deshalb ist es noch lange nicht in Ordnung, über andere zu lachen.

Fleece, es tut mir leid.

Im Waisenhaus warst du so ein todtrauriges kleines Ding. Hast dich jeden Abend in den Schlaf geweint, als würde dir das Herz brechen, & ins Bett gemacht hast du.

Habe ich nicht.

Die Mädchen, die ins Bett gemacht haben, bekamen eine Unterlage aus Gummi. Das roch nicht besonders gut. Und so war's auch bei unserer kleinen Maus.

Fleece, das ist nicht wahr!

Ha. Ich war gemein zu dir. Das war unrecht.

Fleece, du warst doch nicht gemein zu mir! Du hast mich beschützt.

Ich habe dich beschützt. Aber ich war auch gemein zu dir. Ich habe die anderen Mädchen gern zum Lachen gebracht.

Mich hast du auch zum Lachen gebracht.

Ich komme mir gemein vor, Norma Jeane. Ich habe dir damals dein Weihnachtsgeschenk weggenommen & du hast so geweint.

Nein.

Doch, ich war es. Ich habe den verdammten Schwanz abgerissen. Ich glaube, ich habe es getan, weil ich eifersüchtig war.

Das glaube ich nicht, Fleece.

Den kleinen gestreiften Tiger. Dem habe ich den Schwanz abgerissen. Ich habe ihn eine Zeit lang in meinem Bett versteckt, & irgendwann habe ich ihn weggeworfen. Ich habe mich wahrscheinlich geschämt.

Ach, Fleece. Und ich dachte, du h-hättest mich gern gehabt.

Hab ich doch auch! Ich habe dich von allen am liebsten gehabt. Du warst meine Maus.

Es tat mir leid, dich im Heim allein zu lassen. Aber ich musste es.

Lebt deine Mutter noch?

Oh ja!

Du hast viel geweint. Deine Mutter hat dich weggegeben.

Meine Mutter war krank.

Deine Mutter war verrückt & du hast sie gehasst. Weißt du noch, wir beide wollten hingehen & sie in Norwalk, wo sie weggesperrt war, umbringen.

Fleece, das ist nicht wahr! Wie kannst du nur so etwas sagen.

Wir wollten den Laden abbrennen. Doch, das wollten wir.

Das wollten wir nicht!

Sie wollte dich nicht adoptieren lassen. Also hast du sie gehasst.

Ich habe meine Mutter nie gehasst. Ich l-liebe meine Mutter.

Keine Angst, »Marilyn«. Ich sag's niemand. Es bleibt unser Geheimnis.

Es ist kein Geheimnis, Fleece. Weil es nicht wahr ist. Ich habe meine Mutter immer geliebt.

Du hast sie gehasst wie die Pest, weil sie dich nicht adoptieren lassen wollte. Weißt du noch? Die alte Hexe wollte die Papiere nicht unterschreiben.

Fleece, ich wollte nie adoptiert werden! Ich hatte doch eine M-mutter.

Na. Ich bin selbst eine Zeitlang in Norwalk gewesen.

Norwalk? Warum das?

Was glaubst du, Dummchen?

Warst du – krank?

Frag sie doch. Sie machen mit dir, was sie wollen, und du kannst nichts dagegen tun. Arschlöcher.

Du warst in – Norwalk? Wann denn?

Wie zum Teufel soll ich das wissen? Es ist lange her. Es war Krieg, ich bin zum WAC gegangen. Ich war in San Diego zur Ausbildung. Dann haben sie mich nach England geschickt. Stell dir vor, ich, Fleece, in England! Aber ich bin krank geworden. Und da mussten sie mich zurückschicken.

Ach, Fleece. Das tut mir leid.

Ach was. Ich blicke nicht zurück. Ich habe Männerkleider getragen. Meist haben sie mich in Ruhe gelassen. Solang nicht irgendwas schiefging.

Mir gefällt, wie du aussiehst, Fleece. Ich habe dich gleich herausgekannt aus der Menge. Du wärst ein gut aussehender Kerl. Das gefällt mir.

Tja, nur habe ich keinen Schwanz, verstehst du? Wenn du eine Fut hast & nicht das andere, musst du dich nach diesen Arschlöchern richten. Ich würde ihnen ja mit dem Messer kommen. Eine Memme war ich nie. Ich fürchte mich heute vor mehr Dingen als damals. Ich wollte was Schönes in meinem Leben haben. Ich habe in Monterey gelebt, in San Diego & in L. A. Ich habe deinen Aufstieg verfolgt.

Das habe ich immer gehofft. Dass du das tun würdest, Fleece. Und die anderen alle.

Ich wusste sofort, dass du das bist. »Marilyn«. Ich habe *Versuchung auf 809* gesehen & ich wollte, dass du dieses kleine Ungeheuer aus dem Fenster stößt. Ich mag keine Kinder! In *Niagara* konnte ich kaum glauben, wie erwachsen du warst & wie schön. Aber ich fand es erregend, als er dich erwürgt hat.

Fleece! Was sagst du für eigenartige Dinge.

Ich sage nur die Wahrheit, Norma Jeane. Du kennst doch die alte Fleece.

Dafür liebe ich dich, Fleece. Du sollst wieder Teil meines Leben sein. Einfach nur da sein. Verstehst du? Wir können uns doch ab und zu unterhalten.

Ich könnte dein Chauffeur sein. Ich kann Auto fahren.

Jetzt bin ich Roslyn. Die Frau in dem Film, den ich gerade drehe. Ich bin keine Schauspielerin, nur eine Frau. Ich versuche, meine Sache gut zu machen. Ich bin von Männern verletzt worden, ich bin geschieden. Aber ich bin nicht bitter. Ich werde schon meinen Weg machen. Ich lebe in Reno – als Roslyn natürlich nur. Aber ich spiele nicht in den Kasinos, ich würde doch bloß verlieren.

Ich sagte, ich könnte dein Chauffeur sein.

Die Produktionsgesellschaft stellt einen Chauffeur, irgendwie.

Ich könnte Marilyns Leibwächter sein.

Leibwächter?

Glaubst wohl nicht, dass ich stark bin? Das bin ich aber. Unterschätz mich nicht, Norma Jeane.

Ich –

Das Messer? Ja, ich trage immer ein Messer bei mir. Damit bin ich vor den Wichsern sicher, die sich mit mir anlegen wollen.

Ach, Fleece.

Was? Macht dir das Angst?

Ach, Fleece, na ja, irgendwie ... ich mag keine Messer.

Nun, es ist ja mein Messer. Zu meinem Schutz.

Fleece, ich finde, du solltest das Messer lieber wegstecken.

Ja? Wohin? Wohin stecken?

In – da, wo du es her hast.

Die Klinge? Ich soll die Klinge wohin stecken?

Fleece, bitte mach mir nicht Angst. Ich w-wollte doch nicht –

Du siehst wirklich ganz verängstigt aus, Marilyn. Mein Gott.

Nein, nein. Bloß –

Meinst du, ich würde dir etwas antun? Norma Jeane? *Dir*? dir würde ich nie etwas antun.

Ach, das weiß ich doch, Fleece. Das hoffe ich doch.

Meiner kleinen Maus.

Es macht mich bloß n-nervös. So ein Messer.

Ich würde nicht zögern, es zu meiner Verteidigung zu benutzen. Zu deiner.

Ja, das glaube ich, Fleece. Das ist sehr nett von dir.

Da soll einer kommen & Marilyn gegenüber frech werden oder sie anrempeln. Ich könnte dein Leibwächter sein.

Ich weiß nicht, Fleece.

Es gibt auch solche, die Marilyn nicht wohl wollen. Ich könnte dich beschützen.

Ich weiß nicht, Fleece.

Von wegen weißt nicht! Aus dem Grund wolltest du mich doch wieder in dein Leben holen.

Fleece, ich –

Gut, ich stecke es weg. Siehst du, kein Messer mehr. Hat nie ein Messer gegeben. In Ordnung?

Danke, Fleece.

Ich habe dich immer gekannt, Norma Jeane. Ich habe dich nie vergessen. Ich habe immer gewusst, dass du Marilyn bist, für uns alle.

Küsste Fleece; habe ich wirklich gewagt, Fleece zu küssen, oder habe ich bloß geträumt, ich würde Fleece küssen & von ihr geküsst (& auch gebissen!) & hinterher die Lippen ganz wund, geschwollen. Fleece zu küssen war wie Äther einatmen. So grimmig & orange-riechend & das Herz voll zum Bersten

lieber Gott, danke

Hochzeitstag, der vierte. Kam & ging unbeachtet.

Der entfremdete Ehemann. Entdeckte, dass sie nicht nur Gable verfallen war (& möglicherweise mit ihm schlief), sondern dem noch größeren Enigma Montgomery Clift. Einen liebenswert verrückten Alkoholiker, dessen markantes Gesicht von einem beinahe tödlichen Motorradunfall im vergangenen Jahr verwüstet und vernarbt war, ein Benzedrin/Natriumamytal-Süchtiger (an der Nadel?), ein sich mutwillig wie ein kapriziöser Dionysos mit seinem ewigen Grapefruitsaft & Wodka und seinem unverschämten Geliebten im Wohnwagen verschanzender Einsiedler, der fast jedes Interview verweigerte, und sich überhaupt weigerte, vor Abend zu erscheinen, wenn die »grässliche« Nevada-Sonne unterging. Im *nicht gesellschaftsfähigen* Filmstab wurden schon Wetten abgeschlossen, dass Clift die Dreharbeiten nicht durchstehen würde, also ein noch unsicherer Kantonist sei als sogar die Monroe. »Weißt du, warum ich Monty Clift so liebe? Weil er Zwilling ist.« »Bitte?« »Sternzeichen Zwilling wie ich.« Der Ehemann weigerte sich, auf einen dem Untergang geweihten homosexuellen Schauspieler eifersüchtig zu sein, das verbot der Stolz. Sie sah an seinen Augen, dass er verletzt war, und berührte seinen Arm (die erste Berührung seit Tagen). Plötzlich war sie Roslyn, die weichgezeichnete heilende blonde Schönheit. »Hey, ich meine damit doch bloß, ich weiß gar nicht, welches Sternzeichen Monty hat, aber er ist wie ein Zwilling, weißt du? Es gibt Menschen, die sind für einen wie ein Zwilling, weißt du? So geht es mir mit Montgomery Clift.«
Der Ehemann hielt die Abgründe bei Clift inzwischen für bedrohlicher noch als selbst die seiner Frau, deren selbstzerstörerisches Leiden (da war er sich ganz sicher) allein mit dem Verlust des Babys zusammenhing. Mit dem schrecklichen Tag in Maine, der ihrer beider Leben für immer verändert hatte. Der eine Frau für immer quält und nicht mehr loslässt.
Denn eine Frau ist ihre Gebärmutter, oder nicht?
Wenn nicht Gebärmutter, was ist dann eine Frau?

Seit Maine hatte sich ihr Verhältnis unwiderruflich verändert. Seit Nevada sah sie ihn nicht mehr gern in ihrem Bett. Wo er doch wusste, dass sie sich so verzweifelt ein Kind wünschte wie eh und je; vielleicht jetzt noch mehr, jetzt, da sie wieder ein Jahr älter geworden war und ihre Gesundheit zunehmend erschüttert. Genau, wie es der Arzt vorausgesagt hatte, litt sie häufig unter Unterleibskrämpfen und »Schmierblutungen«, die sie erschreckten. Ihre Periode war so schmerzhaft wie immer und unregelmäßig.

Natürlich hatte er ihr nie verraten, was der Arzt gesagt hatte. Über ihre »vernarbte« Gebärmutter. Die »stümperhaften« Abtreibungen.

Das sollte sein – des Ehemanns – Geheimnis bleiben. Dass er davon wusste, ohne dass sie es wiederum wissen konnte.

Wenn nicht Gebärmutter, *was ist dann eine Frau?*

Am Ende des doch noch gut ausgehenden Films *Misfits – nicht gesellschaftsfähig* sprechen Roslyn und ihr Cowboy Gay Langland vom Kinderkriegen. (Ungeachtet des Altersunterschieds.) Nach dem Albtraum der eingefangenen und freigelassenen Mustangs, als sie »nach Hause« fahren. Geradeaus auf den »großen Stern« zu.

Wenn ich dir im Leben kein Kind schenken konnte, Norma, dann schenke ich es dir in diesem Traum von dir.

Spielte es eine Rolle, dass die Blonde Darstellerin ihn, den Herrn über die Worte, mit Verachtung strafte? Auf den täglich begutachteten Mustern erschien eine schimmernd empfindsame Roslyn. Selbst die, die die Blonde Darstellerin verabscheuten, ließen sich von Roslyn bezaubern. Es sollte später Einhelligkeit darüber bestehen, dass Roslyn die einfühlsamste, nuancenreichste, die intelligenteste aller Filmdarbietungen Marilyn Monroes sei; schon während der Dreharbeiten, da täglich, stündlich ein Debakel drohte, zog das niemand ernstlich in Zweifel. Roslyn war wie eine herrliche Vase, die zersprungen, aber mit unendlicher Geduld, Kunstfertigkeit und Raffinesse Stück für Stück, Scherbe für Scherbe, mit Pinzetten und Kleber wieder zusammengesetzt worden war: Man sieht die heile Vase und weiß nichts von den Scherben, erst recht nichts von der monomanen Kraftanstrengung, die die Wiederherstellung erfordert hat. Die Illusion von Ganzheitlichkeit, von zeitlos Schönem. Ein Wahn?

Sie entgleitet mir. Ich muss sie retten. Der entfremdete Ehemann hätte nicht einmal sich selbst gegenüber eingestehen mögen, dass er seine Laufbahn als Bühnenautor aufgegeben hatte. Sein wahres Selbst. Sein Leben in New York und die ganzen Theaterfreunde, die er achtete, wie er Filmemacher nicht achten konnte. Das Genie H erkannte er wohl an, aber es war ein Genie von einer anderen Art, nicht seiner Art, die Stille, Einkehr, ein gründliches Ausloten der Einbildungskraft erforderte, nicht herrisches Zwingen. Er war, hier im Westen, zum Diener nicht nur der Blonden Darstellerin geworden, die alle, die ihr dienten, mit der unersättlichen Gier der ewig Hungernden verschlang, sondern genauso zum Sklaven der Produktionsgesellschaft, denn auch er stand auf der Gehaltsliste, war »zu haben« gewesen. Er beruhigte sich damit, dass dies nur vorübergehend so wäre. Er beruhigte sich damit, dass dieses Meisterwerk *Misfits – nicht gesellschaftsfähig* ihn rehabilitieren müsse. Dass dieser Akt aufopfernder Gattenliebe seine Ehe retten würde. Doch mit dem Herzen war er nicht bei der Sache, sondern: an der Ostküste. Ihm fehlte das kleine, mit Büchern voll gestopfte, zentralgeheizte Apartment in der 72nd Street, ihm fehlten seine täglichen Ausflüge in den Central Park, ihm fehlte die streitbare Gesellschaft Max Pearlmans. Ihm fehlte sein jugendlicheres Selbst! Zwar wurden, kurioserweise, Stücke aus seiner Feder aufgeführt, aber es waren Stücke, die er vor Jahren geschrieben hatte; mit den Inszenierungen hatte er nichts zu tun, und wäre er um seine Mitwirkung gebeten worden, hätte er sie wegen anderweitiger Verpflichtungen verwehren müssen. Er war schon zu Lebzeiten ein Klassiker: ein erschreckendes Los. Wie Marilyn Monroe, von Millionen angehimmelt, während sich die leibhaftige Frau bei angelehnter Tür ins Klo erbrach, sodass er, der verzweifelte Ehemann, der von Ekel ergriffene Ehemann, es mithören musste und doch keine Fragen stellen durfte.

»Niemand lässt sich gern *bespitzeln*, Mister. Kapiert?«

Ein andermal hatte er sie im dampftrüben Bad angetroffen, wo sie sich mit derart zitternden Händen und benebeltem Blick die Beine rasierte, dass sie sich wieder und wieder geschnitten hatte: die totenweiße Haut, die schönen, schlanken Beine und ein Dutzend blutende Stellen. Angesichts seiner Besorgnis, seines Gesichtsausdrucks vor Wut fast schluchzend, hatte sie geschrien: »Zieh Leine! Wer hat dich denn gefragt! Scher dich zum Teufel! Du findest mich hässlich? Widerwärtig? Jüdische Männer hassen Frauen; das ist dein Problem, Mister, nicht meins.«

Er war vor ihrer Schmähung geflohen. Hatte die Tür zugezogen. Vielleicht hatte sie auf seinem Gesicht mehr erblickt als nur eheliche Besorgnis.

Von da an beobachtete er sie unauffällig, wortlos. Er hätte ihr gern gesagt *Ich will nicht verurteilen. Ich will dich nur retten.* Er hatte seine dramatische Arbeit ganz zurückgestellt. Nach Jahren des Schreibens blieben ihm nur Fragmente, Skizzen. Szenen, die auf einem einzigen Blatt begannen und endeten. Er hatte *Das flachsblonde Mädchen* aufgegeben. An seine unschuldige Version einer Magda, des »einfachen Mädchens aus dem Volke« konnte er nicht mehr glauben. Die Blonde Darstellerin hatte es scharfsinnig erkannt: Magda wäre weit zorniger gewesen, als ihm je bewusst war. Aber er konnte seine Magda eben nicht so sehen. Er konnte sich sein jugendliches Alter Ego Isaac nicht mehr vorstellen. Seine Träume von Damals waren längst versiegt. Damals, hatte ein Wechselbad der Gefühle bedeutet, aber beflügelnd auf seine Arbeit gewirkt, doch seit er die Blonde Darstellerin geheiratet hatte, war von seinem früheren Leben wenig übrig geblieben. Rahway, New Jersey erschien ihm ferner sogar noch als das Elend von London während der Dreharbeiten zu *Der Prinz und die Tänzerin*, wo er jeden Versuch, ernstlich etwas zu Papier zu bringen, aufgegeben und sich ausschließlich um seine nervlich zerrüttete Frau gekümmert hatte. (Wie hätte er ihr da den überraschenden Erfolg der Monroe in diesem Wachsfigurenfilm neiden sollen. Die Kritiker waren hingerissen gewesen. Sie hatte sogar einen Preis der italienischen Filmindustrie bekommen! Für ihn hatte es nicht einmal einen Trostpreis gegeben.) Doch er konnte nicht über sie oder ihrer beider Ehe schreiben. Außer für sich, heimlich. *Um nichts in der Welt würde ich sie bloßstellen. Verraten. Ich tue es nicht.*

In Wahrheit nämlich liebte er sie noch immer. Er wartete nur darauf, sie wieder lieben zu können.

Selbst wenn sie ihn öffentlich verstieß. Selbst wenn sie die Scheidung einreichte.

Unauffällig wachte er über sie, wortlos, vorurteilslos. *Sie macht sich etwas vor. Sie ist nicht Roslyn. Sie kämpft um ihr Leben, sie kämpft darum, den Film den männlichen Darstellern zu entreißen. Ihren Rivalen.* Die Blonde Darstellerin sah sich – und wurde von der Welt – als Opfer gesehen, doch im tiefsten Herzen war sie räuberisch, unerbittlich. Er hatte sie Darwins *Entstehung der Arten* mit einer Konzentration lesen sehen, dass man hätte meinen können, sie lese ihre eigene Zukunft. Marilyn Monroe! Darwin! Kein Mensch hielte es für möglich. Derzeit las sie Pascals *Gedanken*. Pascal! (Wo hatte sie das Buch bloß aufgegabelt? Er hatte nicht schlecht gestaunt, als er sie den Band aus dem Durcheinander eines ihrer Koffer fischen sah, sie darin blättern und sich noch im Stehen in die Lektüre vertiefen sah, Stirn in Denkerfalten gelegt, die Lippen stumm mitbewegend.) Doch mit ihm sprach sie nur noch selten über ihre Lektüre, und wenn sie immer noch Gedichte schrieb, ihm zeigte sie sie jedenfalls nicht. Ihre Christliche Wissenschaft studierte sie nicht mehr. Die Bücher über jüdische Geschichte und die Judenvernichtung hatte sie im Kapitänshaus zurückgelassen.

Gerinnende Blutklumpen im Staub des Kellerbodens.

In Reno rivalisierte sie am schärfsten mit H. Denn H gehörte zu den Männern, die Marilyn Monroe offensichtlich nicht begehrten. Sie beschwerte sich über H. »Alle Welt behauptet, er sei ein Genie. Genie? Pah! Wichtig sind dem doch nur Wetten und Pferde. Den Film macht er nur des Geldes wegen. Er hat keine Achtung vor Schauspielern.«

Der Mann-und-Bühnenautor fragte: »Wozu machen wir denn diesen Film?«

»Du vielleicht genauso des Geldes wegen. Ich, ich kämpfe um mein Leben.«

Es liegt ein Fluch auf dem Schauspieler, denn immer braucht er ein Publikum. Und wenn das Publikum erst diesen Hunger wittert, will es Blut sehen. Wird bösartig.

Eines Tages rief H: »Marilyn, sehen Sie mich an!«, aber sie wollte nicht. »Sehen Sie *mich* an.« Sie drehten außerhalb von Reno in der Wüste die Rodeoszene. Ein grell-heißer Tag, bestimmt 100 Grad Fahrenheit. Und da stemmte sich H trotz seines Wansts und schweißnassen Hemds und der stieren, vorspringenden Augen, die an einen verrückten, von fahriger und nur scheinbar ehrfürchtiger Hand modellierten Nero-Kopf erinnerten, aus seinem Regiesessel und rannte sie wie ein Stier fast nieder, packte sie vor unseren geweiteten Augen am Handgelenk; nur zu gern hätten wir ihn die Monroe in den glühenden Sand niederwerfen sehen, so piesackte sie uns seit Tagen und Tagen in diesem Sonneninferno (Ende Oktober), doch die Monroe wirbelte herum und wischte ihm eine, schnell wie eine Katze. H sollte später sagen *Der animalische Zorn dieser Frau! Machte mir eine Heidenangst.* Körperlich war er der Monroe schon vom Gewicht her weit überlegen, aber gewachsen war H der Monroe nicht. Sie riss sich los, stürzte davon und verschwand türenschlagend in ihrem Wohnwagen (der klimatisiert war), um, zu unserem Erstaunen, schon wenige Minuten später wieder aufzutauchen, mit aufgefrischtem Make-up und neu geordneter Frisur, denn Whitey und die Getreuen standen stets Gewehr bei Fuß, kam also zufrieden schnurrend wie eine Katze als Roslyn zurückspaziert.

Was sie mir zeigen wollte, war, dass sie nicht Roslyn war. Sie hatte mit

Roslyn nichts zu tun. Roslyn, die diese Kerle liebt, diese Verlierertypen, und
sie bemuttert. Sie spielte Roslyn wie ein Virtuose sein Instrument. Weiter
nichts. Das wollte sie mir zu verstehen geben. Erst dann konnte sie die Szene
zu Ende drehen.

Fleece! Sie hatte geahnt, dass sie einen Fehler beging, aber da war nichts zu
machen: als sähe man sich selbst beim Würfeln zu, wenn die Pechsträhne
nicht abreißt. Man kann nur zusehen.

Sie hatte Fleece einen Flugschein bezahlt, damit Fleece eine Woche nach
Reno ins Zephyr Hotel kommen könne und ihr Gesellschaft leisten, wenn
sie niedergeschlagen war, & auch, um die Dreharbeiten zu *Misfits* zu verfolgen. Dem legendären Clark Gable die Hand zu schütteln! Montgomery
Clift! Ihr Mann war dagegen gewesen. Fleece sei »labil«, meinte er, das sehe
man schon von weitem, & sie hatte entgegnet: »Bin ich etwa nicht labil? Ist
es ›Marilyn‹ etwa nicht?« Und er hatte gesagt: »Es geht nicht um dich. Es
geht um die Person, die du ›Fleet‹ nennst.« »Fleece.« (Er war Fleece in Hollywood kurz begegnet, auf der Straße. Der übellaunigen Fleece mit ihrem
speckigen Wildlederstetson, stahlblauem Seidenhemd, Röhrenhosen, die ihr
in den schmalen Schritt zwickten & Stiefeln aus künstlichem Palomino-Fell.
Sie hatte dem Bühnenautor übertrieben ehrfürchtig die Hand geschüttelt &
ihn mit »Sir« angeredet.) Norma Jeane sagte: »Fleece ist die Einzige, die *mich*
kennt. Die sich an die Norma Jeane aus dem Waisenhaus erinnert.« Sanft gab
der Ehemann zu bedenken: »Aber muss das deswegen eine gute Sache sein,
Liebes?«
Norma Jeane starrte ihn fassungslos an. Ihr fehlten die Worte.
Liebes. Hatte sie diesem Mann die Liebe immer noch nicht ausgetrieben?
Fleece geriet über den bevorstehenden Besuch in Reno ganz aus dem Häus-
chen: persönlicher Gast Marilyn Monroes. Aber den Flugschein hatte sie ver-
silbert & war stattdessen mit dem Greyhound-Bus gekommen. Im Zephyr
würde sich schon nach drei Tagen ihre Rechnung allein für den Zimmerservice auf über dreihundert Dollar belaufen, größtenteils für Spirituosen. Sie
würde das Zimmer arg mit Flecken & Brandlöchern verunstalten; sie würde in
der Badewanne bei laufendem Wasser einschlafen, sodass der Fußboden über-
schwemmt wurde & das Wasser ins Zimmer darunter durchlief. (Für diese
Schäden würde Norma Jeane aufkommen.) Die goldene Armbanduhr, eine
Bulova (Präsent Zs mit der Widmung *Für meine Sugar Kane*), die Norma
Jeane spontan vom Handgelenk löste, um sie ihr zu schenken, würde Fleece

versetzen. Sie würde auch diverse Gegenstände aus ihrem Hotelzimmer versetzen, darunter eine Messinglampe in der Gestalt eines sich aufbäumenden
Pferdes, die sie in den Duschvorhang gewickelt aus dem Hotel schmuggelte.
Sie würde buchstäblich jeden Penny des von Norma Jeane in den Kasinos spen-
dierten »Einsatzes« von hundert Dollar verlieren. Sie würde sich nicht ein einziges Mal am Drehort blicken lassen. Sie würde Norma Jeane vor den Augen
des Bühnenautor-und-Mannes, der selbst leicht angesäuselt war beziehungsweise vorgab, es zu sein, voll & leidenschaftlich auf den Mund küssen. Sie
würde das Ehepaar plötzlich mitten beim Essen in einem Restaurant in Reno
sitzen lassen & in den frühen Morgenstunden in der Bar eines der Kasinos
nach einem Handgemenge & nachdem sie mit einem Messer sowohl den
Croupier am Blackjack-Tisch als auch einen Wachmann verletzt hatte, festgenommen & gleich verschiedener Vergehen wegen, darunter gefährliche Kör-
perverletzung, eingebuchtet werden, bis Marilyn Monroe, man stelle sich vor,
erschien & (wie vom Boulevardblatt *National Enquirer* samt Riesenfoto einer
benommen wirkenden Marilyn mit dunkler Sonnenbrille & verschmiertem
Lippenstift, die ihre Augen vor dem grellen Blitzlicht zu schützen suchte,
breitgewalzt) die tausend Dollar Kaution stellte. Kurz darauf würde Fleece aus
Reno verschwinden, vermutlich mit dem Greyhound-Bus, & nur eine rasch
hingekritzelte Nachricht für Norma Jeane hinterlassen, die sie ihr unter die
Tür ihrer Hotelsuite schob

LIEBE MAUS
LEBE FÜR UNS EWIG IN **MARILYN** WEITER
DEINE FLEECE LIEBT DICH

Der entfremdete Ehemann. Hörte nachts etwas an der Tür kratzen. Nachts.
Die Nächte in ihrer Hotelsuite verbrachten sie in getrennten Zimmern:
er auf der Couch, sie, von Schlaflosigkeit geplagt, im Doppelbett, Dom Perignon nippend und lesend und in ihr abgestoßenes Tagebuch mit unsicherer Hand notierend *Zwischen uns und Himmel und Hölle steht nur das
Leben, die zerbrechlichste Sache auf der Welt*, bis sie nicht mehr aus den
Augen gucken konnte und ihre Beine, wenn sie später versuchte, aus dem
Bett zu steigen – einem so hohen Bett! –, sie nicht tragen wollten, sodass sie
an die Tür kriechen musste wie ein Kleinkind, nur war es die falsche Tür,
nämlich nicht die Badezimmertür: da fand er sie dann, nackt (denn sie schlief
grundsätzlich nackt), wimmernd und an der Tür kratzend, und er musste zu

seinem Entsetzen und Ekel feststellen, dass sie sich und den Teppich besudelt hatte. Nicht zum ersten Mal.

Das, was wirklich für uns zählt, ist vielleicht nur   das nächste

Ausnahmsweise hatte sich Marilyn ohne Begleitung unserem Zug durch die Bars und Kasinos angeschlossen, und da, im Horseshoe Casino, saß H beim Würfeln, und er winkte uns rüber. H war ein besessener Spieler; seine größte Angst bestand, wie bei allen Spielern, nicht im Verlieren, sondern darin, aus dem Rennen geworfen zu sein und das Kasino verlassen und auf sein einsames Hotelzimmer zurückkehren zu müssen. H betrunken und rührselig, jetzt, da für *Misfits* nur noch rund eine Woche Außenaufnahmen abzudrehen waren und er sich sagen konnte: entweder ein Meisterwerk oder ein Riesenflop. Er ergriff Monroes Hand und schmatzte sie ab. Die beiden! Bei den Dreharbeiten zankten sie sich so oft, dass wahrscheinlich weder sie noch er, wenn sie sich wie jetzt unerwartet begegneten, hätte sagen können, wer an diesem speziellen Tag den Kürzeren gezogen hätte, wer sich bei wem eigentlich entschuldigen müsste, oder ob sie ausnahmsweise mal quitt waren. H hatte beim Würfeln ein paar hundert Dollar gemacht und schob der Monroe fünfzig hin, und da sagte die Monroe mit so einer Babystimme, sie wolle nicht spielen, weil sie ja doch nur verlieren könne und wüsste, dass die Bank immer gewinnt, und H fuhr ihr über den Mund, wie es Regisseure gern tun und ohne zu merken, wie rüpelhaft das war, und sagte: »Honey, würfeln Sie verdammt nochmal einfach«, und die Monroe lachte, es war so ein nervöses kleines quieksiges Lachen, als würfele sie unter Einsatz ihres Lebens, würfelte also, und gewann; man musste ihr erst erklären, wieso (die Regeln bei dem speziellen Spiel waren relativ kompliziert); und da strahlte sie in die Runde, alles klatschte, sagte aber zu H, sie wolle aufhören, sonst werde sich ihr Glück bestimmt wenden, und da sah H sie überrascht an und meinte: »Honey, das sieht Marilyn aber gar nicht ähnlich. Jedenfalls nicht der Marilyn, die ich kenne. Wo bleibt der Kampfgeist? Wir fangen doch gerade erst an.« Die Monroe wirkte erschrocken. (Es hatten sich einige Gaffer eingefunden, manche knipsten sogar, aber das war es nicht, was ihr Angst machte. Schaulustige, die sich anstießen und zuraunten *Da ist Marilyn Monroe!* waren ja beruhigend vertraut.) Sie sagte: »Wie? Man muss weiterspielen, bis man verliert? Das gefällt mir nicht.« H sagte: »So ist es aber, Honey. Man spielt, bis man nichts mehr zu verlieren hat.«

Und das taten sie, die beiden, an diesem Abend im Horseshoe Casino in unserer letzten Woche in Reno, Nevada.

Der entfremdete Ehemann.
Sollte sagen, sollte sich im rückhaltlosen Kummer so weit vergessen, dass er zu Protokoll gab: »Ich habe ihr *Misfits* geschenkt, und sie hat mich trotzdem verlassen; ich liebe sie, und ich verstehe es nicht.«

Das Märchen. Manche Filme macht man und vergisst sie noch während des Machens und geht nicht einmal zu den Testvorführungen, und dann gibt es wieder andere, die drehen einem das Herz im Leibe um, man vergisst sie nie, man sieht sie unzählige Male, sie gewinnen eine solche Bedeutung, dass man rückblickend glaubt, die hätten sie schon in jeder Stunde ihres Entstehen gehabt, so wie man sich rückblickend, gegen Ende des Lebens, vielleicht gern einredet, man habe Stunde um Stunde dieser mysteriösen Erfahrung genossen. Auf ähnliche Weise haben wir die Mär von *Misfits* schlicht geliebt. Wir liebten einfach, wie sich Monroe und Gable liebten. Sie waren die Goldene Prinzessin und der Dunkle Prinz, wandelten in der Wüstendämmerung, tuschelten und lachten miteinander. Die Monroe hatte sich bei Gable eingehakt. Schmiegte sich, kesse Kleine, in seine starke Armbeuge. Mit reifen sechzig erwies sich Gable als unerschütterlicher Fels. Mit seinem wachen breiten, zerknitterten und zerfurchten Gesicht – ein verwitterter Fels. Dem schmalen Oberlippenbart. Dem verschmitzten Halblächeln.
Habt ihr geglaubt, Gable sei übernatürlich? Gable könne nicht sterben wie ihr alle, innerhalb von wenigen Wochen, an einem Herzinfarkt?
Mit reifen vierunddreißig erwies sich, dass die Monroe nie mehr das ›Mädchen von oben‹ sein würde; ihr Haar wirkte wie vorzeitig ergraut, spinnwebweiß im Licht der länger werdenden Schatten, und die Augen! – die trotz allem wunderschönen Augen, die unablässig tränten und silbrig schielten (was die Kamera nicht verriet, die verliebte Kamera blieb der Monroe zeitlebens treu), als wäre man selbst im Gespräch für sie nicht-da, wie in einem Traum, in dem Bilder plötzlich aufschwimmen, andere zu überlagern scheinen, verschwinden und dann ohne die geringste Erinnerungsspur wieder weg sind, und doch konnte die Monroe meist zusammenhängend reden und antworten, und oft war sie sogar witzig und aufgeräumt und »gab« die Marilyn, um uns zum Lachen zu bringen. In dieser Szene befinden sich die Goldene Prinzessin, in Hemd und Hosen und Stiefeln, und der Dunkle Prinz,

in Cowboy-Kluft samt Hut draußen auf der von würzigem Beifußgestrüpp bewachsenen Prärie. Eine grell-klare Nacht. Die Filmmusik so dezent, dass man sie kaum hört. In der Ferne schimmern die Lichter von Reno wie Meeresleuchten.

Sie sagt: »Komisch, wie es mit uns endet!«, und er: »Honey, so dürfen Sie nicht reden. Sie sind noch lange nicht am Ende.« Sie sagt: »Ich meine hier, mitten in der Wüste von Nevada. Mr. Gable –« »Sie sollen mich doch ›Clark‹ nennen, Marilyn. Wie oft –« Und sie platzte heraus: »C-clark! Als meine Mutter klein war, hat sie so getan, als wären Sie mein Vater!«, dann, als sie ihren Irrtum bemerkte: »Als *ich* klein war, natürlich, da hat meine Mutter so getan, als wären Sie mein Vater.« Gable prustete, und seine Belustigung mag durchaus echt gewesen sein. »Lang, lang ist's her!« Abwiegelnd zupfte sie an seinem Arm: »Hey, gar so lange bin ich noch nicht erwachsen.« Er aber meinte unbekümmert: »Was soll's, ich bin ein alter Mann, Marilyn. Machen wir uns nichts vor.« »Ach, Mr. G-gable, Sie werden nie alt sein. Wir anderen, wir kommen und gehen. Ich bin nur eine Blondine. Es gibt so viele Blondinen. Aber Sie, Mr. Gable, werden unsterblich sein.« Sie brachte es so inständig vor, dass Clark Gable, als Kavalier, ihr die Illusion nicht rauben wollte. »Honey, wenn Sie es sagen.« Mehrere Herzanfälle hatten ihm seine Sterblichkeit erschütternd deutlich nahe gebracht, und doch hatte er sich nicht wie die anderen über die Verzögerungen bei den Dreharbeiten und den endlosen Ärger beklagt, den Monroes Unberechenbarkeit verursachte. *Sie ist nicht gesund. Sie wäre es, wenn es in ihrer Macht stünde.* Er würde auch nicht groß über das Drehen in flirrender Wüstenhitze klagen, und er sollte darauf bestehen, viele der anstrengenden Action-Szenen des Gay Langland selbst zu übernehmen, und würde dabei sogar einmal versehentlich bei einer Fahrtgeschwindigkeit von fünfunddreißig Meilen am Seil hinter einem Pickup hergeschleift werden. Oh ja, Gable wusste um seine Sterblichkeit! Aber er hatte eine neue, junge Frau. Seine Frau war schwanger. Würde er also nicht noch viele Jahre leben müssen, um sein Kind aufwachsen zu sehen?

Im alten Hollywood: ja.

Das Märchen. Eines Tages sollte die Blonde Darstellerin selbst an dieses Märchen glauben, das ein Mann als Liebesgabe für sie verfasst hatte. Nicht nur glauben, dass die schimmernde Roslyn die kleine Herde wilder Pferde retten könne, sondern dass die Mustangs auch tatsächlich gerettet werden konnten. Diese Pferde, die letzten sechs von wie vielen hundert, und eines davon ein Fohlen. Ein ängstlich neben der Stute herspritzendes Fohlen. Mit dem Lasso von verzweifelten Männern eingefangene Wildpferde, und doch vielleicht vor dem Tode zu retten. Vor dem Schlachtmesser, dem Fleischwolf, die Hundefutter aus ihnen machen sollten. Hier wird einem amerikanischen Publikum keine Westernromantik, gar noch die mannhafter Ideale und Heldentums vorgeführt, sondern ein trauriger »Realismus« unter die Nase gerieben! Nur Roslyn mit ihrer wachsenden weiblichen Wut kann die Mustangs retten. Nur Roslyn kann in einem von der Blonden Darstellerin und ihrem Regisseur sorgfältig choreographierten Verzweiflungsakt in die Wüste rennen und ihren Zorn auf mannhafte Grausamkeit aus vollen Lungen herausschreien. (»Aber keine Großaufnahmen. Nicht während ich schreie.«) *Ihr seid Mörder! Ihr seid Lügner!* würde sie die Männer anschreien: *Bringt euch doch selber um und seid glücklich!* In der Leere der Wüste von Nevada würde sie schreien, bis sie heiser wäre. Bis ihr wunder Mund innen vor Schmerz pochte. Bis noch mehr Äderchen in ihren angestrengten Augen platzten. Bis ihr rasendes Herz fast barst. *Ich hasse euch! Ihr seid verloren! Ihr seid tot!* Möglicherweise schrie sie diejenigen Männer in ihrem Leben an, deren Gesichter sie noch vor Augen hatte, möglicherweise aber auch die gesichtslosen Männer der weiten Welt jenseits des karmesinroten Pannésamts und der gleißenden Lampen des Fotografen. Möglicherweise schrie sie H an, bei dem ihr Charme nicht verfing. Möglicherweise schrie sie ein Spiegelbild an. Sie hatte Doc Fell beteuert, sie brauche an diesem Morgen (nach dem Stupor ihrer phenobarbituralen Nacht) keine Mittel, und sie brauchte auch, im Rausch des Mitleidens, des Grauens und Zorns beim Anblick der gefangenen Pferde keine weiteren Mittel. Sie dachte, sie werde nie wieder Mittel brauchen. Was für ein machtvolles Gefühl! Was für eine Lust! Sie würde allein nach Hollywood zurückkehren, sie würde sich ein Haus kaufen, ihr erstes eigenes Haus, und sie würde nur noch die Rollen annehmen, die ihr gefielen; sie würde endlich schauspielerisches Renommee erlangen, es war zum Greifen nahe gerückt; sie würde sich nicht mehr von Männern einfangen lassen; sie würde sich nicht mehr um ihr wahres Selbst bringen lassen. Die Blonde Darstellerin brachte ihren ganzen Zorn, ihre Wut zum Ausdruck. Endlich. Bloß war es (das sollten die, die dabei waren, ausnahmslos bestätigen) nicht ein gespielter Ausdruck von Zorn und Wut, sondern ein wahrer Gefühlssturm, der den Körper der Frau durchzuckte wie ein elektrischer Strom.

»Ihr seid Mörder! Ihr seid Lügner! *Ich hasse euch.*«

Drehplan um Wochen überzogen. Budget um Hunderte Tausende Dollar überzogen. Der teuerste Schwarzweißfilm aller Zeiten.

»Das alles verdanken wir Marilyn. Unser tief empfundener Dank.«

Diesmal würde es keine verschwenderische Premiere zu einem Monroe-Film geben.

Keinen königlichen Korso durch ein vieltausendköpfiges Spalier kreischender Fans am Hollywood Boulevard. Keine Galaveranstaltung im Grauman's. Keinen perlenden Dom Perignon, der am bloßen Arm der Blonden Darstellerin herabschäumte. Denn bis der Film in die Kinos gelangte, würde Clark Gable schon mehrere Monate tot sein. Die Monroe fast ebenso lang schon geschieden. *Misfits* sollte beim Publikum durchfallen. Sollte von derselben Produktionsgesellschaft, die ihn hatte drehen lassen, abgelehnt werden, obwohl der Film kluge, anerkennende Kritiken erhalten und die Leistungen von Gable, Monroe und Clift in höchsten Tönen gelobt werden sollten. Dennoch würde der Film als zu ungewöhnlich, »künstlerisch ambitioniert« abgetan. Von einer störrischen Integrität. Die Schauspieler wirkten abgetakelt. Bekannte Gesichter, aber nicht sie selbst. Man sah Gay Langland und dachte *War das früher nicht mal Clark Gable?* Man sah die blonde Roslyn und dachte *War das früher nicht mal Marilyn Monroe?* Man sah den geschundenen Rodeoreiter Perce Howland und dachte *Mein Gott! Und das war einmal Montgomery Clift.* Gestalten, die dich als Kind umgeben hatten. Gay Langland war dein unverheirateter Onkel, Roslyn Tabor eine Freundin deiner Mutter, eine geschiedene Kleinstadtbewohnerin. Kleinstadt-Wehmut und verloschener Glanz. Vielleicht war dein Vater in Roslyn Tabor verknallt! Du wirst es nie erfahren. Der Rodeoreiter ist ein Herumtreiber mit traurigen Augen, hager, mit verlebtem Gesicht. Du siehst ihn abends vor dem Busbahnhof stehen, er raucht und fixiert dich mit Geisteraugen. *Hey, kennst du mich nicht?* Alles normalsterbliche Amerikaner aus den Fünfzigern, und doch rätselhaft, weil du sie vor langer Zeit kanntest, als die Welt noch rätselhaft war, und auch dein eigenes Gesicht, im Spiegel betrachtet – im Glas des Zigarettenautomaten am Busbahnhof oder dem mit Spritzern verunzierten Spiegel über einem Waschbecken – ein unlösbares Rätsel war.

In ihrem Haus in der Nummer 12 305 Fifth Helena Drive, Brentwood, würde Norma Jeane eines Tages wissen: »Alles, was Roslyn verkörperte, war mein Leben.«

Club Zuma

Hey? Wer?

Erstaunt, dort oben auf der Bühne ihr tanzendes Spiegel-Double zu ent-decken, & der Auftritt vor Spiegeln. Flackernde/kreiselnde Lichter. »I Wanna Be Loved by You«. MARILYN MONROE im weißen Sonnenkleid aus Georgette, dem hochgewehten plissierten Rock, aufblitzenden weißen Höschen. Die Menge kreischt. Hübsche gespreizte Beine. Verzückt durchge-bogenes Kreuz, & die Menge johlt, pfeift, trampelt im blauen Qualm & der ohrenbetäubenden Musik. *Oh, warum haben sie mich hergebracht, ich möchte hier nicht sein.* Das schimmernde, im Takt wippende platinblonde Haar der Tänzerin. MARILYN-MONROE-Verschnitt, nur ist das weiße Clownsgesicht länger & das Kinn markanter & die Nase größer. Der üppig rote Raubtiermund & die blaugeschminkten Augen glitzern wie Strassbän-der. Dazu die großen Brüste im rückenfreien Oberteil. Auf Stöckelschuhen stakst die Tänzerin ein paar Schritt hin und her, lässt in einer Shimmybe-wegung Busen & Po beben. Mari-*lyn*! Mari-*lyn*! die Menge tobt. *Oh bitte, bitte nicht. Wir sind nicht bloß nacktes Fleisch, nicht bloß zum Lachen. Wir sind mehr!*

An diesem nach Jasmin & Jockey Club duftenden Abend & mittendrin Norma Jeane, dunkle Sonnenbrille auf der Nase, Haar unter einem weißen Turban versteckt, in weißseidenen Haremshosen & einem gestreiften Män-nersakko von Carlo. *Oh, warum tut er mir das an? Warum schleift er mich her; ich dachte, er liebt mich?* Die Tänzerin macht ihre Sache gut, lässt die weiblichen Rundungen ihres Körpers zum heftiger werdenden Kopulati-onstakt zucken. Becken schnellt wie ein Schlaghammer. Rosa Zungenspitze zwischen den Lippen. Kurzatmig stöhnend. Die großen, wackelnden Brüste in Händen wiegend. Das lieben die Zuschauer! Können gar nicht genug krie-gen! *Oh, warum? Warum dürfen sie über uns lachen?* Die Tänzerin ist zu-gekokst, man sieht das Weiße ihrer Augen, & der Schweiß, der ihr ins De-kolleté rinnt, zieht durch die weiße Clownsschminke Spuren, als würden die Nerven bloßgelegt. Rhythmus, der mitreißt! Das Publikum ist von Sinnen. Wie beim Ficken. Der Rhythmus steigert sich, kein Halten mehr. In den Spiegeln streift die Tänzerin die langen Handschuhe ab und schleudert sie in die Menge. *I wanna be loved be loved by you by you by nobody else but you.* Rollt die Strümpfe herunter & schleudert sie in die Menge. Windet sich aus dem Oberteil – *Ohhhh!* –, das Publikum im Club Zuma tobt. In dem von Zigarettenqualm blauen Club Zuma auf dem Strip. Carlos marokkanische Zigaretten. Carlo, der mit den anderen lacht. Die Tänzerin stakst durch die Rauchschwaden & die ohrenbetäubende Musik, die riesigen, wackelnden Brüste auf Händen dargeboten wie Schaumgummi, die pinkfarbenen Brustwarzen groß wie Weinbeeren, & nun wird der plissierte Rock heruntergezerrt & weggeschleudert, & sie wackelt mit dem dicken Hintern & dreht dem randalierenden Publikum den Rücken zu, beugt sich vornüber & zieht die Hinterbacken auseinander – *Ohhhhh!* – stöhnt, gröhlt das Publikum –, jetzt steht die Tänzerin in ihrer ganzen schweißglänzend-rissigen ölig weiß geschminkten, pickeligen Blöße vor ihnen, & da dreht sie sich schließlich triumphierend wieder um, & es wird der lange, schmale, mit fleischfarbenem Klebband gegen die rasierte Scham geklebte Penis sichtbar, & er/sie reißt den Klebstreifen mit dem Schlachtruf *wanna be loved be loved be loved be loved* herunter, & im Club Zuma geraten die Zuschauer außer Rand & Band, eine kreischende, vor dem Tänzer mit seinem halb aufgerichteten, wild zuckenden Penis wogende Menge

MARI-LYN!   MARI-LYN!   MARI-LYN!

Scheidung (Muster)

Ist einmal eine Rolle methodisch vorbereitet, kann sie auch vom Schauspieler korrekt gespielt werden, ob er sich inspiriert fühlt oder nicht.

Michael Tschechow
Werkgeheimnisse der Schauspielkunst

1

»Es tut mir leid. Verzeihen Sie! Mehr kann ich nicht sagen.«

In dem als Scheidungs-Pressekonferenz bekannt gewordenen Wochenschau-Beitrag wirkt die dezent in Schwarz gekleidete Blonde Darstellerin weißgesichtig wie eine Geisha. Wie Cherie in *Bus Stop* erscheint sie uns umso vieles bleicher als alle anderen, dass sie ebenso gut eine Schaufensterpuppe oder ein Clown sein könnte. Ihre Lippen sind mit einem violett-braunen Stift nachgezogen, um sie voller und breiter erscheinen zu lassen als von Natur aus. Ihre Augen, scheinbar rot geweint, sind sorgfältig mit blassblauem Lidschatten und brauner, im Ton exakt auf ihre Augenbrauen abgestimmter Wimperntusche geschminkt. Das Haar ist wie immer platinblond und glänzt metallen. Wir sehen MARILYN MONROE und doch auch eine verletzte, verwirrte Frau. Sie wirkt aufgewühlt und doch auch um Gunst bemüht. Als hätte sie im selben Moment, da sie die entscheidenden Worte äußert, die Dutzende von Journalisten festhalten werden, ihren Text vergessen. Vergessen, wer sie ist: MARILYN MONROE. Sie trägt ein elegantes schwarzes Leinenkostüm, um den Hals ein hauchdünnes pastellfarbenes Tuch, ihre Strümpfe sind dunkel, die hochhackigen Schuhe schwarz. Kein Schmuck. Keine Ringe: ihre zitternden Hände sind auffällig ringlos. (Ja, sie hat ihren Ehering in den Truckee River in Reno, Nevada geworfen, wie es die geschiedene Roslyn Tabor tun soll. Wie es in Reno üblich ist!) Der Anblick einer zerbrechlichen, nicht vollbusigen MARILYN MONROE ist überraschend; den versammelten Presse- und Medienvertretern hat man erklärt, dass sie »zwischen zehn und zwölf Pfund« Gewicht verloren hat. Sie leidet seit ihrer mexikanischen Scheidung von dem Bühnenautor-und-Mann, mit dem sie vier Jahre verheiratet gewesen ist, und dem »tragischen Tod« ihres Freundes und Kollegen Clark Gable »Seelenqualen«.

Wie eine Witwe. Sie müssen diesen Zynikern als Witwe im Gedächtnis bleiben, als eine Frau, die einen unwiederbringlichen Verlust erlitten hat, nicht als Frischgeschiedene, die heilfroh ist, einer hoffnungslosen Verbindung ledig zu sein.

Obwohl es ihr gelingt, auf die Fragen nach Clark Gable – wie eng sie befreundet gewesen seien, was sie zu den Anschuldigungen der Witwe ihres Filmpartners sage, dass nämlich MARILYN MONROE direkt für Gables Infarkt verantwortlich sei, weil sie die Fertigstellung von *Misfits* so verzögert und so viel Ärger verursacht habe, etc. – mehr oder minder zusammenhängende Antworten zu stammeln, wird sie sich zu ihrem geschiedenen Mann nicht äußern. Zu keinem ihrer Ex-Männer. Dem Bühnenautor so wenig wie dem Ex-Sportler. Außer um mit hauchiger Stimme zu sagen, so leise, dass der Scheidungsanwalt an ihrer Seite, auf dessen Arm sie sich stützt, die Worte wiederholen muss: dass sie beide »grenzenlos achte«.

Geben Sie sich ganz natürlich. Sagen Sie, was Sie empfinden. Wenn Sie nichts empfinden, sagen Sie das, wovon Sie glauben, dass Sie es empfinden könnten, wenn Sie nicht mit Demerol voll gepumpt wären.

»Es sind g-große Männer. Große Amerikaner. Ich ehre sie als Menschen, die auf ihrem Gebiet Großes vollbracht und großen Ruhm erlangt haben, selbst wenn ich als Frau nicht mit ihnen v-verheiratet bleiben konnte.« Sie beginnt zu weinen. Sie hebt die Hand mit dem umklammerten Papiertaschentuch – oder nein, weißen Taschentuch –, an die Augen. Eine forsch klingende Reporterin, die für eines der Boulevardblätter berichtet, will wissen, ob MARILYN MONROE glaubt, als »Ehefrau, als Frau, als Mutter« versagt zu haben, und alle dort Versammelten ringen angesichts solcher Dreistigkeit (genau das, was sie alle hatten fragen wollen!) nach Luft; der Anwalt der Blonden Darstellerin runzelt die Stirn, ein Pressevertreter der Produktionsgesellschaft direkt hinter der Monroe runzelt die Stirn, doch unverzagt, den verletzten Blick auf ihre Peinigerin richtend, sagt die Blonde Darstellerin: »Mein ganzes Leben habe ich mir Mühe gegeben, nicht zu enttäuschen. Ich habe mir solche Mühe gegeben! Ich habe mir alle Mühe gegeben, aus dem Waisenhaus adoptiert zu werden. Dem Heim auf der El Centro Avenue. Ich habe mir alle Mühe gegeben, im Sport auf der High School gut zu sein. Ich habe mir alle Mühe gegeben, meinem ersten Mann eine gute Frau zu sein, der mich verlassen hat, als ich siebzehn war. Ich habe mir alle Mühe gegeben, eine gute Schauspielerin zu sein und nicht nur eine von vielen Blondinen. Oh, das müssen Sie doch wissen, dass ich mir alle Mühe gegeben habe?

Marilyn Monroe war ein Pin-up-Modell, erinnern Sie sich?, mit neunzehn, ich habe für die Kalenderfotos fünfzig Dollar bekommen, für ›Miss Golden Dreams‹, und das hätte mich fast meine Karriere gekostet, heute verkauft sich das Kalenderbild besser als alles bisher Dagewesene, dabei hat das Modell damals, 1949, nur fünfzig Dollar bekommen, aber ich bin nicht b-bitter. Ich bin enttäuscht, vielleicht, aber nicht b-bitter oder wütend, und – oh! Mr. Gable ist nicht mehr, und auch das wird Marilyn Monroe zur Last gelegt! – obwohl ich ihn doch so geliebt habe – als Freund – obwohl er auch vorher schon Anfälle gehabt hatte – oh, er fehlt mir so! – ihm trauere ich mehr nach, irgendwie, als ich meiner Ehe nachtrauere, meinen Ehen –«

Genug. Wir wollen einen elegischen Ton, nichts Melodramatisches. Wenn tragisch, dann klassisch, antik: die blutigen Szenen spielen sich hinter den Kulissen ab, auf der Bühne wird nur innerlich gerungen.

»Es tut mir leid. Verzeihen Sie! Mehr kann ich nicht sagen.« Jetzt weint sie richtig. Sie verbirgt das Gesicht. Während der ganzen Pressekonferenz haben immer wieder mal Blitzlichter gezuckt; jetzt flammen Dutzende auf; die Wirkung ist die einer Miniatur-Atombombe! Die Blonde Darstellerin wird von ihren zwei männlichen Begleitern zu einer wartenden Limousine eskortiert (die Scheidungspressekonferenz hat auf dem Vorderrasen der dankenswerterweise von ihrem Agenten oder vielleicht auch von Z oder der Produktionsgesellschaft oder »einem Bewunderer Marilyns« zur Verfügung gestellten Villa in Beverly Hills stattgefunden, in der die Blonde Darstellerin derzeit residiert), und die Medienvertreter, von der Kürze der Konferenz enttäuscht, bedrängen sie nun von allen Seiten, preschen vor wie eine spürende Hundemeute, ein Rudel Journalisten, Kolumnisten, Rundfunkreporter, Fotografen, Filmleute, weit mehr als nur die wenigen handverlesenen, die ausdrücklich geladen waren; die Tonspur des Wochenschau-Beitrags verzeichnet ein paar einzelne spitze Rufe – »Miss Monroe, eine letzte Frage! Bitte!« – »Marilyn, warten Sie!« – »Marilyn, verraten Sie doch bitte unseren Hörern: wer ist der Nächste? Marlon Brando?« –, und trotz der von der Produktionsgesellschaft aufgebotenen Wachleute, die die Menge zurückzudrängen suchen, gelingt es einem wieseligen kleinen italienisch aussehenden Reporter mit spitzen Satyrohren, unter dem Arm des Anwalts hindurchzuschlüpfen und der Blonden Darstellerin so rasant ein Mikrophon vors Gesicht zu schieben, dass es gegen ihren Mund schlägt (und ein Stückchen von einem Vorderzahn abbricht! – den der Vertragsarzt der Produktionsgesellschaft alsbald wieder herstellt), und er fragt mit schwerem Akzent: »Mari-*lyn*!

stimmt es, dass viele Male Sie haben geübt *Selbstmord*?« Ein weiterer Ungestümer, und ganz unübersehbar kein Journalist: ein Schrank von einem Kerl, verschwitzt und mit Haaren, die abstehen wie bei einer Zahnbürste die Borsten, und einem Gesicht, das in der Wochenschau gesotten wirkt, kann der Blonden Darstellerin gerade noch einen Umschlag zustecken, den sie erschrocken an sich nimmt, als sie sieht, dass er mit roter Tinte an MISS MARILYN MONROE adressiert und mit roten Herzchen verziert ist.

Dann sitzt die Blonde Darstellerin endlich in der Limousine. Der Wagenschlag ist zu. Die Fensterscheiben sind getönt, man kann von außen unmöglich hineinsehen. Ihre Begleiter raunzen die Umstehenden an: »Habt doch ein bisschen Mitleid mit dem armen Ding!« – »Es geht ihr schlecht, seht ihr das nicht!«, und steigen ein, und die Limousine gleitet davon, langsam zunächst, weil immer noch Fotografen den Weg verstellen, dann ist sie weg. Der zurückbleibende Pulk gestikuliert und schreit und blitzt immer noch, als der Wochenschau-Beitrag abbricht.

2

»Bin ich jetzt g-geschieden? Ist alles überstanden?«

»Marilyn, Sie sind vor einer Woche geschieden worden. Erinnern Sie sich nicht? In Mexico City? Wir sind zusammen hingeflogen.«

»Vielleicht, irgendwie. Dann ist alles überstanden?«

»Alles überstanden. Vorerst.«

Die Männer lachten, als hätte die Blonde Darstellerin gerade einen witzigen Text gesprochen.

Sie saßen in der dahingleitenden Limousine hinter getönten Scheiben. Nicht mehr vor laufenden Kameras. Das hier hätte das *wirkliche Leben* sein müssen, aber es schien nicht wirklich. Sie konnte nicht aufatmen, konnte nicht besser sehen. Die Vorderzähne taten ihr weh: Es hatte sie irgendein harter Gegenstand getroffen, aber sie sagte sich, dass das ein Versehen gewesen war, der Reporter hatte sie nicht verletzen wollen. Ihr Anwalt, dessen Name ihr im Augenblick entfallen war, und der PR-Mann der Produktionsgesellschaft, Rollo Freund, gratulierten ihr; ein schwieriger Auftritt glänzend gemeistert. *Es war doch mein wirkliches Leben. Aber ja: auch ein Auftritt.*

»Bitte? Bin ich jetzt g-geschieden?« An den verdutzten Gesichtern erkannte sie, dass sie die Frage wohl schon gestellt haben und die Antwort kennen musste. »Will sagen, muss ich noch weitere Papiere unterzeichnen?«

Immer gab es weitere Papiere zu unterzeichnen. Beim Notar.

MARILYN MONROE unterschrieb solche Dokumente mit abgewandtem Kopf. Lieber nicht wissen!

In der dahingleitenden Limousine, die einer Zeitmaschine glich. Schon jetzt vergaß sie, wo sie eben gewesen war. Sie hatte keine Vorstellung, wo sie hingebracht wurde. Vielleicht war für *Misfits* noch Werbung zu machen. »Rollo Freund« war in Wirklichkeit »Otto Öse«, oder war der immer noch Pin-up-Fotograf? Sie war zu müde, um das alles zu entwirren. Sie kramte in ihrer Handtasche nach einer Benzedrin-Tablette zum Aufmuntern, fand aber nichts. Oder ihre Finger waren einfach zu ungeschickt. Oh, der finstere Doc Fell fehlte ihr, jetzt, da er fort war! (Doc Fell, Vertragsarzt der Produktionsgesellschaft, war spurlos verschwunden. Stattdessen gab es einen neuen Arzt, der Ähnlichkeit mit Mickey Rooney besaß. In Hollywood kursierte das bösartige Gerücht, Doc Fell sei in seinem Bungalow im Topanga Canyon mit heruntergelassener Hose, Nadel noch im zerstochenen Arm, tot auf der Toilette aufgefunden worden; in manchen Versionen der Geschichte war er an einer Überdosis Morphium gestorben, in anderen an Heroin. Ein tragisches Ende für einen Arzt, der dem kerngesunden Cary Grant ähnelte!)

Sie hielt den Herzumschlag umklammert. Seit Monaten wartete sie auf einen weiteren Brief von ihrem Vater, aber das konnte er wohl kaum sein. »Ich bin so einsam. Ich verstehe gar nicht, warum ich so einsam bin, wo mich doch so viele Menschen lieben. Ich habe die Mädchen im Heim geliebt, meine Schwestern! – meine einzigen Freunde. Aber ich habe sie alle verloren. Meine Mutter weiß kaum, wer ich bin. Mein Vater schreibt, wahrt aber Distanz. Bin ich eine Aussätzige? Unnatur? Ein Fluch? Männer behaupten mich zu lieben, aber wen lieben sie wirklich? ›Marilyn‹. *Ich* liebe Tiere, besonders Pferde. Ich helfe ein paar Leuten in Reno, die Geld sammeln und die Mustangs des amerikanischen Südwestens retten wollen. Ich wünschte, es brauchten überhaupt keine Tiere zu sterben. Außer eines natürlichen Todes!«

Einer der Männer räusperte sich und bemerkte: »Die Pressekonferenz ist beendet, Marilyn. Sie können sich entspannen.« Sie wollte erklären, wie ungerecht es war, wie unfair, ihr den Tod Clark Gables anzulasten – »Wo ich doch die Einzige war, die ihn wirklich geliebt hat. So geliebt! Er war der einzige Mann, den ich wirklich bewundert habe. Meine M-mutter Gladys Mortensen hat Mr. Gable vor langer Zeit gekannt, als beide jung und von Hollywood unbeleckt waren.« Wieder wurde ihr sanft bedeutet: »Die Pressekonferenz ist beendet, Marilyn.« Sie sagte, und die Worte hatten einen flehentlichen Unterton: »Warum die Liebe scheitert? Ein Rätsel. Aber ich habe dieses Rätsel doch nicht erfunden, oder? Warum gibt man mir die Schuld? Ich weiß, dass man würfeln soll, bis man verliert. Man soll tapfer sein, Kampfgeist beweisen. Ich will es versuchen. Das nächste Mal werde ich eine bessere Schauspielerin sein, das verspreche ich.«

Die Männer waren von der berühmten Filmschauspielerin fasziniert. Aus der Nähe, unter der Kruste der theatralischen Schminke, war ihr Gesicht das eines jungen Dings. Ein solches Make-up ist für Fotos ideal, aber fürs bloße Auge eine Beleidigung. Sie sahen, wie jämmerlich die berühmte Schauspielerin ihren Herzumschlag umklammert hielt, als könnte die Botschaft eines nicht genannten Fans, die Liebeserklärung eines Fremden, sie retten. »Glotzen Sie bitte nicht so! Als wäre ich unnatürlich. Ich lege keinen Wert darauf, Stoff für spätere Anekdoten zu liefern. Und ich will auch keine weiteren Papiere unterschreiben. Außer für den Treuhandfonds für meine Mutter. Damit sie auch dann in der Privatklinik in Lakewood bleiben kann, wenn ich –«, sie brach verwirrt ab: was hatte sie denn sagen wollen – »für den Fall, dass mir etwas Unerwartetes zustößt.« Sie lachte. »Oder Erwartetes.«

Rasch baten die Männer sie, doch nicht so zu reden. MARILYN MONROE sei eine junge Frau und werde noch sehr, sehr lange leben.

3

So seltsam! »Wenn ich es doch nur jemandem *erzählen* könnte.«

Rollo Freund, der Pressesprecher/Öffentlichkeitsberater, den die Produktionsgesellschaft als Betreuer für ihren Star MARILYN MONROE eingestellt hatte, war kein anderer als Otto Öse! Nach über einem Jahrzehnt zu ihr zurückgekehrt.

Doch der gute Mann weigerte sich, zuzugeben, dass er einst Otto Öse gewesen war. Rollo Freund gab sich als »gebürtiger New Yorker« aus, angeblich war er Ende der Fünfziger nach L. A. abgewandert, um die neue Wissenschaft der »Medienberatung« zu fördern. Innerhalb nur weniger Jahre hatte er damit solchen Erfolg, dass die Filmstudios sich um ihn rissen. Für die ganz großen Stars (wie MARILYN MONROE), die ständig Zielscheibe von Sensations- und Skandalberichten waren und oft einen Hang zur Selbstzerstörung besaßen, schien ein Medien- und Werbefachmann unverzichtbar. Otto Öse, oder Rollo Freund, war genauso hochgewachsen und hager und grüblerisch, wie ihn Norma Jeane in Erinnerung hatte, besaß dasselbe pockennarbige Habichtsgesicht mit dem einen herabhängenden Augenlid, das ihm einen ewig ironischen Gesichtsausdruck verlieh, und den komischen, dorngleichen Narben auf der Stirn. *Dornenkrone. Er, als Judas!* Das einst schwarze Haar war zu einem stumpfmetallischen Grau verblichen und bedeckte seinen knochigen Schädel wie eine feine, seltsam ölig anmutende Schicht Stahlwolle. Er musste Mitte fünfzig sein. Er war weniger gealtert als verknöchert. Die kleinen, gerissenen Augen plierten einen aus einer undurchdringlichen Gipsmaske wässrig und wach an. Seine Zähne waren nach Hollywoodart wunderschön überkront worden. *Noch nie hatte sie einen so hässlichen Mann gesehen. Und nicht tot!*

Rollo Freund fuhr einen flaschengrünen Jaguar und trug teure, von »seinem Herrenschneider in der Bond Street in London« (wie er stolz behauptete) maßgefertigte haifischgraue Anzüge. Diese Anzüge umschlossen seinen bleistiftschmalen Körper so eng, dass er kerzengerade sitzen musste, wie die Blonde Darstellerin dann, wenn sie in ihre Zwangsjacken-Kleider eingenäht wurde. Als sie sich das erste Mal vorgestellt wurden, war sie die scharfäugige Norma Jeane gewesen und nicht die liebenswert kurzsichtige und selbstbezogene Blonde Darstellerin, und sie hatte Otto Öse sofort wieder erkannt, trotz des aschgrauen Ziegenbärtchens, das er sich hatte stehen lassen, trotz der bernsteingelb getönten Brille mit den Stahlbügeln, trotz seines Maßanzugs. Sie starrte den Mann verwundert an. Sie stammelte: »Aber, kennen wir uns nicht? Sind Sie nicht Otto Öse? Ich bin Norma Jeane, erinnern Sie sich?«

Rollo Freund, wie jeder geübte Lügner oder Schauspieler, ließ es ungerührt über sich ergehen. Er gehörte zu denen, die sich die Kontrolle über Situationen, die ihn selbst betrafen, nicht entreißen lassen, komme, was da wolle. Er lächelte höflich über seine offenkundig verwirrte Gesprächspartnerin. »›Oz‹, sagen Sie? Tut mir leid, ich kenne keinen ›Oz‹. Sie verwechseln mich wohl, Miss Monroe.«

Norma Jeane lachte. »Ach, Otto, seien Sie nicht albern. Mich ›Miss Monroe‹ zu nennen. Sie kennen mich doch: Norma Jeane. Sie sind der Fotograf, der mich für die *Stars & Stripes* fotografiert hat, und Miss Golden Dreams geht auf Ihr Konto – mir haben Sie ganze fünfzig Dollar bezahlt! –, und Sie haben sich nicht so verändert, dass ich Sie nicht wiedererkennen würde. Sie müssten schon mehr als tot sein, Otto, dass ich Sie nicht wiedererkennen würde.« Otto Öse, oder Rollo Freund, lachte herzlich, als hätte die Blonde Darstellerin eines ihrer Bonmots von sich gegeben. Flehentlich sagte sie: »Bitte, Otto. Sie müssen sich doch erinnern. Ich war damals noch Mrs. Bucky Glazer. Im Krieg. Sie haben mich entdeckt und mein L-leben verändert.« *Mein Leben ruiniert, Sie Armleuchter.* Doch Otto Öse, oder Rollo Freund, wie er sich hartnäckig nannte, war zu schlau, um sich erweichen zu lassen, und sei es von einer Blonden Darstellerin.

Sie musste den Hut vor ihm ziehen. Was für eine Marke!

Sie schrieben jetzt das Jahr 1961, und in Hollywood, wie anderswo, war es nicht mehr unpatriotisch, Jude zu sein oder dem Anschein nach zu sein. Die Ära des kommunistenhetzerischen Antisemitismus war verklungen; Hass auf Juden kam nur noch verdeckt oder anders verklausuliert zum Ausdruck, als Frage von Clubmitgliedschaften und Zuzugsregelungen etwa, nicht aber in Form von Schwarzen Listen oder Verfolgung wegen »kommunistischer Umtriebe«; die Rosenbergs waren längst auf den elektrischen Stuhl geschickt und ihr Märtyrerglaube zu Asche geworden; Senator Joe McCarthy, Attila aller Reaktionäre, war verstorben und von Teufeln in die Tiefen der lodernden katholischen Hölle gezerrt worden, die er auf Erden anderen zu bereiten gehofft hatte. Otto, oder Rollo, machte kein Hehl daraus, dass er dem Anschein nach Jude war; er sprach mit einem jüdischen New Yorker Einschlag, der in Norma Jeanes Ohren, die vier Jahre lang mit einem New Yorker Juden zusammengelebt hatte, nicht ganz überzeugend klang. Doch auch unter vier Augen hütete sich Otto, oder der kluge Rollo, eine gemeinsame Vergangenheit anzuerkennen. Norma Jeane sagte: »Ich versteh schon, irgendwie. ›Otto Öse‹ stand auf der Schwarzen Liste, also haben Sie einen neuen Namen angenommen?« Der Mann schüttelte den Kopf, als begreife er gar nichts. »Ich bin schon als Rollo Freund zur Welt gekommen. Hätte ich meine Geburtsurkunde dabei, könnte ich Sie Ihnen zeigen, Miss Monroe.« Stets nannte er sie »Miss Monroe« und später dann »Marilyn«. Diese Namen klangen aus seinem Mund immer leicht höhnisch. Hatte er ihr nicht einst vorgeworfen, sie verkaufe sich wie eine Ware? Hatte er ihr nicht einst einem Suchttod prophezeit? Er hatte den weiblichen Körper als Witz bezeichnet. Er hasste Frauen. Er hatte sie auf Schopenhauer hingewiesen, er hatte ihr seinen *Daily Worker* zu lesen gegeben. Er hatte sie mit Cass Chaplin zusammengebracht, der sie, eine Zeit lang, so glücklich gemacht hatte. »Ach, Otto. Oder vielmehr Rollo. Nun, ich will Sie nicht quälen. Dann bin ich eben Marilyn.«

Die Art, wie der Öffentlichkeitsberater in der geliehenen Villa einem Regisseur gleich die Scheidungspressekonferenz organisiert und orchestriert hatte, rang ihr Bewunderung ab. Er hatte in seinem Dispositionsplan nicht nur jeden der Schritte MARILYN MONROES genau festgelegt, von dem Augenblick an, da sie das Haus verließ, um sich der Presse zu stellen, sondern auch seine und die ihres Anwalts. Selbst die Wachleute mussten proben. »Wir wollen alle melodramatischen Töne vermeiden. Sie werden schwarzes Leinen tragen, ich habe genau das richtige Kostüm für Sie aus dem Fundus geordert, und Sie werden auftreten wie eine Witwe. Sie müssen diesen Zynikern als Witwe im Gedächtnis bleiben, die einen unwiederbringlichen Verlust erlitten hat, nicht als Frischgeschiedene, die heilfroh ist, einer hoffnungslosen Verbindung ledig zu sein.« Sie saßen in Zs Büro, als Rollo Freund seinen Plan vortrug. Sie hatte Wodka getrunken; die Blonde Darstellerin lachte auf ihre neue dreckig-kehlige Art, wie eine Farmerstochter aus North Carolina, die sich einen feuchten Kehricht um die Filmbranche, um die eigene Schönheit, um ihr Talent schert. »Sie sagen es, Rollo. Einer hoffnungslos erledigten Verbindung. Einer verdammt hoffnungslos langweiligen Verbindung mit einem alten Langweiler von (wenn auch gütigen und anständigen und ›hochbegabten‹) Ehemann. Hilfe!« Wann immer die Blonde Darstellerin Sprüche nach Art eines Fred Allen, Groucho Marx oder W. C. Fields selig vom Stapel ließ, machten die Anwesenden große Augen. Rollo Freund und seine Männerfreunde lachten beklommen. Bei diesen Zusammenkünften war MARILYN MONROE oft das einzige weibliche Wesen, wenn man die Sekretärinnen und »Assistentinnen« nicht mitrechnete; oder, wie sie selbst gerne sagte, die »einzig praktizierende Vagina«; Männer hüteten sich, Avancen der Blonden Darstellerin zu ermutigen, obwohl sie sie gierig beäugten und sich Stoff für Anekdoten einprägten: Ob es wohl stimmte, dass MARILYN MONROE keine Unterwäsche trug (es stimmte! man sah es!) und tagelang nicht badete (tat sie nicht! man roch den talkumkaschierten Schweiß). Doch sie lachten nie lange.

Die Monroe wollte man möglichst zu nichts ermutigen. Bei einer Hysterikerin ist der nächste Ausbruch nie weit. Lieber mit Samthandschuhen anfassen. Denn das blonde Schnurrkätzchen hatte männermordende Krallen.

An diesem Nachmittag saß sie leicht vorgeneigt mit übereinander geschlagenen Beinen, Hände züchtig ums Knie geschlungen, auf Zs üppiger Couch. Ernst und schulmädchenbrav wie ein Vertrags-Starlet. Nüchtern sagte sie: »Wann habe ich denn einer ›Scheidungspressekonferenz‹ zugestimmt? Eine Scheidung mag keine Tragödie sein, aber für die Betroffene immerhin Anlass zur Trauer. Vier Jahre mit einem Mann, da kann ich doch nicht –« Sie verstummte. Sie überlegte. Konnte sie was nicht? Sich erinnern, warum sie den Bühnenautor überhaupt geheiratet hatte? Einen Mann, der fast alt genug war, ihr Vater zu sein, und dem Temperament nach ihr Großvater? Nicht einer dieser derb-witzigen Juden (wie Max Pearlman, den sie vergöttert hatte), sondern ein rabbinisch-gelehrter Jude? Gar nicht ihr Typ? Dessen Namen ihr entfallen war? »Ich weiß doch nicht, wo ich F-fehler gemacht habe, wie soll ich da aus meinen Fehlern lernen? Es gibt einen französischen Philosophen, der auf ›Herz, Instinkt, Prinzipien‹ schwört. Warum sollte ich mich nicht von meinen leiten lassen? Im Grunde bin ich ein ernsthafter Mensch. Warum blasen wir das Ganze nicht ab? Ich bin im Augenblick einfach nur traurig, und, ich weiß nicht recht, *weltabgewandt*.«

Z und die anderen Männer musterten die Blonde Darstellerin, als hätte sie mit teuflischem Zungenschlag gesprochen, in einer fremden Sprache. Rollo Freund warf sich in die Bresche; er stimmt ihr dem Schein nach zu. »Sie empfinden tief, Miss Monroe! Nicht umsonst sind Sie eine geniale Schauspielerin. Nicht umsonst sehen die Menschen in Ihnen ein überlebensgroßes Abbild ihrer selbst. Das ist natürlich ein Trugbild, aber jedem Glücksempfinden liegen solche Trugbilder zu Grunde! Sie bewohnen Ihre Seele wie eine Kerzenflamme, die lebt, indem sie sich selbst verzehrt. Sie leben in unserer amerikanischen Seele. Lachen Sie nicht, Miss Monroe. Auch ich bin ein ernsthafter Mensch. Ich will damit sagen: Sie sind eine intelligente und nicht nur eine ›gefühlige‹ Frau; Sie sind Künstlerin, und wie alle Künstler, wissen Sie, dass das Leben der Werkstoff Ihrer Kunst ist. Das Leben vergeht; was bleibt, ist die Kunst. Ihre Gefühle, die Seelenpein angesichts Ihrer Scheidung oder Mr. Gables Tod, was immer« – mit einer ungeduldig wegwerfenden Geste, die die gesamte Lebenswelt, auch die gedachte Welt ihrer fünfunddreißig Jahre einschloss: selbst die Erinnerung an die Judenvernichtung, wie sie in den zerfledderten, aus dem Antiquariat geretteten Büchern bewahrt war, Zeugnis jüdischen Beharrungs- und Leidensvermögens und einer Eloquenz noch im Leiden, oder an den abgestanden-ranzigen Geruch der kalifornischen Irrenhäuser aus der Zeit der Gefangenschaft ihrer Mutter, alle persönlichen Erinnerungen ihres eigenen Lebens, als wären sie von weniger Belang als ein Drehbuch – »diese Schrecken können Sie ebenso gut als Wochenschau-Material betrachten, denn die anderen werden es tun.«

»Wochenschau? Was denn für eine Wochenschau?«

»Die Pressekonferenz soll aufgezeichnet werden. Nicht nur von uns, sondern natürlich auch von den Nachrichtenmedien. Auszüge werden wieder und wieder zu sehen sein. Es wird ein wertvolles Dokument sein.« Weil er die Blonde Darstellerin den Kopf schütteln sah, fuhr Rollo Freund theatralisch fort: »Miss Monroe. Warum dem rohen Gefühlsstoff nicht die letztgültige Form verleihen. Dient nicht das ganze Leben der Suche nach der letztgültigen Form?«

Norma Jeane war zu ergriffen, um noch aufzubegehren. Unverwandt sah sie ihren alten Freund Otto an, der nie ihr Liebhaber oder auch nur, in Wirklichkeit, ihr Freund gewesen war. Er war alles, was ihr aus den Tagen ihrer Jugend geblieben war. Mit ihrer Marilyn-Stimme, so zart und hauchig, dass sie fast unhörbar war, sagte sie: »Huch. Oh. Na ja. Vielleicht, irgendwie. Sie können so gut reden. Ich gebe mich geschlagen.«

4

Und was enthielt der Herzumschlag?

Rollo Freund, der ihr betroffenes Gesicht bemerkte, nahm ihn ihr schnell ab.

»Oh je, Miss Monroe. Das tut mir aber *leid*.«

Auf einem weißen Blatt Toilettenpapier stand, augenscheinlich mit Exkrement hingeschmiert, in Blockschrift das Wort

HURE

Mein Heim. Meine Reise

Die Szene muss richtig ausgeleuchtet sein. Hinter der Bühne liegt, geleugnet, das Dunkel.
Lehrbuch des Schauspielers und Leben des Schauspielers

12 305 Fifth Helena Drive, Brentwood, Kalifornien

Valentinstag 1962

Liebe Mutter,

ich bin gerade in mein erstes eigenes Heim gezogen!

Ich richte es ein & ich bin SO GLÜCKLICH.

Es ist ein kleines, im mexikanischen Stil erbautes Haus. So
reizend. Versteckt & ganz für sich am Ende
der Straße & teils von einer Mauer umgeben.
Holzbalken an den Zimmerdecken & ein großes Wohnzimmer
(mit gemauertem Kamin). Die Küche
ist nicht besonders modern
eingerichtet, aber du weißt ja,
in der Rolle der Hausfrau glänze ich nicht gerade!

Als große Überraschung gibt es hinter meinem
Haus einen Swimmingpool. Richtig *groß*. Stell dir vor!
Als wir in der Hacienda gelebt haben & an der Highland Avenue,
haben wir davon geträumt, dass wir eines Tages ein Haus
in Brentwood mit eigenem Pool haben würden.
Ich bin jetzt geschieden. Nach dem Baby hast du gar
nicht gefragt. Das Baby habe ich leider verloren.
Oder vielmehr sollte ich sagen, dass Baby wurde mir genommen.
~~Es war ein Unglück, glaube ich.~~

843

Danach ging es mir lange nicht gut & ich habe
Kontakt zu anderen verloren.

Jetzt geht es mir SEHR GUT. Ich hoffe, dich bald mal hier
zu Besuch haben zu können.

Ich bin auf dem »Rückzug« vor dem Leben. Es gibt einen
französischen Philosophen, der meint, dass die Menschen zu ihrem
Unglück nicht ruhig in einem Zimmer bleiben können. Hier gehe
ich singend durch die Zimmer!

Ich musste $$$ aufnehmen, um das Haus zu kaufen,
das ließ sich leider nicht ändern.
Als ich den Vertrag unterschrieb, habe ich geweint. VOR GLÜCK.
Mein erstes eigenes Heim.

Ich wünschte, ich hätte nach den langen arbeitsreichen Jahren mehr
$$$ vorzuweisen. 1948 hatte ich meinen Durchbruch,
& doch habe ich kaum $ 5000 an Ersparnissen. Ich schäme mich,
wo andere mit Marilyn so viele $$$ gemacht haben.
Die Maklerin, die mir das Haus verkauft hat, war überrascht,
das habe ich deutlich gemerkt.

Aber nein, ich bin nicht bitter! Ich doch nicht.

Mutter, ich kann es kaum erwarten, dir meine
besondere Überraschung zu zeigen. Unser altes Pianino!
Unser weißes Steinway-Pianino, weißt du noch? Das einst
Fredric March gehört hat. Ich habe es
nach dem Ende meiner ersten Ehe einlagern lassen & nun
steht es hier. Im Wohnzimmer. Ich versuche, jeden Tag zu
üben, aber die Finger sind »eingerostet«.
Bald spiele ich dir »Für Elise« vor.

Es gibt hier auch für dich ein Zimmer, Mutter. Steht
jederzeit bereit. ~~Ich finde, es wäre an der Zeit~~
Ich will das Haus ganz stilgerecht mexikanisch einrichten,

bis hin zu den Wandfliesen. Bald reise ich mit einer Freundin
nach Mexiko. Wollen wir nicht Freundinnen sein, Mutter?

Ich habe auch andere Neuigkeiten, Mutter.
Ich hoffe, du bist mir nicht böse. Aber ich stehe mit
Vater in Verbindung. Nach so vielen Jahren, stell dir vor!
Wer hätte das gedacht. Vater lebt in der Nähe von Griffith Park.
Ich habe das Haus noch nicht gesehen, hoffe aber,
dass sich bald eine Gelegenheit bietet. Er meinte, er verfolge
meine Karriere seit Jahren & bewundere meine Arbeit, besonders
Misfits hat ihn beeindruckt, er hält es für meine beste Leistung (ich auch).
Vater ist inzwischen Witwer. Er denkt daran, sein großes
Haus zu verkaufen. Wer weiß, was uns die Zukunft noch bringt!

Manchmal komme ich mir selbst vor wie eine Witwe. Komisch,
dass es für eine Mutter, die ihr Kind verloren hat, kein Wort gibt.
Jedenfalls nicht im Englischen. (Vielleicht auf Lateinisch?) Es wird
einem mehr genommen als bei einer Scheidung, glaub mir.

Manchmal komme ich mir vor, als reiste ich in der Zeitmaschine,
geht es dir auch so? Aus dieser gruseligen Geschichte,
die du mir vorgelesen hast.

Ach, Mutter, ich will ja nicht klagen, aber –
manchmal ist es schwer, mit dir zu reden!
Am Telefon meine ich. Du gibst dir keine Mühe,
laut genug zu sprechen. Daran wird es wohl
liegen, oder? Letzten Sonntag hast du meine Gefühle verletzt,
als du einfach den Hörer hingelegt hast & weggegangen bist.
Die Schwester hat dich entschuldigt. Ich sagte, nein,
nein, ich machte mir bloß Sorgen, dass du (1) auf mich böse
sein könntest (2) nicht in guter Verfassung.

Aber weißt du, Mutter, du kannst jederzeit hierher kommen &
bleiben, solange du willst. Mit Medikamenten kann man
heutzutage so viel machen. Ich habe hier einen neuen Arzt
gefunden & neue Mittel. Man hat mir »Chloralhydrat«

verschrieben, damit ich schlafen kann & zur Beruhigung der Nerven. ~~Wenn die Stimmen auftreten~~

Der neue Doktor sagt, es gibt jetzt Wundermittel
gegen den »Blues«. Ich sagte, oh, wenn aber
der Blues verschwindet, was ist mit der Musik? Er meinte,
ob denn die Musik das ganze Elend wert sei & ich sagte,
das kommt auf die Musik an & er meinte, ein Leben zu erhalten ist
wichtiger als die Musik, wenn jemand depressiv ist,
ist ihr Leben in Gefahr & ich sagte, es muss einen Mittelweg geben
& ich würde ihn schon noch finden.

Eines Tages werden dich in diesem Haus am Helena Drive
Enkelkinder erwarten, Mutter, das verspreche ich dir.
Wir werden ganz wie andere Amerikaner sein! *Life* hat angefragt,
ob sie MARILYN MONROE in ihrem neuen Heim fotografieren
dürften & ich habe gesagt: Oh, nein, noch nicht, ich habe
noch gar nicht das Gefühl, dass es richtig mir gehört. Ich
habe für euch alle Überraschungen!

(Wer weiß, vielleicht stößt Vater ja zu uns. Das ist mein
geheimer Wunsch. Nun, »es geschehen Zeichen und Wunder«,
sagt man doch.)

Mutter, ich bin SO GLÜCKLICH. Manchmal weine ich, weil ich
allein bin & so glücklich. Ich finde in meinem Herzen
Vergebung für alle, die mich verletzt haben.

Auf einer Kachel neben meiner Haustür steht ein lateinischer Spruch
– CURSUM PERFICIO (was so viel heißt wie
»Ich gelange ans Ziel meiner Reise«).

Mutter, ich hab dich lieb.

In Liebe, deine Tochter

846

Der Präsidialkuppler

Klar war er Kuppler.

Aber schließlich nicht irgendein Kuppler. Er nicht!

Er war der Kuppler *schlechthin*. Der Kuppler *sondergleichen*. Der Kuppler *sui generis*. Der Kuppler mit Ausstrahlung, mit Stil. Der Kuppler mit näselndem britischen Akzent. Der als Präsidialkuppler in die Annalen eingehen würde.

Ein Mann von Format und stolzem Gebaren, der Präsidialkuppler.

Und da stieß ihn eines Tages im März 1962 auf der Rancho Mirage in Palm Springs der Präsident in die Rippen, pfiff leise und meinte: »Die Blondine. Marilyn Monroe?«

Er bestätigte es dem Präsidenten. Monroe, Bekannte eines Bekannten. Eine Wucht, nicht? Nur eben ein klein wenig verrückt.

Nachdenklich fragte der Präsident. »Hatte ich schon das Vergnügen?«

Ein Schelm, der Präsident. Spaßmacher. Schnellmerker. Fernab des Weißen Hauses und der Bürde seines hohen Amtes, hieß es, war der Präsident Zerstreuungen aller Art nicht abgeneigt.

»Wenn nicht, arrangiere mir das. Pronto.«

Der Präsidialkuppler lachte nervös. Er war natürlich nicht des Präsidenten einziger Kuppler, aber es bestand berechtigter Grund zu der Annahme, dass er des Präsidenten bevorzugter Kuppler sei. Mit Sicherheit war er des Präsidenten bestinformierter Kuppler.

Rasch gab er dem heißblütigen Präsidenten zu bedenken, dass ein Verhältnis mit der blonden Sexbombe ein »unverhältnismäßiges Risiko« darstelle. Sie sei eine notorische –

»Wer spricht denn von Verhältnis? Ich rede von einem Rendezvous im Badehäuschen dort hinten. Wenn die Zeit reicht, auch zweien.«

Beunruhigt und sich nur zu deutlich der zahlreichen Augenpaare bewusst, die auf ihnen ruhten, während sie nach dem Essen mit ihren Zigarren am Swimmingpool auf und ab schlenderten, informierte der Präsidialkuppler den Präsidenten mit gedämpfter Stimme darüber, wie es das FBI getan haben würde, hätte man das FBI konsultiert, dessen Akten über MARILYN MONORE alias NORMA JEANE BAKER förmlich überquollen, dass

847

Monroe ein Dutzend Abtreibungen gehabt habe, dass sie kokse, von Benzedrin und Phenobarbitural HMC lebe und ihr allein im Cedars of Lebanon bestimmt ein halbes Dutzend Mal der Magen habe ausgepumpt werden müssen. Das wisse jeder. Stehe in allen Zeitungen. In New York sei sie mit
blutüberströmten aufgeschlitzten Unterarmen nackt und schreiend auf
einer Bahre ins Bellevue getragen worden. Das habe man selbst in Winchells
Klatschkolumne lesen können. In Maine habe sie vor ein paar Jahren eine
Fehlgeburt erlitten oder vielleicht einen missglückten Eingriff vorgenommen, und hatte von Rettungssanitätern aus dem Atlantik gefischt werden
müssen. Außerdem pflege sie Umgang mit bekannten wie mutmaßlichen
Kommunisten.

Unverhältnismäßiges Risiko, oder etwa nicht?

»Du kennst sie, wie?« Der Präsident schien beeindruckt.

Was sollte der Präsidialkuppler da schon anderes tun als ernst nicken. In
vielsagender Filmmanier an seinem Hemdkragen zerren, als gerate er ordentlich ins Schwitzen, was in der Tat stimmte. Des Präsidenten bevorzugter Kuppler war ein angeheirateter Verwandter des Präsidenten, und seine
Frau würde ihm die Hölle heiß machen und vielleicht den Geldhahn zudre-
hen, wenn er es wagte, den Präsidenten mit dem Kurvenstar Marilyn
Monroe bekannt zu machen, einer Suchtkranken, einer mannstollen selbst-
mordgefährdeten Irren.

»Aber nur über ein paar Ecken, Chief. Wer wollte sich da schon näher einlassen? Die Monroe hat es mit sämtlichen Juden Hollywoods getrieben. Sie
hat sich aus der Gosse hochgeschlafen. Hat zwei Jahre lang mit stadtbe-
kannten süchtigen Schwuchteln zusammengelebt und deren reiche Freunde
bedient. Auf die Monroe geht der Witz mit der polnischen Wurst zurück,
Chief, kennst du den?«

Doch der sommersprossige Präsident, jüngster und virilster der amerikanischen Geschichte, hörte kaum hin. Er konnte die Augen nicht von der Frau
lassen, die man Marilyn Monroe nannte und die, einer Schlafwandlerin
gleich, ziellos auf der Terrasse herumirrte, vage lächelnd, dem Augenschein
oder einer sie umgebenden Aura nach von einer solchen Verletzlichkeit, solchen Nicht-ganz-Anwesenheit, dass auch andere Abstand hielten und nur
zusahen. *Es sei denn, sie konnten in meinen Traum sehen?* Die Blonde Darstellerin, mit geschlossenen Augen auf der mondbeschienenen Terrasse am
Rande des glimmernden aquamarinblauen Pools wankend, mit den Lippen
stumm die Worte von Sinatras »All the Way« formend. Das platinblonde

Haar wie Meeresleuchten. Der rotgeschminkte Mund ein vollkommenes saugendes O. Sie trug einen aufreizend kurzen, eng gegürteten, von einem Gastgeber, dessen Name ihr gerade entfallen zu sein schien, geborgten Frotteebademantel; darunter war sie offensichtlich nackt. Ihre schlanken, durchtrainierten Beine waren die einer Tänzerin, nur an den Oberschenkeln zeigten sich die ersten verräterischen weißen Streifen. Ihre Haut selbst war verblüffend weiß, wie die einer blutleer einbalsamierten Leiche.

Der Präsident ließ sie nicht aus den Augen, lauerte wie ein Konfessionsschüler, der es faustdick hinter den Ohren hat. Brachte seinen irischen Bulldozer-Charme Bostoner Prägung in Stellung. Ein Mann, dessen Auffassung von Familiensinn und Freundschaft so kompromisslos war wie seine Feindseligkeit gegenüber allen Widersachern. Immer führte der Präsident die Szene; alle anderen mussten sehen, wie sie sich retten. Der Präsidialkuppler konnte also nur – eindringlicher diesmal, fast flehentlich – wiederholen: »Monroe! Die hat es schon mit Sinatra, Mitchum, Brando, Jimmy Hoffa, Skinny D'Amato, Mickey Cohen, Johnny Roselli und dem roten ›Prinzen‹ Sukarno getrieben, und –«

»Sukarno?« Das machte dem Präsidenten nun wirklich Eindruck.

Der Präsidialkuppler erkannte, dass es kein Halten mehr gab. Das war oft so. Er konnte lediglich bekümmert den Kopf schütteln und, unfein, bemerken, dass der Präsident, sollte er sich tatsächlich mit der Monroe einlassen wollen, gut daran täte, sich zu schützen, denn die Frau habe sich bekanntermaßen mit einer besonders üblen Geschlechtskrankheit infiziert, damals, als sie, um ihren Ex-Ehemann, den linken Juden, vor dem Kongressausschuss für unamerikanische Umtriebe zu retten, nach Washington geflogen sei und es mit McCarthy getrieben habe; das sei allseits bekannt, stehe in allen Blättern …

Der Präsidialkuppler sah selbst blendend aus, ein Mann in den sprichwörtlichen besten Jahren mit grauen Schläfen, klugen Augen voller Selbstekel und nur ein klein wenig lose werdender Kinnpartie. Sein Gesicht sah aus, als wäre es in Milch gedünstet worden. Beim pompösen Gastmahl Trimalchios wäre ihm der Part des weinseligen Bacchus zugefallen, der zwischen den trunkenen Gästen mit efeu- und weinlaubbekränztem Haupt seine Possen treibt, obwohl er ehrlich gesagt (das wusste er selbst) allmählich ein wenig zu alt wurde für die Rolle. Kaum ein Jahrzehnt später würden ihn die geröteten Augen des Trunk-/Tablettensüchtigen und ein an Parkinson gemahnendes Zittern in den Händen verraten, aber noch war es nicht so weit. Der Präsidialkuppler hatte immerhin seinen Stolz! Sollte sich trotz seines Heidenrespekts vor der eigenen Frau nicht zu einer Lüge herablassen. »Um aber deine Frage zu beantworten, Chief, meines Wissens hattest du, was die fragliche Person angeht, Marilyn Monroe, noch nicht das Vergnügen.«

In diesem Augenblick streifte Marilyn Monroe sie wie auf ein Einsatzzeichen hin mit einem nervösen Blick. Als wäre sie ein kleines Mädchen, das nicht weiß, ob es gelitten ist oder nicht, lächelte sie zaghaft. Ein Engelsgesicht! Der Präsident, hingerissen, knurrte dem Präsidialkuppler zu: »Dann arrangiere das gefälligst, verstanden? Pronto.«

Pronto! Der Sprachregelung im Weißen Haus zufolge, bedeutete das *bis spätestens in einer Stunde.*

Der Prinz und die Bettelmagd

Bleibst trotz der Entzauberung du mir gut? Drauf lächelnd der Prinz zu ihr sagt...

Er sagte, er wisse sehr wohl, was es heiße, arm zu sein! bettelarm und in ständiger Angst vor dem Morgen! – nicht er persönlich, natürlich, seine Familie ist bekanntermaßen steinreich, aber zu Zeiten seiner irischen Vorfahren: das bittere Leid unter der Herrschaft der englischen Eroberer. Wie Vieh haben sie uns schuften lassen, sagte er. Uns hungern lassen, sagte er. Mit belegter Stimme. Ich hielt ihn fest. Es war ein kostbarer Moment. Er flüsterte: Schöne Marilyn! Wir können nicht aus unserer Haut, aber im Innersten sind wir Seelengefährten.

Seine Haut grob sommersprossengesprenkelt und heiß wie nach einem Sonnenbrand. Meine glatt und dünn und eierschalenblass und schnell blau, wo mich ein Mann in blinder Lust hart anfasst.

Blaue Flecken, stolz getragen, wie auch Rosen manche Blessur mit Würde hinnehmen.

Unser Geheimnis. Nie werde ich den Namen meines Geliebten preisgeben.

Er wisse, sagte er, was es heiße, einsam zu sein. Trotz der großen Familie, in der er aufgewachsen sei, habe es Einsamkeit gegeben. Dass er mich verstand, rührte mich zu Tränen! *Mich* verstand. Er, als Träger eines so klangvollen amerikanischen Namens. Zu den Auserwählten gehörend. Ich versicherte ihm, ich würde in so tiefer Verehrung zu ihm aufsehen, dass ich nach dieser Nacht nichts weiter von ihm verlangte, als dann und wann an mich zu denken. MARILYNS mit einem Lächeln zu gedenken. Ich empfände Verehrung für seine Familie, sagte ich. Ja, und auch für seine Frau, so schön, so graziös und gewandt, so kultiviert. Er lachte traurig und gestand: Aber sie kann ihr Herz nicht so öffnen, wie du es tust, Marilyn. Ihr fehlt die Begabung zur Freude und deine Wärme, liebste Marilyn.

Wo die Liebe hinfällt!

Manchmal ist es im Nu geschehen. Wenn auch unausgesprochen.

Ich sagte: Nenne mich doch Norma Jeane.

Er sagte: Aber für mich bist du MARILYN.

Ich sagte: Ach, kennst du MARILYN?

Er sagte: MARILYN habe ich schon immer kennen lernen wollen.

Wir lagen eng umschlungen auf dem Haufen gebrauchter Badetücher und Frotteebademäntel, die chlorig feucht den Boden der Badehütte bedeckten. Kicherten wie unartige Kinder. Er hatte eine Flasche Scotch Whisky mitgebracht. Und die ganze Zeit ging wenige Schritte entfernt die Party weiter, Menschen quollen aus dem wunderschönen Glashaus hinaus auf die Terrasse am Swimmingpool. Ich war so glücklich! Wo ich doch keine Stunde zuvor noch so traurig gewesen war! und mir gewünscht hatte, dass ich mich nicht hätte überreden lassen, der Wochenend-Einladung zu folgen, sondern daheim in meinem geliebten kleinen mexikanischen Haus in der Nummer 12305 Fifth Helena Drive geblieben wäre. Und auf einmal so glücklich, kichernd wie ein kleines Mädchen. *Er ist ein Mann, der einer Frau das Gefühl gibt, ganz und gar Frau zu sein. Wie keiner sonst, den ich kenne. Eine historische Figur.* In seinen Armen, meines Prinzen. So hastig und hart und jungenhaft aufgeregt. Trotz seiner Rückenbeschwerden, Fehlbelastung der Wirbelsäule, sagte er, das vergehe wieder, nicht der Rede wert, aber oh, du als Kriegsheld, sagte ich, oh, wie ich dich verehre! Meinen Prinzen. Wir tranken, er führte mir die Flasche an die Lippen, damit ich trank, trank, obwohl ich wusste, ich sollte es lieber nicht, bei dem, was ich an Mitteln schon genommen hatte, aber ich konnte nicht nein sagen, so wenig, wie ich zu seinen Küssen nein sagen konnte; welche Frau hätte zu diesem Mann nein gesagt, einem großen Mann, einem Kriegshelden, einer historischen Figur, einem Prinzen. Und dabei waren seine Hände die eines ungeduldigen Jungen, so hastig! Wir liebten uns abermals. Und noch einmal. Ich wurde von einer Wildheit ergriffen. Ich empfand doch etwas, ein leises Kitzeln der Lust: wie die Flamme, die von einem angerissenen Streichholz hochzüngelt, rasch, flüchtig, fast gleich wieder erloschen, aber man weiß, sie ist da und kann wiederkehren. Wie lange wir heimlich im Badehaus blieben, weiß ich nicht. Wer gesehen haben könnte, dass wir uns verdrückt hatten, weiß ich nicht. Der Schwager des Präsidenten hatte uns miteinander bekannt gemacht; Marilyn, hatte er gesagt, ich möchte Ihnen einen Verehrer vorstellen; dabei hatte ich ihn längst bemerkt, meinen Prinzen, hatte ihn stier zu mir herüberlächeln sehen, diesen Mann, für den die Frauen so schwärmen, dessen Begehren eine Glut ist, die stets Frauen anfachen und löschen, anfachen und löschen werden, sein Leben lang. Ich lachte: plötzlich war ich doch wieder das ›Mädchen von oben‹. Ich war nicht Roslyn Tabor, keine geschiedene Frau. Keine Witwe. Keine Mutter, die um das Kind trauerte, das sie bei einem Kellertreppensturz verloren hatte. Keine Mutter, die ihr Kind getötet hatte. Ich war schon lange nicht mehr das ›Mädchen von oben‹ gewesen, aber in meinem weißen Frotteebademantel und mit meinen nackten Beinen wurde ich wieder zum ›Mädchen von oben‹ über dem U-Bahn-Schacht. (Nein, es wäre mir nicht recht, wenn der Prinz mein wahres Alter erführe – bald sechsunddreißig. Beileibe kein Mädchen mehr.) Er verzog schmerzlich das Gesicht, sein Rücken machte ihm zu schaffen. Ich gab vor, es nicht zu bemerken, nahm aber die obere Stellung ein, passte mich ihm an, meine schon wunde Scheide, den leeren Schoß, den dieser Mann mit seinem so harten, dringlichen Penis, wer weiß? vielleicht füllen könnte; ich ritt ihn so sanft wie möglich, bis er am Schluss meine Hüften packte und seine unter Wimmern und Stöhnen vollführten Stöße so wild wurden, dass ich fürchtete, sein Rücken müsste leiden, wie ich litt, weil seine Hände meine Hüften so eisern umklammerten, und ich flüsterte *Ja, ja, so, gut, so ist gut*, obwohl mir der Schweiß in Strömen übers Gesicht und zwischen den Brüsten hinabbrann, und er biss mir in die Brüste, biss in die Brustwarzen *Fotze* sagte er, stöhnte er, *dreckige Fotze liebe dich du Fotze*; und dann war es vorbei, und ich war ganz außer Atem, und mir tat alles weh, und ich versuchte zu lachen, wie das ›Mädchen von oben‹ lachen würde, ganz natürlich, und hörte mich sagen: Ohhhhh! Du kannst einem ja Angst einjagen! denn das hören die Männer gerne; ich holte tief Luft und sagte: Wenn ich Castro wäre, ohhhh! da würde ich mich aber fürchten; ich war das ›Mädchen von oben‹, das dumme Blondchen und sagte: Hey, wo sind eigentlich die von der Nachrichtenagentur, die dich überallhin begleiten? (denn plötzlich wurde mir klar, dass die Männer in Zivil wahrscheinlich direkt draußen vorm Badehaus Wache hielten, und da stieg Scham in mir auf, und ich hoffte, dass sie nicht zugehört oder schlimmer noch, uns mit irgendwelchen Überwachungsgeräten observiert hatten, wie es sogar bei mir daheim vorkam, wo ich noch bei geschlossenen Jalousien – im Schlafzimmer zudem dickem, schwarzem, an den Fensterrahmen befestigtem Tuch – das Gefühl hatte, ich würde bespitzelt und mein Telefon abgehört), und er lachte und sagte: du meinst Nachrichtendienst, MARILYN, und das gab ein Gelächter! ein Whisky-Gelächter; ich war die Kleine aus North Carolina, die sich einen feuchten Kehricht schert, die tief und dreckig lacht wie ein Mann. Ach, ein herrliches Gefühl. Der heikle Moment war überstanden, als wäre nie etwas gewesen, ich vergaß die Namen schon wieder, die hässlichen, die er mir verliehen hatte, mein Prinz, und bald würde ich vergessen haben, dass ich überhaupt etwas vergessen hatte, am nächsten Morgen würde ich mich

nur an Küsse erinnern, an die kurz wie ein angerissenes Streichholz auf-
glimmende Lust und das Versprechen einer Zukunft. Mein Prinz sagte:
MARILYN, du bist eine wahrhaft komische Frau, das hatte ich bereits
gehört, wie klug, clever, gewitzt, phan-tas-tisch du bist (er kitzelte dabei mit
der Zunge meine Brüste), und ich sagte: Oh, Mr. P-president, weißt du was?
Ich schreibe sogar meine eigenen Texte. Er sagte: Mmmm! Text? bei dir sollte
man eher von einem Gedicht sprechen, MARILYN. Ich strich ihm übers
dichte Haar und sagte: Nenn mich doch Norma Jeane, so nennen mich die,
die mich wirklich kennen, und er sagte: Weißt du, wie ich dich nennen werde,
Baby, wann immer ich Gelegenheit habe? *Pronto!*
    Ich sagte: Mein Pronto! Das passt zu dir, hm?
    Im Badehaus brannte nur eine einzige schwache Lampe. Es war ein klam-
mer, muffiger Ort. Durch die Schlitze eines Ladens sah ich ganz weit oben den
Wüstenmond. Oder war es ein verschwommener Scheinwerfer in der Palme
hinter dem Pool? Eine Wüstennacht! Fast wähnte ich mich wieder in Nevada.
Ich war Roslyn Tabor und in Clark Gable verliebt, der nicht mehr lange zu leben hatte, und es lastete eine schwere Schuld auf mir, weil ich noch mit einem
Mann verheiratet war, den ich nicht liebte. Ich war nicht betrunken, hätte aber
auch nicht unbedingt sagen können, wo ich war. Wo würde ich in dieser Nacht
schlafen und mit wem. Oder müsste ich sie allein verbringen? Und wie sollte
ich wieder nach Hause kommen. Nach Los Angeles, der Stadt aus Sand, nach
Brentwood in die Nummer 12 305 Fifth Helena Drive. Denn immer gab es
diese schreckliche Angst: wie wieder heimfinden? selbst dann, wenn man
weiß, wo man daheim ist. Der Prinz rieb sich sehr geschäftsmäßig mit einem
Handtuch zwischen den Beinen ab und sagte, er hoffe, mich bald einmal wieder zu sehen, er verlasse Palm Springs am Morgen und kehre pronto nach
Washington zurück, aber er werde sich melden, ich sagte: Darf ich dir meine
Geheimnummer geben, Mr. President? und er lachte und meinte: Es gibt keine
Geheimnummern, MARILYN, und ich sagte ganz leise und hauchig wie ein
Schulmädchen, ich könnte jederzeit an die Ostküste fliegen, wenn er es
wünschte, dein Wunsch ist mir Befehl, Mr. President, sagte ich im Scherz und
küsste sein flammendrotes Gesicht, das gefiel ihm, das sah ich; er sagte, ein
Flugschein erster Klasse sei immer drin, und wir könnten uns in einem be-
stimmten Hotel in Manhattan treffen, außerdem komme er gelegentlich nach
Kalifornien, um Geld für seine Partei locker zu machen et cetera, seine
Schwester und sein Schwager hätten ein Strandhaus in Malibu. Ich sagte: Oh
ja, das wäre s-schön. Ach was: himmlisch.

Was mir mein Prinz alles sagte, dieses Geheimnis werde ich niemals preisgeben.

Als er mein Gesicht in die Hände nahm, oh, da hoffte ich, dass ich schön für ihn wäre und nicht schrecklich verschwitzt mit verschmiertem Make-up und dem in die Stirn geklatschten Haar, denn so fühlte es sich an, aber er sprach sehr aufrichtig, es kam von Herzen, das spürte ich, wie bei seinen öffentlichen Auftritten, wenn wir ihm alle zu Füßen lagen; er sagte: An dir ist etwas, was keine andere hat, MARILYN. Keine Frau, die ich kenne. Du lebst für die Berührung. Lebst dafür, dass man dir wie dem Feuer Leben einhaucht. Lebst, um verletzt zu werden, gar! Als würdest du dich der Verletzung öffnen, du gleichst keiner Frau, die ich je erlebt habe, MARILYN! Keine Darbietung auf der Leinwand, kein Standfoto kann deine Seele offen legen, MARILYN, wie du sie mir heute Nacht offen gelegt hast.

Ein letzter Kuss, und mein Prinz war fort.

Der Prinz sollte das Badehaus voll bekleidet verlassen, und die blonde Bettelmagd, bei der er gelegen, würde auf seine Bitte hin erst zehn Minuten später folgen, während jedoch seine Leibwächter nicht auf sie warteten; nur der Präsidialkuppler wartete in diskreter Entfernung auf der gegenüberliegenden Seite des Swimmingpools, und als sie schließlich hervortrat, benommen, wankend, die hochhackigen Schuhe in der Hand, den Frotteebademantel mehr schlecht als recht zugebunden, näherte sich der Präsidialkuppler mit aalglattem Lächeln und sagte: Miss Monroe! Der Präsident hat mich gebeten, Ihnen dies als Zeichen seiner Wertschätzung zu überreichen. Es war eine Rose aus Aluminium (die der Präsidialkuppler als Dekor an einer Weinflasche auf einem Tisch entdeckt und sich ins Knopfloch gesteckt hatte, während er den Wein mitgehen ließ), und es geschah, dass die Weltberühmtheit MARILYN MONROE den Präsidialkuppler anblinzelte, die Kunstrose entgegennahm und strahlte. »Oh! Wie wunderschön.«

Sie sog den blechernen Duft ein und war glücklich.

Verliebte Bettelmagd

Wenn aber der Prinz nun nicht anrief, wie er es doch versprochen hatte?

Wenn sie wartete und wartete und wartete und er sich nicht meldete? Wenn zwar die anderen, die Teil ihres verwickelten, verschwommenen Lebens waren, in den folgenden Wochen anriefen, aber nie er? Dann aber, als sie die Hoffnung fast schon aufgegeben hatte, ein Anruf von einem mysteriösen —— kam (ein Name, der ihr in ihrer Aufregung so gar nichts sagte), direkt (wie sie doch annehmen musste) aus dem Weißen Haus. (Einer aus dem Beraterteam des Präsidenten?) Und kurz darauf der Schwager des Präsidenten in Malibu, der sie übers Wochenende einlud.

Im kleinsten Kreise, Marilyn.

Handverlesen. Nur enge Freunde.

Beiläufig fragte sie: »Und wird – er auch da sein?«

Darauf der Charmeur-Schwager des Präsidenten ebenfalls sehr beiläufig: »Hmmm. Meint, er werde sein Möglichstes tun.«

Marilyn lachte beglückt. »Ah. Was das heißt, weiß ich.«

Ich weiß, dass er viele Frauen hat. Er ist ein Mann von Welt.
Ich bin eine Frau von Welt. Ich bin kein Kind!

Das Wochenende kam, verging im Fluge und war vorbei. Sie konnte sich nur bruchstückhaft wie an Teile einer Filmcollage erinnern. *Widerfährt das wirklich mir? Bin ich das?* Oder war?

Anders als im Film wurde nicht wiederholt. Es gab von jeder Einstellung nur »die erste«.

Was für Schwindel erregende Zeiten, Telefonschrillen, ihre Geheimnummer, der mysteriöse —— (aus Washington), der sie fragte, ob sie abends um 22.25 einen Anruf entgegennehmen könne? Und sie, beglückt lachend, musste sich hinsetzen, weil ihre Knie schwach wurden. »Ob ich z-zu Hause bin? Hmm!« Dann sprach das ›Mädchen von oben‹, naiv, kess. Das süße, witzige ›Mädchen von oben‹, die ihren Text selbst schrieb. »Wie soll ich das vor 22.25 wissen?«

Ein verdattertes Schweigen am anderen Ende. (Oder bildete sie sich das ein?)

Also wartete sie und wartete. Aber es war kein zermürbendes, kein erniedrigendes Warten, es war aufregendes Warten. Warten, das Anlass zur Freude bietet, zu innerem Jubel, den lieben Tag lang strahlendes Lächeln, Singen, Tanzen. Und prompt klingelte um 22.25 tatsächlich das Telefon, und sie hob ab und sagte mit hauchiger Babystimme *H'lo?*

Seine sonore Stimme, unverkennbar. Ihr Prinz.

H'lo? Marilyn? Du gehst mir nicht aus dem Sinn.

Du gehst mir auch nicht aus dem Sinn, Mr. P-wie-Pronto!

Brachte ihn zum Lachen. Herrlich, einen Mann lachen zu hören. Die Macht der Frau liegt nicht im Sex, sondern in der Fähigkeit, einen Mann zum Lachen zu bringen.

Wenn ich nur bei dir sein könnte, Liebste, weißt du, was ich dann täte?

Ohhh. Was denn?

Gelegentlich rief der Schwager des Präsidenten an und schlug vor, er könne doch auf einen Drink vorbeischauen oder sie auf einen Drink einladen, oder zum Essen; sie müssten »vertraulich reden«, meinte er; und sie reagierte sofort: nein, sie denke nicht. Erinnerte sich an die Augen des Mannes, die in Palm Springs auf ihr geruht hatten, taxierend. Keine gute Idee, meinte sie, im Augenblick. Der Schwager des Präsidenten sagte in der gutmütigen Weise desjenigen, dem Eroberungen und Körbe etwa gleichviel bedeuten: Dann vielleicht ein andermal, Schätzchen. Muss nicht heute Abend sein.

Sie hatte davon gehört, dass sie sich die Frauen teilten.

Oder vielmehr, dass die Frauen weitergereicht würden. Modelle, »Starlets«. Vom Prinz-Präsidenten an seine mehreren Brüder, Schwäger, Kumpel.

Und glaubte dennoch: *Mich nicht! Das würde er nicht tun, mich doch nicht.*

Beim letzten Anruf, einem kurzen, atemlosen Gespräch, hatte er schlummrig und sexy geklungen, und er hatte die Zauberworte wiederholt, bei denen sie sich nicht mehr sicher war, ob sie sie sich eingeredet oder vor langer Zeit in einem ansonsten vergessenen Film gehört hatte. *An dir ist etwas, was keine andere hat. Keine Frau. Lebst für die Berührung. Wie Feuer. Gleichst keiner Frau, die ich je erlebt habe, Marilyn!*

Sie dachte, es könne wahr sein. Oh, dachte vor allem, er dächte, es wäre wahr! *So gut wie eine Liebeserklärung. Nur mit anderen Worten.*

Die Bettelmagd wartete. Wartete vor Ergebenheit treu.

Es erreichte sie die Nachricht, dass Cass Chaplin im Krankenhaus sei. Einer Entgiftungsklinik in Los Angeles. Eine Stunde lang trieb es sie um, war sie kurz davor, zum Hörer zu greifen, sich zu erkundigen. Dachte dann: *Nein, es geht nicht. Ich darf mich nicht mit ihnen einlassen. Jetzt schon gar nicht.* Sie fragte sich, ob Cass und Eddy G. immer noch liiert wären.

Meine Güte, wie die beiden ihr fehlten. Ihre Zwillingsliebhaber. Zwei langweilige Ehen mit anständigen heterosexuellen Männern hindurch.

Die schönen Jünglinge Cass und Eddy G! Sie war ihre Norma gewesen, ihr Mädchen. Sie hatte alles getan, was die beiden von ihr verlangten. Vielleicht hatten die beiden sie hypnotisiert. Und wenn sie bei ihnen geblieben wäre und ihr Kind bekommen hätte? Sie hätte trotzdem als »Marilyn Monroe« Karriere machen können. Ach, so lange her. Das Kind wäre jetzt acht. *Unser Kind. Nur verdammt.* Sie konnte sich nicht entsinnen, weshalb Baby gestorben war, weshalb Baby hatte sterben müssen, weshalb Marilyn es getötet hatte. Wenige Monate zuvor hatte sie im Klatschblatt *Tatler* ein Foto von Cass Chaplin gesehen und war erschrocken, wie sehr ihr ehemaliger Liebhaber gealtert war, dunkle Tränensäcke unter den Augen, tiefe Einkerbungen in den Mundwinkeln. Seine Schönheit dahin. Das Blitzlicht hatte ihn im Zorn erwischt, mit erhobener Faust, den Mund zum unflätigen Fluch verzerrt.

Doch jetzt habe ich einen würdigen Liebhaber. Einen Mann, der meinen Wert kennt. Einen wirklichen Seelengefährten.

Ach, selbst wenn alles bloß irisches Gesäusel war, und das war es, da machte sie sich nichts vor, zu neunzig Prozent jedenfalls, dann war es immerhin Prinzengesäusel und nicht das Gestammel eines Hollywood-Gestrauchelten.

Wie seltsam! Als Antwort auf den mit solcher Zuneigung verfassten Brief an Gladys erhielt sie eine maschinengeschriebene Botschaft, bei der sich die Wörter alle in der Mitte des vielfach gefalteten Zettels drängten:

> Schämst du dich nicht, Norma Jeane; ich habe von Clark Gable gelesen es heißt, du hättest ihn umgebracht, zu seinem »letzten, tödlichen Infarkt« beigetragen Selbst die Schwestern widert es an. Von denen habe ich es erfahren.

Doch eines Tages, wenn ich ins Weiße Haus gebeten werde, könnte Mutter mich begleiten. Dann sähe die Welt für sie wie für jede amerikanische Mutter anders aus.

Sie ging jetzt zu einem Psychiater. Sie ging in die Analyse. Sie ließ sich von einem »Medium und Heiler« in West Hollywood beraten. Zweimal in der Woche suchte sie einen Physiotherapeuten auf. Sie lernte Yoga. Manchmal rief sie in den endlosen Nächten, wenn sie wusste, dass sie es sich nicht leisten konnte, Chloralhydrat für mehr als ein paar Stunden Schlaf einzunehmen, einen Masseur an, der in Venice Beach lebte. In ihrer Vorstellung war er einer der Wellenreiter, die Norma Jeane einst vor dem Ertrinkungstod gerettet hatten. Ein Hüne, der Krafttraining betrieb. Und doch sanft war. Wie Whitey verehrte auch Nico sie, ohne sie zu begehren; ihr Körper war in seinen Augen Werkstoff: wie Ton, den es zu kneten, zu formen galt – gegen ein entsprechendes Honorar.

»Wissen Sie, was ich mir wünschen würde, Nico? – ich wünschte, ich könnte meinen Körper Ihnen überlassen. Und selbst – ach, irgendwohin – gehen – wo ich *frei* wäre.«

Sog den blechernen Duft ein und war glücklich. Kehrte aus Palm Springs nach Brentwood zur versteckten Hacienda in der Nummer 12 305 Fifth Helena Drive zurück (ein seltsamer Name! sie hatte die Maklerin danach gefragt, aber die Frau hatte ihr weiter nichts sagen können), sie stellte die Silberfolienrose in eine Kristallvase und platzierte die Vase auf dem weißen Steinway-Pianino, wo sie selbst im Halbdämmer glimmte. Die Rose. Seine Rose! Weil sie aus Silberfolie war und nicht echt, würde sie nie verrotten und sterben; sie könnte sie für immer als Andenken an die Liebe des großen Mannes bewahren. Er würde seine Frau natürlich nie verlassen. Die katholische Familie, seine Erziehung. Ich würde es nicht erwarten. Er ist eine historische Figur. Anerkannter Führer der freien Welt. Der in Vietnam Krieg führte. (Ganz in der Nähe von Korea! Wo MARILYN MONROE so famos die Truppen unterhalten hatte.) Kuba fast angegriffen hätte. Oh, der Präsident war ein gefährlicher Mann, den man sich lieber nicht zum Feind machte. Sie war stolz auf ihn, freute sich für ihn. Ständig in den Zeitungen und im Fernsehen. Die männliche Welt von Geschichte und Politik, die Welt unablässigen Haders. Und die Lust an diesem Hader. Was war denn die Politik anderes als die Fortsetzung des Krieges mit anderen Mitteln. Das Ziel: den Feind zu besiegen. Das Überleben der Tüchtigsten. Natürliche Zuchtwahl. Die Achillesferse des Mannes ist die Liebe. Die blonde Marilyn hätte ihrem Pronto gern gesagt: *Hey, versteh ich doch.*

Die Silberfolienrose war es, die sie zum Pianino hinzog. Die sie verleitete, sich in ihrem stillen, gegen die unbarmherzige Sonne verschlossenen Haus an die Tasten zu setzen. Zaghaft, schüchtern Akkorde anzuschlagen. Nach Art derjenigen, die nach einer langen Pause fürchtet, ihre bescheidene Fertigkeit eingebüßt zu haben. »Für Elise« hatte sie in Wirklichkeit nie spielen können und sollte es nie. Noch schlimmer aber war die Angst, das motorische Erinnerungsvermögen in den Fingerspitzen könne in ihrem Kopf Erinnerungen an eine verlorene Zeit auslösen, die zu schmerzlich wären, um daran zu rühren. *Mutter? Was wolltest du von mir, was ich dir nie geben konnte? Wie habe ich dich enttäuscht? Ich habe mir solche Mühe gegeben.* Sie fragte sich, ob ihre Kindheit, hätte sie für Mr. Pearce nur besser gespielt und für die arme Jess Flynn nur besser gesungen, anders verlaufen wäre? Vielleicht war ihr elender Mangel an Begabung mit ein Grund für Gladys Mortensens Wahnsinn gewesen. Vielleicht war Gladys daran irgendwie zerbrochen.

Und doch schien Gladys sie von aller Schuld freigesprochen zu haben. *Es kann schließlich niemand etwas dafür, dass er geboren ist, oder?*

Sie war dennoch optimistisch. In diesem Haus, ihrem ersten eigenen Heim, würde sie wieder Klavier spielen. Sie würde, bald, wieder Unterricht nehmen. Sobald sie ihr Leben besser geordnet hätte.

Wartete auf den Ruf des Prinzen. Nun, warum nicht?

Fast ohne zu wissen, was sie in diesem Frühjahr tat, übernahm sie, aus einer Laune heraus, die Rolle in einem neuen Film. Die Produktionsgesellschaft drängte. Ihr Agent drängte. Zur Zeit ihrer Scheidung hatte sie mit Max Pearlman die Möglichkeit eines Auftritts in einem Stück des New York Ensemble erörtert, nicht dem *Flachsblonden Mädchen*, aber vielleicht Ibsens *Puppenheim* oder Tschechows *Onkel Wanja*, doch dann schien sie sich, zu Pearlmans Enttäuschung, einfach nicht festlegen zu wollen. Wenn sie darüber sprachen, war sie Feuer und Flamme, voll jugendlichen Überschwangs, dann vergingen jedoch Wochen, und er hörte weder von ihr noch von Holyrod; wenn er anrief, riefen sie selten zurück; das Projekt verlief im Sande. *Weil ich zu viel Angst habe. Ich kann nicht vor ein lebendes Publikum hintreten.* In einer geträumten Theateraufführung war sie vor Angst so gelähmt, dass ihre Blase sich unwillkürlich entleerte und sie vom Bettnässen erwachte.

»Oh Gott. Alles, nur *das* nicht.«

Eingedenk des Uringestanks von Gladys' Matratze in Lakewood.

Und vor lauter Gedankenwirrwarr würde sie meinen, sich erinnern zu können – als wäre es tatsächlich geschehen –, dass sie sich in einem Probenraum in New York besudelt hatte. »Huch! ich s-stand auf, und mein Kleid war hinten ganz nass und klebte mir an den Schenkeln. Ohhhh.«
Diese ›Mädchen-von-oben‹-Geschichte würde sie im Weißen Haus nicht erzählen.

Ein Rendezvous. So romantisch! Nicht in Kalifornien, sondern in New York, anlässlich eines Besuchs des Präsidenten. *Selbstverständlich streng geheim*, wurde ihr bedeutet.

Ja, aber sie musste doch arbeiten. Sie hatte nie einen reichen Mann geheiratet, sie hatte immer aus Liebe geheiratet. *Jede meiner Ehen, aus Liebe. Aber ich gebe nicht auf. Doch, ja, ich würde das Wagnis wieder eingehen!* Sie musste arbeiten, sie konnte nach dem Misserfolg von *Misfits – nicht gesellschaftsfähig* (*Nicht marktfähig* sagte Z) keine Ansprüche stellen. Ihrem Agenten sagte sie: »Aber Roslyn Tabor war doch meine größte schauspielerische Leistung, oder nicht? Alle sagen es«, und Rin Tin Tin ließ sein bellendes Lachen hören, das man, wenn man Hollywood nicht kannte, für belustigt hätte halten können, und sagte in seinem vernünftigen Agenten-Ton: »Ja, Marilyn. Alle sagen es«, und sie darauf: »Aber Sie finden nicht? Finden Sie nicht?«, und Rin Tin Tin erwiderte in dem neuen Tonfall, den sie seit *Misfits* von ihm häufiger zu hören bekam, als lasse er sie lieber in dem Glauben: »Was ich finde, liebe Marilyn, ist unerheblich. Entscheidend ist, was Millionen Amerikaner finden, die wie Herdenvieh anstehen, um an der Kinokasse ihre Eintrittskarten zu erwerben. Oder eben nicht anstehen«, worauf sie gekränkt sagte: »Aber *Misfits* ist doch gar nicht so schlecht gelaufen, oder? Wissen Sie, wer den Film gesehen hat? Und b-begeistert war? Der Präsident der Vereinigten Staaten! Denken Sie nur!«, und Rin Tin Tin sagte: »Der Präsident hätte ein paar Freunde einladen sollen«, und sie: »Was soll das heißen? Oh, was wollen Sie damit s-sagen?«, und Rin Tin Tin lenkte ein und sagte in fast menschlichem Ton: »Marilyn, meine Liebe, der Film ist nicht so schlecht gelaufen. Nein. Für einen Film ohne Marilyn Monroe wäre er sogar sehr gut gelaufen«, und *was das bedeuten solle*, fragte sie nicht, weil sie genau wusste, was das bedeutete. An ihrem Daumennagel kauend, das Gesicht rot, als hätte man sie geohrfeigt, sagte sie: »Es bleibt sich also gleich, wie? Ich kann ›spielen‹, die Leute räumen es ein. Aber es bleibt sich gleich. Jahrelang haben die Leute Marilyn als blondes Gift ohne einen Funken Talent geschmäht, jetzt schmähen sie Marilyn, weil die Kasse nicht klingelt, wie? Als Kassengift!«, und ein erschrockener Rin Tin Tin beeilte sich zu sagen: »Marilyn, aber nicht doch. Sagen Sie so etwas nicht, man weiß nie, wer vielleicht mithört.« (Sie sprachen am Telefon. Sie in ihrem Hacienda-Versteck hinter Jalousien, die des grellen Lichts wegen geschlossen blieben.) »Marilyn Monroe ist *nicht Kassengift*«, und Rin Tin Tin machte eine vielsagende Pause, sodass sie ein unausgesprochenes *noch nicht* mitschwingen hörte.

Auf dem Kaminsims in ihrem verschatteten Wohnzimmer standen zwei zierliche Statuetten. Eine von der französischen Filmindustrie, die andere von der italienischen. MARILYN MONROE für ihre große schauspielerische Leistung in *Der Prinz und die Tänzerin* verliehen. (»Ach, warum ›ehren‹ sie mich *dafür*? Warum nicht für *Bus Stop*? Verdammt!«) Aber nie hatte sie in den Vereinigten Staaten für ihre Schauspielkunst eine Auszeichnung erhalten. Nicht einmal eine Oscar-Nominierung für *Bus Stop* oder *Misfits*. Was die Produktionsgesellschaft nun billigerweise verlangte (wie Rin Tin Tin ihr auseinanderlegte, es sei denn, es war der fledermausköpfige Z, der es auseinanderlegte), war die Rückkehr zu todsicheren MARILYN-MONROE-Sex-Komödien wie *Manche mögen's heiß* oder *Das verflixte 7. Jahr*, denn warum sollten die Amerikaner ihr sauer verdientes Geld für trübe Filme ausgeben, die nur deprimierten? Filme, die ihrem eigenen verpfuschten Leben glichen? Warum durfte man nicht mal herzlich lachen? Warum sollte einem nicht ein bisschen schwül werden? Hä? Blonde Bombe in Szenen, wo ihr die Kleider halb vom Leib rutschen, wo Luftzüge ihr den Rock um die Scham wehten. Bei diesem Topangebot *Something's Got to Give* würde es hautenge Kleider geben und eine hohlköpfige Blondine, die nackt beim Schwimmen fotografiert würde. Phan-tas-tisch!

Hey, ich spiele für mein Leben gern. Wirklich, das Schauspiel ist mein Leben! Nie glücklicher, als wenn ich spielen kann statt leben.
   Oh, was sage ich da? Na ja, Sie wissen schon, was ich meine.
   (Wovor ich mich dann fürchte? Ich werde mich nicht fürchten.)

Also nahm sie die Rolle an. Sofort gab die Produktionsgesellschaft entsprechende Pressemeldungen heraus! Hurra! MARILYN MONROE kehrt zurück, arbeitet an einem neuen Film. Erst da las sie das Drehbuch von

Something's Got to Give, das ihr von einem verschwitzten jungen Burschen mit Oberlippenbart per Fahrrad an die Tür geliefert wurde, setzte sich an den Swimmingpool (der mit Palmwedeln, toten Käfern und Schlieren, die an menschliches Sperma erinnerten, bedeckt war), las also das Drehbuch und konnte sich eine Stunde später an kein Wort mehr erinnern. Eine Aneinanderreihung von Klischees. Idiotischen Dialogen. Sie war sich nicht einmal im Klaren, welche Rolle man ihr zugedacht hatte. Der Name änderte sich alle paar Seiten. »V-vermutlich ist Marilyn der Lockvogel für die Geldgeber?« Sie sprach diesmal von Angesicht zu Angesicht mit Rin Tin Tin, einem in die besten Jahre kommenden Mann mit Bauchansatz, schmollfischigen Hängebacken und Augen, die er zusammenkniff wie sie die ihren. Der ihr eröffnete, dass sie doch nichts weiter tun müsse, als im Tonatelier aufkreuzen und den Text runterbeten, den sie ihr vorlegten, ohne sich und alle Welt mit endlosen Einstellungen an den Rand eines Nervenzusammenbruchs zu treiben. »Einfach nur antanzen, sexy und witzig sein, wie es Marilyn immer war, und sich ansonsten ein schönes Leben machen, was wäre daran so schlimm?« Hörte sich wutentbrannt sagen: »Ah ja? Nun, es gibt Scheiße, die selbst Marilyn nicht frisst.«

Hörte sich, als sie am nächsten Morgen die Nummer des Agenten wählte, sagen: »Na ja, vielleicht. Weil ich das Geld brauche, irgendwie?«

Nie sollte ihr das Ganze besonders wirklich vorkommen. Der letzte Film, in dem MARILYN MONROE mitwirkte.

Der Präsident und die
Blonde Darstellerin: Das Rendezvous

In der Woche nach Ostern 1962 erging der Ruf!

»Habe ich je an ihm gezweifelt? Habe ich nicht.«

Bitte kleiden Sie sich unauffällig, Miss Monroe, wurde ihr gesagt. Eine Männerstimme, unbekannt, am Telefon. Es hatte eine Reihe von Telefonbotschaften gegeben, manche sehr eindeutig, andere verschlüsselt. Sie ahnte, dass sie sich auf das größte *und ergreifendste Abenteuer meines Lebens als Frau* begab. Sie hatte sich ganz allein auf ihren Auftritt vorbereitet. Ohne Maskenbildner, ohne Kostüm aus der Funduskammer. Sie hatte sich (bei Saks, Beverly Hills auf Kredit) eine neue Garderobe in dezentem, cremeweiß abgesetzten melierten Lila zugelegt, ihr platinblondes Haar war frisch getönt, aber fast ganz unter einer modischen Glocke verborgen. Nur der Lippenstift war leuchtend, aber soll nicht Lippenstift auch leuchten? Optisch ein Lorelei-Lee-Look, aber auftreten würde sie mit Noblesse, *wie es sich für die Freunde des Präsidenten ziemte, eines amerikanischen Aristokraten zumal.* Doch den Herren vom Nachrichtendienst, ihren Begleitern, geriet pikierte Missbilligung rasch zu Empörung und Ekel. »Was haben Sie denn erwartet? Mutter Teresa?«

Sie war das ›Mädchen von oben‹, die ihren eigenen Text schrieb. Manchmal jedoch lachte niemand: man schien sie nicht einmal zu hören.

Die Herren vom Nachrichtendienst waren Dick Tracy und Wiehießernochgleich, dieser kleine Kerl mit der Frau namens Maggie – ach ja: Jiggs. Komische Eskorte, die Marilyn Monroe da zu ihrem heimlichen Rendezvous im vornehmen C Hotel an der Fifth Avenue in Manhattan brachte!

Sie rief sich zur Ordnung: *Diese Männer haben ihr Leben der Sicherheit des Präsidenten geweiht. Wenn Kugeln fliegen, werden sie seinen Körper mit dem ihren schützen.*

In wenigen Stunden von Los Angeles nach New York zu fliegen heißt durch die Zeit nach vorn katapultiert werden. Wenn du jedoch am Tage deines Aufbruchs nach wenigen Stunden dort ankommst, hast du das Gefühl, in der Vergangenheit angekommen zu sein. Vor Jahren?

Mein Manhattan-Leben. Eheleben. Wann?

Sie dachte nicht mehr an den Bühnenautor. Einen Mann, mit dem sie fünf Jahre zusammengelebt hatte. Ihr Agent hatte ihr eine aus der *Variety* herausgerissene Seite geschickt, eine – mit Einschränkungen – positive Besprechung vom *Flachsblonden Mädchen*. Sie legte sie weg, als sie das *Was bei dieser löblichen Inszenierung fehlt, ist eine wirklich packende Magda. Um die Rolle glaubwürdig spielen zu können, wäre eine…*

In Manhattan schlugen vereinzelt schon die Gingkobäume aus, und an der Park Avenue blühten herrliche Narzissen und Tulpen, aber *kalt* war es! Die Blonde Darstellerin traf dieser Affront gegen ihr kalifornisches Blut unvorbereitet; sie hatte für ihre romantische Stippvisite in Manhattan die falsche Garderobe mitgebracht. In New York herrschte eine andere Jahreszeit. Sogar das Licht war anders. Sie fühlte sich angegriffen, desorientiert. *Aber Frühjahr ist doch April, oder nicht?* und als sie ihren Fehler bemerkte *April ist doch Frühjahr, meine ich, oder?* In der gepanzerten Limousine glitten sie lautlos über die Park Avenue nach Norden, und der bulligere der beiden Herren vom Nachrichtendienst, der humorlose Kerl mit dem markanten Kinn, der sie an Dick Tracy erinnerte, sagte gereizt: »Es *ist* Frühling, Miss Monroe.«

Hatte sie laut gesprochen? Wenn, dann unabsichtlich.

Der andere Nachrichtendienstler, gedrungen, schwammig, mit nichtssagendem Kartoffelgesicht und leeren weißen Augen, Jiggs zum Verwechseln ähnlich, nagte an seiner Unterlippe und blickte grimmig geradeaus. Es waren Polizisten in Zivil. Möglicherweise passte ihnen der heutige Dienst am Präsidenten nicht. Die Blonde Darstellerin hätte es ihnen gern erklärt. »Es geht nicht nur um eine Bettgeschichte. Beim Präsidenten und mir. Sex spielt nur eine untergeordnete Rolle. Wir sind Seelenverwandte.« Der Fahrer der Limousine war offenbar ebenfalls vom Nachrichtendienst, er machte unter seinem Filzhut eine ebenso grimmige Miene wie die anderen. Er hatte Miss Monroe am Flughafen mit einem knappen Nicken begrüßt. Er ähnelte in verblüffender Weise der Comic-Figur Jughead.

Oh, manchmal ist es richtig beängstigend! Wie Comic-Figuren die Welt bevölkern.

Am Tag zuvor hatte die Blonde Darstellerin per Fahrradboten ihren Flugschein erster Klasse erhalten (auf eine gewisse »P. Belle« ausgestellt, was, so hatte es ihr der Schwager des Präsidenten stellvertretend erklärt, so viel hieß wie »Prontos Schöne«), und während des Fluges von der West- zur Ostküste hatte sie sich des Eindrucks nicht erwehren können, dass der Pilot und seine

Besatzung sich über ihre Verbindung mit dem Weißen Haus im Klaren waren. »Nicht nur, weil ich ›Marilyn‹ war. Sondern dieser besondere Tag. Dieser besondere Flug.« Im Überschwang der Freude schien es ihr fast so, als müsse das Flugzeug einfach abstürzen! Tat es aber nicht. Der Flug war streckenweise etwas unruhig, aber sonst ereignislos. Oh, es gab Dom Perignon, Miss Belle. Speziell für Sie, Miss Belle. Man hatte ihr ganz vorne in der ersten Klasse zwei Sitzplätze zugewiesen. Sie fürstlich behandelt. Die Bettelmagd als Goldene Prinzessin. Oh, sie war ganz gerührt. Eine Stewardess umsorgte sie, achtete darauf, dass niemand die Blonde Darstellerin belästigte, die inkognito reiste und sich Träumereien vom *Rendezvous* hingab. *Mit ihm.* Sie hatten in den vergangenen Wochen nur dreimal miteinander telefoniert, und immer nur kurz. Wäre der Präsident nicht ständig in den Zeitungen abgebildet und im Fernsehen zu sehen gewesen (und sie sah jetzt allabendlich fern), hätte sie sich womöglich nicht einmal erinnern können, wie er aussah; denn im Zwielicht des Badehauses (Bing Crosbys Palm-Springs-Anwesen am Golfplatz, war es dort gewesen?) hätte er jeder x-beliebige virile Mann beginnenden mittleren Alters mit einem netten jungenhaften amerikanischen Gesicht und einem ungezügelten Appetit auf Sex sein können. Am Morgen hatte sie bescheidene Dosen Meprobamat, Natriumamytal und Kodein eingenommen (eine nur, weil sie sich leicht fiebrig vorkam). Es war dies eine Phase in ihrem Leben – und sie hätte einen Eid geschworen, dass es eine Phase bleiben werde –, da sie gleichzeitig zwei, drei oder sogar vier Ärzte konsultierte, die vermeintlich von den Verschreibungen ihrer Kollegen nichts wussten. *Nur, damit ich schlafen kann, Doktor! Ach, nur, damit ich morgens besser hochkomme. Zur Beruhigung meiner angeknacksten Nerven.*

Aber nein, Doktor, ich trinke doch nicht.

Esse auch kein rotes Fleisch, das schlägt mir auf den Magen.

Bei der Landung in LaGuardia war sie, auf unsicheren Beinen, als Erste ausgestiegen. »Miss Belle? Gestatten Sie?« Eine Stewardess half ihr durch die röhrenartige Rampe vom Flugzeug in den Terminal, wo sie zwei finster dreinblickende Männer in Rayonanzügen mit Filzhüten ohne auch nur ein Lächeln empfingen, und da stieg Panik in ihr auf. *Bin ich verhaftet? Was wird aus mir?* Sie gab also tumb lächelnd das ›Mädchen von oben‹. Ihre Hände zitterten, fast ließ sie ihre kleine Reisetasche fallen, der größere der Nachrichtendienstler nahm sie ihr ab. Die Herren sagten so gepresst »Miss Monroe«

und »Ma'am« zu ihr, als falle ihnen das selbst ihrer Schutzbefohlenen gegenüber schwer. Beredt wurden Polizistenaugen von ihrem fuchsiaroten Mund und dem üppigen Busen abgewendet, missbilligend, die kaltschnäuzigen Armleuchter. *Pah! ihr seid ja bloß neidisch. Auf euren Boss. Weil der ein ganzer Kerl ist!* Aber sie war fest entschlossen, zuckersüß zu sein. Auf die liebenswert sonnige Art des ›Mädchens von oben‹ drauflos zu plappern, während die schweigenden Männer sie zügig durch den Flughafen (und im Slalom an etlichen verwundert stehen bleibenden Fluggästen vorbei) zur wartenden Limousine eskortierten. Einem schwarzglänzenden Panthertier, das einem Dutzend Fahrgäste hätte Platz bieten können. »Ohhh. Der Wagen ist doch wohl kugelsicher, hoffe ich?« Sie lachte nervös. Lehnte sich in die luxuriösen Polster zurück und zog sich den Rock züchtig über die Knie, ganz weiblich parfümierte Aufregung, während links und rechts die Herren die Fensterplätze einnahmen. Sie fragte sich, ob der Präsident wohl angeordnet hatte, auch ihr Körper sei vor Kugeln zu schützen? Gehörte das bei einem präsidialen Ruf dazu? »Oh, so verhätschelt; da komme ich mir direkt vor wie ein R.I.P.« – sprach's und lachte nervös ins männliche Schweigen – »ach, ich meine natürlich V.I.P. Das meine ich doch?«

Jiggs mit dem schwammigen Gesicht grunzte und brachte damit möglicherweise Belustigung zum Ausdruck. Vielleicht auch nicht. Dick Tracy zeigte ihr sein Profil und schien nicht zu hören.

Sie dachte *Diese Männer. Alle drei. Sie tragen Waffen!*

Nun, sie war gekränkt. Ein bisschen. Denn ganz offensichtlich missbilligten die Männer ihr wunderschönes figurbetontes, lila meliertes, cremeweiß abgesetztes Kostüm aus Kaschmirstrick von Saks in Beverly Hills mit dem runden Dekolleté. Ihre Tänzerinnenbeine. Die vorn ausgeschnittenen Pumps aus Alligatorleder mit den hohen Absätzen. Ihre Finger- und Zehennägel hatte sie dezent perlmuttschimmernd lackiert. Leuchtend fuchsiaroter Lippenstift, blond-blondes Haar und das unverwechselbare Marilyn-Schimmern ihrer unnatürlich weißen Haut, wie eine weiß gekalkte Wand in tropisch flirrender Hitze. Doch diese Männer missbilligten sie als Frau, als Person und als historische *Tatsache.* Sie konnte nur hoffen, dass sie nichts verkehrt machte und die Herren nicht ihre Waffen zogen und sie umlegten?

Wie sehr doch Männer, die sie ohne Begehren betrachteten, die Blonde Darstellerin noch in ihrem sechsunddreißigsten Jahr auf der Höhe ihres Ruhms verunsichern konnten. *Warum nur? Wenn ich euch doch so lieben könnte.*

867

Ohne ihrem Blick zu begegnen, erklärte Dick Tracy der Blonden Darstellerin mit einer kleinlichen kalten Zufriedenheit, dass der Präsident überraschend habe umdisponieren müssen und somit auch sie umdisponieren müsse. Eine Krise zwinge ihn zur Rückkehr ins Weiße Haus, am Nachmittag müsse er abfliegen. Er werde daher leider doch nicht in New York übernachten können. »Hier haben Sie einen Flugschein« – er reichte ihr das Heftchen – »für die Abendmaschine nach Los Angeles, Ma'am. Ein Taxi wird Sie vom Hotel nach LaGuardia bringen, Ma'am.« Trotz des Brausens in ihren Ohren war die Blonde Darstellerin in der Lage, sich ganz vernünftig und wie zum Trost zu sagen *Mein Geliebter ist kein Privatmann, er ist eine historische Figur.* Laut murmelte sie lediglich: »Ich verstehe.« Ganz konnte sie ihre Überraschung nicht verhehlen, ihre Kränkung. Enttäuschung. Auch das ›Mädchen von oben‹ war schließlich ein Mensch, oder? Doch die Genugtuung, Dick Tracy nach der Art der Krise zu fragen, um sich dann sagen lassen zu müssen, das sei Geheimsache, die gönnte sie ihm nicht.

Die Limousine bog in eine Seitenstraße. Fuhr Richtung Central Park. Sie hörte eine kindliche Stimme fragen: »S-sie können mir wohl nicht verraten, worum es geht? Bei der Krise? Doch hoffentlich nicht ein A-atomkrieg? Irgendwas Schlimmes mit der Sowjetunion!«, und prompt sagte Dick Tracy, allerdings ganz sachlich und ohne hörbare Schadenfreude: »Miss Monroe. Tut mir leid. Das ist Geheimsache.«

Eine weitere Enttäuschung: Die Limousine hielt nicht direkt vor dem altehrwürdigen Hotel C an der Fifth Avenue, sondern an einem Hintereingang, in einer schmalen Gasse an der Rückseite des New Yorker Wahrzeichens. Die Blonde Darstellerin bekam einen Regenmantel ausgehändigt, den sie über ihr Kostüm ziehen sollte, einen billigen, kunststoff-zerknautschten schwarzen Überzieher mit Kapuze, unter dem Glocke und Haar verschwänden; sie kochte innerlich vor Wut, spielte jedoch mit, denn das Ganze entwickelte sich langsam zur vertrauten Filmsequenz aus einer harmlosen Slapstickkomödie, und da währte doch keine Szene länger als fünf Minuten. Oh, könnte sie nur diesen eiskalten Männern entrinnen und sich in die Arme ihres Geliebten werfen! Als Nächstes reichte ihr Jiggs ein Papiertaschentuch und forderte sie auf, sich bitte die »rote Schmiere« von den Lippen zu wischen; das lehnte sie empört ab. »Ma'am, Sie können sich die Lippen drinnen nachschminken. So grell Sie wollen.« »Kommt gar nicht in Frage«, sagte sie. »Lassen Sie mich jetzt bitte aussteigen.« Sie entnahm allerdings ihrer Handtasche eine Sonnenbrille mit sehr dunklen Gläsern, hinter denen ihr Gesicht zur Hälfte verschwand.

Jiggs und Dick Tracy berieten sich mittels kurzer Grunzlaute und gelangten offenbar zu dem Schluss, dass ihre Schutzbefohlene ausreichend getarnt sei, um gefahrlos die verbleibenden zwanzig Schritt zurückzulegen, denn sie entriegelten die Türen der Limousine, stiegen witternd aus und schoben die Blonde Darstellerin in ihrem absurden Kapuzenregenmantel durch einen Hintereingang in die brausende Abzugsluft ranziger Kochdünste, von dort wurde sie rasch in einen Lastenaufzug bugsiert und knarzend in den sechzehnten Stock ins Penthouse befördert, wo die Aufzugtür aufglitt und man sie erneut hastig weiterdrängte: »Miss Monroe, Ma'am« – »Bitte, hier entlang, Ma'am«. Sie sagte: »Ich kann allein gehen, danke. Ich bin schließlich kein Krüppel« – obwohl sie auf ihren hohen Absätzen etwas kippelte. Es waren italienische Schuhe, die teuersten Schuhe, die sie je besessen hatte, mit Ausschnitten für den großen Zeh.

Die Herren vom Nachrichtendienst klopften an die Tür der so treffend benannten Präsidentensuite. Plötzlich bemächtigte sich leises Unbehagen der Blonden Darstellerin. Bin ich nur Frischfleisch, eine neue Lieferung? Zimmerservice? Aber sie konnte wenigstens den Regenmantel loswerden und reichte ihn ihren Begleitern; die Slapsticksequenz war im Kasten. Die Tür wurde von einem weiteren Pokergesicht-Agenten geöffnet, der sie alle mit einem militärisch knappen Nicken und einem in ihre Richtung gebellten – »Ma'am!« – einließ. Die neue Szene nahm einen kuhschwänzigen Verlauf, als rempelte jemand die Kamera. Die Blonde Darstellerin durfte das Bad benutzen – »Für den Fall, dass Sie sich etwas frisch machen wollen, Miss Monroe« –, und dort, in einer üppig in Gold und Marmor gehaltenen Abseite, prüfte sie ihr Make-up, das sich noch ganz gut machte, und ihre Augen, ihre großen treuherzig staunenden kristallblauen Augen, in denen das Weiße immer noch von zig geplatzten Äderchen gerötet war, die schlecht verheilten, und die sehr feinen weißen Krähenfüße, die im sanften Licht eines Schlafzimmers vom Liebhaber hoffentlich unbemerkt blieben. Der Präsident würde am 29. Mai 1962 fünfundvierzig; die Blonde Darstellerin am 1. Juni 1962 sechsunddreißig; sie war eine Idee zu alt für ihn, eigentlich, aber vielleicht wusste er es nicht? Denn Marilyn sah doch gut aus! für die Rolle goldrichtig! mit Parfum betupft und herausgeputzt und hergerichtet und der ganze Körper glatt rasiert und sowohl Haupt- wie Schamhaar frisch gebleicht, mit der verhassten violetten Paste, die auf ihrer empfindlichen Haut so brannte, goldrichtig für die Rolle der Platinpuppe Marilyn, das heimliche Präsidentenliebchen. (Obwohl ihr während des Fluges unwohl gewesen war.

Sodass sie sich in das Miniaturklo des Miniatur-WC hatte übergeben müssen, und das, obwohl sie in den letzten vierundzwanzig Stunden keinen Bissen heruntergebracht hatte. Und dann mit zittrigen Händen vor einem schlecht beleuchteten Spiegel notdürftig ihr Make-up erneuern.) Ja, und sie musste auch gestehen, dass es sie »etwas traurig« stimmte, so rüde mitgeteilt zu bekommen, dass ihr Stelldichein mit dem Präsidenten zusammengestrichen werden müsse; die Nacht und einen ganzen Tag hatten sie beisammen sein wollen. Die Blonde Darstellerin schluckte also zur Beruhigung der Nerven eine Meprobamat und für ein Extra-Quäntchen Kraft und Courage Benzedrin. Sie erleichterte sich und wusch sich zwischen den Beinen (in Palm Springs hatte sie der wollüstige Präsident dort wie auch überall sonst am Körper ausgiebig geküsst); und ihr Blick fiel auf einen Abfalleimer neben der Toilette, in dem dicke Packen zusammengeknüllten Toilettenpapiers lagen, denen nicht unähnlich, die sie selbst hineinfallen ließ, Papier mit Spuren modisch pflaumenroten Lippenstifts. *Nein! Würde es nicht bemerken.*

»Hier entlang, Ma'am.« Ein wieder anderer Agent mit einem Überbiss wie Bugs Bunny und einem ebenfalls an die Zeichentrickfilmfigur erinnernden federnden Schritt führte sie einen Flur hinab. »Hier bitte, Ma'am.« Atemlos betrat die Blonde Darstellerin nun ein großes, schummrig beleuchtetes Schlafzimmer, etwa so, wie man eine schwach beleuchtete Bühne betreten würde, deren genaue Ausmaße sich im Dunkel verlieren. Der Raum war so weitläufig wie in Brentwood das ganze Wohnzimmer und mit Möbeln ausgestattet, die ihr ungeschultes Auge für echte französische Antiquitäten hielt. Irgendwie antik jedenfalls. Wie verschwenderisch! Wie romantisch! Dicke orientalische Teppiche. Vor mehreren schmalen Fenstern waren schwere Brokatvorhänge so gewissenhaft gegen die scharfe Aprilsonne Manhattans gezogen wie in ihrem Schlafzimmer das schwarze Tuch gegen die mildere Sonne Südkaliforniens. Im Raum hing ein Duftgemisch aus Tabakrauch, verbranntem Toast, gebrauchter Bettwäsche, Körpern. Im Himmelbett flezte der nackte Präsident, Telefon auf der Brust, während er im Stakkato in den Hörer sprach; er lagerte inmitten zerwühlter Laken und zerknitterter Kissen, das Prinzengesicht erhitzt, verstimmt und so gut aussehend! Wie konnte sich eine First Lady *ihm* gegenüber kalt zeigen? Zu spielen: eine Szene mit nur einem Mitspieler. Größe der Bühne wie auch des unübersehbaren raunenden Publikums ungekannt. *Ich betrat die Geschichte!*

Doch die Szene hatte längst begonnen. Neben dem Präsidenten balancierte ein Silbertablett, auf dem sich mit Eigelb verschmierte Porzellanteller und geschwärzte Toastrinden, Kaffeetassen, Weingläser und eine fast leere Flasche Burgunder befanden. Dem Präsidenten fiel eine ergrauende braune Stirnlocke ins Auge. Sein stattlicher männlicher Körper war mit einem feinen, braunglänzenden Pelz bewachsen, der auf Torso und Beinen noch dichter wurde; fast sah es aus, als trüge er eine Weste. Übers ganze gewaltige Bett zerstreut, lagen die Seiten der *New York Times* und der *Washington Post*, und gegen ein aufrecht hingeschobenes Kissen lehnte, etwas prekär, eine Flasche Black & White. Beim Anblick der Blonden Darstellerin, dieser lila melierten Vision mit dem fuchsiaroten Lächeln, musste der Präsident schlucken, dann grinste er erwartungsvoll und winkte sie heran, während er sich immer noch den Hörer ans Ohr hielt. Sein erschlafftes Glied regte sich in seinem Nest krauser Haare ebenfalls anerkennend: wenigstens eine Begrüßung, die einer Pilgerreise von dreitausend Meilen würdig war!

»Pronto. *Hallo!*«

Die Blonde Darstellerin setzte ihre Glocke ab, schüttelte ihr fein gesponnenes Platinhaar aus und lachte silbrig. Ha! Das war eine Spielszene! Alle Nervosität fiel von ihr ab, alle Ängstlichkeit. Sollte es Zuschauer geben, so blieben sie unsichtbar; die Bühne schwebte auf Dunkel; der Lichtkreis in der Mitte gehörte ihnen allein, ihr und dem Präsidenten. Was sie erstaunte, war allerdings der Tenor des Ganzen: hier fand eine heitere, ausgelassene und entspannte Begegnung statt, ein Rendezvous von solch trauter Erotik, dass ein Außenstehender hätte meinen müssen, der Präsident und die Blonde Darstellerin hätten sich bereits viele, viele Male so getroffen, seien seit vielen Jahren liiert. Die Blonde Darstellerin, die so selten körperliches Verlangen verspürte, die in ihrem kurvenreichen Körper steckte wie ein minderjähriges Mannequin, staunte den Präsidenten großäugig an. *Der attraktivste Mann, den ich je geliebt habe! Bis auf Carlo, vielleicht.* Sie hätte sich gern anmutig über den Präsidenten gebeugt und ihn zur Begrüßung geküsst, nur hatte er die verdammte Sprechmuschel noch vor dem Mund und murmelte: »Klar. Na gut. Ja. Mist.« Er bedeutete ihr, sich neben ihn aufs Bett zu setzen, sie folgte, und er hakte neckisch ein nacktes Bein um sie und strich ihr ehrfürchtig wie ein Halbstarker mit der freien Hand über Haar, Schultern, Brüste, die üppige Rundung einer Hüfte. Geradezu gequält raunte er: »Marilyn. Du. Hal-*lo*.« Sie flüsterte: »Pronto. Hal-*lo*.« Er stöhnte: »Bin ich froh, dich zu sehen, Baby. Das war vielleicht ein Scheißtag.« Hastig und hingebungsvoll hauchte sie ihm in einer Weise zu, wie es seine vornehme First Lady ganz bestimmt nicht könnte: »Oh ja, ich habe schon gehört, Darling. Was kann ich bloß tun?« Mit einem frechen Grinsen packte der Präsident die Hand, die gerade sein stoppelig unrasiertes Kinn streichelte, und legte sie um sein inzwischen steifes Glied; das kam zwar etwas plötzlich, aber nicht gänzlich unerwartet; in Palm Springs hatte sie die Unverfrorenheit des Mannes zunächst erschüttert, doch solch unvermittelte Intimität hatte schließlich auch etwas Tröstliches, oder nicht; es entfiel so vieles, und es war so viel gewonnen, so rasch. Unerschrocken begann die Blonde Darstellerin das Glied des Präsidenten zu massieren, in etwa so, wie man ein freundliches, aber unbändiges Haustier unter dem stolzen Blick des Besitzers streicheln mochte. Nur beendete der Präsident zu ihrem Ärger das Telefongespräch nicht.

Das Gespräch ging nicht nur weiter, sondern wurde noch um einiges ernster; es schien ein neuer Gesprächspartner ans andere Ende der Leitung gekommen zu sein, der mit noch größerer Dringlichkeit sprach, ein Berater aus dem Weißen Haus oder ein Kabinettsmitglied (Rusk? McNamara?). Allem Anschein nach ging es um Kuba. Castro, des Präsidenten schillernder kubanischer Rivale! Die Blonde Darstellerin spürte den Nervenkitzel, ohne irgendwelche Details zu kennen. Sie erinnerte sich an das Titelbild des markanten bärtigen kubanischen Revolutionärs auf einer Ausgabe von *Time* vor zehn Jahren; vor noch gar nicht langer Zeit hatte Castro vielen Amerikanern als Held gegolten. Jetzt hatte sich sein Image natürlich radikal verschlechtert, jetzt gehörte er ins feindliche kommunistische Lager. Und das keine neunzig Meilen vor amerikanischem Territorium. Sowohl der noch jugendliche Präsident als auch der noch jüngere Castro repräsentierten als Darsteller den Typus des romantischen Helden, beide waren sie selbst ernannte »Männer des Volkes«, eitel, darauf erpicht, sich ins rechte Licht zu setzen, und ihren politischen Feinden gegenüber unerbittlich, zugleich von ihren Anhängern vergöttert, die ihnen alles, alles verziehen; der eine, der amerikanische Präsident, hatte sich weltweit die Verteidigung der »Demokratie« auf die Fahne geschrieben, der andere, der kubanische Diktator, sich der radikalsten Form politischer und ökonomischer Demokratie verschrieben, welche sich Kommunismus nannte, aber in Wirklichkeit Totalitarismus war. Jeder der beiden Männer stammte aus einer wohlhabenden Familie, sollte sich jedoch öffentlich auf die Seite des »Volkes« schlagen; der eine würde sehr beredt die »republikanischen Seilschaften in der Wirtschaft« anprangern, der andere einen blutigen Aufstand gegen den Kapitalismus anführen, auch und gerade den amerikanischen Kapitalismus. Zur Castro-Legende gehörte, dass der tollkühne Kubaner im Kampfanzug und seinen Armeestiefeln besondere Schutzvorkehrungen verschmähte; obwohl Adressat unablässiger Morddrohungen, entschlüpfte Castro gern seinen Leibwächtern, um sich unter die geliebten »Massen« zu mischen. Der amerikanische Präsident verzehrte sich danach, ebenso kühn zu sein oder jedenfalls zu erscheinen! Beide Männer waren katholisch erzogen, hatten bei Jesuiten gelernt und mochten von Kindheit an mit dem Stoff der jesuitischen Morallehre geimpft worden sein, die nahe legte, dass sie zwar nicht über den göttlichen Geboten standen, wohl aber von Menschen gemachten Gesetzen, und wenn es gar keinen Gott gab, wen interessieren dann überhaupt noch Gesetze?

Das nette Gesicht des Präsidenten verzog sich nun zu einer hässlichen Fratze. Der Präsident schmähte Castro in einer Weise, die die Blonde Darstellerin unerhört fand: durfte solcher Unflat für ihre, das hieß die Ohren einer normaldurchschnittlichen Bürgerin bestimmt sein, auch wenn sie überzeugte Anhängerin der Democratic Party war? Oder sollte sie das gar beeindrucken? Die Szene pulste vor Erotik. Die Blonde Darstellerin hatte aufgehört, das Glied des Präsidenten zu massieren, als ihr klar wurde, dass er in Gedanken ganz woanders war und nicht bei ihr. *Sondern Castro. Dem Rivalen.* Bekümmert sah sie das gebrauchte Geschirr, die Spuren pflaumenroten Lippenstifts an einem Kopfkissen. Ganz geschäftsmäßig begann sie aufzuräumen. *Sie, Marilyn: die June Allyson unter den Sexgöttinnen.* Sie stellte das Tablett weg und vermied es tunlichst, die Weingläser einer allzu genauen Musterung zu unterziehen. Sie stellte die Scotch-Flasche auf den Nachttisch, und ehe sie sich versah, obwohl ihr Kopf noch von der kombinierten Wirkung von Dom Perignon und ihren Mitteln brummte, nahm sie einen kräftigen Schluck Whisky. Wie das in der Kehle brannte! Der Geschmack war widerlich. Sie rang nach Luft. Dann nahm sie einen zweiten Schluck.

Schon nach drei Uhr! – der Präsident müsste sich bald verabschieden. Wie bald, war der Blonden Darstellerin nicht gesagt worden. Und immer noch telefonierte er. Die Blonde Darstellerin entnahm dem Gesagten, dass Russen und Kubaner gemeinsam etwas aussheckten – »Rache für die Schweinebucht, wie? Na, das wollen wir sehen!« – Die Blonde Darstellerin bebte, denn wovon sprach der Präsident – Atomraketen? Russischen Raketen? Auf Kuba? Sie hätte sich gern die Ohren zugehalten. Sie wollte nicht mithören; sie wollte nicht den Zorn des Präsidenten auf sich ziehen; ihr dämmerte, dass der Präsident nicht minder hitzig war als der Ex-Sportler, vom selben männlichen Schlage. Zorn erregte ihn, also war Zorn willkommen. Er sah, was sie für große Augen machte, sein Glied nickte wie ein wütender Kopf, und er sagte: »Baby, *komm schon.*« Der Präsident zog an ihrem Haar. Zog sie zu sich herunter und küsste sie ungestüm, ohne den Hörer, den er routiniert zwischen Hals und Schulter klemmte, loszulassen. Aus der Plastikmuschel leierte eine winzige Männerstimme. Der Präsident flüsterte: »Nur nicht so schüchtern.« Wie in einer hastig geprobten Szene küsste und liebkoste die Blonde Darstellerin ihn, wühlte in seinem Haar, wusste genau, was von ihr verlangt wurde, sträubte sich jedoch.

»Baby . . . ?«

Sanft zunächst, und doch mit der Gewissheit dessen, der es gewohnt ist, seinen Willen durchzusetzen, packte der Präsident die Blonde Darstellerin am Genick und drückte ihr Gesicht auf seine Scham hinunter. *Nein. Ich denke nicht daran. Ich bin doch kein Callgirl. Ich bin* – plötzlich war sie nämlich Norma Jeane, verwirrt und erschrocken. Sie wusste nicht mehr, wie sie hergelangt war, wer sie hergebracht hatte. War es Marilyn gewesen? War dies eine Filmszene? In einem erotischen Film? Sie hatte alle solche Ansinnen abgelehnt, aber vielleicht schrieb man wieder das Jahr 1948 und sie war ohne Arbeit, nämlich von der Produktionsgesellschaft fallen gelassen. Sie schloss die Augen und versuchte, das Schlafzimmer zu visualisieren, in dem sie sich eben wieder gefunden hatte, in einer Luxussuite, und sie spielte die Rolle einer berühmten blonden Darstellerin, die sich mit dem jungenhaft virilen Führer der westlichen Welt, dem Präsidenten der Vereinigten Staaten, zu einem romantischen Stelldichein traf, das ›Mädchen von oben‹ in einem erotischen Film; nur dieses eine Mal, warum nicht? Sie griff erneut nach der Whisky-Flasche, der Präsident lockerte seinen Griff und ließ sie trinken. Der feurige Alkohol brannte, aber tröstlich.

Jede Szene (solange es eine Szene ist und nicht das Leben) lässt sich spielen. Ob gut oder schlecht, sie lässt sich spielen. Und keine dauert länger als ein paar Minuten.

Kein Streit! Dieses Paar würde sich nie streiten.

Da gab es also die Blonde Darstellerin, die nackt zwischen den nackten Beinen eines Mannes lag. Jetzt konnte sie wieder atmen. Sie hatte die schlimme Übelkeit erfolgreich bezwungen. Sie hatte furchtbare Angst gehabt, sich übergeben zu müssen, zu würgen, es gab kaum etwas Schlimmeres als hilflos würgen zu müssen, und dann ausgerechnet in diesem Bett! *in den Armen dieses Mannes.* Sie entschuldigte sich für ihr Husten, konnte aber nicht aufhören. Den Samen eines Mannes hinunterzuschlucken heißt, dem Mann Ehre zu erweisen, aber gab es etwas Widerwärtigeres?; und doch, wenn du die Männer, den Mann, liebst, gehört es dann nicht dazu? sein Glied zu lieben, seinen Samen? Der Kiefer tat ihr weh, der Nacken, wo er sie gepackt hatte, so fest am Schluss, als er das Becken hochbog, dass sie Angst gehabt hatte, er werde ihr das Genick brechen. *Fotze. Dreckige Fotze. Oh, Baby. Du bist phan-tas-tisch.* In pornographischen Filmen waren die Schnitte krude, es interessierte niemanden, ob die Anschlüsse stimmten oder die Handlung, doch im wirklichen Leben kann sich aus einer Bettszene ganz selbstverständlich eine andere ergeben, und jetzt, da das Telefongespräch mit dem Weißen Haus beendet war, jetzt, wo der Hörer aufgelegt worden war, jetzt, wo der Präsident mit der Blonden Darstellerin hätte sprechen können, ging sie davon aus, dass er es tun werde, und als er es nicht tat, als er bloß keuchend dalag, einen Arm übers verschwitzte Gesicht geworfen, hörte sie sich – verzweifelt nach Worten suchend, irgendwelchen Worten, wenn sie schon keinen Text hatte – sagen: »C-castro? Der Diktator? Aber Pronto, muss denn deswegen das kubanische Volk leiden? Ein Embargo? Oh, werden sie uns dann nicht noch mehr hassen? Und dann –« Diese unvermittelten Worte, ins Nachbeben des extrabreiten Himmelbetts hineingesprochen, gingen zwischen zerwühlten Laken und Kissen verloren; der Präsident nahm ebenso wenig Notiz davon, wie er von den altertümlichen Rohrleitungen in anderen Teilen der Suite Notiz genommen hätte, von einer betätigten Klospülung. Seit seinem hastigen Höhepunkt hatte der Präsident die Blonde Darstellerin nicht mehr angerührt; sein Glied lag schlapp im Schambusch wie eine verendende Wurmschleiche; er nahm nun ein offizielles und daher leicht beschämtes Gesicht an, war nicht mehr der eifrige Pfadfinder, sondern der amerikanische Aristokrat und Patriarch; sie jedoch, da immer noch nackt, blieb das ›Mädchen von oben‹.

Sie fing erneut zu sprechen an, wollte sich möglicherweise dafür entschuldigen, sich trotz ihrer Unwissenheit geäußert zu haben, oder vielleicht hatte sie die Absicht, das Gesagte auf hauchig kokette ›Mädchen-von-oben‹-Manier zu wiederholen, als sie plötzlich das Gefühl hatte, auf einer Rolltreppe zu stürzen. Oder drückte er ihr die Luftröhre ab. Eine salzige Hand auf ihrem Mund, ein Ellbogen vor ihrer Kehle. Sie konnte nicht sprechen.

Sie verlor das Bewusstsein und kam einige Zeit später (schätzungsweise zwanzig Minuten, das Klebrige im Bett trocknete schon an) unter einem anderen Mann zu sich, einem Fremden, der sie energisch bestieg wie ein Jockey ein junges Pferd; ein Mann in einem weißen, nach frischer Stärke riechenden Hemd, ein Mann, der von der Taille ab nackt war, dessen Glied blind stochernd Einlass suchte, den Schnitt zwischen ihren Beinen suchte, die Leere zwischen ihren Beinen, die schmerzte, und sie versuchte, ihn wegzuschieben, murmelte schwach *Nein! nein bitte nicht! das ist nicht fair.* Sie liebte doch den Präsidenten und sonst keinen, das hier war unrechtmäßiger Nießbrauch ihrer Liebe. Dass ein Mann in ihr rammelte, während sie nicht richtig wach werden konnte, ein Mann (oder war es der inzwischen bekleidete und rasierte Präsident?), dessen Stöße von unerklärlicher Erbitterung waren, hart, als würde jemand gegen festgebackenen Sand treten.

Dann war es später, und irgendjemand versuchte, sie zu sich zu bringen. Schüttelte sie. Dass ihr Kopf hin- und herrollte. Die blutunterlaufenen Augen unter die Lider hochrollten. Während aus dem Hintergrund die von kalter Wut erfüllte Stimme ihres Geliebten rief *Herrgott nochmal, schafft sie endlich raus.*

Dann war es noch später. Eine reich verzierte kleine Tischuhr neben dem Bett schlug halb fünf. Über ihr Stimmen. »Miss Monroe. Hier entlang. Ma'am, brauchen Sie Hilfe?« Nein, brauchte sie nicht! Verdammt, ihr fehlte nichts. Sie war etwas unsicher auf den Beinen, den nackten Sohlen, und nur halb angezogen, aber ihr fehlte gar nichts, ein klein wenig schwindlig war ihr, doch die unwillkommenen Hände schüttelte sie ab. Im vor Gold und Marmor prunkenden Bad. Vor dem Spiegel, dessen grelle Lichter in ihren Augen schmerzten. Da erschien ein fahlhäutiges, erschöpftes Spiegel-Double, die Lippen mit Erbrochenem verkrustet. Sie beugte sich vor, um sich das Gesicht zu benetzen, und glaubte, ohnmächtig zu werden, doch das kalte Gesichtsbad belebte sie, und es gelang ihr, brennend, sengend in die Toilettenschüssel Wasser zu lassen, nur wimmerte sie dabei so, dass an die Tür geklopft wurde – »Ma'am?« –, und da beeilte sie sich zu sagen, nein, nein, alles bestens, nein, nicht hereinkommen, bitte.

Die Tür hatte kein Schloss, warum nur?

Neben dem Waschbecken lagen ihre Handtasche und die kleine Reisetasche. Mit zitternden Händen zog sie ihre besudelten Sachen aus, in die sie wankend und voller Hast geschlüpft war, in der Annahme, man werde sie auf die Straße jagen, und zog stattdessen ein Seidenkleid an, von diesem eleganten Violett, das der Brünetten Darstellerin aus North Carolina so gut gestanden hatte. Mit Strümpfen würde sie sich gar nicht erst abgeben. Ihr Hüfthalter war offenbar im Schlafzimmer liegen geblieben. Hauptsache, sie hatte ihre teuren italienischen Schuhe mit den spitz zulaufenden, ausgeschnittenen Kappen. Sie klatschte sich Make-up ins Gesicht, beschmierte sich die geschwollenen Lippen mit dem leuchtend fuchsiaroten Stift, wühlte nach ihrer Glocke und zog sie sich tief ins Gesicht, um das verfilzte Haar zu verbergen. Wenn eine so dumm war wie Sugar Kane, hatte sie eine Lektion verdient. Als sie die Suite durch einen Nebenausgang verließ, zu ihrer Linken Dick Tracy, zu ihrer Rechten Bugs Bunny, von beiden fest um die Oberarme gepackt, erblickte sie zufällig durch einen Türspalt den Präsidenten! – ihren Geliebten! –, von dem sie doch hatte annehmen müssen, er habe die Suite bereits verlassen. Da stand er, im wunderbar gearbeiteten dunklen Nadelstreifenanzug, weißen Hemd und gemusterter silbergrauer Krawatte, frisch rasiert, das Haar noch vom Duschen feucht; er unterhielt sich lachend mit einer jungen rothaarigen Frau in Jodphurs; sagte man so nicht zu Reithosen? – Jodphurs? Der Präsident und die Rothaarige sprachen auf dieselbe gequetschte Bostoner Art, und die Blonde Darstellerin machte große Augen, ihr Herz raste. Oh, sie war nicht etwa eifersüchtig! Die junge Frau musste eine Verwandte sein, eine Freundin der Familie. Sie rief leise: »Oh, bitte, Verzeihung?« und wollte rasch ins Zimmer schlüpfen, um sich vom Präsidenten zu verabschieden und sich der Rothaarigen vorstellen zu lassen, doch Dick Tracy und Bugs Bunny rissen sie so heftig weiter, dass sie schon glaubte, sie hätten ihr die Arme ausgekugelt. Der Präsident funkelte sie an. Sein Gesicht war vor Wut rot geworden wie das Innere vom Roastbeef. Mit langen Schritten eilte er an die Tür und schloss sie vor ihrer Nase.

Sie setzte sich gegen ihre Bezwinger zur Wehr. Der eine schüttelte sie, der andere schlug ihr ins Gesicht, und da fing ihr Mund an zu bluten. »Oh! Mein neues Kleid.« Dick Tracy mit seinem grimmigen Rasiermesserkinn war es gewesen. »Sie sind nicht verletzt, Ma'am. Das ist die rote Schmiere von Ihren Lippen, Ma'am.« Sie begann zu weinen. Das Blut sickerte zwischen ihren Fingern hindurch. Einer schob ihr angewidert einen Packen Toilettenpapier hin. Sie wurde einen Gang hinabgedrängt. Heulend drohte sie, sie werde sagen, wie sie behandelt worden sei, sie werde es dem Präsidenten sagen, der Präsident werde dafür sorgen, dass sie fristlos entlassen würden, und da tauchte Jiggs mit dem schwammigen Gesicht plötzlich auf, musterte sie kalt aus Augen, die keineswegs mehr leer und ohne Pupillen waren, und Jiggs warnte sie in schneidendem Ton: »Den Präsidenten der Vereinigten Staaten bedroht niemand ungestraft, Lady. Das ist Hochverrat.«

Sie sollte erst wieder erwachen, als das Flugzeug am Los Angeles International Airport landete. Ihr erster Gedanke *Immerhin haben sie mich nicht umgelegt. Immerhin.*

Whitey-Geschichten

Im Spiegel ein weinender Whitey!

Erschrocken stammelte sie: »Whitey, was – ist denn?«

Schuldbewusst, denn bestimmt aus Erbarmen mit ihr. Ihr Maskenbildner weinte aus Erbarmen mit ihr.

Es war spät. An diesem Morgen im April, oder war es ein Morgen im Mai. In der dritten Woche nach Drehbeginn. Nein, eher noch später, eine Woche oder zwei später. Anfangs hatte sie gedacht, es sei ihr freier Tag, und sie hatte ihren Irrtum erst eingesehen, als der wackere Whitey pünktlich um 7.30 in der Früh erschien, wie offenbar verabredet. Ihr Masseur Nico war eben erst gegangen. Ein Zufall, oder vielleicht doch kein Zufall, schließlich waren sie beide im Sternzeichen Zwillinge geboren; Nico, der Masseur, litt wie sie an Schlaflosigkeit. Nico also nachts, und Whitey im Morgengrauen. Diese beiden müsste sie nie anflehen *Bitte, verratet meine Geheimnisse nicht, bitte?* Diese beiden kannten sie nackt, nicht nur entblättert.

Und nun weinte Whitey, oh, warum nur?

Oh, es war ihre Schuld – oder? Sie wusste es.

Es war spät! Immer war es spät. Auch ohne angestrengt blinzelnd nach der Uhr zu sehen, wusste sie, dass es spät war. Zwar waren die Vorhänge zugezogen, das schwarze Tuch resolut ans Fensterbrett geheftet, jeder Sonnenstrahl ausgesperrt. Sie schrie vor Schmerzen, wenn sie, die sie endlich in eine Art Halbschlaf hinübergedämmert war, der feinste Niednagel Sonnenschein traf, Licht, das ihre Augenlider durchbohrte wie Nadeln und sie mit jagendem Herzen wieder hochschrecken ließ. Also stolperte Nico gutmütig, wenn auch manchmal sehr tollpatschig im Dunkeln herum; Whitey hingegen, dessen Eintreffen das Ende der Nacht einläutete, musste notgedrungen eine schwache Nachttischlampe anknipsen, und das hatte ihm seine Herrin auch erlaubt. An besonders schlimmen Morgen trug Whitey seinen Koffer an ihr Bett und begann behutsam mit den Vorbereitungen (Gesichtswasser, Salben, Feuchtigkeitscremes), während sie mit geschlossenen Augen im traumgleichen Dämmer rücklings dalag. Aber heute war doch gar nicht einer der besonders schlimmen Morgen gewesen, oder?

Und doch weinte Whitey. Stoisch zwar, wie es Männer nun mal taten, bemüht, keinen Laut von sich zu geben und keine Miene zu verziehen, nur die Tränen, die ihm über die Wangen liefen, verrieten seinen Kummer.

»Whitey? Was ist d-denn?«

»Miss Monroe, bitte. Ich weine bestimmt nicht.«

»Oh, Whitey, Sie flunkern. Natürlich weinen Sie.«

»Nein, Miss Monroe, das tue ich *nicht*.«

Whitey, so dickköpfig. Whitey, ihr wackerer Maskenbildner. Wie lange war es her, dass er an diesem Morgen mit der Prozedur begonnen hatte, sie konnte sich nicht entsinnen, wusste nur, dass es mindestens zwei Stunden gewesen sein mussten, denn sie hatte inzwischen sechs Tassen heißen schwarzen Kaffees mit Schmerztabletten und etwas Gin getrunken (eine Gewohnheit, die sie während der Dreharbeiten zu einem anderen unter einem unguten Stern stehenden Film in England angenommen hatte), und Whitey hatte seinerseits eine große Flasche ungesüßten Grapefruitsafts geleert (nach Whitey-Art: gleich aus der Flasche, mit hüpfendem Adamsapfel). Whitey, der seiner Herrin um keinen Preis sagen würde *Miss Monroe, was ist nur seit Ihrem Besuch in New York im April mit Ihnen geschehen, oh, was ist nur geschehen!* Whitey, dessen Verschwiegenheit anderen ebenso galt wie der eigenen Person.

Whitey mit seinen geschickten Fingern und seinen mit Gesichtswasser getränkten Bäuschen. Seinen lindernden Salben, seinen Wimpernzangen und Pinzetten und winzigen Bürsten und bunten Stiften, seinen Gesichtspackungen, Rougetiegeln, seinen Wunder wirkenden Pudern – oder fast Wunder wirkend. An diesem Morgen mühte er sich seit Stunden, doch im Spiegel war erst eine Andeutung von MARILYN MONROE zu erkennen. An solchen unter einem unguten Stern stehenden Morgen konnte sie das Haus nicht eher verlassen, wagte sich nicht mal aus ihrem Schlafzimmer hervor, als bis sich MARILYN MONROE endlich einfand. Es musste keine hundertprozentige MARILYN MONROE sein, aber eine vorzeigbare, eine wieder erkennbare MARILYN MONROE. Ein Wesen, von dem geblendete Augenzeugen auf der Straße, auf dem Produktionsgelände, im Tonatelier nicht würden sagen können *Oh Gott, das ist Marilyn Monroe? Ich habe sie kaum erkannt!* Die Schauspielerin hatte hohes Fieber, eine Virusinfektion wütete in ihrem Organismus. Ihr Kopf fühlte sich leicht an, wie mit Helium gefüllt. Trotz der starken Mittel, immer noch Fieber. Vielleicht hatte sie Malaria? Vielleicht hatte sie sich beim Präsidenten mit einer seltenen Krankheit angesteckt? (Vielleicht war sie schwanger?) Einer ihrer Ärzte in Brentwood meinte, sie gehöre ins Krankenhaus, so niedrig sei die Zahl der weißen Blutkörperchen; sie ging nicht mehr hin. Sie zog Ärzte vor, die sie nicht untersuchten und dennoch Rezepte ausstellten: die ihre Verfassung nach der Lehre Freuds ausdeuteten. Einem Mythos, der Legende gemäß. *Eine so schöne Frau wie Sie, Miss Monroe, hat keinerlei Grund, unglücklich zu sein. Noch dazu eine begabte. Das müssen Sie doch wissen?* An zwei Tagen in der vergangenen Woche und an drei aufeinander folgenden in dieser hatte Whitey in der Produktionsgesellschaft anrufen müssen, um C, den Regisseur, davon in Kenntnis zu setzen, dass Miss Monroe erkrankt sei und nicht zur Arbeit kommen könne; an den anderen Tagen erschien sie mit etlichen Stunden Verspätung, hustend, mit geröteten Augen und laufender Nase, oder, o Wunder, als schimmernde Schöne MARILYN MONROE.

Allein das Erscheinen MARILYN MONROEs am Drehort riss manchmal den gesamten Filmstab zu Jubel und Applaus hin. In letzter Zeit herrschte allerdings eher tödliches Schweigen.

C, der gefeierte Hollywood-Lohnfilmer. C, der MARILYN MONROE verachtete und fürchtete. C, der sehenden Auges unterschrieben hatte, wohl wissend, worauf er sich einließ, der jedoch die Arbeit brauchte, das Geld. Nicht ganz zu Unrecht würde sie klagen, dass C es ihr heimzahle, indem er ihre Szenen ständig umschmeiße, ganze Passagen aus dem banalen, abgeschmackten Drehbuch von *Something's Got to Give* streiche und verlange, dass über Nacht alles umgeschrieben werde. Wann immer sich MARILYN MONROE auf eine Szene eingestellt hatte, wurde sie mit neuem Text konfrontiert. Der Name ihrer Figur war von Roxanne zu Phyllis zu Queenie zu Roxanne geändert worden. Mit einem silberrieselnden kleinen Marilyn-Lachen hatte sie C (als die beiden noch miteinander sprachen) gesagt: »Oh! Wissen Sie, woran das alles verdächtig erinnert? Das wirkliche Leben.«

An diesem Morgen erschien MARILYN im Spiegel nur kurz, kuckuck!, um dann wie ein Schabernack treibendes Kind wieder zu verschwinden. Sie erschien und verschwand. Sie verharrte kurz und entfloh. Irgendwo am glasigen Grund des Spiegels wohnte sie, und es galt, sie hervorzulocken. Norma Jeanes Spiegel-Double, dem sie so zugetan gewesen war, doch nicht mehr recht trauen konnte. Auch der arme Whitey konnte ihm nicht mehr trauen. Whitey, der weit geduldiger war als Norma Jeane und weniger schnell entmutigt. Denn urplötzlich, während ihr Whitey noch die Wimpern tuschte, konnte sie erscheinen, die listige MARILYN, konnte in den kristallblauen Augen Leben aufblitzen; dann zwinkerte sie und lachte sie beide an, doch nur

Minuten später konnten, etwa nach einem Hustenkrampf, MARILYNs Augen wieder erloschen sein, und stattdessen starrte ihnen eine erschrockene Norma Jeane voller Selbstekel entgegen und rief: »Oh, Whitey. Geben wir's auf.«

Whitey überging solche Bemerkungen als unter ihrer und seiner Würde.

Immer jedoch bemühte sich Norma Jeane, die Verzweiflung nicht auf ihre Stimme abfärben zu lassen. Das war das Mindeste, das schuldete sie Whitey, der sie vergötterte.

Der arme Whitey war im hingebungsvollen Dienst an MARILYN MONROE korpulent, fahlhäutig und -haarig geworden. Sein geschlechtsloser Körper war massig und birnenförmig gerundet, der Kopf, ein Charakterkopf mit edlen Zügen, saß unverhältnismäßig klein auf den wuchtigen, abfallenden Schultern. Seine Augen waren denen seiner Herrin immer ähnlicher geworden, es waren die Augen eines gealterten Kindes. Als einer aus dem Volke der Trolle war er stolz, hartnäckig und ergeben. Wenn er gelegentlich im Wirrwarr auf dem Schlafzimmerboden stolperte (des wie von einem Sturm angespülten Treibguts der Kleider, Handtücher, Pappteller und -schachteln, Bücher und Zeitungen, unerbeten von ihrem Agenten zugeschickten Drehbücher), hörte sie ihn zwar manchmal leise fluchen, wie es jeder normale Mensch täte, aber nie schalt er sie, und sie glaubte auch, er verurteile sie nicht. (Norma Jeane war es mit den Jahren leid geworden, hinter Marilyn aufzuräumen. Ihre schlampigen Angewohnheiten waren so offensichtlich Charakterfehler, unabänderlich! Die Produktionsgesellschaft hatte eine Haushälterin eingestellt, die sich um ihre Investition Miss Monroe und deren Haus kümmern sollte, doch Norma Jeane bat die Frau schon nach einer knappen Woche, nicht mehr zu kommen – »Sie können ja weiterhin Ihr Gehalt beziehen. Aber ich brauche meine Ruhe.« Sie hatte die Frau dabei ertappt, wie sie in den begehbaren Kleiderschränken schnüffelte, die Schubladen durchwühlte, in ihrem Tagebuch las, die Silberfolienrose auf dem Pianino untersuchte.) Whitey war ein Freund, ihrem Herzen näher als das Nachtwesen Nico. Sie würde Whitey testamentarisch eine Überraschung bereiten: Prozente an künftigen Tantiemen, die die Monroe-Filme erbrachten, sofern es eines Tages Tantiemen gäbe.

Und immer noch blinzelte Whitey gegen Tränen an. Der Anblick machte ihr Angst.

»Whitey, was ist denn nur? Bitte sagen Sie es mir doch.«

»Miss Monroe. Bitte stillhalten.«

Mit gerunzelter Stirn beugte sich Whitey über seine Arbeit. Zog mit einem bedenklich scharfen Stift einen Strich über den Lidrand, kämmte die gebogenen Wimpern mit Tusche. Sein Atem roch fruchtig und warm wie der eines Kindes. Als er mit dieser akribischen Feinarbeit fertig war, richtete er sich auf und wandte den Blick vom Spiegel ab. »Miss Monroe, verzeihen Sie mir den Ausbruch. Aber meine Katze Marigold ist gestern Abend gestorben.«

»Oh, Whitey. Das tut mir so leid. Marigold?«

»Siebzehn Jahre alt, Miss Monroe. Das ist für eine Katze sehr viel, ich weiß, aber mir kam sie nie alt vor! Bis zur Stunde, beinahe, als sie in meinen Armen verschied. Eine wunderschöne langhaarige Schildpattkatze, die mir vor vielen Jahren zugelaufen ist, mutterlos, ausgesetzt, ausgehungert. Marigold hat nachts meist auf meiner Brust geschlafen und mir immer Gesellschaft geleistet, wenn ich daheim war. Sie hatte ein so liebenswertes Naturell, Miss Monroe. Ein so herzerwärmendes Schnurren! Ich weiß nicht, was ich ohne sie machen soll.«

Das war für Whitey, der selten mehr als ein paar Worte sprach, und dann nur sehr leise, eine gewaltig lange Rede, und Norma Jeane staunte. Sie wand sich in ihrer MARILYN-Maske mit dem platinblonden Haar. Gern hätte sie Whiteys Hände ergriffen, doch der hatte sich abgewandt, um sein tränennasses Gesicht vor ihr zu verbergen. Er stotterte: »Sie p-plötzlich so starb, verstehen Sie. Und nun ist sie fort. Ich kann es einfach nicht fassen. Und fast auf den Tag genau ein Jahr nach meiner Mutter.«

Norma Jeane fixierte Whiteys abgewandtes Gesicht erschrocken im Spiegel. Sie war sprachlos. Mutter? Whiteys Mutter? Sie hatte nicht gewusst, dass Whiteys Mutter gestorben war, hatte nicht gewusst, dass es überhaupt eine Mutter gab. Norma Jeane gehörte zu denen, die sich rühmen konnten, gut über ihre dienstbaren Geister Bescheid zu wissen, Anteil zu nehmen. Sie merkte sich Geburtstage, machte Geschenke, hörte sich die Geschichten an. Geschichten, die der Welt so wenig bedeuteten, waren ihr wichtiger als ihre eigenen Geschichten, die wiederum die Welt in übertriebenem Maße interessierten. Wie sollte sie auf Whiteys Schmerz reagieren? Offenbar stand im Augenblick der Tod Marigolds im Vordergrund: Marigold war diejenige, mit der er das Bett geteilt hatte, Marigold beweinte er, und doch musste Norma Jeane wohl ein paar Worte zu seiner Mutter sagen, oder nicht? Wie seltsam, dass Whitey den Tod seiner Mutter zum Zeitpunkt dieses Todes nicht erwähnt hatte. Mit keinem Wort. Nicht die leiseste Andeutung! Er hatte

Norma Jeane gegenüber überhaupt nie etwas von einer Mutter gesagt. Wenn sie aber jetzt zweifach ihr Beileid aussprach, würde damit der Tod seiner Mutter doch trivial.

Während es Marigolds Tod war, den Whitey beweinte.

Schließlich sagte Norma Jeane uneindeutig. »Oh, Whitey, es tut mir so leid.« Das musste eben beides abdecken.

Whitey sagte: »Miss Monroe. Es soll nicht wieder vorkommen.«

Er wischte sich die Tränen weg und ging wieder an die Arbeit. Whitey sollte es gelingen, eine blendend und jung aussehende MARILYN MONROE heraufzubeschwören, die mit etlichen Stunden Verspätung zwar, aber immerhin! am Drehort von *Something's Got to Give* erschien. Während er meisterlich puderte und tupfte, dachte Norma Jeane mit Unbehagen *Aber die Geschichte gibt es doch schon. Eine russische Geschichte. Ein Kutscher weint, sein Sohn ist tot, und es hört keiner hin? Ach, weshalb kann ich mich nicht erinnern!* Es war beängstigend, wie viel sie vergaß, seit ihr zorniger Geliebter ihr die Tür vor der Nase zugeschlagen hatte.

Eine weitere Whitey-Geschichte. Eines Tages machte Whitey seiner Herrin in ihrer Garderobe auf dem Produktionsgelände eine Gesichtspackung. Eine widerlich nach Modder und Brackwasser riechende Schlammpackung; sie mochte allerdings den Geruch, es war ein Geruch, der zu Norma Jeane passte. Sie fand auch das Schrumpfen der langsam antrocknenden Packung wohltuend, beruhigend und tröstlich. Sie lag in Handtücher gewickelt, die Augen mit feuchten Wattebäuschen bedeckt, auf einer Chaiselongue. An diesem Tag war sie benommen und von Beruhigungsmitteln gedämpft aufs Produktionsgelände gebracht worden. Wie eine Invalidin war sie der Obhut ihrer Getreuen übergeben worden, die eben erst aus dem Cedars of Lebanon entlassene MARILYN MONROE (Blasenentzündung, Lungenentzündung, Erschöpfung, Anämie?), und es sollten an diesem Tag lediglich Werbefotos gemacht werden, es würde nicht gedreht, es gab keinen Text zu sprechen, keinen Grund zur Sorge, also hatte sie sich zurückgelehnt und Whitey die Schlammpackung auftragen lassen und war bald in den Schlaf hinübergedämmert wie jemand, der von allen lästigen Sinnesorganen befreit ist *das Mädchen, das zu viel sieht und dem eine Krähe die Augen aushackt, ein kleines Mädchen, das zu viel hört und dem ein großer Fisch, der auf der Schwanzflosse geht, die Ohren abbeißt* und einige Zeit später war sie erwacht und hatte sich verwirrt und erschreckt aufgesetzt, die Watte-

884

bäusche von ihren Augen gerissen und sich selbst – Schlammgesicht, nackte, entsetzte Augen – im Spiegel erblickt und geschrien, und da war Whitey herbeigestürzt, Hand auf dem Herzen, und hatte gefragt, was passiert sei, Miss Monroe, und da sagte Miss Monroe lachend: »Oh je, Whitey, ich dachte, ich wäre tot. Einen Augenblick lang dachte ich, ich wäre tot.« Und sie bogen sich vor Lachen, weiß der Himmel, warum. Unter den vielen Geschenken in der Garderobe von MARILYN MONROE, die einst die Garderobe von MARLENE DIETRICH gewesen war, fand sich eine angebrochene Flasche Schokoladenkirschlikör, und davon genehmigten sie sich beide einige Schlucke und lachten Tränen, denn eine Frau mit einer Schlammpackung im Gesicht ist ein urkomischer Anblick, Mund und Augen zwar vom Schlamm unberührt, aber doch definiert, und da sagte Norma Jeane mit der rieselnden MARILYN-Stimme, die anzeigte, dass sie es ernst meinte und nicht etwa scherzte oder schäkerte und das muss unter uns bleiben, verstanden: »Whitey? Versprochen? Wenn ich –« und mochte aus Rücksicht auf Whiteys Gefühle nicht *tot* sagen, nicht einmal *nicht mehr bin* – »würden Sie Marilyn schminken? Ein letztes Mal?«

Whitey sprach: »Miss Monroe, das werde ich.«

»Happy Birthday Mr. President«

Sie hatte geträumt, dass sie ein Kind vom Präsidenten erwartete, doch mit dem Präsidentenbaby stimmte irgendetwas nicht, man würde sie des Totschlags anklagen, die Mittel, die sie nahm, hatten im Uterus zu einer Missbildung geführt, kein im Dunkel schwebendes Seepferdchen mehr, zudem war dem Präsidenten, ungeachtet seines Grauens – als aufrechter Katholik – vor Abort wie Verhütung, sehr daran gelegen, einen Skandal zu vermeiden, und deshalb würde man sie operativ von dem missgebildeten Fötus befreien, *Hey, ich weiß doch, nur ein verrückter Traum,* und alle halbe Stunde wachte sie schlotternd und schweißgebadet mit jagendem Herzen auf und fürchtete, einer von ihnen (Dick Tracy, Jiggs, Bugs Bunny, der Scharfschütze) könne heimlich in ihr Haus eingedrungen sein, um sie zu betäuben (wie sie es schon im Hotel C mit ihrem Chloroform getan hatten, um sie dann komatös im zerknautschten schwarzen Kapuzenregenmantel in die Maschine nach L. A. zu verfrachten), also wählte sie voller Verzweiflung Carlos Nummer, wohl wissend, dass Carlo nicht abnehmen würde, aber allein die Nummer zu wählen, war tröstlich, wie Beten, und der Stolz verbat ihr, darüber nachzudenken, wie viele andere Frauen, und Männer, wohl im Banne eines unsagbar banalen nächtlichen Schreckens Carlos Nummer wählten; als allerdings später, es war schon Tag und sie wach und ganz bei sich und sich ihrer Umgebung bewusst, *Das ist das wirkliche Leben! nicht Theater,* das Telefon läutete und sie abnahm und mit ihrer hauchig verheißenden ›Mädchen-von-oben‹-Stimme sagte: »Ja? Hallo?« (ihre Nummer stand nicht im Telefonbuch, nur ihrem Herzen nahe stehende oder für die Karriere entscheidende Menschen hatten die Nummer), hörte sie das Klick-Knistern in der Leitung, das verriet, dass jemand mithörte, dass an der nächsten Ecke oder unauffällig in der Einfahrt eines Nachbarn ein Transporter mit der Abhörausrüstung stand, was sie natürlich nicht beweisen könnte, und sie wollte auch nicht übertreiben, denn einige ihrer Mittel verstärkten Nervenanspannung, Argwohn, Durchfall, Schwindelgefühle, Brechreiz, paranoide Gedanken und Gefühle. *Doch was man sich vorstellt, kann schon geschehen sein.*

Später, als das Abendlicht die Konturen sanft verwischte, lag sie unter einem apokalyptischen Aquarellhimmel auf einer Plastikliege am Swimmingpool (in dem sie kein einziges Mal baden sollte), blickte hoch und sah: nicht den Präsidenten, sondern den Schwager des Präsidenten, der ihm ähnlich sah, als wären die beiden Männer blutsverwandt, und er sagte lächelnd: »Marilyn. So sieht man sich wieder.« Dieser umgängliche, aalglatte Ex-Schauspieler, der (wie sie inzwischen zu ihrer Schmach erfahren hatte) in einigen Kreisen schmunzelnd, in anderen verächtlich als Präsidialkuppler bekannt war. *Der Teufel in Person. Aber ich glaube doch gar nicht an den Teufel, oder?* Sie fühlte sich verletzlich. Sie hatte Tschechows *Drei Schwestern* gelesen und an einen Auftritt als Mascha gedacht; ein angesehener Theaterregisseur aus New York wollte sie für eine auf sechs Wochen beschränkte Spielzeit engagieren, und ihr optimistisches Herz flüsterte *Warum nicht? Pfeifen kann ich jedenfalls wie Mascha!* denn sie war doch gereift, sie war eine Mascha, sie wuchs in tragische Rollen hinein, und zugleich wandte ihr pessimistisch-realistisches Herz ein *du wirst nur wieder scheitern, lass es.* Die MARILYN-MONROE-Erfolge, die ihre Karriere begründeten, hatten für sie den bitteren Beigeschmack des Scheiterns, einen Geschmack nach nass gewordener Asche, und da erschien unverhofft ein Entsandter des Präsidenten, der sie »mit Blicken verschlang«, MARILYN MONROE im schwarzen Bikini in *Anton Tschechows Stücke* vertieft, konnte man sich etwas Komischeres vorstellen, hätte er doch nur eine Kamera dabei, Himmel! das fände sein Sauf- und Fickkumpane, der Präsident, bestimmt zum Schreien.

Bat MARILYN um einen Drink, den sie ihm holte (barfuß mit einem in schmalen schwarzen Bikinistreifen göttlich wackelnden Arsch und Titten, die zu den erstaunlichsten gehörten, die er je an einer weiblichen Vertreterin der Gattung *homo sapiens* gesehen hatte), und als sie wiederkehrte, überfiel er sie mit seinem Ansinnen: MARILYN MONROE werde gebeten, noch im selben Monat bei einer Galaveranstaltung im Madison Square Garden dem Präsidenten zu Ehren »Happy Birthday« zu singen, es werde eine der größten »Benefizveranstaltungen« aller Zeiten werden und einem verdammt guten Zweck dienen, nämlich der Democratic Party, der Partei des Volkes; fünfzehntausend zahlende Gäste würden erwartet, über eine Million Dollar solle für die Wahlen im kommenden November locker gemacht werden, und nur die allerbesten, allerbegabtesten amerikanischen Entertainer würden aufgefordert werden beizutragen, nur ganz besondere Freunde des Präsidenten wie MARILYN MONROE. Sie machte große Augen. Das Gesicht ungeschminkt, blankgeschrubbt und unscheinbar-schön, das Haar zu

Zöpfchen geflochten, sodass sie weit jünger aussah als sechsunddreißig, rief sie mit wehmütig klagender Stimme scheu: »Oh, ich dachte er m-mag mich nicht mehr? Der Präsident?« Der Schwager des Präsidenten, wie vom Donner gerührt: »*Mag* Sie nicht mehr? Das ist doch nicht Ihr Ernst, Marilyn? *Sie?*« Als sie schwieg und nur an einem schon arg malträtierten Daumennagel kaute, legte er nach: »Honey, Sie müssen doch wissen, dass wir alle nach Ihnen verrückt sind. Nach Marilyn.« Misstrauisch, als hielte sie das für eine Finte, fragte sie: »Sind – Sie das?« »Unbedingt. Selbst die First Lady, die Eiskönigin, wie man sie liebevoll nennt. Schwärmt für Ihre Filme.« »*Sie* schwärmt? Oh.« Er lachte, leerte sein Glas, einen so ungekonnt gepanschten Scotch und Soda, wie ihn selbst ein Kind zuwege brächte – im falschen Glas, und das noch angeknackst. »Durch die Finger sehen. So halte ich es auch.«

Sie könne unmöglich mitten in den Dreharbeiten nach New York fliegen, sagte sie. Man suche ohnehin nur einen Grund, sie abschießen zu können, sagte sie. Oh, es tue ihr schrecklich leid, sie wisse, was für eine Ehre es sei, eine Ehre, wie sie einem nur einmal im Leben angetragen werde, aber sie dürfe ihr Engagement keinesfalls aufs Spiel setzen, weil sie schlicht das Geld brauche. Sie sei nicht Elizabeth Taylor, die pro Film eine Million Dollar Gage bekomme; sie könne von Glück sagen, wenn sie hunderttausend kriege, und davon bleibe nach Abzug der Ausgaben und Honorare für Agenten und Gott weiß was sonst noch für Blutsauger beschämend wenig übrig. Vielleicht könne er das dem Präsidenten erläutern? Das Haus hier, das sie sehr liebe, koste horrend viel, eigentlich mehr, als sie sich leisten könne. Flugscheine, Hotelkosten, ein neues Kleid, oh Gott, sie würde bestimmt ein besonderes Kleid für den Anlass tragen müssen, oder nicht, das allein würde schon Tausende Dollar kosten, und wenn sie nach New York fliege und damit den Vertrag mit der Produktionsgesellschaft verletze, werde die Gesellschaft natürlich nicht für das Kleid aufkommen, auch keine Spesen übernehmen, sie wäre ganz auf sich gestellt; nein, es gehe wirklich nicht, eine große Ehre, wirklich, aber nein: sie könne es sich schlicht nicht leisten.

Außerdem weiß ich ganz genau, dass er mich verabscheut. Mich nicht achtet. Warum sollte ich mich von dieser Meute ausbeuten lassen!

Der Präsidialkuppler verabschiedete sich mit Verbeugung und Handkuss. »Marilyn. Auf ein Wiedersehen.«

Der ganze Spaß würde fünftausend Dollar kosten.

Sie hatte keine fünftausend Dollar, aber (man hatte es ihr fest zugesichert!)

die Träger der präsidialen Geburtstags-Gala würden die Kosten übernehmen, auch die für ihre Abendtoilette, also fand sie sich bei einem Couturier ein, aufgeregt, zapplig und mit schwirrendem Kopf wie ein High-School-Mädchen, das sein Kleid für den Abschlussball anprobiert. Und was für ein Abschlussballkleid! Ein sehr, sehr dünner »nackter« Stoff, ein hauchdünner Film und wie durch Zauberhand bestreut mit Hunderten – Tausenden? – Strass-Steinchen, sodass MARILYN MONROE glimmern – glänzen – glitzern – würde, im herrlich heißen Schweinwerferlicht der Bühne des Madison Square Garden förmlich explodieren. Sie würde unter dem Kleid selbstverständlich nichts tragen. Nichts, gar nichts. Hundert Prozent MARILYN MONROE. Sorgfältig rasierte sie sich alle Körperhaare ab, machte sich glatt wie eine Puppe. Oh je! die alte glatzköpfige Puppe ihrer Kindheit mit den schlackrigen Beinen! Doch an MARILYN MONROE ist nichts schlackrig, noch nicht. Sodass die johlenden Gäste auf den gestopft vollen Rängen Stielaugen bekämen, die üppige Sex-Aufziehpuppe des Präsidenten stieläugig beglotzen, denn in der Tat sah sie aus wie eine aufblasbare platinblonde Puppe, beglotzen und sich einbilden, was sie in Wirklichkeit gar nicht sehen konnten und doch, weil sie es sich einbildeten, sahen *die Andeutung einer Fut! Andeutung eines Schnitts! Andeutung eines Nichts* zwischen göttlich weiblichen cremeweißen Schenkeln! als wäre die Andeutung die Realpräsenz, ein Mysterium. Zufällig sollte an diesem Geburtstags-Galaabend niemand anderer als der gut aussehende Schwager des Präsidenten, oder, wie er einem kleinen Kreis bekannt war, der Präsidialkuppler, den Conferencier geben; launig, freudestrahlend und in seinem Smoking sehr elegant, peitschte er die Stimmung im Publikum zu einem frenetischen Jubel-, Pfeif-, Trampel-, Beifallssturm für die Präsidialhure MARILYN MONROE auf.

Eine so sturzbetrunkene Marilyn, dass sie aus den Kulissen mit Schwung in die richtige Richtung gestoßen werden und von dem breit grinsenden Conferencier an den Unterarmen aufgefangen und ans Mikrophon gezogen werden musste. Eine so platzeng in ihr albernes Kleid eingenähte und auf ihren Stöckelschuhen wankende Marilyn, dass sie kaum gehen konnte, nur in gezierten Babyschrittchen vortrippeln. Eine trotz Trunkenheit und Koksrausch so verängstigte Marilyn, dass ihre Augen nirgends Halt fanden. Was für ein Anblick. Was für eine Erscheinung. Fünfzehntausend wohlhabende Democrats röhrten begeistert. Es sei denn höhnisch. *Mari-lyn! Mari-lyn!* Dieses göttliche Weib als großes Finale der Geburtstags-Gala, das Warten hatte sich gelohnt. Selbst der Präsident, der bei vorigen Darbietungen eingenickt war, selbst den ergreifenden, von einem gemischten Farbigen-Chor aus Alabama a cappella vorgetragenen Gospels, merkte auf. Lümmelte im Smoking in der präsidialen Loge über der Bühne, der jungenhaft gut aussehende Präsident, Füße auf der Balustrade, eine dicke Zigarre (kubanisch, die besten) zwischen den Zähnen. Und was waren es doch für kantige milchweiße Zähne. Er stierte auf MARILYN MONROE hinab, dieses Wunder weiblicher Rundungen in ihrem glitzrigen »Nacktenkleid«. Blieb Marilyn Zeit sich zu fragen, ob der Präsident am ersten Juni nach Los Angeles fliegen würde, um ihren Geburtstag mitzufeiern, allein zu zweit womöglich; nein, unwahrscheinlich, dass ihr überhaupt Zeit für Fragen blieb, denn da stand sie nun benommen vor dem Mikrophon, befeuchtete sich abwesend die lippenstiftroten Lippen, als suchte sie verzweifelt Antwort auf die Frage, wo sie war, was das hier war, wankte mit glasigem Blick auf stöckeligen Schuhen und begann schließlich, nach einer ungemütlich langen Pause mit schwacher, hauchiger, kehlig-erregender MARILYN-Stimme zu singen

HAP py birth day to YOU
Happy birth dayyy to YOU
H-Hap py bir th day mis ter
PRES i dent
Hap py BIRTH day TOYOU

Irgendwie brachte sie trotz ihrer entsetzlich trockenen Kehle, des Brausens in ihren Ohren und der wirbelnden weißen Scheinwerfer atemlos die Silben heraus, während sie dastand und sich am Mikrophon festhielt, sich verzweifelt daran festklammerte, damit sie nicht umfiel, und hinter ihr wartete, ohne dass er ihr in irgendeiner Weise behilflich gewesen wäre, der Conferencier, klatschte aufmunternd und begaffte breit grinsend ihren Hintern in dem schimmernden Kleid; manche sollten später behaupten, MARILYN habe den wie ein verwöhnter Prinz in der Loge über ihr lümmelnden Präsidenten liebeskrank angeschmachtet und ihr schwül-intimes Kinderliedchen sei für seine Ohren allein bestimmt gewesen, nur war der Präsident eben in Partylaune und nicht sentimentaler Stimmung, der Präsident saß zwischen seinen wüsten Kumpanen, Bruderrivalen und anderen, während die First Lady durch Abwesenheit glänzte, da sie den plebejischen Rummel solch gewöhnlicher »Benefizveranstaltungen« wie hier im Madison Square Garden verabscheute und dieser Meute aus Partylöwen und Politicos, diesen ungeho-

belten Gesellen! feinere Gesellschaft vorzog. Der Präsident sah also wohlge-
fällig auf eine ihn gewinnend angurrende MARILYN MONROE herab, und
da stieß ihn einer seiner Kumpel in die Seite *Hoffentlich fickt sie besser als
sie singt, Prez* und der schlagfertige Prez nuschelte an seiner Zigarre vorbei
Nein, aber beim Ficken singt man normalerweise nicht, worauf sich in der
Loge alles bog vor Lachen. Doch siehe da: MARILYN MONROE stand die
Zitterpartie des »Happy Birthday«-Refrains nicht ein-, nein, sogar zweimal
durch, vor einem vieltausendköpfigen Publikum, das ihrem Drahtseilakt so
gebannt folgte wie Zirkusbesucher, denen angesichts einer von plötzlichem
Schwindel erfassten Seiltänzerin hoch über ihren Köpfen der Atem stockt,
fällt sie?, nein: sie sang, ohne sich (schien es) ein einziges Mal zu vertun,
ohne ins Stocken oder aus dem Tritt zu geraten, und sie riss den ganzen Rie-
sensaal von den Sesseln und in das gemeinsame, vieltausendstimmige Finale
eines »Happy Birthday Mr. President« mit. *An diesem Abend war Marilyn
einfach großartig, eine Glanznummer, das macht ihr so schnell niemand
nach, den Mumm, sich vor fünfzehntausend Leute hinzustellen, obwohl
man weiß, dass man kein Talent hat* und bot dabei einen Anblick wie eine
Ertrunkene, wenngleich natürlich bildschön auf ihre totenweiße Art, eine
knapp unterhalb der Wasseroberfläche treibende Leiche *so bezaubernd an
diesem Abend, dass wir uns wieder ganz neu in sie verliebten, Marilyn, in
diesem aberwitzigen Glitzerkleid, in das man sie eingenäht hatte wie die
Wurst in die Pelle, und wir kamen aus dem Staunen nicht mehr heraus, als
sie mit dieser wehmütigen Geisterstimme wahrhaftig fast sang.* Und dann
war es vorbei. Sie blinzelte ins Licht, diesen Fremden entgegen, die sie vergötterten. Ihr applaudierten und zuschrien. Auch der Präsident und seine Begleiter klatschten eifrig. Lachten und klatschten. Oh, sie mochten sie doch!
Sie achteten sie. Sie war nicht umsonst trotz schlechter gesundheitlicher
Verfassung und in Todesangst angereist. *Der glücklichste Tag meines Lebens*
wollte sie sagen, *jetzt kann ich glücklich sterben. Ich bin ja so glücklich, oh,
vielen Dank!* wollte es der Menge erklären, doch der strahlende Conferencier im Smoking drängte sie schon ab, Vielen Dank, Miss Monroe, wir danken Ihnen vielmals, und aus den Kulissen trat ein Assistent, um Miss Monroe abzuführen, arme, benebelte Frau, am Arm eines Fremden. *Man sah,
dass es ihr nicht gut ging, dass sie ausgebrannt war, alles gegeben hatte, sich
verausgabt, ein jämmerlicher Anblick* musste von einem Fremden gestützt
werden, und sie hätte sich womöglich da und dort zu Boden sinken lassen,
schlafen, nur schlafen, hätte er sie nicht sanft gedrängt *Miss Monroe? nicht*

hier, Sie werden sich doch nicht hinlegen wollen, und dann stand sie, hielt sich zunächst schwer atmend am Türrahmen fest, stützte sich dann auf den Waschtisch im Bad, allein, gegen Übelkeit ankämpfend, in ihrem Badezimmer in der Nummer 12 305 Fifth Helena Drive und starrte das verhärmte Gesicht im Spiegel an, war sie denn gar nicht weggefahren? gar nicht nach New York geflogen, um für den Präsidenten »Happy Birthday« zu singen? doch, aber es war Tage her, sie war von der Produktionsgesellschaft gefeuert worden und es sollte (laut *Variety*) eine Schadensersatzklage in Höhe von einer Million Dollar angestrengt werden, aber sie hatte ihren großen Auftritt gehabt, in ihrem Schrank hing das einzigartige »nackte« Strasskleid, ein so wunderschönes Kleid braucht einen Stoff-, nicht einen Drahtbügel, aber sie hatte keinen, oder wenn sie irgendwo noch einen hatte, wusste sie nicht wo, oh Gott, mit Schrecken sah sie, dass viele Strass-Steinchen bereits abgefallen waren, und dabei würde sie das Kleid so teuer zu stehen kommen, denn nie würden die die Kosten »übernehmen«. Sie wusste es!

Per Boten
3. August 1962

Da kam er, der Tod, direkt auf sie zukatapultiert, ohne dass sie wissen konnte, in welcher Gestalt oder wann.

An diesem Abend, unmittelbar nach der Botschaft von Cass Chaplins Tod.

Als sie benommen den Hörer auflegte, saß sie lange Zeit reglos da, einen Brackwassergeschmack hinten im Rachen, kalt. *Cass ist nicht mehr! Wir haben uns nicht Lebwohl gesagt.* Mit sechsunddreißig Jahren, so alt wie sie. Ihr Zwilling. Die Nachrufe auf Charlie Chaplin Jr., Sohn des unvergesslichen Tramp, würden ungnädig sein.

»Bin ich schuld? Es ist so lange her.«

Schuld empfinden zu können, wäre himmlisch. Mich lebendig fühlen zu können!

Eddy G hatte es ihr gesagt. Ein betrunkener und streitsüchtiger, nicht zu verkennender Eddy G.

Spontan wollte sie fragen, wo er die Nummer herhatte, es war eine Geheimnummer, dann fiel ihr ein, dass der Präsident widersprochen hatte *Es gibt keine Geheimnummern*. Also lauschte sie stumm, wohl wissend, dass es für Eddy Gs Anruf nur einen Grund geben konnte, und zwar dass Cass Chaplin tot war; umgekehrt hätte Cass ihr genauso den Tod Eddy Gs gemeldet.

Also ist Cass der erste! Von uns Zwillingen.

Insgeheim hatte sie immer Cass als Vater von Baby betrachtet.

Weil sie ihn mehr geliebt hatte, als sie Eddy G lieben konnte.

Weil er vor Marilyn in ihr Leben getreten war. Als sie »Miss Golden Dreams« war und die Welt ihr noch offen stand.

Bin ich schuld? Wir alle wollten Baby tot sehen.

Cass, sagte Eddy G, sei am frühen Morgen gestorben. Der ärztliche Leichenbeschauer habe gemeint, zwischen 3 und 5 Uhr. In einem Haus am Topanga Drive, einer vorübergehenden Adresse, wo ihn Eddy G gelegentlich besucht hatte.

Ein Alkoholiker-Tod, sagte Eddy G, nicht ein Drogen-Tod.

Norma Jeane schluckte. Oh, sie wollte es nicht hören!

Eddy G fuhr mit rauer Stimme fort; man hörte den Schauspieler, der sich zu seinen tief vergrabenen Emotionen vorarbeitete, seiner Wut: erst Ruhe, eine trügerische Ruhe, dann holte man alles raus, zusammengebissene Zähne, belegte Stimme. »Er lag rücklings auf seinem Bett, im Vollrausch, Wodka hatte er getrunken, hauptsächlich, und irgendwelchen Papp gegessen, schätze Chow mein mit Frühlingsrollen, und es kam ihm hoch, er konnte sich aber nicht auf die Seite wälzen, und weil niemand bei ihm war, ist er an seinem Erbrochenen erstickt. Klassischer Alkoholiker-Tod, wie? Ich habe ihn gefunden, als ich gegen Mittag vorbeischaute.«

Norma Jeane lauschte. Sie war sich nicht sicher, was genau sie gehört hatte. Kauerte vornübergekrümmt da, Faust im Mund.

Mit kindlichem Eifer sagte Eddy G (als hätte er eigentlich deswegen angerufen, und nicht, um Norma weh zu tun oder sie zu betrüben): »Cass hat dir ein Andenken hinterlassen, Norma. Den Großteil seiner Sachen hat er mir vermacht – aber dieses Andenken, da hat er immer gesagt: ›Das soll eines Tages Norma bekommen‹. Es war ihm wichtig. ›Norma gehörte mein Herz‹, hat er immer gesagt.«

Norma Jeane flüsterte: »Nein.«

»Wie, nein?«

»Ich w-will es nicht haben, Eddy.«

»Woher willst du das wissen, Norma? Wenn du gar nicht weißt, was es ist?«

Darauf wusste sie keine Antwort.

»Also, Baby. Ich schicke es dir per Boten.«

Da kam er, der Tod, direkt auf sie zukatapultiert und im schwindenden Licht dessen, was (wie sie annahm, sie war nicht draußen gewesen, hatte ihre Jalousien größtenteils nicht mal geöffnet) ein brütend heißer Tag gewesen sein musste, kam der Tod und schellte an ihrer Tür, und das schreckliche Warten hatte ein Ende, bald wäre es überstanden. Ein grinsender Tod, der seine kantigen milchweißen Zähne blitzen ließ, sich mit einem Ärmel den Schweiß von der Stirn wischte, ein langes Elend, ein mexikanischer Junge im Cal-Tech-T-Shirt. »Ma'am? Päckchen für Sie.« Sein Fahrrad war potthässlich, schmucklos, einzig auf den Zweck ausgerichtet, ihn durch die verstopften Straßen von L. A. zu katapultieren, und sie schmunzelte, denn dieser wildfremde Mensch brachte ihr den Tod und wusste nichts davon. Ein Bote des Hollywood Messenger Service, der sich an einer Brentwood-Adresse ein dickes Trinkgeld erhoffte, und sie würde ihn nicht enttäuschen. Nahm das leichtgewichtige Päckchen in dem zuckerstangengestreiften Glanzpapier mit der fertig im Dimestore gekauften Satinschleife aus seiner Hand entgegen.

»MM« Bewohnerin
12 305 FIFTH HELENA DRIVE
BRENTWOOD, KALIFORNIEN
USA
»ERDE«

Sie hörte sich silbrig lachen. Sie unterschrieb »MM«.

Der Bote sagte nicht etwa: Heißen Sie wirklich so, Ma'am? das ist aber ein komischer Name? Der Bote erkannte »MM« offenbar nicht.

In ihrer zwar gewaschenen, aber ungebügelten Aufmachung, auf nackten Sohlen mit splittrig rosa lackierten Zehennägeln, dem unter einem zum Turban gedrehten Handtuch verborgenen ungekämmten, verfilzten, an den Wurzeln dunkel nachwachsenden Haar. Hinter der gewaltigen dunklen Sonnenbrille, deren Gläser der Welt wie ein Negativ alle Farbe nahmen.

Sie sagte: »Warten Sie doch einen Augenblick, b-bitte.«

Sie ging hinein, um ihre Handtasche zu suchen, aber wo war das Portemonnaie, nicht in der Handtasche, oh Gott, wo hatte sie es bloß hingelegt, hoffentlich war es nicht gestohlen worden wie schon das vorige Portemonnaie, es wurde ihr so viel genommen, verlegt, verloren, geplündert; sie trug das in Glanzpapier gewickelte Päckchen herum, als sei nichts dabei, als handelte es sich um eine Lieferung, auf die sie gewartet hätte, deren Inhalt sie kannte, nagte an ihrer Unterlippe und geriet jetzt bei der Suche nach dem verdammten Portemonnaie im Durcheinander des dämmrigen Wohnzimmers langsam ins Schwitzen: auf dem Sofa noch unausgepackt in seiner Zellophanhülle ein Lampenschirm, mexikanische Wandbehänge, die sie im Frühsommer gekauft hatte und die immer noch nicht hingen, Terracottavasen, erdfarben glasiert, oh, wo war nur das Portemonnaie abgeblieben? Das ihren im Bundesstaat Kalifornien ausgestellten Führerschein enthielt, ihre Kreditkarten und das, was an Geld noch übrig war? und im Schlafzimmer mit seinem strengen Arzneimittelgeruch, mit dem flüchtigen Duft von Parfum, losem Puder, dem süßlich verrotteten Geruch eines Apfelbutzens, der neulich abends unters Bett gekullert sein musste; schließlich wurde sie in der Küche fündig, wühlte in dem teuren kalbsledernen Portemonnaie, Geschenk eines vergessenen Freundes, und förderte endlich einen Schein zutage, eilte mit diesem an die Haustür zurück, doch –

»Ach. Das tut mir leid.«

Der Bote war auf seinem klobigen Fahrrad auf und davon.

In der ausgestreckten Hand eine Zwanzig-Dollar-Note.

Es war der kleine gestreifte Tiger.

Das Stofftier. Das Kinderspielzeug, das Eddy G für Baby gestohlen hatte.

»Oh Gott.«

So lange her! Mit zitternden Finger zerriss sie das Glanzpapier, und zuerst dachte sie – aber das war ja verrückt, sie hatte gedacht, es wäre vielleicht der Tiger, der ihr im Waisenhaus gestohlen worden war; Fleece hatte behauptet, sie hätte ihn gestohlen, weil sie eifersüchtig war, aber vielleicht (vielleicht!) hatte Fleece ja gelogen; dann dachte sie, möglicherweise wäre es der Tiger, den sie aus den Restposten vom Dimestore für Irina genäht und für den sich Harriet nie bedankt hatte; obwohl sie natürlich genau wusste, dass es nur der Tiger sein konnte, den Eddy G aus dem Schaufenster genommen hatte. An den Laden erinnerte sie sich noch lebhaft: HENRI'S SPIELWAREN. SPEZIALITÄT – HANDGEFERTIGTE SPIELWAREN. Eddy G hatte sie zu Tode erschreckt, als er das Schaufenster einschlug und den kleinen gestreiften Tiger schnappte, weil Norma Jeane den Wunsch geäußert hatte, ihn zu besitzen, für sich und für Baby.

Jetzt starrte sie auf dieses Stofftier, und ihr Herz schlug so, dass ihr Körper vibrierte. Warum war Cass so viel daran gelegen, dass sie ihn bekam? Obwohl er zehn Jahre alt war, sah er aus wie neu. Er war nie gedrückt und von einem Kind beschmutzt worden. Cass musste ihn achtlos in eine Schublade gestopft haben, dieses Andenken an Norma und an Baby, ohne je zu vergessen.

»Aber auch du wolltest Baby doch tot sehen. Ich weiß es.«

Sie studierte das Kärtchen, das Eddy G zu dem Spielzeug gelegt hatte. Es sei denn, Cass hatte die Widmung getippt, weil er das Ende nahen fühlte.

FÜR MM ZU LEBZEITEN, DEIN UNGLÜCKLICHER VATER

»Sie alle gingen in das Reich des Lichtes ein«

Das Geisterpianino. Rasch konnte sie handeln, wenn nötig. Wenn keine Zeit blieb. Zwei, drei Anrufe & das weiße Steinway-Pianino wurde in die Lakewood-Klinik geliefert und im Namen GLADYS MORTENSENS in den Besuchersalon gestellt. Gladys schien verwirrt, als man ihr die Stiftung erklärte, doch in dieser neuen Phase ihres Lebens (sie war zweiundsechzig, hatte nie versucht, aus der Privatklinik zu entkommen, hatte weder ihre Mitpatienten noch Betreuer in Unruhe versetzt, sondern sich zur mustergültigen/stabilisierten Patientin gemausert) ließ sie sich gerne eine Freude machen oder dem Anschein nach eine Freude machen, so wie ein Kind auf die Erwartung von Erwachsenen mit einem Lächeln zu reagieren imstande ist, zwar mochte sie sich, trotz wiederholter Aufforderungen, nicht ans Pianino setzen, berührte aber scheu die Tasten, schlug ein paar Akkorde auf dieselbe behutsam ehrfürchtige Art an wie ihre Tochter. Zum Direktor & dem hingerissenen Personal sagte Norma Jeane *Es ist ein kostbares Instrument, das stets sorgfältig gestimmt worden ist, hat es nicht einen herrlichen Klang?* & man versicherte ihr, es sei ganz einzig & man wisse es sehr zu schätzen. Die Szene war in jeder Hinsicht improvisiert, lief aber gut. Erstaunlich gut. Der Direktor sprach ihr den Dank aller aus, & es bestaunten mehr Angestellte, als sie in Erinnerung hatte, & etliche von Gladys' Patienten-Bekannten strahlend & luzide diese blonde Besucherin, die sie mittlerweile ganz unverhohlen Miss Monroe nannten, & es wäre ihr so albern wie zwecklos erschienen, darauf zu bestehen, dass sie ihren richtigen Namen verwendeten. Im Besuchersalon schimmerte das zierliche kleine Klavier zwischen den schweren Möbeln geisterhaft wie ein Klavier in der Erinnerung. Eben sagte sie *Musik ist für empfindsame Seelen so wichtig, einsame Seelen, ach, Musik hat mir immer so viel bedeutet* Gemeinplätze & als solche tröstlich, & der Direktor ergriff zum zweiten oder dritten Mal wärmstens ihre Hand, ganz unverkennbar im Bemühen, die besuchende Berühmtheit noch zum Verweilen zu bewegen.

Doch sie habe leider eine weitere Verpflichtung, erklärte sie, verabschiedete sich von der Mutter mit Küsschen, & obgleich Gladys ihren Kuss nicht erwiderte oder sie drückte, lächelte sie doch, ließ Kuss & Umarmung der Tochter über sich ergehen – *So benimmt sich eine Mutter, ich weiß wohl –*, wahrscheinlich lag es an der medikamentösen Behandlung, denn um wie viel barmherziger & menschenwürdiger waren doch starke Beruhigungsmittel als eine Lobotomie oder Elektroschocks, & vor allem waren sie brachialen unkontrollierten Gefühlen unbedingt vorzuziehen, & Norma Jeane versprach, anzurufen & das nächste Mal länger zu bleiben, & entfernte sich mit raschen Schritten, wobei sie die Sonnenbrille wieder aufsetzte, damit niemand ihre Augen sah, aber eine der jüngeren Schwestern begleitete sie kühn auf den Parkplatz hinaus, eine nervöse Blonde, wie eine jüngere Ausgabe von June Haver, zu schüchtern, um von Marilyn Monroe zu sprechen, stattdessen von dem Klavierunterricht plappernd, den sie seit fünf Jahren nehme, sodass sie hoffe, den Patienten ein bisschen was beibringen zu können. *Ein weißes Klavier, meine Güte! Ich dachte, so was gibt's nur im Film*, & Norma Jeane sagte *Es ist ein Erbstück, es hat einmal Fredric March gehört*, & die junge Schwester hob fragend die Augenbrauen und meinte *Wem?*

Der Kamin. Er hatte sie also gehasst, & sie würde seinen Hass ebenso annehmen, wie sie einst seine Liebe angenommen hatte, sich in seiner Liebe gesonnt & ihn verraten, & sie sah wohl, dass es nur recht & billig war, außerdem eigentlich zum Lachen, ein Witz, wüssten Widersacher davon, sie würden lachen *Cass Chaplin hat der Monroe verdrehte Briefe geschrieben, in denen er sich als ihr Vater ausgab, & sie hat es geglaubt; jahrelang ging das so.* Briefe, die sie wie Schätze gehütet hatte, in einem besonderen kleinen Safe aufbewahrt, wo sie vor Feuersbrünsten, Überschwemmungen, Erdbeben, den Unbilden der Zeit sicher wären, diese Briefe, getippt & mit *dein unglücklicher Vater* unterzeichnet, verbrannte sie, ohne sich überhaupt noch einen Blick auf das Geschriebene zu gestatten, im offenen Kamin in der Nummer 12305 Fifth Helena Drive. *Das erste & letzte Mal, dass die Monroe den Kamin benutzte.*

Der Spielplatz. Genau genommen waren es mehrere Spielplätze, in Brentwood einer, der zu Fuß mühelos zu erreichen war, dann weitere in West Hollywood & in der Stadt, denn sie hatte Angst, aufzufallen, beobachtet & erkannt zu werden, wie das vor Jahren in Manhattan am Washington Square Park der Fall gewesen war, als sie den Kindern beim Spielen zugesehen & gelacht & sie nach ihren Namen gefragt hatte, & es war damals noch in Ordnung gewesen, in den Monaten vor Galapagos Cove & dem Sturz in den Keller; aber jetzt, da die Erdachse verrutscht war, war sie klüger & auf der Hut & kehrte selten öfter als einmal alle zehn oder vierzehn Tage an ein & denselben Spielplatz zurück. Die Kinder kannte sie mit der Zeit, obwohl sie die Kleinen nur unauffällig beobachtete. Sie brachte sich ein Buch oder eine Zeitschrift oder ihr Tagebuch mit. Sie setzte sich in die Nähe der Schaukeln vor die Rutsche & die Kletterstange & Wippen. Sie nahm in Kauf, dass irgendjemand sie beobachten könnte (& zwar nicht nur Mütter oder Kindermädchen), sie aus kurzer Entfernung ins Visier nehmen & sie heimlich fotografieren oder filmen könnte. Der Scharfschütze in seinem Lieferwagen oder ein (vom Ex-Sportler, der sie immer noch liebte & bitterlich eifersüchtig war, angeheuerten?) Privatdetektiv, denn letzten Endes konnte sie sich nicht schützen, es sei denn, sie vergrub sich für immer in ihrem Haus, & das würde sie nicht tun: die Spielplätze, die Kinder zogen sie unweigerlich an. Zu gerne hörte sie ihr aufgeregtes Geschrei & Gelächter & wie die Mütter ihre Namen immer wieder aussprachen, den Klang; wenn sie angesprochen wurde, wenn ein Kind einem Ball hinterherlief, der dicht an ihr vorbeirollte, blickte sie zwar hoch & lächelte, vermied es jedoch, trotz Verkleidung, mit Erwachsenen Blickkontakt aufzunehmen, aus Angst. *Heute war eine Frau im Park, die sah aus wie Marilyn Monroe, ich schwör's, nur älter & dünner & einsam, irgendwie!* Doch wenn die Umstände günstig waren, ein Kind angelaufen kam & die Mutter/das Kindermädchen weit genug weg war, dann sagte sie vielleicht mal *Hi! Wie heißt du denn?* & ließ zu, dass das Kind innehielt, um es ihr zu verraten, denn manche Kinder sind kontaktfreudig & freundlich & andere scheu wie Mäuschen. Den kleinen gestreiften Stofftiger jedoch, den mochte sie keinem Kind schenken. Sie mochte nicht zu einer der Mütter oder einem Kindermädchen oder Babysitter gehen & sagen *Verzeihen Sie, ich habe hier ein Stofftier, das einem kleinen Mädchen gehört hat, die jetzt schon zu groß dafür ist, wollen Sie es nicht nehmen? Es ist ganz sauber! wie neu! handgenäht!* Nicht einmal im Fiebertraum mochte sie sagen *Verzeihen Sie, das hat einem kleinen Mädchen gehört, das gestorben ist, wollen Sie es nicht haben? Ach, bitte, wollen Sie es nicht nehmen?* Das verboten der Stolz & die Angst vor Abweisung. Sie hätte es nicht ertragen, abgewiesen zu werden. Sie machte es anders, sie fuhr zu einem der Spielplätze in Los Angeles, wo es weiße, schwarze, mexikanische Kinder gab, & dort ließ sie den kleinen gestreiften Stofftiger auf einem der Picknicktische am Sandkasten liegen, wo die jüngsten Kinder spielten, & sie schlenderte, ohne zurückzublicken, davon, & als sie dann nach Brentwood zurückfuhr, empfand sie eine enorme Erleichterung, jetzt konnte sie wieder frei atmen & tief, & schmunzelnd stellte sie sich vor, wie ein kleines Mädchen das Stofftier entdeckte ... *Mommy, guck mal!* & die Mutter würde sagen *Aber wem gehört es denn, es muss doch jemandem gehören,* & das kleine Mädchen würde sagen *Ich habe es gefunden, Mommy, es gehört mir,* & die Mutter würde herumfragen *Gehört dieses Stofftier dir? Oder dir?* & so würde die Szene sich spielen, wie es alle Szenen tun, in unserer Abwesenheit.

Der Zeitreisende. Es war eine Zeit der Disziplin. Es war eine nicht-wiederholbare Zeit & daher im Detail heilig. In ihr Tagebuch schrieb sie ein Gedicht & ein Märchen. Ihr Schulmädchen-Tagebuch war längst voll, das kleine rote Heft, Geschenk einer Frau, die Norma Jeane geliebt hatte, Seite um Seite mit Norma Jeanes Handschrift bedeckt & mit vielen losen Blättern ergänzt. Auf eines dieser Blätter übertrug sie sorgsam die Worte einer alten Seite, auf der die Tinte schon verblasste *So reiste ich, immer wieder anhaltend, in Etappen von tausend oder mehr Jahren weiter, unwiderstehlich angezogen von dem Geheimnis des Erdenschicksals. Es war faszinierend mit anzusehen, wie die Sonne am westlichen Himmel immer größer & matter wurde & das Leben der alten Erde allmählich verebbte. Zuletzt, mehr als dreißig Millionen Jahre von heute an gerechnet, verdeckte der rot glühende Sonnenball bereits mehr als ein Zehntel des dämmrigen Himmels ... Eisige Kälte überkam mich.* Aber noch lebte sie.

Chloroform. Es war ein Traum & deshalb nicht wirklich. Sie wusste es. Es gab keine weiteren Anhaltspunkte. Sie halluzinierte nicht. Chloralhydrat war das sichere Beruhigungsmittel. Es lag nicht an ihrer geistigen Verfassung. Sie hatte den Telefonhörer entfernt, wie man die Versuchung von sich fern hält. In eine Kommodenschublade gesperrt. Wenn es läutete: wie das Wimmern eines Babys. Um gar nicht in die Versuchung zu geraten abzuheben, denn es gab niemanden, mit dem sie hätte sprechen wollen außer dem, der nie anrufen würde. Und der Stolz verbot ihr eine gewisse Nummer zu wählen, von der sie geschworen hatte, sie würde sie nie benutzen. Wenn seit Mitte Juli feststand, dass sie nicht mehr blutete, dann musste es einen anderen Grund geben, & sie musste diesen Grund kennen. Sie untersuchte ihre Brüste: es waren/waren nicht die Brüste einer Frau in den ersten Schwangerschaftswochen. Brüste, mit denen sie den Geruch des Atlantiks verband.

900

Galapagos Cove so lebhaft/verschwommen vor Augen wie ein Film, den sie vor langer Zeit bei überwachem Bewusstsein gesehen hatte, großer Erregung. Sie fragte einen ihrer Ärzte, & er sagte, ohne Untersuchung könne er nichts Endgültiges sagen, Miss Monroe & natürlich einem Schwangerschaftstest, & er klang ernst, & rasch sagte sie Oh, aber heute habe ich dazu keine Zeit. Ging nicht wieder hin. (Eine Quelle großer Angst, diese Ärzte & Analytiker! *Eines Tages werden sie mich verraten. Ihre Patientin. Sie werden Monroes Geheimnisse in die Welt hinausposaunen, & was sie an Geheimnissen nicht kennen, werden sie sich ausdenken.*)

Sie wusste, was Wechseljahre waren & staunte mit geradezu klinischer Faszination Jetzt schon? So früh? Verwechselte ihr Alter (sechsunddreißig) mit dem ihrer Mutter (zweiundsechzig). Auf den ersten Blick konnte man meinen, die eine Zahl sei das Doppelte der anderen, aber das stimmte nicht. Und doch waren sie beide im Zeichen der Zwillinge geboren, das war die schicksalhafte Verbindung. Und in der Nacht erschien jemand, es musste mehr als nur eine Person gewesen sein, aber sie bemerkte nur eine, verschaffte sich durch eine hintere Tür Einlass in ihr Haus, & während sie nackt unter einem einzigen Laken in ihrem Bett lag & sich nicht rühren konnte, so gelähmt war sie vor kreatürlicher Angst, wurde ihr ein gefaltetes, mit Chloroform getränktes Tuch auf Mund & Nase gedrückt, & sie konnte sich nicht befreien & bekam keine Luft zum Schreien & wurde aus dem Haus in einen wartenden Wagen getragen & in einen Operationssaal gebracht, wo ein Chirurg das Baby des Präsidenten entfernte (unter dem Vorwand, dass es missgebildet sei & nicht überlebensfähig), & als sie fünfzehn Stunden später erschöpft & blutend & unter Krämpfen erwachte: zäher schleimiger Blutfluss, der Laken & Matratze unter ihrem nackten Leib tränkte, war ihr erster Gedanke *Oh Gott, was für ein grässlicher Traum,* & der zweite *Ich kann nur hoffen, dass es auch wirklich ein Traum war, denn glauben würde mir das sowieso keiner.*

Der weiße Badeanzug 1941. »Das Naivchen. Klar, kannten wir sie. Sie hatte einen neuen Badeanzug, weiß & todschick, einteilig mit gekreuzten Trägern vorn & hinten weit ausgeschnitten, & die Kleine hatte eine umwerfende Figur & trug ihr lockiges überschulterlanges Haar offen, aber der Badeanzug war aus irgend so einem billigen Material, & wenn sie ins Wasser ging (das war damals Will Rogers Beach), dann wurde er fast durchsichtig, sodass man ihr Schamhaar sah & die Brustwarzen, aber das schien sie gar nicht zu merken, rannte kreischend in die Brandung, & Bucky wurde knallrot & verlegen & muss schließlich doch irgendwas zu ihr gesagt haben, weil sie sich beruhigte & ein Handtuch umlegen ließ, & dann musste sie eines seiner Hemden anziehen, umflatterte sie wie ein Zelt. Da genierte auch sie sich & sagte den ganzen Tag kein Wort mehr. Wir haben sie nicht offen ausgelacht, aber gelacht haben wir schon, sie wurde in unserer Clique als Witz gehandelt; wenn Bucky & seine Norma Jeane nicht dabei waren, haben wir uns halb totgelacht.«

Das Gedicht.

Strom der Nacht.
& ich dieses Auge. Offen.

Schwab's. Seit Monaten nahm sie kein Nembutal mehr. Zwar bescheidene Mengen Chloralhydrat, das sie von zwei verschiedenen Ärzten verschrieben bekam & von dem sie daheim große Vorräte hatte, bestimmt fünfzig Kapseln. Von einem neuen Arzt hatte sie gerade erst wieder ein Rezept für Nembutal geholt, & damit ging sie abends zu Schwab's & wartete, dass man ihr die fünfundsiebzig Tabletten für eine mehrwöchige Auslandsreise aushändigte, & während sie wartete, schritt sie rastlos im hell erleuchteten Drugstore auf & ab; nur um die Zeitschriften machte sie einen Bogen, die grellen Auslagen mit Blättern wie *Screen World, Hollywood Tatler, Movie Romance, Photoplay, Cue, Swank, Sir!, Peek, Parade* et cetera, auf deren Seiten MARILYN MONROE ihr Comic-Heft-Leben führte, & die junge Kassiererin würde sich später erinnern *Klar, Miss Monroe kannten wir alle. Sie kam meist spät am Abend. Mir hat sie gesagt, Schwab's ist für mich der schönste Ort auf der Welt, bei Schwab's hat für mich alles angefangen, raten Sie mal, wie, und ich fragte, wie denn, und da sagte sie: Irgendein Kerl, dem mein Hintern gefiel, wie sonst? und lachte. Sie war ganz anders als die anderen großen Stars, die man gar nicht zu sehen bekommt, die ihre Hausangestellten schicken. Sie kam persönlich, und sie kam immer allein. Ohne Schminke war sie kaum wiederzuerkennen. Ich glaube, ich habe selten jemand erlebt, der so allein war. An dem Abend kam sie gegen halb elf. Sie zahlte bar, kramte Scheine und Kleingeld hervor und zählte ab, verzählte sich und musste noch mal von vorne anfangen. Immer hat sie mich angelächelt und was Nettes gesagt wie, wir beiden Hübschen; das war an dem Abend nicht anders als sonst.*

902

Der Masseur. Um Mitternacht kam Nico, den sie fast vergessen hatte, & sie machte ihm auf & entschuldigte sich, weil sie nicht angerufen hatte, denn sie würde seine Dienste an diesem Abend nicht benötigen, & sie bestand darauf, ihn trotzdem zu bezahlen, eine Faustvoll Scheine, die er erst später zählte, um dann erstaunt festzustellen, dass es fast hundert Dollar waren, weit mehr, als er sonst bekam, & als er fragte, ob er in der Nacht darauf kommen solle, sagte sie, vielleicht nicht, vielleicht eine Weile gar nicht mehr, & Nico fragte, wieso, & sie sagte ihm lachend *Nico, du hast meinen Körper doch schon vervollkommnet.*

Das Elixier. Aus den rätselhaften Pulvern & Tränken würde sie ein Elixier brauen so köstlich wie Dom Perignon & ebenso berauschend.

Das Märchen.

DIE BRENNENDE PRINZESSIN
Der Dunkle Prinz nahm die Bettelmagd an die Hand
& befahl *Folge mir!*

Die Bettelmagd konnte nicht umhin zu gehorchen, sie war
vom Zauber der roten Sonne geblendet,
welche die Wasser der Welt beschien.

Vertraue mir! sagte der Dunkle Prinz,
& also vertraute sie ihm.

Gehorche mir! sagte der Dunkle Prinz,
& also gehorchte sie ihm.

Vergöttere mich! sagte der Dunkle Prinz,
& also vergötterte sie ihm.
Folge mir, sagte der Dunkle Prinz,
& da folgte ich ihm.
Eifrig erklomm ich trotz meiner Höhenangst
die berüchtigte Leiter mit den 1001 Sprossen,
& jede Sprosse von Flammen umzüngelt.

Stell dich hier neben mich!, sagte der Dunkle Prinz,
& da stellte ich mich neben ihn,
obwohl ich mich indessen fürchtete &
wünschte, ich wäre daheim.

Auf der hohen, im Wind schwankenden Plattform
hoch über den Köpfen der jubelnden Menge
nahm der Dunkle Prinz den Zauberstab
des Impresarios.

Ich sagte: Aber wer bist du? & er sagte:
Ich bin dein Liebster.

Ich war in duftenden Wassern gebadet worden,
& die Unreinheiten meines Körpers fortgespült,
alle Ritzen meines Körpers sorgfältig gesäubert.
Das unansehnliche Haar auf meinem Schädel gebleicht,
aller Farbe entledigt & zu feinster Seide gemacht,
& die Haare am Körper ausgerissen,
& mein Körper mit zarten, kraftspendenden Ölen gesalbt,
dass ich Schmerzen widerstände, die andere nicht aushielten.

Es seien Zauberöle, versprach der Impresario.
Sie bildeten mit dem körpereigenen Öl auf der Haut
eine undurchdringliche Schutzschicht wie eine Schale,
& obschon dünn wie der durchscheinende Sack eines Dotters,
würde sie brennen & brennen & brennen ohne zu schmerzen.

Sprach der Impresario: Trinke von diesem Elixier.
& ich hielt den Becher in der zitternden Hand,
& hoch über der jubelnden Menge zögerte ich,
& der Dunkle Prinz befahl: Trink!

Ich bebte vor Angst.
Ich versuchte zu sprechen, der Wind entriss mir die Worte.

901

Hier. Am Rande der Plattform, sagte der Impresario.
Trinke vom Elixier, ich befehle es.

Ich will umkehren, sagte ich.
Der Wind entriss mir die Worte.

Trinke und du wirst die Goldene Prinzessin!
Trinke und du wirst unsterblich.

Ich trank von dem Elixier.
Es war bitter & verursachte mir Würgreiz.
Leere den Becher, sagte der Impresario.
Bis zur Neige.

& ich leerte den Becher mit dem Elixier
bis zur Neige.

Jetzt stürze dich hinab, sagte der Impresario.
Jetzt bist du die Goldene Prinzessin
& unsterblich.

Der Impresario peitschte die Menge auf.
Tief drunten stand ein Becken, in das sollte ich springen.
Tief drunten spielte eine Kapelle Zirkusmusik.
Die Menge wurde ungehalten.

Der Impresario entzündete eine Fackel.
Der Impresario peitschte die Menge auf.
Du wirst keine Schmerzen leiden, sagte der Impresario.

Ich war hypnotisiert von den Flammen –
ich konnte die Augen nicht abwenden.

Der Impresario berührte meinen Kopf mit der Fackel,
& sogleich stand mein Haar in Flammen
& mein nackter Körper in Flammen.
Ich hob die Arme, um meinen Kopf
loderte ein Flammenkranz.

Ein Schweigen hatte die Menge befallen,
die stieräugige Bestie.
Schmerzen litt ich, mehr als ich fühlen konnte.
Solche Schmerzen!
Mein Haar in Flammen, mein Leib in Flammen,
meine Augen in Flammen,
ich würde meinen brennenden Körper zurücklassen.

Stürze dich hinab!, befahl der Impresario. Gehorche!

Ich stürzte mich von der Plattform in das Wasserbecken in der Tiefe.
Ich war ein flammender Juwel,
ein auf die Erde herabstürzender Komet.
Ich war die brennende Prinzessin, unsterblich.
Ich stürzte mich ins Dunkel, in die Nacht.
Das Letzte, was ich hörte, war die rasende Menge.

Ich rannte barfuß am Strand entlang, & mein Haar peitschte im Wind.
Es war Venice Beach, es war früher Morgen, ich war allein, &
die brennende Prinzessin war tot.

Ich aber lebte.

Der Scharfschütze. Dunkel gekleidet & maskiert, schlüpfte der Scharfschütze von hinten in das uneinsehbare Hacienda-Haus Nummer 12 305
Fifth Helena Drive. Er hatte von seinem Informanten R. F. einen Schlüssel
bekommen. Der Scharfschütze führte lediglich Befehle aus, & die Befehle betrafen greifbare Fakten, Beweise. Die Auslegung war seine Sache nicht.
Selbst für sein eigenes Handeln suchte er keine Auslegung. Er kannte keinen Eifer & keine Gnade. Glitt lautlos durchs dunkle Haus wie die Zerfleischervögel durch die Lüfte. In einem Glas wäre kein Spiegelbild zu entdecken. Der Strahl seiner schmalen Taschenlampe war kaum bleistiftdick,
aber stark & ganz ruhig. Der Wille des Scharfschützen war stark & ganz ruhig. *Das Böse ist das Wort für das Ziel. Das Böse ist das, was wir mit Ziel
meinen.* Er würde nie erfahren, ob die Agency ihm diese Mission aufgetragen
hatte, um den Präsidenten vor der blonden Hure zu schützen, die ihn
bedroht hatte & folglich eine Bedrohung für die »nationale Sicherheit« dar-

stellte, oder ob er in dieser Nacht etwas ausführte, das, wenn es später der Öffentlichkeit entdeckt würde, dem Präsidenten schaden musste, weil er sich mit der blonden Hure eingelassen hatte. Denn der Präsident & die Agency waren nicht zwangsläufig Verbündete; die Gewalt, die mit dem Amt des Präsidenten einherging, war eine vergängliche, die Gewalt der Agency bleibend. Der Scharfschütze wusste von langjährigen Verbindungen des fraglichen Frauenzimmers zu umstürzlerischen Organisationen in Amerika wie im Ausland & von ihrer Ehe mit einem jüdischen Umstürzler & ihrer Liaison mit dem Kommunisten Sukarno aus Indonesien (ein Kontakt im Beverly Hills Hotel im April 1956) & ihrer öffentlich bekundeten Sympathie mit kommunistischen Diktatoren wie Castro; er wusste, was ihn erzürnt hätte, wäre er ein Eiferer & nicht ein kühler Kopf, dass das fragliche Frauenzimmer aufrührerische Petitionen unterzeichnet hatte, die die Macht des nämlichen Staates in Frage stellten, dem er sein Leben geweiht hatte. Er jedoch würde nicht spekulieren. Er würde Beweise in eine Schultertasche packen & abliefern, damit sie seine Vorgesetzten untersuchten & vernichteten. Er selbst würde kein Beweismaterial vernichten. Belastende Tagebucheinträge, Dokumente & mutmaßlich (oder tatsächlich) erpresserisches Material, von alledem würde der Scharfschütze nichts wissen. Der erste dieser Gegenstände war eine verstaubte Silberfolienrose in einer Vase im Wohnzimmer; er ließ sie in seine Tasche gleiten. Als nächstes, von einem Esstisch, der sich unter Büchern, Drehbüchern, Zeitungen, schmutzigen Tassen & Gläsern & Tellern bog, ein Tagebuch oder Journal, in das zahlreiche lose Blätter gelegt worden waren. Dieses Heft, von dem es geheißen hatte, er müsse es als Beweismaterial sichern, durchblätterte er rasch. Wörter in braver Schulmädchenhandschrift, zu »Gedichten« geordnet.

Ein Vogel war so hoch geflogen,
konnt nicht mehr sagen: »Am Himmelsbogen.«

Der Blinde ward sehend
wo *ich* end?

Meinem Baby:

Durch dich
entsteht die Welt für mich.

Vor dir —
ach nein, gab's nicht.

Baby! Das klang, als könnte es jemandem gefährlich werden.

Die Japaner haben einen Namen für mich.
Sie nennen mich *monchan*.
Sie nennen mich »teures kleines Mädchen«.
Als meine Seele mich verließ.

Japsen! Das wunderte ihn gar nicht.

Helft! Helft!
So helft, das Leben rückt näher.

Er lächelte versonnen. Er schob eine Hand unter sein Jackett und strich über die lange Steinadlerfeder, die er in einer Innentasche über dem Herzen trug. Als Nächstes entdeckte er eine Liste von Wörtern, unverkennbar Codewörter, die zur Tarnung in derselben braven Schulmädchenhandschrift notiert waren. *Obskurantisch obstinat outrieren aszendieren Exkoriation Palingenese/Metempsychose* All dies legte der Scharfschütze sorgsam in seine Schultertasche, damit sich die Experten an die Entschlüsselung, Analyse & schließlich Vernichtung machen könnten. Denn alles, was als Beweismaterial bei der Agency landete, würde in die gewaltigen Reißwölfe der Agency gefüttert oder im Verbrennungsofen eingeäschert werden. (Traf das auch auf die Agenten selbst zu, die doch eines Tages aus den Akten der Agency verschwinden müssten? Eine unpatriotische Frage.)
Übrig bliebe zum Schluss nur eine Akte, eine wegen der Sprache & Kürzel enigmatische Akte, die nicht einmal das Gros der Agenten enträtseln könnte. Der Scharfschütze drang nun ins verdunkelte Schlafzimmer im rückwärtigen Teil des Hauses vor. Dort lag das Objekt selbst, offenbar schlafend, im Bett. Seinem rauen & unregelmäßigen Atem nach zu urteilen, konnte der Scharfschütze beruhigt davon ausgehen, dass es tief bewusstlos war. Sein Informant R. F. hatte ihm versichert, dass die Schauspielerin nachts wegen der Mittel schlafe wie eine Tote und kaum aufzustören sei. Der Scharfschütze, obgleich mittlerweile, im August 1962, ein alter Hase & kein Grünschnabel, der im Pickup seines Dad, eine 22'-Remington-Büchse im Anschlag, durch

die Prärie kurvte, verspürte dennoch, Beute witternd, den Adrenalinstoß. Zumal die Beute die berüchtigte Blonde Darstellerin war. Denn immer ist die Beute, wie jetzt das fragliche Frauenzimmer, »bewusstlos«: unwissend & ahnungslos. *Nie ist das Ziel ein persönliches. Wie auch das Böse nie persönlich ist.* Die Hure des Präsidenten war eine rauschmittelsüchtige Alkoholikerin, & so ein Tod würde in Hollywood & Umgebung kaum überraschen. Auf ihrem Nachttisch lagen allerhand Röhrchen, stand eine liederliche Batterie von Pillenfläschchen & ein Glas mit einem Rest wolkiger Flüssigkeit darin. Irgendwo brummte & rüttelte an einem Fenster ein kleines Klimagerät, das aber nicht ausreichte, den reifen Frauengeruch & den der verschütteten Pulver & Parfums, der gebrauchten Handtücher & des Bettzeugs & irgendetwas beißend Medizinischem, das ihm die Tränen in die Augen trieb, umzuwälzen; er war froh um die engmaschige Maske über Mund & Nase, die ihn vor der verderbten Luft schützte.

Das Objekt werde keinerlei Widerstand leisten. Auch darin würde R. F. wohl Recht behalten.

Die Frau war unter dem dünnen weißen Laken nackt, als läge sie schon auf dem Stahltisch des Coroners. Das Laken klebte an ihrem heißen Körper, Unterleib, Hüften, Brüste zeichneten sich in ebenso erregender wie abstoßender Deutlichkeit ab. Unter dem Laken waren die Beine einladend gespreizt, ein Knie leicht angewinkelt. Ein angewinkeltes Knie in der Leichenstarre! Eine der Brüste, die linke, war fast entblößt. Der Scharfschütze hätte sie gern bedeckt. Das Platinhaar zerfilzt wie Puppenhaar & auf dem Kopfkissen fast unsichtbar geisterweiß. Auch ihre Haut war geisterweiß. Der Scharfschütze hatte das fragliche Frauenzimmer oft leibhaftig gesehen, & jedes Mal hatten ihn die weiße Haut & ihre unnatürliche Glätte von neuem überrascht. Das, was die Welt begehrlich, sklavisch Schönheit nannte. Aber auch die großen Vögel der Lüfte, Steinadler & Hühnerhabichte & andere, die im Flug herrlich anzusehen waren, konnten doch zu bloßem Fleisch herabgewürdigt werden, Kadavern, die man auf Zaunpfosten drapierte. *Jetzt wisst ihr Bescheid; totes Fleisch. Jetzt lernt ihr die Macht des Scharfschützen kennen.* Als könnte ihn das fragliche Frauenzimmer hören, flatterten die Augenlider der Schlafenden, doch der Scharfschütze war nicht ernstlich beunruhigt, in seinem jetzigen Zustand konnte das Objekt die Augen aufschlagen & würde ihn doch nicht sehen, denn es träumte & war ganz woanders. Der Mund der Frau hing offen, als hätte man ihr das Gesicht aufgeschlitzt, & die Muskeln in ihren Wangen zuckten, als wollte sie sprechen. Sie stöhnte tatsächlich leise.

Fröstelte. Den linken Arm hatte sie hinter den Kopf zurückgeworfen, das Gesicht lag in der Beuge. Die Achselhöhle war dargeboten, weichkrauses dunkelblondes Haar glänzte im Strahl seiner Taschenlampe & ekelte ihn. Er entnahm seiner Tasche eine Injektionsspritze. Ein für die Agency tätiger Arzt hatte sie bereits aufgezogen: mit flüssigem Nembutal. Der Scharfschütze trug Handschuhe, aber es waren die hauchdünnen Gummihandschuhe, die auch Chirurgen tragen. Ohne Hast umrundete der Scharfschütze einige Male das Bett & überlegte, von wo aus er am besten zustoßen sollte. Er müsse rasch & ohne Zögern zustechen, hatte man ihn geheißen. Am besten sei es, wenn er sich rittlings auf sein Ziel setzen könne. Sie zu wecken dürfe er allerdings nicht riskieren. Schließlich beugte er sich von links über die bewusstlose Frau, & als sie das nächste Mal tief Luft holte & sich ihr Brustkorb hob, stieß er ihr die handlange Nadel geradewegs ins Herz.

Hacienda. Im verdunkelten Kinotheater! Ihre glücklichste Zeit. Grauman's Egyptian Theatre zu Zeiten, als sie noch ein kleines Mädchen war. An den Kinonachmittagen hatte sie keine Einsamkeit gekannt, selbst wenn Mutter arbeiten musste, denn sie wohnte Doppelvorführungen bei & merkte sich so viel sie nur konnte, um es hinterher Mutter zu erzählen, & Mutter war hingerissen von ihren atemlosen Berichten vom Dunklen Prinzen & der Goldenen Prinzessin, & manchmal bat Mutter sie, doch noch mehr zu erzählen. Im Grauman's durfte sie sich nicht zu Männern setzen. Die allein kamen. Und daher wusste sie an diesem Nachmittag, dass ihr in der Sitzreihe bei den beiden älteren Frauen mit den Einkaufstüten nichts passieren konnte, & was war sie glücklich! Obwohl die Goldene Prinzessin am Ende des Films sterben musste, das goldene Haar wie ein Fächer übers Kissen gebreitet, & über sie herabgebeugt ein brütender Dunkler Prinz, & als die Lichter angingen, wischten sich die Frauen & wischte auch sie sich die Augen, wischte sich die Nase am Handrücken ab, obwohl das wunderschöne tote Gesicht der Goldenen Prinzessin bereits verlöschte, ein Nachbild auf einer Leinwand so flüchtig wie das Schwirren von Kolibriflügeln.

Rasch verließ sie das Kinotheater, ehe sie jemand ansprechen konnte, wie es manches Mal geschah, & es dämmerte bereits, & die Straßenlaternen brannten, & es war überraschend windig & nass & sie zu dünn angezogen, mit nackten Beinen & Armen, die die kurzen Baumwollärmel unzureichend bedeckten, als hätte sie sich oder wäre sie für eine andere Jahreszeit angezogen. Auf dem Boulevard machte sie sich auf den Heimweg, dicht am Kantstein, wie Mutter es ihr eingeschärft hatte. Es waren nur wenig Fahrzeuge auf der Straße; eine Trambahn ratterte lärmend vorbei, aber es saß keiner drin. Sie konnte sich gar nicht verirren, sie kannte den Weg. Als sie jedoch an Mutters Apartmenthaus angelangt war, sah sie, dass es THE HACIENDA war & nicht das andere Domizil, & da wurde ihr klar, dass sie sich in der Zeit geirrt hatte. Denn dies war nicht die La Mesa Street, sondern Highland Avenue; und doch war es die La Mesa Street, denn jetzt sah sie das spanisch anmutende Bungalowgebäude mit den grünen Markisen, die Gladys eine Beleidigung fürs Auge nannte, & die verrosteten Feuertreppen, von denen Gladys im Scherz behauptete, sie würden, wenn es wirklich mal brennen sollte, unter dem Gewicht des erstbesten Rettungssuchenden zusammenbrechen. THE HACIENDA mit der hell erleuchteten, grell wie im Film erleuchteten Veranda, & um den Eingang herum Dunkelheit, & plötzlich hatte sie Angst.

Konzentrieren, Norma Jeane   nicht ablenken lassen   der Lichtkreis ist dein   schließe dich ganz in dem Kreis ab   trage ihn mit dir, überallhin Norma Jeane war jetzt auf der Treppe, & Gladys kam ihr schon entgegen, eine strahlende Gladys & »obenauf«. Ihre Lippen waren rot & ihre Wangen auch, & sie duftete blumig. Also war Gladys jünger. Was geschehen sollte, war noch nicht geschehen. Gladys & Norma Jeane kicherten wie unartige kleine Mädchen. So aufregend! So glücklich! Oben im Apartment wartete ein Geschenk. Für Norma Jeane. Ihr Herz flatterte wie ein in den Händen gefangener Kolibri, der sich zu befreien suchte. Dort: Filmplakate an den Wänden in der Küche, Charlie Chaplin in *Lichter der Großstadt*, & seine Augen sahen sie unentwegt an. Wunderschöne seelenvolle dunkle Augen sahen Norma Jeane an. Aber Gladys' Überraschung war im Schlafzimmer, Gladys zog Norma Jeane an der Hand & hob sie hoch, damit sie den gutaussehenden lächelnden Mann im Bilderrahmen sehen könnte, der in diesem Moment ganz allein sie anzulächeln schien. »Siehst du, Norma Jeane? – der Mann ist dein Vater.«